Schwarze Berge
Mintel
Blutschah
Anbaugebiet der Vespucci
Oststraße
Werst
Grindel
Aganga
ajar
VESPUCCILAND
DARKEN
Vangart
Quantam
Wüstenweg
Teufelsberge
Karawanserei
WÜSTE SOLTAI
Koos
arek
Ruburhöhen
Wist
Mallan
Irilith
Gruschastraße
Cantrel
Aganga
Tessenfluß
Noss
WHYTEN
Grauer Wald
Wunsiel
Weißer Wald
Hispoltai
Aganga
Meerwingstraße
WORAMEER

Horst Neißer

CENTRATUR

ÜBERSETZUNGEN AUS DEM BLAUEN BUCH

II

Die Macht der Zeitenwanderer

Horst Neißer

Centratur

Übersetzungen aus dem Blauen Buch

II

Die Macht der Zeitenwanderer

List

Der List Verlag
ist ein Unternehmen der Econ & List Verlagsgesellschaft,
Düsseldorf und München

ISBN 3-471-78236-2

Satz: Franzis-Druck GmbH, München
Druck und Bindung: Bercker Kevelaer

Inhalt

Die Frist 11

Ormor 25

Süden 37

Whyten 38
Ankunft in Cantrel 43
Der Anschlag 52
Die Verfemten 58
Die Entdeckung 67
Die Königin 71
Irilith 79
Botschaften 87
Goldrausch 94
Abrechnung 97
Botschaft aus Quantam 101
Sieg der Schwachen 110
Die wilde Jagd 113
Kampf um den Loron 116
Die Berufung 123

Osten 131

Das Mal 131
Der Wischu 142
Der Verlorene Hof 145
Die Hanoliks 147
Durst 151
Die Insel der Kinder 153

Brokqua 156
Auf der Plattform 160
Die Kuririri 164
Die Quonomodo 168
Prüfungen 173
Der Zeitenwanderer 181
Der neue Weg 186
Arandiel 188
Wibe 195
Wollarum 197
Ein überraschender Entschluß 204
Auf See 207
Schiffbruch 210
Der Fisch 217
Die Insel 222
Die Rückkehr der Kinder 228

Westen 233

Die Wölfe 234
Glaxca 244
Die Familie löst sich auf 249
Ribbelhof 256
Das Massaker 260
Die Mühle 266
Der nächtliche Besucher 272
Die Höhle der Träume 276
Fema 285
Weiler 293
Durnil der Peitscher 298
Das Tribunal 307
Der rettende Plan 312
Das neue Weiler 315
Zwei Begleiter 317
Die wahre Geschichte der Zwerge 326
Das Ende des Spiels 330
Strawenstadt 332
Die Hinrichtung 335
In der Ebene 339

Spinnen 342
Die Alm 347
Nowogoro 351

Ormor 359

Süden 365

Die Gaukler 365
Die Ausweisung 371
Die Händler 378
Goldgräber 385
Kräftemessen 389
Raum der Geschichten 393
Die Jagd 396
Der Turm 399
Fernsicht 402
Der Vogel 404
Der Beschluß 407
Überraschung in der Nacht 413
Erinnerungen 417

Westen 423

Der Markgraf 423
Der Feldzug 429
Mogs Schicksal 434
Angriff auf Hochhag 439
Die Schwestern 445
Flucht aus Hochhag 453
Waldmar 460
Grünbergen 463
Danela 466
Busterberge 473
Die alte Burg 479

Ormor 483

Süden 487

Die Hirten 487
Die Erasmen 496
Avaceu und Galowyn 500
Das Kriegsfest 505
Der Fluß 513
Die Betschenen 517
Die Schlange 523
Weiterreise 528
Die Alte Oststraße 532
Bajar 536
Das Erdbeben 542
Zwei seltsame Wanderer 545
Grauen in den Bergen 547
Epaminado 551
Der Plan 555
Eine seltsame Begegnung 560

Osten 567

Der Urwald 567
Die Patrouille 574
Schlechte Nachrichten 577
Der See des Mondes 580
Der Überfall 586
Die Illux 591
Lattlavia 593
Ein seltsames Land 597
Slato 602
Sklavenleben 606
Auf der Suche nach dem König 611

Süden 619

Der Bote 619
Ein seltsamer Magier 624
Auf dem Weg nach Süden 629
Der König 632
Der Wehrturm 637
Arminia 642
Im tiefen Süden 647
Die Verschwörung 655
Das Fest 661
Spurlos verschwunden 665
Das Gericht 669
Die belagerte Stadt 672
Die Rückkehr des Königs 679
Die beiden Herrscher 689
Die Geisel 693
Ein Wiedersehen 698
Der ungleiche Kampf 704

Westen 715

Zuflucht 715
Bündnisse und Pläne 725
Der Feigling 735
Der Handel 739
Der Zweikampf 743

Ormor 749

Süden 753

Das Erlöschen der Custos 753
Wankelmütiges Glück 760

Osten 765

Die Kette 765

Süden 771

Alte Freunde 771
Ormors Tod 774
Der Abschied der Zeitenwanderer 780

Centratur 783

Ausblick auf den Kontinent 783
Das Heimland 787

Nachwort des Übersetzers 791

Namen 797

Die Frist

Finsternis lag über dem Land. Der Sturm blies aus Westen und peitschte ihm den Regen waagerecht ins Gesicht. Er mußte seine letzten Kräfte aufbieten, um gegen ihn anzukommen. Seine Ohren dröhnten vom Heulen und Brausen. Selbst sein Keuchen riß ihm der Wind von den Lippen. Der Himmel war mit Wolken dicht verhangen, deshalb mußte er seinen Weg mehr erahnen, als daß er ihn sehen konnte. Er hoffte nur, daß die Richtung stimmte. Rotfell, sein Pferd, war vor vielen Meilen unter ihm zusammengebrochen. Er hatte nicht erkennen können, ob aus Erschöpfung oder weil es von schwarzen, gefiederten Pfeilen getroffen worden war.

Schon seit Stunden setzte er ohne Pause einen Fuß vor den anderen. Seine kurzen, stämmigen Beine stapften in tiefe Wasserlachen, stolperten über Steine und morsches Holz, traten in Erdlöcher, die der Regen ausgewaschen hatte. Manchmal watete er durch Bäche, die seinen Weg kreuzten. Sie waren gestern noch nicht dagewesen und würden morgen wieder verschwunden sein. Sein Körper sehnte sich nach einer Pause. Immer häufiger rutschte er aus und fiel in den Schlamm. Er war bis auf die Haut durchnäßt. Obwohl es sehr kalt war, und sich der Regen jederzeit in Schnee verwandeln konnte, fror er nicht. Sein Gesicht glühte, und seine Muskeln schmerzten unter der Anstrengung, denn Glaxca rannte so schnell er konnte, er rannte um sein Leben.

Der Zwerg hatte kurze Füße und einen gestreckten Oberkörper. Wie alle Zwerge konnte er mit diesen Füßen große Lasten tragen, aber er benötigte zwei Schritte, wo seine Verfolger mit einem auskamen. Die Arme des Zwergs waren ebenso wie seine Schultern muskelbepackt und hielten eine zweischneidige, scharf geschliffene Axt. Sie hatte bereits mehrere Verfolger niedergemacht. Doch was konnten zwei Arme und eine Axt gegen Dutzende von Orokòr ausrichten?

Der Regen ließ ein wenig nach, und der Sturm, der noch immer wütete, riß die Wolken auf. Ein bleicher Mond beleuchtete nun die dunkle Welt. Glaxca sah sich um. Er stand auf einer weiten Lichtung. Der Wald umgab sie wie eine schwarze Mauer und ließ nur im Westen den Blick auf dunkle Schatten frei. Das mußten die Dünen sein.

Viel Zeit hatte er nicht, um sich zu orientieren, denn in diesem Moment tauchten aus dem Wald hinter ihm Orokòr auf, die ihn von rechts und links in die Zange nahmen. Wie hatten sie ihn nur gefunden? Diese schwarzen Teufel mit den Reißzähnen mußten auch im Dunkeln sehen können. In den Händen trugen sie Keulen, Äxte und Schwerter. Ihre Augen leuchteten rot in der Finsternis. Sie waren Geschöpfe der Finsternis, gezüchtet von Ormor. Diese Kreaturen kannten keine Gnade. Schon hörte Glaxca ihr Triumphgeheul. Die Verfolger sahen das Wild und wußten, daß es ihnen nicht mehr entgehen konnte.

Der Zwerg überlegte fieberhaft, ob er sich zum aussichtslosen Kampf stellen oder die sinnlose Flucht weiter fortsetzen sollte. Noch hatte er keine Entscheidung getroffen, da schloß sich das Loch im Himmel, der Mond verschwand. Man konnte die Hand nicht mehr vor Augen sehen. Einer Eingebung folgend lief Glaxca leise den Weg zurück, den er eben gekommen war. Die Orokòr rannten schreiend links und rechts an ihm vorbei. Sie vermuteten ihr Opfer weiter auf dem Weg zur Küste. Auch ihre Wahrnehmung hatte bei diesem Wetter Grenzen.

Glaxca ertastete einige Büsche und kroch unter ihre Äste. Keinen Augenblick zu früh hatte er das Versteck gesucht, denn die Verfolger bemerkten nun das Verschwinden des Wildes. Warnungen wurden über die Lichtung gebrüllt und dann vereinigten sich alle zu einem großen Kreis. In seiner Mitte lag Glaxca mit klopfendem Herzen. Er zitterte am ganzen Körper. Seine Zähne klapperten so sehr, daß er befürchtete, sie würden ihn verraten. Und dann schwiegen plötzlich, wie auf einen Befehl hin, die schwarzen Gestalten. Sie lauschten in den Sturm hinein, während sie ihn langsam einkreisten. Unaufhaltsam zog sich die Schlinge um den Busch zusammen, und der Zwerg erkannte, daß die Orokòr zwar im Dunkeln nicht besser sehen konnten als er, ihn aber rochen. Der Regen hatte wieder zugenommen, ohne daß sich die Verfolger von ihm abhalten ließen. Im Jagdtrieb vergaßen sie alles. Sie folgten ihren scharfen Nasen. Die Beute war da, das witterten sie. Über kurz oder lang würde sie in ihre Klauen fallen.

Glaxca wußte, daß ihm seine List lediglich einen kurzen Aufschub gewährt hatte. Während er sich den Kopf noch nach einem

Ausweg zermarterte, hörte er das Schlurfen von Füßen über die feuchte Erde. Ein Orokòr näherte sich dem Busch. Der Zwerg erhob sich vorsichtig auf die Knie und umfaßte den Stiel seiner Axt so fest, daß die Knöchel weh taten. Der Feind war nun ganz nah, hatte seine Witterung aufgenommen. Gleich würde er seine Kumpane zu Hilfe rufen. Aber der Ruf blieb aus. Der Jäger wollte, wie es schien, die Beute alleine zur Strecke bringen und den Ruhm nicht teilen.

Diese Vermessenheit sollte ihn das Leben kosten. Kaum hatte er den Busch erreicht und sich vorgebeugt, um mit seinem Schwert unter die Äste zu stochern, da fuhr ihm die Schneide der Axt von unten in den Hals. Lautlos sank der Orokòr zu Boden. Glaxca nutzte die Lücke im Kreis der Jäger und schlich vorsichtig durch die Gefahrenzone. Bald war er zwischen niederen Bäumen verschwunden, und die Lichtung mit den noch immer suchenden, schwarzen Bestien blieb im Tosen des Windes zurück.

Der Zwerg wollte nach Norden zur Landebucht im Golf von Orex, wo vor vielen Lebensaltern die Achajer an Land gegangen waren und den Kontinent Centratur besiedelt hatten. Dort hatten sie nach vielen Menschenaltern ihre Schiffe wieder bestiegen und waren zurück zu den heimatlichen Inseln gefahren. Sie waren des ewigen Kämpfens müde gewesen und hatten das friedlose Schicksal der Bewohner Centraturs nicht länger teilen wollen.

Zurück hatten sie ein Land gelassen, das zwar noch unter den Folgen des Großen Krieges stöhnte, dem aber der starke Arm von König Meliodas Frieden garantierte. Zusammen mit den Achajern hatte sich auch Aramar, der Zauberer, eingeschifft. Seine Arbeit in Centratur war getan; hier würde man in Zukunft auch ohne Zauberer und Achajer auskommen. Dies war sein großer Irrtum gewesen. Er hatte nicht vorausgesehen, daß der Krieg und das Morden nach einem halben Jahrhundert erneut ausbrechen würden.

Inzwischen lag die Lichtung, die ihm beinahe zum Verhängnis geworden wäre, weit hinter dem Zwerg. Von den Verfolgern war nichts mehr zu bemerken. Schon hörte Glaxca in der Ferne das Rauschen des Meeres. Der Boden wurde sandig, Dünen erhoben sich vor ihm als dunkle Berge. In ihrem Windschatten kam Glaxca rascher voran. Gerade wollte er erleichtert durchatmen, da löste sich aus der Böschung über ihm ein Schatten und warf sich auf ihn. Der Zwerg roch den Gestank aus dem aufgerissenen Maul, sah die weißen Reißzähne aufblitzen und fühlte die Klauen, die sich durch seinen Überwurf aus Leder in sein Fleisch gruben, und begann zu kämpfen. Der Orokòr hatte die Überraschung und den Vorteil auf seiner Seite. Eng umschlungen rollten die Gegner im nassen Sand. Der Zwerg umklammerte die Kehle des schwarzen Kämpfers, und dieser schnappte mit seinen Reißzähnen nach seinem Hals. So rangen sie verbissen am Fuße der Dünen.

Endlich gelang es dem Orokòr, seine mächtigen Zähne in Glaxcas linken Arm zu schlagen. Der stöhnte, bekam im gleichen Moment einen Stein zu fassen, und hieb ihn auf den Kopf seines Gegners. Wieder und wieder schlug er zu, während sich die Zähne tiefer in sein Fleisch gruben. Gerade als der Zwerg meinte, den Schmerz nicht länger ertragen zu können, ging ein Zucken durch den mächtigen Leib, der auf ihm lag. Die Gestalt wurde schlaff, und der Biß lockerte sich. Der Orokòr war tot.

Mühsam wälzte sich der Zwerg unter der schweren Last hervor. Er blutete aus vielen Wunden und konnte den linken Arm nicht mehr bewegen. Doch er zögerte nicht, sondern ergriff mit der Rechten seine Waffe und kletterte die Düne hinauf. Am Ende seiner Kräfte erreichte er den Dünenkamm, und vor ihm lag das Meer. Dort oben packte ihn der Sturm wieder mit aller Gewalt und warf ihn beinahe um. Die See tobte in der Finsternis. Eisiger, salzhaltiger Regen peitschte ihm ins Gesicht. Vor Schmerzen kniff er die Augen zu kleinen Schlitzen zusammen.

Glaxca gab sich einen Ruck und machte sich langsam über den weichen Untergrund der Düne an den Abstieg zum Strand. Dabei glitt er aus, rutschte über den nassen Sand und durch das vertrocknete Gras und landete im Wasser. Die Wellen spülten schon bis zu den Sandhügeln. Frierend und zu Tode erschöpft kroch der Zwerg wieder nach oben auf den Dünenkamm und tastete sich halb kriechend voran.

Nach einiger Zeit sah er Licht in der Ferne. Es kam von flackernden Feuern. Dies gab ihm wieder Auftrieb. Glaxca sammelte seine Kräfte und eilte voran. Wie zur Belohnung für all seine Leiden riß die Wolkendecke wieder auf, und der Mond half ihm, den Weg zu finden. Das Meer schäumte weiß in dem fahlen Licht und leckte mit gierigen Wellen das Land. Dennoch blieb der Uferstreifen zu seiner Rechten von der stürmischen See unberührt. Mächtige Steine schützten hier das Land gegen die Gewalten des Wassers. An dieser Stelle standen seit der ersten Landung der Achajer langgestreckte Hütten. Sie hatten einst den Einwanderern Schutz geboten und waren nun zerfallen. Selbst die Nacht konnte den verwahrlosten Eindruck nicht verbergen. Auf diese Hütten rannte der Zwerg zu.

Kaum war er in ihren Schatten eingetaucht, da umringten ihn hochgewachsene Gestalten. Panzer und Helme schimmerten silbern in der Nacht, und eine barsche Stimme fragte nach Woher und Wohin. Es waren Achajer. Bei ihrem Anblick brach Glaxca ohnmächtig zusammen.

Als er erwachte, lag er an einem Feuer. Man hatte es im Windschatten eines der Häuser entzündet. Die Wunde in seinem linken Arm war verbunden. Ächzend richtete er sich auf. Die Achajer, es waren neun an der Zahl, versammelten sich um ihn.

»Wer hat dich so zugerichtet?« fragte einer von ihnen.

»Orokòr! Sie werden bald hier sein.« Glaxca preßte den Namen heraus.

Ein Befehl, und drei Männer machten sich als Kundschafter auf den Weg, während die anderen den Zwerg weiter ausfragten. Kurze Zeit später kehrten die Späher atemlos zurück. Sie hatten schwarze Horden gesehen, die schon bald am Strand eintreffen würden.

»Haben wir eine Chance?« fragte der Anführer ruhig.

Die Kundschafter verneinten.

»Brecht alles ab und zieht euch auf das Schiff zurück!«

In Windeseile wurde zusammengeräumt und die Bündel gepackt. Der Sturm machte jede Bewegung zur Qual. Jetzt zuckten auch erste Blitze über den Himmel. In ihrem Licht sahen sie, daß schwarze Gestalten auf den Dünen erschienen waren. In wilder Hast warfen nun die Achajer ihre Bündel weg und rannten zur Landungsbrücke, die wie eine lange, schwarze Schlange ins Meer ragte. Zwei faßten Glaxca unter den Schultern und zogen ihn mit sich.

Der hölzerne Steg reichte weit hinaus in die Dunkelheit. An seinem Ende sah man als Schatten das große Schiff. Die Planken waren morsch und glitschig. Die Jahre hatten sie verfaulen lassen. Nun brachen sie unter den hastigen Tritten. Hier über dem Wasser erfaßte der Wind die Leute erst recht mit voller Wucht. Dennoch blieben sie stehen und wandten sich den Verfolgern mit gezogenen Schwertern zu. Nur ein junger Krieger eilte voraus, um die Schiffswache zu warnen.

Die Orokòr hatten die Fliehenden mit lautem Geschrei verfolgt.

Sie wußten um ihre Übermacht, und die Lust am Töten ließ sie jede Gefahr vergessen. Nun hatten sie den Schiffssteg erreicht und trampelten über die Planken, brachen mit ihren eisenbeschlagenen Stiefeln durch das Holz. Der Steg begann unter dem Ansturm der wilden Horde zu wanken und neigte sich gefährlich zur Seite. Wellen überspülten bereits die Füße, und einige der Verfolger stürzten ins Wasser. In diesem Durcheinander griffen die Achajer an. Ihre Schwerter fuhren durch die dicken Lederpanzer, und die Angreifer in vorderster Linie bezahlten ihren Jagdeifer mit dem Leben. Aber auch die Verteidiger standen auf schwankendem Boden. Als die Orokòr erneut voller Wut angriffen, wußten die Achajer, daß sie den Steg nicht gegen fünf Dutzend schwarze Krieger halten konnten. Langsam zogen sie sich weiter zurück, hinaus aufs tobende Meer.

Der Sturm nahm an Stärke noch zu, und die Wogen schlugen immer höher über den Steg. Mit der ganzen Kraft ihrer Körper mußten sie sich gegen den Wind stemmen, um überhaupt vorwärts zu kommen. Jeweils zwei Achajer deckten nach hinten ab und hielten die Orokòr zurück. Gespenstisch zuckten immer häufiger Blitze über den Himmel und schlugen um sie herum ins Wasser ein. Endlich erreichten sie das große Schiff, das an seinen Ankertauen zerrte.

Es war ein Dreimaster mit mächtigem Tiefgang, der von der kochenden See hin und her gerissen wurde. Eine Laune der Natur hatte eine tiefe Fahrrinne weit in den Golf hinein geschaffen, so daß große Schiffe nahe ans Ufer fahren konnten. Es waren deshalb keine Boote zum Ausschiffen nötig. Aber von den Steuerleuten wurde in dieser Bucht großes Geschick verlangt, denn überall drohten Untiefen, die ein Segelschiff rasch in ein Wrack verwandeln konnten.

Ein Fallreep hing von der Reling, an dem sie sich emporhangelten. Als alle Achajer und auch der Zwerg in Sicherheit waren, erreichten die ersten Orokòr das Schiff. Wütend hieben sie mit ihren Beilen gegen den Schiffsrumpf. So blieb keine Zeit mehr, die Anker emporzuhieven. Statt dessen kappten die Seeleute mit ihren Schwertern die Taue und setzten Sturmsegel. Krieger hielten mit Pfeilen die Verfolger auf Abstand. Der Steuermann drehte mit aller Kraft das große Rad und das Schiff legte langsam und im Sturm ächzend ab.

Sofort drückte es der Wind nach Steuerbord. Glaxca mußte sich mit der gesunden Hand an einem Seil am Mast festhalten, sonst wäre er über Bord geschlittert. Sein linker Arm schmerzte dabei fürchterlich. Der Steuermann kämpfte das Schiff durch die brodelnde See hinaus in den Golf. Der Sturm war nun so laut, daß die Männer ihre eigenen Rufe nicht mehr hörten. Sie mußten sich mit Zeichen verständigen. Die Brecher schlugen über die Planken des Decks, und in das Inferno des Sturms hinein dröhnte der Donner des Gewitters.

Glaxca wurde es erst schwindlig und dann übel. Er mußte sich übergeben. Der Schleim, den er von sich gab, wurde vom Sturm weggetragen. Das Ufer, der Steg und die Orokòr waren verschwunden. Doch mit ihnen hätte sich der Zwerg immer noch lieber auseinandergesetzt, als mit den unheimlichen Kräften der Natur, denen er sich hilflos ausgeliefert fühlte. Gegen die Orokòr und ihre Waffen konnte man sich zur Wehr setzen, gegen dieses Unwetter und die gierige See hingegen war man machtlos. Glaxca zweifelte auf einmal, ob er diese Schiffahrt überleben würde.

Plötzlich übertönte ein schreckliches Krachen das Toben der Elemente. Das alte Holz schrie schmerzgepeinigt auf, und dann war der entsetzte Ruf zu vernehmen: »Wir sind auf Grund gelaufen! Wasser im Laderaum!«

Eine der Untiefen war dem Segelschiff zum Verhängnis geworden. Nun drohte es zu zerbrechen. Der Steuermann hatte versagt. Der Zwerg wurde wie von einer riesigen Faust gegen die Decksaufbauten gedrückt. Das Schiff rollte über Steuerbord. Es hatte Schlagseite, und seine Masten würden gleich die Wasseroberfläche berühren. Doch so weit kam es nicht. Es gab statt dessen einen ohrenbetäubenden Knall, und der Großmast brach, gleich darauf folgte der Fockmast. Die Takelage stürzte auf Deck und traf einen Mann, dessen Schrei im Wind verhallte. Dann ging ein mächtiges Beben durch das Schiff, als der dicke Stamm ins Wasser stürzte. Zuvor aber schlug er auf Deck alles kurz und klein. Von der Last befreit schnellte das Schiff wieder empor in seine normale Lage. Der Zwerg wurde von den Trümmern selbst nicht getroffen, aber Seile und Segeltuch gingen auf ihn nieder, fesselten ihn und hüllten ihn ein. Er hörte eine verzweifelte Stimme: »Wir sinken!«

Ein Donnerschlag bekräftigte das Urteil. Wütend zerrte Glaxca an seinen Fesseln. Dann neigte sich das Schiff erneut zur Seite, und der Zwerg glitt zusammen mit Tauen, Fässern und Werkzeugen langsam über die nassen Planken. Eine große Welle ergriff ihn und zog ihn ins wütende Meer. Er tauchte tief ins Wasser ein, glaubte schon zu ersticken, wurde wieder nach oben gedrückt, schnappte Luft, schlug wild um sich, konnte sich befreien, bekam ein Stück der zersplitterten Rah zu fassen und klammerte sich voller Verzweiflung daran. Eher würden seine Arme abreißen, bevor er dieses runde Holz wieder losließ. Brecher spülten über seinen Kopf. Er rang nach Luft, spie salziges Wasser aus. Wasser war in seinem Mund, füllte seinen ganzen Körper aus. Aber er hielt sich an der Rah fest, und selbst als er das Bewußtsein verlor, umklammerten seine Arme noch das nasse Holz.

Beim Erwachen fror der Zwerg erbärmlich. Der Sturm hatte nachgelassen, und das Gewitter war vorüber. Er lag zwar noch im Wasser, aber auf festem Grund. Noch immer umklammerte er die rettende Rah mit der er an Land gespült worden war. Unter sich spürte er Sand, den die Wellen langsam wegwuschen, so daß er immer tiefer einsank. Mühsam erhob er sich. Jetzt erfaßte ihn wieder der kalte Wind und biß ihm ins Fleisch.

Der Zwerg sah sich um. Es regnete nicht mehr. Dämmerlicht lag über der Welt. War es Morgen oder Abend? Die Zeit war ihm verlorengegangen und auch den Ort, an dem er lag, kannte er nicht. Aber er war neu geboren, soviel stand fest. Er hatte nicht geglaubt, daß er den Schiffbruch überleben würde.

Noch immer gellten ihm die Schreie auf dem untergehenden Schiff in den Ohren. Er war gerettet, aber seine Mission gescheitert. Das letzte Schiff, das Aramars Botschaft zu den Glücklichen Inseln hätte bringen können, war gesunken. Der Hilferuf des Kontinents Centratur war im Toben der Elemente verhallt.

Zittern überkam ihn. Was war aus den Orokòr geworden? Lauerten sie vielleicht noch am Strand auf Überlebende, um sie zu töten? Vorsichtig sah er sich um. Doch er erblickte niemand. Als erstes mußte er nun seine nassen Kleider loswerden und sich ein wenig wärmen. Sonst würde er Fieber bekommen.

Der Sandstrand zog sich in einem weiten Halbkreis um die See. Also befand er sich wohl noch in der Bucht von Orex. Vielleicht konnte er die Hütten am Landesteg erreichen und dort etwas Brauchbares finden? Aufs Geratewohl wandte er sich nach Süden, frierend in der nassen Kleidung. Nach etwa einer Stunde, seine Füße und Hände waren ganz blau vor Kälte, wurde der Boden fest und stieg an. Dann sah er vor sich die langgestreckten Gebäude. Er war am alten Landeplatz angelangt.

Bevor die Achajer vor vielen Jahren wieder ins Ungewisse aufgebrochen waren, hatten sie hier in der Bucht gelebt und sich die nötige Ausrüstung und Kenntnisse über den Kontinent Centratur erworben. Fleißig hatten sie den Boden in der neuen Heimat bestellt, Städte gegründet, ihr Handwerk ausgeübt. Doch es war ein feindliches Land gewesen, das sie urbar machten, denn es gab viele Geschöpfe in Centratur, die in den neuen Siedlern Bedrohung und Konkurrenz sahen. Die Achajer mußten hohe Mauern um ihre Städte und Burgen bauen. Schon die Kinder wurden im Umgang mit Waffen ausgebildet.

Die mächtigsten Feinde aber wurden zwei Zauberer, die zusammen mit den Achajern ins Land gekommen waren: Ormor und Malomar. Beide verwickelten den Kontinent in große Kriege, und beide konnten nur nach langen, zähen Kämpfen und mit vereinten Anstrengungen von Menschen, Zwergen und Achajern niedergerungen werden. Ormor war für den Diamantenkrieg verantwortlich gewesen und Malomar für den Großen Krieg. Beide Kriege hatten viel Blut und viele Leben gekostet. Malomar überlebte seine Niederlage nicht, und Ormor war in einen Berg verbannt worden. Aus diesem Berg war er vor einiger Zeit mit Hilfe einer geheimnisvollen Macht, den Vespuccis, entkommen, um sogleich ein neues Blutvergießen anzuzetteln. Noch immer wollte er Centratur in seine Gewalt bringen.

Außer diesen machtgierigen Herrschern, die sich mit den Mächten des Bösen verbündet hatten, waren auch gute Zauberer ins Land gekommen und hatten Klöster gebaut. Aus ihren Reihen war Aramar hervorgegangen, der mit Rat, Umsicht und Tapferkeit für den Sieg der gerechten Sache in den beiden großen Kriegen verantwortlich gewesen war. Ihn achteten Achajer und Menschen gleichermaßen, auf ihn hörten sie, und wenn jemand das bedrohte Centratur retten konnte, dann nur er.

All diese Gedanken gingen dem Zwerg durch den Kopf, als er sich vorsichtig den langen Schlafhäusern näherte. Sie waren zerfallen und unbewohnbar, und als er durch die zerbrochenen Türen eindrang, fand er nichts Nützliches, sondern nur Ungeziefer und Schmutz. Doch er gab nicht auf und untersuchte ein Haus nach dem anderen. Je weiter er nach Süden ging, desto besser erhalten waren die Unterkünfte. Man hatte sie in jüngerer Zeit wieder instand gesetzt. Endlich wurde er fündig. In einer Truhe lagen wollene Hosen und ein gewebter Umhang. Die fremde Kleidung paßte zwar nicht besonders gut, aber er fühlte sich in den trockenen Sachen endlich wieder wohl. Seine Hose und das Hemd hängte er zum Trocknen auf.

Als er zum Strand hinunterschritt, sah er eine einsame Gestalt im Sand sitzen. Es war der Anführer der Achajer, der verloren aufs Meer hinaus blickte. Glaxca setzte sich neben ihn. Beide Männer schwiegen.

Dann sagte der Achajer bitter: »Sie sind alle tot! Keiner hat überlebt! Es war Irrsinn, bei diesem Sturm abzulegen.«

»Gab es denn eine andere Wahl?« fragte der Zwerg leise.

»Nein, nicht nachdem du die Orokòr zu uns geführt hattest.«

»Was sollte ich tun?«

Wieder schwiegen sie lange. Endlich straffte sich die Gestalt des Achajers. Er stand auf und reichte dem Zwerg in einer noblen Geste seine sechsfingrige Hand.

»Ich bin Heliodor, und wie heißt du?«

»Mein Name ist Glaxca, Kraks Sohn.«

»Was wolltest du hier in der Landebucht?«

»Man hat mich zu Euch geschickt mit wichtiger Nachricht!«

»Zu uns? Wer weiß, daß wir hier sind?«

»Aramar. Ihr selbst habt ihn hierher gebracht.«

Als habe ihn der Zwerg angegriffen, wirbelte Heliodor herum: »Was hast du mit Aramar zu schaffen? Was weißt du von ihm?«

»Ich war sein Gefährte. Er hat mir gesagt, daß Ihr hier auf seine Rückkehr wartet. Doch nun bittet er Euch, sofort zu den Glücklichen Inseln zu fahren und Hilfe zu holen. Centratur steht in Flammen. Ormor wurde aus dem Berg befreit und greift überall an.«

»Wie soll ich ohne Schiff meine Freunde auf den Inseln verständigen? Kannst du überhaupt deine Aussagen beweisen?«

»Nein! Ich hatte zwar einen Brief von Aramar, doch er wurde mir gestohlen. Ihr müßt Euch auf mein Wort verlassen.«

»Was stand in diesem Brief?«

»Aramar schrieb von der großen Not, die in diesem Land herrscht.«

»Was erwartest du, was ich, gesetzt den Fall ich würde dir glauben, tun soll?«

»Auf den Inseln muß man von Aramars Hilferuf erfahren. Die Achajer müssen Truppen schicken, sonst sind wir alle verloren.«

»Immer sollen wir Achajer eingreifen! Könnt ihr eure Probleme nicht selbst regeln? Könnt ihr uns nicht in Ruhe lassen? Haben wir für dieses Land nicht schon genug Opfer gebracht?«

»Wir hatten Euch nicht gerufen. Ihr habt Euch in dieses Land gedrängt, und Ihr habt die Zauberer mitgebracht, die guten wie die schlechten.«

»Ich will nicht mit dir streiten. Was also will Aramar?«

»Er will, daß die Achajer in den bevorstehenden Kampf eingreifen.«

»Wenn dies sein Wunsch ist, so verlangt er eine schwerwiegende Entscheidung von meinem Volk. Wir haben uns aus Centratur zurückgezogen, und nun sollen wir wiederkehren und erneut unser Leben für dieses Land einsetzen?«

»Es ist Aramars Wille, und soweit ich weiß, habt Ihr ihn immer befolgt.«

»Wer sagt mir, daß du von Aramar kommst? Bis jetzt habe ich nur das Wort eines Zwergs. Auf das Wort eines solchen Zeugen hin soll ich das Heer der Achajer zurück nach Centratur rufen? Du könntest lügen oder einfach ein Verrückter sein. Vielleicht ist dies auch eine Falle, und du bist ein Bote des Feindes? Ich habe in dieser Nacht alle meine Männer verloren, und viele von ihnen waren meine Freunde.«

»Wie kann ich Euch überzeugen?«

»Bring mir einen Beweis, daß du von Aramar geschickt bist!«

»Das ist schwer, denn der Zauberer ist weit. Ich müßte ihn erst irgendwo in Centratur finden. Bis dahin vergeht viel Zeit.«

Der Zwerg hatte ruhig gesprochen und doch genau den Punkt getroffen. Heliodor antwortete ihm nicht.

Nach einer Weile wechselte er das Thema und sagte: »Wir hatten Brieftauben bei uns, um Kontakt zu unserem Volk zu halten. Vielleicht leben sie noch?«

Den Lagerplatz der Achajer hatten die Orokòr in blinder Wut verwüstet. Heliodor lief zu der Hütte, in der er und seine Gefährten die Nächte verbracht hatten. Sie war von ihnen saubergemacht und ausgebessert worden. Nun lag alles in Trümmern. Den Tauben in ihren Käfigen hatte man den Hals umgedreht und einige, das sah man an den Federn, sogar roh gegessen. Es war ein Bild des Grauens. Erschüttert wandte sich der Achajer ab.

»Wo sind sie geblieben?« fragte er. »Wo bist du, Manudohi, mit deiner hellen, wunderschönen Stimme? Und du, Grabolio, mit deinem perlenden Lachen? Was werde ich euren Frauen und Müttern sagen, wenn ich erst wieder in der Heimat bin?« Und nach einer Weile: »Ich hätte diesen Wahnsinn verhindern sollen. Wir durften bei diesem Wetter nicht in See stechen! Ich hätte den Kopf nicht verlieren dürfen. Mich trifft alle Schuld!«

»Macht Euch keine Vorwürfe«, wandte der Zwerg ein. »Es war eine schlimme Nacht, und wir wurden von den schlimmsten Geschöpfen Centraturs gejagt. Wie immer Ihr entschieden hättet, es wäre falsch gewesen.«

Der Achajer achtete nicht auf die tröstenden Worte. Er verließ die Hütte, um mit seinem Schmerz allein zu sein. Währenddessen durchsuchte Glaxca den ganzen Raum und wurde schließlich fündig. Einen Käfig hatten die Orokòr vom Tisch geworfen und die Taube dadurch übersehen. Verängstigt drückte sich der Vogel in die Gitterstäbe und wich der Hand des Zwergs aus.

Als Heliodor zurückkam, war er gefaßt. Glaxca zeigte ihm das Tier, und sie untersuchten es gemeinsam. Es war schwach und am Flügel verletzt.

»Ich werde es dennoch auf die Reise zu den Inseln schicken«, sagte der Achajer. »Es ist die einzige Chance, meine Landsleute zu benachrichtigen, damit sie mich abholen.«

Er schrieb eine Nachricht auf dünnes Pergament und befestigte die Botschaft am Fuß der Taube. Dann trat er ins Freie und warf das Tier in die Luft. Der Vogel breitete seine Schwingen aus, taumelte, schien abzustürzen, nahm dann alle Kraft zusammen und gewann an Höhe. Nachdem er zwei Kreise über den Männern am Strand gezogen hatte, hielt er nach Westen und verschwand als kleiner weißer Punkt über dem Meer.

»Jetzt kann ich nur noch warten und hoffen«, sagte Heliodor.

»Was werdet Ihr tun, wenn die Taube durchkommt und Ihr abgeholt werdet? Leitet Ihr Aramars Nachricht an Eure Fürsten weiter?«

Der Achajer sah den Zwerg ernst an. Dann sagte er ruhig: »Ich selbst bin ein Fürst der Achajer. Aber ich weiß noch immer nicht, ob ich dir trauen kann. Obgleich es mir widerstrebt, will ich dir und vielleicht diesem Land eine Chance geben. Du kannst mir ein Zeichen von Aramar bringen.«

»Das wird sehr schwer sein. Wie lange werdet Ihr warten?«

»Wir haben jetzt den zweiten Monat im neuen Jahr. Ich will am Ende des elften Monats hier sein. Kommst du mit einer Botschaft des Zauberers zurück und kannst du nachweisen, daß sie von ihm stammt, werden wir Achajer uns zum Feldzug rüsten. Bist du bis dahin aber nicht hier, wird niemand von meinem Volk diesen Boden je wieder betreten.«

»Da bleibt mir wenig Zeit, um den Zauberer irgendwo in Centratur zu finden. Ganz besonders jetzt, wo das ganze Land in Aufruhr ist«, erklärte der Zwerg. »Dennoch danke ich Euch.«

»Wirst du, verwundet wie du bist, zurechtkommen?«

»Ich glaube schon. Ich habe keine Wahl.«

Die beiden so verschiedenen Männer gaben sich die Hand, und jeder ging seiner Wege.

Ormor

Der Mann hatte den ganzen Tag hart gearbeitet. Nun versank die Sonne hinter den Bäumen, Regenwolken zogen auf, und er war müde. Sorgfältig säuberte er seinen Spaten, den Pickel, die kleine Schaufel, den Pinsel und die drei Schaber. Das Werkzeug war sein kostbarstes Gut. Er verpackte es in ein Tuch, verschnürte und schulterte das Bündel und machte sich auf den Rückweg. Er ging langsam und müde, denn er war alt. Das struppige weiße Haar war schon lange nicht mehr geschnitten worden und reichte weit über die Schultern. Auch der Bart hing ihm lang und ungepflegt vom Kinn. Nur die Augen leuchteten jung und ungebrochen. Als Kleidung trug der Alte eine große Decke, in die Löcher für den Kopf und die Arme geschnitten waren.

Die Hütte war klein und aus rohen Balken achtlos gezimmert. Die Spalten hatte man mit Moos und Laub verstopft, so daß der Wind nicht allzu stark hindurchblies. Auf dem Dach wuchs üppiges Moos. Der Alte schlurfte zur Feuerstelle vor der Hütte, schichtete trockenes Holz und Reisig auf und machte Feuer. Er wollte sich schon bücken, um durch Blasen die schwache Glut zu nähren, als ein kräftiger Windstoß hineinfuhr und helle Flammen aufzüngelten. Nun griff der Mann nach einem verbeulten Topf und ging zu einem Bach hinter der Hütte. Das Wasser floß über eine Steinkante in ein kleines, natürliches Becken, an dessen Rand Wasserpest und Schilf wuchsen. Der Alte hielt mit der rechten Hand – es fehlten an ihr der kleine und der Ringfinger – seinen Topf in den Wasserstrahl und trug ihn dann vorsichtig zum Feuer. Bis das Wasser kochte, setzte er sich auf einen modernden Baumstamm und wartete geduldig. Es war nun beinahe ganz dunkel. Der Wind hatte an Stärke noch zugenommen. Als das Wasser sprudelte, warf der Mann einige Blätter hinein, die er am Tag gesammelt hatte. Dann ging er in die Hütte, holte einen halben Fladen Brot, etwas Salz und Butter. Die Bauern hatten ihm vor Tagen das Essen gebracht, und er hatte dafür ihre kleinen Gebrechen geheilt. Langsam und gedankenverloren aß der Mann und trank seinen Tee.

Die ersten Blitze zuckten über den dunklen Himmel, als ein Reiter auf die Lichtung trabte. Im fahlen Licht des aufkommenden Gewitters waren sein schweres Kettenhemd, die Lanze und das Schwert zu erkennen. Er zügelte das Pferd, bis es völlig unbeweglich stand. Der Reiter gab keinen Laut von sich und beobachtete den alten Mann am Feuer. Dieser unterbrach sein karges Mahl nicht, sah auch nicht auf, sondern sagte nur: »Ich habe Euch schon erwartet. Kommt mit in die Hütte, es wird gleich regnen.«

In diesem Augenblick fielen die ersten, dicken Tropfen, und Donner ließ die Luft erzittern. Der Alte raffte sein Essen und den Teekessel zusammen und eilte in die Unterkunft. Während das Feuer zischend verlöschte, band der Reiter sein Tier unter dem kleinen Vordach an, nahm ihm rasch den Sattel ab und folgte dem Einsiedler in die Hütte. Der saß auf einer schmalen Pritsche, die neben einer Truhe die einzige Einrichtung war, und lud den Gast zum Sitzen ein. Der Fremde nestelte einen verbeulten Becher von seinem Gürtel und nahm sich ungefragt von dem heißen Tee.

»Was wollt Ihr?« fragte der Alte mit ruhiger Stimme.

Der Bewaffnete wärmte seine Hände an dem Gefäß. Im Dunkel der Unterkunft konnte er sein Gegenüber kaum erkennen.

»Bist du Willmar der Buddler?«

»Woher kennt Ihr meinen Namen?«

»Ormor der Große schickt mich.«

»Das habe ich mir schon gedacht. Doch wie kann Euch der Zauberkönig Aufträge geben? Man hat ihn vor langer Zeit besiegt und in einem Berg gebannt.«

»Er wurde befreit!«

»Von wem?«

»Abgesandte einer fernen Macht haben sich darum gekümmert.«

»Aus welchem Grund?«

»Ich bin nicht hier, um dir Erklärungen zu geben. Lediglich eine Botschaft soll ich ausrichten: Ormor der Große wünscht dich zu sehen.«

In das folgende Schweigen mischte sich der tosende Donner eines mächtigen Gewitters. Regen fiel in Sturzbächen herab und donnerte auf das Dach der Hütte. Die ersten Wassertropfen sickerten durch das Moos und tropften auf die Männer. Es war nun so dunkel, daß sie sich gegenseitig nicht mehr sahen.

Endlich sagte Willmar: »Warum sollte ich Eurer Aufforderung

folgen? Meine Arbeit ist hier, und sie ist an einem entscheidenden Punkt angelangt. Ich habe keine Zeit für eine Reise.«

»Wenn der Zauberkönig dein Kommen befiehlt, so frage nicht lange, sondern folge dem Ruf!« Die Stimme des Bewaffneten war kalt.

»Was schert mich Euer Ormor? Ich gehöre nicht zu den Leuten, über die er Macht hat.«

»Ich werde dich zu ihm bringen, lebendig oder, wenn es nicht anders geht, auch tot.«

Der Alte lachte. Es war ein glucksendes Geräusch, das ganz tief aus seiner Kehle kam.

»Dein Lachen wird dir noch vergehen. Ich bin Gracchu aus der Leibwache. Bisher hat mir kein Feind widerstanden, und alte Männer haben es erst gar nicht versucht. Folge freiwillig in Frieden und Freundschaft. Zwinge mich nicht, dich an mein Pferd zu binden und zu meinem Herrn zu zerren.«

Willmar lachte noch immer.

»Hör auf zu lachen!« Der Krieger war nun wütend und langte nach dem Dolch an seiner Seite.

Obgleich der Einsiedler dies nicht sehen konnte, verstummte das Glucksen abrupt.

Mit leiser Stimme sagte der Alte: »Laßt die Waffe stecken und ändert Euren Ton, sonst verlaßt Ihr diesen Ort nicht lebend. Ihr seid in meinem Haus, und hier bestimme ich. Unterschätzt mich nicht! Mir scheint, Euer Herr hat Euch nicht gesagt, zu wem er Euch schickt. Dies sieht ihm ähnlich. Er würzt noch immer jede Unternehmung mit einer kleinen Heimtücke.«

»Du hast recht«, preßte der Reiter hervor, »für jemanden wie dich brauche ich kein Messer. Ich bringe dir mit meinen bloßen Händen Gehorsam bei.«

Er tastete dorthin, wo er den Widerspenstigen mehr vermutete als sah. Doch der erhob sich, und mit ihm ein riesiger Schatten. Er war dunkler als die Nacht und füllte die Hütte völlig aus. Die tiefe Schwärze erschien wie ein großes Loch im Raum. Der Krieger zuckte vor dieser Drohung zurück und duckte sich angstvoll. Wortlos setzte sich Willmar wieder, und damit verschwand auch der unheimliche Schatten.

»Ich habe es nicht so gemeint«, stammelte Gracchu begütigend. »Laßt uns in Frieden miteinander auskommen! Der große König hat anscheinend mit Eurer Weigerung gerechnet. Deshalb trug er mir noch auf, Euch folgenden Satz auszurichten: Aramar ist wieder im Lande.«

»Das ist in der Tat eine wichtige Botschaft.« Zum ersten Mal schien der Einsiedler überrascht. »Erzählt mir, was in den letzten Jahren geschehen ist«, fuhr er fort. »Vielleicht lasse ich mich dann umstimmen und folge Euch.«

»Was wollt Ihr hören?«

»Alles, was seit der Befreiung Ormors geschehen ist. Ich habe mich nämlich schon lange zurückgezogen. Es gab für mich wichtigere Arbeiten zu erledigen, als mich in den Irrsinn dieser Welt zu mischen.«

»Wo soll ich anfangen? Sie haben ihn befreit, und dann hat der große Ormor die ihm zustehende Herrschaft angetreten. Anfangs ging alles gut, aber dann gab es einen Rückschlag. Wir mußten uns vor Hispoltai zurückziehen und kehrten von Roscio ins Dunkle Schloß zurück. Vor der Abreise beauftragte er mich, nach Euch zu suchen. Das ist alles.«

»Eure Rede ist sehr unklar. Nun weiß ich noch immer nichts. Beginnt im Berg und erzählt der Reihe nach.«

Der Krieger überlegte lange, und die wohlgesetzte Rede fiel ihm offensichtlich schwer. Dann endlich begann er schleppend zu sprechen: »Es war vor langer Zeit, als unser Herr bereit war, der Welt seine Herrschaft angedeihen zu lassen. Doch ein törichter Teil Centraturs widersetzte sich ihm, und selbst die Achajer griffen zu den Waffen. So kam es zu einem schlimmen Krieg, den sie später den Diamantenkrieg nannten. Zum Glück war der Widerstand, den sie dem Herrn entgegensetzten, nicht von langer Dauer, denn sie stritten sich untereinander, wem die Führung ihrer Truppen zukomme. Deshalb verloren sie eine Schlacht nach der anderen. Schon sonnten wir uns in unserem gerechten Triumph, da kam plötzlich die Wende. Unsere Gegner einigten sich, und wir wurden in der entscheidenden Schlacht geschlagen.«

»Daran war Aramar sicher nicht unschuldig«, murmelte Willmar.

»Nicht lange danach fanden wir uns alle in tiefster Dunkelheit wieder. Die Sieger hatten uns nicht umgebracht, wie es für uns ehrenvoll gewesen wäre, sondern in einen Berg gebannt. Dort mußten wir über Jahrhunderte regungslos verharren, halb wachend, halb schlafend und mit schrecklichen Träumen.

Aber endlich kamen zwei Männer in leuchtenden Rüstungen,

und sie erweckten den großen Ormor. Dieser belohnte sie, indem er sie aus ihrer sterblichen Hülle befreite. Dann spaltete er den Berg, und wir verließen unser Gefängnis.

Draußen warteten schon die Agenten auf uns, von denen die Befreier angeheuert worden waren. Es waren Männer aus dem fernen Land Vespucci. Ormor kannte sie und vertraute ihnen. Dann wurden Boten in alle Welt geschickt, und die Getreuen zusammengerufen. Alle kamen oder sandten Abordnungen. Man hatte den Herrn nicht vergessen, und in kurzer Zeit war er so stark wie zuvor. Begeisterung und Freude begleiteten Ormors Wiederkehr. Alle unsere Freunde hatten sich lange zähneknirschend zurückhalten müssen. Man hatte sie gedemütigt und unterdrückt. Wehe den Besiegten!

Während wir nämlich im Berg gefangen saßen, hatte ein weiterer Krieg stattgefunden, den heute alle den Großen Krieg nennen. Der Zauberer Malomar, ein Freund unseres Herrn, hatte ihn angezettelt. Er war der Herrscher über Darken gewesen und hatte rasch Verbündete gewonnen. Auch ihm war das gerechte Glück hold, und er siegte, bis sich wieder Menschen, Achajer und Zwerge verbündeten.«

»Und Aramar hatte seine Hand im Spiel?« fragte der alte Mann, und aus seiner Stimme war zu hören, daß er die Antwort bereits kannte.

»Ja, dieser Hund hat auch die Pläne des rechtschaffenen Malomar vereitelt. Er trieb irgendwo Meliodas auf, der bis dahin noch ein Jäger aus dem alten Geschlecht der Habbas war, und ihn erkannten alle Feinde als ihren Herrscher und König an. Selbst die Achajer unterstellten sich seiner Führung. Damit aber nicht genug, Aramar beriet das vereinte Heer mit seinen teuflischen Plänen, so daß der Vormarsch der Krieger aus Darken aufgehalten wurde, und sie große Verluste hinnahmen. Malomar aber gab den Kampf noch lange nicht verloren. Schließlich waren seine Truppen weit in der Übermacht, und er hatte eine erheblich günstigere Ausgangsposition als dieser Meliodas mit seinen Leuten. Unser Freund aus Darken hätte auch den Großen Krieg trotz Aramars Eingreifen gewonnen, wenn nicht etwas Überraschendes geschehen wäre.

Zwei kleine Leute aus dem Heimland, Erits nennt man sie, haben ihn getötet. Ormor mochte dieses Gewürm noch nie. Niemand weiß heute, wie diesen Ratten die ungeheuerliche Tat gelang. Sie wurden damals nicht zur Rechenschaft gezogen. Inzwischen aber werden sie alles bereuen, denn Ormor hat sich ihrer angenommen.

Mit dem Tod Malomars war natürlich der Kampf der Männer aus Darken verloren, und die gute Sache verraten. Dieser Meliodas übernahm die Regentschaft als Hochkönig. Unter dem Vorwand, für Frieden und Gerechtigkeit zu sorgen, unterdrückte er unsere Freunde und demütigte sie. Doch nachdem Ormor der Große den Berg verlassen konnte, ertrank der anmaßende Hochkönig im Tessenfluß. Überall erhoben sich nun Könige und Fürsten. Sie wollten die Herrschaft über Centratur oder ganz einfach nur Beute machen. Diesem Treiben hat mein Herr ein Ende gesetzt. Er vereinigte die Heere, rief seine Orokòr aus den Tiefen der Gebirge und griff eine der mächtigsten Bastionen der Feinde an: Hispoltai, die Hauptstadt der Equaner. Zuvor aber ließ er das Heimland besetzen, um die Erits für all ihre Missetaten zu strafen.

Doch die Geschichte der Welt ist geprägt von verhängnisvollen Wiederholungen. Wieder einmal waren unsere Truppen siegreich. Sie belagerten Hispoltai, und die Stadt stand kurz vor dem Fall. Doch im letzten Moment wendete sich das Blatt wieder zu unseren Ungunsten, und wir mußten fliehen.«

»Aramar?« fragte der Einsiedler mit gebrochener Stimme.

»Ja, dieser verfluchte Zauberer ist uns schon wieder in die Quere gekommen. Deshalb hat mich mein Herr zu Euch geschickt. Er meint, Ihr wäret der einzige, außer ihm selbst natürlich, der Aramar die Stirn bieten kann. Und er meint auch, Ihr hättet mit diesem teuflischen Hund noch eine Rechnung zu begleichen.«

»Mag sein«, flüsterte der alte Mann.

»Natürlich sind wir noch nicht wirklich geschlagen. Noch haben wir genügend Reserven, und in Darken sammelt sich ein riesiges Heer. Wir werden Whyten und Equan wie der Sturmwind überrennen und unterwerfen. Wir werden ganz Centratur in unsere Gewalt bekommen und uns gefügig machen. Dann werden wir unsere Macht bis an die Grenzen der Welt ausdehnen, denn das Schicksal hat uns zu ihren Herren bestimmt. Das Los der anderen Völker ist es, uns zu dienen. Aber die Vorbestimmung verlangt von uns auch Opfer, und wir sind bereit sie zu bringen. Wir werden unser Leben wagen für die Vorsehung. Wir werden Leid und Entbehrungen auf uns nehmen, und wir werden kämpfen wie die Teufel. Niemand kann uns widerstehen, solange Ormor der Große uns führt. Wir werden die Erde in Brand setzen, und der Brand wird die Erde läutern. Wir werden mit Feuer und Schwert herrschen, und endlich wird Gerechtigkeit sein.«

Der Krieger hatte sich in Rage gesprochen und war in seiner Erregung aufgesprungen. Da stand er nun in der Dunkelheit und schrie die letzten Worte.

»Wenn es das Schicksal so gut mit Euch meint, und Ihr auf der Straße des Sieges seid, wozu braucht Ihr dann mich?« fragte Willmar spöttisch.

»Damit uns Aramar nicht mehr in die Quere kommt. Der Herr will sich von diesem Hund nicht länger tyrannisieren lassen.«

»Ihr habt all die Heere und dazu noch das Schicksal auf Eurer Seite, was kann Euch da ein alter Zauberer wie Aramar anhaben?«

Gracchu schwieg bei diesem Einwand verdutzt, griff nach seiner Tasse und nahm einen Schluck von dem nun kalten Tee. Das Gewitter war inzwischen weitergezogen. Der Donner klang nur noch schwach aus der Ferne. Auch der Regen hatte nachgelassen.

»Wir wollen zu Bett gehen«, sagte der Alte endlich. »Morgen erwartet uns ein schwerer Tag. Wir haben eine lange Reise vor uns.«

Früh am nächsten Morgen, es war noch dunkel, brachen sie auf. Willmar hatte zuvor sein Werkzeug sorgfältig in der Hütte verstaut und die Tür abgeschlossen. Dann sprach er seltsame Worte, so als wolle er die Behausung beschwören. Er nahm nichts mit außer einem Tuch, in das er verschiedene Gegenstände gewickelt hatte, die er aber seinem Begleiter nicht zeigte. Gracchu bestieg sein Pferd, und der Alte schulterte sein kleines Bündel. Der Krieger sah beim Reiten auf seinen Begleiter herunter und konnte sich überhaupt nicht mehr vorstellen, daß er sich in der vergangenen Nacht vor diesem gebeugten Alten gefürchtet hatte.

Es wurde ein heller, klarer Tag. Der Himmel war nach dem Unwetter der letzten Nacht wie geputzt, und die Luft war wärmer geworden. Die Tannen tropften ihre Nässe auf den aufgeweichten Boden. Die Natur schien aufzuatmen, daß sie alles heil überstanden hatte. Bald erkannte Gracchu, daß es mühsam war, den Gang des Pferdes dem langsamen Wanderer anzupassen, und stieg ab. Es war ein weiter Weg von den Schwarzen Bergen durch das Hochgebirge nach Westen. Die einschüchternden Gipfel begleiteten sie Tag für Tag. Nachts schliefen sie an kleinen Feuern. Sie sprachen wenig und wußten voneinander, daß sie sich nicht mochten. Der Krieger verachtete den Einsiedler, Willmar hingegen langweilte der törichte Riese, der außer Kraft und Rücksichtslosigkeit nichts zu bieten hatte. Was hätte er mit diesem Kriegsmann schon reden können!

Einmal fragte Gracchu: »Was habt Ihr all die Jahre in den Bergen gemacht?«

»Ich war der Vergangenheit auf der Spur.«

»Hattet Ihr nichts Besseres zu tun? Was vergangen ist, ist vergangen! Was kümmert uns heute noch, was einmal war?«

»Die Vergangenheit könnte Euch lehren, Eure heutigen Kriege entweder nicht zu führen oder zu gewinnen. Wenn wir nicht aus der Geschichte lernen, machen wir alle Fehler, die jemals gemacht wurden, immer wieder. Es gibt dann für uns keinen Fortschritt, weil wir immer wieder von vorn anfangen müssen.«

Der Alte sah den verständnislosen Blick seines Gefährten und lächelte. Er hatte sich gleich gedacht, daß dieser mit seiner Antwort nichts anzufangen wußte. Doch was hätte er ihm sagen sollen? Hätte er etwa von seinen Ausgrabungen erzählen sollen? Er hatte entdeckt, daß in diesen Bergen vor undenklichen Zeiten Wesen gewohnt und sogar Städte gebaut hatten. Und Tausende Jahre vor ihnen war hier auch schon einmal Leben gewesen, hatten hier Leute gegessen, geschlafen, geliebt und vielleicht zu irgendwelchen Göttern gebetet. Immer wieder waren Dörfer und Städte gebaut worden, und jedesmal hatten ihre Bewohner geglaubt, sie seien die ersten. Und von all dem Leben, das hier in längst vergangenen Zeiten geblüht hatte, wußte niemand außer Willmar der Buddler. War Vergangenheit wirklich nur ein Zwinkern im Auge Gottes?

Willmar schmunzelte, als er an eine Inschrift dachte, die er auf einem uralten Stein entdeckt hatte: »Wir sind die Ersten und wir werden die Letzten sein.«

Welch ein tragischer Irrtum verbarg sich hinter diesen Worten. Er hatte die Fundamente der Häuser ausgegraben, die diese Wesen gebaut hatten. Sie bestanden aus kunstvoll behauenen Steinen, die den Äonen hatten trotzen sollen. Röhren aus Metallen, die inzwischen verrostet und kaum noch erkennbar waren, hatten die Steine durchzogen. An einer Stelle fand er Überreste von Farbe auf den Steinen, die wohl von Bildern herrühren mochten. Leben hatte hier einst geblüht und war, aus welchen Gründen auch immer, vergangen. Und selbst die Kunde von dieser Kultur war vergangen, vom Atem der Geschichte verweht. Wie Inseln schwammen die einzelnen Kulturen im Ozean der Zeit, und wußten nichts voneinander.

Nur die Zeitenwanderer kannten sie, und Simonarum war wahrscheinlich einer von ihnen.

Bei dem Gedanken an seinen alten Lehrmeister durchfuhr den Zauberer ein Schauder. Seine Jugend im Kloster Quantam fiel ihm ein, die glückliche Zeit mit Aramar. Aber er verdrängte die Erinnerung rasch und konzentrierte sich auf den steinigen Weg.

Sie waren schon lange gewandert, befanden sich aber immer noch im Hochgebirge. Eines Tages, der Himmel glänzte freundlich, liefen sie durch ein enges Tal, das sich zwischen hohen Bergen hindurchzog. Dort unten war es düster, denn der Himmel war von hier nur als schmales, blaues Band sichtbar. Plötzlich donnerte vor ihnen eine Steinlawine den Berghang herab und schnitt ihnen den Weg ab. Sekunden später geschah das gleiche in ihrem Rücken.

Sofort ließ Gracchu sein Pferd los, das nervös tänzelte, und zog sein Schwert. Er war ein Krieger, den so leicht nichts in Furcht versetzen konnte. Doch als er sah, was da hinter ihnen und vor ihnen auf den Weg sprang und sich drohend aufbaute, erbleichte er. Zwei Bergtrolle nahmen sie in die Zange. Gegen sie hätten auch zwanzig Krieger keine Chance gehabt. Jeder war so groß wie zwei Menschen, die sich aufeinander stellten. Die Trolle waren am ganzen Körper behaart und trugen in ihren mächtigen Pranken eine Keule. Damit würden sie Gracchus Schwert wegfegen wie einen lästigen Stock. Dann würden sie die beiden Wanderer erschlagen und nachdem sie die Fremden nach Schätzen durchsucht hätten, das Pferd verspeisen. Trolle waren habgierig und kannten kein Mitleid.

Dem Krieger war klar, daß er am Endpunkt seines Lebens angekommen war. Er hatte keine Angst vor dem Tod, dazu hatte er ihm zu oft in die Augen gesehen und ihn selbst ausgeteilt. Zwar wäre er gern auf andere Art gestorben, am besten im Kampf, umgeben von gefallenen Gegnern. Aber er hatte seine Verpflichtung gegenüber seinem Herrn nicht eingelöst und diesen seltsamen Willmar vor seinen Thron gebracht. Der Gedanke an sein Versagen beunruhigte ihn. Doch was sollte er tun? Es gab keine Rettung.

Der vordere Troll rülpste und schmatzte, so als freue er sich schon auf die kommende Mahlzeit. Seine Augen waren weit aufgerissen und ganz schwarz. Er tänzelte von einem Bein auf das andere, und sein mächtiges Glied schwang dabei hin und her. Verstohlen sah sich Gracchu um. Der Troll hinter ihnen war ein Weibchen. Unter dem langen Fell schimmerte eine rote Vulva. Die Trollin grinste und fletschte die Zähne. Langsam kamen die Unholde näher.

In diesem Augenblick streckte sich die gebückte Gestalt von Willmar, der bisher dem Schauspiel schweigend zugesehen hatte. Wie vor vielen Nächten schien der alte Mann zu wachsen. Sein Schatten breitete sich aus, und in dem Schatten verschwand alles wie in einem schwarzen Schlund. Seine Schultern hatten sich gestrafft, und den Kopf trug er nun sehr aufrecht. Seine Stimme war klar und durchdringend. Man konnte ihn bis an die beiden Enden des Tals und selbst noch oben auf den Berggipfeln hören, als er sprach: »Geht nach Hause. Wir sind keine Beute für euch. Wir haben in dieser Welt noch einiges zu erledigen und sind noch nicht bereit.«

Aber die Trolle hörten nicht auf den Mann, sondern rückten unaufhaltsam näher. Noch einmal sprach Willmar, und ein Schauer erfaßte Gracchu, als er diese Stimme hörte, und er fürchtete sich vor seinem Begleiter mehr als vor den Trollen: »Ich befehle euch, kehrt um! Räumt die Steine beiseite und laßt uns in Frieden ziehen!«

Die beiden Ungeheuer stutzten, blieben kurz stehen und schoben sich dann doch vorwärts. Da dehnte sich der Schatten des Zauberers noch mehr aus, bis über dem ganzen Tal Dunkelheit lag. Er hob die Hand, und es schien, als schwebe sie über dem Tal. Dann senkte sich der Schatten der riesigen Hand langsam auf das Haupt des Trolls und drückte es nach unten. Die Bestie wand sich und schrie schmerzgequält auf. Aber die schattenhafte Hand ließ nicht nach. Sie drückte den Troll zu Boden und preßte weiter, bis Blut aus ihm hervorbrach. Dann krachten die Knochen, und der Kopf platzte wie eine reife Frucht. Schließlich lag auf den Steinen eine verstümmelte Fleischmasse.

Die Trollin hatte dem Ende ihres Gefährten mit Entsetzen zugesehen. Sie schrie und heulte und drehte sich wie irr im Kreis. Dann wieder fletschte sie wütend die Zähne und ging auf die beiden Männer los. Doch nach ein paar Schritten bekam sie es mit der Angst zu tun, blieb stehen und wich zurück. Noch immer waren die Wanderer von dem Steinschlag gefangen. Sie konnten mit dem Pferd weder vor noch zurück.

In ruhigem Ton sagte Willmar zu der Trollfrau: »Schaff die Steine weg!«

Sie sah ihn groß an und konnte nicht verstehen, warum dieser Mann keine Angst vor ihr hatte. Willmar wiederholte gelassen seinen Befehl. Da kam Leben in die Trollin. Sie drückte sich in großem Bogen an den Männern vorbei, stieg vorsichtig über ihren verendeten Gefährten und begann, die Felsbrocken wegzuräumen. Bald war ein schmaler Durchgang frei. Gracchu ergriff mit zitternden Händen die Zügel seines Pferdes und zerrte das widerstrebende Pferd an der mächtigen Trollfrau vorbei. Willmar folgte ihm langsam.

Danach schritten sie kräftig aus. Während sich der alte Mann nicht umsah, schaute der Krieger aus den Augenwinkeln zurück. Er konnte es noch immer nicht glauben, daß sie mit dem Leben davongekommen waren. Hinter ihnen stand die Trollin und sah ihren Opfern nach. Ihre Schultern hingen weit nach vorn und das Fell war grau und zottig. Gracchu wußte nun, warum sein Herr diesen schmächtigen, alten Mann sehen wollte, und seine Ehrfurcht vor der Klugheit Ormors wäre noch größer geworden, wenn sie noch hätte wachsen können.

Süden

Im Süden ist die Schlacht um Hispoltai, der Hauptstadt von Equan, geschlagen. Trotz großer Überlegenheit wurden die Heere des Zauberkönigs Ormor besiegt und in die Flucht geschlagen. Noch ist die Gefahr nicht gebannt, denn noch immer verfügt der Dunkle Herrscher über eine mächtige Streitmacht. Besonders in Darken sammelt sich ein großes Heer. Überall in Centratur tauchen glatzköpfige Gnome auf, die Vespucci. Sie wollen die Herrschaft über Centratur übernehmen und setzen dazu rücksichtslos Intrigen und Grausamkeit ein. Sie sind mit Ormor verbündet, der nicht merkt, wie sehr sie seine Pläne bestimmen. Nur die Rutaner, die Nachbarn der Vespucci im Osten, können dieses seltsame Volk, das alles Natürliche haßt, in seine Schranken weisen. Aber der König der Rutaner ist in einem Zauberbann gefangen. Mit dem Auftrag ihn zu befreien sind zwei Erits, Akandra und Marc, nach Osten unterwegs.

Der Zauberer Aramar, der die Verteidigung Hispoltais organisiert hatte, ist nun im Süden auf dem Weg ins Nachbarland Whyten. In dessen Hauptstadt Cantrel residiert der Hochkönig von Centratur. Aber Meliodas, der bisherige König, ist tot. Aramar will die näheren Umstände seines Todes erfahren. Auch erwartet er einen Angriff der Heere Ormors auf Cantrel und will die Witwe des Hochkönigs, Lunete, warnen.

Whyten

Über Centratur lag der schwarze Mantel der Nacht. Unsichtbar zog sich ein dichtes Wolkenband vom Worameer bis zu den Ruburhöhen, das Mond und Sterne verbarg. Still verharrten der Weiße und der Graue Wald. Im Thaurgebirge und in den Ilgaibergen lag noch Schnee. Die Bewohner der Dörfer in den oberen Tälern waren noch eingeschneit, aber sie hatten genügend Brennholz und Vorräte. Sie würden es noch eine Weile aushalten und in diesem Winter nicht mehr mit dem Hunger zu kämpfen haben. Die Flüsse führten zwar keine Eisschollen mehr mit sich aus den Bergen, aber sie waren auch noch nicht zum Frühjahrshochwasser angeschwollen. Ihre Furten waren passierbar. Der große Agangafluß wälzte seine grauen Fluten unermüdlich und unbeirrt vor sich hin. Ihn kümmerte es nicht, daß die Dörfer an seinem Ufer ausgestorben waren und sich nur noch selten ein Fischer auf das Wasser hinaus wagte.

Um diese Zeit in der Nacht waren alle längst zur Ruhe gegangen, und so mancher hoffte, das Tageslicht möge noch etwas ausbleiben. Die Männer auf den Mauern und Türmen der Städte und Burgen, die Wachen in den Lagern im Wald oder auf dem freien Land dösten und bemühten sich, die Augen offenzuhalten. Wenn sie aber über den kommenden Tag nachdachten, und was er wohl bringen würde, überfiel die meisten die Angst.

Sie hatten den Agangafluß bereits am Vortag überquert. Die alte Brücke, von den Truppen aus Darken im Großen Krieg zerstört, war wieder aufgebaut. Auf drei Bögen spannte sie sich über den mächtigen Fluß. Sie war so breit, daß drei Pferde bequem nebeneinander auf ihr gehen konnten. Der König hatte vor Jahren den Befehl gegeben, hier die größte Brücke in ganz Centratur zu errichten. Er wollte nicht nur einen Übergang über den Fluß, sondern ein steinernes Symbol der Verbundenheit zwischen Whyten und Equan setzen.

Grosskorl trat unruhig von einem Fuß auf den anderen. Die Hände hatte der Mann tief in die Taschen seiner pelzgefütterten Jacke gesteckt. Ihm war verdammt kalt, seine Zehen spürte er bereits nicht mehr. Langsam kroch die Taubheit weiter an seinen Beinen hoch. Obgleich er eine gestrickte Mütze trug, begannen seine Ohren zu erfrieren. Er spürte sie nur noch als einen dumpfen Schmerz.

Ein Nachtvogel zog als dunkler Schatten vorüber. Grosskorl zuckte bei dem unerwarteten Anblick zusammen.

Er fluchte leise: »Verdammt, ich hasse den Winter! Ausgerechnet im Winter muß ich mit diesen Verrückten durch die Gegend ziehen. Womit habe ich das verbrochen? Warum mußte es mich treffen? Warum hat die Königin mich ausgewählt? Warum kann ich nicht gemütlich zu Hause in meinem Bett liegen? Sicher, diese Leute haben geholfen, Hispoltai zu retten. Aber muß man deshalb mit diesen Nomaden durch die halbe Welt ziehen? Wie lange soll dieser unsinnige Ritt eigentlich dauern?«

»Du wirst schon noch eine Weile Geduld haben müssen«, sagte eine spöttische Stimme hinter ihm. »Und wenn ich nicht so gutmütig wäre, würde ich dich jetzt mit meinem Messer kitzeln. So macht man das nämlich mit Wachen, die nicht aufpassen, sondern vor sich hin schimpfen.«

Erschrocken fuhr Grosskorl herum und faßte nach seinem Dolch, aber mit festem Griff wurde sein Handgelenk umklammert und heruntergedrückt.

»Jetzt ist es zum Kämpfen zu spät. Du solltest wenigstens so wach sein, daß du mich erkennst«, fuhr die Stimme fort. Es war Aramar, der die Wache kontrollierte.

Grosskorl, ein Hüne von einem Mann, stammelte einige Ausreden, die seine Geistesabwesenheit entschuldigen sollten. Der Zauberer ging nicht darauf ein, sondern wies ihn an, Feuer zu machen und die anderen Mitglieder der Reisegesellschaft zu wecken.

Zwar war es in den letzten Tagen etwas wärmer geworden, dennoch froren alle, als sie sich beim anbrechenden Morgengrauen aus den Decken schälten. Sie hatten ihre Mäntel und die dicken Wollsachen in der Nacht anbehalten, Lammfelle um sich gewickelt, und die Sängerin Galowyn durfte sogar ein warmes Pferdefell über sich ausbreiten. Einada, die junge Königin von Equan, hatte alle gut ausgestattet und ihnen soviel Ausrüstung mitgegeben, wie vier Lastpferde tragen konnten. Dennoch waren die Nächte auf dieser Reise unangenehm genug. Die Kälte drang aus dem Boden in ihre steifen Körper.

Das Feuer war heruntergebrannt und glomm nur noch. Als sich Grosskorl niederkniete, um mit trockenem Gras ein paar Flämmchen zu entfachen, stöhnte die Sängerin: »Ich bin einfach zu alt für solche Ausflüge. Was treibe ich mich hier in der Gegend herum, anstatt gemütlich in irgendeinem Palast vor einem großen Kamin zu sitzen und mir von einem Diener heißen Wein servieren zu lassen? Diese Kälte ist Gift für meine Stimme. Meine Verantwortung gegenüber allen Wesen, die Gesang lieben, gebietet mir eigentlich mich zu schonen.«

»So, du wirst alt?« sagte ihre Dienerin, die gerade Wasser für Tee geholt hatte, zu der immer noch schönen Frau. »Das ist das erste Mal, daß ich dieses Eingeständnis aus deinem Mund höre. Bis jetzt dachte ich, du bleibst ewig jung.«

Für Smyrna war das dritte Lebensjahrzehnt ebenso wie für ihre Herrin gerade angebrochen. Sie war klein und hatte ein verschmitztes Gesicht.

Fallsta, der Goldgräber, ein hagerer Mann, der sich trotz der Kälte jeden Abend die Schuhe auszog und nun wieder hineinschlüpfte, lachte: »Jetzt reise ich mit euch beiden seit Monden und höre Tag für Tag die gleichen Sticheleien und den gleichen Streit. Werdet ihr dieses Spiels nie müde?«

»Es sind eben Frauen«, sagte Rimo, der zweite Soldat aus der Palastwache, der als Begleitung mit nach Cantrel geschickt worden war. Ein kleiner Mann mit einem schütteren Bart und Halbglatze, der jedoch größten Wert auf sein Aussehen legte und sich jeden Morgen lange bürstete. Seine Kleider waren für einen Soldaten der Palastwache recht kostbar.

»Das hat gar nichts mit Frauen zu tun«, keifte Galowyn wütend. »Das heutige Dienstpersonal taugt ganz einfach nichts und läßt an Respekt vermissen.«

»Dienstpersonal? Daß ich nicht lache! Wie oft soll ich dir noch erklären, daß du nur dann eine Dienerin hast, wenn du sie auch bezahlst.«

Der Streit wäre sicher so wie jeden Tag noch eine Weile weitergegangen, wenn sich Aramar nicht eingemischt hätte: »Wir kommen heute in bewohnte Gebiete. Ich weiß nicht, was uns erwartet, aber über der ganzen Gegend liegt etwas Bedrohliches.«

»Was meinst du damit?« fragte Fallsta.

»Es ist nur so ein Gefühl, aber wir müssen aufmerksam sein.«

Als sie sich später zum Frühstück niederließen, denn an Verpflegung fehlte es nicht, war der Goldgräber verschwunden. Man fragte verwirrt, wo er geblieben sei, und Aramar lächelte versonnen: »Er hat etwas zu erledigen. Das sollten wir respektieren.«

Alle rätselten über den Sinn dieser geheimnisvollen Worte, warteten aber geduldig auf die Rückkehr Fallstas. Smyrna wusch inzwischen Wäsche in einem nahen Bach, und die Männer striegelten die Pferde und besserten deren Geschirr aus. Aramar hingegen verschwand zwischen den Büschen.

Die Gestalt des Zauberers veränderte sich je nach Anlaß. Einmal war er ein alter Mann, der sich nur noch mit Mühe auf den Beinen halten konnte, dann wieder ein hochgewachsener Kämpfer, dem man besser aus dem Weg ging. Er trug lederne Hosen und hohe Stiefel und einen weiten, blauen Mantel. Über sein langes Haar hatte er eine lederne Kappe gestülpt. Ein prächtiger Bart verbarg die Lachfältchen in seinem Gesicht.

Erst gegen Mittag kehrte Fallsta zurück. Er war tropfnaß und ließ sich aufseufzend vom Pferd gleiten. Alle eilten zu ihm und fragten, was geschehen sei.

Er habe den Fluß überqueren wollen, antwortete er. Aber er sei tiefer gewesen, als vermutet, deshalb sei er ins Wasser gefallen. Doch das sei nicht tragisch. Ein Bad habe er schon lange nehmen wollen.

Er rieb sich trocken und wechselte die Kleider. Doch auch nach einer Stunde waren seine Hände immer noch blau, und er zitterte am ganzen Körper. Aramar sah ihn mit sorgenvollen Augen an. Aber noch eine Veränderung war mit Fallsta vor sich gegangen. Der Goldgräber schien von einer schweren Last befreit. Er war beinahe beschwingt, und alle bemerkten, daß die Goldbeutel an seinem Gürtel fehlten, die er von seinem Ausflug im Ilgaigebirge mitgebracht hatte.

Am späten Nachmittag beschlossen sie im ersten Dorf, das sie aus der Ferne sahen, zu übernachten. Doch beim Näherkommen verwarfen sie den Plan wieder. Das Dorf war zu klein, um einen Namen zu haben und bestand nur aus verfallenen Hütten.

Zwei Kinder mit großen Köpfen und aufgequollenen Bäuchen liefen rasch über die Straße und verschwanden in einem Haus, als sie die Reiter sahen. Sie waren spindeldürr und ihre Knochen nur noch von Haut umhüllt. Außer den Kindern ließ sich niemand sehen. Die Erde in den Gärten vor und hinter den Häusern war umgewühlt. Man sah kein Wintergemüse, und auch Vieh schien man in diesem Dorf nicht zu besitzen. Weder Gänse noch Hühner und schon gar keine Kuh liefen herum. Bittere Armut beherrschte diese Siedlung.

Die Reisenden sahen sich verwundert um und machten, daß sie weiterkamen. Nicht weit hinter dem Dorf gabelte sich der Weg. Der rechte Pfad stieg an und führte in einen Wald, während der linke einem Bach folgte. Aramar hielt sein Pferd an und sah sinnend auf den Stein an der Kreuzung. Dort war einst die Richtung eingemeißelt gewesen, doch inzwischen hatte jemand die Markierung entfernt. Man konnte erkennen, daß der Stein erst in jüngster Zeit bearbeitet worden war.

»Ich kenne mich hier nicht mehr so gut aus«, sagte der Zauberer. »Bevor wir in die Irre reiten, frage ich lieber.«

Er wendete sein Pferd und kehrte ins Dorf zurück. Vor dem ersten Haus des Ortes stieg er ab und pochte an die Tür. Zwar stieg Rauch aus dem Schornstein, aber niemand ließ sich sehen.

Wütend rief der Zauberer: »Entweder ihr zeigt euch, oder ich breche die Tür auf!«

Die Drohung zeigte Wirkung. Die Haustür öffnete sich einen Spalt, und eine Frau lugte heraus. Obgleich sie sicher nicht älter als achtzehn Jahre war, sah sie wie eine Greisin aus. Das Haar war strähnig, Schwären bedeckten Arme und Hände, die Augen lagen in tiefen Höhlen. Wie ein Totenschädel wirkte dieses Gesicht. Nachdem sie sich vorsichtig umgesehen hatte, öffnete sie die Tür noch ein wenig weiter, und nun konnte man hinter ihr Kinder erkennen, die ängstlich ins Freie starrten. Auch sie waren halb verhungert.

»Wir haben nichts mehr, Herr! Wir können nichts geben. Bitte, tut uns nichts«, flüsterte die Frau furchtsam.

»Ich will nichts von euch«, antwortete Aramar begütigend. »Sag mir nur, welcher der kürzeste Weg nach Cantrel ist.«

»Wir haben selbst nichts! Wir können nichts hergeben.«

»Ich will von dir nur eine Auskunft!«

»Wir hungern selbst. Bitte tut uns nichts! Wenn wir etwas hätten, würde ich es Euch geben.«

»So hör doch zu! Ich will nichts von euch. Ich frage nur nach dem Weg.«

Die Frau antwortete nicht, sondern wimmerte nur noch. Der Zauberer sah sie verwirrt an, dann hakte er wortlos seinen Brotbeutel vom Sattel und hielt ihn ihr hin. Sie bewegte sich nicht und sah den Fremden furchtsam an. Da warf ihr Aramar den Beutel vor die Füße, bestieg sein Pferd und gab ihm die Sporen. Mit den Gefährten redete er nicht über den Vorfall, sondern schlug wortlos den Weg ein, der den Bach entlang führte.

An diesem Abend ging es Fallsta schlecht. Seine rote Nase tropfte, noch immer zitterte er am ganzen Körper. Seine Stimme war rauh, und das Sprechen machte ihm Mühe. Aramar befahl ihm, sich völlig auszuziehen, dann rieb er ihn zusammen mit Smyrna mit trockenen Tüchern, bis die Haut rot glänzte. Anschließend wurde der Goldgräber in viele Decken eingepackt und mußte heißen Tee trinken. Dennoch nahm das Fieber im Lauf der Nacht zu, und am nächsten Morgen konnte er sich kaum im Sattel halten, so daß stets jemand neben Fallsta reiten und ihn festhalten mußte.

Auch an diesem Tag folgten sie dem Bach und kamen durch zwei Dörfer. Sie unterschieden sich kaum von dem ersten, das sie am Vortag gesehen hatten. Die Armut und der Hunger waren so augenfällig, daß sie all ihren Proviant verteilten. Trotzdem schienen sich die Leute immer noch zu fürchten, und es war kein Wort aus ihnen herauszubringen. Aramar blickte finster, während seine Begleiter rätselten, was hier wohl vorgefallen sein konnte.

Ankunft in Cantrel

Endlich lag die weite Ebene von Cantrel vor ihnen. Mit ihren goldenen Kuppeln und blitzenden Dächern war die Stadt schon von weitem zu sehen. Über den Mauern schwebte in strahlendem Weiß der Palast. Staunend starrten alle auf das Wunder, das in der Nachmittagssonne vor ihnen glänzte.

»Sie haben Cantrel wieder aufgebaut, schöner als je zuvor«, flüsterte der Zauberer ergriffen. »Die Stadt hatte man im Großen Krieg völlig zerstört. Die Krieger aus Darken waren zu ihr durchgestoßen. Um jedes Haus war damals gekämpft worden. Schließlich gelang es dem Feind, die ganze Stadt zu besetzen. Meliodas konnte sich nicht mehr halten und mußte mit seinen Truppen abziehen. Dann hat der Feind die Stadt angezündet und geschleift. Cantrel war einst der schönste Fleck in ganz Centratur gewesen, und so mancher tapfere Mann weinte nach dem Krieg, als er die schwarzen, rauchenden Ruinen sah und sich an die ehemalige Pracht erinnerte. Doch wie ihr seht, Cantrel ist aus der Asche auferstanden.«

»Weshalb schwebt der Palast über der Stadt?« fragte Smyrna atemlos.

»Er schwebt nicht, er steht auf Stelzen.«

Am Nachmittag waren sie Cantrel so nahe gekommen, daß sie rings um die weißen Mauern ein Zeltlager erkennen konnten. Es war groß, und die Zelte standen so lückenlos, daß Galowyn entsetzt fragte: »Wird Cantrel etwa belagert?«

»Das weiß ich nicht«, antwortete der Zauberer. »Aber wir werden es bald erfahren.«

Als sie die ersten Zelte erreichten, beugte sich Aramar von seinem Pferd herab und tippte einem der Männer auf die Schulter. Der lief geschäftig mit einem Eimer in der Hand durch das Lager. Er schien ein Bediensteter zu sein und sich durch den Fremden gestört zu fühlen.

»Was wollen all die Leute hier?« fragte der Zauberer.

Der Mann starrte ihn an, als sei er von allen guten Geistern verlassen, dann antwortete er spöttisch: »Das gleiche wie Ihr selbst, die Königin heiraten!«

Aramar wollte noch eine Frage stellen, aber der Mann wandte sich ab und verschwand zwischen den Zelten.

»Mir scheint, es sind Freier«, sagte der Zauberer nachdenklich.

»Freier?« fragte Galowyn.

»Ja, diese Männer wollen Königin Lunete heiraten.«

»Schau nicht so neidisch«, wandte sich Smyrna spöttisch an ihre Herrin. »Ich weiß, es wäre dein Traum, daß sich so viele Männer um dich drängeln.«

»Was muß das für eine Frau sein!« seufzte Fallsta.

»Ich glaube nicht, daß es diesen Leuten um Frau Lunete geht. Sie wollen vielmehr die Herrschaft über Centratur. Jeder von diesen Gesellen hofft, Hochkönig zu werden.«

Sie durchquerten auf schlammigen Wegen die Zeltstadt. Vor zusammenklappbaren Tischen saßen Männer und würfelten. Weinkrüge lagen leer auf dem Boden, die abgenagten Knochen eines Hühnchens waren achtlos zwischen die Zelte geworfen.

Als die Freier die Reisenden zu Pferd sahen, lachten sie und riefen: »Ihr kommt reichlich spät. Hier ist nichts mehr zu holen. Zu viele Hunde balgen sich schon um den Knochen. Verschwindet und spart euch eure Zeit. Ihr habt doch zwei Frauen dabei, was braucht ihr da noch die Königin?«

Angewidert ritten der Zauberer und seine Begleitung weiter. Sie achteten nicht auf das schallende Gelächter hinter ihnen.

Vier Reiter kamen hoch zu Pferd an ihnen vorüber.

Sie hörten die Würfelspieler rufen: »Wo wollt ihr hin?«

»Bei den Bauern einsammeln.«

»Die haben doch nichts mehr.«

»Macht nichts, das Einsammeln macht auch so Spaß.«

Wieder dröhnte die Luft von Gelächter.

»Die holen sich unseren Proviant, den wir hergeschenkt haben«, sagte Smyrna bitter.

»Das glaube ich nicht«, sagte der Zauberer. »So verhungert wie die Leute in den Dörfern waren, ist sicher kein Krümel mehr übrig. Aber dieses ›Einsammeln‹ ist auch so schlimm genug.«

Schließlich erreichten sie das Stadttor, das weit offenstand. Wachen stellten sich ihnen in den Weg. Es war verboten, so erfuhren sie, Pferde mit in die Stadt zu nehmen. Deshalb blieb ihnen nichts übrig, als abzusitzen und ihr Gepäck und die Tiere Grosskorl und Rimo anzuvertrauen. Diese führten die Pferde in einen Mietstall neben dem Tor und richteten sich auf eine längere Wartezeit ein.

Als sie die hohen, weißen Tore durchschritten hatten, wußten sie, weshalb die Stadt für die Pferde verboten war. König Meliodas hatte Straßen und Gassen mit weißem Marmor pflastern lassen, der durch Pferdehufe beschädigt worden wäre. Es war eine Welt ganz aus Stein, in der sie sich nun befanden. Straßen, Plätze, alles war mit weißen Platten belegt und die Häuser bestanden aus großen Marmorblöcken. Selbst der Fluß wälzte sich unterirdisch durch die Stadt. Kein Krümel Erde war zu sehen. Für Pflanzen war in dieser steinernen Pracht kein Raum. Aber die Natur hatte sich inzwischen zu ihrem Recht verholfen. Etliche der Platten waren mittlerweile gesprungen, und in ihren Rissen wuchsen zaghaft Gras und sogar einige Blumen. Die breiten Straßen zwischen den prächtigen Häusern waren verschmutzt; in all dem Unrat wucherten Unkraut und Brennesseln.

»Wie kommt ein alter Waldläufer dazu, sich eine Stadt zu bauen, aus der die Natur verbannt ist?« staunte Aramar. »Mein alter Freund, König Meliodas, gibt mir immer mehr Rätsel auf.«

Auf den Straßen herrschte reges Treiben. Menschen in prächtigen Gewändern schritten gewichtig mit ihrem Gefolge zu irgendwelchen Treffen. Männer und Frauen mit Bündeln auf dem Kopf hasteten vorüber. Die Reisenden standen verloren in all der Geschäftigkeit.

»Was bedeuten die eisernen Ringe, die einige der Leute um den Hals tragen? Sogar Kinder habe ich mit diesem Schmuck gesehen«, fragte Fallsta, der von Galowyn und Smyrna gestützt wurde.

»Das ist kein Schmuck«, antwortete Aramar bitter. »Der Ring ist das Sklavenzeichen. Hier in dieser Stadt werden Sklaven gehalten. Weit ist es gekommen mit der Freiheit und Gleichheit, für die Meliodas und ich einst eingetreten sind. Was für eine abscheuliche Stadt! Wir müssen zum Palast. Ich will mit Königin Lunete sprechen.«

Der Weg war nicht zu verfehlen, denn ganz gleich, wo man sich in der Stadt aufhielt, sah man den Palast hoch über der Stadt thronen und in der Sonne blitzen, und mußte geblendet die Augen schließen. Die Reisenden drängten sich durch die Menschenmenge, wurden von Wirten und Dirnen angesprochen, liefen durch Gassen und Straßen und standen endlich vor der breiten Treppe, die zum Sitz des Hochkönigs emporführte.

Doch bevor sie sich an den Aufstieg machten, sahen sie sich erst einmal das wundersame Bauwerk an. Es stand auf hohen Säulen, und am Ende der großen Treppe mit den vielen Stufen zog sich eine Plattform über die gesamte Breite hin und erst dahinter waren die eigentlichen Eingänge.

»Ich weiß nicht, was sich Meliodas gedacht hat, als er dieses Monstrum errichten ließ?« fragte sich Aramar noch immer verwundert. Diese Pracht vermittelte ihm ein anderes Bild des verstorbenen Freundes, als er es in Erinnerung hatte.

»Bevor wir hineingehen, sollten wir Quartier nehmen«, sagte Galowyn. »Fallsta kann nicht mehr.«

»Wir werden im Palast schlafen«, antwortete der Zauberer.

Ohne zu zögern schritt er die Freitreppe empor. Aber kaum hatten sie die Hälfte der Stufen zurückgelegt, da wurden sie von oben angerufen. Eine barsche Stimme befahl ihnen, sofort stehenzubleiben und umzukehren. Aramar kümmerte sich nicht weiter darum. Nun kamen ihnen vier Männer entgegen. Sie trugen hohe Helme und hielten lange Lanzen auf die Fremden gerichtet. Man sah ihren Gesichtern an, daß sie entschlossen waren, sich Gehorsam zu verschaffen.

»Wohin wollt Ihr?« fragte ihr Anführer streng.

»Zur Königin«, antwortete Aramar freundlich.

Einem verdutzten Schweigen folgte schallendes Gelächter.

»Zur Königin wollen viele Leute, und keiner ist bisher vorgelassen worden. Was gibt Euch die Hoffnung, bei Euch werde eine Ausnahme gemacht?«

»Wir sind Freunde der Königin.«

»Habt Ihr draußen das Zeltlager um die Stadt gesehen?«

Aramar nickte.

»Das sind alles Freunde der Königin. Königin Lunete hat so viele Freunde, daß das Land daran zugrunde geht. Sie haben alles kahl und leer gefressen, diese Freunde. Und alle diese Freunde wollen nur das eine, sie wollen zu unserer Herrin. Sie haben unsere Herrin so gern, daß sie am liebsten zu ihr ins Bett kriechen möchten. So ist das mit den Freunden. Die Herrin will aber diese Freunde gar nicht sehen. Am liebsten wäre es ihr, sie würden alle verschwinden. Also macht Euch fort und zwar rasch!«

»Wir gehören nicht zu den Freiern, sondern haben eine wichtige Botschaft«, mischte sich nun Galowyn ein.

»Die Botschaft könnt Ihr mir sagen, und weitere Ausreden braucht Ihr Euch nicht auszudenken. Übrigens seid Ihr die ersten Frauen unter den sogenannten Freunden. Das überrascht mich ein wenig. Sklavinnen könnt Ihr nicht sein, denn ich sehe keinen Ring. Was also wollt Ihr?«

»Ich bin Galowyn, die berühmte Sängerin. Und das ist Smyrna, meine Dienerin. Der Mann vor Euch ist Aramar, der große Zauberer. Und da ist noch Fallsta, unser Freund, der dringend ein Bett braucht. Genügt Euch diese Erklärung, und macht Ihr nun endlich den Weg frei?«

»Ihr seid wirklich hartnäckig! Als Sängerin und Zauberer hat es bis jetzt noch keiner versucht. Ihr habt Euch wirklich etwas einfallen lassen. Nun aber genug! Ihr habt uns schon zu viel Zeit gestohlen. Kehrt um, oder Ihr werdet es bereuen!«

Aramar wurde langsam ungeduldig. Ärgerlich sagte er: »Mir reicht es jetzt! Ich bin nicht gewohnt, von der Wache abgefertigt zu werden. Macht Platz und haltet uns nicht länger auf! Wir haben keine Zeit zu verlieren!«

Die Worte des Zauberers wischten die letzte Freundlichkeit aus den Gesichtern der Wachleute. Die Speerspitzen wiesen nun genau auf die Herzen der Fremden. Es war klar, wenn sie nicht umkehrten, würde es zum Kampf kommen. In diesem Moment trat aus dem Palast ein Mann in einer schimmernden Rüstung. Sie war silbern und schwarz, und auf dem Kopf trug er einen blitzenden Helm. Er befahl den Soldaten, innezuhalten und die Fremden zu ihm zu bringen. Langsam schritten die Männer rückwärts die Treppe hinauf. Sie senkten die Speere keinen Daumen breit. Die Freunde folgten ihnen.

Der Vorsteher der Garde im Palast von Cantrel war ein mächtiger Mann, wie Aramar seinen Gefährten beim Emporsteigen leise erklärte. Ihm oblag nicht nur der Schutz des Königs, sondern die Verteidigung der ganzen Stadt.

Der Mann, der sie auf der weiten Terrasse über den Dächern von Cantrel erwartete, war hochgewachsen und überragte Aramar. Er ließ sich Namen und Herkunft der Fremden genau nennen. Bereitwillig gaben diese Auskunft. Dann fragte der Zauberer nach dem Namen des Hauptmanns.

»Ich bin Vorsteher Kuri. Von Euch, Aramar, habe ich schon gehört. Ihr wart einst mit dem König befreundet gewesen, dessen Tod ich nicht verhindern konnte.«

»Ihr seid dabeigewesen, als er starb?« fragte der Zauberer rasch.

»Ich sah ihn in den Fluß steigen. Er ließ sich nicht zurückhalten.«

Sofort begann Aramar zu fragen, wer noch dabei war, wie viele Leute das Unglück gesehen hatten, welches die letzten Worte Meliodas' gewesen waren und vieles mehr.

Der Mann in der prächtigen Rüstung gab bereitwillig Auskunft: »Wir waren schon einige Tage unterwegs gewesen, und der König hatte schlechte Laune. Wahrscheinlich, weil ein paar Hofschranzen ständig um ihn herumscharwenzelten, um irgendwelche Privilegien herauszuschlagen. Dann wurden wir auch noch überfallen. Es war nicht gefährlich, aber der König ärgerte sich maßlos, daß man es wagte, ihn selbst anzugreifen. An diesem Abend schlugen wir unser Lager am Ufer des Tessenflusses auf. Er war reißend und führte Hochwasser. Am Morgen des Unglücks war Meliodas schon früh auf und hatte sich in den Kopf gesetzt, im Fluß zu baden. Ich weiß nicht, was ihn zu diesem Wahnsinn trieb. Vielleicht wollte er sich selbst beweisen, daß er noch jung und tatkräftig war. Ich warnte ihn, doch er hörte nicht auf mich. Kurze Zeit später war er tot – ertrunken.«

»Wo wart Ihr, als es geschah? Wer hat die Leiche untersucht? Wo waren die anderen aus dem Gefolge zu diesem Zeitpunkt?«

»Ich bin Euch keine Rechenschaft schuldig«, unterbrach ihn Kuri unwillig. »Auch wenn Ihr König Meliodas gekannt habt, so gibt Euch das kein Privileg. Geht nun und verlaßt die Stadt!«

»Wir müssen die Königin sprechen!«

»Das müssen viele.«

Nun wurde der Zauberer ungeduldig und sagte barsch: »Entweder Ihr laßt uns vor oder wir verschaffen uns Zutritt.«

Der Vorsteher sah den Fremden vom Kopf bis zu den Füßen an, dann lächelte er: »Belohnt Ihr mir mit diesem Ton meine Freundlichkeit? Doch ich verzeihe Euch und werde Euch der Königin melden. Heute kann ich Euch jedoch nicht mehr vorlassen. Kommt morgen wieder, dann sollt Ihr die Königin sehen!«

Aramar zögerte ein wenig, dann nickte er: »Morgen früh werden wir hier sein.«

Er gab seinen Begleitern einen Wink, und sie stiegen die hohe Treppe wieder hinab.

Unterwegs sagte der Zauberer: »Wir hätten uns durchkämpfen können, aber ich will keinen Ärger. Außerdem geht es Fallsta nicht gut.«

Nun galt es, in der überfüllten Stadt ein Quartier zu finden. Nach langem Suchen kamen sie in einem Haus nahe der Stadtmauer unter, das sich einst eine reiche Familie gebaut hatte. Es war groß und mit Treppen, Erkern und Balkonen versehen. Von außen sah es noch immer imposant aus, aber die Fassade verbarg nur das Elend im Innern. Obwohl das Gebäude heruntergekommen und schäbig war, diente es als Gasthaus, und alle Räume waren vermietet. In den großen Sälen, in denen einst rauschende Feste gefeiert worden waren, logierten nun bis zu dreißig Leute. Sie schliefen auf Strohsäcken auf dem Boden. Der Schmutz überall war unbeschreiblich. Die Menschen verrichteten ihre Notdurft einfach auf dem Gang, und da niemand da war, um den Unrat zu beseitigen, stank das ganze Haus. Die Reisenden bekamen eine kleine Kammer im zweiten Stock zugewiesen, die früher wohl als Dienstbotenunterkunft gedient hatte.

Der Wirt, der sie nach oben führte, kümmerte sich nicht um den Dreck und die Menschen, die überall herumlagen. Solange sie bezahlten, schien er ganz zufrieden. Wie selbstverständlich schlängelte er sich zwischen Kot und Leibern hindurch. Er hielt dabei eine Kerze in der Hand und redete ununterbrochen. Mit einem Blick auf den schwankenden Fallsta, den Smyrna und Galowyn stützten, fragte er, ob er zwei Frauen zum Wärmen schicken solle.

Verwundert erkundigte sich Smyrna nach dem Sinn dieses Angebots.

»Oh, sie wärmen Euren Freund mit ihren Körpern und ziehen zugleich alle Gifte aus seinem Leib.«

»Das ist nicht nötig«, sagte Aramar mit unterdrücktem Zorn.

»Aber vielleicht macht es ihm Spaß, und Vergnügen ist der beste Arzt.«

»Nein, ich will nicht«, keuchte nun auch Fallsta.

»So hört Euch wenigstens die günstigen Preise an. Zwei Mädchen unter zwanzig Jahren kosten vierzig Dinra. Für Frauen älter als zwanzig Jahre verlange ich dreißig Dinra, und für Frauen, die schon vierzig Jahre hinter sich haben, müßt Ihr nur noch zehn Dinra zahlen. Gebt zu, daß dies günstig ist. Ich habe Euch nämlich einen Sonderpreis gemacht. Die Frauen kommen aus Muriel und sind erste Qualität. Auch Ihr anderen könnt Euch an den Frauen wärmen, wenn Ihr wollt.«

Es war schwierig, dem Wirt klarzumachen, daß sie seine Offerte ausschlugen. Aramar versuchte es sehr höflich, um kein Aufsehen zu erregen. Aber der Mann blieb hartnäckig und wollte unbedingt seine Frauen schicken, so daß der Zauberer am Ende doch einige deutliche Worte sagen mußte. Endlich waren sie allein und Fallsta auf einen Strohsack gebettet. Aramar hatte unterwegs Kräuter und Beeren gesammelt, mit denen er den Fiebernden versorgte. Dann schlief der Goldgräber ein.

Die Frauen waren zwar müde, hatten aber keine Lust, bis zum Schlafen in dem muffigen Zimmer zu bleiben. Deshalb liefen sie noch ein wenig durch die Straßen. Aramar blieb bei Fallsta.

Auf den Straßen drängten sich noch immer Leute. Man konnte Männer aus aller Herren Länder sehen, in den unterschiedlichsten Kleidern und Trachten. Die wenigen Frauen dagegen waren dem Aussehen nach Dienerinnen und Sklavinnen. Natürlich gab es auch Huren und Strichjungen, die nach Freiern suchten und, wie Galowyn und Smyrna bemerkten, auch fanden. Vor den Häusern standen Bänke und Tische für Zecher. Sie waren gut besetzt. Krüge mit rotem Wein und gelbem Bier wurden herumgereicht. Die Männer lachten und grölten und hoben ihre Becher. Gespannte Erwartung lag über dem bunten Treiben, denn in den Stunden vor Sonnenuntergang sollten in der Arena der Stadt Gladiatorenspiele stattfinden.

Wundervolle Standbilder, auch sie aus Marmor, zierten die Straßen. Niemand blickte sie mehr an, und so manchem fehlte die Nase oder gar ein Arm. Waren Übermut oder Achtlosigkeit für die Zerstörung der Kunstwerke verantwortlich gewesen?

Die Sängerin und ihre Dienerin fielen in diesem geschäftigen Treiben nicht auf. Sie schlenderten zwischen den Gruppen hindurch, tranken im Stehen einen Becher Wein und gelangten schließlich vor ein geräumiges Haus, in das viele Menschen strömten. Neugierig gingen sie näher und erkannten ein Badehaus. Nach der langen Reise und dem Staub der Landstraßen verspürten sie Sehnsucht nach einem Bad, so daß sie sich den Leuten anschlossen und durch die mächtigen Säulen hineindrängten. Hinter dem Eingang saß eine Sklavin, der sie je einen Dinra zahlten. Dahinter öffnete sich eine weite Vorhalle, in der alle ihre Kleider in steinerne Nischen legten, die von nackten Sklavinnen bewacht wurden.

Da wurden dicke Bäuche und schwammiges Fleisch sichtbar, aber auch straffe Muskeln und narbige Oberkörper. Behaarte Männer gingen so selbstverständlich durch den Durchlaß ins Innere wie solche, deren weißes Fleisch das Auge blendete. Ungeniert sahen sich die beiden Frauen diese Parade an. Doch eine Stimme unterbrach ihre Beobachtung: »Darf ich die beiden Damen ins Innere dieses Tempels des Wohlbefindens und der Lust geleiten? Doch wollt Ihr Euch nicht zuvor dieser elenden Hüllen entledigen, durch die so viel Schönheit dem Auge des genießenden Beschauers verborgen bleibt? Ihr seid neu hier, das sieht ein Kundiger sofort. Darf ich mich anheischig machen, Euch hier einzuführen? Es wäre mir eine Ehre, wenn ich Euch mit den Gepflogenheiten dieser erquicklichen Einrichtung vertraut machen dürfte. Schon bevor Ihr die Kleider abgestreift habt, kann ich sagen, daß dieses Haus heute durch Euch eine Bereicherung erfährt.«

Galowyn und Smyrna sahen sich um. Hinter ihnen stand ein kleines Männchen mit wabbligem Bauch und einem dünnen Haarkranz um seinen kahlen Schädel. Es lächelte gewinnend und redete in einem fort.

»Wenn es den Damen recht ist, würde ich sie nach den Erquickungen, die dieses Haus zu bieten vermag, noch zu den Spielen in der Arena führen. Aber zuvor wollen wir uns anderen Spielen widmen.«

Bei diesen Worten stieß er ein meckerndes Gelächter aus. Die Sängerin sah ihn mißtrauisch an und schritt, ohne sich weiter um den aufdringlichen Alten zu kümmern, auf den Eingang ins Innere zu, und Smyrna folgte ihr.

»Halt«, hörte sie hinter sich, »Ihr müßt Euch erst entkleiden. So wie Ihr Euch befindet, ist der Eintritt nicht gestattet.«

Sie traten nicht ein, aber sie erhaschten einen Blick auf den großen Raum. An den Wänden saßen nackte Frauen und schienen zu warten. Hin und wieder trat ein Mann auf sie zu, gab ihnen ein Zeichen, und sie folgten ihm ins Wasser oder zu Räumen im Hintergrund. In dampfenden Wasserbecken und an ihren Rändern kopulierten Paare. Nackte Sklavinnen liefen zwischen ihnen hindurch und versorgten alle mit Getränken und Essen.

Die Sängerin und ihre Dienerin sahen sich wortlos an. Damit hatten sie nicht gerechnet, und die Lust auf ein Bad war ihnen gründlich vergangen. Sie wandten sich ab und verließen dieses Badehaus. Hinter sich hörten sie noch die Stimme des Alten: »Aber meine Damen, wo geht Ihr denn hin? Warum wollt Ihr Euch nicht entspannen? Ich hätte Euch mit Freuden in diese Gesellschaft eingeführt. Wollen wir uns für morgen verabreden?«

Zu einem weiteren Bummel durch die Stadt verspürten sie nun keine Lust mehr. So kehrten sie zu Aramar und Fallsta zurück, packten die Reste ihrer Vorräte aus und aßen zusammen mit den beiden Männern auf dem Zimmer.

Der Anschlag

Später legten sich alle auf den Fußboden zum Schlafen, sie waren von der anstrengenden Reise rechtschaffen müde. Eine wirkliche Gefahr befürchteten sie hier inmitten der Stadt nicht und teilten deshalb auch keine Wachen ein.

Mitten in der Nacht öffnete sich leise die Tür und herein schlich eine dunkle Gestalt. Der Eindringling kroch zielstrebig zu Aramar und zog eine feine Schnur hervor. Sie war gewachst und hatte einen hölzernen Griff an ihren Enden. Behutsam legte er sie um den Hals des Zauberers und zog sie mit einem Ruck zusammen. Die Schlinge schnitt tief ins Fleisch, und Aramar war sofort wach. Er riß die Hände hoch und umfaßte die Schnur, um sich zu schützen. Es gelang ihm auch, zwei Fingerspitzen zwischen seinen Hals und das Mordwerkzeug zu schieben, doch die Würgeschnur durchschnitt seine Finger. Blut lief ihm über Hals und Hände. Diesen Angriff konnte der stärkste Mann nicht überleben. Dabei ging alles ganz lautlos vor sich. Man hörte nur das Keuchen von Angreifer und Opfer.

Da änderte sich auf einmal die Situation. So fest die dunkle Gestalt auch zog, die Schlinge bewegte sich nicht mehr. Der Hals des Zauberers schien plötzlich aus Eisen zu sein. Langsam drehte sich Aramar herum und sah seinem Peiniger ins Gesicht. Dann umfaßte er den Hals der Gestalt und drückte zu. Nach wenigen Sekunden brach der Meuchelmörder tot zusammen.

Inzwischen waren auch die anderen erwacht. Erschüttert sahen sie auf die schwarz gekleidete Gestalt und fragten den Zauberer, was vorgefallen war. Der keuchte noch und tupfte das Blut von seinem Hals. Dann wickelte er sich einen Lappen um die verwundete Hand.

»Irgend jemand will mir ans Leben und schickte einen gedungenen Mörder. Bei all dem Gesindel, das sich hier herumtreibt, war es sicher kein Problem, einen Strolch für diese schmutzige Arbeit zu finden. Das bedeutet, wir sind sogleich nach unserer Ankunft jemandem auf die Füße getreten.«

»Das war knapp«, stammelte Smyrna. »Wie hast du dich retten können?«

»Jeder andere an meiner Stelle wäre sicher tot. Ich nehme an, der Mörder wollte einen von uns nach dem anderen erwürgen. Sein Pech, daß er zuerst auf mich traf. Der Eiserne Panzer hat mich gerettet. Es ist eine Übung, die wir in unseren Klöstern lernen. Eiserner Panzer heißt, daß unsere Körper durch die Kraft unseres Willens völlig unangreifbar und für Schmerzen unempfindlich werden. Nicht einmal kochendes Wasser könnte uns in diesem Zustand etwas anhaben. Nur eine einzige Stelle des Körpers bleibt immer angreifbar, aber die kennt der Feind nicht.«

»Kann das jeder lernen?«

»Ja, aber es bedarf langer Übungen und auch Enthaltsamkeit. Der Eiserne Panzer wird erst in einer sehr späten Stufe der Einweihung verfügbar. Ich glaube nicht, daß es heute noch viele Menschen gibt, die ihn beherrschen.«

Aramar war trotzdem schwer verwundet worden. Die beiden Frauen untersuchten ihn gründlich. Der Einschnitt am Hals verlief waagerecht, und dicht neben der Wirbelsäule sah man Druckstellen von den hölzernen Griffen. Die gewachste Schnur war tief ins Fleisch gedrungen und hätte beinahe die Schlagader durchtrennt. Smyrna und Galowyn begannen ihn ordentlich zu verbinden, und um ihre Bemühungen zu unterstützen, konzentrierte sich der Zauberer und stoppte so die Blutung. Endlich war er mit Leinenstreifen, die zuvor zum Unterrock Smyrnas gehört hatten, versorgt.

Fallsta, der alles nur im Dämmerzustand des Fiebers mitbekommen hatte, schlief schon wieder, und die anderen legten sich auch wieder hin. Doch schliefen sie in dieser Nacht nicht gut, und besonders Smyrna dachte ständig darüber nach, was dieser Überfall wohl bedeuten mochte. Am nächsten Morgen zündeten sie zwei Kerzen an und untersuchten den Toten. Er hatte ein schmales Gesicht und eine scharfe, lange Nase. Seine Kleidung war abgerissen und schmutzig. Man sah keine Spuren von Todeskampf, er war unter Aramars Griff einfach entschlafen.

»Es ist ein Süchtiger!« sagte der Zauberer, als er sich nach der Untersuchung wieder aufrichtete. »So jemand macht alles für Geld.«

»Süchtiger?« fragte Galowyn.

»Es gibt da einen Pilz. Wenn man ihn zu Staub zerreibt und danach röstet, entsteht ein braunes Pulver. Leute, die dieses Pulver schnupfen, vergessen die Welt und erleben die schönsten Träume. Man nennt das Zeug Kir oder Schöntod und jeder, der es mehr als zweimal genommen hat, wird süchtig danach. Es sind nicht allein die Träume, nach denen man sich sehnt, der Körper will ganz einfach das Gift. Er schreit danach. Man glaubt zu sterben, wenn man seine Portion Schöntod nicht rechtzeitig bekommt. Der Preis für das Zeug ist unglaublich hoch, aber die Menschen geben alles, nur um weiter schnupfen zu können. Gleichzeitig sterben sie dabei einen langsamen Tod. Daher kommt auch der Name.«

»Habe ich diesen Pilz schon einmal gesehen? Wie heißt er? Wie sieht er denn aus?« fragte Smyrna neugierig.

»Der Pilz selbst hat den Namen Raissi. Ich glaube nicht, daß du ihn je zu Gesicht bekommen hast. Er ist sehr selten. Der Pilz wächst auf dem Holz von lebenden Gruschibäumen. Stirbt der Baum, so stirbt auch der Pilz. Zwar sieht Raissi aus wie jeder andere Pilz mit Stiel und Kappe, aber er ist hart wie Holz und unbehandelt absolut ungenießbar. In alten Zeiten war er ausschließlich Königen vorbehalten, die ihn kochen und sich einen Tee daraus bereiten ließen. In dieser Form macht Raissi nicht süchtig, sondern erweitert den Geist und stärkt die Gesundheit. Wer einen Raissi fand und ihn dem König nicht ablieferte, wurde mit dem Tod bestraft. Die Könige kannten in diesem Fall keine Gnade und verfolgten den Raissimißbrauch unbarmherzig. Inzwischen aber achtet niemand mehr auf das Gesetz, und einige gerissene und skrupellose Menschen haben entdeckt, daß sich aus ihm ein starkes Rauschgift, eben Schöntod, gewinnen läßt. Da der Pilz so selten ist, ist auch das Gift so teuer.

Ich dachte schon, das Problem hätte sich erledigt, weil es keine Pilze mehr gibt. Aber ich habe mich getäuscht. In Centratur ist heute wieder alles denkbar und möglich.«

»Und woher wollt Ihr wissen, daß dieser Mann ein Süchtiger ist?«

»Hier, seht die blauen Flecken um seine Nase und den feinen Ausschlag hinter dem Ohr. Dies sind untrügliche Zeichen. Doch nun genug davon. Der Tote muß endlich weggebracht werden.«

Auf dem Gang fand der Zauberer den Wirt und bestellte zwei Träger, die auch bald darauf kamen. Es waren Männer mit Eisenringen um den Hals. Sie waren nackt, bis auf zerrissene Tücher um ihre Lenden. An den Füßen trugen sie einfache Ledersandalen. Ihr Besitzer war auch gleich mitgekommen und verlangte Vorauszahlung. Der Preis für das Wegschaffen der Leiche war unverschämt hoch, aber Aramar feilschte nicht. Die beiden Sklaven hatten eine einfache Bahre mitgebracht, auf die sie den Toten luden. Dann machten sich alle auf den Weg. Zurück blieb nur Fallsta, der noch immer vor sich hindämmerte.

Wie eine Prozession setzten sie sich in Bewegung, ihr Ziel war der Palast. Auf der Straße erregten sie allgemeine Aufmerksamkeit, und eine große Menschenmenge folgte ihnen. Wie ein Lauffeuer sprach es sich in der Stadt herum, daß vor dem Königspalast ein Schauspiel zu erwarten sei, und keiner wollte es sich entgehen lassen.

Als sie vor der großen Treppe ankamen, war ihr Kommen schon angekündigt worden. Oben auf der Terrasse stand eine dichte Mauer aus Wachen und vor ihrer Front der Vorsteher. Sie machten alle ernste Gesichter und waren sich ihrer Würde bewußt. Sie verkörperten schließlich das Recht in dieser Stadt.

»Wen bringt Ihr mir auf dieser Bahre, Aramar?« fragte von oben dröhnend der Befehlshaber.

»Einen Meuchelmörder«, rief der Zauberer zurück.

»Was hat er getan?«

»Er hat versucht, mich zu töten. Seht meine Wunden.«

»Ich will sie nicht sehen, sondern frage Euch, weshalb Ihr gesund vor mir steht, wenn er Euch nach dem Leben trachtete?«

»Ich konnte mich zur Wehr setzen, und er verlor den Kampf.«

»Dann ist er zumindest kein Mörder, denn er ist tot und Ihr lebt.«

»Wichtig ist nicht die Tat, sondern die Absicht. Er wollte mich töten!«

»Das behauptet Ihr. Zu mir aber sind Zeugen gekommen, die eine ganz andere Geschichte erzählen.«

Fünf Männer traten aus der Menge und schritten die Treppe empor. Fünf Stufen unterhalb der Garde in ihren schimmernden Uniformen stellten sie sich in einer Reihe mit dem Gesicht nach unten zur Menge auf. Sie trugen teure Kleider und hatten die Haare sorgfältig frisiert. Sie waren allesamt noch jung.

»Was habt Ihr zu sagen, Zeugen?« rief Kuri.

»Dieser Mann hat unseren Freund ohne Grund getötet.«

Dabei wiesen sie mit den Fingern auf Aramar.

»Woher wißt Ihr das?«

»Wir haben es gesehen.«

»Berichtet!«

Hatten sie bisher wie ein Chor im Gleichklang gesprochen, so wechselten sie sich bei dem folgenden Bericht untereinander ab.

»Wir saßen friedlich in der Taverne ›Zum Palast‹ bei einem Würfelspiel. Da kam dieser alte Mann herein. Er ging zu unserem Tisch und sprach uns an.«

Hier unterbrach sie Kuri und rief: »Kann das jemand bezeugen?«

Ein dicker Mann drängte sich nach vorn, stieg fünf Stufen hinauf und schrie aus Leibeskräften: »Ja, ich!«

»Wer seid Ihr?«

»Ich bin der Wirt und habe alles gesehen.«

»Fahrt fort!«

»Er kam also an unseren Tisch und fragte, ob wir viel Geld verdienen möchten. Dies verneinten wir, denn auf redliche Weise verdient man niemals viel Geld. Doch er gab nicht auf, lud uns zum Trinken ein und bezahlte auch noch unser Essen. Dies war uns peinlich, aber er ließ sich nicht zurückhalten.«

»Wirt, stimmt das?«

»Ja, Herr!«

»Endlich, der Abend war weit fortgeschritten, und der alte Mann hatte viel getrunken. Deshalb bat er uns, ihn nach Hause zu bringen. Wir standen zwar nur gegen unseren Willen in seiner Schuld, aber als höfliche Menschen entsprachen wir seiner Bitte. In seiner Unterkunft war es dunkel, aber wir begriffen sofort, was er von uns wollte. Er versuchte uns zu küssen und bedrängte uns, mit ihm unsittliche Dinge zu tun. Wir wiesen dies natürlich empört von uns. Da wurde er wütend und griff uns an. In der Finsternis konnten wir uns nicht richtig zur Wehr setzen, und plötzlich war unser Gefährte tot. Dieser Mann hat ihn umgebracht. Wir rannten aus dem Zimmer, alarmierten den Wirt des Hauses. Der riet uns, bis zum Morgen zu warten, denn mit diesem Berserker sollte man sich in der Dunkelheit besser nicht anlegen.«

»Ist auch der Betreiber der Herberge hier?« fragte der Befehlshaber mit strenger Stimme.

Der trat vor, watschelte fünf Stufen empor und stellte sich neben den Schankwirt: »Ich kann alles bezeugen, was diese ehrenwerten Männer berichten.«

Ein Murmeln ging durch die Menge und irgendwer schrie: »Hängt das alte Schwein auf.«

Doch Kuri hob die Hand und brachte damit die Menge zum Schweigen.

»Nun Aramar, was habt Ihr zu diesen Anschuldigungen zu sagen?«

»Sie sind erstunken und erlogen«, mischte sich Galowyn ein. »Ich kann bezeugen, daß kein Wort von alledem stimmt.«

»Eine weitere Zeugin«, stellte der Vorsteher fest. »Tretet neben die Wirte und macht Eure Aussage.«

Galowyn kletterte eilig die Stufen empor und begann: »Ich bin die berühmte Sängerin Galowyn und komme aus dem Norden. Ich war die ganze Zeit mit Aramar zusammen und habe alles gesehen. Es hat sich ganz anders abgespielt.«

»Ihr seid eine herumziehende Sängerin, eine Gauklerin!« rief nun ein Mann aus der Palastwache, der neben dem Vorsteher stand. »Vom fahrenden Volk weiß man, daß es immer lügt und betrügt. Ihr wollt gegen ehrenwerte Männer dieser Stadt aussagen? Ich beantrage, auf diese Aussage zu verzichten.«

»Ein Antrag wurde gestellt«, ergriff der Vorsteher wieder das Wort. »Wer ist für diesen Antrag?«

Viele Hände erhoben sich in der Menge.

»Und wer ist dagegen?«

Kein Arm wurde gestreckt.

»Damit ist es entschieden, Galowyn. Wir wollen Eure Aussage

nicht hören. Aramar, was habt Ihr zu Eurer Verteidigung zu sagen?«

»Dies alles ist ein abgekartetes Spiel«, rief der Zauberer. »Hier werden aus Tätern Opfer und aus Opfern Täter gemacht. Das Ziel dieses Komplotts ist mir leider nicht klar.«

»Ihr erhebt eine schwere Beschuldigung gegen alle diese Zeugen hier. Doch soll Euch Gerechtigkeit widerfahren. Ich werde deshalb Eure Vorwürfe auf das genaueste untersuchen. Bis zum Ende unserer Nachforschungen muß ich Euch jedoch in Haft nehmen. Ich befehle Euch und Euren Begleiterinnen, kommt zu mir empor und ergebt Euch.«

Kuri hatte mit ruhiger Stimme gesprochen, die keinen Widerspruch duldete.

»Und was geschieht mit diesen falschen Zeugen?« fragte Aramar.

Aber der Vorsteher unterbrach ihn: »Die Verhandlung ist vertagt. Ihr werdet noch genügend Gelegenheit zur Rechtfertigung bekommen. Begebt Euch nun in meinen Gewahrsam.«

Seufzend zuckte der Zauberer die Schultern und stieg zusammen mit seinen Begleiterinnen die Stufen empor. Von hier konnten sie auch sehen, daß in die Terrasse eine Treppe eingelassen war, die steil nach unten in die Tiefen des Palastes führte. Man zwang sie die steinernen Stufen hinabzusteigen, bis sie sich in einer Zelle wiederfanden, die hinter ihnen verschlossen wurde.

Die Verfemten

Fallsta hatte tief geschlafen und von den Ereignissen der Nacht nur wenig mitbekommen. Als er erwachte, ging es ihm schon viel besser. Er wartete auf die Rückkehr seiner Gefährten. Doch die Zeit verging und nichts geschah. Schließlich erhob er sich und kleidete sich an. Dann machte er sich auf den Weg, um sie zu suchen. Niemand beachtete ihn, als er das Haus verließ. Auf der Straße folgte er den Leuten, die zum Palast strömten. Ganz hinten, bei den Nachzüglern stehend, konnte er gerade noch miterleben, wie seine Freunde verhaftet wurden.

Ohne lange zu überlegen, stahl er sich aus der Menge und suchte ein Versteck. Ein eiserner Zaun versperrte den unteren Teil des Palastes. Ihn überstieg der Goldgräber und drang in ein seltsames Reich vor. Der Palast thronte auf Stelzen über der Stadt. Der Zwischenraum zwischen ihm und dem Bodenniveau war so hoch, daß ein großer Mann aufrecht darunter stehen konnte. Es war also möglich, unter dem Gebäude zu spazieren, doch die Erkundung dieser Unterwelt war alles andere als angenehm. Fallsta mußte den Stützen, die den Palast trugen, ausweichen und über Abflüsse steigen, durch die Schmutzwasser, Fäkalien und Abfälle in den Tessenfluß geschwemmt wurden. Die Luft war abgestanden, und es stank entsetzlich. Ratten und andere ekelhafte Tiere huschten in dunkle Löcher. Bald war der Goldgräber sehr tief unter das Bauwerk vorgedrungen, und die Finsternis nahm zu. Das Tageslicht war hinter ihm zu einem schmalen Streifen geworden.

Plötzlich gaben seine Sinne Alarm, und er verbarg sich zwischen zwei senkrechten Röhren aus gemeißeltem Stein. Hinter ihnen lugte er hervor und sah zwei seltsame Männer. Der eine trug einen teuren, pelzbesetzten Umhang und der andere die abgerissenen Kleider eines Soldaten, der schon viele Schlachten überlebt hat. Der Vornehme hatte einen Spieß bei sich, und der Soldat ein schartiges Schwert.

»Da ist niemand«, sagte der Soldat. »Komm, wir kehren um. Den Alarm wird eine Katze oder ein streunender Hund ausgelöst haben.«

Beinahe hätte Fallsta laut geflucht. Da war er doch in eine primitive Falle gelaufen. Vor einer Weile war er über irgendeine Unebenheit im Boden gestolpert und hatte das Hindernis nicht untersucht. Er hätte sicher einen sinnreichen Mechanismus aus Schnüren entdeckt und sich darauf einstellen können.

»So schnell gebe ich nicht auf«, sagte der Vornehme. »Wir sind für das Wohl der Gemeinschaft verantwortlich.«

»Eine schöne Gemeinschaft ist das«, knurrte der Soldat. »Bürger und verdiente Soldaten, die sich wie Ratten vor dem Tageslicht verstecken.«

»Das solltest du nicht so sehen. Die Zeiten werden sich auch wieder ändern. Ich habe im übrigen viel mehr verloren als du.«

Die beiden liefen noch ein wenig planlos herum und zogen sich dann zurück. Fallsta atmete auf. Er folgte ihnen, vorsichtig von Säule zu Säule huschend.

Von nun an war er auf der Hut und hielt Ausschau nach weiteren Alarmschnüren. Zweimal noch mußte er ausweichen. Die Luft war jetzt unerträglich stickig und feucht, und das Fieber machte dem Goldgräber wieder zu schaffen. Auch begann seine Nase zu laufen, er mußte niesen. Die beiden Männer waren jetzt verschwunden. Dafür tauchten wie aus dem Nichts andere Männer auf. Sie umringten ihn, und eine spöttische Stimme sagte: »Gesundheit! Kompliment – Ihr habt alle unsre kleinen Fallen bemerkt. Wirklich beeindruckend, mit welchem Geschick Ihr unsren beiden Lockvögeln gefolgt seid.«

»Wer seid Ihr?« stammelte Fallsta und spürte auf einmal, wie ihm schwindlig wurde.

»Wir sind die wirklichen Einwohner dieser Stadt.«

Fallsta drehte sich um sich selbst. Er sah die Leute und wunderte sich, denn sie verschwammen vor seinen Augen. Er begann zu wanken, und die Männer wankten mit. Endlich brach er zusammen und blieb ohnmächtig liegen.

Der Goldgräber erwachte auf einer Pritsche. Er war mit Decken zugedeckt und fror dennoch. Das einzige Licht in dem niederen Raum spendete ein Kerzenstummel, der mehr vor sich hin glomm, als daß er brannte. Er stand leise auf und untersuchte die Tür. Sie war verschlossen. Erschöpft legte er sich wieder auf das Bett und wartete. Schließlich traten ein Mann und eine Frau ein. Sie setzten sich zu ihm auf sein Lager.

Die Frau trug einen roten Umhang, der auch schon bessere Tage gesehen hatte. Ihr Haar war lang und verfilzt. Im Zwielicht konnte Fallsta ihr Alter nicht abschätzen. Der Mann hingegen war eindeutig alt und sein Bart weiß und lang. Seine Kleidung war aus Wolle gestrickt, aber vor langer Zeit wohl für jemand anderen gedacht gewesen. Alles war zu lang und zu groß. Die beiden sahen den Goldgräber mißtrauisch an.

»Was habt Ihr hier unter dem Palast zu suchen?« fragte die Frau.

»Ich suche die Königin«, antwortete Fallsta sofort und ohne lange nachzudenken, woraufhin er Gelächter erntete.

»Da müßt Ihr wohl besser oben nachsehen, so wie es die anderen Freier tun. Wir, die Bürger von Cantrel, würden auch gern unsere Königin sehen. Aber hier unten gefällt es Königinnen eben nicht.«

Fallsta hörte die Bitterkeit in diesen Worten.

Nun wurde die Stimme der Frau scharf. Sie wollte wissen, mit wem sie es zu tun und was den Fremden in den Untergrund geführt habe. Er müsse schon recht überzeugende Gründe anführen, damit sie ihn nicht für einen Spion hielt, dem man besser den Hals durchschnitt.

Der Goldgräber wußte, daß sie es ernst meinte, aber er hatte Vertrauen gefaßt und beschloß, offen zu sein. Im trüben Licht lehnte er sich zurück und verbarg dadurch sein Gesicht vor den Besuchern. Dies gab ihm die Ruhe, seine Gedanken in die Ferne schweifen zu lassen. Wie lange war es schon her, daß er Galowyn und Smyrna auf der Alten Südstraße getroffen hatte? Er war damals mit dem Meisterheiler Urial aus Nowogoro unterwegs gewesen. Später war dann Aramar, der Zauberer, einst Vorsitzender im Weißen Rat, zu ihnen gestoßen, und dann hatten sich die Ereignisse überstürzt.

All dies trug er mit knappen Worten vor und berichtete schließlich von der Belagerung Hispoltais, von ihrer Suche nach der Königlichen Tochter und dem Untergang Vangarts. Seine Stimme klang erst wieder freudig, als er die Rettung der Hauptstadt der Equaner schilderte und die Niederlage der Heere Ormors. Er berichtete, daß die alte Königin in Equan abgedankt hatte und das Nachbarland nun von zwei jungen Leuten regiert wurde. Auch das, was er von den Vespucci wußte, ließ er nicht aus, und sah nicht, wie sich der Mann und die Frau wissend anblickten. Schließlich schilderte er die große Bedrohung, die seines Wissens über Cantrel lag. Ormor, der Zauberkönig, so führte er aus, werde bald mit seinen Truppen das Land überfallen. Nachdem er in Equan zurückgeschlagen worden war, wolle er sicher in Whyten sein Glück versuchen.

»Mir scheint, Ihr seid für diesen großen Kampf nicht gerüstet«, endete Fallsta seine lange Rede.

»Da habt Ihr recht«, stimmte die Frau zu. »Noch nie war dieses Land so wehrlos wie zur Zeit.«

»Ihr müßt zumindest Cantrel sofort verteidigungsbereit machen!«

»Wir könnten höchstens für diese dumpfe, muffige Welt hier unter dem Palast Entscheidungen treffen«, war die bittere Antwort. »In der Stadt haben wir nichts zu vermelden.«

»Was geht in dieser Stadt eigentlich vor? Sie kommt mir vor wie ein Tollhaus, und ich finde dafür keine Erklärung. Ich war offen zu Euch, nun schuldet Ihr mir einen Bericht.«

»Den sollt Ihr auch bekommen«, antwortete die Frau. »Nach dem Großen Krieg kam unser Land einer Trümmerwüste gleich. Das heftig umkämpfte Cantrel lag in Schutt und Asche. Obwohl ich es nicht selbst gesehen habe, weiß ich es ganz genau. Meine Mutter, ich wünsche ihrer Seele Frieden, erzählte mir bis an ihr Lebensende immer wieder, wie ihr die Tränen in die Augen getreten waren, als sie ihre Heimat wiedersah. Tagelang hätten sie und die anderen Frauen geweint, bis sie sich schließlich ans Aufräumen machten. Alle Überlebenden, es waren in erster Linie Frauen gewesen, packten an. Sie wollten die Spuren des Krieges beseitigen und damit das Grauen vergessen machen. Cantrel sollte schöner wiedererstehen, als es jemals gewesen war.

Die Leute arbeiteten Tag und Nacht. Bald kam aus dem ganzen Land Hilfe, und es dauerte nicht lange und Cantrel entwickelte sich zum Symbol des Friedens. Dann trat der neue Hochkönig auf den Plan – es war Meliodas aus dem Geschlecht der Habbas – und begann mit ordnender Hand, den Wiederaufbau zu lenken. Er hatte zuvor in den großen Wäldern des Nordens gelebt, und ich glaube nicht, daß diese kunstvolle, aber auch künstliche Stadt ihm gefallen hatte. Aber er widersetzte sich den Wünschen seines Volkes nicht. Später kamen dann Glatzköpfe aus dem fernen Land Vespucci. Sie brachten uns so weit, daß wir die letzten Pflanzen in der Stadt beseitigten, so daß heute Cantrel nur aus weißem Marmor besteht.

Cantrel oder die Weiße Stadt erfreute bald wieder schon von weitem die Blicke eines jeden Reisenden. Zwar bauten unsere Eltern damals hohe Mauern um die Häuser und den Palast, aber sie dachten nicht, daß sie die Stadt jemals wieder würden verteidigen müssen. Der furchtbare Krieg war vergangen und der übermächtige Feind im Norden tot. Den Leuten in Whyten ging es gut. Unser Volk trieb Handel mit aller Welt, und der Wohlstand mehrte sich. Es gab niemanden, dem es schlechtging. Die Kinder wußten nicht mehr, was Armut ist. Dem ewigen Frieden stand nichts im Weg. Das Land hatte einen König, der diesen Frieden auch garantierte, und so war die einzige Sorge unserer Eltern, daß dieser König zu mächtig werden und die Bewohner seines Landes unterdrücken könnte.«

»Du hast recht«, mischte sich nun der Alte ein, und Fallsta stellte fest, daß er lispelte, »Meliodas wurde immer mehr zu unserem Feind.«

»Das ist Grunema. Er stammt aus einem alten und noblen Geschlecht. Er war damals noch dabei und erinnert sich. Wir, die Vertriebenen, haben ihn zu unserem Anführer gewählt, weil wir dafür eine würdige Person brauchen. Er ist der Würdigste«, erklärte die Frau entschieden. Dann sagte sie leise: »Ich heiße übrigens Brana.«

Jetzt wußte Fallsta, daß er akzeptiert worden war.

Grunema war seinen Gedanken nachgehangen, während Brana gesprochen hatte und fuhr nun fort: »Wir hatten Angst, der König könnte uns die hart erkämpfte Freiheit beschneiden und beobachteten ihn argwöhnisch. Hinter jeder Anordnung, die er traf, vermuteten wir eine Willkür oder den Plan, unsere Rechte mit der Zeit mehr und mehr einzuschränken. So entfremdete sich der König von seinem Volk, und wir mißtrauten ihm. Meliodas wurde verbittert und zog sich in sich selbst zurück. Je mehr er dies jedoch tat, desto mehr vermuteten alle, er wolle sich zum Tyrannen aufschwingen.«

Brana unterbrach den alten Mann. Seine Ausführungen waren ihr sichtlich unangenehm. »Für lange Erklärungen ist jetzt keine Zeit. Faß dich kurz, der Fremde soll im Augenblick nur erfahren, wie die heutigen Zustände entstanden sind.« Sie machte eine Pause, um sich zu sammeln. »Dann kam die Wende. König Meliodas starb. Dies erschien uns nicht besonders tragisch. Was sollte schon geschehen? Irgendwann würde ein neuer König kommen. Unter ihm konnte alles nur besser werden. Schließlich war der alte uns doch zu mächtig gewesen.

Die Beerdigung des Königs wollten wir würdevoll begehen. Meliodas war der Hochkönig über ganz Centratur gewesen, deshalb wurden alle seine Völker eingeladen. Natürlich muß ich zugeben, daß wir bei dieser Gelegenheit auch ein wenig unseren Reichtum zur Schau stellen wollten. Zu den Trauerfeierlichkeiten kamen Leute von nah und fern. Wir empfingen die Gäste überaus freundlich. Bald war die Stadt überfüllt, und vor den Toren mußten Zelte aufgeschlagen werden. Es war ein ständiges Kommen und Gehen. Irgendwann blieben die Stadttore auch in der Nacht geöffnet, und niemand wunderte sich darüber.

Das Begräbnis selbst war feierlich. Eine Woche lang blieb der Leichnam Meliodas' am Fuß der Stufen des großen Palastes aufgebahrt, und die Menschen zogen täglich an ihm vorüber. Zwar blieb der Sarg geschlossen, denn der Leib war zu sehr verstümmelt, als daß man seinen Anblick den Trauernden hätte zumuten können. Aber ein kleiner glatzköpfiger Bildhauer hatte eine Skulptur von ihm gefertigt, der man anstelle des Königs alle Ehren erwies und die man im Gedächtnis behielt.

Schließlich wurde der Sarg an der gleichen Stelle, an der er eine Woche lang gestanden hatte, in die Erde gesenkt. Die Grube bedeckte man mit einer Marmorplatte. Danach begannen neue Feierlichkeiten, und drei Tage lang wurde zu Ehren des toten Königs ein Gastmahl abgehalten. Gaukler waren aus dem ganzen Land nach Cantrel gerufen worden und gaben dort ihr Bestes. Tänzerinnen verwöhnten die Augen der Fremden. Sie sollten sich wohl fühlen und ein Loblied der gastfreundlichen Stadt Cantrel in ganz Centratur singen. Wir legten in der Tat Ehre ein, unsere Vorräte schienen unerschöpflich, und es gab keinen Fremden, der die Hauptstadt von Whyten und seine Bewohner nicht gepriesen hätte. Voller Stolz dachten wir, daß man noch lange von unserem Reichtum und unserer Gastfreundschaft reden würde.

Dann war alles vorüber. Wir bereiteten die Verabschiedung der Gäste vor, denn wir dachten, die Fremden würden nun wieder gehen. Auch dafür hatten wir uns noch eine zu Herzen gehende Zeremonie ausgedacht und viele Geschenke bereitgelegt. Doch unsere Besucher machten keine Anstalten aufzubrechen. Wir hatten Verständnis und gaben ihnen noch eine weitere Woche, um ihren Rausch auszuschlafen. Aber auch nach dieser Frist tat sich nichts. Statt dessen kamen immer neue Gäste dazu.

Die Lebensmittel begannen langsam knapp zu werden, aber wir wollten unseren gastfreundlichen Ruf nicht verscherzen. Natürlich gab es einige Stimmen, die sagten, die Fremden sollten endlich wieder verschwinden, sie setzten sich jedoch nicht durch. Auch Vespucci hatten an unserem Fest teilgenommen. Sie gingen nun im Palast nach Belieben ein und aus.

Noch immer sahen wir die Gefahr nicht, die uns drohte. Bis eines Tages alle Einwohner von Cantrel zu einer Versammlung am Fuß der Palasttreppe gerufen wurden. Kuri, der Vorsteher, leitete die Zusammenkunft. Die Gäste standen auf der einen und wir auf der anderen Seite des Platzes. Die Fremden waren ausschließlich Männer. Drei von ihnen traten vor und erklommen ein paar Stufen der Treppe. Dann erklärten sie uns, man habe sie zu Sprechern der Gäste gewählt. Sie hätten uns eine Botschaft mitzuteilen.

Zuerst dankten sie uns für unsere Gastfreundschaft. Dann aber fuhren die Sprecher fort und erklärten, sie, die Gäste, hätten auch bemerkt, daß wir in großer Not seien. Schließlich sei unser König tot und wir seien ohne Herrscher allen Feinden schutzlos ausgeliefert. Zum Dank für die herzliche Aufnahme, die ihnen in Cantrel widerfahren sei, hätten sich die Fremden entschlossen, uns zu helfen. Zum einen wollten sie bei uns bleiben, bis wir wieder einen König hätten, und uns beschützen. Zum anderen wäre jeder von ihnen zu dem Opfer bereit, die Last der Königswürde von Whyten auf sich zu nehmen. Unsere Königin, die edle Lunete, möge unter ihnen wählen. Aus den Gästen waren auf einmal Freier geworden.

Unsere Königin hatte sich seit den Bestattungsfeierlichkeiten nicht mehr sehen lassen. Wir vermuteten damals, sie hätte sich vor Trauer zurückgezogen. Sie erschien auch jetzt nicht, nachdem sich die Lage doch so dramatisch verändert hatte, und nahm auch zu dem Vorschlag der Sprecher keine Stellung. Sehnsüchtig warteten wir auf ein befreiendes Wort von ihr. Doch sie ließ uns allein und unternahm nichts, um uns von dem Geschmeiß zu befreien. Die Freier lebten weiter in Saus und Braus, während wir, die Bewohner von Cantrel, immer mehr darbten.

Das war aber noch lange nicht alles. Die Fremden wollten schließlich auch unsere Häuser, und dazu war ihnen jedes Mittel recht. Einer nach dem anderen von uns wurde vertrieben. Dies ging nach folgendem Plan vonstatten: Jeweils eine Familie wurde zu einem Tribunal vor den Palast geladen. Dort eröffnete man ihr, sie habe sich schwerer Verbrechen schuldig gemacht. Die Vorhaltungen reichten von Diebstahl über Raub bis zu Mord. Die angebliche Schandtat wurde jeweils von drei Zeugen bestätigt, die natürlich aus den Reihen der Fremden kamen. Der Vorsteher leitete die Versammlungen und bemühte sich, gerecht zu sein. Aber er mußte den schweren Anschuldigungen Rechnung tragen und uns schuldig sprechen. Aus Mitleid gab er uns jeweils eine Gnadenfrist von einem halben Tag, bis wir uns im Gefängnis einzufinden hatten.

Da wir alle unschuldig waren, stellten wir uns nicht der Gerichtsbarkeit, sondern verschwanden hier im Untergrund unter dem Palast. Hier unten fristen wir nun ein tristes Leben in Mauerlöchern und primitiven Hütten fernab von der Sonne, während die Freier in unseren Häusern wohnen. Natürlich werden wir von der Garde, also unseren eigenen Leuten gesucht, die man zwingt, uns ins Gefängnis zu werfen. Nur bei Nacht wagen wir uns hervor, um Lebensmittel zu besorgen und das eine oder andere Nützliche zu stehlen. Damit machen wir uns aber erneut schuldig, und Kuri läßt um so schärfer nach uns fahnden.«

»Ich habe miterlebt, wie man in dieser Stadt mit falschen Zeugen Verurteilungen erreicht«, bemerkte Fallsta zornig. »Meine Freunde wurden auf diese Art verleumdet und eingesperrt. Konntet Ihr Euch denn nicht gegen das schreiende Unrecht zur Wehr setzen?«

»Zum einen hatten wir den Zeitpunkt verpaßt, zu dem noch Widerstand möglich war. Zum anderen haben wir es schließlich mit unseren eigenen Leuten zu tun. Nicht die Freier verfolgen uns, sondern die Palastwache. Außerdem wird in dieser Stadt der Buchstabe des Gesetzes heilig gehalten. Es ist hier Tradition, auch dann das niedergeschriebene Recht einzuhalten und zu verteidigen, wenn es scheinbar unserem Gerechtigkeitsgefühl widerspricht. Freiheit kann es nur dann geben, wenn alle vor dem Gesetz gleich sind. Jede Ausnahme, und komme sie nur aus Verständnis und Mitleid, würde diese Gleichheit in Frage stellen. Kuri konnte deshalb nicht anders handeln, nachdem unsere Schuld durch falsche Zeugen nachgewiesen wurde, und kann es bis heute nicht.«

»Was nützen die höchsten Mauern und Zinnen, wenn sich die Eindringlinge innerhalb der Stadt und nicht außerhalb befinden?« warf Grunema stöhnend ein.

»Wie soll es weitergehen?«

»Irgendwann werden die Gäste von sich aus wieder abziehen, oder unsere Königin heiratet endlich einen von ihnen. Es ist uns gleichgültig, welchen sie nimmt. Er mag ein schlechter König sein, aber schlimmer als jetzt kann es nicht kommen.«

»Habt Ihr Euch Gedanken gemacht, wer diese Gäste zu Euch geschickt haben könnte? Irgend jemand muß dies alles doch in die Wege geleitet haben?«

»Es gibt unter uns Verfemten einige, die solch eine Verschwörung vermuten. Aber dafür gibt es keine Beweise. Ich glaube nicht, daß jemand mit den Fremden einen Plan verfolgt«, sagte die Frau. »Den Gästen hat es einfach gut bei uns gefallen, deshalb sind sie geblieben.«

»Ihr könnt es doch nicht so einfach hinnehmen, daß man Euch in den Untergrund verdrängt. Ihr müßt Euch wehren, um Eure Stadt kämpfen.«

»Das ist leicht gesagt, aber schwer getan. Welchen Rat könnt Ihr uns geben?«

»Zuerst müssen meine Freunde befreit werden. Sie sitzen im Kerker des Palastes. Könnt Ihr ihnen heraushelfen?«

»Natürlich kennen wir alle geheimen Wege und Gänge, um in den Palast zu kommen.«

»Dann laßt uns keine Zeit verlieren. Eine noch viel größere Gefahr droht im Norden. Denkt an das Heer in Darken. Die Schergen des Zauberkönigs werden Euch nicht vor Kuri anklagen, sondern gleich töten. Cantrel muß so rasch wie möglich verteidigungsbereit gemacht werden!«

Die Entdeckung

Die Zellen lagen nebeneinander. Sie waren zwar eng, aber trocken und sauber. Auch hatte man sie ausreichend mit Brot und Wasser versorgt. Wenn sie laut sprachen, konnten sich Aramar und die Frauen gut verständigen. Galowyn und Smyrna bestürmten, nachdem hinter ihnen die Tür ins Schloß gefallen war, sogleich den Zauberer. Sie wollten wissen, was er zu tun gedenke, und warum er sich so einfach hatte gefangennehmen lassen. Es sei doch ein abgekartetes Spiel gewesen.

Aramar blieb wortkarg und wehrte ab. Sie hätten einer großen Übermacht gegenübergestanden, und er habe kein Aufsehen erregen wollen. Nun brauche er Zeit zum Nachdenken.

Den ganzen Tag über geschah nichts. Niemand ließ sich sehen, und auch der Vorsteher kam nicht, um sie zu verhören. Es mußte schon gegen Mitternacht sein, als Aramar zu einem Entschluß gekommen war und sich erhob.

»Wir wollen gehen«, rief er in die Nebenzelle. »Heute besucht uns doch niemand mehr.«

Ob er vergessen habe, daß sie eingesperrt seien, fragte Smyrna vorsichtig zurück.

»Ihr glaubt doch nicht, daß mich eine Tür aufhalten kann?«

Aramar strich mit der Hand über das Schloß, und es sprang mit einem leisen Knacken auf. Dann befreite er die Frauen. Auf dem Gang, der von einer einsamen Fackel trüb erleuchtet war, war es still. Man hatte nicht einmal einen Wärter für sie abgestellt, so sicher glaubte man ihren Gewahrsam. Ohne zu zögern wandte sich der Zauberer nach links und lief den langen Gang entlang. Plötzlich hörten sie Schritte. Ein Verbergen war nicht möglich, und erschrocken sahen die Frauen ihren Führer an. Der beruhigte sie flüsternd: »Ich werde dafür sorgen, daß euch nichts geschieht, und in die Zelle kehren wir nicht zurück.«

Die Schritte kamen zögernd näher, so als fürchteten sich auch die anderen vor einer Begegnung.

»Woher wissen die Wärter, daß wir ausgebrochen sind?« fragte nun Aramar. »Man muß sie gewarnt haben.«

Jetzt bog jemand um die Ecke des Ganges, hinter der Aramar gelauert hatte. Die Faust des Zauberers traf mit voller Wucht. Der Mann sacke stöhnend zu Boden. Wenige Augenblicke später erschien ein Zweiter. Aramar wollte erneut zuschlagen, doch Smyrna fiel ihm in den Arm.

»Halt, das ist Fallsta!« rief sie entsetzt.

Der Goldgräber erkannte seine Freunde. Sie liefen aufeinander zu und fielen sich in die Arme. Schnell hatten sie ihre jüngsten Erlebnisse ausgetauscht. Dann stellte Fallsta seine neuen Freunde vor. Sie waren die einzigen von den Verfemten, die er bisher kennengelernt hatte. Sonst hatte er im Untergrund nur ein paar Gestalten schemenhaft wahrgenommen. Aramar und die Frauen schüttelten den Einheimischen die Hände.

»Wir müssen zur Königin«, sagte der Zauberer, »könnt Ihr uns helfen?«

»Wir kennen einen Weg«, erwiderte Brana, »aber das Eindringen in den Palast ist sehr gefährlich. Es wird mit dem Tod bestraft. Kuri, der Vorsteher und oberste Richter, ist bei diesem Vergehen unerbittlich.«

»Dieses Risiko müssen wir auf uns nehmen. Laßt uns Fremde allein gehen! Ihr braucht uns nur den Weg zu erklären.«

»Es wird Zeit, daß wir selbst mit der Königin sprechen«, mischte sich Grunema ein. »Zu lange haben wir auf ein Zeichen oder gar auf Hilfe von ihr gewartet. Ich werde mitkommen!«

»Wir gehen alle zusammen«, stellte Brana fest.

Es gab unter dem Palast einen schmalen Schacht, durch den das Wasser aus der Küche in den unterirdischen Tessenfluß geleitet wurde. Es war eine gemauerte Rinne, in der in der Nacht nur ein dünnes Rinnsal floß. Sie war rutschig und verlief schräg nach oben.

Mühsam klammerten sich die Eindringlinge an ihrem Rand fest und kletterten empor. Immer wieder glitten sie aus und rutschten ein Stück zurück. Sie waren von Kopf bis Fuß naß und verschmutzt, als sie endlich ein eisernes Gitter erreichten, das ihnen den Weg versperrte. Schon wollten sie aufgeben, und Aramar war bereit, seinen Zauber einzusetzen, da gelang es Fallsta, das Hindernis aus seiner Verankerung zu lösen und zur Seite zu schieben.

Sie befanden sich in einer riesigen Küche. Unter zehn Kaminen konnte gleichzeitig gekocht werden. Auf großen Tischen waren Küchengerätschaften säuberlich aufgereiht. Von der Decke hingen Schinken, und an den Wänden standen große Säcke mit Mehl, Zucker und Früchten. Im Königspalast herrschte offensichtlich Überfluß, während das Volk darbte. Aramars Lippen wurden schmal, als er sich umsah.

Leise verließen sie die Küche und folgten einem langen Gang, der sich quer durch den Palast zog. Es war totenstill, und alles schlief. Die wenigen Wachen standen draußen vor dem Eingang.

»Im zerstörten Palast lagen die königlichen Gemächer im Osten. Vielleicht hat man sie dort wieder aufgebaut«, flüsterte der Zauberer und ging ohne auf Antwort zu warten voran.

Die Räume, die sie durchquerten, waren dunkel, und in dem Mondlicht, das durch die Ritzen verhangener Fenster fiel, konnten sie die Kostbarkeit der Möbel nur erahnen. Beinahe scheu schlichen sie über weiche Teppiche und tasteten sich über marmorne Böden. Einmal fiel der matte Lichtstrahl genau auf eine hohe Vase. Gold blitzte auf, und Figuren von überirdischer Schönheit waren zu sehen. Dies war keine Kunst aus Centratur. Nicht einmal die Zwerge hätten solche Kostbarkeiten herstellen können.

Sie kamen durch große Säle. Trotz der Finsternis spürten sie dort die von den Baumeistern geplante Weite und Großzügigkeit. Fallsta streckte sich und atmete tief durch. Nach all der Muffigkeit in der Unterwelt genoß er hier jeden Atemzug. Auch der große Speisesaal war völlig leer. Hier hatte schon Meliodas seine großen Bankette abgehalten. Aramar erinnerte sich an eine Sitte in Whyten, daß alle Gäste nur so lange essen durften, wie der König zugriff. Hörte er auf, mußten alle anderen auch die Messer aus der Hand legen. Nur die Königin hatte das Privileg weiterzuessen. Man wußte nie, ob der König viel oder wenig Appetit hatte, und so beeilte sich jeder, so schnell und so viel wie möglich zu essen. Meliodas hatte dem Zauberer vor seiner Abreise lachend von diesem Brauch erzählt und ihm gestanden, daß er sich einen Spaß daraus mache, einmal ganz langsam und das andere mal schnell zu essen.

Noch immer waren sie keiner lebenden Seele begegnet, als sie endlich vor einer hohen Tür anlagten.

»Hier könnte das Schlafzimmer der Königin sein«, wisperte Aramar, trat vor und schob vorsichtig den Riegel zur Seite.

Er schien recht zu behalten, denn in dem hohen Raum atmete jemand. Wäschestücke waren achtlos auf dem Boden verstreut. Im Bett mit dem Stoffhimmel sahen sie eine Gestalt auf dem Rücken liegen. Die Decke über der Brust hob und senkte sich gleichmäßig. Auf Zehenspitzen schlichen alle näher, um die Königin behutsam zu wecken. Endlich hatten sie Lunete gefunden. Nun würden sie Aufklärung über alle Vorgänge erhalten und die Befreiung der Stadt planen. Schon wollte Aramar die Frau an der Schulter rütteln, da schreckte er zurück.

Rasch blickte er sich um und sah das Entsetzen auf den Gesichtern seiner Begleiter. Vor ihnen lag nicht die schlanke, hohe Gestalt von Lunete, der Gattin des verstorbenen Meliodas und Königin von Whyten, sondern ein kleiner Gnom mit haarlosem Kopf. In diesem Bett schlief ein Vespucci. Nun sahen sie auch die goldenen Fingernagelschoner auf einem Stuhl neben dem Bett und die aufgerollten langen Fingernägel auf der Bettdecke. Angeekelt wichen sie zurück und eilten auf den Gang hinaus. Dort hielten sie wispernd Rat.

»Vielleicht lebt Lunete gar nicht mehr?« befürchtete Grunema, den die Expedition außer Atem gebracht hatte.

»Wir sollten den Vespucci töten«, erklärte Galowyn entschieden.

Doch Aramar lehnte ab. Es sei besser, keine Aufmerksamkeit zu erregen, erklärte er. Niemand dürfte erfahren, daß sie das furchtbare Geheimnis entdeckt hatten. Die anderen stimmten ihm zu, und alle schlichen leise den Weg zurück, den sie gekommen waren. Jetzt bewegte sie nur noch die eine Frage: Wo war die Königin?

Die Königin

Der Vogel war groß und stieg mit weiten Schwingen in die Luft. Seine kraftvollen Beine waren leicht eingeknickt und der kräftige, gebogene Schnabel leicht geöffnet. Die Augen blickten kalt und unbarmherzig, und die langen Krallen des Tieres sahen aus wie Messerklingen.

Das hölzerne Standbild ruhte auf einem hohen Stamm und stand genau in der Mitte der Strecke zwischen Cantrel und Irilith. Der kleine Reitertrupp erreichte den Wegweiser gegen Mittag des zweiten Tages. Er befand sich auf dem Weg zur weißen Festung in den Bergen. Die Burg war nur drei Tagesritte entfernt, und an klaren Tagen konnte man sie von Cantrel aus sogar sehen.

Sie hielten an und schauten ehrfürchtig zu dem hölzernen Andenken aus alter Zeit empor, das bisher alle Unbill überstanden hatte. War dieser Vogel, ein Symbol für die Kraft des Landes, die Verheißung für eine glückliche Zukunft? Dies mochte bisher so gewesen sein, aber der kommende Sturm würde vielleicht das Ende des Tieres bedeuten.

»So wie dieser Vogel wollte das Königshaus von Whyten seine Untertanen beherrschen und beschützen«, erklärte Aramar seinen Freunden, und die Begleiter aus Cantrel nickten stumm.

»Das ist ein Azúmon«, berichtete Grunema, der sich in den alten Geschichten gut auskannte. »Es geht die Sage, daß in grauer Vorzeit Muffa der Ältere in diesem Land jagte. Er und seine Brüder waren fröhliche, lebenslustige Burschen und kamen aus Muriel. Das Land Whyten war damals so gut wie unbewohnt und versprach noch Abenteuer. Hier hausten nur ein paar Jäger und Fallensteller und Nachkommen des sagenhaften Volkes der Blunts. Diese Blunts, von denen wir heute so gut wie nichts mehr wissen, gelten als die Ureinwohner Whytens. Sie waren zu Muffas Zeiten schon so gut wie ausgestorben. Nur noch zwei oder drei Familien zogen durch die großen Wälder am Fuß der Ruburhöhen. Sie waren sehr scheu und mieden jeden Kontakt mit den Menschen, die in ihr Land eindrangen.

Damals gab es auch noch Tiere, von denen wir heute nicht einmal mehr die Namen wissen. Sie sind ausgestorben und vergessen. Niemand weiß heute mehr, warum sie nicht überlebten, und es interessiert sich auch keiner dafür. Sie haben den Kampf verloren, das ist entscheidend. Der Azúmon ist uns jedoch im Gedächtnis geblieben. Auch seine Art war, als Muffa jagte, schon beinahe ausgestorben. Es gab damals nur noch einzelne Exemplare. Der Azúmon war größer als alle heutigen Vögel, größer auch als die Adler. Sein Flug muß ein herrlicher Anblick gewesen sein. Wie ihr seht, hatten die Tiere scharfe Klauen und Schnäbel und waren damit natürlich sehr gefährlich.

Es geschah damals, daß ein alter Azúmon, aus welchem Grund auch immer, in einen Kampf mit vier Blunts verwickelt worden war und sie getötet hatte. Aber er war nicht ungeschoren davongekommen, denn sie hatten mit ihren Keulen sein Bein gebrochen. Nun saß er wütend und hilflos auf dem Boden und konnte nicht mehr fliegen. Um sich in die Lüfte zu erheben, mußten die Azúmons ein wenig in die Luft springen, damit ihre riesigen Flügel Auftrieb bekamen. Genau dies aber war ihm nicht mehr möglich. Sein Schicksal war ein langsamer, qualvoller Tod.

Muffa sah den Vogel und sprang sofort vom Pferd. Noch nie hatte er ein derartiges Tier gesehen. Ohne auf die Gefahr zu achten, von der er wahrscheinlich gar nichts ahnte, obgleich ihn die toten Blunts hätten warnen müssen, lief er zu dem verwundeten Vogel. Er sah sogleich das gebrochene Bein und untersuchte es. Niemand weiß heute, warum ihm der Vogel nichts antat, sondern sich sogar berühren und schließlich verbinden ließ. Widerstrebend kamen auch seine Brüder näher und schlugen auf seine Anweisung hier ein Lager auf.

Drei Wochen blieben die Menschen bei dem kranken Vogel. Sie erlegten für ihn Hasen und Rehe, die er gierig verspeiste. Als das Bein wieder notdürftig geheilt und der Tag des Aufbruchs gekommen war, nahmen sie ihm die Verbände und die Schienen ab. Der Azúmon beugte die starken Füße und stieß sich vom Boden ab, dann erhob er sich mit einem Freudenruf in die Luft.

Aber er vergaß seine Retter nicht. In großer Höhe kreiste er täglich über dem Jagdtrupp, und einmal, als Muffa aus dem Hinterhalt von einem Puma angefallen wurde, stürzte er aus den Lüften und verteidigte den Menschen.

Da sagte Muffa: ›Dieses Land hat auf mich gewartet. Hier will ich ein Königreich gründen und so wie dieser Vogel werden. Alle sollen unter meinem Schutz stehen, so wie ich unter dem Schutz dieses Vogels. Und alle wollen wir in Frieden leben und glücklich werden.‹

Seine Brüder zogen weiter, doch er blieb zurück. Er baute eine Hütte und legte Felder an. Dann zeichnete er den Grundriß seiner Stadt in den Boden. Sie sollte einst Cantrel heißen. Menschen kamen und siedelten sich an. Sie rodeten den Wald und nahmen damit den Azúmons den letzten Lebensraum. Auch die Blunts starben völlig aus. Aber so entstand das Königreich Whyten. Muffas Geschlecht ist schon vor vielen Generationen untergegangen. Meine Familie soll entfernt mit ihm verwandt sein, deshalb kenne ich auch die Geschichte so gut. Später kamen die Könige der Habbas und übernahmen das Land. Der letzte von ihnen war Meliodas gewesen. Nun sind auch sie vergangen.

Aber die Sehnsucht nach einem starken Vogel, der in den Lüften hoch über uns wacht, der jeden von uns persönlich beschützt, ist uns geblieben.«

Grunema hatte schön gesprochen, und alle hatten ihm mit großer Aufmerksamkeit zugehört. Nun aber mahnte Aramar zum Weiterritt. Er war unruhig, und sie hatten in Cantrel viel Zeit verloren.

Noch in der gleichen Nacht, in der sie den Vespucci entdeckt hatten, war eine Versammlung der Verfemten einberufen worden. Es war eine gespenstische Runde, die beim Schein flackernder Fackeln in den Kloaken unter dem Palast miteinander debattierte. Einige der Gestalten trugen lederne Rüstungen, die sie irgendwo gestohlen hatten, andere hatten sich aus Stoffen und Lumpen selbst Kleider genäht. Hohlwangig und dürr, viele nur noch Schatten ihrer selbst, waren die Verfemten im Kreis gesessen und hatten darauf gewartet, daß man ihnen den Sinn dieser Zusammenkunft erklärte.

Zuerst hatte Brana die jüngsten Ereignisse geschildert, und dann berichtete Grunema mit seiner lispelnden Stimme stockend von der Entdeckung, die sie im Palast gemacht hatten. Seine Erzählung stieß auf Unglauben und Ablehnung. Dies sei doch alles Unsinn, riefen einige, der Zweck dieses Theaters sei nicht einsichtig. Andere fragten, was denn so schlimm sei, wenn ein Vespucci im Bett der Königin schlafe? Und wieder andere hörten gar nicht zu und forderten gleich den Strick für alle Freier.

Aramar war dieses Gezänk und Aneinandervorbeireden irgendwann zuviel geworden. Er hatte sich eingemischt und vom Kampf um Hispoltai berichtet. Dann war er auf die große Bedrohung durch den Zauberkönig zu sprechen gekommen, hatte die Heimtücke der Vespucci beschrieben und Ormors Eroberungsabsichten dargelegt. Aber erst als der Name ›Orokòr‹ fiel, waren alle still geworden. Die Eltern der meisten hatten die schwarzen Krieger im Großen Krieg kennengelernt und ihren Kindern die schrecklichsten Geschichten erzählt.

Endlich hatte man beschlossen, die Königin zu suchen. Bevor sie nicht gefunden war, konnten keine weiteren Pläne geschmiedet werden.

Wo konnte sie sich aufhalten? Im Palast? In einem der Häuser der Stadt? Hielt sie sich freiwillig versteckt oder wurde sie gefangengehalten? Bei der Erörterung dieser Fragen gingen die Gemüter wieder hoch. Man solle niemandem aus dem Königshaus trauen, schrien einige der Bürger. Herrscher hätten doch nur eine Absicht, dem Volk die Freiheit zu rauben und es gänzlich zu unterwerfen. Auch die Freierplage gehe wahrscheinlich auf einen verwerflichen Plan der Königin zurück. Es gäbe keinen Grund, diese Frau zu suchen. Es sei vielmehr ein Segen, bekäme man sie nie wieder zu Gesicht.

Diesen Verleumdungen widersprach der andere Teil der Versammlung auf das heftigste. Die Stadt und das Land könnten nur zusammen mit Lunete gerettet werden. Nur sie bürge für Kontinuität und die Gleichheit aller. Schließlich ginge es nicht nur um die Hauptstadt, das ganze Land sei bedroht, auch die Städte im Süden. Einzig der Königin könne es gelingen, alle Kräfte zu bündeln und die Verteidigung zu organisieren.

Der Streit hätte sicher noch die ganze Nacht und den nächsten Tag gedauert, wenn ihn Aramar nicht entschieden beendet hätte. Ihm war eine Idee gekommen, wo sich die alte Freundin aufhalten konnte. Irilith war in der Vergangenheit stets die Fluchtburg der Könige von Whyten gewesen. Warum sollte es nicht auch in diesen schlimmen Zeiten so sein? Viele der Verfemten stimmten ihm zu, und Brana und Grunema erklärten, sie würden die Fremden begleiten.

In den frühen Morgenstunden waren sie unter dem Palast hervorgekrochen und durch die stillen Straßen geschlichen. Noch hatte man die Flucht des Zauberers aus den Verliesen des Palastes nicht entdeckt, deshalb war das Stadttor noch immer geöffnet. Lediglich ein dösender Posten hielt Wache. Sie gaben vor, übernächtigte Zecher zu sein, die zum Schlafen in die Zeltstadt wollten und drückten sich ungesehen an ihm vorüber. Auch bei den Ställen, in denen die Pferde untergebracht waren, schlief alles. Aber so sehr sie auch suchten, die beiden Begleiter aus Equan und ihre Rösser waren verschwunden.

»Das hätte ich von Grosskorl und Rimo nicht erwartet«, sagte Fallsta verbittert, »daß sie uns in der Not im Stich lassen.«

»Verurteile sie nicht«, entgegnete ihm Smyrna. »Du weißt nicht, was hier vorgefallen ist.«

»Sie hat recht«, stimmte Aramar zu. »Vielleicht wurden sie vertrieben. In dieser Stadt ist alles möglich.«

Das Verschwinden der Pferde war ein harter Schlag für die Gruppe, aber keiner ließ sich entmutigen.

»Dann laufen wir eben«, sagte die Dienerin tapfer und drückte damit aus, was alle dachten.

Sofort machten sie sich auf den Weg nach Norden. Zuerst durchquerten sie leise und kampfbereit die Zeltstadt, dann die Ebene vor der Stadt. Als man in der Weißen Stadt erwachte, hatten sie bereits eine so große Entfernung zurückgelegt, daß die Wachen auf den Mauern sie nicht mehr erkennen konnten.

In einem kleinen Wald machten sie Rast. Schon froh, der Gefahr entronnen zu sein, hörten sie plötzlich Pferdehufe. Es schienen mehrere Rösser zu sein. Deckung konnten sie so rasch nicht mehr finden, deshalb machten sie sich auf eine unangenehme Begegnung gefaßt. Doch wie überrascht waren sie, als sie die Reiter erkannten. Es waren Grosskorl und Rimo, die sich im Wald versteckt gehalten und die Wanderer schon eine Weile beobachtet hatten.

Abgesandte der Palastwache waren am Vortag in die Ställe gekommen und hatten nach Pferden und Gepäck des Zauberers und seiner Begleiter gesucht. Die Männer aus Equan waren unerkannt geblieben. Man hielt sie für Bedienstete der Freier. Nun wurde auch klar, warum die Königin in Hispoltai gerade diese beiden Männer zur Begleitung ihrer Freunde ausgesucht hatte. Rimo und Grosskorl hatten die Situation sogleich durchschaut und sich nicht zu erkennen gegeben. Sie hatten vielmehr die Wachen ausgefragt und so erfahren, was sich in der Stadt zugetragen hatte. Als dann die Wachen erfolglos wieder abgezogen waren, hatten sie das Gepäck zusammengesammelt und die Pferde gesattelt. Der kleine Wald nördlich der Weißen Stadt hatte ihnen als Unterschlupf gedient, denn sie waren sich sicher, daß man den Zauberer nicht lange werde gefangenhalten können. Ohne weiteren Aufenthalt machten sie sich nun gut ausgerüstet nach Irilith auf den Weg.

Wie im Westen der Hauptstadt so waren auch im Norden alle Dörfer geplündert. Die Leute litten Hunger.

Wer soll dieses Land verteidigen, wenn der große Angriff aus Darken beginnt? dachte Aramar besorgt. Diese verhungerten Menschen können eine Waffe nicht einmal halten. Auch auf die Bürger von Cantrel kann man nicht zählen. Die haben andere Sorgen, und die Freier schlagen sich wahrscheinlich sogar auf die Seite der Angreifer. Wenn dann Ormor auch noch seine Orokòr einsetzt, ist alles verloren.

Am dritten Tag änderte sich das Bild. Aus den Schornsteinen in den Dörfern sahen sie Rauch aufsteigen. Kinder trieben Gänseherden über die Straße, Hühner flatterten über Gartenzäune. Erstaunt betrachteten die Reisenden diese Wandlung. Warum waren die Freier nicht bis hierhin vorgedrungen, um zu ›sammeln‹? Was hatte diese Menschen vor der Habgier der Männer aus Cantrel geschützt?

Als sie das zweite Dorf durchquert hatten, bekamen sie Antwort auf ihre Fragen. Reiter stellten sich ihnen mit gezückten Waffen in den Weg. Man befahl ihnen umzukehren und sich, wenn ihnen ihr Leben lieb sei, nie wieder in dieser Gegend blicken zu lassen.

Aramar richtete sich in den Steigbügeln auf und rief: »Wir wollen nach Irilith. Wir sind keine Plünderer.«

»Das beteuern die sogenannten Gäste alle. Wir aber wollen keinen von Euch hier sehen. Wir sind im Gegensatz zu den Bürgern von Cantrel nicht gastfreundlich. Verschwindet!«

»Wir sind keine von diesen Gästen«, wiederholte Aramar noch einmal. »Wir sind Reisende auf dem Weg zur Festung Irilith.«

»Da habt Ihr erst recht nichts verloren. Was wollt Ihr dort?«

»Ich bin eine Bürgerin der Weißen Stadt und will zu meiner Königin«, mischte sich nun Brana ein.

»Die Königin sucht Ihr in Irilith vergeblich«, rief eine Frau mit weißem Haar, die nun herbeiritt. »Sie befindet sich in Cantrel. Dort bewirtet sie die Gäste.«

»In der Hauptstadt ist sie nicht.«

»Wir haben wichtige Botschaft«, fügte Grunema hinzu.

»Eure Botschaft interessiert uns nicht«, gab der Anführer barsch zurück. »Kehrt um oder die Waffen werden sprechen.«

Doch die Weißhaarige brachte ihn mit einer Handbewegung zum Schweigen. Sie hatte den alten Mann aus Cantrel erkannt: »Bist du nicht Grunema aus dem alten Geschlecht der Viskomdé?«

»Der bin ich. Woher kennt Ihr mich?«

»Weil ich deine Königin bin, mein Alter«, lachte die Frau.

Aramar streifte seine Kapuze ab und rief: »Lunete!«

Die antwortete: »Der Tag wird ja immer schöner! Ich will auf der Stelle tot umfallen, wenn das nicht der Zauberer Aramar ist, der, den man auch den Blauen nennt.«

Die alten Freunde saßen ab und fielen sich in die Arme.

Obgleich schon hoch an Jahren, war die Frau schöner, als es Menschen in der Regel sind. Ihr flogen noch immer alle Blicke zu, wenn sie irgendwo auftrat. Sie war eine Frau, für die man auf der Straße das Pferd zügelt, um ihr nachzusehen. Ihr Haar hatte früher die Farbe von reifen Ähren und glänzte nun wie pures Silber. Das Gesicht war von der Ebenmäßigkeit eines Kunstwerks und ihre Arme und Beine verhielten sich zu ihrem Körper in vollendeten Proportionen. Dabei bemerkte man erst sehr spät, daß sie an jeder Hand sechs Finger hatte. Sie war eine Frau, die man ansieht und bewundert, aber nicht begehrt.

Brana und Grunema knieten vor Lunete, der Königin Whytens, nieder.

»Herrin«, sagte Grunema, »wie froh bin ich, Euch zu sehen und zu wissen, daß Ihr nicht mit den Freiern gemeinsame Sache macht. Ich habe ganz vergessen, wie schön Ihr seid. Laßt Euch von Eurem Volk grüßen, das sich nach Euch sehnt.«

»Ich danke dir«, antwortete sie freundlich und faßte ihn unter dem Arm. »Ich kann dir nicht sagen, wie sehr ich euch alle vermisse.«

Rimo und Grosskorl aus Hispoltai kamen herbeigeeilt und fielen auf die Knie. Sie richteten Grüße von ihrer Königin Einada aus, die der Schwester im Nachbarland Bündnistreue und Freundschaft ausrichten ließ.

Auch ihnen wurde huldvoll auf die Beine geholfen und für ihren Gruß gedankt.

Dann war es Zeit, auch die anderen Mitglieder der Reisegesellschaft vorzustellen. Als der Zauberer die Berühmtheit und die große Kunst der Sängerin hervorhob, wehrte Galowyn bescheiden ab: »Du übertreibst ein wenig. Aber ich danke dir, daß du die Königin so genau über mich unterrichtest.«

Fallsta war von der schönen Frau so angetan, daß ihm bei der Begrüßung die Worte fehlten. Sie schien derartige Verlegenheiten gewohnt zu sein, denn sie lächelte und sagte: »Wir werden später sicher noch genügend Gelegenheit haben, um uns zu unterhalten.«

Auch Smyrna erhielt ein freundliches Wort, dann stellte Lunete ihrerseits ihre beiden Hauptleute vor. Adelamor und Girgolo waren hochgewachsen und wie ihre Herrin von großer Schönheit. Aramar fragte sich im stillen, ob sie wohl Achajerblut in den Adern hatten. Man sah ihnen an, daß sie kämpfen konnten. Sie zwangen sich zu keinem freundlichen Lächeln, sondern blieben ernst und senkten bei der Vorstellung lediglich leicht die Köpfe.

Endlich fragte Aramar: »Wo lebst du, Lunete?«

»Ich wohne auf Irilith und beschütze mein Volk, so gut es geht.«

»Wie konntest du entkommen?«

»Ich bin von einem Freund aus dem fernen Vespucciland rechtzeitig gewarnt worden. Die Flucht hat mir mein treuer Vorsteher Kuri ermöglicht. Doch für weitere Erzählungen ist heute abend Zeit.«

Damit beendete sie das Gespräch und stieg auf ihr Pferd. Sie hatte entschieden und wartete nicht auf eine zustimmende Antwort. Sofort umringten sie die Krieger und ließen ihre Königin nicht einen Moment aus den Augen. Mit Freuden hätten sie ihr Leben für sie gegeben.

In den Dörfern, durch die sie nun kamen, schien alles zum Besten bestellt. Ein kleines Mädchen, es mochte nicht älter als acht Jahre sein, trieb eine Herde Gänse. Seine Füße steckten in warmen Pelzschuhen. Es lief mit seiner Gerte an der Spitze der Herde neben dem Leittier. Die Gans war beinahe genauso groß wie das Kind. Als das Tier in eine andere Richtung wollte als das Mädchen, schlug es die Kleine ohne Scheu mit seiner vollen Kraft. Die Gans lenkte ein, dabei hätte ein Schnabelhieb von ihr genügt, um das Kind zu töten.

»Welch ein Unterschied zu den Dörfern um Cantrel«, entfuhr es Smyrna.

Lunete hatte den leisen Ausruf gehört und wandte sich an die Dienerin: »Es schmerzt mich sehr, was mein Volk erdulden muß. Aber ich kann ihm noch nicht helfen. Ich habe nicht genügend Krieger und kann nur einen kleinen Bereich des Reiches vor den gierigen Fremden schützen.«

Als sie das Dorf verließen, wankte Fallsta im Sattel. Sein Gesicht war rot und glühte. Es war ihm schon seit Stunden schlechtgegangen, aber er hatte die Zähne zusammengebissen. Er hatte wieder hohes Fieber und war dabei, das Bewußtsein zu verlieren. Kurz bevor er vom Pferd fiel, wurden die anderen auf ihn aufmerksam und stützten ihn.

»Er ist noch immer krank«, stellte Aramar bestürzt fest. »In diesem Zustand schafft er es nicht bis Irilith.«

»Was hat er?« fragte Lunete ruhig.

»Er hat sich ein schweres Fieber zugezogen, als er etwas verstecken wollte. Durch die Umstände der letzten Tage konnte die Krankheit nicht ausheilen. Wenn ihm nicht bald geholfen wird, fürchte ich um sein Leben.«

Die Königin gab Adelamor und Girgolo ein Zeichen, und im Nu hatten sie aus zwei Speeren und einer Decke eine Trage gebaut. Adelamor organisierte zwei Pferde, zwischen denen sie aufgehängt wurde. Sie betteten Fallsta auf die schwankende Unterlage und bedeckten ihn mit zwei Decken. Dann ging der Ritt weiter.

Irilith

Die Burg Irilith war am Ende eines Tales in die südlichen Ausläufer der Ruburhöhen gebaut. Die Leute von Whyten schienen eine Vorliebe für weißen Marmor zu haben, und so glänzte sie wie die Stadt Cantrel in prächtigem Weiß, und nur die Abendsonne verlieh ihr einen roten Schimmer. Drei Mauern und drei Tore schützten die große Anlage. Je fünf Türme krönten die Wälle, und aus dem obersten Mauerring ragte ein hoher Bergfried. Er war der älteste Teil von Irilith. Ehemals stand er allein und trutzig in den Bergen, diente als Zuflucht und Warnung, sich nicht mit den Herren dieses Landes anzulegen. Die königlichen Gemächer befanden sich noch immer in seinen Mauern.

Den sanft ansteigenden Hügel, an dessen Ende das erste Tor lag, hatte man kahlgeschlagen, um dem Feind bei einem Angriff keine Deckung zu geben. Nur ein einsamer Baum war stehengeblieben und bog sich im Wind.

»Warum habt Ihr den Baum stehenlassen?« fragte Smyrna verwundert Girgolo, der neben ihr ritt.

»Warum sollen wir ihn umhauen? Dieser einzelne Baum bietet keine Deckung und kann uns nicht gefährlich werden. Es gibt keinen Grund ihn zu fällen.«

»Aber Ihr habt doch all die anderen Bäume gefällt.«

»Das war nötig, um Angreifern die Deckung zu nehmen.«

»Und warum nicht diesen Baum?«

»Ich sagte Euch schon, weil es nicht nötig war.«

Verwirrt gab die Frau ihrem Pferd die Sporen.

Die fremden Besucher dachten jeder für sich, daß Irilith schöner als Cantrel war. Die Burg paßte sich der Landschaft an und versuchte nicht, sie mit Prunk zu übertreffen, wie das bei der Stadt der Fall war. Die ganze Anlage war verteidigungsbereit. Wachen standen unsichtbar am Eingang des Tals und zeigten sich, als sie ihre Herrin wahrnahmen. Auf Felsen und hohen Bäumen tauchten überall Männer auf und hoben grüßend die Arme.

In der Burg wurden sie schon erwartet. Bedienstete kümmerten sich um Pferde und Gepäck. Fallsta wurde in eine warme Kammer gebettet und mit einem Heiltrank versorgt, dann wies man den Gästen Zimmer zu. Später wurde zusammen mit dem ganzen Hof im großen Speisesaal gegessen.

Endlich zog man sich zur Beratung zurück. Dies war der Moment, auf den Aramar so dringend gewartet hatte. Doch die Höflichkeit hatte ihm zu warten geboten, bis Lunete bereit war. Nur wenige durften teilnehmen. Das waren Girgolo und Adelamor, die beiden Hauptleute der Königin. Aramar lud Smyrna und Galowyn ein, und als Vertreter des benachbarten Königreichs erschienen Grosskorl und Rimo. Außerdem wurden noch Brana und Grunema hinzugebeten. Das Kaminzimmer des Bergfrieds lag im zweiten Stock des großen Rundbaus. Aus seinen Fenstern hatte man in der Abendsonne einen weiten Blick auf das Vorfeld der Burg, und weit in der Ferne blitzte als weißer Punkt die Stadt Cantrel. Ein großes Feuer wärmte alle nach dem langen Ritt. Grunema übernahm wortlos die Aufgabe, Holz nachzulegen. Sie machten es sich bequem und tranken heißen Wein mit kräftigen Gewürzen.

»Liebe Freundin«, begann der Zauberer, »erzähle uns zuerst, wie du aus Cantrel entkommen bist. Ich muß gestehen, daß mich dein Verschwinden sehr überrascht hat.«

»Meine Flucht habe ich zwei Männern zu verdanken, meinem Vorsteher der Wache, Kuri, und Dac dem Vespucci. Dac warnte mich vor einem Anschlag auf mein Leben, und Kuri schleuste mich aus der Stadt.«

»Von welcher Gefahr sprach der Vespucci?«

»Ich wußte schon lange, daß die Bürger der Stadt meinem Gemahl und mir feindlich gesinnt waren. Sie mißtrauten uns, denn sie befürchteten, wir könnten sie allzusehr beherrschen. Jedem Fremden, selbst Leuten aus Darken, hätten sie mehr Zuneigung und Vertrauen entgegengebracht als ihren Königen. Je freier die Leute sind, desto mehr bekämpfen sie die, die ihre Freiheit schützen.«

Sie sah bei diesen Worten Brana und Grunema an. Grunema nickte, aber Brana widersprach: »Das Zerwürfnis zwischen Euch und so manchen Bürgern will ich nicht leugnen. Doch ein Anschlag auf Euch war nie geplant.«

Lunete ging darauf nicht weiter ein: »Eines Abends erklärte mir Dac, daß sich die Bewohner der Stadt mit den sogenannten Gästen verbündet hätten, um mich in den Kerker zu werfen. Sie wollten eine neue Herrschaftsform einführen. Das Königtum wollten sie abschaffen und ihre eigenen Führer wählen. Die Fremden wären geblieben, um meinem Volk bei diesem Staatsstreich beizustehen. In dieser Nacht packte ich einige persönliche Habseligkeiten, und Kuri brachte mich vor die Tore. Nur Adelamor und Girgolo nahm ich als Begleitung mit. Mit dem Vespucci hatte ich ausgemacht, daß er meine Rolle einnehmen solle, damit mein Verschwinden so lange wie möglich geheim blieb. Ich wollte ein Heer zusammensuchen und meine Stadt befreien.«

»Ihr wolltet also doch die absolute Macht?« fragte Brana. »Wir sollen alle unterworfen werden?«

»Natürlich nicht«, erwiderte die Königin empört.

»Aber wozu wollt Ihr dann mit einem Heer die Stadt angreifen?«

»Ich will sie nicht angreifen, sondern befreien.«

»Aber Ihr geht doch davon aus, daß wir mit den Fremden gemeinsame Sache machen und wollt uns bekämpfen?«

»Ich kann mich doch nicht einfach absetzen lassen!«

»Das hatten wir doch gar nicht vor!«

Die Stimmen der beiden Frauen wurden immer lauter, da mischte sich Aramar ein: »Die tatsächlichen Sachverhalte klären wir später. Aber daß es nicht zum Besten steht zwischen der Königin von Whyten und ihrem Volk, das wird selbst in dieser Beratung deutlich. Sage uns, Lunete, welche Rolle spielt Kuri?«

»Er ist mein Vertrauter und führt meine Befehle aus. Ich habe ihm gesagt, er soll den Vespucci unterstützen, und das tut er auch. Diesen beiden Männern vertraue ich blind.«

»Hat Euch der Vespucci eine Medizin gegeben?« mischte sich nun Galowyn ein.

»Was kümmert Euch das?«

»Diese Medizin ist gefährlich. Auch die Königin von Equan und die Königliche Tochter wurden so in Abhängigkeit gebracht.«

»Das ist doch Unsinn! Ich will davon nichts hören! Mich macht man nicht abhängig! Ich bin Königin Lunete aus dem Volk der Achajer, das scheint Ihr zu vergessen!«

Aramar fragte leise: »Hast du noch etwas von dieser Medizin?«

»Natürlich, denn ohne sie könnte ich nicht leben.«

Lunetes Stimme war schneidend geworden und duldete keinen Widerspruch. Alle verstummten bei diesem Zornesausbruch und sahen betreten zu Boden.

Der Zauberer wechselte das Thema: »Wir wollen uns die Lage, in der sich Whyten befindet, vor Augen führen.«

Dann begann er zu erzählen, von Ormor, seiner Befreiung und seinem Wunsch, ganz Centratur in seine Gewalt zu bringen. Smyrna und Galowyn fielen ein. Sie berichteten vom Kampf um Hispoltai und den grausamen Orokòr.

»Wer sollte unser Land verteidigen?« fragte Brana. »Wir können doch nicht einmal dem Treiben der Freier Einhalt gebieten. Den übermächtigen Heeren des Zauberkönigs sind wir hilflos ausgeliefert.«

»Wohin sind die alten Zeiten entschwunden, als man in ganz Centratur erbleichte, wenn von den Kriegern aus Whyten die Rede war?« jammerte Grunema. »Damals hat es noch Helden in diesem Land gegeben.«

»Der letzte der Helden war mein Gemahl, und er ist tot«, beschied ihn die Königin kurz und fuhr dann fort: »Wenn diese Fremden, die wir so lange Gäste genannt haben, endlich unser Land verlassen, werde ich als Königin alle Kräfte sammeln. Dann werden wir stark genug sein und uns verteidigen. Das Übel, an dem alles krankt, sind diese Freier. Sie saugen das Land aus und nehmen uns die Luft zum Atmen.«

»Wenn die Freier vertrieben sind«, sagte Aramar, »sind eure Probleme noch lange nicht gelöst. Schon jetzt verhungert ein großer Teil deines Volkes. Selbst wenn keine Gäste mehr da sind, ist der Hunger nicht gebannt. Auch in Whyten fällt keine Nahrung vom Himmel. Im nächsten Frühjahr haben die Leute kein Korn, um zu säen. Wenn sie aber nicht säen, können sie auch nicht ernten. Es gibt auch keine Hühner mehr, die Eier legen. Eier braucht man aber, um neue Hühner zu züchten. Und weil es keine Kühe mehr gibt, mangelt es nicht nur an Milch, sondern auch an Kälbchen. Dein Land, Lunete, ist so ruiniert, daß es aus eigenen Kräften nicht mehr auf die Beine kommt. Die wenigen Bauern, die du beschützt hast, werden teilen müssen. Nur wenn alle hungern, können alle überleben.

Doch du hast recht, zunächst müssen wir tatsächlich die gefräßigen Schmeißfliegen loswerden, die deine Stadt belagern. Viel Zeit bleibt uns nicht. Wenn Ormors Horden hereinbrechen, werden sie die letzten Vorräte vernichten und auch diese Burg nicht verschonen. Gegen Orokòr sind die Freier harmlos. Die schwarzen Bestien fressen alles kahl, wie Heuschreckenschwärme.«

»Wie können wir uns gegen diese Freier durchsetzen?« fragte nun Adelamor.

»Wir haben zum Glück einen Zauberer unter uns«, antwortete ihm seine Königin. »Er wird die Eindringlinge verjagen. Von mir aus kann Aramar die halbe Stadt zum Einsturz bringen, wenn dem Gesindel dadurch der Aufenthalt in Cantrel verleidet wird.«

Aramar sah sie erstaunt an.

»Lunete, du bist aus dem Geschlecht der Achajer und kennst die Regeln. Sicher könnte ich die ganze Stadt vernichten. Doch solche Taten sind uns verboten, und das weißt du. Ich darf den Zauber nur einsetzen, um zu helfen, nicht um zu zerstören. Wenn ich täte, was du verlangst, würde ich mich schuldig machen.«

Die Königin stutzte, dann lachte sie und sagte: »Ich habe nur einen Scherz gemacht. Aber sage mir, du gewaltiger Zauberer, was nutzt dir deine Zauberkunst, wenn du sie nicht anwendest?«

Die kleine Runde erörterte noch viele Pläne, wie Cantrel befreit werden könnte. Die Stadt im Sturm zu nehmen, verbot sich. Dazu waren die Kräfte der Königin zu schwach. Deshalb überlegten sie allerlei Finten und Tricks. Sogar das Stauen des Flusses, um die Eindringlinge zu ertränken, wurde vorgeschlagen und natürlich verworfen.

Stunden später hatten sie noch immer keinen vernünftigen Plan. Als alle schon verzweifelt aufstehen und ohne Hoffnung zu Bett gehen wollten, meldete sich Smyrna. Sie entwickelte eine Strategie besonderer Art. Zuerst machte sich Skepsis in der Runde breit, und besonders die beiden Hauptleute hatten Einwände. Aber je länger sie debattierten, desto überzeugender schien ihnen die Idee. Schließlich rief Aramar begeistert: »Smyrna, du hast tatsächlich eine Lösung für unser Problem gefunden!«

Smyrnas Vorschlag war nur mit Fallstas Unterstützung zu realisieren. Deshalb besuchten sie den Goldgräber sogleich am Krankenbett. Er war bleich im Gesicht, zitterte am ganzen Körper und schnappte keuchend nach Luft. Die Diener der Königin hatten sein Lager mit Tonflaschen umstellt, die mit heißem Wasser gefüllt waren, um ihn zu wärmen.

Voller Mitleid ließ sich Lunete bei ihm nieder. Ohne Angst vor irgendwelcher Ansteckung legte sie ihm ihre kühle, weiße Hand, die so makellos war, wie alles an ihr, auf die Stirn und sprach zu ihm mit warmen Worten. Unter dem Druck dieser Hand wurde sein Atem ruhiger und das Zittern ließ nach, bis es endlich ganz verschwand. Ein Lächeln trat auf die Lippen des gequälten Mannes.

Aramar murmelte bewundernd: »Was der Heiltrank eines Zauberers nicht schafft, das erreicht die Hand einer schönen Königin. Sie nimmt sogar den Schüttelfrost von einem Todkranken.«

»Wie geht es dir?« fragte Galowyn den Freund. »Wir haben uns Sorgen um dich gemacht.«

»Ein Goldgräber hält viel aus«, lächelte Fallsta gequält.

»Wir müssen mit Euch sprechen«, unterbrach die Königin. »Wir brauchen Eure Hilfe!«

»Die könnt Ihr gerne haben«, murmelte der Kranke und schloß die Augen wieder. Dann versank er in einen tiefen Schlaf, in dem er nicht mehr wahrnahm, was um ihn herum vorging.

»Es hat keinen Sinn«, sagte nun Aramar leise. »Er ist zu krank, um mit uns zu verhandeln. Wir müssen uns gedulden.«

Unwillig erhob sich Lunete und ging zur Tür. Die anderen folgten ihr.

Am nächsten Tag ging es Fallsta erheblich besser. Das Fieber war zurückgegangen und auch der Schüttelfrost verschwunden. Er war bei klarem Bewußtsein und hatte sogar eine dünne Suppe zu sich genommen. Die Schüssel stand noch neben seinem Bett, als Lunete und Aramar ihn besuchten.

Ohne sich lange nach seinem Befinden zu erkundigen, sagte die Königin wie am Vorabend: »Wir brauchen Eure Hilfe!«

»Königinnen verweigert man sich nicht«, antwortete der Kranke galant, wenn auch mit leiser Stimme. »Es ist schon schlimm, daß ich mich Euch zu Ehren nicht erheben kann.«

Die Frau unterbreitete ihm den Plan. Ihrer Stimme war anzuhören, daß sie fest mit seiner Zustimmung rechnete.

Fallsta schwieg erst eine Weile, als sie geendet hatte. Dann stöhnte er: »Schon wieder soll es eine Rettungsaktion auf meine Kosten geben. Ich bin ein armer Mann und muß für mein Gold hart arbeiten. Laßt mich zufrieden mit meinem kleinen Besitz leben.«

»Ich werde Euch entschädigen, sobald ich kann!« versprach Lunete.

»Aramar, was ist deine Meinung?« wandte sich der Goldgräber flehend an den Zauberer.

»Es ist der einzige Weg«, antwortete dieser, »aber ich habe großes Verständnis, wenn du dich verweigerst.«

Nach einer langen Pause stimmte Fallsta schließlich zu. Damit war der Plan besiegelt.

Waren es die heilenden Hände der Königin oder der Trank des Zauberers, Fallsta genas von Stunde zu Stunde. Bereits am Nachmittag erhob er sich von seinem Lager und machte die ersten Schritte. Smyrna begleitete ihn, als er das Krankenzimmer verließ und in warmen Kleidern durch die Festung schlenderte.

Die Anlage war weitläufig, so daß die Männer auch ihre Familien unterbringen konnten. Kinder sprangen im Sonnenschein herum und spielten auf den Mauern. Vor den Toren sah man den Burgberg, der bis auf den einen Baum gerodet war. Der Hügel sah nackt aus, beinahe ein wenig obszön. Ein Bach sprudelte aus den Bergen und durchquerte die Festung. Er quoll unter den Mauern hervor und floß in gewundenem Lauf das Tal entlang. Sein Plätschern war bis zu den Zinnen zu hören.

Während die beiden gedankenverloren nach Süden sahen, durchbrach der Schrei einer Frau die friedliche Stille des Nachmittags. Kurz darauf schrie die Frau wieder. Smyrna und Fallsta sahen sich an und eilten in die Richtung, aus der der entsetzliche Laut gekommen war. Nun hörten sie ihn zum dritten Mal. Smyrna und Fallsta zogen ihre Messer, bereit, die hilflose Frau zu verteidigen.

Die übrigen Bewohner der Burg ließ das Schreien gänzlich unbeeindruckt. Sie lachten, als sie die Fremden mit gezückten Waffen sahen. Eine ältere Frau trat auf sie zu und empfahl ihnen, ihre Messer wegzustecken.

»Hier wird eine Frau gequält!« rief Fallsta. »Das mag hier so üblich sein. Aber wir werden ihr zu Hilfe kommen.«

»Ihr werdet ihr nicht helfen können und schon gar nicht mit Euren Messern«, sagte die Frau lächelnd.

»Das werden wir ja sehen!«

»Auch sehen werdet Ihr nichts, denn man wird Euch nicht zu ihr lassen. Die Frau bekommt ein Kind.«

Entgeistert blieben die beiden Gäste stehen. Sie hatten sich zum Narren gemacht. In diesem Augenblick kam die Königin vorbei. Sie ging gemessenen Schrittes zu der Gebärenden. Als sie Fallsta und Smyrna erblickte, sagte sie: »Wir stehen vor großen Kämpfen. Es wird viel Blut fließen, und viele werden sterben. Gerade jetzt wird ein Kind geboren. Das ist ein gutes Zeichen! Wir sollten fröhlich sein. Jetzt ist mir nicht mehr bang.«

Schon am nächsten Morgen verließen Reiter Irilith. Eine Gruppe, zu der auch Fallsta und die beiden Frauen gehörten, ritt nach Westen, die anderen hatten als Ziel Cantrel. Lunete blieb vorerst in der Festung. Sie würde die Burg später verlassen, um die Kämpfe zu organisieren. Früher hatte sie die Kriege den Männern überlassen müssen, zuerst ihrem Vater und ihren Brüdern, später ihrem Gemahl, König Meliodas. Eine Frau kämpft nicht, hatte es geheißen. Sie sei nicht hart genug. Kämpfen sei unweiblich und einer Frau nicht würdig. Deshalb hatte sie damals, während die Männer ins Feld ritten, zu Hause gesessen und mit Bangen gewartet. Sie hatte gestickt und Teppiche geknüpft, aber mit ihrem Herzen war sie in den Schlachten gewesen, hatte sich vorgestellt, was ihrem Vater, ihrem Mann in diesem Moment zustoßen konnte, hatte sich alle Greuel des Krieges ausgemalt und war doch hilflos geblieben. Dennoch durfte sie niemand von ihrer Angst erzählen, mußte den Tag über Heiterkeit und Zuversicht verbreiten. Sie mußte stark sein, obgleich man sie für zu zart zum Kämpfen hielt.

Seit dem Tod ihres Mannes hatte Lunete die Rolle der Männer übernommen. Sie war bereit, selbst in den Kampf zu ziehen und zog dies der ehemaligen Geborgenheit fernab von allen Schrecken und Gefahren bei weitem vor.

Botschaften

In Cantrel lief alles seinen gewohnten Gang. Ein Bettler rollte auf einem Brett mit Rädern vorüber und stieß sich dabei mit zwei Holzklötzen vom Boden ab. Die Leute, die ihn sahen, fragten sich, ob er tatsächlich keine Beine mehr hatte, oder sie nur unter der alten, speckigen Decke verborgen hielt, um Mitleid zu erregen. Betrunkene torkelten über die Straßen, und vor den Toren machten sich ein paar junge Heißsporne daran, bei den Bauern »einsammeln« zu gehen. Sklaven hasteten geschäftig zu irgendwelchen Zielen, stets bemüht, es ihren Herren recht zu machen, um Schläge zu vermeiden. Auch ein paar Zwerge hatten sich in die Stadt gewagt. Sie waren hier in Geschäften unterwegs. Seit die Freier das Heft in der Stadt übernommen hatten, waren Zwerge selten geworden. Sie machten in der Regel einen Bogen um Cantrel, denn dort wurden sie von den ungezügelten Horden verspottet und ab und an sogar mißhandelt. Für die Zwerge, die nun hier auftauchten, mußte es sich um ein Geschäft mit großem Gewinn handeln.

Drei Wachsoldaten patrouillierten auf der Terrasse vor dem Palast und wurden von zwei gedrungenen Männern mit dunkler Haut und dunklen Haaren beobachtet. Sie waren sehr darum bemüht, nicht aufzufallen. Dies wäre jedoch nicht nötig gewesen, denn niemand nahm von den Spähern aus Darken Notiz. Man hatte sie geschickt, um die Lage im Nachbarland zu erkunden. Dort stand ein großes Heer bereit, um im verhaßten Whyten einzufallen. Es galt, noch eine alte Rechnung aus dem Großen Krieg zu begleichen. Doch von der Gefahr aus dem Norden ahnte man in Cantrel nichts, und nicht einmal Aramar wußte, daß ein solcher Angriff unmittelbar bevorstand. Er sah Ormors Orokòr als die größte Bedrohung. Nach seiner Überlegung würde es noch eine Weile dauern, bis der Zauberkönig die Niederlage von Hispoltai überwunden hatte. Dann allerdings war mit einem Kampf auf Leben und Tod zu rechnen.

Die Kundschafter würden ihren Vorgesetzten in Darken melden, daß Whyten mit seiner Hauptstadt Cantrel wie eine reife Frucht vor ihnen lag und nur noch eingenommen werden mußte.

Noch zwei andere Gestalten drückten sich in den Schatten eines der großen Häuser. Es waren ein Mann und eine Frau. Für sie war die Gefahr, erkannt zu werden, erheblich größer, denn sie stammten aus Cantrel. Aber man hatte sie in Irilith mit neuen Kleidern versorgt, so daß sie nicht mehr das Bild der Verfemten zeigten. Wenn ihnen bekannte Leute vorübergingen, zogen sie Tücher vor das Gesicht. Brana und Grunema hatten sich bereits im Morgengrauen an den Wachen am Tor vorbeigeschlichen.

Plötzlich erschollen Fanfaren, und die Leute machten die Straße frei. Von den drei Toren im Westen, Osten und Süden näherten sich Gruppen von Menschen. Sie schritten in der Straßenmitte und hatten als Ziel den Palast. Voraus lief jeweils ein Mann in prächtigen Kleidern.

Der erste war Freiherr Arakhan aus Muriel. Seinem Vater gehörten zwei Burgen und ein Dorf. Der Freiherr trug goldene Kleider und einen Hut in der gleichen Farbe. Er schritt langsam und war sich seiner Würde bewußt. Hinter ihm kam sein Gefolge, eine Horde wilder Kerle, die einen Menschen schon für ein paar Heller umbrachten. Sie hätten auch Hand an ihren Herrn gelegt, wenn es nötig gewesen wäre. Aber solange dessen Vater regelmäßig Geld schickte, weil er hoffte, bald mit dem Königshaus von Whyten verschwägert zu sein, blieben sie treu ergeben.

Der zweite Zug wurde von Krichnar, dem Händler, angeführt. Er stammte aus Paradland. Sein Vater war noch mit der Kiepe auf dem Rücken durchs Land gezogen und hatte Eier, Bindfäden und die eine oder andere verbotene Waffe verkauft. Sein Sohn hatte das Geschäft später in die Hand genommen und groß aufgezogen. War bei seinem Vater der Waffenhandel die Ausnahme, so wurde er bei seinem Sohn die Regel. Die Kunden waren begierig nach diesen verbotenen Waffen, denn jeder ahnte, daß die friedlichen Zeiten bald vorbei sein würden. Sie zahlten jeden Preis. Krichnar vergrößerte mit der Zeit die Auswahl seiner Waffen, bis schließlich Fürsten und sogar Könige nach ihm verlangten. So kam er zu Reichtum. Noch immer besuchte er zweimal im Jahr seinen alten Vater, der in bitterer Armut irgendwo als Kostgänger bei einer fremden Familie in Rudia lebte. Dann brachte er ihm ein fettes Stück Fleisch und einen Laib Brot mit. Einmal schenkte er dem Alten sogar einen abgetragenen Mantel, den er unterwegs günstig erstanden hatte. Krichnar setzte bereits Fett an und an seinen dicken Fingern blitzten zahllose Ringe. Sein Gefolge war allerdings klein, denn der Händler sah nicht ein, daß er Mäuler unnötig durchfüttern sollte.

Der dritte, der an diesem Vormittag zum Palast schritt, war

Wunsid. Er hatte als General bereits für den verstorbenen König Meliodas gekämpft und war in Ehren ergraut. Wunsid war ein aufrechter Mann, der oft die Welt nicht mehr verstand. Er liebte die überschaubaren Verhältnisse einer Schlacht, in der man die Guten auf der eigenen und die Bösen auf der anderen Seite wußte. Als der König überraschend starb, hatte der General das Reich in Gefahr gesehen und sich entschlossen, auf seine alten Tage noch einmal für sein Land in die Bresche zu springen. Nach heftigem Ringen mit sich selbst war er bereit gewesen, die Königswürde auf seine Schultern zu laden und hatte sich in den großen Kreis der Freier eingereiht. Hinter ihm standen einige seiner alten Soldaten.

Das Volk sah den glänzenden Aufzügen fasziniert zu und klatschte auch das eine oder andere Mal Beifall, wenn jemand aus dem Gefolge der Freier besonders elegant grüßte. Brana sah ihren Begleiter aufmerksam an. Der nickte sein Einverständnis und beide schlossen sich unauffällig der Menge an. Sie wollten wissen, was sich vor dem Palast zutragen würde.

Oben auf den Stufen standen die Wachen. Sie hatten von dem kommenden Schauspiel gewußt, und sich darauf vorbereitet. Nun trugen sie ihre Paradeuniformen mit silbernem Brustpanzer und hohen Helmen. Sie standen unbeweglich mit starren Mienen und gespreizten Beinen, den Speer mit ausgestrecktem Arm haltend.

Die drei Züge hatten sich inzwischen vereinigt und machten nun vor der großen, weißen Treppe halt. Die Anführer schritten langsam empor. Nachdem sie den halben Weg zurückgelegt hatten, trat ihnen Kuri von oben entgegen. Auch er war herausgeputzt. Seine Rüstung glänzte in der Sonne.

»Halt!« rief er mit herrischer Stimme. »Es ist niemandem gestattet, den königlichen Palast zu betreten.«

»Wir sind die neuen Sprecher der Freier«, rief Arakhan. »Man hat uns geschickt, um der Königin mitzuteilen, daß unser aller Geduld erschöpft ist. Die Nahrungsmittel und der Wein neigen sich dem Ende zu, und auch von den Bauern im Umkreis ist nichts mehr zu holen. Wir alle haben viel Geld in diese Werbung investiert und wollen nun endlich eine Entscheidung. Entweder Ihr laßt uns in den Palast, oder alle Freier kommen mit ihrem Gefolge und fegen Euch hinweg. Wir wollen zur Königin!«

»Ja, wir wollen zur Königin, um ihr als treue Diener unsere Dankbarkeit zu Füßen zu legen.« Der General hatte sich eingeschaltet.

»Wir fordern Ersatz unserer Ausgaben«, setzte Krichnar noch einen drauf.

Die anwesenden Männer klatschten bei diesen Worten Beifall.

In diesem Moment trat ein Vespucci aus dem großen Tor des Palastes und schritt, seine Fingernägelschoner hinter sich herziehend, zur Treppe. Verblüfftes Schweigen breitete sich auf dem Platz aus. Gebietend erhob der Glatzkopf die blitzenden Hände und rief mit fremdem Akzent und seltsam schnarrender Stimme: »Volk von Cantrel!«

»Die meisten dieser Laffen stammen doch gar nicht aus unserer Stadt«, flüsterte Brana empört.

»Volk von Cantrel«, wiederholte der Gnom noch einmal. »Die Königin schickt mich.«

Verwundert sahen sich Grunema und Brana an. Sie hatten ihre Königin doch erst vor kurzem in Irilith getroffen. Wie konnte da der Vespucci im Namen von Lunete sprechen?

»Die Königin versteht Eure Ungeduld und will das Warten beenden. Sie bittet Euch aber um Verständnis für ihre Trauer und ihre Sorge um das Wohl des Landes, die ein Zögern bisher erforderlich machten und Euch zur Nachsicht zwangen. Nun hat sie sich zu einem Entschluß durchgerungen und wird ihn morgen um diese Zeit verkünden lassen.«

Am nächsten Tag strömten die Freier schon bei Morgengrauen mit ihren Leuten in die Stadt. Die Schenken waren überfüllt, und bald lagen die ersten Betrunkenen auf den Straßen. Die Huren machten gute Geschäfte, denn viele der Bewerber um die Hand der Königin waren sich darüber klar, daß es wohl noch eine Weile dauern würde, bis sie ins königliche Bett steigen durften.

Dann endlich war es soweit. Dicht gedrängt, Körper an Körper, standen alle auf dem großen Platz. Das Murmeln verstummte, als der Vespucci erschien. Atemlos vernahmen alle, was er zu sagen hatte: »Bürger von Cantrel! Die Königin hat mich zu ihrem Boten ausersehen, und das erfüllt mich mit Stolz. Bitte habt Verständnis, wenn die leidgeprüfte Frau nicht vor Euch tritt. Dies ist auch nicht nötig, denn ich kenne ihren Willen und werde ihn nun verkünden.«

»Da bin ich aber gespannt«, murmelte Brana.

»Die Königin läßt Euch mitteilen, daß sie sich für keinen der Freier entscheidet.«

Ein aufgeregtes Murmeln brandete auf und empörte Rufe erhoben sich, aber der Gnom hob sogleich beschwichtigend die Hand.

»Die Königin«, rief er hastig, »weist aber auch keinen der Freier ab. Sie hat eine Entscheidung getroffen, die der Stadt, dem Land und allen Gästen gerecht wird. Das Wohl ihres Landes vor Augen läßt Lunete verkünden, daß sie keinen der Freier bevorzugt, sondern einen jeden annimmt, wenn er die desolaten Finanzen des Landes unterstützt. Konkret heißt dies, für einen Betrag von fünftausend Dinra erwirbt sich jeder das Recht, die Königin einmal im Monat zu besuchen und sich ›Königlicher Partner‹ zu nennen. Außerdem bekommt er einen Anteil an einem Dorf zugewiesen, das seiner Kontrolle unterstellt wird. Es steht jedem frei, seinen Einstand zu erhöhen. Für zehntausend Dinra sieht man die Königin zweimal, und es erhöht sich der Anteil an den Dörfern. Man kann sich auch noch mit mehr Geld beteiligen. Investiert man genügend, so kann man die Königin sogar täglich sehen und eines oder zwei Dörfer allein sein eigen nennen.

Wie Ihr seht, wird keiner von Euch enttäuscht. Ein jeder erhält seine Chance, und das Warten auf die Entscheidung der Königin hat ein Ende.«

Entgeistertes Schweigen folgte dieser Eröffnung. Damit hatte niemand gerechnet.

»Sie machen unsere Königin zur Hure«, stammelte Brana entsetzt und schämte sich für ihr Volk, obgleich sie wußte, daß Lunete eine derartige Entscheidung niemals treffen würde.

»Dieser Gnom verkauft Lunete und unsere Bauern. Nein, wir alle werden verkauft!« Grunema war empört.

In diesem Augenblick trat unter der Treppe eine seltsame Gestalt hervor. Das Gesicht hatte schon lange keine Sonne mehr gesehen und war bleich. Der Körper war in Lumpen gehüllt, das Haar struppig und lang. Der Mann hatte die Fäuste geballt.

»Lüge!« rief er. »Königin Lunete würde niemals einen solchen Entschluß fassen. Ihr alle werdet betrogen. Man verkauft euch etwas, was es gar nicht gibt. Die Königin wird niemals eure Metze sein. Verlaßt diese Stadt, laßt uns endlich in Frieden und nehmt diesen Glatzkopf mit.«

Weiter kam er nicht. Der Vespucci sah ihn mit starrem Blick an. Unter diesem Blick bäumte sich der Mann mit schmerzverzerrtem Gesicht auf, der Schrei erstarb auf seinen Lippen, dann brach er vor den Stufen zusammen. Eine Weile zuckte er noch mit Armen und Beinen, und dann war er tot.

»Achtet nicht auf ihn«, rief der Gnom den Versammelten zu. »Er ist nur ein armer, kranker Mann, der an Fallsucht leidet. Wir werden uns seiner annehmen.«

Auf seinen Wink hin eilten Bedienstete herbei und trugen den Körper weg.

»Und nun geht nach Hause, Leute, und überlegt Euch, wie viele Anteile an der Königin und ihrem Reich Ihr kaufen wollt.«

Mit diesen Worten machte der Vespucci kehrt und schritt in den Palast zurück. Er ließ ein verblüfftes Publikum zurück. Kaum war er verschwunden, brach ein irrsinniger Lärm aus. Alles schrie durcheinander, jeder gab seine Einschätzung der Lage ab. Die einen nahmen die Entscheidung als Zumutung auf, die anderen fanden den Entschluß der Königin gerecht, und die dritten stellten sich schon im Geist vor, wie sie als »Königliche Partner« ihre monatlichen Besuche bei der Königin nutzen würden. Andere wieder kalkulierten den Gewinn, den sie aus den Dörfern zu ziehen gedachten.

General Wunsid hatte seine Getreuen um sich versammelt und analysierte die Lage. Er sah nur zwei Möglichkeiten, entweder eine größere Zahl von Anteilen zu kaufen oder einen Militärputsch anzuzetteln, um das Vaterland zu retten. Arakhan schickte sofort Boten zu seinem Vater und forderte mehr Geld. Krichnar hingegen gedachte, viele Anteile zu kaufen, sie aber nicht selbst zu verwenden, sondern an zahlende Kunden weiterzuvermieten. Verzweifelt zurück blieben die Verfemten, die natürlich auch alles erfahren hatten. Keiner von ihnen konnte sich vorstellen, daß ihre Königin wirklich einen derartigen Vorschlag gemacht haben sollte.

Am nächsten Morgen erschien alles wie ein Traum, und nicht nur die Leute, die viel getrunken hatten, klagten über Kopfschmerzen. Wie am Vortag schien die Sonne strahlend vom Himmel, und es wurde sogar noch ein wenig wärmer. Gleich nach dem Frühstück strebten alle wieder zum Palast. Keiner wollte den Fortgang der Dinge verpassen.

In der Tat wurde die Neugierde der Leute nicht enttäuscht, wenngleich andere Ereignisse eintraten, als sie erwartet hatten.

Es war gegen Mittag, da taumelte ein Mann durch das westliche Stadttor und eilte zu der Marmortreppe.

»Gold«, rief er in einem fort. »Gold! Ich habe Gold gefunden, und muß es der Königin melden.«

»Gold.« Das magische Wort verbreitete sich wie ein Lauffeuer in der Menge.

Die Leute hielten den Mann an seinen Kleidern fest, obwohl sie sich dabei schmutzig machten, denn Hose und Jacke starrten vor Dreck und Lehm. Der Fremde hatte in der Erde gegraben, dies war unverkennbar. Er schien tagelang gelaufen zu sein und dabei nichts gegessen zu haben. Sein Gesicht war von einem ungepflegten Bart überzogen. Die rechte Hand hatte er zur Faust geballt, und wenn die Sonne darauf schien, blitzte es dort hell auf. Man vermutete zu Recht, daß er einen Goldklumpen bei sich trug. Man redete auf ihn ein, wollte wissen, wo sich das Gold befand. Doch er riß sich los, taumelte weiter. Man bot ihm Essen und Trinken an, aber er stammelte nur: »Ich muß zu meiner Königin. Ich muß es ihr sagen. Sie braucht das Gold, um das Land zu retten!«

Oben an der Treppe standen wie immer die Wachen, aber als sie den Mann erblickten, verloren sie ein wenig von ihrer Würde. Unruhig stiegen sie ein paar Stufen nach unten, um sich von den Vorgängen nichts entgehen zu lassen. Der Mann kroch mehr als daß er stieg die Stufen empor. Dabei stammelte er ständig: »Ich muß zur Königin! Sie muß von dem Gold erfahren!«

Als der Vespucci erschien, breitete sich in der Menge ängstliche Stille aus. Der Gnom schritt dem Fremden entgegen und fragte laut, was er wolle. Der berichtete von einem Goldfund in den Ruburhöhen. Doch der Vespucci blieb mißtrauisch und verlangte Beweise. Da zeigte der Mann den Goldbrocken, den er in der Hand hielt. Dann langte er in seine Taschen und zog Goldklumpen so groß wie Erbsen und Walnüsse heraus. Die sonst so sichere Stimme des Vespucci wurde schrill. Er befahl den Fremden in den Palast.

Doch der Glatzkopf hatte nicht mit der Menge gerechnet. Lautstarke Proteste hallten über den Platz. Drohend rückten die Leute gegen die Treppe vor. Sie alle wollten wissen, wo sich das Gold befand, wollten teilhaben am Reichtum.

In diesem Durcheinander winselte der Mann immer wieder: »Ich muß zu meiner Königin! Sie muß erfahren, wo das Gold liegt!«

»Die Königin kann dich jetzt nicht sprechen«, herrschte der Vespucci endlich gereizt den Goldgräber an. »Teile mir mit, was du ihr sagen willst.«

»Nein!« war die Antwort. »Wenn ich es meiner Königin nicht allein sagen kann, dann sollen es alle wissen!« Er drehte sich um und rief lauthals über den ganzen Platz: »Ich habe das Gold im Ruchatal in den Ruburhöhen gefunden.«

»Sei still«, zischte der Glatzkopf wütend und zerrte am Arm des Mannes. Doch der sträubte sich.

»Ich traue dem Gnom nicht«, rief er. »Helft mir, und ihr sollt alle reich werden!«

Der Aufruhr war nun unbeschreiblich. Viele wollten sich sofort auf den Weg zur Fundstelle machen. Andere zögerten noch, sie trauten der Sache nicht so recht. Der Vespucci befahl dem Mann: »Gib mir dein Gold!«

Der schrie auf und weigerte sich. Da rief der Gnom die Wachen und befahl ihnen, dem Fremden den Schatz abzunehmen. Wenn sie gehorchten, werde ein jeder reich entlohnt.

Mehr bedurfte es nicht. Die Männer der Garde fielen über den Fremden her, und bald wankte ein gebrochener Mann, der all seine Schätze verloren hatte, die Stufen des Palastes herunter. Die Menge sah dem Schauspiel gebannt zu, aber sie hatte kein Mitleid mit dem Opfer.

Warum ist er gekommen? wunderte sich ein jeder. Ich hätte den Schatz für mich behalten. Wie kann man nur so töricht sein, mit seinem Fund zu prahlen!

Der Glatzkopf untersuchte die Beute und murmelte: »Es ist tatsächlich Gold!«

Dann kehrte er in den Palast zurück.

Goldrausch

Wer nun dachte, daß ein Wettrennen zu den Ruburhöhen ausbrechen werde, der sah sich getäuscht. Zwar wurde in der ganzen Stadt über nichts anderes mehr gesprochen, aber nur wenige schwangen sich tatsächlich auf ihre Pferde und ritten nach Norden. Niemand kümmerte sich um den unglücklichen Goldgräber, und keiner bemerkte, wie er verschwand. Nachdem das Erstaunen und die erste Begeisterung verflogen waren, setzte

Mißtrauen ein. Die Mahner, die zur Zurückhaltung rieten, gewannen die Oberhand und fanden überall Gehör.

Dies änderte sich, als vier Tage später ein Reiter die Wachen am Tor niederritt und in die Stadt eindrang. Sofort entstand ein Menschenauflauf, und bevor die Palastwache den Frevler von seinem Pferd ziehen konnte, rief er laut: »Es stimmt! In den Ruburhöhen liegt Gold! Unermeßlich viel Gold! Wir haben große Schätze gefunden!«

Es dauert bei den meisten Menschen eine Weile, bis sie eine Entscheidung treffen. Aber wenn die Massen erst einmal in Bewegung gekommen sind, dann gibt es auch für Ängstliche und Zögerer kein Halten mehr. Nun kam Bewegung in die Massen, und die meisten setzten sich in Marsch. Wer ein Pferd hatte, der ritt und wer keines hatte, der lief nach Norden. Keiner wollte zu spät kommen und gar leer ausgehen, weil die Schätze schon alle verteilt waren. Die Wachen verließen den Palast, aber sie nahmen ihre Waffen mit ins Gebirge.

Sogar die Wirte ließen alles stehen und liegen, und der Bettler erhob sich von seinem vierrädrigen Karren und konnte plötzlich laufen. Andere, die wirklich verkrüppelt waren, humpelten zu den Toren hinaus. Reiche wie Arme waren vom Goldrausch gepackt. Viele Sklaven mußten ihren Herren folgen, manche wurden auch einfach vergessen. Händler beluden ihre Karren und setzten sich in Marsch. Sie wollten nicht nach Gold suchen, sondern es den Goldgräbern abnehmen.

Selbst die Sprecher der Freier, die sich schon in den Armen der Königin wähnten, hielt es nicht zurück. Wunsid eilte zu den Goldfunden, weil er dem Land zu den dringend benötigten Schätzen verhelfen wollte.

Der Kaufmann Krichnar hatte sich schon kurze Zeit, nachdem der Goldsucher den Fundort ausgerufen hatte, auf den Weg gemacht. Er gehörte nicht zu den Leuten, die sich erst zusammen mit einem Pulk in Bewegung setzen. Nur Arakhan aus Muriel, der inzwischen von seinem Vater die Zusage zum Kauf von fünfzig Anteilen hatte, scheute anfangs die Anstrengungen der Reise. Doch als dann alle aufbrachen, um ihr Glück im Reichtum zu suchen, siegte auch bei ihm die Abenteuerlust. Er kaufte reichlich Vorräte und Ausstattung und begab sich gemächlich in Richtung Norden.

»Gold ist der große Gleichmacher unter den Menschen«, sagte Aramar sehr viel später, als er mit Fallsta über die Ereignisse sprach. »Durch Gold kann ein Diener zum Herrn werden, und ein Herr alles verlieren. Gold schenkt dem häßlichen Mann eine schöne Frau, und einer klugen Frau die Freiheit, nach der sie sich immer gesehnt hat. Mit Gold kann man einen Mörder für seinen Feind kaufen und den besten Arzt für seine Krankheiten. Die schönsten Menschen stehen selbst Unansehnlichen und Dummen für alles zur Verfügung, wer Gold hat, wird begehrenswert. Mit Gold wird der ausgestoßene Bettler zu einem angesehenen Mann. Und zu guter Letzt kann man sich mit Gold ein Begräbnis kaufen, das für alle Zeiten im Bewußtsein der Menschen bleibt und somit Unsterblichkeit verleiht.

Deshalb ist Gold die große Sehnsucht in der Seele der Menschen. Gold ist nicht nur ein Metall, nicht nur ein Zahlungsmittel; Gold ist eine Idee, die Idee vom Glück. Hinter dem Begriff Gold verbirgt sich die Vorstellung, man kann glücklich sein auch ohne vornehme Abstammung, ohne Schönheit, ohne Klugheit, ohne Tapferkeit oder Stärke. Gold läßt Undenkbares denkbar erscheinen, rückt das Ungeheuerliche in den Bereich des Möglichen. Gold ist eine Religion für alle, die jedweden anderen Glauben verloren haben.«

Die Stadt bot einen ungewohnten Anblick: Sie war leer. Nachdem alle dem Ruf des Goldes gefolgt waren, zeigten Straßen und Häuser ein Bild der Verwahrlosung. Da lagen noch ein paar Krücken, dort eine Tasche, die irgend jemand vergessen hatte. Vor den Wirtsstuben sah man halbvolle Weinkrüge und Becher. Körbe mit irgendwelchen Waren standen achtlos herum, und die weißen Straßen waren überzogen von all dem Unrat, der bisher im Gedränge der Massen verborgen geblieben war. Die einst so glänzende Hauptstadt hatte sehr gelitten und war heruntergekommen.

Nach und nach wagten sich die Verfemten ans Licht, liefen durch die verlassenen Straßen und konnten es kaum fassen, daß Cantrel wieder ihnen gehörte. Zögernd betraten sie ihre Häuser, und nicht nur die Frauen brachen in Tränen aus, als sie sahen, was man aus ihrem Besitz gemacht hatte. Die Möbel waren zerbrochen, die Wände beschmiert, die Böden bedeckt von Müll und Exkrementen. Die ›Gäste‹ hatten sich wie Wilde aufgeführt.

Abrechnung

Gegen Abend hielt ein Reiter vor dem Tor. Er führte sein Pferd selbst in einen der leeren Ställe. Dann betrat er aufrecht die Stadt. Er trug einen blauen Mantel, und an seiner Seite hing ein Schwert. Sein Haar war weiß, und sein langer Bart reichte bis zu seinen Knien. Während er zum Palast schritt, blickte Aramar aufmerksam um sich. Angewidert wich er dem Unrat aus. Die Menschen, die ihm begegneten, grüßten ihn ehrerbietig, auch wenn sie nicht wußten, um wen es sich handelte.

Vor den weißen Stufen zögerte der Zauberer unmerklich, dann stieg er langsam empor. Er überquerte gerade die Terrasse, da öffnete sich das große Palasttor. Kuri, der Vorsteher, und der Vespucci Dac traten heraus.

Kuri schimpfte sogleich, als er den Zauberer sah: »Seit Eurer Ankunft in dieser Stadt, Aramar, haben wir hier nur Ärger und Schwierigkeiten.«

Der Zauberer ging nicht darauf ein, sondern sagte: »Ich will nun endlich zur Königin!«

»Die Königin vertrete ich«, antwortete der Vespucci. »Was wollt Ihr von ihr?«

»Das geht dich nichts an«, beschied ihn Aramar. »Wer hat dich beauftragt? Die Königin etwa? Das glaube ich nicht! Aus dem Weg!«

Der Glatzkopf rührte sich nicht, sondern sah den Zauberer starr an. Dieser lachte plötzlich: »Willst du mich etwa mit deinem schwachen Geist besiegen? Soll ich mich vor dir krümmen wie schwache Menschen? Es sind läppische Tricks, die zeigen, daß du nicht eingeweiht bist. Diesen Unsinn hat schon einmal einer von deiner Sorte bei mir versucht. Es war vor Hispoltai, und es ist ihm schlecht bekommen. Du kannst mich nicht mit deinem kleinen Geist in die Knie zwingen! Die Macht, die ich vertrete, ist deinen lächerlichen Künsten weit überlegen. Höre auf, in mein Gehirn eindringen zu wollen! Du hast es mit Aramar zu tun. Ich war einst Vorsitzender des Weißen Rates. Noch immer nennt man mich den Blauen, und noch immer gehöre ich zu den Mächtigen in diesem Land.«

Der Gnom sah ihn böse an und fauchte: »Auch du widerstehst der Kraft von Vespucci nicht! Wir sind die wahren Herren der Welt, das wirst auch du noch begreifen!«

Aramar lachte noch immer, als er fragte: »Was würde eigentlich geschehen, wenn ich dir deine Nägel schneide, so daß du diese gräßlichen Nagelschoner nicht mehr tragen mußt?«

Der Vespucci erbleichte und zischte: »Wage es nicht, mich anzurühren! Die Strafe dafür ist furchtbar.«

»Ich vergehe vor Angst!« Nun änderte sich das Gesicht des Zauberers. Das Lachen verschwand und er rief: »Verschwinde, du Wurm! Ich gebe dir zehn Atemzüge, dann will ich dich nicht mehr sehen.«

Aber der Vespucci machte keine Anstalten zu fliehen, sondern griff hinter sich und brachte eine seltsame Waffe zum Vorschein. Es war ein Stock mit einer kleinen Spitze am Ende. Damit ging er auf Aramar los. Der ergriff sein Schwert und hieb den Stock in der Mitte entzwei. Mit einem zweiten Streich streckte er den Vespucci nieder.

»Schade«, sagte er daraufhin zu Kuri, »nun ist er tot, und ich hätte noch so viele Fragen an ihn gehabt. Aber dies war ein Querk, eine bösartige Zauberwaffe. Hier in Centratur hat man ihr im allgemeinen nichts entgegenzusetzen. Zwar kann man ein Mitglied des Weißen Rates damit nicht bezwingen, aber der Querk ist doch so gefährlich, daß ich handeln mußte.«

Der Vorsteher der Palastwache hatte den ungleichen Kampf staunend verfolgt. Er war sich so sicher gewesen, daß der fremde Zauberer unterliegen würde.

Aramar fuhr mit Drohen in der Stimme fort: »Jetzt sind wir unter uns und können uns in Ruhe unterhalten. Du wirst mir viel zu erzählen haben. Natürlich weiß ich, daß die Königin nicht im Palast ist. Von dir aber möchte ich wissen, warum du sie verraten hast?«

»Ich habe sie nicht verraten. Ich bin der treueste Diener des Königshauses.«

»Eine seltsame Treue! Aber du wirst mir alles erklären.«

Mit diesen Worten schob Aramar den Widerstrebenden durch die prächtige Pforte, deren Flügel golden in der Sonne glänzten, in den Palast.

Die Straßen bevölkerten sich langsam und das Leben in Cantrel nahm wieder seinen Lauf. Irgendwann brach die Nacht an. Die Tore der Weißen Stadt wurden geschlossen, Wachen besetzten die Mauern. Cantrel machte sich verteidigungsbereit. Eine weitere Invasion wollten seine geplagten Bürger nicht zulassen.

Gegen Mitternacht trat Aramar wieder aus dem Palast. Er war erschöpft und verwirrt. Von der Terrasse aus blickte er auf die schlafende Stadt. Dann kehrte er zurück in das große Gebäude und suchte sich einen Platz zum Schlafen. Von Kuri war am nächsten Tag keine Spur mehr zu entdecken.

Gegen Mittag des übernächsten Tages traf die Königin ein. Sie ritt an der Spitze ihrer Männer, die sie aus Irilith mitgebracht hatte. Jubelnd öffneten ihr die Bürger die Tore und geleiteten sie zum großen Platz. Dort stieg sie vom Pferd und schritt langsam die Marmorstufen empor. Auf halber Höhe hielt sie inne und sprach zu ihrem Volk.

»Bürger von Cantrel, ihr habt eine schlimme Zeit mitgemacht. Ich, eure Königin, konnte euch nicht beschützen. Unrecht und Willkür haben in diesen Mauern geherrscht. Nun verspreche ich euch feierlich, nie wieder soll so etwas hier geschehen. Ich verbürge mich, daß ich stets das Recht wahren werde, und dieses Recht gilt für alle ohne Ausnahme.

Meliodas, der König, ist tot. Doch noch lebt die Königin. Ich, Lunete, aus dem Geschlecht der Achajer, werde nun die Herrschaft übernehmen. Im Geist meines toten Gemahls werde ich regieren. Aber eines gebiete ich euch: Ein jeder, der kommt, um mich zu freien, soll bis an die Grenzen unseres Landes gejagt werden.

Von den Freiern habt ihr Übles erduldet. Nun verkünde ich euch: Ihr seid gerächt. Es hat eine Schlacht am Fuß der Ruburhöhen stattgefunden. Viele Männer sind unter den Schwertern meiner tapferen Krieger gestorben, und nur wenige konnten entkommen. Wir haben die Fremden überrascht, wie sie gierig in der Erde unseres Landes nach Gold gegraben haben. Sie wußten nicht, daß die Kunde vom Gold eine Falle war. Sie hatten ihre Waffen beiseite gelegt und keine Wachen aufgestellt. Blind und taub für alles, was um sie herum vorging, wühlten sie in der Erde. Wir haben sie bestraft. Von diesem Gesindel droht Cantrel keine Gefahr mehr. Die Fremden haben für alles bezahlt, was sie diesem Land angetan haben.

Nun wollen wir den Blick nach vorn richten. Es gilt, die Stadt zu säubern und alles wieder aufzubauen. Zunächst aber soll der Palast nach Vorräten durchsucht werden, die ich an euch verteilen lasse. Von nun an wollen wir gemeinsam essen und auch gemeinsam hungern.

Wenn Königin und Volk zusammenstehen, werden wir alle Gefahren meistern. Seid mir so treu, wie ich euch treu bin!«

An diesem Abend wurde in allen Häusern gefeiert. Auch Lunete hatte zu einem Festmahl geladen. Die gleichen Leute, die in der Burg Irilith den Plan zur Befreiung Cantrels geschmiedet hatten, waren wieder versammelt. Fallsta und die beiden Frauen waren zusammen mit den Gefolgsleuten aus Equan am Nachmittag eingetroffen. Die Bürger der Stadt waren durch Brana und Grunema vertreten. Man hatte Kerzen angezündet und roten Wein aufgetragen.

Brana trank und setzte ihr Glas vorsichtig ab, dann sagte sie belustigt zu Fallsta: »Euch gebührt eine besondere Anerkennung für die schauspielerische Leistung, mit der Ihr den törichten Goldgräber gemimt habt! Wenn der Anlaß nicht so ernst gewesen wäre, hätte mir die Vorstellung größtes Vergnügen bereitet!«

»Das war keine besondere Kunst«, antwortete der Angesprochene bescheiden und fuhr dann bitter fort, »ich habe nur mich selbst gespielt. War es nicht mein eigenes Gold, das ich hergab, nachdem ich es aus dem Versteck am Fluß wiedergeholt hatte?«

»Nein«, sagte die Königin, die zugehört hatte, »Ihr seid kein Tor. Ihr seid ein großherziger Mann von edlem Gemüt. Sobald ich kann, werde ich Euch den Schaden ersetzen.«

»Rimo war als Bote, der den Fund bestätigte, auch nicht schlecht«, kicherte Grunema.

»War es denn notwendig, daß Ihr mein ganzes Gold in den Ruburhöhen vergraben habt?« fragte Fallsta leise.

»Ohne all das Gold hätten die Freier die Falle sofort bemerkt«, erklärte Smyrna. Sie hatte sich schließlich den Plan ausgedacht. »Viele von ihnen mußten zumindest einen Klumpen finden und sich in Sicherheit wiegen. Nur so konnte Lunete sie mit ihren wenigen Männern besiegen.«

»Der Kampf war hart genug«, ergänzte Adelamor. »Wir haben viel Blut gezahlt und beinahe hätten wir ihn noch verloren.«

»Besonders General Wunsid hat wie ein Berserker gekämpft«, fügte Girgolo hinzu. »Immerzu brüllte er: ›Ich kämpfe für meine Königin.‹ Dies schrie er selbst dann noch, als er ihr Angesicht zu Angesicht gegenüberstand und sie ihn mit einem Schwertstreich niederstreckte.«

Botschaft aus Quantam

Wenige Tage nach der Befreiung Cantrels stand eines Morgens ein Mann in staubiger Kleidung vor den Toren und begehrte Einlaß. Doch er wurde abgewiesen. Man lasse zur Zeit keine Fremden in die Stadt, hieß es. Er möge in ein paar Wochen wiederkommen.

So lange habe er nicht Zeit. Er bringe dringende Botschaft, antwortete der Reiter, dessen Pferd erschöpft hinter ihm stand. Auf seinem Fell sah man weiße Flocken, und seine Flanken zeigten deutliche Spuren von Sporen und der Peitsche. Der Reiter hatte das Äußerste aus dem Tier herausgeholt.

Der Disput ging noch lange hin und her, und erst als der Fremde den Namen Aramar erwähnte, gaben die Wachen endlich zögernd nach. Sie öffneten vorsichtig das Tor, und während zwei von ihnen den Mann zum Palast führten, gaben andere seinem Reittier, das draußen bleiben mußte, Wasser.

Aramar war gerade dabei, die Hinterlassenschaft des Vespucci zu untersuchen und fand seltsame Gerätschaften, deren Zweck sich ihm nicht so recht erschließen wollte. Ganz in Gedanken, war er unwillig über die Störung, als ihm ein Diener den Fremden meldete. Während er noch überlegte, wie er den Besucher abwimmeln konnte, stürmte der schon herein. Er hatte die Wächter beiseite gestoßen und fiel nun vor dem Zauberer auf die Knie und rief: »Ich bin Feltina und komme aus Quantam.«

Bei diesem Namen wurde Aramar sehr aufmerksam.

»Woher kennst du diesen Namen?« herrschte er den Mann an.

»Ich sagte doch, ich komme von dort. Abramawar und Gronolor schicken mich zu Euch. Ich soll eine Botschaft überbringen.«

Der Zauberer zog den Mann an den Schultern auf die Beine und sagte: »Auf diese Botschaft bin ich gespannt.«

Mit einer Handbewegung scheuchte er den Diener und die Wachen hinaus. Dann fragte er eindringlich: »Wie lautet die Botschaft?«

»Man läßt Euch ausrichten: Der Schild steht vor dem Zusammenbruch. Der Turm kann nicht mehr lange gehalten werden.«

Das Gesicht des Zauberers war weiß wie Schnee geworden. Die Wucht der Nachricht hatte ihn so getroffen, daß er taumelte.

Dann straffte sich seine Gestalt, und er fragte: »Was weißt du genau?«

»Ich kann Euch nur erzählen, was ich selbst gesehen habe. Ich nehme an, Ihr wißt um das Geheimnis von Quantam. In den Räumen der Geschichten erblickt man, was in der Welt vor sich geht.«

Aramar nickte: »Ich habe dort selbst so manche Seite in dem Blauen Buch geschrieben.«

»Mein Auftrag lautet, ich soll Euch schildern, was im Tal Rotamin vor sich geht.«

Sie setzten sich in eine Ecke des Saales, und nach Feltinas Schilderungen hatten sich folgende Vorfälle in Rotamin zugetragen: Orokòr hatten sich zu einem großen Kreis an den Rändern des Tals versammelt. Es waren Tausende, die da standen und saßen. Ihre Waffen hatten sie griffbereit neben sich liegen. Sie bildeten gleichsam ein Rad um eine Nabe und starrten alle auf einen Mittelpunkt, den Turm Loron. Die Reißzähne blitzten im Sonnenlicht, und doch war diesen grausamen Bestien unheimlich zumute. Unbehaglich verfolgten sie, was dort vor sich ging. So weit wie möglich hatten sie sich schon von dem furchtbaren Geschehen zurückgezogen. Der Gedanke, da hineingezogen zu werden, ließ sie erschauern.

Dabei waren es Kämpfer, die sich sonst vor nichts fürchteten und keine Schlacht scheuten. Sie waren die Macht des Zauberkönigs, die er sich selbst gezüchtet hatte. Sie dienten ihm in bedingungslosem Gehorsam. Zwar hatten sie vor noch nicht langer Zeit in Equan eine vernichtende Niederlage einstecken müssen, aber nun waren ihre gelichteten Reihen aufgefüllt, und sie dürsteten danach, die empfangene Schlappe wieder wettzumachen. Doch statt in eine Schlacht hatte sie ihr Anführer hierher geführt, in dieses Tal mit dem seltsamen Turm. Der Befehl lautete, den Turm zu erobern, zu zerstören und alles zu vernichten, was sich in ihm aufhielt.

Doch obgleich sie jeden Befehl ausführten und in der Regel nur darüber nachdachten, wie sie den Gegnern auf möglichst grausame Art den Garaus machen konnten, waren in ihren dumpfen Köpfen Fragen entstanden: Warum brauchte man, um einen einzelnen Turm zu erobern, solch ein mächtiges Heer? Was trieb ihren Herrn, seine Kräfte für solch ein Bauwerk zu verschwenden? Am meisten aber wunderten sie sich über den Führer, dem sie der Zauberkönig unterstellt hatte. Es war ein alter, schmächtiger Mann mit struppigem, weißem Haar. Er trug keine prächtige Rüstung, sondern nur ein sackähnliches Gewand, in das eine Öffnung für den Kopf geschnitten war. Selbst der grausame Kan, der auch diesmal das Heer befehligte, war ihm untertan und begegnete ihm mit Respekt, oder vielmehr mit Vorsicht und Unterwürfigkeit.

Das Tal war vor Zeiten durch ein großes Feuer gegangen. Der Boden war schwarz und an seinen Rändern zeigten die Felswände immer noch Spuren der Flammen. Aber das Leben hatte von diesem Land wieder Besitz ergriffen. Grünes Gras bedeckte schon an vielen Stellen den gemarterten Boden, die ersten Triebe von Bäumen langten zum blauen Himmel. Blumen, deren Samen der Wind hierher getragen hatte, brachten bunte Farben in die Einöde. Der Turm aber stand schwarz und unnahbar.

Der seltsame Mann hatte sie hierher geführt und ihnen befohlen, sich im Kreise aufzustellen. Sie hatten gelacht und waren gespannt gewesen, was nun geschehen sollte. Dann war er ganz allein in den großen Kreis getreten und hatte sich dem Turm genähert. Er trug einen langen Stab in seiner rechten Hand, und mit diesem Stab stieß er direkt vor dem Turm dreimal auf den Boden. Dabei rief er Worte, die keiner verstand, die aber allen das Blut in den Adern gerinnen ließen. Im Turm selbst rührte sich nichts. Keine lebende Seele ließ sich dort sehen. Aber er war bewohnt, das wußten alle, und auch die Leute im Turm mußten diese schrecklichen Worte gehört haben.

Nachdem der geheimnisvolle Alte mit seinem Stab aufgestampft und die Worte gerufen hatte, wurde es totenstill im Tal der Is. Die Orokòr und ihre Führer hielten den Atem an. Der Alte aber stand unbeweglich, als sei er wie sein Stab zu leblosem Holz erstarrt. Minutenlang geschah nichts, und selbst der Wind schien einen Bogen um das verfluchte Tal zu machen.

Dann brach der Boden auf, und ein Gebilde erhob sich in die Luft, wie es die Orokòr noch nie gesehen hatten. Es war so dick wie ein Baumstamm und verjüngte sich bis zu seiner Spitze. Dieses Ungeheuer schlängelte sich und tastete um sich und schob sich immer weiter aus dem Boden. Bald war es so groß wie der Turm. Nun erschien ein zweiter Arm und dann ein dritter. Die Orokòr, weit von dem Geschehen entfernt, duckten sich und drückten sich an die Felswände, die das Tal begrenzten. Der Alte aber stand direkt neben den furchtbaren Armen und rührte sich nicht. Angst schien ihm fremd zu sein. Wie sollte auch jemand Angst kennen, der Ungeheuer der Urzeit aus den Tiefen der Erde ans Licht rufen konnte!

Die Arme tasteten sich nach dem Turm, schlangen sich um ihn und zerrten an seinen Mauern. Doch mächtige Zauberer hatten vor langer Zeit ihre ganze Kunst in dieses Bauwerk geflochten. Seine runden schwarzen Mauern waren glatt und unzerstörbar. Keine Macht dieser Erde konnte sie aufbrechen. Und wenn das Wesen aus den Tiefen der Erde auch noch so mächtig war, an diesem Turm des Weißen Rates versagte seine Kraft.

Gespannt verfolgten die Krieger diesen Kampf zwischen roher Urgewalt und dem Meisterwerk des Geistes. Immer mehr Arme schossen aus dem Boden und rollten sich um den Turm, der hinter den zuckenden und in allen Farben schimmernden Fängen ganz verschwand. Der Alte, der dies alles ausgelöst hatte, stand noch immer auf seinen Stab gelehnt, starr und unbeweglich. Er wartete ab, und man sah, daß er Zeit hatte.

Das Untier, von dem man nur die Arme sah, wurde wütend. Seine Fänge peitschten durch die Luft, trommelten gegen den Turm und schlugen schließlich auf den Boden. Dort, wo sie auftrafen, vernichteten sie alles Leben und hinterließen tiefe Kerben. Dann griffen die mächtigen Fangarme den Turm aufs neue an, wieder und immer wieder. Aber das Bauwerk widerstand der rohen Gewalt und reckte sich nach jedem neuen Gewaltakt stolz und unnahbar in den Himmel.

Gegen Abend wurden die Attacken schwächer und schließlich zogen sich die Arme in die Erde zurück. Das Tal lag in der Abendsonne, als wäre nichts geschehen. Nur die aufgewühlte Erde um den Turm herum kündete von dem denkwürdigen Kampf, der dort stattgefunden hatte. Nun kam Leben in die Gestalt des Alten. Er richtete sich auf, zuckte mit den Schultern und schritt zum Ausgang des Tals, so als wäre nichts geschehen. Er schien nicht enttäuscht und auch nicht entmutigt. Der Mißerfolg ließ ihn gleichgültig. Nachlässig winkte er dem Kan zu, der auf seinem Pferd am Ufer der Is am Eingang zum Tal saß. Dieser wiederum gab den Orokòr ein Zeichen, und das mächtige Heer zog sich zu seinen Zelten auf den grünen Wiesen vor Rotamin zurück.

Hier hatte vor Zeiten ein anderes Heer kampiert und versucht, den Turm zu bezwingen. Vespucci hatten die Soldaten damals angeführt und ihren Zauber am Turm erprobt. Doch sie waren zusammen mit allen Soldaten aus Ammyl in einem Feuersturm untergegangen, den Aramar entfesselt hatte. Bald züngelte der Rauch von Lagerfeuern empor, und die Orokòr kochten sich

Mahlzeiten, die andere Wesen in Centratur nur mit Ekel angefaßt hätten.

Der Alte hatte sich in ein kleines, unscheinbares Zelt zurückgezogen. Dort lagen auf der nackten Erde nur seine Decke und ein Bündel. Er setzte sich auf die Decke, als der Kan, prächtig gekleidet und mit einem Zauberschwert an seiner Seite, hereintrat. Der große Mann mußte sich dabei bücken und den schwarzen Helm mit den schreckenerregenden roten Zeichen abnehmen, so niedrig war die Unterkunft.

»Habt Ihr diese Niederlage erwartet?« fragte er, und der Alte vermeinte ein wenig Triumph in seiner Stimme zu hören.

»Ich erwarte nichts, weder Sieg noch Niederlage. Aber ich gebe nicht so schnell auf, und meine Möglichkeiten sind noch lange nicht am Ende.«

»Was werdet Ihr morgen unternehmen, Willmar?«

»Daß weiß ich noch nicht. Aber morgen früh werde ich es wissen. Laßt Eure Leute so wie heute antreten. Und nun wünsche ich Euch eine gute Nacht. Bitte geht! Ich möchte allein sein!«

Gehorsam verließ der mächtige Kan das Zelt und zog sich zurück. Die Wachen machten einen weiten Bogen um die Unterkunft von Willmar dem Buddler, und nur der Mond, der in das Zelt schien, sah, ob der Zauberer schlief oder wachte.

Nicht nur außerhalb des Turms, sondern auch in seinem Innern hatte den ganzen Tag über lähmendes Entsetzen geherrscht. Der Angriff des Ungeheuers hatte seine Bewohner in Angst und Schrecken versetzt. Die Turmwache des jungen Meisterheilers aus Nowogoro war zum Alptraum geworden. Zum Glück hatte ihm Aramar die alte Axylia aus dem Paradland an die Seite gestellt. Die Frau, die so viele Generationen hatte kommen und gehen sehen, behielt auch in größter Not die Nerven.

Als das schwarze Heer abgezogen war, ließ sich Urial erleichtert in einen der weichen Sessel fallen. Er bebte noch immer am ganzen Körper. Axylia strich ihm beruhigend über die feuchte Stirn und das nasse Haar. Doch auch ihre Hände zitterten. Fahrig nestelte sie an ihrem Kleid, dann ging sie in den Nebenraum und kochte Tee. Dieser Tag war für beide endlos gewesen. Immer und immer wieder hatte das Untier versucht, ihren Turm zu zerquetschen oder auszureißen, und hilflos waren sie dem Toben dieses urzeitlichen Wesens ausgeliefert gewesen.

»Nur einer ist mutig und skrupellos genug, um solch ein Geschöpf ans Tageslicht zu zerren«, hatte Axylia gerufen, als der Kampf begann. »Dort draußen steht Willmar der Buddler. Wenn uns Aramar nicht zu Hilfe kommt, wird er uns vernichten.«

Eintönig waren zuvor die Wochen und Monate vergangen, seit Urial und Axylia die Wache im Loron im Tal Rotamin begonnen hatten. Nur einmal hatte es zwischen ihnen Streit gegeben, als Axylia verhinderte, daß Urial einen Traumbären in den Turm holte. Damals war der junge Zauberer so wütend gewesen, daß er wochenlang nicht mehr mit der Frau sprach. Doch eines Nachts, sie stand oben auf der Plattform des Turmes und schaute zu den Sternen empor, dort wo der ihr vor langer Zeit versprochene Mann weilte, war er zu ihr getreten und hatte wieder seinen jungen Arm schützend um die alte, zerbrechliche Frau gelegt.

An Nahrung hatte es ihnen nicht gemangelt, denn der Turm war gut ausgestattet. Und mit Freude hatten sie gesehen, daß aus der verbrannten Erde wieder Pflanzen gesprossen waren. Als eines Morgens der erste grüne Teppich den Loron umgeben hatte, jubelte der junge Mann, und die Frau sang mit ihrer dünnen Greisenstimme ein fröhliches Lied.

Gerade als sie geglaubt hatten, die Welt habe ihr abgelegenes Tal vergessen, waren die Orokòr ins Tal marschiert.

»Wann werden sie alle lernen, daß der Turm uneinnehmbar ist?« hatte Urial hochmütig gefragt, und ein wenig hatten sie sich sogar über die Abwechslung gefreut. Erst als der alte Mann allein in die Mitte des Kreises getreten war und seine furchtbaren Worte ausgesprochen hatte, war ihnen die Angst in die Glieder gekrochen. Nun wußten sie, daß ihr Leben bedroht war. Dann kamen die Stunden, in denen das Untier seine Kräfte an dem Turm erprobte, und endlich seine Niederlage und der Rückzug der Angreifer. Doch sie konnten sich nicht freuen.

»Morgen geht es weiter«, sagte Axylia. »Willmar gibt so schnell nicht auf, und er kennt viele Teufeleien. Ich weiß nicht einmal, wer aus einem Zweikampf zwischen ihm und Aramar als Sieger hervorginge.«

»Was können wir tun?« fragte Urial.

»Nichts! Nur hoffen und auf die Macht der Alten, die diesen Turm schufen, vertrauen!«

»Das gefällt mir nicht. Ich bin ein Mann der Tat. Ich will nicht abwarten und mich einem Geschehen, das andere bestimmen, ausliefern. Ich habe das Zaubern erlernt, um dem Schicksal in den Arm fallen zu können.«

»Das Zaubern ist eine Kraft, die dir die Mächte des Schicksals schenken. Du kannst dieses Geschenk nicht dazu verwenden, um sie selbst zu bezwingen. Sie können diese Kraft übrigens jederzeit von dir nehmen. Hat man dir das bei deiner Ausbildung nicht gesagt?«

War es die Anspannung des Tages, die Ausweglosigkeit ihrer Situation oder sein jugendliches Ungestüm? Urial verlor die Kontrolle über sich und sprang auf. Er schrie die überraschte Frau an: »Natürlich kann man das Schicksal mit Mut und Selbstbewußtsein bezwingen. Du aber bist feige! Ich will nicht so enden wie du und alles ergeben hinnehmen. Ich will auch nicht warten, bis uns dieser Wahnsinnige da draußen vernichtet hat. Nur wenn wir handeln, sind wir mutig und verdienen den Namen Menschen. Es gibt Tiere, die sich in auswegloser Lage totstellen oder fliehen. Manche sterben sogar auf der Flucht an Herzschlag. Von uns, die wir uns den Tieren überlegen dünken, wird verlangt, daß wir mutig vorangehen und den Gefahren die Stirn bieten. Ich werde morgen hinaustreten und meine Kräfte mit Willmar messen.«

Urial hatte die Gefährtin beleidigt. Vielleicht wollte er mit diesen Reden seine eigene Angst vergessen und sich selbst beweisen, wie tapfer er war. Was immer ihn auch zu diesem Angriff bewogen haben mochte, Axylia war verletzt.

»Du Tor, du Tölpel!« Sie schrie die Worte. »Du größenwahnsinniger Narr! Wer glaubst du eigentlich, wer du bist und wer da draußen auf dich wartet? Es ist Willmar der Buddler, in den Klöstern des Weißen Rates erzogen. Er ist einer der mächtigsten Zauberer von Centratur. Und du bist ein Anfänger, ein Eleve in der Kunst des Zauberns. Er würde dich im Bruchteil einer Sekunde zermalmen und dann in den Turm eindringen.

Du weißt, wenn der Loron fällt, dann bricht der Schutzschild, der über Centratur liegt, zusammen. Dann kann Ormor mit seiner Zauberkraft die Welt erobern und braucht dazu nicht einmal mehr seine Orokòr und verbündeten Krieger. Wir sind verantwortlich für die Sicherheit der Welt. Von mir aus könntest du dich von Willmar umbringen lassen. Ich würde ein wenig um dich trauern, aber das wäre auch schon alles. Doch ich lasse nicht zu, daß du um deiner Eitelkeit willen Centratur gefährdest. Du bleibst hier und überläßt das Handeln anderen. Unsere Aufgabe ist Warten und Dulden.

Dies ist ein schweres Los und erfordert mehr Kraft und Mut als Kämpfen. Durch Ausharren gestalten wir die Geschicke der Welt. Hast du das noch immer nicht begriffen?«

»Ihr alten Leute schickt euch in so vieles drein«, gab er störrisch zurück. »Und weil ihr die Gefahren meidet, kommt ihr schließlich um. Die Angst selbst ist die Ursache eures Untergangs. Vielleicht muß man nicht einmal alt werden und sterben, wenn man nicht will, wenn man sich gegen den Tod zur Wehr setzt? Vielleicht ist das Alter nur eine Kapitulation vor den Unbilden des Lebens.

Ich bin sicher, daß die Menschen nur deshalb alt werden, weil sie vom Leben zermürbt sind und in ihrem tiefsten Innern, mit diesem Leben abschließen wollen und auf den Tod hoffen. Sie setzen dem Alter nichts mehr entgegen und lassen es über sich ergehen. Wer nicht aufgibt, wird auch nicht alt. Mich wird man nicht unterkriegen. Ich werde das Alter bei mir nicht zulassen. Du wirst sehen, ich gewinne. Weil ich nicht sterben will, gehe ich Gefahren nicht aus dem Weg. Ob dieser Willmar besser ist als ich, weiß ich erst, wenn ich mich ihm gestellt habe.«

»Wenn du es dann weißt, kannst du mit diesem Wissen nichts mehr anfangen. Hör doch auf mit dem Geschwätz! Was interessiert mich deine Eitelkeit? Laß ab von ihr, unterwirf dich deiner Aufgabe, und die heißt warten, dulden, harren!«

»Ich lasse mich nicht mundtot machen, und ich lasse mich nicht abbringen von meiner Lebensart und die heißt nun einmal: Handeln und nicht wimmerndes Ausharren!«

Mit diesen Worten stand Urial auf und ging in seine Schlafkammer. Zurück blieb eine verwirrte, nachdenkliche und besorgte Axylia.

Auch der nächste Morgen brachte herrlichen Sonnenschein. Und wieder marschierten die Orokòr in Reih und Glied in das Tal Rotamin. Wie am Vortag bildeten sie einen Kreis um den Loron. Und wieder trat Willmar allein vor den Turm, stieß seinen Stab dreimal auf den Boden und rief Worte, die den Zuhörern das Blut in den Adern stocken ließen. Sie erwarteten nach den Geschehnissen des Vortags Furchtbares. Doch statt dessen öffnete sich die Tür auf einem kleinen Balkon über dem Eingangstor zum Turm. Heraus trat ein junger Mann. Zwei Hände versuchten ihn zurückzuhalten, aber er schüttelte sie unwillig ab.

Urial trat an die Brüstung und rief Willmar etwas zu. Doch der antwortete nicht. Und wieder rief der Junge. Die weit entfernten Orokòr konnten zwar das Schauspiel beobachten, aber nicht verstehen, was gesagt wurde. Die beiden Männer, der eine am Boden und der andere in der Höhe, maßen sich mit Blicken. Die wilden Horden beobachteten mit wachsendem Staunen diesen Kampf.

Plötzlich drehte sich der Alte um und lachte. Noch nie hatte jemand aus dem Heer auch nur einen Anflug von Heiterkeit auf seinem Gesicht gesehen, und nun stand er da und lachte aus voller Kehle. Das ganze Tal hallte von diesem Lachen wider. Dann verließ der Buddler das Rotamin, ohne sich noch einmal umzusehen. Der Kan gab seinen Männern ein Zeichen. Alle folgten ihm zurück in das Lager. Triumphierend sah ihnen der junge Mann nach, bevor er sich umdrehte und ins Innere des Loron zurücktrat.

»Ich habe recht behalten«, rief Urial Axylia zu. »Man muß sich dem Kampf stellen. Ich bin stärker als er. Meine Jugend hat über ihn gesiegt. Sie sind abgezogen, und wir sind gerettet.«

Sie wußte, daß er Lob von ihr erwartete, statt dessen entgegnete sie kalt: »Du Narr! Er hat mit dir gespielt. Du hast dich ihm gezeigt, und jetzt kennt er seinen Gegner. Bei einem Zauberer wie Willmar kann dies die entscheidende Blöße sein.«

»Du gönnst mir meinen Sieg nicht! Sind sie nicht alle abgezogen? Hat er sich bei unserem stummen Zweikampf nicht als erster abgewendet? Welche Beweise willst du noch, daß ich ihm überlegen bin?«

»Du bist es nicht, deshalb kann es dafür auch keine Beweise geben. Täusche dich nicht, der Kampf ist nicht gewonnen. Sie werden wiederkommen, und wir werden schlimme Stunden erleben. Ich weiß nicht, warum Willmar abgezogen ist, aber er hatte einen Grund. Willmar hat noch niemals verloren. Er siegt immer, obwohl ich beinahe annehme, daß es ihm gleichgültig ist.«

»Ihr Alten müßt eben zusammenhalten. Dabei solltest du auf meiner Seite stehen und nicht auf der unserer Gegner. Du solltest mir Mut machen für den nächsten Kampf, anstatt dem Feind mehr Stärke zuzuschreiben, als er hat. Du läßt mich bei der Verteidigung des Loron ganz allein.«

Sieg der Schwachen

Willmar war in sein Zelt zurückgekehrt und hatte sich wie am Vortag auf seine Decke gesetzt. Bei der kurzen Begegnung mit dem jungen Zauberer war ihm eine Idee gekommen. Zögernd trat der Kan herein. Er sagte kein Wort, aber seinem fragenden Blick war die Verwirrung anzumerken.

»Seht mich nicht so an«, sagte der Alte freundlich. »Ich werde Euch diesen Turm übergeben, aber wann dies sein wird, ist meine Sache.«

Der Feldherr drehte sich um und verließ das Zelt.

Am nächsten Tag verließ Willmar seine Unterkunft nicht, und auch am übernächsten Tag ließ er sich nicht sehen. Allmählich regten sich immer mehr Zweifel an seinem Können. Die verwegenen Soldaten blickten böse und verächtlich auf das verschlossene Zelt. Auch der Kan besuchte Willmar nicht mehr. Am vierten Tag wurde bereits kräftig gelästert und das Wort »Feigheit« fiel. Am fünften Tag endlich verließ der Alte sein Zelt, schritt durch das Lager und dann hinaus in die weite Ebene, wo das Gras hoch stand und Pferde weideten.

»Den sehen wir nie wieder«, munkelten die Orokòr. »Der Kan wird uns von nun an so lange zum Angriff auf den Turm treiben, bis dieser gefallen ist.«

Aber sie hatten sich getäuscht, denn am Morgen des sechsten Tages kehrte Willmar zurück. Hinter ihm bewegte sich etwas, das wie ein riesiger, schwarzer, zuckender Teppich aussah. Mit diesem dunklen Knäuel im Gefolge schritt er am Lager vorbei und auf das Tal zu. Der Kan befahl seinen Männern zu folgen. Als sie näher kamen, konnten alle das Wesen dieses Teppichs ergründen: Es waren Abertausende von Feldmäusen, Maulwürfen, Erdhörnchen und Wühlmäusen, die hinter dem Zauberer herwuselten.

Willmar deutete auf den Turm, und alle Tiere stürzten sich auf das Fundament des Bauwerks und begannen im Boden zu graben. So unbeweglich wie er das Wüten des mächtigen Urwesens verfolgt hatte, so sah er jetzt den kleinen Wühlern zu. Der Kan ritt zu ihm und stieg von seinem Pferd.

»Zieht Eure Männer zurück und kommt wieder, wenn der Turm fällt«, befahl ihm der gebeugte Mann leise. »Ich werde Euch rechtzeitig rufen. Dann verrichtet Eure Arbeit, für die Ihr mitgekommen seid.«

Gehorsam verbeugte sich der strenge Feldherr und ritt zurück zu seinem Heer, dem er Anweisungen gab.

Axylia sah den Teppich aus Tieren zuerst und alarmierte ihren Begleiter. Urial blickte aus dem Fenster und wandte sich erleichtert um.

»Von ihnen droht uns keine Gefahr«, sagte er beruhigend zu der Frau. »Welchen Schaden sollte dieses kleine Getier unserem mächtigen Turm wohl zufügen?«

»Es wird ihn zu Fall bringen«, antwortete Axylia bitter.

Die Tiere gruben Tag und Nacht, und am achten Tag ging ein Zittern durch das mächtige Bauwerk. Dann begann sich die Spitze des Loron unmerklich zu senken. Am nächsten Tag wurde die Neigung schon deutlicher. Im Turm rutschten die Möbel durch die Räume, und es wurde für die beiden Bewohner schwer, von einem Zimmer in das andere zu gehen. Doch die Tiere gaben keine Ruhe. Sie gruben sich weiter durch den Boden. Einige Tage später stand der Turm schon bedenklich schief, aber noch immer hielten ihn seine starken Grundmauern, die von den Alten sehr tief in die Erde eingelassen worden waren.

Axylia und Urial waren verzweifelt und wußten sich keine Rettung. Der Turm war dem Untergang preisgegeben, und sie konnten es nicht verhindern. Wenn der Loron fiel, so würde er ganz Centratur mit sich in die Tiefe reißen. Sie waren gescheitert. Urial trat noch mehrmals auf den Balkon hinaus und forderte Willmar zum Kampf auf. Doch der beachtete ihn gar nicht. Irgendwann hatte sich der Turm so weit geneigt, daß der junge Mann den Balkon nicht mehr betreten konnte. Das Werk der kleinen, schwachen Tiere näherte sich der Vollendung.

»Das Ende ist nahe«, sagte die alte Frau leise. »Wir haben versagt. Niemand wird erfahren, wie und warum man uns besiegt hat, aber rühmen wird man uns nicht.«

Willmar hatte all die Tage nicht geschlafen, und ob sich einige von seinen Tieren ausruhten, war nicht auszumachen. Das Graben hörte auf jeden Fall nie auf. Das Gemäuer aus alter Zeit ächzte und zitterte. Irgendwann gab der alte Zauberer dem Boten, den der Kan bereitgestellt hatte, ein Zeichen. Der rannte los, um seine Gefährten zu holen. Bald darauf marschierten die Orokòr ins Tal und stellten sich wieder an seinen Rändern auf. Die Zeit für das letzte Gefecht näherte sich. Es würde kurz sein und blutig. Die Orokòr wußten nicht, wie stark die Besatzung des Turmes war, aber niemand würde überleben. Dafür wollten sie sorgen. Auch die Tiere schienen das Ende ihrer Arbeit zu ahnen, denn die aufgeregten Nagegeräusche nahmen zu.

Der Kan saß wieder auf seinem schwarzen Roß. Sein Gesicht war unbeweglich, aber seine Augen strahlten voller Triumph. Mit dem Fall dieses Turmes machte er einen Teil der Schlappe wieder wett, die er vor Hispoltai hatte einstecken müssen. Sein Heer war ihm gnädig gewesen, und er hatte sich mit diesem Sieg dieser Gnade würdig erwiesen. Sobald das Mauerwerk gefallen war, würde er den Loron samt seiner Insassen total vernichten. Selbst die Mauerbrocken wollte er in alle Winde zerstreuen lassen. Nichts sollte in Zukunft mehr an dieses Bollwerk des Weißen Rates erinnern. Mit dem Fall des Loron waren sein Herr, und damit auch er, der Eroberung Centraturs ein gutes Stück nähergekommen.

Aramar hatte dem Bericht Feltinas atemlos zugehört. Jetzt stand er auf und rief: »Ich muß sofort los. Es geht um Stunden. Aber so ist es immer, wenn sich die Weisen von Quantam einmischen und Botschaft schicken, dann brennt die Welt, und es ist meist zu spät.«

Aramar eilte zur Königin und teilte ihr mit, daß er sogleich abreisen müsse. Sie war entsetzt: »Du kannst uns doch jetzt nicht verlassen. Wenn deine Botschaft stimmt und uns ein Kampf bevorsteht, können wir ihn ohne deine Hilfe niemals bestehen. Wir brauchen dich hier in Whyten.«

»Ihr müßt ohne mich zurechtkommen«, beschied Aramar sie kurz. »Weit entfernt wird ein ganz anderer Kampf gefochten. Wenn ich nicht rechtzeitig komme, dann braucht ihr euch gar nicht erst die Mühe zu machen und eure Stadt zu verteidigen, denn dann ist ganz Centratur verloren.«

Flehentlich rief Lunete: »Laß uns nicht im Stich, Freund! Überleg es dir noch einmal und geh nicht!«

»Da gibt es nichts zu überlegen. Weil ich euch retten will, muß ich euch verlassen.«

»Was kann es Wichtigeres geben als die Rettung der bedeutendsten Stadt in Centratur?«

Aramar wandte sich ohne ein weiteres Wort ab. Gerade als er den Palast verließ, traf er Smyrna und erklärte ihr, daß er die Weiße Stadt verlassen müsse. Es gäbe dringende Angelegenheiten zu erledigen. Was auch immer geschehe, die Freunde sollten nicht auf ihn warten. Er würde sie zum rechten Zeitpunkt wiederfinden.

Dann hastete er weiter und rief Feltina zu: »Laß dir ein frisches Pferd geben. Du wirst mich begleiten.«

Die wilde Jagd

Der Edle Feltina schlief und träumte. Er träumte davon, er sei wieder Kind und läge in den Armen seiner Amme. Sie schaukelte ihn sanft, und er schmiegte sich an ihre Brust. Doch die Brust entzog sich ihm. Die Amme verschwand, und an ihre Stelle trat der Freund, den er vor Jahren geliebt hatte. Auch er wiegte ihn sanft und griff ihm dann zwischen die Beine. Gerade wollte er sich der Erregung hingeben, als er unsanft an der Schulter gerüttelt wurde, eine Stimme sagte: »Genug geruht! Wir müssen sehen, daß wir vorwärtskommen!«

Feltina schreckte zusammen und wäre beinahe aus dem Sattel gefallen, in dem er zusammengesunken gedöst hatte. Sie waren nun schon seit Tagen unterwegs, und Aramar hatte nur haltgemacht, um die Pferde zu wechseln. Jeder von ihnen hatte drei zur Verfügung, und der Zauberer bestieg alle zwei Stunden ein frisches. Die Pferde hatte er sich in Cantrel einfach genommen und nicht auf das Geschrei der Pferdeknechte geachtet. Es war ein wilder Ritt, über Stock und Stein, durch Tag und Nacht, von dem Feltina bis an sein Lebensende nur mit Schaudern erzählen würde. Gegessen wurde im Sattel und geschlafen wurde im Sattel. Aramar schien nie müde zu werden.

Zuerst waren sie der Straße in den Süden gefolgt, aber kurz vor der Furt durch den Tessenfluß schwenkte der Zauberer nach Osten ab. Sie ritten über das saftige Grün der Frühlingswiesen und dann in den Grauen Wald hinein. Aramar schien die Gegend sehr gut zu kennen, denn er fand in dem unwegsamen Gelände immer wieder einen Pfad, der sie weiterbrachte. Einmal trafen sie auf Bauern, die sich vor den Kriegswirren hierher geflüchtet und auf einer Lichtung Hütten gebaut hatten. Sie versperrten den Reitern den Weg und machten Anstalten, sie anzugreifen. Doch Aramar beeindruckten die drohenden Äxte und die scharfen Spieße nicht. Er machte eine ungeduldige Handbewegung und rief einen barschen Befehl. Als dies keine Wirkung zeigte, weil die Bauern zu langsam begriffen, ritt er vor und schlug dem nächsten seine Reitpeitsche ins Gesicht. Danach wichen alle so bestürzt beiseite, daß sie sich gegenseitig traten und übereinander fielen.

Durch den Grauen Fluß fanden sie noch eine Furt, aber am Aganga war ihr Ritt zu Ende. Es gab weit und breit keinen Übergang.

»Verdammt«, knurrte Aramar, »hätte denn nicht einer von den Königen ein paar Brücken bauen können?«

Verzweifelt ritten sie am Ufer nach Norden. Eine schäbige, kleine Hütte duckte sich an die Uferböschung. Ihr Dach war zerbrochen und notdürftig mit Moos geflickt. Hinter dem Haus war ein kleines Gärtchen. Unten am Fluß hatte man ein Fährboot aufs Trockene gezogen, das groß genug war, um sie und zwei Pferde aufzunehmen.

Aramar ritt zur Hütte und rief: »Holla! Ich brauche einen Fährmann.«

Doch niemand antwortete.

»Verdammt! Macht schon! Ich habe keine Zeit und zahle gut!«

Als sich immer noch nichts rührte, stieg der Zauberer ab, und der Edle folgte ihm. Sie traten in den kleinen Raum und prallten vor dem Gestank, der sie dort erwartete, zurück. Die ganze erbärmliche Einrichtung war zerbrochen. Hier hatte ein Kampf stattgefunden. Mitten in den Trümmern lagen die halbverwesten Körper des Fährmanns und seiner Frau. Aramar zog sich seinen Mantel vor die Nase und ging zurück ins Freie.

»Wir werden uns wohl selbst helfen müssen«, stellte er fest und befahl seinem Begleiter, die Fähre ins Wasser zu schieben. Sie war zu schwer, und der Edle mühte sich vergeblich. Erst als ihm Aramar half, glitt der Kahn in den Aganga. Nun wurden zwei der Pferde von Feltina auf die schwankenden Planken geführt. Sie sträubten sich und wieherten empört, doch der Zauberer achtete nicht darauf. Gemeinsam ruderten sie die Fähre durch den Strom. Sie wurden dabei abgetrieben, aber dies war vorgesehen, denn die Anlegestelle lag weiter flußabwärts. Der Weg zurück war noch anstrengender, denn nun mußten sie gegen die Strömung ankämpfen. Als sie endlich alle Pferde wohlbehalten auf der westlichen Seite des Flusses hatten, waren sie durchschwitzt und atmeten schwer. Doch Aramar gönnte ihnen keine Pause. Die Tiere wurden sofort wieder bestiegen, und der wilde Ritt ging weiter.

Endlich überquerten sie die Grenze von Whyten und erreichten die weite Ebene von Equan. Das Land war verwüstet, die meisten Dörfer verlassen und verbrannt. Wenn ihnen Leute begegneten, so flohen sie voller Angst. Hirten trieben ihre Pferdeherden fort, sobald sie in Sichtweite kamen. Der Krieg hatte Equan gezeichnet und in der Seele seiner Bewohner Spuren hinterlassen, die zu ihren Lebzeiten nicht mehr getilgt werden würden.

Der Überfall kam ganz überraschend. Seit Stunden waren sie in dumpfem Trott geritten und hatten es den Pferden überlassen, sich selbst ihren Weg zu suchen. Aramars Gesicht war eingefallen, die Strapazen hatten auch ihn gezeichnet. Gerade durchquerten sie eine Senke, durch die sich ein kleiner Bach schlängelte, als sich ein Pfeil in die Schulter des Zauberers bohrte. Links und rechts vor und über ihnen tauchten bewaffnete Gestalten auf. Sie trugen Rüstungen. Aramar erkannte trotz des brennenden Schmerzes, daß es sich um versprengte Soldaten aus Mykontex handelte.

Sie stürmten mit Gebrüll auf ihre Opfer zu, die blanken Waffen in den Händen. Gnade war von diesen entwurzelten Männern nicht zu erhoffen. Doch statt zu fliehen, wie es die Angreifer erwartet hatten, riß sich der Zauberer mit einem Fluch und ohne auf den Schmerz zu achten, den Pfeil heraus. Dann zog er sein Schwert, und der Edle Feltina tat es ihm nach. Gemeinsam griffen sie an, und ihre Wut war so groß, daß sie die Soldaten trotz ihrer Übermacht in die Flucht schlugen. Aramar war so zornig, daß er den Fliehenden einen Blitz hinterherschleuderte, der zwei von ihnen verbrannte. Später, als alles vorbei war, ärgerte er sich, daß er sich hatte so gehen lassen.

Sie saßen ab und verbanden die Wunde. Sie war tief und blutete heftig. Feltina legte einen Druckverband an und empfahl seinem Begleiter, sich ein wenig auszuruhen. Aber der winkte nur unwirsch ab und bestieg ein frisches Pferd. Weiter ging die wilde Jagd vom Osten in den Westen.

Es mochten Tage, Wochen oder Monate vergangen sein, Feltina hatte jedes Zeitgefühl bei diesem Ritt verloren. Wieder einmal war er eingenickt und wurde unsanft geweckt.

»Wir erreichen bald die ersten Ausläufer des Thaurgebirges«, sagte Aramar. »In das Rotamin können wir nicht direkt reiten, denn wir wissen nicht, was uns dort erwartet. Wir nehmen besser verborgene Pfade durch die Berge. Es sind gefährliche und beschwerliche Wege, denn sie werden schon lange nicht mehr instand gehalten. Zwar kostet uns dieser Umweg Zeit, und Zeit ist etwas, was wir nicht haben. Aber uns bleibt keine Wahl. Hoffentlich kommen wir nicht zu spät!«

Kampf um den Loron

Der Turm hatte sich inzwischen so weit gesenkt, daß er jede Sekunde umfallen mußte. Die Orokòr waren alle aufgesprungen und sahen dem gewaltigen Schauspiel begeistert zu. Sie jubelten aus heiseren Kehlen und feuerten die kleinen Tiere bei ihrem Werk an. Willmar stand noch immer regungslos, als ginge ihn das ganze Geschehen nichts an. Auch die beiden Wächter des Loron wußten, daß nun das Ende bevorstand. Sie waren die Treppen ganz nach unten geklettert, um durch den Fall nicht allzusehr verletzt zu werden. Die Einrichtung des Turmes, viele Generationen alt und von erlesener Schönheit, lag in Trümmern. Die Kunst der Alten, die so viele Jahre überdauert hatte, verging durch den Fleiß und die Ausdauer kleiner, unscheinbarer Tiere.

Dann endlich war es soweit. Der Boden um die Fundamente war in seiner ganzen Tiefe ausgehöhlt. Der Turm hing in einem riesigen Loch. Und als die fleißigen Pelztiere die letzten Stützen weggegraben hatten, krachte der mächtige Loron auf die Erde. Erdbrocken flogen viele Fuß hoch in die Luft. Tief bohrte sich der schwarze Stein in den Boden. Aber dennoch zerbarst das Bauwerk nicht. Der Zauber der Alten hielt den Turm noch immer zusammen. Wie ein gefällter Riese lag er im Tal Rotamin. Seine oberste Plattform mit den Zinnen, die bisher nur die Sterne gesehen hatten, und die der Welt der Geister so nahe gewesen war, lag entblößt auf der Erde, bereit, von den Händen der Orokòr befleckt zu werden.

Die schwarzen Krieger stürmten auf das geheimnisvolle Bauwerk zu; jeder wollte beim Plündern und Morden der Erste sein.

Daß sich Schätze in diesem Gemäuer befanden, daran zweifelte keiner. Die Tiere aber, die bisher so unermüdlich gegraben hatten, stoben nach allen Seiten davon. Ihr Werk war vollendet. Der Wille, der sie zusammengehalten hatte, ließ sie nun los. Sie waren frei, und mit der Freiheit kam die Furcht vor Feinden. Sie erinnerten sich der Feindschaft, die es zwischen ihren Arten gab. Nachdem kein gemeinsames Ziel sie mehr vereinte, bissen die einen die anderen fort, und alle flohen vor den trampelnden, eisenbeschlagenen Stiefeln der Orokòr, die auf den Loron zustürmten. Ein großer, schwarzer, lebender Teppich drängte dem Ausgang des Rotamin zu.

Willmar richtete sich auf und strich sich mit der Hand über die Stirn. Er merkte nun, wie müde und erschöpft er war. Seine Glieder schmerzten, aber seine Augen leuchteten voller Triumph. Der Turm interessierte ihn nicht mehr. Mochten die Schergen Ormors das Werk vollenden. Seine Arbeit war getan. Er hatte gesiegt. Er hatte das größte Zauberwerk, das aus alter Zeit in Centratur stand, gefällt. Wer immer es wagte, sich ihm entgegenzustellen, dessen Untergang war besiegelt. Das Wichtigste für ihn aber war, daß er mit dem Fall des Loron Aramar eine empfindliche Schlappe beigebracht hatte, die dieser so rasch nicht verwinden würde. Auf die Idee mit den kleinen Tieren war Willmar besonders stolz. Aber dieser Anflug von Eitelkeit verflog rasch. Etwas später war ihm sein Sieg schon gleichgültig geworden und kümmerte ihn nicht mehr. Er wollte nur noch zurück in sein Zelt und sich schlafen legen. Langsamen Schrittes, mit hängenden Schultern und gesenktem Blick, beinahe wie ein Verlierer, verließ er das Rotamin.

Deshalb sah er auch zu spät, daß die Tiere nicht länger vor den Stiefeln der schwarzen Krieger flohen, sondern sich auf einmal umwandten und sie statt dessen angriffen. Zu Tausenden kletterten und krabbelten die Nager an den Beinen der Orokòr hoch und verbissen sich in ihr Fleisch. Diese schüttelten die lästigen Angreifer ab und zerquetschten viele der Tiere. Es blieben aber noch immer genügend übrig, um den Orokòr die Augen auszukratzen und die Nasen abzubeißen. Die kleinen Biester krochen unter die Uniformen und in die Hosen und nagten an den Geschlechtsteilen. Die wilden Männer heulten auf und schlugen um sich. Aber sie hatten es mit Gegnern zu tun, bei denen Kraft und Kampfesmut nichts ausrichteten. Die schwarzen Gestalten taumelten blind durch die Gegend, Blut lief ihnen über das Gesicht. Die gezogenen Waffen hatten sie weggeworfen, damit sie die Hände frei hatten, um sich gegen die Quälgeister zu wehren. Wie ein riesiger Heuschreckenschwarm hatten sich die Tiere über das ganze Heer verteilt.

Die Schreie der Krieger wurden immer verzweifelter, und durch diese Schreie wurde Willmar, der schon am Ausgang des Tals war, aufmerksam. Er sah sich um und erkannte sogleich die Lage. Sein Geist versuchte wieder Macht über die kleinen, nützlichen Helfer zu gewinnen, aber es war schon zu spät. Die Orokòr rannten, wie von tausend Teufeln gejagt, an ihm vorbei aus dem Tal. Nicht einmal ihr Kan konnte sie mit Drohungen zurückhalten. Es dauerte nicht lange, und Tiere und Krieger hatten sich in der Ebene verstreut.

Das Tal der Is war leer. Reglos lag der umgestürzte Turm im Licht des Tages. Oben aber, über dem Tal, standen im Schein der Sonne zwei Gestalten. Willmar erblickte sie und wußte, wer ihm seinen Sieg streitig gemacht hatte.

Er rief: »Aramar, ich mag es nicht, wenn du mir in die Quere kommst.« So weit und so hoch die Berghänge auch waren, die Stimme Willmars war sowohl im Tal als auch auf den Bergen zu hören. »Aramar, in Centratur ist kein Platz für uns zwei.«

»Mein alter Freund«, antwortete dieser, und auch seine Stimme drang bis in den letzten Winkel, »warum hast du dich mit dem Bösen verbündet? Waren wir nicht vor langer Zeit beide angetreten, um mit Zauberkraft die Welt zu retten? Haben wir uns nicht den Zeitenwanderern überantwortet, weil wir das Böse verabscheuten? Und nun unterwirfst du dich Ormor!«

»Ich unterwerfe mich nicht! Noch immer bestimme ich selbst über mich. Das Bündnis ist von mir geplant und stets unter meiner Kontrolle. Es gibt nur einen Feind in Centratur, der alles, woran ich geglaubt habe, verraten hat. Ihn muß ich vernichten. Dieser Feind bist du!«

»Freund Willmar, wir sollten die Gelegenheit nutzen und uns zusammensetzen. Es wird Zeit, daß wir zusammen sprechen. Viele Generationen der Menschen wurden geboren und sind gestorben, seit wir miteinander geredet haben. Zwischen uns beiden gibt es viel zu klären.«

»Das glaube ich nicht«, entgegnete der Alte im Tal und schlug ohne Vorwarnung zu.

Der mächtige Schatten hatte sich im Bruchteil einer Sekunde gebildet, war aus dem Tal die Felswand emporgestiegen und hatte Aramar und seinen Begleiter eingehüllt. Feltina brach bewußtlos zusammen, aber Aramar trotzte dem Angriff, obgleich auch er taumelte.

»Das war heimtückisch«, rief er. »Seit wann greifst du zu solchen Mitteln?«

»Ich kann noch ganz andere Waffen einsetzen.«

Und wieder schlug Willmar mit all seiner Kraft zu. Aramar ging in die Knie. Doch er war jetzt auf den Angriff vorbereitet und schlug zurück. Ein heller Blitz kam aus der Höhe und hüllte den Buddler ein.

Der ächzte: »Nicht schlecht! Du hast dich seit unseren Jugendtagen erheblich gesteigert.«

»Und du bist hinterhältiger geworden!«

»Es gibt keinen Grund viel zu reden. Du willst die Auseinandersetzung, und du sollst sie haben!«

Mit diesen Worten startete Willmar den nächsten Angriff. Diesmal war Aramar vorbereitet und konnte parieren. Doch sein Gegner hatte schon einen neuen Schlag parat. Der Vorsprung, auf dem Aramar und sein Begleiter standen, splitterte und krachte in die Tiefe. Beide konnten sich nur durch einen raschen Sprung zurück retten.

Nun war der Blaue Zauberer an der Reihe. Er nahm all seine Kraft zusammen, und der Buddler fiel auf die Knie. Aus Nase und Mund rann ihm Blut. Doch er lachte: »Langsam macht die kleine Auseinandersetzung mit dir Spaß. Es ist langweilig, wenn man von vornherein weiß, daß man gewinnt.«

Es war ein Kampf, den, von wenigen Ausnahmen abgesehen, in Centratur niemand hätte bestehen können. Noch nie waren bisher zwei so mächtige Zauberer gegeneinander angetreten. Beide waren bereit, den anderen zu vernichten. Noch war unklar, wer als Sieger hervorgehen würde.

Da zogen auf einmal dunkle Schatten über den Himmel und kreisten über dem Tal. Willmar und Aramar waren so in ihre Auseinandersetzung vertieft, daß sie nichts wahrnahmen. Erst als eine Stimme in ihren Köpfen donnerte: »Jetzt ist keine Zeit für törichte Zweikämpfe eitler alter Männer«, blickten sie auf.

Es waren fünf Adler, die sich auf dem Berg und in dem Tal niederließen. Obwohl Aramar sie noch nie gesehen hatte, erkannte er sie sofort.

»Es sind die Adler des Alten vom Berg«, rief er erstaunt.

Auch Willmar stutzte, und nun bebte seine Stimme, als er fragte: »Wer ist dieser Alte?«

»Ich habe ihn nie getroffen, aber ich ahne wer es sein könnte.«

»So kläre mich auf!« In der Stimme des unnahbaren Buddlers lag fast ein leises Flehen.

»Ich glaube, wir beide kennen ihn gut.«

»Ist es unser alter Meister Simonarum?«

»Du sagst es!«

»Wo kann ich ihn finden?«

Nun war Aramar mit dem Lachen an der Reihe: »Eben hast du mich noch auf Leben und Tod bekämpft, und nun verlangst du von mir Auskunft.«

Weiter kamen die Männer in ihrem Streit nicht. Die Stimme war wieder in ihren Köpfen zu vernehmen: »Eure alte Feindschaft könnt ihr ein andermal austragen. Von dir aber, Willmar, verlange ich einen Schwur. Du sollst diesem Tal Frieden geloben und es nie wieder betreten. Auch sollst du jetzt gehen, ohne dich umzusehen. Meine Adler werden darüber wachen.«

Der Buddler sprach wie zu sich selbst: »Wann kann ich dich endlich sehen und mit dir sprechen?«

»Wenn es Zeit ist!«

»Und wieder bist du auf seiner Seite, obwohl ich besser bin als er. Du hast noch immer keine Gerechtigkeit gelernt.«

»Für Gericht und Gerechtigkeit ist die Zeit noch nicht gekommen.«

Da lachte Willmar wieder sein bitteres Lachen und ging, ohne noch einmal zurückzublicken.

Der Zusammenbruch des großen Gebäudes hatte Urial und Axylia schwer gebeutelt. Aber sie waren auf den Sturz vorbereitet gewesen und deshalb unverletzt geblieben. Nun krochen sie durch ein Fenster ins Freie. Sie erwarteten den Anblick der schwarzen Gestalten mit den Reißzähnen und wollten um ihr Leben kämpfen, doch alles war ruhig. Sie standen allein neben dem gefallenen Turm. Der Loron war noch immer schön. Seine schwarzblauen Mauern glänzten, und seine Rundung war von vollkommenem Ebenmaß. Die Wächter sanken stumm vor Trauer vor dem gefällten Bauwerk auf die Erde.

Nach langer Zeit erreichte Aramar die Talsohle und den Loron. Wortlos umarmte er Axylia und reichte Urial die Hand. Es lag keine Freude über diesem Wiedersehen.

Nicht lange, und Aramar mahnte zum Aufbruch: »Zwar hat

Willmar diesem Tal Frieden geschworen. Aber sein Schwur gilt nicht für die Orokòr und ihren Dunklen Feldherrn. Sie werden das Zerstörungswerk hier vollenden, denn die Tiere werden bald von den Kriegern ablassen, und dann kehren die Orokòr mit Wut und Haß im Herzen zurück. Wir müssen diesen traurigen Ort so rasch es geht verlassen. Doch zuvor muß ich noch etwas holen.«

Er kroch durch ein Fenster in den Turm und blieb lange verschwunden. Schließlich kehrte er zurück und hielt in der Hand ein kleines Bündel.

»Das Wichtigste ist gerettet«, sagte er. »Noch etwas gilt es zu erledigen. Die Klauen der schwarzen Bestien sollen den Loron nicht beflecken. Dieser Ort war stets rein, und er soll auch rein bleiben. Er war eine Stätte des Denkens und des Glaubens. Hier war das ganz Andere stets nahe. Wenn wir den Loron nicht schützen können, so muß er untergehen.«

Aramar trat zurück und breitete die Arme vor dem gefällten Turm aus. Dann sprach er Worte der Macht. Kaum hatte er geendet, da brach im Turm ein Feuersturm aus. Wie die Flammen der Hölle durchfuhr er die alten, verzauberten Mauern und verbrannte alles in ihrem Innern. Der einst so mächtige Loron war nur noch eine leere Hülse, die mit rußgeschwärzten Fensterhöhlen klagend in den Himmel sah. Wortlos wandte sich der Zauberer ab und schritt zum Ausgang des Tals. Die anderen folgten ihm.

Am nördlichen Ende des Tales Rotamin führte eine alte Steintreppe steil hinauf ins Thaurgebirge und diente einst den Zwergen, um die Bewohner des Turms zu versorgen. Ihr hölzernes Geländer war längst weggefault und ihre Stufen von Regen und Hitze im Sommer und Schnee und Eis im Winter gesplittert und gebrochen. Sie konnte nur unter Lebensgefahr benutzt werden.

Damals, als Axylia und Urial ihre Wache antraten, hatten sie diese Treppe schon einmal unter großen Mühen passiert. Sie waren damals in großer Begleitung gewesen. Galowyn, Smyrna und Fallsta, aber auch Aramar und der Zwerg Glaxca hatten zu ihrer Reisegesellschaft gehört. Fallsta hatte damals die rettende Idee gehabt und empfohlen, ihre Decken in Streifen zu schneiden, um daraus Seile zu drehen. Nun mußten sie ohne jedes Hilfsmittel hinaufklettern, stets von einem Absturz in mehrere hundert Fuß Tiefe bedroht.

Voraus kletterte Aramar. Das Bündel aus dem Turm trug er wie einen kostbaren Schatz unter seinem Mantel. Sie halfen sich über gefährliche Stellen hinweg, und Axylia wäre beinah einmal abgestürzt. Steine flogen in die Tiefe, und es dauerte lange, bis sie unten aufschlugen. Die alte Frau keuchte: »Aramar, warum konntest du mich nicht in meinem gemütlichen Haus in Olifo lassen. Für Abenteuer bin ich einfach zu alt.«

»Weil ich dich brauche«, antwortete der schlicht.

Der Edle Feltina wartete oben auf dem Zmànuk. So nannten die Zwerge ihre Wege quer durchs Gebirge. Aramar hatte ihn zurückgelassen, weil der Mann aus Quantam doch nicht mit ihm beim Abstieg hätte Schritt halten können. Als sie ins Tal zurück blickten, sahen sie Ströme von Orokòr, die das Rotamin überfluteten und zum Loron strömten. Als die schwarzen Krieger den Turm erreichten und sahen, daß er völlig ausgebrannt war, fühlten sie sich um ihre wohlverdiente Beute betrogen. Ihr Wutgeschrei war so laut, daß es bis in die Berge gellte. Nach einem letzten Blick wandten sich die Gefährten ab und marschierten auf dem Zwergenweg nach Norden.

Sie waren schon tief ins Thaurgebirge vorgedrungen, als Urial endlich die Sprache wiederfand.

»Ich habe versagt«, sagte er. »Meine Oberen haben mir einen Auftrag gegeben, und ich habe versagt. Warum wurde ich mit der Kunst des Zauberns beschenkt, wenn ich doch nichts Vernünftiges damit anzufangen weiß?«

»Du mußt dir keine Vorwürfe machen«, tröstete ihn Axylia und nahm ihn zärtlich in den Arm. Aber er schüttelte sie unwillig ab. Er wollte keinen Trost und gefiel sich in seinen Selbstvorwürfen.

»Niemand wäre diesem gemeinen Angriff gewachsen gewesen«, versuchte auch Aramar den jungen Meisterheiler zu beruhigen. »Willmar hat die Kunst der Alten überlistet. Zumindest fiel der Loron durch die Hand eines würdigen Gegners.«

Die Berufung

An diesem Abend kehrten sie in einer Zmànuksai* ein. So nannten die Zwerge ihre Unterkünfte an ihren Wegen. Schon einmal hatte der Zauberer mit der Reisegesellschaft hier übernachtet. Sie zündeten ein Feuer an, aßen und machten es sich behaglich.

»Centratur ist gerade noch einmal gerettet worden«, begann Aramar, nachdem er vorsichtig das Bündel neben sich abgelegt hatte. »Ich brauche eure Hilfe und muß euch dazu reinen Wein einschenken.

In Centratur gab es seit Menschengedenken die Könige und den Weißen Rat. Die einen haben geherrscht und die anderen haben betreut. Damit meine ich, daß der Weiße Rat für die Seelen zuständig war. Alle Mitglieder des Weißen Rates waren Zauberer. Aber nicht alle Zauberer auf diesem Kontinent gehörten zum Weißen Rat. Der Zauberkönig Ormor stellte sich von Anfang an gegen ihn und auch Malomar der Schreckliche bekämpfte unseren Orden. Diese Zauberer wollten beides: die Macht der Könige und die Herrschaft über die Seelen. Sie haben Centratur in entsetzliche Kriege gestürzt. Der letzte ist seit kaum mehr als fünfzig Jahren vergangen.

Nachdem Malomar mit vereinten Kräften vernichtet werden konnte, bleibt noch Ormor. Er ist so mächtig, daß er Centratur allein mit seiner Zauberkraft erobern könnte. Er bräuchte keine Soldaten, müßte keine Kriege führen, wenn er nur seinen Zauber einsetzen könnte. Die Könige mit ihren Heeren hätten gegen ihn keine Chance. Das gleiche galt auch für den grausamen Malomar.

Damit die Welt aber nicht mit mißbrauchter Zauberkraft erobert werden kann, hat der Weiße Rat den Schild geschaffen. Er ist ein Zauberfeld, das Centratur überspannt und verhindert, daß jetzt Ormor seine Zauberkraft weltweit einsetzen kann. Nur weil es den Schild gibt, muß Ormor noch seine Orokòr in den Kampf schicken.

* Vgl. Bd. I, S. 231: Um den Loron zu versorgen, hatten die Zwerge einen Pfad durch das Gebirge gebaut. Der Pfad hieß Zmànuk, der hohe Weg. Er überquerte Schluchten auf Brücken, war in Felswände geschlagen und führte über sieben Pässe. Zum Schutz vor den Unbilden der Natur und als Depots für Vorräte und Heilmittel hatten die Zwerge Unterkünfte gebaut, die sie Zmànuksai nannten.

Ohne den Schild könnte er darauf verzichten, und alles Leben in Centratur wäre ihm ausgeliefert. Der Schild heißt Arare, aber wir vom Weißen Rat nennen ihn nur ›das Netz‹.

Das Netz wurde bisher getragen von drei Stützpunkten. Sie befinden sich in Nowogoro, und dem Kloster Quantam. Auch der Loron im Rotamin war einer von ihnen. Fällt einer dieser Pfeiler, so bricht der Schild in sich zusammen. Deshalb ließ Ormor den Loron immer wieder angreifen, und deshalb ist auch Nowogoro so gefährdet.«

»Dann ist mit dem Untergang des Loron auch der Untergang Centraturs besiegelt?« fragte Axylia bitter.

»Zum Glück noch nicht«, antwortete ihr der Zauberer. »Ich trage hier bei mir die südliche Stütze des Netzes. Solange dies hier nicht in die Hände des Feindes fällt, ist noch nichts verloren.«

Mit diesen Worten ergriff er das Bündel und entfernte vorsichtig die Tücher. Zum Vorschein kam eine rote Platte, so groß wie eine Hand und fingerdick. Sie glühte von innen heraus. Auf ihrer Oberfläche standen seltsame rote Buchstaben, und die Kanten waren mit purem Gold eingefaßt.

»Hier habt ihr eines der größten Wunderwerke vergangener Zauberkunst. Bisher war es im Loron wohl geborgen. Es war dort sicher, bis Willmar kam und die Festung sprengte. Nun ist dieser Pfeiler der Macht, die Weisen nennen ihn Custoraram oder Custo, schutzlos.«

»Ihr werdet ihn behalten, denn bei Euch ist er am sichersten«, warf Feltina ein.

»Das geht nicht. Der Custo muß hier in der Gegend bleiben, und ich werde an anderer Stelle dringend benötigt. Dort ziehe ich in große Gefahren und Kämpfe. Wenn ich den Custo mit mir nähme, könnte er in die Hand der Feinde fallen. Ich wäre nie mehr unbefangen, sondern stets ängstlich, ja sogar feige. Nein, der Custo muß hierbleiben und einer von euch muß seine Wache übernehmen.«

»Es steht außer Frage, daß mir diese Aufgabe zufällt«, mischte sich Urial ein. »Ich bin bereits erwählt. Als Zauberer aus Nowogoro werde ich natürlich den Custo übernehmen, und bei mir wird er sicher sein. Ihr anderen könnt gehen, wohin es Euch beliebt.«

»Mein Freund, ich werde dich nicht allein lassen«, sagte Axylia. »Gemeinsam haben wir den Custo bisher bewacht, und gemeinsam haben wir verloren. Nun sollten wir gemeinsam einen neuen Anfang machen. Wir werden beide die Aufgabe übernehmen.«

Während Urial noch protestierte, sagte Aramar: »Einer allein wird den Häschern Ormors nicht entgehen. Der Zauberkönig wird die Träger des Custo durch das ganze Thaurgebirge hetzen lassen. Sie werden keine ruhige Minute mehr haben und stets in Gefahr sein. Wann immer der eine schläft, muß der andere wachen. Wenn der eine ißt, muß der andere die Gegend beobachten. Nur zu zweit habt ihr eine Chance.«

»Zwei schwache Menschen, die kaum ihr eigenes Leben schützen können, sollen die Geschicke eines ganzen Kontinents hüten?« fragte Axylia leise.

»Es sind nicht zwei Menschen, sondern drei«, sagte Feltina. »Ich werde bei Euch bleiben, und gemeinsam werden wir uns in diesen Bergen verbergen. Nicht nur die großen Helden, die Könige und die Zauberer bestimmen die Geschicke der Welt. Es kann geschehen, daß einfache Leute eine Aufgabe bekommen, die weit über sie hinausweist. Wir sollten dies als eine Auszeichnung, als ein Geschenk sehen, dessen wir uns würdig erweisen müssen. Ich zumindest will es versuchen!«

Alle sahen den Edlen Feltina erstaunt an.

»Das sind großherzige Worte«, gab Aramar zu. »Aber noch weiß ich nicht, wer du bist. Du kommst aus Quantam, aber du gehörst nicht zu den Mönchen.«

»Ihr sollt alles über mich wissen, und ich will mit einem Geständnis beginnen.«

Feltina erzählte nun ohne jede Beschönigung, wie er die Zauberin, Marc, Akandra und die Kinder getroffen hatte. Er verhehlte auch nicht, daß er sie an die Vespucci hatte verraten wollen.* Dann berichtete er vom Kloster Quantam und was er dort erlebt hatte. Wie er sich verlassen fühlte, als Qumara mit den Erits und den Kindern abzog. Er wollte mitgehen, Quantam verlassen, aber er konnte nicht. Die alten Zauberer hatten ihn völlig in ihrer Gewalt, ohne Hand an ihn zu legen.

Hier unterbrach ihn Aramar und ließ sich ganz genau alle Vorgänge um die Hohepriesterin aus Rutan und die beiden Erits schildern. Der Edle wußte nicht viel, berichtete aber freimütig.

Aus Quantam erzählte er, daß er sich anfangs trotzig zurückgezogen und mit niemandem geredet hatte. Sogar die Nahrung hatte er ein paar Tage lang verweigert. Mit dem Hunger wuchs aber

* Vgl. Bd. I, S. 710ff.

auch die Langeweile. Schließlich ließ er sich überreden und ging in die Räume der Geschichten. Dort begann er zusammen mit den anderen Mönchen in das Blaue Buch zu schreiben. Zuerst zögernd und unter großer Anstrengung, denn es war sehr schwierig bei allem, was man sah und hörte, mitzuschreiben. Später ging es ihm leichter von der Hand. Er wurde ruhiger. Der Geist von Quantam bekam mehr und mehr Einfluß über ihn. Aber noch immer fühlte er sich als Gefangener und wollte fliehen.

Eines Tages war er eingeteilt worden, die Geschehnisse eines Festessens aufzuzeichnen, das in einer Burg in den Schwarzen Bergen stattfand. Dort weilte Wersch, der Herrscher von Darken, bei einem Jagdausflug.

Feltina berichtete, was er im Raum der Geschichten gesehen hatte: »Wersch war der Nachfolger Malomars und der völlige Gegensatz seines Vorgängers. Dieser war ein geheimnisvoller und mächtiger Zauberer gewesen, der bereits halb in der Zwischenwelt hauste, und den man deshalb kaum sah. Dämonisch, böse und unberechenbar hatte Malomar nach der Macht gestrebt und jeden vernichtet, der sich ihm in den Weg stellte. Den Anblick des Dunklen Herrschers hatten nur wenige der Lebenden ertragen können.

Wersch hingegen ist ein vierschrötiger Mann mit niederer Stirn und einem plumpen Gesicht. Er lacht oft und dröhnend und gibt sich leutselig, steht aber an Grausamkeit seinem Vorgänger nicht nach.

Der Herrscher über Darken war also zu Besuch bei einem seiner Vasallen, dem Edlen Quarrn, um sich dort von seiner Niederlage vor Hispoltai zu erholen. Nach einer Treibjagd, bei der man die Tiere in Käfigen fing, um sie dann dem Herrscher zum Abschlachten vor die Füße zu legen, folgte ein großes Bankett.

Die Herren saßen zusammen mit ihren Damen an langen hufeisenförmigen Tischen, die sich unter der Last der aufgefahrenen Speisen und Getränke bogen. Neben Wersch hatten zwei Vespucci Platz genommen. Unter den Tischen hockten große Hunde, denen man die Knochen, aber auch den einen oder anderen Fleischbrocken zuwarf. Eng an die Wände gedrückt, so daß sie die hin und her eilenden Diener nicht störten, kauerten die Armen der Gegend, ausgemergelte Gestalten, denen man das Leid und den Hunger deutlich ansah. Sie warteten darauf, auch mit Abfällen von der Tafel bedacht zu werden. Daß sie an dem Festmahl teilnehmen durften, ging offenbar auf einen jahrhundertealten Brauch zurück, nach dem ein gütiger König in Darken die Armen seines Landes an jedem Festmahl teilhaben ließ. Das Recht, zum Bankett zu erscheinen, war durch die Jahrhunderte geblieben, nicht aber das Teilen der Nahrung. Es war auch ein Gesetz erlassen worden, daß sich keiner von den Bettlern erheben durfte. Verließ einer die gebückte, kriechende Haltung, wurde er hinausgeworfen und erhielt Stockschläge.

Ab und zu fiel für die Armen etwas ab. Wenn nämlich einer der Herren besonders leutselig war, dann deutete er auf einen der am Boden Sitzenden, der dann zu ihm kroch und einige Abfälle von seinem Teller zugeworfen bekam. Manchmal auch warf man ein Stück Fleisch unter die Hungrigen und ergötzte sich, wenn sie sich um den Bissen balgten.

Wersch war in bester Stimmung und lachte ununterbrochen.

›Was ist das für ein elendes Gewürm!‹ rief er. ›Schaut sie euch an! Ist es ein Wunder, daß sie nichts haben? In dieser Welt ist alles wohlgeordnet. Die Vornehmen und Tüchtigen führen ein Leben, das wert ist gelebt zu werden. Die aber, die es nicht wert sind, den Namen Menschen zu tragen, die den Tieren gleichen, darben und werden vom Angesicht der Erde verschwinden. Damit wir aber nicht zu hochmütig werden, müssen wir ihren Anblick ertragen. Aber wenn sie schon unsere Augen beleidigen, so sollen sie uns zumindest ein wenig dafür entschädigen. Ich will Spaß haben, und dafür will ich diese Elenden heranziehen. Für ein Spiel brauchen wir dieses Gewürm und meine Hunde.‹

Alle jubelten in Vorfreude auf die kommende Belustigung. Wersch ließ die wimmernden Bettler in die Mitte der Tische treiben und ihnen gegenüber die Hundemeute Aufstellung nehmen. Dann warf er eigenhändig Fleischbrocken zwischen Tiere und Menschen. Die Hunde stürzten sich sofort darauf und verschlangen alles, während die Bettler ihnen ängstlich zusahen. Dies war aber nicht im Sinne von Wersch. Deshalb nahmen hinter den Armen Bedienstete des Gastgebers mit Stöcken Aufstellung, und als der nächste Fleischbrocken fiel, prügelten sie wahllos auf Männer, Frauen und Kinder ein, bis diese zu den Hunden krochen und sich mit ihnen um die Nahrung balgten. Natürlich bissen die Tiere zu und bald floß Blut. Das Blut wiederum machte die Jagdhunde wild, und es begann ein wildes Gemetzel.

Die Edlen tafelten inzwischen weiter und amüsierten sich. Am lautesten aber meckerten die Vespucci, die sich jedoch auffällig beim

Essen und Trinken zurückhielten. Und während allen anderen das Fett aus den Mundwinkeln triefte, und der rote Wein floß, feuerten sie Hunde und Menschen an. Endlich war die ungleiche Schlacht geschlagen. Die Hunde leckten sich ihre Lefzen und krochen wieder unter die Tische zu Füßen ihrer Herren.

›Na, hatte ich nicht recht?‹ rief Wersch. ›Der Ausgang dieses Kampfes zeigt doch, daß die Hunde edler sind als es diese Jammergestalten waren.‹« Feltina schüttelte sich in Erinnerung an dieses schreckliche Schauspiel, das er auch noch hatte aufschreiben müssen.

Danach sei er über eine Woche krank gewesen. Er habe sich vor sich selbst und der Welt geekelt. Mit einem Mal sei ihm Quantam wie ein Hort des Friedens inmitten einer schlimmen Welt erschienen. Die alten Zauberer hatten seine Verwandlung erkannt und jeden Zwang von ihm genommen. Schließlich hatten sie ihn sogar mit der Botschaft für Aramar beauftragt.

»Die Weisen von Quantam vertrauen dir«, sagte Aramar. »So werden auch wir dir unser Vertrauen nicht verweigern. Ihr seid nun zu dritt. Aber einer von euch muß den Custo in seine Obhut nehmen, während ihn die anderen dabei unterstützen.«

»Wenn du mit einer Hüterin vorliebnehmen willst, so hast du sie gefunden, Aramar«, sagte Axylia schlicht.

Feltina stellte sich neben sie und sagte ernst: »Ich werde sie begleiten und verteidigen, bis an mein Ende.«

Es war Urial anzusehen, daß ihm die Entwicklung der Dinge nicht recht war. Aber er wußte auch, daß er sie nicht mehr verändern konnte. Dieser Aramar würde ihm den Custo nicht aushändigen. Deshalb erhob auch er sich und sprach: »Mein Zauber, die Gabe, die man mir verliehen hat, wird den Custo und seine Trägerin schützen!«

Aramar übergab die goldene Platte an Axylia. Dabei sagte er feierlich: »In deine Hände lege ich das Schicksal von Centratur. Dein Leben ist von nun an bestimmt von der Aufgabe, den Custo zu schützen. Er darf nie und nimmer in die Hände Ormors fallen. Urial und Feltina verpflichten sich, dir beizustehen. Von diesem Moment an hat sich euer Leben verändert. Ihr seid nun ruhelos. Ormor spürt, wo sich der Custo befindet und wird nicht ruhen, bis er ihn in seine Gewalt gebracht hat. Er wird seine Schergen aussenden, und ihnen wird jedes Mittel recht sein, um euer habhaft zu werden. Aber ihr werdet nicht allein sein. Der Glaube und die Hoffnung aller

Friedliebenden werden bei euch sein und euch Kraft geben. Und wenn eure Situation ganz ausweglos ist, und wenn ihr meint, daß es nun keine Rettung mehr gibt, so vertraut darauf, daß unser aller Gedanken bei euch sind und euch beistehen werden. Ihr seid von nun an ausgezeichnet vor allen Menschen im Schlimmen wie im Guten!«

»Ich gelobe«, antwortete nun die alte Frau, und ein schwaches Leuchten umspielte ihren Körper, »daß ich mein Leben dem Schutz des Custo opfern werde. Von nun an habe ich nur noch dieses eine Ziel und diese eine Aufgabe.«

Am nächsten Morgen brach Aramar auf verschlungenen Gebirgswegen nach Süden auf. Er hatte es nun sehr eilig nach Cantrel zurückzukommen. Die Hüter des Custo aber wanderten auf dem Zmànuk nach Norden. Alle gingen großen Gefahren entgegen und zweifelten, ob sie sich je wiedersehen würden.

Osten

Die beiden Erits, Marc und Akandra, waren von den Älteren ausgeschickt worden, um den König der Rutaner von einer Kette zu befreien, die ihn dem Bann der Vespucci ausliefert. Nur wenn sie ihre Mission erfolgreich beenden, kann Centratur aus dem Klammergriff der Vespucci gerettet werden. Es ist ein Wettlauf mit der Zeit. Unter großen Gefahren und Mühen, die sie nur mit Hilfe der Zauberin Qumara bestehen konnten, hatten sie auf ihrem Weg in den Osten Centratur durchquert. In der Wüste Soltai waren sie auf ein seltsames Gebilde gestoßen: eine weiße, runde Mauer ohne jede Öffnung. Als Marc auf sie zugelaufen war, hatte sich eine Öffnung aufgetan und den jungen Erit verschluckt. Seine Begleiterinnen waren ratlos zurückgeblieben.

Das Mal

Die Sonne stand hoch am Himmel und schien auf eine staubige Wüste. Wohin man auch blickte, das Auge fand keinen Halt. Der rissige, ausgedörrte Boden hob und senkte sich in sanften Wellen, aber sonst war bis zum Horizont nichts zu erkennen. Nur der Ring glänzte im Licht. Kein Laut war zu hören außer dem ewigen Brausen und Pfeifen des Windes.

Marc war schon viele Stunden verschwunden. Qumara, die Hohepriesterin aus Rutan, und die beiden Erits Marc und Akandra sowie die Kinder Sim und Bim, hatten auf ihrem Weg nach Rutan die Wüste Soltai durchqueren müssen. Doch unterwegs war ihnen eine Karawane von Vespucci entgegengekommen. Um den Feinden nicht zu begegnen, waren sie noch bei Dunkelheit aufgebrochen und hatten sich nach Norden gehalten, fort vom Wüstenweg, tiefer hinein in die leere, unwegsame Einöde. Kurz nachdem die Sonne aufgegangen war, hatten sie etwas in der Ferne glänzen sehen. Sie waren hinzugeeilt und hatten sich schließlich vor einem seltsamen Gebilde wiedergefunden, einer kreisrunden Mauer. Sie war völlig glatt und ohne Öffnung. Völlig nutzlos stand sie hier mitten in der Wüste. Obwohl Qumara ihn noch gewarnt hatte, war Marc sogleich zu dem Bauwerk gelaufen.

Eine Tür hatte sich ihm aufgetan, und er war eingetreten. Danach hatten die beiden Frauen nichts mehr von ihm gehört.

Da standen sie nun und waren hilflos. Der Gefährte war verschwunden, und sie wußten nicht, was sie unternehmen konnten, um ihm zu helfen. Selbst Qumara war ratlos. Irgendwann hatte sich Akandra an die Hörmuscheln erinnert, die sie von den Älteren geschenkt bekommen hatten. Marc trug eine Muschel bei sich und sie auch. Bisher hatten sie die Gabe nicht benötigt. Nun konnte sie vielleicht hilfreich sein. Das Eritmädchen hob die Muschel an ihren Mund und rief mehrmals den Namen ihres Begleiters, aber sie erhielt keine Antwort. Sie hatte die Muschel umsonst quer durch Centratur geschleppt. Wütend warf sie das Geschenk in den Sand.

War dies das Ende ihrer langen Reise? Akandra dachte zurück. Jahre schienen ihr seit dem gemeinsamen Aufbruch mit Marc vergangen, und doch waren es nur Monate gewesen. Was hatten die beiden Erits alles erlebt: den Überfall der Orokòr auf Waldmar, der Heimat der Grafentochter, die Verfolgungsjagd durch den Wilden Wald und den Untergang der schwarzen Bestien. Dann waren sie die lange Treppe in die Unterwelt in völliger Dunkelheit hinuntergestiegen. Die Älteren hatten ihnen den Auftrag erteilt, nach Rutan zu gehen und dem König die Kette abzunehmen, die ihn mit ihrem Zauberbann an die Vespucci auslieferte. Es gab nämlich eine Verheißung:

Wenn die Zeit erfüllt ist,
werden kommen
kleine Leute
und werden
dem König
die Kette abnehmen.

Die Rutaner bildeten die Gegenmacht zu den glatzköpfigen Gnomen, und nur ihnen war es gegeben, das seltsame Volk, das alles

Natürliche haßte, in Schach zu halten. Wenn es gelang, die Rutaner zu befreien, müßten die Vespucci ihre Agenten aus Centratur zurückrufen und könnten den Zauberkönig Ormor nicht länger unterstützen. Nur so war der Kontinent zu retten.

Auf ihrer langen Wanderung in den Osten war ihnen Qumara, die Hohepriesterin aus Rutan, begegnet. Sie wurde zu ihrer Führerin durch alle Gefahren. Irgendwann waren dann auch die seltsamen Kinder zu ihnen gestoßen, die allein durch die Welt streiften. Sim und Bim mochten kaum älter als sechs Jahre sein, und dennoch drohte ihnen keine Gefahr. Sie konnten zaubern, und ein unsichtbarer Schutz umgab sie. Über ihrer Herkunft lag jedoch ein Geheimnis.

Wenn Marc verschwunden blieb, war nur noch Akandra übrig. Das Mädchen fragte sich, ob es wohl allein die Verheißung erfüllen könnte.

Der Tag verging langsam, und die Kinder waren verschwunden. Sie hatten irgendwo in der Einöde etwas für sie Interessantes entdeckt und sich dorthin auf den Weg gemacht. Sim und Bim schienen sich nie zu langweilen. Von Marc gab es noch immer kein Lebenszeichen. Dafür rückte die Sklavenkarawane näher. Am frühen Nachmittag hing die Staubwolke drohend vor ihnen am Wüstenhimmel. Das Herz schlug Akandra bis zum Hals. Sie hatte Angst. Der Feind war zum Greifen nahe, aber sie konnten nicht fliehen.

»Sie werden uns entdecken« sagte das Mädchen besorgt. »Hier ist alles so flach, und wir sind völlig ungeschützt.«

»Sei unbesorgt«, antwortete die Priesterin, obgleich ihr selbst unwohl war, »wir setzen uns auf die Erde. Aus einiger Entfernung sind wir nicht zu erkennen. Außerdem wird es keiner wagen, sich diesem geheimnisvollen Ort ohne Not zu nähern.«

Am späten Nachmittag war die Sklavenkarawane auf gleicher Höhe mit ihnen angelangt. Sie hatten sich vorsichtshalber flach hingelegt, damit man sie auf keinen Fall bemerkte. Akandra hoffte nur, daß die Kinder nicht ausgerechnet jetzt zurückkehrten und sie verrieten.

Zum Schrecken von Qumara und Akandra teilte sich auf einmal die Staubwolke. Während die Karawane auf der Wüstenstraße weiterzog, bogen fünf Reiter ab und hielten auf den Steinkreis zu, den die Zauberin »das Mal« nannte. Akandra blieb fast das Herz stehen. Sie stieß Qumara mit dem Ellenbogen an, die beobachtete aufmerksam die Gegend. Noch waren die Pferde weit entfernt, aber sie kamen rasch näher. Nun konnten sie auch erkennen, was das Ziel der Reiter war. Eine Gestalt lief vor den Verfolgern davon.

»Das ist ein Sklave, der fliehen will«, bemerkte Qumara ruhig. »Er hat sich weggeschlichen und will sich hier bei dem Mal in Sicherheit bringen. Er glaubt wahrscheinlich, sie würden ihm bis hierher nicht folgen. Aber die Aufseher haben sein Verschwinden entdeckt, und nun gibt es einen Wettlauf, den er sicher verlieren wird.«

»Können wir ihm helfen?«

»Nicht ohne auf uns aufmerksam zu machen.«

Der Abstand zwischen dem Fliehenden und seinen Jägern schmolz mehr und mehr zusammen. Reiter und Läufer waren den Beobachtern nun schon so nahe, daß sie Einzelheiten sehen konnten. Es war deutlich, daß der Flüchtling taumelte. Er war am Ende seiner Kräfte. Gleich würde dieses grausame Spiel sein Ende finden.

»Ich möchte nicht in seiner Haut stecken«, murmelte die Grafentochter.

Da geschah etwas Unerwartetes. Zwei kleine Gestalten waren wie aus dem Nichts aufgetaucht und stellten sich den Jägern entgegen.

»Das sind Sim und Bim!« rief Akandra aus. »Sie sind verrückt! Zwei Kinder stellen sich fünf Kriegern entgegen. Sie werden umkommen und zu allem Überfluß die Meute auch noch auf uns lenken.«

»Den Kindern wird nichts geschehen«, antwortete Qumara. »Aber sie werden in der Tat die Vespucci auf uns aufmerksam machen.«

Vor den kleinen Gestalten scheuten die mächtigen Pferde. Zwei der Reiter wurden abgeworfen. Die anderen ritten zurück, als sei der Teufel hinter ihnen her. Die beiden Frauen konnten nicht erkennen, welchen Zauber die Kinder angewendet hatten, aber er mußte recht wirksam gewesen sein. Sim und Bim nahmen den taumelnden Flüchtling in ihre Mitte und führten ihn zu dem glänzenden Mal. Die Karawane hatte inzwischen haltgemacht. Man beriet dort, wie weiter zu verfahren sei.

Als die Kinder mit ihrem Schützling näher kamen, wurde deutlich, daß es sich um eine Frau handelte. Ihr Kleid hing in Fetzen an ihr herunter, und um ihre Füße waren blutige Lappen gewickelt. Das Haar war lang und schwarz. Sie mochte kaum älter als zwanzig Jahre sein. Sie schwankte und schien in der prallen Sonne einer Ohnmacht nahe zu sein. Qumara sprang auf und lief zu ihr, um sie zu stützen. Dann bettete sie die Hilflose in die Mulde, flößte ihr ein wenig Wasser in den Mund und bat Akandra, sich so in die Sonne zu setzen, daß sie mit ihrem Körper zumindest dem Kopf der Sklavin Schatten spendete.

Sim und Bim waren sehr stolz auf ihre Rettungsaktion und wollten gelobt werden. Aufgeregt erzählten sie, daß sie vor die Hufe der Verfolger das Bild eines mächtigen Wüstenwurms gezaubert hatten. Sie hatten es lustig gefunden, daß die Tiere vor diesem Ungeheuer gescheut und die Reiter die Flucht ergriffen hatten. Große Leute seien doch dumm, verkündeten sie. Die Männer hätten doch erkennen müssen, daß die Schlange nicht echt, sondern nur ein Abbild war.

Qumara lächelte. Diese Kinder hatten das Richtige getan. Sie hatten die Verfolger vertrieben, ohne sie alle zu verraten. Und wieder einmal dachte sie darüber nach, wer wohl die Eltern dieser außergewöhnlichen Kinder waren. Sim und Bim konnten trotz ihres jungen Alters besser zaubern als die meisten Zauberer in Centratur. Außerdem waren sie liebenswert und klug und besaßen einen untrüglichen Instinkt für Gefahren.

Bei der Sklavenkarawane schien man inzwischen zu einem Ergebnis gekommen zu sein. Der Zug setzte sich wieder in Bewegung, ohne daß noch einmal Reiter ausgeschickt wurden. Man ging scheinbar davon aus, daß die Sklavin von der Wüstenschlange getötet worden war und wollte keine weiteren Leben mehr riskieren. Bald war der Zug der Vespucci nur noch eine Staubwolke am Horizont. Akandra und Qumara atmeten auf. Diese Gefahr lag hinter ihnen. Aber noch immer hatten sie kein Lebenszeichen von Marc.

Die entflohene Sklavin lag zu Tode erschöpft auf dem Boden. Qumara wickelte ihr vorsichtig die Fußlappen ab und verband die wunden Füße. Dann träufelte sie ihr ein paar Tropfen aus einem Fläschchen in den Mund, das sie in ihrem Gepäck mit sich trug. Daraufhin fiel die arme Frau in einen tiefen, erholsamen Schlaf. Die Zauberin und das Mädchen setzten sich wieder auf die harte, ausgetrocknete Erde und zogen ihre Mäntel fest um sich. Sobald die Sonne verschwunden war, wurde es kalt. Die Kinder hatten sich davongemacht. Niemand wußte, wohin sie gingen, und was für sie in dieser Einöde so interessant war. Sie hatten keine Angst vor der Dunkelheit und stets ausgefallene Ideen. Um sie machte sich Qumara keine Sorgen. Ihnen würde nichts geschehen. Außer Ormor selbst konnte niemand in Centratur ihnen etwas anhaben.

Akandra dachte über Marc nach. Sie fragte sich, ob er wohl noch am Leben war. Vielleicht war es besser, nicht auf ihn zu warten? Sie könnten auch vorausgehen und ihm eine Botschaft hinterlassen, daß er ihnen folgen solle. Obwohl sie es sich nicht eingestehen wollte, war die junge Gräfin ärgerlich, daß Marc solche Schwierigkeiten machte. Etwas gereizt fragte sie Qumara: »Was weißt du über diesen seltsamen Mauerring? Wir müssen doch etwas unternehmen!«

Die Zauberin begann von den Steinringen in der Welt zu sprechen, die sie einmal »Mal« und dann wieder »Tabu« nannte. Sie erklärte, Tabus seien heilige Orte. Diese Orte habe es schon immer gegeben, aber man habe sie erst nach und nach entdeckt.

Wie man Tabus erkennen könne, wolle Akandra wissen.

Es seien Orte, an denen seltsame Dinge vor sich gingen, war die Antwort. So manch einer würde dort krank, andere gesund. Es könnten dort auch Wunder geschehen. Am deutlichsten erkenne man ein Tabu daran, daß sich der Geist der Besucher dieser heiligen Stätten weite. Die Lage dieser Plätze sei von Generation zu Generation überliefert worden. Manche Völker seien ihnen scheu aus dem Weg gegangen. Die Angst vor dem Göttlichen habe das Handeln der Leute bestimmt. Andere wiederum hätten bewußt in ihrer Nähe gesiedelt. Später habe man die Tabus gekennzeichnet, zuerst mit besonderen Steinen oder Pflanzen, dann seien dort Bauwerke errichtet worden. So ein Bauwerk nannte man »Mal«. An manchen Malen wurde Gericht gehalten oder gar Verbrecher hingerichtet, über andere baute man Tempel. Es gab auch Male, denen man sich nicht einmal nähern durfte. So ein Mal oder besser Tabu liege vor ihnen. Jeder, der am Rand der Wüste wohne, wisse von diesem Bauwerk. Selbst die Vespucci machten einen Bogen darum. Das ungeschriebene Gesetz laute, niemand dürfe den Kreis betreten und die Mauer berühren. Bis heute sei nicht bekannt, was sich im Innern dieser runden Mauer befinde.

»Seit wann gibt es dieses Mal?« fragte das Mädchen.

»Ich glaube, das weiß niemand. Als der Wasserspiegel des Sees, der hier ursprünglich war, sank, tauchte aus den Fluten dieser wundersam glänzende Ring auf. Es gab damals Leute, die behaupteten, der See sei nicht durch die Schuld der Vespucci ausgetrocknet, sondern weil das Mal ans Tageslicht wollte.«

»Hat es denn keinen Namen?«

»Jedes Volk hat sich eine andere Bezeichnung ausgedacht. Die einen sagten Wirodenowanna und die anderen Pulmon. Aber keines dieser Worte hat sich durchgesetzt. Heute nennen alle dieses Mal nur noch scheu den ›Ring‹.«

»Was ist dieser Ring deiner Meinung nach, Qumara?«

»Ich weiß es nicht. Es gibt viele Male in der Welt, die meisten sind nicht so eindrucksvoll wie dieses hier. Aber alle haben sie eine seltsame Kraft.

Ich will dir ein Beispiel geben, das ich selbst erlebt habe. Es war vor ein paar Jahren in einem Dorf weit von hier. Ein Mann wurde angeklagt, Schafe gestohlen zu haben. Er leugnete dies. Also unterwarf man ihn einem Gottesurteil. Man verurteilte ihn, die Nacht im Mal zu verbringen. Dieses Mal war nur ein einfacher Steinkreis. Er wurde hingeführt und trat in den Kreis. Man sah, daß er Angst hatte und dies nur sehr widerstrebend tat. Dann verließen sie ihn und stellten keine Wachen auf. Dennoch blieb der Mann in dem Steinkreis. Am nächsten Morgen war er tot, und alle wußten, die Gottheit hatte gesprochen.«

»Aber das läßt sich doch auch anders erklären. Der Mann wußte, daß er schuldig war und ist an seiner eigenen Angst gestorben.«

»Das ist schon möglich. Die Dorfbewohner waren anderer Meinung.«

Akandra betrachtete nun den Ring mit anderen Augen. Kalt und unnahbar, aber auch wunderschön lag er vor ihr im Mondlicht. Dort war Marc. Was mochte mit ihm vorgehen? Was würde er gerade erleben? Würde es ihm genauso ergehen wie dem Mann im Steinring, von dem Qumara erzählt hatte?

»An diesen Stätten sind Kräfte konzentriert«, fuhr Qumara fort, »denen selbst Vespucci besser aus dem Weg gehen. Man weiß nie, was geschieht, wenn man in die Sphäre der ganz Anderen eindringt.«

»Was ist, wenn Marc nicht wieder herauskommt... wie lange werden wir warten?«

»Er wird wiederkommen!« sagte Qumara bestimmt.

Irgendwann in der Nacht kamen die Kinder zurück. Alle legten sich auf die harte Erde zum Schlafen nieder. Es war ungemütlich; der Wind blies durch Kleider und Decken, dennoch waren alle bald eingeschlafen. Nur Qumara ließ sich nicht in tiefen Schlummer fallen, sondern hielt selbst mit geschlossenen Augen noch Wache, so wie sie es immer tat.

Nach einer ruhigen Nacht erwachten sie mit steifen, schmerzenden Gliedern. Da sie nicht wußten, wann sie ihre Wasservorräte wieder ergänzen konnten, bekam jeder nur einen Becher voll. Das Wasser schmeckte köstlich in ihren trockenen Mündern und tat den geschwollenen Zungen wohl. Dann aßen sie ein wenig und warteten weiter.

Die geflohene Sklavin begann sich zu rühren. Sie hatte die ganze Zeit wie eine Tote geschlafen. Nun reckte sie sich und öffnete die Augen. Als sie die fremden Gesichter erblickte, die sich über sie beugten, stieß sie einen Schrei aus und hob ihre Arme schützend vor das Gesicht. Akandra und die Zauberin redeten beruhigend auf sie ein, bis sich ihr Körper entkrampfte und sie sich langsam aufrichtete. Man reichte ihr etwas Nahrung, die sie mit beiden Händen nahm und gierig verschlang. Obwohl sie noch jung war, sah ihr Gesicht verhärmt und faltig aus. Die Hände waren schwielig und die Farbe ihres Haares stumpf.

Qumara fragte, wer sie sei und woher sie komme. Nachdem die Frau gesättigt war, lehnte sie sich zurück und erzählte ihre Geschichte.

Sie komme aus Luran, erklärte sie, sei aber schon als junges Mädchen von den Vespucci verschleppt worden. Nicht von den Gnomen selbst, fügte sie sogleich hinzu, die würden nie selbst Hand anlegen, sondern stets ihre Schergen schicken. Es gäbe genügend Leute in der Welt, die für Geld zu allem bereit seien.

Eines Tages sei eine Meute schwerbewaffneter Männer in ihr Dorf gekommen, hätten den Dorfältesten in ihre Gewalt gebracht und ihm erklärt, sie würden jeden Bewohner töten, wenn man ihnen nicht fünfzehn Kinder ausliefere. Ihre Herren, die Vespucci, benötigten Kinder als neue Arbeitskräfte in ihren Anbaugebieten. Um ihrer Forderung Nachdruck zu verleihen, zündeten die Strauchdiebe ein Haus nach dem anderen an.

Wegen ihrer armseligen Hütten haben sie ihre Kinder geopfert? dachte Akandra empört.

Als den Fremden auch noch gedroht wurde, einen Einwohner

nach dem anderen umzubringen, hielten die Dörfler eine Beratung ab und entschlossen sich schweren Herzens, ihre Kinder, die älter als zehn Jahre waren, abzuliefern. Lomani, so hieß die entflohene Sklavin, war darunter. Der Abschied von den Eltern war bitter gewesen und Lomani hatte auf dem ganzen Weg in das fremde Land geweint.

Dort hatte man die Kinder auf die Felder getrieben. Sie mußten bei Sonne und Regen jäten, pflanzen und ernten. Es gab wenig zu essen, dafür um so mehr Schläge. Bewacht und zur Arbeit angehalten wurden sie von Männern und Frauen, die im Sold der Vespucci standen. Die Kinder bekamen die Kahlköpfe selbst nie zu Gesicht. Als Lomani fünfzehn Jahre alt war, wurde sie zur Aufseherin gerufen. Die teilte ihr mit, daß man einen Mann für sie ausgesucht habe, mit dem sie am nächsten Tag vermählt werde.

Das Mädchen war die ganze Nacht wachgelegen und hatte sich vor dem Morgengrauen gefürchtet. Sie wollte nicht heiraten. Männer machten ihr angst. Doch in einem Lager der Vespucci gibt es keinen Widerspruch. Am nächsten Tag kamen ein paar ältere Frauen. Die bürsteten ihre zerrissenen Kleider, wuschen das von Tränen überströmte Gesicht und setzten dem Mädchen einen Blumenkranz ins Haar. Dann wurde Lomani zum Verwaltungshaus geführt und dort sah sie ihren Mann. Er war ein wenig älter als sie, hatte starke Arme und einen schmalen Mund. Die Trauungszeremonie war kurz. Die Vorsteherin sagte nur, sie beide gehörten ab jetzt zusammen und sollten viele Kinder in die Welt setzen. Die Plantagen der Vespucci bräuchten Arbeitskräfte. Dann bekamen beide eine Extraration Essen und einen gemeinsamen Schlafplatz in einer der Hütten. An die folgende Nacht hatte Lomani schlimme Erinnerungen.

Bald darauf wurde sie schwanger, und als sich ihr Bauch rundete, durfte sie die schweren Arbeiten meiden und wurde in der Gemeinschaftsküche beschäftigt. Die Geburt dauerte zwei Tage. Das Kind kam tot zur Welt. Danach mußte sie wieder das Lager mit dem Mann, der so schmale Lippen hatte, teilen. Es dauerte nicht lange, und sie war erneut guter Hoffnung. Diesmal gebar sie ein gesundes Mädchen. Es war ihre ganze Freude. Das Kind gedieh prächtig, und sie kümmerte sich so gut es ging um die Tochter, obwohl sie bald wieder auf die Felder zum Arbeiten geschickt wurde. Sie lieferte das Kind nicht in der Krippe des Lagers ab, sondern nahm es mit aufs Feld. Sie hatte sich angewöhnt, den Säugling auf den

Feldrain zu legen, damit sie stets nach ihm sehen konnte. Dafür steckte sie so manche Schläge ein. Mutter und Tochter wurden unzertrennlich, und in der Nacht schliefen die beiden ganz eng aneinandergepreßt, und der Mann mit den schmalen Lippen griff nur noch ganz selten nach Lomani.

Als das Kind fünf Jahre alt war, kamen die Aufseherin und zwei Männer und holten es von der Mutter weg. Es war verkauft worden. Diesmal weinte Lomani nicht. Sie hatte keine Tränen mehr. Sie wurde schwermütig und ließ trotz der harten Strafen bei der Arbeit nach. Sie aß nicht mehr und magerte ab. In diesem Zustand brachte sie den Vespucci zu wenig Gewinn. Deshalb beschloß man, die junge Frau auf den Sklavenmarkt zu bringen, solange man ihr das Leiden noch nicht auf den ersten Blick ansah.

Eine Karawane nach Wunsiel wurde zusammengestellt, und Lomani sollte mit ihr auf die Reise gehen. Darüber war sie froh, denn sie hoffte, ihre Tochter wiederzusehen. Doch wie groß war ihre Enttäuschung, als sie unterwegs erfuhr, daß es nicht nach Süden, sondern nach Norden, nach Blutschah, ging. Von einem Sklaven, der neben ihr lief, hatte sie von dem geheimnisvollen Ring in der Wüste erfahren. In ihrer Verzweiflung wollte sie sich dorthin retten. Ihr Plan war, sich nach Süden durchzuschlagen, wenn sie erst den Aufsehern der Karawane entkommen war. Eine innere Stimme sagte ihr, daß dort ihr Kind auf sie warte. Bei einer Rast kroch sie davon, doch wurde ihr Verschwinden allzu bald bemerkt. Dies war die Geschichte ihres Lebens.

Qumara nahm die Sklavin wortlos in die Arme. Die Frau weinte bitterlich. Später berieten alle gemeinsam, wie es mit Lomani weitergehen sollte. Sie wollte unbedingt zu ihrer Tochter und vermutete sie noch immer im Süden. Die Zauberin und Akandra mußten aber nach Osten. Ihre Wege würden sich deshalb bald wieder trennen. Doch erst einmal mußte sich das Schicksal von Marc klären.

»Ich fürchte, unser Freund wird nicht wiederkommen. Wir müssen ohne ihn aufbrechen«, drängte Akandra. »Wenn er auftaucht, kann er uns ja folgen.«

»Wir bleiben, bis wir die Botschaft des Rings kennen«, Qumaras Stimme duldete keinen Widerspruch.

Lomani wollte nicht mehr warten und erklärte, sie müsse nun weiter, denn sie höre ihr Kind nach ihr rufen. Es sei in Not und brauche die Hilfe seiner Mutter, deshalb dürfe sie nicht länger zögern.

Qumara riet ihr zur Vorsicht. Auf keinen Fall dürfe sie den Vespucci und ihren Schergen in die Hände fallen. Deshalb solle sie bei Nacht wandern und andere Reisende, die sie unterwegs treffe, meiden.

Die Sklavin nickte, aber es war ihr anzusehen, daß sie mit ihren Gedanken längst bei ihrem Kind war, und Akandra zweifelte, daß sie sich an den wohlgemeinten Rat halten würde. Die Zauberin gab ihr etwas von den Vorräten und füllte ihr auch einen Lederbeutel mit kostbarem Wasser. Dann umarmte Lomani ihre Retterinnen und machte sich auf den Weg in die untergehende Sonne hinein.

Akandra und Qumara aber bereiteten sich zusammen mit den zurückgekehrten Kindern auf eine weitere kalte Nacht in der Wüste vor.

Endlich am dritten Tag, es war noch früh am Morgen, öffnete sich plötzlich das glänzende Rund, und Marc trat heraus. Dies geschah völlig lautlos und die Frauen bemerkten ihn zuerst nicht, denn sie waren in ein Gespräch vertieft. Aber als sie ihren Begleiter erblickte, schrie Akandra überrascht und erschreckt auf. Marc blinzelte in die Sonne, so als habe er geschlafen, schien aber unverändert zu sein. Qumara blieb sitzen und betrachtete ihn kritisch. Die Kinder und das Mädchen hingegen liefen zu ihm und bestürmten ihn mit Fragen. Aber Marc schüttelte nur verträumt den Kopf. Er konnte sich an nichts mehr erinnern. Er wußte nur noch, daß ihn etwas ganz stark gedrängt hatte, zu dem Mal zu laufen. Eine Tür hatte sich vor ihm geöffnet, und er war eingetreten. Was danach geschah, hatte er vergessen.

Inzwischen war auch Qumara hinzugetreten und sagte: »Es wundert mich nicht, daß du dich nicht erinnern kannst. Du hast ein Geheimnis gesehen, das Sterblichen verborgen bleiben muß. Marc, obwohl du auf der anderen Seite gewesen bist, werden wir nie wissen, was sich hinter diesen glänzenden Mauern verbirgt.«

»Aber Marc, du mußt dich doch erinnern«, rief Akandra wütend. »So streng dich doch an.«

Die Kinder tanzten um den jungen Erit und sangen fröhlich: »Er ist anders, er ist anders!«

Aufmerksam verfolgte Qumara das Verhalten von Sim und Bim. Mißtrauisch untersuchte sie daraufhin Marc von Kopf bis Fuß. Doch sie fand nichts Seltsames an ihm, keine Veränderung.

Da sie schon viel Zeit verloren hatten, brachen sie alsbald auf und kehrten auf den Wüstenpfad zurück, den sie aus Furcht vor der Karawane verlassen hatten. Sie waren nun die einzigen Lebewesen weit und breit.

»Am dringendsten brauchen wir Wasser«, sagte die Zauberin. »Etwa eine Tagesreise von hier ist ein verlassenes Gebäude mit einer Quelle. Wir wollen hoffen, daß sie nicht ausgetrocknet ist.«

Der Wischu

Die Sonne brannte noch immer heiß auf sie herab. Die Kinder hatten sich Sonnenschirme gezaubert, mit denen sie viel Unsinn trieben. Akandra stöhnte unter der Hitze. Zudem war das Wasser rationiert, so daß ihnen die Zunge am Gaumen klebte.

Qumara wollte die Wanderung verkürzen und ihre Begleiter ablenken, und so begann sie mit einer Geschichte.

»Das, was Lomani berichtet hat, erinnert mich an eine Geschichte, die ich irgendwo gehört habe.«

Weiter kam sie nicht, denn Marc fragte sofort, wer denn Lomani sei. Sie mußten ihm erst einmal berichten, was sich während seiner Abwesenheit im Mal zugetragen hatte. Verwirrt schüttelte er den Kopf. Er konnte noch immer nicht begreifen, daß er so viele Tage in diesem steinernen Ring verbracht haben sollte.

Dann fuhr Qumara fort: »Wenn ihr nach Süden reist, immer weiter nach Süden, wird es zuerst warm und schließlich kälter und kälter. Schließlich kommt ihr in eine Gegend, wo es so kalt ist, daß dort im Meer große Berge schwimmen, die ganz aus Eis sind. In so einem Eisberg lebte Crix, ein Wischu. Ich glaube, es gibt heute keine Wischus mehr, und Crix war einer der letzten von ihnen. Er hatte sich den Eisberg zu einem Schloß ausgebaut. Seine Behausung war wunderschön, denn alle Räume waren lichtdurchflutet, aber auch sehr kalt. Nun muß man wissen, daß es dort im tiefen Süden ein halbes Jahr lang Nacht ist und ein halbes Jahr lang geht die Sonne nicht unter. Wenn es hell war, schlief Crix nie und in der Dunkelheit immer. Die Kälte machte ihm nichts aus, denn er war am ganzen Körper behaart.

Crix war sehr gefährlich. Er lauerte Schiffen auf, die sich in die kalten Gewässer verirrt hatten, raubte sie aus und nahm die Besatzungen gefangen. Die Leute mußten ihm in seinem Eisschloß dienen, bis sie starben, und dies ging rasch, denn die Kälte hielt niemand lange aus. Eines Tages strandeten an seinem Eisberg Schiffbrüchige. Sie hatten sich beim Untergang ihres Bootes auf ein Floß gerettet und waren damit durch die eisigen Fluten getrieben. Halb tot erreichten sie das Schloß. Der Wischu freute sich, daß die Leute direkt zu ihm kamen. So brauchte er nicht aufs Meer hinauszufahren und Schiffe kapern, um neue Diener zu bekommen. Es waren drei Männer und zwei Frauen, die das Schicksal in sein Reich geführt hatte.

Zuerst war er noch freundlich zu seinen Gästen. Er bemühte sich sogar, daß sie wieder zu Kräften kamen. Crix hatte nämlich aus seinen Fehlern in der Vergangenheit gelernt und wollte nicht, daß ihm seine Beute sogleich wieder wegstarb.«

»Bei uns waren auch einmal Schiffbrüchige«, unterbrach Bim die Zauberin. »Auch Männer und Frauen.«

»Wann war das denn?« fragte Qumara.

»Oh, das ist noch gar nicht so lange her«, mischte sich nun auch Sim ein. »Kurz bevor wir aufgebrochen sind.«

»Also, Crix pflegte die Schiffbrüchigen…«, fuhr die Zauberin fort.

»Und verliebte sich in eine der Frauen, wie es in kindischen Märchen immer der Fall ist«, warf Akandra lächelnd ein.

»Nein, der Wischu verliebte sich nicht und schon gar nicht in eine Menschenfrau. Aber, wenn du schon Liebe in der Geschichte haben willst, sollten wir lieber den Spieß umdrehen, und eine der gefangenen Frauen sich in den Herrn des Eisbergs verlieben lassen. Es kommt nämlich häufiger vor, daß sich die Wehrlosen in ihre Bezwinger verlieben als umgekehrt. Aber auch dies war in meiner Geschichte nicht der Fall.

Doch es geschah etwas Unerwartetes. Die südlichen Königreiche schlossen sich zusammen und schickten eine Flotte, um den Wischu in seinem Eispalast auszuräuchern. Sie wollten das Eismeer wieder sicher machen und die ewigen Überfälle auf ihre Fischerboote und Handelsschiffe abstellen. Die Menschen aber, die nichts von dem üblen Treiben ihres Retters wußten und nur seine Pflege erfahren hatten, stellten sich auf seine Seite, um ihm gegen die vermeintlich ungerechten Angriffe beizustehen.«

»Mit unseren Schiffbrüchigen kam es auch zum Kampf«, ließ sich Bim wieder verlauten.

»Das mußt du mir erzählen«, sagte Qumara freundlich.

»Ich will die Geschichte weiter hören«, beklagte sich Sim über die Unterbrechungen.

Deshalb fuhr die Zauberin sogleich fort: »Crix kämpfte wie ein Besessener und die Menschen halfen ihm. Außerdem war der Eisberg so kunstreich angelegt, daß die Flotte schließlich unverrichteter Dinge wieder abziehen mußte. Nach dem Sieg aber zeigte der Wischu wenig Dankbarkeit, sondern machte die Gefangenen zu seinen Sklaven, wie es eben so seine Art war.«

»Das kann ich mir nicht vorstellen, daß man so undankbar sein kann«, mischte sich nun Marc ein.

»Was kümmerten Crix irgendwelche Menschen? Er brauchte Diener, das war für ihn wichtig. Deshalb hatte er die Schiffbrüchigen gepflegt und am Leben gelassen. Nun aber sollten sie ihrer Bestimmung gemäß ihm zu Diensten sein. Das ging nicht lange gut, denn auch diese Gefangenen starben bis auf eine Frau. Sie gebar Crix zwei Kinder. Diese Kinder waren halb Mensch, halb Wischu, aber die Frau liebte sie trotzdem.«

»Hat sie Crix geliebt?« fragte Akandra.

»Das weiß ich nicht. Über die Gefühle der Frau ist nichts überliefert. Aber sie wird nicht glücklich gewesen sein, denn sonst wäre sie nicht geflohen, als die Flotte nach Jahren wiederkehrte, um erneut zu versuchen, dem Wischu das Handwerk zu legen. Auch dieser Angriff mißlang, aber die Frau wurde gerettet. Ihre Kinder mußte sie allerdings zurücklassen. Was glaubt ihr nun, wie die Geschichte ausgeht?«

Sofort antwortete Akandra: »Sie ist wegen der Kinder zu diesem Crix zurückgekehrt und hat sich ihm erneut unterworfen. Ihr Mutterherz hat sie dazu gezwungen. Im Märchen spielen wir Frauen stets eine dämliche Rolle.«

»Was meint ihr?« fragte Qumara die anderen.

»Sie wird ihre Kinder nicht im Stich lassen«, erwiderte Marc bestimmt. »Das weiß ich von meiner Mutter.«

Sim und Bim aber lachten nur.

»Ich will euch nun nicht länger auf die Folter spannen. Die Frau ist tatsächlich zum Palast im Eisberg zurückgefahren. Aber sie kam nicht allein. Zuvor hatte sie viele Städte und Schlösser besucht und die Verantwortlichen überredet, noch einmal den Versuch zu wagen, den Wischu zu vernichten. Sie hatte auch Erfolg. Eine neue Flotte wurde zusammengestellt, und unter ihrer Führung, sie kannte schließlich den Palast in- und auswendig, gelang es, Crix zu töten. Nun konnte die Mutter endlich wieder ihre Kinder in die Arme schließen. Gemeinsam bestiegen sie ein Schiff, das sie zurück zu den Menschen brachte.

Das wäre ein guter Schluß für eine Geschichte. Aber das Leben ist nicht so freundlich, wie es die Märchenerzähler darstellen. Die Überlieferung berichtet nämlich, daß die beiden Kinder krank wurden. Sie waren eben halbe Wischus und konnten deshalb nur in der Kälte leben. Sosehr die Mutter sie auch pflegte, sie starben. Die Frau war verzweifelt und machte sich große Vorwürfe. Sie war wie von Sinnen, und niemand konnte sie trösten. Irgendwann ließ sie sich von einem Fischerboot zum Eispalast bringen, und dort soll sie noch heute ganz allein leben.«

Der Verlorene Hof

Bei dieser und ähnlichen Geschichten verging die Zeit rasch trotz der Schwierigkeiten des Weges. Einen Tag später sahen sie schon von weitem die Ruinen des Verlorenen Hofes. Am Vorabend hatten sie den letzten Tropfen Wasser getrunken und waren sehr durstig. Die grauen Schatten des Gemäuers kamen jedoch nur langsam näher. Doch trotz ihres Durstes ließ sie Qumara in einigem Abstand von dem Gehöft warten und ging voraus, um die Lage zu erkunden. Selbst hier in der Einöde legte sie ihre Vorsicht nicht ab. Nach zwei Stunden kam sie zurück und erklärte, es sei alles friedlich und menschenleer. Auch führe der Brunnen noch Wasser. Nun gab es kein Halten mehr. Sie rannten, so schnell sie noch konnten, zu dieser Oase in der Wüste. Selbst die Kinder, die sich unterwegs die köstlichsten Getränke herbeigezaubert hatten, und von Marc und Akandra sehr beneidet worden waren, stürmten zum Verlorenen Hof, als koste es ihr Leben.

Die beiden Erits tranken sich satt, bevor sie sich umsahen. Der Brunnen auf dem Hof war tief und überdacht und hatte eine lange Kette, an der ein Holzeimer hing. Sein Wasser war trüb, schmeckte aber köstlich. Der Hof selbst war von eingefallenen Mauern umgeben, die den Wüstenwind abhielten.

»War dies einmal ein Bauernhof?« wollte Marc von ihrer Führerin wissen.

»Nein, der Name Verlorener Hof ist falsch. Hier war früher die Grenze Centraturs und dies ist die Grenzstation. Sie hieß Warcust. Alle, die aus dem Osten kamen, wurden hier kontrolliert und mußten für ihre Waren Wegezoll bezahlen.«

»Wer unterhielt diese Grenzstation? Man hat uns gesagt, daß nur wenige Leute bisher in den Osten gezogen sind und so gut wie niemand zurückkam.«

»Für den größten Teil Centraturs mag das zutreffen. Aber hier in den Grenzlanden hatte man schon Verbindungen mit dem Osten. Man wußte von den machtgierigen Vespucci, und daß sie sich den Soltaisee einverleibt hatten. Dennoch trieb man Handel mit ihnen. Hier herrschte zeitweise ein reges Kommen und Gehen.

Auch dem Weißen Rat blieben die Vorgänge im Osten nicht verborgen. Er sah die Gefahr, die von hier ausging, und gründete eine eigene Truppe zum Bewachen der Grenzen. Sie sollte das Eindringen der Agenten aus Vespucci nach Centratur verhindern. Die meisten waren junge Burschen, für die die Ausbildung zum Kampf gleichzeitig eine geistige Übung bedeutete. Doch die Zeiten änderten sich, und der Einfluß des Weißen Rates nahm ab. Niemand wollte später hier mehr Dienst in der Einöde tun. Schließlich war die Grenzstation nur noch spärlich besetzt, und eines Tages ließen die Vespucci Warcust überfallen. Alle Wächter wurden getötet und die Gebäude zerstört. Nur der Brunnen blieb heil, denn auch die Vespucci benötigen Wasser, wenn sie die Wüste durchqueren.«

Plötzlich schrie Akandra auf. Sie war inzwischen durch das Gemäuer gestreift. Marc rannte so schnell er konnte, um ihr zu helfen, und Qumara folgte ihm. Das Mädchen hatte vor Entsetzen die Hände vor die Augen geschlagen und lief in panischem Entsetzen blindlings über den Hof. Als er seine verstörte Freundin sah, achtete der junge Erit nicht mehr auf seinen Weg. Er stolperte und war plötzlich verschwunden. Akandra fand ihre Fassung wieder und eilte zusammen mit der Zauberin zu der Stelle, die Marc verschluckt hatte. Es war ein Loch im Boden, durch das man in einen alten Keller blicken konnte. Das, was sie sahen, verschlug ihnen den Atem.

Da unten im Halbdunkel wimmelte es von Schlangen, Skorpionen und anderem Getier. Mitten hinein war Marc gefallen und hatte damit sein Schicksal besiegelt.

Qumara rief: »Beweg dich nicht! Ich komme und hole dich heraus.«

Marc schien sie nicht zu hören, denn er lag ganz ruhig und starrte wie im Traum durch das Loch in den Himmel. Dann sahen die vier Beobachter in der Düsternis des Kellers etwas Seltsames. Die Tiere wichen vor dem Körper des Erits zurück; Insekten wie auch Schlangen mieden ihn scheu. Um Marc herum bildete sich ein freier Raum.

»Ein Wunder!« rief Akandra.

»Nein«, antwortete die Zauberin, »es ist der Schutz des Ringes! Marcs Aufenthalt im Mal ist doch nicht spurlos geblieben.«

Akandra hielt die Kinder zurück, die vorwitzig in das Loch sahen, während Qumara aus ihrem Gepäck ein Seil holte. Das befestigte sie an einem großen Stein, der in der Nähe des Loches lag, und kletterte hinunter. Auf halber Höhe begann sie zu singen. Dabei wurde das Gewimmel in der Tiefe ruhiger. Die Knäuel aus kleinen Tieren entwirrten sich, und Schlangen und Skorpione zogen sich noch weiter zurück. Als die Zauberin den Boden betrat, war da nur noch Staub. Ohne Furcht kniete sie bei Marc nieder und untersuchte ihn. Er war völlig unversehrt. Kein Tier hatte ihn gebissen oder gestochen. Sie hob ihn auf und schlang den Strick um seine Brust. Dann kletterte sie wieder hinauf, und gemeinsam zogen sie den Freund ans Licht. Dort öffnete Marc die Augen und erinnerte sich an nichts.

Die Hanoliks

Bald dämmerte es, und sie erlaubten sich ein kleines Feuer, denn die Mauern verhinderten, daß das Licht meilenweit gesehen wurde. Über ihnen erschienen die ersten Sterne am wolkenlosen Himmel. Sie kochten und genossen die Windstille und die Ruhe. Als sie sich satt und zufrieden zurücklehnten, zischte Qumara plötzlich: »Seid still!«

Sie sprang auf und lief vor die eingebrochenen Tore des Verlorenen Hofs und hielt Ausschau.

Als sie zurückkehrte, schimpfte sie: »Ich bin eine Eselin! Ich gehöre geprügelt. Ich habe uns in eine Falle geführt. Wir sind in Vespucciland, da hätte ich mit allem rechnen müssen.«

»Was ist los?« fragte Marc.

»Hört ihr es denn nicht? Spürt ihr nicht, wie der Boden vibriert? Sie kommen. Sie haben hier sicher irgendeine Alarmvorrichtung. Schließlich wollen sie kontrollieren, wer ihr Land betritt. Wer zu ihnen will, muß hier vorbei. Warum habe ich nicht darauf geachtet?«

»Mach dir keine Vorwürfe. Was sollen wir jetzt tun?«

»Wir müssen um unser Leben laufen, wenngleich ich uns wenig Chancen gebe.«

Sie rafften ihre Habseligkeiten zusammen.

»Wo sind die Kinder?« rief Marc. »Wir müssen uns um die Kinder kümmern.«

»Sie haben uns verlassen, weil es bei uns jetzt zu gefährlich wird. Ihnen geschieht nichts. Um uns mache ich mir Sorgen.«

»Was fürchtest du?«

»Kommt mit.«

Sie traten auf den Wüstenweg und sahen weit im Nordosten zwei dunkle Schatten, die rasch näher kamen.

»Das sind Hanoliks; riesige Wagen, so groß wie ein Haus und rasend schnell. Sie können überall fahren. Das Seltsame an ihnen aber ist, daß sie weder geschoben noch gezogen werden. Kein Pferd und nicht einmal ein Elefant ist ihnen vorgespannt. Sie fahren ganz aus eigener Kraft. Sie fahren über Stock und Stein und fangen jedes Opfer.«

Ungläubig sahen Marc und Akandra ihre Führerin an.

Diese rief ungehalten: »So zaudert nicht länger. Lauft! Lauft um euer Leben! Laßt alles hier außer den Wassersäcken und euren Waffen!«

Sie rannten los und keuchten bald vor Anstrengung. Beim Laufen schlugen die prall gefüllten Wassersäcke an ihre Brust und ließen sie taumeln.

Irgendwann stöhnte Akandra: »Ich kann nicht mehr.«

»Dann befreit euch von den Wassersäcken«, schrie Qumara. »Aber lauft weiter. Es geht um unser aller Leben.«

Die beiden Erits nahmen die schwere Last von ihren Hälsen und warfen sie auf den harten Boden. Nun fiel ihnen das Rennen leichter, und sie kamen rascher voran. Doch alle Mühe war vergeblich.

Zuerst spürten sie die Hanoliks am Beben des Bodens, und dann hörten sie das tiefe Brummen. Die Ungetüme waren inzwischen ganz nahe hinter ihnen. Sie rumpelten über die ausgetrocknete Erde und holten sie mehr und mehr ein. Akandra blickte über die Schulter zurück und sah im Dämmerlicht des Mondes zwei riesige, kreisrunde Gefährte. Oben war eine Art Plattform, auf der sie schemenhaft Gestalten ausmachte. Das Getöse, das die Hanoliks machten, war nun ohrenbetäubend.

Qumara rief: »Wir müssen uns trennen!« und bog nach rechts ab.

Auch die beiden Erits liefen in verschiedene Richtungen. Aber als sich Akandra nach Marc umsah, blieb ihr der Mund offen, und sie wäre vor Schreck beinahe stehengeblieben. Das was sie sah, war noch wunderbarer als die Hanoliks. Der Junge bewegte zwar rasch die Beine, aber er berührte den Boden nicht mehr, er schwebte. Um seinen Kopf leuchtete ein helles Licht, das aus ihm heraus zu strahlen schien.

Auch die Zauberin sah die Verwandlung und dachte sich abermals: »Ich ahnte es doch, daß der Besuch im Ring nicht spurlos an ihm vorübergeht.«

Die Vespucci in den Hanoliks bemerkten das seltsame Geschehen natürlich auch. Sie schwenkten ab und hielten auf den jungen Erit zu, der in der Nacht leuchtete. Qumara rannte zu Akandra und zog sie rasch in die Dunkelheit, weg aus dem Beobachtungsfeld der Hanoliks. Als sie etwas Abstand gewonnen hatten, warfen sich beide Frauen auf den Boden. Von dort beobachteten sie, was mit Marc weiter geschah.

Dieser schwebte nun nicht mehr über der Erde, sondern er schwang sich höher in die Lüfte und trieb dahin wie eine Feder im Wind. Die Vespucci verfolgten ihn, konnten ihn aber nicht fangen. Endlich drehten sie ab. So schnell wie sie gekommen waren, rumpelten die Hanoliks zurück zum Verlorenen Hof. Schließlich erstarb der Lärm in der Ferne.

Als alles wieder still und dunkel war, suchten die beiden Frauen ihren Gefährten und fanden ihn schlafend im Staub der Wüste liegen. Sie rüttelten ihn wach und überfielen ihn mit Fragen, aber wieder konnte er sich an nichts erinnern. Erschöpft ließen sie sich auf dem staubigen Boden nieder und berieten, wie es weitergehen solle.

»Das war diesmal wirklich sehr knapp«, stellte Qumara fest. »Beinahe hätten sie uns gefangen. Nun sind die Vespucci gewarnt und auf der Hut. Wir können nicht mehr direkt zu unserem Ziel vorstoßen, sondern werden einen großen Umweg machen müssen. Das bedeutet zwar einen schmerzlichen Zeitverlust, doch am schlimmsten ist, daß unsere Ausrüstung verloren ist. Zum Glück habe ich noch meinen Wassersack. Was tragt ihr noch bei euch?«

Die Bestandsaufnahme war trostlos. Sie hatten alles zurückgelassen, was nicht an ihren Leib gebunden war. Sie besaßen nur noch ihr Gold und die Waffen der Älteren. Ohne Wasser und Nahrung würde die Wüste für sie zur tödlichen Falle werden. Auf keinen Fall durften sie aber noch einmal den Vespucci oder ihren Wachen begegnen. Deshalb entschied Qumara, sich nach Süden zu halten. Es war ein weiter Weg vom Verlorenen Hof bis zu den Südhügeln, dem südlichen Rand der unwirtlichen Wüste, und sehr zweifelhaft, ob sie ihn erreichen würden. Ihr schlimmster Feind war die Sonne, deshalb drängte die Zauberin zum Aufbruch, solange es noch dunkel war. Mit weit ausgreifenden Schritten zogen sie los.

Sie waren erst eine kurze Strecke gelaufen, da hörten sie Stimmen hinter sich: »So wartet doch. Warum wollt ihr uns denn nicht mitnehmen?«

Lachend und hüpfend erschienen Sim und Bim und schlossen sich den großen Leuten an, als wäre nichts geschehen.

Akandra fragte erstaunt: »Wo seid ihr gewesen? Woher wußtet ihr, daß Gefahr droht?«

»Wir wissen alles«, antwortete Sim. »Unser Vater sagt uns, was wir tun sollen.«

»Aber euer Vater ist doch weit weg. Wie kann er euch da einen Ratschlag geben?«

»Vater ist immer da. Er läßt zwei kleine Kinder nicht allein durch die Welt ziehen.«

»Sie haben recht«, mischte sich nun auch Qumara ein. »Spürst du denn nicht die Kraft in der Nähe der beiden? Um sie ist stets etwas Geheimnisvolles und sehr Mächtiges. Ich möchte nicht gegen diese Kraft kämpfen müssen.«

Als der Morgen dämmerte, blickten sie sich um und sahen nur Wüste, so weit ihre Augen reichten. Es war trostlos. Selbst nach stundenlangem Marsch hatten sie das Gefühl, keinen Fuß vorwärtsgekommen zu sein. Enttäuscht und entmutigt blieb das Mädchen stehen: »Werden wir jemals lebend diese Wüste verlassen, ohne Wasser und Ausrüstung?«

»Wenn wir nicht verzweifeln und alle unsere Kräfte zusammennehmen, so kann es gelingen«, beruhigte sie Qumara.

Durst

Sie schliefen am Tag und wanderten bei Nacht. Vor jeder Rast suchte Qumara sorgfältig den Platz ab, bevor sie sich niederließen. Die Wüste war nämlich nicht tot, sondern voller Leben. Überall kreuchten und fleuchten Schlangen und kleine Insekten. Einmal, als sich Akandra erschöpft zurücklehnte und dabei ihre Arme ausbreitete, hätte sie beinahe in den abwehrend emporgerichteten Stachel eines Skorpions gegriffen. Entsetzt sprang sie auf die Beine, und Marc brauchte lange, um sie wieder zu beruhigen.

Obwohl die Zauberin nichts trank und die Kinder sich selbst versorgten, war das Wasser, das Qumara gerettet hatte, nach ein paar Tagen verbraucht. Ihre Zungen schwollen zu riesigen Klumpen im Mund an. Alle Schleimhäute trockneten aus, selbst die Nase schmerzte und die Nieren taten weh. Ihre Kraft schwand zunehmend, jeder Schritt wurde zur Qual. Aber die Zauberin trieb sie nun auch am Tag unerbittlich vorwärts. Dabei brannte die Sonne sengend auf ihre Köpfe. Ihre Gesichter waren rot und verbrannt, die Augen verquollen. Es wurde ein Marsch gegen den Tod.

Die beiden Erits taumelten nur noch, und Marc stöhnte: »Qumara, es heißt doch, daß man in Kakteen oder wenn man an der richtigen Stelle gräbt, auch in der Wüste Wasser finden kann. Eine Frau aus Rutan müßte uns doch helfen können?«

Die Antwort war entmutigend: »Der Boden ist steinhart, und Wasser sicher erst in großer Tiefe vorhanden. Im übrigen sehe ich weit und breit keine Kakteen. Aber wenn du welche siehst, laß es mich wissen.«

In ihrer Verzweiflung ließen sie sich gegen den Rat von Qumara sogar von den Kindern etwas von dem Trank geben, den die sich herbeizauberten. Aber das, was Sim und Bim erfrischte und was sie schmatzend zu sich nahmen, war für die Erits nur heiße Luft.

Eines Tages sahen sie ganz fern am flimmernden Horizont schemenhaft Hügel auftauchen. Sie hatten die Grenze der Wüste vor Augen. Marc fiel der Zauberin vor Freude um den Hals, aber Akandra sank entkräftet und ohnmächtig zu Boden. Sofort schufen Marc und Qumara Schatten für ihren Kopf und massierten ihre Oberlippe. Zwar schlug das Mädchen die Augen bald wieder auf, aber die Zauberin erkannte mit besorgtem Gesicht den Zustand der

Eritfrau. Sie würde diese Wüste nicht lebend verlassen. Auch Marc war am Ende und würde bald zusammenbrechen.

Qumara überlegte kurz und faßte dann einen Entschluß. Außer dem leeren Wasserschlauch legte sie alles ab, was sie bei sich trug. Beinahe ihre gesamte Kleidung und auch das Messer ließ sie zurück. Nur ihren Lederumhang warf sie sich über die Schultern. Dann befahl sie: »Bleibt hier! Ich werde Wasser holen.«

Weiter sagte sie nichts, sondern lief los, gleichmäßig und schnell. Es war, als habe sie keinerlei Anstrengungen und Entbehrungen hinter sich. Bald war sie nur noch ein Punkt in der entsetzlichen Weite und dann ganz verschwunden.

Marc setzte sich zu Akandra und auch die Kinder ließen sich nieder. Die Stunden vergingen und die Sonne ging hinter dem Horizont unter. In dieser Nacht schliefen sie nicht, sondern warteten. Sie sahen hinauf zum abnehmenden Mond. Die Erits fühlten sich einsam in dieser Wüste und sehnten sich nach der Zauberin. Immer wieder stellten sie sich die nagenden Fragen: Würde sie wiederkommen? Was wäre, wenn ihr etwas zustieße? Hatte sie vielleicht nur einen Vorwand gesucht, um sie zu verlassen?

Die Kinder kannten diese Probleme nicht. Sie hatten sich zur Ruhe gelegt, und Bim schnarchte sogar ein wenig.

Auch am nächsten Tag blieb die Führerin verschwunden. Doch dies nahmen die Erits schon nicht mehr wahr. In der Glut der Sonne begannen sie vor sich hinzudämmern. Langsam kroch das Leben aus ihnen heraus, versickerte gleichsam in dem ausgedörrten Boden. Als die Nacht anbrach, waren sie schon nicht mehr bei Bewußtsein. Aber die Kinder sorgten für sie, so gut sie es eben konnten. Und wieder verging ein Tag, und der Lebensfaden der Erits wurde immer dünner.

Endlich gegen Mitternacht tauchte Qumara wieder auf. Sie hatte den Wassersack gefüllt und aus ihrem Lederumhang einen großen Sack gebunden, in dem sie zusätzliches Wasser transportierte. Vorsichtig flößte sie zuerst Akandra von dem kostbaren Naß ein. Deren Lippen waren aufgesprungen, der Kopf glühte, und als sie ihre Augen aufschlug, glänzten sie fiebrig im Mondlicht. Das Mädchen merkte kaum noch etwas von dem erfrischenden Trunk. Erst ganz langsam kehrten seine Lebensgeister zurück. Marc kam rascher zu sich, und es schien ihm, als habe er nie etwas Besseres zu sich genommen. Nur die Kinder, die auf dem langen Weg nie

Durst gelitten hatten, tanzten und freuten sich, daß die anderen sich freuten.

Noch im Schutz der Dunkelheit machten sie sich alle wieder auf den Weg. Langsam zwar, denn sie waren seit langem ohne Nahrung und deshalb völlig entkräftet. Qumara lief wieder voran, so als würde sie nie müde. Aus den kleinen Erhebungen in der Ferne wurden in den nächsten Tagen Hügel und Berge. Aber zu ihrer Verzweiflung kamen sie dieser Wüstengrenze nicht näher. Nur unmerklich wurden die Berge größer. Wenn sie nicht bald diese Wüste verließen, war die Rettungsaktion der Zauberin vergeblich gewesen.

Als sie wieder einmal erwachten, kreisten Vögel über ihren Köpfen, und dann erreichten sie die Berge. Sie schleppten sich noch in ein Tal hinein. Dort floß ein kleines Rinnsal, das ein paar Büsche und etwas Gras versorgte. Hier brachen sie mehr zusammen, als daß sie sich niederließen. Ihr Wille, der sie so weit getrieben hatte, war nun ohne Kraft. Marc und Akandra sahen nicht, wie Qumara ein kleines, pelziges Etwas, das vorüberhuschte, fing und tötete. Sie briet es über einem winzigen Feuer und steckte ihnen kleingeschnittene Brocken Fleisch in den Mund. Gedankenlos kauten sie und fielen dann in einen tiefen Schlaf. Als sie erwachten, waren sie gerettet, das Leben hatte sie wieder.

Die Insel der Kinder

Als die Erits wieder laufen konnten, führte sie die Zauberin tiefer in die Berge hinein. Dort gab es breite Bäche, Bäume und saftige Wiesen. Sie beschlossen, sich hier von den Strapazen der Wüste zu erholen. Es wurde eine herrliche Zeit. Qumara verschwand oft und kehrte mit Wurzeln, Früchten und kleinen Tieren zurück, deren Fleisch sie selbst zwar niemals anrührte, für ihre Schützlinge jedoch briet. Am Abend sangen sie oder erzählten Geschichten.

Einmal wandte sich Qumara an Bim.

»Du wolltest mir noch von den Schiffbrüchigen berichten, die du auf dem Weg zum Verlorenen Hof erwähnt hast.«

Bim, stolz, daß man ihn nach etwas fragte, was die anderen noch nicht wußten, begann eifrig zu erzählen: »Die Schiffbrüchigen waren ganz naß und hatten wenig Kleider an. Man hatte sie unten am Strand aus dem Meer gefischt, wo sie mit einem Floß gestrandet waren.

Der eine Mann versicherte uns, wie dankbar sie alle für ihre Rettung seien, und eine der Frauen küßte unserem Vater sogar die Hand. Das war ihm unangenehm, und er verbarg sie rasch hinter seinem Rücken. Die Frau wollte auch die Hand von Mutter küssen, aber die war gewarnt und steckte sie in eine Falte ihres Kleides.

Dann wurden die Schiffbrüchigen in ihre Zimmer gebracht und kamen erst am nächsten Nachmittag wieder. Vater war über ihre lange Abwesenheit verwundert und bemerkte, daß sie extrem lange schliefen.

Als wir sie wiedersahen, trugen die Schiffbrüchigen schöne Kleider, die ihnen Mutter gegeben hatte. Die Frauen waren noch jung, aber die drei Männer hatten schon graue Haare.

Die Männer sagten, nun hätten sie zwar wieder Kleider und sie dankten auch dafür, aber sie brauchten noch Waffen, denn sie seien freie Männer. Für einen freien Mann sei es beleidigend, wenn er keine Waffen trüge.

Vater erklärte, daß sie bei uns völlig sicher seien, und niemand hier auf der Insel Waffen trage.

Damit waren die Schiffbrüchigen aber nicht zufrieden. Sie sprachen von fehlender Gastfreundschaft und die Frauen meinten, daß sie sich ohne Waffen bedroht und den Männern der Insel ausgeliefert fühlten.

Vater und Mutter versuchten, die Fremden zu beruhigen. Aber die regten sich mehr und mehr auf. Endlich gaben die Eltern nach, und Vater ließ für alle Dolche bringen. Sie hatten goldene Hefte und waren mit grünen, blauen und roten Steinen verziert. Die Schiffbrüchigen nahmen die Waffen und zogen befriedigt ab. Vater und Mutter sahen ihnen erstaunt und betroffen nach.

Sim und ich sahen die Fremden dann ein paar Tage nicht mehr, bis wir im Rosengarten spielten. Da tauchten plötzlich alle fünf auf, ergriffen uns und setzten uns die Dolche, die ihnen Vater gegeben hatte, an die Kehle. Dann riefen sie nach unseren Eltern und erklärten, sie wollten die Herrschaft auf der Insel übernehmen.

Vater sah sie lange an, und seine Augen waren groß und traurig. Kein Muskel regte sich in seinem schönen Gesicht. Auch Mutter verzog keine Miene. Ich spürte die Spitze des Messers an meinem Hals. Die Hand des Mannes zitterte, und es tat weh. Endlich reagierte Vater. Er riß die Arme empor, schlug die Hände zusammen und lachte. Mutter sah erst ihn an und dann uns, und dann lachte sie auch. Beide lachten aus vollem Halse. Ich hätte gerne mitgelacht, aber das Messer an meinem Halse schmerzte.

Völlig verdutzt blickten die Fremden erst uns an und dann unsere lachenden Eltern. Ihr Anführer schrie: ›Sie werden sterben, glaubt uns! Wir sind unbarmherzig und kennen kein Mitleid! Wir werden diese Kinder nicht schonen. Gebt nach und unterwerft Euch, wenn Euch das Leben Eurer Kinder lieb ist!‹

Vater und Mutter achteten nicht länger auf sie. So, als hätten sie schon zu viel Zeit verloren, drehten sie sich um und gingen den Weg durch die Rosenbüsche zurück. Keiner von beiden blickte zurück. Wir blieben in den Händen der Fremden. Noch immer spürte ich den Dolch an meinem Hals. Als mir die Spitze des Messers durch die Haut drang, wurde ich wütend. Ich glaube, Sim wurde auch wütend. Deshalb gab ich dem Mann einen Stoß. Er flog quer durch den Garten und landete in einem Rosenstrauch. Auch Sim hatte sich befreit, und bald lagen die Fremden, Männer wie Frauen, leblos auf der Erde.

Nun kamen auch die Eltern zurück und Mutter küßte uns. Vater sammelte die Dolche ein und ließ die leblosen Körper von Dienern wegtragen. Mutter lobte uns.«

»Was wollten die Angreifer?« fragte Akandra gespannt.

»Unsere Insel«, bekräftigte Sim.

»Waren es wirklich Schiffbrüchige oder Räuber, die sich mit einem Trick eingeschlichen hatten?«

»Ihr Schiff war wirklich untergegangen«, sagte Bim. »Aber ich glaube, als sie unsere Insel in all ihrer Schönheit sahen, gefiel sie ihnen, und sie wollten sie haben und behalten.«

»Wie seid ihr Kinder mit den Angreifern fertig geworden?« Akandras Neugierde war noch immer nicht gestillt.

»Was meinst du mit ›fertig werden‹?«

»Wie habt ihr euch befreit?«

»Wir waren nie gefangen. Warum sollten wir uns befreien?«

»Aber ihr wart doch in den Händen der Fremden und hattet Dolche an der Kehle.«

Da lachte Qumara und sagte: »Du verstehst diese Kinder nicht.

Sie sind mächtig, mächtiger als du es dir vorstellen kannst. Das mußten auch die Angreifer erfahren.«

»Aber es sind doch Kinder«, rief Akandra.

»Kinder ja, aber ganz besondere. Ich sagte schon einmal, nur Ormor selbst könnte ihnen gefährlich werden.«

Von nun an war Akandra vorsichtig im Umgang mit Sim und Bim. Man könnte beinahe sagen, sie ging ihnen aus dem Weg.

Brokqua

Nachdem die Erits wieder zu Kräften gekommen waren und auch die Müdigkeit aus Qumaras Gesicht gewichen war, brachen sie auf. Sie folgten einem der Täler in südöstlicher Richtung, mußten noch zwei Pässe überqueren und verließen dann die Berge. Sie betraten hügeliges Land, und endlich breitete sich vor ihnen eine weite Ebene aus. In der Ferne blitzte ein Fluß. Soweit das Auge reichte, sahen sie Felder. Am Horizont erblickten sie eine Stadt. Qumara gab zu, daß auch sie hier noch nicht gewesen war, daß aber dies die Stadt Mid im Land Brokqua sein müsse.

Bald erreichten sie eine gut ausgebaute Straße, die zu der Stadt führte. Sie schlängelte sich zwischen Feldern hindurch, auf denen Leute arbeiteten, die aber keine Notiz von ihnen nahmen. Sie trugen weiße Überhänge, die sie bis zur Hüfte gerafft und mit einem Strick um ihren Bauch befestigt hatten. Sie standen bis zu den Knöcheln im Wasser. Eine sinnreiche Anordnung von Gräben und Kanälen bewässerte das Land. Die Leute setzten kleine grüne Pflanzen in den feuchten Boden.

»Sie pflanzen Reis an«, erklärte die Zauberin.

Von nun an war die Straße sogar gepflastert. Bäume an ihrem Rand spendeten Schatten. Ab und zu sahen sie eine Ansammlung von Hütten, in denen die Feldarbeiter wohnten. Kinder spielten auf der Straße, rannten aber sofort weg, als sie die Fremden bemerkten. Sonst beachtete die Wanderer niemand.

Diese hatten Hunger und sehnten sich nach einem gebackenen Brotfladen. Qumara bat die Einheimischen um Nahrung und ging, als sie keine Antwort bekam, sogar zu ihnen auf das Feld. Doch man beachtete sie nicht und tat so, als sei sie Luft. Nicht einmal ein blinkendes Geldstück vermochte eine Reaktion hervorzurufen.

Am Abend mußten sie wieder hungrig unter freiem Himmel campieren, obgleich sie in einer bewohnten Gegend waren. Daran änderte sich auch die nächsten Tage nichts. Für die Bewohner des Landes schienen sie unsichtbar zu sein. Niemand nahm Notiz von ihnen. Das Laufen auf der gepflasterten Straße war bequem und angenehm, und bald war die Stadt so nahe, daß sie Einzelheiten unterscheiden konnten. Sie sahen hohe Mauern und hinter den Mauern seltsame Türme. Um die Stadt herum waren niedere Hütten gebaut.

In einem kleinen Hain zu ihrer Rechten ruhten sie sich aus. Er bestand aus einem Dutzend seltsamer Bäume, wie sie die beiden Erits noch nie gesehen hatten. In ihrem Schatten lag Marc auf dem Rücken und hatte die Augen geschlossen, die Kinder kletterten die gekerbten Stämme empor, und Sim summte vor sich hin. Plötzlich zischte Qumara: »Da kommen Leute. Wir sind umzingelt. Verhaltet euch ruhig.«

Mit angespannten Nerven und Muskeln blieben sie liegen und taten so, als bemerkten sie nichts. Plötzlich stürmten von allen Seiten unter lautem Geschrei seltsame Gestalten auf sie zu. Sie trugen gefiederte Rüstungen und Spieße und hatten Vogelköpfe.

Zuerst erschraken die Wanderer vor diesen Ungeheuern, doch dann merkten sie, daß die Vogelköpfe geschnitzt und die Federn auf Lederpanzer geklebt waren. Aber auch wenn es keine monströsen Ungeheuer waren, so schienen sie dennoch Krieger zu sein. Sie stürzten sich auf die Gefährten und fesselten ihre Hände mit rauhen Stricken. Auch die Kinder wurden von den Bäumen geholt und gebunden. Sie ließen es sich sogar gefallen.

Erst nachdem sie die Wanderer in ihrem sicheren Gewahrsam wußten, sprach sie der Anführer an. Er unterschied sich von den anderen durch einen leuchtend roten Federbusch auf dem geschnitzten Vogelkopf. Seine Stimme klang dumpf unter der Maske, und die Erits verstanden kein Wort. Es war das erste Mal in ihrem Leben, daß sie auf jemanden trafen, der nicht die gemeinsame Sprache von Centratur sprach. Auch Qumara konnte mit den Worten des Kriegers nichts anfangen. Sie antwortete in verschiedenen Sprachen, aber eine Verständigung kam nicht zustande.

Nun wurden die Wanderer von derben Händen hochgerissen und auf die Straße gestoßen. Dort stolperten sie in Richtung der

Stadt. Ein mühsamer und langer Weg begann. Sie keuchten in der Sonne und machten sich Sorgen, was sie wohl am Ziel erwarten würde. Die Krieger nahmen trotz der Hitze die Vogelmasken nicht ab, und Marc dachte bei sich, daß sie wohl kräftig schwitzen mußten und deshalb so unfreundlich waren.

Mit den Feldarbeitern ging eine Wandlung vor sich. Sie ignorierten die Fremden nicht mehr, sondern unterbrachen ihre Arbeit und grüßten ehrfürchtig. Doch ihre Ehrerbietung galt den Gefiederten.

Die Stadt war nun zum Greifen nahe. Marc sah, daß das, was sie für Türme gehalten hatten, Pyramiden waren. Wie die Mauern leuchteten sie strahlend gelb in der Sonne. Die Anlage war vieleckig, und auf jeder Ecke der Stadtmauer saß ein riesiges Vogelstandbild.

Endlich, der Tag ging schon zur Neige, hatten sie das Stadttor erreicht. Genauer gesagt waren es zwei Tore hintereinander, vorne ein niederes, kaum höher als die Stadtmauer, und dahinter ein hohes, das weit in den Himmel ragte. Die Tore waren mächtig, und auf ihren Zinnen standen kleine Gestalten, die ebenso wie ihre Bezwinger Vogelmasken trugen. Nun sahen sie auch, weshalb Mauern und Pyramiden am Tag so gelb geleuchtet hatten. Sie waren ganz und gar mit gelben Kacheln verkleidet, und die Erits fragten sich, wie man sie wohl hergestellt hatte.

Vor den Toren verband man den Gefangenen die Augen. Nur die Kinder nahmen alles als ein Spiel und kicherten. Dann wurden sie in die Stadt geführt. Von nun an sahen sie nichts mehr und versuchten sich den weiteren Weg nach dem Eindruck ihrer Ohren und dem Gefühl ihrer Füße vorzustellen.

Zuerst, so rieten sie, führte man sie über einen großen Platz. Dann kam eine steile Treppe. Hier wurden sie von den Wärtern fester gepackt, damit sie nicht fielen. Stufe für Stufe kletterten sie empor, und die Treppe schien kein Ende zu nehmen. Akandra und Marc erinnerten sich an die Treppe zu den Älteren. Aber die hatte hinuntergeführt, und war deshalb leichter zu begehen gewesen. Die Stufen wollten nicht aufhören, und die Beine taten ihnen bereits weh. Als ihre Waden von der Anstrengung zitterten, hatten sie endlich das Ende erreicht. Ihre Füße traten ins Leere, und sie schritten wieder über eine gepflasterte Fläche. Dann hörten sie am Klang ihrer Schritte, daß sie sich in einem geschlossenen Raum befanden. Dort nahm man ihnen die Fesseln und Augenbinden ab, verließ sie und schloß eine schwere steinerne Tür. Sie waren endlich allein, aber gefangen.

Das Gefängnis war rasch erkundet. Es war eine Kammer ganz aus Stein. Boden, Decke und Wände bestanden aus großen Quadern, die ohne Mörtel zusammengefügt waren. Die Steinmetzen hatten so genau gearbeitet, daß in die Fugen auch kein Haar mehr gepaßt hätte. Einzig durch einen Ritz unter der Tür fiel ein wenig Licht in den Raum.

Alle bestürmten die Zauberin mit Fragen. Doch die wehrte mit erhobenen Händen ab.

»Viel weiß ich auch nicht«, sagte sie. »Wie ich gehört habe, leben in Brokqua zwei verschiedene Völker: die Brokquaner und die Vogelmenschen, die sich selbst Kuririri nennen. Die Kuririri sind später eingewandert und haben die Brokquaner unterworfen, so sagt man wenigstens. Nach dem, was ich gesehen habe, scheint dies auch der Wahrheit zu entsprechen, denn die einen müssen auf den Feldern arbeiten, während die anderen mit Waffen durch die Gegend stolzieren. Die Kuririri leben offenbar in dieser Stadt und die Brokquaner außerhalb in Lehmhütten. Ich glaube übrigens, daß man uns auf die Spitze einer der Pyramiden gebracht hat. Mehr kann ich euch nicht sagen. Nun rate ich, daß wir uns alle zum Schlafen hinlegen. Morgen haben wir, da bin ich sicher, einen schweren Tag vor uns.«

Sprach's, legte sich hin und war sofort eingeschlafen. Die Kinder taten es ihr nach. Nur Marc und Akandra lagen noch lange wach und grübelten über ihr Schicksal nach.

Die Zauberin hatte sich geirrt. Der nächste Tag forderte nichts von ihnen. Er verging langsam und langweilig. Irgendwann brachte man ihnen Essen und Trinken. Dazu wurde kurz die Tür geöffnet. Sie waren aber durch das helle Licht so geblendet, daß sie nichts wahrnehmen konnten. Dies war die einzige Abwechslung. Sonst ließ sich niemand sehen, und niemand redete mit ihnen.

Den Kindern wurde es bald langweilig. Sie machten Hüpfspiele und gaben sich gegenseitig Rätsel auf. Aber als sie sich etwas Leckeres zaubern wollten, gelang dies nicht. Dies verschlug ihnen die Sprache, und sie wurden still und ängstlich. Sim rief flüsternd nach seinem Vater, aber der antwortete nicht.

In dem engen Gefängnis mußten sie ihre Notdurft in einer Ecke verrichten, und bald begann es zu stinken. Als am nächsten Tag wieder nichts geschah, wurde es den Kindern zuviel. Sie versuchten wieder einmal zu zaubern. Diesmal wollten sie die Steintür aufsprengen. Aber sosehr sie sich auch anstrengten, sie blieb verschlossen. Qumara hatte alles aufmerksam beobachtet und sich dann besorgt erhoben. Als die Kinder erfolglos aufgaben, setzte sie selbst zum Zaubern an. Sie warf einen Zauber nach dem anderen gegen den Eingang, und auch ihr Bemühen war vergeblich. Dann versuchte sie es mit einem Wort der Macht. Zwar bebte die Tür und vibrierte, aber sie hielt stand. Verwirrt und beunruhigt ließ sich Qumara wieder nieder.

»Damit habe ich nicht gerechnet«, gab sie zu. »Hier ist eine Macht, die unserem Zauber standhält. Wer weiß, was noch alles auf uns zukommt! Nun müssen wir mit allem rechnen.«

Auf der Plattform

Am dritten Tag sprang die Tür plötzlich auf, und die blendende Sonne schien schmerzhaft in ihre an die Dunkelheit gewöhnten Augen. Gestalten mit Vogelmasken strömten herein, rissen sie hoch und fesselten sie. Marc, der sich am schnellsten an das Licht gewöhnt hatte, sah durch die offene Tür hinaus auf das weite Land. Doch sogleich wurden ihnen die Augen wieder verbunden. Dann schleppte man sie aus dem steinernen Raum, in dem sie so viel Zeit verbracht hatten. Sie wurden mehrere Treppen emporgetragen und schließlich noch eine Leiter hinaufgehievt. Dann standen sie wieder auf ihren eigenen Beinen. Man löste ihnen die Fesseln an den Händen und ließ sie allein.

Alle streiften sich die Binden von den Augen und erstarrten. Das, was sie sahen, ließ ihnen das Blut in den Adern stocken. Sie standen hoch über der Stadt auf einer schmalen Plattform, die nur über eine Leiter zu erreichen war, und die Leiter hatte man entfernt. Direkt vor ihren Füßen ging es viele Fuß in die Tiefe. Da war kein Geländer, das den Sturz aufgehalten hätte. Wenn sie nur eine einzige unvorsichtige Bewegung machten, würden sie abstürzen. Das Gefährlichste aber war, daß ihr schmales Holzpodest auf einem Pfahl angebracht war, der leicht hin und her schwang.

Akandra sah nach unten und erblickte dort viele Gestalten, die zu ihnen nach oben starrten.

Setzen die eigentlich ihre Masken nie ab, dachte sie.

Aber dann hatte sie keine Zeit mehr zum Überlegen, denn sie verlor das Gleichgewicht. Sie breitete die Arme aus, um die Balance wiederzugewinnen, doch vergeblich. Sicher wäre sie abgestürzt, wenn Qumara sie nicht festgehalten hätte. Die Zauberin sah die Gefahr und rief: »Stellt euch mit den Rücken zueinander und hakt euch mit den Armen unter!«

Sie taten wie ihnen geheißen, und fanden ein wenig Halt. Nun wies Qumara sie an, langsam in die Knie zu gehen, ohne sich loszulassen. Endlich saßen sie alle auf der Plattform, hielten einander untergehakt und waren für den Augenblick sicher.

Noch immer starrten die Vogelmasken zu ihnen empor. Sie warteten begierig darauf, daß der erste abstürzen würde. Als ihre Opfer sicher saßen, erhob sich wütendes Geheul.

Nachdem sie sich im Sitzen etwas sicherer fühlten, beruhigten sie sich langsam, und sie konnten ihr Augenmerk dem Ausblick widmen, den sie von ihrem hohen Standort aus hatten. Im Nordwesten sahen sie die Spitzen der Südhügel, die sie in den vergangenen Tagen durchquert hatten. Dahinter lag die Wüste. Wasser schimmerte im Süden, denn dort floß ein breiter Fluß. Zwei weitere Städte lagen an seinem Ufer. Sie waren Abbilder der Stadt, in der man sie gefangenhielt: Stadtmauern, Pyramiden und Hütten. Jede dieser Städte hatte eine andere Farbe. War ihre Stadt gelb, so schimmerten die anderen rot und blau.

So weit das Auge reichte, dehnten sich Felder aus, auf denen gepflanzt und gegraben wurde. Wagen fuhren über ein Netz von Straßen, und überall sah man die Gestalten mit den Vogelmasken. Alle waren bewaffnet.

Nun begannen die Kuririri am Fuß der Pyramide zu rufen. Die Freunde auf der Plattform verstanden zwar die Sprache nicht, aber es war klar, daß die Vogelmasken ungeduldig wurden und ein Schauspiel sehen wollten. Der hohe Stamm, auf dem die Plattform schwebte, war in die Spitze der Pyramide eingelassen. Wenn man von da oben herabfiel, würde man zuerst auf die steinernen Absätze und von da auf die Stufen treffen. Nach so einem Sturz blieben nur noch zerbrochene Knochen und rohes Fleisch übrig.

Schon nach kurzer Zeit wurde es sehr ungemütlich in der schwindelnden Höhe. Kein Dach schützte vor der Sonne, und der

Durst war wieder einmal kaum zu ertragen. Auch die Kinder jammerten, denn noch immer konnten sie sich nicht mit Zaubern helfen. Qumara tröstete sie vergeblich.

Am Nachmittag zogen endlich Wolken auf und verdeckten die Sonne. Dadurch wurde es zwar kühler, aber es kam auch Wind auf, und die Plattform begann zu schaukeln. Die Zauberin erkannte mit Schrecken, daß ein Gewitter bevorstand. Nach kurzer Zeit steigerte sich der Wind zum Sturm, und bald zuckten auch die ersten Blitze über den Himmel. Die Plattform schwang nun von der Wucht der Elemente gepackt so heftig hin und her, daß sich die Gefangenen kaum noch halten konnten. Sie rutschten und klammerten sich an das Holz, und es war absehbar, wann ihr Leben ein Ende finden würde. Die Kinder und die Erits stießen Schreckensschreie aus.

Die Menge unten war nun vielköpfig geworden. Niemand wollte sich das grausame Schauspiel entgehen lassen. Schon peitschten die ersten Regentropfen in die Gesichter, und der Sturm wurde zum Orkan. Von der Gegend war nun nichts mehr zu erblicken. Die Arbeiter hatten längst die Felder verlassen und waren zu ihren Unterständen geeilt. Die Gefangenen umhüllte ein grauer Vorhang aus Regen.

Nun bekam es auch Qumara mit der Angst zu tun. Sollte ihre Mission hier wirklich ihr Ende finden? Waren alle Kämpfe, Leiden und Entbehrungen umsonst gewesen? Gab es für Rutan und Centratur keine Hoffnung mehr?

Die Kinder wimmerten nur noch. Alle klammerten sich verzweifelt aneinander, so als käme die Rettung von den Gefährten. Dennoch rutschten sie immer bedenklicher an den Rand der Plattform. Nur noch kurze Zeit, und der Sturz war unvermeidlich.

Da geschah etwas Unerwartetes. Ein Mann in weiten gelben Gewändern trat aus einer Tür unterhalb der Pyramidenspitze. Er breitete die Arme weit aus, und sein Mantel flatterte im Wind. Er rief den Kuririri am Fuß der Pyramide gestenreich etwas zu. Doch der Wind riß ihm die Worte vom Mund, und die Vogelgesichtigen verstanden ihn nicht. Nach ein paar vergeblichen Versuchen gab er es auf und blickte sich um. Da sah er die Leiter, mit der man die Gefangenen auf die Plattform gehievt hatte. Sie lag gleich neben dem Stamm, der die Plattform trug. Während der Sturm an ihm zerrte, hob er sie auf und stemmte sie mit all seiner Kraft nach oben. Der Mann und die Leiter schwankten. Immer wieder drohte sie dem Mann zu entgleiten. Endlich gelang es ihm mit letzter Kraft, die Leiter gegen die Plattform zu lehnen. Dann bedeutete er den Fremden, sie sollten herunterklettern.

Zuerst wagte Akandra den schwankenden Abstieg. Der Mann stemmte sich von unten gegen die Leiter, so daß sie nicht fiel. Nach kurzer Zeit hatte das Eritmädchen den festen Stein der Pyramide erreicht. Dann kam die Zauberin, die vor den Kindern kletterte, um sie aufzufangen, falls sie ausrutschen sollten. Die Vorsichtsmaßnahme erwies sich als unnötig, denn die Kinder kletterten wie Affen. Alle drei kamen sicher unten an.

Der Mann war schon alt, und die Aktion hatte ihn angestrengt. Qumara stand ihm bei, um auch Marc zu retten. Aber der Sturm war inzwischen so stark, daß die Plattform in weitem Radius hin und her schwang. Marc versuchte verzweifelt sich festzuklammern. Er hing mit dem Unterkörper über der Kante und angelte mit den Füßen nach der hin und her gleitenden Leiter. Doch er konnte die Sprossen nicht erreichen, so sehr er sich auch mühte.

Seine Gefährtinnen riefen ihm gute Ratschläge zu, die er aber bei dem Wind nicht hörte. Er war ganz weiß im Gesicht und hatte große Angst. Immer wieder tastete er nach den Sprossen. Der Regen klatschte gegen das Holz der Plattform und seine verkrampften Hände fanden keinen Halt mehr. Da legte Akandra die Hände als Schalltrichter vor den Mund und rief: »Marc, du mußt fliegen!«

Aber der starrte sie nur ängstlich und verständnislos an. Endlich packte ihn der Mut der Verzweiflung. Er schwang sich vollends über die Kante und ließ sich fallen. Dabei bekam er die Leiter zu fassen, klammerte sich an ihr fest und taumelte die Sprossen herab. In diesem Augenblick konnten Qumara und der Mann die Leiter nicht länger halten. Der Sturm riß sie ihnen aus den Händen, sie entglitt ihnen, stand einen Moment ohne jeden Halt aufrecht und neigte sich dann nach hinten. Marc war noch immer etliche Fuß vom sicheren Boden entfernt. Nun kippte die Leiter vollends und fiel, und mit ihr fiel auch der Erit. In diesem Moment umhüllte ihn ein schwacher Lichtschimmer, sein Fall verlangsamte sich, und er schwebte zu Boden. Vor den Füßen der staunenden Gefährten blieb er einen Augenblick benommen liegen, erhob sich ächzend und schüttelte den Kopf. Die Leiter aber fiel in die Tiefe von Steinkante zu Steinkante und zerschellte völlig in ihre Einzelteile.

Der alte Mann ließ den Geretteten keine Zeit zum Überlegen. Während die Blitze ringsum einschlugen, zog er sie zu einer Steintür, stieß sie hinein und verschloß den Eingang. Mit einem

Schlag war das Gewitter ausgesperrt, und Ruhe umgab sie. Alle waren naß bis auf die Haut, die Haare zerzaust, und die Kleider klebten am Leib. Der Alte zog aus einem Ring in der Wand eine Fackel, zündete sie an und stieg eine schmale, steile Treppe hinunter. Den anderen blieb nichts übrig, als ihm zu folgen. Sie besaßen außer ihren Kleidern nichts mehr. Selbst ihre Waffen hatten sie verloren. Hilflos waren sie jedem Feind ausgeliefert.

Die Kuririri

Eine schier endlose Zeit kletterten sie steinerne Treppen hinunter. Manchmal stießen sie auf Kreuzungen, von denen Quergänge abzweigten. Es war ein verwirrendes Labyrinth, aber ihr Führer kannte den Weg und zögerte kein einziges Mal. Endlich, sie mochten schon unter dem Fundament des Bauwerks angekommen sein, bog er ab. Am Ende des Ganges öffnete sich ein großer Raum, dessen Wände mit bunten Teppichen und Tüchern behangen waren. Auf dem Boden lagen weiche Matten und bequem aussehende Möbel luden zum Sitzen ein.

Die Freunde legten die nassen Kleider ab und hüllten sich in weiche, trockene Tücher. Dann ließen sie sich auf einen Wink ihres Retters erschöpft auf die Lager sinken. Nun erst fanden sie Gelegenheit, den Mann ohne seinen gelben Überwurf genauer zu betrachten. Er hatte eine gelbe, faltige Haut und schien sehr alt zu sein. Sein Kopf war kahl und seine Gesichtszüge freundlich. Sie mochten ihren Retter auf Anhieb.

Als er bemerkte, daß seine Gäste ihn betrachteten, sprach er rasch und eindringlich auf sie ein, aber sie verstanden kein Wort. Qumara versuchte vergeblich, ihm in verschiedenen Sprachen zu antworten. Nachdem sie eine Weile aneinander vorbeigeredet hatten, rief Marc ungeduldig: »Es muß doch eine Möglichkeit geben, uns zu verständigen. Wir haben so viel gemeinsam, Arme, Kopf, Hände. Warum ist dann unsere Sprache so verschieden?«

Der Alte sah ihn erstaunt an und sagte: »Auf das Nächstliegende kommt man doch immer zuletzt. Ihr sprecht die gemeinsame Sprache von Centratur? Warum habt Ihr das nicht gleich gesagt?«

Qumara ergriff seine Hand und sagte: »Ihr habt uns im letzten Augenblick gerettet. Habt Dank! Das war knapp!«

»Leider erfuhr ich erst sehr spät, daß Euch die Kuririri zum Schautod verurteilt hatten. Das machen sie zu gern mit Fremden. Es ist für sie eine willkommene Abwechslung, und alte Gewohnheiten brechen bei diesem Volk eben immer wieder durch.«

»Alte Gewohnheiten?« Die Zauberin war erstaunt.

»Ja, alte Gewohnheiten. Dabei hätten ihnen die bisherigen Strafen eine Lehre sein sollen.«

»Die Kuririri sind mir völlig fremd. Gehört Ihr auch zu diesem Volk?«

»Natürlich nicht! Ich bin ein Quonomodo. Nach Euren Begriffen sind wir Zauberer. Deshalb war ich auch sehr verwundert, als ich eben sah, was mit Eurem jungen Freund vor sich ging. Ihr müßt mir erklären, woher er diese Fähigkeiten hat.«

Marc sah ihn erstaunt an. »Ich habe keine besonderen Fähigkeiten. Ich wäre beinahe zu Tode gestürzt, und es ist ein Wunder, daß ich noch heil bin.«

»Ihr untertreibt. Wer so schwebt wie Ihr, der kann auch fliegen.«

»Schön wär's, aber ich bin leider, wie Ihr auch, an die Erde gebunden.«

Der alte Mann sah ihn seltsam an und wechselte dann das Thema.

»Ruht Euch aus. Ich werde gleich etwas zu essen und zu trinken besorgen.«

Damit war Akandra überhaupt nicht einverstanden. Sie protestierte und sagte: »Zuerst müßt Ihr uns mitteilen, wo wir sind, und was es mit den Kuririri auf sich hat. Schließlich hätten sie uns fast das Leben genommen. Ich habe so viele Fragen. Wer seid Ihr, der Ihr Euch Zauberer nennt?«

»Fragen sind immer gut. Durch Fragen wurde die Welt geschaffen. Ich kann Euren Wissensdurst verstehen. Wenn Ihr wollt, kann ich Euch ein wenig schon jetzt berichten.

Vor langer Zeit wohnte hier in diesem Land ein heute unbekanntes Volk. Es war mächtig und hatte kluge Führer und Baumeister. Inzwischen ist es aber in den Tiefen der Geschichte verschwunden. Sein Name ist nicht einmal überliefert. Es gibt Vermutungen, daß die heutigen Brokquaner von diesem legendären Volk abstammen. Aber Genaues weiß man nicht. Dieses verschollene Volk baute auch die Pyramiden.«

»Welchen Sinn haben diese wundersamen Bauwerke?« fragte Marc.

»Sie sind Wohnstatt für ein Wunder.«

»Wunder?«

»In den Pyramiden lebt ein Zeitenwanderer.«

Als der Mann die fragenden Blicke sah, lächelte er: »Ihr wißt nicht wovon ich spreche? Ihr werdet über den Zeitenwanderer noch viel erfahren!«

»Und wer seid Ihr? Was ist Eure Aufgabe in diesem seltsamen Land?« wollte Marc verwundert wissen.

»Ich gehöre zum Stamm der Quonomodo. Wir sind die Priester der Brokquaner und haben sie lange Zeit sanft geleitet. Sie erkennen uns als ihre geistigen Oberhäupter an.«

»Hier leben also die Brokquaner, das sind die Leute, die wir auf den Feldern gesehen haben. Dann gibt es Euch, die Quonomodo, und einen geheimnisvollen Zeitenwanderer. Wer sind dann aber die Kuririri?« hakte Akandra nach.

»Dieses Volk siedelte früher im Norden, jenseits des Sturmgebirges. Dort hatte es bald alle benachbarten Stämme unterworfen und versklavt und sich ein großes Reich geschaffen. Die Kuririri sind wild und unbarmherzig und bringen damit die besten Voraussetzungen für Eroberungen mit. Sie hätten also mit Ruhm in die Geschichte eingehen können. Doch es kam anders.

In früheren Zeiten aßen die Kuririri Menschenfleisch. Zum einen weil sie meinten, die Stärke der Opfer würde so auf sie übergehen, und zum anderen schmeckte ihnen dieses Fleisch ganz einfach. So wie man Wildbret zubereitet, so kochten und brieten sie Menschen. Aus den Gehirnen stellten sie Suppen her und aus den Därmen Würste. Sie hielten sich Sklaven wie Haustiere, die man pflegt und an Festtagen schlachtet. Hin und wieder machten sie auch Jagd auf andere Völker, um Fleisch zu gewinnen. Sie behaupteten, jede Rasse schmecke anders und müsse besonders zubereitet werden.

So herrschten sie grausam, bis eines Tages eine furchtbare Seuche unter ihnen ausbrach. Wer davon befallen wurde, verlor die Kontrolle über seine Glieder, verblödete und starb schließlich. Die Kuririri wurden der Krankheit nicht Herr, und der Tod raffte sie in Massen hinweg.

Als ihre Zahl schon zur Hälfte dezimiert war, erschien eine junge Frau und erklärte, die Götter hätten sie geschickt. Die Seuche sei die Strafe für den Frevel, Menschen zu essen. Diese Gewohnheit sei ein schlimmes Verbrechen, das die Götter nicht ungesühnt ließen. Die Götter seien jedoch bereit, der Seuche Einhalt zu gebieten und dem Volk noch eine Chance zu geben, wenn die Kuririri von dieser Sitte abließen.

Doch die Leute waren zur Einsicht noch nicht bereit. Sie fühlten sich noch immer stark und unbesiegbar. Die Krankheit, die das Leben ihrer Ehegatten und Kinder, Eltern und Freunde gefordert hatte, war für sie nichts weiter als ein schlimmer Zufall. Ein Werk der Götter konnten sie in dieser Geißel nicht erkennen.

Zu den Göttern hatten sie ein eigenartiges Verhältnis. Sie opferten ihnen zwar, aber an ihre Existenz glaubten sie nicht so recht. Die Kuririri glaubten nur an sich selbst, und so nahmen sie die junge Frau ohne viele Umstände gefangen. Man machte kurzen Prozeß, tötete sie und aß sie auf.

Nach diesem Mord begann die Seuche erst richtig zu wüten. Die Kuririri starben wie die Fliegen und mußten schließlich einsehen, daß sie einen Fehler gemacht hatten. Es dämmerte ihnen, daß sie den Göttern vielleicht doch unterlegen waren und von ihnen vernichtet werden konnten. Da ergriff sie große Furcht.

Um ihr Leben zu retten, verließen die wenigen Überlebenden überstürzt ihr Land und zogen durch die Welt. Damit sie aber die Götter nicht finden sollten, kamen sie auf eine ausgefallene Idee. Sie schnitzten sich die Vogelmasken, und hofften so der Entdeckung zu entgehen. Sie legen diese Masken nur in der Nacht zum Schlafen ab und bedecken dann sofort ihre Gesichter mit Tüchern.

Die Überlebenden zogen also durch die Welt und kamen schließlich in dieses Land. Tatsächlich ließen sie die Seuche in ihrer Heimat zurück, und das Sterben nahm ein Ende. Während heute in ihrer Heimat niemand mehr lebt, sind die Kuririri, die in die Welt gezogen sind und Vogelmasken trugen, gesund geblieben. Sei es, daß die Götter sich wirklich täuschen ließen, sei es, daß die Himmlischen ihr Ziel erreicht und die Kuririri vertrieben hatten. Ich glaube aber, daß der Fluch von den Kuririri genommen wurde, weil sie von da an kein Menschenfleisch mehr aßen.

Eines Tages kamen die Kuririri auf ihrer Wanderung in dieses Land. Die Brokquaner nahmen sie freundlich auf und den Kuririri gefiel es hier. Zwischen den beiden Völkern kam es zu einer Art Arbeitsteilung. Die Kuririri übernahmen die Verteidigung des Landes und die Brokquaner sorgten für die Nahrung. Dies blieb bis heute so.

Mit der Zeit brachen aber bei den Einwanderern alte Gewohnheiten wieder durch. Zwar verspeisten sie ihre Gastgeber nicht, aber sie bezogen deren Pyramidenstädte und schwangen sich zu den Herren des Landes auf. Mit uns Quonomodos stellten sie sich gut, als sie erfuhren, daß wir Zauberer waren und Verbindung zu den Göttern hatten. Auch steht hinter uns der Zeitenwanderer, dem wir dienen. In der Regel gehen wir aber den Kuririri aus dem Weg. Wir leben in den Pyramiden und sehen dem Treiben der Vogelherren mit gemischten Gefühlen zu. Grausamkeiten versuchen wir zu verhindern, aber nicht immer können wir die menschenverachtende Natur der Zugewanderten im Zaum halten. Deshalb seid auch Ihr in diese große Gefahr geraten.

Doch nun habe ich genug geredet. Ich lasse Euch besser allein, denn Ihr habt nach all den Aufregungen und Strapazen Ruhe nötig. Etwas will ich Euch aber noch verraten, bevor ich Euch verlasse: Ihr seid uns angekündigt worden, Qumara, Akandra, Marc, Sim und Bim. Übrigens, mich nennt man Aramarandu.«

Schmunzelnd drehte er sich um und verließ den Raum. Er hinterließ verblüffte Gesichter.

Die Quonomodo

Sie rieben sich gerade den Schlaf aus den Augen, als ihr Retter wiederkam. Er brachte Tee, Fladenbrote, Reisbrei und Salz. Nachdem sie sich gestärkt hatten und ihn mit neuen Fragen bestürmen wollten, hob er gebietend die Hand: »Alles zu seiner Zeit! Später sollt Ihr alles erfahren. Doch zunächst will ich Euch zurückgeben, was Euch gehört.«

Er ging vor die Tür und kam mit ihren Habseligkeiten zurück. Da waren das große Messer Qumaras und die wundersamen Geschenke der Älteren sowie die Beutel mit den Goldstücken.

»Ich habe die Waffen den Kuririri abgenommen. Sie waren zwar nicht begeistert, und wollten diese wunderbaren Klingen nicht hergeben, aber schließlich ließen sie sich von mir überzeugen.«

Nachdem sich alle gegürtet und ihre Kleider in Ordnung gebracht hatten, folgten sie ihrem Führer wieder über viele Treppen und durch lange Gänge, bis sie endlich am Fuß der Pyramide wieder ins Tageslicht traten. Zu ihrem Schreck standen sie dort Gestalten mit Vogelmasken gegenüber, die sie anstarrten. Aber Aramarandu beruhigte sie und führte sie mitten durch die Reihen der Kuririri hindurch. Keine Hand der Gefiederten rührte sich, und ungehindert verließen sie durch das große Tor die Stadt. Das Unwetter des vergangenen Tages hatte sich verzogen, und der Himmel glänzte in strahlendem Blau. Auf den Feldern sahen sie wieder viele Arbeiterinnen und Arbeiter. Alle riefen Aramarandu fröhliche Grußworte zu.

Den Kindern steckte der Schock der überstandenen Gefahr, der sie zum ersten Mal in ihrem Leben nicht hatten ausweichen können, noch in den Knochen. Seit dem schrecklichen Erlebnis auf der Plattform waren sie sehr schweigsam und tollten auch nicht nach ihrer sonstigen Gewohnheit herum. Still liefen sie links und rechts von Qumara und nahmen deren Hände.

Irgendwann hielten sie inne, und Bim sagte feierlich: »Wir müssen euch nun verlassen! Lebt wohl!«

Und Sim fügte hinzu: »Wir hatten eine gute Zeit mit euch.«

Bevor ihnen ihre Gefährten etwas entgegnen konnten, hatten die beiden sich umgedreht und waren querfeldein davongehüpft. Betroffen und ein wenig traurig sahen die Zauberin und die Erits ihnen nach. Sie hatten gewußt, daß der Abschied einmal kommen würde, aber sie würden die fröhliche Gesellschaft vermissen.

Mod, die nächste Stadt, in die sie gelangten, schimmerte in leuchtendem Blau. Kuririri standen als Wachen vor dem Tor. Sie hatten ihre Speere vor sich in den Staub gestellt, machten aber keine Anstalten anzugreifen. Ungehindert durchschritten die Freunde das Doppeltor, das dem in Mid gleichsah. Diesmal verband ihnen niemand die Augen, so daß sie die riesige Pyramide dieser Stadt genau betrachten konnten. Man mußte den Kopf weit in den Nacken legen, um ihre Spitze zu sehen. An allen vier Seiten führten steile, steinerne Treppen hinauf. Drei Plattformen, die sich in verschiedenen Höhen rund um das gesamte Bauwerk zogen, unterbrachen die ebenmäßige Form. Alle Gebäude, die Mauern der Festung, die Wohnhäuser, aber auch die Pyramide selbst waren mit blau gebrannten Kacheln geschmückt.

Ohne Umschweife stieg Aramarandu die steinerne Treppe an der Südseite der Pyramide hinauf. Die Gefährten folgten ihm. Es gab kein Geländer oder einen anderen Halt. Der Aufstieg war schwindelerregend. Auf der ersten Terrasse ging der Quonomodo vorbei an einem Opferaltar und auf eine offene Steintüre zu. Aus ihr traten zwei Männer, einer in Blau, der andere in Rot gekleidet, die sie ganz offensichtlich schon erwartet hatten. Die Fremden wurden feierlich begrüßt und dann ins Innere der Pyramide geführt.

Auch hier sah es genauso aus wie in Mid. Nach vielen Gängen und Treppen erreichten sie einen fensterlosen Saal. An den Wänden hingen seltsame Lampen, die ein helles, kaltes Licht abstrahlten und seltsam rochen. In der Mitte stand eine reich gedeckte Tafel, an der alle Platz nahmen. Bedient wurden sie von Männern und Frauen in blauen, roten und gelben Gewändern. Es waren Brokquaner.

Es gab kein Fleisch, aber die Kuchen und Aufläufe waren wohlschmeckend, und alle griffen kräftig zu. Jetzt erst bemerkten die Erits, wie hungrig sie waren. Entgegen aller Erwartungen hatten ihre Körper die Entbehrungen und Strapazen der letzten Wochen gut überstanden, aber jetzt mußten sie etwas essen, sonst wären sie umgefallen. Marc und Akandra kauten so versunken, daß sie anfangs gar nicht zuhörten, als Qumara die Quonomodos nach ihrer Herkunft fragte. Erst als diese ihre Geschichte erzählten, wurden sie aufmerksam.

»Wir stammen nicht vom Kontinent«, erklärte Aramarandu. »Unsere Heimat liegt auf einer Insel im Medinomeer. Sie heißt Quomodland. Ich weiß nicht, ob Ihr schon jemals von ihr gehört habt?«

Qumara bestätigte, der Name sei ihr bekannt, und die drei Zauberer nickten sich befriedigt zu.

»Wir waren nie ein großes Volk und versuchten, stets im Einklang mit den Geboten der Götter zu leben. Dennoch wurden wir mit einer Krankheit geschlagen, die immer mehr um sich griff. Wir taumelten zwar nicht wie die Kuririri verblödet umher, aber wir bekamen Fieber und fielen in einen tiefen Schlaf, aus dem nur wenige von uns wieder erwachten. In der Seuche sahen wir eine Strafe der Götter. Die anderen Völker auf Quomodland blieben nämlich von dem Leiden verschont. Unsere Weisen dachten lange über die Vergehen unseres Volkes nach, fanden aber keine schwerwiegenden Verbrechen, die den Zorn der Götter hätten heraufbeschwören können. In seiner Verzweiflung leistete unser Volk einen gemeinsamen Schwur, um von der schrecklichen Strafe befreit zu werden. In Zukunft durfte nur der zu unserem Volk gehören, der den Göttern wohlgefällig sei. Dies bezog sich auch auf unsere eigenen Kinder. Tatsächlich wurden die meisten der noch Lebenden daraufhin gesund.

Wir hielten unseren Eid. Doch wie sollten wir erkennen, ob jemand von den Göttern geliebt wurde? Wir erfanden ein Gottesurteil, und jedes neugeborene Kind wurde ihm unterzogen. Neben unserer Siedlung floß ein kleiner, aber reißender Fluß. Er kam aus den Gletschern der Berge und war sehr kalt. In sein Wasser wurde jeder Säugling sogleich nach seiner Geburt getaucht. Überlebte er die Prozedur, so freuten wir uns. Starb er, so war es der Wille der Götter, die dieses Kind nicht bei unserem Stamm haben wollten.«

»Die meisten Säuglinge überstanden die Prozedur nicht und starben«, flüsterte Qumara.

Die Alten nickten.

»Wir wurden immer weniger«, fuhr Aramarandu fort. »Damit uns die Götter nicht töteten, rotteten wir uns selber aus.«

»Wir hatten keine andere Wahl«, fiel ihm der Zauberer aus Mod in die Rede, der sich als Formundo vorgestellt hatte. »Wir hatten einen Eid geleistet, der uns band. Natürlich überlegten wir immer und immer wieder, womit wir die Götter so erzürnt hatten, fanden aber keine Antwort auf diese Frage.«

»Schließlich waren nur noch wir Zauberer übrig«, ergriff Aramarandu wieder das Wort. »Verbittert und ratlos ließen wir uns von fremden Fischern zum Festland übersetzen und zogen durch die Welt, bis wir endlich hierher nach Brokqua kamen. Ich glaube, der Zeitenwanderer hatte uns gerufen. Wir wurden die Lehrer dieses Volkes und seine Diener.«

»Heute glaube ich fast«, wandte der dritte der Zauberer nachdenklich ein, »daß all dieses Leiden und Sterben nur über unser Volk kam, damit wir hierher verschlagen wurden. Ohne die Seuche hätten wir niemals zum Zeitenwanderer gefunden.«

Nach diesen Worten senkte sich Stille über den Saal.

»Ihr wußtet von unserer Ankunft?« brach Qumara endlich das Schweigen.

»Ja, unsere Freunde aus Quantam teilten uns mit, daß Ihr kommen würdet. Aber wir kennen das Ziel Eurer Mission nicht.«

»Wir sind auf dem Weg nach Rutan. Meine beiden kleinen

Freunde sollen den König von einer Zauberkette befreien«, antwortete Qumara ohne Umschweife und mit einer Offenheit, die die Erits die Luft anhalten ließ.

»Da habt Ihr eine große Aufgabe vor Euch. Wie gefährlich sie ist, wißt Ihr sicher selbst. Sind die Erits genügend vorbereitet?«

»Nein«, antwortete die Zauberin, »und gerade das macht mir Sorgen. Marc und Akandra können den Vespucci keinen Widerstand leisten.«

»Der Zeitenwanderer will sie sehen. Durch ihn werden sie es lernen«, warf Aramarandu beruhigend ein.

Die Erits sahen verwirrt von einem zum anderen. Hier wurde in ihrer Anwesenheit über sie gesprochen, als wären sie nicht zugegen.

»Meint Ihr, sie werden die Prüfungen aushalten?« wandte sich Formundo wieder an Qumara.

»Ich glaube schon. Erits sind aus hartem Holz, wenngleich sie sich gern als schwach und furchtsam geben. Man muß sie fordern, dann zeigen sie ihre wahre Stärke.«

»Sie werden all ihren Mut brauchen und viel Geduld noch dazu, wenn sie in die Mysterien eingeweiht werden.«

»Ich verspreche Euch, sie werden Euch nicht enttäuschen!«

Nun wurde es Akandra zuviel.

»Ihr vergeßt wohl, daß wir mit Euch zusammen an diesem Tisch sitzen. Ihr könnt *mit* uns reden und nicht *über* uns. Wer sagt Euch überhaupt, daß wir uns diesen Prüfungen unterziehen wollen?«

Niemand beachtete sie. Aramarandu fuhr fort: »Wir beginnen morgen mit den Exerzitien.«

»Dann werde ich mich auf den Weg machen«, sagte die Zauberin. »Es gibt viel zu erkunden.«

Die Erits hatten nur verstanden, daß es um sie ging, aber nicht, was von ihnen verlangt werden würde. Klar war ihnen aber geworden, Qumara würde sie verlassen. Allein der Gedanke daran ließ sie vor Angst zittern.

»Qumara, bleib bei uns«, bat Akandra flehentlich.

Marc stimmte ihr bei: »Wir brauchen dich.«

»Habt keine Angst, ihr seid nicht allein. Doch ihr habt einen Weg vor euch, den ich nicht mit euch gehen darf. Ihr müßt in Geheimnisse eingeweiht werden, und da kann ich euch nicht beistehen.«

Prüfungen

Jetzt sah die Pyramide noch höher aus, als sie die Erits vom Vortag in Erinnerung hatten. Sie war aus Quadern gebaut, von denen jeder einzelne Marc und Akandra zusammen an Größe überragte. Der weite Platz um sie herum war mit kleinen Steinen bedeckt. Weit entfernt sahen sie die Mauern dieser seltsamen Stadt und dicht an sie angeschmiegt steinerne Hütten, die Unterkünfte der Kuririri.

Akandra seufzte erleichtert: »Bin ich froh, daß ich die Sonne wieder sehe! Auf unserer Reise verbringen wir für meinen Geschmack zuviel Zeit im Dunkeln. Ich bin doch kein Maulwurf! Schon mein Vater hat die Sonne über alles geliebt. Bei Sonnenschein ließ er häufig das Essen im Freien auftragen. Auch meine Mutter war süchtig nach Licht. Doch ich, ihre Tochter, bin die meiste Zeit unter der Erde oder in dunklen Gemäuern.«

Sie hatten die Nacht in der Pyramide in Mod verbracht, und als sie am nächsten Morgen erwachten, war Qumara verschwunden gewesen. Ihnen war zum Heulen zumute, und es fiel ihnen schwer, sich zu beherrschen. Sie umarmten sich und hielten sich aneinander fest, und so verharrten sie, bis Aramarandu auftauchte.

Der Zauberer reichte ihnen gelbe Überhänge und sagte sanft: »Sie wird wiederkommen. Aber ihr werdet dann nicht mehr die gleichen sein. Euch wird nämlich ein Geschenk zuteil werden, für das andere ihr Leben opfern würden.«

Dann brachte er sie ans Licht und begleitete sie hinaus aus der Stadt zur dritten Stadt Brokquas. Sie hieß Mad, und ihre Mauern waren mit roten Platten verkleidet. In Mad stand die größte und prächtigste Pyramide des Landes. Priester in roten Gewändern nahmen die Erits in Empfang, und bevor sie sich von Aramarandu verabschieden konnten, war der verschwunden. Ihr neuer Führer stellte sich als Loromino vor und stieg mit ihnen die vielen Stufen zur Spitze der Pyramide empor. Unterwegs mußten Akandra und Marc Pausen einlegen, denn die Muskeln ihrer Beine schmerzten und zitterten. Sie rangen keuchend nach Luft, bevor sie weitergehen konnten. Ihrem Führer hingegen, obwohl weißhaarig und in hohen Jahren, schien der Aufstieg nicht das geringste auszumachen.

Die Pyramide schloß mit einer steinernen Kammer ab. Dort hinein wurden sie geführt. Seltsame Lampen, wie sie die Erits noch nie gesehen hatten, erleuchteten Schriften auf der Decke, an den Wänden und auf dem Boden. Loromino erklärte die Zeichen. Bald hatten Marc und Akandra die Anfänge dieser Schrift gelernt. Der Unterricht dauerte den ganzen Tag. Manchmal brachte ein Diener, auch in roten Kleidern, einen Krug Wasser und etwas Brot. Irgendwann waren die Erits so müde, daß sie an Ort und Stelle einschliefen. Dann verließ sie ihr Lehrer. Er war aber wieder zur Stelle, wenn sie erwachten, und fuhr mit dem Unterricht fort. Als sie die Schrift endlich beherrschten, ließ Loromino sie allein mit dem Auftrag, den ganzen Raum zu lesen.

Akandra protestierte. Für so etwas Unnötiges hatte sie keine Zeit. Sie müßten auf dem schnellsten Weg nach Rutan. Es gelte Centratur zu retten. Wenn ihre Aufgabe erledigt sei, würden sie gern wiederkommen und in diesem Raum ein wenig lesen.

Dieser Raum sei ihre Aufgabe, war die einzige Antwort.

Marc hatte sich mit der Entwicklung der Dinge abgefunden. Er kniete auf dem Boden und glitt mit seinem Finger über die Schriftzeichen. Das Mädchen gab ihm einen Stoß, daß er umfiel.

»So tu doch etwas«, rief sie wütend. »Sei nicht so feige und gehorsam! Wir werden hier gegen unseren Willen festgehalten. Wir müssen uns befreien! Hilf mir, anstatt faul auf dem Boden zu sitzen!«

Doch es war schon zu spät. Die schwere Tür war zugefallen, und der Raum wurde nur noch von den Flammen der seltsamen Lampen erhellt. Der Junge sah die wütende Freundin an, zuckte die Schultern und machte sich ans Weiterlesen. Erregt ging Akandra auf und ab, bis sie sich schließlich auch auf dem Boden niederließ und die Schrift zu entziffern begann.

Sie aßen und schliefen und wußten nicht mehr, wie lange sie schon in der Pyramide saßen. Als sie die Inschriften des ersten Raumes entziffert hatten, führte ihr Lehrer sie in den darunterliegenden. Die Kammern unterschieden sich voneinander nur durch den Inhalt der Texte. Nach diesem Raum kam der nächste und danach wieder einer.

Akandra wurde immer ungeduldiger. Sie hatte es satt, in dunklen Gemäuern bei seltsamem Licht irgendwelche Geschichten von Königen und über das Schicksal der Welt zu lesen. Sie wollte nach Rutan und ihre Mutter rächen. Ihr Sinn stand nach Abenteuern und nicht nach Schriften in Steinen.

Als sie wieder einmal in einen neuen Raum geführt wurden, fragte sie unwirsch: »Was soll das Ganze? Wer hat das alles eigentlich geschrieben?«

»Der Zeitenwanderer«, antwortete ihr Lehrer. »Die ganze Pyramide besteht aus Kammern, die der Wanderer beschrieben hat. Hier findet ihr die Weisheit von Jahrtausenden, was sage ich, die Weisheit der Welt.«

»Lebt der Zeitenwanderer noch?« mischte sich Marc ein.

»Natürlich! Und er wird euch empfangen, wenn ihr reif dafür seid. Ihr könnt eure Mission nur mit Hilfe des Zeitenwanderers bestehen. Es ist eine große Gnade, von ihm empfangen zu werden. Aber dafür seid ihr noch nicht würdig!«

Akandra überließ das Lesen von nun an Marc. Sie hing statt dessen ihren Gedanken nach, träumte und wartete. Der Junge aber gewann Interesse an den Texten. Er begann, die Weisheit in sich aufzusaugen. Hier standen Antworten auf viele seiner Fragen. Er fand auch Antworten auf Fragen, die er noch gar nicht gestellt hatte.

Als Loromino wiederkam, fragte das Mädchen: »Seid Ihr der Zeitenwanderer?«

Der lachte und sagte: »O nein! Wir Buntgewandeten sind nur seine Diener.«

Eines Tages führte er sie nicht in einen neuen Raum, sondern stellte fest: »Nun müßt ihr euren Weg allein finden. Ich hoffe, ihr habt richtig gelesen, damit ihr den Fallen und Gefahren begegnen könnt.«

Loromino brachte sie an den Anfang eines langen, sehr dunklen, schmalen Ganges. Er schob die beiden Erits dort sanft hinein und rief ihnen noch nach: »Ihr erreicht das Ziel nur, wenn ihr den Weg erfühlt und erahnt!«

Dann war er verschwunden.

Vorsichtig setzten die beiden Erits einen Fuß vor den anderen und tasteten sich mit den Händen die Wand entlang. Als der Gang einen Knick machte, war selbst der helle Fleck hinter ihnen verschwunden.

Furcht umkrampfte ihre Herzen so wie damals, als sie die endlose Treppe zu den Älteren hinuntergestiegen waren. Akandra umklammerte den Arm von Marc so fest, daß sich ihre Nägel in sein Fleisch bohrten. Sie zitterte am ganzen Leib. Auch dem jungen Erit war es schlecht vor Angst. Aber plötzlich riß er sich zusammen und blieb stehen.

»Wieso haben wir Furcht vor der Finsternis?« fragte er. »Wir haben doch die Dunkelheit der Treppe ausgehalten. Nacht kann uns nicht mehr schrecken!«

Seine Gestalt straffte sich, und der Griff des Mädchens wurde lockerer.

Dann fuhr er nachdenklich fort: »Wir sollen Prüfungen bestehen, aber keiner hat uns gesagt, wie sie aussehen. Lediglich zum Abschied hat uns Loromino etwas nachgerufen. Er sprach vom Weg erfühlen. Ich glaube, diese Bemerkung ist wichtig.«

Er legte beide Hände an seine Stirn und konzentrierte sich. Nach einer Weile konnte er die Wände wahrnehmen, auch wenn er sie nicht sah. Vor sich im Boden spürte er etwas Dunkles, Unergründliches. Er ließ sich auf alle viere nieder und kroch vorsichtig vorwärts. Plötzlich griffen seine Hände ins Leere. Vor ihnen tat sich ein Abgrund auf, in den sie beinahe hineingestolpert wären.

In diesem Augenblick hörte er Akandra rufen: »Marc, wo bist du?« und ihre suchenden Schritte.

Entsetzt brüllte er, sie solle sofort stehenbleiben. Sie sei in höchster Gefahr.

Das Mädchen verharrte schreckensstarr, während der Junge versuchte, einen Weg über den Abgrund zu finden. Doch seine tastenden Hände griffen überall ins Leere. In seiner Verzweiflung hockte er sich auf den Steinboden und nahm noch einmal seine Stirn in beide Hände. Er atmete tief und versuchte sich zu entspannen. Es brauchte eine Weile, aber dann spürte er, daß rechts an der Wand die tiefe Schwärze unterbrochen war. Als er dorthin kroch und mit den Händen nachfühlte, fand er einen Steg. Er kehrte zu seiner Freundin zurück, tastete nach ihrer Hand und führte sie sicher auf die andere Seite. Auf diese Weise überwanden sie noch zwei weitere Abgründe, bevor sie an einen dicken, schweren Vorhang gelangten. Als sie ihn beiseite schoben, schlossen sie geblendet die Augen. Der Gang war hier mit vielen kleinen Lichtern erleuchtet. Jedes der Lämpchen beleuchtete einen modellierten Kopf, der in einer Wandnische stand. Es waren viele tausend Lichter und viele tausend Köpfe, die sich auf wundersame Weise ihnen zuwandten. Bewegten sich die Erits, so bewegten sich auch die Köpfe. Jede dieser Skulpturen hatte ein anderes Gesicht. Einige trugen Bärte, andere eine Glatze; Frauen, Kinder und Männer sahen sie an.

Zuerst prallten Akandra und Marc voller Furcht zurück. Sie erwarteten eine erneute Heimtücke. Doch als sich der Junge daranmachte, diese Köpfe näher zu untersuchen, entdeckte er ihr Geheimnis. Sie waren als Relief in den Fels gemeißelt und von unten mit diesen seltsamen Lampen beleuchtet.

Gerade diese Lampen, die er in den Pyramiden nun schon so oft gesehen hatte, interessierten Marc. Bei genauerer Betrachtung entpuppten sie sich als kleine Glaskugeln. Aus der oberen tropfte Wasser in das darunterliegende Gefäß und dort auf kleine Steinbrocken. Dadurch entwickelte sich ein Gas, das mit heller Flamme verbrannte und seltsam roch. Es wurde durch sinnreiche Vorrichtungen in irgendwelchen Luftschächten abgezogen.

Die modellierten Köpfe wirkten in dem Licht wie lebendig und schienen sich zu bewegen.

»Was sind das für seltsame Gesichter?« fragte Akandra ängstlich.

»Ich weiß es nicht. Vielleicht sind dies alles Gestalten, die dem Zeitenwanderer auf seinem langen Weg durch die Jahrtausende begegnet sind. Er hat sie hier verewigt. Die Personen sind zu Staub zerfallen, aber ihre Ebenbilder sehen den Wanderer noch immer an und richten sich nach ihm. Jeder dieser Köpfe wendet alle Aufmerksamkeit seinem Betrachter zu.«

»Aber es sind doch Tausende von Skulpturen.«

»Der Zeitenwanderer hat sicher so oft Abschied nehmen müssen.«

Auch wenn sie das Geheimnis der lebenden Köpfe im Stein entdeckt zu haben glaubten, war ihnen diese Halle unheimlich, und sie beeilten sich, sie rasch zu durchqueren. Doch von all den Aufregungen waren sie müde geworden, und so legten sie sich in dem anschließenden Gang auf dem nackten Boden schlafen. Akandra kuschelte sich ganz nah an Marc. Sie waren so erschöpft, daß sie trotz Furcht und Erregung sogleich in einen tiefen Schlummer fielen.

Als die Erits erwachten, hatten sie großen Durst. Zwar gab es nichts zu essen, aber neben sich fanden sie einen Krug, der gefüllt mit Wasser an der Wand lehnte.

Die nächste Halle, die sie betraten, war kreisrund. In der Mitte brannte ein großes Feuer. Auch sein Rauch zog auf geheimnisvolle Weise durch unsichtbare Schächte ab. Der Schein der Flammen spiegelte sich an den Wänden wider. Dort waren Städte mit Mauern und Türmen gemalt. Prachtvolle Gebäude mit goldenen Dächern zuckten und flackerten im Lichtschein. Mal gingen sie in Flammen auf, dann wieder glänzten sie in ruhiger Pracht.

»So vergehen die Werke der Sterblichen«, sagte Marc. »Wir bauen, und was wir bauen, wird ein Raub der Flammen. Ich frage mich, warum wir überhaupt etwas errichten?«

Dieses Gerede machte Akandra wütend: »Du fragst solchen törichten Unsinn nur, weil du noch nie etwas wirklich Wertvolles besessen hast und weil du es auch nie zu etwas bringen wirst.

Die Frage, warum wir Häuser bauen und unseren Besitz mehren, ist unsinnig. Den eigenen Reichtum zu mehren, etwas Bleibendes zu schaffen und damit Ansehen zu gewinnen, hat einen Zweck in sich. Dies zu tun, ist in uns angelegt. Wir handeln entsprechend und stellen all unser Streben darauf ab, weil es unserer Natur entspricht. Es geht uns nicht ums Überleben, nicht darum, daß wir satt werden und es im Winter schön warm haben. Wenn dies unsere einzigen Sorgen wären, könnten wir uns die meiste Zeit des Tages unter Bäume legen und träumen. Natürlich wissen wir, daß alles, was wir geschaffen haben, wieder vergeht. Aber ist das so wichtig? Nach etwas Schönem und Wertvollem zu streben ist nicht eitel. Der Sinn liegt darin, daß man etwas tut, statt es nicht zu tun.«

»Aber muß denn unser Bemühen stets darin bestehen, daß wir unseren Besitz mehren?« fragte Marc verwundert. »Gibt es denn nichts anderes, wonach wir streben können? Zwischen dem Errichten irgendwelcher Bauwerke, dem Anhäufen von Reichtümern und dem Träumen unter Bäumen muß es doch noch eine andere Alternative geben?«

»Gärtner sehen dies eben anders als Grafentöchter«, antwortete Akandra schnippisch. »Alles, was ich gesagt habe, gilt natürlich nur für edle und vornehme Leute und nicht für das breite Volk.«

Sie schliefen noch oft auf dem harten Boden, und Akandra rutschte jetzt nicht mehr so nahe an ihren Gefährten heran. Aber zwischen ihnen beiden war unausgesprochen klar, daß Marc hier in der Pyramide die Führung übernommen hatte. Er entschied, welche Richtung einzuschlagen war, wenn sich der Weg gabelte, achtete auf Gefahren und bestimmte die Pausen. Als er jedoch einmal vor dem Einschlafen zögernd nach ihrer Brust tastete, schob sie seine Hand sanft zur Seite. Beide verloren auch in den nächsten Tagen über die Annäherung kein Wort.

Immer wenn sie erwachten, fanden sie mit Wasser gefüllte Krüge, die sie mit sich nahmen und während der Wanderung daraus tranken. Hin und wieder lagen auch zwei Fladenbrote daneben, die sie gierig verschlangen.

Obgleich sie sich schon lange im Labyrinth der Pyramide aufhielten, warteten stets neue Überraschungen auf sie. Einmal waren es übergroße Gestalten, die den Weg versperrten, ein andermal tat sich vor ihnen eine Grube mit wimmelnden Schlangen auf. Sie hatten jedes Zeitgefühl verloren, wußten nicht mehr, wie lange sie schon unterwegs waren.

Irgendwann rief Marc einer plötzlichen Eingebung folgend aus: »Ich bin sicher, wir sind umgeben von vielen Leuten. Irgend jemand muß schließlich all die Lampen betreuen, die Feuer unterhalten und uns das Wasser hinstellen. Man treibt ein Spiel mit uns!«

Das Eritmädchen nickte, legte aber gebieterisch den Finger auf die Lippen und bedeutete ihm zu schweigen. Doch ihr Begleiter hielt sich nicht daran.

»Jetzt ist es genug«, rief er laut. »Macht ein Ende und holt uns hier heraus!«

Doch die schwersten Prüfungen warteten noch auf sie. Als sie wieder einmal einen schwarzen Gang hinter sich gebracht hatten, gelangten sie in einen wunderschönen Raum. Die Wände waren mit gewebten Teppichen behangen, und von der Decke hing ein Leuchter aus Kristall, dessen Kerzen den Raum milde beleuchteten. Darunter stand ein Tisch mit zwei Stühlen. Er war gedeckt mit silbernen Schüsseln und Tellern. Es roch herrlich nach Gebratenem und Gekochtem. Die ausgehungerten Erits rannten zu der reich gedeckten Tafel, hoben die Deckel von den Schüsseln und fanden gebratene Täubchen, Fisch und knuspriges Fleisch. Es war so verlockend, daß Akandra den Teller hoch aufhäufte. Bevor sie jedoch den ersten Bissen zum Mund führen konnte, rief Marc: »Halt! Das kann eine Falle sein.«

Sie schüttelte mißbilligend den Kopf und meinte, er sei überängstlich und würde überall Gefahren und Feinde sehen. Es fehle ihm an Größe und Mut. Nun solle er sie in Ruhe essen lassen. Er könne ihr zusehen, wie es ihr munde, wenn er freiwillig auf dieses köstliche Mahl verzichten wolle.

Marc trafen ihre Worte wie Schläge. Doch als sie erneut zugreifen wollte, packte er ihren Arm, zog sie hoch und zerrte die Schimpfende weg von der verführerischen Tafel. Außerhalb des Lichtscheins sahen sie jetzt einen kleinen, unscheinbaren Tisch. Darauf standen der ihnen schon bekannte Krug Wasser und zwei Fladenbrote. Dies raffte der Erit zusammen und drängte das Mädchen aus dem Raum.

Nach einer Weile, Akandra hatte das Zetern inzwischen aufgegeben, bemerkte Marc: »Dies war offensichtlich eine Falle. Wir sollten geprüft werden, ob wir Versuchungen widerstehen können.«

»Von mir aus war es eine Prüfung. Du hast auf jeden Fall versagt, denn wir sollen schließlich unseren Mut unter Beweis stellen.«

Der nächste Saal war weit und hoch. Dicke Säulen mußten die Decke stützen. Auf hohen eisernen Ständern waren Schalen angebracht, unter denen Kerzen brannten. Ein seltsamer Geruch hing im Raum. Schwaden von Rauch zogen durch die Luft. All dies ängstigte die Erits sehr, und sie wagten sich nur zögernd vorwärts. Da erhob sich plötzlich ein riesiges Monster vor Marc, und Akandra sah von oben ein geflügeltes Untier auf sich zu schweben. Beide rissen abwehrend die Hände vor ihre Gesichter und schrien vor Schreck auf. Von allen Seiten stürmten nun Riesen mit häßlichen Fratzen auf sie ein und Dämonen griffen nach ihnen. Der Boden war auf einmal bedeckt mit allerlei ekelhaftem Gewürm. Schlangen und Insekten krochen an ihren Beinen empor, aber sie spürten keinen Biß und keinen Stich.

Entsetzt drehte Marc sich um und wollte fliehen. Nun war es Akandra, die die Nerven bewahrte. Sie hielt den Gefährten zurück und rief: »Das sind alles nur Visionen und Halluzinationen. Es besteht keine wirkliche Gefahr. Gib nicht auf! Wir müssen durch diesen Raum hindurch!«

»Ich kann nicht«, wimmerte der Junge. »Das halte ich nicht aus!«

Wie damals am Eingang in die Unterwelt, bei ihrer Reise zu den Älteren, nahm Akandra den hilflosen Marc an der Hand und zog ihn mit sich. Auch ihr war übel vor Angst, denn das, was sie als Visionen bezeichnet hatte, war gar zu real. Ihr Herz schlug bis zum Hals und ihre Zähne klapperten. Willenlos ließ sich der Erit mitziehen. Er hatte die Augen geschlossen, denn er konnte den furchtbaren Anblick nicht ertragen. Auch das Mädchen hätte gern den Blick abgewendet, aber einer mußte auf den Weg achten, und die Aufgabe übernahm sie. Je weiter sie kamen, desto gräßlicher wurden die Gestalten, die sie angriffen. Irgendwann war die Angst so groß, daß sie in die Knie sanken. Marc warf sich auf den Boden, verschränkte die Arme im Nacken und wartete auf das Ende. Doch die tapfere Akandra gab nicht auf. Sie kroch auf den Knien weiter und zerrte ihn mit sich. Zwischen den hohen Säulen, die plötzlich lebendig wurden, wanden sie sich hindurch, sahen vor sich den Ausgang aus dem Saal, sprangen auf und rannten los – und waren gerettet.

Der Zeitenwanderer

Es dauerte lange, bis ihre Herzen wieder normal schlugen und ihr Atem ruhig ging. Sie waren von Schweiß völlig durchnäßt. Aber langsam lichtete sich der Nebel um ihre Köpfe, und endlich war es ihnen möglich, sich umzusehen. Sie saßen auf dem Boden eines kreisrunden Ganges. Die Mauer hinter ihnen war schwarz und die vor ihnen ganz aus Gold. In die schwarze Mauer waren viele der seltsamen Lampen eingelassen und brachten das Gold zum Glänzen.

Mühsam erhoben sie sich und folgten dem Gang. Als sie ihn umrundeten, fanden sie auf der entgegengesetzten Seite einen Durchgang in den runden Innenraum. Dieses Tor war reich geschmückt und mit Ornamenten verziert. Zögernd schritten sie hindurch. Der runde Raum, den sie nun betraten, war hell erleuchtet. Auch seine Wände glänzten golden.

Mitten im Raum stand ein Stuhl aus schwarzem Ebenholz. Darauf saß eine junge Frau. Sie hatte langes, schwarzes Haar, leuchtende Augen und ein weißes, ebenmäßiges Gesicht. Ihre schmalen, langfingrigen Hände lagen unbeweglich auf den Lehnen des Stuhls. Ihr Körper war in ein goldenes Gewand gehüllt. Sie sah die beiden Eindringlinge freundlich an.

»da bist du endlich«, sagte sie mit gleichförmiger Stimme ohne jede Betonung. »ich habe dich erwartet.« Es war nicht klar, wen von beiden sie ansprach.

Dann deutete sie auf zwei Schemel zu ihren Füßen und fügte hinzu: »nimm platz!«

»Wer seid Ihr?«, fragte Marc voller Staunen.

»ich bin der zeitenwanderer, von dem man dir erzählt hat.«
»Ihr? Eine junge Frau?« Akandra war fassungslos.
»so jung bin ich nicht mehr«, antwortete die Frau. »ich bin beinahe so alt wie die welt.«
»Wie heißt Ihr?«
»mein name ist inzwischen so lang, daß es wochen dauern würde, ihn auszusprechen. es genügt, wenn du mich einfach ma nennst.«
»Ich habe so viele Fragen«, sagte Marc begierig. »Darf ich sie stellen?«
»du bist zum fragen gekommen.«
»Ich wollte nicht von mir aus kommen. Man hat uns hierher geschickt.«
»man hätte dich nicht geschickt, wenn du nicht gewollt hättest. du wußtest nur noch nicht, daß du es wolltest. doch nun stell deine fragen.«
»Was ist das Geheimnis der Pyramide?«
»was sich in ihrem zentrum aufhält, vergeht nicht. hier ist das zentrum. in dieser pyramide habe ich meine erinnerungen aufbewahrt.«
»Warum lebt Ihr hier im Dunkel?« mischte sich Akandra ein. »Draußen scheint die helle Sonne, und alle Lebewesen lieben doch das Licht.«
»ich habe in meinem leben so viel licht gesehen, daß ein wenig dunkelheit guttut.«
»Aber hier im Innern der Pyramide erlebt Ihr nichts von der Welt. Das Leben geht an Euch vorüber.«
»die welt ist in mir, und ich bin in der welt. ich sehe mit meinem geist mehr von der welt, als du mit deinen augen.«
»Gibt es noch andere Zeitenwanderer?«
»ich kenne noch einige, aber es sind nicht sehr viele.«
»Warum schließt Ihr Euch nicht zusammen?«
»wer so viel erlebt hat wie wir, schätzt die einsamkeit.«
»Habt Ihr Euch denn nie verliebt und wolltet eine Familie gründen?«
»so oft, daß ich es nicht mehr zählen kann. doch der schmerz, wenn mich die geliebten verließen und starben, wurde bei keinem Mal geringer.«
»Ihr seid eine schöne junge Frau. Sehnt Ihr Euch nicht manchmal nach einem Mann?« Das Thema war Akandra sehr wichtig.

Da lachte Ma laut und antwortete nicht.

»Kennt Ihr die Älteren?«

»ich habe sie früher oft besucht.«

»Sind sie auch Zeitenwanderer?«

»nein. es sind die älteren, von denen alles leben kommt.«

Die beiden Erits stellten noch viele Fragen, bis Ma endlich abwinkte und mit der Unterweisung begann.

Zuerst erfuhren Marc und Akandra allgemeine Grundsätze, wie »du bist nie allein. allein könntest du keine stunde überleben. es ist stets jemand bei dir. nimm die hilfe an und sei dankbar.«

Auch Ratschläge wie »töte nicht, damit du nicht getötet wirst«, wurden ihnen zuteil. Ma sprach mit warmer Stimme über das Zusammenleben aller Lebewesen auf dieser Welt und erklärte, weshalb es immer wieder zu Kampf und Krieg kommt. Ein jeder glaube, so sagte sie, daß der andere den Streit begonnen habe und er selbst sich nur wehre. Jeder halte seine Sache für die gerechte und den anderen für den Angreifer.

Ein andermal erklärte Ma, daß jedes Glück und jeder Erfolg bezahlt werden müßten. Deshalb gäbe es kein grenzenloses Glück, und wer zu viel Erfolg habe, der müsse sich fürchten.

Viele Stunden vergingen, und die beiden Erits wurden müde. Sie konnten kaum noch zuhören und die schweren Augenlider offenhalten. Deshalb endete Ma mit einem letzten Hinweis: »es gibt keine gerechten kriege, aber du mußt dich verteidigen.«

Dann durften sich die Besucher zur Ruhe begeben. Ein Diener in blauem Gewand erschien wie aus dem Nichts und brachte Matten, die auf den Boden gelegt wurden und wunderbar weich waren. Darauf schliefen die Erits unter den Blicken von Ma ein.

Als sie wieder erwachten, saß der Zeitenwanderer noch immer unbeweglich auf seinem Platz. Ma wartete bis sich ihre Gäste mit Wasser und Brot gestärkt hatten, dann fuhr sie mit der Unterweisung fort. Sie erzählte von den Vespucci und ihren Eigenarten, und die Erits bekamen Hinweise, die ihnen einst sehr nützlich sein sollten. Auch die Eigenheiten der Rutaner wurden geschildert. Und das Reden über diese beiden Völker nahm die Zeit bis zum nächsten Schlaf in Anspruch.

Danach kamen praktische Anweisungen: »nimm einen stein und laß dir seine geschichte erzählen, dann nimm ein reiskorn und höre ihm zu.«

Irgendwann unterbrach Marc die Lehrerin und fragte: »Warum gebt Ihr Euch solche Mühe mit uns?«

»weil die welt in gefahr ist, weil ich ungerechtigkeit hasse, weil du ohne meine hilfe keine chance in vespucci hast, weil du sonst in den sicheren tod gehen würdest.«

»Aber wenn unsere Aufgabe so wichtig ist, wenn wir Euch so viel Mühe wert sind, warum habt Ihr dann zugelassen, daß unser Leben bei dem Weg durch die Pyramide so oft in Gefahr gebracht wurde? Wir hätten umkommen können.«

»das ist richtig. wenn du die prüfungen auf dem weg zu mir nicht bestanden hättest, dann wäre deine mission nach vespucci von vornherein zum scheitern verurteilt gewesen. wenn du umgekommen wärst, so hätte ich mir keine mühe mit dir zu machen brauchen.«

Akandra erinnerte sich plötzlich und mischte sich ein: »War das gute Essen, das wir vorgefunden haben, tatsächlich vergiftet oder hat Marc wieder einmal Gespenster gesehen?«

»es war gut, daß du nicht gegessen hast.«

Marc hatte eine Idee und platzte sogleich damit heraus: »Ihr seid mächtig. Warum begleitet Ihr uns nicht zu den Vespucci und helft uns bei unserer Aufgabe?«

»ich sehe, was in der welt vor sich geht. aber ich will nicht mehr eingreifen. ich bin zu oft enttäuscht worden. zu viele habe ich kommen und gehen sehen. ich mag den tod nicht mehr erleben. eines tages wird auch dieses zeitalter vorbei sein und die spuren aller wesen getilgt. dann werde ich weiterwandern und auf die nächste kultur warten. sie wird sich aus einfachen anfängen entwickeln, und die neuen generationen werden glauben, sie seien die ersten mit vernunft begabten geschöpfe. dann werde ich da und dort helfen und mich schließlich wieder zurückziehen, um auf den neuen untergang zu warten, der gewiß kommt. aber die kämpfe müßt ihr sterblichen selbst führen. meine aufgabe ist es zuzusehen und mitzuleiden. meine rolle des beobachters aber ist die schwerste.«

Nun begann Ma mit den Übungen. Sie lehrte die Erits, ihren Geist zu öffnen und zu schließen, ihn abzuschirmen, und zu spüren, wenn sich jemand in ihren Geist schlich. Marc und Akandra lernten, sich ohne Worte Gefühle mitzuteilen und erlebten Möglichkeiten, von deren Existenz sie bislang nicht einmal gewußt hatten. Dieser dritte Teil der Einweihung dauerte am längsten und war der anstrengendste.

Endlich war die junge Frau auf dem Ebenholzstuhl zufrieden.

»marc«, sagte sie, und es war das erste Mal, daß sie einen der beiden direkt ansprach, »du wurdest durch deinen besuch im mal ausgezeichnet. bist du dir klar, welche verpflichtung du damit auf dich genommen hast?«

»Eine Verpflichtung?« Der Junge war verwirrt.

»ja, eine verpflichtung, denn jedes geschenk ist eine verpflichtung.«

»Ich weiß nicht, was man von mir will!«

»du wirst es noch erfahren.«

Der Abschied kam, und er fiel den beiden Erits schwer. Sie hätten gern auf das Licht der Sonne verzichtet, wenn sie bei Ma hätten bleiben können. Der Zeitenwanderer reichte beiden die Hand. Sie war hell, langfingrig und kalt. Ein leichtes Lächeln trat auf die blassen Lippen: »ich mag dich, und ich wünsche dir viel glück. du hast den schwersten weg noch vor dir. in gedanken werde ich dich begleiten.«

Marc und Akandra bedankten sich von Herzen, aber sie zögerten die Trennung immer wieder hinaus.

Da tröstete sie die Frau: »der abschied ist das schwerste von allem. ich habe ihn schon unzählige male geübt, und noch immer hat sein schmerz macht über mich. man kann sich an ihn nicht gewöhnen. in den äonen ist mein herz leider noch immer nicht erkaltet. hier, wohin ich mich zurückgezogen habe, sind abschiede zum glück selten. doch dir stehen noch bittere abschiede bevor.«

Dann erschienen Diener, und Ma gab ihnen ein Zeichen, die Besucher hinauszugeleiten. Die Erits waren schon an der Tür, da rief sie der Zeitenwanderer noch einmal zurück und sagte: »deine aufgabe kannst du nur mit einer frage erfüllen.«

»Wie heißt sie?« fragte Akandra sofort.

»du mußt diese frage selbst finden. ich kann sie dir nicht sagen. sie muß dir geschenkt werden. zwar kannst du zaubern nicht lernen, denn das ist nicht deine bestimmung. aber auf die richtige weise fragen, ist wie zaubern. besonders du, marc, bist im mal darauf vorbereitet worden. wenn die richtigen fragen gestellt werden, haben selbst die zauberer keine macht mehr. in der welt gibt es zauberer, weil die sterblichen das fragen noch nicht gelernt haben.«

»Ihr redet immer von Fragen«, entgegnete Akandra ein wenig unwillig. »Sind Antworten nicht viel wichtiger?«

»die richtige frage beinhaltet bereits die antwort, auch wenn dies der fragende nicht weiß. die frage ist der anfang. sie bedeutet, daß man sich auf den weg macht, und der weg ist allemal wichtiger als das ziel. das ziel erreicht man in der regel von selbst, wenn man erst einmal auf dem richtigen weg ist. so ist es auch mit der antwort. sie stellt sich dann schon ein, wenn die frage richtig gestellt wurde.

und nun geh. vielleicht sehen wir uns wieder. ich habe dir gegeben, was ich dir geben konnte. lebe wohl und gedenke eines einsamen wesens jenseits aller zeiten.«

Die Diener führten nun die Erits hinaus. Unterwegs machten sie in einer Kammer halt, wo sie in blaue Seide gekleidet wurden. Schließlich erreichten sie eine schwere Steintür; sie öffnete sich und die beiden standen im Freien.

Der neue Weg

Bei ihrem Erscheinen liefen viele Vogelmenschen zusammen. Aber ihre Haltung war nicht mehr feindselig. Sie starrten vielmehr die beiden Erits voller Ehrfurcht an. Die steinerne Tür war hinter ihnen zugefallen, es gab kein Zurück mehr. Der Abschied von dem Zeitenwanderer war Marc schwergefallen. Was er von Ma erfahren hatte, würde er sein Leben lang nicht mehr vergessen. Er war ein anderer geworden. Dies mußten auch die Kuririri ahnen.

Dann kam die Überraschung. Eine Frau drängte sich durch die gaffende Menge und umarmte sie, es war Qumara. Sie war schon vor Tagen von ihren Erkundungen zurückgekehrt und hatte auf ihre Schützlinge gewartet. Auch Formundo und Aramarandu hatten sich eingefunden. Sie freuten sich und gratulierten den Erits. Es war, als wären Akandra und Marc neu geboren. Zu Ehren der Gäste aus dem fernen Heimland veranstaltete man ein großes Fest, bei dem Wein und köstliche Speisen aufgetragen wurden. Die Erits standen dabei im Mittelpunkt. Man ließ sie hochleben, tafelte und sang bis spät in die Nacht.

Am nächsten Morgen wollten die Erits sogleich aufbrechen, doch Qumara dämpfte ihren Eifer.

»Die Vespucci sind uns auf der Spur«, sagte sie. »Vielleicht haben uns die Vogelmenschen verraten? Ich nehme aber an, daß es die Begegnung mit den Hanoliks war, die sie auf unsere Spur geführt hat. Sie haben alle Wege nach Osten abgeriegelt. Die Straßen werden streng überwacht. Ich bin ratlos und weiß nicht, wohin wir gehen können. Ich könnte allein vielleicht noch ungesehen durchkommen, aber zwei Erits sind auf dem Weg nach Osten unübersehbar. Jeder Schritt, den ihr tut, wird sich in Windeseile herumsprechen.«

Akandra saß mit Tränen der Wut in den Augen schweigend da, und Marc lief unruhig auf und ab.

»Es muß ganz einfach einen Ausweg geben«, murmelte er immer wieder.

Da hörten sie hinter sich eine Stimme: »Es gibt einen Ausweg!«

Es war einer der Quonomodos in blauer Kleidung. Sein langes Haar war zerzaust, so sehr hatte er sich beeilt. Er keuchte, als er sagte: »Der Zeitenwanderer schickt mich. Ich soll Euch etwas ausrichten. Die Botschaft lautet: ›Geht über das Meer. Auf dem Wasser stehen keine Wachen.‹ Es wird Euch aber empfohlen, bald zu gehen und nicht zu zögern.«

»Das ist wahr!« jubelte die Zauberin. Das Meer wird nicht bewacht. Daran hätte ich selbst denken können! Auf dem Wasser erwarten uns die Vespucci nicht. Wenn wir mit einem Schiff die Küste entlangfahren, umgehen wir all ihre Posten und werden nicht gesehen.«

Da erinnerte sich Marc, der bei den Älteren die Karten genau studiert und sich eingeprägt hatte, daß ein möglicher Weg schon damals über das Wasser eingezeichnet gewesen war. Er hatte nur nicht weiter darauf geachtet.

»Das bedeutet«, so erklärte er, »die Älteren haben schon damit gerechnet, daß wir ein Schiff benutzen müssen.«

»Dann laßt uns aufbrechen«, sagte Qumara. »Die Zeit drängt. In Centratur ist das Chaos ausgebrochen. Die Vespucci waren nicht untätig, sondern sehr erfolgreich. Die Kämpfe stehen kurz vor dem Ausbruch, und alle Chancen liegen auf seiten Ormors und seiner Verbündeten. Der Zeitenwanderer hat recht, wir müssen uns sofort auf den Weg machen.« Nach einer Pause sprach sie etwas kleinlaut weiter: »Aber der Gedanke an das Meer schreckt mich. Ich war noch nie auf einem Schiff. Dort kenne ich mich nicht aus und bin hilflos. Auch können wir von einem Schiff nicht fliehen, wenn Gefahr droht.«

»Ist die Weite des Meeres nicht der beste Schutz?« fragte Akandra.

»Das weiß ich nicht. Man hat mir in meiner Jugend nur gesagt, daß das Meer lebt. All das Wasser ist einem einzigen, großen Willen unterworfen, und ich bin mir nicht sicher, ob er uns freundlich gesinnt ist. Zu ihm habe ich keine Verbindung.«

Da mischte sich der Bote noch einmal ein: »Der Zeitenwanderer hat mit Euren Bedenken gerechnet. Er hat mir deshalb noch eine Botschaft aufgetragen und läßt Euch ausrichten, er wird mit dem Meer sprechen.«

Arandiel

Die Mäuler schnappten vergeblich nach Luft, und die Kiemen öffneten und schlossen sich umsonst. Die Fische waren ihrem Element entrissen und dem Tod geweiht. Die Schwänze schlugen nur noch müde, aber noch immer versuchte sich der eine oder andere Körper zurück in die vertraute Umgebung zu schnellen. Die Augen blickten starr und traurig, und Marc war es, als flehten sie ihn um Hilfe an, als riefen sie: »Hat denn keiner Mitleid?«

Mitleid hatte er schon, aber helfen konnte er nicht.

So ist mein ganzes Leben, dachte er. Ich sehe das Leid um mich herum und bin doch unfähig etwas zu tun.

Die Fische lagen auf den nassen Planken eines Schiffes. Ein Mann in weißen Hosen, die ausgefranst an den Waden endeten, faßte mit beiden Händen in den zappelnden Haufen und warf die Tiere in Körbe aus Stroh. Sein Oberkörper war nackt und muskulös, die Haut braun und wettergegerbt. Das Boot war ein Fischerkahn mit einem Mast und einem kleinen Unterstand. Zum Steuern diente ein langes Ruder, das am Heck ins Wasser ragte und nun eingezogen war. Das fleckige Segel war noch naß und nur zum Teil eingerollt, damit es trocknen konnte. Überall auf Deck lagen zusammengerollte Seile und Ledereimer.

Ein zweiter Mann, dessen Kleidung der des ersten glich, war dabei, das Netz zu säubern, das im Heck des Bootes als großer schwarzer Haufen lag. Er zog es mit einem Seil, das durch eine Rolle am Mast lief, Stück für Stück nach oben. Immer wenn er die toten kleinen Fische und den Seetang aus dem Netz entfernt hatte, hievte er es ein wenig weiter. Er hatte noch viel Arbeit vor sich, und Akandra sah ihm schaudernd zu. Es stank nach Fisch und verrottendem Tang.

Auf dem Schiff daneben sah es genauso aus. Nur, daß dort Krebse und Hummer auf dem Deck herumkrabbelten und einen Weg zurück ins Meer suchten. Die hölzernen Boote waren schon alt und vom Salzwasser zerfressen. Im schwachen Wellengang dümpelten sie leicht am Kai.

Auf der Kaimauer saßen die beiden Erits. Ihre nackten Füße baumelten über der Wasserfläche, aber sonst waren sie zwischen Körben und Bergen aus Tauen gut versteckt. Es war warm. Sie hatten ihre Jacken abgelegt und trugen nur noch Hemden, deren Ärmel sie hochgekrempelt hatten. Ihre Gesichter waren wie die Arme sonnenverbrannt. Die langen Haare mußten dringend wieder einmal geschnitten werden. Gepäck und die Waffen lagen neben ihnen, die Mäntel darüber gebreitet, um alles zu verbergen. Das weite Meer, das sie durch die Hafeneinfahrt sehen konnten, und die Sonne hatten sie gut gelaunt und schläfrig gemacht.

Entspannt lehnte sich Marc zurück und blinzelte in den blauen Himmel.

»Hier am Meer sitzend die Zeit mit Nichtstun verbringen, so würde mir unsere Reise Spaß machen«, sagte er.

»Mir auch«, erwiderte Akandra träge, »aber leider können wir hier nicht bleiben. Wir haben schon zu viel Zeit verloren. Hoffentlich ist Qumara bei ihrer Suche nach einem Schiff erfolgreich!«

»Von mir aus kann sie sich Zeit lassen. Ich habe es nicht eilig, von hier wegzukommen.«

»Marc, du bist wie immer pflichtvergessen«, tadelte ihn das Mädchen. Aber ihre Stimme war nicht streng, denn auch sie wäre gern geblieben.

»Den Kindern hätte es hier auch gefallen«, bemerkte Marc nach einer Weile. »Schade, daß sie uns verlassen haben.«

»Ich vermisse sie auch. Aber die Reise mit uns war ihnen wohl doch zu gefährlich. Ich möchte wissen, wo sie jetzt sind?«

Die Erits hatten die Ruhe verdient. Es war ein weiter Weg gewesen von Mad nach Arandiel, der Hafenstadt am Meer. Sie waren bei Nacht gewandert, hatten Dörfer weiträumig umgangen und nur von dem Proviant, den man ihnen mitgegeben hatte, gezehrt. Die Zauberin war noch vorsichtiger als sonst gewesen und oft vorausgeschlichen, während ihre Schützlinge warten mußten. Aber sie waren gut vorangekommen, von Feinden unbehelligt geblieben, und offensichtlich hatte sie auch niemand entdeckt und verraten.

Die Stadttore von Arandiel hatten sie zusammen mit einer Gruppe Händler, die eine Herde schwer beladener Esel trieben, passiert. So waren sie nicht weiter aufgefallen. Man hatte den Fremden keine große Beachtung geschenkt, denn hier im tiefen Süden herrschte noch immer Friede. Ormors Krieg war weit weg. Viel fremdes und seltsames Volk trieb sich auf den Straßen herum, deshalb fielen die beiden Erits aus dem Norden überhaupt nicht auf.

Zwerge eilten durch die Stadt, Menschen gingen ihren Geschäften nach, und einmal glaubte Qumara sogar, einen Achajer entdeckt zu haben. Viele zwielichtige Gestalten liefen hier herum. Sie trugen Narben am ganzen Körper und schwere Waffen. Einem hatte man ein Auge ausgestochen, das Gesicht eines anderen war durch einen Schwertstreich gespalten und vernarbt. Man sah Leute, denen man wegen irgendwelcher Vergehen die Hand abgeschlagen hatte, Einbeinige, die sich nur auf Krücken vorwärtsbewegen konnten, und manche hatten beide Beine verloren und saßen auf niedrigen Karren. Bettler riefen nach milden Gaben, und Männer mit goldenen Ohr-, Arm- und Halsringen zeigten ihren Reichtum. In dieser Stadt tummelten sich Händler und Fischer ebenso wie Seeräuber.

Die Häuser duckten sich windschief in den Gassen, und in den zahlreichen Kneipen und Gasthäusern gab man sich dem Glücksspiel hin. Der Alkohol floß in Strömen, und Huren und Strichjungen hatten Tag und Nacht zu tun.

Qumara fühlte sich in den Mauern von Arandiel nicht wohl. Sie war eine Frau der Natur. Im Wald, da kannte sie sich aus, da fühlte sie das Wesen der Bäume. Hier dagegen war ihr alles fremd. Es fiel ihr schwer herauszufinden, wem sie vertrauen konnte und wem nicht. Sie war hilflos und wurde ängstlich. Die Frau aus Rutan wollte diesen Ort so rasch wie möglich wieder verlassen. Deshalb hatte sie sich von den Erits Gold geben lassen und sich auf den Weg gemacht, ein Schiff zu suchen, mit dem sie die Küste entlangsegeln konnten.

Nun stand sie hinter den Erits. Sie war lautlos gekommen und legte ihnen ihre Hände auf die Schultern. Ihr Gesicht war bekümmert.

»Ich habe kein Schiff gefunden, denn ich mußte vorsichtig sein. Wenn ich allzu offen gefragt hätte, wäre man auf mich aufmerksam geworden. Morgen will ich es wieder versuchen, aber ich fürchte, wir müssen erst einmal hierbleiben.«

»Wo sollen wir wohnen?« fragte Akandra.

»Ich weiß es noch nicht. Wir werden schon in irgendeinem Gasthaus unterkommen.«

»Jetzt machen wir uns erst einmal auf den Weg und besorgen etwas zu essen«, schlug Marc vor.

Die beiden Frauen stimmten zu, und so verließen sie den Hafen, die Kais und den Geruch nach Fisch und Meer, und liefen in die Stadt. Die Straßen waren schmutzig und schon bei hellem Tageslicht lagen Betrunkene im Kot. Angeekelt sah Qumara weg. Plötzlich aber rief sie leise: »Vorsicht!« und zog ihre Schützlinge in eine Seitengasse. Dort rannten sie, so schnell es ihr Gepäck zuließ.

»Was ist los?« keuchte Marc.

»Ich habe Vespucci gesehen. Es waren vier. Ich hoffe nur, sie haben uns nicht entdeckt. Diese Stadt ist für uns nicht mehr sicher. Sie werden in allen Gasthöfen nach kleinen Leuten forschen.« Die Stimme der Zauberin klang ratlos.

In diesem Augenblick taumelte ihnen eine betrunkene Frau entgegen. Sie war schon älter, leicht bekleidet und grell geschminkt. Es war offensichtlich, welchem Gewerbe sie nachging. Sie war sicherlich seit der letzten Nacht unterwegs und an diesem Tag noch nicht zu Hause gewesen. Bei ihrem Anblick hatte Akandra eine Idee. Sie trat auf die Hure zu, um ihr etwas zu sagen, wurde aber zurückgestoßen.

»Hau ab«, fluchte die Frau. »Bei mir ist nichts zu holen! Versuch nicht, mich auszurauben. Alles was ich hab', hat mir schon so ein Scheißkerl abgenommen. Wenn du mir noch mal näher kommst, hau ich dir eine in die Fresse!«

Akandra ließ sich von der Schimpfkanonade nicht beeindrucken. Sie zog ein Silberstück hervor und hielt es der Frau unter die Nase.

»Das hier kannst du haben«, sagte sie.

Die Stimme der Hure änderte sich sofort.

»Gib her«, bettelte sie. »Was soll ich dafür tun?«

»Nimm uns mit!«

»Wohin?«

»Zu dir nach Hause.«

Einen Moment war die Frau sprachlos. Dann pfiff sie durch die Zähne und meinte: »So was hab' ich noch nie gemacht. Zwei Frauen und ein Junge. Das ist ja wohl das Ausgefallenste, was ich mir denken kann. Aber meinetwegen.«

Dann, nach einer Pause, in der sie angestrengt nachdachte: »Das kostet aber mehr. So billig mach' ich solche Schweinereien nicht.«

Es war klar, daß sie den Preis in die Höhe treiben wollte. Das Silberstück war mehr, als sie im ganzen Monat verdiente.

Doch Akandra feilschte nicht: »Jetzt geh erst mal los. Über den Preis reden wir später.«

»Nein, der Preis wird zuvor ausgemacht«, zeterte die Frau.

»Na gut!« Akandra holte ein zweites Silberstück hervor. »Reicht dies?«

Die Augen der Hure wurden noch gieriger. Aber sie beherrschte sich und tat ganz gleichgültig: »Na, meinetwegen. Aber wenn es zu schlimm kommt, verlang' ich mehr.«

Qumara, die den Handel zuerst verwirrt und dann schmunzelnd verfolgt hatte, drängte: »Los! Wir müssen machen, daß wir hier wegkommen.«

»Ist ja schon gut. Die Alte kann es wohl kaum erwarten«, grölte die Hure. Sie ging aber voran und schloß, nachdem sie durch drei Gassen gegangen waren, eine Brettertür auf. Alle schlüpften hinein, und als sich Qumara, die als letzte ging, noch einmal umblickte, sah sie, daß dies keinen Augenblick zu früh gewesen war. Um die Ecke bog ein Glatzkopf.

Sie stiegen eine schmale, steile Treppe empor und gelangten in ein kleines Zimmer mit schrägen Wänden. Auf dem Boden lag ein fleckiger Strohsack; ein Krug mit Wasser und eine angeschlagene Porzellanschüssel standen in der Ecke. Ein paar Kleider lagen verstreut auf den Dielen. Alles war schmutzig und staubig. Akandra ekelte sich.

Die Hure bemerkte den Abscheu der Besucher und sagte: »Ein Palast ist es natürlich nicht. Aber das habt ihr sicher auch nicht erwartet. Ihr seid auch nicht hier, um ein Fest zu feiern, sondern für andere Dinge, bei denen es auf die Umgebung wohl nicht so sehr ankommt. Und nun will ich Vorkasse, und dann fangt an, damit ich's hinter mich bringe.«

»Du solltest erst einmal schlafen«, sagte Qumara sanft.

Sie trat auf die Hure zu und legte ihr die Hand in den Nacken. Da wurde die Frau ganz ruhig, ihre keifende Stimme wurde schläfrig und die Augen fielen ihr zu. Sie begann zu taumeln und wäre gestürzt, wenn ihre Gäste sie nicht aufgefangen hätten. Vorsichtig legten sie die Schlafende auf das zerwühlte Lager. Dann machten sie ein wenig sauber und setzten sich auf den Boden.

»Fürs erste sind wir in Sicherheit«, sagte Qumara. »Das hast du sehr gut gemacht Akandra. Das war wirkliche Geistesgegenwart.«

»Ja«, stimmte die Grafentochter zu. »Auch mein Vater hat meine Geistesgegenwart immer gelobt.«

»Doch was machen wir nun?« fragte Marc, der die Reden vom Grafen nicht mehr hören mochte. »Lange können wir hier nicht bleiben.«

»Wir warten erst einmal, bis die Frau wieder aufwacht. Dann sehen wir weiter. Und nun ruht euch aus!« Die Zauberin hatte entschieden.

Die Hure schlief bis spät in den Abend. Durch das kleine, staubige Fenster fiel kein Licht mehr, und im Zimmer war es stockdunkel, als sie sich auf dem Lager regte. Sie tastete nach einer Kerze, die sie entzündete. Dann setzte sie sich auf und rieb sich den Kopf.

»Verdammt«, stöhnte sie. »Der verdammte Fusel. Ich hab' schon wieder zu viel gesoffen. Das Zeug bringt mich noch mal um. Das wär ja nicht einmal schlimm, wenn nur diese entsetzlichen Kopfschmerzen nicht wären.«

In diesem Moment bemerkte sie ihre Gäste und starrte sie fassungslos an. Dann verzog sie die Lippen zu einem Schrei, aber die Zauberin war schneller. Sie hielt ihr den Mund zu und zischte: »Still! Du hast uns heute freiwillig mitgenommen.«

Mit ängstlichen Augen starrte die Hure sie an. Nun lockerte Qumara den Griff ihrer Hand: »Wenn du uns hilfst, soll es dein Schaden nicht sein.«

Die Frau nickte. Akandra zauberte wieder ein Silberstück hervor, und nun war die Hure restlos überzeugt.

»Wie heißt du?« fragte Qumara.

»Rosenduft nennen mich alle. Aber mein wirklicher Name ist Wibe«, war die gestammelte Antwort.

»Gut, Wibe. Wir wollen ein wenig bei dir bleiben. Auf der Straße ist es uns zu gefährlich. Wenn du stillhältst und uns unterstützt, bekommst du Silber.«

In den Augen der Frau leuchtete Erkenntnis auf. Sie pfiff durch die Zähne und sagte: »Ihr werdet gesucht und müßt euch verbergen. Da seid ihr bei mir völlig richtig. Mir könnt ihr vertrauen. Ich kann schweigen wie ein Grab. Hier seid ihr sicher.«

»Das hoffe ich auch«, sagte die Zauberin. »Wenn dies nicht so ist, dann bekommst du kein Silber, sondern das da...«

Mit diesen Worten zog sie ihr großes Messer und hielt es Rosenduft unter die Nase.

»Ich mache dich kalt, wenn du uns verrätst, und ich werde dich finden, wo immer du dich auch versteckst. Du hast die Wahl zwischen Silber und Eisen.«

Bei diesen Worten verlor Wibe all ihre gespielte Überlegenheit. Ängstlich sackte sie in sich zusammen und wimmerte: »Ihr könnt euch wirklich auf mich verlassen. Aber tut mir nichts.« Dann nach einer Pause: »Wo bin ich da nur reingeraten. Ich ziehe die Schwierigkeiten geradezu an. Immer muß es mich treffen.«

»Betrachte es als Glücksfall«, sagte Akandra. »Durch uns kannst du reich werden.«

»Oder sterben«, fügte Qumara hinzu.

Sie teilten mit Wibe, die keine Nahrungsmittel in ihrem Zimmer hatte, ihre Vorräte und aßen beim Schein des Kerzenstummels. Die Hure holte aus einer Ecke noch einen halben Krug sauren Wein, aus dem sie immer wieder einen Schluck nahm. Ihre Gäste lehnten den Trank dankend ab. Endlich waren alle satt, und Wibe fragte: »Wie soll es nun weitergehen? Wie lange wollt ihr hier sitzen bleiben?«

»Das wissen wir nicht«, sagte Marc, der die ganze Zeit schweigsam geblieben war.

Und Akandra fügte hinzu, um die Zeit zu überbrücken: »Erzähl uns etwas von dir. Wo kommst du her? Wie lange verdienst du schon so dein Geld?«

»Du fragst so wie manche Freier, die hierher kommen, nur um die Lebensgeschichte des gefallenen Mädchens zu hören. Ich weiß nicht, was ihnen daran so viel Spaß macht, aber für ihr Geld bekommen sie von mir alles. Was wollt ihr hören? Die Geschichte, die ich ihnen erzähle, von dem Mädchen aus gutem Haus, das sich unsterblich in einen Taugenichts verliebte, wegen ihm die Eltern verließ, von ihm betrogen wurde und schließlich in der Gosse endete? Oder interessiert euch die Wahrheit? Sie ist bei weitem nicht so anrührend.«

»Versuch es mal mit der Wahrheit«, sagte Akandra. »Das ist doch mal was Neues für dich.«

Wibe

Ihre Stimme hatte etwas Beruhigendes, so daß Wibe mit dem Kopf nickte und sagte: »Also gut! Aber wenn ihr vor Langeweile einschlaft, so bin ich nicht daran schuld.

Geboren und aufgewachsen bin ich in einem kleinen Dorf in Whyten, in der Nähe von Rachis. Von meiner Kindheit gibt es nicht viel zu berichten. Meine Eltern waren Bauern und mein Mann war der Sohn des Nachbarn. Wir heirateten früh, und ich liebte ihn sehr. Schon ein halbes Jahr nach unserer Hochzeit wurde ich schwanger. Doch eines Tages, wir waren beide draußen auf dem Feld, um zu mähen, kamen fremde Männer, die auf Sklavenfang waren. Mir gelang es noch, mich hinter Büschen zu verstecken, aber meinen Mann ergriffen sie und schleppten ihn mit sich. Er wehrte sich wie ein Berserker, aber schließlich schlugen sie ihm etwas über den Kopf und trugen seinen schlaffen Körper rasch davon.

Ich war wie gelähmt vor Entsetzen. Was sollte ich tun? Bis ich ins Dorf zurückgelaufen wäre und Hilfe geholt hätte, wären die Schurken über alle Berge gewesen. Deshalb faßte ich mir ein Herz, und schlich ihnen nach. Wir kamen ans Meer. Draußen in der Bucht ankerte ein Zweimaster, und am Strand lag ein Ruderboot. Da hinein zerrten sie meinen Mann. Ich weiß nicht mehr, woher ich den Mut genommen habe, aber ich schlich mich so nahe heran, daß ich verstehen konnte, was sie riefen. Da hörte ich, wie der eine sagte: ›Der ist gut beieinander. Der bringt was auf dem Sklavenmarkt in Arandiel.‹

Dann segelten sie ab. Ich aber lief nach Hause, packte wie im Traum ein paar Sachen und machte mich auf den Weg nach Arandiel. Es war eine lange Wanderung, und ich will euch nicht langweilen mit all dem, was mir unterwegs geschehen ist. Aber ich hatte nur einen Gedanken, ich wollte zu meinem Mann. Meine größte Sorge war, was mit dem Kind geschehen sollte, das ich trug, wenn es keinen Vater hatte.

Endlich kam ich in diese Stadt und bin hier hängengeblieben. Anfangs lebte ich von den wenigen Kupfermünzen, die ich mitgebracht hatte, dann versuchte ich Arbeit zu finden. Ich bediente in Kneipen und putzte bei vornehmen Leuten. Schließlich kam ich mit einem Sohn nieder, der versorgt werden wollte. Jeden Tag ging ich zum Sklavenmarkt und hielt Ausschau nach meinem Mann. Heute frage ich mich, was ich wohl getan hätte, wenn er aufgetaucht wäre. Geld zum Freikaufen hatte ich natürlich nicht. Aber er blieb verschwunden. Wahrscheinlich hatten sie ihn schon verschachert, bevor ich nach Arandiel gekommen war.

Natürlich hatte ich auch den einen oder anderen Liebhaber, eine junge Frau kann nicht so ganz ohne auskommen. Und eines Morgens legte mir einer von ihnen zwei Kupfermünzen auf das Kopfkissen. Ich könne mehr davon bekommen, wenn ich für ihn arbeite, sagte er.

Nun, ich war jung, hatte meinen Jungen zu ernähren und dachte, es gibt nichts, was man nicht wieder abwaschen kann. So ließ ich mich auf das Geschäft ein. Ich verdiente anfangs nicht schlecht. Jeden Morgen wusch ich mich sorgfältig, und um den Geruch all dieser Männer loszuwerden, tat ich Rosenblätter ins Waschwasser. Bald hatte ich den Namen Rosenduft. Er ist mir bis heute geblieben.

Mein Junge wurde größer, und ich wurde älter, und die Geschäfte gingen schlechter. Der Mann, der mich vor Jahren angeheuert hatte, schickte mich zum Teufel, und ich ging nun auf eigene Rechnung auf die Straße. Geld für Rosenblätter hatte ich schon lange nicht mehr, wozu auch, denn das Waschen ließ ich natürlich auch sein, und was sie mit mir machten, wurde mir immer gleichgültiger. Dennoch verdiente ich immer schlechter. So, und nun bin ich ganz unten. Das ist meine Geschichte. Nun dürft ihr gähnen und euch über die blöde Hure lustig machen.«

»Wir machen uns nicht lustig«, sagte Akandra sanft. »Du hattest kein schönes Leben, wirklich nicht. Konntest du nicht in dein Dorf zurückkehren?«

»Anfangs schon, aber da hatte ich noch immer Hoffnung, meinen Mann wiederzusehen. Wenn ich später nach Hause gegangen wäre, hätten sie mich davongejagt.«

»Und was ist aus deinem Sohn geworden?«

Bei dieser Frage verdüsterte sich das Gesicht der Frau.

»Es geht ihm schlecht, und ich kann ihm nicht helfen.«

Neugierig fragte Marc: »Was ist mit ihm?«

Aber Wibe wollte nicht so recht mit der Sprache heraus.

Sie sagte nur, er heiße Wollarum.

Als Qumara bemerkte, dies sei ein ausgefallener Name, der einem Edelmann gut anstünde, sagte die Frau, ihr Sohn sei auch etwas besonderes. Er sei ein Edelmann, wenn auch nicht von Geburt. Aber seine Gesinnung und seine Manieren entsprächen einem Menschen von Adel.

Wo er im Augenblick sei, wollte Akandra wissen, die genau zugehört und die edlen Eigenschaften mit Wohlgefallen vernommen hatte.

Doch die Frau wollte nicht so recht mit der Sprache heraus. Nun wurden alle neugierig und drängten in sie. Endlich erfuhren sie, daß der Sohn gespielt und verloren hatte. Weil er die Schulden nicht hatte bezahlen können, war er in Schuldknechtschaft geraten. Er mußte im Hafen arbeiten. Seine Mutter besuchte ihn hin und wieder. Offenbar war er sehr unglücklich und wurde bei der schweren Arbeit noch krank. Doch Rosenduft verdiente zu wenig, um ihn auszulösen.

»Wir werden ihn freikaufen«, sagte Akandra entschieden.

»Es geht aber um einen sehr hohen Betrag«, wandte die Mutter ein.

»Wir werden das Geld schon aufbringen.« Die Stimme der Grafentochter duldete keinen Widerspruch. Qumara und Marc sahen sie an, aber sie schwiegen.

Wollarum

Es dämmerte nach den langen Erzählungen und keiner hatte ein Auge zugetan. Noch am gleichen Tag sollte Wollarum aus der Schuldknechtschaft ausgelöst werden. Akandra wünschte keinen Aufschub. Sie schien wie besessen von dieser Aufgabe. Die Erregung der Grafentochter hatte auch Wibe erfaßt. Die beiden Frauen redeten von nichts anderem. Am frühen Morgen wollte die

Mutter losziehen, um den Sohn zu befreien. Akandra war schon dabei, ihr eine Handvoll Goldstücke auszuhändigen, da schritt Qumara ein. Soviel Geld werde nicht hergegeben, sagte sie. Das sei zu gefährlich. Sie wolle lieber selbst gehen und sich um den Sohn kümmern.

Die Grafentochter war enttäuscht und erst recht die Mutter. Als die Rede auf Gold gekommen war, hatte sie leuchtende Augen bekommen und konnte es kaum erwarten, die Goldstücke in ihren Händen zu halten. Doch die Zauberin setzte sich durch. Sie ließ sich beschreiben, wo Wollarum zu finden war, nahm einen Beutel mit Silbermünzen und machte sich auf den Weg. Keiner dürfe das Zimmer verlassen, schärfte sie allen ein.

Es dauerte mehrere Stunden bis sie zurückkam, und die beiden Frauen wurden immer ungeduldiger. Marc hatte sich in eine Ecke gesetzt und wartete. Er konnte die Vorgänge und besonders das Verhalten seiner Gefährtin nicht begreifen. Dann polterte es auf der Treppe, zwei Leute stiegen langsam empor. Die Tür öffnete sich, und Mutter und Sohn lagen sich in den Armen.

Wollarum war ein junger Mann von kleiner und stämmiger Statur. Das blonde Haar fiel ihm bis auf die Schultern und sein Gesicht trug weiche Züge. Seine Hände, die früher nie gearbeitet hatten, waren aufgesprungen und voller Blasen und Schwielen. Akandra hatte ihr strahlendstes Lächeln aufgesetzt und begrüßte den Fremden. Dankbar für die Rettung des Sohnes wandte sich Wibe an Qumara.

»Da war ja einiges an Schulden zu begleichen«, meinte diese vorwurfsvoll. »Von dem, was dein Sohn verspielt hat, hätte man zwei Häuser kaufen können.«

»Ich hatte ein wenig Pech«, meinte der treuherzig und lächelte gewinnend. »Doch meine Chancen standen gut. Ich mußte es einfach wagen.«

Auch Akandra lächelte und sagte: »Das ist doch nun vergessen. Die Schulden sind bezahlt, und nun ist alles gut.«

»Du mußt mir versprechen, nie wieder zu spielen«, verlangte Wibe, »nachdem die guten Leute dich ausgelöst haben.«

»Das verspreche ich, Mutter«, erwiderte Wollarum. »Doch nun muß ich mich auf den Weg machen. Ich will einige Freunde aufsuchen und nach meinen Geschäften sehen. Ich war lange aus dem Verkehr gezogen, müßt ihr wissen.« Mit den letzten Worten wandte er sich entschuldigend an alle Anwesenden.

»Ich werde ihn begleiten«, sagte Akandra sofort.

»Das wäre mir ein Vergnügen«, antwortete Wollarum galant.

»Niemand wird ihn begleiten, und er selbst wird auch hierbleiben«, sagte Qumara scharf. »Mir scheint, ich bin hier in einem Tollhaus. Habt ihr ganz vergessen, daß Vespucci in der Stadt sind und wir einen Auftrag haben?«

»Wir gehen doch nur ganz kurz«, klagte die Grafentochter. »Du kannst uns doch nicht für ewig in dieses Zimmer einsperren.«

»Ihr bleibt!« war die entschiedene Antwort, die keinen Widerspruch duldete. Die Zauberin ließ sich alles Geld geben und verließ die Unterkunft. Marc zog sich wieder in seine Ecke zurück, und Wibe sank auf ihr Bett und versank in dumpfes Brüten. Akandra und Wollarum setzten sich zusammen und tuschelten und lachten. Sie hatten auf Anhieb Gefallen aneinander gefunden.

Weil er in der Nacht kaum geschlafen hatte, nickte Marc ein und sah, als er wieder erwachte, daß sich der junge Mann und die Grafentochter innig küßten. Dieser Anblick tat weh. Zwar hatte er von Akandra niemals ein Zeichen von Zuneigung erfahren und wußte, daß er keinen Anspruch auf sie hatte, aber dennoch hatte er sich Hoffnungen gemacht. Eines Tages wollte er schon ihre Sympathie erringen. Doch nun hatte sie ein anderer gewonnen, jemand, den sie kaum kannte, ein Spieler, der Sohn einer Hure. Er hätte vor Schmerzen schreien mögen, und doch hielt er sich zurück, tat, als ob er weiterschliefe. Als sich die Tür öffnete und Qumara auftauchte, fuhren die beiden auseinander.

Während der nächsten beiden Tage war die Zauberin viel unterwegs, sie suchte noch immer nach einem Schiff. Auf ihren strikten Befehl hin mußten alle zusammen in dem schmuddeligen Zimmer bleiben. Während Akandra und Wollarum miteinander turtelten, bemühte sich Marc, so wenig wie möglich davon mitzubekommen. Er saß in der Ecke und schloß die Augen, versuchte an etwas anderes zu denken, an das Heimland, seine Mutter, an all die Abenteuer, die sie zusammen erlebt hatten. Aber das Kichern und Flüstern drang dennoch in sein Bewußtsein. Ihm war, als würden die beiden neben ihm sitzen und in sein Ohr schreien.

Die Grafentochter war so glücklich wie schon lange nicht mehr in ihrem Leben. Nur die stumme Mißbilligung ihres alten Gefährten störte ein wenig. Doch Wollarum lenkte sie immer wieder ab. Er versuchte, sie zu erheitern, indem er sich über Marc lustig machte. Er erklärte, der Junge solle die Augen nicht verschließen, sondern öffnen und ihnen zusehen, damit er lerne, wie man mit einer Frau umgeht. Der Erit ballte die Fäuste und beherrschte sich, aber von allen Torturen dieser Reise schien ihm die die schlimmste.

Wollarum behandelte Akandra wie eine Gräfin und sie genoß seine Aufmerksamkeiten und sein vornehmes Getue. Wenn die Rede auf Marc kam, so hieß es nur noch »der da«, und Akandra nannte ihn manchmal auch »den Gärtner«. Der Junge war für sie Luft, nicht mehr anwesend.

»Erzähl mir vom Grafen, deinem Vater«, forderte der junge Mann aus Arandiel sie einmal auf.

»Er war von hochherrschaftlicher Gesinnung«, erklärte sie. »Dazu kam sein edler Geist und seine Freundlichkeit zu allen Untertanen. Um dies verständlich zu machen, will ich eine Geschichte erzählen. Durch sie wird seine Gutherzigkeit besonders deutlich.

Wir saßen in der großen Halle unseres Schlosses. Die Tafel war gedeckt, und die Dienstleute trugen gerade die Speisen auf. Wir, das waren meine schöne Mutter, mein Vater, der Graf, und ich. Ich war damals noch sehr jung, aber schon ein hübsches Mädchen.

Die Halle unseres Schlosses war prächtig. An den Wänden hingen wunderbare Teppiche, die Möbel waren aus edlen Hölzern und das Geschirr glänzte golden. Es war eine Pracht. Leider haben die Orokòr später alles vernichtet.«

Wie doch die Erinnerung trügen kann, dachte Marc. Er war oft im Golwinschloß gewesen und hatte seinen Paten besucht. Das Haus war verbaut und kalt gewesen, und der Kamin hatte nie so recht gezogen, so daß die Halle immer rauchig war. An der Wand hing verloren ein kleiner, alter Teppich. Auch die Möbel waren weder prachtvoll noch bequem gewesen.

Akandra fuhr fort: »Wir saßen also beim Mittagsmahl, als es zaghaft an der Tür klopfte. Auf ein Zeichen meines Vaters öffnete der Bediente. Draußen stand ein einfacher Erit, der verlegen eine Mütze in seiner Hand drehte. Auf einen Wink meines Vaters trat er ein.

Mein Vater, der Graf, war guter Stimmung und fragte leutselig, was er denn wolle.

Zuerst rückte der Mann in den einfachen Kleidern nicht mit seinem Anliegen heraus. Man sah ihm an, daß er sich sehr unwohl in seiner Haut fühlte und welche Überwindung es ihn gekostet hatte, solch hohe Herrschaften wie uns aufzusuchen. Endlich rang er sich, nachdem mein Vater ihn mehrfach aufgefordert hatte, zu einer Erklärung durch.

Seine Frau habe gestern einen Jungen geboren, sagte er. Dieser Junge sollte es einmal weiter bringen als seine Eltern. Deshalb sei seine Frau auf den Gedanken gekommen, ihm von Geburt an die Wege zu ebnen. Er solle einen hochgestellten und berühmten Paten bekommen, der ihm später helfen und auch raten könne. Kurz, der Mann bat meinen Vater, die Patenschaft für seinen Sohn zu übernehmen.

Man stelle sich dieses anmaßende Ansinnen vor. Der Graf von Waldmar sollte Pate eines Bauerntölpels werden und sich dem Jungen später gar noch widmen. Nicht genug, daß du, Marc, als Sohn eines Gärtners, einmal im Jahr zu uns gekommen bist, ein Bauernlümmel hatte uns gerade noch gefehlt.«

»In der Tat eine Unverschämtheit von diesem Burschen«, rief Wollarum empört. »Ich hoffe ihr habt ihn zurechtgewiesen und bestraft?«

»Nichts dergleichen«, antwortete das Mädchen. »Da siehst du die Güte meines Vaters. Nur meine Mutter brach in Gelächter aus, als die Unverschämtheit endlich heraus war, und ich fiel mit ein. Der Mann bekam einen roten Kopf und drehte die Mütze noch schneller. Aber mein Vater blieb ruhig und würdig. Er nickte ernst mit dem Kopf und bedankte sich für die Ehre. Wir waren verwundert. Wollte er tatsächlich auf diese Lächerlichkeit eingehen? Dann stand Vater sogar noch auf, trat auf den Mann zu und legte ihm seine Hände auf die Schultern.

Der Graf, so sagte er, sei zwar der Pate eines jeden Kindes in Waldmar, aber in diesem Fall wolle er sich persönlich um den neuen Untertan kümmern. Wie er denn hieße.

›Boll‹, antwortete der Mann, und meine Mutter prustete wegen des komischen Namens erneut los.

›Dein Boll‹, sagte der Graf, ›gehört nun zur Grafenfamilie. Geh nach Hause und berichte deiner Frau alles, was du hier erlebt hast. Und zum Zeichen der Verbundenheit nimm diesen Apfel mit dir. Gemeinsam sollt ihr ihn zum Zeichen unserer Verbundenheit essen.‹

Dann geleitete er den Bittsteller zur Tür.

Als er sie wieder geschlossen hatte, brach Vater in ein schallendes Gelächter aus. Er krümmte sich vor Vergnügen, und wir fielen ein.

›Habt ihr jemals einen solchen Tölpel gesehen?‹ rief er. ›Will mich, den Grafen, für sein Bauernbalg als Paten. Als ob ich nicht Besseres zu tun hätte.‹

Wir lachten noch nach Stunden über den Vorfall. Aber du siehst, mein Vater hat sich als mitleidiger und hochherziger Mann erwiesen. Schließlich hat er sich zurückgehalten und dem Mann das Gefühl gegeben, vom Grafen ernstgenommen worden zu sein. Was konnte der mehr erwarten?«

»Sei mir nicht böse«, platzte Marc, der alles mit angehört hatte, heraus, »aber dein Vater ist ein Schwein!«

Wollarum drohte dem Erit Prügel an, doch Akandra war gut gelaunt und vergab dem aufmüpfigen Gärtnerssohn. Sie verschloß dem Freund aus Arandiel mit einem Kuß die Lippen und sagte, der Gärtner tue ihr leid. Er sei eben eifersüchtig und wisse deshalb nicht mehr, was er von sich gebe. Wollarum solle ihn am besten nicht beachten.

Akandra kümmerte sich fürsorglich um den geliebten Mann. Sie schnitt ihm das Essen vor, rückte ihm zum Schlafen das Lager zurecht und kuschelte sich nachts an ihn. Selbst Qumara verfolgte dieses Treiben mit Erstaunen, aber sie sagte nichts.

Als die Zauberin nach Tagen noch immer keinen Erfolg hatte, bestimmte Akandra, nun werde sie zusammen mit Wollarum die Dinge in die Hand nehmen. Sie ließen sich Gold aushändigen und machten sich auf den Weg. Qumara war so ratlos, daß sie die Grafentochter und Wibes Sohn gewähren ließ.

Eng umschlungen streiften die beiden durch die Stadt und landeten am Hafen. Dort liebten sie sich hinter Körben auf aufgerollten Tauen. Der Gestank toter Fische umgab sie, aber für Akandra roch es nach Rosenduft.

Die Sonne sank bereits, als Akandra und Wollarum zurückkehrten. Sie waren beide in bester Laune. Der junge Mann pfiff auf der Treppe noch ein Lied. Sie begrüßten fröhlich die Wartenden und erklärten auf die bangen Fragen, sie hätten eingekauft und sich deshalb ein wenig verspätet.

Dann wurde ausgepackt. Für Wibe hatte der Sohn einen wunderschönen Teppich mitgebracht und ein mit Brokat besticktes Kissen. Auf dem Markt hatten sie herrliche Leckereien erstanden: Schinken und Würste, seltene Früchte, die von weit her kamen und wundersame Meerestiere.

Am sorgfältigsten aber hatten sie sich selbst ausgestattet. Die

Grafentochter hatte ein neues Gewand. Es war über und über bestickt und mit Perlen verziert und Edelsteine klingelten an ihren Handgelenken. Aber dies alles war noch nichts im Vergleich zu dem, was sie für Wollarum gekauft hatten. Er hatte Wert darauf gelegt, der auffälligste Mann in ganz Arandiel zu werden. Seine Kleider schillerten in allen Farben, um die Schultern hing ein pelzbesetzter Mantel, und an den Fingern trug er Ringe mit leuchtenden Steinen.

Qumara und Marc starrten die beiden an. So etwas hatten sie noch nie gesehen und auch nicht erwartet. Nur Wibe klatschte in die Hände und rief: »Ist er nicht wunderbar, mein Sohn! Er hat einen vorzüglichen Geschmack, den hat er von seiner Mutter. O Junge, ist das eine Freude!«

»Und so willst du auf die Straße gehen, Akandra?« fragte die Zauberin fassungslos.

»Warum nicht? Die Leute sollen ruhig sehen, daß sie es nicht mit gewöhnlichen Leuten zu tun haben. Wirklichen Respekt erwirbt man sich erst, wenn man auch entsprechend angezogen ist. Ihr hättet sehen sollen, wie uns die Leute auf der Straße aus dem Weg gegangen sind. Einige, die wir gar nicht kannten, haben sogar höflich gegrüßt.«

»Und was hat das alles gekostet?« fragte Marc.

»Die paar Goldmünzen, die für das Schiff bestimmt waren, mußte ich dafür schon ausgeben«, bemerkte Akandra nebenher. »Aber wir haben noch mehr davon. Und warum trage ich das Gold schließlich mit mir herum? Doch um damit zu bezahlen. Adel verlangt eben, daß man weiß, was man sich schuldig ist.«

Die Zauberin starrte das Mädchen noch immer gedankenverloren an. Dann bemerkte sie plötzlich: »Akandra hat recht! Wir werden uns alle so teuer kleiden!«

Nun blickte Marc auch sie verblüfft an, bis sie erklärte: »Wenn wir in solchen Kleidern auftauchen, gelten wir als reiche Leute mit seltsamen Schrullen. Niemand wundert sich dann, wenn wir ein Schiff für eine Seereise mieten. Jeder wird annehmen, dies sei eine neue Laune gelangweilter Aufschneider. Akandra, du mußt morgen mit mir einkaufen gehen.«

Am nächsten Tag wurde Qumaras Plan in die Tat umgesetzt. Die Zauberin und der junge Erit bekamen neue Kleider und sogar ein wenig Schmuck, aber alles fiel erheblich bescheidener aus als bei den beiden Verliebten.

Nun machten alle etwas her, und Qumara trat erheblich selbstbewußter auf, als sie an den Kais nach einem Schiff fragte. Sie hatten in wenigen Stunden einen Kapitän gefunden, der bereit war, sie übers Meer zu bringen. Sein Boot war nicht groß und hatte nur einen Mast, machte aber einen recht seetüchtigen Eindruck. Es stank auch nicht nach Fisch, denn es wurde sonst nur zum Transport von Stoffen und Wein benutzt. Ein kleiner Unterstand im Heck bot Schutz vor der Sonne und den rauhen Winden auf See. Die Besatzung bestand aus fünf Mann. Es waren zwar Seeleute, die durch das Leben auf dem Meer hart geworden waren, aber sie hatten offene Gesichter und sahen vertrauenerweckend aus. Auch der Preis, den sie verlangten, war nicht überzogen. Am nächsten Morgen bei Sonnenaufgang wollten sie in See stechen.

Ein überraschender Entschluß

Die letzte Nacht in dem engen Zimmer verging rasch, und noch vor Tagesanbruch wurde es Zeit zum Abschied. Die Habseligkeiten wurden gepackt. Wibe und ihr Sohn erhielten noch ein paar Silberstücke, die Rosenduft beglückt einsteckte. Als sie aber aufbrechen wollten, sagte Akandra: »Gebt mir meinen Teil des Geldes. Ich bleibe hier.«

Marc und die Zauberin sahen sie fassungslos an.

Das Mädchen wiederholte: »Ich werde nicht mehr weiter mit euch reisen, sondern hier bei Wollarum bleiben. Ich habe mein Glück gefunden und kann nicht darauf verzichten. Man darf nicht gegen sein eigenes Schicksal handeln, das wäre Frevel. Und mein Schicksal ist es, hier glücklich zu werden. Gebt mir mein Geld und zieht in Frieden.«

Marc protestierte. »Es ist nicht dein Geld. Die Älteren haben es uns zur Erfüllung unseres Auftrags gegeben.«

Da wurde das Mädchen böse: »Du neidest mir meinen Anteil. War das Geld nicht die Belohnung dafür, daß wir die Treppe bezwungen haben? Du wärst überhaupt nicht zu den Älteren gekommen, wenn ich dir nicht geholfen hätte. Nur mir hast du es zu verdanken, daß du jemals etwas von dem Geld gesehen hast. Im

Grunde gehört das meiste mir und dir nur ein kleiner Anteil. Du warst viel zu schwach und zu feige, um die Prüfungen zu bestehen. Ich weiß gar nicht, warum ich mit dir Feigling so lange durch die Gegend gezogen bin. Wollarum ist wenigstens ein richtiger Mann.

Und nun stelle dich meinem Glück nicht länger in den Weg! Wenn du das Geld nicht freiwillig herausgibst, so lasse ich es dir von Wollarum abnehmen, und zwar alles. Ich lasse mich nicht um meinen Verdienst betrügen. Ich bin nicht durch all diese Gefahren gegangen, um jetzt auf meinen Anteil zu verzichten und dir alles zu schenken.«

Marc starrte sie sprachlos an. Akandra keifte und schimpfte auf eine Art und Weise, wie er es nie zuvor an ihr erlebt hatte. Aber bevor er auch nur ein Wort sagen konnte, fuhr sie auch schon fort: »Es ist ja nicht so, als ob ich habgierig wäre. Aber wir brauchen das Gold. Wollarum will ein Geschäft eröffnen, und wir dürfen uns die Gelegenheit nicht entgehen lassen. Das sind wir unseren künftigen Kindern schuldig.«

»Hast du deine Mutter vergessen?«

Nun wurde die Grafentochter erst richtig wütend: »Laß meine Mutter aus dem Spiel! Ihren Namen darfst du nicht einmal in den Mund nehmen! Sie hätte auch gewollt, daß ich bei ihm bleibe. Wollarum ist der Mann, der mir entspricht.«

Endlich mischte sich Qumara ein: »Kinder habt ihr noch nicht, und ihr tragt genügend Schätze an euch, um jedes beliebige Geschäft eröffnen zu können. Was redest du für einen Unsinn, Akandra?«

Da war sie aber an die Richtige gekommen, denn nun hatte die Grafentochter ein neues Angriffsziel: »Von dir habe ich mich viel zu lange bevormunden lassen. Immer hast du über mich bestimmt, als ob ich noch ein kleines Mädchen wäre. Aber damit ist nun Schluß! Du kannst tun und lassen, was du willst, aber über mein Leben entscheide ich selbst. Du wirst mir nichts vorschreiben, auch nicht, wieviel Geld wir brauchen. Wollarum soll sein Geschäft groß aufziehen. Außerdem muß er für seine arme Mutter sorgen.«

Die Zauberin unterbrach sie und sagte: »Du sollst deinen Willen haben, Akandra. Aber da es hier um mehr geht, als nur um dein persönliches Glück, kann ich dich nicht einfach ziehen lassen. Du weißt zuviel von unserer Mission. Dich hier zurückzulassen, ist für uns nicht nur lebensgefährlich, sondern unser Auftrag würde scheitern. Deshalb kannst du dich zwischen zwei Möglichkeiten entscheiden. Entweder du kommst mit uns und nimmst Wollarum mit, oder du bleibst hier. Aber dann lasse ich dich nicht in dieser Stadt, sondern werde dich mit ihm zusammen zurück nach Mid bringen. Dort bleibt ihr, bis wir aus Rutan zurück sind.«

Nun war das Mädchen ganz außer sich: »Und in der Zwischenzeit verpaßt Wollarum sein Geschäft. So eine Gelegenheit bietet sich nie wieder.«

»Ihr habt auch so genügend Geld, um bis an das Ende eurer Tage reich zu sein.«

Akandra sah die Zauberin an, schwieg plötzlich und sagte ruhig: »Ich werde mit Wollarum reden.«

»Hast du ihm von unserem Auftrag erzählt?« fragte Marc.

»Ich habe ihm nichts Genaues gesagt. Ich bin doch nicht verrückt.«

»Also hast du mit ihm darüber gesprochen?«

»Ein wenig! Zwischen zwei Menschen, die sich lieben, muß Vertrauen herrschen. Wollarum würde nie etwas verraten. Er ist verschwiegen wie ein Grab.«

Fassungslos starrte Qumara sie an: »Du hast es ihm erzählt?«

»Ja«, sagte die Grafentochter trotzig. »Aber er hat mir zu schweigen versprochen.«

»Dann dürfen wir keine Zeit mehr verlieren. Ihr kommt beide mit!«

»Wir denken nicht daran. Wollarum hat mir eben gesagt, daß er auf keines der beiden Angebote eingehen kann. Er will und muß hier in der Stadt bleiben.«

»Was dieser Spieler meint, ist mir gleichgültig. Ihr kommt beide mit.«

»Nein.«

Da legte die Zauberin ihre beiden Hände um den Kopf des Mädchens, und Akandra sank schlafend zusammen. Danach rief Qumara den jungen Mann, und auch ihm legte sie ihre Hände an die Schläfen, bis er umfiel. Zuletzt ging sie zu Wibe, die den Streit aufmerksam und schadenfroh verfolgt hatte. Sie streichelte der Frau über den Kopf, führte die Willenlose dann ins Zimmer und legte sie auf die Pritsche. Dann sagte sie eindringlich: »Du wirst alles vergessen, was du in den letzten fünf Tagen gehört und gesehen hast!«

»Sie wird sich an nichts mehr erinnern«, erklärte sie Marc. »Und nun komm! Wir müssen die beiden aufs Schiff bringen.«

Sie besorgte einen Karren, auf den sie gemeinsam die leblosen Körper luden und schafften die Schlafenden durch die Stadt. Wenn ihnen jemand begegnete, so riefen sie: »Am frühen Tag schon so besoffen. Es ist eine Schande. Und wir Dienstboten dürfen die Herrschaft wieder einmal durch die Gegend karren.«

Am Hafen war das Boot schon zum Auslaufen bereit. Auch die Schiffer glaubten die Geschichte vom exzessiven Rausch der reichen Leute. Wer freiwillig zu seinem Vergnügen aufs Meer hinausfuhr und dafür auch noch bezahlte, dem war alles zuzutrauen. Die beiden Ohnmächtigen wurden im Heck des Schiffes auf Decken gebettet, dann machte die Mannschaft die Leinen los, setzte das Segel, und die Reise konnte beginnen.

Auf See

Als das Schiff auf dem offenen Meer durch die Wellen pflügte, wurde es Marc mulmig zumute. Er fühlte sich einem Element ausgeliefert, das er nicht kannte und dem er nicht traute. Auch Qumara hielt sich ängstlich an der Reling fest. Im Gegensatz zu Marc konnte sie zwar schwimmen, aber diese Weite, bei der das Auge keinen Halt fand, beunruhigte sie.

Die Bootsleute waren sehr freundlich. Der Kapitän erkundigte sich mehrmals nach ihrem Wohlbefinden, und ein junger Bursche, alle riefen ihn Al, grinste sie freundlich an, wann immer er an ihnen vorbei mußte. Die Mannschaft hatte alle Hände voll zu tun. Das Segel mußte, nachdem sie auf offener See waren, ganz entrollt, geglättet und festgemacht werden. Es galt Taue aufzurollen, und einige Ballen Handelsware, die der Kapitän auf eigene Rechnung mitgenommen hatte, wurden unter Deck verstaut. Der Steuermann stand hinten im Schiff und hielt die Ruderpinne fest in seinen kräftigen Händen, und vorne am Bug hielt ein Ausguck nach Markierungen am fernen Ufer Ausschau.

Nach einer Weile trat der Kapitän zu den beiden Fahrgästen, die mit bleichen Gesichtern versuchten, sich an den Wellengang zu gewöhnen. Es ging ihnen nicht gut, das war offensichtlich.

»Das wird schon wieder«, sagte er beruhigend, als er den Zustand der Passagiere sah. »Nach einer Weile ist das Schaukeln kein Problem mehr. Aber jetzt sagt mir, welchen Kurs sollen wir nehmen? Bisher habt ihr mir das Ziel der Reise verschwiegen.«

»Es geht nach Osten«, antwortete Qumara mühsam. »Weit nach Osten.«

»Dann müssen wir unterwegs aber an Land gehen und neuen Proviant holen. Das kostet extra!«

»An Geld soll es nicht scheitern.«

»Ich wäre Euch doch dankbar, wenn Ihr mir das Ziel nennen würdet. Welchen Hafen wollt Ihr anlaufen?«

»Das wissen wir noch nicht. Wir gehen an Land, wo es uns gefällt.« Die Zauberin log hervorragend, obwohl ihr schwindlig war und sich ihr Magen umdrehte.

Der Kapitän gab sich mit dieser Auskunft zufrieden und kehrte zum Steuermann zurück. Dies wurde nötig, denn der Wind nahm zu, und die Wellen setzten weiße Kronen auf.

Inzwischen regten sich Akandra und ihr Freund. Wollarum schlug als erster die Augen auf, beugte sich über die schlafende Frau und sagte zärtlich: »Guten Morgen, Liebes!«

Sie rekelte sich wohlig, sah ihn an und erwiderte seinen Gruß. Dann nahm er sie in die Arme und bedeckte ihr Gesicht mit Küssen. In diesem Augenblick bemerkten sie das Schlingern des Schiffes und stellten fest, daß etwas nicht stimmen konnte. Wollarum sprang auf, sah sich entsetzt um und rief: »Wir sind auf einem Schiff. Sie haben uns mitgenommen.«

Auch Akandra stieß einen Schreckensschrei aus. Sie rannte zu Qumara an die Reling und schimpfte sich empört die Seele aus dem Leib. Gleichmütig hörte ihr die Zauberin zu. Dann erschien der Sohn von Rosenduft und verlangte kategorisch, man müsse sofort umkehren und ihn an Land lassen. Er könne an dieser Schiffsreise nicht teilnehmen.

»Du wirst es wohl müssen«, entgegnete ihm Qumara. »Du weißt zuviel.«

Nun bekam der junge Mann einen Tobsuchtsanfall. Er brüllte, fuchtelte mit den Armen in der Luft und stampfte mit dem Fuß auf.

»Ich bin ein freier Mensch«, rief er. »Ihr könnt mich nicht einfach gefangennehmen.«

»Du bist von uns nicht gefangengenommen worden«, antwortete die Frau aus Rutan kalt. »Wir haben dich gekauft, und haben für dich mehr bezahlt, als du wert bist. Du vergißt wohl, daß du in Schuldknechtschaft warst, bevor wir kamen. Du bist unser Sklave. Aber für einen Sklaven bist du ziemlich herausgeputzt.«

Die Schiffsbesatzung lief neugierig herbei, um zu sehen, was da vor sich ging. Als die Zauberin ihnen erklärte, die beiden Liebenden hätten ausbüxen wollen, und diese Schiffsreise diene in Wirklichkeit dazu, sie wieder zur Vernunft zu bringen, gingen sie beruhigt zurück an ihre Arbeit. Diese Begründung schien ihnen einzuleuchten. Verliebten traute man zu allen Zeiten Verrücktheiten zu und besonders solchen, die Geld hatten.

Wollarum gab keine Ruhe. Immer wieder schrie er, er wolle wieder an Land und das sofort.

Ganz anders verhielt sich Akandra. Nachdem ihre erste Wut verraucht war, und sie einsehen mußte, daß es keine Rückkehr gab, fügte sie sich in ihr Schicksal. Schließlich kannte sie Qumara lange genug, um zu wissen, daß man gegen ihren festen Willen nichts unternehmen konnte. Deshalb versuchte sie, aus der Situation das Beste zu machen.

»Beruhige dich«, sagte sie zu ihrem Freund. »So eine Schiffsreise kann doch auch schön sein, und wir sind schließlich zusammen. Wenn wir zurückkommen, finden sich sicher neue, gewinnversprechende Geschäfte für dich.«

Doch der sah sie an und rief außer sich vor Zorn: »Ach, halt den Mund! Du bist an allem schuld! Wenn du nicht die Idee gehabt hättest, in Arandiel zu bleiben, dann hätten mich diese Verrückten niemals entführt.«

»Du hast mich doch angefleht, ich solle dich nicht verlassen.«

»O nein, ich habe lediglich den Unsinn gesagt, den du hören wolltest. Warum hast du nicht einfach etwas von deinem Gold dagelassen und bist abgehauen?«

Das Mädchen starrte ihn bei diesen Worten entsetzt an. Tränen traten ihm in die Augen.

»Wir lieben uns doch!« sagte sie kläglich.

»Liebe? Was ist das? Ein dummes Wort. Die Liebe kommt und geht. Aber wegen dieser Gefühlsduselei bin ich nun auf diesem Kahn gefangen.« Dann wandte er sich wieder an die Zauberin und sagte mit ruhigerer Stimme: »Ihr müßt mich zurückbringen. Das dauert nicht lang. Nur dieser Schlampe zuliebe kann ich nicht mitkommen. Das müßt Ihr doch verstehen!«

Akandra schluchzte bei diesen Worten laut auf und rannte in den Unterstand. Dort warf sie sich auf die Decken und verbarg ihr Gesicht. Qumara aber schlug Wollarum ins Gesicht und wandte sich ab. Doch als er zum Kapitän rannte und ihn aufforderte, das Schiff zu wenden, schüttelte der nur den Kopf. Er wies mit dem Daumen auf Qumara und sagte: »Sie bezahlt und sie befiehlt.«

Der junge Matrose Al, der kaum älter als das Mädchen war, ging zu Akandra und strich ihr tröstend über das Haar. Langsam beruhigte sie sich und stand mit roten Augen auf. Dann ging sie nach hinten zum Steuermann und sah verloren in die Heckwelle, die das Schiff hinterließ.

Schiffbruch

Der Wind frischte auf, und das Schiff stampfte schwer durch die rauhe See. Sie kamen nun rasch vorwärts. Das Segel war voll gebläht, während der Bug das Wasser so scharf zerteilte, daß links und rechts die Gischt hoch aufspritzte. Bald hatten sich alle an das Schlingern gewöhnt und genossen die Reise. Gegen Mittag waren sie sogar in der Lage etwas von den köstlichen Speisen zu essen, die sie als reiche Leute mitgebracht hatten. Links von ihnen war das Festland als langgezogener Schatten zu erkennen, und einmal sahen sie steuerbord eine ferne Insel vorüberziehen. Möwen umkreisten das Schiff, und einige der Vögel ließen sich oben auf der Rah nieder. Sie kreischten mit ihren rauhen Stimmen und schnappten nach den Brocken, die man ihnen zuwarf.

Wollarum hielt sich von allen fern und lief wie ein gefangener Tiger auf den Planken auf und ab. Er war sehr unruhig. Man sah die Verzweiflung auf seinem Gesicht. Ein wenig tat er Qumara sogar leid. Akandra aber ging an ihm vorüber und würdigte ihn keines Blickes.

Gegen Abend rief der Sohn von Rosenduft plötzlich: »Wir werden verfolgt!«

Er deutete über die Reling nach Westen. Tatsächlich waren dort die Segel von zwei Schiffen gegen die untergehende Sonne zu sehen. Aber der Kapitän beruhigte ihn: »Andere Schiffe sind auf dem Meer etwas ganz Normales. Warum sollten wir verfolgt werden?«

»Die wollen uns umbringen«, kreischte Wollarum. »So tut doch etwas! Segelt schneller!«

Keiner außer Qumara schenkte ihm Aufmerksamkeit, und so stand er allein bleich im Heck und sah zitternd zurück.

Am nächsten Morgen waren die beiden Schiffe schon beträchtlich näher. Es war offensichtlich, daß sie denselben Kurs hatten. Gegen Mittag konnte man bereits Einzelheiten ausmachen. Es waren Dreimaster, die hart am Wind fuhren. Der Kapitän beobachtete sie eine Weile, dann rief er entsetzt: »Das sind Segelgaleeren! Kriegsschiffe auf unserem Kurs! Ich glaube, die haben es tatsächlich auf uns abgesehen!«

Er befahl seiner Mannschaft jeden Fetzen Segel zu setzen. Das Boot wurde zwar schneller, aber bald war klar, daß sie den beiden Verfolgern nicht entkommen konnten. Wollarum stand an der Reling und übergab sich. Als er erschöpft nach Luft schnappte, trat Qumara zu ihm und sagte mit ruhiger Stimme: »Hast du mir nichts zu sagen?«

Er schüttelte den Kopf.

»Was sind das für Schiffe, die uns verfolgen?«

»Woher soll ich das wissen?«

»Du weißt es, und du wirst es mir erzählen!«

»Nun gut«, sagte er endlich nach weiterem vergeblichen Leugnen, »von meinen Freunden hatte ich erfahren, daß Vespucci in der Stadt waren. Sie hatten zwei Geschäftsleute in Arandiel beauftragt, Erkundigungen über kleine Leute und eine Frau einzuziehen. Jede Information sollte gut bezahlt werden. Da bin ich halt hingegangen. Ich hatte schließlich etwas zu verkaufen, und das war ein gutes Geschäft. Jemand wie ich kann sich so was nicht entgehen lassen. Ich komme von unten und will nach oben, da habe ich nichts zu verschenken. Das müßt Ihr doch verstehen!«

»Das Mädchen hätte dir das Zehnfache von dem gegeben, was du für deinen Verrat bekommen hast.«

»Von den Vespucci habe ich auch gutes Geld bekommen und dies zusätzlich. Das Gold des Mädchens hat mir doch so oder so schon gehört. Im übrigen habe ich es nicht böse gemeint. Ich ging davon aus, daß Euch die Flucht gelingt.«

»Warum hattest du dann solche Angst, als du gemerkt hast, daß du auf einem Schiff bist?«

Er schwieg verlegen.

»Was hast du von unseren Plänen verraten?«

»Nur, daß eine Frau mit Erits in den Osten segeln will, und daß sie viel Geld bei sich haben. Das war schließlich kein Geheimnis. Das wußte doch jeder, so wie Ihr mit Eurem Gold um Euch geworfen habt.«

»So, wir haben mit Gold um uns geworfen. Wer hat denn Akandra zu diesen unsinnigen Einkäufen verleitet?«

»Das Einkaufen war ihre Idee! Sie wollte endlich wieder einmal vornehm und anerkannt sein. Da habe ich ihr ein wenig geholfen und sie beraten. Was kann ich dafür, daß die Kleine völlig durchdrehte?«

Er hätte noch lange seine Unschuld beteuert, aber die Zauberin ließ ihn stehen.

Gegen Abend waren die Verfolger so nahe, daß man die Köpfe ihrer Besatzung erkennen konnte. An den Seiten der mächtigen Schiffe bewegten sich Ruder in stetem Takt. Langsam, aber unaufhaltsam kamen sie näher.

»Morgen«, sagte der Kapitän verzweifelt, »werden sie uns entern. Die suchen wahrscheinlich Männer für den Sklavenmarkt.«

»Können wir in der Dunkelheit nicht die Richtung wechseln und sie so abschütteln?« fragte Qumara.

»Ich will es versuchen!«

Als die Nacht so weit fortgeschritten war, daß man die Hand kaum noch vor den Augen sehen konnte, ließ der Kapitän das Steuer herumreißen. Das Schiff kreuzte teils mit, teils gegen den Wind hinaus aufs offene Meer. Bis zum Morgengrauen waren er und seine Leute auf den Beinen und steuerten im rechten Winkel zu ihrem bisherigen Kurs. Alles war still, nur das Rauschen des Wassers war zu hören. Keiner schlief. Alle bangten, ob das Manöver gelingen würde. Am Morgen umgab sie Nebel und das Schreien der Möwen.

»Ich glaube, wir haben es geschafft«, flüsterte Marc und umklammerte mit weißen Knöcheln die Reling.

Aber er hatte sich getäuscht. Als sich nämlich der Nebel lichtete, sahen sie die Verfolger dicht hinter sich. Die Schiffe hielten direkt auf sie zu.

»Wie haben die Hunde uns nur gefunden?« fluchte der Kapitän. »Nun haben wir keine andere Wahl mehr, als uns zu ergeben.«

Er befahl, die weiße Flagge am Mast hochzuziehen und drehte bei.

Doch die Verfolger kümmerten sich nicht darum. Das vordere Schiff hielt voll auf sie zu, ohne seine Fahrt zu verlangsamen. Schon sahen sie den großen Rammsporn, der ein wenig aus dem Wasser ragte.

»Die wollen uns nicht lebend! Die bringen uns um!« schrie ein Matrose entsetzt.

Der Kapitän sah Qumara mit großen Augen an.

»Ihr habt mich belogen«, rief er. »Dies ist keine Vergnügungsreise! Ihr habt uns alle ins Verderben gebracht. Ihr wußtet, daß Ihr verfolgt werdet.«

»Es tut mir leid«, antwortete sie, »aber hättet Ihr uns mitgenommen, wenn ich etwas von der Gefahr erwähnt hätte?«

»Nein, natürlich nicht!«

»Deshalb konnte ich Euch nicht die Wahrheit sagen! Aber ich wollte Euch nicht ins Verderben stürzen. Erst hier auf dem Schiff habe ich erfahren, daß uns dieser Schuft verraten hat.«

Sie hatten keine Zeit mehr für eine längere Auseinandersetzung, denn nun tauchte die Galeere riesengroß über ihnen auf. Sie sahen nur noch den mächtigen Bug und dann bohrte sich der Rammsporn auch schon in ihre Seite und zermalmte das kleine Schiff. Mit einem entsetzlichen Krach zerbarst das Boot. Der Angreifer spaltete den Schiffsrumpf und brach mitten hindurch. Kurz bevor sie untergingen, sah die Zauberin nach oben. Dort stand triumphierend ein kleiner Glatzkopf.

Das Wasser nahm Akandra den Atem. Es war nicht kalt, nur sehr gierig und zog sie hinunter in seine endlose Tiefe. Sie wehrte sich, schlug um sich, kam wieder nach oben, schnappte Luft und wurde wieder hinuntergerissen. Noch einmal gelang es ihr, nach oben zu kommen, da sah sie neben sich etwas aus dem Wasser ragen. Sie griff danach und hielt sich mit aller Kraft daran fest. Es waren Schnüre, die ihr in die Hand schnitten. Das Wasser zerrte noch immer an ihr, wollte sie zum Loslassen zwingen, aber sie ließ sich nicht unterkriegen. Und sie blieb Siegerin. Tief sog sie die kostbare Luft in ihre Lungen, und fand nun die Kraft und die Zeit um sich zu blicken.

Sie klammerte sich an einen der großen verschnürten Ballen, die der Kapitän als Handelsgut mitgenommen hatte. Nicht weit von ihr entfernt schwamm der lange Mast des Schiffes. An ihm hingen der Kapitän und drei Leute seiner Mannschaft. Doch bevor sie sich weiter umsehen konnte, tauchte neben ihr ein bekannter Kopf auf. Es war Wollarum, der mit seinen Händen das Wasser peitschte und sich nun an ihrem Kleid festklammerte.

»Ich kann nicht schwimmen«, ächzte er.

Unter dem doppelten Gewicht sank der Ballen unter die Oberfläche, und sie schluckten beide Wasser. Als sie wieder auftauchten, keuchte der Mann: »Du mußt loslassen. Ich brauche das Bündel. Ich kann nicht schwimmen.«

»Das kann ich auch nicht«, entgegnete sie voller Angst, »und ich war zuerst hier.«

Doch das kümmerte ihn nicht.

»Laß los!« schrie er voller Not und schlug auf sie ein.

Sie konnte sich gegen die Schläge nicht wehren, klammerte sich aber immer verzweifelter fest und stieß mit den Füßen nach ihm. Da tauchte ein dritter Kopf auf. Es war Al, der Matrose, der mit kräftigen Zügen heranschwamm und den Mann von dem Mädchen wegzog. Der schlug um sich, bis ihm Al mit seiner harten Faust einen Schlag versetzte. Nun ließ Wollarum los, und Akandra war endlich frei. Al schwamm neben sie und hielt sich fest, ohne den Rettungsballen zu belasten.

Dies alles hatte sich in ganz kurzer Zeit abgespielt. Die Schiffbrüchigen waren noch nicht zu Atem gekommen, da tauchte erneut ein riesiger Schatten auf. Der Sog der zweiten Galeere riß alle wieder unter Wasser und zermalmte den Mast, auf den sich die Besatzung gerettet hatte. Schnaubend kam Akandra wieder an die Oberfläche und sah gerade noch, wie eines der großen Ruder den Kopf des unglücklichen Wollarum traf. Das Wasser färbte sich rot, und ihr junger Geliebter aus Arandiel verschwand im Meer.

Mit der Zerstörung des Bootes gaben sich die Angreifer noch nicht zufrieden. Im Heck der großen Schiffe hatten sie Bogenschützen plaziert, die aufmerksam das Wasser beobachteten und auf jeden Kopf zielten, den sie sahen. So starb der Kapitän. Al hatte das Mädchen hinter den schützenden Ballen gezogen. Sie blieben beide unsichtbar und wurden nicht getroffen. Endlich, nach einer Ewigkeit, verschwanden die Galeeren in der Ferne, und das Meer war wieder ruhig.

Nun tauchten zwischen all den Trümmern und Planken noch zwei weitere Köpfe auf. Auch Qumara und Marc hatten überlebt. Die Zauberin hielt den jungen Erit fest unter den Achseln, zog ihn zu einem großen Stück Holz aus dem ehemaligen Unterstand und hievte ihn hinauf. Dort lag er, spuckte Wasser und kam langsam wieder zu sich.

Dabei war er der einzige gewesen, der nicht über Bord gefallen war. Als nämlich das Schiff zerbarst und Besatzung und Passagiere mit sich in die Tiefe riß, war mit Marc wieder einmal diese seltsame Wandlung vor sich gegangen, er schwebte über den Wassern. Geistesabwesend hing er für alle sichtbar in der Luft und wäre sicher von den feindlichen Pfeilen getroffen worden, wenn ihn Qumara nicht ins Meer gezogen hätte. Doch auch im Wasser blieb er in Trance, so daß die Zauberin, die sich selbst nur mühsam über Wasser hielt, ihn vor dem Ertrinken retten mußte. Endlich lagen die vier Überlebenden auf den nassen Planken. Der einzige, der noch genügend Kraft besaß, war Al. Der Matrose löste die Schnüre von den schwimmenden Ballen und knotete damit notdürftig ein paar herumtreibende Holzstücke zusammen.

»Wir sind bis jetzt nicht ertrunken«, sagte Al trocken. »Das ist mehr, als man bei diesem brutalen Angriff erwarten konnte. Wie soll es nun weitergehen?«

»Wir warten ab«, sagte die Zauberin. »Es kommt so, wie es kommen muß!«

Obwohl das Wasser hier in der südlichen See nicht kalt war, begannen sie doch gegen Abend zu frieren. Es wurde eine mondlose Nacht. Über ihnen breitete sich ein herrlicher Sternenhimmel aus, den Qumara als ein gutes Zeichen deutete. Trotz der Dunkelheit bemerkten sie, daß eine Strömung sie mit sich trug. Da sie halb im Wasser lagen, war an Schlaf nicht zu denken, und so begann Al, um sich und die anderen abzulenken, zu singen. Er sang mit klarer Stimme traurige Seemannslieder. Eines davon berührte Akandra tief im Herzen.

Mein Lieb ist fortgegangen
hinaus auf hohe See
Der Wind ist mir geblieben
und singt mir sanft Ade.

Wohin soll ich mich wenden?
Die Meere sind gar weit.
So nimm mich bei den Händen,
ich bin zur Fahrt bereit.

Sollt' ich nicht wiederkehren,
so weinet nicht um mich.
Haltet mein Lied in Ehren,
das lang noch von mir spricht!

Qumara hörte eine Weile geduldig zu, wurde dann aber ungehalten. Sie meinte, sie seien in ihrer aussichtslosen Lage schon gestraft genug und müßten durch schwachsinnige und dämliche Lieder nicht noch weiter gequält werden.

Die nächsten Tage und Nächte vergingen unter Qualen. Bei Tag brannte die Sonne erbarmungslos auf sie nieder und wurde durch das spiegelnde Wasser noch verstärkt. Bei Nacht hingegen froren sie, denn sie waren ständig durchnäßt. Zwischen den Floßteilen schwappte stets Wasser hindurch, und wenn ein wenig Wind aufkam, schlugen die Wellen über das zerbrechliche Gefährt.

Dazu kam der schreckliche Durst. Qumara wies sie an, sich mehrmals täglich bis zum Hals ins Wasser zu hängen und ihrer Haut Gelegenheit zu geben, Feuchtigkeit aufzunehmen. Dies schaffte ein wenig Linderung. Zwar wurden sie so vor dem Verdursten gerettet, aber es half nicht gegen den ausgetrockneten Mund und den brennenden Wunsch etwas zu trinken. Dazu kam, daß der Hunger ihre Mägen verkrampfte. Marc stellte sich die besten Gerichte, die er in seinem Leben gegessen hatte vor, und irgendwann sah er sie sogar vor sich und griff danach. Eine Zeitlang redeten sie nur von Essen, bis selbst dies zu anstrengend wurde.

Die Zauberin forderte sie auf, Geschichten zu erzählen, um sie abzulenken, aber keiner hörte auf sie. Dumpf brüteten alle vor sich hin, verbissen auf Rettung sinnend, die es nicht geben konnte. Erst als sich die Seile lösten, mit denen das Floß zusammengebunden war, erwachten sie aus ihrer Lethargie. Mit Händen und Füßen versuchten sie, das Gefährt zusammenzuhalten. Doch die Wellen zogen die einzelnen Teile immer weiter auseinander.

Als sie schon den Untergang als unabwendbar ansahen, rief Al: »Ich sehe Land!«

Vor ihnen glänzte etwas Helles in der Sonne.

Der Fisch

Sie paddelten mit den Händen darauf zu, während sich immer mehr Stricke lösten. Sie kämpften gegen die Zeit. Schon trieb eine Planke in den Wellen davon. Alle waren zu Tode erschöpft, aber jeder von ihnen wußte, wenn sie jetzt aufgaben, würden sie im Meer versinken. Deshalb hielten sie durch und erreichten im letzten Moment durchnäßt und mit schmerzenden Gliedern das kleine, nackte Eiland, das sich nur leicht aus dem Wasser erhob und in einem hellen Grau schimmerte. Muscheln und Tang hatten sich auf ihm abgesetzt. Von den Wellen, die bei starkem Wind über ihm zusammenschlugen, war es feucht und glatt. Aber es war groß genug, um allen Platz zu gewähren, und das Floß konnten sie auch aufs Trockene ziehen.

Sie lagen auf dem Rücken und versuchten, wieder zu Atem zu kommen. Zum zweiten Mal innerhalb kurzer Zeit waren sie dem Tod durch Ertrinken nur knapp entronnen. Die Sonne brannte auf sie herab, aber es störte sie nicht. Im Gegenteil, die Wärme trocknete ihre Kleider, und ihre Haut war längst braun gebrannt. Nachdem sich alle ein wenig erholt hatten, begannen die Sorgen wieder. Zwar waren sie dem Wasser entronnen, aber auf dieser Insel gab es weder zu trinken noch zu essen, und wie sollten sie hier je wieder wegkommen!

Auf einmal lauschte Qumara konzentriert und stützte sich auf ihre Ellenbogen.

»Hier muß außer uns noch jemand sein«, flüsterte sie. »Ich spüre Leben.«

»Wer sollte schon hier sein«, fragte Akandra. »Man kann jeden Fuß dieser kleinen Insel überblicken. Wir sind hier ganz allein.«

»Ich täusche mich nicht. Ich fühle, wenn auch ganz schwach, einen mächtigen Willen. Er ist mir sehr fremd, und ich kann keine Verbindung zu ihm aufnehmen. Aber er ist da und macht mir angst.«

»Auch ich vernehme etwas Seltsames«, stimmte ihr nun Marc zu, der sich daran erinnerte, was er in der Pyramide gelernt hatte.

»Dann werden wir dieses Eiland genau untersuchen«, sagte Al und stand auf.

Er ging langsam am Saum des Wassers entlang und beobachtete den Grund genau. Aber er fand nur Muscheln und kleine Krebse, die vor ihm eifrig wegliefen. Dann überquerte er die Insel in regelmäßigem Zickzack. Manchmal bückte er sich und untersuchte etwas. Endlich hatte er seine Exkursion abgeschlossen.

»Ich habe nichts gefunden«, teilte er mit. »Ihr könnt ganz beruhigt sein.«

Qumara und Marc waren zwar noch immer nicht überzeugt, aber sie machten keine Einwände. Dann berieten alle, was nun zu unternehmen sei.

Zuerst müsse das Floß wieder instand gesetzt werden, stellte Al fest.

Eine Untersuchung ergab, daß sich die Seile zwar gelockert hatten, aber hier auf sicherem Boden würde es leichter sein, dem zusammengeschusterten Floß Stabilität zu verleihen. Die Überreste des gesunkenen Schiffes würden sie noch einmal tragen. Deshalb machten sie sich sogleich an die Arbeit. Die Stricke wurden aufgeknotet und aufgerollt, die Bretter und Kisten neu angeordnet und verbunden.

Plötzlich hielt die Zauberin in der Arbeit inne.

»Da war es wieder«, sagte sie. »Es regt sich etwas, dessen Wesen ich nicht verstehen kann. Aber es ist da und macht mir angst.«

»Al hat doch alles untersucht und nichts gefunden«, sagte Akandra beruhigend. »Du mußt dir keine Sorgen machen. Es ist unsere mißliche Lage insgesamt, die dich so unruhig macht.«

Doch Qumara hörte nicht auf sie. Sie stand auf und ging allein in die Mitte der Insel. Dort blieb sie auf dem niederen Hügel stehen und lauschte. Zwar hörte sie nichts außer dem Rauschen der Wellen und dem Pfeifen des Windes, aber ihr Geist breitete sich aus. Er erfaßte das ganze Eiland und das Meer und den Himmel darüber. Sie drang damit in den Boden unter ihren Füßen ein und stieß einen erschreckten, spitzen Schrei aus. Die anderen rannten zu ihr.

»Wir stehen auf einem Fisch«, erklärte sie auf deren erregte Fragen. »Es ist ein riesiges Tier, das im Wasser treibt und schläft. Ein Teil seines Körpers ragt aus der Flut, und das ist unsere Insel.«

»Von so einem Fisch habe ich noch nie gehört«, sagte Marc.

Al und Akandra stimmten ihm zu.

»In den alten Sagen meiner Heimat wird er erwähnt«, erinnerte sich nun die Zauberin. »Er hat einen ganz langen Namen und schläft hundert Jahre. Dann erwacht er und beginnt zu fressen. Er frißt alles, was im Umkreis von vielen Meilen lebt. Er frißt das ganze Meer leer. Er greift auch Schiffe an, zertrümmert sie und verschlingt die Besatzung. Sogar in Häfen ist er schon eingedrungen und hat alles vernichtet und gefressen. Wenn er dann satt ist, schwimmt er weit hinaus in die offene See und verfällt wieder in seinen hundertjährigen Schlaf.

Alle tausend Jahre sucht das Männchen ein Weibchen. Dann paaren sie sich. Manchmal frißt das Weibchen danach das Männchen, meist schwimmen sie aber nur auseinander, um wieder einzuschlafen. Es ist ein seltsames Tier und für uns völlig unbegreiflich. Was sind das für Zeiten, in der eine alte Sage nach der anderen lebendig wird!«

»Aber der Fisch schläft doch und ist für uns keine Gefahr«, antwortete das Mädchen.

»Gerade das ist es, was mich so sehr erschreckt.« Die Zauberin war sehr ruhig. »Er ist eben dabei zu erwachen, nur deshalb habe ich seinen Geist wahrgenommen. Wenn er völlig zu sich kommt, ist es um uns geschehen.«

Bald spürten sie es alle. Der Boden unter ihren Füßen vibrierte, und die Wellen, die auf das Trockene spülten, kräuselten sich. Nun gerieten auch Al und Akandra in Panik. Sie schoben das wiederhergestellte Floß ins Wasser und sprangen darauf. Der Erit und die Zauberin konnten ihnen gerade noch folgen, ohne ins Wasser zu fallen.

Das Floß glitt einige Fuß von dem schlafenden Untier weg, schaukelte dann ruhig auf den Wellen und bewegte sich nicht mehr. Sie legten sich flach auf den Bauch und begannen mit den Händen zu paddeln. Aus dieser Perspektive sahen sie, daß sich die vermeintliche Insel mehr und mehr aus dem Wasser hob und dabei größer wurde. Sie wurde zu einem Berg, der plötzlich untertauchte und im Meer verschwand.

Kurz darauf trat das Eiland wieder hervor, zuerst als kleiner Flecken, der immer größer wurde, zu einer breiten Insel wuchs, und gleich darauf wieder in den Fluten versank. An dieser Stelle erhob sich plötzlich der Schwanz eines Fisches mit breiter Querflosse, groß wie ein Turm. Er ragte hoch in den Himmel, und die Flosse verdeckte die Sonne, so daß ein kühler Schatten auf das Floß fiel. Dieser Schwanz versank senkrecht in der See und hinterließ einen kräftigen Strudel. Er erschien dann wieder und peitschte das Wasser. Die entstehenden Wellen trieben das Floß vorwärts. Dann tauchte der Turm mit der riesigen Schwanzflosse noch einmal empor und wühlte das Meer noch weiter auf.

Das Floß schoß voran und ritt auf den Wogen. Dabei wurde es so belastet, daß es auseinanderzubrechen drohte. Die Freunde klammerten sich auf ihm fest, so gut es ging. Aber Akandra wäre ins Meer gerutscht, wenn Al sie nicht festgehalten hätte. Endlich war der Fisch verschwunden.

Das Floß war inzwischen von einer Strömung im Meer erfaßt worden, die es weiter mit sich zog. Vorsichtig erhoben sich alle und blickten sich um. Weit und breit war nichts mehr zu sehen als Wasser und Wellen. Schon glaubten sie sich gerettet, als das Meer vor ihnen zu kochen begann und die Fluten sich schließlich teilten. Wieder tauchte zuerst ein Eiland auf und dann ein Berg, der immer höher wuchs und in dem Berg entstand ein Auge von der Größe von vier Wagenrädern. Dieses Auge fixierte die Gestalten auf dem Floß mit erbarmungslosem Blick. Doch der Berg wuchs noch weiter und bald befand sich das riesige Auge hoch am Himmel. Plötzlich blickten sie in das aufgerissene Maul des Fisches. Es war so mächtig wie vier Scheunentore, und das Tier hätte ein ganzes Haus auf einmal verschlingen können. Spitze Zähne, jeder einzelne mannshoch, ragten aus dem Schlund, der das Floß jetzt zu verschlingen drohte.

Das Floß schaukelte wild auf den Wellen. Akandra schrie laut auf und klammerte sich an Al. Marc war vor Schrecken gelähmt. Nur Qumara erhob sich. Sie balancierte auf den schwankenden Planken und breitete die Arme aus. Die kleine Gestalt sah furchtlos in das furchtbare Auge. Dann öffnete sie den Mund und begann zu singen. Die seltsame Melodie bewirkte eine eigenartige Wandlung. Die Schwanzflosse des Untiers kam nun an die Wasseroberfläche und peitschte voller Erregung hin und her. Wieder entstanden hohe Wellen, die das Floß gefährlich tanzen ließen. Doch das Tier beruhigte sich, als es die Zauberin weiter besang und fixierte. Qumaras Melodie schien es tatsächlich angerührt zu haben, denn schließlich tauchte es ganz langsam unter. Sein Schwanz ragte noch eine Weile turmhoch in die Luft, verschwand aber endlich in den unergründlichen Tiefen der See.

Die Erits jubelten, aber Qumara dämpfte ihre Freude: »Der Fisch kommt wieder. Ich weiß nicht, wie lange ich ihn in Schach halten kann. Noch ist die Gefahr nicht vorüber.«

Kaum hatte sie die Worte ausgesprochen, da wurde das Floß auch schon kräftig durchgeschüttelt. Meterhohe Wellen überspülten die Planken und schlugen über den Köpfen der Schiffbrüchigen zusammen. Dann teilte sich das Wasser, und die Augen des Ungeheuers wurden wieder sichtbar. Sie fixierten die kleinen Gestalten, und das Maul öffnete sich wieder groß und dunkel, um zuzuschnappen. Noch einmal gelang es Qumara, mit ihrem Willen und ihrer besonderen Fähigkeit das Tier zu besänftigen. Schließlich war sie Hohepriesterin der Rutaner, denen es möglich war, mit jedem Lebewesen Freundschaft zu schließen.

Die Frau war ganz bleich vor Anstrengung, als sie dem Fisch eine beruhigende Melodie um die andere sang. Eine Weile war es unklar, ob sie dem Fisch ihren Willen aufzwingen konnte, doch schließlich schnappte der drohende Schlund vor ihnen zusammen und tauchte gurgelnd unter die Oberfläche. Das Ungeheuer blieb verschwunden. Sein mächtiger, letzter Flossenschlag hatte sie zu einer günstigen Meeresströmung getrieben, die das Floß nun mit sich forttrug.

Die drohende Gefahr hatte sie Hunger und Durst vergessen lassen. Allmählich aber kehrten diese Bedürfnisse wieder. Zwar hängten sie sich auf Qumaras Rat wieder ins Wasser, so daß ihre Körper etwas Feuchtigkeit aufnehmen konnten, aber sie waren vom Hunger so entkräftet, daß sie sich nicht lange halten konnten und Gefahr liefen loszulassen und abzutreiben. Schließlich lagen sie nur noch ermattet in der Sonne, und ihre Sinne begannen zu schwinden.

Sie trieben noch einen Tag und eine Nacht mit der raschen Strömung. Das Meer blieb in dieser Zeit ruhig, so als wollte es die Schiffbrüchigen nicht noch mehr quälen. Dann kam eine steife Brise auf, und die Wellen schlugen wieder über das Floß. In der nächsten Nacht, die beiden Erits und der Seemann waren bereits bewußtlos, rechnete Qumara schon mit einem Sturm. Doch als sich der Morgendunst gelichtet hatte, sah sie sich um und jubelte. Nicht weit entfernt lag eine Insel, und das Floß trieb auf den Strand zu. Sie waren wieder einmal gerettet.

Behutsam trug die Zauberin ihre Schützlinge an Land und bettete sie in den weichen Sand.

Die Insel

Der Krebs war noch von der letzten Flut übriggeblieben. Nun rannte er mit seinen sechs Beinen über den nassen Sand und suchte das Meer. Viel Zeit hatte er dafür nicht, denn die Sonne brannte unbarmherzig von einem wolkenlosen, blauen Himmel. Bald würde sie ihn ausgetrocknet haben.

Jetzt bei Ebbe war der Strand breit und der helle Sand glänzte. Die Farbe des Meeres war türkis und lud zum Baden ein. Doch Akandra, Mark und Al, die eben wieder zu sich kamen, hatten dafür keinen Blick. Qumara hatte sich sogleich auf die Suche gemacht und auch einen kleinen Bach mit süßem Wasser gefunden. Das hatte sie ihnen eingeflößt. Später gab sie ihnen noch Kokosnußmilch und steckte ihnen kleine Stücke der Frucht in den Mund.

Langsam kehrten sie wieder ins Leben zurück, aber es dauerte noch den ganzen Tag, bis alle wieder aufstehen und den Strand erkunden konnten.

»Was meinst du, wo wir sind?« fragte Qumara endlich den Matrosen.

»Ich vermute, wir sind auf der Insel Pramos. Sie liegt ziemlich weit im Meer und soll unbewohnt sein. Lediglich Seeräuber, so heißt es, finden ab und zu den Weg dorthin. Sie sollen dort ihre Beute aufbewahren. Unsagbare Reichtümer liegen auf dieser Insel, sagt man. Aber ich glaube nicht, daß dies alles der Wahrheit entspricht. Die Piraten geben ihr Geld aus und horten es nicht, und diese Insel liegt weit draußen im Meer und ist sicher nur schwer zu finden. Ich kann mir nicht vorstellen, daß wir hier entdeckt und gerettet werden.«

»Wie können wir von dieser Insel entkommen?« fragte Marc kläglich. »Auf ein Floß bringt mich niemand mehr. Damit wären wir beinahe umgekommen. Zudem haben wir all unsere Ausrüstung und auch die Waffen der Älteren verloren. Nur noch ein Beutel mit Goldstücken ist an meinem Gürtel hängengeblieben, weil ich ihn nicht losmachen konnte. Alles andere habe ich im Wasser weggeworfen, damit es mich nicht in die Tiefe zieht.«

»Ich habe das gleiche gemacht und auch alles weggeworfen. Nur mein Gürtel mit dem Geld ist wie durch ein Wunder noch da«, gab nun auch Akandra zu. »Ohne Ausrüstung, gestrandet auf einer fernen Insel im Meer ist unsere Mission wohl gescheitert. Das alles ist meine Schuld.«

»Mach dir keine Gedanken, es wird schon alles wieder werden«, sagte Al beruhigend und legte beschützend seinen Arm um sie. »Eine Dummheit hat jeder schon einmal gemacht. Die meisten Dummheiten lassen sich auch wieder ausbügeln.«

Akandra ließ diese Tröstung zu.

»Zuerst einmal sollten wir die Insel erkunden, bevor wir weitere Pläne schmieden«, stellte die Zauberin fest.

Dies war ein guter Rat, und sie machten sich sogleich auf den Weg. Die Insel war im Norden ganz flach und stieg nach Süden steil an. Dort erhob sich ein hoher Berg mit kahlem Gipfel aus dem bewaldeten Umland. Seinen Hängen entsprang der Bach, den Qumara entdeckt hatte. Dichtes Grün aus Palmen, Farnen und Schlingpflanzen versperrte ihnen den Weg und machte das Vorwärtskommen schwierig. Sie hatten keine Machete, kein Schwert und nicht einmal ein Messer, um sich den Weg freizuhacken. Selbst die Zauberin hatte ihre Waffe verloren.

Die Frau aus Rutan ging voraus. Dies war ein Terrain, in dem sie sich heimisch fühlte. Dennoch warnte sie: »Gebt acht! Hier gibt es Schlangen und andere Tiere. Ich spüre sie. Sie haben noch nie einen Menschen getroffen und sind unvorsichtig. Wenn sie Angst bekommen, greifen sie an. Auf jeden Fall werden wir nicht verhungern. Essen gibt es hier in Hülle und Fülle.«

Sie kämpften sich durch die dichte Vegetation und kamen trotz aller Anstrengungen nur langsam voran. Während sie dem Bach folgten, stieg das Gelände immer mehr an. Schließlich befanden sie sich über den Baumwipfeln. Hier waren sie nur noch von Büschen und Sträuchern umgeben und konnten die Insel und auch das Meer überblicken. Sie lag einsam inmitten des weiten Ozeans. Nur ganz in der Ferne deuteten Schatten auf weitere Inseln hin. Während sie noch über die Entfernung dazwischen debattierten, tippte Al die Zauberin leicht an der Schulter an und deutete nach oben auf den Berghang. Er hatte einen dunklen Fleck ausgemacht, der eine Höhle sein konnte. Die Zauberin nickte und gab dem Seemann ein Zeichen, er solle nach oben klettern, um sie zu erkunden.

Sie warteten, bis er sie rief. Er stand am Berg und winkte aufgeregt mit beiden Armen. Deshalb beeilten sie sich und hasteten zu ihm empor. Als sie vor ihm standen, grinste er über beide Backen.

»Da sage mir in Zukunft noch einer, man solle nichts auf Märchen geben«, lachte er. »Dieses ist in der Tat eine Seeräuberzuflucht. Geht und seht euch an, was ich gefunden habe!«

Qumara, die bei Höhlen stets vorsichtig war, schritt langsam zur dunklen Öffnung und spähte hinein, konnte aber in dem dämmrigen Licht nichts erkennen. Sie bemerkte aber sofort, daß es dort sehr trocken und staubig war. Schritt für Schritt wagte sie sich vor, und die beiden Erits folgten ihr. Als sie in der Mitte der Höhle standen, sahen sie, was Al gefunden hatte. Dort standen Kisten und Truhen. Er hatte ihre Deckel geöffnet und im Halbdunkel leuchteten Gold und Silber und Edelsteine. Ungeheure Mengen von Münzen, Pokalen, Schmuck und anderen Kostbarkeiten blitzten ihnen entgegen. Neben den Truhen waren Berge von kostbaren Waffen aufgehäuft. Die Piraten mußten Jahrzehnte gebraucht haben, um diese Schätze anzusammeln.

Sofort dachte Marc: »Wenn die Seeräuber zurückkommen und uns hier antreffen, ist es um uns geschehen.«

Am liebsten hätte er dieses Versteck so rasch wie möglich verlassen. Doch keiner der anderen schien besondere Eile zu haben. Statt dessen untersuchten sie den Fund genau. Al und Akandra wühlten buchstäblich in dem Reichtum, während Qumara die Waffen prüfte und für sich ein großes Messer aussuchte.

»Wie viele Leben dies alles wohl gekostet hat?« überlegte der junge Erit weiter. »Wie viele Schiffe wurde dafür auf den Meeresgrund geschickt? Solche Schätze kann man nur mit Grausamkeit und Verrat zusammenraffen. An diesem Gold klebt unsichtbar Blut, sehr viel Blut sogar. Ich möchte es nicht anfassen.«

Doch Al und Akandra bedienten sich großzügig. Sie stopften sich die Kleider voll und mühten sich dann gemeinsam ab, eine der schweren Kisten nach draußen zu schleppen.

Als die Zauberin dies sah, brach sie in Gelächter aus: »Was wollt ihr hier auf der einsamen Insel damit? Könnt ihr die Schätze essen? Laßt das alles hier im Trockenen stehen! Ihr könnt doch so oft hierherkommen, wie ihr wollt und alles ansehen.«

Doch die beiden hörten nicht auf sie, sondern zerrten verbissen an der Schatzkiste.

Plötzlich war ein Klirren und ein Klingeln zu hören, das alle herumfahren ließ. Doch nichts war zu sehen. Qumara griff zu ihrem Messer, und auch die anderen faßten nach den herumliegenden Waffen. Das seltsame Geräusch war vom Eingang gekommen. Nun wurde es auch dem Seemann unheimlich, und er wich bis zur Höhlenwand zurück.

Qumara rief laut: »Wer du auch sein magst, zeige dich!«

Doch der Befehl hatte keine Wirkung. Nur das leise Klirren war wieder zu hören. Qumara sprang zum Eingang und tauchte im Licht unter. Es dauerte nicht lange und sie kam zurück. Das Klingeln und Klirren war nun sehr laut, und alle sahen zu ihrer Verwunderung, was die Zauberin hinter sich her zog. Es war ein Mann mit einem langen Bart, klein, ganz nackt und über und über mit Schwären und Narben bedeckt. Das Wunderlichste an ihm aber waren die Ketten, die er an Händen und Füßen trug. Das Männchen wimmerte, schrie, stöhnte und fluchte abwechselnd. Es beschimpfte die Zauberin, spuckte voller Wut in den Staub der Höhle, verfluchte alle Fremden und keifte, man solle ihn in Ruhe lassen. Erleichtert ließen alle die Waffen sinken und umringten den Bärtigen.

Die Angst war zwar verflogen, aber die Überraschung war heilsam für Al und Akandra gewesen. Sie ließen die Kiste stehen und besorgten sich lieber gute Waffen. Dann machten sie sich auf den Rückweg zum Strand. Den schimpfenden Mann nahmen sie einfach mit. Unterwegs versorgte Qumara alle mit Nahrung, denn sie kannte die Natur und wußte, welche Pflanzen eßbar waren und welche nicht. So schälte sie aus einem dicken Stengel das Mark. Es mundete allen köstlich und sättigte stark. Auch der Mann in Ketten bekam etwas ab, was ihn milder stimmte. Er schimpfte nun erheblich weniger.

Am Strand angekommen, ließ ihn Qumara laufen und machte sich erst einmal daran, Hütten für alle zu bauen. Geschickt flocht sie Palmwedel und verknüpfte sie mit Teilen des Floßes. Bald hatten sie ein Quartier für die Nacht und waren gegen Regen geschützt. Der fremde Mann hatte sich inzwischen davongemacht, doch niemand kümmerte sich darum. Als die Dunkelheit hereinbrach, machten sie Feuer und setzten sich im Kreis. Sie waren satt und zufrieden. Die schlimmen Abenteuer lagen hinter ihnen, und im Moment machten sie sich um die Zukunft keine Gedanken. Die drei jungen Leute sangen heitere Lieder, bis sie wieder das Klirren und Klingeln hörten. Der Bärtige war zurückgekommen. Ohne ein weiteres Wort der Erklärung setzte er sich zu ihnen an das Feuer.

Al legte noch etwas dürres Holz nach, und Akandra wandte sich an den Fremden und fragte, wie er auf die Insel gekommen war. Dieser starrte sie an und erzählte schließlich seine Geschichte.

Man hatte ihn in jungen Jahren auf dem Sklavenmarkt in Lowamin verkauft. Seeräuber hatten ihn für billiges Geld erstanden und auf die Ruderbank gesetzt. Die Schiffe von Piraten waren mit Segeln und Rudern ausgerüstet, was sie den Handelsschiffen, die nur über Segel verfügten, überlegen machte. Angeschmiedet auf der Ruderbank waren für ihn Jahr um Jahr vergangen, und er war dabei älter geworden.

Eines Tages hatten seine Herren diese Insel angelaufen, um wieder einmal Schätze in das Versteck zu bringen. Die Rudersklaven wurden losgemacht und an Land gebracht, um die schweren Truhen zu tragen. Zur Sicherheit ließ man die Ketten an ihren Händen und Füßen. Diese Ketten waren so lang, daß die Arbeit nicht beeinträchtigt wurde. Bei diesem Landausflug war dem Mann die Flucht gelungen. Seine Herren hatten noch ein wenig nach ihm gesucht, schlimme Drohungen über die Insel gerufen, aber sie hatten ihn nicht gefunden und waren einfach wieder davongesegelt. Er hatte sich auf die Bergspitze geschleppt und ihnen nachgesehen.

In dieser Nacht hatte es ein schweres Unwetter gegeben, und als er am nächsten Morgen auf den Berg rannte und nach dem Schiff Ausschau hielt, sah er es weit draußen auf dem Meer mit gebrochenem Mast. Im Lauf des Tages versank es dann völlig in den Wellen. Seit dieser Zeit war er hier allein geblieben und hatte zu überleben gelernt. Nur die Ketten war er nicht losgeworden. So schleppte er die verrosteten Dinger noch immer mit sich herum.

Al fragte den Fremden nach seinem Namen und erhielt als Antwort, das wisse er nicht. Früher habe man ihn nur »Du da« oder »Hundesohn« gerufen. Er selbst nannte sich, wenn er mit sich sprach »armer Mensch« und »mein Lieber«. Seinen wirklichen Namen aber kenne er nicht.

»Dann wollen wir dich Pramos nennen, wie die Insel, auf der wir dich gefunden haben«, entschied Akandra.

Qumara meinte zum Abschluß erregt: »Ich höre auf dieser Reise nur noch Geschichten von Sklaven. Viele der Leute, die wir treffen, waren Sklaven oder hatten mit der Sklaverei zu tun. Es ist wie eine Seuche. Je weiter wir in den Osten kommen, desto selbstverständlicher werden Menschen gefangen und verkauft. Was geht in den Köpfen von Leuten vor, die andere Menschen zu Dingen machen? Wie erbarmungslos müssen deren Gemüter sein? Ist es der Einfluß der Vespucci oder nur allgemeine Verrohung? Man muß die Sklaverei bekämpfen, wo immer man sie trifft. Sie markiert den Weg in die Barbarei!«

Am nächsten Morgen suchten sie gemeinsam die Behausung auf, die sich Pramos vor vielen Jahren gebaut hatte. Er war ein einfacher Unterstand, der aus einem Dach aus Palmwedeln und einer geflochtenen Wand als Schutz vor dem Wind bestand. Dort fanden sie Werkzeug aus Stein und einige Früchte als Vorräte. Dies alles trugen sie zu ihrem gemeinsamen Lager, wo Qumara für den Mann eine stabilere Hütte baute. Dann versuchten sie, ihm die eisernen Ketten abzunehmen. Sie nahmen Messer und Schwerter aus der Höhle zu Hilfe und schlugen mit Steinen auf die Fesseln. Aber es gelang ihnen lediglich die Fußeisen zu lösen. Dort wo sie angelegt gewesen waren, hatte sich ganz dicke und vernarbte Haut gebildet. Und als Qumara vorsichtig mit den Fingerspitzen darüberfuhr, besaß der Bärtige an dieser Stelle keinerlei Gefühl mehr.

Die nächste Woche verlief einförmig. Akandra ging oft allein den weiten Strand entlang. Sie suchte die Einsamkeit, hing ganz ihren Gedanken nach. Oft kam sie von diesen langen Spaziergängen mit rotgeweinten Augen zurück. Der Seemann beobachtete sie aufmerksam. In den nächsten Tagen machte er sich nach einer Weile in die gleiche Richtung wie sie auf den Weg und traf die junge Frau wie zufällig. Beide blieben lange weg und trafen erst nach Stunden lachend im Lager wieder ein.

Auch Qumara hielt sich abseits. Jeden Tag stieg sie auf den Berg und blickte in weite Fernen.

»Ich spüre mein Volk«, sagte sie, als sich Marc einmal danach erkundigte. »Das Ziel unserer Reise kann nicht mehr fern sein. Ich bekomme die ersten Verbindungen zu meinen Leuten. Du kannst es dir nicht vorstellen, was für ein Gefühl das ist, nicht mehr allein zu sein.«

Auch Marc lief viele Stunden des Tages durch das seichte Wasser am Strand. Er blieb oft im Sand stehen und spürte mit Vergnügen, wie die Wellen den Sand unter seinen Füßen wegzogen. Dabei dachte er nach. Er sehnte sich zurück nach seiner Heimat und seiner Familie. Wie mochte es ihnen ergangen sein? Waren sie überhaupt noch am Leben? Damals bei seinem Aufbruch nach Waldmar war ihm der Abschied nicht schwergefallen. Ganz im Gegenteil, er war froh gewesen, seiner fürsorglichen Mutter entkommen zu können. Und nun hätte er sie gern in seine Arme genommen. Was hatte er alles in der Zwischenzeit erlebt! Wenn er damals gewußt hätte, was auf ihn zukommen würde, so hätte er sich unter dem Bett verkrochen und keinen Schritt vor die Tür getan. Doch er hatte auf dieser langen Reise nicht nur Furcht und Leid kennengelernt, sondern auch Freude und Entdeckungen. Er war auserwählt worden, Wesen zu treffen, die Sterbliche sonst nie zu Gesicht bekamen. Er war bei den Älteren gewesen, durfte Quantam besuchen und war schließlich sogar von Ma, dem Zeitenwanderer eingeweiht worden. Doch von der Aufgabe, die er und Akandra zu erfüllen hatten, war er weiter entfernt denn je. Sollte er hier auf der Insel sein Leben beschließen? Es war schön hier fernab jeder Gefahr, aber auch fernab seiner Bestimmung.

Die Sonne versank blutrot im Meer, und Marc überlegte, ob seine Familie wohl jetzt die gleiche Sonne sähe. Warum wurde eigentlich die Sonne am Abend rot? Seine Mutter hatte ihm oft die Geschichte von dem Ungeheuer erzählt, das unter der Erde lauert und jeden Abend die Sonne frißt, weil sie ihm zu nahe kommt. Dabei blutet sie. Aber in der Nacht wird sie errettet und geht am nächsten Tag wieder auf. Ob Ev wohl selbst diese Geschichte geglaubt hatte? Oder wußte sie vielleicht, warum sich die Sonne rot verfärbt, und wollte es ihren Söhnen nicht sagen. Hatte sie etwa Geheimnisse vor ihm?

In dieser Nacht saß er allein in seiner Hütte, und als gegen Mitternacht ein schwerer Regenguß niederging, fror er und wußte nicht, ob es die Kälte war oder seine Einsamkeit.

Auch Akandra fror in ihrer Hütte, aber sie war nicht allein. Al war bei ihr und wärmte das zitternde Mädchen.

Die Rückkehr der Kinder

Al und Akandra kletterten alle paar Tage auf den Berg, um in der Höhle nach den Schätzen zu sehen. Die Grafentochter legte das eine oder andere Stück von dem kostbaren Schmuck an und ließ sich von ihrem Begleiter bewundern. Der Matrose hingegen rüstete sich mit den seltenen Waffen aus und paradierte vor ihr. So hatten sie ihr Spiel, und die Zeit verging ohne Langeweile.

Bevor sie sich an diesem Tag wieder an den Abstieg machten, blickten sie noch eine Weile über das Meer. Plötzlich rief Al, der die scharfen Augen des Seemanns hatte, die durch die Weite des Meeres nicht ermüden: »Ich sehe ein Schiff!«

Das Mädchen schaute in die Richtung seines ausgestreckten Armes. Tatsächlich erkannte sie nach einer Weile Segel am Horizont. Als sie genauer hinsah, bemerkte sie auch das Schiff. Es war ganz weiß, hatte fünf Masten, und war voll betakelt. Ruhig zog es seine Bahn.

»Das werden doch nicht Piraten sein, die diese Insel anlaufen, um ihre Schätze zu holen?« stammelte Akandra.

Beide liefen so schnell sie konnten zum Strand und teilten den anderen ihre Entdeckung mit. Qumara erhob sich und sah in die angegebene Richtung. Dann sagte sie beruhigend: »Das sind keine Seeräuber. Die Gefühle, die von diesem Schiff ausgehen, sind gut, sogar sehr gut.«

»Wenn das so ist, wie können wir uns bemerkbar machen?« fragte Marc.

Plötzlich hatte die Zauberin eine Idee.

»Akandra, gib mir deinen Gürtel! Und ihr anderen konzentriert euch auf das Schiff und ruft im Geist um seine Hilfe.«

Sie faßte den Gürtel so, daß sich in den glänzend polierten Platten die grelle Sonne spiegelte. Damit blinkte sie und gab dem Schiff ein Zeichen. Tatsächlich änderte nach einer Weile das Schiff die Richtung und hielt auf sie zu. Noch immer hatte Marc Angst und fragte: »Was werden wir tun, wenn es doch Piraten sind?«

»Das entscheiden wir, wenn wir es wissen!« Die Zauberin war kurz angebunden.

Endlich ankerte das weiße Schiff vor der Insel. Die Schiffbrüchigen standen am Strand und winkten, während ein Boot ausgesetzt wurde. Es kam rasch näher, und sie sahen in seinem Bug zwei kleine Köpfe mit hellen Haaren. Dann schossen vier Arme empor, die ihnen winkten und schließlich fuhr das Boot knirschend auf den Strand. Zur großen Verwunderung aller sprangen zwei Kinder heraus und liefen jubelnd auf die Wartenden zu. Es waren Sim und Bim, die ihre alten Freunde umarmten.

Die Reise durch die Welt sei ihnen langweilig geworden, erzählten sie sogleich. Deshalb hätten sie ihren Vater gerufen. Der habe ein Schiff geschickt, und nun seien sie auf dem Weg zu seiner Insel. Die Männer an den Rudern des Bootes hatten an jeder Hand sechs Finger.

Es gab ein großes Erzählen, denn die Kinder hatten in der Zwischenzeit viel erlebt und wollten alles auf einmal berichten. Bis der Steuermann des Bootes endlich den Aufbruch befahl. So packten Qumara und Marc die neuen Waffen zusammen und stiegen in den Kahn. Doch Akandra und Al fehlten. Die Seeleute waren schon recht ungeduldig, als die beiden endlich angehastet kamen. Zwischen sich schleppten sie eine der Kisten aus der Höhle. Die hievten sie mühsam an Bord, und nun konnten sich die Ruderer in die Riemen legen.

Auf dem großen Schiff empfing sie der Kapitän. Die Kinder strahlten und stellten ihre Freunde vor. Der Mann war sehr freundlich. Er ließ dem armen Pramos die Handfesseln abnehmen und lud alle in seine Kajüte zu einem Festessen ein. Nun gab es zum ersten Mal nach langer Zeit wieder gekochte Nahrung, und alle außer der Zauberin langten kräftig zu.

Während sie ihren Hunger stillten, klärte sie der Kapitän über die Herkunft der Kinder auf. Sein Herr heiße Palando und sei ein bedeutender Mann. Er wohne fernab von der geschäftigen Welt auf einer großen Insel mit Namen Esoradoro. Dort habe er eine mächtige Flotte, die unter den Seeräubern sehr gefürchtet war. Jedes Piratenschiff drehe sogleich ab, wenn seine Flagge am Mast hochgezogen werde.

Der Kapitän erkundigte sich auch über Herkunft und Ziel seiner Gäste. Diese faßten Vertrauen und schilderten ihm, daß sie nach Rutan müßten. Sim und Bim wollten ihre Freunde wieder begleiten und baten den Kapitän inständig, nach Rutan zu fahren. Der zögerte, stimmte aber schließlich zu. Auf seinen Befehl wurden die Anker gelichtet und Kurs auf Nordost genommen.

Es wurde eine erholsame und angenehme Seereise, bei der vorzügliche Speisen aufgetragen wurden. Das Wetter blieb ruhig, und ein stetiger Wind trieb sie über das Meer. Alle erholten sich. Die Seeleute respektierten den Wunsch ihrer Gäste nach Ruhe und hielten sich von ihnen fern. Nur die Kinder trieben hin und wieder gutmütigen Schabernack. Aber selbst diese kleinen Abwechslungen waren allen willkommen und angenehm.

Als an einem Morgen im Nebel ein Küstenstreifen auftauchte, jubelte Qumara. Vor ihnen lag Rutan. Sie hatten endlich das Ziel ihrer langen Reise erreicht.

Kurz darauf gab der Ausguck im Mast Alarm. Zwei Schiffe näherten sich mit großer Geschwindigkeit. Es waren Vespucci, die den Eindringling in ihre Gewässer vertreiben wollten. Der Kapitän drehte ab, um Ärger zu vermeiden, und die Küste verschwand wieder hinter dem Horizont.

Es war nun allen klar, daß eine Landung schwierig werden würde. Nachdem sie lange beratschlagt hatten, kletterten sie, als es dunkel wurde, in das Beiboot. Zuvor hatte es aber noch einen bitteren Abschied gegeben. Al und Pramos mußten nämlich auf Anweisung Qumaras auf dem Schiff zurückbleiben. So sehr Al auch bat, mitkommen zu dürfen, sie ließ sich nicht erweichen. Akandra weinte und umarmte den Freund. Sie vereinbarten, sich in Arminia wieder zu treffen, und der Seemann versprach, auf die Schatzkiste aufzupassen und sie für die Grafentochter zu hüten.

Kräftige Männer ruderten sie die halbe Nacht über das Meer und setzten sie schließlich an einem flachen Strand ab. Als erste sprang Qumara ans Land. Die starke und unerschrockene Frau mußte dabei ein Schluchzen unterdrücken. Dann folgten Sim und Bim und endlich Akandra und Marc.

Sie hatten sich kaum ein wenig orientiert, als auf dem Meer Lichter auftauchten. Der Matrose, der das Kommando über das Boot hatte, drängte zur Eile. In dem Ruderboot waren sie allen Feinden hilflos ausgeliefert. Leise, aber schnell ruderten die Matrosen zurück so rasch sie konnten. Die Gefährten am Strand sahen ihnen nach, bis sie in der Dunkelheit verschwanden. Dann mahnte die Zauberin zum Aufbruch und führte ihre Schützlinge ins Landesinnere. Nun beginne der gefährlichste Teil des Abenteuers, meinte sie.

»Als ob wir bisher noch keinen Gefahren begegnet wären«, antwortete Marc.

Westen

Das Interesse Ormors konzentriert sich zwar auf den Süden, denn dort liegen die großen Königreiche. Wenn er sie in seine Hand bekommt, so ist ihm die Herrschaft über Centratur sicher. Deshalb hält sich dort auch Aramar auf, um seine Pläne zu vereiteln.

Aber im Westen, nicht weit entfernt von der Residenz des Zauberkönigs, liegt ein kleines Land, dessen Bewohner sich Erits nennen. Ormor hat das Heimland überfallen und die Erits versklaven lassen. Dazu hat er seine Orokòr eingesetzt, sie später jedoch abgezogen und die Aufsicht seinen Vasallen aus Rolos übertragen.

Nur wenige Erits haben sich bisher der Invasion widersetzt und versucht, ihr Vaterland zu befreien. Dazu gehören einige Soldaten, die nicht zum Feind übergelaufen sind, und einige aufrührerische Familien, die die Herrschaft des Markgrafen ablehnen. Den Kern des Widerstandes aber bilden eine Handvoll Bauern und der alte Mog mit seiner Familie. Mog war zusammen mit Marrham und Pet im Großen Krieg gewesen und hatte dort die kriegsentscheidende Tat vollbracht. Doch er blieb ein bescheidener Gärtner, während seine Gefährten später zu Grafen ernannt wurden.

Die beiden Grafen waren zu den Beerdigungsfeierlichkeiten des Königs Meliodas in den Süden gezogen und dabei in einen Hinterhalt geraten. Pet von Hagen konnte noch einen Boten zu seinem Sohn Horsa schicken und ihm die Nachfolge als Markgraf über das Heimland übertragen.

Die letzte Zuflucht der noch freien Erits war der Hof des Gerstenbauern gewesen, den sie erfolgreich gegen abtrünnige Erits und Soldaten aus Rolos verteidigt hatten. Doch auf Dauer hätte der Hof nicht gehalten werden können, und so hatten sie ihn verlassen und sich gemeinsam auf den Weg gemacht.

Die Wölfe

Horsa wußte nicht, warum er erwacht war. Hatte ihn die Kälte aus dem Schlaf gerissen oder sein auch im Schlaf aufmerksamer Instinkt eine Gefahr gemeldet? Dabei hätte er beruhigt ruhen können, denn seine besten Männer waren als Wachen eingeteilt. Auch kalt war ihm eigentlich nicht, denn die Decke einer Hirschkuh, die er selbst erlegt hatte, wärmte ihn wohlig. Schon wollte er sich wieder zurücklegen und die Augen schließen, da hörte er ein leises Kratzen. Zuerst glaubte er an eine Täuschung, dann wiederholte es sich. Es zog sich an der Außenwand des kleinen Hauses entlang und näherte sich der Tür.

Der junge Graf stand behutsam auf und tastete nach seinem Schwert, das er vor vielen Wochen von Montini, dem Hüter der Busterberge, erhalten hatte. Liebevoll umfaßte er kampfbereit das Heft der alten Klinge. Dann trat er neben die Tür, wartete und hielt den Atem an. Wer auch immer sich anschlich, er würde den Angriff nicht überleben. Aus dem scheuen Sohn des Markgrafen, der nicht einmal einen Fisch umbringen konnte, war ein harter, erbarmungsloser Kämpfer geworden.

Nun öffnete sich die Tür einen Spalt, und mildes Mondlicht flutete herein. Langsam hob Horsa das Schwert. Im nächsten Moment würde es auf den Kopf des Eindringlings niederfahren. In diesem Augenblick flüsterte eine Stimme: »Horsa! Bist du hier?«

Verwundert senkte der Graf den Arm mit der tödlichen Waffe, gab sich aber noch immer nicht zu erkennen. Seit das Heimland überfallen und seine Bewohner versklavt worden waren, mußte man mit jeder Heimtücke rechnen. Die Orokòr und die Soldaten aus Rolos waren brutal, hinterhältig und mit allen Tricks vertraut. Horsas Hand schnellte vor, faßte in das Haar des Eindringlings und zog seinen Kopf in die Hütte. Gleichzeitig fuhr die scharfe Schneide des Schwertes dem Gegner an die Kehle. Dieser stöhnte auf und stieß einen spitzen Schrei aus. Die Tür flog nun völlig auf, und es wurde heller in dem Raum. Horsa konnte erkennen, wen er gefangen hatte. Es war ein Junge, etwa dreizehn oder vierzehn Jahre alt, und Erit wie er selbst.

Er lockerte den Griff ein wenig, so daß sein Gefangener Luft holen konnte und fragte: »Wer bist du, und was willst du hier?«

»Ich bin Rohl«, preßte dieser hervor, »und möchte mich dir anschließen.«

»Na, dann wollen wir uns in Ruhe unterhalten, Rohl«, antwortete der Graf, ließ aber das Schwert nicht sinken. Sich rückwärts tastend zog er den Jungen zu seinem Lager. Dort setzten sie sich.

»So und nun erzähl mal«, sagte er. »Aber vergiß nichts. Ich will alles wissen.«

»Ich heiße Rohl«, wiederholte der Junge, »und bin ein Sohn vom Dreieichenbauern. Ich will kämpfen, wir müssen die Eindringlinge vertreiben. Es muß endlich etwas geschehen. Ich will helfen und ein Held werden, so wie du und deine Leute. Bitte nimm mich in deine Gruppe auf. Ich will auch ein Wolf werden. Schick mich nicht fort.«

Rohls Stimme war flehend.

»Wir werden morgen darüber reden«, sagte Horsa mit warmer Stimme. »Jetzt müssen wir beide erst einmal schlafen.«

Der nächste Tag brach hell und klar an. Der Winter zeigte sich von seiner schönsten Seite. Alle Bewohner von Waldmar hatten sich auf dem freien Platz in Haferau versammelt. Zwar war es ihnen gelungen, den Gerstenhof gegen die abtrünnigen Eritsoldaten und später sogar gegen die Männer aus Rolos mit vereinten Kräften zu verteidigen, aber sie hatten auch gewußt, daß sich dieser Sieg nicht wiederholen ließ. Sie hatten deshalb beschlossen, die Heimat zu verlassen und sich zu verbergen. Besonders Aramis, der vom König eingesetzte Wächter des Heimlands, drängte zur Flucht. Doch wohin sollten sie sich wenden? Überall würden sie von den wütenden Soldaten gefunden und getötet werden. Joanna, die junge Magd des Gerstenbauern, hatte schon einmal mit ihrem Einfall in höchster Not die Rettung gebracht, und auch diesmal war von ihr die erlösende Idee gekommen, der alle nach einigem Nachdenken zugestimmt hatten.

Waldmar, so sagte sie, sei von den Orokòr verwüstet und alle Bewohner umgebracht worden. Dort würde man sie am wenigsten suchen.

Als sie aufbrachen, nahm die alte Bäuerin mit Tränen in den Augen Abschied von ihrem Hof, den die Feinde mit Sicherheit niederbrennen würden. Wie hatten sich die Zeiten doch geändert, klagte sie ihrer Freundin, der Bäuerin vom Dreieichenhof. Diese nahm sie in den Arm, und gemeinsam mit allen noch freien Erits im Heimland zogen sie los. Es war ein langer Treck, denn man lud so viel wie möglich auf die Fuhrwerke und trieb auch das Vieh mit. Die jungen Frauen waren vor den Kämpfen mit ihren Kindern in die Windberge geflüchtet. Auch sie schlossen sich dem Zug an. Die Männer liefen als Vor- und Nachhut und sicherten auf den Seiten. Obwohl sie viele Tage unterwegs waren, trafen sie auf keine Feinde und wurden in keine Kämpfe verwickelt.

Der Anblick der verwüsteten Häuser in Waldmar und der getöteten Erits ließ allen das Blut in den Adern erstarren. Mit so viel Greuel und Vernichtung hatten sie nicht gerechnet. Die schrecklichen Orokòr hatten wie die Berserker gewütet und niemanden verschont. In Waldmar waren alle Erits tot.

Zuerst bestatteten sie die Leichen, dann suchten sie sich einen Ort, wo sie sich niederlassen konnten. Ihre Wahl fiel auf Haferau, einen kleinen Ort in der Nähe der Brücke, dem einzigen Landzugang zu Waldmar. Diese Brücke konnte bei Gefahr abgebrochen werden. Der große Erfstrom wurde so zum natürlichen Schutz. Bis zum letzten Blutstropfen wollten sie den Übergang über den Fluß bei einem Angriff verteidigen.

Sie machten sich an den Wiederaufbau von Haferau und steckten alle ihre Energie und ihre Hoffnung in diese Arbeit. Zwar war alles verlorengegangen, was sie und ihre Vorfahren in langer mühevoller Arbeit geschaffen hatten, doch sie waren am Leben, und ihre Kinder hatten wieder eine Zukunft. Die einen besserten die Häuser aus, flickten verbrannte Dächer und zimmerten neue Tür- und Fensterrahmen, die anderen gingen auf Jagd, damit in diesem Winter kein Hunger ausbrach, und die dritten kümmerten sich um das Holz, um die Unterkünfte zu beheizen. Nur einer beteiligte sich nicht an diesen Arbeiten.

Es war Horsa, der junge Markgraf. Sein Vater war bei einer Reise zu den Beerdigungsfeierlichkeiten des Königs Meliodas ums Leben gekommen, hatte die Markgrafenschaft aber noch auf seinen Sohn übertragen können. Obgleich sein Führungsanspruch von den meisten freien Erits nicht anerkannt wurde, bedeutete für ihn das Vermächtnis des Vaters eine heilige Verpflichtung.

Während Männer und Frauen Holz fällten, Tiere erlegten, zerkleinerten und einsalzten, sprach Horsa mit den Söhnen der Bauern. Er erklärte ihnen, was für ein stolzes Volk die Erits einmal gewesen waren, und in welcher Schmach und Sklaverei sie nun vegetieren mußten. Er rief zur Befreiung des Heimlands auf und gründete den Bund der Wölfe. Die Wölfe weihten ihr Leben dem Kampf und überließen die Sorge für Nahrung, Kleidung und Unterkunft ihren Müttern und Vätern. Sie fühlten sich als Krieger, als Partisanen, deren Aufgabe es war, die Invasoren aktiv zu bekämpfen und sich nicht feige vor ihnen zu verkriechen. Ihr Ziel war es, durch Terror den Eindringlingen das Leben schwerzumachen und sie zu vertreiben. Sie wollten keine Opferlämmer sein, sondern selbstbewußte Erits, die ihr Schicksal in die eigenen Hände nahmen.

Der Markgraf befehligte junge, kräftige Kerle. Einer von ihnen war Tim, der eine breite Narbe über der rechten Backe trug. Dort hatte ihn der Huf eines Pferdes getroffen, und beinahe wäre er daran gestorben. Seine Mutter, die auf dem Sturmhof als Magd im Stall zur Hand gegangen war, hatte ihn Tag und Nacht gepflegt und schließlich sogar Meister Kraut aus Mühlendorf geholt. Der hatte bei Vollmond seltsame Kräuter in der Stube verbrannt. Dem Jungen war es danach tatsächlich bessergegangen und schließlich war er wieder ganz gesund geworden. Nur die häßliche Narbe war geblieben, die ihm viele Hänseleien eintrug. Narbengesicht nannten die anderen Jungen ihn zu seinem großen Ärger.

Ein anderes Mitglied der Wölfe hieß Qwak. Er war von kleiner Statur und trug sein Haar kurz geschoren. Er hing wie eine Klette an Horsa und wich nicht von seiner Seite. Aus ganzem Herzen bewunderte er den Grafen und war ihm treu ergeben.

Der bedingungslosen Treue von Wum, einem hochgewachsenen, blonden Erit war sich Horsa nicht so sicher. Er gehörte zu den Älteren und war schon fast erwachsen. Wum traute sich hin und wieder sogar dem Markgrafen zu widersprechen, doch meistens hielt er sich zurück. Nur an seinem Gesicht sah man, wenn er unzufrieden war und die Meinung des Anführers nicht teilte.

Dann gab es noch die drei Brüder vom Gerstenhof. Sie waren unzertrennlich und sehr mutig, wenn sie zusammen waren. Ihnen konnte man die schwierigsten Aufgaben anvertrauen. War aber einer allein, so verkroch er sich und war zu nichts zu gebrauchen.

Zu der kleinen Schar gehörte noch Pul. Er kam von keinem der Bauernhöfe und war auch am Kampf um den Gerstenhof nicht beteiligt gewesen. Der gedrungene Bursche war eines Tages einfach aufgetaucht und hatte sich ohne viel zu fragen den Wölfen angeschlossen. Schon bald machte er sich in der kleinen Gruppe einen Namen, denn er hatte einen besonderen Spaß daran, andere Leute zu ärgern oder gar zu quälen. Von ihm kamen bei Streichen stets die gemeinsten Ideen. Die anderen mochten ihn nicht. Aber er war ein getreuer Gefolgsmann von Horsa und lobte den Führer bei jeder Gelegenheit. Deshalb stand er hoch in der Gunst des Grafen, der ihm blind vertraute.

Die Schar zählte inzwischen achtzehn Köpfe, und Horsa hoffte, daß sie noch wuchs.

Auch an diesem Morgen hielten sich die Wölfe abseits, als die Aufgaben des Tages eingeteilt wurden. Es ging darum, wer auf die Jagd gehen, wer die Brücke bewachen und wer als Späher ins Heimland vordringen sollte. Horsa stand im Hintergrund zwischen den Hütten und beobachtete die Versammlung. Er hörte wie Namen aufgerufen wurden und sah die Genannten vortreten.

Zuerst kam der alte Mog. Er war inzwischen von seinen Verletzungen, die ihm der Wolf – ein echter – zugefügt hatte, genesen. Noch immer stand dieser Mann, der einst den Dunklen Herrscher Malomar getötet und damit den Großen Krieg entschieden haben sollte, bei den Erits in höchstem Ansehen. Der Markgraf aber hielt die alten Geschichten für Gerüchte und Angebereien. Die wirklichen Heldentaten hatte in diesem Krieg seiner Ansicht nach nur sein Vater vollbracht. Doch vom alten Markgrafen wurde jetzt kaum noch geredet, und darüber ärgerte sich sein Sohn ganz besonders. Immer wieder wunderte sich Horsa über das jugendliche Aussehen von Mog, das so völlig im Gegensatz zur Erscheinung seiner Frau Ev stand. Die Strapazen und Sorgen der letzten Zeit hatten sie frühzeitig altern lassen. Welcher Zauber mochte über dem Mann liegen, dessen Rat alle befolgten, und dem sich sogar Aramis beugte?

In hohem Ansehen stand auch Pet, der Sohn von Mog. Ihn mochte Horsa noch weniger. Der Junge, kaum älter als achtzehn Jahre, ließ es an dem nötigen Respekt vor dem Markgrafen des Heimlands fehlen. Er lehnte es ab, bei den Wölfen mitzumachen, und hatte sich mit Tücke Marga zur Freundin gemacht. Auf die junge Frau, die mit einem Flüchtlingstreck ins Heimland gekommen war, hatte auch der Graf ein Auge geworfen. Aber die Frau, die mit den Vögeln sprechen konnte, hatte sich nicht für den Herrscher des Landes, sondern für den Sohn eines Gärtners entschieden. Eines Tages würde Horsa es beiden heimzahlen.

Pet hatte noch zwei Brüder und eine Schwester. Die Schwester, Almira, wohnte in Weststadt, und niemand wußte, wie es ihr ergangen war, seit die fremden Truppen das Heimland überfallen hatten. Auch von Marc, dem Bruder Pets, fehlte jede Spur. Er war zu Beginn der Invasion nach Waldmar gezogen, und seither hatte man von ihm nichts mehr gehört. Til hingegen, der älteste Sohn von Mog und Ev, wurde jeden Tag zurückerwartet. Seine Freundin Joanna wohnte im Dorf. Sie würde er nicht lange allein lassen. Einst hatte Til seine eigenen Eltern aus Habgier an die Orokòr verraten, doch nun schien er geläutert. Er hatte sich den Soldaten, die nicht mit dem Feind paktierten, angeschlossen. Sie hatten im nördlichen Heimland ein geheimes Quartier, und dort hielt sich der kräftige Schmied jetzt auf.

Horsa hatte so intensiv über Mogs Familie nachgedacht, daß ihm die Vorgänge auf dem Platz entgangen waren. Er sah nur noch, wie alle auseinanderliefen und sich an ihr Tagwerk machten. Von seinen Getreuen erfuhr er, daß fünf Männer die Gegend bis zu den Südhöhen erkunden und überwachen sollten. Mog und sein Freund Schmalried wollten auf Jagd gehen. Die Gemeinschaft brauchte Fleisch. Nur mit genügend Wildbret konnten sie alle über den Winter kommen. Das Jagen war an sich anstrengend und nichts mehr für alte Männer. Doch der Gerstenbauer, der die Aufgaben verteilte, hatte dreimal gefragt, ohne daß sich jemand meldete. Die Wölfe, jung, kräftig und unternehmungslustig, waren stumm geblieben. Sie hatten keine Zeit, um Rehen oder Hirschen nachzustellen. Das Wild, dem ihr Interesse galt, war gefährlicher und wichtiger. Da hatten eben Mog und Gunter die Hand gehoben. Noch immer standen sie zur Verfügung, wenn die Gemeinschaft sie brauchte.

Pet hatte sich auf Kundschaft aufgemacht. Ihn würde Marga begleiten. Seit ihrem gemeinsamen Ausflug zu den Aufrührern in den Südhöhen waren die Menschenfrau und der Erit unzertrennlich.

Während die Freiwilligen an ihr Tagewerk gingen, zogen sich die Wölfe zu ihren wichtigeren Aufgaben zurück. Sie mußten über den Aufnahmeantrag von Rohl entscheiden. Alle versammelten sich in Horsas kleinem Haus. Dort wurde der Junge einer strengen Befragung unterzogen. Wer er sei, und wieso er glaube, er sei würdig, sich einer so mächtigen Gruppe wie den Wölfen anschließen zu dürfen. Ob er wisse, daß dies nur möglich sei, wenn er eine scharfe Aufnahmeprüfung über sich ergehen ließe?

Der Junge war zwar verängstigt, aber er nickte tapfer. Dies sei ihm bewußt, beteuerte er. Dann erzählte er stockend und leise: »Ich komme vom Dreieichenhof. Wir lebten dort zusammen, mein Vater, die Mutter und die Großeltern. Es waren auch noch andere Leute dort.«

»Wer?« unterbrach Horsa barsch.

Noch mehr eingeschüchtert erklärte Rohl: »Gumar und Klur, unsere Knechte, außerdem Glim und Brun, die Mägde.«

Er wagte nicht mehr weiterzusprechen, bis ihn der Graf aufforderte: »Fahr fort!«

»Es ging uns gut, aber wir bekamen selten Besuch. Südlich des Azbachs lebten die Leute so ziemlich für sich allein. Das eigentliche Leben im Heimland spielt sich doch nur nördlich der Oststraße ab. Aber dann kamen eines Tages die Soldaten.«

»Welche?« unterbrach Horsa wieder.

»Ich weiß nicht. Es waren Erits mit einem Anführer, ein alter Offizier mit grauen Haaren, der immer herumschrie.«

»Graulocke!« stellte Horsa zufrieden fest.

»Die Soldaten kamen einfach auf unseren Hof und gingen überall hin. Sie brüllten uns an und kommandierten herum. Die Mägde wurden in die Scheune gezerrt und schrien wie am Spieß. Ich rannte zur Mutter, die drückte mich an sich und hielt mir die Ohren zu.«

»Er hat sich wie ein kleiner Junge aufgeführt«, sagte Pul verächtlich. »Was will er bei uns?«

Rohl duckte sich, als ob man ihn geschlagen hätte, und fuhr fort: »Irgendwann zerrten sie auch die Mutter fort und schlugen den Vater nieder, der sie schützen wollte. Der graulockige Offizier schaute zu und rief immer wieder: ›Recht so! Gebt es ihnen! Sie stellen sich der Befreiung des Heimlands in den Weg. Brav, Männer, ihr müßt durchgreifen!‹

Ich lief fort und versteckte mich im Stall. Dort wurde ich von zwei Männern entdeckt, die wahrscheinlich Vieh zum Schlachten gesucht hatten. Sie trugen keine richtigen Uniformen und zerrten mich unter dem Stroh hervor.

›Wir sollen durchgreifen, hat der Alte gesagt‹, grölte der eine. ›So laßt uns greifen!‹

Dabei faßte er mir zwischen die Beine. Der andere packte meinen Kopf und rieb seine Nase an der meinen. Er stank entsetzlich und mir wurde schlecht. Ich würgte.

Da sagte der erste: ›Das Bürschchen mag uns nicht ansehen. Wir tun ihm den Gefallen, und er kann uns von hinten kennenlernen.‹

Sie zerrten mir die Hose herunter und taten etwas Furchtbares.«

»Wir werden ihn Rohla nennen«, feixte Pul, und alle lachten.

Aber Horsa wies ihn zurecht: »Halt dein Maul! Darüber macht man keine Witze!«

Rohl sah ihn dankbar an und fuhrt fort: »Beide quälten mich und wollten und wollten nicht aufhören. Bis der Alte schrie: ›Alle her zu mir. Wir reiten zum Einsatz!‹

Da ließen sie von mir ab und eilten nach draußen. Nicht lang und alle Soldaten stoben auf ihren Pferden davon. Auf dem Hof habe ich dich gesehen, Horsa, und den alten Mog. Durch euch wurden diese Schweine vertrieben. Aber dann habt ihr erklärt, sie würden wiederkommen, und wir müßten alles verlassen und fliehen. Das war auch gut so, denn sie haben uns später den Hof angezündet und hätten uns sicher umgebracht. Ich habe damals Rache geschworen, und diese Rache möchte ich endlich haben.«

»Du sollst sie bekommen«, sagte Horsa feierlich. »Wir werden dich aufnehmen, und du wirst ein Wolf sein!«

Sie führten ihn ins Freie und aus der Umfriedung in den Wald. Dort mußte er sich in den Schnee knien. Er solle sich innerlich auf die Aufnahme in den erlauchten Kreis der Wölfe vorbereiten, sagten sie ihm, und ließen ihn allein.

Der Tag verging gleichförmig. In den notdürftig reparierten Häusern wurde gekocht und Wäsche gewaschen. Frauen strickten aus der mitgebrachten Wolle Jacken und Strümpfe. Alte Männer spalteten Holz und schichteten es unter den vorstehenden Dächern der Hütten auf. Zum Glück war der Brunnen tief und den Winter über nicht zugefroren. Zwar lag noch Schnee, aber alle hofften, daß die kalte Jahreszeit bald vorüberginge. Es war bitter gewesen, gerade im Winter Heim und Hof zu verlieren und sich auf die Suche nach neuen Unterkünften machen zu müssen, und noch immer hingen dunkle Wolken tief über dem Land und drohten mit neuem Schneefall.

Einige der Männer zerteilten ein Reh, das in den vergangenen Tagen erlegt worden war. Sie verteilten die Stücke an die einzelnen Familien, und auch die Wölfe holten sich ihren Teil.

Ev machte sich Sorgen um Mog. Zwar waren seine Wunden inzwischen verheilt, aber er kam nicht so recht auf die Beine. Immer wenn sie an die Vergangenheit dachte, kamen ihr die Tränen. In diesem Winter war in wenigen Wochen alles verlorengegangen, wofür sie und ihr Mann ein Leben lang gearbeitet hatten. Wie stolz waren sie auf Gutruh, ihr Heim, gewesen, das sie von Til, dem väterlichen Freund ihres Mannes, geerbt hatten. Wie sehr vermißte sie heute noch immer die weichen Federbetten mit den karierten Überzügen und das schöne Geschirr im Schrank in der Küche.

Es ist uns zu lange gutgegangen, dachte sie. Nun fordert das Schicksal seinen Tribut! Wir müssen ihn wohl zahlen, ob wir wollen oder nicht.

Am meisten Sorgen aber machte sie sich um ihre Kinder. Wo mochten sie nun alle sein? Von Marc hatten sie kein Wort mehr gehört und keine Spur von ihm gefunden. Hoffentlich war er noch am Leben! Ich wünschte, dachte sie, Mog käme endlich zurück. Ich möchte nicht, daß er mich alte Frau allein läßt.

Am späten Nachmittag kehrten die Späher zurück. Sie hatten nichts bemerkt und nichts Verdächtiges gefunden. Das Versteck in Waldmar war sicher.

Endlich brach die Dunkelheit herein, und die jungen Wölfe gingen in den Wald. Dort kniete Rohl noch immer auf der Erde. Er war ganz blau im Gesicht und zitterte am ganzen Körper.

Horsa trat zu ihm und fragte streng: »Wölfe sind einsam. Du hast die Einsamkeit erlebt. Willst du noch immer zu den Wölfen?«

Rohl nickte stumm.

»Wölfe müssen Hunger und Kälte ertragen. Für sie gibt es keine Geborgenheit. Ihr Leben ist Kampf. Wölfe haben nur ein Ziel, und das ist Überleben. Um zu überleben, müssen sie töten. Bist du bereit zum Töten, Rohl?«

Der Junge stammelte: »Ja.«

»Wölfe müssen Schmerzen ertragen, denn kein Kampf kann ohne Schmerzen gewonnen werden. Bist du bereit Schmerzen zu ertragen, Rohl?«

Wieder nickte Rohl.

»Dann mußt du es uns beweisen.«

Zwei aus der Gruppe, sie waren kaum älter als der kniende Junge, schleppten einen Sack herbei. Sie trugen ihn vorsichtig, denn in seinem Inneren tobte etwas und versuchte vergeblich aus dem Gefängnis zu entkommen. Sie warfen den Sack vor Rohl auf den Boden.

»Da drin ist ein Fuchs«, erklärte der Graf. »Wir haben ihn für dich gefangen. Töte ihn!«

Ängstlich und mit großen Augen sah ihn der Junge im Schein der Fackeln an.

»Gebt mir ein Messer«, stammelte er.

»Du wirst ohne Waffe auskommen müssen«, war die Antwort.

»Wie soll ich ihn töten?«

»Das ist deine Sache. Aber merke dir, wenn er dir entkommt, wirst du nie ein Wolf, und du darfst nie wieder ein Wort an einen Wolf richten! Wenn du versagst, hast du keine Ehre mehr.«

»Was soll ich tun?« die Stimme des Jungen war verzweifelt.

»Nimm deine Hände!«

Rohl näherte sich dem Sack, in dem das wilde Tier tobte. Vorsichtig band er den Sack auf und tastete hinein, zog aber sogleich aufschreiend eine blutende Hand zurück. Die Männer johlten. Der Sack lag jetzt offen auf dem Waldboden, und der Fuchs streckte seinen Kopf heraus.

Alle schrien, und Horsa rief: »Paß doch auf, du Idiot!«

Noch bevor das Tier mit einem Satz in die Freiheit entweichen konnte, warf sich Rohl darauf und griff mit beiden Händen zu. Es war ihm auf einmal gleichgültig, was der Fuchs mit ihm machte, er wollte ihn nur noch töten. Sie rollten über den Waldboden, und die Jungen beugten sich mit ihren Fackeln über die Kämpfenden, damit ihnen nichts von dem Schauspiel entging. Rohl versuchte, das Tier zu erwürgen, aber der Fuchs fuhr ihm mit seinen scharfen Krallen durch das Gesicht und hinterließ tiefe Wunden. Dann biß er in seiner Todesangst um sich, und Rohl blutete an der Schulter. Vor Schmerzen lockerte er den Griff. Beinahe wäre ihm das um sein Leben kämpfende Tier entwischt. Im letzten Augenblick bekam er den Fuchs am Schwanz zu fassen und zog ihn zu sich heran. Dann, wie im Wahnsinn, warf sich Rohl erneut auf den Fuchs und biß sich in seiner Kehle fest. Die Bewegungen des Tieres wurden schwächer, es ließ ein schwaches Fiepen hören, dann ging ein Zucken durch den Leib, und der Fuchs war tot.

Rohl erhob sich taumelnd. Sein Gesicht war blutverschmiert. Rote Haare vom Fell des Fuchses klebten um seinen Mund. Er blutete aus vielen Wunden und konnte sich kaum auf den Beinen halten. Da ging Horsa auf ihn zu, umarmte ihn und sagte: »Jetzt bist du einer von uns. Wir können uns auf dich verlassen und du dich auf uns. Gemeinsam werden wir siegen oder gemeinsam untergehen.«

Feierlich überreichte er dem taumelnden Jungen eine Axt als

Waffe. Dann ließ er ihn aus dem Wald und zu seiner eigenen Unterkunft führen. Dort betteten sie ihn auf das Lager und deckten ihn zu. Zehn Tage lag Rohl und kämpfte mit dem Wundfieber. Stets war eine Wache bei ihm, die ihn versorgte. Horsa, der Führer, schlief währenddessen bei einem Kameraden. Dann endlich konnte der neue Wolf aufstehen und die anderen auf ihren Ausflügen begleiten.

Glaxca

Die Wölfe waren mit ihrer Aufnahmezeremonie beschäftigt gewesen und hatten deshalb die Ankunft eines Gastes im Dorf versäumt, der bei Dunkelheit eingetroffen war. Schon den ganzen Nachmittag war Ev immer wieder auf die Straße und zur Brücke gelaufen und hatte nach ihrem Mann Ausschau gehalten. Je weiter der Tag fortschritt, ohne daß eine Spur von ihm sichtbar wurde, desto größere Unruhe erfaßte sie. Endlich, überall waren schon Feuer und Fackeln entzündet, gab die Wache auf der Straße Meldung, daß sich Leute näherten. Es waren Mog und Gunter. Die alten Männer trugen einen Fasan und zwei Hasen. Aber sie kamen nicht allein, sondern in Begleitung eines Zwergs. Trotz seiner kurzen Beine war er mit dem langen Oberkörper genauso groß wie die Erits. Er hinkte, und sein Arm war mit einem blutigen Lappen verbunden.

Die Leute aus Waldmar bestürmten die Ankommenden mit Fragen, aber Mog winkte ab. Er schickte Ev voraus, um Wasser abzukochen, und führte den Fremden langsam und behutsam zu seinem Haus. Der Zwerg preßte seinen linken Arm fest an den Körper und bewegte sich vorsichtig. Er hatte Schmerzen, das war offensichtlich. Auch zog er das rechte Bein nach und ging schleppend. Sie hatten es nicht weit, denn Mogs Unterkunft lag ganz in der Nähe. Sie traten ein und schlossen sogleich die Tür vor der Nase der neugierigen Erits. Die Ausgesperrten waren empört, weil man sie nicht unterrichtete, mußten sich schließlich aber doch zufriedengeben und zerstreuten sich.

Das Wasser brauchte eine Weile, bis es auf dem offenen Feuer kochte, und Ev wandte sich ihrem Gast zu. Der humpelte zu der Frau des Hauses, verbeugte sich und sagte: »Ich entbiete Euch meinen Gruß. Mein Name ist Glaxca. Ich bin Kraks Sohn aus dem Geschlecht der Zwerge und danke Euch für Eure Gastfreundschaft. Möge Euch kein Schaden daraus erwachsen, daß Ihr mir helft.«

Ev antwortete zu ihrem Mann gewandt: »Da hast du aber einen höflichen Gast mitgebracht. Einen Mann mit soviel Anstand findet man heute nur noch selten.« Und zu Glaxca meinte sie: »Ihr seid willkommen. Möge Euch der Aufenthalt in unserem Haus die Ruhe und Erquickung bringen, die Ihr dringend benötigt. Ihr seid ein Teil unserer Familie, solange Ihr hier seid, und unser Wohlergehen sei auch das Eure.«

Nachdem sie sich auf diese gespreizte Art bekannt gemacht hatten, versuchten sie dem Zwerg aus seinen Kleidern zu helfen, der dabei unter großen Schmerzen stöhnte. Sein Hemd war blutverkrustet, und als sie es vorsichtig ablösten, kam ein schwarzer Schaft zum Vorschein, der tief im Fleisch steckte.

»Die Orokòr haben mich am Ende doch noch erwischt«, keuchte Glaxca, als Mog vorsichtig den Pfeil berührte. »Nachdem ich getroffen wurde, konnte ich den Pfeil nur abbrechen und weiterlaufen. Sie haben mir keine Zeit gelassen, überhaupt Schmerzen zu empfinden. Aber nun…«

Glaxca brach ohnmächtig zusammen. Erschrocken hievten ihn Ev und Mog auf ihr Lager. In diesem Augenblick öffnete sich die Tür, und Pet schlüpfte herein. Als er sah, wie sich seine Eltern abmühten, eilte er ihnen zu Hilfe. Endlich war der Zwerg gebettet und schlug die Augen wieder auf.

»Wir werden Euch weh tun, Fremder«, sagte Mog. »Der Pfeil muß rasch aus Eurem Fleisch, sonst gibt es Wundbrand. Ihr könnt von Glück sagen, wenn es nicht schon zu spät ist. Die Pfeile dieser schwarzen Bestien sind in der Regel verseucht. Sie tauchen sie in Urin oder stecken sie in das Aas von toten Tieren.«

»Tut, was Ihr tun müßt! Ich werde es aushalten«, knirschte der Zwerg. »Und wenn ich ohnmächtig werde, so laßt Euch nicht aufhalten.«

Mog untersuchte die Wunde und ging dann zum Feuer, um sein Messer auszubrennen. Mit vereinten Kräften brachten sie die unangenehme Operation hinter sich. Endlich war Glaxca verbunden, sein Bein geschient, und er schlief unter einer Decke. Später gesellte sich auch noch Marga zur Familie, und abwechselnd hielten sie die Nacht hindurch Wache. Glaxcas Temperatur erhöhte sich gegen Mitternacht. Sein ganzer Körper glühte, und das Fieber hielt auch am nächsten Tag noch an.

Ev hatte einen Vorrat von getrockneten Kräutern bei ihrer Flucht aus Gutruh mitgenommen, aus denen sie einen Tee kochte und kalte Umschläge bereitete. Am dritten Tag schwitzte der Zwerg so stark, daß nicht nur seine Kleider, sondern auch sein Lager naß waren. Dann fiel er in einen tiefen Schlaf, aus dem er erquickt erwachte. Von da an schritt seine Genesung rasch voran. Schon bald konnte er sich auf seinem Lager aufsetzen.

Irgendwann begann Glaxca zu erzählen. Er berichtete vom Zauberer Aramar, und was sie zusammen auf ihren Reisen erlebt hatten. Als die Erits hörten, in welcher Not sich Centratur befand, faßten sie sich hilfesuchend an den Händen. Dann erzählte der Zwerg, wie ihm in Weiler das Gepäck und der Brief des Zauberers gestohlen worden waren. Er war damals wie gelähmt gewesen, hatte nicht mehr gewußt, was er tun sollte. Doch dann hatte er sich einen Ruck gegeben, seine Enttäuschung überwunden und sich ohne den Brief auf den Weg gemacht. Er hatte es auch bis zum Golf von Orex geschafft und die Achajer getroffen. Dann war die Katastrophe mit dem Schiff geschehen und der Anführer der Achajer hatte ihm das Ultimatum gestellt. Nun war Glaxca unterwegs, um den geforderten Beweis von Aramar zu holen. Wenn ihm dies nicht rechtzeitig gelang, gäbe es für Centratur keine Hilfe.

»Da ich wußte, daß Orokòr auf mich lauerten, war ich auf dem Rückweg von der Landebucht noch vorsichtiger als auf dem Hinweg. Aber trotz aller Achtsamkeit wurde ich entdeckt. Zwar hat Ormor alle Orokòr aus dem Heimland abgezogen, um sie bei den Schlachten im Süden einzusetzen, schließlich sind es seine besten Kämpfer. Doch eine Truppe ließ er in dieser Gegend. Sie wurde zwischen Weststadt und dem Meer stationiert und soll die Oststraße und deren Umgebung bewachen. Der Zauberkönig fürchtet nämlich die Rückkehr der Achajer. Nur sie, so glaubt er, können ihm bei seinen Eroberungen gefährlich werden.

Ich habe auch rechtzeitig das Lager der schwarzen Bestien bemerkt. Sie hatten es rechts und links neben der Oststraße aufgebaut. Jeweils zwei Kämpfer schliefen in einem der niedrigen schwarzen Zelte. Überall brannten Feuer, auf denen sie irgendwelche stinkenden Dinge brieten. Die Orokòr essen alles, was ihnen zwischen die Finger kommt. Ständig waren Patrouillen unterwegs und durchkämmten die ganze Gegend. Ich habe sie einen halben Tag lang beobachtet und dann am Nachmittag den Durchbruch versucht.

Sie überwachten nämlich die Wälder in der Umgebung mehr als die Straße. Wahrscheinlich gingen sie davon aus, daß niemand so töricht sein würde, einfach über die Straße und an ihnen vorbeizumarschieren. Dies war aber, so hatte ich erkundet, die einzige Lücke in dem dichten Netz. Ich benutzte also die Oststraße und schlich an ihrem Rand von Busch zu Busch. Mein Herz schlug mir bis zum Hals, denn ich hörte und roch ständig die Feinde. Sie trampelten mit ihren Schnürstiefeln durch den Wald, und zwei von ihnen hätten mich beinahe entdeckt. Sie standen so dicht neben mir, daß ich sie berühren konnte. Schon fürchtete ich, daß sie mich witterten, aber ich hatte Glück.

Bald hatte ich diese Wachen weit hinter mir gelassen und schritt frohgemut aus. Ich war stolz darauf, daß ich die Orokòr übertölpelt hatte und überlegte sogar, ob ich in Weststadt einkehren sollte. Eine warme Mahlzeit, ein Krug Bier und vielleicht sogar ein warmes Bett erschienen mir paradiesisch. Was konnte mir nun noch geschehen, dachte ich mir. Leider kam alles ganz anders.

Ich war so in Gedanken, daß ich nicht auf den Weg achtete und deshalb nicht merkte, daß ich nicht mehr allein auf der Straße war. Vier Orokòr, es waren Hauptleute, kamen mir entgegen, und als ich sie bemerkt hatte, war es schon zu spät, um mich zu verstecken. Die Orokòr rannten in ihren schweren Stiefeln auf mich zu und umringten mich. Sie fragten barsch nach meinem Woher und Wohin und nach meiner Berechtigung.

Ich hatte noch nie von einer ›Berechtigung‹ gehört, setzte ein harmloses Gesicht auf und erkundigte mich, was damit gemeint sei.

Jeder der in Centratur reise, wurde mir beschieden, benötige dazu eine schriftliche Erlaubnis vom großen Zauberkönig. Da dieser aber nicht selbst alle Berechtigungen erteilen könne, habe er dies seinen getreuen Dienern übertragen. Kurz, die Straßen dürften fortan nur noch benutzt werden, wenn man bei den Hauptleuten der Heere Ormors eine Erlaubnis erwerbe und dafür natürlich auch zahle.

Ich erklärte, daß ich ein Händler sei, der sich auf dem Rückweg von der Auslieferung seiner Waren befinde, und von der neuen Regelung nichts wisse. Ihr Anführer war nicht unfreundlich. Er befahl mir lediglich, mit ins Lager zu kommen und mir dort eine Berechtigung ausstellen zu lassen. Mir blieb nichts anderes übrig, als ihnen zu folgen. Ich wußte jedoch, daß ich unterwegs verschwinden mußte, denn im Lager wäre es um mich geschehen gewesen. Es ergab sich aber keine Möglichkeit zur Flucht, deshalb faßte ich meine Axt fester und schlug sie einer der schwarzen Gestalten unvermittelt ins Bein. Er stürzte schreiend zu Boden, und ich sprang über ihn hinweg und rannte in den Wald.

Ich hörte noch, wie hinter mir Alarm geschlagen wurde, dann setzten mir alle nach. In dem dichten Unterholz rannte ich um mein Leben. Meine geringe Körpergröße gereichte mir nun zum Vorteil. Nicht lange und sie hatten meine Spur verloren. So konnte ich mich ungestört südlich der Oststraße nach Osten durchschlagen. Doch schon wieder hatte ich mich zu früh gefreut. Sie hatten nämlich die Grenze zum Heimland abgeriegelt. Am Fuß der Turmberge entdeckten sie mich, und die Jagd begann aufs neue. Menschensoldaten gesellten sich als Verstärkung hinzu. Ich glaube, sie kamen aus Rolos.«

Mog nickte bestätigend. »Sie haben unser Heimland besetzt und führen ein tyrannisches Regime. Wir alle mußten vor ihnen fliegen. Orokòr und Rolossoldaten waren also hinter Euch her. Ein Wunder, daß sie Euch nicht geschnappt haben.«

»Es gelang mir, der Umzingelung zu entkommen und in die Berge zu fliehen. In den Bergen sind wir Zwerge zu Hause. Dort holt uns so schnell niemand ein. Aber ich will es kurz machen. Nachdem ich glücklich auch noch die Windberge hinter mich gebracht hatte, erwischten sie mich in einer Flußaue.

Dort wimmelte es nur so von Soldaten und auch Orokòr. Ich lief genau in die Falle. Sie erwarteten mich bereits und veranstalteten eine Treibjagd, in deren Verlauf ich den Pfeil in die Schulter bekam. Beim Abstieg von den Windbergen hatte ich mir zudem den Fuß verstaucht, so daß ich nur unter großen Schmerzen vorwärtskam. Aber ich habe nicht aufgegeben und schließlich habt Ihr mich gefunden. Ich danke Euch von ganzem Herzen für Eure Hilfe. Hoffentlich habe ich die Feinde nicht auf Eure Fährte geführt.«

»Macht Euch darüber keine Gedanken. Wir sind hier sicher, auch wenn sie uns früher oder später entdecken.« Mog hatte beruhigend gesprochen.

Nun fragte Pet: »Was werdet Ihr unternehmen, wenn Ihr wieder gesund seid?«

»So lange kann ich nicht warten. Ich muß meine Suche nach Aramar sofort aufnehmen. Sobald ich auf meinem Fuß wieder stehen kann, mache ich mich auf den Weg.«

Aber Mog war froh, etwas von seinem Freund Aramar zu hören, und die alten Zeiten und Abenteuer erwachten wieder einmal vor seinem geistigen Auge.

Die Familie löst sich auf

Am nächsten Abend trafen sich Pet und Marga. Sie wanderten ein wenig auf der Straße, die nach Waldlust führte. Die Nacht war kalt und der Weg vereist. Eine schmale Mondsichel leuchtete auf die weißen Bäume links des Wegs. Wind fuhr durch ihre Kleider. Tiefe Schatten täuschten das Auge, das da und dort geisterhafte Gestalten vermutete. Die beiden jungen Leute strengten ihre Ohren an, aber nichts Ungewöhnliches war zu hören.

»Ich werde Glaxca begleiten«, sagte Pet ruhig. »Das Heimland ist mir schon lange zu eng. Die Gelegenheit ist günstig. Die Welt steht in Flammen, und ich werde anderswo gebraucht.«

»Was werden deine Eltern sagen?«

»Es wird ihnen gleichgültig sein. Sie sehnen sich nach Til und Marc, aber nicht nach mir.«

»Ich komme mit.«

»Es kann gefährlich werden. Wir müssen in den Süden, und dort ist Krieg.«

»Es ist überall gefährlich.«

»Ich bin froh, daß du mitkommst«, sagte der Junge endlich. »Hab keine Angst, ich werde dich beschützen.«

Da lachte das Mädchen: »Ich glaube eher, daß du meinen Schutz brauchst.«

Mog und Ev lagen nebeneinander auf ihrem einfachen Bett. Glaxca war in der Kammer unter dem Dach untergebracht worden. Sie kuschelten sich aneinander und wärmten sich gegenseitig wie ein junges Liebespaar. Fürsorglich zog Mog die Decke seiner Frau bis zum Hals. Das Feuer war heruntergebrannt und glomm nur noch. Ein schwacher roter Schein erfüllte den Raum.

»Ich glaube, Pet wird mit dem Zwerg gehen«, sagte Ev.
»Das denke ich auch.«
»Dann werden wir beide allein sein. Alle unsere Kinder sind fort.«
»Nicht nur unsere Kinder verlassen uns. Auch unser Leben geht vorüber. Hast du Angst vor dem Sterben?«
Sie nickte schwach.
»Die brauchst du nicht zu haben. Es ist nicht das Ende.«
»Was wird danach kommen?«
»Das weiß ich nicht. Aber gerade das macht die Geschichte so spannend.«
»Darüber scherzt man nicht! Ich mache mir Sorgen um die Kinder. Was ist mit Almira? Wo ist Marc, wie geht es Til? Da haben wir sie mühsam großgezogen und uns so viele Sorgen und Gedanken um sie gemacht, und nun wissen wir nicht einmal, wo sie sich aufhalten. Und bald sollen wir auch noch Pet aus den Augen verlieren«
»Marga wird ihn begleiten. Sie paßt auf ihn auf.«
»Auf uns Frauen kann man sich eben verlassen.«
Sie schwiegen eine Weile, dann sagte Ev: »Traurig bin ich schon, wenn Pet geht. Der Gedanke daran tut weh.«
»Wir dürfen es ihm nicht zeigen. Der Junge muß seine eigenen Wege gehen. Die bin ich damals im Großen Krieg auch gegangen.«
»Du mit deinen Erinnerungen an den Großen Krieg! Kannst du die Zeit damals denn nie vergessen?«
»Nein, daran werde ich mich jeden Tag bis zu meinem Tod immer erinnern.«
»Ich glaube beinahe, du möchtest all die Not und die Gefahren noch einmal erleben.«
»Vielleicht...«, antwortete Mog vage, und seine Gedanken schweiften in weite Ferne. Nach einer Weile sagte er: »Weißt du, damals war ich jung, und die Welt stand mir offen. Es war ein Anfang. Und heute stehe ich vor dem Ende. Damals kam noch etwas auf mich zu. Ich wußte zwar nicht, ob es etwas Gutes oder Schlechtes sein würde, aber es kam etwas. Ich hatte noch eine Zukunft. Heute habe ich nur eine Vergangenheit. Es kommt nichts mehr, sondern alles geht. Dieses Endgültige, das keine Hoffnung läßt, bringt mich manchmal zur Verzweiflung.«
Da richtete sich Ev auf und nahm im Dämmer den Kopf ihres Mannes in beide Hände und küßte ihn.

Marga und Pet hatten sich ein eigenes Haus in dem halbzerstörten Dorf gesucht und wieder hergerichtet. Unter den mißbilligenden Blicken der anderen Dorfbewohner waren sie daraufhin zusammengezogen. Da Pet zu den Jägern gehörte, hatte er verschiedene Felle mit nach Hause gebracht, auf dem Fußboden ausgelegt und auch die Wände damit behängt. Auf einem Tisch stand eine Holzschale mit Nüssen. Nun packten sie ihre Bündel und nahmen Abschied von all den vertrauten Habseligkeiten, die sie zurücklassen mußten. Der Gedanke, das Heimland und die Eltern zu verlassen, machte Pet wehmütig.

Plötzlich wurde die Tür aufgerissen, und Horsa trat herein. Mit ihm fauchte ein kalter Wind in die Behausung. Der Graf ließ die Tür offen und trat auf die beiden zu.

»Ich habe gehört, du willst den Zwerg begleiten«, sagte er zu Pet. »Dagegen habe ich nichts. Du hast meine Erlaubnis und kannst gehen.«

Dann wandte er sich an Marga: »Du aber wirst hierbleiben! Du bist eine wichtige Trumpfkarte in unserem Kampf gegen die Feinde. Ich kann dich nicht ziehen lassen. Wenn es dir ohne den Kerl hier«, er wies abschätzig mit seinem Kopf auf Pet, »zu einsam ist, dann kannst du zu mir ziehen.«

»Du wirst deine Hütte auch weiter allein bewohnen müssen«, antwortete ihm das Mädchen ruhig. »Ich werde Pet begleiten.«

»Das verbiete ich dir!«

»Du hast nichts zu verbieten.«

»Fordert meinen Zorn nicht heraus.«

»Dein Zorn ist mir gleichgültig. Und nun geh und schließe die Tür. Es ist kalt genug durch dich hier geworden.«

Horsa ballte die Fäuste und trat auf den Jungen zu: »Irgendwann werde ich dir den nötigen Respekt vor deinem Herrscher einbleuen. Ich bin Markgraf des Heimlands, und du bist der Sohn eines Gärtners. Ich verspreche dir, auch du wirst noch lernen, was Gehorsam ist. Jeder hier im Heimland wird es lernen. Ihr werdet alle noch vor mir zittern und um meine Gunst buhlen.« Die letzten Worte hatte er mit sich überschlagender Stimme hervorgestoßen. Sein Ton wurde nun wieder ruhiger. »Marga, du bleibst! Dies ist ein Befehl.«

Damit wandte er sich um und ging hinaus, ohne die Tür zu schließen. Marga machte sie zu und fuhr ruhig mit dem Packen fort.

»Was wird er unternehmen, wenn du mich begleitest?« fragte Pet nach einer Weile.

»Er wird uns seine Wölfe auf den Hals schicken. Horsa ist bereit zur Gewalt. Wir dürfen ihn nicht unterschätzen.«

Glaxcas Genesung schritt voran, und die Stunde des Abschieds von Vater und Mutter kam. Sie umarmten sich, und Pet war klar, daß er seine Eltern nie wiedersehen würde. Es war ein Abschied für immer.

»Nun ziehst du in die Welt, so wie ich damals vor einem halben Jahrhundert«, sagte Mog zu seinem Sohn. »Sei ohne Furcht. Sie sind bei dir.«

»Wer, Vater?«

»Die hinter den Sternen wohnen. Sie waren immer bei dir, denn ohne sie kannst du keine Stunde überleben. Du mußt auf sie vertrauen!«

Dann umarmte er Marga. »Leb wohl, Tochter. Wir hatten nicht viel Zeit füreinander. Die Zeiten waren gegen uns.«

Ev weinte, und auch Pet hatte Tränen in den Augen. Als sie endlich loszogen, ließen sie zwei alte Leute zurück. Sie standen auf der Straße und sahen den drei Gestalten nach, bis nichts mehr von ihnen zu sehen war. Mog legte schließlich den Arm um seine Frau und führte sie zurück ins Dorf.

»Nun ist es endgültig«, sagte er. »Unser Leben ist gelebt. Unsere Kinder müssen das vollenden, wozu uns die Kraft gefehlt hat. Wir aber sind von nun an allein und haben nur noch einander. Ich bin froh, daß du da bist, Ev!«

Sie antwortete nicht, sondern preßte sich nur ganz fest an ihn.

In den ersten Stunden ihrer Wanderung war es Pet recht wehmütig ums Herz. Jetzt erst wurde ihm klar, wie sehr er seine Eltern liebte, und wie er sie vermissen würde. Doch dann füllte der klare Wintertag sein Bewußtsein, er sah das Mädchen an seiner Seite, und plötzlich begann er zu pfeifen und seine beiden Begleiter fielen ein.

Sie hatten beschlossen, trotz aller Gefahren das Heimland zu durchqueren und über den Tabakweg nach Süden zu ziehen. Die Alternative wäre gewesen, nach Weiler zu wandern und den Wolfsweg zu benutzen. Doch dies war die wichtigste Nord-Süd-Verbindung im westlichen Centratur und deshalb stark begangen. Dort wären sie ständig neuen Gefahren ausgesetzt gewesen. Auf dem

Tabakweg hingegen wären sie, wenn sie erst einmal das Heimland verlassen hätten, sicher.

Ich hoffe nur, daß diese Überlegungen richtig sind und unsere Rechnung aufgeht, dachte Pet. Aber er behielt seine Bedenken für sich.

Es war einer der ersten warmen Tage in diesem Jahr. Die Sonne schien, und der Schnee begann zu schmelzen. Das Licht färbte die weißen Bäume und Büsche golden. Die Luft roch würzig und frisch, und die Natur wurde auf einmal geschäftig. Die Vögel hatten viel zu tun, Hasen hoppelten durch Schnee und nasses Gras, Rehe eilten durch die Bäume. Der Weg war naß und aufgeweicht, so daß sie auf den Grasnarben am Rand liefen. Die ersten Schneeglöckchen streckten ihre Köpfe hervor.

Doch das Pfeifen und Singen verging ihnen, als sie am späten Nachmittag an den ersten Bauernhöfen vorüberkamen. Hier ragten nur noch schwarze Trümmer in die Luft und zeugten von dem Grauen, das hier hereingebrochen war.

Es war kurz vor Einbruch der Dunkelheit, als Marga plötzlich stehenblieb und flüsterte: »Vor uns sind Leute. Die Vögel warnen.«

Pet faßte nach seinem Bogen und Glaxca nach der Axt, während das Mädchen angestrengt lauschte.

Endlich erklärte sie: »Es sind Erits, keine Soldaten aus Rolos.«

Aufatmend gingen sie weiter und wurden, bevor sie sich's versahen, von Bewaffneten umringt. Es waren Horsas Wölfe. Würdevoll trat ihr Anführer aus dem Gebüsch.

»Ich habe gesagt, daß Marga hier bleibt!« sagte er scharf. »Warum widersetzt ihr euch meinem Befehl?«

»Du hast uns nichts zu befehlen.«

»Ich bin der Markgraf des Heimlands, und alle müssen mir gehorchen. Nur wenn eiserne Disziplin waltet, können wir die Fremden besiegen und unser Land zurückerobern.«

»Du bist größenwahnsinnig«, antwortete Pet. »Geh aus dem Weg!«

»Warum reden wir überhaupt mit diesem Idioten?« mischte sich Pul ein. »Macht ihn kalt, schickt den Zwerg zum Teufel und nehmt die Frau mit. Im Heimland wird zu viel gequatscht und zu wenig gehandelt.«

»Halte dich da raus«, wies ihn Horsa zurecht. Dann wandte er sich wieder an Marga: »Also, kommst du jetzt freiwillig mit oder müssen wir Gewalt anwenden? Es geht um die Freiheit unserer

Heimat. Da müssen persönliche Interessen zurückstehen. Im Namen meines Landes, für das ich verantwortlich bin, fordere ich dich auf zurückzukehren.«

»Horsa, du bist nicht das Heimland!« stellte Pet fest. »Halte uns nicht länger auf!«

Er wollte sich umwenden und weitergehen. In diesem Augenblick zog Horsa sein Schwert. Entgeistert starrte Mogs Sohn auf die blanke Waffe.

»Willst du etwa deine eigenen Landsleute bedrohen? Hast du denn den Verstand verloren?«

»Ich bin hier der Herrscher. Diese Herrschaft habe ich von meinem Vater geerbt, der sie sich unter Einsatz seines Lebens verdient hat. Ich werde jeden bekämpfen, der gegen mich ist und sich meinem Willen nicht unterwirft, ob es nun Soldaten aus Rolos sind oder törichte Erits. Meine Feinde erkennt man nicht an ihrer Gestalt, sondern an ihrem Verhalten, und ich werde alle meine Feinde ausrotten.«

»Genug!« mischte sich Glaxca ein. »Ihr vergeßt Euch, Graf!«

»Du, Zwerg, bist ein Gast in meinem Land, und als Gast solltest du dich nicht in unsere inneren Angelegenheiten mischen.«

»Ich will Euch eine Geschichte erzählen«, sagte Glacxa und in seinen Augen blitzte der Schalk. »Eine Geschichte hat immer etwas Lehrreiches.

Es waren einmal zehn kleine Leute, die wollten die Welt erobern. Warum sollte der Ruhm immer nur den Großen gehören, dachten sie sich. Wir Kleinen müssen uns nehmen, was uns zusteht, dann gehen auch wir in die Geschichte ein. Weil sie zehn Mann waren, fühlten sie sich stark. Sie trafen einmal einen von den großen Menschen. Den kreisten sie ein und fielen gleichzeitig über ihn her. Er hatte keine Chance und wurde totgeschlagen.

›Habe ich euch nicht gesagt, wir sind stark‹, sagte einer zum anderen. ›Wir sind sogar noch stärker als die Großen. Hätten wir sonst einen Großen töten können?‹

›Was uns gemeinsam gelungen ist, können wir auch alleine schaffen. Wir sollten uns trennen. Dann können wir noch mehr Taten gleichzeitig vollbringen.‹

Sie kamen in ein Dorf, mit einem großen Misthaufen in seiner Mitte. Diesen Misthaufen wählten sie als Treffpunkt aus. Hier wollten sie, nachdem sie ihre Heldentaten vollbracht hatten, wieder zusammenkommen. Jeder ging in eine andere Richtung. Wie ein großer Stern breiteten sie sich über das Land aus. Selbstbewußt setzten sie ein Bein vor das andere, stets bereit das zu tun, was das Schicksal für sie bereithielt. Sie waren sich ihrer Bedeutung voll bewußt.

Ich will es kurz machen. Zwei von ihnen wurden von Bauern erschlagen, einen rannte ein Eber um, drei legten sich mit Soldaten an, was ihnen nicht bekam, einer trug den Kopf so hoch, daß er ins Wasser stürzte und ertrank, einer kam einer galoppierenden Pferdeherde in die Quere und wurde zertrampelt, einer verliebte sich in eine Frau und wurde von ihr vergiftet, und der letzte begann an sich zu zweifeln und brachte sich selbst um. So waren sie endlich alle tot. Die Leute sammelten sie auf und transportierten sie auf Schubkarren zurück in das Dorf und warfen sie auf den großen Misthaufen. So waren sie, wie sie es verabredet hatten, wieder vereint. Alles war so gekommen, wie sie es besprochen hatten, nur von ihren Heldentaten redet niemand mehr, und in die Geschichte sind sie auch nicht eingegangen.«

Die Meute der Wölfe sah den Zwerg verdutzt an.

»Was soll diese Geschichte«, fragte Wum, der dem Zwerg am nächsten stand. »Was sollen wir daraus lernen?«

»Das weiß ich nicht. Ich habe nur eine Frage: Wo ist euer Misthaufen?«

Erst jetzt begriffen sie, daß er sich über sie lustig gemacht hatte und heulten vor Wut auf.

Horsa sagte: »Wir lassen uns von dir nicht beleidigen. Wenn es um unsere Ehre geht, dann vergießen wir auch Blut.«

Da wurde der Zwerg sehr ernst, richtete sich hoch auf und hob die scharfe doppelschneidige Axt. Mit schneidendem Ton sagte er: »Ihr habt recht. Geredet haben wir nun genug. Geht zur Seite und laßt uns vorbei, oder ihr müßt euch mit meiner Axt auseinandersetzen, die schon viele Leiber geküßt hat. Wer es von euch wagt, sich auf eine Auseinandersetzung mit ihr einzulassen, der möge vortreten. Wenn ihr aber die Bekanntschaft meiner Freundin nicht machen wollt, so verschwindet. Ich habe genug von diesen Kindereien.«

Wortlos machten die Wölfe eine Gasse frei, und die drei Wanderer schritten hindurch.

Nur Horsa knirschte mit den Zähnen und murmelte Pet zu: »Das sollst du mir büßen. Wage es nicht, ins Heimland zurückzukehren!«

Ribbelhof

Tage später erreichten die Wanderer Ribbelhof. Hier trafen sich die Wege aus Steinbruch und Weststadt, sie vereinten sich zum Tabakweg und führten als breite Straße nach Osten zur Stadt Rudia. Tabakweg hieß die Straße, weil früher auf ihr die getrockneten Tabakpflanzen aus dem Heimland ins übrige Centratur transportiert worden waren. Ribbelhof lag im südlichen Heimland. Einst ein einsames Gehöft, hatten sich immer mehr Kaufleute dort angesiedelt, und bald waren die Bauern in der Minderzahl. Die Kaufleute wohnten in prächtigen Häusern, die alle bis zum ersten Stock aus Stein gemauert waren und denen man ein weiteres Stockwerk aus Holz aufgesetzt hatte. Unter den spitzen Giebeln der Häuser wurden die Waren gelagert. Gehandelt wurde mit Tabak, Getreide und Flachs, aus dem die rauhen Stoffe der Kleider gesponnen wurden, die die Bauern trugen. Aber auch Metalle wie Zinn oder Kupfer wurden in Ribbelhof umgeschlagen.

Die Zwerge waren die tüchtigsten Händler in Centratur. Sie besuchten Ribbelhof regelmäßig und brachten Güter und nahmen Waren und Geld mit. Einige hatten sich sogar bei den Erits niedergelassen. Etwas außerhalb des Ortes hatten sie sich ihre eigenen Häuser gebaut und mit einer hohen Mauer umgeben. Diese Siedlung wurde Sile genannt. Dort hinein durften nur andere Zwerge oder gute Freunde. Man gehe dort seltsamen Bräuchen nach, hieß es. Aber niemand wußte etwas genaues, denn die Zwerge waren nicht mitteilsam. So wucherten die Gerüchte. Die einen sagten, daß in der Zwergensiedlung wilde Orgien gefeiert würden. Die anderen behaupteten sogar, dort schlachte man kleine Eritkinder und riefen zum Kampf auf. Aber es waren nur wenige, die solchen Unsinn behaupteten. Den meisten Einwohnern von Ribbelhof war es gleichgültig, was sich hinter der hohen Mauer tat, solange die Zwerge gut zahlten. Für die Zwerge aber war die Siedlung wichtig. Alle, die ihr Weg in diese Gegend führte, fanden in Sile ein sicheres Nachtlager, und wer kein Zwerg war, aber einen Zwergengeleitbrief vorweisen konnte, der wurde auch aufgenommen.

Dies alles erzählte Glaxca seinen Begleitern, während sie sich vorsichtig Ribbelhof näherten. Er hoffte, daß Sile noch unbesetzt war und sie dort die Nacht verbringen konnten. Hier, wo sich so viele Angehörige seines Volkes aufhielten, fühlte er sich sicher. Deshalb ließ er die beiden Erits zurück und ging allein in den Ort. Der Junge und das Mädchen sollten sich inzwischen verbergen. Er würde sie holen, wenn er wußte, daß die Luft rein war.

Die Häuser von Ribbelhof waren im Gegensatz zu den meisten Siedlungen im Heimland nicht zerstört. Statt dessen herrschte auf den Straßen reges Leben. Es schien, als sei der Krieg an Ribbelhof vorübergegangen. Aber die Leute, denen Glaxca begegnete, trugen mit wenigen Ausnahmen Uniform. Es waren Eritsoldaten und Männer aus Rolos. Viele von ihnen waren betrunken und so manche hatten Eritfrauen im Arm. Als er an den Dorfbrunnen in der Mitte des Ortes kam, schreckte Glaxca zurück. Ihn grauste, und er mußte sich zwingen näher hinzusehen. An die Pumpe war ein Erit gebunden. Er war ganz weiß und steif. Seine Haare standen wie Eiszapfen nach allen Seiten. Er schien schon mehrere Wochen dort zu hängen und war ganz offensichtlich erfroren.

Glaxca war von dem traurigen Anblick so gefangen, daß er unvorsichtig wurde, stehenblieb und sich damit verriet. Eine Patrouille, die gerade vorüberkam, sah ihn vor der unglücklichen Gestalt verharren. Es war klar, kein Bürger von Ribbelhof würde nach so vielen Tagen noch das grausige Opfer betrachten. Überdies war Glaxca kein Erit, sondern ein Zwerg. Man setzte ihn gefangen, und er fand sich kurze Zeit später in einem Verschlag wieder. Es war eine roh zusammengezimmerte Hütte aus Brettern, durch deren Ritzen der kalte Wind pfiff. Das Gefängnis war von außen mit Balken verrammelt. In seinem Innern stank es erbärmlich nach Urin und Kot, denn Glaxca war nicht allein. Mit ihm saßen etwa dreißig Zwerge eingesperrt, und alle mußten ihre Notdurft in einer Ecke der Hütte verrichten. Geschlafen wurde auf dem nackten Boden. Nur ein wenig Stroh schützte vor der Kälte.

Seine Mitgefangenen, darunter auch Frauen und Kinder, sahen schrecklich aus. Viele hatten Frostbeulen und eitrige Schwären, und alle waren bis auf die Knochen abgemagert. Ihre Haare waren lang und verfilzt. Seit Wochen hatten sie sich nicht mehr waschen können. Trotz ihres Elends empfingen sie den Neuankömmling freundlich. Ein Angehöriger ihres Volkes war ihnen immer willkommen.

Nachdem Glaxca über Woher und Wohin berichtet hatte, erzählten sie ihm von den Vorgängen in Ribbelhof. Eines Tages waren von Osten ein Trupp Eritsoldaten gekommen und gleichzeitig von Weststadt Männer aus Rolos. Sie hatten den Ort abgesperrt, und waren dann von Haus zu Haus gegangen. Wer von den Ribbelhofern sein Haus nicht freiwillig abgab, wurde sofort umgebracht. Die Erits, die sich in ihr Schicksal fügten, wurden in irgendwelche Scheunen und Schuppen ausquartiert. Von dort wurden die Männer morgens zu Arbeiten in den Ort oder auf die Felder im Umkreis getrieben. Junge Frauen mußten in den Häusern bleiben, und den Besatzern zu Diensten sein. Ihre Kinder, die dabei nur störten, sperrte man zu den Männern und den alten Weibern.

Der Mann, dessen Leiche am Brunnen angebunden war, hatte Maulzahn geheißen. Er hatte seine Frau nicht kampflos aufgeben wollen und sich zur Wehr gesetzt. Daraufhin war er ohne viel Umstände an die Pumpe gefesselt worden. Damals hatte eisige Kälte geherrscht, und er war noch in der gleichen Nacht erfroren. Doch man hatte ihn zur Abschreckung dort hängen lassen. Die Abschreckung hatte gewirkt. Niemand hatte sich daraufhin mehr den Fremden widersetzt. Nur den Eritsoldaten war so mancher böser Blick und die eine oder andere schlimme Verwünschung hinterhergeschickt worden. Doch die Eroberer kümmerten sich nicht darum. Die abtrünnigen Eritsoldaten waren rechtzeitig auf die Seite der Sieger gewechselt, und der Zorn ihrer Landsleute war ihnen gleichgültig.

Die Zwerge hatten sich zwar in Sile verschanzt, konnten der Übermacht aber nicht lange standhalten. Bald mußten sie aufgeben. Man hatte sie zusammengetrieben, all ihre Habe geraubt, und sie in diesen Schuppen gesperrt. Die reiche Beute, die die Soldaten in Sile gemacht hatten, war ihnen aber anscheinend nicht genug. Inzwischen hatten sie nämlich Boten zu anderen Zwergensiedlungen geschickt. Man forderte Lösegeld für die gefangenen Zwerge. Die Soldaten aus Rolos wußten um das Zusammengehörigkeitsgefühl des Volkes und hatten berechtigte Hoffnung auf reiche Auslöse.

Dies alles erfuhr Glaxca in kurzer Zeit. Seine Zwergenbrüder hatten von der Kälte rauhe Stimmen, und viele von ihnen litten unter einem quälenden Husten. Dennoch redeten und erzählten sie mit einem Eifer, als könnten sie sich nur durch genaue Mitteilungen retten. Am eifrigsten war ein junger Zwerg, der seine Rede mit wilden Gesten unterstützte. Die anderen riefen ihn Blaffo. Er sagte zum Abschluß des Berichtes: »Ich hoffe, daß unsere Brüder und Schwestern zahlen. Lange werden wir hier nicht mehr überleben.«

Marga und Pet hatten sich in einem kleinen Wäldchen vor dem Ort versteckt. Sie rechneten mit der raschen Rückkehr ihres Gefährten. Als er nicht wiederkam, machten sie sich zunächst keine Gedanken. Der Zwerg war erfahren und vorsichtig. Er würde auf sich aufpassen. Mit der Zeit wurden sie dann des Herumstehens müde und richteten sich ein Lager aus Ästen, Laub und Streu, auf das sie ihre Decken legten. Es war zwar nicht besonders bequem, aber sie hatten sich gern, das half ihnen alles zu ertragen. Der anstrengende Marsch erschien ihnen noch immer wie ein romantischer Ausflug. Wenn sie glaubten, daß der Zwerg eingeschlafen war, schlüpfte Pet oft zu Marga, und sie wärmten sich gegenseitig. Da kam es schon einmal vor, daß ihre Hände auf Entdeckungsreisen gingen. Sie mußten dann sehr aufpassen, daß sie nicht zu laut wurden, um Glaxca nicht zu wecken. Der wußte jedoch genau, was vor sich ging und schmunzelte. Er mochte die beiden jungen Leute.

Nun kuschelten sie sich wieder einmal aneinander und waren gar nicht unglücklich über die Abwesenheit des Zwergs. Doch auch das Schmusen hatte irgendwann ein Ende. Später aßen sie, und als dann ihr Begleiter immer noch nicht zurück war, begannen sie sich Sorgen zu machen. Pet wollte in den Ort, um selbst nach dem Rechten zu sehen, aber Marga hielt ihn zurück. Statt dessen begann sie auf seltsame Art zu trällern und zu rufen. Nicht lange und sie bekam eine krächzende Antwort. Dann entspann sich ein reger Dialog zwischen dem Vogel und ihr, den sie irgendwann mit zwei schrillen Trillern beendete.

»Es ist eine Krähe«, erklärte sie Pet. »Sie wollte anfangs nicht helfen, aber ich konnte sie dann doch überreden. Nun fliegt sie nach Ribbelhof und berichtet uns, was dort vor sich geht. Ich habe sie gebeten, nach Glaxca Ausschau zu halten.«

Es verging eine lange Zeit, und der Erit und die Menschenfrau wurden immer ungeduldiger. Endlich erklang über ihnen das bekannte Krächzen. Die Krähe war zurückgekehrt. Sie berichtete lange und ausführlich, und Margas Gesicht wurde immer ernster. Dann gab sie die Neuigkeiten an ihren Freund weiter.

»Die Krähe hat zwar den Zwerg nicht gesehen, aber herausbekommen, daß viele Zwerge irgendwo eingesperrt sind. Sie hat mir den Ort beschrieben. Es muß ein Schuppen oder eine alte Scheune sein. Etwas Genaueres war nicht zu erfahren.«

»Wir müssen Glaxca befreien«, sagte Pet spontan.

»Das wird sehr gefährlich werden«, gab Marga zu bedenken. »Der Ort ist fest in Feindeshand und jeder, der sich nähert, wird aufgegriffen. Hast du einen Plan, wie wir vorgehen können?«

»Wir schleichen uns an und überwältigen die Wachen. Dann öffnen wir das Tor des Gefängnisses.«

»Der Plan ist umwerfend! Daran hast du sicher wochenlang gearbeitet. Aber ich weiß auch nichts Besseres. Wir sollten uns einfach auf den Weg machen und entscheiden, wenn wir vor Ort sind.«

Das Massaker

Das Mädchen ließ sich noch einmal die Lage des Schuppens von dem Vogel beschreiben, dann machten sie sich auf den Weg. Ihr Gepäck hatten sie im Wald zurückgelassen und ihre Waffen unter ihren weiten Mänteln verborgen. Es war bereits dunkel, als sie den Ortsrand erreichten. Sie umgingen Ribbelhof und kamen von Süden, denn dort, so dachten sie, würde man sie noch am wenigsten bemerken.

Tatsächlich erreichten sie ohne Schwierigkeiten den Schuppen, in dem die Zwerge gefangen waren. Er stand etwas abseits der Häuser. Sie sahen keine Wachen, alles war ruhig. Flüsternd verständigten sie sich, daß man die Gunst der Stunde nutzen und die Tür öffnen solle. Ohne Zaudern stürmte Pet auf das Gefängnis zu.

In diesem Augenblick schlug ein Hund an, gleich darauf bellte ein zweiter und dann ein dritter und schließlich tönte aus allen Ecken das Kläffen. Noch wäre jetzt für Pet die Möglichkeit gewesen, sich unauffällig zu verhalten. Hätte er seinen Lauf abgebremst und wäre einfach geschlendert, hätte einen Erit mit einer Besorgung gespielt, so wäre er sicher nicht entdeckt worden. Aber er lief einfach weiter.

Ein großer Mann erschien und schrie: »Gebt Ruhe, ihr Köter!«

Er war ein Soldat und abgeordnet, auf den Schuppen mit den

Gefangenen aufzupassen. Weil es so kalt war, hatte er sich in einem der Häuser in der Nähe untergestellt. Natürlich war dies verboten, und ihn erwartete eine harte Strafe, wenn seine Oberen davon erfuhren. Aber die Zwerge waren sicher untergebracht, und die Erits würden sich in ihrer Hütte nicht mucksen. Zwar hatte ihn das Gebell der Hunde ins Freie getrieben, aber noch rechnete er mit keiner Gefahr. Da erblickte er eine kleine Gestalt, die zu dem Gefängnis lief.

Pet hörte hinter sich jemanden rufen und blickte über die Schulter zurück. Was er sah, ließ ihm das Blut in den Adern gefrieren. Ein mächtiger Menschensoldat verfolgte ihn und kam unaufhaltsam näher. In seinen Händen hielt er einen Stock mit einer Kette, und an der Kette hing eine Kugel mit langen eisernen Spitzen. Diesen Morgenstern ließ der Krieger über seinem Kopf kreisen. Einen Schlag mit dieser Waffe würde der Erit nicht überleben. Pet rannte um sein Leben.

Marga war zurückgeblieben und verfolgte voller Entsetzen das Geschehen aus einiger Entfernung. Sie konnte nicht eingreifen, machte hilflos ein paar Schritte und blieb dann wieder stehen. Um nicht zu schreien, preßte sie den Handrücken gegen ihren Mund. Sie sah, wie der Soldat aus Rolos den kleinen Erit einholte und den Morgenstern über dessen Haupt schwang. Gleich würde er den Schädel des Freundes zertrümmern. Doch genau in dem Augenblick, als er zuschlagen wollte, traf ihn ein Pfeil, und er brach zusammen.

Erstaunt und erschöpft blieb Pet stehen. Er konnte es nicht fassen, daß er noch am Leben war. Da hörte er eine vertraute Stimme: »Dein Graf hat dir aus größter Not geholfen. Ich hoffe, du vergiltst es ihm einmal!«

Horsa war wie durch ein Wunder erschienen und befahl seinen Wölfen, die wie Schatten aus der Dunkelheit auftauchten: »Zündet dieses Soldatennest an allen vier Ecken an!«

Während sie verschwanden, um seinen Befehl auszuführen, erklärte Horsa: »Wir sind euch gefolgt. So einfach wollten wir euch nicht entkommen lassen. Wie ich sehe, war dies gut so. Ich, der Markgraf des Heimlands, den du ablehnst und beschimpfst, habe dir das Leben gerettet. Du schuldest mir nun ein Leben, und ich werde es bei Gelegenheit einfordern!«

Mit diesen Worten wandte er sich um, legte einen neuen Pfeil auf seinen Bogen und folgte seinen Leuten.

Als das Dorf brannte, flohen aus allen Häusern Leute. Die Soldaten waren völlig verwirrt und eine leichte Beute für die Wölfe, die sie einzeln niedermachten und danach jeweils im Getümmel verschwanden. Sie zeigten keine Rücksicht und keine Gnade. Abtrünnige Eritsoldaten wurden ebenso umgebracht, wie die Männer aus Rolos. Pet öffnete die Tür zum Schuppen der Zwerge und holte sie heraus. Dankbar schüttelte Glaxca ihm die Hand. Dann befreiten sie die eingesperrten Erits, die, obwohl völlig entkräftet, auch gleich in die Kämpfe eingriffen.

Für die Soldaten mußte der Überfall wie eine Strafe des Himmels wirken. Die Dunkelheit, die brennenden Häuser und die geheimnisvollen Angreifer, die erbarmungslos zuschlugen, trieben sie in die Flucht. Wer noch konnte, rannte quer über Felder und Wiesen davon. Horsa und seine Wölfe hatten gesiegt. Doch dies genügte den jungen Erits nicht. Sie kämpften weiter, fingen fliehende Eritsoldaten und verstümmelten sie. Sie stachen Augen aus, hieben Hände ab und schnitten Kehlen durch. Die Wölfe metzelten im Blutrausch.

Entsetzt sah Pet, was geschah. Er versuchte einzugreifen, den wütenden Rächern in die Arme zu fallen, aber er wurde weggestoßen. Mitleidig zog ihn Marga beiseite, die in ihrem Leben schon mehr als einmal Kriegsgreuel hatte mit ansehen müssen. Auch Horsa hatte sich in einen Rausch gesteigert. Er feuerte seine Männer an und war beim Töten ganz vorn. Seine Hände trieften vor Blut, und auch seine Kleider waren besudelt. Die befreiten Erits verzogen sich ängstlich in die Dunkelheit, und die Zwerge standen da und sahen dem Treiben fassungslos zu.

Endlich war das Wüten und Morden zu Ende. Horsa kam wieder zu sich, ließ sich auf den Boden fallen und verbarg den Kopf in seinen Händen. Niemand durfte ihn ansprechen. Seine Wölfe suchten sich etwas zu essen und tranken Wein, den sie in einem unversehrten Keller gefunden hatten. Die Zuschauer des Massakers lösten sich langsam aus ihrer Erstarrung. Alle suchten, was von ihrer Habe noch übriggeblieben war. Endlich erhob sich auch der Graf.

Pet ging zu ihm und fragte zornig: »Warum hast du das getan? Du hast den ganzen Ort vernichtet.«

»Wir müssen dem Feind den Nährboden entziehen«, war die Antwort. »Wenn er keinen Unterschlupf mehr findet, ist die Schlacht schon halb gewonnen.«

»Und wie sollen die Erits weiterleben?« fragte Pet empört. »Auch ihnen entziehst du alle Grundlagen. Deine Landsleute leiden genauso wie die Feinde.«

»Das ist mir gleichgültig. Zuerst muß der Feind besiegt und das Land gesäubert werden, dann werden wir an den Wiederaufbau denken und unseren Landsleuten helfen. Der Krieg hat seine eigenen Gesetze. Aber was schwingst du dich zu meinem Richter auf? Ich bin dir zu keiner Rechenschaft verpflichtet! Du schuldest mir Dankbarkeit und nicht umgekehrt.«

Kopfschüttelnd wandte sich Pet ab.

Der Morgen brach bleich und kalt an, und alle machten sich daran, die grausige Stätte zu verlassen. Sie durften nicht säumen, denn bald würde Verstärkung eintreffen, die nicht durch Nacht und Feuer eingeschüchtert und verwirrt war. Diese Soldaten würden kurzen Prozeß mit den Aufständischen und den ausgebrochenen Gefangenen machen. Einige der Erits machten sich auf den Weg zu befreundeten Familien irgendwo im Heimland. Sie ließen sich auch nicht von der Nachricht abschrecken, daß dort alle Erits versklavt seien. Die anderen folgten Horsa nach Waldmar. Er versprach ihnen dort Unterkünfte und Nahrung. Die Aussicht auf Freiheit und warme Häuser ließ die Schrecken der vergangenen Nacht etwas verblassen. Auch die Zwerge schlossen sich dem Treck nach Osten an. Sie wollten zwar nicht nach Waldmar, aber zur Oststraße und von dort zu Zwergensiedlungen im Thaurgebirge. Nur einer der Zwerge ging nicht mit. Es war Blaffo, der sich zusammen mit Glaxca und den Erits zum Tabakweg aufmachte. Er hatte Glaxca in sein Herz geschlossen und erklärt, daß er ihn begleiten wolle.

Die Strahlen der Sonne wurden von Tag zu Tag kräftiger, immer mehr Grün drängte aus der Erde und die Vögel fiepten, zwitscherten und trällerten, daß es eine Freude war. Die Sonne schien von einem wolkenlosen Himmel und ließ inzwischen auf den Wiesen neben dem Weg die ersten zarten Blumen sprießen. Auch an den Haselnußsträuchern zeigten sich schon grüne Spitzen. Anfangs war der Weg noch gepflastert und gut zu begehen. Aber je weiter die Gruppe vordrang, desto schlechter wurde er. Gras wuchs zwischen den Steinen und oft versperrten tiefe Löcher den Weg. Die Äste der Büsche ragten manchmal bis in die Mitte des Pfades, Dornenranken schlängelten sich über den Boden. Es war deutlich, daß der Tabakweg nur noch wenig begangen und überhaupt nicht mehr instand gehalten wurde. Wer hätte sich auch um ihn kümmern sollen? Alle, die im Umkreis wohnten, hatten andere Sorgen, als die Straße zu unterhalten, und wozu sollte man auch Mühe auf den Weg verschwenden? Der Handel war zum Erliegen gekommen und das Reisen gefährlich geworden. Auf den Straßen traf man nur noch Gesindel und Soldaten.

Doch Pet, Marga und die Zwerge ließen sich ihre Laune nicht verderben. Sie hatten sich während ihrer Wanderung an ein flottes Tempo gewöhnt und die Muskeln geschmeidig gelaufen. Besonders Blaffo sang und pfiff den ganzen Tag. Er war ein junger Bursche mit einem glatten Gesicht. Sein Bart war noch dünn und kurz, die Haare trug er sehr lang. Aber er besaß keine Waffen. Unter seinem Hemd sah man kräftige Arme, die in geschmeidigen Fingern endeten. Sicher brach er so manchem Zwergenmädchen das Herz. Marga hatte es ihm angetan. Er suchte ihre Gesellschaft, wann immer es ging und redete dann mit großen Gesten auf sie ein. Pet mochte ihn zwar, wollte ihn aber von Marga ablenken, deshalb bat er ihn: »Erzähl mir etwas von den Zwergen. Ihr seid ein geheimnisvolles Volk. Jeder kennt euch, aber etwas Genaues weiß man nicht.«

Blaffo dachte eine Weile nach, dann sagte er: »Wir Zwerge sind ein altes Volk. Unsere Geschichte beginnt in grauer Vorzeit und ist in einem Buch, wir nennen es Thro, aufgezeichnet. Ganz am Anfang suchten wir in den Gebirgen nach Steinen und Metallen, die wir verarbeiteten. Immer tiefer gruben wir uns in den Berg, schufen große Höhlen und schließlich entstand tief unter der Erde eine ganze Zwergenstadt. Sie hieß Xru und muß wunderschön gewesen sein. Dort vervollkommneten wir unsere Kunst so sehr, daß von überallher Menschen kamen, um uns unsere Schätze abzukaufen. Wir wurden reich und immer reicher. Aber man gönnte uns diesen Reichtum nicht. Deshalb mußten wir uns gegen kriegerische Überfälle wappnen und oft unser Leben verteidigen.

Gleichzeitig gruben wir tiefer in den Fels, denn unsere Kunst brauchte Material. Eines Tages haben wir dann etwas sehr Böses aufgeweckt und damit begann unser Untergang. Die böse Macht, die tief unter dem Berg geschlummert hatte, stieg empor und vertrieb uns aus Xru. Zur gleichen Zeit schlossen sich unsere Nachbarn gegen uns zusammen. Bei unserer Flucht aus Xru wurden wir von ihnen angegriffen. So verloren wir unsere Heimat und viele von uns ihr Leben. Bald waren wir in alle Winde zerstreut.

Unsere Einigkeit hat uns in der folgenden schweren Zeit sehr geholfen. Ohne sie hätten wir nicht überlebt. Auch jetzt, wo wir nicht mehr von allen verfolgt und gejagt werden, halten alle Zwerge wie Pech und Schwefel zusammen und helfen sich, wo es nur geht. Dies ist noch immer mehr als nötig. Ohne unsere Einigkeit könnten wir nicht überleben. Wir haben nämlich nie wieder eine wirkliche Heimat gefunden. Seit unserer Flucht aus Xru streifen wir durch die Welt und treiben Handel. Aber noch immer sind Zwerge geschickte Schmiede und Steinmetzen.

Natürlich haben wir uns auch in eigenen Siedlungen niedergelassen, wo wir wohnen und unser Handwerk ausüben, wo unsere Frauen Kinder gebären und wohin wir von unseren Reisen zurückkehren. Aber alle Siedlungen liegen auf dem Territorium anderer Völker. Wir sind dort nur geduldet. Sicher, wir bringen unseren Gastgebern Reichtum und Wohlstand, denn im Handeln sind wir wie seit eh und je erfolgreich. Dazu haben wir ein eigenes Botensystem entwickelt, das uns über alle Vorgänge in Centratur unterrichtet. Über alles Bescheid zu wissen, ist unsere Stärke und größte Trumpfkarte. Nur von den Machenschaften Ormors und den Vespucci haben wir zu spät erfahren. Warum, weiß ich nicht. Sicher war da eine Teufelei im Spiel.

Das Schlimme aber ist, daß man uns unser Talent neidet«, schloß er. »Im Grunde kann niemand bezahlen, was unsere Hände schaffen. Kein König hätte dafür genügend Geld. Wenn wir unsere Werke verkaufen, so verschenken wir sie gleichzeitig.«

»Übertreibst du da nicht ein wenig?« warf Pet ein.

»Da gibt es nichts zu übertreiben! Zwergenware ist das Schönste, was es in ganz Centratur gibt. Überhaupt sind wir auserwählt vor allen andern. Das zeigt schon unsere Gestalt. Wir sind klein, aber kräftig, ausdauernd und zäh, gleichzeitig aber von angenehmem Äußeren. Wie stolz Zwerge sind, verkündet ein altes Lied, von dem ich leider nur noch zwei Strophen weiß.

Wir steigen über Stock und Stein
Wir Zwerge, wir sind fleißig
Wir hämmern früh, wir hämmern spät
Damit die Welt aufs neu entsteht
Das ist die Kunst der Zwerge

Kein andrer kann so kunstvoll sein
Doch das hat seinen Preis
Die Menschen wollen unser Werk,
Doch wenn sie zahlen bleibt der Zwerg
Ein Schenker ohnegleichen.

Blaffo war immer lauter und immer pathetischer geworden. Glacxa, schließlich auch ein Zwerg, sagte dazu nichts, sondern lächelte nur still. Nach dem Gedicht wechselte er das Thema und fragte danach, wer heute das Abendessen zubereiten werde.

Sie sahen nun immer öfter verlassene Höfe abseits der Straße, leere Weiden und unbestellte Felder. Der Krieg und die unsicheren Zeiten hatten auch hier ihren Tribut gefordert. Sie rätselten, wohin die Bauern geflohen sein könnten oder ob man sie getötet habe. In diesem öden Land konnten sie keine Nahrung auftreiben und waren allein auf ihre Vorräte angewiesen, mit denen sie sehr sparsam umgehen mußten. Des Nachts schliefen sie manchmal in einem der verlassenen Höfe, hatten aber kein gutes Gefühl dabei. Sie kamen sich wie Eindringlinge vor, aber die Nächte waren noch zu kalt, so daß sie ihr schlechtes Gewissen bald überwanden.

Die Mühle

Eines Tages überquerten sie eine schmale Brücke über einen Bach. Seinen Namen kannte keiner von ihnen. Er kam wohl aus dem Wilden Wald und mündete irgendwo in den Erfstrom. Marga war mit Blaffo so ins Gespräch vertieft, daß sie nicht auf die Vögel hörte und deshalb auch nicht auf die Gefahr aufmerksam wurde, die vor ihnen lauerte. Plötzlich waren sie umzingelt. Es waren sechs Zwerge, die drohend ihre Äxte umklammerten.

Als Blaffo erkannte, mit wem sie es zu tun hatten, rief er froh: »Brüder, wie schön hier in der Einöde auf euch zu treffen! Ihr könnt eure Waffen beiseite legen. Wir sind auch Zwerge, wie ihr seht, und für den Erit und das Menschenmädchen bürge ich.«

Doch die Äxte senkten sich nicht, sondern eine barsche Stimme befahl nur »Mitkommen!«

Hinter der Brücke führte ein Weg den Bach entlang, auf den sie dirigiert wurden. Weil sie ihre erhobenen Hände nicht sinken lassen durften und der Weg an manchen Stellen mit Büschen und Dornenranken zugewachsen war, verlief der Marsch recht beschwerlich. Jede ihrer Bewegungen wurde genau kontrolliert. Wenn sie sich nicht genau an die Anweisungen hielten, ernteten sie böse Worte.

Endlich gelangten sie zu einer alten Mühle. Das Dach war an einer Stelle eingebrochen, und das große Mühlrad stand unbeweglich im Wasser.

Als sie näher kamen, trat aus der Mühle eine junge Frau. Auch sie gehörte zum Volk der Zwerge, hatte langes blondes Haar, trug aber Männerkleider. Sie sprach kein Wort, sondern gab durch Handzeichen zu verstehen, die Gefangenen sollten in einen der Schuppen gebracht werden. Als sich die Tür hinter ihnen geschlossen hatte, sagte Glaxca: »Da sind wir also wieder einmal eingesperrt.«

Pet sagte zu Blaffo: »Wo ist nun die große Gemeinschaft der Zwerge? Ich dachte, ihr haltet alle wie Pech und Schwefel zusammen? Besonders freundlich sind diese Leute auch mit euch beiden nicht umgegangen!«

»Das ist ein Irrtum, der sich aufklären wird«, antwortete Blaffo nur. Aber er war schon etwas kleinlauter geworden.

Nicht lange danach wurde Glaxca aus dem Verschlag geholt. Man führte ihn in die Mühle. Nach kurzer Zeit kam er zurück. Während man nun Marga abführte, bestürmten die anderen den Zwerg mit Fragen. Der wußte nicht viel zu berichten. Man hatte ihn lediglich nach Herkunft und Ziel der Reise gefragt und ihm all sein Geld abgenommen. Die junge Frau schien die Anführerin der Wegelagerer zu sein. Als er darauf hinwies, daß sie doch alle Zwerge seien, habe sie nur kalt geantwortet, dies zähle in diesen Zeiten nicht mehr. Man könne darauf keine Rücksicht nehmen.

Bald darauf kam Marga zurück. Ihr war es ähnlich ergangen. Blaffo aber, der als nächster an der Reihe war und verhört wurde, blieb lange weg. Als er zurückkam, war er kleinlaut und wirkte verstört. Man habe ihn ausgefragt und bedroht, berichtete er. Die Zwerge in der Mühle wollten Lösegeld haben. Solange nicht eine erkleckliche Summe gezahlt worden sei, müßten sie alle in dem Verschlag schmachten.

»Da hätten wir gleich im Heimland bei den Soldaten bleiben können«, meinte Glaxca trocken und untersuchte das Gefängnis, während Pet abgeführt wurde.

Der Schuppen war nicht besonders stabil, und Marga und Glaxca verabredeten, in der Nacht im hinteren Teil einige Bretter zu lockern und zu verschwinden. Pet hörte den Plan als er zurückkam und stimmte sofort zu. Nur Blaffo widersprach unerwartet.

Er könne nicht gehen, sagte er. Zuerst müsse er die Wegelagerer überzeugen, daß sie mit anderen Zwergen Freundschaft zu halten hätten. Wenn sich Zwerge gegen Zwerge wendeten, sei der Untergang seines Volkes nicht mehr weit.

Auch Glaxca äußerte seine Bestürzung über diese Verwilderung der Sitten, die er als Folge der schlimmen Zeiten empfand. Zwerge hätten die Verfolgungen in der Vergangenheit nur durch unverbrüchliche Treue gegeneinander überlebt. Sie hätten sich zwar stets gezankt, aber in der Not beigestanden. Dennoch empfahl er, sich auf keine Auseinandersetzung mit diesen Leuten einzulassen, sondern das Weite zu suchen. Schließlich habe er eine dringende Aufgabe, von der das Schicksal ganz Centraturs abhinge.

Daraufhin antwortete Blaffo starrsinnig: »Dann geht! Ich aber bleibe hier.«

Sie redeten alle zusammen auf ihn ein, versuchten ihn zu überzeugen, aber er blieb hart. Am Abend brachten ihnen die Zwerge ein paar Ballen Stroh, damit sie sich hinlegen konnten, denn der Schuppen war völlig leer und der Boden bestand nur aus gestampftem Lehm. Als es ganz dunkel war, ließ sich Blaffo nieder, während die anderen begannen, die Bretter im hinteren Teil zu lockern. Gegen Mitternacht hatten sie bereits ein kleines Loch geschaffen, da schraken alle zusammen. Die Tür des Verschlags öffnete sich plötzlich leise quietschend, und sie erkannten in der Dunkelheit die Zwergenfrau. Sie befahl flüsternd, Blaffo möge ihr folgen und verschwand mit ihm.

Alle waren sich einig, daß sie unter diesen Umständen nicht fliehen und den Gefährten alleine lassen konnten. So blieben sie und rätselten, was ihm wohl im Augenblick zustoße. Sie waren unruhig, und als er in den Morgenstunden von der blonden Frau zurückgebracht wurde, bestürmten sie ihn mit Fragen.

Blaffo schmunzelte über ihre Besorgnis. Es gehe ihm gut, sagte er, sehr gut sogar.

Dann erzählte er, die Anführerin der Zwerge, sie hieße übrigens Xonthra, habe ihn zur Mühle geführt und dort gebe es auch einen Kellereingang ins Haus. Sie seien zu einer Kammer geschlichen, in der sie ihn ohne viel Umschweife auf ihr Lager gezogen habe.

Alles andere wolle er nicht berichten, das könnten sie sich denken. Dabei huschte ein versonnenes Lächeln über sein Gesicht. Später habe Xonthra ihm, so berichtete er weiter, die Geschichte ihrer Gruppe erzählt.

Die Zwerge stammten aus einer Siedlung im südlichen Kohlewald. Dort seien sie von Orokòr überfallen, gefangengenommen und nach Westen getrieben worden. Das Ziel sei der Drachenwald gewesen. Den Sinn dieser Maßnahme habe niemand begriffen. Man vermutete, der Zauberkönig wollte die Bewohner von Centratur entwurzeln, um sie besser beherrschen zu können. Der Marsch der Leute habe unter üblen Bedingungen stattgefunden. Hunger und Kälte hätten allen zugesetzt. Viele seien krank geworden und manche auch gestorben. Man habe die Kranken und Toten einfach am Wegrand liegen lassen. Aus reinem Überlebenswillen habe sich irgendwann jeder nur noch um sich selbst gekümmert. Sie hätten sich gegenseitig bestohlen, das Essen weggenommen und an die Orokòr verraten.

»Aber das tun doch Zwerge nicht«, sagte Glaxca entsetzt.

»Ich habe es zuerst auch nicht glauben wollen«, antwortete ihm Blaffo. »Aber es ist so! Das Elend und die Gemeinheit zerstören auch die Gemeinschaft der Zwerge. Das Leid nimmt uns das, worauf wir am meisten stolz sind, unsere Zusammengehörigkeit.«

Die Zwergin habe dann berichtet, daß es ihr und einigen jungen Männern gelungen sei zu fliehen. Sie hätten diese Mühle gefunden und lebten nun von Überfällen. Leider kämen nur noch selten Reisende vorüber, deshalb hätten sie keine Wahl und könnten auch Angehörige des eigenen Volkes nicht schonen. Schließlich ginge es um ihr Überleben. Die Männer hätten die Zwergin ohne große Umstände als Anführerin anerkannt, allerdings nur unter der Bedingung, daß sie keinen von ihnen bevorzuge. Er, Blaffo, habe ihr vom ersten Moment an gefallen.

Als sie ihren Liebhaber zu seinen Gefährten zurückbrachte, habe sie ihm noch erklärt, daß auf keinen Fall ihre Männer davon erfahren dürften. Sonst wäre ihrer aller Leben in Gefahr. Aber in der nächsten Nacht wolle sie wiederkommen und ihn erneut holen.

Als der junge Zwerg geendet hatte, schüttelte Glaxca bedenklich den Kopf.

»Ob das wohl gutgeht?« murmelte er.

»Was soll denn schiefgehen? Hier haben sich zwei Zwerge gefunden, die sich mögen und schöne Nächte miteinander verbringen.« Blaffo war heiter und sorglos. »Morgen nacht könnt ihr euch davonmachen, dann werdet ihr nicht mit hineingezogen.«

»Wir bleiben«, bestimmte Glaxca mit einer Stimme, die keinen Widerspruch duldete.

Sie bekamen im Verlauf des Tages ein wenig verschimmeltes Brot und eine Wassersuppe. Dann befahl man ihnen, ihren Angehörigen Briefe zu schreiben, in denen sie ihre Lage schildern und um Lösegeld bitten sollten. Ihre Entgegnung, sie hätten niemand, der sie auslösen könne, wurde abgetan. Die Kälte und der Hunger würden sie schon weichmachen, hieß es.

Kaum war es dunkel geworden und das Treiben an der Mühle abgeklungen, da erschien Xonthra wieder. Blaffo hatte schon auf sie gewartet und folgte ihr sogleich. Die Zurückbleibenden sahen das blonde Haar der beiden noch kurz im fahlen Mondschein schimmern, dann wurde die Tür verschlossen. Bis zum Morgen arbeiteten Glaxca, Pet und Marga an ihrem Fluchtweg. Als der Gefährte zurückkam, waren sie fertig und hatten die Bretter wieder so angebracht, daß niemand Verdacht schöpfen konnte. Blaffo war voll des Lobes über seine Geliebte. Sie sei zärtlich und hingebungsvoll gewesen, berichtete er, und dazu noch wunderschön.

Marga und Pet sahen sich an, und beide wußten, daß sie ihre Zweisamkeit und das Alleinsein vermißten. Sie konnten sich vorstellen, wie schön die Nacht für Blaffo gewesen sein mußte. Aber sie sagten nichts und hielten sich, wie schon in den vergangenen Tagen, aus allem heraus.

Auch die nächsten zwei Nächte erschien die Zwergin und holte ihren Geliebten. Der schlief den Tag über auf den Strohballen und war trotz der Gefangenschaft, der Kälte und des schlechten Essens zufrieden. Glaxca versuchte mit ihm zu sprechen, ihn zu warnen, daß dies auf die Dauer nicht gutgehen konnte, aber sein Zwergenbruder lächelte nur. Bis es in der folgenden Nacht zum Unglück kam.

Es war bereits nach Mitternacht, und Blaffo war schon einige Zeit weg, da hörten die Eingesperrten von draußen Schreie. Der Fackelschein drang durch die Ritzen des Schuppens. Sofort sprangen alle von ihrem kalten Lager auf.

»Jetzt ist es passiert«, murmelte Glaxca und winkte seinen Freunden.

Sie krochen durch das Loch, das sie geschaffen hatten, aus dem Gefängnis und schlichen vorsichtig um den Verschlag herum. Was sie dort sahen, ließ sie zurückprallen. Im flackernden Licht von vielen Fackeln standen Blaffo und Xonthra. Beide waren beinahe nackt und der Zwerg blutüberströmt. Man hatte ihn grausam geschlagen. Nun wurden der Mann und die Frau von starken Fäusten festgehalten. Aus dem Brüllen und Toben der Männer entnahmen die Lauscher, daß die beiden verbrannt werden sollten.

»Wie können wir unseren Freund retten?« flüsterte Marga.

»Er ist schon so gut wie tot«, antwortete Glaxca bitter. »Wir können ihm nicht helfen. Das Verbrennen hat Tradition bei den Zwergen. In alten Zeiten wurden Ehebrecher so hingerichtet. Diese wilde Horde hier hält sich zwar an kein Zwergengesetz, aber an diesen alten Brauch erinnert sie sich. Bleibt hier und verhaltet euch ruhig. Ich will versuchen, in diesem Tumult eine Ausrüstung für uns aufzutreiben. Sonst sind wir in der Wildnis verloren.«

»Willst du wirklich deinen Bruder hier allein lassen?«

»Wir haben keine Wahl. Wenn diese Schurken mit den beiden fertig sind, kommen wir an die Reihe.«

Er verschwand, und Pet sah mit Schaudern, wie die Zwerge einen hohen Scheiterhaufen auftürmten. Blaffo und Xonthra wurden gefesselt und auf das Holz gelegt. Der Zwerg schrie wie am Spieß, während die Frau ihre Gefolgsleute beschimpfte. Dann brüllte sie Befehle, auf die keiner hörte. Es war ein unbeschreibliches Durcheinander, und alle Beteiligten waren auf das Äußerste erregt. Als schon Flammen am Scheiterhaufen leckten, erschien Glaxca wieder. Er war todesmutig in die Mühle eingedrungen und hatte Glück gehabt. In einer Ecke lagen ihre Rucksäcke und auch die Waffen. Nun zog er sanft, aber bestimmt seine Begleiter mit sich in die Nacht. Sie eilten den schmalen Pfad zum Tabakweg zurück und versuchten, nicht auf die entsetzlichen Schreie zu hören, die von der Mühle her hallten.

Der nächtliche Besucher

Endlich erreichten sie die Berge um Rudia. Das Wandern wurde nun recht anstrengend, denn der Weg führte über hohe Hügel. Hatten sie unter großen Mühen die eine Höhe erklommen, so ging es sogleich auf der anderen Seite wieder hinunter. Dieses Auf und Ab zermürbte sie. Abends waren sie müde und ausgelaugt. Nur Glacxa kam nie außer Atem. Ihm schien die schwierige Strecke nichts auszumachen.

Er erzählte von einem Zwerg, der stets lachte, wenn er einen Berg erklimmen mußte, und weinte, wenn er ins Tal lief. Danach gefragt, weshalb er sich so seltsam verhalte, habe er geantwortet: Wenn er den Berg hinaufliefe, so freue er sich bereits auf den leichten Abstieg, und wenn er den Berg hinuntergehe, so fürchte er sich bereits vor dem Aufstieg.

Den jungen Leuten wollte sich der Hintersinn dieser Parabel nicht so recht erschließen. Glaxca sah ihre Erschöpfung und hatte Mitleid mit ihnen. Wenn sie bei Dunkelheit rasteten, machte er Feuer und kochte. Stillschweigend übernahm er auch die längsten Wachen.

Als sie wieder einmal ausgelaugt um das Lagerfeuer saßen und Pet und Marga müde auf trockenem Brot kauten, stand plötzlich ein Mann vor ihnen. Marga war durch die Vögel nicht gewarnt worden. Vielleicht war sie zu müde gewesen, um auf die Warnrufe zu hören, vielleicht aber hatten die Tiere gar keinen Laut gegeben. Der Mann war alt und trug einen einfachen Überhang. Ein weißer Bart verbarg sein Gesicht, und als er die rechte Hand zum Gruß hob, sahen sie, daß ihm der kleine und der Ringfinger fehlten.

Er habe den Feuerschein gesehen, sagte er, und wolle in diesen gefährlichen Zeiten die Nacht nicht allein verbringen. Ob er denn willkommen sei?

Friedliche Menschen seien immer willkommen, antwortete ihm Glaxca. Woher er denn komme, und was sein Beruf sei?

Er heiße Sactus und komme aus Nowogoro, antwortete der Fremde.

Bei dem Wort Nowogoro blickte Glaxca auf, deutete auf einen Stein neben sich und lud den Fremden zum Sitzen ein. Der nahm schweigend Platz, öffnete den Beutel, den er über dem Rücken trug, und packte Butter und Brot aus. Schweigend und mit einem dankenden Kopfnicken nahm er den Becher mit heißem Tee entgegen und gab bereitwillig von seinem Essen ab.

Marga und Pet waren durch die Ankunft von Sactus wieder wach geworden. Sie hatten sich aufgesetzt und ihre Decken um die Schultern geschlungen, denn sie froren. Von vorne war ihnen warm und von hinten kalt. Schon am Nachmittag hatte Glaxca kritisch zum Himmel gesehen und gemurmelt: »Es wird noch einmal Schnee geben.«

»Da bin ich auf eine seltsame Reisegruppe gestoßen«, sagte der Fremde endlich. »Ein Zwerg, ein Eritkrieger und eine Menschenfrau. Was sucht ihr in dieser Einöde?«

Die Gestalt von Pet straffte sich. Er war ganz rot geworden, als ihn Sactus als Krieger bezeichnete.

»Wir reisen in Geschäften«, sagte Glaxca nur.

Er sei ein Mönch aus dem Kloster in Nowogoro, erklärte der Fremde ungefragt. Nowogoro sei völlig von den Truppen des Zauberkönigs eingeschlossen. Wenn nicht bald Entsatz käme, sei diese nördliche Bastion des Weißen Rates verloren.

Dann schilderte er, wie die alte Stadt von zahllosen Zelten umringt war. Er berichtete von den schwarzen Gestalten und dem Hunger der Einwohner. Noch schütze der alte Zauber des Klosters Stadt und Leute, aber wenn das Netz über Centratur breche, dann stünde dem Untergang nichts entgegen. Vertreibung sei das mindeste, wahrscheinlich aber müßten alle mit Sklaverei und Tod rechnen.

Der Zauberkönig setze zum letzten, alles vernichtenden Schlag an. Er sei entschlossen, mit Nowogoro ganz Centratur in seine Gewalt zu bekommen. Schließlich breche mit dem Fall des Klosters und der Stadt auch der Zauberschirm in sich zusammen. Ihn, den Mönch, hätten seine Oberen nach Whyten geschickt, um dort Hilfe zu holen. Doch selbst dann sei es wahrscheinlich schon zu spät. Bis die Krieger aus dem tiefen Süden den hohen Norden erreicht hätten, sei Nowogoro längst eine Beute des Feindes.

Aber einen Hoffnungsschimmer gäbe es noch, denn der große Zauberer Aramar sei vor kurzem in Nowogoro eingetroffen. Er könne die Stadt und das Kloster zwar nicht retten, aber den Untergang sicherlich aufhalten.

Als der Name Aramar fiel, sprang der Zwerg erregt auf: »Was wißt Ihr von ihm?«

»Das, was jedes Kind in Centratur weiß. Er war einst der Erste im Weißen Rat und hat die letzten Kriege entschieden. Warum fragt Ihr?«

»Ich dachte, Aramar hielte sich in Whyten oder Equan auf«, antwortete Glaxca.

»Kennt Ihr ihn?« Die Stimme von Sactus klang lauernd.

Der Zwerg setzte alles auf eine Karte. Er wußte, daß er diesem Fremden vertrauen mußte, wollte er nicht umsonst durch die halbe Welt reisen. Zudem war Sactus ein Mönch aus Nowogoro.

»Ja, ich kenne ihn und bin mit ihm gereist. Und nun sind wir auf der Suche nach ihm in einer wichtigen Mission.«

»Wollt Ihr mich nicht einweihen?«

»Nein!«

Diese Ablehnung nahm Sactus gleichmütig hin: »Auf jeden Fall werdet Ihr Euer Ziel ändern müssen. Nach Süden zu reisen, wäre Zeitverschwendung. Ich rate Euch, wechselt noch vor Rudia die Richtung. Meidet die Stadt und wandert auf dem Wolfsweg nach Norden.«

Sie redeten dann über dies und über das, aber plötzlich platzte Pet mit einer Frage heraus: »Warum seid Ihr ins Kloster gegangen? Das wollte ich schon lange jemanden fragen.«

Sactus sah ihm tief in die Augen und sagte: »Hast du vielleicht selbst schon mit einem derartigen Gedanken gespielt?«

Pet errötete und nickte.

»Dann weißt du doch, was einen dazu treibt!«

»Nein, das weiß ich eben nicht. Könnt Ihr es mir nicht erklären?«

»Ich will es versuchen.« Die Stimme des Fremden war warm. »Du weißt sicher aus eigener Erfahrung, daß man über vieles nachdenkt und irgendwann zu dem Schluß kommt, die Welt, die sich den Augen und Ohren offenbart, kann nicht alles sein. Es muß noch mehr geben, etwas, das unsere Sinne nicht wahrzunehmen vermögen. Vieles von dem, was geschieht, vermögen wir nicht zu begreifen, und dennoch scheint es uns, als ob ein Sinn hinter allem läge. Je mehr wir uns aber anstrengen und diesen Sinn zu ergründen suchen, desto mehr entzieht er sich uns. Je mehr wir die Augen aufreißen und die Welt erforschen, desto mehr Geheimnisse, die wir nie ergründen werden, entdecken wir. Irgendwann sind wir verzweifelt, weil wir erkennen, daß wir nichts wissen können. Die meisten Leute geben sich damit zufrieden. Sie reden sich dann ein, daß das Entdecken von Geheimnissen die Erkenntnis selbst wäre.

Andere beschäftigen sich nur noch damit, Erfolge in dieser Welt zu haben und vergessen darüber die Fragen, die sie einst beschäftigten. Und natürlich kann man sich auch den Vergnügungen und Genüssen so weit hingeben, bis das Denken völlig umnebelt ist. Wen kümmern in diesem Zustand noch irgendwelche Erkenntnisse?

Ich weiß nicht, welcher Weg der richtige ist. Vielleicht ist das Suchen nach Erkenntnissen, der Drang andere Welten zu erfahren, auch nur Eitelkeit. Vielleicht ist es uns nicht gegeben, über das hinauszublicken, was uns Augen und Ohren vermitteln? Ich jedenfalls wollte mich nicht mit meinen Grenzen abfinden. Deshalb habe ich einen Ort gesucht, wo ich andere, neue Sinne entwickeln konnte. Es ist ein mühsamer Weg, den ich vor vielen, vielen Jahren eingeschlagen habe. Und, auch das muß ich dir gestehen, oft zweifle ich an der Richtigkeit meiner Entscheidung.«

Sactus hatte sehr aufrichtig gesprochen und alles, was er sagte, hatte Pet mit dem Herzen verstanden.

Nun mischte sich Glaxca wieder ein. Er hatte sich entschlossen, dem Rat des Fremden zu folgen und fragte nach dem Weg nach Nowogoro. Der alte Mann erklärte alles ganz genau und zeichnete mit einem Stock eine Karte in den weichen Boden.

Die Beratung dauerte bis weit nach Mitternacht, dann legten sich alle zum Schlafen nieder. Sactus übernahm die letzte Wache und war am nächsten Morgen verschwunden.

Zuerst suchten ihn die Wanderer. Als sie ihn nicht finden konnten, brachen sie verwirrt auf. Glaxca war sehr schweigsam. Er dachte nach, und je mehr er überlegte, desto mehr verdüsterte sich seine Miene. Schließlich besprach er sich mit seinen Begleitern.

»Dieser Sactus war ein seltsamer Bursche«, begann er vorsichtig.

Pet nickte: »Seltsam war er schon. Aber zum Glück haben wir ihn getroffen, sonst wären wir vergeblich in den Süden gereist. Ich hatte zwar das Gefühl, daß er irgend etwas verbirgt, aber ich mochte ihn. Außerdem hat er doch sehr offen über sich und seinen geistigen Weg gesprochen.«

»Ja«, gab der Zwerg widerwillig zu. »Er gefiel mir auch. Doch irgend etwas stimmte mit ihm nicht. Zuerst einmal, was sucht der Mönch hier auf dem Tabakweg, wenn er nach Whyten will? Unser Nachtlager lag nun wirklich nicht auf seiner Strecke. Dann macht mich mißtrauisch, daß er uns von dem Zauberschirm erzählt hat. Dieser Schutz über Centratur ist ein Geheimnis, das man nicht irgendwelchen Wanderern mitteilt, die man durch Zufall getroffen und bei denen man übernachtet hat. Ich werde auch das Gefühl nicht los, er wußte, daß wir Aramar kennen.«

»Es stimmt schon«, mischte sich nun Marga ein, »er war ein komischer Kauz, und wir sollten mißtrauisch sein. Doch was hilft es uns, über ihn zu rätseln. Er ist weg und zwar grußlos. Er ist so spurlos verschwunden, wie er aufgetaucht war. Für uns stellt sich eine wichtigere Frage: Wohin sollen wir uns wenden? Nach Süden oder nach Norden?«

»Wir gehen nach Norden«, entschied Pet. »Ein wenig Vertrauen müssen wir schon haben. Wir können es uns nicht leisten, wochenlang in die Irre zu gehen. Im übrigen muß Sactus etwas mit Nowogoro zu tun haben. Er kannte sich zu gut aus, wußte Geheimnisse, wie sie nur Eingeweihten bekannt sein dürften.«

»Das ist es ja!« rief Glaxca. »Warum hat er diese Geheimnisse uns, völlig Fremden, erzählt?«

»Weil er uns vertraute, und wir sollten auch ihm vertrauen«, sagte Pet fest. »Ich bin dafür, wir wandern nach Norden!«

Niemand widersprach ihm, und niemand stimmte ihm zu. Der Zwerg sah den Erit aufmerksam von der Seite an. Schließlich nickte er: »Gut, gehen wir in den Norden.«

Die Höhle der Träume

Eine Tagesreise vor Rudia wechselten sie die Richtung. Ein schmaler Pfad verband dort den Tabakweg mit dem Wolfsweg. Er führte durch bergiges Land und dichten Wald. Am Ende des Tages gelangten sie zu einer Lichtung, auf der ein Blockhaus stand. Tannen säumten den Bau aus dicken Stämmen. Die Hütte besaß nur eine Tür und keine Fenster. Unter dem vorspringenden Dach lag Brennholz aufgestapelt. Wer mochte es wohl gesammelt haben?

Diese Unterkunft im Wald wurde einst für Reisende gebaut, erklärte der Zwerg. Er dämpfte aber sogleich die Hoffnung der jungen Leute auf ein komfortables Nachtlager: »Unterkünfte dieser Art sind natürlich auch ein Treffpunkt. In diesen Zeiten weiß man nie, wem man an so auffälligen Stellen begegnet. Wir haben schon genügend Abenteuer hinter uns, und ich muß an Blaffo und sein schlimmes Schicksal denken. Die Erinnerung schmerzt mich noch immer. Sein Tod sollte uns zumindest als Mahnung dienen. Es wäre sicherer, wenn wir es uns im Wald gemütlich machen würden.«

Aber von gemütlich machen konnte unter freiem Himmel keine Rede sein. Es wurde immer kälter, und schon fielen erste Schneeflocken. Marga war heiser und hustete ein wenig. Sie fühlte sich krank, und das gab den Ausschlag. Nach kurzer Beratung beschlossen sie, trocken und warm zu schlafen. Dennoch gab der Zwerg seine Vorsicht nicht auf. Er hieß seine Begleiter zurückbleiben und näherte sich dem Blockhaus auf Zehenspitzen. Die zweischneidige Axt hielt er fest in der Hand. Langsam öffnete er die Tür. Dann sprang er mit einem Satz ins dunkle Haus und blieb verschwunden. Marga und Pet machten sich schon Sorgen, als er nicht wieder auftauchte. Plötzlich drang Rauch aus dem Kamin, und der Zwerg erschien in der Tür und winkte.

Die Hütte war aus dicken Stämmen gezimmert und bis auf sechs Holzgestelle an den Wänden völlig leer. Sie sollten zum Schlafen dienen. In einem großen Kamin brannte inzwischen ein helles Feuer, denn Glaxca hatte trockenes Holz gefunden. Bald durchströmte wohlige Wärme den kleinen Raum. Sie kochten sich eine kräftige Mahlzeit und aßen ausgiebig, dann bereiteten Pet und Marga sich glücklich ihre Betten. Nur Glaxca war unruhig. Immer wieder ging er vor die Tür und sah nach dem Rechten. Doch weit und breit war niemand zu sehen.

»Wir müssen eine Wache aufstellen«, sagte er mahnend. »Die Wache muß draußen postiert sein, nicht hier drinnen in der Wärme.«

Sowohl Pet als auch Marga maulten, ließen sich dann aber doch einteilen. Pet übernahm die erste Wache. Glaxca wollte danach aufpassen, und in den letzten Nachtstunden, nachdem sie ein wenig ausgeschlafen hatte, war Marga an der Reihe. Widerstrebend und fluchend setzte sich Pet in den Schatten eines Baumes in der Nähe der Hütte, so wie es Glaxca ihm geraten hatte. Er hatte seinen Mantel an und zog sich auch noch eine Decke eng um die Schultern. Dennoch fror er erbärmlich. Die Zeit wollte und wollte nicht vergehen. Die Mondsichel trat hinter den Wolken hervor und verschwand wieder. Es fiel ihm schwer, sich wach zu halten. Ständig nickte er ein. Endlich öffnete sich die Tür der Hütte. Der Zwerg würde nun als Ablösung kommen. Doch die Tür schloß sich wieder und niemand erschien. Nun war Pet hellwach. Niemand hatte die Hütte verlassen, sondern jemand war hineingegangen.

Er sprang auf und griff nach seinen Waffen. Doch im letzten Moment warnte ihn eine innere Stimme. Statt loszurennen und zu rufen, schlich er vorsichtig jeden Schatten nutzend näher zu ihrer nächtlichen Unterkunft. Da entdeckte er rings um die Hütte kleine Gestalten, die unter Bäumen und hinter Büschen kauerten. Die Blockhütte war eingekreist. In diesem Augenblick drang Lärm aus der Behausung. Pet hörte Geschrei und Waffenklirren. Dort drinnen wurde gekämpft. Nun rückten die kleinen Gestalten noch näher heran. Da sich wieder Wolken vor den Mond geschoben hatten, konnte man sie kaum noch als Schatten erkennen. Pet überlegte verzweifelt, was er unternehmen und wie er seinen Gefährten beistehen könnte, sah aber ein, daß er gegen die Übermacht keine Chance hatte. Abwarten war klüger.

In der Hütte war der Lärm abgeflaut, und nun öffnete sich die Tür. Zuerst trat Glaxca heraus, hinter ihm Marga. Glaxca hielt seine Axt in der Hand. Als Pet das blutverschmierte Gesicht seiner Freundin sah, stockte ihm das Herz. Die beiden waren sehr aufgeregt und bemerkten deshalb die Schatten erst, als sie über sie herfielen. Nach kurzer Zeit lagen der Zwerg und die Frau auf dem Boden und die Wesen hockten auf ihnen. Dann schleiften sie ihre Opfer fort. Zitternd vor Aufregung und Angst folgte der Erit. Nicht lange und der Zug machte halt. Sie standen am Fuß eines Hügels. Dort öffnete sich ein großes schwarzes Loch. Es war der Eingang zu einer Erdhöhle, wie Pet später feststellte. Hier im Schatten der Bäume war es so finster, daß Pet alle Vorgänge nur erahnen konnte. Die Wesen verschwanden dort mit ihren Gefangenen.

Es war dem Erit klar, daß er so rasch wie möglich den Zwerg und die Freundin befreien mußte. Doch wie sollte er das bewerkstelligen? Konnte er sich dem Erdloch unbemerkt nähern oder wurde es bewacht? Wie sollte er mit der Übermacht fertig werden? Obwohl es kalt war, schwitzte Pet und zitterte gleichzeitig am ganzen Körper. Die Atembeschwerden, das alte Leiden, das ihn schon von Kindheit an gequält hatte, kamen wieder. Doch er faßte sich ein Herz und sein kurzes Schwert fester. Dann schlich er sich an die dunkle Öffnung heran.

Zögernd und vorsichtig betrat er die Höhle. Alle seine Sinne waren auf das Äußerste gespannt. Wenn hier eine Wache stand, so wollte er sie fühlen. Anders hätte er sie auch nicht wahrnehmen können, denn seine Augen waren in dieser Finsternis völlig nutzlos. Zaghaft tastete er sich an der gekrümmten Wand entlang. Der Gang war so nieder, daß er nicht aufrecht gehen konnte. Unter seinen Händen spürte er Erde. Im Gegensatz zu Bergwerken, in denen Stützen den Einbruch der Wände verhinderten, schien hier ein seltsamer schleimiger Überzug für Zusammenhalt zu sorgen.

Bald sah und hörte der Erit überhaupt nichts mehr. Er war nun völlig hilflos jedem Angriff ausgeliefert. Am besten würde er umkehren und Holz für eine Fackel suchen. Was aber würden die Gestalten in der Zwischenzeit mit seinen Freunden anstellen? Vielleicht ging es um Leben und Tod und jede Sekunde zählte? Der Gedanke an das, was Marga zustoßen könnte, nahm ihm den Atem. Deshalb tastete er sich tapfer weiter voran. Da sah er vor sich einen schwachen Lichtschein. Nun ließ er sich auf alle viere nieder und kroch nur noch vorwärts. Bald erkannte er, daß die Helligkeit von dem Überzug der Erdwände ausging. In dem schwachen Leuchten konnte er sehen, daß der Gang rund war und einen flachen Boden hatte.

Er teilte sich vor ihm. Noch während Pet überlegte, ob er sich nach rechts oder links wenden sollte, hörte er leise Schleif- und Kratzgeräusche aus der rechten Röhre. Sofort verschwand er in der linken, spähte aber um die Ecke. Zwei der Wesen, die er im Freien gesehen hatte, kamen langsam auf ihn zu. Seine Augen hatten sich inzwischen an das schwache Licht gewöhnt, so daß er nun die Gegner näher betrachten konnte. Sie waren kaum halb so groß wie er, am ganzen Körper behaart, mit spitzen Schnauzen. Wenn sie Schwänze gehabt hätten, wäre der Vergleich mit großen Eichhörnchen angebracht gewesen. Sie liefen aufrecht und ließen die krallenbewehrten Vorderpfoten hängen. Auf einmal begannen die seltsamen Geschöpfe zu fiepen. Pet erschrak, bis ihm klar wurde, daß dies ihre Art war, sich zu verständigen. Warum hatten diese seltsamen Tiere sie in der Hütte angegriffen?

Pet überlegte nicht lange. Als die beiden Gestalten aus dem rechten Gang traten, sprang er sie von hinten an und stach mit seinem Schwert zweimal zu. Gleich darauf lagen die pelzigen Körper leblos auf dem Boden. Das blutige Schwert abwehrend vor sich haltend lief er nun rasch den Gang entlang, aus dem seine Opfer gekommen waren. Bald kam er aufs neue an eine Kreuzung und überlegte, wie er je wieder aus diesem Labyrinth herausfinden würde.

Doch diesem Problem wollte er sich später widmen. Vorerst mußte er Marga finden.

Er wählte noch einmal den rechten Durchgang und traf dort unvermittelt auf drei weitere Geschöpfe. Bevor sie einen Laut ausstoßen konnten, hatte er sie niedergemacht. Nun weitete sich der Gang, und der Erit stand in einer kleinen Höhle. Dort lagen auf dem schimmernden Boden Marga und der Zwerg. Das Gesicht der Freundin war blutüberströmt und ihr Haar verklebt. Pet dachte schon, sie sei tot. Er rannte zu ihr, ließ sich auf die Knie fallen und umarmte sie. Er dachte nicht mehr an die Gefahr, in der er sich befand. Alle Feinde waren ihm in diesem Moment gleichgültig. Aber als er sie berührte, fühlte er ihr Herz schlagen und die Wärme ihrer Haut. Erleichtert richtete er sich wieder auf. Da hörte er hinter sich eine Stimme: »Warum tötest du mein Volk. Was haben dir meine Kinder getan?«

Der Erit fuhr herum und wollte mit der Waffe zustoßen, doch im letzten Moment hielt er inne. Hinter ihm stand keines dieser pelzigen Geschöpfe. Das Wesen, das er sah, war eine Frau. Sie war so groß wie er und ganz nackt. Als Gesicht hatte sie zwar auch eine spitze Schnauze, aber kein Pelz schützte sie. Ihre Brüste hingen faltig herab und deuteten auf ein hohes Alter hin. Die Haut schimmerte schwarz und schien ebenso zu leuchten, wie die Wände und der Boden der Höhle. Ihre Füße und Hände endeten in Pfoten, aber es fehlten die Krallen.

Pet starrte sie eine Weile sprachlos an, bis sie ihre Frage wiederholte: »Warum tötest du uns? Was haben wir dir getan?«

»Ihr habt den Kampf begonnen«, preßte er nun hervor. »Ihr habt uns überfallen und meine Gefährten gefangengenommen. Ich bin hier, um sie zu befreien.«

»Ist dem Mann und der Frau etwas geschehen? Nichts dergleichen! Du kannst sie untersuchen. Sie sind unversehrt.«

»Ihr habt sie hierher geschleppt. Was wolltet ihr von ihnen?«

»Wir wollten euch helfen. Für diese Hilfe mußten viele meiner Kinder in der Hütte ihr Leben lassen. Der Mann hat mit seiner Axt unter uns gewütet.«

»Hättet ihr uns nicht überfallen, so wäre euch nichts geschehen.«

»Es ist unsere Aufgabe, die Wanderer zu retten. Wer in der Hütte draußen übernachtet, der vertraut sich uns an. Wir schenken allen ein langes Leben.«

»Was soll das heißen?«

»Der größte Wunsch der Geschöpfe draußen im Licht ist die Unsterblichkeit. Ganz unsterblich können wir euch nicht machen, aber wir können das Leben eines jeden von euch um ein vielfaches verlängern. Hier bei uns schlafen Menschen und Zwerge, die vor dreihundert und manche sogar schon vor vierhundert Jahre geboren wurden. Niemals hätten sie ohne uns ein derartiges Alter erreicht.«

»Heißt das, schon seit Hunderten von Jahren fangt ihr Leute, schleppt sie hierher unter die Erde und betäubt sie?«

»Wir betäuben sie nicht. Wir versetzen sie in den ewigen Schlaf und verlängern dadurch ihr Leben.«

»Ein schönes Leben ist das!« bemerkte Pet bitter. »Ohnmächtig unter der Erde zu liegen und in ewiger Finsternis zu vegetieren! Wie viele von uns haltet ihr hier gefangen?«

»Inzwischen ist es eine große Zahl. Diese Gäste machen uns viel Arbeit, denn wir müssen sie versorgen und beschützen. Wir haben unser Leben unseren Gästen geweiht. Meine Kinder sterben nach einer kurzen Zeitspanne, während die Gäste weiterleben.«

»Was ist das für eine Lebensverlängerung, von der ich nichts habe, weil ich ohnmächtig bin? Wir alle wünschen uns doch nur ein langes Leben, um es zu genießen!«

»Genießen nennst du das? Ständig müßt ihr für eure tägliche Nahrung arbeiten. Ihr werdet von Krankheiten bedroht und müßt euch vor Kriegen fürchten. Euer Leben ist eine Aufeinanderfolge von Schmerzen und Ängsten. Glück bedeutet für euch lediglich die Abwesenheit von Unglück.«

»Und ihr bietet uns dafür ein dumpfes Dahindämmern? Das ist kein Leben. Dann will ich lieber Leid, Angst und Mühe aushalten.«

»Du irrst! Unsere Gäste sind nicht bewußtlos. Sie träumen. Sie müssen sich um nichts sorgen. Ihre Körper werden von uns gepflegt. Keine Kriege und kein Mord bedrohen sie. Sie müssen sich nicht für ihren Lebensunterhalt mühen, sich nicht um ihre Stellung in der Gemeinschaft sorgen. Sie können sich ganz ihren Wünschen und Vorstellungen hingeben. Wir schenken unseren Gästen das wahre Glück.«

»Habt ihr denn einen eurer sogenannten Gäste einmal aufgeweckt und ihn gefragt, ob er mit seinem Los zufrieden ist?«

»Das ist leider nicht möglich! Wen wir einmal aufgeweckt haben, den können wir nicht wieder in den zeitlosen Schlaf versetzen. Das, was du vorschlägst, wäre also Mord.«

»Das heißt, ihr nehmt nur an, daß eure Opfer glücklich sind?«

»Wir nehmen es nicht an, wir wissen es, denn man hat es uns gesagt. Und auch du wirst die Wahrheit meiner Worte erleben.«

»Heißt das, ihr wollt mich auch in eure Gewalt bringen?«

»Wir werden dich retten.«

»Ich will nicht gerettet werden, und auch meine Gefährten wollen dies sicher nicht.«

»Ihr Geschöpfe von draußen wißt gar nicht, was ihr wollt. Ihr seid so töricht. Wie kannst du die Träume, die wir dir schenken wollen, ablehnen, wenn du sie nicht kennst?«

»Ich will deine Träume nicht. Ich will frei sein und tun und lassen können, was mir gefällt.«

»Du glaubst also, du wärst frei? Dabei mußt du dich ständig um dein Leben sorgen, mußt Aufträge erledigen, dich vor Kälte und Hunger schützen. Du mußt aufpassen, daß du nicht getötet wirst und daß dir niemand deine Frau wegnimmt. Rede nicht von Freiheit, wenn du die Tyrannei deines Lebens meinst.«

»Und doch liebe ich dieses Leben und will es nicht hergeben. Wenn ihr versucht, mich gefangenzunehmen, so werde ich kämpfen.«

»Dann muß ich eben noch weitere meiner Kinder opfern, aber wir werden dich retten.«

»Nicht deine Kinder, diese pelzigen Wesen, werden die Opfer sein«, schrie Pet, »sondern du selbst.«

Mit diesen Worten trat er rasch auf die Frau zu, legte ihr seinen linken Arm um den Hals und setzte mit der rechten Hand ein Messer an ihre Kehle, das er rasch aus seinem Gürtel gezogen hatte. Sie fühlte sich ganz weich an und sehr zerbrechlich.

»Bitte«, stöhnte sie, »tu mir nichts! Ohne mich können meine Kinder nicht überleben. Wenn du mich tötest, vernichtest du mein Volk. Und du tötest damit auch alle Gäste, die wir versorgen.«

»Vielleicht ist dieser Tod für alle eine Erlösung?« Doch der Erit erwartete keine Antwort. Er hatte genug diskutiert und war die Auseinandersetzung müde. Er wollte nur noch aus dieser Höhlenwelt hinaus und Marga und Glaxca mitnehmen.

»Weck meine Freunde auf«, zischte er der Alten böse ins Ohr, »oder ich steche zu.«

Die krümmte sich unter seinem harten Griff, konnte sich aber nicht befreien. Inzwischen hatte sich der Raum mit pelzigen Gestalten gefüllt. Sie standen in dichten Trauben herum und starrten ängstlich auf ihre Anführerin. Lange Zeit bewegte sich niemand, und niemand sprach ein Wort. Dann schien die Frau einen Entschluß gefaßt zu haben und preßte hervor: »Weckt sie auf! Dieser Tor will nicht, daß sie glücklich sind.«

Diese Worte hatte sie für Pet gesprochen, denn sie wiederholte den Befehl in der Sprache ihres Volkes. Sofort machten sich die pelzigen Wesen über die beiden reglosen Körper her. Sie beleckten sie vom Kopf bis zu den Füßen. Und plötzlich schlug Marga die Augen auf, richtete sich auf und blickte verwirrt um sich. Dann gähnte sie und streckte sich. Inzwischen war auch der Zwerg erwacht. Er sprang sogleich auf. Auch das Mädchen erhob sich und sagte: »Schade, daß ich erwacht bin! Ich möchte noch nicht aufstehen. Ich habe so schön geträumt, von dir, Pet.«

Der antwortete erstaunt: »Ist es dir nicht lieber, mich in Wirklichkeit zu haben, anstatt im Traum?«

»Ich bin mir da nicht sicher…«

Glaxca mischte sich ein: »Aber ich bin froh, daß ich wieder wach bin. Ich kann mir Schlaf und Träume nicht leisten. Ich muß meinen Auftrag erfüllen.«

Pet hielt der alten Frau noch immer das Messer an die Kehle und zog sie rückwärts gehend mit sich. Der Zwerg und seine Freundin folgten. Im Freien angelangt, ließ er die Gefangene los, und sie rannten in der Dunkelheit zur Hütte. Dort rafften sie ihr Gepäck zusammen und eilten durch den Wald. Sie wollten weg von diesem Ort und der Erdhöhle.

In der Dunkelheit war es schwierig den Weg zu finden, aber schließlich gelangten sie bei Morgengrauen auf ein freies Feld. Ihr Atem stieg als kleine, weiße Wölkchen in den Himmel. Mehrmals sahen sie sich um, aber niemand verfolgte sie.

Nun konnten sie ein wenig langsamer laufen, und es fand sich auch Zeit, die Kopfverletzung von Marga zu untersuchen. Eines dieser Tiere hatte ihr einen tiefen Kratzer auf der Schädeldecke unter den Haaren beigebracht, der stark geblutet hatte. Nun war alles verkrustet und sah schlimmer aus, als es tatsächlich war. Sie fanden einen kleinen Bach und wuschen sie mit dem eiskalten Wasser. Danach fror sie zwar, machte aber den Eindruck als sei nichts geschehen.

»Dieses einladende Blockhaus ist eine Falle. Wer dort übernachtet, landet in den Katakomben dieser Wesen«, stellte der Zwerg fest.

Und Marga fügte hinzu: »Warum hat uns Sactus nicht gewarnt? Er wußte doch sonst über alles so gut Bescheid.«

»Warum habt ihr euch überwältigen lassen?« lenkte Pet von dieser Frage ab. »Diese pelzigen Dinger sind euch doch weit unterlegen.«

»Es waren zu viele, und sie haben uns einfach erdrückt. Zudem hatten sie keine Angst vor dem Tod. Sie nahmen ihn willig entgegen, und das Sterben ihrer Artgenossen schreckte sie nicht ab«, erklärte Glaxca. »Aber wie hast du uns frei bekommen?«

Pet wiederholte, so gut er konnte, sein Gespräch mit der Alten.

»Vielleicht hat sie ja recht«, murmelte daraufhin Marga.

Aber Glaxca achtete nicht auf sie, sondern rief: »Ich glaube, ich weiß nun, in wessen Gewalt wir waren. Es sind die sagenhaften Lerangos. Niemand hat sie je gesehen, und jeder hält sie für Sagengestalten. Sie gelten schon lange als ausgestorben, und viele bezweifeln, ob sie je gelebt haben. Man sagt ihnen eine große Todessehnsucht nach. Wenn ihr Volk eine bestimmte Zahl an Köpfen erreicht hatte, so sollen sie sich gegenseitig massenhaft umgebracht haben. Nur jeweils einige von ihnen überlebten. Sie vermehrten sich dann wieder und irgendwann begann das selbstgewollte Sterben aufs neue. Bis eines Tages die Alte auftauchte. Sie gab dem Leben der Lerangos einen Sinn, und von nun an suchten sie nicht mehr den Tod. Wir drei kennen nun den Sinn in der Existenz der Lerangos.«

»Wer ist diese alte Frau und woher kam sie?«

»Ich weiß es nicht. Nicht einmal in den Sagen wird ein Hinweis auf ihre Herkunft gegeben.«

»Sie ist der gute Geist der Lerangos«, sagte Marga einfach. »Die meisten Wesen und auch viele Völker haben ihre guten Geister in Gestalt von geheimnisvollen Frauen. Man achtet aber in der Regel nicht auf sie.«

»Kennst du deine Schutzfrau?« fragte Pet ein wenig spöttisch.

»Nein«, antwortete das Mädchen einfach, »aber ich würde sie gerne kennenlernen.«

Dieser tiefe Ernst verwirrte den Erit, er schämte sich seines Spottes und fragte statt dessen: »Ob wir nicht auch die anderen sogenannten Gäste der Lerangos hätten befreien sollen?«

»Das war nicht unsere Aufgabe«, wies ihn Marga zurecht. »Vielleicht ist etwas an dem dran, was die Alte dir gesagt hat, und diese Gäste sind nun glücklich.«

»Das kann ich mir nicht denken.«

»Urteile über nichts, was du nicht erlebt hast.«

»Kinder, ihr werdet euch doch nicht streiten«, mischte sich beruhigend Glaxca ein. Da tastete Pet nach Margas Hand und sie griff fest zu.

Fema

Der Wolfsweg bildete die wichtigste Nord-Süd-Verbindung im westlichen Centratur und war breit und bequem. Die Könige hatten an seinem Rand in festgelegten Abständen, ähnlich wie an der Oststraße, steinerne Unterstände bauen lassen. Sie waren zum Teil noch intakt und boten Schutz vor dem beißenden Wind, der über die weite Ebene pfiff. Trotz der fortgeschrittenen Jahreszeit war es noch einmal kalt geworden. Hin und wieder fiel sogar Schnee und überzog das Land mit einer sauberen, weißen Decke. Aber auch wenn es nicht schneite, lag am Morgen Reif auf den Büschen und auf dem Gepäck.

Die drei Wanderer hatten Rudia umgangen und deshalb ihre Nahrungsvorräte dort nicht auffrischen können. Obwohl sie das Essen schon lange rationiert hatten, wurde es langsam knapp. Sie blieben hungrig, und ihre Stimmung wurde schlechter. Oft sprachen sie stundenlang kein Wort miteinander. Zudem war der Wolfsweg recht belebt. Ormors Truppen waren nach Norden und nach Süden unterwegs. Sie folgten Befehlen, deren Sinn schwer zu durchschauen war.

Zum Glück wurde Marga durch die Vögel von dem Herannahen der Soldaten stets rechtzeitig gewarnt, so daß sie sich rechts oder links der Straße verbergen konnten. Aus ihren Verstecken sahen sie die Truppen vorüberziehen. Alle waren in Eile, und oft fuhren Wagen hinter den im Marschschritt laufenden Männern. Manche der Züge wurden auch von Reitern begleitet. In den letzten Tagen bekamen sie beinahe ausschließlich Orokòr zu Gesicht.

»Da braut sich etwas zusammen«, sagte der Zwerg. »Ormor bereitet eine Teufelei vor. Hoffentlich werden wir nicht hineingezogen! Überhaupt sollte man in diesen Zeiten nicht reisen. Wir taumeln auf unserer Fahrt von einer Gefahr in die nächste und entkommen ihr stets nur mit knapper Müh und Not. Kein Wunder, daß außer uns und feindlichen Kriegern niemand unterwegs ist.«

Weil sie so häufig Soldaten ausweichen mußten, verloren sie viel Zeit. Stets galt es zu warten, bis die Truppen vorübergezogen waren, und auch dann noch auszuharren, falls Nachzügler kamen. Manchmal erreichten sie verlassene Gehöfte, in denen stets ein heilloses Durcheinander aus modernden Möbeln, zerbrochenem Geschirr und kaputtem Werkzeug herrschte. Ratten und Mäuse huschten umher. Einige der Häuser waren niedergebrannt, und von anderen standen nur noch die Grundmauern.

Eines Tages fragte Pet: »Dieses Land ist weit und wie mir scheint auch fruchtbar. Warum gibt es hier keine intakten Dörfer und Bauernhöfe? Die zerstörten Häuser auf unserem Weg sind doch nicht nur eine Folge dieses Krieges.«

»Die Ebene von Dumalvi wurde schon vor langer Zeit verlassen«, erklärte Glaxca. »Einst war sie dicht besiedelt. Dorf reihte sich an Dorf, und überall gab es fruchtbare Felder. Hier lag die Kornkammer der Könige des Nordens. Doch irgendwann übernahm Ormor die Herrschaft und verbündete sich mit dem Zauberer Malomar in Darken. Beide wollten, so ist heute die Meinung der Geschichtskundigen, zuerst gemeinsam die Herrschaft über Centratur erringen, um dann gegeneinander anzutreten. Für diese Ziele brauchten sie Soldaten, die sie in diesem Landstrich aushoben. Gnadenlos ließ Ormor alle wehrfähigen Männer aus den Orten holen und verleibte sie seinen Truppen ein. Einen großen Teil der Bauern verkaufte er dann an seinen Rivalen in Darken. So kam es, daß diese Gegend bald ohne Männer war. Die Frauen bestellten noch eine Weile die Felder und hielten alles in Ordnung, aber sie starben eine nach der anderen, und viele zogen ganz einfach weg.

Aber es ist dann doch ganz anders gekommen, als es Ormor geplant hatte. Als er nämlich den Diamantenkrieg eröffnete, hielt sich Malomar zurück. Er kam seinem Verbündeten entgegen aller Absprachen nicht zur Hilfe, und Ormor mußte den Kampf allein ausfechten. Er war auch lange Zeit siegreich, bis er schließlich von den vereinten Völkern besiegt werden konnte. Aramar hat dabei eine große Rolle gespielt. Man munkelt aber auch, daß Malomar seine Hände im Spiel gehabt haben soll. Er wollte den Erzrivalen nicht zu mächtig werden lassen. Schließlich wurde Ormor samt seinem Heer in einen Berg gebannt.

Für dieses Land hier kam der Sieg über den Zauberkönig aber zu spät. Es war entvölkert, und niemand hat sich seither wieder hier angesiedelt.«

Am nächsten Tag verschwanden die Büsche und Wälder rechts und links der Straße. Vor ihnen lag der Wolfsweg ohne jede Deckung. Ängstlich berieten sie, wie sie sich in Zukunft vor Ormors Truppen verbergen konnten. Sie fanden keine Lösung. Aber nachdem sie alles erwogen hatten, beschlossen sie dennoch weiterzugehen. Nur über den Wolfsweg kamen sie nach Norden. Sie mußten das Risiko auf sich nehmen.

Es ging zwei Tage gut. Schneetreiben schützte sie, und sie kamen rasch vorwärts. Doch am dritten Tag verließ sie ihr Glück. Etwa zwanzig Orokòr kamen aus dem Süden. Sie liefen in ihren schweren Schnürstiefeln im Dauerlauf und hatten die Wanderer bei diesem Tempo rasch eingeholt. Marga hatte keine Warnung erhalten, denn die Vögel verkrochen sich bei dem schlechten Wetter und waren nicht in der Luft. Als sich Pet umsah, war hinter ihnen der Trupp der schwarzen Krieger schon ganz nah. Der Erit stieß eine Warnung aus, und sie liefen nach Osten auf das freie Feld. Doch die Männer mit den Raubtierzähnen hatten sie schon erspäht und folgten ihnen. Eine wilde Jagd begann.

Die Gefährten wären sicher nach kurzer Zeit gefangengenommen worden, wenn nicht ein heftiger Schneesturm ausgebrochen wäre, der sie der Sicht der Orokòr entzog. Die drei faßten sich an den Händen, um sich nicht zu verlieren und hasteten weiter. Sie sanken bis zu den Waden in den Neuschnee ein. Diese Flucht war so kräftezehrend, daß Marga bald nur noch taumelte. Doch noch immer verfolgten die schwarzen Krieger ihre Spur. Orokòr gaben so leicht nicht auf, sondern hielten witternd nach ihren Opfern Ausschau. Schließlich bildeten sie sogar eine Kette, damit ihnen das Wild nicht entging.

Selbst Glaxca hatte inzwischen die Orientierung verloren. Er trieb seine Gefährten vorwärts durch die weiße Wüste, aber deren hungrige und ausgemergelte Körper versagten den Dienst.

Da geschah etwas Überraschendes. Gestalten sprangen vor ihnen aus dem Schnee und ergriffen die drei Freunde. Dann tat sich vor ihren Füßen der Boden auf, und sie erblickten ein Erdloch, das mit dünnen Baumstämmen, Reisig und Moos abgedeckt war. Der Schnee hatte es völlig verborgen. Dort hinein stieß man sie. Sie fielen etwa sechs Fuß tief, dann wurde die Klappe wieder geschlossen. Da lagen sie nun auf Moos und trockenen Tannennadeln in völliger Dunkelheit. Sie spürten, daß sie nicht allein waren. Um sie herum kauerten andere Lebewesen. Waren es Menschen oder Tiere oder schlimmere Geschöpfe? Eines aber merkten sie sofort, in diesem Erdloch war es warm und die Gefahr schien zunächst gebannt.

»Wer ist es?« ertönte auf einmal die Stimme einer alten Frau.

»Zwei Männer und eine Frau.«

»Werft die Männer raus, die Frau kann hierbleiben.«

Schon wurde das Dach ein wenig gelüftet, und der Wind wehte eine Handvoll Schnee herein. Marga schrie auf und klammerte sich an Pet.

»Sie scheint für ihn zu bürgen? Die Männer können vorerst hierbleiben.«

Nachdem er den ersten Schreck überwunden hatte, stellte Pet viele Fragen in die Dunkelheit. Aber er erhielt keine Antwort. Stattdessen erhob sich ein leiser, monotoner Singsang, der alle gefangennahm, und in den mit der Zeit sogar die Männer einstimmten. Sie sangen Stunde um Stunde, während draußen der Schneesturm wütete. Die Orokòr waren jetzt weit weg, und die Gefährten wußten bald nicht mehr, ob inzwischen Tage, Monate oder gar Jahre vergangen waren. Jedes Gefühl für Zeit war ihnen verlorengegangen. Sie waren ganz eingehüllt in den Gesang und fühlten keinen Hunger und keinen Durst. Schmerzen und Entbehrungen rückten in weite Ferne. Sie wurden nicht müde, aber auch nicht wach. Sie waren nicht glücklich und auch nicht unglücklich. Sie waren, und sie sangen, und das war alles, und das war genug.

In den Gesang hinein, der leiser wurde, erzählte eine Stimme vom Leben. Sie sprach von den Quellen im Wald und von schönen Frauen, die die Wasser hüten. Von Frauen wurde geredet, die Steine in Tiere und Tiere in Menschen verwandeln können. Mädchen wachsen heran und schneiden sich die Haare ab und vermählen sich mit Felsen. In tiefen Seen leben Frauen, die nur selten ans Tageslicht kommen. Man weiß nicht, ob sie überhaupt Anteil an dem Leben der Menschen nehmen. Andere Frauen wissen um die Zukunft und weinen, wenn sie Menschen sehen.

Dann brauste das Singen auf, denn die Stimme sprach vom Krieg und von Frauen, die mit Rehen und Bären in die Tiefe der Wälder flüchten. Dort tanzen die Frauen im Mondlicht, und die Tiere kommen, um ihre weißen Leiber zu bewundern. Frauen ziehen mit ihrem monatlichen Blut eine Grenze, die Männer nicht überschreiten dürfen. Dieses Blut düngt auch die Erde, und Pflanzen sprießen. Deshalb ist dort, wo die Frauen sind, der Reichtum, und wo sie nicht sind, herrscht Dürre und braches Land. Und die Frauen heilen die Menschen und die Wunden der Welt. Und durch das Blut der Frauen vergehen schließlich sogar die Narben.

Plötzlich endete der Gesang. Alle legten sich zur Seite und schliefen ein. Als sie aus dem langen und tiefen Schlaf erwachten, hob jemand die Abdeckung des Erdlochs ein wenig, und durch den schmalen Spalt drang eisige Kälte und grelles Tageslicht herein. Nun erkannten die Gefährten eine alte Frau, um die in Kreisen andere Frauen saßen. Sie waren jung und alt, schön und häßlich. Alle trugen Felle und die Haare kurz geschnitten. Ein Mann war nicht zu sehen. Neben jeder Frau lagen Pfeile und Bogen und Messer.

Die alte Frau im Zentrum öffnete ihren zahnlosen Mund und fragte nach dem Woher und Wohin der Fremden. Glaxca antwortete der Wahrheit entsprechend, verschwieg aber die Suche nach Aramar.

»Wenn euch die Orokòr jagen, dann könnt ihr keine Feinde sein«, sagte die Frau schließlich befriedigt.

»Doch wer seid Ihr?« fragte nun Marga begierig. Sie fühlte sich sehr wohl unter all diesen Frauen. Ein großes Vertrauen erfüllte sie, so als habe sie ihre Familie, ihre Schwestern getroffen.

»Wir sind Fema, der Stamm der Jägerinnen.«

»Und wo sind Eure Männer?«

»Wir haben keine Männer, und wir brauchen keine Männer. Männer bringen Streit, Haß und Zwietracht. Männer machen Frauen schwach und hilflos und lassen sie dann allein. Durch die Männer kommt der Untergang. Mit Männern wollen wir nichts zu tun haben.«

»Was bringt Euch zu diesem Urteil?« fragte Pet empört.

Aber die Alte wies ihn zurecht. »Schweig!« sagte sie scharf, »hier reden nur Frauen. Männer antworten, wenn sie gefragt werden.«

Die Abdeckung wurde noch weiter angehoben, und vier Frauen, die während des Schneesturms Wache gehalten und die Gefährten überwältigt hatten, krochen herein. Vier andere Frauen ergriffen ihre Waffen und schlüpften nach draußen. In dem grellen Licht sah

Pet den zahnlosen Mund der alten Frau und den Haß in ihren Augen.

»Ich habe von vielen Männern Gutes erfahren«, warf Marga vermittelnd ein.

»Dann steht dir das Schlimme noch bevor.«

»Das habe ich auch kennengelernt.«

»Siehst du, wie recht ich habe.«

»Sind alle Frauen der Fema Eurer Meinung?« fragte das Mädchen zweifelnd.

»Wie können sie eine Meinung haben? Sie kennen die Männer nicht. Aber ich habe ihnen gesagt, wie sie sind. Ich bin die Fema.«

»Es gibt gute und schlechte Männer«, erklärte Marga. »Man kann nicht über alle zugleich den Stab brechen!«

»Ich erzähle dir von einem Baum, dann weißt du, wie Männer sind. Nicht von irgendeinem Baum, sondern von *dem* Baum, dem Vater oder besser der Mutter aller Bäume. Der Baum wuchs vor vielen Zeitaltern. Seine Krone war beinahe so hoch wie die Türme, die die Männer später bauten. Seine Äste waren weit ausgreifend und auf ihnen wohnten Wesen, die nie den Boden betraten. Dreimal im Jahr sandte der Baum seine Samen in die Welt, und aus jedem Samen, und das war das Besondere, entwickelte sich eine andere Baumart.

Dieser Baum war alt, ungeheuer alt. Er stand inmitten eines dichten Waldes, den er selbst gezeugt hatte. Er stand, und er war sich selbst genug. Die langen Jahre seines Lebens hatten ihn weise gemacht. Er hatte um sich herum viel Leben entstehen und auch wieder sterben sehen. Dieses Werden und Vergehen erschütterte ihn nicht mehr. Es war für ihn selbstverständlich. Ich weiß nicht, ob er das eigene Sterben fürchtete oder einfach nicht daran dachte, weil er schon immer war? Die Tiere liebten den Baum und suchten seine Nähe. Aber kein Reh verbiß sich in seine Rinde, und kein Wildschwein scheuerte sich an ihm. Der Baum war allem was lebte heilig.

Aber eines Tages kamen Wesen, denen er nicht heilig war, Männer. Männer drangen in den entlegenen Teil der Erde vor, und sie entdeckten den Baum. Zuerst standen sie staunend vor ihm und bewunderten seine Größe. Dann überlegten sie, wie viele Häuser man aus ihm bauen könnte, und ob sein Holz wohl hart sei. Sie hieben mit ihren Äxten ein paarmal in den Stamm, um dies zu überprüfen.

Nun spürte der Baum zum ersten Mal in seinem Leben Schmerz. Er, der stets dem Werden und Vergehen wie ein Zuschauer gegenübergestanden hatte, war nun selbst bedroht, mußte um sein Leben fürchten. Seine Erhabenheit verließ ihn, die Angst, die für alle Wesen Teil des Lebens ist, erfaßte auch ihn. Der Baum war in den Kreis der armen Geschöpfe auf dieser Erde aufgenommen.«

»Wurde der Baum gefällt?« fragte Marga neugierig.

»Über die Fortsetzung der Geschichte gibt es zwei Meinungen. Die einen erzählen, die Männer seien einfach weitergezogen und hätten das Interesse an dem Baum verloren. Die anderen wollen wissen, daß die Tiere des Waldes gekommen sind, und ihren Baum verteidigt haben. Sie hätten sich auf die Männer gestürzt und sie vertrieben.

Die zweite Version gefällt mir besser, aber die erste halte ich für wahrscheinlicher. Auf jeden Fall wurde der Baum gerettet. Von nun an lebte er anders und betrachtete das Leben und Treiben in seiner Umgebung mit anderen Gefühlen.«

»Gibt es den Baum noch?« fragte Marga.

»O nein, der Wald, in dem er stand, wurde schon vor langer Zeit von Männern abgeholzt und der Baum natürlich auch. Dort baute man eine Festung, die Jahre später eingenommen und geschleift wurde. Nach vielen Kriegen und Auseinandersetzungen findet man dort heute nur noch ein paar Steine auf einer weiten, mit Gras bewachsenen Ebene.

Wir Fema sind wie der Baum. Aber wir bleiben nicht stehen, bis man uns abschlägt, sondern wir verbergen uns. Und wenn wir gezwungen werden, dann können wir auch kämpfen. Aber ich hoffe, du hast begriffen, daß alles Übel und alle sinnlose Gewalt von den Männern ausgehen.«

»Was ist die Geschichte Eures Volks? Wodurch habt Ihr so schlimme Erfahrungen gemacht?« Pet konnte sich nicht länger zurückhalten.

Diesmal wurde er nicht zurechtgewiesen, sondern die Fema antwortete: »Ich erinnere mich. Damals war ich noch sehr jung, da lebten wir in Häusern. Damals habe ich auch die Geschichte vom Baum gehört. Mit uns lebten Männer. Sie waren Väter und Ehemänner, Freunde und Bekannte. Aber andere Männer kamen, und unsere Männer gingen mit ihnen. Die Frauen blieben zurück. Dann kamen wieder andere Männer und taten ihnen viel Leid an. Viele Frauen flohen, und andere starben. Mit der Zeit wußten wir, daß

Männer zu nichts taugen und nur Unglück über die Frauen bringen. Wir wurden Jägerinnen und leben seitdem glücklich.«

»Ich habe hier junge Mädchen gesehen«, fragte Marga überrascht. »Wie sind sie zur Welt gekommen ohne Männer?«

»Oh, hin und wieder fangen wir Männer und zwingen sie zum Spenden.«

Das Dach des Erdlochs war wieder geschlossen worden, aber durch seine Ritzen fiel noch so viel Licht, daß man sich gegenseitig schemenhaft erkennen konnte. Nun machte die Alte mit der Hand ein Zeichen, und Frauen zogen aus einer Nische in der Erde einige Ratten und zwei Hasen hervor. Die Tiere kreischten und wehrten sich. Aber kräftige Hände hielten sie fest und schnitten ihnen die Kehlen durch. Die Frauen saugten gierig das warme Blut aus den Wunden, zerteilten dann die schlaffen Leiber und verteilten das Fleisch. Pet erhielt den fetten Hinterschenkel einer großen Ratte. Er war noch warm und blutig. Ihn ekelte. Die Frauen bissen gierig zu. Nur die Gäste drehten ihre Stücke verlegen in den Händen.

»Eßt!« befahl die Alte. »Oder ist euch unsere Nahrung nicht gut genug?«

Es war ein Ton in ihrer Stimme, der sie frösteln ließ. Gehorsam bissen sie kleine Brocken ab. Das Fleisch war weich und fad, aber sie würgten es hinunter.

Als sie gegessen hatten, sagte Fema gedehnt: »Ihr müßt nun gehen. Es ist nicht gut, wenn Männer zu lange bei uns sind. Sie verwirren meine Frauen.«

Nichts war Glaxca und Pet lieber als dieser Hinauswurf. Eilig packten sie ihre Sachen und wollten sich erheben. Aber ein scharfer Befehl der Greisin hielt sie zurück: »Bevor ihr gehen könnt, müßt ihr spenden. Kein Mann verläßt uns, ohne gespendet zu haben.«

»Spenden?« heulte Pet entsetzt auf und stellte sich vor, was die alten Frauen mit ihm anstellen würden.

Doch er wurde nicht weiter gefragt. Die stummen Frauen fielen über die Fremden her, hielten den Zwerg und den Erit fest und zogen sie aus. Nun begannen die Frauen wieder einen Singsang, aber diesmal klang er anders als am Vortag. Der Gesang war hell und klar, und das dunkle Erdloch verwandelte sich in eine Frühlingswiese. Währenddessen machten sich einige Frauen an ihren Gliedern zu schaffen, und irgendwann durchströmte Lust die Körper der beiden Männer. In diesem Augenblick huschten aus einer Ecke zwei junge Frauen hervor. Sie hatten sich bereits der Felle entledigt, beugten sich über die Besucher und begannen sich langsam zu bewegen. Die anderen Frauen sangen und streichelten die Körper der Paare. Endlich konnte sich Pet nicht mehr zurückhalten, und auch Glacxa atmete tief. Ermattet lagen sie da, und Pet überlegte, ob er sich wohl getäuscht hatte, oder ob die ihm zugeteilte Frau gelächelt und lustvoll gestöhnt hatte. Mitten in seine Überlegungen fuhr ein heftiger Schmerz. Die Frauen hatten dem Erit und dem Zwerg einen Kreis mit einem senkrechten Strich in die Oberarme geritzt.

Nun erhob die alte Frau noch einmal die Stimme: »Jeder, der bei uns gespendet hat, wird von uns als Spender gekennzeichnet. Obgleich ihr Männer seid, gehört ihr nun für immer zu uns. Ihr habt uns etwas dagelassen, das euch und uns für immer verbindet. Aber merkt euch, wir wollen euch hier nie mehr wiedersehen!«

Dann standen sie im grellen Licht, und der weiße Schnee blendete sie. Als sie zurückblickten, konnten sie die Erdhöhle nicht mehr entdecken. Doch als sie weiterwanderten, bemerkten sie, daß die Frauen ihre Beutel mit Proviant gefüllt hatten.

Weiler

In den nächsten Tagen war Marga sehr schweigsam und wehrte Pets Zärtlichkeiten unwillig ab. Aber die Reisenden kamen ungestört voran und begegneten keinen Feinden. Der Kälteeinbruch hatte die Truppenbewegungen zum Erliegen gebracht. Selbst die Gegend um Roscio konnten sie ungestört passieren. Endlich tauchte nach langer Wanderung in der Ferne Weiler vor ihnen auf. Schon Tage bevor sie die Ortschaft erreichten, war das Wetter umgeschlagen. Es war wärmer geworden und bald lag kein Schnee mehr. Der Boden war feucht und matschig, die Nächte klar. Schon ein paar Wegstunden vor dem Ort berichtete Glaxca, daß er schon einmal in Weiler gewesen war und schlimme Erfahrungen gemacht hatte.

Weiler war ein Knotenpunkt im westlichen Centratur. Hier trafen sich die beiden wichtigsten Straßen, die Oststraße, die das

Thaurgebirge überquerte und bis nach Vespucci führte, und die Nord-Süd-Verbindung, die von Nowogoro bis nach Arminia am Worameer reichte. Das bedeutete viel Verkehr, denn Weiler war der Umschlagplatz für Güter, die in alle Himmelsrichtungen transportiert wurden. Reisende, die für die Nacht ein Obdach suchten, kamen in Scharen. In seinen Anfängen war Weiler ein ruhiger Ort gewesen, bewohnt von Bauern, die im Jahresverlauf ihre Äcker bestellten und ernteten und in Ruhe gelassen werden wollten. Es war die einzige Eritsiedlung östlich des Erfstroms. Um sich zu schützen, hatten die Leute Palisaden rings um den Ort gebaut. Lediglich zwei Tore gewährten Einlaß, die mit Anbruch der Dunkelheit geschlossen und streng bewacht wurden.

Obwohl die Bewohner von Weiler in erster Linie Bauern waren, blühte und gedieh der Ort schon nach kurzer Zeit. Reisende brauchen ein Dach über dem Kopf, und deshalb entstand in Weiler ein großer Gasthof, der alle Bequemlichkeiten bot. Sein Inhaber war freundlich, stets hektisch beschäftigt und hieß Hopfenwirt. Der Gasthof hatte eine besondere Berühmtheit erlangt, denn bei Freund und Feind herrschte die stillschweigende Übereinkunft, im Blauen Krug zu Weiler Friede zu halten. Niemand durfte dort einem anderen ein Leid zufügen. Wer die Tore nach Weiler durchschritten hatte, befand sich in Sicherheit.

Aber als dann in den Wetterbergen Gold gefunden wurde, war es damit vorbei. Nun strömten aus aller Welt Männer und Frauen nach Weiler und verwandelten den ruhigen Ort in ein Tollhaus. Schon nach kurzer Zeit reichten die Zimmer im Blauen Krug nicht mehr aus, und die Fremden kampierten einfach auf dem Hof, in der Gaststube oder vor dem Wirtshaus in Zelten.

Der alte Wirt war vor Gram über die Entwicklung gestorben und die Bauern blieben dem Gasthaus nun fern. Dort war es recht ungemütlich geworden, seitdem ständig Betrunkene herumlagen und eine Schlägerei die andere ablöste. Man hätte annehmen sollen, daß bei all dem Trubel wenigstens eine Menge Geld in Weiler hängengeblieben wäre. Aber dem war nicht so. Die Fremden bezahlten wenig und nahmen sich meist mit Gewalt, was sie brauchten. Erits hatten gegen diese großen Leute keine Chance. Nachdem die Bauern mehrfach ihrer Ernte beraubt worden waren, gaben sie es auf und bestellten ihre Felder nicht mehr. Das einst so fruchtbare Land verkam. Der Wald nördlich von Weiler wurde so unsicher, daß man ihn nicht mehr allein betreten konnte.

Vor ein paar Jahren hatte sich die Lage noch einmal geändert. Es tauchten neue Leute auf, finstere Gestalten, die gefährliche Waffen trugen. Waren die Goldgräber, Glücksritter und Banditen chaotisch und wild gewesen, so zeigten sich diese Männer kalt, ruhig und diszipliniert. Sie mußten unter dem Befehl eines mächtigen Herrn stehen, dessen Namen sie jedoch niemals aussprachen. Es war immer nur ehrfürchtig von *Ihm* die Rede. Die neuen Eindringlinge übernahmen ohne viel Federlesens die Herrschaft in Weiler und auch den Blauen Krug.

Die Erits wurden eines Tages aufgefordert, sich auf dem größten Gehöft des Ortes zu versammeln. Dort teilte ihnen der Anführer mit, sie nannten ihn Durnil den Peitscher, daß alle dienstverpflichtet seien. Die Erits würden künftig Aufträge bekommen und hätten diese ohne Widerspruch auszuführen. Die eine Hälfte wurde aufs Feld geschickt, um die brachliegende Landwirtschaft wieder in Gang zu bringen, und die andere Hälfte in den Blauen Krug beordert, um die Fremden zu bedienen. Ab jetzt durften Erits sich nur noch mit Erlaubnis der Fremden aus Weiler entfernen. Bei Flucht und Arbeitsverweigerung drohten Auspeitschen und sogar die Todesstrafe.

Heute sei Weiler ein gefährliches Pflaster, beendete der Zwerg seinen Bericht. Ihm sei dort der wichtige Brief von Aramar abhanden gekommen. Aber ebenso leicht könne man dort auch das Leben verlieren. Und wenn sie nicht dringend Vorräte benötigten, würde er den Ort am liebsten umgehen.

Pet und Marga gelobten höchste Vorsicht, und dann betraten sie am späten Abend den berüchtigten Ort. An den Häusern brannten Fackeln, und der Blaue Krug war hell erleuchtet. Aufatmend stieß Glaxca die Tür zur Gaststube auf und trat, gefolgt von seinen Freunden, ein. Sie hatten die erste Etappe ihrer Reise geschafft.

Im Blauen Krug war wenig Betrieb. Seit der Krieg offen ausgebrochen war, blieben die Durchreisenden weg. Deshalb hatten Durnil und seine Männer kaum noch Einnahmen. In der Gaststätte saßen lediglich zwei Jäger, die auf dem Weg in den hohen Norden waren. Sie trugen Jacken und Hosen aus Fellen und hatten ihre großen, schweren Bögen neben ihrem Tisch an die Wand gestellt. Obgleich kaum Gäste da waren, stank es nach abgestandenem Bier. Der offene Kamin rauchte, und der Qualm biß in die Nase.

Ein großer, vierschrötiger Mensch saß in der Mitte an einem

Tisch und bewachte den Raum. Erits liefen geschäftig aus der Küche in den Gastraum, und die Neuankommenden fragten sich, was sie wohl so eilig zu tun hätten. Die Gaststube war niedrig und verräuchert. Dicke Balken bildeten die Decke.

Bei seinem letzten Besuch, so erzählte der Zwerg, während sie sich an einem der langen Tische niederließen, sei es hier sehr voll gewesen. Die Gäste hätten aus großen Holzkrügen Bier getrunken und kaltes Fleisch von Holzplatten gegessen. Der Boden mußte mit Bierlachen überschwemmt gewesen sein, und schwitzende Erits seien zwischen den Bänken hin und her gerannt und hätten bedient. Sie waren ständig beschimpft und manchmal auch geschlagen worden. Der grobe Kerl, der jetzt in der Mitte der Gaststube saß, hätte auch damals schon den ganzen Betrieb überwacht, und wenn einer der Gäste nicht zahlen wollte, so hatte er nur mit der Faust gedroht und die Geldbörse wurde kleinlaut gezückt.

Auffallend an dem Vierschrötigen waren seine Halbglatze und zwei mächtige goldene Ringe an seinen Fingern. Die bedienenden Erits rannten auf das kleinste Fingerschnipsen von ihm los, als sei der Teufel hinter ihnen her.

Aller Augen richteten sich sogleich auf Marga. Der Aufseher selbst erhob sich, kam an ihren Tisch, grüßte Marga und nannte sie »schöne Frau«. Dann fragte er nach ihren Wünschen.

»Etwas zu essen und drei Betten für die Nacht«, antwortete der Zwerg.

»Das wird sich machen lassen«, sagte der Mann und winkte nach der Bedienung. »Ich werde Euch heute abend persönlich besuchen und mich erkundigen, ob Ihr zufrieden seid. Euer Wohl liegt mir besonders am Herzen.«

Mit diesen Worten wandte er sich ab und ging zu seinem Platz zurück.

»Das alles gefällt mir nicht«, murmelte Glaxca. »Wir fallen zu sehr auf, und der Mensch will etwas von dir, Marga.«

»Ich werde mit ihm schon fertig werden«, sagte sie selbstbewußt.

»Das glaube ich nicht.«

»Wir können nichts machen«, mischte sich Pet ein. »Heute nacht kommen wir von hier nicht mehr weg.«

Als sie gegessen hatten, führte sie einer der Erits zu ihrem Zimmer. Es lag im zweiten Stock, war klein, eher ein Holzverschlag und hatte nur eine Brettertür, die sich nicht absperren ließ.

»Ihr solltet auf der Hut sein«, flüsterte er, bevor er sie verließ.

»Nun wird mir langsam doch mulmig«, sagte Pet. »Ich glaube, wir müssen hier sogar Wachen aufstellen.«

Der Zwerg prüfte sorgfältig das ganze Stockwerk auf Fluchtwege und schätzte ab, wie lange die Tür einem Angriff wohl standhalten würde. Das was er sah, beruhigte ihn keineswegs.

»Wenn wir angegriffen werden, klettern wir durch die Dachluke und versuchen von dort irgendwie auf den Hof zu kommen«, bestimmte er.

Dann legten sie sich nieder, ihre Waffen griffbereit unter der Decke. Es war lange nach Mitternacht, als schwere Schritte auf die Kammer zukamen. Eine kräftige Faust pochte gegen die Tür und eine heisere Stimme rief: »Da bin ich!«

Der Mann war betrunken und seine Zunge schwer.

Als sich in der Kammer niemand rührte, wiederholte er: »Schätzchen, da bin ich. Ein Mensch, der dich glücklich machen wird. Du hast etwas Besseres verdient, als einen kümmerlichen Erit und einen Zwerg.«

»Er will spenden«, flüsterte Pet, verstummte aber sofort, als ihm bewußt wurde, wie dumm sein Scherz war. Dann fügte er ein wenig kleinlaut hinzu: »Das werden wir ihm aber versalzen.«

Der Zwerg trat zur Tür, die Axt in der Hand und rief: »Ihr habt Euch in der Tür geirrt. Hier ist kein Schätzchen für Euch. Hier schlafen müde Reisende.«

»Der Zwerg muckt auf!« Die Stimme vor der Tür war triefend vor Hohn. »Verschwinde und misch dich nicht in Menschenangelegenheiten.«

Dann flötete der Mann: »Schätzchen, ich komme«, und stieß die Tür mit Wucht auf. Im gleichen Moment, als er das Zimmer betrat, schlug ihm Glaxca das flache Blatt seiner Axt gegen die Stirn. Der große Kerl stieß die Luft aus und sank lautlos zu Boden.

»Zumindest haben wir in dieser Nacht Ruhe«, sagte der Zwerg und legte sich zum Schlafen nieder. Die beiden anderen taten es ihm nach.

Am nächsten Morgen lag der Mann noch immer an der gleichen Stelle. Auf seiner Stirn prangte eine große Beule. Sie ließen ihn liegen und gingen nach unten in die Schankstube, um zu frühstücken. Sie tranken heiße Milch und aßen altes Brot mit Salz. Pet brockte sich das Brot in die Milch. Dann gingen sie wieder nach oben. Jetzt war der Kerl verschwunden.

Durnil der Peitscher

Nachdem sie ihre Sachen gepackt hatten, machten sie sich an den Aufbruch. Sie drückten einem der Erits das Geld für die Übernachtung in die Hand, der es verlegen entgegennahm, und traten auf den Platz vor dem Gasthaus. Dort wartete bereits eine Gruppe Menschen auf sie. Keiner von ihnen sah vertrauenswürdig aus. Ganz vorn stand grinsend der Kerl von gestern nacht. In der Mitte aber hatte sich breitbeinig ein riesiger Mann aufgebaut. Er überragte seine Kumpane noch um Haupteslänge. Die Arme hatte er in die Hüften gestemmt und trug an seinem Gürtel eine aufgerollte Peitsche.

»Heh«, rief er, »wen haben wir denn da? Unruhestifter, Wegelagerer und Mörder! Verbrecher, die meine Männer in der Nacht überfallen und sich dann am Morgen wegschleichen wollen. Aber so einfach kommt ihr nicht davon. Hier in Weiler herrschen Recht und Gesetz, und das Gesetz bin ich. Doch weil ich gnädig bin, und weil der Frühling in diesen Tagen zurückkehrt, dürft ihr euch eure Strafe selbst aussuchen. Ihr könnt wählen zwischen Handabhacken, Augenausstechen, lebenslanger Sklaverei oder Auspeitschen. Ich würde euch das Auspeitschen empfehlen, es ist meine Spezialität. Nicht umsonst nennt man mich Durnil den Peitscher.«

»Wir haben den Streit nicht angefangen«, rief der Zwerg zur Antwort, »sondern uns nur verteidigt. Aber wir haben vor euch keine Angst. Wenn ihr uns angreift, so sollt ihr meine Axt zu spüren bekommen.«

»Wir werden euch nicht angreifen«, brüllte Durnil, so laut er konnte, obgleich sie keine zehn Schritte voneinander entfernt standen. »An Geschmeiß wie euch machen wir uns die Hände nicht schmutzig. Mit deiner Axt kannst du dich rasieren, wenn du noch etwas zum Rasieren hast, nachdem wir mit dir fertig sind. Du willst meine Güte nicht annehmen, und dir deine Strafe selbst aussuchen. Nun, so werde ich entscheiden und wähle natürlich die Peitsche. Sagen wir ganz einfach hundert Hiebe, und wenn ihr dann noch nicht tot seid, noch einmal hundert. Ist das nicht ein gutes Angebot?«

Brüllendes Gelächter begleitete diese Ankündigung.

»So kommt doch näher«, antwortete der Zwerg und faßte seine Axt fester.

Auch Pet und Marga umklammerten ihre Waffen. Aber sie kamen nicht dazu, sie zu benutzen, denn in diesem Augenblick fiel vom Vordach des Wirtshauses ein großes Netz über sie. Das Gespräch mit Durnil war ein Hinterhalt gewesen. Es hatte sie in die richtige Position für ihre Gefangennahme bringen sollen. Nun rannten von allen Seiten Männer herbei, schlugen sie und nahmen den Wehrlosen Waffen und Gepäck ab. Dann öffnete man eine Falltür im Boden der Schankstube und sperrte sie in den Bierkeller. Dort unten kamen sie ächzend wieder zu sich.

»Wir stecken schön in der Falle«, stöhnte Pet. »Wie sollen wir da nur wieder heil herauskommen?«

»Das weiß ich auch nicht«, knurrte Glaxca und gab zu verstehen, daß er kein Gespräch wünsche.

Lange saßen sie auf dem kalten Boden und warteten. Pet und Marga hielten sich umarmt und zitterten. Irgendwann wurde die Falltür geöffnet, und harte Fäuste zerrten sie ans Tageslicht. Nachdem sich ihre Augen an die Helligkeit gewöhnt hatten, sahen sie vor sich ein hölzernes Gestell. Es war in aller Eile zusammengezimmert worden und hatte Vorrichtungen, um Hände und Füße darauf festzuschnallen. Es war ein Hinrichtungsblock.

Viele Leute standen in großem Halbkreis darum herum. Durnils Männer hatten alle Bewohner des Ortes zusammengetrieben. Die Exekution sollte nämlich gleichzeitig für alle zur Abschreckung dienen. In der Mitte des Platzes stand ganz allein Durnil. Er hatte, obwohl die Luft noch immer kühl war, seinen Oberkörper frei gemacht und ließ die Muskeln spielen. Man sah ihm an, daß er das Schauspiel, in dem er der Hauptdarsteller war, genoß.

Den Gefangenen hatte man die Hände gebunden und stieß sie vor Durnil. Der trat Glaxca und Pet mit dem Fuß, so daß sie in den Dreck fielen. Dann wandte er sich an Marga.

»Junge Frauen, die zudem noch gut aussehen, sind selten in Weiler«, rief er. »Ich will dir deshalb eine besondere Gnade erteilen. Zwar kann ich dir deine Strafe nicht ganz erlassen, aber ich habe mir etwas ausgedacht, das dir vielleicht sogar Vergnügen bereitet.

Ich liebe und verteidige leidenschaftlich die Freiheit. Deshalb ist es mein höchstes Anliegen, jeden sein Schicksal selbst bestimmen zu lassen. Du hast die Wahl, entweder du stirbst mit deinen Gefährten hier einen nicht gerade schönen Tod oder du gehst auf meinen Vorschlag ein.«

»Ich wähle den Tod«, sagte Marga sofort.

»Sei doch nicht so voreilig, sondern höre zu. Du weißt doch noch gar nicht, was ich mir Schönes für dich ausgedacht habe.«

»Ich will es gar nicht hören.«

»Aber die anderen Leute hier auf dem Platz wollen es hören, und wir müssen ihrer Neugierde Rechnung tragen«, brüllte der Kerl. »Du wirst zuerst mit mir eine Woche verbringen und mir zu Diensten sein, dann mit jedem meiner Männer eine Woche. Sie können die Reihenfolge ja auswürfeln. Anschließend werden wir dich an durchreisende Gäste vermieten. Und wenn du Ärger machst, werden wir dich danach dennoch zu Tode peitschen. Was hältst du davon?«

Marga spuckte dem Mann ins Gesicht und wandte sich ab. Der heulte auf und gab ihr zwei Ohrfeigen. Dem Mädchen lief das Blut aus der Nase, aber es senkte den Kopf nicht.

»Dich bekommen wir schon noch zahm«, schrie Durnil wütend. »Aber zuerst erledigen wir diese beiden Ratten.«

Pet wurde gepackt. Man riß ihm die Kleider vom Leib und band ihn an das Gestell. Dann trat Durnil zurück und ließ die lange Peitsche schnalzen.

»Alle mitzählen!« befahl er, und schon klatschte der erste Schlag auf Pets nackten Rücken. Die Haut platzte sofort auf, und Blut sickerte heraus.

Gehorsam rief die Menge: »Eins.«

Der Peitscher holte erneut aus, und wieder fuhr ein brennender Schmerz durchs Pets Körper.

»Zwei«, hallte es über den Platz.

Hoffentlich bin ich bald ohnmächtig, war alles, was der Erit noch denken konnte.

Und wieder holte Durnil aus, hielt aber plötzlich in der Bewegung inne. Aus seiner Schulter ragte ein Pfeil. Mit vor Schmerz aufgerissenem Mund blickte sich der Schläger um. Zu seiner Überraschung sah er überall auf dem Platz und auf den Dächern ringsum Erits mit gespanntem Bogen stehen. Ein mächtiger Mann trat in den Kreis der Zuschauer. Er war noch größer als Durnil und hielt ein Schwert in der Hand. Pet, der einen weiteren Hieb erwartet hatte, und über die Schulter nach hinten sah, rief erleichtert: »Aramis!«

Der aber achtete nicht auf ihn, sondern trat auf den Anführer der Banditen zu, nahm ihm sanft die Peitsche aus der kraftlos herabhängenden Hand und schlug ihm dann mit aller Kraft den Schwertknauf ins Gesicht. Das Brechen des Nasenbeins war in der Totenstille überall zu hören. Daraufhin wurden Durnil und seine Leute gefesselt und in den Bierkeller geworfen. Erst dann band man Pet und die anderen Gefangenen los, trug den Jungen ins Wirtshaus und versorgte seine Wunden.

»Das war Rettung in letzter Sekunde«, sagte der Zwerg und schüttelte dem großen Mann dankbar die Hand. »Wer seid Ihr, und wo kommt Ihr her?«

Marga, die dabei war, die blutigen Striemen auf Pets Rücken auszuwaschen, richtete sich auf und sagte: »Das ist Aramis, der Hüter des Heimlands, und die Erits, die er mitgebracht hat, werden im Heimland als Aufrührer bezeichnet und verfolgt.«

Nachdem Pet seinen Rücken versorgt wußte, wollte er nicht länger auf einem Wirtshaustisch auf dem Bauch liegen. Er richtete sich auf und bestürmte Aramis mit Fragen. Doch der wehrte ab und meinte, zuerst müsse in Weiler einiges in Ordnung gebracht werden, bevor man ans Erzählen denken könne.

Er wies einige der herumstehenden Erits an, den Anführer der Lumpenbande zu holen. Nach kurzer Zeit stolperte der gefesselte Durnil in die Gaststube. Den Pfeil hatte man ihm aus der Schulter gezogen und die Wunde verbunden. Durnil fluchte und verlangte seine sofortige Freilassung. Der Hüter des Heimlands kümmerte sich nicht darum, sondern fragte ihn ruhig nach seinen Auftraggebern, erntete aber nur wüste Beschimpfungen.

»Ich glaube, ihr müßt mich mit diesem liebenswürdigen Mann ein wenig allein lassen«, sagte Aramis daraufhin gelassen. »Er schämt sich und will deshalb in eurer Gegenwart nicht reden.«

Wortlos gingen alle hinaus, und während sie noch die Tür schlossen, hörten sie schon einen markerschütternden Schrei.

Auf dem Platz vor dem Gasthaus standen Erits aus Weiler und die beiden Jäger, die am Abend vorher in der Gaststube gewesen waren. Sie hatten sich aus den Auseinandersetzungen herausgehalten und für keine Seite Partei ergriffen. In diesen Zeiten war es in Centratur nicht ratsam, sich irgendwo einzumischen. Während die fellbekleideten Jäger das Geschehen stumm verfolgten, redeten die Erits lebhaft miteinander. Sie konnten es noch nicht glauben, daß sie nun endlich wieder frei sein sollten. Auf den Dächern saßen die Revolutionäre aus dem Heimland und hielten Wache.

Bald darauf ließ Aramis ausrichten, Glaxca, Marga und Pet könnten wieder zurückkehren. Der Peitscher saß in der Ecke. Seine Nase war blutig.

»Hat er geredet?« fragte der Zwerg ruhig.

»Ich habe ihm alles aus der Nase gezogen, und das im wahrsten Sinn des Wortes. Er war plötzlich sehr begierig zu reden, denn unser starker Mann verträgt keine Schmerzen, er verursacht sie lieber den anderen.«

»Was habt Ihr erfahren?«

»Er und seine Männer sind eine schlichte Mörderbande, die sich vor Jahren noch mit Raubüberfällen auf wehrlose Reisende über Wasser gehalten hat. Eines Tages kam ein Bote zu ihnen. Zuerst wollten sie ihn auch ausrauben. Er hatte aber keine Angst vor ihnen, sondern gab sich als Krieger des Zauberkönigs Ormor zu erkennen. Er brachte dem Gesindel eine Botschaft seines hohen Herrn. Sie sollten Weiler in ihre Gewalt bringen, den Erits dort kräftig auf die Füße treten und dafür sorgen, daß die ganze Gegend unsicher wird. Reisen sollte in Centratur nur mehr mit der ausdrücklichen Erlaubnis des Dunklen Königs möglich sein. Zum Dank für ihre Mühe durften die Gauner alles behalten, was sie herauspressen konnten. Der Plan erschien den Strauchdieben so gut, daß sie sich ärgerten, nicht selbst darauf gekommen zu sein. Sie machten sich sofort auf den Weg nach Weiler und unterjochten die Bevölkerung. Es war ein Kinderspiel.

Wißt ihr übrigens, weshalb sie euch sogleich angegriffen haben? Sie hielten dich, Pet, für deinen Bruder Marc, der mit einer jungen Frau unterwegs sein soll. Es ist Anweisung ergangen, die beiden sofort zu töten. Sogar eine hohe Belohnung ist auf den Tod der beiden ausgesetzt. Als du mit Marga aufgetaucht bist, war für die Burschen hier alles klar. Sie wollten aber an eurem Tod nicht nur verdienen, sondern auch ein wenig Spaß haben.

Ich würde zu gern wissen, weshalb der Zauberkönig deinen Bruder mit so großem Aufwand verfolgt, Pet. Was ist vorgefallen, daß sich Ormor persönlich um einen kleinen Erit wie Marc kümmert? Dieser Feigling in der Ecke weiß jedenfalls nichts darüber. Ich habe ihn dazu so eingehend befragt, daß er jetzt noch zittert.«

Mit diesen Worten trat er auf Durnil zu, der sofort zu wimmern begann. Doch Aramis gab den Wachen lediglich voller Verachtung ein Zeichen, und sie brachten den Peitscher in sein Gefängnis zurück.

Neben der großen Gaststube gab es im Blauen Krug noch kleinere Zimmer. Eines von ihnen ließ Aramis saubermachen und den Kamin anheizen. Während sich die reisenden Jäger und die Erits aus Weiler im großen Saal versammelten und mit viel Bier alle Geschehnisse hinunterspülten, trafen sich im Nebenzimmer der Hüter des Heimlands, die drei Freunde und die Revolutionäre aus dem Heimland, die gerade keine Wache hatten. Zuvor hatte Aramis die Wunden auf Pets Rücken mit einer heilenden Salbe bestrichen und mit einem dünnen Tuch bedeckt. Nun saß der junge Erit mit nacktem Oberkörper auf einem Schemel, neben ihm Marga, die besorgt darauf achtete, daß es ihrem Freund an nichts fehlte.

Endlich war die Zeit zum Erzählen gekommen. Bevor sie damit aber beginnen konnten, öffnete sich noch einmal die Tür, und herein traten zwei Erits, die mit großem Hallo empfangen wurden. Pet sprang auf und wollte die beiden umarmen, zuckte aber unter den Schmerzen in seinem Rücken zusammen. Er gab deshalb nur die Hand, und auch Marga begrüßte die Männer freudig. Hier am lodernden Feuer im Gasthaus Zum Blauen Krug trafen sich alte Bekannte. Es waren Bauer Buschgrün und Bauer Steinkuhl.

Die beiden gehörten zu den Aufständischen, die sich in die Südhöhen zurückgezogen hatten. Pet und Marga hatten sie vor vielen Wochen zur Verteidigung des Gerstenhofes zur Hilfe geholt. Gemeinsam hatten sie die Soldaten aus Rolos besiegt. Die beiden jungen Leute waren damals lange mit den Anführern der Revolutionäre gewandert, und man hatte sich kennen- und schätzengelernt. Und wieder waren diese Aufständischen, von denen der Markgraf des Heimlands so schlecht sprach, in größter Not zur Hilfe gekommen. Wieder hatten sie ihr Leben für die Freiheit anderer eingesetzt.

»Wie sieht es in Heckendorf aus?« fragte Pet begierig. »Was wißt ihr von meinen Eltern? Wird es noch lange dauern, bis alle Feinde vertrieben sind?«

»Von deinen Eltern weiß ich leider nichts«, antwortete Buschgrün ruhig. »Aber in unserer Heimat steht nichts zum Besten. Es sind nicht nur die fremden Soldaten, die uns Sorgen machen. Es ist der verdammte Graf, dieser Horsa, der sich beinahe so schlimm aufführt wie die Schergen Ormors.«

»Aber er sorgt sich doch um das Heimland, fühlt sich für alle Erits verantwortlich«, wandte Pet ein. »Sein größter Wunsch ist es, unser Vaterland zu befreien.«

»Das mag schon sein«, gab Bauer Steinkuhl zu. »Aber seine Sorge nimmt inzwischen seltsame Formen an. Dort drüben sitzt der junge Gelbbirne. Ihm und seiner Familie hat der selbsternannte Markgraf in den letzten Wochen einen Besuch abgestattet. Er soll am besten selbst erzählen, wie es war.«

Der junge Erit hatte noch den Flaum der Jugend im Gesicht. Er war rot geworden, als man ihn ansprach. Damit hatte er nicht gerechnet und sprang verwirrt auf. Beinahe wäre er strammgestanden, wie bei einem Rapport, als er sagte: »Jawohl, der Markgraf ist bei uns gewesen!«

»Nun erzähl schon, wie war es«, ermunterte ihn Steinkuhl.

»Sehr schlimm«, antwortete der Bursche. »Wir hatten große Angst.«

»Du hast mir doch alles berichtet. Nun sag auch den Leuten hier, was vorgefallen ist.«

»Was, bitte schön, soll ich berichten?«

Glaxca stand auf, ging zu Gelbbirne und legte ihm die Hand auf den Arm.

»Komm Junge, setz dich«, sagte er. »Und nun erzähl uns mal, wie das so war, als der Graf kam. Was habt ihr gerade getan?«

Gelbbirne ließ sich wieder nieder, setzte sich aber nur auf die vorderste Kante des Stuhls. Dann sagte er, und noch immer zitterte seine Stimme ein wenig: »Es ist Mittagszeit gewesen, und wir saßen beim Essen.«

»Weiter«, sagte der Zwerg sanft.

»Es gab gekochte Rüben und dazu Eichelbrot.«

»Wer war alles dabei?«

»Mutter, Vater, meine Schwester und ich.«

»Waren Feinde auf eurem Hof?«

»Nein, sie waren zwei Tage zuvor abgezogen.«

Es war schwierig, aus den Bruchstücken des jungen Erit schlau zu werden, aber mit der Zeit schälte sich doch die Begebenheit heraus.

Auch der Gelbbirnenhof war bei der Invasion besetzt worden. Seine Bewohner wurden wie alle Erits im Heimland aufs Feld getrieben und dort geknechtet. Zuerst waren es die Orokòr und später die Soldaten aus Rolos gewesen, die die Aufsicht geführt und die Bauern tyrannisiert hatten. Sie hatten alle Vorräte geplündert und den Bauern das bißchen Wohlstand genommen, das sie sich erarbeitet hatten. Dann im Frühjahr waren die Besatzer eines Tages abgezogen, hatten aber keinen Zweifel daran gelassen, daß sie wiederkommen und den ihnen zustehenden Tribut abholen würden. Das Joch der Bauern wurde dadurch etwas leichter. Sie kochten sich zur Feier des Tages ein Festmahl aus Rüben, die sie noch auf den Feldern gefunden hatten, und backten ein Brot aus Eicheln.

Während dieses Festmahls traf Horsa mit seinen Wölfen ein. Sie standen plötzlich im Zimmer der Familie Gelbbirne, die Waffen in der Hand. Streng fragte Horsa, womit sie den Abzug der Feinde erreicht und was sie hätten versprechen müssen. Wahrheitsgemäß erklärte der Bauer die Bedingungen des Abzugs. In diesem Augenblick sprang einer der Wölfe auf ihn zu und riß ihn an den Haaren von seinem Stuhl. Er solle gefälligst aufstehen, wenn er mit dem Markgraf des Heimlands spreche. Verwirrt erhob sich der alte Gelbbirne und bekam sogleich eine Faust in den Magen gerammt. Nachdem er alles Essen erbrochen hatte, erklärten ihm die Wölfe, der Schlag sei eine Warnung gewesen, um ihm von vornherein das Lügen abzugewöhnen.

Dann folgte ein strenges Verhör. Horsa erklärte, er dulde keine Kollaboration mit dem Feind und werde unnachsichtig jeden Verrat ahnden. Dann durchsuchten seine Wölfe das ganze Haus und nahmen mit, was die Soldaten übersehen hatten. Dies sei für ihre Kriegskasse, sagten sie, und diene der Befreiung des Heimlands. Bauer Gelbbirne solle stolz sein, daß er den Befreiungskampf der Erits unterstütze.

Dann zog Horsa mit seiner Horde wieder ab und hinterließ eine gedemütigte und verwirrte Familie.

»Was ist nur aus Horsa geworden, der wegen eines getöteten Fisches weinte?« fragte Pet. Alle waren entsetzt dem verworrenen Bericht des jungen Erits gefolgt. »Zwar war er schon immer ein wenig seltsam und von sich eingenommen. Seit ihn sein Vater zu seinem Nachfolger bestimmte, hat er sich zudem sehr verändert. Aber daß er seine Landsleute quält und bestiehlt, hätte ich ihm nun doch nicht zugetraut.«

»Ich war mit Horsa lange zusammen«, sagte Marga. »Ich mag ihn nicht, und ich habe noch mit ihm abzurechnen. Sein Größenwahn wird noch viel Schaden anrichten!«

»Im Heimland verbreiten nun drei Gruppen Angst und Schrecken«, faßte Aramis zusammen. »Da sind zum einen die Soldaten aus Rolos. Dann gibt es die abtrünnigen Soldaten des alten Markgrafen, die ihr eigenes Süppchen kochen. Sie sind ein feiger Haufen und dürften am leichtesten zu besiegen sein. Nun taucht aber, um die Verwirrung vollständig zu machen, Horsa, der selbsternannte Heimlandherrscher mit seinen Wölfen auf. Sie sind eine unberechenbare, brutale Bande. Die Erits des Heimlands werden umgebracht und gefoltert. Und jede der drei Gruppen glaubt sich im Recht.« Er seufzte. »Was ist nur aus dem Land geworden, das mir mein König anvertraut hat? Ich habe versagt, und wenn Meliodas noch leben würde, könnte ich ihm nicht unter die Augen treten.«

»So aussichtslos ist die Lage nicht«, tröstete ihn Bauer Buschgrün. »Meine Leute sind nicht zum Feind übergelaufen. Auf uns könnt Ihr zählen. Dann gibt es noch die Soldaten, die dem alten Markgrafen treu geblieben sind und keinen Verrat geübt haben. Sie sind zwar über das Heimland verteilt, aber durchaus eine ernstzunehmende Macht. Sie haben sich bisher Horsa noch nicht unterworfen. Und vergeßt nicht die selbstbewußten Erits, die keiner dieser Gruppierungen angehören. Denkt nur an den alten Mog und den Gerstenbauern. Noch sehe ich Chancen für unsere Heimat und gebe den Kampf nicht verloren.«

»Was soll ich tun?« fragte Pet unvermittelt. »Reisen Marga und ich weiter in den Norden oder kehren wir ins Heimland zurück? Wo werden wir am dringendsten gebraucht?«

Alle sahen den Sohn des alten Mog verwirrt an. Nun schaltete sich Glaxca ein, erzählte kurz die Erlebnisse ihrer Reise und berichtete von dem Treffen mit dem geheimnisvollen Mönch aus Nowogoro. Er erzählte auch von seinen Bedenken, dem nächtlichen Gast zu trauen. Nach längerer Beratung kamen aber alle zu dem Schluß, der Zwerg solle seinen Weg nach Nowogoro fortsetzen.

In dieser Nacht hatten Marga und Pet die Kammer unter dem Dach für sich allein. Der Zwerg hatte sich ein anderes Lager gesucht. Pet hatte große Schmerzen und konnte nur auf dem Bauch liegen. Marga setzte sich zu ihm und liebkoste ihn sanft.

»Du warst heute sehr tapfer«, sagte sie. »Ich bin stolz auf meinen Freund. Eines Tages wird Friede sein, dann werden wir zurückkehren und in Weiler oder anderswo ein Haus bauen. Kriege wird es immer geben, aber jeder Krieg geht auch einmal zu Ende. Erst in der Gefahr merkt man wirklich, was einem der andere bedeutet. Ich habe dich gern, Pet, Sohn vom alten Mog. Das ist mir heute klargeworden. Wenn dich dieses Schwein totgeschlagen hätte, so hätte ich auch nicht mehr leben mögen.«

Der junge Erit richtete sich mühsam auf und küßte Marga.

Das Tribunal

Am nächsten Morgen gab es viel zu tun. In ganz Weiler mußten die Spuren der Schreckensherrschaft beseitigt werden. Nie wieder wollten sich die Leute überfallen lassen und gingen deshalb sogleich daran, den Ort verteidigungsbereit zu machen. Fußlitz, ein junger Schmied, übernahm die Führung. Bäume wurden für Palisaden gefällt, Gräben gezogen und ein Wachturm aufgebaut. Es war schwere Arbeit, aber alle waren fröhlich und guter Dinge.

Die Frauen nahmen sich inzwischen den Blauen Krug, das Zentrum des Ortes, vor.

Der Gasthof sollte wie in alten Zeiten wieder zum Symbol der Sicherheit und des Friedens werden.

Aramis schickte seine Erits in die Umgebung auf Kundschaft, und Marga pflegte Pets Wunden. Auch der Zwerg packte kräftig mit an, und so vergingen ein paar Tage. Das gefangene Gesindel war noch immer im Bierkeller eingesperrt. Man gab ihnen zu essen, kümmerte sich aber nicht weiter um die Männer. Erst später, nachdem das Wichtigste in Ordnung gebracht worden war, erinnerte man sich ihrer und trat zusammen, um über ihr weiteres Schicksal zu beraten.

Die große Gaststube war bis auf den letzten Platz besetzt. Ganz hinten saßen die beiden Jäger, die sich diese Vorstellung natürlich nicht entgehen lassen wollten, dann kamen die Erits aus Weiler. Vor den Versammelten hatte Aramis zusammen mit Fußlitz und Bauer Buschgrün an einem Tisch Platz genommen. An den Seiten saßen Erits aus dem Heimland, Marga, Pet und Glaxca.

Obgleich man sich in einem Gasthof befand, wurde kein Bier ausgeschenkt. Die Leute sollten einen klaren Kopf behalten. Aber so manche Pfeife brannte, und bald schwebte ein blauer Dunst über den Köpfen.

Die Stimmung war feierlich, als Aramis die Versammlung eröffnete und sagte: »Im Bierkeller sitzen vierzehn Männer, die diesem Ort und seinen Einwohnern Gewalt angetan haben. Wir wollen heute über ihr Schicksal entscheiden. Wie soll dies geschehen? Ich schlage vor, wir halten eine Gerichtsverhandlung ab.«

»Da gibt es nichts zu verhandeln«, rief ein Erit aus der zweiten Reihe. »Wir alle wissen, was sie uns angetan haben. Wozu der Aufwand? Schlagt sie einfach tot und fertig!«

»Eine schnelle Lösung unseres Problems«, bemerkte Fußlitz ruhig. »Wenn sich kein Widerspruch erhebt, kannst du zum Bierkeller gehen und dein Vorhaben ausführen, Brass.«

Brass, einer der Schankkellner, der unter Durnils Leuten besonders zu leiden gehabt hatte, erbleichte.

»So war das nicht gemeint«, stotterte er. »Warum soll ich sie töten? Das kann und das will ich nicht.«

»Dann solltest du auch keine übereilten Vorschläge machen.«

»Ich bin für ein Gericht«, mischte sich nun Buschgrün ein. »Wir sollten über jeden von ihnen einzeln urteilen.«

Dieser Vorschlag fand allgemeine Zustimmung.

Zuerst wurde Durnil geholt. Man hatte ihm seine Hände auf den Rücken gebunden. Vor dem Richtertisch blieb er stehen. Die Binde um seinen Arm war blutverkrustet, er stank, und die langen, schwarzen Bartstoppeln gaben ihm ein wildes, gefährliches Aussehen. In den letzten Tagen hatte der große Mann aber Zeit gehabt, seine Fassung wiederzufinden, und man sah ihm nun an, daß er nicht gewillt war, klein beizugeben.

»Durnil«, sagte Aramis streng, »du hast diesen Ort mit deinen Leuten überfallen und seine Einwohner versklavt. Ihr habt sie geschlagen und gedemütigt, und du hast einige von ihnen sogar auf schreckliche Weise umgebracht. Was hast du zu deiner Verteidigung zu sagen?«

»Ich muß mich nicht verteidigen«, sagte der Mann stolz. »Ich bin der Herr von Weiler. Dazu hat mich Ormor, der Herrscher über Centratur, berufen. Seinen Willen habe ich ausgeführt. Ihr habt mich und meine Leute widerrechtlich überfallen und eingesperrt. Ihr hindert mich, die mir übertragenen Aufgaben auszuführen. Damit verstoßt ihr gegen das Gebot des Zauberkönigs. Seine Leute werden euch alle zur Rechenschaft ziehen. Laßt mich und meine Männer sofort frei, dann wird eure Strafe gnädig ausfallen. Ich sage euch«, und nun erhob er drohend seine Stimme »dies ist eure letzte Möglichkeit mit dem Leben davonzukommen. Wenn erst die Orokòr hier sind, werdet ihr euch nach meiner Milde zurücksehnen.«

Den Zuhörern auf den Wirtshausbänken stockte der Atem. Mit dieser Wendung hatten sie nicht gerechnet. Sie hatten erwartet, daß Durnil um Gnade winseln würde, statt dessen sprach er Drohungen aus, die man ernst nehmen mußte.

»Wir sind dabei, Weiler verteidigungsbereit zu machen«, wandte Buschgrün beruhigend ein, als er merkte, wie sich Angst im Saal ausbreitete.

»Verteidigungsbereit? Daß ich nicht lache! Was wollt ihr Wichte gegen ein Orokòrheer ausrichten? Solange ich hier das Sagen habe, lassen euch die schwarzen Krieger in Ruhe. Aber wehe, wenn ich euch nicht mehr schütze! Glaubt ihr denn, diesen wichtigen Stützpunkt ließe Ormor der Große außerhalb seiner Kontrolle? Ihr seid alle Narren! Und nun genug des Geredes! Laßt mich endlich frei und holt meine Männer aus diesem Loch!«

Bisher war es totenstill im Saal gewesen. Nun erhob sich ein Gemurmel, das an Lautstärke ständig zunahm. Angst hatte alle Herzen erfaßt.

»Ruhe!« Buschgrün versuchte den Lärm im Saal zu übertönen. »Ruhe! Laßt euch doch nicht von diesem dreisten Geschwätz einschüchtern. Wir sind hier, um über diesen Mörder zu Gericht zu sitzen.«

»Du hast leicht reden«, schrie ein Erit von hinten. »Du gehst wieder weg. Wir aber werden von den Orokòr niedergemacht.«

»Ja«, schrie nun eine Frau mit vor Angst kippender Stimme. »Ihr kehrt zurück in eure Dörfer, und wir dürfen hier alles allein ausbaden. Warum seid ihr überhaupt gekommen? Was wollt ihr hier? Wir hatten uns mit diesen Männern geeinigt. So schlecht war das alles nicht. Und zumindest waren wir geschützt, und das sind wir jetzt nicht mehr.«

»Es ging uns sogar ganz gut«, rief eine andere. »Wir hatten unser Essen, ein Dach über dem Kopf. Was will man mehr? Arbeiten müssen wir so oder so.«

»So, es ging uns also gut?« ließ sich ein Mann in der ersten Reihe vernehmen. »Und was ist mit mir? Mich haben sie so geschlagen, daß ich heute meinen Arm nicht mehr bewegen kann.«

»Daran bist du selbst schuld«, entgegnete ihm ein anderer, der nur drei Stühle weiter saß. »Du warst ganz einfach faul, und sie mußten dich ein wenig antreiben. Deine Faulheit kennt hier im Ort doch jeder.«

»Das ist eine Gemeinheit«, brüllte der Mann, den sie zum Krüppel geschlagen hatten. »Aber vielleicht warst sogar du es, der mich an die Schweine verraten hat?«

Durnil hatte sich umgedreht und sah grinsend in den tobenden Saal. Langsam wandte er sich an Aramis und sagte leise: »Ich gehe jede Wette ein, daß ich bis heute abend wieder frei bin! Diese kleinen Ratten werden ihren Aufstand noch bereuen. Dir aber rate ich zu verschwinden, solange du noch kannst. Ich weiß zwar nicht, was du mit dem Geschmeiß hier zu schaffen hast, aber du mühst dich für sie vergeblich. Wir Großen sollten ihnen gemeinsam die Peitsche geben, zu etwas anderem taugen sie nicht.«

Fußlitz und Bauer Buschgrün hatten dieser hochmütigen Rede entsetzt zugehört. Kreidebleich sprang Fußlitz auf und wollte schon eine wütende Entgegnung brüllen, da erhob sich eine Frau, die ganz vorne gesessen und ebenfalls alles mitbekommen hatte. Sie war noch nicht alt, aber ihr Haar war schon grau. Langsam hinkte sie auf den gefesselten Mann zu. Obwohl sie nur halb so groß war wie er, baute sie sich vor Durnil auf. Um ihm ins Gesicht zu blicken, mußte sie ihren Kopf weit in den Nacken legen. Der grinste sie frech von oben an.

»Kennst du mich?« fragte die Frau mit zitternder Stimme.

»Ich kann doch nicht jede Eritschlampe kennen«, antwortete der dröhnend.

»Aber ich kenne dich, du Mörder. Du hast meinen Mann getötet, und meine Tochter hat sich wegen dir das Leben genommen.«

»Deine Tochter hat sich aus Liebe zu mir umgebracht? Das ehrt mich! War es etwa so eine Kleine mit roten Haaren? Sie hat es mir ausgezeichnet besorgt, schade um sie.«

»Du hast sie vergewaltigt, du Schwein. Mit dem Gedanken daran konnte sie nicht leben«, schrie die Frau nun so laut sie konnte.

Im Saal war man bisher so mit Streiterei beschäftigt gewesen, daß niemand den Vorfall bemerkt hatte. Doch nun blickten alle entgeistert auf die Frau, die ein Küchenmesser unter ihrem Tuch hervorzog und auf den großen Mann einstach. Das Messer mit der biegsamen Klinge drang aber nicht durch sein Lederwams, sondern rutschte ab. Noch einmal stieß die Frau vergeblich zu. Alle starrten wie gelähmt auf die Szene. Nur Pet fand seine Geistesgegenwart zurück und rannte nach vorn. Die Frau sah ihn kommen, sammelte all ihre Kräfte, sprang und stieß Durnil mit beiden Händen das Messer in den Hals. Ein Schwall Blut bespritzte sie. Sie ließ sich auf den gekachelten Boden fallen und schluchzte bitterlich.

Durnil starrte fassungslos auf sie herab und auf das Blut, das sein eigenes war. Dann sank er langsam in die Knie, fiel vornüber auf die Frau und starb. Pet zog ihn herunter, legte ihn auf den Rücken und zerrte das Messer aus seinem Hals. Aber es war schon zu spät.

Im Saal hatte man fassungslos zugesehen. Nun rannten alle nach vorn. Auch die drei Männer am Richtertisch waren aufgesprungen, und selbst die Erits aus dem Heimland drängten sich heran, um einen Blick auf den toten Durnil zu erhaschen. Marga und Pet führten inzwischen die weinende Frau hinaus.

Die Versammlung wurde gleich darauf abgebrochen. Überall im Freien standen Trauben von Erits und besprachen den Vorfall. Ratlosigkeit stand in allen Gesichtern geschrieben. Die beiden Jäger beglückwünschten sich, daß sie gerade jetzt in Weiler waren. Von diesem aufregenden Geschehen konnten sie noch ihren Enkelkindern berichten. Die Leute aus dem Heimland und die neuen Führer aus Weiler zogen sich in das Nebenzimmer zur Beratung zurück.

»An dem, was dieser Durnil gesagt hat, ist schon etwas dran«, begann endlich Fußlitz. »Wir sind hier in Weiler in größter Gefahr. Eure Befreiungsaktion war gut gemeint, aber nicht zu Ende gedacht.«

»Wir können diesen Ort nicht verteidigen«, sagte nun einer der Erits aus Weiler aufgeregt. »Wir müssen fliehen!«

»Und unsere Häuser, all unser Hab und Gut sollen wir zurücklassen? Wohin könnten wir schon gehen? Wovon sollen wir leben?« rief ein anderer.

»Auch wir mußten alles zurücklassen und in die Berge flüchten«, sagte einer der Revolutionäre aus dem Heimland.

»Ihr Heimländer solltet endlich euren Mund und euch aus unseren Angelegenheiten heraus halten«, fuhr ihn der Erit aus Weiler wütend an. »Ihr habt schon genug angerichtet.«

Nun mischte sich Aramis ein: »Hört auf zu streiten. Wir brauchen einen Plan. Wenn ihr euch gegenseitig an die Kehle fahrt, wird die Lage auch nicht besser. Die erste Frage ist, was machen wir mit den übrigen Gefangenen?«

»Jetzt könnt ihr sie ruhig aufhängen. Jetzt kommt es auch nicht mehr darauf an«, sagte ein Heimländer.

Und Fußlitz sagte: »Hier wird niemand aufgehängt! Vielleicht können wir sie als Unterhändler zu Ormor schicken?«

»Der hat gerade darauf gewartet, mit euch zu verhandeln«, warf Glaxca trocken ein. »Was glaubt ihr eigentlich, mit wem ihr es zu tun habt?«

Der Streit wogte noch eine Weile hin und her, aber sie kamen zu keinem Ergebnis.

Es war nun Mittag. Sie lösten die Versammlung auf und gingen hinaus auf den Vorplatz. Eine Abordnung von Frauen kam auf sie zu. Sie bauten sich vor den Männern auf, und ihre Wortführerin sagte: »Wir haben alles genau besprochen. Es gibt nur eine Lösung. Wir müssen die verbrecherische Unterbacherin, die den Durnil getötet hat, ausliefern und uns auf Gnade und Ungnade unterwerfen. Dann wird man mit uns Mitleid haben und Gnade walten lassen. So schlimm wird es schon nicht kommen.«

»An wen wollt ihr diese Frau denn ausliefern?« fragte der Zwerg.

»An Ormor, an wen denn sonst?«

»Wißt ihr überhaupt, wo sich der Zauberkönig aufhält?«

»Das wird sich herausfinden lassen.«

»Und ihr habt kein Mitleid mit dieser Frau?«

»Die Unterbacherin hat sich da selbst hineingeritten. Nun soll sie ihre Suppe auch allein auslöffeln.«

Der rettende Plan

Pet suchte Marga und fand sie in der Küche des Blauen Krugs, wohin sie sich mit der Frau zurückgezogen hatte. Die weinte nicht mehr, sondern saß mit starrem Blick kreidebleich auf einem Schemel und sprach kein Wort. Obgleich beide begütigend auf sie einredeten, reagierte sie nicht. Irgendwann gesellte sich Glaxca zu ihnen, und dann kam auch noch Aramis.

»Eine schwierige Situation, in der die Leute aus Weiler stecken«, sagte der Zwerg vorsichtig.

»Ja«, stimmte der Heimlandhüter zu. »Sie leben auch in einer gefährlichen Nachbarschaft. Keine zwei Tagereisen von hier liegt Roscio, der Sommerpalast Ormors. Auf seinen Reisen kommt der Zauberkönig hier vorbei.«

»Warum habt Ihr überhaupt diesen Befreiungsversuch gemacht?« fragte Pet ungehalten. »Ihr wußtet doch um die schwierige Lage. Nun sind die Weiler in einer noch auswegloseren Situation als zuvor.«»

»Wir müssen dem Feind seine Bastionen nehmen. Er muß geschwächt werden.«

»Und an die Betroffenen denkt Ihr dabei gar nicht.«

»Ich denke ständig an sie. Aber nur wenn Opfer gebracht werden, können alle wieder glücklich leben.«

»Glücklich leben nennt ihr es, wenn die Erits ausgepeitscht, verstümmelt oder gar getötet werden?«

»Ist lebenslange Sklaverei etwa besser?«

»Ihr hättet zumindest den Leuten hier die Entscheidung selbst überlassen sollen.«

»Dann hätten wir dir also nicht helfen sollen, als Durnil dich zu Tode peitschen wollte?«

»Sicher, dafür bin ich Euch ewig dankbar, aber...«

»Die Situation ist noch gefährlicher, als wir bisher gedacht haben«, mischte sich nun der Zwerg ein. »Ich habe erfahren, daß vor ein paar Tagen sechs von Durnils Männern weggeritten sind. Sie werden stündlich zurück erwartet. Wenn sie das Dorf verteidigungsbereit sehen, werden sie umkehren und Ormors Leute alarmieren. Wir können dann in Kürze mit dem Anmarsch von Truppen rechnen. Die Zeit arbeitet gegen uns. Wir können nicht mehr lange überlegen oder gar miteinander streiten. Weiler ist in höchster Gefahr.«

Diese Worte ernüchterten alle, und ratloses Schweigen machte sich breit.

»Ich habe eine Idee«, sagte Marga plötzlich. »Wir denken ständig an Kämpfen, Verteidigen oder Fliehen. Wie wäre es mit einer List? Niemand muß erfahren, daß Durnil tot ist und seine Leute die Fäden hier nicht mehr in der Hand halten. Wir reißen alle Verteidigungsanlagen wieder nieder, sie sind so oder so zu nichts nutze, und stellen den früheren Zustand wieder her. Die sechs Mitglieder der Bande fangen wir ab. Und dann tun wir so, als sei alles beim alten. Kommt ein Bote von Ormor, was bis jetzt nicht vorgekommen sein soll, dann wird ihm mitgeteilt, Durnil befinde sich auf einer kurzen Reise.«

»Aber es fällt doch auf, daß sich keine großen Leute hier im Ort aufhalten. Weiler ist ein wichtiger Knotenpunkt, und viele Fremde kommen hier durch. Da sind immer wieder Verbündete des Feindes darunter.«

»Ich könnte einige meiner Freunde, die sich hier in der Nähe aufhalten, rufen. Sie sollen die Rolle der Totschläger spielen«, meinte Aramis nachdenklich. »Wenn alle in Weiler mitmachen, könnte der Plan gelingen.«

»Es gilt keine Zeit zu verlieren«, drängte der Zwerg. »Wir müssen sofort alle nötigen Schritte einleiten.«

Aramis machte sich mit den Erits aus dem Heimland sofort auf den Weg, um die sechs Mitglieder aus Durnils Bande abzufangen. Die anderen unterbreiteten auf dem Vorplatz des Gasthauses den Einwohnern von Weiler ihren Plan, was nur unter großem Überzeugungsaufwand gelang. Die Männer und Frauen hatten einfach Angst, und Angst ist stets ein schlechter Ratgeber. Doch als ihnen klar wurde, daß sie gar keine andere Chance hatten, willigten sie schließlich zögernd ein.

Als die Entscheidung endlich gefallen war, kam Bewegung in die Leute. Was in den letzten Tagen mit viel Mühe aufgebaut worden war, rissen sie nun gemeinschaftlich wieder ein. Die Palisaden verschwanden, Gräben wurden zugeschüttet, Hindernisse abgebaut. Am Abend lag das Dorf wieder so schutzlos wie vordem vor den Augen fremder Beobachter.

Es war schon tiefe Nacht, als Aramis mit seinen Leuten zurückkam. Sie hatten die Feinde tatsächlich aufgespürt und überwältigt. Die Wegelagerer hatten sich erbittert zur Wehr gesetzt. Vier von ihnen waren getötet worden, und zwei führte man in Fesseln ins Dorf. Aber auch fünf Erits waren gefallen und wurden betrauert. Es war deshalb kein Triumphzug, der zurückkehrte. Die beiden Gefangenen wurden zu den übrigen in den Bierkeller gesperrt. Noch in der gleichen Nacht ließ Aramis die beiden fremden Jäger zu sich bringen, die man trotz ihres Protestes im Schankraum eingeschlossen hatte, während man den Bewohnern Weilers den Plan offenbarte. Wenn sie alles verrieten, waren die Anstrengungen und Opfer umsonst gewesen. Sie beteuerten, wie ein Grab zu schweigen, aber der Hüter des Heimlands glaubte ihnen nicht. Er stellte sie vor die Wahl, den Gefangenen im Bierkeller Gesellschaft zu leisten oder ihn ins Heimland zu begleiten. Als die beiden dies hörten, erbleichten sie. Bisher hatten sie sich als Zuschauer gefühlt und sich über das spannende Schauspiel gefreut. Mit einem Mal waren sie in das Geschehen mit einbezogen und selbst davon betroffen. Sie widersprachen heftig, aber Aramis war zu müde, um zu streiten. Mit einer Handbewegung wischte er alle Argumente beiseite, gab ihnen bis zum nächsten Morgen Zeit, einen Entschluß zu fassen und legte sich endlich schlafen.

Das neue Weiler

Der nächste Tag brach mit dichtem Nebel an. Jeder der durch Weiler lief, hatte das Gefühl allein zu sein. Trüb wie das Wetter war auch die allgemeine Stimmung. Die Erits schwankten zwischen Todesangst und Hoffnung.

Vor allem bewegte sie die Frage, was mit den Gefangenen im Bierkeller geschehen sollte. Die einen waren für sofortige Hinrichtung, ein Vorschlag, dem andere heftig widersprachen. Erits seien keine Mörder und sollten nicht dem schlechten Vorbild der Wegelagerer folgen. Aber Freilassen kam auch nicht in Frage, und ewig konnte man die Männer nicht eingesperrt halten.

Während die Frage noch die Gemüter erregte, machte eine neue Nachricht wie ein Lauffeuer die Runde. Die Unterbacherin, die sich so grausam an Durnil gerächt hatte, war erhängt in ihrem Haus aufgefunden worden. Sofort mutmaßte man, ob sie sich selbst umgebracht habe oder ob sie ermordet worden sei.

Da wurde gestikuliert, man schrie sich gegenseitig an, beschimpfte sich und stimmte sich zu. Ganz Weiler rumorte wie ein Wespennest.

Die beiden Jäger suchten derweil Aramis auf. Er habe sie vor eine Alternative gestellt, die ihnen gar nicht behage, sagten sie. Sie bezweifelten, ob er ein Recht habe, so über sie zu verfügen.

Das Recht habe er sicher nicht, antwortete der Hüter. Aber er sei für das Schicksal der Erits verantwortlich. Deshalb müsse er dafür sorgen, daß man sie nicht verriet.

Die beiden drucksten eine Weile unschlüssig herum, bis sie schließlich anboten in Weiler zu bleiben. Sie seien bereit, die Rolle von Durnils Männern zu spielen, um vorzugaukeln, daß Weiler noch in der Gewalt des Peitschers sei.

Aramis sah sie lange an. Endlich nickte er: »Ich vertraue euch. Ihr wart bisher heimatlose Gesellen. Dieser Ort kann für euch zu einem Zuhause werden. Ich war genötigt Zwang auszuüben, um die Erits hier zu retten. Aber diese Notwendigkeit kann eure Chance sein. Jetzt freue ich mich, daß ihr so gewählt habt und wünsche euch viel Glück.«

Dann zog er sie ins Vertrauen und gab ihnen die nötigen Anweisungen.

Als letztes galt es, das Schicksal der Wegelagerer zu entscheiden. Wieder wurde im Blauen Krug eine Versammlung einberufen, und wieder prallten die Meinungen aufeinander. Die Erits schrien sich gegenseitig an und wären sich wahrscheinlich auch an die Kehle gefahren, wenn sich Marga nicht zu Wort gemeldet hätte.

Als die Menschenfrau sich erhob, sie war nicht größer als die Erits, kehrte Ruhe ein. So leise, daß man in den hinteren Reihen »lauter« rief, erzählte sie von ihrer Reise. Sie schilderte die Höhle der Lerangos und die Träume, die sie dort erlebt hatte. Man hörte ihr gespannt zu, und so mancher wünschte sich in diese Höhle und ein Leben wie im Traum.

Endlich kam das Mädchen zu seinem Vorschlag. Man dürfe die Gefangenen nicht töten, sagte sie, und erntete einige Buhrufe. Man könne sie aber auch nicht laufenlassen, fuhr sie fort. Deshalb schlage sie vor, Durnils Männer in die Höhle der Lerangos zu bringen und sie dort in ihren Träumen über ihre Untaten nachdenken zu lassen.

Dieser Vorschlag kam überraschend. Ein Raunen ging durch die Reihen in der Wirtsstube. Schließlich nickte ein erster und dann ein zweiter, und kurz darauf war der Plan beschlossene Sache. Aramis schüttelte dem Mädchen die Hand. Er war mit der Lösung einverstanden. Allerdings war es ein weiter Weg in den Süden, den man mit den Gefangenen zurücklegen mußte. Der Hüter wollte ihn auf sich nehmen. Abordnungen aus dem Heimland und aus Weiler wurden für die gefährliche Reise zusammengestellt. Schon am nächsten Morgen sollte der Zug beim Morgengrauen aufbrechen.

Als dieses Problem gelöst war, konnten sich die Weiler endlich ihrer eigenen Zukunft zuwenden. Sie konnten nicht länger über alle Fragen tagelang streiten. Sie brauchten jemand, dem sie vertrauten und der für sie schnelle Entscheidungen traf. Beinahe einstimmig wählten sie dazu Fußlitz. Er sollte der Ortshüter werden, und Aramis beneidete ihn nicht um diese Aufgabe. Es den Weilern recht zu machen, war ein schwieriges Unterfangen.

In den nächsten Tagen brachen Reisegruppen nach allen Himmelsrichtungen auf. Ein Teil der Revolutionäre kehrte zurück ins Heimland. Aramis führte Durnils Männer in den Süden. Glaxca, Marga und Pet machten sich mit Proviant und Ausrüstung wohl versehen auf den Weg nach Norden. Man hatte in der kurzen, aber schwierigen Zeit Freundschaft geschlossen, und nun galt es, Abschied zu nehmen. In besseren Zeiten, so hofften alle, würde man sich in Weiler wieder treffen.

Der Feind aber hatte eine Bastion in Centratur verloren. Sie war beim Kampf um den Kontinent sicher nicht bedeutend. Aber nur mit kleinen Schritten konnte die Übermacht gebrochen werden. Und für alle Reisenden von Ost nach West und von Nord nach Süd galt wieder: Weiler ist ein Ort des Friedens und der Sicherheit. Und auch das Bier hatte wieder die Qualität wie in alten Zeiten. Gutes Bier im Ausschank waren sich die Weiler schuldig, und außerdem tranken sie es selbst viel zu gern.

Zwei Begleiter

Als Marga, Pet und Glaxca Weiler verließen, regnete es in Strömen. Schon nach kurzer Zeit klebten ihre Mäntel naß und schwer am Körper. Besonders der Lederumhang des Zwergs wurde zu einer steifen Last. Man hatte sie mit Ponys versorgt, so daß sie wenigstens das Gepäck nicht selbst schleppen mußten. Glaxca ging mit den Ponys voraus, und Pet und Marga trotteten hinterher. So trostlos wie das Wetter war auch ihre Stimmung.

Die Gegend wurde von Tag zu Tag hügeliger und die Straße schwieriger. Sie hatten sich entschlossen, westlich der Nördlichen Höhen bis Walja zu wandern und dann der Straße nach Osten bis

Strawenstadt zu folgen. Es gab noch einen zweiten Weg über Rejkor und durch die Melonebene. Wenn sie diese Richtung gewählt hätten, wäre ihnen vielleicht vieles erspart geblieben.

Mehrere Tage folgte ihre Straße den Windungen des Flusses Dollard, der im südlichen Teil der Nördlichen Höhen entsprang. Dann erreichten sie die Berge. Bald wanderten sie am Fuß eines hohen Gebirges entlang, dessen Hänge steil zu ihnen abfielen. Wenn sie den Kopf nach rechts drehten und ganz weit in den Nacken legten, konnten sie oben die weißen Gipfel erkennen. Besonders morgens lastete der Schatten des Gebirges kalt und drohend auf ihnen. Nicht weit über ihren Köpfen sahen sie große, schwarze Löcher im Fels. Es waren Höhlen, und sie beunruhigten Glaxca sehr.

»Man weiß nie, wer sich in Höhlen aufhält«, murmelte der Zwerg. »Diese Gegend gefällt mir nicht.«

Er packte seine Axt fester und ließ den Blick unruhig schweifen.

Hier im Norden hatte der Krieg seine schrecklichen Spuren noch nicht hinterlassen. Ortschaften lagen abseits vom Weg, meist geduckt in Mulden. Sie bestanden aus fünf oder sechs Häusern mit strohgedeckten Dächern, die bis zum Boden reichten. Um die Ortschaften zogen sich feste Zäune oder gar Palisaden aus rohen Baumstämmen. Vieh war keines zu sehen, man hatte es längst in Sicherheit gebracht. Die Leute hier wollten nichts mit Fremden zu tun haben, und wenn die Wanderer sich einem Dorf näherten, so traten ihnen Männer mit grimmigen Gesichtern und Spießen und Äxten entgegen. Ihre Kleidung war aus Fell, und um die Waden hatten sie Tücher mit Lederriemen gebunden. Ihre Haare trugen die Leute zu Zöpfen geflochten. Von Frieden konnte man auch im Norden nicht sprechen, nur die Mordbrenner waren noch nicht bis hierher vorgedrungen.

Der Zwerg und seine beiden Begleiter sehnten sich besonders in den Nächten nach einer festen Unterkunft und einem trockenen Lager, man gönnte es ihnen nicht. Aber sie verstanden die Leute in dieser Gegend, denn sie hatten die verkohlten Häuser und Gehöfte weiter im Süden gesehen. Bald gingen ihre Vorräte zur Neige und sie mußten sich um neue Nahrung kümmern. Glaxca baute Fallen aus Stöcken und Schlingen. Er fing auch ab und zu einen Hasen. Aber diese Art der Jagd kostete viel Zeit, und Zeit war etwas, was sie nicht verschenken durften.

Das Wetter hatte sich gefestigt, und die Frühlingssonne ließ sich sehen. Bald war es so warm, daß sie bei ihrer Rast an einem Fluß gegen Mittag die Kleider ausziehen und waschen konnten. Sie hatten Röcke und Hosen über Sträucher zum Trocknen gehängt und saßen in ihrem Unterzeug auf umgestürzten Bäumen. Bis zum Abend, so hofften sie, würden sie die Kleider wieder tragen können und nicht mehr so entsetzlich stinken. Glaxca schnitzte an einer neuen Falle, und die beiden Erits tuschelten, als plötzlich zwei Männer aus den Büschen traten.

Erschrocken sprangen die Erits auf und griffen nach ihren Waffen. Sie waren sorglos gewesen und hatten keine Wachen aufgestellt. Marga hatte nicht auf die Vögel gehört, und selbst der mißtrauische Zwerg hatte ein paar Stunden dem Frieden dieser einsamen Gegend vertraut. Dafür schalt er sich nun, als er seine Axt hob. Die Fremden waren noch jung und ganz in Leder gekleidet. Sie trugen zwar Waffen, machten aber keine Anstalten sie zu benutzen. Vielmehr lachten sie fröhlich, als sie die Überraschung auf den drei Gesichtern sahen.

»Keine Angst«, rief der größere von beiden und streifte seinen Mantel von den Schultern. »Von uns habt Ihr nichts zu befürchten. Doch ist es recht waghalsig, in diesen Zeiten ohne Wache zu rasten. Wir wollten Euch ein wenig erschrecken.«

»Das ist Euch auch gelungen«, sagte Pet. »Wer seid Ihr und wohin führt Euch Euer Weg?«

»Wir stammen aus Strawen und heißen Muro und Kran. Wir kommen aus dem Westen und wollen zurück in unsere Heimat. Mir scheint, wir haben den gleichen Weg. Wenn es Euch nicht unangenehm ist, so werden wir Euch begleiten. In diesen Zeiten schließt man sich besser zusammen.«

»Da habt Ihr recht. Aber wer sagt uns, daß wir Euch vertrauen können?«

»Wenn wir gewollt hätten, so wärt Ihr nicht mehr am Leben. Ist dies nicht Vertrauensbeweis genug?«

Der Zwerg nickte nachdenklich. Damit war der Pakt geschlossen, und die Neuen ließen sich nieder. Kran fachte das glimmende Feuer wieder an und begann zu kochen. Bald darauf duftete es nach gebratenem Speck, und alle langten kräftig zu. Marga war ein wenig abseits gegangen und hatte ihre halbtrockenen Kleider angezogen. Muro hatte ihr mit einem seltsamen Blick nachgesehen. Nun saß sie am Feuer, und ihre Brüste zeichneten sich unter dem feuchten Stoff so deutlich ab, daß der Fremde den Blick nicht von ihr wenden konnte. Pet sah den Mann, der größer und ein paar Jahre älter als er war, kritisch an. Diese Gesellschaft, die sich so überraschend eingefunden hatte, behagte ihm gar nicht.

Die Nacht verlief ruhig, und alle wechselten sich mit den Wachen ab. Nach einem kurzen Frühstück am nächsten Morgen brachen sie auf. Kran ging voraus, dann folgte Glaxca mit den Ponys, und schließlich kam Muro in Begleitung von Marga, während der Erit den Schluß bildete. Der fremde Mann hatte Marga in ein Gespräch gezogen, und bald lachte das sonst so ernste Mädchen schallend. Mißmutig sah Pet den beiden zu.

Nach der Mittagsrast schob sich Pet demonstrativ an die rechte Seite seiner Freundin, so daß sie nun von den beiden Männern flankiert war. Muro ließ sich davon nicht stören, sondern erzählte eine Geschichte nach der anderen, und das Mädchen widmete ihm seine ganze Aufmerksamkeit.

Er sei zwei Jahre auf Wanderschaft gewesen, erklärte er. Sein Freund und er seien Handwerker, und die müßten eben während ihrer Lehrjahre durch die Welt ziehen. Doch nun hätten sie alles hinter sich und kehrten nach Hause zurück. Es sei eine großartige Zeit gewesen, und sie hätten viele Abenteuer erlebt. Einmal seien sie sogar überfallen worden, aber die Angreifer hätten bald Reißaus genommen. Und gute Geschäfte hätten sie auch gemacht. Bei diesem Geständnis lächelte Muro geheimnisvoll. Dann erzählte er wieder, wie tapfer und geschickt er sich durchs Leben geschlagen habe und wie tölpelhaft sich alle benommen hätten, die er und sein Freund getroffen hatten.

Pet kam sich nach einer Weile überflüssig vor, und die Angebereien gingen ihm auf die Nerven, deshalb ließ er sich wieder zurückfallen. Am Abend schlug er sein Lager dicht neben Marga auf. Als er jedoch den Arm um sie legen wollte, entzog sie sich ihm und flüsterte: »Wir sind doch nicht mehr allein. Was sollen Muro und Kran denken?«

Dann drehte sie sich um und schlief rasch ein, während Pet bis in die frühen Morgenstunden wach blieb.

Ein paar Tage später wich das Gebirge zur Rechten zurück. Ein dichter Wald schob sich zwischen Berge und Straße. Als zwischen den Bäumen ein Pfad auftauchte, der nach Osten führte, bog Kran wortlos ab. Glaxca eilte zur Spitze des Zuges und fragte nach dem Sinn der Richtungsänderung. Dies sei eine Abkürzung, wurde ihm beschieden. Man spare nicht nur Zeit, sondern verringere auch die Gefahr, Orokòr zu begegnen. Mit dieser Auskunft gab sich Glaxca zufrieden.

Der neue Weg war schmal und von Bäumen und Büschen eingerahmt. Sie mußten nun hintereinander gehen. Dabei schob sich Muro ganz selbstverständlich zwischen Marga und Pet. Am Abend streckte er sich neben dem Mädchen aus, das dagegen keine Einwände erhob. Der Erit lag wieder lange wach und paßte auf, ob die beiden vielleicht zusammenrückten oder sich gar umarmten. Sein Herz schlug bis zum Hals, und er konnte kaum schlucken. Aber nichts geschah. Er hörte nur die tiefen Atemzüge der Schlafenden.

Am nächsten Morgen berieten die beiden Fremden mit dem Zwerg die weitere Route. Glaxca wollte nach Norden, die Menschen dagegen ein kleines Dorf weiter im Osten ansteuern, um dort zu übernachten und Nahrungsmittel einzukaufen. Sie setzten sich durch.

Für Pet ergab sich dadurch die Möglichkeit, mit Marga allein zu sprechen. Er fragte sie nach ihren Gefühlen für den fremden Mann. Sie war erstaunt und leugnete jede nähere Beziehung. Muro habe sie in den letzten Tagen lediglich gut unterhalten, was die Wanderung kurzweilig gemacht habe.

Damit gab sich Pet nicht zufrieden. Er warf ihr vor, sich dem Mann zu sehr zuzuwenden und ihn zu vernachlässigen.

Da lachte das Mädchen und sagte: »Du bist ja eifersüchtig. Aber dazu hast du keinen Grund.«

Pet beharrte auf seinen Vorwürfen und erklärte schließlich, er wolle nicht, daß sie weiterhin mit Muro so engen Kontakt pflege.

Bei dieser Forderung begannen Margas Augen zu blitzen, und ihre Stimme wurde scharf: »Von dir lasse ich mir nicht vorschreiben, mit wem ich meine Zeit verbringe. Ich bin nicht dein Besitz. Wenn es dir Vergnügen bereitet, dir unnötige Sorgen zu machen, so kann ich dich nicht hindern. Aber gib mir niemals Anweisungen, was ich zu tun und zu lassen habe! Zu lange habe ich mit meinem Bruder in einer schlimmen Welt überleben und mich dabei ducken müssen, als daß ich mir ohne Not heute noch Vorschriften machen ließe.«

Mit diesen Worten ließ sie ihn stehen und stellte sich demonstrativ neben den Mann aus Strawenstadt, der eben von der Unterredung zurückkam.

Von nun an hielt sich Pet zurück und ließ die beiden allein. Er war gekränkt und wußte nicht, wie er sich verhalten sollte. Am späten Nachmittag hatten sie wieder Berge erreicht, an deren Fuß sich ein paar strohgedeckte Hütten geduckt in eine Mulde schmiegten. Eine Handvoll Kühe und Ziegen graste in ihrer Nähe. Das Dorf machte einen friedlichen, aber auch irgendwie ängstlichen Eindruck. Ohne Umschweife führte Muro die Gruppe näher heran.

Die Hütten waren im Kreis um einen Platz mit einem Brunnen gebaut. Weil ihre Dächer bis zum Boden reichten, sahen sie wie große Dreiecke aus. Zwei Männer mit Überwürfen aus Pelz kamen ihnen entgegen. Sie trugen einfache hölzerne Spieße, deren Spitzen allerdings scharf waren und auf die Wanderer wiesen. Doch die Bauern senkten sie sogleich, als sie die jungen Begleiter aus Strawenstadt erkannten. Nachdem klar war, daß keine Feinde gekommen waren, traten auch die Frauen und Kinder neugierig aus den Katen. Sie umringten die Fremden, betasteten deren gewebte Kleider. Sie alle trugen nur Felle.

Muro stellte die Mitglieder der Gruppe der Reihe nach vor. Als er zu Marga kam, legte er besitzergreifend den Arm um ihre Schultern. Man sah ihm an, daß er die Situation genoß. Hier hatte er das Sagen und stand im Mittelpunkt. Für die Dörfler war er ein großer Herr aus der fernen, fremden Stadt, der nun auch noch interessante Gäste mitgebracht hatte.

Sie wurden alle zum Essen eingeladen. Es gab Fladenbrot und einen gekochten Brei aus zermahlenem Getreide. Beim Essen saßen sie in einer der Hütten an einem grob gezimmerten Tisch. Es gab nur einen großen Raum, in dessen Mitte sich die Feuerstelle befand; im Hintergrund hatte man einen Verschlag für die Tiere abgetrennt. Obwohl er für mehrere Kühe ausgelegt war, meckerte dort nur eine Ziege. Die Frau des Hauses ging, um sie zu melken und reichte dann jedem einen Becher mit warmer Ziegenmilch.

Muro war sehr vertraut mit den Leuten, und bald erkannte Pet, daß er aus diesem Dorf stammte. Sie saßen im Haus seiner Verwandten. Man hatte ihm den Ehrenplatz am Tischende gegeben, und Marga saß neben ihm. Sie strahlte vor Vergnügen. Das kleine Fest schien ihr Freude zu machen. Immer wieder legte Muro seine Hand auf ihren Arm, so als wolle er allen deutlich machen: Sie gehört mir. Die junge Frau wies ihn nicht ab und zog auch ihren Arm nicht zurück.

Plötzlich bekam Pet keine Luft mehr. Er wußte nicht, ob es der Rauch war, der nur mühsam durch das Strohdach abzog oder ob sein altes Hustenleiden, das ihn in seiner Kindheit so sehr gequält hatte, wieder ausgebrochen war. Keuchend stand er auf und schleppte sich ins Freie. Niemand schien es zu bemerken, außer dem Zwerg, der ihm sorgenvoll nachsah. Draußen begann es gerade zu dämmern, und Pet sog die köstliche, frische Luft ein. Er atmete so hastig und so tief, daß ihm schwindlig wurde. Taumelnd suchte er sich einen Stein, und ließ sich darauf nieder. Endlich hörte der Husten auf und schweißüberströmt stützte Pet die Arme auf die Knie. Aus der offenen Tür des Hauses hörte er allgemeines Gelächter. Aber die Stimme von Muro übertönte alle.

Pet blieb lange im Freien. Erst, als es ganz dunkel war, zwang er sich, wieder hineinzugehen. Marga sah ihn freundlich lächelnd an, widmete dann aber wieder Muro ihre ganze Aufmerksamkeit. Das Essen war beendet, und alle hatten Krüge mit Met vor sich stehen. Muro erzählte wieder einmal eines seiner vielen Abenteuer und prahlte, wie er die Gefahren gemeistert hatte. Niemand schien seine Erzählung anzuzweifeln.

»Warum bremst keiner diesen Angeber?« dachte sich Pet. »Selbst meine Marga fällt auf ihn herein.«

Meine Marga? Er stutzte bei diesem Gedanken und spürte wieder Atemnot. War es denn noch seine Marga? Hatte sie ihn nicht schon längst verlassen und gehörte nun diesem Schaumschläger, diesem Wichtigtuer? Traf sie Muro vielleicht schon heimlich? Gelegenheiten boten sich immer, und wenn zwei wollten, so schufen sie sich schon Möglichkeiten. Aufs neue überfiel ihn ein Gefühl der Panik, und er floh hinaus in die Nacht.

Es ist seltsam, dachte er sich, als es ihm wieder besser ging. Trotz aller Not, seit uns die Orokòr überfallen haben, bin ich zum ersten Mal in meinem Leben glücklich gewesen. Man kann also im Unglück glücklich sein und im Glück unglücklich? Mein Glück begann, als ich mit Marga zu den Südhöhen aufgebrochen bin, und es hat all die Gefahren und Entbehrungen hindurch angehalten. Nun ist es schon wieder vorbei. Es war wirklich nur ein kurzes, glückliches Leben.

Spät in der Nacht legten sich alle schlafen. Es war eine Scheune, die man ihnen überließ. Jeder bekam auf dem gestampften Boden einen Strohsack und ein Fell zum Zudecken. So schliefen sie zwar hart und unbequem, aber zumindest trocken, und es war allemal besser als draußen im Freien. Nach kurzer Zeit erwachte Pet. Flöhe waren aus dem Stroh gekrochen und bissen so heftig, daß er nicht wieder einschlafen konnte. Marga lag in dieser Nacht nicht neben ihm. Bevor der Erit sich's versah, hatte sich Muro beim Schlafengehen rechts neben ihr ausgestreckt und die linke Seite seinem Freund zugewiesen. Angestrengt lauschte Pet jetzt, ob er von Marga und Muro etwas hörte. Einmal glaubte er, Stroh rascheln zu hören, dann war wieder Stille. Mit verkrampftem Magen schlief er endlich ein.

Der Zwerg war der erste, der am nächsten Morgen aufstand, die anderen weckte und zur Eile antrieb. Muro hatte wohl zu viel getrunken, denn er war einsilbig und mürrisch. Marga erwachte strahlend und fröhlich. Sie warf Pet eine Kußhand zu, die auch Muro sah und sein Gesicht verfinsterte sich noch mehr. Nach einem hastigen Frühstück nahmen sie Abschied von den freundlichen Leuten im Dorf und wanderten weiter nach Norden. Der Mann aus Strawenstadt war einsilbig, deshalb lief das Mädchen bald nicht mehr neben ihm, sondern gesellte sich wie in alten Tagen zu Pet. Sie hatten sich nicht viel zu sagen. Der unausgesprochene Konflikt stand wie eine Wand zwischen ihnen.

Irgendwann sang Marga leise ein Lied.

Moos und Laub,
weißer Staub,
Wandern, das macht Freude.

Wilder Wein,
Baum und Stein,
singen laß die Leute!

Hier und da,
dies und das,
Freiheit, die ich meine.

Auf und ab,
hin und her,
sputet euch, ihr Beine.

Pet blickte sie von der Seite an und dachte: Wie schön sie ist! Und diese Frau habe ich einmal besessen. Nun ist es wohl vorbei, aber mein Leben lang werde ich davon noch träumen.

Seine Erlebnisse mit Marga erschienen ihm auf einmal ganz unwirklich, so als habe er sie sich nur eingebildet. Wie konnte er nur so vermessen sein, und dieses schöne Mädchen lieben zu wollen? Paßte sie nicht viel besser zu diesem Muro, der so schön erzählen konnte? War er nicht nur der kleine, ewig kränkliche Pet, ein Erit, den nicht einmal der Vater so richtig mochte? Auf einmal wußte er, daß er nicht länger um Marga kämpfen würde. Er wollte nicht mehr leiden. Bei einer Werbung um sie hatte er keine Chance. Nie würde diese schöne Frau an seiner Seite glücklich sein. Er sah es ein und nahm sich vor, sich zurückziehen und von fern ihr Glück zu beobachten. Ihr Glück? Mit diesem Angeber Muro würde sie nicht glücklich werden. Aber was sollte er tun? Sie ließ sich sicher von ihm nicht warnen.

Bald kamen sie an einen kleinen Bach. An seinem Ufer rasteten sie, bevor sie durch das knietiefe Wasser auf die andere Seite wateten. Als sie wieder aufgebrochen waren, und alle außer Pet und Muro das Hindernis bereits überquert hatten, tippte der Mann dem Erit auf die Schulter und sagte: »Komm mal mit!«

Verwundert folgte ihm Pet, während die anderen weiterzogen.

»Wir kommen gleich nach«, rief Muro ihnen nach, bevor er den Erit hinter einen großen Busch stieß.

Dort faßte er ihn am Kragen und schüttelte ihn. Dabei stieß er drohend zwischen den Zähnen hervor: »Mein Lieber, ich gebe dir einen guten Rat. Laß Marga in Ruhe! Sie gehört jetzt zu mir und will nichts mehr von dir wissen. Merkst du denn nicht, daß du ihr lästig bist? Ich möchte, daß du ihr von jetzt an aus dem Weg gehst. Ich rate dir, Kleiner, komm mir nicht in die Quere!«

Pet zitterte am ganzen Körper, aber er nahm all seinen Mut zusammen und sagte gepreßt: »Mit wem Marga zusammen sein will, überlassen wir am besten ihr selbst. Du solltest dich nicht so aufblasen, denn du wirst Marga niemals bekommen.«

Da schlug der Große zu. Die Faust traf Pet genau neben dem Auge, und er fiel zu Boden. Muro kümmerte sich nicht weiter um ihn, sondern folgte den anderen. Es dauerte eine Weile, bis sich der Erit aufgerappelt und die Gesellschaft eingeholt hatte. Als er taumelnd näher kam, blieb Marga stehen und rief bestürzt: »Was hast du?«

In Pets Gesicht glänzte eine große, blaue Schwellung. Sein rechtes Auge war kaum noch zu sehen.

»Der Tölpel ist gegen einen Baum gelaufen«, rief Muro lachend.

Marga sagte erleichtert: »Ach so!«

Dann nahm sie den geschundenen Kopf ihres Freundes zart in

die Hand und küßte die Verletzung. Sodann wandte sie sich ab, schloß zu Muro auf und lief fröhlich neben ihm, ohne sich weiter nach Pet umzusehen. Noch immer sang sie das kleine Lied. Es schien ihr nicht aus dem Kopf zu gehen. Der Kater des Mannes aus Strawenstadt hatte nachgelassen, und er redete bald wieder auf das Mädchen ein.

Das also ist mein Schicksal, dachte sich Pet. Ich bin der ewige Verlierer und muß mich schlagen und verspotten lassen. So war es schon immer. Allerdings dachte ich, diese Rolle hätte ich hinter mir gelassen und ein neues Leben angefangen. Wahrscheinlich hätte ich Marga besser bei Horsa lassen sollen. Dem gönne ich sie noch eher, als diesem brutalen Angeber.

Dann fiel ihm ein, daß es nicht seine eigene Entscheidung war, sondern Marga von sich aus beschlossen hatte, mit auf diese Wanderschaft zu kommen.

Die wahre Geschichte der Zwerge

Glaxca hatte den Vorfall aufmerksam beobachtet und rief nun Pet zu sich an die Spitze des Zugs mit der Bitte, ihn eine Weile zu begleiten. Der junge Erit folgte nur widerwillig der Aufforderung. Er wollte sich jetzt nicht unterhalten. Seine Gedanken waren mit anderen, für ihn wichtigeren Dingen beschäftigt. Glaxca, der ihn ablenken wollte, tat so, als bemerkte er die Ablehnung nicht.

Vor langer Zeit, begann er, habe der unglückselige Blaffo ihm die Geschichte der Zwerge erzählt. Doch er habe sie damals allzu sehr beschönigt, denn Blaffo habe zu den Zwergen gehört, die das eigene Volk als allen anderen Geschöpfen überlegen betrachteten. Die Wirklichkeit sei doch ein wenig anders gewesen, und Pet habe das Recht, die Wahrheit zu erfahren. Richtig sei, daß das Geschlecht der Zwerge älter sei als das der Menschen und der Erits.

»Zuerst lebten die Zwerge nur in den Bergen, trafen hin und wieder die scheuen Lichtlosen, und schlugen kunstvolle Säle und Kammern in den Stein. Doch irgendwann wurde es ihnen unter Tage zu eng und sie kamen ans Licht. Nun bearbeiteten sie nicht mehr allein Steine, sondern auch Metalle. Von Generation zu Generation wurden die Zwerge kunstfertiger.

Inzwischen war das Menschengeschlecht auf der Erde erschienen und breitete sich aus wie ein Ameisenhaufen. Irgendwann entdeckten die Menschen die Zwerge. Sie waren überrascht von der Kunstfertigkeit meines Volkes, denn sie selbst waren ungeschickt und einfallslos. Bald wollten sie die Werke der Zwerge besitzen. Diesen war das Interesse dieses hochgewachsenen Volkes anfangs unangenehm. Sie wollten nichts von ihrer Hände Arbeit hergeben. Als aber die Menschen viel Gold und Edelsteine boten, änderten sie ihre Haltung. Zudem brachten die Käufer Nahrungsmittel und Kleidung, so daß sich die Zwerge nicht mehr um die Beschaffung dieser Dinge kümmern mußten und ihre ganze Zeit der Kunst widmen konnten. So wurde mit der Zeit das Geschlecht der Zwerge sehr reich, und es gewann Freude am Reichtum. Mit dem Reichtum aber kam die Angst.

Es war die Angst vor dem Neid der Menschen, die Angst, den Reichtum zu verlieren und die Angst, das Leben nicht richtig genießen zu können. Deshalb zogen sich die Zwerge wieder in ihre alten Berge zurück, die sie nun in Festungen verwandelten. Wer in ein Zwergenschloß eindringen wollte, mußte viele heimtückische Fallen überwinden, Abgründe überqueren und an blutrünstigen Wachen vorbeikommen. Die Schlösser und Burgen im Stein der Gebirge waren so gut gesichert, daß es heute selbst Zwergen schwerfällt, in die Behausungen ihrer Vorfahren einzudringen.«

Während Glaxca erzählte, waren Pets Gedanken immer wieder abgeschweift und hin und wieder hatte er über die Schulter zurück zu Marga und Muro geblickt. Das Gesicht des Erits brannte nun wie Feuer, und die Backe schwoll mehr und mehr an.

»Er hat dich ganz schön zugerichtet«, sagte Glaxca, der bemerkt hatte, daß sein Zuhörer an ganz andere Dinge dachte, als an die Festungen der Zwerge. »Du solltest dein Gesicht am nächsten Bach ein wenig kühlen.«

Dann griff er in eine der Satteltaschen und gab Pet ein Kraut, das er kauen und auf die Schwellung pressen sollte. Widerstrebend folgte ihm der Erit, spürte aber bald die wohltuende Wirkung. Der Schmerz ließ nach. Dankbar wollte er dem Zwerg eine Freude machen und forderte ihn zum Weitererzählen auf. Der nickte zufrieden und fuhr fort: »Aber nicht nur die Angst, den Reichtum wieder zu verlieren, plagte mein Volk. Ein noch weit schlimmeres Übel kam hinzu, der Hochmut. Wir fühlten uns allen Wesen auf dieser Erde überlegen. Es kam so weit, daß wir Söldner mieteten und sie beauftragten, Ländereien in unserer Nachbarschaft zu erobern.

Die Zwerge selbst zogen sich zurück und bewachten ihre Schätze, eine äußerst langweilige und unbefriedigende Tätigkeit. Sie waren mit der Planung von Kriegen beschäftigt, daß ihnen keine Zeit blieb, ihren Fähigkeiten nachzugehen und neue Kunstwerke zu schaffen. So wurden sie immer unglücklicher, mißtrauischer und auch böser. Damals entstand eine Feindschaft zwischen Menschen und Zwergen, die zwar inzwischen überwunden ist, tief im Innern der Seelen aber noch nachwirkt.

Ich weiß nicht, wie das alles geendet hätte, wenn nicht König Xarciduth gekommen wäre. Er sah das Unglück seines Volkes und wollte es retten. Deshalb rief er alle Weisen und die vornehmen Männer zusammen und erklärte ihnen die Lage. Aber sie hörten nicht auf ihn, schmähten ihn und meinten, er wolle ihnen ihre Schätze wegnehmen. Beinahe hätten sie ihn umgebracht. So entschloß er sich zu einem gefährlichen Unternehmen. Noch heute wird unter Zwergen heftig darüber gestritten, ob er recht handelte oder ein Verbrechen an seinem Volk beging. Die einen hassen ihn nach all den Jahrhunderten immer noch, die anderen feiern ihn als mutigen Retter.

Was hat Xarciduth getan? Er zog sich tief in den Berg zurück und kroch dort durch Spalten und Schluchten, die nicht von Zwergenhand geschaffen worden waren. Er kam tiefer und tiefer, und es war völlig dunkel. Die Luft zu Atmen wurde ihm knapp. Aber er gab nicht auf. Schließlich erreichte er sein Ziel. Er fand das Wuup, von dem er in alten Chroniken gelesen hatte.

Das Wuup ist, soviel wissen wir heute, ein Wesen aus der Urzeit und sehr böse. Niemand kann es bändigen. Es ist mächtig und stark. Aber mehr ist uns nicht bekannt. Wir wissen nicht einmal, ob es männlich oder weiblich ist. Es hat keinerlei Gefühle und will nur töten und dies auf möglichst grausame Art. Auch verfügt es über Zauberkräfte, die es so gut wie unbesiegbar machen.

Dieses Wuup fand König Xarciduth in tiefem Schlaf, in den man es vor Urzeiten versetzt hatte. Da es nicht zu töten war, hatte man zum Schutz der Welt den Schlaf gewählt.

Der König unternahm das Wagnis und weckte das Wuup auf, ohne auf das eigene Leben zu achten. Mit einem mächtigen Brüllen erhob sich das Ungeheuer, und es war so laut, daß die Zwerge hoch oben in ihren Burgen erschraken. Sofort wollte sich das Wuup auf Xarciduth stürzen, aber der floh, verfolgt von dem Ungeheuer. Die wilde Jagd ging quer durch den Berg, doch der König erreichte sein Ziel und lockte die Bestie zu den Gemächern seines Volkes.

Die Zwerge hörten das Poltern der Steine und das Schreien und Schnauben des Wuup und bekamen große Angst. Sie rafften ihre Habe zusammen und flohen aus dem Berg. Der König schleppte sich mit letzter Kraft zu den Zwergenburgen und zündete sie an. Das Feuer hielt das Ungeheuer zurück, und alle konnten sich in Sicherheit bringen. Das Wuup verließ zwar nicht den Berg, aber es sah von dort oben drohend über das Land und die Zwerge wußten, daß sie nicht zurückkehren konnten. Deshalb mußten sie ein neues Leben beginnen.

Auf der Flucht mußten die Zwerge ihre Schätze zurücklassen, doch ohne Geld dienten ihnen die Söldner nicht länger. Nun begannen sich die Menschen zu rächen und mein unglückliches Volk zu verfolgen. Heimat- und ruhelos zogen wir durch die Welt, stets in Gefahr und überall unbeliebt. Aus dieser Zeit stammt das Mißtrauen zwischen Zwergen und Menschen, das noch immer vorhanden ist, obgleich viel, viel Zeit vergangen ist, und wir uns inzwischen längst mit den Menschen wieder ausgesöhnt haben.«

Pet sah den alten Zwerg verwundert an.

»Warum erzählst du mir das?« fragte er.

»Weil sich das ehemalige Zwergenreich dort oben befindet.« Glaxca deutete nach rechts in die Höhe. »Und weil es heißt, daß das Wuup noch immer dort oben wacht, wütend, gierig und unbarmherzig.«

Erschrocken blickte Pet nach oben zu den Gipfeln der Berge. Er legte den Kopf weit in den Nacken, aber er sah nichts außer nacktem Fels. Doch nun war ihm unheimlich zumute, und er wollte so schnell wie möglich weiter, um viele Meilen zwischen sich und diese gefährlichen Berge bringen. Seine unglückliche Liebe schmerzte nun nicht mehr so sehr, denn seine Gedanken beschäftigten sich mit etwas anderem.

Das Ende des Spiels

Am Abend, nachdem sie gegessen hatten, flüsterte Marga Pet zu: »Komm mit!«

In der hereinbrechenden Dunkelheit huschte sie durch die Büsche davon, und Pet folgte ihr verwirrt. Als sie vom Schein des Feuers weit genug entfernt waren, blieb sie stehen und schlang ihre Arme um seinen Hals.

»Ich muß dich einmal drücken«, sagte sie tief atmend. »Ich habe Sehnsucht nach dir. Seit Muro und Kran bei uns sind, haben wir beide kaum Zeit für uns gehabt.«

»Willst du mich denn nicht verlassen und mit Muro ziehen?« stammelte der Erit.

»Wie kommst du darauf, ich liebe doch dich. Muro ist sehr unterhaltsam und die letzten Tage sind dadurch wie im Flug vergangen. Aber er ist kein Mann für mich.« Ihre Stimme wurde streng: »Pet, vertraust du mir so wenig?«

Pet hätte singen mögen. Er umarmte sie, und sie drückten und küßten sich. Es war schon spät, als sie ans Lagerfeuer zurückkehrten. Muro starrte ihnen böse entgegen. Doch Pet machte sich nichts daraus. Er hatte seine Marga wieder, das war ihm das Wichtigste. Glaxca hatte die Axt griffbereit neben sich gelegt und beobachtete aufmerksam die Szene. Dann legten sich alle zur Ruhe.

Muro hatte die letzte Wache kurz vor dem Morgengrauen. Doch er lief nicht um das Lager, um nach Feinden Ausschau zu halten, sondern beugte sich über den schlafenden Pet, verschloß ihm mit seiner Hand den Mund und zerrte den widerspenstigen Erit in den Wald. Als sie außer Hörweite waren, warf er ihn zu Boden und trat ihm mit dem Fuß in die Rippen.

»Ich habe dir doch gesagt, du sollst das Mädchen in Ruhe lassen, sie gehört mir«, zischte er.

Pet erhob sich mühsam auf die Knie und stöhnte trotzig: »Du wirst sie nie bekommen. Sie will nichts von dir. Sie liebt mich.«

In diesem Augenblick bekam er einen kräftigen Tritt ins Gesicht, der ihn auf den Rücken warf. Blut schoß ihm in den Mund und rann ihm aus der Nase. Sein Kopf dröhnte, und es schwindelte ihn. Dennoch zwang er sich wieder aufzustehen und sagte erneut: »Sie ist mein Mädchen. Dich will sie nicht.«

Er war kaum zu verstehen, aber Muro hörte dennoch deutlich, was der Erit meinte und trat erneut zu. Diesmal wurde Pet einige Fuß weit zurückgeschleudert und prallte mit dem Kopf gegen einen Stein. Nun stand er nicht mehr auf.

Muro kehrte zu seiner Wache zurück, als sei nichts geschehen.

Bei Sonnenaufgang weckte er die Reisegefährten und holte Wasser für den Frühstückstee. Margas Blick fiel auf den verlassenen Schlafplatz ihres Freundes, und sie erschrak. Eine düstere Ahnung überkam sie.

»Wo ist Pet?« rief sie.

»Woher soll ich wissen, wo der kleine Strolch ist«, antwortete Muro.

Aufgeregt machte sich Marga auf die Suche, und Glaxca schloß sich ihr an. Schließlich fanden sie Pet. Er hatte eine große Wunde am Kopf, und sein Gesicht war geschwollen und überströmt von geronnenem Blut. Der Mund stand offen. Einige Zähne waren herausgebrochen. Leblos lag er da. Marga warf sich auf ihn, aber sein Körper war bereits kalt. Pet, der Erit aus dem Heimland, war tot.

Marga hatte lange regungslos neben der Leiche gesessen. Jetzt strich sie dem Toten sanft durch das blutverkrustete Haar.

»Mein Lieber, warum hast du mich verlassen?« sagte sie ruhig und leise. »Jetzt bin ich ganz allein in dieser Welt. Erst mein Bruder Werthan und nun du. Was soll ich noch hier?«

Glaxca war zum Lagerfeuer zurückgekehrt und hatte dort wortlos nach der Axt gegriffen.

Muro starrte ihn mit großen Augen an. Er wußte, daß sie sein Opfer gefunden hatten.

»Was willst du von mir?« rief er. »Ich habe mich nur verteidigt. Dieser Erit war rasend vor Eifersucht und hat mich in der Nacht angegriffen. Ich konnte nicht anders. Ich wollte ihn nicht töten. Aber er war wie von Sinnen.«

Langsam trat der Zwerg auf ihn zu. Kran hatte zwar inzwischen sein Schwert gezogen, aber es war klar, daß die jungen Männer keine Chance gegen den kampferprobten Zwerg hatten.

Dieser griff sie nicht an, sondern keuchte voller Wut, wie unter einer kaum zu leistenden Anstrengung: »Verschwindet! Ich zähle bis zehn. Wenn ich dann noch einen von euch sehe, ist er tot.«

Die beiden ließen alles liegen und stehen und nahmen Reißaus.

Da tauchte taumelnd Marga aus den Büschen auf. Ihre Hände waren blutverschmiert. Es war Pets Blut, denn die Kopfwunde war durch ihre Berührung wieder aufgebrochen. Sie sah noch die kopflose Flucht der beiden Männer und wandte sich vorwurfsvoll an den Zwerg: »Warum läßt du sie entkommen? Nun muß ich warten, bis ich sie umbringen kann.«

»Laß sie laufen«, sagte der Alte begütigend. »Rache hat noch nie zu etwas Gutem geführt.«

Sie beachtete ihn nicht weiter, sondern kehrte zu ihrem toten Freund zurück. Ruhig und ohne Hektik sammelte sie große Steine und schichtete sie auf den leblosen Körper. Schließlich bedeckte ihn ein hoher Steinhügel. Lange kniete Marga vor diesem Grab, und noch immer waren ihre Augen trocken. Schweigend stand Glaxca neben ihr. Endlich erhob sie sich, ging ins Lager zurück und packte ihre Sachen. Sie sah dabei den Zwerg nicht an. Ihre Augen waren in weite Ferne gerichtet. Dann ging sie grußlos fort. Als sie zwischen den Büschen verschwand, rief Glaxca: »Wo willst du hin? So bleib doch. Es kann deinen Tod bedeuten, wenn du mich verläßt.«

Aber Marga war bald darauf verschwunden.

Strawenstadt

Glaxca hatte sich einen kleinen Hasen in einer Falle gefangen, ihm das Fell abgezogen und briet nun das Fleisch über einem Feuer. Es war ein freudloses Mahl. Seit vielen Tagen war er allein durch die Wildnis gezogen. Siedlungen war er aus dem Weg gegangen. Von Marga hatte er nichts mehr gesehen und gehört. Er vermißte sie und Pet, die fröhlichen jungen Leute, die so verliebt gewesen waren. Warum hatte er das Drama nicht verhindert? Tag für Tag machte er sich erneute Vorwürfe. Er hätte nicht dulden dürfen, daß sich die beiden Gecken ihnen anschlossen. Er hatte gesehen, daß sich dieser Muro an Marga herangemacht hatte. Er hätte etwas dagegen unternehmen müssen. Er hätte und hätte … Doch all das Grübeln half nichts. Pet war tot und wurde dadurch nicht wieder lebendig.

Am nächsten Tag erreichte der Zwerg Strawenstadt. Diesen

großen Ort konnte er nicht umgehen. Schon von weitem sah er die Mauern und Türme. Der Pfad, auf dem er die Wildnis durchquert hatte, mündete in eine große Straße. Auf ihr kam er rasch voran, aber es begegneten ihm auch Fuhrwerke und andere Reisende. Er ließ sich einfach mittreiben.

Die Wachen am Stadttor beäugten zwar alle Ankommenden kritisch, aber sie kontrollierten ihn nicht. Glaxca nahm Quartier in einem einfachen Gasthaus und bekam einen Strohsack in einer Kammer zugewiesen, in der schon sieben andere Männer hausten. Einer der Schlafgenossen war auch ein Zwerg. Er hieß Arxcul, und war nach dem Westen unterwegs. Er wollte über Walja zum Meer reisen. Er führte wundersame Ware mit sich: Schlüssel, die jedes Schloß öffneten, kleine Musikinstrumente und zierliche Messerchen, wie sie nur Zwerge herstellen können. Sie waren überall sehr begehrt und wurden teuer bezahlt. Am meisten aber bekam man für sie an der Küste. Es hieß, daß hin und wieder ein Schiff von den Inseln kam und Zwergenware aufkaufte.

Der Händler lud Glaxca ein, und gemeinsam gingen die Zwerge hinunter in die Wirtsstube. Dort bestellten sie Bier und tauschten ihre Erfahrungen aus. Arxcul hatte von einer großen Schlacht im Süden gehört, bei der die Truppen des Zauberkönigs geschlagen worden sein sollten. Als ihn Glaxca zweifelnd ansah, fügte er hinzu, daß der geheimnisvolle Zauberer Aramar wieder aufgetaucht sei, und daß man ihm den Sieg zu verdanken habe.

Glaxca sprang so abrupt von seinem Stuhl auf, daß er umfiel.

»Was weißt du? Wo hält er sich derzeit auf?« fragte er atemlos.

»Die Boten, die ich unterwegs traf, berichteten, daß Aramar nach Whyten weitergezogen ist, um Cantrel zu verteidigen«, antwortete Arxcul verwundert über die unerwartete Heftigkeit der Frage.

Glaxca sah ihn entgeistert an: »Also ist Aramar nicht in Nowogoro?«

»Nein! Was soll er dort auch suchen?«

Nun war der alte Zwerg sprachlos, und sein Landsmann fragte ihn, was mit ihm sei. Sein Gesicht sei plötzlich so bleich.

Aber Glaxca winkte ab und wurde schweigsam.

Der andere kümmerte sich nicht weiter darum. Er war gesprächig und froh, in dieser fremden Stadt einen Zwerg getroffen zu haben. Nun erzählte er und erzählte. Glaxca hörte kaum zu, sondern dachte nach. Deshalb hätte er auch beinahe eine wichtige Bemerkung überhört.

Arxcul berichtete nämlich, daß am nächsten Tag in den frühen Morgenstunden in Strawenstadt eine Mörderin hingerichtet werden solle. Die ganze Stadt würde anwesend sein, denn keiner wolle sich das Schauspiel entgehen lassen. Man würde sie in einen eisernen Käfig sperren und so lange untertauchen, bis sie ertrunken war.

Zuerst achtete Glaxca nicht auf das Gerede. Was interessierte ihn die Gerichtsbarkeit in Strawen. Mörder wurden überall hingerichtet. Er hatte andere Sorgen und würde nicht einmal zu dem Schauspiel hingehen, sondern sich ausschlafen und dann weiterreisen.

Sein Problem war, wohin sollte er reisen? Seinen Weg nach Nowogoro fortsetzen oder nach Süden eilen? Hatte man ihn in die Irre geschickt oder täuschten sich die Zwergenboten?

Da sagte sein Gegenüber plötzlich: »Ich glaube, sie heißt Marga und ist eigentlich ein hübsches Ding. Wie kommt eine junge Frau nur dazu, eine so gräßliche Tat zu begehen?«

Der Name ließ Glaxca auffahren.

»Gräßliche Tat?«

»Ja, sie hat zwei Männer erstochen und dem einen auch noch etwas abgeschnitten.« Arxcul deutete mit einem vielsagenden Grinsen zwischen seine Beine.

»Wie sagtest du, heißt das Mädchen?«

»Marga, wenn ich mich recht erinnere.«

Nun ließ sich Glaxca haarklein alles erzählen. Wie die jungen Burschen, Handwerker, die ihre Wanderjahre hinter sich gebracht hatten, angekommen und im besten Gasthof der Stadt untergekommen waren. Wie dann ein paar Tage später das Mädchen in die Stadt gekommen war, abgerissen und mit verfilztem Haar. Wie ihr niemand eine Unterkunft gewährt hatte, weil sie nicht zahlen konnte. Wie sie dann unter einem Torbogen am Marktplatz geschlafen hatte. Noch in der Nacht hätten sie die Wächter aufgescheucht und ihr befohlen, am nächsten Tag die Stadt zu verlassen. Am nächsten Morgen, noch bevor die Stadttore geöffnet wurden, sei sie in den Gasthof der jungen Burschen geschlichen, in deren Zimmer eingedrungen und habe ihnen noch im Bett das Messer ins Herz getrieben. Durch den Lärm seien alle im Haus erwacht. Sie habe gar nicht zu fliehen versucht und sich ohne Widerstand festnehmen lassen. Sie sei auch geständig gewesen, so daß man sie gar nicht foltern mußte. Gestern habe dann der Richter den Stab über sie gebrochen, und morgen in aller Frühe werde sie hingerichtet.

Glaxca stockte das Herz. Die Tragödie, an der er sich schuldig fühlte, war noch nicht zu Ende. Ihn beschäftigte nun nur noch ein Gedanke, wie er Marga retten konnte. Denn daß er sie retten mußte, daran bestand kein Zweifel.

Die Hinrichtung

Nachdem sich Glaxca von seinem Bekannten verabschiedet hatte, machte er sich auf den Weg zum Gefängnis. Es war an die Stadtmauer gebaut und streng bewacht. Von außen gab es nur eine Öffnung und einen Zugang, und das war die Tür. Davor standen zwei Wachtposten. Sie hielten den Zwerg an und fragten ihn nach seinem Begehr.

Er komme, um die Mörderin zu besuchen, sagte er. Er gehöre einer Zwergengemeinschaft an, die es sich zum Ziel gesetzt habe, arme Sünder zu Reue und Buße zu bekehren. Hier in diesem Gefängnis warte eine große Aufgabe auf ihn.

Mit diesen Worten drückte er den Wachleuten ein fürstliches Trinkgeld in die Hand. Die lachten und meinten, bei diesem Weib werde er wohl wenig Erfolg haben. Sie sei verstockt wie ein Besen und immer noch stolz auf ihre Tat. Doch sie ließen Glaxca passieren.

Auch im Gebäude standen Wachen. Sie führten den Besucher in den hintersten Winkel zu einer kleinen Zelle. Selbst der Zwerg mußte sich bücken, um hineinzugehen. Drinnen kauerte eine Gestalt. Aufrecht stehen war unmöglich.

Glaxca rief leise Margas Namen. Zuerst regte sich die Gestalt nicht, dann hob sie den Kopf und kam schließlich an die Tür gekrochen.

»Du bist da«, stellte sie fest, und in ihrer Stimme lag keine Spur von Verwunderung.

»Wie geht es dir? Haben sie dir etwas angetan?«

»Mir geht es gut«, flüsterte Marga, und ein seltsamer Glanz kam in ihr verhärmtes Gesicht. »Ich habe sie umgebracht. Hast du davon gehört?«

Glaxca nickte und sagte eindringlich: »Sie werden dich morgen töten! Was kann ich zu deiner Rettung tun?«

»Niemand kann mich retten. Ich habe das getan, was ich in diesem Leben noch tun mußte. Ich kann beruhigt sterben.«

»Wirf dein Leben nicht weg. Laß uns einen Plan machen.«

»Ich brauche keinen Plan. Ich bin jetzt schon glücklich.«

Nach diesen Worten kroch sie in ihre Ecke zurück, und der Zwerg verließ traurig den trostlosen Ort. Die Wachen lachten, als sie ihn wieder sahen.

»Du hast anscheinend kein Glück gehabt und auch keine reuige Sünderin gefunden. Nimm's leicht. Ein andermal hast du mehr Erfolg!«

Doch Glaxca achtete nicht auf sie und ging zurück in seine Herberge.

Am nächsten Morgen wurde Marga beim ersten Licht des Tages abgeholt. Man zog ihr ein langes, weißes Hemd an und band ihr die Hände auf den Rücken. Dann führte man sie durch die ganze Stadt. Die Straßen, durch die sie kam, waren voller Menschen, die ihr grölend folgten. Der Zug wurde immer größer. Dann kamen sie zur Brücke, und die Leute balgten sich um die besten Plätze.

Durch Strawenstadt wand sich ein kleiner, aber tiefer Fluß. An seinen Ufern siedelten Handwerker, und vier Brücken verbanden die Stadtteile. Oberhalb der Brücke, unter der Marga hingerichtet werden sollte, hatten die Färber ihr Quartier. Sie schütteten ihre Laugen und Farbbottiche in den Fluß, der von da an rot gefärbt war. Die rote Farbe sah jedermann als ein düsteres Vorzeichen der bevorstehenden Hinrichtung.

Auf der Brücke hatte man aus Balken ein Gerüst errichtet. Es bestand aus einem Schwenkarm, an dem eine Eisenkette baumelte und einer großen Winde, die von zwei Männern bedient wurde. Die Leute standen so dicht auf der Brücke, daß der Eisenkäfig kaum zu sehen war, in den man das Mädchen jetzt hineinzwängte. Die Gittertür wurde zugeschlagen und mit einem großen Schlüssel verschlossen. Als sie krachend ins Schloß fiel, heulte die Menge auf. Ein paar Frauen und Männer sprachen der Delinquentin Mut zu, und einer der Henker erklärte ihr, sie solle das Wasser kräftig einatmen, dann sei alles rasch vorbei, und sie müsse nicht lange leiden.

Endlich wurde der Käfig an der Eisenkette des Schwenkarms befestigt und nach oben gezogen. Die Männer an der Winde mußten ihre ganze Kraft aufbieten, um die schwere Last emporzuhieven und sie dann über dem Fluß langsam wieder hinunterzulassen. Als Margas Füße das Wasser berührten, stöhnten die Zuschauer auf. Die rote Brühe umspülte ihre Knie und stieg dann bis zur Hüfte. Ihr Hemd schwamm auf und bewegte sich im Tanz der Wellen. Der weiße Stoff und die roten Fluten bildeten einen seltsamen Kontrast. Immer tiefer wurde der Käfig abgesenkt, und schließlich schlug das Wasser über dem Kopf der Frau zusammen.

Die Leute waren nun ganz ruhig. Sie hielten den Atem an. Sie hatten sich schon gewundert, daß die Delinquentin nicht gejammert und um Gnade gewinselt hatte, aber mit welcher Gelassenheit sie in den Tod gegangen war, machte sie sprachlos.

Nach einer Weile fast unerträglichen Schweigens gab der Richter endlich das Zeichen, und der Käfig wurde wieder hochgezogen. Wieder stöhnten die Männer an der Winde vor Anstrengung. Zuerst erschien der Haken, an dem die Kette befestigt war, dann das Gestänge und schließlich der ganze Käfig. Ein Aufschrei ging durch die Menge, und Tumult brach los. Die Masse setzte sich in Bewegung, während der Richter seine Gehilfen zu sich rief und sie zu den Stadttoren schickte. Ein Wunder war geschehen: Der Käfig war leer, aber seine Tür fest verschlossen. Die zum Tode verurteilte Frau hatte sich im Wasser einfach aufgelöst.

Glaxca war viele Stunden ziellos durch die Stadt gelaufen und hatte sich überlegt, wie er das Mädchen retten könnte. Eine Weile hatte er den Arbeitern zugesehen, die den Kran bauten und dabei kam ihm schließlich eine Idee. Der Landsmann, der mit ihm in der Herberge wohnte, hatte ihm nach langem Zögern kopfschüttelnd zwei Schlüssel verkauft und dafür Glaxcas letztes Geld erhalten. Dieser traf noch einige Vorbereitungen und legte sich dann schlafen. Lange vor der Morgendämmerung stand er wieder auf. Leise packte er seine Sachen und schlich sich aus dem Haus. Er hatte eine kleine Pforte in der Stadtmauer entdeckt. Dorthin lief er und sperrte sie auf. Als er zurückkehrte, hatte er sein Gepäck außerhalb der Stadt verborgen. Dann holte er einige lange dünne Schilfrohre, die er am Tag zuvor erstanden hatte, aus einem Versteck. Schilf wurde zum Decken der Dächer gebraucht und dafür im Herbst gesammelt und getrocknet.

Als seine Vorbereitungen abgeschlossen waren, hatten sich die

Straßen mit Menschen gefüllt, die sich alle das Schauspiel nicht entgehen lassen wollten. In dem Gewühl fiel der Zwerg nicht auf. Er lief mit dem Menschenstrom zur Brücke, setzte sich dann aber ab und kletterte zum Ufer hinunter. Dort ließ er sich voller Ekel auf der dem Schauspiel abgewandten Seite ins stinkende Wasser gleiten. Dabei tauchte er ganz unter und benutzte die Schilfrohre, um Luft zu holen. Ganz langsam kroch er mit der Strömung unter der Brücke hindurch. Oben hatte man inzwischen den Käfig mit der todgeweihten Marga ausgeschwenkt und ließ ihn langsam herab. Als er eintauchte, konnte er den Käfig nur undeutlich im Schmutzwasser erkennen. Er hielt darauf zu, ängstlich bemüht, daß das Schilfrohr nicht zu weit aus dem Wasser ragte und ihn am Ende doch noch verriet. Dann schloß er mit dem zweiten Schlüssel den Käfig auf und zog Marga heraus, die völlig apathisch war. Hinter ihr schloß er den Todeszwinger wieder zu und schwamm mit dem Mädchen unter Wasser zurück. Er steckte ihr eines der Schilfrohre in den Mund, aber sie atmete nicht. Er gab ihr eine Ohrfeige, aber das Wasser dämpfte den Schlag. In seiner Verzweiflung zwickte er sie ins Ohr, so fest er konnte. Sie wollte schreien und begann zu atmen.

Weit hinter der Brücke krochen sie ans Ufer. Marga war noch immer geistig abwesend, aber sie ließ sich von dem Zwerg führen. Eine nasse Spur hinter sich lassend, liefen sie durch die leeren Straßen zur kleinen Pforte. Sie schlüpften hindurch, und Glaxca verschloß sie sorgsam hinter sich. Dann holte er sein Gepäck, wechselte die Kleider und warf Marga eine Decke über. Dann liefen sie los, und Glaxca trieb das widerstrebende Mädchen zu höchster Eile an. Bald würde die Suche nach der entflohenen Mörderin beginnen.

»Sie werden eine Weile brauchen, bis sie herausfinden, wie du geflohen bist. Sie werden zuerst die Stadt absuchen und später die Umgebung. Wenn sie dich dann immer noch nicht entdeckt haben, glauben sie wahrscheinlich an ein Wunder. Sie dürfen uns einfach nicht finden!«

In der Ebene

Sie hielten sich in Richtung Osten und liefen durch die weite Steppe. Natürlich mieden sie alle Straßen. Nach Stunden sahen sie im Norden auf der Straße nach Osten Reiter und wußten, daß die Jagd auf sie begonnen hatte. Als sie endlich eine Pause machten, sprach Marga die ersten Worte. Sie hatte bisher beharrlich geschwiegen und war nur zögernd ihrem Retter gefolgt.

»Warum hast du das getan?«

»Wolltest du etwa sterben?«

»Ja. Was soll ich noch auf dieser Welt? Man hat mir alles genommen, was ich liebte.«

»Du wirst wieder lieben, und im übrigen bist du nicht allein. Ich bin bei dir.«

»So etwas ähnliches hat schon einmal jemand zu mir gesagt. Dieses Angebot war damals töricht und ist es heute noch. Du sagst, ich werde mich wieder verlieben.« Ihre Stimme wurde bitter. »Du weißt gar nichts! Jedesmal, wenn man etwas verliert, was man sehr geliebt hat, wird die Liebe weniger, die man in Zukunft noch empfinden kann. Meine ist nun ganz geschwunden.«

»Das solltest du nicht sagen. Das Leben geht weiter, und wir haben in diesem Leben unsere Aufgaben zu erledigen. Auch du hast eine Aufgabe und mußt dich ihr stellen.«

»Was ist meine Aufgabe?«

»Das weiß ich nicht. Deine wirkliche Aufgabe kennst nur du. Und wenn du sie noch nicht weißt, so wirst du sie noch erfahren. Trauere um deine Liebe, aber hör auf, dich zu bemitleiden.«

Dies waren harte Worte, aber sie wirkten Wunder. Endlich brach der Damm, und Marga, die sich wie ein Stein gefühlt hatte, begann hemmungslos zu schluchzen. Weinend brach sie mit dem Zwerg wieder auf, aber sie folgte ihm jetzt williger. Gegen Abend waren die Tränen versiegt, und gemeinsam bereiteten sie ein Nachtlager vor.

»Da wir die Straße nach Nowogoro meiden müssen«, sagte Glaxca am nächsten Morgen, »kommen wir nahe am Dunklen Schloß vorbei. Wer weiß, was dort auf uns lauert. Wir haben die Wahl zwischen zwei Übeln. Dennoch bin ich dafür, daß wir uns südlich halten. Ich hoffe, das Auge Ormors ist in weite Fernen gerichtet, und er übersieht uns, wenn wir an ihm vorbei wandern.«

Glaxca hatte in weiser Voraussicht Vorräte und Wasser für zwei Personen eingepackt, denn in der weiten Steppe fanden sie weder einen Brunnen noch Nahrung. Sie waren schon viele Tage unterwegs, als sie Gestalten am Horizont entdeckten. Sofort warfen sie sich auf die Erde, um nicht gesehen zu werden. Von nun an wanderten sie nur noch nachts. Manchmal hörten sie Pferde in einiger Entfernung vorüberjagen und die Tritte schwerer Stiefel auf dem trockenen Boden. Dann drückten sie sich noch fester auf die harte Erde. Sie bekamen aber niemand zu Gesicht und wurden auch nicht gesehen. Dann endlich erblickten sie eines Morgens das Dunkle Schloß. Mächtig und unheimlich erhob es sich mit seinen Türmen und Zinnen gegen die aufgehende Sonne. Hoch ragten seine Mauern in den Himmel. Eine uneinnehmbare Festung, die nur wenige lebend je wieder verlassen hatten, die nicht zum Gefolge des Zauberkönigs gehörten.

Sie waren nun ganz auf ihre eigenen Sinne angewiesen. Bisher hatte Marga ab und zu Vögel befragen können, aber in der Nähe des Dunklen Schlosses hielten sich keine Tiere freiwillig auf. Sie wurden deshalb noch vorsichtiger, liefen auch des Nachts nur gebückt, um sich nicht gegen den nächtlichen Himmel abzuzeichnen.

In der dritten Nacht, der schreckliche Wohnsitz Ormors lag nun nordwestlich hinter ihnen, wurden die Mauern und Türme plötzlich hell erleuchtet. Es war, als sei ein greller Blitz in den Himmel gestiegen. Das weiße Licht änderte seine Farbe, wurde rot und dann grün und schließlich blau und beleuchtete eine unheimliche Szenerie: Riesige Zeltlager gruppierten sich um das Schloß, schwarze geduckte Zelte, aus denen nun aufgeregt Gestalten liefen. Nun hörten sie ein Pfeifen. Es war ein einzelner Ton, der alles durchdrang und langsam höher und höher wurde. Das Pfeifen schmerzte in den Ohren und dröhnte im Gehirn. Aber es hörte nicht auf. Voller Qual hielten sich der Zwerg und das Mädchen die Ohren zu. Doch der schrille Ton drang durch ihre Hände, schaffte sich Eingang in ihren Kopf und wühlte in ihrem Hirn.

Dann ging mit einem Schlag das Licht aus, und der Laut verstummte. Wie betäubt warfen sie sich auf die Erde. Sie keuchten, als hätten sie eine große Anstrengung hinter sich.

»Welche Teufelei mochte da eben geschehen sein?« murmelte Glaxca.

Nach vielen Tagen erreichten sie die ersten Ausläufer des Thaurgebirges und folgten ihnen nach Norden. Dann endlich, nach vielen weiteren Anstrengungen, näherten sie sich dem Ende des Gebirges, wo sich die Stadt und das Kloster Nowogoro befanden. Dies war das Ziel, das sie sich vorgenommen hatten. Glaxca bezweifelte aber inzwischen, ob es auch das Ziel war, das er erreichen wollte.

Aber dieses Nowogoro, für das sie so viele Gefahren und Mühen auf sich genommen hatten, blieb für sie unerreichbar. Die Stadt war hermetisch abgeriegelt. Patrouillen hielten jeden Reisenden an, und um die Mauern war ein dichter Belagerungsring gezogen. Zu ihrem Schrecken mußten Glaxca und Marga feststellen, daß sie es mit Orokòr zu tun hatten.

Sie beratschlagten lange, was zu tun sei, fanden aber keinen Weg, unbehelligt in die Stadt einzudringen. Endlich hatte Marga eine Idee.

»Wir können uns doch von Norden her über das Gebirge zur Stadt durchschlagen. Dort stehen sicher keine Wachen.«

Glaxca hielt dem entgegen, daß der Weg über die Berge äußerst beschwerlich und gefährlich sein würde. Es hieß sogar, er sei unbegehbar. Nur wenige Fallensteller und Jäger hätten sich bisher dorthin vorgewagt und waren zumeist nicht wiedergekommen.

»Wir haben zwei Möglichkeiten«, sagte Glaxca. »Wir können umkehren, dann war die ganze Wanderung umsonst, oder deinem Rat folgen und durch das Gebirge klettern. Ich möchte eigentlich nicht aufgeben, auch wenn sich Aramar wahrscheinlich nicht in Nowogoro aufhält. Mir scheint, das Schicksal hat dieses Nowogoro für uns bestimmt. Vielleicht wartet dort eine Aufgabe auf uns, die wichtiger ist, als ein Treffen mit Aramar?«

Marga sah den Begleiter lange an, dann nickte sie.

»Ich glaube zwar nicht an das Schicksal, aber auch ich möchte nicht aufgeben. Du hast mir vor vielen Tagen eine Rede gehalten, daß ich meine Aufgabe in diesem Leben noch finden muß. Vielleicht finde ich sie in Nowogoro?«

Spinnen

Rechts von ihnen sprudelte ein kleiner Bach aus einem Gebirgstal. Sein Ufer war mit Farnen bewachsen. Brunnenkresse wuchs an den seichten Rändern und zeugte von der Reinheit und Güte des Wassers. Sogar Fische standen in der Strömung und verschwanden, wenn der Schatten der Wanderer auf sie fiel. Dieser Bach floß weit hinaus in die Steppe, und Glaxca vermutete, daß er das Dunkle Schloß mit Wasser versorgte.

An seinem rechten Ufer war ein kleiner Trampelpfad, dem sie folgten. Er führte sie rasch höher, und sie sahen mit Vergnügen, wie das Wasser von Stein zu Stein sprang und sich an manchen Stellen in Kaskaden aufteilte. Hohe Bäume an den Berghängen warfen schon am frühen Nachmittag Schatten.

Je höher sie kamen, desto mehr Spinnweben sahen sie. Sie glitzerten im Tau des frühen Morgens, überspannten den Pfad und klebten an den Gesichtern, wenn man unvorsichtig dagegen lief.

Über ihren Köpfen erklang bei Tag und bei Nacht ein vielstimmiger Vogelchor, dem Marga verzückt lauschte. Hin und wieder übersetzte sie auch ihrem Begleiter, was sie hörte. Sie kamen rasch voran, und fragten sich schon, ob die Kunde von der Gefährlichkeit dieser Bergregion nur auf Gerüchten und Sagen beruhte. Glaxca scherzte, man könne mit ausgestreuten Gerüchten leicht alle Leute fernhalten.

Am vierten Tag hörten sie ein lautes Donnern. Bald lichteten sich die Bäume, so daß sie hindurchgehen konnten. Vor ihnen stürzte ein Wasserfall in die Tiefe. Sie mußten den Kopf in den Nacken legen, um die obere Kante, von der aus das Wasser in die Tiefe schoß, überhaupt zu sehen. Unten stürzten die Wassermassen in einen kleinen See. Durch die Wucht des Aufpralls entstanden Gischt und Wassernebel. Je näher sie kamen, desto ohrenbetäubender wurde das Tosen. Feine Wasserschleier zogen quer über die Lichtung. Alles war feucht, auch die Haare und die Haut der Wanderer.

Der Zwerg sah zweifelnd in die Höhe, aus der sich der Bach herabstürzte, und meinte, da gäbe es wohl kein Hinaufkommen. Aber Marga ließ sich nicht entmutigen. Häufig sei hinter Wasserfällen eine Höhle, behauptete sie und machte sich daran, das Gelände zu erkunden. Bald war sie tropfnaß, fand aber tatsächlich hinter dem fallenden Wasser einen Eingang.

Schon wollte sie im Entdeckungsfieber eindringen, da lauschte sie doch noch einmal den Vogelstimmen. Was sie hörte, ließ sie erbleichen und zurückweichen. Sie rief dem Zwerg zu: »In der Höhle ist ein Untier. Die Vögel warnen. Viele von ihnen sind schon von der Bestie gefangen und verschlungen worden.«

Ohne eine Sekunde zu zögern wandten sie sich zur Flucht und hielten nicht inne, bis ein sicherer Abstand zwischen ihnen und der Höhle lag. Dann beratschlagten sie. Dabei stellten sie fest, daß der Trampelpfad, dem sie bis hierher gefolgt waren, genau in die Höhle hinein führte. Wahrscheinlich gab es einen Weg in ihrem Innern nach oben auf das Plateau über der Felswand. Das Wasser war früher vermutlich im Innern des Berges nach unten geflossen und hatte sich erst später den direkten Weg über die Felsen gesucht. Wenn man dem alten Flußlauf folgte, so gelangte man in die Berge. Doch, wenn man den Warnungen der Vögel glaubte, so war es gefährlich, die Höhle zu betreten. Was sollten sie tun?

Einen halben Tag lang saßen Marga und Glaxca am Ufer, unfähig eine Entscheidung zu treffen. Immer wieder besprachen sie die Lage und wendeten die Dinge hin und her. Doch sie fanden keine Lösung. Da fiel Marga auf, daß die Spinnennetze vor dem Wasserfall noch zugenommen hatten. Selbst zwischen den Bäume waren lange Fäden gespannt.

»Ich glaube«, sagte sie, »ich weiß, was uns in der Höhle erwartet. Es sind große Spinnen, die sogar Vögel fangen.«

Glaxca sah sie entsetzt an: »Hast du schon jemals von solchen Tieren gehört?«

»Nein, aber ich bin auf dieser Reise schon so oft überrascht worden, daß mich nichts mehr wundert.«

»Da gehe ich nicht hinein. Komm, wir kehren um!«

»Du wolltest doch nach Nowogoro? Du hast gesagt, dort wartet vielleicht die Aufgabe auf mich, die mir das Schicksal bestimmt hat? Und nun willst du einfach umkehren und aufgeben?«

Beschämt erhob sich der Zwerg und machte sich wortlos daran, Holz zu sammeln.

»Was willst du damit?« fragte das Mädchen erstaunt.

»Vielleicht hilft Feuer, die Bestien abzuwehren?«

Gemeinsam sammelten sie Fackeln und liefen damit durch den

Wasserfall. Aber das Holz wurde naß und brannte nicht mehr. Deshalb wickelten sie es in ihre Decken und drangen todesmutig in die Höhle ein. Der Wasserfall schirmte das Tageslicht ab, so daß alles in dämmriges Zwielicht getaucht war. Trotz der Decken war das Holz natürlich feucht geworden, und es brauchte lange, bis der erste Stecken brannte. Glaxca ging mit dieser Fackel voraus, und Marga folgte ihm dichtauf.

Sie mußten nicht weit gehen, um zu sehen, daß Marga recht gehabt hatte. Als sie um eine Biegung der Höhle traten, fuhren sie entsetzt zurück. Der Boden wimmelte von handtellergroßen Spinnen. Sie krabbelten mit ihren behaarten Beinen über die Felsen, hingen in Trauben an der Decke und färbten die Wände schwarz.

»Gib acht!« rief der Zwerg erschrocken. »Diese Spinnen sind giftig!«

Nachdem Glaxca und Marga ihren ersten Schreck überwunden hatten, sahen sie sich um. Dieser Teil der Höhle war ein einziges Spinnennest. Doch wovon ernährten sich die Tiere in dem Fels? Dieses Geheimnis lüfteten sie, nachdem Glaxca die zweite Fackel angezündet hatte. In ihrem flackernden Schein sahen sie nämlich eine große Masse, die die Höhle halb ausfüllte. Und so erklärte sich auch der Geruch. Es stank entsetzlich nach Verwesung. Der große Klumpen war über und über mit kleinen Spinnen bedeckt, die sich an ihm gütlich taten. Sie traten noch ein wenig näher und erkannten in dem verwesenden Haufen eine riesige, tote Spinne.

»Das ist die Mutter«, stellte Marga fest. »Ihre Kinder ernähren sich von ihrem Fleisch. Ich will nicht hoffen, daß einmal meine Kinder so mit mir verfahren.«

Der Zwerg sah sie flüchtig von der Seite an, sagte aber nichts. Noch vor kurzem hatte sie ausgeschlossen, jemals wieder lieben zu können, und nun dachte sie an Kinder und machte Scherze.

»Das ist eine Spinnenkinderstube«, stimmte ihr Glaxca zu. »Aber auch wenn es junge Spinnen sind, möchte ich diese Höhle nicht durchqueren. Wer weiß, vielleicht verwechseln sie uns mit ihrer Mutter und beginnen an uns zu knabbern?«

»Wir werden sie ausräuchern«, entschied Marga.

Sie kehrten um und holten weiteres Holz aus dem Wald. Dies war schwierig und anstrengend. Aber nach ein paar Stunden hatten sie einen hohen Stoß in der Höhle aufgebaut. Das Holz füllte beinahe den Gang. Die jungen Spinnen waren inzwischen auf die fremden Wesen aufmerksam geworden und krabbelten näher. Sie saßen auf dem Holz und warteten.

»Wir müssen noch mehr brennbares Zeug holen, und dann hoffen, daß es in dem Gang schön zieht«, rief Glaxca.

Am schwierigsten war es, Streu und Tannenzapfen halbwegs trocken durch den Wasserfall zu schleusen. Endlich konnten sie befriedigt ihr Werk betrachten. In diesem Augenblick krochen etwa dreißig Spinnen rasch auf sie zu. Sie waren so schnell, daß Glaxca die erste zertreten mußte, sonst wäre sie an ihm hochgeklettert. Der Mann und die Frau rannten voller Panik zum Ausgang, und die Spinnen hinter ihnen her.

»Was sollen wir tun?« keuchte Marga als sie wieder im Freien standen. »Wie können wir das Feuer entzünden, ohne daß uns die Bestien anfallen?«

»Wir kehren mit brennenden Fackeln zurück, das wird sie vertreiben!«

Zitternd und naß schlichen sie mit neuem Holz zurück in die Höhle. Dort warteten schon die Spinnen. Hastig schlug Marga Feuer, aber das feuchte Holz wollte nicht brennen. Die Tiere hatten sie beinahe erreicht, und Glaxca zischte ängstlich: »Nun mach schon! Gleich fallen sie über uns her!«

Er zertrat die erste Spinne und wäre beinahe ausgerutscht, als ihr Leib zerplatzte. Dann kam die nächste. In diesem Moment fing der Ast Feuer, und sie warfen ihn den krabbelnden Tieren entgegen. Diese spürten die Hitze und zogen sich zurück. Aber nur so weit, wie der Arm des Feuers reichte. Der Zwerg und das Mädchen drangen weiter vor und entzündeten an dem am Boden liegenden Ast das nächste Holz. Damit vertrieben sie die Tiere und fuhren so fort, bis sie den Holzstoß erreichten. Die Spinnen krochen nun über die Decke der Höhle, wo sie vor dem Feuer auf dem Boden sicher waren. Glaxca warf seine Fackel auf den Scheiterhaufen, und dann rannten beide zurück zum Eingang. Hinter ihnen begann das Feuer zu prasseln. Sie spürten seine Hitze in ihrem Rücken. Ein Feuersturm fuhr durch die steinernen Gänge.

Als sie sich nach einer halben Stunden wieder hineinwagten, waren die Steinwände noch immer glühend heiß. Das Holz war zu Asche verbrannt, und alles rußgeschwärzt. Von den Spinnen war nichts mehr zu sehen. Der Leib der großen Mutter war verkohlt. Vorsichtig tasteten sie sich voran. Überall stießen sie auf kleine Klumpen, die einst junge Spinnen gewesen waren. Es sah so aus, als hätten sie alle getötet, dennoch ließen sie es an Aufmerksamkeit nicht fehlen. Und tatsächlich, aus einem Seitengang drangen plötzlich ein paar Dutzend von den behaarten Kriechtieren und griffen sofort an. Marga und Glaxca rannten so schnell sie konnten, mußten aber aufpassen, daß ihre Fackeln nicht erloschen. In der Dunkelheit wären sie den Tieren hilflos ausgeliefert gewesen. Nun stieg der Boden deutlich an, und sie kamen langsamer voran. Die Spinnen hingegen waren schnell und unermüdlich.

Die letzten Meter ging der Weg steil nach oben und dann sahen sie eine große Öffnung, durch die Tageslicht hereinfiel. Sie hatten das Ende der Höhle erreicht. Allerdings hatten auch die Spinnen sie bereits eingeholt. Glaxca warf ihnen den Rest seines brennenden Astes entgegen und wollte schon ins Freie klettern, da prallte er gegen ein unsichtbares Hindernis. Der Eingang war mit einem riesigen Spinnennetz zugewoben.

»Ein verdammtes Netz!« keuchte Glaxca. »Du mußt es zerschneiden.«

»Ich habe kein Messer«, antwortete Marga hastig. »Das haben sie mir in Strawenstadt abgenommen.«

Hektisch riß der Zwerg sein Messer aus dem Gürtel und begann wie wild zu schneiden und auf das Netz einzuhacken. Aber die unsichtbaren Fäden widerstanden dem Stahl. Das Netz federte, aber es riß nicht. Die Spinnen rückten noch näher. Gemeinsam zerrten sie ohne Erfolg an den klebrigen Fäden.

»Feuer!« rief Marga. »Wir müssen es verbrennen!«

Der Ast, den sie geworfen hatten, war beinahe abgebrannt, die Spinnen nur noch wenige Fuß von ihm entfernt. Bis jetzt hatte sie das Feuer zurückgehalten, aber nun ließ die Hitze nach und die Barriere hatte ihre Wirkung verloren. Ohne auf die Tiere zu achten, die mit ihren behaarten Beinen heranstelzten, rannte Marga zurück und faßte nach dem Ast. Sie bekam ein verkohltes Stück Holz zu fassen, verbrannte sich die Finger, aber sie merkte es nicht einmal. In höchster Eile sprang sie zum Ausgang und hielt die spärlichen Flammen an die Spinnfäden. Es zischte, knisterte und stank entsetzlich, dann war der Eingang frei und sie kletterten hinaus. Kaum waren sie im Freien, da streckte auch schon die erste Spinne ihre Füße aus dem Loch. Die anderen folgten. Glaxca bückte sich und warf mit Steinen auf die Verfolger. Marga tat es ihm nach. Nachdem die erste Spinne getroffen und zerschmettert worden war, zogen sich die anderen zurück. Diese Gefahr war überwunden.

Die Alm

Wie sie vermutet hatten, mündete in den Zugang am anderen Ende der Höhle ein ausgetrocknetes Bachbett. Sie folgten seinem Verlauf und freuten sich über die frische Luft, die sie nach all dem Qualm in der Höhle gierig einsogen. Ein hoher Wall aus Steinen versperrte ihnen bald den Weg. Auf der anderen Seite stießen sie auf den Bach, dessen Wasser mit starker Strömung zur Felsenklippe floß. Vor vielen Jahren war hier eine Steinlawine von den hohen Hängen des Berges heruntergedonnert und hatte das Wasser umgeleitet. Am Rand des Baches fanden sie wieder einen Trampelpfad. Die Bäume waren in dieser Höhe kleiner und vom Wind zerzaust. Sie duckten sich an den Berg, um ihm weniger Widerstand zu bieten.

Nach etwa einer Stunde hörten sie das Meckern einer Ziege und sahen in einer Senke ein Haus. Es war klein und auf dem schindelbedecktem Dach schimmerten große Steine in der Sonne. Etwas abseits lag ein Kartoffelacker und direkt hinter der Hütte ein kleiner Garten. Verteilt über den grünen Hang waren etwa ein Dutzend Ziegen angebunden, die dort in aller Ruhe fraßen. Der Bach floß direkt am Haus vorbei. Vor dem Haus saß ein alter Mann auf einer wackeligen Bank. Als sie näher kamen, erhob er sich. Er rief etwas, was sie nicht verstanden, und dann trat eine Frau mit schlohweißem Haar aus der Tür. Auch sie war sehr alt, aber größer und kräftiger als der Mann. Beide trugen Fellumhänge und blickten regungslos den Fremden entgegen.

Marga und der Zwerg grüßten freundlich, und ihr Gruß wurde zögernd erwidert.

»Wir kommen in Freundschaft«, rief Glaxca.

»Wie seid Ihr hierhergekommen?« fragte die Frau mißtrauisch.

»Durch die Spinnenhöhle.«

»Die kann man nicht lebend durchqueren.«

»Es ist uns doch gelungen, wie Ihr seht.«

»Seid Ihr Geister?« fragte die Frau.

»Faßt uns an! Wir sind aus Fleisch und Blut.«

Zögernd näherten sich die beiden Alten und betasteten die Fremden. Dann entspannten sie sich.

»Ihr müßt wissen«, erklärte die Frau, »daß seit vielen Jahrzehnten niemand mehr zu uns gefunden hat. Ihr seid die ersten nach langer, langer Zeit. Wir dachten schon, es gäbe unten gar niemand mehr.«

Der Mann, der bis jetzt geschwiegen hatte, winkte ihnen zu folgen, und führte sie ins Haus. Es bestand aus einem kleinen Raum mit einer Bettstelle, einem Herd, einem Tisch und zwei Stühlen. Dort wurden die Wanderer genötigt, Platz zu nehmen, während die alten Leute stehenblieben. Die Frau brachte einen Krug mit Ziegenmilch und zwei Becher. Die Gäste erhielten auch zwei gekochte Kartoffeln und etwas Salz. Gierig aßen und tranken sie. Dann traten alle wieder hinaus ins Tageslicht.

»Wer seid Ihr?« fragte Marga.

»Mein Name ist Vat«, erklärte die Frau. »Aber ich habe ihn beinahe vergessen, denn niemand hat mich, solange ich mich erinnern kann, je mit ihm gerufen. Er«, dabei deutete sie mit dem Kopf auf den Mann, »nennt mich Alte oder Mutter, und der Sohn rief mich Mam. Aber Ihr könnt mich Vat nennen. Das ist Ror, mein Mann. Aber ich nenne ihn nur Alter oder Vater.«

»Wie kommt es, daß Ihr hier oben in dieser Einöde lebt?«

»Wir sind nicht freiwillig hier.«

Und dann berichteten sie, wie vor mehr als hundert Jahren Schergen des Zauberkönigs in ihr Dorf am Fuß des Thaurgebirges gekommen waren und zwei Kinder gefangengenommen hatten, die gerade auf der Straße spielten. Der Junge und das Mädchen wurden in diese Berge gebracht. Sie sollten auf den Bach achten, der das Dunkle Schloß mit Wasser versorgte, ihn sauber halten und Steine aus seinem Bett klauben. Vor ihnen waren bereits zwei Leute mit dieser Aufgabe betraut gewesen, die damals aber nicht mehr lebten. Man schärfte den Kindern ein, daß sie mit schweren Strafen rechnen mußten, wenn sie den Platz im Gebirge verließen.

Vorgefunden hatten sie das Haus, Werkzeuge, Saatkartoffeln und ein paar Ziegen. Der Garten hinter dem Haus war noch von den Vorgängern bestellt gewesen. Ängstlich hatten sie sich an die Arbeit gemacht, und jede Nacht aus Sehnsucht nach ihren Eltern geweint. Hin und wieder waren Abgesandte des Zauberkönigs gekommen und überprüften, ob sie ihre Arbeit auch ordentlich machten. Der erste Winter war sehr schlimm gewesen. Sie froren, denn sie hatten versäumt, genügend Holz zu sammeln. Auch besaßen sie keine warmen Kleider. Erst im nächsten Jahr fertigten sie sich Umhänge aus Ziegenfell.

So verging die Zeit, und sie wurden älter und kamen einander näher. Stritten sie anfangs noch viel, so gewöhnten sie sich später aneinander. Dann eines Nachts kam die Steinlawine und leitete den Bach um. Zuerst fürchteten sie, der mächtige Ormor würde ihnen deswegen böse sein und sie bestrafen. Doch als nichts geschah, gewöhnten sie sich an die neue Lage. Sie lernten es, selbst Werkzeuge herzustellen und es sich so einzurichten, daß sie nicht mehr hungern mußten.

Eines Tages hatten sie die Spinne entdeckt. Sie wußten nicht, wie lange die Bestie schon in der Höhle hauste, denn sie kam nur nachts heraus, wenn es ganz dunkel war, und machte sich auf Beutefang. Zuerst war sie nur so groß gewesen wie ein Hund, aber sie wuchs rasch. Nachdem die Spinne zwei Ziegen geholt hatte, schlossen sie, wenn es dunkel wurde, die Tiere fest ein und verriegelten auch die Tür zu ihrem Haus. Nach Anbruch der Dämmerung ging keiner von ihnen mehr hinaus. Die Spinne wurde größer und größer und spannte viele Netze. Man mußte aufpassen, daß man da nicht hineinlief und sich vielleicht nicht mehr befreien konnte.

Die beiden gewöhnten sich an die Spinne, so wie sie sich an alles andere auch gewöhnt hatten. Und sie gewöhnten sich an sich selbst und nannten sich Mutter und Vater. Sie sahen sich als Mann und Frau. Die Frau war schon ziemlich alt, da bekamen sie ihr Kind. Es war ein Junge und beide liebten ihn sehr. Er wuchs heran und hütete die Ziegen und ging seinem Vater, der inzwischen schwächer wurde, zur Hand. Der Junge war die ganze Freude seiner Eltern. Als er älter wurde, unternahm er lange Wanderungen, um die Berge zu erkunden. Er mochte etwa vierzehn Jahre alt gewesen sein, da kehrte er von einer solchen Wanderung nicht mehr zurück. Sie suchten ihn verzweifelt, und fanden ihn auch schließlich.

Er hing am Ast eines Baumes, eingesponnen in einen Kokon aus Spinnenfäden. Er war wohl von der Dunkelheit überrascht worden und nicht mehr rechtzeitig nach Hause gekommen. Da hatte ihn die Spinne erwischt und mit einem Biß betäubt. Sie holten ihn herunter und schleppten ihn nach Hause. Dort befreiten sie ihn mühsam von seinen Fesseln. Er lebte noch, aber er war nicht bei sich. Noch viele Tage dämmerte er vor sich hin, bis er schließlich starb. Sie begruben ihn unter einem großen Steinhaufen und trauerten noch lange um ihn. Nun hatten sie keine Zukunft mehr.

Dann beobachteten sie einmal bei Mondschein eine zweite, kleinere Spinne. Sie wußten nicht, woher sie gekommen war. Irgendwann war sie wieder verschwunden.

»Die große war ein Weibchen gewesen und hat die kleine, das Männchen, nach der Begattung gefressen«, erklärte Glaxca. »Dann legte das Weibchen Eier und starb, als die Jungen schlüpften, damit die sich von ihr ernähren konnten.«

»So kann es gewesen sein«, nickte die Alte.

Marga und Glaxca erzählten nun von ihren Abenteuern und wie sie die Spinnenhöhle durchquert hatten. Die Alten starrten sie ehrfürchtig an. Sie hätten sich das nicht getraut, gaben sie zu.

Später als es Zeit zum Schlafen war, suchten sie ein Lager für die Gäste. Die hätten am liebsten unter freiem Himmel geschlafen, aber die Angst vor den Spinnen hielt sie davor zurück. Deshalb legten sich alle in die enge Stube zu einem unruhigen Schlaf.

Glaxca wachte früh auf und hatte noch im Halbschlaf eine Idee. Er teilte sie den beiden Alten mit, von denen der Mann noch immer nicht mehr als fünf Worte gesprochen hatte. Der Zwerg wollte den Fluß wieder zurück in die Höhle leiten und so der Spinnenplage ein für allemal ein Ende machen. Die Einsiedler waren skeptisch, aber schließlich gingen sie mit zu dem Steinwall und griffen auch mit an. Es bedurfte mehrere Tage harter Arbeit, dann floß das erste Rinnsal in das alte Bett. Bald schwoll das Wasser an, und dann ergoß sich der ganze Bach mit Donnern in das Loch, das einst der Eingang zur Höhle gewesen war. Plötzlich tauchten zwei, drei Spinnen auf und versuchten, sich gegen die Wassermassen nach draußen zu kämpfen. Ein paar Steinwürfe ließen sie zurück ins Verderben sinken. Dann war Ruhe.

»So, nun könnt Ihr wieder ohne Angst leben«, sagte der Zwerg. »Wir aber müssen weiter. Wir haben schon zuviel Zeit verloren, und unsere Mission duldet keinen weiteren Aufschub.«

»Wir werden an Euch denken«, ergriff der Mann plötzlich das Wort. »Wenn Ihr wiederkommt, seid Ihr uns immer willkommen. Habt Dank!«

Die Frau war ins Haus geeilt und kam mit zwei kleinen Paketen zurück, die sie nun auswickelte. Es waren zwei gestrickte Hemden, beinahe durchsichtig und ganz fein. Das Sonnenlicht brach sich in ihnen und sie schimmerten in allen Farben. Man hatte das Gefühl, sie würden zerreißen, wenn man sie nur anfaßte.

»Diese Hemden sollen Euch von nun an immer schützen«, sagte Vat, und als sie die erstaunten Blicke sah, fügte sie hinzu: »Ich habe sie aus Spinnfäden gestrickt. Sie sind unzerreißbar. Kein Messer kann sie durchdringen. Sie sind der beste Panzer, den es geben kann. Es war sehr mühevoll, sie herzustellen, und eigentlich waren sie für unseren Sohn gedacht. Aber er braucht sie nun nicht mehr, und Ihr werdet sie im Angedenken an uns tragen.«

Dann nahmen sie Abschied. Die Alten standen noch lange vor dem Haus und winkten. Sie winkten auch dann noch, als Marga und Glaxca längst nicht mehr zu sehen waren.

Nowogoro

Marga und Glaxca suchten sich einen Weg nach Norden über die Berge. Zuerst folgten sie einem Hang, dann kletterten sie höher und erreichten schließlich einen Grat, der links und rechts steil abfiel. Vorsichtig Fuß vor Fuß tastend, meisterten sie die gefährliche Passage.

Dahinter kamen sie in flacheres Gelände. Die Berge waren hier nicht mehr so steil und gingen bald in Hügel über, die dichter Wald bedeckte. Die Bäume wuchsen sehr hoch in den Himmel und hatten dicke Stämme. Zehn Männer hätten sie nicht umspannen können. In diesem Urwald war es schwer, einen Weg zu finden. Die Gegend war auch nicht ungefährlich. Spuren in dem weichen Waldboden wiesen auf große Tiere mit mächtigen Tatzen hin. Ihnen wollten die Wanderer nicht begegnen und wechselten sich nachts mit Wachen ab.

Eines Tages aber fuhr ihnen ein mächtiger Schreck in die Glieder. Sie waren auf dieser Reise auf so manche seltsame Wesen gestoßen und hatten sich in vielen Gefahren behauptet. Doch das, was sie nun sahen, ließ ihnen das Blut in den Adern stocken. Das Wesen war hoch über ihnen. Es flog, und es war riesig. Sein Körper hatte die Größe zweier Pferde, und die Flügel, mit denen es sich durch die Lüfte schwang, warfen tief unter ihm auf der Erde noch einen breiten Schatten.

»Hast du jemals solch einen Vogel gesehen?« fragte Glaxca seine Begleiterin.

Die verneinte, dann spitzte sie die Lippen und pfiff. Sie wollte mit dem Wesen in den Lüften Kontakt aufnehmen. Das fliegende Ungeheuer hörte den Ruf und begann zu kreisen. Langsam schraubte es sich tiefer, aber es antwortete nicht.

»Ich glaube, es war nicht gut, daß ich mich bemerkbar gemacht habe«, sagte die Frau und beide verbargen sich im dichten Unterholz und warteten ängstlich, bis der große Vogel weitergeflogen war.

»Es könnte ein Azúmon sein«, sagte Glaxca nachdenklich. »Über einen solchen Vogel kursierten in alter Zeit Geschichten. Aber er soll schon vor vielen Lebensaltern ausgestorben sein. Seine Heimat war Whyten.«

Aus der Höhe der Berge sah Nowogoro friedlich aus. Es war eine Ansammlung von Holzhäusern mit einer Mauer zu ihrem Schutz. In der Mitte der Stadt stand eine kreisrunde Anlage mit einer eigenen Einfriedung, Hütten und Innenhöfen, das Kloster. Im Westen der Stadt aber lagerten die Heere des Zauberkönigs, die sie schon vor Wochen beobachtet und die sie zu diesem Umweg gezwungen hatten. Reiter verließen die Lager, ritten zur Stadt und umkreisten sie. Wachen auf den Straßen hielten jeden an, der in die Stadt wollte, und schickten ihn zurück. Nowogoro wurde belagert, daran bestand kein Zweifel.

»Warum nur greift Ormor mit seiner Übermacht nicht an?« fragte sich Glaxca.

Tags darauf hatten sie die Berge verlassen und die große nördliche Ebene erreicht. So weit das Auge reichte, dehnte sich flache Landschaft aus. Keine Bäume und kaum ein Strauch gaben dem Auge Halt. Der Boden war nur an einzelnen Stellen mit magerem Gras bedeckt. Noch weiter im Norden mußte die Küste des Meeres sein. Hier herrschte ein besonderes Licht, denn die Strahlen der Sonne fielen in einem flachen Winkel auf die Erde und waren nur noch schwach. Wer hier lebte, war von ganz besonderer Art. Dieses Land verlangte harte Geschöpfe, die lange Zeit der Dunkelheit aushalten und große Kälte ertragen konnten.

Der Zwerg und das Mädchen näherten sich von Osten her der Stadt. Hier waren weder Reiter noch Wachen zu sehen. Von hier schien Ormors Feldherr keine Besucher zu erwarten. Auch glaubte er wohl nicht, daß jemand in diese Ödnis entfliehen würde. Lange könnte ein Flüchtling hier nicht überleben.

Nowogoro war von einer Mauer umgeben. Das große Tor lag im Westen, aber hier im Osten gab es eine kleine Pforte. Sie klopften und wurden nach längerem Warten und ausgiebiger Befragung eingelassen. Auf den Straßen der belagerten Stadt herrschten Hektik und ein großes Durcheinander. Menschen rannten hin und her. Sie trugen Bündel und zogen beladene Karren hinter sich her. Alle wollten die Stadt verlassen, doch die Belagerer verweigerten ihnen die Erlaubnis. Der Rat der Stadt tagte ohne Unterbrechung. Schon fünfmal hatte man den Entschluß gefaßt, Nowogoro kampflos zu übergeben und sich bedingungslos zu unterwerfen. Aber die Kapitulation sei von den Orokòr nicht angenommen worden, weil die Insassen des Klosters nicht ebenfalls aufgeben wollten.

Es wimmelte von seltsamen Gestalten. Marga beobachtete aufmerksam die Leute. Sie sah die Bürger der Stadt, die Gastwirte, die Jäger und Fallensteller und die Hirten aus der Nördlichen Ebene, die sich hierher geflüchtet hatten, nachdem ihnen von Ormors Schergen das Vieh abgenommen worden war. Es waren harte Männer, denn nur solche konnten hier im hohen Norden überleben, aber nun stand ihnen die Angst im Gesicht. Auch Zwerge waren da und fragten ihren Landsmann, weshalb er freiwillig in diese gefährdete Stadt gekommen sei. Glaxca murmelte etwas von Geschäften und daß er die Genossen später aufsuchen wolle. Sie nickten, obgleich ihnen klar war, daß Geschäfte in dieser Stadt bedeutungslos geworden waren. Jeder in Nowogoro wußte, es ging um Leben und Tod. Wenn die Orokòr die Stadt einnahmen, würde es kein Pardon geben.

Am Kloster angelangt, pochten sie an das Tor. Lange tat sich nichts, dann endlich wurde das Portal einen Spalt breit aufgeschoben, und eine beleibte Gestalt erschien. Über einem dicken Bauch saß ohne Hals ein Gesicht mit der roten Nase des Trinkers.

»Was wollt Ihr?« ertönte es barsch.

Der Zwerg antwortete, sie wollten zu Aramar.

»Etwa zu Aramar, dem großen Zauberer?«

»Ja, genau zu dem. Er soll sich hier aufhalten.«

»Oh, das wäre schön, wenn er hier wäre«, war die höhnische Antwort. »Aber er hat sich schon seit hundert Jahren hier nicht mehr sehen lassen.«

Mit diesen Worten wurde das Tor wieder zugeschlagen, und die schlurfenden Schritte entfernten sich. Glaxca und Marga schlugen nun gemeinsam gegen das Holz, bis der Mann zurückkehrte und ärgerlich noch einmal öffnete. Nun duldete Glaxca keinen Widerspruch.

»Wir müssen hinein«, sagte er. »Wir haben einen gefahrvollen Weg hinter uns und lassen uns von einem alten Trunkenbold nicht am Tor abfertigen. Öffnet endlich und führt uns zu Eurem Oberen!«

Er hatte den richtigen Ton getroffen, denn der Torflügel schwang ein wenig weiter auf, so daß sie hindurchschlüpfen konnten. Hinter ihnen wurde sofort wieder zugeschlossen. Innen sahen sie verfallene Hütten, die ein Gewirr von hölzernen Stegen verband, in denen sich bereits modernde Fäule ausgebreitet hatte.

»Führt uns jetzt endlich zum Herrn dieses Klosters«, befahl der Zwerg noch einmal. Der Dicke schwankte ein wenig, er war schon recht alt und gebrechlich. Sein Haar hing lang und struppig herunter, und sein Gesicht trug einen einfältigen Ausdruck.

»Das geht nicht. Meister Fraam ist sehr krank.«

»Ist er schon lange krank?« fragte Marga neugierig.

»Erst seit ein paar Wochen«, die Stimme des Beleibten wurde plötzlich lebhaft. Es war offensichtlich, daß er eine Geschichte loswerden wollte. »Damals«, fuhr er eifrig fort, »erschien ein Fremder. Es war ein alter Mann in einem einfachen Überwurf. Er hatte einen weißen Bart, und an der rechten Hand fehlten ihm der kleine und der Ringfinger. Er kam mir gleich verdächtig vor, aber Meister Fraam schien ihn zu kennen und zog sich mit ihm allein zurück. Der Fremde blieb nicht lange. Kurz nachdem er gegangen war, wurde Meister Fraam krank. Und nun fürchten wir das Schlimmste.«

»Bringt uns zu dem Kranken!«

Widerstrebend zuckte der Alte die Schultern und ging voraus. Sie betraten eine kleine Stube, in der nur ein schmales Lager stand. Auf ihm lag eine Gestalt mit schlohweißem Haar. Sie lag auf dem Rücken und hatte die Augen geschlossen. Am Bett saß ein anderer Alter mit langer Kutte. Er döste vor sich hin. Als Glaxca vernehmlich grüßte, schreckte er auf.

Auch der Kranke schlug die Augen auf und flüsterte gequält: »Wer ist da?«

Der Zwerg eilte zum Krankenbett, ließ sich auf die Knie nieder und sagte: »Wir sind Freunde von Aramar. Wir kommen mit wichtiger Botschaft für ihn.«

»Aramar«, sagte der Alte verträumt. »Das waren noch Zeiten, als der Vorsitzende des Weißen Rates hier nach dem Rechten sah. Doch diese Zeiten sind lange vorbei, und nun droht nur noch der Untergang. Aramar, ihn bräuchten wir jetzt! Aber er ist weit weg und weiß sicher nicht, wie es um uns bestellt ist.«

»Könnt Ihr mir sagen, wo ich ihn finde?« bat der Zwerg eindringlich.

»Ich weiß es nicht, mein Freund. Wenn Ihr ihn hier sucht, so seid Ihr fehlgegangen. Ihr kommt gerade noch zurecht, um unser Ende zu bezeugen. Doch sagt mir, wer Ihr seid?«

Der Kranke war nun hellwach und versuchte sogar, sich ein wenig aufzurichten.

Glaxca sah sich um. Der Alte mit der roten Nase hatte den Raum wieder verlassen, nur noch der Mönch, der die Krankenwache hielt, blickte neugierig auf die Besucher. Meister Fraam folgte dem Blick des Fremden und sagte: »Bruder Woelis, könntest du mir einen Becher Wasser bringen?«

Als sie allein waren, erzählte Glaxca mit hastigen Worten alles Notwendige. Und Fraam nickte verständnisvoll: »Man hat Euch bewußt in die Irre geschickt.«

»Wer kann das getan haben?« fragte Glaxca gequält.

Als keine Antwort kam, mischte sich Marga ein: »Warum greifen die Belagerer nicht an?«

»Weil wir hier den dritten Custo aufbewahren«, keuchte der Alte mühsam. »Diese drei Custo aus alten Zeiten schützen sich gegenseitig. Solange sie nicht in der Hand des Bösen sind, ist ein Schutznetz über Centratur gebreitet. Es verhindert, daß Ormor mit Zauberkraft die Welt erobert. Er kann auch ein Kloster des Weißen Rates nicht einnehmen, solange dort ein Custo gehütet wird.

Doch dies wird bald vorbei sein, und damit kommt das Ende von ganz Centratur. Ich werde nämlich sterben, und es gibt hier niemand, dem ich den Custo anvertrauen kann. Die Belagerer draußen wissen um meinen Zustand und warten auf meinen Tod. Es kann nicht mehr lange dauern.«

»Gibt es keine Heilung?« fragte Glaxca.

»Gegen diesen Zauber sind wir alle machtlos«, erwiderte der Kranke bitter. »Ich war zu vertrauensselig. Aber wie konnte ich wissen, daß ausgerechnet er, der Jugendfreund von Aramar, sich mit dem Zauberkönig verbündet hat. Ich glaube, er will uns an Ormor ausliefern, und das wird ihm auch gelingen.«

Da sagte Marga mit fester Stimme: »Gebt mir diesen geheimnisvollen Zauber! Ich weiß jetzt, dies ist die Aufgabe, die das Schicksal für mich bestimmt hat.«

Der Alte stemmte sich noch weiter empor und sah die Frau verwundert an: »Eine Frau will den Custo hüten?« Und nach einer Weile des Nachdenkens: »Warum eigentlich nicht? Die Zeiten sind anders geworden. Warum sollte nicht eine Frau diesen Kontinent retten? Ich kenne Euch nicht«, murmelte er. »Ich weiß nichts über Euch, aber eine Stimme sagt mir, daß ich Euch den großen Schatz anvertrauen kann. Ich lege damit das Schicksal von Centratur in Eure Hand.« Dann sagte er zu dem Zwerg: »Helft ihr, die schwere Last zu tragen!«

Der Mönch kam mit dem Wasser zurück und wurde wieder weggeschickt.

»Unter meinem Bett ist eine Diele locker, greift hinein und nehmt heraus, was Ihr dort tastet.«

Marga tat, wie ihr geheißen. Sie zog ein kleines Päckchen hervor und verbarg es sofort unter ihrem Umhang. Dann kniete sie einer inneren Eingebung folgend nieder, und der Alte legte seine kalte Hand auf ihre Stirn. »Geh in Frieden, meine Tochter! Mein Segen wird dich begleiten, wenn ich schon lange tot bin. Alle Hoffnung ruht nun auf dir. Das Ziel meines Lebens war es, den Custo zu hüten. Diese Aufgabe geht in dieser Stunde auf dich über.

Du weißt, es kann daneben für dich kein anderes Ziel mehr geben. Du verzichtest mit der Übernahme dieser Bürde auf einen Mann und auf Kinder. Du wirst nie mehr ein normales Leben führen. Und bis Ormor besiegt ist, wirst du stets auf der Flucht sein. Du wirst den Custo und dein Leben ständig verteidigen müssen. Ich gebe dir dafür all die Kraft, die ich dir geben kann. Aber ich bin schwach. Andere müssen dich unterstützen, wenn du nicht untergehen sollst.«

Entkräftet fiel der Mann auf sein Lager zurück.

»Geht nun«, stöhnte er. »Die Anstrengungen waren zuviel für mich. Ich werde bald sterben. Aber nun verlasse ich diese Welt beruhigter. Ich weiß den Custo in guten Händen. Der Kreis meines Lebens hat sich geschlossen. Geht und zögert nicht! Wenn sie spüren, daß ich tot bin, greifen sie an.«

Damit schloß er die Augen und sprach kein Wort mehr.

Der Zwerg und das Mädchen gingen leise zur Tür. Sie warfen einen letzten Blick auf den Meister und wandten sich dann ab. Ohne Begleitung erreichten sie das Tor und schlüpften hinaus. Wie Schatten waren sie gekommen, und wie Schatten verließen sie das Kloster. Auf der Straße tauchten sie in der Menge unter. Die kleine Pforte, durch die sie die Stadt betreten hatten, war unbewacht. Sie öffneten sie und gingen in der untergehenden Sonne hinaus in die Ebene. Ohne Pause marschierten sie die ganze Nacht hindurch. Dann hatten sie den Fuß des Thaurgebirges wieder erreicht. Dort rasteten sie mehrere Stunden und kletterten schließlich die Hügel hinauf. Auf halber Höhe sahen sie zurück in die Ebene.

Die Stadt und das Kloster brannten. Rings um Nowogoro liefen und ritten Ormors Schergen. Meister Fraam war tot und die Stadt eingenommen. Die Heere Ormors machten Nowogoro dem Erdboden gleich. Der nördliche Stützpunkt des Weißen Rates existierte nicht mehr.

Ormor

Gänge, lange Gänge! Der Mann folgte dem Führer mit der Laterne langsam und schleppend. Er war viele Meilen gelaufen und nun sehr müde. Doch die Gänge wollten kein Ende nehmen. Draußen war es Nacht, deshalb fiel durch die Fenster kein Licht herein. Nur die Lampe wies den Weg. Manche Korridore waren auch direkt durch den nackten Fels getrieben, andere wieder weiß gekalkt oder mit rotem Samt behangen.

Dazwischen lagen große Säle und kleine Zimmer, von denen nur wenige spärlich durch den flackernden Schein einer Fackel beleuchtet waren. Man mußte aufpassen, daß man nicht gegen die Skulpturen stieß, die mitten in den Räumen standen. Bilder hingen an den Wänden. Statuen und Gemälde zeigten eng umschlungene Paare. Tiere mit riesigen Geschlechtsteilen waren abgebildet, skurril, phantastisch, faszinierend und aufreizend. Doch der späte Gast hatte keinen Blick dafür.

An den Decken prangten goldene Verzierungen und manche Räume waren ganz mit Spiegeln ausgekleidet. Hier wurde Reichtum in Überfülle zur Schau gestellt. Wie mochte all der Glanz erst bei Tageslicht aussehen, wenn er schon im Schein des schwachen Lichtes so leuchtete?

Bisher waren der Mann und sein Führer auf ihrem weiten Weg völlig allein gewesen. Nun trafen sie auf zwei Wachposten, die reglos vor einer Tür standen. Als sie den späten Besucher bemerkten, kam Leben in die starren Körper. Der eine öffnete die Tür, um den Gast anzumelden, doch der Fremde schob ihn einfach beiseite und trat ein.

Im Schein des Kaminfeuers saß auf einem bequemen Stuhl ein großer Mann, angetan mit einem prächtigen Mantel mit weißem Pelzkragen. Auf einem Ebenholztischchen stand eine Karaffe mit rotem Wein und ein feingeschliffenes Kristallglas. Zauberkönig Ormor hatte sich in seine allerprivatesten Gemächer zurückgezogen.

Ärgerlich sah er auf, als die Tür geöffnet wurde. Er war empört über die Störung. Aber als er erkannte, wer da hereintrat, sagte er nichts. Der späte Gast betrat den Raum weder demütig noch in gebeugter Haltung. Er warf sich vor dem mächtigen Herrscher auch nicht zu Boden, wie es die Ehrerbietung verlangte. Statt dessen setzte er sich grußlos auf den zweiten Stuhl. Er paßte mit seinem einfachen Umhang und den verschmutzten Sandalen an den Füßen nicht in diese prächtige Umgebung, sondern störte Würde und Erhabenheit des Ortes.

»Wann gewöhnst du dich daran, Uns die gebührende Ehrerbietung zu erweisen?« fragte der Zauberkönig halb spöttisch, halb gekränkt. »Wir sind nicht anspruchsvoll. Du mußt dich nicht auf den Boden werfen, aber ein Kniefall wäre schon angebracht.«

Der Fremde antwortete nicht, sondern klatschte in die Hände und trug dem herbeieilenden Diener auf, ihm einen Becher Wasser zu bringen.

Dann sagte er: »Wir kennen uns schon recht lange. Du weißt doch, daß du mich nicht in deine Gewalt bekommst, Ormor. Seit ich das Zimmer betreten habe, versuchst du, mich mit Zaubergewalt in die Knie zu zwingen. Es wird dir nicht gelingen!«

Der Zauberkönig ließ sich nicht aus der Ruhe bringen. Er gab den geistigen Kampf auf, lächelte freundlich und fragte im Plauderton: »Was machen deine Studien?«

Der Besucher antwortete ebenso freundlich: »Dein Interesse an meinen Grabungen ehrt dich. Dir brennen schließlich ganz andere Fragen auf der Zunge. Aber ich will dir dennoch antworten. Die Höflichkeit von Königen ist etwas Besonderes, man muß sie schätzen.

Ich bin mit meinen Ausgrabungen weiter gekommen und habe interessante Dinge entdeckt. Die Angaben der Zeitenwanderer sind richtig. Ich habe Spuren von Städten und Siedlungen gefunden, die weit in der Vergangenheit liegen. Sie müssen bereits vor Menschengedenken gebaut worden sein.«

Der alte Mann hätte noch lange weitererzählt, aber Ormor unterbrach ihn mit einer ungeduldigen Handbewegung: »Das ist wirklich schön für dich, daß du dies entdeckt hast. Wir wissen nun, daß die Zeitenwanderer nicht lügen. Aber laß uns zur Gegenwart zurückkehren. Alles, wovon du erzählst, ist lange vergangen. Wichtiger ist das, was heute geschieht, und davon solltest du Uns berichten.«

»Deine Höflichkeit war nur von kurzer Dauer, aber ich will deine Neugierde stillen. Allerdings wird dir nicht gefallen, was ich dir zu sagen habe. Der Turm Loron ist vernichtet.«

Als er diese Worte hörte, sprang Ormor auf und eilte zu dem Mann. Er umfaßte seine Schultern und rief: »Wir wußten es, Willmar, daß du es schaffen wirst. Nun ist der Sieg Unser.«

»Freu dich nicht zu früh«, dämpfte dieser die Begeisterung. »Der Turm ist gefallen, aber sie konnten den Custo retten.«

Dann erzählte er, was im Rotamin vorgefallen war. Er beschönigte nichts, erwähnte aber den Namen Simonarum nicht.

»Warum hast du dich besiegen lassen?« fragte der Zauberkönig entsetzt.

»Es kam mir etwas dazwischen, womit ich nicht gerechnet hatte«, murmelte Willmar.

»Du hast mit etwas nicht gerechnet? Ausgerechnet dir kam etwas dazwischen? Welches seltsame Wunder ist geschehen?«

»Darüber möchte ich nicht sprechen!«

»Uns verweigert man keine Auskunft!«

Wie um den Zauberkönig abzulenken fuhr der Buddler fort: »Wie du weißt, ist Nowogoro gefallen. Es ist nur noch eine brennende Ruine, und keiner seiner Bewohner hat überlebt.«

Triumphierend nickte Ormor.

»Aber man hat dir noch nicht mitgeteilt, daß auch dort der Custo vor dem Untergang der Stadt und des Klosters gerettet wurde. Das Netz besteht noch immer.«

Ormor hatte sich wieder gesetzt. Seine Begeisterung war verflogen. Er trank hastig einen Schluck von dem roten Wein, dann sagte er nachdenklich: »Das bedeutet, daß irgendwelche Leute sowohl den Custo aus Nowogoro als auch den aus dem Loron mit sich herumtragen. Wir müssen die neuen Hüter jagen. Kann es sein, daß Aramar selbst einen Custo in seine Obhut genommen hat?«

»Das glaube ich nicht. Er hat andere Aufgaben. Der Custo würde ihn an den Norden oder Süden des Gebirges fesseln. Das kann er sich nicht leisten.«

Ormor überlegte nicht länger. Er rief seine Diener und befahl, sogleich die Truppenführer zu wecken. Alle sollten sich im Thronsaal versammeln. Dann eilte er mit wehendem Mantel aus dem Raum, und Willmar folgte ihm gemächlich.

Die Männer, die sich schlaftrunken und mit müden Gesichtern in dem großen Saal versammelten, waren wilde Gesellen aus aller Herren Länder, die vor keiner Gefahr zurückschreckten und das

Töten als selbstverständliches Handwerk betrachteten. Die furchtbarsten unter ihnen aber waren die Orokòr. Schon allein die Reißzähne, die aus ihrem Mund wuchsen, ließ jedem das Blut in den Adern gerinnen. Diese Männer, die nun verloren und verwirrt vor dem prächtigen goldenen Thron standen, waren Hauptleute und Anführer großer Heere. Sie besaßen Einfluß und Macht, und viele Leute zitterten vor ihren willkürlichen Entscheidungen. In dieser Nacht hatte man sie aber unsanft geweckt und zu ihrem Herrn befohlen. Sie waren sogleich wie der gemeinste ihrer Untergebenen aufgesprungen und dem Befehl gefolgt. Wenn Ormor rief, widersetzte man sich nicht ungestraft.

Der Thronsaal mit den vielen Säulen, der so lang war, daß man den Herrschersitz von der Eingangstür nur in der Ferne erkennen konnte, war düster und nur notdürftig beleuchtet. Lediglich die Kerzen eines Kristalleuchters hatten die Diener angezündet. Ihr Licht mühte sich, das Dunkel zu durchdringen. Es war eine unheimliche Atmosphäre, und unheimlich war den Männern auch zumute. Es konnte nichts Gutes bedeuten, wenn der Herr sie mitten in der Nacht zu sich bestellte. Würde eine Bestrafung vorgenommen? Wen von ihnen ereilte das Schicksal? Am besten, man dachte nicht darüber nach, ging es den meisten durch den Kopf.

Endlich erschien Er. Ormor eilte mit seinem flatternden Mantel zwischen den Männern hindurch zu seinem Thron. In einigem Abstand folgte ihm gemächlich ein alter Mann, in zerlumpter Kleidung und mit langem Bart. Der Herr setzte sich nicht, sondern stieg nur auf das Podest und rief: »Männer, es gibt Arbeit. Eine Arbeit, die keinen Aufschub duldet. Ihr seid die besten Kämpfer von Centratur, und eure Leute haben sich ausgezeichnet durch Grausamkeit und Verwegenheit. Heute fordern Wir von euch alle Talente, die ihr habt. Seid noch rücksichtsloser und unbarmherziger, als jemals zuvor. Bietet all eure List auf und eure Ausdauer.

Wir wollen, daß ihr auf eine Jagd geht. Es soll die größte Jagd eures Lebens werden. Euer Wild ist gerissen, aber ihr werdet noch gerissener sein. Veranstaltet eine Treibjagd oder stellt Fallen, legt euch auf die Lauer oder setzt Lockvögel ein. Wir überlassen es euch. Wir wollen nur, daß ihr die Beute erlegt und sie zu Uns bringt. Sei es tot oder lebendig.

Wir versprechen euch, die Belohnung wird unermeßlich sein. Aber Wir versprechen euch auch, wenn ihr versagt, wird die Bestrafung furchtbarer sein, als ihr euch denken könnt. Wir werden euch die Haut in Streifen von euren Körpern ziehen, und dies wird nur der Anfang sein.

Aber soweit wird es nicht kommen, denn ihr werdet nicht versagen, dessen sind Wir uns sicher. Da ihr erfolgreich sein werdet, wollen Wir euch einzeln in Gold aufwiegen und euch für immer glücklich machen.«

Wie ein Fieber hatten diese Worte die Männer ergriffen. Sie riefen alle durcheinander: »Was wollt Ihr von uns, Herr? Wohin sollen wir gehen? Befehlt und wir folgen Euch.«

Mit ruhiger Stimme, die zu einem Flüstern herabgesunken war, fuhr der Zauberkönig fort: »Im Norden und im Süden des Thaurgebirges sind Männer und Frauen unterwegs, die etwas mit sich tragen. Das wollen Wir haben. Ihnen gilt die Jagd. Wenn euch dabei Leute in die Hände fallen, die nichts damit zu tun haben, so tötet auch sie. Lieber sterben ein paar Unschuldige, als daß Uns die Schuldigen entgehen. Erlegt das Wild und bringt Uns alles, was diese Leute bei sich tragen. Ich gebe euch Zeit, bis sich der Mond einmal gerundet hat.«

»Das Thaurgebirge ist groß«, wandte einer der Orokòr ein. »Wo sollen wir suchen?«

»Dies ist Willmar der Buddler«, antwortete Ormor und zeigte auf seinen schweigsamen Begleiter. »Er wird euch führen.«

»Nein, das wird er nicht«, sagte dieser leise, und plötzlich war es totenstill im Raum. Noch nie hatte es jemand gewagt, dem Herrn zu widersprechen. »Ich habe dazu keine Zeit und auch keine Lust. Kämpfe deinen Kampf ohne mich. Was schert mich deine Herrschaft über Centratur?«

Alle erwarteten, daß ein Blitz aus der Decke des Saals fahren oder sich der Fremde unter Schmerzen am Boden krümmen würde. Aber nichts geschah.

Statt dessen entspannten sich die finsteren Züge des Königs nach einer Weile, und er sagte freundlich: »Es war nur ein Scherz, Willmar. Natürlich werden Wir dich mit der Suche nicht belästigen. Wir werden doch noch einen Witz machen dürfen!«

Zu den Männern rief Ormor: »Ihr hört, er wird euch nicht führen. Doch das wird auch nicht nötig sein. Ihr findet die Gesuchten auch ohne fremde Hilfe. Nehmt all eure Soldaten! Zieht sie im Thaurgebirge zusammen. Beginnt die Suche noch heute nacht!«

»Aber viele der Truppen sind auf dem Weg nach Cantrel. Wir sollen nach Eurem Willen Whyten erobern!« wandte zaghaft ein hünenhafter Mann ein.

»Dann wird der Krieg mit Whyten verschoben. Die Jagd geht vor«, belehrte ihn sein Herr sanft. Dann aber fuhr er mit schneidender Stimme fort: »Und nun wollen Wir keine weiteren Einwände und keinen Zeitverzug mehr. Macht euch auf den Weg, ruht und rastet nicht, bis ihr Erfolg gehabt habt.«

Während die Männer den Saal im Laufschritt verließen, sagte Ormor zu Willmar: »Du wirst sehen, in kurzer Zeit ist das Netz zerstört. Dieser Meute entgeht niemand.«

»Da bin ich mir nicht so sicher«, murmelte der Alte. »Da bin ich mir gar nicht sicher!«

Inzwischen hatte sich die Tür wieder geöffnet, und eine kleine Gestalt mit rundem, haarlosem Kopf war hereingeschlüpft. Die Fingernagelschoner trug der Vespucci wie Dolche vor sich her. Er eilte zu Ormor und rief: »Wie ich hörte, habt Ihr den Feldzug gegen Cantrel verschoben?«

»Das haben Wir.«

»Das ist gegen die Vereinbarung!«

»Vereinbarungen sind dazu da, gebrochen zu werden.«

»Ihr müßt Whyten angreifen. Wenn Ihr zu lange zögert, können sie ihre Verteidigung wieder aufbauen, und alles war umsonst.«

»Dann wird es eben so kommen!« Die Stimme des Königs war gelangweilt und unbeteiligt.

Willmar folgte diesem Dialog mit Schmunzeln. Dann sagte er: »Ich muß gehen«, und ließ die beiden ungleichen Männer im Halbdunkel stehen.

Ormor rief ihm nach: »Wo gehst du hin?«

Da wandte der Buddler seinen Kopf und sagte mehr zu sich als zu dem Zauberkönig: »Ich gehe meiner Wege!«

Süden

Akandra und Marc haben im Osten zusammen mit der Zauberin Qumara inzwischen Rutan erreicht und können nun ihre eigentliche Aufgabe in Angriff nehmen. Im Westen ist das Heimland noch immer geknechtet. Inzwischen aber sind Pet, Marga und Glaxca nach Norden marschiert. Der Sohn des alten Mog ist dabei gestorben. Doch seine Freundin hat zusammen mit dem Zwerg Nowogoro erreicht und noch rechtzeitig den nördlichen Custo vom sterbenden Abt des Klosters übernommen. Sie sind nun auf der Flucht vor den Schergen Ormors.

Im Süden konnte Aramar den Untergang des Loron nicht verhindern. Sein Jugendfreund Willmar hat diesen Turm aus alter Zeit vernichtet. Der Zweikampf zwischen den beiden Zauberern wurde durch das Eingreifen des Alten vom Berg beendet. Daraufhin konnte Aramar den südlichen Custo retten und der Obhut von Axylia übergeben.

Nun befindet sich der Zauberer in höchster Eile auf dem Weg zurück nach Cantrel, der Hauptstadt von Whyten. Die Stadt wurde zwar von den Freiern befreit, aber sie kann einem Angriff feindlicher Truppen nicht standhalten. Es gibt noch viel zu tun, bis es soweit ist, und Aramar darf keine Zeit verlieren.

Die Gaukler

Die Luft war mild, die Bäume glänzten in frischem Grün, und Blumen leuchteten im Gras. Die Sonne schien von einem wolkenlosen Himmel. Die Wiese, die rechts am Weg lag, war an zwei

Seiten von Wald umgeben. Auf ihr standen etwa ein Dutzend Wagen. Zum Teil waren sie in der Art von kleinen Hütten ganz aus Holz gebaut und besaßen Fenster und Türen. Andere aber waren klein und nur mit Planen überspannt. Angebundene Pferde grasten die jungen Pflanzen ab. Vor den Planwagen sah man Maultiere und sogar Ochsen. Dazwischen standen Esel, und Ziegen meckerten mit prallen Eutern. Aus übereinandergestapelten Käfigen mit allerlei Geflügel drang Gackern, Schnattern und Piepsen.

Um die Wagen herrschte großes Durcheinander. Viele Leute liefen geschäftig in alle Richtungen. Die einen versorgten die Tiere, andere schleppten Wasser. Auf offenen Feuern wurde in großen Kesseln gekocht. In einer eisernen Pfanne schmorten Speck und Eier. Zwischen zwei Bäumen am Waldrand war ein Seil gespannt, über das ein kleines Mädchen mit nackten Füßen balancierte. Etwas abseits vom Getriebe bohrte sich ein dürrer hochgewachsener Mann einen eisernen Nagel durch die Zunge. Kinder übten Handstand und Überschlag.

Gaukler hatten sich auf der Lichtung häuslich niedergelassen, machten ihre Wagen sauber und bereiteten sich auf ihre nächsten Auftritte vor. Es waren wunderliche Gestalten. Jede von ihnen hatte eine andere Besonderheit. Da waren Verwachsene, Kleine mit besonders kurzen Beinen, Verstümmelte und Mißgeburten. Eine fette Frau, die sich wegen ihrer Körperfülle kaum bewegen konnte und ihren Unterhalt damit verdiente, daß sie sich von Neugierigen anstarren ließ, unterhielt sich mit einem Mann, dem ein dritter Arm aus dem Körper wuchs.

Das fahrende Volk ließ sich wenig stören, als ein alter Mann, der an den Sattel seines Reittieres noch fünf weitere Pferde gebunden hatte, bei ihm anhielt. Er stieg mühsam ab und reckte sich. Staub bedeckte seine Kleidung und man sah ihm an, daß er einen langen und anstrengenden Ritt hinter sich hatte. Er schritt ungeniert zwischen den Wagen hindurch, schöpfte Wasser aus dem Bach, der am Wald floß, und trank in tiefen Zügen. Dann füllte er seinen Hut und tränkte seine Pferde. Noch immer wurde er nicht beachtet.

Als er bei einer Gruppe stehenblieb und fragte, wohin die Truppe unterwegs sei, bekam er als Antwort lediglich das Wort »Cantrel« hingeworfen.

»Da werdet Ihr wenig Glück haben«, gab er zu bedenken. »In der Hauptstadt von Whyten sind Fremde zur Zeit nicht wohlgelitten.

Man hat dort schlechte Erfahrungen gemacht. Ich glaube nicht, daß man Euch in die Stadt hineinläßt.«

»In jeder Stadt sind Gaukler willkommen. Da machen wir uns keine Sorgen«, antwortete ein kleines Männchen mit langem schütterem Bart. Es hatte sich einen mächtigen Dolch um die Hüfte geschnallt, der bis zu seinen Kniekehlen reichte.

»Von mir aus könnt Ihr fahren, wohin Ihr wollt. Ich gedachte nur, Euch eine unnötige Reise zu ersparen.«

»Wir brauchen Euren Rat nicht«, die Stimme des kleinen Mannes klang jetzt giftig. »Wir wissen selbst, was wir zu tun und zu lassen haben.«

»Schon gut, schon gut«, beruhigte ihn der alte Mann.

Das Gespräch wurde unterbrochen durch die Ankunft von sechs Reitern in Harnischen und Helmen. Sie trugen lange Lanzen mit Eisenspitzen. Jeweils ein Morgenstern hing an ihren Sätteln, und an der Seite führten sie Schwerter mit sich. Dahinter folgte eine Sänfte zwischen zwei Pferden, von drei weiteren, schwerbewaffneten Kriegern bewacht. Ihre Vorhänge waren zugezogen. Dieser Zug hielt an der Wiese, und der Anführer auf dem ersten Pferd fragte mit dröhnender Stimme, ob man auf dem rechten Weg nach Cantrel sei.

Zuerst fühlte sich keiner der Gaukler angesprochen. Als jedoch der Bewaffnete rief, wenn er nicht bald Antwort bekäme, würde er allen Beine machen, meldete sich das kleine Männchen mit dem schütteren Bart zu Wort: »Der Fremde hier behauptet, man werde nach Cantrel nicht hineingelassen. Die Leute dort wollen keine Fremden sehen.«

»Das mag schon sein«, meinte der Anführer, »aber bei uns verhält es sich anders. Uns hat man gerufen, da werden wir wohl auch willkommen sein.«

Der alte Mann hatte dem Aufzug neugierig zugesehen. Er ließ seine Pferde stehen und trat langsam näher auf die Sänfte zu und mißachtete dabei die drohenden Gesten der Wächter. Dann sagte er laut: »Ich will tot umfallen, wenn das nicht Orasnika ist.«

Bei diesen Worten wurden die Vorhänge der Sänfte ein wenig beiseite geschoben und ein rundes Gesicht sah heraus. Seine Züge erhellten sich, und eine massige, auffallend kostbar gekleidete Gestalt sprang schwungvoll aus der Sänfte. Mit offenen Armen stürmte sie auf den Alten zu.

Dabei rief er: »Aramar, wie geht es Euch? Wo habt Ihr meine geliebte Galowyn gelassen? Wie habe ich mich all die Zeit nach meiner Freundin gesehnt!«

»Sie ist in Cantrel«, antwortete der Zauberer. »Aber wieso seid Ihr so sicher, daß man Euch dort empfängt?«

»Weil man mich gerufen hat! Man braucht dort meine Dienste.«

»Ihr meint, man will von Euch Waffen kaufen?«

»So ist es! Selbst in den schlimmsten Zeiten kann man auf zwei Dinge nicht verzichten: Nahrung und Waffen. Das eine liefern die Bauern, das andere ich. Wobei ich anmerken muß, daß die Bauern mitunter recht unzuverlässig sind, so daß die Leute unter Hunger leiden. Auf mich hingegen kann man sich unter allen Umständen verlassen. Verläßlichkeit ist die Voraussetzung für mein Geschäft.«

»Wollt Ihr damit sagen, Ihr beliefert Ormor, den Angreifer, und gleichzeitig auch die Verteidiger von Whyten?«

»Warum nicht? Dann sind wenigstens die Waffen gleichwertig. Möge der Bessere gewinnen!«

Aramar antwortete auf diesen Zynismus nicht, sondern bemerkte nur: »Dann haben wir zwar alle den gleichen Weg, aber wir können nicht gemeinsam reisen. Ich bin sehr in Eile.«

»Das ist schade«, meinte der beleibte Kaufmann. »Doch bevor Ihr Euch auf den Weg macht, müßt Ihr mein Gast sein. Ich würde mir ewig Vorwürfe machen, wenn ich Euch ohne jede Bewirtung ziehen ließe.«

Diese Einladung war Aramar recht unwillkommen, aber er befürchtete bei einem Disput darüber noch mehr Zeit zu verlieren, deshalb stimmte er widerwillig zu. Orasnika ging zu seinen Leuten und redete leise und lebhaft mit ihnen. Endlich kam er mit einer Flasche und zwei Gläsern zurück. Während er einschenkte, rief er den Gauklern zu: »Kommt her und zeigt eure Kunst! Es soll euer Schaden nicht sein!«

Erst kamen zehn, dann zwölf der Akrobaten und begannen mit ihren Kunststücken. Besonders einige Kinder taten sich hervor. Sie zeigten einen Handstand, bauten aus ihren Körpern Pyramiden und schnellten sich durch die Luft. Orasnika warf ihnen eine Handvoll Münzen zu, wandte sich dann aber ab und reichte dem Zauberer ein Glas mit einer gründgelben Flüssigkeit. Der roch daran und sah den Händler seltsam an.

»Ein guter Tropfen, der weit aus dem Osten kommt«, sagte der und stieß mit ihm an.

Da lächelte Aramar, »auf Euer Wohl!« und trank.

Ein Schmunzeln huschte bei diesem Anblick über das Gesicht des Dicken. Die Gaukler hatten mit ihren Kunststücken aufgehört, als sie bemerkten, daß ihnen niemand zusah. Doch der Händler drehte sich um und herrschte sie an: »Wollt ihr wohl weitermachen! Ich habe euch schließlich bezahlt!«

Dann sagte er mit freundlicher Stimme zu Aramar: »Es tut mir leid, mein Freund! Ihr werdet nicht vor mir in Cantrel sein. Ihr werdet aber auch nicht mit mir zusammen dort ankommen. Ihr werdet Cantrel überhaupt nicht wiedersehen. Dieser Trank wird Euch nämlich nicht bekommen. Er stammt tatsächlich aus dem Osten. Höfliche kleine Leute mit Köpfen ohne Haare haben ihn mir geschenkt, und das Fläschchen war mir schon oft nützlich.«

Der Zauberer schien überhaupt nicht beunruhigt und auch nicht erstaunt. Er fragte eher beiläufig: »Warum ist es Euch so wichtig, daß ich nicht vor Euch die Hauptstadt Whytens erreiche?«

»Lieber Freund, jetzt kann ich es Euch sagen. Nicht die Königin hat mich gerufen, sondern einer ihrer vornehmen Untertanen. Die Herrscherin darf im Moment noch nichts von mir wissen. Die Zeit ist noch nicht reif dafür. Meine Dienste sind zwar äußerst wertvoll, aber manche schätzen sie erst nach gebührender Vorbereitung. Dafür muß ich dem edlen Rankohr noch ein wenig Zeit lassen.«

»Ihr habt befürchtet, ich könnte in Cantrel der Königin von unserer Begegnung erzählen. Um dies zu verhindern, habt Ihr mich vergiftet? Warum habt Ihr mich nicht einfach gebeten zu schweigen?«

»Mein Lieber, es geht hier um Geschäfte von großer Tragweite. Da bittet man nicht zu schweigen, sondern zieht die sichere Lösung vor. Nehmt es nicht persönlich. Ich habe nichts gegen Euch. Ihr seid mir sogar sehr angenehm. Aber auf solche Regungen kann ein Kaufmann keine Rücksicht nehmen.«

Mit diesen Worten drehte er sich um und brüllte die Artisten an: »Wollt ihr wohl weitermachen für mein Geld! Gebt euch Mühe oder meine Männer treiben euch ein wenig an.«

Dann schenkte er Aramar wieder seine ganze Aufmerksamkeit. »Setzt Euch nieder«, sagte er fürsorglich. »Es wird Euch gleich schwindlig werden, dann quält Euch ein wenig Übelkeit, und bald ist es vorbei. Ihr werdet nicht lange leiden, das verspreche ich Euch!«

»Es ist wirklich freundlich, wie Ihr Euch um mich kümmert«,

antwortete der Alte. »Aber Ihr macht Euch umsonst Gedanken. Natürlich habe ich sogleich gemerkt, daß Ihr mir eine Giftbrühe in das Glas geschüttet habt. Doch bedenkt, ich bin ein Zauberer. Habt Ihr je davon gehört, daß man Zauberer vergiften kann? Euer Trank wird mir wohl bekommen. Deshalb bitte ich Euch, auch einen Schluck von der köstlichen Erquickung zu Euch zu nehmen.«

Der Händler starrte ihn bei diesen Worten entgeistert an: »Wollt Ihr sagen, ich habe Euch nicht vergiftet?«

»Genau dies, mein falscher Freund! Doch nun seid Ihr mit dem Trinken an der Reihe!«

»Ihr seid verrückt! Niemals werde ich einen Tropfen von dem Vespuccizeug anrühren!«

»Ich werde Euch zu überreden wissen!«

Da rief Orasnika seine Bewaffneten und befahl ihnen, Aramar zu töten. Der war das Spiel nun leid und zog sein Schwert. Ein heftiger Kampf entbrannte. Und während die Männer fochten, und einer nach dem andern aus dem Begleitzug des Kaufmanns fiel, führten die Gaukler in Todesangst weiter ihre Kunststücke vor. Endlich hatte Aramar den Kampf zu seinen Gunsten beendet. Einige seiner Gegner waren tot, andere hatten sich aus dem Staub gemacht. Der Händler war eben dabei, in seinen grellbunten Kleidern und den weißen Stiefeln im Wald zu verschwinden.

Aramar rief zu den fahrenden Leuten: »Ihr erhaltet seine Börse, wenn ihr ihn zu mir bringt!«

Nach dieser verlockenden Aufforderung stand Orasnika bald wieder vor ihm. Die Gaukler hatten einen großen Kreis um sie gebildet und harrten neugierig der Dinge, die nun geschehen sollten. Vorsichtig ergriff der Zauberer das Glas, aus dem er selbst getrunken hatte. Er füllte es aus der geschliffenen Karaffe bis zum Rand und reichte es mit großer Geste dem Händler. Doch der warf es zu Boden, so daß es zerbrach.

»Ihr seid ein wenig ungestüm«, bemerkte Aramar. »Doch wenn Ihr so gierig seid, so dürft Ihr gern aus der Flasche trinken.«

Er winkte die Gaukler zur Hilfe, und gemeinsam gelang es ihnen, dem feisten Mann das Gift einzuflößen. Der schrie wie am Spieß, spuckte und versuchte das Zeug wieder herauszuwürgen. Der Zauberer kümmerte sich nicht weiter darum. Er bestieg sein Pferd und rief im Anreiten noch über die Schulter zurück: »Führt ihm noch etwas von eurem Können vor. Schließlich hat er euch dafür bezahlt. Dann begrabt ihn. Wir sehen uns in Cantrel!«

Die Ausweisung

Die Weiße Stadt lag friedlich in der Nachmittagssonne. Ihre Mauern und besonders der Palast, der über ihnen schwebte, glänzten so sehr, daß die Augen des Beschauers geblendet waren. Aramar führte seine Pferde in einen der Ställe vor der Mauer, dann schritt er zum Tor. Die Wachen dort kreuzten ihre Hellebarden. Man wolle hier keine Fremden, riefen sie ihm zu.

Zum Glück kam gerade Grunema vorbei, um nach dem Rechten zu sehen. Er umarmte den Freund mit großer Herzlichkeit und gab Anweisung, ihn passieren zu lassen.

»Wir sind vorsichtig geworden, wie du siehst«, erklärte er, als sie das Tor durchschritten. »Noch immer ist die Stadt nicht völlig aufgeräumt. Wir wollen dabei nicht gestört werden. Zwar nehme ich an, es wird noch eine Weile dauern, bis sich erneut Fremde zu uns wagen, aber man kann nie wissen.«

Die Straßen waren sauber gefegt und die Häuser in Ordnung gebracht. Überall herrschte geschäftiges Leben. Die Bürger bewohnten wieder ihre Häuser und reparierten die Schäden. Alltag war in der großen Stadt eingekehrt. Seine Gefährten fand Aramar nicht in der Unterkunft, die sie am ersten Tag genommen hatten. Die Familie, der das Haus gehörte, war sehr beschäftigt und etwas ungehalten über den Fremden, der ungebeten bei ihnen eingedrungen war. Der Hausherr riet ihm, im Palast nachzufragen. Dann wandte er sich wieder mit scharfen Befehlen an zwei Männer, die eiserne Ringe um den Hals trugen. Die Sklaverei war in Cantrel noch immer selbstverständlich. Der Zauberer nahm sich vor, mit Lunete darüber zu reden.

Die Wachen vor dem Palast ließen den Zauberer passieren. Langsam stieg er die vielen Treppen hinauf, wobei er ein ums andere Mal stehenblieb und sich umsah. Unter ihm dehnte sich die Stadt aus. Von hier oben konnte er über die Stadtmauern sehen. Im Norden erkannte er die Ruburhöhen und die Festung Irilith. Weit entfernt im Westen blinkte der Graue Fluß. Von dort würden die feindlichen Heere anrücken. Sie würden leichtes Spiel haben, denn diese Stadt war nicht verteidigungsbereit. Wie sollten die Leute von Whyten der Übermacht widerstehen? Aramar zermartere sich den Kopf nach einem Plan, aber es wollte ihm nichts einfallen.

Oben auf der Terrasse kam ihm Lunete entgegen. Sie hatte von seiner Ankunft gehört. Sie umarmten sich, und man sah, wie glücklich die Achajerin über die Rückkehr des Freundes aus alter Zeit war. Rasch unterrichtete sie der Zauberer über seine Erlebnisse. Als er sich nach Smyrna, Galowyn und Fallsta erkundigte, verdüsterte sich das Gesicht der Königin. Die Sängerin und ihre Dienerin seien im Gefängnis, erklärte sie, und der Goldgräber besuche sie gerade.

Aramar war wie vom Schlag getroffen. Barsch fragte er die Freundin, was vorgefallen sei. Er erfuhr, daß man die beiden Frauen des Diebstahls bezichtigte. Da die Stimmung gegen Fremde in der Stadt an sich schon gespannt sei, habe man sie deshalb ohne viel Federlesens in eine Zelle unter dem Palast gebracht.

»Was soll das?« rief der Zauberer. »Ich kenne die beiden schon lange und verbürge mich für sie. Niemals würden sie etwas stehlen! Im übrigen gibt es in Cantrel wahrlich andere Probleme, als derartig absurde Beschuldigungen zu widerlegen. Wenn Ormors Heere einfallen, bleibt hier kein Stein mehr auf dem anderen.«

Die Königin sah ihn ernst an.

»Ich glaube dir, mein Freund! Auch ich vertraue den beiden Frauen. Ich habe sie sogar liebgewonnen. Zudem weiß auch ich um die Gefahr, in der wir schweben. Aber Cantrel ist nur stark und fähig, sich zu verteidigen, wenn in den Mauern dieser Stadt das Recht regiert. Diebstahl ist ein schweres Vergehen, und ich bin als Königin auch die oberste Richterin und muß der Anklage nachgehen und das Verbrechen ahnden. Ich konnte deinen Begleiterinnen den Kerker nicht ersparen. Alle Beweise sprechen gegen sie. Sie sind zudem auch noch geständig.«

Aramar sah sie mit offenem Mund an.

»Sie sind geständig?« fragte er verwirrt.

»Ja, sie haben die Tat zugegeben. Da konnte ich nicht anders handeln und mußte sie festnehmen. Die Königin ist der Garant für das Recht eines jeden Bürgers in ihrem Land. Das mußt du verstehen.«

Endlich fand der Zauberer die Sprache wieder: »Was sollen sie gestohlen haben?«

»Eine Sklavin. Und dies ist ein besonders schwerer Diebstahl, denn Sklaven sind kostbar.«

»Menschen kann man nicht stehlen! Keiner ist das Eigentum eines anderen.«

»Lieber, da irrst du dich. Wenn jemand als Kriegsbeute mitgeschleppt wird oder sich verkaufen mußte, weil er seine Schulden nicht bezahlen konnte, dann verliert er das Recht an sich selbst und wird zum Eigentum. Dieses Eigentum muß ich als Königin des Landes schützen.«

»Das ist doch Unsinn! Du bist doch nicht gezwungen, Verbrechen zu dulden oder gar zu schützen, und Sklavenhaltung ist ein Verbrechen.«

»Das sehe ich ganz anders. Es gibt kein allgemeines Recht oder Unrecht, sondern die Bewohner eines Landes beschließen gemeinsam, wie sie leben wollen, was sie von nun an für Recht halten und was nicht. An diesen Beschluß sind dann alle gebunden, auch Fremde, die das Land besuchen. Es mag ja sein, daß in ihrer Heimat die Gesetze anders sind, auf anderen Meinungen oder Einsichten beruhen, wenn sie aber gegen die Gesetze des Gastlandes verstoßen, müssen sie damit rechnen, bestraft zu werden. Sonst könnte jeder kommen und sagen ›bei mir gelten andere Gesetze‹ und tun und lassen, was er will!

Hier in Whyten ist Sklaverei durchaus rechtens und zwar aus gutem Grund. Wenn sich jemand Geld borgt und es nicht zurückgibt, so schädigt er den anderen.

Was soll derjenige tun, wenn sein Schuldner ihm einfach mitteilt: ›Ich kann dir dein Geld nicht zurückzahlen, dir aber auch nichts anderes dafür geben, weil ich nichts habe!‹

Soll er dann ganz einfach zu sich selbst sagen: ›Da habe ich eben Pech gehabt. Wir vergessen die Sache.‹?

Soll er vielleicht dem armen Mann, der ihn betrogen hat, noch einmal Geld geben, weil der ja nichts hat? Ist es etwa nicht Diebstahl, wenn man eine Schuld nicht zurückzahlt?

In Whyten herrscht das Recht. Unsere Rechtsgelehrten sagen dazu: ›Das Unrecht wird geheilt.‹ Deshalb darf in diesem Fall der Gläubiger bei uns das an sich nehmen, was dem Schuldigen noch geblieben ist, nämlich seine Fähigkeit zu arbeiten. Diese Regelung ist doch besser, als ihn in den Turm zu werfen und ihn dabei auch noch ernähren zu müssen!«

»Es gibt ein Recht, das steht über den Gesetzen eines Landes. Und nach diesem Recht ist jeder Mensch frei und kann über sich selbst verfügen. Dieses Recht darf niemals eingeschränkt werden!«

»So, und warum nicht?«

Die beiden waren in einen heftigen Streit geraten, und hatten darüber Fallsta nicht bemerkt, der eben aus den Kerkern kam. Er trat jetzt auf Aramar zu und sagte: »Wie bin ich froh, daß Ihr da seid! Ihr müßt sofort helfen! Galowyn geht es nicht gut. Wir müssen sie aus dem Kerker holen.«

»Das wird nicht möglich sein«, bemerkte die Königin.

Der Zauberer hatte seinen Zorn hinuntergeschluckt und sprach wieder mit ruhiger Stimme: »Nun erzählt endlich, was vorgefallen ist.«

Lunete und Fallsta berichteten nun abwechselnd. Sie widersprachen sich in vielen Punkten, stritten sich, aber am Ende schälte sich folgende Geschichte heraus.

In Whyten gab es einige Familien, die dem Königshaus besonders nahestanden und zum Hof gehörten. Eine dieser Familien waren die Rankohrs. Ihr Oberhaupt war der Edle Rankohr, der ein großes Haus im Süden der Stadt besaß. In diesem Haus war der Edle während der Herrschaft der Freier geblieben und nicht mit den anderen Einwohnern von Cantrel in den Untergrund gegangen. Dies war auch nicht nötig gewesen, denn man hatte nie eine der berüchtigten falschen Anklagen gegen ihn erhoben. Er hatte aber unter den »Gästen« sehr zu leiden gehabt. Selbst seine drei Sklaven, zwei Männer und eine Frau, hatten die Fremden ihm zu nehmen versucht. Dennoch hatte er in den schlimmen Zeiten durchgehalten. Nun, nachdem endlich alle Freier vertrieben waren, sollte ihm schon wieder seine Sklavin genommen werden.

Dieser Schilderung widersprach Fallsta energisch. Er berichtete, Rankohr habe die Sklavin auf offener Straße ausgepeitscht und danach einfach liegen lassen. Smyrna und Galowyn hätten sich der unglücklichen Frau angenommen und sie in ihr Quartier gebracht. Dort hätten sie die Verwundete gepflegt. Als es der Sklavin später ein wenig bessergegangen sei, habe Rankohr einen Boten geschickt mit dem Auftrag, sein Eigentum zurückzuholen. Galowyn habe sich aber geweigert, die unglückliche Frau herauszugeben. Schließlich sei die Sklavin noch nicht gesund, habe sie ausrichten lassen. Daraufhin sei Rankohr selbst gekommen, habe mit Verweis auf seine Abstammung aus vornehmem Geschlecht sein Eigentum zurückgefordert. Die Sängerin und ihre Dienerin hätten aber auch diesmal nicht sogleich nachgegeben und statt dessen gefragt, ob die verwundete Frau denn weiterhin gute Pflege bekäme, bis sie völlig genesen sei. Da habe Rankohr gelacht und gesagt, er pflege seine Sklaven gewöhnlich mit der Peitsche. Sie würden durch diese Behandlung rascher gesunden, als durch jede

Medizin. Daraufhin hätten ihm die beiden Frauen die Tür vor der Nase zugeschlagen. Rankohr sei dann mit Bütteln zurückgekommen und habe Smyrna und Galowyn wegen Diebstahls gefangensetzen lassen.

Die Königin bestätigte diesen Bericht und meinte, die Schuld der fremden Frauen sei offensichtlich. Sie habe deshalb nichts für sie tun können und der Gerechtigkeit ihren Lauf lassen müssen. Rankohr sei völlig im Recht gewesen. In der Stadt stelle man sich die Frage, weshalb sich die Gäste eingemischt hätten. Derartige Einmischungen erinnerten an die Übergriffe der sogenannten Freier, und etwas Derartiges wolle man in Cantrel nicht noch einmal erleben.

Der Zauberer hatte sich alles schweigend angehört. Nur als die Rede auf den Eigensinn der Sängerin und ihrer Dienerin gekommen war, hatte er grimmig genickt. Die Königin spürte seine Mißbilligung und versuchte, sein Verständnis zu gewinnen.

»Lieber«, sagte sie mit warmer Stimme, »du weißt, es ist in Whyten nicht üblich, daß Frauen die Herrschaft ausüben. Aber ich bin eine Frau, und mein Volk beobachtet mich deshalb besonders mißtrauisch. Du kannst dir vorstellen, daß ich schon deshalb unseren Gesetzen treuer folgen und sie mehr schützen muß, als jeder Mann.«

Aramar schwieg noch immer.

»Einen Rechtsbruch kann ich nicht zulassen. Gerade bei meinen Freunden kann ich kein Auge zudrücken, und die beiden Frauen zähle ich zu meinen Freunden. Eine Königin muß über allem stehen. Sie darf sich nicht von Gefühlen blenden und leiten lassen.«

Der Zauberer antwortete ihr: »Ich hätte genauso gehandelt wie Galowyn und Smyrna!«

Mit diesen Worten ging er an der Königin vorbei in den Palast.

»Dann hätte ich auch dich in den Kerker werfen lassen«, rief sie ihm wütend nach.

Da drehte er sich um und sagte bitter: »Du vergißt, daß wir es waren, die euch von diesen Schmarotzern befreit haben. Ist das der Dank?«

»Du willst Dank?« entgegnete sie. »Du willst eine Schuld einklagen? Du sollst ihn haben. Hier in Whyten werden alle Rechnungen bezahlt. Ich werde die beiden Frauen freilassen. Da sie aber Diebinnen sind, können sie nicht in der Stadt bleiben. Ich muß sie ausweisen. So wird dein Wunsch erfüllt und ihnen der Kerker erspart. Ich kann die Ausweisung als Strafe darstellen und somit behaupten, die Gerechtigkeit sei wiederhergestellt.«

Man sah Lunete an, daß ihr dieser Einfall gefiel. Sie hatte damit das Problem gelöst und es allen recht getan. Deshalb traf sie die Entgegnung Aramars wie ein Schlag: »Dir ist doch klar, daß ich mit ihnen gehe, wenn du sie ausweist?«

»Ich kann es nicht verhindern!« Die Stimme von Lunete war kalt.

»Ich habe dir auch gesagt, daß Ormor ein großes Heer versammelt. Ihr seid schutzlos.«

»Das hast du gesagt. Dann muß es wohl so sein, und wir werden versuchen, allein der Gefahr zu begegnen. Ich werde dennoch nicht von meiner Entscheidung abweichen. Denn warum sollten wir Cantrel verteidigen, wenn in seinen Mauern kein Recht mehr gilt? Zuerst müssen wir hier Ordnung schaffen, dann können wir uns über Feinde Gedanken machen.«

Die Stimme der Königin klang verzweifelt. Sie hoffte, daß der Freund aus alten Zeiten endlich begreifen und ihr zustimmen würde. Doch der antwortete nur: »Leb wohl, Lunete! Dies ist kein schöner Abschied!«

»Auch ich habe mir die Trennung von dir freundlicher vorgestellt. Aber in der Not hat man keine Freunde.« Dann sagte sie noch: »Ich lasse die Frauen vor das Westtor bringen.«

Sie schritt in den Palast und blickte kein einziges Mal mehr zurück. Aramar und Fallsta stiegen nach dieser Auseinandersetzung mit hängenden Schultern die hohe Treppe hinab. Mit dieser Entwicklung hatten sie nicht gerechnet.

Endlich sagte der Zauberer: »Der Feind ist überall und lenkt die Geschicke. Doch ich kann ihn hier noch nicht entdecken. Dieser Bruch zwischen der Königin und uns nutzt nur dem Gegner. Unsere Kräfte werden immer mehr aufgesplittert. Wir, die wir unterlegen sind, mißtrauen uns gegenseitig.«

Die Gestalt von Fallsta straffte sich.

»Gebt es auf«, sagte er bitter, »nach einem Gleichgewicht der Kräfte zu streben. Dieser Kampf wird ungleich bleiben. Wir werden immer unterlegen sein. Deshalb sollten wir jede offene Auseinandersetzung vermeiden. Wenn wir gewinnen, nein, wenn wir überleben wollen, müssen wir uns auf andere Waffen besinnen.«

Aramar nickte und gab ihm recht. Als sie durch die Straßen liefen, kamen ihnen Grunema und Brana entgegen. Die beiden Freunde hatten von ihrer Ausweisung erfahren und suchten sie, um sich zu verabschieden. Sie begleiteten die beiden Männer zum Westtor.

»Das alles tut mir so leid«, sagte Brana. »Freunde sollten so nicht scheiden.«

»Da stimme ich dir zu«, Aramars Stimme war trocken. »Aber die Dinge sind nun einmal, wie sie sind. Was habt ihr in der Zwischenzeit hier in der Stadt erreicht?«

»Wir haben eine Bestandsaufnahme gemacht. Die Nahrung reicht bei sparsamem Verbrauch noch etwa vier Monate.«

Grunema senkte seine Stimme und flüsterte: »Ich muß Euch noch etwas Seltsames berichten. Vor ein paar Tagen kamen kurz vor Einbruch der Dunkelheit Vespucci am Osttor an. Rankohr hat sie empfangen und sogleich in den Königspalast gebracht. Ich weiß nicht, welche Bedeutung dieser Besuch hat, aber ich befürchte Schlimmes.«

»Damit habe ich nicht gerechnet«, gab Aramar entsetzt zu. »Das bedeutet, daß die Stadt noch immer in der Hand des Feindes ist. Ich höre immer wieder den Namen Rankohr. Er ist mir in den letzten Tagen schon einmal untergekommen, ich kann mich nur nicht mehr erinnern, bei welcher Gelegenheit dies gewesen ist.«

Bald hatten sie das Stadttor durchschritten. Dabei bemerkte der Goldgräber: »Gestern feierte man uns noch als Retter, heute werden wir wie räudige Hunde aus der Stadt gejagt.«

Die beiden Freunde aus Cantrel hörten die Worte, und es war ihnen anzusehen, wie peinlich ihnen alles war. Deshalb sagte Aramar beschwichtigend: »Bitterkeit hilft uns nicht weiter. Doch hier in Whyten entscheidet sich meiner Ansicht nach das Schicksal von Centratur. Deshalb werde ich nicht aufgeben, für dieses Land zu kämpfen. Und ich werde diesen Kampf führen, auch wenn es die Königin nicht will.«

»Wir stehen dabei an Eurer Seite«, rief Brana sofort. »Wir bleiben weiter Kampfgefährten!«

Grunema stimmte ihr zu und beteuerte, daß er viele Leute in Cantrel kenne, die genauso dächten wie sie. Dann kam der Abschied, und alle wünschten, sich bald wiederzusehen.

Der Goldgräber und der Zauberer holten ihr Gepäck und die Pferde aus dem Stall vor dem Tor. Grosskorl und Rimo fanden sich ein und halfen beim Satteln. Dann kam die Abordnung der Königin. Es waren sechs Männer aus der Palastwache, die Galowyn und Smyrna, in Fesseln wie gefährliche Verbrecher, mit sich führten.

Die Sängerin war blaß und taumelte. Man sah ihr an, daß sie krank war. Dennoch fielen sich die Gefährten voller Freude in die Arme.

Der Anführer trat vor und sprach mit amtlicher Stimme: »Im Namen der Königin verweise ich Euch, Galowyn und Smyrna, der Stadt und des Landes. Ihr habt Whyten auf dem kürzesten Weg zu verlassen. Solltet Ihr bleiben oder wiederkommen, werdet Ihr unverzüglich in Haft genommen. Geht nun, mögen wir Euch nie wieder sehen!

Euch, Fallsta, läßt die Herrscherin ausrichten, Ihr mögt in einem Jahr zurückkommen. Dann könnt Ihr das Gold abholen, das Ihr dem Land geliehen habt. Die Königin legt Wert auf die Feststellung, daß man in Whyten seine Schulden bezahlt.«

»Hat sie Euch auch ein Wort für mich aufgetragen?« fragte Aramar.

»Ihr habt keine Erwähnung gefunden!«

Fallsta und Smyrna halfen Galowyn in den Sattel, dann ritten sie los. Es war ein trauriger Abschied. Der Feind hatte kampflos eine Schlacht gewonnen. Bevor sie sich auf ihrem Weg nach Norden wandten, schickte Aramar Grosskorl und Rimo zurück nach Hispoltai zu Einada und Rodjan. Sie sollten das Königreich Equan warnen. Die junge Königin mußte wissen, daß Cantrel kein Bollwerk mehr bei einem Angriff war.

Die Händler

»Wohin sollen wir uns wenden, Aramar?« fragte Smyrna verzweifelt. »Überall ist Krieg und Galowyn ist krank. Cantrel war das eigentliche Ziel unserer langen Reise. Dort wollten wir bleiben. Nun bin ich ratlos.«

»Ich werde euch an den sichersten Ort von ganz Centratur führen. Dort bekomme auch ich Rat und Hilfe.«

Bald erreichten sie die Straße nach Wist. In Friedenszeiten zogen hier viele Handelskarawanen entlang. Deshalb war sie gut ausgebaut und gepflastert. Bäume säumten ihren Weg und boten Reitern und Wanderern wohltuenden Schatten gegen die Sonne, die nun gegen Mittag bereits sengend vom Himmel brannte. Bei der ersten Rast nicht weit hinter Cantrel betteten sie Galowyn ins Gras am Straßenrand, und der Zauberer untersuchte sie. Er erhob sich mit ernster Miene.

»Gift!« sagte er. »Man hat ihr Gift gegeben. Doch warum? Wer will sie aus dem Weg räumen?«

»Bin ich auch vergiftet?« fragte Smyrna entsetzt.

Aramar schob ihre Lider nach oben und sah der Dienerin tief in die Augen. Dann fühlte er ihren Puls und ließ sich die Zunge zeigen. Nach einigen weiteren Untersuchungen sagte er: »Du bist völlig gesund. Nur unsere Galowyn hat man zu vergiften versucht.«

»Wird sie sterben?« fragte Fallsta.

»Nein, ich habe Kräuter bei mir, die ihr helfen werden.«

Tatsächlich ging es der Sängerin schon bei der nächsten Rast besser. Sie hatte wieder Farbe im Gesicht und lächelte sogar, als Fallsta sich nach ihrem Befinden erkundigte. Ihre Gesundung machte rasche Fortschritte. Später lenkte die Sängerin ihr Pferd neben das von Aramar.

»Du hast mir das Leben gerettet«, sagte sie schlicht.

»Ja«, antwortete der Zauberer. »Ich glaube, das Retten ist meine Bestimmung.«

»Was war das für ein Gift?«

»Ich glaube, ich weiß, was man dir gegeben hat. Erinnerst du dich an den Meuchelmörder in Cantrel? Es war ein Süchtiger. Ich habe euch damals erzählt, das Rauschmittel werde aus einem seltenen Pilz hergestellt. Der Pilz wird auf eisernen Platten geröstet, danach zerrieben und die Süchtigen schnupfen das Pulver. Bei dem Vorgang des Röstens verliert der Pilz natürlich seine Flüssigkeit. Sie läuft in dünnen Bächen von den Platten auf den Boden. In der Regel achtet man nicht auf das Pilzblut, wie es genannt wird, denn es ist giftig. Aber einige der Röster fangen es auf und verkaufen es. Dir hat man Pilzblut gegeben. Es wirkt sehr langsam, so daß man den Täter kaum ausmachen kann, aber es ist immer tödlich.«

»Wer wollte mich vergiften?«

»Das weiß ich nicht. Wir können jedoch aus dem Vorfall sehen, daß in der Stadt noch immer der Feind tun und lassen kann, was er will. Ich mache mir große Sorgen. Wenn aber Cantrel fällt, wird ganz Whyten zur Beute der Angreifer, und dann kann sich auch Equan nicht mehr halten. Gehen aber die südlichen Königreiche unter, so ist ganz Centratur verloren. In diesem Kampf haben wir wenig Chancen. Noch nie waren wir so schwach und den Feinden so sehr ausgeliefert. Die Vespucci erscheinen mir wie Kraken. Mit der Spitze ihrer Tentakel sind sie bereits in unseren Städten und damit in unseren Herzen. Man kann niemandem mehr trauen. Jeder kann von den Feinden gekauft oder verführt sein. Das macht mich mut- und ratlos.«

Der Zauberer preßte die Lippen aufeinander, gab dem Pferd die Sporen und galoppierte ohne ein weiteres Wort an die Spitze des Zuges.

Abseits der Straße sahen sie Dörfer. Aber kein Vieh war auf den Weiden, und auch Menschen ließen sich nicht blicken. Die Felder waren nicht bestellt.

»Es fehlt Saatgut«, vermutete Fallsta. »Das Volk von Whyten geht einer großen Hungersnot entgegen.«

Kurz nachdem er diese Feststellung getroffen hatte, sprangen hinter Büschen am Straßenrand Männer hervor. Sie stellten sich vor und hinter den Pferden auf mit Sensen und Mistgabeln in den Händen.

»Steigt ab«, rief ihr Anführer, »oder ihr seid des Todes!«

Seine Hose war zerrissen und sein Überwurf fadenscheinig und ausgebleicht. Auch die anderen Männer sahen nicht besser aus. Ihre Gesichter waren ausgemergelt und ihre Arme bis auf die Knochen abgemagert. Fallsta hatte sein Schwert gezogen, aber Aramar blieb ganz ruhig.

»Was wollt ihr?« fragte er.

»Eure Ausrüstung und eure Pferde. Euer Leben könnt ihr behalten.«

»Ausrüstung und Pferde brauchen wir selbst. Wir können euch nichts abgeben.«

»Wenn ihr nicht freiwillig gebt, so werden wir es uns nehmen.« Die Stimme des Mannes klang verzweifelt.

»Glaubt ihr wirklich, daß ihr gegen Reiter, die scharfe Waffen tragen und sie auch zu führen wissen, ankommt? Ich reite dich nieder, bevor du diese lächerliche Mistgabel auch nur heben kannst. Geh mir aus dem Weg!«

»Vorwärts! Auf sie!« schrie der Mann und stürmte auf Aramar los. Doch seine Genossen zögerten. Die Worte des Zauberers hatten ihnen angst gemacht. So blieb ihr Anführer allein bei seinem Angriff.

Aramar ließ sein Pferd mit einem leichten Schenkeldruck einen Schritt zur Seite machen, beugte sich vor und ergriff geschickt die gegen ihn gerichtete Forke am Stiel. Mit einem Ruck riß er sie dem Mann aus der Hand und schlug ihm den Stiel über den Kopf. Der Angreifer brach zusammen. Seine Kameraden hatten mit Bestürzung zugesehen und wichen scheu ein paar Schritte zurück. Ohne sie weiter zu beachten, stieg der Zauberer ab und kümmerte sich um den auf dem Boden Liegenden. Der hatte eine Platzwunde am Schädel und blutete stark. Aramar verband sie mit ein paar Fetzen Stoff, die er immer in der Satteltasche mit sich führte. Der Verwundete kam bald wieder zu sich.

»Du bist ein mutiger Mann«, sagte der Zauberer. »Aber Mut allein führt nicht zum Ziel. Ein Kampf, bei dem man keine Chancen hat, ist ein törichter Kampf!«

Und töricht sind auch wir, wenn wir den Vespucci und Ormor widerstehen wollen, dachte er bei sich.

Laut fuhr er fort: »Wir haben nicht genügend Proviant, um mit euch teilen zu können. Unser Weg ist noch weit, und ohne Nahrung kommen wir in Not. Doch du sollst etwas davon bekommen, denn ich ehre Tapferkeit.«

Er gab dem Mann einen Kanten Brot und etwas Salz. Dann ritten sie weiter und ließen verblüffte Gesichter zurück.

»Das waren doch Wegelagerer«, sagte Galowyn. »Warum bist du so glimpflich mit ihnen verfahren?«

»Räuber bekämpfe ich, aber keine hungernden Menschen. Ich hätte ihnen gern geholfen, wenn ich gekonnt hätte.«

»Wann werden die Leute hier wieder glücklich sein und in Frieden leben können?« fragte Smyrna.

Der Weg führte durch die östlichen Ausläufer der Ruburhöhen. Die Hügel waren mit dichten Tannenwäldern bewachsen. Über der Straße lag ein graues Zwielicht. In dieser düsteren Gegend begegneten sie nach Tagen den nächsten Menschen. Drei Reiter kamen ihnen entgegen. Sie ritten auf wertvollen Pferden, die Sättel waren mit Silber beschlagen, und sie trugen teure Waffen. Vor und hinter ihren Sätteln hingen kleine Beutel. Die Männer grüßten freundlich, und man lud sich, wie es in einsamen Gegenden üblich ist, zu gemeinsamer Rast ein. Alle saßen ab, und Fallsta entzündete ein Feuer. Dann boten sie sich gegenseitig von ihren Vorräten an. Die Speisen der Fremden waren allerdings weit weniger karg, als die der Gefährten.

»Wo wollt Ihr hin?« begann einer der Männer das Gespräch. Er war noch jung und trug das Haar kurz geschnitten. Seine Kleider hatten etwas Geckenhaftes an sich.

»Wir kommen aus Cantrel und wollen nach Blutschah.«

Fallsta hatte sich zum Wortführer gemacht.

»Da müßt Ihr durch Wist. Dort erwartet Euch kein schöner Anblick. Der Ort ist völlig zerstört. Alle Häuser sind niedergebrannt.« Die Stimme des Burschen hatte einen wichtigtuerischen Klang. »Wählt eine andere Route. Dort gibt es kein Durchkommen. Das ganze Tal ist gesperrt. Vespucci halten zusammen mit einer Menge Söldner Wache. Niemand darf Wist betreten.«

»Wie kommt es, daß man Euch durchgelassen hat?«

»Wir machen mit den Glatzköpfen Geschäfte.«

»Zahlen sie gut?«

Da lachte der zweite der Burschen. Er war noch jünger als der erste.

»Nicht sie zahlen, wir zahlen!«

»Das müßt Ihr erklären«, mischte sich Galowyn mit honigsüßer Stimme ein. Ihr Gesicht war so einfältig, als hätte sie eben erst vernommen, daß es außer dem weiblichen noch ein männliches Geschlecht gibt.

»Ganz einfach! Sie verkaufen und wir kaufen.«

»Was kauft Ihr denn?«

»Das binden wir Euch nicht auf die Nase«, lachte der erste.

»Und wohin verkauft Ihr?« fragte nun Fallsta.

»Nach Cantrel, Arminia und Rachis. Diesmal wollen wir es auch in Hispoltai versuchen.«

»Da habt Ihr ja sehr weite Wege vor Euch. Lohnt es sich denn?«

Nun mischte sich der dritte der Reiter ein: »Ihr seid sehr neugierig! Meine Freunde haben genug gequatscht! Erzählt lieber, in welchen Geschäften Ihr unterwegs seid.«

Da sagte Smyrna hart, ohne auf die Frage zu achten: »Ihr seid Rauschgifthändler! An Euren Sätteln hängt Kir.«

»Ihr habt es erraten«, stimmte ihr der erste der Burschen noch immer lachend zu. »Wollt Ihr etwas kaufen?«

»Wir wollen keinen Teil Eurer Vorräte kaufen«, erklärte nun Aramar mit leiser Stimme. »Wir wollen alles!«

»So eine Gier ist mir bis jetzt noch nicht untergekommen«, schmunzelte der Händler. »Könnt Ihr denn bezahlen?«

»Was soll alles kosten?« Galowyn hatte wieder ihre Unschuldsmiene aufgesetzt.

»Nun, sagen wir einen Zentner Gold und noch einmal soviel Diamanten.«

»Ist das nicht ein wenig teuer?«

Die Kerle krümmten sich vor Lachen.

»Das ist ein Sonderpreis, weil wir Euch mögen«, prustete der erste. »Schließlich geht es um Schöntod. Wißt Ihr, was davon ein Gramm kostet?«

»Braucht Ihr Euer Kir nicht für Euch selbst?« fragte Fallsta.

»Sehen wir so aus, als würden wir uns vergiften? Nein, dieses Zeug rühren wir nicht an.«

Der Schweigsame mischte sich ein. Er hatte dem Gespräch mit Unbehagen zugehört: »Es wird Zeit, daß wir wieder aufbrechen. Wir haben genug geplaudert. Gehabt Euch wohl!«

»Halt!« sagte Aramar noch immer mit leiser Stimme. »Ich habe doch gesagt, wir wollen alles.«

»Das ist doch Unsinn. Soviel Gold könnt Ihr gar nicht mit Euch führen, wie wir verlangen.«

»Wer sagt Euch, daß wir dafür bezahlen wollen?«

Sofort griffen die Burschen nach ihren Waffen, und der Schweigsame sagte mit drohender Stimme: »Macht keinen Ärger! Wir sind in der Übermacht. Glaubt mir, mit Euch alten Männern werden wir allemal fertig!«

»Das werden wir noch sehen«, sagte Aramar und schlug mit dem Prügel zu, den er sich unbemerkt zurechtgelegt hatte. Der Schweigsame ging sofort zu Boden. Nun drangen die beiden anderen Kerle mit ihren Schwertern auf den Goldgräber und den Zauberer ein. Für die aber war es ein leichtes Spiel. Die jungen Burschen hatten gegen diese kampferprobten Männer keine Chance. Kurz darauf lagen alle um das Feuer. Zwei waren tot, der dritte erwachte und rieb sich ächzend den Kopf.

»Bekommen wir nun das Kir?« fragte Aramar.

»Ich hätte mir denken können, daß dies eine Falle war«, stöhnte der Mann. »Wer hat Euch geschickt? Für wen arbeitet Ihr?«

Der Zauberer antwortete nicht, sondern fragte statt dessen: »Ihr kauft das Kir also von den Vespucci? Welchen Auftrag haben sie euch noch gegeben? Rede Bursche, oder ich werde dir sehr weh tun!«

Der schaute ihn mit zusammengekniffenen Augen von unten her an, aber er schwieg. Aramar nahm einen brennenden Stock aus dem Feuer und sagte zu den beiden Frauen: »Geht ein wenig spazieren. Was jetzt kommt, ist nicht sehr schön. Lauft weit, denn er wird laut schreien.«

Der Rauschgifthändler begann zu zittern, während sich Galowyn und Smyrna erhoben.

»Das könnt Ihr doch nicht tun!« wimmerte er. »Ihr dürft mich nicht foltern!«

»O doch, ich kann und ich darf«, sagte der Zauberer. »Ich mache dies mit dem größten Vergnügen, und ich bin sehr einfallsreich, wie du gleich spüren wirst.«

In diesem Augenblick sprang der Bursche auf und versuchte wegzulaufen. Aber der Zauberer warf ihm den Prügel ins Kreuz, so daß er schreiend zusammenbrach. Dennoch versuchte er weiterzukriechen. Aramar trat von hinten an ihn heran, faßte seine Haare und riß seinen Kopf zurück. In diesem Moment brach der Widerstand des Händlers in sich zusammen und er redete. Er erzählte und erzählte, und schließlich kannte Aramar viele Namen, und einige davon ließen ihn erbleichen.

Als sie weiterritten, hatten sie drei Pferde mehr. Den überlebenden Burschen hatten sie einfach in der Wildnis ausgesetzt. Im Gepäck der Fremden hatten sie nicht nur Schöntod, sondern auch Pilzblut, das Gift, gefunden. Aufgrund der Geständnisse des Händlers konnte sich Aramar nun zusammenreimen, wer die Sängerin hatte vergiften wollen und warum.

»Hättest du den Mann gefoltert?« fragte Smyrna den alten Zauberer während des Ritts.

»Wahrscheinlich schon! Aber ich dachte mir gleich, daß es nicht nötig sein würde. Diese Kerle sind alle feige. Man muß ihnen nur genügend Angst machen, dann reden sie von selbst.«

Bei der nächsten Rast berieten sie den weiteren Weg. Daß die Vespucci Wist gesperrt hatten, war eine wichtige Information.

»Ich würde zu gerne wissen, was dort vorgefallen ist«, sagte Aramar.

Nach langem Hin und Her entschieden sie sich für einen Umweg durch unwegsames Gelände. Sie verließen die Straße nach Wist in östlicher Richtung, bis sie auf die Guschastraße stießen. Ihr folgten sie, solange sie am Fuß der Teufelsberge verlief. Schließlich bog sie nach Süden ab, und die Gruppe schlug die Richtung nach Norden ein. Sie zogen nun durch Gelände, in dem es keine Straßen gab, und das schon lange niemand mehr betreten hatte. Zunächst mußten sie hohes Gras durchqueren. Dabei scheuchten sie ständig Wild auf, das vor ihnen floh. Sie sahen gelbe Gazellen, die im dürren Gras kaum zu sehen waren, Hasen, aber auch Raubtiere, die jedoch vor den Reitern Reißaus nahmen. Fallsta verließ hin und wieder die Gruppe, um zu jagen, und verbesserte dadurch den Speisezettel erheblich.

Goldgräber

Fallsta und Smyrna ritten häufig zusammen. Irgendwann sagte die Frau: »Bereust du es nicht, daß du all dein Gold geopfert hast, um Cantrel zu befreien? Dank hast du wenig geerntet.«

»Geärgert habe ich mich schon, und das Gold habe ich recht ungern hergegeben. Aber ich bin sicher, es ist nicht das letzte Mal, daß ich Gold in den Händen gehalten habe. Zur Not kann ich ins Ilgaigebirge zurückkehren und mir beim Alten vom Berg Nachschub holen.«

»Und du glaubst, daß er dir wieder etwas abgeben wird?«

»Das weiß ich natürlich nicht. Aber das Gold ist fort. Was hat es für einen Sinn, jetzt noch zu trauern? Ich glaube übrigens, wenn man Geld für einen guten Zweck hergibt, kommt neues Geld zurück.«

»Da hast du einen guten Glauben...«

Und ein andermal sagte sie zu dem Goldgräber: »Wir alle haben auf dieser Reise von unserer Vergangenheit erzählt, nur du hast dich bisher ausgeschwiegen. Ich weiß von dir lediglich, daß auch dein Vater ein Goldgräber war.«

»Da weißt du schon alles über mich. Viel mehr gibt es nicht zu berichten. Ich bin ein einfacher Mann und habe mein Leben lang nur gearbeitet. Ein solches Leben bietet keine erzählenswerten Geschichten«, entgegnete Fallsta verlegen.

»Ich möchte mehr von dir wissen.«

»Dann läufst du Gefahr, dich schrecklich zu langweilen.«

»Dieses Risiko will ich gern eingehen.«

»Nun gut«, seufzte Fallsta ergeben, »dann soll deine Neugierde gestillt werden. Am besten fange ich bei meinen Großeltern an. Sie wohnten am Rand eines Dorfes nördlich der Stadt Walja und hatten viele Kinder. Mein Vater konnte sich später nicht mehr erinnern, ob sie zehn, elf oder zwölf Geschwister gewesen waren. Aber eins wußte er noch genau, sie wurden alle niemals richtig satt.

Großvater arbeitete bei verschiedenen Bauern. Aber sie holten ihn nur, wenn es Arbeit gab. Entlohnt wurde er dann mit Fleisch und Brot. Mal gab es auch einen Sack Korn oder einen Korb Äpfel. Wurde er von den Bauern nicht gebraucht, so gab es für seine Familie kein Essen. Er saß dann zu Hause und schnitzte. Im Schnitzen muß er wohl recht geschickt gewesen sein, denn alle lobten ihn. Zur Jahreswende schenkte er seine Schnitzereien den Bauern, bei denen er das Jahr über Arbeit bekommen hatte. Da er viel Zeit zum Schnitzen hatte, war der Hunger ein häufiger Gast in der kleinen Hütte vor dem Dorf. Die Großmutter bestellte wohl einen Garten hinter dem Haus und zog Gemüse und Kürbisse und einfach alles, was möglich war, aber ein Dutzend Mäuler wollen gestopft sein.

Da kam eines Tages ein Mann vorbei. Er blieb stehen und besah sich die Kinderschar. Schließlich rief er meine Großeltern aus dem Haus. Er sei ein Goldgräber, sagte er, und auf dem Weg ins Silbergebirge. Da bräuchte er noch einen Gehilfen. Die Häusler sollten ihm einen der Jungen mitgeben, dann hätten sie einen Esser weniger, und der Bursche würde zu einem tüchtigen Goldgräber ausgebildet. Bei einem so guten Angebot gab es nicht viel zu überlegen. Man stimmte zu, und der Mann schaute sich alle Söhne genau an. Es sah ihnen hinter die Ohren, ließ sie den Mund aufmachen und blickte hinein, befühlte die Muskeln und die Hände.«

»Das war ja wie auf dem Sklavenmarkt«, unterbrach Smyrna.

»Man könnte sagen, daß es so ähnlich war. Aber der Goldgräber zog in die Einsamkeit, da konnte er kein kränkliches Bürschchen brauchen.

Endlich entschied er sich für meinen Vater. Der Junge bekam von seiner Mutter aus der Lade, die sonst nie geöffnet wurde, ein Schnupftuch. Da hinein wickelte sie zwei große, rote Äpfel. Nun konnte er losziehen und sein Glück machen. Aber der Mann war noch nicht zufrieden. Der Junge hatte nämlich keine Schuhe, und barfuß, so sagte der Fremde, könne man nicht in die Berge. Das sahen die Großeltern ein. Deshalb mußte der ältere Bruder, der als einziger von den Kindern ein Paar ausgelatschter Stiefel besaß, diese ausziehen und meinem Vater geben.

Dann kam der kurze Abschied, und die beiden zogen los. Vater, der noch nie in seinem Leben Schuhe getragen hatten, kam am Anfang mit dem Tempo des Mannes nicht recht mit und humpelte weit hinterher. Darauf nahm der Goldgräber aber keine Rücksicht, sondern lief einfach weiter. Erst am Abend holte der Junge den Lehrherrn wieder ein. Aber von Tag zu Tag ging es besser, und endlich konnten die beiden nebeneinander herlaufen. Der Goldgräber war nicht sehr gesprächig, aber er behandelte den Jungen gut, gab ihm ausreichend zu essen und schlug ihn ganz selten. So kamen sie schließlich ins Silbergebirge.

In einem Tal weit oben in den Bergen hatte der Alte eine Silbermine. Die beutete er nun zusammen mit meinem Vater aus. Er habe schon früher einen Jungen gehabt, erfuhr mein Vater in einem der seltenen Momente, wo der Goldgräber etwas sagte, doch der sei ihm gestorben. Deshalb habe er auch so genau auf die Gesundheit des neuen Gehilfen geachtet. Jedesmal wenn sie genug Silber hatten, wanderten der Goldgräber und sein Gehilfe zu den Menschen. Dies war ein Weg von mehreren Tagen. Der Ort, den sie dann erreichten, bestand aus ein paar Bretterhütten. Dort kauften sie Lebensmittel. Der Händler gab dem Mann aus den Bergen zwar weit weniger, als sein Silber wert war, aber der Alte war dennoch zufrieden. Die Säcke mit dem Salz, den Erbsen und dem Getreide und das getrocknete Fleisch schleppten sie zurück in ihr Tal. Dort mußte der Junge noch zusätzlich ein Gärtchen mit frischem Gemüse pflegen.

So vergingen zwei, vielleicht auch drei schweigsame Jahre. Eines Tages erschien ganz überraschend eine Familie auf dem kleinen Plateau vor der Silbermine. Es waren ein Mann, seine Frau und die Tochter. Sie gaben an, sie seien aus Walja geflohen und weit durch die Ebene gewandert. Irgendwie hatte es sie schließlich in die Berge verschlagen. Nicht nur in der Stadt Walja, sondern im ganzen Land sei eine Krankheit ausgebrochen, an der die Leute reihenweise starben.

Zuerst seien alle Kranken matt und müde. Dann schüttele sie hohes Fieber. Die Müdigkeit nehme zu und steigere sich zu ständiger Benommenheit, der Mund sei sehr trocken. Schließlich würden alle von starken Durchfällen befallen, die nicht mehr enden wollten, und die meisten starben schließlich. Besonders die Frau erzählte immer wieder von dieser schlimmen Krankheit. So prägte sie sich ins Gedächtnis meines Vaters so sehr ein, daß auch er sie mir immer wieder beschrieb. Vor dieser Seuche waren die drei geflohen. Der Mann war klein und dürr mit zarten Händen. In der

Stadt hatte er als Schreiber ein gutes Auskommen gehabt. Seine Frau war groß und befahl häufig und gern.

Die Städter waren ungeschickt und fanden sich in der Wildnis nicht zurecht. Der Goldgräber knurrte zwar unwillig, aber er machte sich mit seinem jungen Gehilfen daran, den Neuen eine Unterkunft zu bauen. Auch gab er von seinen Vorräten ab. Aber es war ein ungewohntes Leben, das der Schreiber und seine Familie nun führen mußten. Er lernte Holzhacken, und seine zarten Hände wurden schwielig.

Der Goldgräber wies die Frau an, einen Garten anzulegen. Darüber war sie empört. Sie lasse sich doch von einem einfachen Mann aus den Bergen, ohne Bildung und Kultur, nichts sagen, erklärte sie und rauschte davon. Allerdings kehrte sie nicht zurück. Man fand sie ein paar Tage später in einer Schlucht. Ihr Mann wurde bald darauf krank und starb nach einigen Wochen. Nun hatte der alte Goldgräber auf einmal zwei Kinder. Er nahm es gleichmütig hin.

›Wo es für zwei langt, reicht es auch für drei‹, brummte er nur.

Mein Vater und das Mädchen freundeten sich an und irgendwann, du kannst dir schon denken, was jetzt kommt, wurde ich geboren. Das Mädchen aus Walja wurde meine Mutter. Und wieder sagte der alte Goldgräber nur einen Satz: ›Wo es für drei reicht, reicht es auch für vier.‹

Inzwischen war im ganzen Land Krieg ausgebrochen. Die Zeiten wurden schwer, und als die beiden Männer wieder einmal mit ihrem Silber hinunter wanderten, um Vorräte zu holen, fanden sie die Bretterbuden niedergebrannt. Weit und breit wohnte keine lebende Seele mehr. Dies war ein schwerer Schlag, und der Goldgräber war zum ersten Mal ratlos. Sie kehrten zurück in die Berge, aber vier Mäuler, ich war damals schon auf der Welt, konnte man nicht allein mit den Früchten eines Gartens stopfen. Hunger kehrte ein, ein Hunger, wie ihn mein Vater längst vergessen hatte. Es war absehbar, wann sie alle umkommen würden. Da machte sich der alte Mann auf den Weg in die Ebene. Mein Vater wollte ihn selbstverständlich wie immer begleiten. Aber nun wurde der Goldgräber das erste Mal, seit er ihn kannte, zornig.

›Du bleibst hier‹, herrschte er meinen Vater an und verschwand ohne ein weiteres Wort oder einen Gruß. Er kehrte nicht wieder.

Die jungen Leute waren nun allein und mußten sich zurechtfinden. Sie wagten es nicht, die Berge zu verlassen. Deshalb pflanzte meine Mutter im Garten an, soviel sie konnte, und mein Vater erlernte das Jagen. Oft regierte der Hunger, aber sie kamen über die Runden. Sie waren ganz auf sich selbst angewiesen, und alles, was sie brauchten, mußten sie selbst herstellen. Mein Vater hatte das Talent zum Schnitzen von seinem Großvater geerbt. Doch er fertigte keine Figürchen, sondern Becher und Schüsseln.

So wuchs ich ganz in der Abgeschiedenheit auf. Meine Mutter unterrichtete mich in dem, was sie als Kind von ihren Eltern gelernt hatte. Mein Vater brachte mir den Beruf des Goldgräbers bei.

Ich könnte dir noch lange von meiner Kindheit erzählen, von den Lawinen, den eiskalten Wintern, von Steinschlägen, und wie mein Vater von einem Falken angegriffen wurde. Aber ich will es kurz machen.

Als ich herangewachsen war, waren meine Eltern alt. Das harte Leben hatte seinen Tribut gefordert. Eines Tages schickten sie mich weg. Ich sollte an einem anderen Ort mein Glück machen und nicht in den Bergen als Einsiedler bleiben. Der Abschied fiel mir schwer, und ich hatte auch große Angst vor der Welt. Diese Angst war durchaus berechtigt, denn ich war dumm und unbedarft, als ich meine Berge verließ.

Nach dieser glücklichen Jugend hat mir das Leben viele Schläge erteilt, und ich bin hart geworden. Es wundert mich heute noch, daß ich überlebt habe.«

Schweigend hatte Smyrna dem Freund zugehört. Nun streckte sie ihre Hand aus und ergriff die seine. Sie drückte sie fest und herzlich. Dann gab sie ihrem Pferd die Sporen.

Kräftemessen

Dann kam der Tag, an dem sich die Teufelsberge hoch vor ihnen auftürmten. Am Eingang einer Schlucht erklärte Aramar, sie müßten die Pferde nun zurücklassen. Die Tiere wurden abgesattelt und das Gepäck verteilt. Auch die Rösser der Rauschgifthändler wurden freigelassen. Noch immer hingen an ihren Sätteln die Säcke mit dem Schöntod.

»Was sollen wir mit dem Zeug anfangen?« fragte Fallsta. »Das sind unermeßliche Schätze.«

»Ja«, antwortete der Zauberer, »und auch unermeßliches Leid.«

»Ist es das gleiche Gift, mit dem die Königinnen in Equan süchtig gemacht worden sind?« wollte Galowyn wissen.

»Du meinst diese seltsame Medizin? Nein, das war ein anderes Zeug. Es machte den Geist der Frauen von den Vespucci abhängig. Kir hingegen verschafft schöne Träume, die man immer wieder erleben will. Auch giert schon nach einer kurzen Zeit jeder Teil des Körpers nach dem Dreck.«

Das Gift zu vernichten, war nicht einfach. Verbrennen kam nicht in Frage, denn schon der Rauch und die Dämpfe, die dabei aufstiegen, waren gefährlich. Das Rösten des Pilzes, erklärte Aramar, würde nur von Süchtigen durchgeführt. Sie müßten sogar dafür bezahlen, die Arbeit machen zu dürfen. Natürlich konnten sie das Zeug vergraben. Doch dann vergiftete es die ganze Gegend und alle Pflanzen gingen zugrunde. Irgendwann würde vielleicht sogar jemand das Pulver wieder ausgraben, denn das Gift verrottete nicht. Aber das mußten sie in Kauf nehmen. Der Zauberer hatte keine bessere Idee. So wurde eine tiefe Grube ausgehoben und alle Säcke hineingeworfen. Wer so ein Teufelszeug herstelle, meinte Smyrna, als sie damit fertig waren, gehöre gevierteilt.

Die Pferde wurden in die Ebene hinausgejagt, die Menschen schulterten ihr Gepäck und drangen in die Schlucht ein. Sogleich begann ein schwieriger Anstieg. Die Nacht verbrachten sie hoch oben in den Felsen, und am nächsten Tag ging es wieder bergab. Im Tal fanden sie einen Fluß, dem sie in Richtung Quelle nach Norden folgten. Der Fluß verschmälerte sich zu einem kleinen Bach. Große Felsbrocken versperrten ihnen jetzt den Weg und mußten mühsam umgangen werden. Am Anfang war der Wasserlauf noch von Pflanzen und verkrüppelten Bäumen gesäumt, die zusätzliche Hindernisse darstellten, aber je höher sie kamen, desto spärlicher wurde die Vegetation. Dann erreichten sie die Quelle und dahinter einen Geröllhang, den sie mühsam auf allen vieren emporkrochen.

»Wohin führst du uns eigentlich, Aramar?« fragte Galowyn keuchend.

»Nach Quantam.«

»Und was ist Quantam?«

»Das wirst du schon sehen.«

Als sie den Paß überschritten hatten und mehr rutschend als laufend ins Tal schlitterten, sahen sie von ferne eine Straße.

Sie führe durch die Wüste Soltai, erklärte ihr Führer. Auf ihr erreiche man Vespucciland. Die Straße werde sicher bewacht. Ihre Überquerung sei der gefährlichste Augenblick auf ihrer Wanderung.

Tage später lagen sie hinter Felsen verborgen am Rand dieser Straße und hielten Ausschau. Im Westen konnten sie ein Lager aus kleinen Zelten erkennen. Dort saßen um ein Feuer Männer, und auf der Straße standen Gestalten, die nach Westen blickten und Wache hielten. Schon wollten sie rasch auf die andere Seite huschen und dort im Gebüsch verschwinden, als sie im Osten etwas Seltsames herankommen sahen. Es war ein runder, schwarzer Kasten, der auf breiten Eisenrädern fuhr. Zugtiere waren nicht zu sehen, er bewegte sich offenbar aus eigener Kraft. Auf seinem Dach waren Geländer aus Seilen gespannt, und drei Vespucci standen dort und beobachteten aufmerksam die Gegend. Dieser Wagen rumpelte über die unebene Straße langsam auf sie zu.

»Sie werden uns entdecken«, raunte Aramar. »Jetzt wird es gefährlich! Verbergt eure Gedanken! Versucht an Bäume und Steine zu denken und an nichts anderes! Zwingt euch dazu!«

Immer näher rumpelte das seltsame Gefährt heran und blieb schließlich vor ihrem Versteck stehen. Eine schnarrende Stimme mit fremdem Akzent rief: »Wir wissen, daß ihr dort seid. Kommt heraus!«

Da erhob sich der Zauberer und trat hinter den Steinen hervor.

»Wer bist du? Was suchst du hier? Wo willst du hin?« fragte der Vespucci drohend.

»Ich bin Aramar«, war die Antwort. »Man nennt mich auch den Blauen. Einst war ich Vorsitzender des Weißen Rates.«

»Du lieber Himmel«, flüsterte Galowyn. »Er verrät alles. Sie haben ihn in ihrer geistigen Gewalt.«

Da fuhr der Zauberer mit stolzer Stimme fort: »Ich bin unterwegs in Centratur, dem Kontinent, der so lange meine Heimat war. Und ich werde durch dieses Land gehen, solange ich es will.«

»Schweig, du Hund!« rief da der Glatzkopf.

»Ich lasse mir von dir den Mund nicht verbieten, so wenig wie du mir gebieten kannst, wohin ich zu gehen habe.«

Die Wachen im Westen waren inzwischen aufmerksam geworden. Die Männer schlenderten langsam näher. Aramar achtete nicht auf sie, sondern sprach weiter, und seine Stimme klang nun drohend: »Geht aus dem Weg! Verschwindet mit diesem Gefährt, das nicht nach Centratur gehört! Zieht euch in die Wüste zurück! Noch habt ihr nicht die Macht über Centratur, und ihr werdet sie nie bekommen. Und merkt euch den Namen Aramar, der Blaue! Erzittert, wann immer ihr ihn hört!«

Die Vespucci starrten ihn regungslos an. Entweder waren sie verblüfft über die unverschämte Rede, oder sie überlegten, was zu tun sei. Doch sie hatten zu lange gewartet. Ein mächtiger, haushoher Felsbrocken stieg auf einmal vom Rand der Straße langsam in die Höhe. Es schien, als würde ihn Aramar mit unsichtbaren Armen heben. Der Felsen schwebte über die Straße und näherte sich dem Wagen. Bevor die Vespucci die Gefahr erkannten, und den Wagen wegfahren konnten, krachte der Stein auf sie nieder. Er zerschmetterte das Gefährt und zermalmte es unter sich. Die Wachen, die Zeugen dieses Zaubers wurden, rannten entsetzt zurück zu ihrem Lager. Aramar aber winkte seine Gefährten rasch über die Straße und verschwand dort mit ihnen zwischen den Büschen.

Hastig kletterten sie einen Abhang nach dem anderen empor, bis sie auf einen schmalen, zugewachsenen Weg trafen, dem sie folgten. Irgendwann stießen sie auf ein halb verwittertes Schild, auf dem zu lesen stand: »Kehre um! Wie alt du auch sein magst, du bist zu jung zum Sterben!«

Alle erschraken bei diesem Anblick, aber Aramar kümmerte sich nicht weiter darum und ging weiter.

Dann endlich nach vielen Stunden öffnete sich vor ihnen eine Lichtung. Dort stand ein altes, mit Weinranken bewachsenes Gemäuer. Es war achteckig und hatte ein flaches Dach. Auf dessen Mitte stand wiederum ein achteckiger Bau und darauf noch einmal einer, jedesmal kleiner, aber stets von derselben Form. Man hatte drei Gebäude so übereinander gebaut, daß sie sich nach oben verjüngten. Rund um das seltsame Bauwerk zogen sich Fenster, und in seiner Mitte war ein großer Schornstein. Einige der Fenster waren mit hölzernen Läden verschlossen.

Ohne zu zögern schritt Aramar auf dieses eigenartige Gemäuer zu, und seine Gefährten folgten zögernd. Da öffnete sich die Tür, und heraus traten nacheinander drei alte Männer. Sie eilten auf den Zauberer zu und umarmten ihn. Der erste, er war hochgewachsen und schlank mit einem Bart bis zu seinem Gürtel, sagte nur drei Worte: »Willkommen zu Hause.«

Der zweite rief aus zahnlosem Mund: »Aramar ist noch immer der alte. Stets zu Unfug und Schabernack aufgelegt. Der junge Spund hat mit seinem Übermut diesmal die Vespucci geärgert.«

Der dritte aber, klein mit einem runden Bauch, sagte: »Kommt herein! Der Tee ist schon aufgebrüht!«

Raum der Geschichten

Der Tee war dampfend heiß und stark und wurde in hauchdünnen Porzellanschalen serviert. Sie saßen in einem Saal, der wie ein unregelmäßiges Achteck gebildet war.

Galowyn sah sich um und bemerkte: »Dies ist also ein Kloster. Das erstemal bin ich unter Männern, die mein Anblick gleichgültig läßt.«

Da kicherte der Alte mit dem zahnlosen Mund: »Du hast dir deinen Verehrer doch mitgebracht.«

Als ihn die Sängerin verwundert anblickte, wies er mit dem Kinn, an dem der Tee herunterlief, auf Aramar: »Dieser junge Spund ist doch hinter jedem Rock her.«

»Nun ist es aber gut, Westomir«, beschwerte sich dieser. »Einige unbedeutende Vorfälle die weit zurückliegen, wirst du wohl niemals vergessen.«

»Du wirst dich nie ändern«, bekräftigte der Alte und grinste über das ganze Gesicht. »Dein Übermut wird nämlich nicht vergehen. Das wurde wieder einmal unten auf der Straße deutlich, als du mit den Vespucci gespielt hast.«

»Ich habe nicht gespielt, sondern uns verteidigt«, Aramar wurde mürrisch.

»Du hast noch nie eine Gelegenheit zu einem Streit ausgelassen.« Dieser Disput schien dem Alten Spaß zu machen. »Stets ziehst du durch die Welt auf der Suche nach einer neuen Auseinandersetzung.«

Man konnte sehen, wie sich Aramar unter diesen Vorwürfen wand. Er, der sonst nie um das letzte Wort verlegen war, wußte dem senilen Westomir nichts entgegenzusetzen.

Smyrna mischte sich hilfreich ein. »Woher wißt Ihr, was dort unten auf der Straße mit den Vespucci geschehen ist?« fragte sie mit der Absicht, das Gespräch auf andere Dinge zu lenken.

»Weil wir zugeschaut haben«, ließ sich Westomir wieder vernehmen.

Niemand erklärte den Frauen diese seltsame Äußerung, denn Aramar sagte nun zu dem zweiten Gastgeber, der sich als Abramawar vorgestellt hatte: »Ich brauche Informationen. Ich muß wissen, was in Centratur vor sich geht.«

»Ein Raum der Geschichten ist schon vorbereitet«, war die Antwort.

Dann sprachen sie von der Vergangenheit, und was sich in all den Jahren seit Aramars Weggang in Quantam verändert hatte.

»Ich habe einen Mann namens Feltina getroffen«, bemerkte dieser schließlich. »Er sagte, er komme von euch. Kann man ihm vertrauen?«

»Der liebe Feltina!« riß Westomir das Wort wieder an sich. »Er hat sich bei uns so verändert. Dabei wollte er doch gar nicht hierbleiben.« Er bedachte sich einen Moment, dann meinte er entschieden: »Ich mag ihn!«

Abramawar wandte sich mit erklärenden Worten an den Gast: »Als er zu uns kam, war sein Geist zu sehr damit beschäftigt, nach Vorteilen für sich selbst zu suchen. Aber dem Einfluß von Quantam kann sich keiner entziehen. Ohne daß er es selbst merkte, änderte er sich von Tag zu Tag. Endlich hatte er in einem der Räume der Geschichten ein Erlebnis, das ihm die Augen öffnete. Er ist nun einer von uns.«

Gronolor, so wurde der dritte der Mönche gerufen, berichtete dann von dem Besuch Qumaras, der Erits und der Kinder, und alle hörten aufmerksam zu.

Nun erfuhr Aramar zum ersten Mal die ganze Geschichte von der Mission der Erits. Er ließ sich Qumara genau beschreiben und stellte viele Fragen.

»Werden sie es schaffen?« fragte er endlich zaghaft, und war sehr erleichtert, als Abramawar zögernd nickte.

»Ihr Weg ist weit und gefährlich«, fügte Gronolor hinzu. »Und wie es ihnen in Rutan und Vespucci ergeht, kann man nicht vorhersehen. Aber wir wüßten niemand, der für diese Mission besser geeignet wäre.«

Bevor sie sich erhoben, bemerkte Aramar noch: »Ich habe Kunde von Simonarum. Er ist der Alte vom Berg im Ilgaigebirge.«

»Das haben wir uns schon gedacht«, sagte Gronolor. »Aber wir konnten es nicht überprüfen, denn die Kraft der Geschichtenräume kann zu einem Zeitenwanderer nicht durchdringen. Er läßt sich nicht beobachten.«

Die vier Zauberer, der Goldgräber und die beiden Frauen stiegen auf den Wendeltreppen nach oben. Im ersten Stock betraten sie einen Gang, von dem Türen abzweigten. Er war wie alles in diesem Haus achteckig. Von hoch oben fiel durch eine Glaskuppel Tageslicht in das Gebäude. Zielstrebig öffnete Abramawar eine der Türen, und sie betraten einen wiederum achteckigen Raum. Die Luft war stickig und die Fenster so staubig, daß man kaum nach draußen sehen konnte. Dicht unter der Decke schwebten kleine Flämmchen. Erstaunt sahen die Frauen zwei Mönche, die an hohen Stehpulten standen und schrieben. Auf einem Tisch lag aufgeschlagen ein blaues Buch, in das die beschriebenen Seiten später geheftet wurden.

»Ich bin schon lange nicht mehr hier gewesen«, bemerkte Aramar. »Aber diese Räume haben noch den gleichen Geruch wie damals. In all der Zeit habe ich ihn nie vergessen. Ich weiß nicht mehr, wie viele Jahre ich hier mit Schreiben verbracht habe. Ich habe gegessen, geschlafen und geschrieben. Dabei habe ich nichts vermißt. Schließlich nahm ich an der Welt teil, obgleich ich weit von ihrem Geschehen entfernt war. Ich glaube, irgendwann vergißt man sich selbst und lebt das Leben der Gestalten, die man aus der Ferne sieht.«

»Wir verwechseln das, was wir in der Ferne sehen, mit dem Leben«, meinte Westomir. »Wir wissen nicht mehr, was wirklich ist: das, was wir sehen, oder das wenige, was wir hier im Kloster erleben. Vielleicht gibt es die Welt gar nicht, und sie wird uns in den Räumen der Geschichten nur vorgegaukelt? Vielleicht gibt es nur unser Kloster, und die Phantasmen, die wir sehen, dienen lediglich unserer Unterhaltung?«

Seine Greisenstimme war bei diesen Worten ernst geworden und die Blödheit aus seinen Augen geschwunden.

Doch er wurde unterbrochen durch Bilder, die mitten im Zimmer entstanden. Vor den Zuschauern spielten sich plötzlich zum Greifen nah deutliche Szenen ab. Auf die erschrockenen Blicke seiner Gefährten erklärte Aramar ihnen die Bewandtnis der geheimnisvollen Erscheinung: »Die Räume der Geschichten im Kloster Quantam machen es möglich, in die Ferne zu sehen und zu erleben, was anderswo in der Welt vor sich geht. So können die Mönche die Geschehnisse in Centratur verfolgen und sie in das Blaue Buch schreiben.«

Dann hieß er sie still sein und den lebendigen Bildern folgen. Mit all seiner Kraft richtete er den Blick auf das südliche Thaurgebirge. Wie es wohl Axylia, Urial und Feltina ergangen war? Hielten sie den kostbaren südlichen Custo noch in ihren Händen?

Die Jagd

Schwere Stiefel trampelten über Moose, stampften durch Farne und zertraten die seltenen blauen Blumen. Sie stiegen über Felsbrocken und kletterten Steilhänge hinauf. Schwarze, schuppige Hände drückten Büsche beiseite, wälzten Steine um und zerrissen das Rankengeflecht vor Höhlen. Schwarze Augen spähten in jeden Winkel, tasteten selbst in die dunkelsten Ecken und blickten in lichte Höhen. Es kam auch vor, daß einer mit einem Schrei in einen Abgrund stürzte, ohne daß dies von den anderen besonders zur Kenntnis genommen wurde. Rauhe Stimmen riefen sich über breite Schluchten hinweg Befehle und Mitteilungen zu. Das ganze Thaurgebirge wimmelte von Orokòr.

Axylia, die Trägerin des Custo, und ihre Begleiter Urial und Feltina waren müde und hungrig. Schon vor Tagen war ihnen der Proviant ausgegangen. Sie waren auf der Flucht, und kein Ort in den Bergen war mehr sicher. Überall tauchten die schwarzen Gestalten mit den Reißzähnen auf. Ormor hatte aus allen Ländern seine Orokòr abgezogen und ins Thaurgebirge geschickt. Der Zauberkönig wollte Arare, das Netz, mit aller ihm zur Verfügung stehenden Gewalt zerstören.

Kurz nach dem Morgengrauen hatten Orokòr die drei Menschen entdeckt. Sie waren noch schlaftrunken gewesen und hatten ihre Decken noch nicht einmal zusammengerollt, als schon von allen Seiten die gräßlichen Gestalten auf sie zugerannt kamen. Es war nicht viel Zeit zum Überlegen geblieben. Sie verließen die Felsnische, die ihnen als Nachtquartier gedient hatte und hasteten, verfolgt vom Gejohle der Meute, zu einem steilen Geröllfeld, das sich viele Fuß breit zwischen zwei Felsplateaus ausdehnte. Weit unten an seinem Ende konnten sie Bäume und Gras erkennen. Urial ging voraus, dann kam Axylia und schließlich Feltina. Unter den Füßen des jungen Zauberers aus Nowogoro lösten sich Steine und rollten, andere Steine mit sich reißend, in die Tiefe. Jeder Schritt, den sie taten, brachte sie einem Sturz näher.

Vorsichtig tastete sich Urial voran, aber seine Gefährten trieben ihn zur Eile an, denn auch die Orokòr hatten todesmutig das Geröllfeld betreten. Ihre Anführer feuerten sie mit rauhen Stimmen an, und sie rannten, ohne auf die Gefahr zu achten, mit ihren eisenbeschlagenen Stiefeln den Flüchtigen hinterher. Es war nur eine Frage der Zeit, wann die drei eingeholt sein würden. Doch die Verfolger waren wohl zu wagemutig, denn die Vordersten glitten aus und rissen die anderen in einer Steinlawine mit sich in die Tiefe. Donnernd und mit einer riesigen wirbelnden Staubwolke riß der Berghang ab. Die beiden Männer und Axylia konnten im letzten Moment auf der gegenüberliegenden Seite den festen Boden erreichen.

Doch wenn sie geglaubt hatten, nun in Sicherheit zu sein, so irrten sie sich. Kaum hatte sich der Staub verzogen, da trieben die Hauptleute die Orokòr auch schon erneut an. Ungeachtet der Gefahr mußten sie den gefährlichen Hang aufs neue betreten. Feltina, der die Führung der kleinen Gruppe übernommen hatte, zögerte nicht lange und hielt sich nach Norden, tiefer hinein in die Berge. Sie fanden auch einen Weg, dem sie folgen konnten und der ihnen die Flucht erleichterte.

Nicht lange, und Axylia war am Ende ihrer Kräfte. Sie ließ sich auf einen großen Stein am Wegrand sinken und schnappte keuchend nach Luft.

»Eine solche Hetzjagd ist nichts mehr für eine alte Frau wie mich«, stöhnte sie endlich. »Ich möchte nur wissen, wie diese Bestien immer wieder aufs neue unsere Spur finden.«

»Sie spüren den Custo«, erklärte Urial. »Er hält das Kraftfeld über Centratur und damit ruft unser Schatz ständig ›hier bin ich‹.«

»Dann haben wir keine Chance«, sagte Feltina. »Sie werden uns früher oder später schnappen.«

»Doch bis dahin werde ich laufen, so weit mich meine alten Beine tragen«, sagte Axylia entschieden und erhob sich.

Der Weg endete vor einem Abgrund. Eine breite Schlucht tat sich vor ihnen auf, die nur von einer schwankenden Hängebrücke überspannt wurde. Sie bestand aus Seilen und runden Hölzern, Äste, die man notdürftig auf die gleiche Länge geschlagen hatte.

»Diese Brücke ist alt und schon lange nicht mehr benutzt«, stellte Feltina sachkundig fest. »Ich glaube nicht, daß sie uns heute noch trägt.«

»Wichtig ist nicht, was du glaubt«, antwortete Urial lakonisch, »sondern das, was hinter uns kommt.«

Er deutete mit dem Daumen über die Schulter, und seine Begleiter sahen dort zu ihrem Entsetzen schwarze Gestalten auftauchen. Diesmal ging Axylia allein voran. Sorgsam trug sie den Custo unter ihrem Herzen, und die Männer achteten darauf, daß ihr nichts geschah. Vorsichtig setzte sie Fuß vor Fuß und hielt sich mit weißen Knöcheln an den Seilen fest. Tief unter ihr schäumte die Gischt eines Gebirgsbaches. Als Axylia etwa in der Mitte angekommen war, begann die Brücke zu schwanken, und sie drohte auszugleiten. Nun hörte sie auch das Schreien der Jäger und schob sich tapfer weiter voran. Ihre Begleiter konnten nicht mehr länger warten und folgten ihr auf die Brücke. Durch das Gewicht spannten sich die alten Seile fast zum Zerreißen. Bei jedem Schritt vibrierte und schwankte der Übergang. Feltina war der Schwerste von ihnen, und unter ihm brach auch die erste Sprosse. Er trat ins Leere und konnte sich erst im letzten Moment mit den Händen halten. Verzweifelt ruderte er mit den Füßen, um wieder Halt zu finden. Urial eilte ihm zu Hilfe und zog ihn wieder empor.

»Und ich Narr könnte nun sicher in Quantam sitzen«, murmelte Feltina. »Warum muß ich auch immer den Helden spielen?«

»Ich bin froh, daß du bei uns bist«, antwortete ihm der junge Zauberer.

Da lächelte der Edle Feltina: »Es ist wahrscheinlich alles gut so!«

Obwohl sie es kaum zu hoffen gewagt hatten, erreichten sie unbeschadet die andere Seite der Schlucht. Als sie zurücksahen, polterten die ersten Orokòr auf den schwankenden Steg. Da sagte Urial: »Dieses Problem werde ich jetzt lösen.«

Er breitete die Arme aus und sprach drei Worte. Mit einem Mal ging die Brücke in Flammen auf. Alle Seile fingen gleichzeitig Feuer, und die Verfolger stürzten schreiend in die Tiefe. Ihr Todesmut rang Feltina in diesem Moment so etwas wie Bewunderung ab.

Der Turm

Die drei Wanderer kamen nun in einen Bereich der Berge, wo die Felsen Türme und Zinnen bildeten. Sie hatten den Eindruck, als sei diese Welt nicht von der Natur, sondern von Händen künstlich geschaffen worden. Hoch über ihren Köpfen ragten majestätische Gipfel. Sie duckten sich förmlich angesichts dieser Erhabenheit und waren sich plötzlich ihrer Schwäche und Hilflosigkeit bewußt. Wie konnten lebende Wesen wagen, neben diesen Giganten der Natur bestehen zu wollen?

Hinter einer steilen Felswand prallten sie zurück. Damit hatten sie nicht gerechnet. Vor ihnen erhob sich ein wuchtiger viereckiger Turm. Als sie näher kamen, sahen sie, daß er aus Bruchsteinen gemauert war. Zu ebener Erde gab es nur einen schmalen Einlaß und sonst keine Öffnungen im Mauerwerk. Die darüberliegenden Stockwerke besaßen Schießscharten, die mit zunehmender Höhe immer breiter wurden. Gedeckt war der Turm mit Holzschindeln, die Steine beschwerten. Zu beiden Seiten des Eingangs stand eine einfach gezimmerte Holzbank. Rechts vom Turm fiel ein kleiner Hang ab, an dessen Fuß Wasser aus einem hölzernen Rohr in einen ausgehöhlten Baumstamm floß.

Weit und breit war niemand zu sehen. Vorsichtig traten sie näher, und als sich noch immer keine Seele zeigte und ihr Klopfen nicht beantwortet wurde, rüttelten sie an der Tür und stießen sie auf. Sie traten ein und fanden sich in einem düsteren Raum wieder. In den Ecken lagen einige Werkzeuge und Säcke. Hinter der Pforte standen kräftige Balken, mit denen der Eingang verrammelt werden konnte. Ihm gegenüber führte eine breite Holztreppe in die höheren Regionen des Turms.

Zögernd, stets auf der Hut und bereit sich zu verteidigen, schlichen die alte Frau und die beiden Männer nach oben. Sie fanden eine Küche, Kammern mit Schlafstätten, einen Raum mit gemauertem Kamin und langem Tisch sowie Vorratsräume. Überall stand Steingutgeschirr mit eingetrockneten Essensresten, und die Töpfe hatte man nicht vom Feuer genommen. Bis zum Erlöschen der Flammen war dort ein Brei zu schwarzer Kohle verbrannt. Ein paar Kleider und Waffen lagen unordentlich herum. Die Bewohner des Turms mußten ihn in höchster Eile verlassen haben.

Nachdem sie festgestellt hatten, daß sie allein waren, holte Feltina Wasser. Axylia suchte nach Vorräten, von denen sie reichlich fand, und begann ein Mahl zu bereiten. Als sie satt waren, hatten sie Muße, über ihre Lage nachzudenken. Sie rätselten, wer die Bewahrer des Turms gewesen sein mochten und was mit ihnen geschehen war.

Axylia erinnerte sich, einst von einer Familie gehört zu haben, die vor langer Zeit auf der Flucht vor Krieg und Plünderung in die Berge gezogen war. Ob der Turm ihre Behausung war?

Doch was hatte die Leute vertrieben?

Nachdem sie sich ein wenig ausgeruht hatten, untersuchten sie sorgsam die Umgebung. Sie fanden nichts Ungewöhnliches. Nur die riesige Felswand mit den dunklen Flecken, die wahrscheinlich Höhlen waren, flößte ihnen ein wenig Furcht ein.

Axylia war von der anstrengenden Flucht so erschöpft, daß sie sich in einem der oberen Stockwerke zusammen mit dem Custo hinlegte und schlief. Urial und Feltina hatten ein Faß Wein gefunden, saßen sich gegenüber an dem langen Tisch und tranken sich aus hölzernen Bechern zu. Zum ersten Mal seit langer Zeit fühlten sie sich wieder wohl, geborgen und in Sicherheit.

Sie hatten schon sechs oder sieben Becher getrunken, da sagte der junge Zauberer bestimmt: »Hier werden wir bleiben. Nun erfülle ich doch noch den Auftrag meiner Oberen, werde Herr eines Turmes und bewache den Custo. Dem vorbestimmten Geschick entgeht keiner.«

»Die Hüterin ist immer noch Axylia, und ob wir hier bleiben, steht noch nicht fest«, wandte Feltina gutmütig ein.

»Sie hat ihren Auftrag erfüllt. Nun geht die Last der Aufgabe wieder auf mich über.«

»Aramar hat unsere Freundin dafür bestimmt. Wir sollen sie lediglich unterstützen.«

»Sein Wort ist für mich nicht maßgebend. Er hat keine Funktion mehr im Weißen Rat. Aber meine Oberen leiten das Kloster von Nowogoro. Ihre Anweisung ist bindend.«

Als Feltina merkte, daß es seinem Zechkumpan ernst war, wurde seine Stimme schärfer: »Hören wir auf zu diskutieren! Es bleibt wie es ist! Und nun reden wir von anderen Dingen.«

»Keiner von euch kann sich mir widersetzen«, entgegnete Urial stolz. »Ich bin ein Zauberer, und in mir ist die Kraft des Weißen Rates. Mein Wille ist unter euch Gesetz.«

»Zum wirklichen Zaubern gehört zuerst einmal Demut«, sagte Axylia, die von dem Streit aufgewacht und unbemerkt die Treppe heruntergekommen war.

»O nein, mit dieser Sklavenmoral könnt ihr mich nicht einlullen.« Urial trank seinen Becher aus und schmetterte ihn wütend auf den Tisch. »Diese Einstellung der alten Zauberer hat den Orden in seinen jetzigen Untergang geführt. Sie haben jeglichen Stolz vermissen lassen, haben die Gabe der Zauberei nicht geehrt, und sich dann gewundert, daß die jungen Leute sich von ihnen abwandten. Verbrecher wie Ormor wagen den Griff nach der Herrschaft doch nur, weil wir, die wahren Zauberer, die Macht nicht übernehmen. Würden wir unserer Pflicht nachkommen und die Geschicke der Welt lenken, dann gäbe es heute keine Kriege mehr. Frieden und Glück herrschten in Centratur. Weil sich aber die Alten, wie Aramar, um die ihnen auferlegte Aufgabe gedrückt haben, wurden Malomar und Ormor zu ihren bösen Taten ermuntert. Aber dies wird sich alles ändern. Wir Jungen sind nicht feige, sondern geben der Kunst des Zauberns die alte Bedeutung wieder, die sie verdient!«

»Und anstelle von Ormor herrschst dann du über Centratur?« Die Stimme der Frau war ausdruckslos.

»Natürlich! Und dann wird es nur noch Frieden und Recht geben!«

»Und worin unterscheidest du dich vom Zauberkönig?«

»Meine Herrschaft ist rechtmäßig. Ich will das Gute. Beides kann man von ihm nicht behaupten.«

»Vielleicht ist er da anderer Meinung?«

Urial hatte sich noch einmal einen Becher voll Wein geschenkt und trank ihn mit einem Zug leer: »Genug geredet! Ihr wißt nun, woran ihr seid und daß ihr mir zu gehorchen habt.«

»Junge«, sagte Feltina, »leg dich schlafen! Du bist den Wein nicht gewöhnt. Wenn du aufwachst, reden wir nicht mehr darüber.«

Da wurde der junge Zauberer sehr wütend. Er sprang auf und warf den Becher dabei um. Mit blitzenden Augen spuckte er die Worte in den Raum: »Du wagst es, mich lächerlich zu machen? Du willst mir einreden, ich sei betrunken? Du willst dich mir widersetzen und mich beleidigen? Ich werde dir Gehorsam beibringen!«

Er hob die Hände drohend gegen den Gefährten und rief einige magische Worte. Doch nichts geschah. Er wiederholte die Beschwörung noch einmal, aber wieder blieb sie ohne Wirkung.

Da kicherte Axylia im Hintergrund: »Mit dem Zaubern ist es wohl heute nichts? Auch ich bin nämlich mit Zauberern in Berührung gekommen und habe so manches von ihnen gelernt. Das solltest du doch inzwischen wissen.«

Erschüttert und gedemütigt ließ sich Urial wieder auf die Bank fallen. Er legte den Kopf in seine Arme und begann zu schluchzen. Behutsam faßten ihn die alte Frau und der Mann unter den Achseln und führten ihn die Treppe hoch. Dort betteten sie ihn auf eine einfache Liege, wo der junge Zauberer sogleich einschlief.

Als es dunkel wurde, verrammelten Feltina und Axylia den Eingang und legten sich ebenfalls schlafen. Sie fürchteten keine Gefahr. Die Orokòr waren durch die tiefe Schlucht abgeschnitten, und diesen Turm konnte so leicht niemand erobern. Endlich hatten sie wieder eine Nacht vor sich, in der sie Kräfte sammeln konnten.

Fernsicht

Die Zauberer, die Sängerin und ihre Dienerin sowie der Goldgräber hatten atemlos zugesehen. Die Zeit war ihnen wie im Flug vergangen, doch nun, während die Bilder verblaßten, spürten sie, daß ihre Füße schmerzten. Die beiden Mönche hatten indessen alles eifrig mitgeschrieben.

»Ich weiß nicht, wie ihr das aushaltet«, sagte Aramar nun zu Abramawar. »Ihr seht alles, wißt, was überall vor sich geht und könnt doch nicht eingreifen. Diese Hilflosigkeit war einer der Gründe, warum ich unser Kloster einst verlassen habe. Wenn ich in der Welt unterwegs bin, sehe ich zwar nicht so viel wie ihr, aber ich kann wenigstens handeln.«

»Jeder hat seine Aufgabe«, antwortete dieser. »Du hattest leider nie genug Vertrauen in das Schicksal. Wir hier aber wissen, daß sich am Ende doch alles zum Guten wendet, allen Fährnissen zum Trotz. Deshalb können wir die Geschicke der Welt gelassen betrachten. Wenn man aber Zweifel am rechten Gang der Dinge hegt, dann muß man entweder durch eigenes Handeln die Geschicke beeinflussen oder man wird wie Westomir und verschließt seinen Geist. Du hast den Weg der Tat gewählt.«

Der alte Westomir hatte zugehört und blöd gekichert, dann schlurfte er sabbernd aus dem Raum.

»Die Hüterin des Custo ist übrigens in höchster Gefahr«, bemerkte Gronolor. »Nicht umsonst ist der Turm verlassen.«

Aramar wollte gerade fragen, worin die Gefahr bestand, aber in diesem Augenblick kehrte Westomir zurück. Er wirkte wie verwandelt, und man sah ihm an, daß er wütend war.

»Jetzt erst ist mir klargeworden, was ihr eben gesagt habt«, rief er mit zitternder Stimme. »Ich bin ein wenig blöd in euren Augen, weil ich eure Lust, andere Leute in der Welt zu bespitzeln, nicht teile. Ich habe schon immer gesagt, wir müssen endlich diesen Elfenbeinturm verlassen und selbst etwas unternehmen, anstatt immer nur zuzusehen. Aber ihr bleibt lieber im warmen Quantam und badet in Mitleid mit den armen Leuten in Centratur. Ich bin nicht senil, ich halte nur eure Gleichgültigkeit nicht mehr aus.«

Der Alte hätte sich noch weiter so erregt, aber Aramar legte seinen Arm um die dünnen, zerbrechlichen Schultern.

»Wir alle wissen, Westomir, daß du mehr verstehst und siehst, als du zugibst. Du hast recht, es ist hart, nicht eingreifen zu können, wenn es in der Welt drunter und drüber geht.«

Langsam beruhigte sich der alte Mann wieder, obgleich er noch immer am ganzen Körper zitterte. Endlich lachte er wieder und blickte so blöd wie immer. Dann schlurfte er langsam aus dem Raum.

Keiner der Anwesenden erwähnte den Zwischenfall mit einem Wort. Statt dessen sagte Aramar: »Glaubt ihr, daß Ormor am Ende verlieren wird?«

»O Aramar, mein Bruder! Du zweifelst schon wieder!« sagte Abramawar traurig.

»Vielleicht bist du zu hoffnungsvoll?«

»Das Ende der Geschichten wird zeigen, wer von uns beiden recht hat.«

»Ich wünschte, ich könnte deinen festen Glauben teilen! Nun aber laß mich sehen, wie es im Norden aussieht. Schließlich braucht das Netz auch diesen Custo, um zu bestehen.«

Die Luft im Raum wurde wieder stickig und heiß, als sich die Zauberer konzentrierten. Die kleinen Flämmchen an der Decke begannen zu tanzen. Die Mönche an den Stehpulten, die gewartet hatten, ergriffen ihr Schreibzeug und machten sich bereit, alles, was sie sahen und hörten, aufzuzeichnen. Der Raum veränderte sich und dehnte sich aus. Berge wurden sichtbar. Im hohen Norden stand die Sonne tiefer als im Süden. Auch hier wimmelte es von Orokòr.

Der Vogel

Glaxca und Marga wußten noch nicht, daß sie gejagt wurden. Sie saßen auf einem Berghang im dürren Gras, zwischen den Steinen um sie herum blühten Silberdisteln. Das Mädchen hatte den Custo genauso wie Axylia in einem Tuch um den Körper gebunden. Sie berieten gerade, wohin sie sich wenden sollten, da hörten sie tief unter sich das Krachen von Holz. Eine Horde Orokòr brach aus dem Wald am Fuß der Bergwiese. Sie blinzelten ein wenig in die Sonne, und bevor sich die beiden flach auf den Boden werfen konnten, sahen sie ihr Wild. Mit lautem Geschrei begannen sie den Berghang zu erklimmen.

Marga und ihr Begleiter sprangen auf und kletterten auf Händen und Füßen weiter nach oben. Doch ihre Flucht endete an einer steilen Felswand, die sich hinter dem grünen Abhang erhob. Sie versuchten noch, die steile Wand zu erklimmen, waren dazu aber zu ungeübt.

Die Orokòr schienen über unerschöpfliche Kräfte zu verfügen, denn sie rannten ohne innezuhalten den Berghang empor. Die Mäuler mit den Reißzähnen waren aufgerissen, und die Pranken mit den spitzen Krallen weit vorgestreckt. Sie sahen, daß die Beute nicht entkommen konnte und freuten sich schon auf die Belohnung ihres Herrn.

Voller Verzweiflung warf Glaxca Steine nach unten und rollte Felsbrocken auf die Angreifer. Doch diese wichen den Geschossen mit Leichtigkeit aus. Als dennoch einer getroffen wurde und sich überschlagend nach unten stürzte, schreckte es die andern nicht ab. Jeder Jäger weniger würde den Anteil an der Belohnung vergrößern.

Während der Zwerg mit dem Mut der Verzweiflung nach Wurfgeschossen suchte, pfiff Marga aus Leibeskräften. Sie hätte sich ohrfeigen können, weil sie sich von den Vögeln nicht hatte warnen lassen. Nun rief sie die gefiederten Freunde um Hilfe, doch was sollten Schwalben und Meisen gegen Krieger des Dunklen Herrschers ausrichten? Hilflos schwirrten Vogelschwärme über ihrem Kopf.

Als die Orokòr nur noch wenige Fuß von den beiden entfernt waren, griffen sie nicht nach ihrer Beute, sondern sie hielten sich gegenseitig zurück. Im Streit darüber, wer als erster die Beute ergreifen durfte, um sich später bei Ormor damit brüsten zu können, erhielten ihre Opfer eine letzte Galgenfrist. Doch schließlich brüllte ihr Anführer ein Machtwort und sie ließen voneinander ab, um endlich den Willen ihres Herrn zu erfüllen. Obwohl Marga sich ganz flach an die Felswand drückte, riß bald darauf eine Kralle an ihrem Kleid.

In diesem Augenblick verdunkelte sich der Himmel. Ein Schatten fiel über Beute und Jäger. Ein Brausen erhob sich über den Köpfen. Mächtige Schwingen peitschten die Luft. Dann schoß ein riesiger Vogel nieder. Seine scharfen Krallen zerfetzten die Angreifer, und sein scharfer Schnabel faßte die Orokòr, die fliehen wollten. Die Bergwiese färbte sich rot mit Blut. Fleischstücke flogen durch die Gegend, Köpfe rollten den Abhang hinab. Da lag ein ausgerissener Arm, dort ein abgehackter Fuß. Der Vogel richtete ein Blutbad an, und vernichtete erbarmungslos alle schwarzen Krieger.

Marga und Glaxca hatten sich eng an die Felswand gedrückt. Sie wußten nicht, ob sie die nächsten Opfer des ungeheuren Tieres werden würden. Ihre Furcht vor den Orokòr war dem Entsetzen über den Vogel gewichen. Noch nie hatten sie solch ein Lebewesen gesehen.

Endlich rührte sich kein Orokòr mehr. Der Vogel faltete seine weiten Schwingen zusammen, sprang einige Schritte zurück und wandte sich an das Mädchen. Er stieß einige tiefe Triller aus. Zitternd und mit großen Augen antwortete ihm Marga. Dann erhob sich das Tier wieder in die Luft. Dabei entfachte es mit seinen Flügeln so einen Wind, daß dem Zwerg die Mütze vom Kopf gerissen wurde.

»Was hat er gesagt?« fragte Glaxca, als der Schatten klein geworden und der Retter in den Lüften verschwunden war.

»Ich solle ihn wieder rufen, wenn ich ihn brauche. Noch nie habe er einen Zweibeiner getroffen, der die Sprache der Vögel sprechen konnte. Später wolle er uns wieder aufsuchen und sich alles erklären lassen.«

Als sie sich ein wenig gesammelt und den Schrecken verarbeitet hatten, stellte der Zwerg fest: »Wir werden also gejagt. Die schwarzen Bestien haben unsere Spur entdeckt. Sie werden keine Ruhe geben, bis sie uns gefangen haben. Der Dunkle Herrscher will den Custo um jeden Preis. Das bedeutet, wir müssen uns verbergen und zwar in den Tiefen des Gebirges. Die Berge dürfen wir nun lange Zeit nicht mehr verlassen, denn nur hier sind wir einigermaßen sicher. Aber gerade Zeit habe ich nicht.«

»Ich bin die Hüterin des Custo«, antwortete Marga. »Ich werde hier bleiben. Und du wirst weiter nach Aramar suchen.«

»Mit dem Custo in deiner Obhut kann ich dich nicht allein lassen. Er ist wichtig, und auch um dich sorge ich mich. Ich weiß nicht mehr, worum ich mich mehr kümmern soll: um die Sicherheit des Custo, oder daß Aramar von dem Ultimatum des Achajers erfährt?«

»Der Achajerfürst hat dir doch gesagt, daß er im elften Monat des Jahres im Golf von Orex auf dich warten will. Dann sollst du ihm eine authentische Botschaft von Aramar überbringen, sonst segelt er zu den Inseln und kehrt nie wieder zurück. Wenn also kein Zeichen von Aramar zur Landebucht gebracht wird, erhält Centratur in seinem Kampf gegen die Heere Ormors keine Unterstützung durch die Achajer.«

»Das ist wahr! Und Aramar rechnet fest mit dem Eingreifen der Achajer. Sie sind seine geheime Trumpfkarte in diesem aussichtslosen Kampf. Er geht davon aus, daß ich seine Botschaft überbracht habe und seine Freunde von den Inseln im rechten Moment mit Truppen kommen. Er weiß ja nicht, daß mir sein Brief gestohlen worden ist, und Heliodor auf einer Botschaft von ihm besteht. Was soll ich nur tun?

Wenn ich weiter suche, finde ich Aramar vielleicht noch rechtzeitig und komme vor Ablauf des Ultimatums zum Golf von Orex. Aber wenn in der Zwischenzeit die Schergen des Dunklen Herrschers dich und den Custo fangen, war alles umsonst. Dann können auch die Achajer nicht mehr helfen.

Bewahren wir aber den Custo, und die Achajer kommen nicht, dann sind unsere Kräfte zu schwach gegen die Übermacht und wir verlieren den Kampf. Wie immer ich mich entscheide, es ist falsch.«

»Bist du denn sicher, daß du Aramar rechtzeitig finden kannst?« fragte Marga.

»Ich halte es für unwahrscheinlich.«

»Dann bleib bei mir, denn die Bedrohung durch die Orokòr kennen wir, und sie ist übermächtig. Ich fühle mich zusammen mit dir sicher. Du hast mir schon einmal das Leben gerettet, das ist ein gutes Omen.«

»Dann komm«, sagte der Zwerg. »Laß uns zurück zu den alten Leuten bei der Spinnenhöhle gehen.«

Der Beschluß

Aramar war so nahe an die Schemen im Raum herangetreten, als wollte er sie mit Händen greifen. Sein Gesicht war bleich geworden, und sein Atem ging stoßweise. Er wollte eingreifen, einen Rat geben, Fragen stellen und wußte doch, daß er nur das Abbild eines Geschehens sah, das sich weit entfernt von ihm abspielte.

»Wenn ich das gewußt hätte«, stieß er zwischen den Zähnen hervor. »Das ist furchtbar. Der arme Glaxca. Ich möchte seine Wahl nicht treffen.«

Atemlos hatten auch die anderen Zauberer den Ereignissen zugesehen. Die Federn der Mönche waren in Windeseile über die Seiten geflogen.

Abramawar sagte: »Bruder Fraam war sicher keiner von den großen Äbten. Schließlich war er ursprünglich nur der Koch in Nowogoro gewesen. Jedoch hat er die richtige Hüterin für den Custo gewählt. Das ist ein Verdienst, das berühmtere Äbte nicht immer für sich beanspruchen können.«

Sie verließen den Raum der Geschichten und kehrten ins Erdgeschoß zurück. Dort im großen achteckigen Raum aßen sie zuerst einmal etwas. In den vielen Stunden des Zuschauens waren sie hungrig geworden. Dann setzten sie sich um den Kamin und beratschlagten.

»Ihr wißt, was in Cantrel geschehen ist?« fragte Aramar seine Brüder aus Quantam.

»Die Königin hat uns des Landes verwiesen. Sie verzichtet auf unsere Hilfe.«

»Wir haben es hier miterlebt«, gab Gronolor zu. »Viele ihrer Argumente sind einsichtig, aber warum sie es zum Bruch kommen ließ, wissen auch wir nicht.«

»Sind vielleicht noch Vespucci im Palast, unter deren Einfluß sie steht?« fragte Galowyn.

»Auch das wissen wir nicht.«

»Warum seht Ihr nicht nach?« fragte Smyrna erstaunt.

»Aus dem gleichen Grund weshalb wir auch nicht ständig Ormor überwachen. Wenn wir ihn sehen, kann er uns auch sehen. Wir schleichen uns bei ihm nur ein, wenn wir wissen, daß er beschäftigt ist. Ebenso verhält es sich mit den Vespucci.«

»Ich glaube nicht, daß die Vespucci Lunete bezwingen können«, sagte Abramawar. »Sie ist eine Achajerin.«

»Das mag schon sein. Trotzdem ist Cantrel zu schwach, um sich gegen einen Überfall aus Darken zu verteidigen«, fuhr Aramar fort. »Mit der Hauptstadt fällt aber das ganze Land Whyten.«

»Zumindest wird Ormor zunächst nicht in Whyten angreifen. Seine Gedanken sind ganz auf das Thaurgebirge konzentriert. Er will unbedingt den nördlichen und den südlichen Custo in seine Hände bekommen, um das Netz zu zerstören«, Abramawar machte eine bedeutungsvolle Pause. »Ich weiß nicht, ob wir uns darüber freuen sollen, weil wir Zeit gewinnen; aber wenn seine Schergen erfolgreich sind, können wir alle Hoffnungen begraben.«

Hier mischte sich Fallsta ein: »Irgendwann wird der Zauberkönig im Süden angreifen. Dann brauchen wir Hilfe. Equan ist vom Kampf um Hispoltai noch zu geschwächt. Es kann keine Truppen senden. Whyten aber ist allein zu schwach.«

Westomir, der bisher seinen Tee lautstark geschlürft hatte, hielt plötzlich inne und kicherte mit seinem zahnlosen Mund: »Ich wollte schon immer mal ans Meer. In Arminia ist es sehr schön. Warum darf ich da nicht hin?«

»Westomir«, unterbrach ihn Abramawar ärgerlich, »dies ist eine wichtige Beratung. Störe uns nicht!«

»Aber unser alter Freund hat doch recht«, rief Aramar. »Die großen Städte im Süden könnten Hilfe bringen. Rachis und Arminia waren bisher in keine Kämpfe verwickelt und mußten deshalb auch keine Verluste erleiden. Wir sollten sie um Hilfe bitten. Laßt uns nachsehen, wie es dort aussieht.«

Eilig kehrten alle in einen der Räume der Geschichten zurück. Wieder wurde die Luft stickig und Flämmchen züngelten unter der Decke, aber so sehr sie sich auch anstrengten, keine der beiden Städte wurde sichtbar. Man sah nur Mauern und Dächer, konnte aber nicht ins Innere der Orte eindringen.

»Was geht dort vor?« fragte Gronolor entsetzt. »Welche Teufelei ist dort im Gang?«

»Ich werde hingehen und es mir ansehen«, sagte Aramar und erhob sich.

»Wir kommen mit«, sagten seine bisherigen Begleiter wie aus einem Mund.

»Das geht nicht«, antwortete der Zauberer. »Für euch habe ich eine wichtigere Aufgabe. Ihr müßt quer durch Centratur zum westlichen Meer reisen und dorthin eine Botschaft überbringen. Es wird wahrscheinlich die gefährlichste Mission, die ihr jemals ausgeführt habt und gleichzeitig die wichtigste. Dabei seid ihr ganz auf euch selbst gestellt. Niemand wird euch helfen. Ihr müßt durch ein Land, das der Krieg im Griff hält. Zu jeder Stunde wird euer Leben bedroht sein. Wollt ihr die Aufgabe dennoch übernehmen?«

»Ich bin zwar eine Sängerin und keine Amazone«, antwortete Galowyn, »aber wenn wir diesen Krieg verlieren, gibt es niemanden mehr, dem ich vorsingen kann. Ich habe also keine andere Wahl, als zu gehen.«

»Tapfere Herrin«, fügte Smyrna hinzu, »du sollst nicht ohne deine Dienerin reisen.«

»Seit wann habe ich wieder eine Dienerin?« fragte diese erstaunt. »Du hattest mir den Dienst doch schon vor langer Zeit aufgekündigt. Ich kann dich immer noch nicht bezahlen.«

»Dann stunde ich dir meinen Lohn bis nach dem Krieg.«

»Das kann aber noch lange dauern.«

»Ich werde es in Kauf nehmen.«

»Wie lange wollt ihr dieses Spiel eigentlich noch fortsetzen?« fragte Fallsta ärgerlich. »Ihr seid doch Freundinnen, und Smyrna ist keine Dienstbotin.«

»Willst du mir etwa meine Dienerin abspenstig machen?« fragte die Sängerin streng. »Was weißt du von unseren Abmachungen?«

»Ach macht doch, was ihr wollt«, knurrte der Mann. »Euch Frauen werde ich nie verstehen.«

Da lachten die beiden.

»Kommst du auch mit?« fragte Smyrna den Goldgräber.

»Ich kann doch zwei verrückte Frauen nicht allein durch die Welt ziehen lassen.«

Aramar sagte: »Ihr habt für die weite Reise nur elf Wochen Zeit. Dann müßt ihr den Golf von Orex im Westlichen Meer erreicht haben. Dort übergebt ihr einen Brief. Laßt euch diesen Brief von niemandem abnehmen. Schon einmal hat mein Bote die Botschaft verloren, und es mag sein, daß er dadurch, ohne es zu wollen, den Untergang Centraturs verschuldet hat. In der Landebucht wartet der Achajerfürst Heliodor. Er ist ein stolzer und mächtiger Mann. Er wird euch auf Herz und Nieren prüfen. Sagt ihm die Wahrheit.«

»Woran erkennen wir diesen Fürsten?«

»Er hat sechs Finger an jeder Hand.«

Die alten Zauberer aus Quantam hatten schmunzelnd zugehört. Nun erhob sich die Frage, welchen Weg die Frauen und der Goldgräber nehmen sollten. Alle wußten, daß die südliche Route, am Tal Rotamin vorbei, die Alte Südstraße nach Norden und der Tabakweg nach Westen versperrt war. Dort lagerten große Heere, die ein Durchkommen unmöglich machten. Abramawar schlug einen Weg durch das Thaurgebirge vor, aber Aramar, der die Berge gut kannte, widersprach. Die Berge konnten nur sehr geübte Bergsteiger bezwingen. Sie bildeten ein unüberwindliches Hindernis. So blieb nur die Route durch das feindliche Darken bis zur Alten Oststraße. Auf ihr sollten die drei das Gebirge überqueren und dann direkt nach Westen reisen.

Gronolor hatte sich bisher nicht eingemischt. Aber nun sagte er vorwurfsvoll: »Willst du deine Freunde in den sicheren Tod schicken? Wenn sie in Darken aufgegriffen werden, bringt man sie unter der Folter um.«

»Weißt du, wie sie sicher zum Golf von Orex kommen?«

»Das weiß ich nicht. Aber ich würde sie nicht töten lassen.«

Die Betroffenen hatten zugehört und waren unbehaglich auf ihren Stühlen herumgerutscht. Nun versuchte sich Galowyn selbst zu beschwichtigen: »So schlimm wird es schon nicht werden. Wir passen auf, dann geht es gut.«

Man sah ihr aber an, daß sie die eigenen Worte nicht so recht glaubte.

»Ich will euch nicht abhalten«, sagte Gronolor begütigend, »aber ihr solltet wissen, in welche Gefahr ihr euch begebt.«

»Das wissen sie«, bestätigte Aramar, der auf keinen Fall seine Boten entmutigen wollte.

»Du solltest ihnen reinen Wein einschenken«, die Stimme Gronolors war mahnend.

»Na gut, vielleicht hast du recht«, seufzte Aramar.

Aber bevor er weiterreden konnte, eilte einer der Schreiber aus den Räumen der Geschichten herbei.

»Nun ist der Krieg offen ausgebrochen«, rief er. »Die Heere aus Darken haben die Grenze zu Whyten überschritten.«

Aramar, der die Vorgänge in Darken nicht mitverfolgt hatte, erfuhr jetzt von den Zauberern aus Quantam, daß die Krieger dort immer ungeduldiger geworden seien und endlich losschlagen wollten. Ihre Führer hätten sie nicht mehr lange zurückhalten können. Wahrscheinlich seien sie deshalb ohne Zustimmung Ormors auf eigene Faust in den Süden marschiert.

»Heute ist der Tag der schlimmen Enthüllungen«, rief Aramar. »Die Lage ist aussichtsloser, als ich dachte. Doch wir werden nicht aufgeben. Auch wenn die Geschehnisse nun ins Laufen gekommen sind und keine Zeit mehr für Vorbereitungen bleibt.« Er wandte sich an den Schreiber, der die Meldung überbracht hatte: »Bruder, wo sind die Soldaten jetzt?«

»Sie haben nördlich vom Grauen Wald ein großes Lager aufgeschlagen. Dort bauen sie eine Festung. Sie heben Gräben aus und errichten Palisaden. Wersch läßt sich Zeit. Die Niederlage vor Hispoltai hat er noch nicht vergessen. Damals glaubte er den Sieg schon in der Tasche und büßte dennoch sein Heer ein. Nun will er langsam und systematisch vorgehen, um jedes Risiko zu vermeiden. Er will den Sieg diesmal nicht gefährden. Angreifen wird er erst in einigen Wochen. Bis dahin werden seine Soldaten in Whyten kleinere Überfälle machen und die eine oder andere Ortschaft verwüsten. Vielleicht wartet Wersch auch auf die Unterstützung durch Ormor. In der Tiefe seines Herzens ist er nämlich ein Zauderer und ein Feigling. Er ist nicht zu vergleichen mit Malomar, der einst in Darken regierte. Aber auch Feiglinge können gefährlich sein. Besonders schlimm ist ihre Unberechenbarkeit.«

»Wir haben keine Zeit mehr zu verlieren«, stellte Aramar fest. »Ich muß in den Süden und Hilfe auftreiben. Meine größte Hoffnung ist aber noch immer das Eingreifen der Achajer.« Er wandte sich an seine Gefährten. »Ihr müßt durchkommen!« sagte er eindringlich.

Abramawar schüttelte bedenklich den Kopf, aber er sagte nichts.

Nur Westomir trank unbeteiligt seinen heißen Tee, der ihm wieder aus den Mundwinkeln lief, und kicherte: »Endlich wird es spannend. Ich habe mich schon gefragt, wie lange ich mich noch langweilen muß?«

»Du kannst mich ja begleiten«, bemerkte Aramar böse.

»Bewahre! Wir haben uns in Quantam doch so schön ans Zuschauen gewöhnt. Diese Gewohnheit wollen wir nicht aufgeben.«

Aramar erhob sich mit den Worten: »Für Ironie ist jetzt keine Zeit!« und verließ den Raum.

Noch am selben Tag sollten Fallsta und seine Begleiterinnen aufbrechen, während Aramar noch eine Nacht bleiben wollte. Jede Stunde war wertvoll. Vorräte wurden zusammengesucht und verpackt und über all der Hektik vergaßen die Reisenden ihre Angst. Die Mönche gaben ihnen noch einen dicken Beutel mit Reisegeld und viele Ratschläge mit auf den Weg. Dann brachen sie auf. Als sie vor die Tore des Klosters traten, fielen vereinzelte Tropfen, aber noch während sie sich verabschiedeten, entwickelte sich ein heftiger Wolkenbruch.

»Die Reise läßt sich gut an«, bemerkte Fallsta trocken. »Wenn es so weitergeht, kann es vergnüglich werden.«

Aramar umarmte seine Freunde und dankte ihnen. Dann gab er ihnen noch eine Fülle von Ermahnungen und Hinweisen, aber die Frauen und der Goldgräber hörten ihm kaum noch zu.

Abramawar sagte: »Wir werden bei euch sein.«

Sie wußten, daß dies der Wahrheit entsprach und keine hohle Floskel war.

Westomir hatte einen seiner seltenen lichten Momente, als er ihnen die Hand schüttelte. Er überreichte ihnen, beinahe ein wenig verstohlen, ein kleines, altes Kissen.

»Ich habe nicht viel«, meinte er dabei verlegen. »Das Kissen habe ich schon lang, deshalb ist es ein wenig abgenutzt. Aber man liegt gut auf ihm. Ich brauche es nicht mehr. Aber ihr habt eine anstrengende Reise vor Euch. Da müßt Ihr ausgeruht sein. Schlaf ist besonders wichtig. Immer der von Euch, der am meisten erschöpft ist, kann dann auf meinem Kissen schlafen.«

»Aber worauf werdet Ihr Euch legen?« fragte Smyrna betroffen.

»Das ist nicht so wichtig. Ich bin nur ein Zuschauer, während ihr die handelnden Personen seid. Eure Nachtruhe ist auch für mich von Bedeutung.«

Die Dienerin hatte Tränen in den Augen, als sie spontan ihre Arme um den Hals des alten Mannes schlang.

Der stotterte: »Nun bandle ich auch schon mit Frauen an, wie dieser junge Spund, dieser Aramar.«

Dann kicherte er auf seine gewohnte Art, setzte sein blödes Grinsen auf und verschwand im Haus.

»Nehmt es ihm nicht übel«, bemerkte Gronolor. »Er meint es nicht so!«

»Doch, er meint es so«, antwortete Galowyn erregt. »Und er meint es sehr gut! Westomir ist ein feiner Kerl!«

Die Zauberer standen im Regen, sahen ihnen nach und winkten, bis sie zwischen den Bäumen verschwunden waren. Dann erst kehrten sie ins Haus zurück.

»Ich will noch nachsehen, wie es Axylia und ihren Gefährten geht. Dann werde auch ich mich auf den Weg machen«, sagte Aramar und ging, gefolgt von den Mönchen, in die Räume der Geschichten.

Überraschung in der Nacht

Urial war es den ganzen Tag nicht gutgegangen. Der ungewohnte Alkoholgenuß hatte ihm Kopfschmerzen beschert. Während Feltina und Axylia die Ruhe und den Frieden dieser abgelegenen Berglandschaft genossen, irrte der junge Zauberer ruhelos umher, uneins mit sich selbst und der Welt. An die Auseinandersetzung vom vergangenen Abend erinnerte er sich nur noch dunkel. Er hatte ein schlechtes Gewissen, wollte sich dies jedoch nicht eingestehen. Zu gern hätte er gewußt, was er tatsächlich gesagt hatte, konnte sich aber beim besten Willen nicht daran erinnern. Weder Axylia noch der Edle Feltina hatten über den Vorfall gesprochen, und Urial hatte sie nicht gefragt.

Die Sonne ging schon früh hinter den hohen Berggipfeln unter. Während die Frau ein Abendbrot bereitete, ging Urial mit einem kurzen Gruß nach oben, um sich hinzulegen. Die beiden anderen unterhielten sich noch eine Weile, dann legten sie sich auch schlafen. Die Türe hatten sie wie in der letzten Nacht mit dicken Balken verschlossen. Nur die Schießscharten ließen das milde Licht des Mondes herein.

Es mochte kurz nach Mitternacht gewesen sein, als dunkle Schatten auftauchten, die den einsamen Turm umkreisten. Sie flogen durch die Luft, saßen auf dem Boden und setzten sich an den Außenwänden fest. Ihre Zahl nahm immer mehr zu, bis schließlich die ersten von ihnen durch die Schießscharten ins Innere krochen.

Feltina erwachte von einem stechenden Schmerz am Hals. Als er nach der Ursache tastete, spürte er etwas Pelziges. Entsetzt fuhr er hoch und hörte von dort, wo Axylia schlief, einen Schrei. Er wollte diese pelzigen Dinger vom Hals reißen, aber sie hatten sich zu sehr in sein Fleisch verbissen. So tastete er nach der Kerze neben seinem Lager und machte Licht. Was er sah, ließ ihm den Atem stocken, und ihm war klar, was die bisherigen Bewohner des Turms vertrieben hatte.

Der Boden, die Wände, die Decke, alles war bedeckt mit Fledermäusen. Sie flatterten durch die Luft, umkreisten ihn und krochen über die Möbel. Durch die offenen Luken in den Mauern drangen ununterbrochen neue Tiere ein.

Nun kamen die alte Frau und Urial angerannt, umflattert von Fledermäusen. Auch an ihnen hafteten sie in Trauben. Axylia schrie und schlug um sich, zerrte an den behaarten Körpern und hielt wieder inne, wenn der Schmerz zu groß wurde. Der junge Zauberer hingegen hatte die Ruhe behalten. Er übernahm ganz selbstverständlich den Befehl, öffnete die verrammelte Eingangstür und führte sie nach draußen. Im Mondlicht wurden sie aber erst recht von den blutsaugenden Tieren angefallen. In blinder Panik rannten Feltina und Axylia los, verfolgt von Wolken kleiner Vampire. Deren scharfe Zähne verbissen sich in jedes Stück Haut, und selbst in ihren Gesichtern hingen sie dicht an dicht. Schreiend und hilflos rannten die beiden im Kreis, und Axylia begann durch den Blutverlust bereits zu taumeln.

Doch der junge Urial behielt die Nerven. Sein Gesicht wurde hart. Seine Gestalt straffte sich, und ohne auf die Tiere zu achten, die an ihm saugten, rief er: »Fürchtet euch nicht! Ich bin bei euch, und ich verkörpere die Macht von Nowogoro. Wir werden diese Bestien das Fürchten lehren.«

Er hob beide Arme und rief mächtige Worte. Als erstes zerbarst der Turm und mit ihm alle Fledermäuse, die auf und in ihm gesessen hatten. Dann erhellte ein gleißendes Licht die Nacht und verschlang die gierigen Tiere in der Luft und auf der Erde. Und als das Leuchten verblaßte, war keine Fledermaus mehr weit und breit zu sehen. Nur die Vampire, die an den Menschen hingen, hatten überlebt. Die drei Menschen versuchten ihre Nerven wieder unter Kontrolle zu bekommen. Sie klaubten sich die Plagegeister gegenseitig ab und töteten sie. Als alles vorüber war, bluteten Axylia und die Männer aus vielen Wunden und schwankten vor Schwäche. Ihre Gesichter waren grausam entstellt und ihre Kleider zerfetzt, aber sie lebten.

»Das war eine große Tat«, sagte Feltina voller Anerkennung zu Urial, als er wieder zu Atem gekommen war.

»Es war der mächtigste Zauber, den ich kannte. Aber ich kann ihn nur einmal benutzen. Nun ist er für immer für mich verloren.«

»Ich danke dir«, sagte Axylia, »das war Rettung aus höchster Not. Doch nun haben wir keinen Ort mehr, an dem wir uns verbergen können. Auch ist unsere Ausrüstung verloren. Zum Glück trage ich den Custo stets unter meinen Kleidern. Er ist unversehrt. Wohin sollen wir uns nun wenden?«

Sie sahen sich um, und ihnen war klar, daß die Vampire aus den dunklen Höhlen weit oben in den Felswänden gekommen waren. Sie fragten sich, warum sie nicht schon in der ersten Nacht überfallen worden waren und weshalb die Turmbauer nicht sogleich mit den Blutsaugern Bekanntschaft gemacht hatten. Feltina vermutete, daß die Tiere nur selten und bei einem bestimmten Stand des Mondes hervorkämen.

In dem diffusen Licht suchten sie an der Stelle, wo noch vor kurzem der Turm gestanden hatte, ob etwas Brauchbares der Vernichtung entgangen war, aber sie fanden nichts. So machten sie sich noch in der Dunkelheit auf den Weg, um eine neue Bleibe zu suchen.

Ein Zurück gab es nicht, denn die Brücke über die Schlucht war zerstört. Also blieb nur der Weg ins Gebirge. Vom ehemaligen Turm aus führte ein schmaler, steiniger Pfad nach Osten. Ihm folgten sie. Er schimmerte im Mondlicht hell, war aber dennoch gefährlich, denn bald schlängelte er sich über einem steilen Abgrund an einer Felswand entlang.

Während sie sich vorantasteten, überlegte Feltina, was wohl aus den ehemaligen Bewohnern des Turms geworden war. Sie hatten schließlich keine Leichen gesehen.

»Doch, ich sah sie, als ich über die Hängebrücke lief«, gab Axylia zu. »Tief unten in der Schlucht lagen Körper. Ich habe euch nicht darauf hingewiesen, um euch nicht zu ängstigen.«

»Dann sind sie vor Schmerz und Verzweiflung dorthin geeilt und haben sich in die Tiefe gestürzt?« fragte der Edle.

»Ich kann es mir nicht anders erklären.«

»Aber Fledermäuse sind doch friedliche Tiere, die sonst niemandem etwas zuleide tun?«

Urial hatte bis jetzt schweigend zugehört und meinte nun: »Unsere Welt ist voller Geheimnisse. Wir glauben alle zu kennen, nur weil wir ihnen bisher noch nicht begegnet sind. Wir sollten lernen, daß wir auf der Welt nur geduldete Gäste sind und uns entsprechend darauf einstellen. In jeder Sekunde kann uns dieses Gastrecht aufgekündigt werden.«

Die beiden andern sahen ihn erstaunt an. Diese Äußerung hätten sie von ihm nicht erwartet. Der junge Zauberer bereitete ihnen immer wieder Überraschungen.

Im Morgengrauen standen sie vor einer hohen Felswand. Hier war der Weg zu Ende, er mündete genau vor einem verzierten Stein. Girlanden und Säulen waren in den Fels gemeißelt. Sie waren zwar verwittert und mit Moos überzogen, aber noch zu erkennen.

»Dies ist ein Zwergentor«, stellte Axylia fest. »Hier war einst ein Eingang in den Berg.«

»Können wir hinein?« fragte Feltina.

»Nur wenn uns der Zufall zu Hilfe kommt. Zwergentore kann man nicht mit Gewalt öffnen. Aber ich weiß gar nicht, ob ich hinein will.«

»Wir haben keine Wahl«, stellte Urial fest. »Zurück können wir nicht, und den Rest unseres Lebens werden wir kaum hier am Fuß der Bergwand verbringen wollen. Also mach dich an die Arbeit und öffne die Tür!«

Seine Worte klangen nicht nach einem Ratschlag, sondern eher nach einem Befehl. Nachdem er die Vampire besiegt hatte, betrachtete er sich als Führer der Gruppe. Axylia und Feltina sahen sich an, widersprachen aber nicht.

Die Frau sprach halbherzig einige Zaubersprüche, die sie vor langer Zeit gehört hatte, blieb aber ohne Erfolg. Auch Urial versuchte einige Zaubereien, doch so sehr er sich auch anstrengte, das Tor im Fels wollte sich nicht öffnen. Deshalb standen sie noch immer rat- und hilflos dort, als bereits die Sonne hoch am Himmel stand. Sie waren inzwischen sehr durstig. Und wieder einmal waren sie am Ende und wußten, daß nur noch ein Zufall oder ein Wunder sie retten konnte. Und das Wunder geschah.

Als nämlich Axylia enttäuscht ausrief: »Dieser Berg wird uns für immer verschlossen bleiben«, und sich umwandte, rief eine Stimme hinter ihr: »Vielleicht doch nicht!«

Dort stand ein alter Zwerg und hatte die Arme in seine Hüften gestützt. Neben ihm in der Felswand klaffte ein großes Loch.

Obgleich Axylia schon aufgegeben hatte, war sie von allen am wenigsten erstaunt über die Erscheinung. Sie sagte zu ihren verblüfften Begleitern: »Ihr müßt euch nicht wundern. Wir sind zwar schwach und ständig am Rande des Scheiterns, aber wir sind nicht allein. Solange wir das Rechte tun und dabei unschuldig bleiben, stehen uns Mächte bei, die wir nur erahnen können. Aramar wußte dies, als er uns das Schicksal von Centratur anvertraute.«

Der Zwerg rief mit schnarrender Stimme: »Wollt Ihr Euch noch länger unterhalten oder kommt Ihr mit mir?«

Da lachte selbst Urial, und zusammen eilten sie in die Höhle, die sich aufgetan hatte. Kaum hatten sie das Dunkel betreten, da wälzte der Zwerg mit einem wundersamen Mechanismus den Stein wieder vor den Eingang.

Erinnerungen

Aramar rieb sich die Augen. Er war zwar müde, aber auch beruhigt, daß der südliche Custo erst einmal in Sicherheit schien.

»Ich habe einen langen und gefährlichen Weg vor mir«, sagte er zu den anderen Zauberern. »Seit Tagen schlafe ich nicht mehr, sondern sehe anderen Leuten zu, wie sie ihr Schicksal meistern. Nun muß ich mich hinlegen, sonst kann ich meine Aufgabe nicht erfüllen. Berichtet mir, wie es weitergegangen ist.«

Als er die Räume der Geschichten verließ, waren seine Schultern gebeugt und seine Augen rot vor Übermüdung. Bedächtig stieg er die Treppe hinunter und betrat die Schlafräume. Wie lange war er hier nicht mehr gewesen, und wieviel Zeit hatte er einst hier verbracht. Damals war sein Freund Willmar pfeifend und singend durch die Räume gelaufen. Er war ein fröhlicher Mensch gewesen, aber auch ehrgeizig. Stets wollte er es den Oberen recht machen und ihre Achtung gewinnen. Besonders wichtig war ihm die Anerkennung ihres gemeinsamen Meisters Simonarum gewesen.

Aramar legte Schuhe und Oberkleidung ab und streckte sich auf der harten Pritsche aus, die ihm schon in seiner Jugend als Nachtlager gedient hatte. Doch obgleich er sehr müde war, konnte er nicht einschlafen. Immer wieder wanderten seine Gedanken zurück in die Vergangenheit. Er mußte wieder an das verhängnisvolle Gespräch denken, mit dem damals alles begann.

Es war zwar schon spät gewesen, aber Willmar und er hatten noch nicht schlafen wollen. Sie saßen hier in der Zelle zusammen auf dieser Pritsche. Den ganzen Tag über hatten lange Beratungen stattgefunden, wie man den Zauberkönigen Ormor und Malomar das Handwerk legen könnte. Man war zu keiner vernünftigen Lösung gekommen. Schon damals ging von den beiden eine Bedrohung aus, die die Mönche des Weißen Rates beunruhigte. Willmar verknüpfte die Sorgen des Tages mit seinem Lieblingsthema, den Zeitenwanderern.

Er frage sich, so hatte er begonnen, ob Ormor und Malomar vielleicht Zeitenwanderer seien?

»Wir Zauberer sind alle in einer gewissen Weise Zeitenwanderer«, hatte Aramar entgegnet. »Unsere Lebensspanne reicht weit über die von normalen Sterblichen hinaus.«

Zeitenwanderer seien unsterblich, war die ungehaltene Antwort gewesen. Sie erlebten eben nicht nur einige Zeitalter, sondern das Aufblühen und Vergehen von ganzen Kulturen im Verlauf der Geschichte der Welt. Dies sei etwas anderes, als das lange Leben von Zauberern.

Dann nach einer Pause hatte Willmar versonnen hinzugefügt: »Es heißt, daß in jeder Epoche einer in ihren Kreis aufgenommen wird. Dieser eine werde ich sein.«

Aramar hatte die Worte seines Freundes als Scherz aufgefaßt und wollte ihn necken: »Und was wirst du sagen, wenn ich es bin?«

»Du kannst es nicht sein. Ich bin besser als du!«

»Wir sollten es darauf ankommen lassen!«

Mit diesen Worten, dachte Aramar, zerbrach damals unsere Freundschaft. Von nun an waren wir Konkurrenten. Willmar mochte damals durchaus der Bessere gewesen sein, denn ich war noch jung und meinen Leidenschaften ausgeliefert. Man konnte mich allzu leicht verführen.* Aber es war nicht recht, daß wir uns in so frühen Jahren schon untereinander maßen und in Konkurrenz traten. Dies war Eitelkeit, die uns nach unseren Exerzitien nicht mehr hätte quälen dürfen.

Ein paar Tage später war ich zu den Oberen gerufen worden und hatte die Anordnung erhalten, nach Nowogoro zu gehen. Dort sollte ich nach dem Rechten sehen. Dieser Auftrag war nicht von Simonarum ausgegangen. Ausgewählt hatten mich damals die Vorsteher von Quantam. Warum ihre Wahl wohl auf mich gefallen war?

Der Zauberer wälzte sich auf seinem Lager und sehnte den Schlaf herbei. Doch die Erinnerungen hielten ihn weiter gefangen.

Eigentlich hätten sie Gronolor, Abramawar oder Westomir schicken müssen. Sie waren älter als ich und in ihrer Einweihung weiter fortgeschritten. Aber keiner der drei wollte das Kloster verlassen. Warum fiel die Wahl nicht auf Willmar? Haben die Oberen ihm nicht getraut?

Auf jeden Fall war unsere Freundschaft zerbrochen, als ich zurückkam. Er lachte nicht mehr, er lief nicht mehr pfeifend durch das Kloster. Willmar war in seinem Innersten verletzt. Heute kann ich mir vorstellen, warum. Er hatte seine Hoffnung verloren, als Zeitenwanderer ausgewählt zu werden. Dabei gönne ich ihm die Unsterblichkeit. Ich will nicht ewig leben. Das Leben in dieser Welt ist so schwer, daß ich gern darauf verzichte.

Vielleicht wäre es einfacher für mich, wenn ich mich aus dem Lauf der Welt heraushielte und alles treiben ließe? Ich könnte wie Willmar irgendwo in der Einsamkeit meinen Forschungen nachgehen. Aber selbst mein geruhsames Leben auf den Inseln habe ich verlassen, um mich wieder um die Geschicke von Centratur zu kümmern. Statt zu lesen und zu schreiben bin ich nun wieder gehetzt und gejagt und taumele von einer Gefahr in die nächste. Die Berufung zum Zeitenwanderer überlasse ich gern meinem ehemaligen Freund. Er braucht meine Konkurrenz nicht zu fürchten.

Doch nun forderte der Körper des Alten sein Recht. Die Erschöpfung ergriff auch seinen Geist, und der Schlaf kam tröstend und erquickend über ihn. Er schlief bis zum Abend. Dann erhob er sich. In der Ecke des kleinen Raumes stand noch immer eine Waschschüssel und eine Kanne mit frischem, kaltem Wasser. Nachdem er

* Vgl. Aramars drei Geschichten im Anhang von Bd. I.

sich gewaschen und angekleidet hatte, kehrte er zu den Räumen der Geschichten zurück.

Als er auf den runden Gang trat, kamen ihm Gronolor und Abramawar entgegen. Sie sahen sehr müde aus, und Aramar wußte, daß sie seit langem nicht geschlafen hatten.

»Wie ist es Axylia und ihren Gefährten dort im Berg ergangen?« fragte er gespannt.

»In der alten Zwergenunterkunft sind sie in Sicherheit. Es ist eine Art Burg im Berg, wo sie sich aufhalten. Man nennt den Ort Xohr. Vielleicht hast du davon gehört? Bereits vor dem Diamantenkrieg haben ihn die Zwerge verlassen. Doch vor einiger Zeit ist Wrok aus dem Volk der Wrusak mit seinen Verwandten dorthin zurückgekehrt.* Sie haben die Arbeit dort wieder aufgenommen, wo ihre Ahnen sie niedergelegt hatten. Damals hat der Überfluß die Zwerge hochmütig gemacht. Sie waren sich zu gut, um im Dunkel der Berge zu graben. Lieber trieben sie Handel und bauten ihre Macht aus, was ihnen viel Ärger und Ablehnung unter den Menschen einbrachte. Doch das Volk der Zwerge hat gelernt. Es besinnt sich nun auf seine Ursprünge, und das ist gut so. Wenn in Centratur wieder Frieden herrscht, wird man auf die Zwerge bauen können.

Wrok hat die drei Verfolgten aufgenommen. Nun haben sie eine Atempause. Dort im Berg sind sie für die Schergen Ormors fürs erste unerreichbar.«

Aramar atmete auf und man sah, daß ihm ein Stein vom Herzen fiel. Doch sogleich verdüsterte sich sein Gesicht wieder vor Sorge: »Was ist mit Marga und Glaxca, den Hütern des zweiten Custo?«

»Auch um sie mußt du nicht bangen. Sie haben zu der Einsiedlerhütte auf der Alm zurückgefunden. Dort wird sie so rasch niemand entdecken. Allerdings erwartete sie eine traurige Überraschung. Die alte Frau ist gestorben. Sie kamen gerade rechtzeitig, um sie noch zu begraben.«

»Das sind trotz allem gute Nachrichten«, sagte Aramar. »Dann kann ich mich beruhigt auf den Weg machen. Brüder, wünscht mir Glück!«

»Glück wünschen wir dir nicht«, entgegnete Gronolor streng, »aber den Beistand der Unsichtbaren.«

* Vgl. Bd. I, S. 210 ff.

»Centratur bedarf deiner Hilfe«, schaltete sich Abramawar vermittelnd ein, »und wir alle danken dir für deinen Mut und deine Mühen.«

Viel gab es nicht mehr zu besprechen, deshalb brach Aramar sogleich auf. Er wollte Hilfe suchen gegen die Truppen aus Darken, die Whyten überfallen hatten. Tief im Süden hoffte er sie zu finden.

Kurz bevor er außer Hörweite war, drehte er sich noch einmal um und rief: »Was machen Fallsta und die beiden Frauen?«

Als Antwort hörte er: »Sie sind unterwegs!«

Dann schritt er kräftig aus.

Westen

Zwar sind in Whyten die Truppen aus Darken einmarschiert, aber sie haben noch nicht losgeschlagen. Aramar ist auf dem Weg zu den südlichen Städten des Landes, um Hilfe zu holen. Sowohl der nördliche als auch der südliche Custo sind zunächst in Sicherheit, und die Sängerin hat sich zum Golf von Orex aufgemacht. Akandra und Marc haben Rutan erreicht und werden bald nach dem König suchen.

Im Westen ist dagegen die Lage noch unverändert. Das Heimland ist weiterhin besetzt, aber ein Teil der Erits konnte sich nach Waldmar retten. Dort führen sie ein bescheidenes, aber freies und sicheres Leben. Horsa, der sich als Nachfolger seines Vaters und damit als Markgraf des Heimlands fühlt, ist damit ganz und gar nicht zufrieden. Er will so rasch wie möglich die Feinde vertreiben und als Führer anerkannt werden. Dazu hat er eine Bande junger Männer um sich geschart, die Wölfe, die ihm bedingungslos folgen.

Der Markgraf

Freiheit ist das höchste Gut. Sie haben wir verloren, und sie gilt es wiederzugewinnen. Dies kann nur gelingen, wenn jeder sein persönliches Schicksal dem großen Werk unterordnet. Wir sind es den Kindern und Kindeskindern der Erits schuldig, dieses Land zu befreien. Für das Glück von allen muß jeder von uns sein eigenes Glück opfern. Opfer werden verlangt, und sie müssen freudig erbracht werden. Was kann es Schöneres geben, als sich einem höheren Ziel unterzuordnen! Was kann befriedigender sein als für die Freiheit sein Leben hinzugeben!

Wir haben uns hier versammelt, um uns dieses große Werk, das wir begonnen haben, dem wir uns mit ganzer Seele anheimgeben, wieder einmal vor Augen zu führen. Ich weiß um die Gefahr, daß Erits schwach werden und aufgeben! Aber es ist meine Aufgabe, euch alle wachzurütteln und euch immer wieder zu erinnern, was eure Pflicht ist.

Ich will nicht eure Unterwerfung, ich will eure freudige Zustimmung. Ihr sollt euch nicht beklagen, wenn ihr hungrig ins Bett steigt! Ihr sollt das Schicksal loben, daß ihr diese Opfer bringen dürft! Ihr seid ausgezeichnet vor anderen Generationen, die einfach nur dumpf dahingelebt haben, deren Leben von Sinnlosigkeit gezeichnet war, die schließlich starben, ohne an etwas Großem mitgewirkt zu haben! Ihr dagegen seid auserwählt, Großes zu vollbringen! Euren Händen ist das Höchste anvertraut, der Kampf um die Freiheit!«

So redete Horsa nun schon seit über einer Stunde, und ein Ende war nicht abzusehen. Es war früh am Morgen, und alle standen in einem großen Kreis versammelt in Haferau. Es gab keinen, dem inzwischen nicht die Beine weh taten. Aber niemand wagte es, sich zu entfernen. Drohend standen die Wölfe des Markgrafen im Hintergrund und beobachteten aufmerksam die Szene. Mancher der Anwesenden hatte inzwischen erfahren müssen, wie brutal die jungen Burschen sein konnten. Sogar den Gerstenbauern hatten sie zusammengeschlagen, weil er sich geweigert hatte, an den Wehrübungen teilzunehmen, die Horsa leitete. Seine eigenen Söhne, die selbst zu den Wölfen gehörten, hatten zugesehen und nicht eingegriffen.

»Ihr habt es gut! Ihr lebt hier in Freiheit und unter meinem Schutz«, fuhr Horsa mit lauter Stimme fort. »Aber wie sieht es im übrigen Heimland aus? Dort herrschen Folter und Tyrannei. Noch immer sind unsere Landsleute in den Händen der Eroberer, werden von ihnen geknechtet und ausgebeutet. Zuerst hatten die Orokòr ihre Schreckensherrschaft errichtet, und nun peinigen die Schweine aus Rolos Männer und Frauen, um möglichst viel aus ihnen herauszupressen. Jeder dieser Soldaten will als reicher Mann nach Hause ziehen, mit Gut, das sie den Erits gestohlen haben. Sie halten unsere geliebten Landsleute als Sklaven. Wer es wagt, ihnen auch nur mit einem Wort Widerstand zu leisten, muß es bitter büßen. Hier aber in Haferau, der letzten Trutzburg des Heimlands, herrscht der Geist der Freiheit. Hier kann man noch lachen und singen. Lachen und Singen sind aber für uns Erits wichtiger als Essen und Trinken.«

Er machte eine Pause und sah aufmerksam in die Runde. Als er die müden Gesichter sah, rief er: »So laßt uns nun ein fröhliches Lied anstimmen, das uns allen Mut machen und unsere Herzen erfreuen soll. Wir singen ›Wenn wir sterben, so leuchtet ein Licht‹!«

Gehorsam begann die Versammlung, das Lied zu singen, das sich Horsa zu seiner Hymne auserkoren hatte. Sätze kamen darin vor wie: »Blut muß fließen für die Freiheit« und »Wir sind nichts, das Land ist alles«.

Danach redete der Graf noch eine Weile und kam dann endlich zum Schluß.

»Lang lebe das Heimland!« rief er. »Lang lebe die Freiheit! Lang lebe das Geschlecht derer von Hagen!«

Jeden dieser Aufrufe wiederholte die Menge mit müder Stimme. Es klang lustlos, und Horsa blickte böse in die Runde. Schon wollte er einschreiten, beließ es dann aber dabei. Er hatte alle zusammengerufen, weil am nächsten Morgen ein großer Feldzug beginnen sollte, und er die Kampfmoral der Leute stärken wollte. Hochhag, der Sitz seiner Familie, sollte befreit werden. Für diesen Überfall reichten seine Wölfe nicht aus, und er brauchte die Unterstützung der anderen Männer.

Die Gemeinschaft der freien Erits war inzwischen auf beinahe zweihundert Köpfe angewachsen. Da waren die Leute aus Ribbelhof hinzugekommen. Versprengte Eritsoldaten, die nicht zum Feind übergelaufen waren und ihre Landsleute ausbeuteten, hatten sich eingefunden. Ein paar Bauern hatten sich retten können, und aus den Städten war einigen Frauen und Männern die Flucht gelungen.

In Waldmar hatte sich eine Keimzelle gebildet, von der die Befreiung des Heimlands ausgehen konnte. Ob dies allerdings unter der Führung des jungen Grafen geschehen sollte, darüber gab es geteilte Meinungen.

Als sie wieder in ihrem Haus waren, ließ sich Mog müde auf das harte Bett fallen. Obgleich die Wunde, die er sich im Kampf mit dem Wolf zugezogen hatte, verheilt war, litt er noch immer unter Schmerzen. Jede Witterungsänderung spürte er in seinem Arm. Im Grunde war er nicht mehr richtig gesund geworden.

»Selten habe ich soviel dämliches Zeug gehört, wie heute von

Horsa«, knurrte er. »Ich dachte schon, er hört nie mehr auf. Immer wenn er eine Atempause einlegte, hoffte ich, daß er zum Ende käme. Er hört sich gerne reden, aber müssen wir ihm auch alle zuhören? Dieser dumme Junge schätzt die Gefahr falsch ein. Die wirklichen Feinde sind nicht die Soldaten aus Rolos. Die sind nur Werkzeug in der Hand eines anderen. Unser Gegner ist der Zauberkönig selbst. Er hat diese Soldaten geschickt, und er wird andere schicken, wenn es uns gelingen sollte, die Leute aus Rolos zu vertreiben. Aber dieser törichte Graf treibt uns in unnütze Kämpfe, die wir verlieren müssen.«

»Sei still«, flüsterte seine Frau. »Wenn dich jemand hört, bekommst du Ärger. Die verstehen keinen Spaß, wenn man ihren Grafen kritisiert.«

»Ich glaube nicht, daß sie mir etwas tun«, beruhigte sie ihr Mann. »Horsa mag mich zwar nicht, aber er läßt mich in Ruhe. Ich glaube fast, er hat Respekt vor mir.«

»Das mag schon sein. Aber weißt du, wie lange noch? Wir haben niemand mehr, der uns schützen könnte. Alle unsere Söhne sind gegangen. Wir sind ganz allein.«

Sie setzte sich zu ihm und kuschelte sich an ihn. Das Feuer der Nacht war heruntergebrannt und glomm nur noch. Fürsorglich nahm Mog die Decke und legte sie seiner Frau um die Schultern.

Sie schwiegen eine Weile, dann sagte Ev: »Traurig bin ich schon, daß unsere Kinder alle fort sind. Der Gedanke an sie tut weh.«

»Sie müssen ihre eigenen Wege gehen. Die bin ich damals im Großen Krieg auch gegangen.«

»Ich möchte nicht, daß du morgen mit den anderen gehst«, sagte sie entschieden und wechselte das Thema. »Du bist zu alt zum Kämpfen. Außerdem habe ich ein ungutes Gefühl.«

»Ich habe auch keine Lust«, antwortete er. »Ich sehe auch nicht ein, warum wir für das Schloß des Markgrafen unser Leben riskieren sollen. Aber wenn ich zurückbleibe, wird es Ärger geben. Horsa duldet keine Ausnahme.«

»Warum kuschen wir nur alle vor ihm?«

»Wir kuschen nicht vor ihm, sondern vor seinen Wölfen.«

»Trotzdem wäre es mir lieber, wenn du dich diesmal widersetzen und hierbleiben würdest«, sagte sie bestimmt und stand auf, um das Frühstück zu machen.

Horsa war mit sich zufrieden. Er hatte eine gute Rede gehalten, so wie sie einem Führer angemessen war. Mit dieser Rede hatte er die Leute aufgerüttelt, sie für den Kampf vorbereitet. Sein Vater wäre stolz auf ihn gewesen. Einige der markigen Sätze gingen ihm noch einmal durch den Kopf, und er wiederholte sie laut. Rohl, der neben ihm ging, sah ihn mit großen Augen bewundernd an. Dem Grafen wurde bewußt, daß er nicht allein war und fragte seinen Begleiter: »Wie war ich?«

Nicht daß ihn dessen Meinung besonders interessiert hätte. Schließlich wußte er selbst, daß er einen ausgezeichneten Auftritt gehabt hatte, aber ein wenig Lob tat immer gut.

»Du warst wunderbar, Graf«, antwortete der Junge aus ehrlichem Herzen. Er sagte »Graf«, denn Horsa hatte schon vor Wochen verlangt, man solle ihn mit seinem Adelstitel ansprechen.

»Morgen werden wir in einen großen Kampf ziehen. Hast Du Angst?«

»Ein wenig schon, aber nicht sehr große, weil du dabei bist.«

Sie hatten die Unterkunft von Horsa erreicht. Nun strömten auch andere Wölfe zusammen, und gemeinsam betraten sie den Wohnraum. Der hatte sich sehr verändert, seit Rohl das erste Mal hier gewesen war. Damals war er karg ausgestattet gewesen, und nun überraschte er durch Pracht. Teppiche und Felle lagen auf dem Boden und hingen an den Wänden. Feine Möbel und schönes Geschirr standen überall herum. Es war die Beute von vielen Ausflügen der Wölfe in den letzten Wochen.

Die jungen Burschen verteilten sich im Raum, und Horsa fragte: »Habt ihr auch aufgepaßt?«

Alle nickten.

Pul sagte: »Der alte Mog hat bewußt gelangweilt dreingesehen und hin und wieder sogar mit seiner Frau getuschelt. Es wird Zeit, daß wir ihm eine Lehre erteilen. Die beiden Töchter von Buschgrün haben gekichert. Ich glaube, sie haben sich lustig gemacht.«

»Die Weiber nehmt ihr euch vor, wenn wir zurückkommen. Den Mog beobachtet noch eine Weile.«

Der Graf hatte seine Befehle ruhig und bestimmt erteilt. Niemand wagte zu widersprechen.

Danach besprachen sie in allen Einzelheiten den Marsch nach Hochhag und den Angriffsplan.

Am Nachmittag ging der Markgraf zum Haus von Mog und Ev.

Er klopfte und trat ein, ohne auf eine Aufforderung zu warten. Der alte Mog und seine Frau sahen ihn verwundert an.

Ohne Umschweife begann Horsa: »Ich weiß, daß du mich nicht respektierst, obwohl gerade du wissen müßtest, daß ich der rechtmäßige Herrscher des Heimlands bin. Du warst schließlich dabei, als wir den Brief meines Vaters geöffnet haben, in dem er mich zum Markgrafen berufen hat. Du solltest darüber hinaus wissen, welche Verdienste sich mein Vater, und damit meine Familie, um das Heimland erworben haben. Ich könnte von dir Unterstützung erwarten. Statt dessen arbeitest du gegen mich.«

»Das tue ich nicht«, antwortete der Alte. »Aber du übst eine Herrschaft aus, die ich nicht gutheißen kann.«

»Wir leben in keinen normalen Zeiten. Es ist Krieg, und im Krieg gelten andere Gesetze. Doch ich bin nicht gekommen, um mit dir zu streiten. Wir werden morgen nach Hochhag aufbrechen, um den Besitz meiner Familie zurückzugewinnen. Hochhag soll zu einem Symbol im Heimland werden. Mit Hochhag soll bewiesen werden, daß das ganze Heimland befreit werden kann.«

»Auch wenn du es nicht gerne hörst, dies ist ein törichter Plan. Selbst wenn die Befreiung gelingen sollte, wirst du das Schloß nicht halten können. Wir werden einen hohen Blutzoll zahlen und unsere schwachen Kräfte für eine sinnlose Sache opfern.«

»Du bist also auch diesmal gegen mich? Ich will dir dennoch sagen, daß du morgen nicht mitkommen mußt. Du bist noch nicht gesund genug, und würdest uns nur belasten.« Dann fügte er mit warmer Stimme hinzu: »Mog, ich kenne dich schon sehr lange. Ich will nicht, daß dir etwas zustößt. Bleib hier und bewache diese Siedlung!«

Der Alte sah ihn lange an, dann fragte er: »Was wird mit meinem Freund Gunter?«

»Er wird mit uns kommen. Wir brauchen jeden Arm, der eine Waffe führen kann.«

»Dann komme ich auch mit. Ich kann den Freund nicht allein ziehen lassen.«

Nun mischte sich Ev ein: »Sei nicht töricht! Nimm das Angebot an! Du bist zu alt für einen Feldzug. Denk daran, daß ich ein ungutes Gefühl habe!«

»Gunter ist ebenso alt wie ich. Weshalb soll er in die Gefahr ziehen, während ich mich schone? Horsa laß ihn auch hier, ich bitte dich!«

»Das geht nicht, das habe ich dir eben erklärt. Wir sind zu wenig Männer. Ich brauche auch die Alten, sonst können wir gleich aufgeben.«

»So werde auch ich mich deinem unsinnigen Feldzug anschließen müssen.«

»Wie du willst«, antwortete der Markgraf kalt und verließ das Blockhaus.

Am nächsten Tag kamen Til und Joanna zu Besuch. Joanna, die ehemalige Magd des Gerstenbauern, hatte sich mit dem Sohn von Mog und Ev zusammengetan. Sie wohnte in Haferau, während er mit den treuen Soldaten durch die Gegend zog. Nun war Til zurückgekommen, um an dem von Horsa ausgerufenen Feldzug teilzunehmen. Alle außer dem jungen Schmied waren in gedrückter Stimmung. Nur Til erzählte begeistert von seinen Abenteuern und Heldentaten, mit denen er sich in der letzten Zeit ausgezeichnet hatte.

Der Feldzug

Mog erwachte mit heftigen Gliederschmerzen. Es war sein altes Übel, das er schon lange kannte. Er nannte es seiner Frau gegenüber stets »das Reißen«. Es begann in der Hüfte und zog das rechte Bein hinunter. Jede Bewegung tat ihm weh. Am liebsten wäre er auf dem Bett liegengeblieben, hätte sich warm zugedeckt und sich von Ev mit heißer Milch und abends mit einem Krug Bier verwöhnen lassen. Statt dessen schwang er sich kurz vor Sonnenaufgang ächzend vom Lager und humpelte zur Waschschüssel. Das Wasser war kalt und unangenehm, deshalb benetzte er sich nur das Gesicht und wusch sich die Arme.

Als er in seine Kleider schlüpfte, erwachte Ev. Sie sah sofort, daß ihn das alte Reißen wieder überfallen hatte.

»Das ist ein Wink des Schicksals«, erklärte sie kategorisch. »Das bedeutet, daß du hier bleibst und nicht mit in den Kampf ziehst. So krank wie du bist, kann das keiner von dir verlangen.«

»Du weißt genau, daß ich mitgehen muß. Am Ende glaubt Horsa noch, ich hätte doch von seiner Erlaubnis Gebrauch gemacht. Diesen Triumph will ich ihm nicht gönnen.«

Der Abschied kam unerbittlich näher, und endlich versammelten sich die Wölfe, die Soldaten und die übrigen freien Männer des Heimlands zu einem langen Zug auf der Straße zur Brücke. Die Frauen umarmten ihre Männer und hielten die weinenden Kinder zurück. Niemand war in Kampfeslaune. Die jungen Mädchen gaben ihren Burschen noch rasch einen Kuß und steckten ihnen ein Stück Schinken zu. Mog stand neben seinem Freund und strich Ev über die Wange.

»Ich bin froh, daß wenigstens Gunter bei dir ist«, sagte diese. »Er wird auf dich aufpassen. Zu zweit kann euch so leicht nichts geschehen.«

Horsa, der an der Spitze lief, hielt sich zuerst nach Osten, überquerte die Brücke über den Erfstrom und wandte sich dann nach Westen. Sie kamen ungehindert voran und begegneten keinen Patrouillen. Ihre Vorhut war aufmerksam und gab ihnen rechtzeitig Hinweise, so daß sie Dörfer, in denen Soldaten aus Rolos zur Bewachung der Erits eingesetzt waren, weiträumig umgehen konnten.

Sie mußten nur einen Fluß überqueren, den Azbach. Ohne Schwierigkeiten fanden sie eine Brücke, die zwar ein wenig mitgenommen war, aber noch alle trug. So erreichten sie ohne Zwischenfälle die Windberge und tauchten dort in die ausgedehnten Wälder ein.

Am Galgenberg machten sie gegen Mittag des dritten Tages Rast. Niemand wußte so richtig, warum der Ort so hieß. Nur eines war sicher, auf diesem Hügel war noch nie jemand aufgehängt worden. Die Vermutungen der Vernünftigen gingen dahin, daß hier einstmals Bäume gestanden hatten, die wie Galgen aussahen. Dennoch schwang in dem Namen etwas Unheilvolles mit, und die Erits machten einen Bogen um den Galgenberg.

Die Legende erzählte von zwanzig Räubern, die hier ein unrühmliches Ende gefunden hatten. Auch von einem Räuberhauptmann wurde berichtet. Er tanzte nicht, als er am Seil hing, sondern hing ganz ruhig. Der Henker dachte, die Schlinge habe sich nicht zugezogen und trat näher, um sich an die Beine des Delinquenten zu hängen. Doch darauf hatte dieser nur gewartet und sich so lange beherrscht. Als nämlich der Scharfrichter in die Reichweite seiner Füße kam, trat er so kräftig zu, daß der Schädel des Mannes zerbrach.

Natürlich war die Geschichte äußerst unwahrscheinlich, und niemand glaubte sie so recht, aber sie wurde noch immer erzählt, wenn man den Galgenberg passierte, und den Leuten gruselte es. Zudem sollen die Seelen der Räuber keine Ruhe gefunden haben und ihre Geister noch immer an der Stätte ihrer Hinrichtung hausen.

Als Horsa hier haltmachen ließ, tuschelten manche, dies sei ein schlechtes Omen, eine Herausforderung des Schicksals. Aber niemand wagte laut Widerstand zu leisten, und so setzten sich alle ins Gras um die Bäume. Mog hatte nur mühsam Schritt gehalten und war von seinem Freund Gunter und seinem Sohn Til gestützt worden. Ächzend ließ er sich ins Gras fallen. Kurz bevor sie wieder aufbrachen, erschien der Markgraf.

Er richtete seine Worte nicht an Mog, sondern an seine Begleiter, als er sich nach dessen Befinden erkundigte. Til antwortete, das alte Leiden, das Reißen in den Gliedern sei wieder ausgebrochen.

»So kann er nicht mitkommen«, bestimmte Horsa, und zu Gunter gewandt: »Du gehst mit ihm zurück!«

»Werde ich eigentlich gar nicht gefragt?« knirschte Mog.

»Nein«, antwortet der Markgraf, drehte sich um und ging.

Dann kam der Aufbruch, und der sture Alte reihte sich wie selbstverständlich wieder in den Marschzug ein. Horsa sah es mißbilligend, sagte aber nichts. Die kurze Rast hatte Mog gutgetan, und er konnte nun wieder ohne fremde Hilfe laufen.

Von der Höhe der Windberge ging der Blick weit in die Mooraue. Verstreut blinkten die roten Dächer von Weilern, aber man erkannte auch die schwarzen Flecken niedergebrannter Gehöfte. In der Ferne zog ein Trupp Reiter auf einer Straße entlang. Es mußte sich um den Grasweg handeln, der die Höfe der Aue verband und schließlich bei Katzenwang in den Weg zum Grafenschloß mündete.

»Da kommt Verstärkung«, murmelte der Gerstenbauer. »Sie werden früher da sein, als wir. Mit ihnen bekommen wir es auch noch zu tun.«

Nachdem Til seinen Vater nicht mehr stützen mußte, hatte sich der hochgewachsene Erit zur Spitze des Zuges geschoben. Dort liefen die Wölfe, unter die er sich mischte. Anfangs bemerkten sie ihn nicht. Sie waren es gewohnt, daß man ihnen respektvoll aus dem

Weg ging, galten sie doch als unberechenbar, boshaft und gemein. Pul war der erste, der auf den neuen Begleiter aufmerksam wurde.

»Was suchst du hier?« herrschte er Til an.

»Ist es verboten, hier zu gehen?«

»Nein, aber unerwünscht!«

»Woher soll ich das wissen?«

»Nun weißt du es. Verschwinde!«

»Ich will aber nicht!«

»Dann werden wir es dir beibringen«, sagte Pul und zog sein Messer.

Til schlug es ihm aus der Hand, da spürte er bereits mehrere Waffen in seinem Rücken. Die übrigen Wölfe hatten sofort eingegriffen.

»Laßt ihn«, sagte eine ruhige Stimme. »Er hat mir einmal geholfen.«

Es war Horsa, der unbemerkt hinzugetreten war.

»Du hast damals auf dem Gutwinhof für mich ausgesagt. Nun sind wir quitt. Die Wölfe hätten dich ohne mein Eingreifen das Fürchten gelehrt. Was willst du überhaupt hier?«

»Ich will bei euch mitmachen.«

Horsa starrte ihn erstaunt an.

»Deine Familie steht nicht gerade auf meiner Seite. Was hat bei dir die Gesinnungsänderung hervorgerufen? Was sagt dein störrischer Vater dazu?«

»Ich habe ihn nicht gefragt.«

»Weißt du überhaupt, daß man bei uns so einfach nicht mitmachen kann? Dazu ist eine Aufnahmeprüfung erforderlich.«

»Macht was immer ihr wollt. Ich habe euch etwas zu bieten.«

Bei diesen Worten krempelte er die Ärmel hoch und zeigte den jungen Burschen seine Muskeln. Es war ein starker Arm, gestählt durch das Gewicht von Schmiedehämmern. Keiner aus der Reihe der Wölfe konnte da mithalten.

»Diese Argumente sind in der Tat überzeugend. Ich werde darüber nachdenken«, sagte der Graf. »Und nun kümmere dich um deinen dickköpfigen Alten!«

Mog hatte mißtrauisch beobachtet, daß sein Sohn zu den Wölfen gegangen war. Er sagte aber nichts, als dieser nach einer Weile zu ihm zurückkehrte. Er hatte zu tun, um mit seinen Gelenkschmerzen das Marschtempo mitzuhalten.

Am Abend lagerten sie südlich des Windspitzpasses. Sie konnten nur kleine Feuer anzünden, und mußten aufpassen, daß ihr Schein nicht in die Ebene drang. Alle hatten sich schon zum Schlafen hingelegt, als der Graf zu Til trat und ihn mit dem Fuß anstupste.

»Willst du noch immer zu uns?« fragte er. »Dann steh auf und komm mit!«

Er führte ihn weg vom Lager und tiefer zwischen die Bäume. Der Mond war noch nicht aufgegangen und kaum etwas von der Umgebung zu erkennen. Til spürte mehr als daß er sah, daß man ihn in den Kreis der Wölfe stieß.

»Nun müßtest du eigentlich eine Mutprobe ablegen, damit wir dich als einen der unseren anerkennen können. Aber wir sind auf einem Feldzug, deshalb nehmen wir dich jetzt auf, und du legst später die Mutprobe ab, im Kampf gegen den Feind.« Die Stimme des Markgrafen war streng. »Knie nieder und sprich mir nach: Ich gelobe dem Markgrafen des Heimlands, seinem Haus und seinen Erben Treue bis in den Tod! Ich werde seinen Willen blind erfüllen und nie nach dem Zweck seiner Befehle fragen. Für meine Treue erhalte ich die Treue meines Herrn, dessen bin ich mir gewiß. Blut um Blut, Treue um Treue, Freiheit für das Heimland, ewige Herrschaft des Geschlechtes derer von Hagen!«

Horsa hatte feierlich gesprochen, und feierlich hatte Til die Worte wiederholt. Dann zog ihn der Graf empor, umarmte ihn und küßte ihn auf beide Wangen.

»Jetzt bist du einer von uns«, sagte er. »Willkommen!«

Auch die anderen Wölfe umarmten das neue Mitglied. Nur Pul, der sich schon einige Gemeinheiten für die Mutprobe ausgedacht hatte, maulte und stänkerte: »Warum soll er anders behandelt werden? Wie sollen wir mit dem Neuen zusammen kämpfen, wenn wir seinen Mut nicht kennen. Mit den Wölfen geht es bergab.«

Aber die anderen kümmerten sich nicht um ihn, und ein scharfes Wort von Horsa ließ ihn verstummen.

Mogs Schicksal

Die Nacht auf der harten, kalten Erde hatte Mogs Leiden verstärkt. Am nächsten Morgen konnte er sich kaum noch bewegen. Als der Graf an sein Lager trat und abschätzig auf ihn herunterblickte, mußte er sich geschlagen geben.

»Alter Mann, gib endlich auf!« sagte Horsa. »Kehre zurück! Dein Freund soll dich begleiten!«

Diesmal konnte Mog nicht widersprechen und nickte grimmig. Mühsam quälte er sich auf die Beine und packte sein Gepäck zusammen. Gunter trat neben ihn und legte seine Hand stützend unter den Arm des Freundes. So standen sie und sahen dem Trupp nach, der nach Westen aufbrach. Til trat noch rasch zu ihnen, um sich von seinem Vater zu verabschieden. Der fragte ihn nach den Wölfen.

»Ich bin jetzt einer von ihnen«, antwortete der Sohn stolz.

»Warum hast du das getan?«

»Die Zukunft liegt bei Horsa und seinen Männern, und an der Zukunft will ich teilhaben. Ich will ein anderes Schicksal haben als du, Vater. Dein Leben lang hast du dich abgemüht und Gefahren getrotzt. Aber immer bist du auf der falschen Seite gestanden. Die Gewinner waren die anderen. Ich aber will zu den Gewinnern gehören. Was hat unsere Familie von deinen Taten, deiner Tapferkeit, deiner Treue gehabt? Was ist mit meinen Brüdern? Sie sind wie du und machen auch alles falsch. Ich möchte nicht so werden wie ihr.

Verzeih mir die offenen Worte, Vater. Aber ich ziehe in einen harten Kampf, da hat es keinen Sinn zu lügen. Wenn wir uns jetzt trennen, muß endlich Wahrheit zwischen uns sein.«

Die beiden alten Männer gingen langsam den Weg zurück und schonten ihre Kräfte. Mog hatte sich aus einem Haselzweig einen dicken Stock geschnitten und hinkte hinter seinem Freund her. Zwar hatten seine Schmerzen nachgelassen, aber düstere Schatten umwölkten sein Gesicht.

Sie rasteten an der Kreuzung, wo der Pfad den Grasweg berührte. Ein kleiner Bach verließ an dieser Stelle den Wald und floß hinaus in die Ebene. An seinem Ufer wuchsen Farne. Große Steine hemmten den Lauf des Wassers und wurden von ihm umspült. Strudel bildeten sich, drehten sich noch ein wenig und gingen dann in den rasch dahinströmenden Wellen auf. Die beiden alten Erits saßen im Schatten und blinzelten in die Nachmittagssonne. Das Wasser zu ihren Füßen war klar und kalt.

»Was bedrückt dich, Mog?« fragte Gunter endlich. »Du machst ein Gesicht, als würde es gleich regnen, dabei sind wir gerade einem unnötigen Kampf entgangen und wohlbehalten auf dem Heimweg.«

»Ich mache mir Sorgen um Til«, antwortete der Alte nach langem Schweigen. »Der Junge taugt nichts. Er will vom Leben mehr haben, als ihm das Leben zu geben bereit ist.«

»Hat er nicht recht?« fragte der Freund nachdenklich. »Liegt der Fehler nicht bei dir? Du hast dich dein ganzes Leben mit zu wenig zufriedengegeben.«

»Das mag schon sein, aber ich mußte mich niemals vor mir selbst schämen. Alles was ich habe, ist ehrlich erworben. Der Junge schreckt aber nicht einmal vor Verrat zurück. Zuerst hat er seinen Meister verraten und sogar umgebracht. Dann hat er seine Eltern verraten und wurde schuldig am Tod des jungen, unglücklichen Werhan. Nun dachte ich, er hätte sich gebessert, wäre in sich gegangen. Doch jetzt schließt er sich den Wölfen an und verrät seinen Vater aufs neue.«

»Dein Junge kennt halt seinen Weg noch nicht. Er muß ihn noch suchen. Du solltest nicht so streng mit ihm sein.«

»Ich soll nicht streng sein mit einem Mörder?«

»Er war sich der Tragweite seiner Handlungen nicht bewußt.«

»Ich habe keinen Einfluß auf ihn«, sagte Mog verzweifelt. »Er hört nicht auf mich. Was soll ich nur tun? Ich kann doch nicht einfach zusehen, wie er mehr und mehr abgleitet.«

»Du wirst zusehen müssen. Deine und meine Zeit ist vorbei. Nun haben die Jungen das Sagen, und sie handeln so, wie sie es für richtig halten. Wir Alten stören dabei nur.«

»Du hast recht«, stimmte Mog seinem Freund bei. »Bei uns war alles anders. Weißt du noch damals, als wir in den Süden aufgebrochen sind, um am Großen Krieg teilzunehmen? Wir waren damals voller Idealismus. Wir haben nicht an uns selbst gedacht.«

»Ich bin damals nicht mitgezogen. Aber ist es nicht so, daß sich die Alten zu allen Zeiten, wenn sie an ihre Jugend zurückdachten, nur an das Beste erinnerten? Verkläre nicht unsere Vergangenheit! Auch wir haben Fehler gemacht und Schuld auf uns geladen.«

»Aber wir waren nicht so wie Horsa und wie Til und diese ganzen Wölfe.«

»Sei nicht ungerecht. Du hast noch zwei Söhne, auf die kannst du dich verlassen.«

»Weiß ich überhaupt, ob sie noch leben? Weiß ich, was sie im Moment treiben?«

Die beiden waren so in ihr Gespräch vertieft, daß sie nicht mehr auf ihre Umgebung geachtet und die zwei Reiter übersehen hatten, die gemächlich zu ihrem Rastplatz trabten. Plötzlich sprang Gunter auf und zog den alten Mog mit sich ins Unterholz. Dies geschah keinen Moment zu früh. Die Reiter hielten an der gleichen Stelle an, wo eben noch die beiden Erits gerastet hatten, und stiegen von ihren Pferden. Es waren Soldaten aus Rolos. Sie öffneten die Satteltaschen und holten Proviant hervor. Es war klar, daß sie eine längere Pause planten.

»Wir haben nicht aufgepaßt und sind nun gefangen«, flüsterte Mog. »Sobald wir uns bewegen, bemerken sie uns.«

Doch Gunter hatte nicht zugehört. Er zischte: »Das sind zwei von den Schweinen, die mein Sägewerk überfallen und mich versklavt haben. Ich weiß nicht, wie sie dem Feuer entkommen konnten.«

»Bist du ganz sicher? Nun, es ist im Grunde doch gleichgültig, wir können nichts gegen sie machen.«

Doch Gunter hörte nicht auf ihn. Zornig sprach er vor sich hin: »Sie haben mich um alles gebracht! Sie haben mich gedemütigt! Diese Schweine sind an allem schuld!«

»So beruhige dich doch!« flüsterte Mog.

Die Reiter hatten sich jetzt am Ufer niedergelassen und aßen.

»Man muß sie umbringen! So eine Gelegenheit ergibt sich nie wieder«, Gunter wurde immer lauter und plötzlich, bevor ihn Mog zurückhalten konnte, sprang er auf, zog sein kurzes Schwert und rannte auf die Lichtung.

Die beiden Soldaten waren völlig überrascht, und bevor sie sich's versahen, hatte Gunter zugestoßen, und einer von ihnen lag blutend am Boden. Doch nun sprang der andere auf, griff zu seiner Waffe und stieß mit seinem großen Spieß zu. Gunter wich aus, und der Stoß verfehlte ihn. Aber jetzt hatte sich das Blatt gewendet. Der Vorteil der Überraschung war vertan. Mit seinem kurzen Schwert hatte der Erit keinerlei Chance gegen den großen Mann. Er wandte sich zur Flucht, und der Soldat folgte ihm.

Mog hatte mit Entsetzen dem törichten Angriff seines Freundes zugesehen. Als Gunter zu ihm rannte, richtete er sich auf, um zu fliehen. Da fuhr ein beißender Schmerz durch seinen Körper, und er knickte zusammen. Der Freund keuchte vorüber und rief: »Lauf, was du kannst!«

Doch Mog konnte nicht laufen, er konnte sich nicht einmal richtig erheben, und als ihn der Spieß des fremden Soldaten traf, hatte er sein Schwert noch nicht einmal gezogen. Die eiserne Spitze drang tief in den Körper des Alten ein. Gleich darauf war einer der größten Helden des Heimlands, der letzte überlebende Erit aus dem Großen Krieg tot.

Der Soldat hatte so fest zugestoßen, daß sich die Waffe in Mogs Leib verfangen hatte. Er zerrte an ihr, aber bevor er sie wieder frei bekam, war Gunter mit dem Mut der Verzweiflung bei ihm und rammte ihm sein Schwert in die Seite. Der Soldat aus Rolos brach zusammen und starb.

Jetzt konnte sich Gunter um seinen toten Freund kümmern. Tränen traten ihm in die Augen. Er kniete neben dem zusammengesunkenen Körper und murmelte immer wieder: »Verzeih mir, das wollte ich nicht!«

Es wurde später Abend, bis er die Spuren des Kampfes beseitigt und die Leiche des Freundes auf eines der Pferde der Soldaten geladen hatte. Dann machte er sich bei Dunkelheit auf den Weg nach Hause.

Joanna hatte den Tag mit Ev verbracht. Die beiden Frauen hatten Wäsche gewaschen und saßen nun beim Spinnen der Wolle.

»Wo sie jetzt wohl sind?« fragte Ev. »Hat der Kampf schon begonnen? Ich mache mir Sorgen.«

»Das brauchst du nicht«, antwortete die junge Frau. »Ich habe Til noch einmal ausdrücklich eingeschärft, auf seinen Vater zu achten.«

»Ja, es ist ein Glück, daß Til auf dich noch hört. Aber ich kann zu ihm sagen, was ich will. Dabei war er früher ein so guter Junge.«

»Auch die Kinder werden älter. Er hat Schwächen, aber ich mag ihn.«

»Er ist das letzte meiner Kinder, von dem ich weiß, daß es noch lebt, und daß es ihm gutgeht. Von allen andern habe ich nichts mehr gehört. Dabei waren wir zusammen so glücklich gewesen.

Und nun ist alles zerbrochen. Warum kann man das Glück nicht festhalten? Was habe ich falsch gemacht?«

»Du hast nichts falsch gemacht. Das Leben ist über dich hinweggegangen. Sieh es von der guten Seite. Wenn das Heimland nicht überfallen worden wäre, so hätten wir uns nie kennengelernt.«

Ev lächelte unter Tränen und meinte: »Da hast du recht. Alles hat sein Gutes.«

Kurz vor Sonnenaufgang gaben die Wachen in Waldmar Alarm. Reiter näherten sich der Brücke. Alle zurückgebliebenen Männer und die jungen Frauen ergriffen ihre Waffen und eilten zum Erfstrom. Der Hufschlag kam langsam näher. Es klang nach zwei Pferden. Schließlich verstummte das Traben auf der anderen Seite des Flusses, und eine bekannte Stimme rief: »Ich bin es, Gunter. Laßt mich hinüber!«

Nun wurden Fackeln entzündet und man leuchtete auf die Brücke. Da kam der alte Erit langsam und schleppend näher und zog zwei Rösser hinter sich her.

Ev hatte einen Mantel übergeworfen und rannte zu dem Freund: »Wo ist Mog? Was ist geschehen?«

Doch Gunter antwortete nicht, sondern deutete nur müde mit dem Daumen auf eines der Pferde. Als Ev sah, wer dort hing, brach sie in lautes Schluchzen aus. Nun traten auch die anderen Bewohner hinzu und leuchteten auf den toten Mog.

»Nehmt ihn doch endlich herunter«, sagte Gunter verzweifelt.

Doch bevor dies geschah, bestürmten ihn alle mit Fragen. Er erzählte alles genau und gab auch seine Schuld zu. Er beschönigte nichts.

»Ich konnte nicht mehr an mich halten, als ich diese Verbrecher aus Rolos sah«, erklärte er. »Ich war nicht mehr bei mir, sondern dachte nur noch an Rache. Wenn es doch zur Strafe mich erwischt hätte. Aber das Schicksal ist ungerecht.«

Angriff auf Hochhag

Horsas Heer, wie er selbst seine Leute gern nannte, lag versteckt hinter Büschen am Waldrand und sah hinaus auf das Plateau. Trotz der Dunkelheit war der Platz gut zu überblicken. Der Mond tauchte ihn in ein fahles Licht, aber noch heller waren die hohen Holzstöße, die überall brannten. Die hohe weiße Mauer, die das eigentliche Schloß auf der gegenüberliegenden Seite der Hochebene umgab, glänzte in ihrem Schein. Links von dem Schloß, da wo der breite Weg aus der Ebene auf das Plateau mündete, standen die Kasernen der Wachsoldaten. Wald umgab das Gelände an zwei Seiten. Im Süden, wo sich Horsa mit seinen Leuten aufhielt, und im Osten vor dem steilen Anstieg in die Windberge.

Horsa überkam bei diesem Anblick Wehmut. Hier hatte er seine Kindheit verbracht, hier war er glücklich gewesen. Sein Leben schien damals vorgezeichnet. Er hatte zur Herrscherfamilie gehört, was sollte ihm schon geschehen? Was konnte überhaupt im Heimland geschehen, das nicht dem Willen des Markgrafen unterworfen war? Wie sehr hatten sie sich alle geirrt! Sie hatten nicht mit der Langeweile gerechnet, mit dem Überdruß und dem Übermut. Denn etwas anderes konnte es nicht gewesen sein, was seine Mutter in die Arme dieses Mispelbier getrieben hatte. Mispelbier war der Hauptmann der Garde gewesen. Wieder einmal durchfuhr Horsa der Schmerz, als er an die Szene dachte, wie er seine Mutter in den Armen des fremden Mannes überrascht hatte. Und dann hatten sie Jagd auf ihn selbst gemacht. Seine eigenen Soldaten hatten versucht ihn zu töten, und es wäre ihnen auch gelungen, wenn nicht Aramar und Mog dazwischengekommen wären.

Das war eine wilde Jagd gewesen, und er hatte sein Leben schon verwirkt geglaubt, aber der Zauberer hatte die abtrünnigen Soldaten verscheucht. Warum hatte man ihm das Tor zum Schloß nicht geöffnet? Wer steckte hinter dem gemeinen Anschlag?

Dann waren sie über den Windspitzpaß geflohen. Horsa dachte an die kalte Nacht und die Höhle der Lichtlosen. Wie lange war das schon her? Eine Ewigkeit? Was war seitdem alles geschehen? Die Orokòr hatten das Heimland überfallen und alle Bewohner versklavt. Sie wurden von den Männern aus Rolos abgelöst, die auch nicht viel besser, sondern noch habgieriger waren. Seine

Erits, für die er verantwortlich war, stöhnten unter der Fremdherrschaft. Er mußte sie befreien. Und er mußte wieder als Herrscher anerkannt werden. Das war der Wunsch seines toten Vaters gewesen, und diesen Wunsch wollte er unbedingt erfüllen. Das Blut stieg ihm bei diesen Gedanken ins Gesicht, und seine Hände ballten sich zu Fäusten. Er würde diese Brut vernichten und verjagen!

Der alte Mog! Wie gut, daß er ihn nach Hause geschickt hatte. Der Mann widersetzte sich ihm zwar ständig, aber er mochte ihn trotzdem. Von Kämpfen sollte er nun verschont bleiben. Er hatte in seinem Leben genug gekämpft. Die letzten Jahre seines Lebens sollte er in Frieden verbringen dürfen. Horsa erinnerte sich, wie ihn der Mann auf dem Dreieichenhof gerettet hatte, als er beinahe in die Hände von Major Graulocke gefallen wäre. Hingerichtet hätten sie ihn auf der Stelle. Zweimal schon verdankte er Mog sein Leben.

Er zwang sich dazu, die Gedanken wegzuschieben und sich auf das Plateau zu konzentrieren. Eritsoldaten waren dort in großer Zahl versammelt und standen in Reih und Glied. Es war die Zeit der Frühlingsfeuer. Nach altem Brauch ließ der Markgraf von Hagen jährlich seine Soldaten beim Schein der Feuer antreten und sie erneut die Treue schwören.

Von den neuen Machthabern war der alte Brauch wieder aufgegriffen worden, so wie es Horsa vermutet hatte. Die abtrünnigen Soldaten standen stramm, und vor ihnen hatte sich Major Graulocke aufgebaut. Etwas abseits befanden sich etwa dreißig Männer aus Rolos. Über dem Platz lag eine feierliche Stimmung. Auf einer zusammengezimmerten Tribüne sah man einen Erit, den Anführer der Leute aus Rolos und eine kleine Gestalt mit blankem Kopf, der im Schein der Feuer glänzte, sowie einen großen dunklen Mann, in dem Horsa einen Gesandten des Zauberkönigs vermutete.

Horsa stockte beinahe der Atem, als er in dem Erit neben den beiden Fremden den Hauptmann der Garde erkannte. Es war Mispelbier, der seine Mutter verführt hatte. Wie Silhouetten zeichneten sich die Männer auf der Tribüne vor dem Nachthimmel ab. Nur ihre Gesichter konnte man im Feuerschein sehen.

Voller Wut rief der Markgraf seine Wölfe zu sich und gab leise seine Befehle.

»Sie wollen Feuer«, sagte er, »sie sollen Feuer bekommen.

Schleicht euch zu den Bäumen im Osten und zündet den Wald an!«

Seine Getreuen fragten nicht nach dem Zweck der Anordnung, sondern machten sich sogleich ans Werk.

Soeben sprach Mispelbier auf der Tribüne: »Heil und Dank unseren Befreiern! Sie haben uns nicht nur die Freiheit gebracht, sie haben uns erweckt aus unserem dumpfen Vegetieren. Wir waren ein Volk, das wie Sklaven gedacht hat. Nun sind wir wirkliche Erits geworden, denn die Herren der Welt haben sich unser angenommen. Sie haben gestattet, daß wir uns mit ihnen verbünden. Dank den Männern aus Rolos, die ihre Heimat verlassen haben, um uns die Freiheit zu bringen! Dank aber vor allem den Meistern aus Vespucci, die unsere geistigen Führer geworden sind! Es lebe die Freiheit! Nieder mit allen ewig Gestrigen! Nieder mit dem Usurpator der Macht, dem Grafen von Hagen. Heil der strahlenden Zukunft des Heimlands!«

Alle Soldaten fielen in die Rufe ein und skandierten noch mehrmals die letzten Worte. Dann trat Ormors Mann nach vorn und rief mit lauter, aber heiserer Stimme: »Ich bin hier mit einer Botschaft des hohen Herrn. Sie besteht nur aus wenigen Sätzen. Aber diese Sätze sollen euer Herz mit Jubel erfüllen.

Ormor, der Herrscher über Centratur, läßt euch sagen: Ich habe euch vergeben! Die Erits sind wieder in mein Herz zurückgekehrt! Von nun an soll ewige Freundschaft zwischen mir und dem Volk der Erits sein!«

Wieder erhob sich Jubel, noch lauter und begeisterter. Die Soldaten warfen ihre Mützen in die Luft, und die Feuer schienen auf einmal heller zu leuchten.

Dann sangen alle aus rauher Kehle, und Hunderte von Männerstimmen erfüllten die Nachtluft:

Wir sind die Boten der neuen Zeit,
und unsern Herren untertan,
wir fürchten nichts und sind bereit,
und auch kein Zweifel ficht uns an.

Wir lieben Ormor, unsern Vater,
der gütig zu uns ist und treu
wir danken ihm für Lob und Strafe,
er macht das Heimland wieder neu.

Dann herrscht der Geist der fernen Freunde,
sie kommen aus Vespucciland,
sie segnen uns mit Zucht und Arbeit
und reichen uns die milde Hand.

Als letzter trat der Vespucci an die Brüstung. Er sprach leise und mit einem so starken fremdländischen Akzent, daß er kaum zu verstehen war.

»Ich bringe euch Grüße vom Volk der Vespucci! Sie haben euch aus der Ferne schon lange beobachtet und sich Sorgen um euch gemacht! Ihr wart auf einem Irrweg und seid immer mehr ins Verderben getrieben. Deshalb haben wir uns mit unserem Freund Ormor zusammengetan, um euch zu retten. Dies ist unter großen Mühen gelungen.

Noch ist es nötig, daß wir wie strenge, aber liebevolle Eltern die Hand über euch halten. Doch selbst wenn wir euch bestrafen, so geschieht dies aus Liebe. Wir müssen euch alle bösen Gedanken aus dem Kopf treiben. Wir müssen eure Köpfe reinigen. Wir müssen sie leer machen, damit sie rein sind. Erst dann kann die Wahrheit, die reine Wahrheit, die Wahrheit, die frei und glücklich macht, in euch einkehren. Es ist noch ein langer und schmerzhafter Weg, der vor euch liegt. Aber wir sind bereit, diesen Weg mit euch zu gehen! Freut euch und dankt!«

Und wieder brach Jubel aus, der nicht enden wollte. Der Gnom hob endlich die Hand und gebot Schweigen.

»Nun sprecht den Treueschwur, so wie ihr es gelernt habt. Bedenkt, daß der Bruch dieses Schwures den Tod zur Folge hat. Aber dieser Tod kommt zu euch nicht als eine einfache Hinrichtung. Bei Verrat wird es ein Tod sein, der so schrecklich ist, wie ihr es euch nicht einmal vorstellen könnt.

Wenn ihr euren Schwur in den Nachthimmel gesprochen habt, senkt demütig die Köpfe. Ich werde mich dann in die Gedanken eines jeden von euch versenken.«

Nun begannen zehn Trommler, die bisher im Dunkeln gewartet hatten, mit einem lauten Wirbel. Er erfüllte das ganze Plateau, und in seinem Rhythmus sprachen alle zusammen:

»Wir geloben, bis an das Ende unserer Tage unserem gnädigen Herrn, Ormor, dem großen König von Centratur, die Treue zu halten. Wir werden ihm allzeit untertan sein und für seine Schläge wollen wir dankbar sein. Wir werden in seinem Auftrag arbeiten, ohne zu rasten und zu ruhen. Wir werden niemals seine Herrschaft in Frage stellen und jeden Feind unseres Herrn erbarmungslos vernichten.

Wir geloben, dem Geist der Freunde aus dem fernen Vespucciland die Treue zu halten und ihren Lehren zu folgen. Wir wollen für sie arbeiten, bis daß der Tod uns erlöst.

Wir geloben, eher zu sterben, als diesen heiligen Eid zu brechen.

Wir Erits wollen die treuesten Untertanen unserer Herren werden! Wenn wir dagegen verstoßen, soll unser Blut über uns kommen!«

Horsa schauderte es, als er diese Worte hörte. Seine Hände begannen zu zittern, und kalter Schweiß trat ihm auf die Stirn.

Nach dem Gelöbnis schwiegen die Trommeln noch nicht. Ihr dumpfer Donner hallte weiter, während die Männer die Köpfe senkten. Der Vespucci trat nun wieder vor. Er war bereit, sich in die Gedanken der Männer zu versenken und ihnen Befehle in die Gehirne zu pflanzen, denen sie sich niemals würden widersetzen können.

In diesem Augenblick brach im Osten des Plateaus, dort, wo die hohen Berge begannen, ein Feuer aus. Es flammte im Unterholz auf, ergriff rasch die Bäume und loderte hell. Im Nu war der ganze Platz erleuchtet. Voller Entsetzen rannten alle durcheinander. Vorbei war die feierliche Ordnung. Auch die Männer von Rolos eilten zu dem Brand. Die vier Leute auf der Tribüne kletterten rasch die Leiter herunter, und die Anführer versuchten, ihren Männern Befehle zu erteilen. Jemand rief nach Eimern und nach Wasser.

»Achtet auf das Schloß«, riefen andere, »damit die Flammen nicht darauf übergreifen.«

Die so genau geplante Feier, mit der die Soldaten endgültig auf die neuen Machthaber eingeschworen werden sollten, hatte sich in Chaos aufgelöst. Alles rannte ratlos umher, die Männer waren ohne Ziel und Führung.

In dem Durcheinander fiel Horsa mit seinen Leuten nicht auf. Sie schlängelten sich durch die hin und her laufenden Soldaten und erreichten bald die Tribüne vor dem Schloß. Dort standen die Anführer, die eben noch zu den Soldaten gesprochen hatten, überrascht und ratlos herum. Als erster fing sich Merwing, der Fürst aus Rolos: »Halt!« rief er. »Jeder bleibt stehen, wo er ist!«

Doch in diesem Augenblick griff Vulgor ein, der Gesandte Ormors.

»Mein Kommando gilt«, brüllte er. »Alle Männer her zu mir!«

Nun waren die Soldaten erst recht verwirrt. Sie sahen sich an und begannen hin und her zu laufen. Bevor er aber erneut einen ordnenden Befehl geben konnte, spürte Merwing eine Klinge in seinem Rücken. Eine junge Stimme sagte: »Du wirst in Zukunft keine Kommandos mehr geben, wenn du nicht sofort schweigst und mir folgst.«

Den anderen Anführern, selbst Mispelbier, erging es nicht besser. Die scharfen Messer in ihren Rücken waren von großer Überzeugungskraft, und alle fügten sich in ihr Schicksal. So bekamen die Angreifer Geiseln, die sie vor der Übermacht schützen sollten.

Auch der Vespucci wurde gefangengenommen. Er widersetzte sich nicht, sondern drehte sich nur langsam um. In diesem Augenblick rannte Til herbei. Ohne lange zu zögern, schlug er dem Gnom einen großen Prügel, den er aus dem Wald mitgenommen hatte, über den Kopf. Es gab ein häßliches Geräusch, als der große, weiße Schädel platzte.

»Das wäre nicht nötig gewesen«, schimpfte Horsa. »Er hatte sich ohne Gegenwehr ergeben, und wir brauchten ihn als Geisel.«

»Du hast keine Erfahrung mit ihnen«, entgegnete Til. »Sie sind sehr gefährlich. Aber die Gefahr steckt nicht in ihren Händen, sondern in ihrem Kopf. Mit ihren Gedanken sind sie das Mächtigste, was ich kenne.«

Horsa knurrte irgend etwas und wandte sich ab. Die Erklärung Tils hatte ihn nicht überzeugt. Statt dessen gab die Selbstverständlichkeit, mit der dieser den wehrlosen Gnom getötet hatte, dem Grafen zu denken. Er nahm sich vor, sich vor dem neuen Mitglied seiner Wölfe in acht zu nehmen.

Andererseits, so dachte er, kann man ihn vielleicht für ein paar schmutzige Arbeiten einsetzen. Wer weiß, wozu so ein brutaler Kerl gut ist?

Da Horsa vor dem Angriff alle genau instruiert hatte, verlief die Aktion reibungslos. Seine treuen Soldaten unter der Führung von Hauptmann Eichenspecht waren während der Geiselnahme zum Schloßtor gelaufen. Vor dem offenen Eingang stand die Dienerschaft und verfolgte neugierig das Spektakel. Sie wurde gefangengenommen und in den Schloßbereich zurückgetrieben. Dann brachten der Graf und seine Wölfe die Gefangenen. Als sich niemand mehr von seinen Leuten auf dem Plateau befand, ließ er das Tor zuschlagen und verriegeln. Auch den toten Vespucci hatten sie mitgenommen. Die Mauern wurden besetzt und die Geiseln im Keller des Schlosses eingesperrt. Die Dienerschaft mußte sich in der große Küche des Hauses versammeln und wurde dort streng bewacht.

Die Schwestern

Endlich hatte Horsa Zeit, sich im Schloß umzusehen. Dies war das Haus seiner Jugend. Hier war er glücklich gewesen. Die Mutter fiel ihm ein, und ein warmes Gefühl ergriff sein Herz. Vergessen waren alle Enttäuschungen und sein Ärger. Er wollte die Frau wiedersehen, die er als Kind so geliebt hatte. War sie nicht stets gut zu ihm gewesen? Was scherte ihn ihr Fehltritt? Der war doch längst vergessen. Sie mußte noch hier sein. Gleich würde er nach ihr suchen. Ob sie sich wohl Sorgen um ihn, ihren einzigen Sohn, gemacht hatte? Da erinnerte er sich, daß die Soldaten bei der Gerichtsverhandlung auf dem Gutwinhof gesagt hatten, sie sei tot. Wenn dies der Wahrheit entsprach, dann würde er die Mutter nicht mehr finden. Wie ein Blitz überfiel ihn die Erkenntnis, daß er ganz allein auf der Welt war. Der Schmerz darüber holte ihn wieder in die Gegenwart zurück und erinnerte ihn an seine Pflichten als Führer seiner Leute.

Zwar wollte er sich in seinem alten Zimmer umsehen, aber er verschob dies, um zuerst die Wachen zu kontrollieren. Alle waren auf ihrem Posten. Auf dem Platz vor dem Schloß herrschte noch immer ein wildes Durcheinander. Die Soldaten liefen planlos umher und hatten das Verschwinden ihrer Anführer noch nicht bemerkt. Das Wäldchen brannte noch immer lichterloh, aber das Feuer breitete sich nicht aus. Die ausgewählten Bäume standen isoliert und nur bei starkem Wind wäre das Feuer auf das Anwesen übergesprungen. Die Soldaten aus Rolos hatten eine Kette gebildet, und von den Mannschaftsunterkünften reichte man Wassereimer weiter. Es war vergebliche Mühe, gab ihnen aber das Gefühl etwas zu tun.

Die Eritsoldaten beteiligten sich nicht an der Rettung. Major Graulocke rannte aufgescheucht hin und her, brüllte Befehle, auf die niemand hörte, und kam sich sehr wichtig vor.

Als er in die Nähe des Tors kam, rief Horsa: »Graulocke, du alter Mistkerl!«

Der Major wirbelte herum und suchte wütend nach der Herkunft der Beleidigung. Doch er sah niemand. Statt dessen hörte er wieder diese junge, freche Stimme, die ihm irgendwie bekannt vorkam: »Graulocke! Du miese Ratte! Ich bin es! Dein Herr, der Markgraf!«

Der alte Erit drehte sich wieder um sich selbst, und da er noch immer niemanden sah, mußte er an Gespenster glauben.

»Graulocke, du bist nicht nur ein abtrünniger Hund, du bist zudem auch noch blöd!«

Der Major fluchte und schimpfte, bekam aber seinen Gegner nicht zu Gesicht. Endlich gab sich Horsa zu erkennen: »Schau nach oben! Ich stehe über dem Tor!«

Als der Offizier nach oben starrte, sah er das Gesicht des Jungen, den er selbst vor Jahren auf den Knien gewiegt hatte. Ihn hätte er nach dem Willen des alten Markgrafen schützen sollen.

»Graulocke«, hatte Pet von Hagen gesagt, »ich vertraue dir meine Familie und ganz besonders meinen Sohn und Erben an. Der Weg in den Süden ist weit und gefährlich. Nun, nachdem der König tot ist, werden auch die Straßen unsicher sein. Ich muß deshalb die besten Männer mitnehmen. Aber du bleibst hier im Heimland. Auf deine Weisheit und Umsicht kann ich mich verlassen.«

O nein, der Herr Markgraf hatte sich getäuscht, er konnte sich auf seinen alten Offizier eben nicht verlassen. Schon vor diesem Abschied hatte Graulocke einem anderen sein Wort gegeben. Es war ein fahrender Händler gewesen. Wie hieß er noch? Robur! Was wohl aus ihm geworden war? Graulocke hatte schon lange nichts mehr von ihm gehört. Robur hatte ihn eines Tages aufgesucht und sich als Abgesandter Ormors zu erkennen gegeben. Er hatte den alten Major vor die Wahl gestellt: Tod oder reiche Belohnung. Die Wahl war Graulocke leichtgefallen.

Als mit einem Handschlag das neue Treuebündnis besiegelt war, wurde ihm noch ein anderer Abtrünniger genannt. Es war Mispelbier, der Hauptmann der Garde. Mit ihm traf sich Graulocke an einem geheimen Ort, und mit ihm bereitete er die Verschwörung vor. Zuerst galt es, den Sohn des Markgrafen auszuschalten. Doch der Anschlag mißlang, und Mispelbier machte seinem Mitverräter schwere Vorwürfe. Dann kam die scheußliche Invasion. Die Orokòr hinterließen eine Spur des Grauens, und hin und wieder empfand Graulocke sogar Mitleid mit seinem Volk. Aber er sagte sich in diesen seltenen Momenten: Ein Soldat darf nicht weich werden!

Als dann der Angriff auf den Hof des Gerstenbauern mißlang, bekam der alte Soldat Ärger. Beinahe hätten ihn die Leute aus Rolos hingerichtet. Schließlich gaben sie ihm aber doch noch eine letzte Chance. Und nun passierte das hier. Er konnte zwar nichts dafür, aber man würde ganz bestimmt alles wieder ihm anlasten. Wie sollte er da seinen Kopf aus der Schlinge ziehen?

Graulocke war ganz in Gedanken versunken und stand wie erstarrt da. Erst als die junge Stimme rief: »Hat dich bei meinem Anblick etwa der Schlag getroffen?« kehrte er mit seinen Gedanken in die Gegenwart zurück. Er rief den ihm am nächsten stehenden Soldaten zu, sie sollten die Männer aus Rolos holen. Es dauerte nicht lange, und eine große Menge hatte sich vor dem verschlossenen Tor versammelt.

Einer der Männer aus Rolos trat vor und rief: »Kommt heraus und ergebt euch! Wenn wir stürmen, bleibt keiner von euch am Leben.«

»Kann sein«, war die Antwort. »Ihr werdet aber nicht stürmen. Wir haben hier nämlich einige Männer als Unterpfand, auf die ihr sicher nicht verzichten wollt.«

Dann erklärte Horsa, wen sie als Geiseln genommen hatten, und daß Ormor sicher nicht beglückt wäre, wenn er vom Tod seines Gesandten erführe. Den toten Vespucci erwähnte er nicht.

Diese Nachricht dämpfte die Angriffslust der Männer vor dem Tor erheblich, und sie zogen sich zur Beratung zurück. Nach einer Weile kehrten sie wieder und verkündeten, sie wollten die Lösung der Angelegenheit bis zum nächsten Tag aufschieben. Sie stellten Wachen rund um das Schloß auf und zogen ab. Auch Horsa verließ seinen Posten, nicht ohne seinen Leuten höchste Wachsamkeit eingeschärft zu haben.

Mit seltsamen Gefühlen durchschritt er dann, eine Kerze in der Hand, das Schloß. Alles war verändert. Nicht einmal sein Zimmer erkannte er wieder. Es war leergeräumt. Nur ein kleiner Tisch und ein niederes Bett, mit einem glatten, glänzenden Überzug waren noch vorhanden. Alle seine Bilder waren von den Wänden entfernt worden. Auf dem Tisch stand eine weiße Kugel aus Glas. Dies war das Quartier des Vespucci gewesen. Angewidert verließ er den Raum, der einmal ihm ganz allein gehört hatte. In dieses Zimmer hatte er sich zurückgezogen, wenn er unglücklich gewesen war oder über etwas nachdenken wollte. Hier war sein Reich gewesen, in dem niemand etwas zu suchen hatte. Und nun hatte sich ein anderer darin breitgemacht, hatte ihn verdrängt und auch alle Erinnerungen an ihn.

Am Ende des Flurs lag das Schlafzimmer seines Vaters. In ihm wohnte der Abgesandte Ormors, wie sich sofort erkennen ließ. Der schwarze Umhang mit dem roten Futter war achtlos über eine Stuhllehne geworfen, ein paar gebogene Messer lagen auf dem Tisch. Wie viele Leben hatten diese tückischen Waffen schon genommen? Das Schlimmste aber war ein hölzerner Schild, mit dem roten Kreis auf schwarzem Grund, das Zeichen des Zauberkönigs. Von ihm ging so viel Böses aus, daß es den jungen Markgrafen schauderte.

Eilig verließ er auch diesen Raum und ging in die Küche. Dort waren alle Dienstboten versammelt und wurden von fünf Wölfen mit blanken Waffen bewacht. Die Diener saßen auf niedrigen Hockern und sahen ihm ängstlich entgegen. Neue Gesichter waren darunter, aber auch viele, die schon unter seinen Eltern gedient hatten.

Da war der alte Smugohr, ein Erit, den sein Vater vor vielen Jahren im nördlichen Heimland getroffen und mitgebracht hatte. Er war für die Feuer im Schloß zuständig gewesen, hatte das Holz gesägt und gehackt und die Asche weggebracht. Ihm hatte der Grafensohn gerne beim Holzhacken zugesehen. Ab und an hatte er sogar selbst mit der Axt zuschlagen dürfen. Smugohr war immer in sich gekehrt gewesen und nie besonders gesprächig. Aber Horsa hatte ihn gemocht. Nun saß der Alte verloren neben dem großen Herd, so als warte er auf seine Hinrichtung.

Neben ihm hockte Kati. Sie war erst vor etwa zehn Jahren ins Schloß gekommen und noch nicht alt. Sie hatte die Speisen aus der Küche in das Eßzimmer getragen. Kati war stets fröhlich gewesen und hatte gesungen, war aber vom Koch oft gescholten worden und hatte auch hin und wieder einen Fußtritt bekommen.

Zu diesen vertrauten Leuten ging Horsa und begrüßte sie. Sie reichten ihm scheu die Hand und sahen dabei ängstlich umher, ob jemand zusah und sie später dafür bestrafte. Er fragte die beiden, wie es ihnen ging, aber sie antworteten nicht. Auch auf seine weiteren Fragen nickten sie allenfalls mit dem Kopf oder schüttelten ihn. Er wollte es schon aufgeben und sich abwenden, da flüsterte Kati: »Seht in der Speisekammer nach!«

Der Markgraf nickte unauffällig, ging noch zu dem einen oder anderen, den er kannte, und betrat schließlich den Raum im hinteren Teil der Küche, in dem die Speisen aufbewahrt wurden. Er war kalt, dunkel und voller Regale. Dort kauerte in einer Ecke eine junge Frau. Horsa packte sie am Arm und zog sie hinaus in die von Fackeln erleuchtete Küche. Dabei wimmerte die Frau: »Nein, nicht schon wieder!« Und als sie merkte, daß Widerstand sinnlos war: »Ich geh' ja schon mit. Bitte nicht schlagen!«

Im Licht erkannte Horsa in diesem jammernden Elend seine Schwester Emmira. Sie trug ein zerrissenes Kleid, durch dessen Löcher man ihre Brüste sehen konnte. Ihr Haar war verfilzt und ihr Gesicht schmutzig. Auf seine Fragen gab sie keine Antwort, sondern sank auf den Boden, als er sie losließ, und wimmerte weiter. Weil er aus ihr kein vernünftiges Wort herausbekam, wandte er sich an den Koch, der etwas abseits saß und sich ganz klein machte, damit ihn sein früherer Herr nicht sah. Horsa hatten den eitlen und eingebildeten Erit nie gemocht. Ihn fragte er nach dem Schicksal seiner Schwester. Als er keine Antwort bekam, schlug ihm Horsa voller Wut mehrmals ins Gesicht, und plötzlich wurde der Mann gesprächig.

So erfuhr der Graf, daß man seine Schwester zur Küchenmagd gemacht hatte. Weil sie aber dazu nicht taugte, denn sie konnte weder kochen noch putzen, habe sie ihr Essen auf andere Art abarbeiten müssen. Alle Soldaten, die gerade Lust hatten, durften kommen und sie benutzen. Horsa hörte dies und war wie vom Donner gerührt. Er wandte sich wieder Emmira zu. Zart streichelte er über ihr Haar und redete auf sie ein. Sie schien ihn noch immer nicht zu erkennen, sondern weinte weiter vor sich hin.

Horsa war den Tränen nahe. Was war nur aus seinen stolzen Schwestern geworden? Er erinnerte sich, wie sie in prächtigen Kleidern mit ihrem Reitlehrer an schönen Tagen durchs Tor hinausritten und wie schön sie die Harfe gespielt hatten. Für die gemeinen Soldaten der Wache hatten sie damals nicht einmal einen Blick übrig gehabt. Sicher, sie waren hochmütig gewesen, aber sie hatten auch fröhlich lachen können, besonders wenn Vater von den »törichten Erits dort unten« erzählte. Und singen konnten sie. Vor allem hatte Emmira eine wunderschöne Stimme.

Bei den Empfängen für die Offiziere hatten die Schwestern ohne Pause geredet. Diese Gespräche über all die nichtssagenden Dinge machen Töchter aus gutem Haus so anziehend und unterhaltsam. Zudem waren seine Schwestern schön gewesen, und auch er selbst hatte sie viel zu schade für die schüchternen Freier gefunden. Und nun hatte sie ein jeder besitzen dürfen, und sie befleckt.

Endlich fand er seine Sprache wieder und fragte nach den anderen Schwestern. Als ihm niemand antwortete, wiederholte er brüllend die Frage. Da sagte eine Magd, daß beide ins Lager der Soldaten geführt worden seien. Von ihrem Schicksal wisse man nichts. Hauptmann Mispelbier habe sie aus dem Schloß gejagt und sei dann selbst eingezogen.

Endlich erkundigte sich Horsa nach seiner Mutter und erfuhr, daß sie tatsächlich tot war. Gleich nach seiner Abreise – der Graf lachte trocken, als er diese Umschreibung hörte – habe man sie vergiftet aufgefunden. Man habe angenommen, sie sei durch seine Hand gestorben.

Wütend wandte sich der junge Graf ab. Da fiel ihm Mispelbier ein, der zu den Geiseln gehörte. Er ließ sich zu ihm bringen. Der Hauptmann wurde im Weinkeller gefangengehalten. Dort war es völlig dunkel. Nur die Kerze, die Horsa mitgebracht hatte, spendete ein wenig Licht.

»Wer hat dich zu dem Verrat angestiftet?« herrschte er den Gefangenen an und schlug ihm mit der Faust ins Gesicht, ohne auf eine Antwort zu warten.

Mispelbier schoß das Blut aus der Nase. Er starrte angstvoll auf den Sohn seines alten Herrn. Bevor er den Mund öffnen konnte, brüllte Horsa schon die nächste Frage: »Wer hat dich angewiesen, mit den Frauen meiner Familie so umzugehen?« Und wieder schlug er zu und wartete nicht auf die Entgegnung.

Der Kopf des Gefangenen pendelte nach vorn. Die Sinne drohten ihm zu schwinden. Aber Horsa packte ihn an den Haaren. Beim schwachen Schein der Kerze starrte er dem verhaßten Feind in die Augen.

»Du wirst wach bleiben«, zischte er. »Wir beide haben viel miteinander zu besprechen, und ich werde Mittel finden, um dich immer wieder aufzuwecken.«

Dann zog er sein Messer.

Als Horsa den Keller verließ, graute schon der Morgen. Sein Gesicht war bleich, und seine Augen waren blutunterlaufen und lagen tief in ihren Höhlen. Er hatte viel erfahren und Antworten auf seine Fragen erhalten, und dennoch lag das Geschehen um das Heimland für ihn noch immer im Nebel. Mühsam zog er sich am Geländer der steinernen Treppe nach oben und trat aus dem Haus. Dort standen zwei seiner Wölfe. Es waren Qwak und Rohl. Zu ihnen sagte er: »Geht hinunter und holt das Schwein aus dem Weinkeller! Verscharrt ihn im Park! Er ist tot.«

Eine Stunde nach Sonnenaufgang trat eine Abordnung der Soldaten vor das Tor. Sie wollten die Geiseln sehen, um sich zu überzeugen, daß sie noch lebten. Dieser Wunsch war recht und billig. Deshalb schleppte man den Gesandten Ormors und Merwing auf die Mauer. Beide hatten in der Nacht die Schreie von Mispelbier gehört. Horsa erklärte ihnen in ruhigem Ton, es würde ihnen genauso ergehen, wenn sie einen falschen Laut von sich gäben. Dann mußten die beiden Gefangenen sich auf der Mauer zeigen, bestätigen, daß ihnen nichts fehle und ihren Leuten befehlen, sich ruhig zu verhalten und nichts zu unternehmen. Dann wandten sie sich um und sahen Horsa fragend an.

»Ihr habt klug gehandelt«, sagte der und ließ sie wieder in ihr Gefängnis bringen.

Vulgor, Ormors Mann, knirschte drohend mit den Zähnen und rief: »Du solltest mich besser sofort freilassen. Mein Herr wird sehr böse werden, wenn er erfährt, wie man mit seinem Gesandten umspringt. Er betrachtet dies als einen Angriff auf sich selbst. Ich möchte nicht in deiner Haut stecken. Glaube nicht, du könntest dich vor dem Zauberkönig verstecken. Er findet dich und deine Männer überall, und dann verflucht ihr den Tag eurer Geburt. Laß mich frei, und ich lege ein gutes Wort für euch ein und wende damit das schlimmste Schicksal von euch ab.«

Horsa wußte, daß dies keine leere Drohung war. Dennoch ließ er beide Männer wieder einsperren. Dann kletterte er selbst auf die Mauer und rief den Soldaten zu, daß es keine weiteren Verhandlungen gäbe, bis er nicht seine beiden Schwestern gesehen habe.

Damit könne man ihm nicht dienen, war die höhnische Antwort. Die eine Schwester sei nämlich geflohen und die andere habe sich in die Schlucht hinter den Mannschaftshäusern gestürzt. Er könne sich selbst überzeugen, denn der Leichnam liege noch immer dort unten.

Wortlos wandte sich Horsa ab und kehrte zurück in die Küche.

Dort hatte sich nichts verändert. Die Leute saßen am gleichen Ort und hatten sich nicht bewegt. Die Dienerschaft verharrte ängstlich, und jeder von ihnen gab sich Mühe, nicht aufzufallen.

Wütend schrie der Markgraf, sie sollten endlich Essen machen. Dann sah er sich nach seiner Schwester um.

Sie hatte kalte Asche aus der Esse genommen und sich in Haar und Gesicht geschmiert. Ihre Augen leuchteten mit irrem Glanz. Als sie ihren Bruder sah, wurde sie ganz ruhig, ging auf ihn zu und sagte: »Brüderlein, warum hast du mich den Männern überantwortet? Das war nicht recht von dir! Was habe ich dir getan?«

Horsa erklärte ihr, daß er an den Vorfällen keine Schuld trage, daß er alles bedaure und es gern ungeschehen machen würde.

»Brüderlein«, begann sie wieder, und ihre Augen waren trocken und ihre Stimme klar, »wir sind alle tot. Unser Vater ist tot, unsere Mutter ist tot, deine Schwestern sind tot. Nur du lebst. Warum hast du uns verraten? Ich bin deine Schwester. Du hättest mich schützen müssen. Warum hast du das nicht getan? Du hast nicht die Gesinnung eines Grafen.«

»Ich kann doch nichts dafür«, brüllte Horsa verzweifelt. »Du kannst mich für diese Schweinereien doch nicht verantwortlich machen.«

Die Stimme der Frau war noch immer ruhig: »Und doch bist du schuldig. Deshalb vollende dein Werk und töte, was tot ist.«

Mit diesen Worten hielt sie ihm ein Messer hin, wie es in der Küche zum Schneiden des Fleisches gebraucht wird.

Ihr Bruder entgegnete ihr erschrocken: »Sei vernünftig! Deine Qualen und Demütigungen haben ein Ende. Von jetzt an beschütze ich dich mit meinem Leben.«

»Das fällt dir zu spät ein. Du beschützt nur noch eine tote Schwester.«

»Du wirst darüber hinwegkommen.«

Sie sah ihn mit großen Augen an, und ihr Blick versuchte ihn zu fesseln. Dann antwortete sie mit einer Stimme, die wie aus einer Gruft kam, und die er kaum verstand: »Ja, ich werde darüber hinwegkommen und das auf der Stelle.«

Mit diesen Worten stieß sie sich das Messer in die Brust und sank langsam zu Boden. Horsa sprang zu ihr, fing sie auf, zog das Messer aus ihrem Fleisch, aber es war bereits zu spät. Wenige Minuten später hauchte die unglückliche Frau ihr Leben aus.

Flucht aus Hochhag

Der Tag verging ohne Zwischenfälle. Nur eine Staubwolke weit draußen in der Ebene verkündete das Herannahen eines großen Heeres. Die Besatzer des Schlosses hielten gegen Mittag Rat. Dabei sagte einer der treuen Soldaten: »Trotz der Geiseln können wir das Schloß nicht halten. Was habt Ihr vor, Graf?«

»Wir werden diesen Ort verlassen. Das Schloß ist nicht mehr die Heimstatt der Markgrafen des Heimlands. Man hat es besudelt, und nichts erinnert mehr an die Vergangenheit. Wir werden dieses Symbol der Unterdrückung vernichten.«

»Aber wir sitzen hier wie in einer Mausefalle und kommen nicht weg«, sagte ein anderer.

»Ich kenne mich hier besser aus, als irgendeiner im Heimland. Ich weiß einen Weg.«

Dann gab Horsa seine Anweisungen und alle bereiteten den Abzug vor.

Bei Anbruch der Dunkelheit war alles gepackt, die Toten begraben und die Geiseln gefesselt und geknebelt. Sie hatten die Fackeln gelöscht und die Dienerschaft im Keller eingeschlossen. Nur Kati, die Magd, durfte mit. Horsa führte sein Heer im Schloßgarten nach Norden, dorthin, wo das Plateau hinter der Mauer steil in eine Schlucht abfiel. Dort war der Park verwahrlost. Dornensträucher wucherten überall, und manche der Männer rissen sich in der Dunkelheit die Haut auf und unterdrückten nur mühsam einen Fluch. Hinter dem Gestrüpp fand sich eine niedrige Pforte. Sie war mit einer schweren hölzernen Tür verschlossen und ganz zugewachsen. Die Wölfe rissen die Ranken der Schlingpflanzen ab, und Horsa trat mit dem Fuß kräftig gegen das Tor. Es war nicht verschlossen und schwang quietschend in seinen verrosteten Angeln auf. Dahinter führte eine schmale, in den Fels gehauene Treppe in die Tiefe.

Wahrscheinlich wußte niemand außer Horsa von diesem Ausgang. Er hatte ihn bei seinen Streifzügen in der Kindheit durch Zufall entdeckt und nie ein Wort darüber verloren. Wenn man schwindelfrei war, gelangte man über die Treppe in ein kleines Tal, in dem ein Bach floß. Horsa hatte keine Ahnung, woher er kam und in welchen größeren Strom er mündete. Er wußte nicht einmal, wie er im Heimland genannt wurde. Für ihn war er ganz einfach der Heimliche Bach gewesen. Hierhin hatte sich der junge Sohn des Markgrafen zurückgezogen, wenn er allein sein wollte. Dort hatte er seine Füße ins Wasser gestreckt und war seinen Gedanken nachgehangen. Für ihn war es ein Flecken der Ruhe und Geborgenheit gewesen. Daß er sich einmal aus Lebensgefahr hierhin retten würde, hatte er damals nicht geahnt.

Alle, auch die gefesselten Geiseln, kamen heil am Fuß des Felssturzes an. Bevor sie sich aber nach Osten, und tiefer ins Windgebirge halten konnten, flammte über ihnen Licht auf. Die Wölfe hatten überall Feuer gelegt, das nun die Dachstühle der Gebäude erfaßte. Das untergehende Schloß beleuchtete ihnen den Weg. Mit Genugtuung sah Horsa nach oben und konnte sich an dem Schauspiel kaum satt sehen. Er schritt voraus, und seine Leute folgten im Gänsemarsch. Die Richtung gab der Bach vor.

Der Weg stieg langsam an. Irgendwann drängte sich Til zu Horsa vor und fragte: »Bist du sicher, daß wir auf diesem Weg aus dem Tal herauskommen? Es wäre fatal, wenn wir hier wie in einer Mausefalle festsäßen.«

Horsa versicherte ihm wütend, daß er wisse, was er tue. Er hielt die Zweifel dieses Burschen für eine Beleidigung. Allerdings kannte er wirklich nicht das Ende des Weges. Er war noch nie so weit nach Osten vorgedrungen. Doch er verdrängte die Sorgen und verließ sich auf seinen Optimismus. Sie würden eben klettern müssen, aber jeder Berg war schließlich zu bezwingen.

Gegen Mitternacht hatten sie eine Stelle erreicht, an der das Tal so unwirtlich wurde, daß sie nicht mehr weiterkamen. Sträucher und mächtige Steine versperrten den Weg. Die Männer mußten mit den Schwertern erst einen Durchgang freihacken. Schließlich gab es rechts und links am Ufer kein Durchkommen mehr, denn das Wasser schoß durch eine schmale Felsenschlucht. Nun mußten alle durch das Bachbett waten. Der Bach war kalt und voller Steine, auf denen sie ständig ausrutschten. Aber die Mühe lohnte sich nicht, denn am Ende standen sie vor einer steilen Felswand, über die das Wasser herunterstürzte. Niemand konnte dort hinaufkommen.

Erschüttert sah Horsa, wohin er seine Leute geführt hatte. Nun war er ratlos. Dabei war er so stolz gewesen, daß er den geheimen Weg aus dem Schloß gewußt hatte. Ein wenig hatte er sich sogar für unbezwingbar gehalten. Doch nun standen die Leute, die sich auf ihn verlassen hatten, bis zu den Waden im kalten Wasser und warteten auf seine Anweisungen. So sehr er sich auch den Kopf zermarterte, es fiel ihm nichts ein. Niemand sagte etwas, aber gerade dieses Schweigen übte einen so großen Druck auf ihn aus, daß er keinen Gedanken fassen konnte.

Da hörte er Til sagen: »Ich meine, wir sollten schleunigst umkehren!«

»Schweige und wage es nicht, dich gegen mich zu stellen«, herrschte ihn Horsa an. »Du hast mir einen Treueid geleistet.«

»Ich stelle mich nicht gegen dich, aber es muß endlich eine Entscheidung getroffen werden. Wir können hier im Wasser nicht übernachten.«

Am liebsten hätte der Graf diesen aufmüpfigen Kerl umgebracht und wäre dann weggelaufen. Wie schön war es doch gewesen, als er den Heimlichen Bach noch allein besucht hatte! Nie hatte er hier Sorgen empfunden. Er hätte diese fremden Leute nicht mit hierher bringen sollen.

Wahrscheinlich wären sie noch lange im kalten Bach gestanden, wenn nicht plötzlich einer seiner Leute gerufen hätte: »Still, da kommt jemand!«

Alle schwiegen und tatsächlich, sie hörten ein leises Plätschern, als ob jemand durchs Wasser näher kam. So leise wie möglich zogen die Männer ihre Waffen und machten sich kampfbereit. Horsa wand sich durch die Reihen seiner Leute nach hinten, um von dort den Kampf zu leiten. Da sah er einen großen Schatten und wollte gerade Anweisung geben, sich auf den Fremden zu stürzen. Doch dazu kam es nicht, denn eine bekannte Stimme rief: »Da sitzt ihr ja ganz schön in der Falle. Wie wollt ihr denn hier wieder herauskommen?«

Horsa erkannte sofort, wer ihnen da gefolgt war und rief erleichtert: »Aramis! Wo kommst du her?«

Es war der Hüter des Heimlands, der in größter Not aufgetaucht war. Es gehörte zu Aramis' Geschick, stets dort zu sein, wo er am dringendsten gebraucht wurde.

»Nun, euer Überfall hat sich wie ein Lauffeuer herumgesprochen, und da habe ich mir gedacht, es wäre nicht schlecht, wenn ich ein wenig nach dem Rechten sehen würde. Ich komme gerade von einer weiten Reise zurück und habe wundersame Höhlen gesehen, in denen man nie endende Träume hat.

Aber ich werde ganz offensichtlich hier gebraucht. So, und nun haben wir lange genug geplaudert. Die Zeit drängt! Wir müssen aus dieser verdammten Schlucht heraus. Bei Tagesanbruch wird das Schloß genau durchsucht werden, und dann wird man entdecken, wohin ihr verschwunden seid. Glaub mir, so viele Leute wie ihr hinterlassen Spuren, die auch ein Halbblinder zu lesen vermag. Bald wird dieses Tal von Soldaten nur so wimmeln und das ganze Gebirge wird von Bewaffneten durchkämmt werden. Ihr habt alle Feinde im Heimland aufgescheucht, und euer Unternehmen wird bald auch außerhalb des Heimlands bekannt werden. Der Zauberkönig läßt sich so etwas nicht gefallen.

Noch hast du scheinbar gesiegt, Horsa, aber ich glaube nicht, daß dein Sieg von langer Dauer bleibt.«

Horsa lief rot an, was in der Dunkelheit natürlich keiner sah.

Das hätte er mir doch nicht vor allen Leuten sagen müssen, dachte er. Aramis untergräbt meine Autorität.

Laut entgegnete er trotzig: »Und was schlägst du vor, was wir nun unternehmen sollen?«

»Zuerst einmal umkehren und dieses nasse Loch verlassen. Hier geht es wirklich nicht weiter. Oder wollt ihr die Verfolger hier empfangen?«

»Wo sollen wir denn hin?« fragte der Graf verzweifelt.

»Folgt mir!«

Aramis wandte sich um. Nun setzte sich der ganze Trupp in Bewegung und watete den Weg zurück. Bald konnten sie den Bach wieder verlassen und an seinem Ufer mit nassen Füßen entlanglaufen. Etwa eine halbe Wegstunde weiter bog der Hüter nach rechts ab. Da tat sich ein kleines Tal auf, das sie in der Dunkelheit übersehen hatten. Es war mehr eine Schlucht, und sie mußten über lockeres Geröll klettern, bis sie schließlich nach oben auf eine Bergkuppe gelangten und von dort über einen schmalen Grat zur nächsten. Zielstrebig führte sie Aramis immer weiter auf dem gefährlichen Weg. Bald hatten alle die Orientierung verloren und wußten nicht einmal mehr, in welche Richtung sie eigentlich liefen. Es ging kreuz und quer durch die Windberge.

Als der Tag anbrach, waren alle so müde, daß sie sich kaum weiterschleppen konnten. Aramis sah, wie es um sie bestellt war, und gestattete eine Pause.

Für die Geiseln war der Gewaltmarsch am anstrengendsten gewesen. Man hatte sie weder von ihren Fesseln befreit, noch ihnen die Knebel abgenommen. Wenn sie stolperten, taumelten oder stürzten, gaben ihnen die Wölfe, die zu ihrer Bewachung abgeordnet waren, einen Hieb oder Tritt. Sie rappelten sich dann auf und liefen weiter, obwohl sie kaum Luft bekamen. Bei dieser Rast nahm man ihnen endlich den Knebel aus dem Mund. Beide hatten hochrote Köpfe und schnappten erst einmal nach Luft.

Dann sagte Vulgor: »Ihr seid alle tot, ihr wißt es nur noch nicht. Ich kann eure Körper schon unter der Folter sehen und eure Münder zu nutzlosem Schreien verzerrt. Um mich herum stehen tote Männer.«

»Wenn wir sterben, so stirbst du auch«, entgegnete ihm Horsa und gab ihm einen Tritt. »Vergiß nicht, du bist in unserer Gewalt.«

»Meine Männer finden euch, bevor ihr euch verseht. Es gibt keinen Winkel der Erde, wo sie euch nicht aufspüren werden.« Merwing, der bisher geschwiegen hatte, spuckte den Erits diese Worte entgegen.

»Und wo sind sie, deine Männer?« höhnte Horsa. »Ich kann sie nicht entdecken. Wir werden deine Männer an der Nase herumführen. Erits legt man nicht so leicht herein. Und nun haltet euch beide zurück, damit es euch nicht noch schlechter ergeht.«

Hier mischte sich Aramis ein. Er nahm den Grafen beiseite und sagte: »Unsere Lage ist nicht gut. Du solltest die beiden nicht noch mehr reizen. Vielleicht läßt sich mit ihnen ein Handel abschließen?«

Horsa sah den alten Krieger fassungslos an.

»Was redest du da?« rief er so laut, daß ihn alle hörten. »Spricht aus dir die Feigheit oder die Dummheit? Die beiden Strolche sind unsere Gefangenen, und ich soll einen Handel mit ihnen abschließen? Wovor hast du eigentlich Angst? Wir haben das Schloß, das Herz der feindlichen Macht, überfallen und niedergebrannt. Wir sind heil wieder davongekommen und haben auch noch die zwei höchsten Anführer der Invasoren als Gefangene mitgenommen. Und nun sollen wir klein beigeben und verhandeln?«

Aramis sah ihn an und sagte: »Ich glaube, ich muß dir eine Geschichte erzählen.

Es war einmal eine Spinne. Die war es leid in ihrem Netz zu sitzen und auf Beute zu warten. Deshalb machte sie sich auf den Weg. Da fand sie einen schlafenden Vogel.

Die Spinne dachte: Warum soll ich mich immer mit Fliegen abgeben, wenn ich so etwas Großes, Saftiges haben kann. Warum bin ich eigentlich nicht schon viel früher auf Beutezug gegangen, anstatt Tag für Tag zu warten, daß sich irgend etwas Kleines in meinem Netz fängt?

Deshalb umspannte sie den Vogel mit ihren Spinnfäden. Als der Vogel erwachte, konnte er sich nicht mehr bewegen.

Die Spinne kroch vor seine Augen und sagte: ›Hab ich dich endlich!‹

Doch der Vogel antwortete: ›Du hast mich nicht lange. Gib freiwillig nach und laß mich frei, dann will ich dir diesen dummen Scherz nachsehen.‹

Da meinte die Spinne: ›Ich habe mein Glück gemacht. Da werde ich doch nicht freiwillig verzichten. Du bist mein Gefangener, und ich bin der Sieger! Weiß du nicht, daß sich der Sieger alles nimmt?‹

Da meinte der Vogel: ›Wie du willst!‹

Die Spinne biß den Vogel, um ihn zu lähmen, wie sie es auch sonst mit ihrer Beute tat. Aber ihr Gift schadete ihm nicht. Es brannte nur in seinem Körper und machte ihn wütend. Da nahm er seine ganze Kraft zusammen und zerriß die Spinnfäden. Dann pickte er die Spinne auf und fraß sie genüßlich. Sie schmeckte köstlich.«

Horsa sah den Hüter an und meinte: »Diese Geschichte verstehe ich nicht. Ich kann auch keine Parallelen zu unserer Situation entdecken.«

»Die wirst du erkennen, wenn du gefressen bist. Du törichter Erit hast es hier nicht mit irgendwelchen marodierenden Halunken zu tun. Deine Gefangenen gehören zu den mächtigsten Männern in ganz Centratur, und hinter ihnen steht eine Macht, deren Größe und Grausamkeit du überhaupt nicht ermessen kannst. Dies hier ist kein Kinderspiel, sondern eine Sache auf Leben und Tod. Dabei geht es weniger um deinen Tod. Mit deinem Leben kannst du anfangen, was du willst. Wirf es meinetwegen weg, wen kümmert es. Aber du spielst mit dem Leben deiner Landsleute, den Erits, als deren Herrscher du dich fühlst. Herrscher haben aber zuallererst die Pflicht, für ihre Untertanen zu sorgen und nicht, sie aus welchen Gründen auch immer in den Tod zu treiben.«

Da wurde Horsa wütend.

»So«, rief er, »ich soll mich sorgen und kümmern? Und wer hat für meine Familie gesorgt? Wer hat sich um meine armen Schwestern gekümmert? Sie waren Bestien ausgeliefert, und keiner, auch du nicht, hat einen Finger für sie gekrümmt.«

Aramis entgegnete nichts. Er ließ den Markgraf einfach stehen und ging zu den Gefangenen.

»Was gebt ihr für eure Freilassung?« fragte er.

Doch die beiden Männer gingen nicht darauf ein.

Merwing sagte: »Du bist doch kein Erit? Was suchst du hier? Was hast du mit diesen Würmern zu schaffen?«

»Ich bin für sie verantwortlich, auch wenn dies manchmal eine schwere Last ist.«

»Dann bring diesen wildgewordenen Grafen endlich zur Vernunft und laß uns frei!«

»Noch einmal, was gebt ihr dafür?«

»Was willst du?«

»Frieden!«

Da sagte Vulgor ernst: »Frieden kann ich dir nicht geben. Mein Schicksal und das eure liegt nicht mehr in meiner Hand. Ormor wird sicher erfahren, was mit seinem Gesandten geschehen ist, und er wird nach Rache dürsten. Dabei ist es ihm völlig gleichgültig, ob ich sterbe oder nicht. Es geht um seine Ehre. Die Dinge haben einen Lauf genommen, den wir alle nicht mehr verändern können.«

»Das habe ich mir gedacht«, stimmte Aramis zu. »Diese dummen Erits sind nur noch zu retten, wenn die Aufmerksamkeit des Zauberkönigs abgelenkt wird, wenn sich sein Blick und seine Gedanken auf andere Ziele und andere Länder konzentrieren.«

»Da magst du recht haben«, mischte sich nun Merwing ein. »Aber ich halte dies für recht unwahrscheinlich.«

»Manchmal werden die Geschicke der Sterblichen so gelenkt, wie wir es niemals für möglich halten. Ich habe schon viele Wunder erlebt. Warum sollen wir nicht wieder auf ein solches hoffen dürfen? Und nun«, die Stimme des Heimlandhüters wurde hart, »steht auf! Wir müssen weiter. Ich verzichte auf die Knebel. Aber wenn ihr einen Ton von euch gebt, schlage ich euch tot.«

Trauer herrschte im Haus des toten Mog. Ev hatte rotgeweinte Augen und lief wie eine Schlafwandlerin durch den Tag. Joanna war bei ihr und versuchte sie zu trösten. Sie hatte auch die Besorgung des Haushalts übernommen.

Mog hatte man inzwischen beerdigt. Gunter, ein paar alte Männer und einige Frauen waren dabeigewesen, als der Held des Großen Krieges, der Erit, der Centratur vor der Versklavung durch Malomar gerettet hatte, begraben wurde. Ev war allein hinter der mit Tüchern umhüllten Leiche gelaufen. Wo waren ihre vier Kinder, denen er ein guter Vater gewesen war? Die große, glückliche Familie von einst war völlig auseinandergebrochen. Die Mutter wußte nicht einmal mehr, wer von ihren Kindern noch lebte.

Am offenen Grab hatte Gunter eine Rede gehalten: »Wir nehmen wieder einmal Abschied von dir, Mog. Auch damals, als du in den Süden gezogen bist, in die fernen Länder, die keiner von uns kannte, mußten wir Abschied nehmen, und wir wußten nicht, ob wir dich jemals wiedersehen würden. Später bist du doch zurückgekommen und warst ein Held. Dein Leben lang wärest du gern wieder dorthin gezogen, wo das Abenteuer lockte, wo die Welt ganz anders war. Aber du bist geblieben, hast hier deine Pflicht getan, für deine Familie gesorgt. Und zuletzt hast du sogar wieder gekämpft und zwar für dein Heimland. Du warst eine friedliche Seele, und dennoch bestimmte der Kampf dein Leben. Vielleicht ist unser aller Leben auf die eine oder andere Weise nur ein Kampf?

Mog, nun gehst du wie damals an einen Ort, den keiner von uns kennt. Ich weiß nicht, welche Abenteuer dich dort erwarten, aber ich weiß, du bist neugierig auf sie. Und noch etwas weiß ich, diesmal kehrst du nicht wieder.

Leb wohl Mog! Grüße die fremden Länder von uns, wir alle werden dir folgen. Bis dahin aber müssen wir hier in dieser wilden, gefährlichen Welt ohne dich, den Helden, leben. Das wird uns schwerfallen.«

Ev war bei diesen Worten in Tränen ausgebrochen, und auch die anderen Leute am Grab mußten schluchzen. Dann waren sie zurück in das kleine Haus gegangen. Viele Vorräte für einen Leichenschmaus hatte es nicht gegeben, aber Ev hatte frisches Brot gebacken und ihren besten Tee gekocht.

Anschließend war Gunter noch ein wenig bei ihr geblieben, und sie hatten von den alten, guten Zeiten gesprochen. Endlich war die alte Frau allein gewesen. Ihr Haus war so trostlos und so leer, und sie war so verzweifelt. Noch immer hatte sie das Gefühl, ihr Mann müsse jeden Augenblick zurückkommen, gleich werde sich die Tür öffnen. Aber sie wußte, daß dies eine trügerische Hoffnung war.

Leise sang sie ein altes Lied vor sich hin und fand darin Trost:

Mein Liebster ist gegangen
und läßt mich hier allein
der Himmel ist verhangen
nun werd' ich einsam sein.

Dieses Lied hatte fünf Strophen und wurde früher im Heimland von jungen Frauen gesungen, wenn ihr Liebster auf Wanderschaft ging. Auch Ev war es schon einmal nicht aus dem Kopf gegangen, damals, als sich ihr Mog nach Süden in den Großen Krieg aufgemacht hatte.

Sieben Tage später kehrten die Krieger unter der Leitung von Horsa von ihrem Feldzug aus Hochhag zurück. Sie erreichten Waldmar als strahlende Sieger und schleppten als Beute zwei Anführer des Feindes mit sich. Dieser Erfolg stärkte die Rolle des Markgrafen in der Gemeinschaft ungemein. Die meisten der Erits erkannten ihn nun als ihren Führer an, auch ohne die Drohung durch seine Wölfe. Horsa genoß die Achtung, die man ihm entgegenbrachte. Dabei vergaß er völlig, daß er ohne die Hilfe von Aramis verloren gewesen wäre.

Der Hüter des Heimlands hatte sie zurück nach Waldmar geschleust und alle ihre Spuren mit peinlicher Genauigkeit verwischt. Als er alle in Sicherheit wußte, hatte er sich wieder auf den Weg gemacht, um die Pläne der Leute aus Rolos zu erkunden. Auch wollte er auf einen Angriff des Zauberkönigs vorbereitet sein. Durch sein Verschwinden überließ er dem jungen Markgrafen das Feld.

Bevor Aramis gegangen war, hatte er Horsa beiseite genommen und ihn noch einmal eindringlich gewarnt. Er solle sein Glück nicht herausfordern. Wenn Ormor tatsächlich zuschlage, gäbe es keine

Rettung. Horsa hatte gelächelt und abgewinkt. Ob der Krieger denn inzwischen jeden Mut verloren habe und wie ein altes Weib denke, fragte er.

Der Hüter des Heimlands war wütend geworden und hatte geantwortet, daß alte Weiber oft tapferer und vernünftiger seien als junge, hochnäsige Burschen.

Aramis hatte das Dorf dann ohne Abschied verlassen, und Horsa hatte ihm ohne Bedauern nachgesehen. Dieser Mann behandelte ihn wie einen dummen Jungen, und er war froh, daß er seine überflüssigen Warnungen nicht länger hören mußte.

Trotz der zur Schau gestellten Sicherheit wartete Horsa in der ersten Zeit nach seinem Feldzug noch bang, ob wohl der Zauberkönig eine Strafexpedition schicken werde. Die Drohungen von Ormors Abgesandten hatten ihm Angst gemacht. Als jedoch alles ruhig blieb, tat er sie als törichtes Gerede ab, von dem er sich nicht beeindrucken lassen wollte. Er hielt sich bald für einen so überragenden Feldherrn, daß alle Orokòrheere ihn nicht schrecken konnten.

Die Gefangenen wurden im Keller von Waldlust untergebracht und streng bewacht. Akandra hatte das Haus vor langer Zeit angezündet und es war abgebrannt, aber die großen Vorratskeller hatte das Feuer nicht beschädigt. Sie waren für diesen Zweck genau richtig. Sechs Posten hielten draußen Wache. Vulgor und Merwing wurden zudem angekettet.

Die nächsten Tage vergingen mit Appellen und langen öffentlichen Reden des Grafen. Die Wölfe wurden mit Sonderrationen belohnt, und abends zündeten sie große Lagerfeuer an und sangen wilde Lieder. Späher meldeten, daß es in den Windbergen und in den Rentnitz- und Moorauen von Soldaten nur so wimmle. Die einzige Brücke nach Waldmar aber war weiterhin frei. Für die geknechteten Erits im übrigen Heimland hatte der Feldzug auch sein Gutes. Die Suche ihrer Unterdrücker nach ihren Führern fesselte deren Aufmerksamkeit so sehr, daß die Erits nicht mehr auf die Felder getrieben und nicht mehr so scharf überwacht wurden.

Deshalb beschloß Horsa erneut, eine Heldentat zu vollbringen. Er ließ seine Truppen auf dem großen Platz in Haferau antreten und erklärte seine Absicht, die Hauptstadt des Heimlands, Grünbergen, zu befreien.

Am Nachmittag nach dieser Ankündigung rief Ev ihren Sohn Til zu sich.

»Geh nicht mit«, bat sie. »Es sind nicht mehr viele von uns übrig. Schlag dich lieber nach Weststadt durch und bring deine Schwester hierher. Sie muß nun bald niederkommen und braucht meine Hilfe. Das verstehst du doch? Weißt du, ich bin sehr allein. Es wäre mir eine große Freude, wenn ich Almira hier hätte.«

»Mutter«, antwortete Til ernst, »ich kann dich gut verstehen, und ich würde dir deinen Wunsch auch gern erfüllen. Aber ich habe dem Grafen einen Eid geschworen, den kann ich nicht brechen. Meine Zukunft liegt bei ihm, die darf ich mir nicht verscherzen.«

Er küßte seine Mutter auf die Stirn, drückte ihre kalten, welken Hände und ging. Joanna, die dabeigestanden hatte, eilte ihm nach. Sie faßte ihn an der Schulter und rüttelte ihn, bis er sich umdrehte.

Dann sagte sie ruhig: »Wenn du nicht nach Weststadt gehst, werde ich aufbrechen und den Wunsch deiner Mutter erfüllen!«

Til zuckte die Achseln und ging zurück zu den Wölfen.

Grünbergen

Die Truppe des Markgrafen umging die Südhöhen weit östlich, wanderte den Erfstrom entlang und näherte sich Grünbergen in einem großen Bogen von Norden. Während seine Hauptstreitmacht zurückblieb, schlich sich Horsa mit ein paar Wölfen in die Stadt. Es war warm. Sie konnten deshalb keine Mäntel tragen, die ihre Schwerter verborgen hätten. Deshalb ließen sie außer einem Dolch alle Waffen zurück.

Die Stadt bestand aus niederen Häusern, wie Erits sie gerne hatten. Sie war weder durch eine Mauer noch eine andere Befestigung geschützt. In der Umgebung von Grünbergen gab es zwar Bauernhöfe, aber in der Stadt hielt man nicht viel von der Landwirtschaft. Man sah auf die einfältigen Bauern herunter und riß so manchen Witz über deren Dummheit. In Grünbergen gab es ein paar Gasthöfe, in denen Reisende, die auf der Oststraße unterwegs waren, haltmachten, und einen großen Marktplatz. Aber das meiste

Geld verdienten die Handwerker, die ihre Erzeugnisse an die Durchreisenden verkauften. Sie sorgten für den Wohlstand.

Die Handwerker waren nach ihrem Gewerbe über die Stadt verteilt. Eine Schustergasse gab es im Osten, daneben eine Schreinergasse, die Bäckergasse im Süden mündete in die Schneidergasse. Ein Viertel, in dem die Honoratioren der Stadt wohnten, reiche und angesehene Leute, lag dicht neben dem Marktplatz. Dort waren die Häuser ein wenig größer, und einige hatten sogar Einfahrten, die groß genug für Wagen waren.

Dorthin zog es den Markgrafen. Er hatte sich von seinen Leuten getrennt und war unbemerkt in die Stadt geschlichen. Die Wölfe folgten in großem Abstand. Niemand schenkte den fremden Erits Beachtung. Horsa sah nur wenig Soldaten aus Rolos auf der Straße. Für die Erits der Stadt hatte der Alltag wieder begonnen. Sie putzten Zimmer und Flure, jäteten das Unkraut in ihren Gärten hinter den Häusern und kehrten die Straße. Viele hatten noch fremde Soldaten einquartiert, aber die waren nun alle unterwegs, um ihren Fürsten zu suchen.

Im Viertel der Reichen wohnten auch Familien aus Rolos. Die hohen Offiziere hatten Frauen und Kinder mitbringen dürfen. Sie waren in die vornehmen Häuser eingezogen und hatten die Erits zu ihren Dienstboten gemacht. Unter den Einwohnern von Grünbergen war diese Arbeit begehrt, denn sie war erheblich leichter und angenehmer als der Frondienst auf den Feldern.

In einem Gebäude nahe dem Marktplatz wohnten zwei Vespucci. Sie hatten ihr eigenes Dienstpersonal mitgebracht und ließen niemand ins Haus. Alle Erits, aber auch die Leute aus Rolos, machten um ihre Unterkunft scheu einen Bogen.

Bevor Horsa die herrschaftlichen Häuser erreichte, kam ihm eine Patrouille entgegen. Sie bestand aus vier Soldaten aus Rolos. Die Männer liefen aufmerksam spähend durch die Gasse und wären sicher auf ihn aufmerksam geworden, wenn er nicht rasch in einen offenen Hauseingang zu seiner Rechten geeilt wäre. Er betrat einen dunklen Gang und kletterte, ohne viel nachzudenken, die Stiege in den ersten Stock empor. Das Haus schien leer zu sein. Doch plötzlich öffnete sich eine Tür, und ein Eritmädchen stand vor ihm. Sie war hübsch und etwa so alt wie er. Erstaunt sah sie ihn an und öffnete schon den Mund zu einer Frage, aber er unterbrach sie hastig: »Sind wir allein?«

Sie nickte.

»Auf der Straße sind Bewaffnete aus Rolos. Sie dürfen mich nicht sehen.«

Noch immer stumm winkte sie ihn hinein. Ein Bett, ein Tisch, ein Stuhl und ein Schrank bildeten die karge Einrichtung. Sie setzte sich aufs Bett und bot ihm mit einer Handbewegung den Stuhl an. Endlich fragte sie: »Wer bist du?«

Da hob er stolz seinen Kopf und antwortete: »Ich bin Horsa, der Markgraf dieses Landes.«

Sie blieb völlig unbeweglich und zeigte keinerlei Erstaunen. Der junge Mann betrachtete das fremde Mädchen mit Interesse. Wie lange schon hatten Frauen in seinem Leben und seinem Denken keine Rolle mehr gespielt? Der Krieg und seine Aufgaben als Markgraf hatten ihn zu sehr beschäftigt. Nun erst merkte er, wie sehr er sich danach sehnte, ein Mädchen zu umarmen.

»Wie heißt du?« fragte er warm.

»Herbstblatt!«

»Wo sind deine Eltern?«

»Mein Vater lebt nicht mehr, und meine Mutter ist drüben bei den fremden Herrschaften. Dort ist heute große Wäsche.«

»Haben sie deinen Vater umgebracht?«

Sie nickte, und Tränen traten ihr in die Augen.

»Das tut mir leid«, sagte er verlegen. Dann fuhr er mit fester Stimme fort: »All diese Grausamkeiten und diese Unterdrückung werden bald vorbei sein. Darauf gebe ich dir mein Wort. Ich sorge dafür, daß dieses Gesindel unser Land verläßt. Glaube mir!«

Sie antwortete nichts. Da stand er auf und setzte sich neben sie auf das Bett. Er legte den Arm um ihre schmalen Schultern und drückte sie fest an sich.

»Hab keine Angst«, sagte er. »Ich bin nun bei dir. Dir kann nichts mehr geschehen.«

Sie schluchzte auf, und plötzlich brach aus ihr heraus, was sie so lange zurückgehalten hatte: »Es war furchtbar! Sie kamen einfach und übernahmen die Stadt. Vater ergriffen sie auf der Straße und ermordeten ihn ohne Grund. Überall waren die Soldaten. Mutter versperrte die Tür, aber es erging ein Befehl, daß alle Hauseingänge stets offenbleiben müßten. Bei uns wurde niemand einquartiert, weil unsere Behausung nur klein ist. Aber Mutter und ich mußten für sie arbeiten. Das alles war nicht so schlimm. Schrecklich aber waren die Nächte. Wenn die fremden Soldaten genug getrunken hatten, liefen sie grölend durch die Straßen. Sie drangen in die Häuser ein und suchten nach Frauen. Ich versteckte mich unter meiner Decke, zog sie mir über den Kopf und hoffte, daß sie bei uns vorbeigingen. Diese Schreie auf der Straße und aus den anderen Häusern und das Warten im dunklen Zimmer war das furchtbarste.«

»Und, sind sie gekommen?«

Sie antwortete nicht, und ihr Körper wurde ganz steif.

Die Patrouille war längst vorbeigezogen und die Luft wieder rein, als er sich auf den Weg machte. Herbstblatt begleitete ihn nach unten und spähte erst auf die Straße, ob auch die Luft rein war, bevor er hinaustrat. Zum Abschied küßte er sie und versprach bald wiederzukommen. Dann ging er eilig im Schatten der Häuser zum Marktplatz, und das Mädchen sah ihm lange nach.

Danela

Im Nobelviertel wollte Horsa neue Geiseln nehmen. Wenn er genügend Gefangene hatte, so dachte er, würde er den Abzug der Besatzer erzwingen können.

In den großen Häusern waren zwar die Türen verschlossen, aber durch die offenen Fenster drang die Sonne. Horsa hörte eine weiche Frauenstimme. Sie sang ein Lied, das er nicht kannte. Er erinnerte sich, was ihm Herbstblatt erzählt hatte und wurde wütend. Ohne lange zu überlegen riß er die Haustür auf und drang in das Gebäude ein. Hier war alles großzügiger und freundlicher als in der Wohnung von Herbstblatt. Vor ihm öffnete sich eine kleine Halle mit bequemen Möbeln und einem Kamin. Eine geschwungene Treppe führte nach oben, auf beiden Seiten gingen Türen ab. Eine davon stand offen, aus ihr drang der Gesang. Dorthin eilte der Markgraf und stand unvermittelt vor der Sängerin. Es war eine junge Menschenfrau so groß wie er und etwa in seinem Alter. Sie starrte ihn an, und er starrte zurück. Das Mädchen ähnelte Marga, war aber noch viel schöner. Sie trug ein weißes Kleid, hatte eine reizende Stupsnase und ein paar Sommersprossen. Ihr Haar war goldgelb und den Kopf trug sie sehr hoch. Der Graf verliebte sich in sie auf den ersten Blick.

»Was suchst du hier?« fragte sie erstaunt.

»Ich will etwas verkaufen«, antwortete er, ohne daran zu denken, daß er keinerlei Waren mit sich führte.

»Wir kaufen nichts«, sagte sie schnippisch. »Wenn wir etwas wollen, dann nehmen wir es uns.«

Er achtete nicht auf den Ton in ihrer Stimme, sondern fragte: »Wer bist du?«

»Diese Frage stünde eigentlich mir zu. Übrigens fragen Erits nicht, sie antworten! Doch du sollst es ruhig wissen. Ich bin Danela, die Tochter von Merwing, dem Fürsten aus Rolos.«

Wenn sie gedacht hatte, der Eindringling würde sich nun ganz klein machen und mit einer scheuen Entschuldigung sofort wieder gehen, sah sie sich getäuscht.

»Ist dein Vater nicht in den Händen der Aufständischen?« fragte der Besucher statt dessen.

»So sagt man. Vater hat sein Lager in Weststadt und war schon lange nicht mehr hier. Ich weiß also nichts Genaues. Aber selbst wenn sie ihn gefangengenommen haben, so werden ihn diese feigen Erits bald wieder freilassen. Dem Fürsten von Rolos widersteht man nicht lange.«

Ihre Stimme war stolz und herausfordernd, und Horsa ärgerte sich. Gleichzeitig aber beeindruckte ihn diese Frau. Er wollte sich mit ihr messen, zeigen, wer von ihnen vornehmer war. Er wollte, daß der Hochmut aus diesen Augen verschwand. Respektvoll sollten sie zu ihm emporsehen. Er wollte diese Danela beleidigen und demütigen.

»Ich glaube eher, daß dein Vater in einem Keller sitzt und um Gnade winselt.«

»Mein Vater winselt nicht. Wie kannst du es wagen, so von ihm zu sprechen? Wer bist du überhaupt?«

»Mein Name ist Horsa! Ich bin der Markgraf des Heimlands, und dein Vater ist in meiner Gewalt!«

Das, was sie da hörte, verschlug ihr nun doch die Sprache. Endlich hatte sie sich wieder gefangen und fragte ruhig: »Was willst du hier?«

»Dich!«

»Mich? Hast du dir da nicht ein wenig viel vorgenommen? Du kannst die Tochter des Fürsten nicht mitten aus der besetzten Stadt heraus entführen. Wenn ich jetzt schreie, sind sofort unsere Soldaten da, und dann geht es dir an den Kragen.«

»Du wirst aber nicht schreien!«

»Und warum nicht?«

»Ich weiß es eben. Du wirst ganz einfach mit mir kommen.«

»Welchen Grund hätte ich dafür?«

»Zum einen ist dein Vater in meiner Gewalt. Zum anderen möchtest du ein Abenteuer erleben. Und zum dritten magst du mich.«

Nun war sie wiederum sprachlos und stammelte nach ein paar Atemzügen: »Ich glaube, du bist verrückt!«

»Ich bin ganz normal und weiß was ich tue. Ich spreche nur aus, was in deinem Kopf vor sich geht.«

»Du bist größenwahnsinnig. Ich lasse dich auspeitschen. Du wirst gevierteilt, und ich werde mit Vergnügen zusehen, und deine Schreie werden lieblich in meinen Ohren klingen.«

»Gepeitscht und umgebracht habt ihr schon genug. Das solltest du lieber in meiner Gegenwart nicht erwähnen.« Seine Stimme war bitter geworden.

»Und warum bitte, sollte ich nicht sagen, was ich will? Wer sollte mich daran hindern? Du bist der unverschämteste Bursche, der mir je unter die Augen gekommen ist.«

»Ich bin eben ein Graf. Doch genug jetzt! Kommst du nun mit oder nicht?«

»Ja, ich komme!«

Sie packte rasch einige Sachen zusammen, dann verließen beide vorsichtig das Haus. Unterwegs trafen sie Til, der an einer Ecke wartete. Ihm befahl Horsa, die anderen Wölfe zu suchen und aus der Stadt zu schicken. Der Sohn von Mog sah seinem Anführer und der Menschenfrau verwundert nach. Dann machte er sich auf, um die Anweisung auszuführen.

In dem Versteck, wo seine Truppe auf ihn wartete, gönnte sich Horsa keinen langen Aufenthalt. Er befahl ohne weitere Erklärungen den sofortigen Rückzug und lief mit Danela voraus. Nach allen Seiten sicherten Kundschafter. Trotz der Gefahr gab sich der Graf sorglos. Er wollte seiner Begleiterin zeigen, daß er sich in seinem eigenen Land trotz des Überfalls ihrer Landsleute sicher fühlte. Auch legte er ein scharfes Tempo vor, mit der Absicht, daß ihn das Mädchen bitten sollte, langsamer zu gehen. Doch er hörte von ihr keinen Laut. Sie hielt mühelos mit.

Diesmal liefen sie südlich der Oststraße und hielten auf die Südhöhen zu. Da es bald zu dunkeln begann, kamen sie an diesem Tag nicht mehr weit. Sie fanden aber für die Nacht einen idyllischen Platz. Er war von hohen Steinen und Bäumen umgeben, zwischen denen ein kleiner Bach entsprang. Dort richteten sie ihr Lager ein. Die Männer entzündeten ein Feuer, und einige von ihnen begannen zu kochen. Horsa setzte sich mit Danela abseits. Sie hatten seit ihrem Aufbruch aus Grünbergen nicht miteinander gesprochen.

Sie sah ihn stumm an, nicht freundlich und auch nicht abweisend. Als sie nach einer Weile noch immer schwieg, sagte er: »Ich will dir die Geschichte dieses Ortes erzählen, so wie ich sie in meiner Jugend gehört habe. Dieser Platz trägt nämlich einen Namen und kommt in vielen Geschichten vor.

Niemand kann sich erklären, wo diese großen Steine herkommen. Das Gebirge ist weit, von dort können sie nicht heruntergerollt sein. Erits können die Steine nicht hierher gebracht haben, dazu sind sie zu groß und zu schwer. Kein Fuhrwerk im ganzen Heimland vermag eine derartige Last zu transportieren. Solange Erits hier wohnen, machen sie sich deshalb Gedanken über den Ursprung dieses Ortes. Dabei ist die folgende Sage entstanden.

Es gab eine Zeit, da lebten noch Riesen hier in der Gegend. Sie waren friedlich und taten niemandem ein Leid an, wenn man sie in Ruhe ließ. Wurden sie aber angegriffen, so kannten sie kein Erbarmen. Mit ihrer ungeheuren Körperkraft zermalmten sie jeden Gegner. Die Riesen waren sehr scheu, und als die Erits das Heimland besiedelten, sollen sie sich irgendwohin in die Einöde zurückgezogen haben. Die Großen räumten freiwillig das Feld vor uns Kleinen. Ich halte dies zwar für ein Märchen, aber der Gedanke ist schön.

Es war eines Tages, gerade als die ersten Erits einwanderten, und die Riesen sich noch nicht zurückgezogen hatten, da trottete einer von ihnen durch die unwirtliche Landschaft. Das Gras stand damals so hoch, daß es einem Erit bis über den Kopf reichte. Überall drohten Sumpfflächen, den Wanderer zu verschlingen. Fand man einmal so etwas wie einen Weg, dann tauchten bestimmt umgestürzte Bäume als Hindernisse auf, die man mühsam umgehen mußte. Den Riesen machte dies alles natürlich nichts aus. Sie trampelten das Gras einfach nieder und stiegen über die Bäume.

Der Riese traf hier in dieser Gegend zwei Erits, einen Mann und eine Frau. Sie hatten einen Esel bei sich, der all ihr Hab und Gut trug, dazu drei Ziegen und eine Kuh. Das Paar wollte sich einen Ort zum Siedeln suchen. Sie waren jung und bereit, Arbeit und Entbehrungen auf sich zu nehmen. Sie hatten kein Ziel. Irgendwo, wo es ihnen gefiel und wo sie glaubten, ihren Lebensunterhalt erwirtschaften zu können, wollten sie bleiben. Doch lange konnten sie nicht mehr umherstreifen, sie mußten bald etwas finden, denn die Frau war schwanger.

Der Riese traf die beiden in einer kalten stürmischen Nacht. Das Feuer, das der Mann entzündet hatte, wollte nicht so recht brennen. Und gerade in dieser Nacht sollte die Frau niederkommen. Der Regen peitschte ihnen ins Gesicht, und als sie dann noch in all dem Unglück den Riesen sahen, dachten sie, ihr letztes Stündlein sei gekommen. Er war groß wie ein Baum und seine Arme so dick und kräftig wie der Stamm einer Birke.

Der Mann war bereit, ihrer beider Leben so teuer wie möglich zu verkaufen. In die linke Hand nahm er seinen Dolch und in die rechte einen großen Prügel. Damit wollte er gegen den Riesen angehen. Doch der übersah mit einem Blick die Lage und verschwand. Nicht lange und er kehrte mit einem mächtigen Felsbrocken wieder und stellte ihn zum Schutz der beiden in den Wind. Nun brannte das Feuer endlich richtig. Inzwischen hatte der Riese den zweiten Felsen geholt und dann den dritten. Schließlich hatte er den beiden Erits einen riesigen Unterstand gebaut. Dort bekam die Frau ihr Kind. Es war gesund und kräftig, und sie konnten bereits nach drei Tagen Ruhe weiterziehen. Den Riesen haben sie nicht wiedergesehen, aber auch nie vergessen. Seit dieser Zeit heißt dieser Ort hier der Riesenschutz.«

Danela hatte aufmerksam zugehört, sagte aber noch immer nichts. Später brachte ihr Horsa etwas zu essen, und gemeinsam sahen sie ins helle Feuer. Als er seine Hand auf die ihre legte, entzog sie sie ihm.

Auch am nächsten Tag legten sie ein strammes Tempo vor und lagerten am Abend am Fuß der Südhöhen. Sie waren auf dem Marsch bisher niemandem begegnet. Obwohl alle fremden Soldaten im Heimland unterwegs waren, blieb diese Gegend unbeachtet.

Die erste Wache war bereits abgelöst worden, als einer der Posten Alarm gab. Sofort sprangen alle auf und griffen nach ihren Waffen. Aber es war schon zu spät. Reiter drängten von allen Seiten in das Lager und erschlugen rücksichtslos, wer sich ihnen in den Weg stellte. Die Erits waren mit ihren Schwertern gegen die Gegner auf den hohen Pferden machtlos. Lediglich die Männer mit Spießen konnten in der Dunkelheit den einen oder anderen Angreifer herunterstechen. Als Horsas Leute merkten, daß sie verloren waren, rannten sie in wilder Panik auseinander. Doch die Reiter verfolgten sie mühelos und richteten ein entsetzliches Blutbad an. Einige versteckten sich, andere wurden übersehen und konnten fliehen, die meisten aber verloren ihr Leben.

Der Markgraf war fassungslos. Dennoch war er einer der ersten, der sich mit gezogenem Schwert den Angreifern entgegenstellte. Doch auch er hatte mit der Waffe wenig Erfolg. Ein Reiter verfehlte ihn nur knapp mit dem Schwert, und ein anderer fügte ihm mit der Streitaxt eine leichte Wunde am Oberarm zu, die stark blutete.

Jemand ergriff ihn am Handgelenk und zog ihn ins Gebüsch. Es war Danela.

Sie flüsterte: »Komm mit, sonst bist du verloren! Es sind meine Leute, die uns gefolgt sind. Sie wollen mich befreien.«

Der Mann und die Frau rannten so schnell sie konnten durch die Dunkelheit. Danela hatte die Führung übernommen. Horsa erschien dies alles wie ein böser Traum. Willenlos folgte er der Begleiterin und wußte nicht, welches Ziel sie hatte. Als sie vom Kampfplatz so weit entfernt waren, daß nur noch von weitem Waffengeklirr und Geschrei herüberwehte, machte Danela halt. Sie nötigte den Grafen sich zu setzen und besah im Mondlicht die Wunde. Dann riß sie einen Streifen Stoff aus ihrem Unterkleid und stillte die Blutung. Danach eilten sie weiter.

Inzwischen hatten die Soldaten aus Rolos das Gemetzel beendet, schwärmten aus und durchsuchten die Gegend. Sie ritten auch in die Richtung der beiden Flüchtigen, aber Danela hatte die Gefahr rechtzeitig erkannt und den Erit hinter einige Steine gezogen. Dort lag er mit klopfendem Herzen und erwartete jeden Moment von oben den tödlichen Stoß. Endlich ging auch diese Gefahr vorüber. Gegen Morgen erreichten sie die Südhöhen und verschwanden in ihren Wäldern.

Die Südhöhen wurden gewöhnlich von den Erits gemieden. Es hieß, man könne dort nicht wohnen, und selbst das Wild, das man dort jage, sei nicht genießbar. Alle machten einen Bogen um diese dunklen Berge mit den tiefen, undurchdringlichen Wäldern. Nur die Rebellen hatten es gewagt, sich dorthin zurückzuziehen, und waren auch in Ruhe gelassen worden. Niemand wußte, weshalb die Südhöhen diesen Ruf hatten, aber keiner bezweifelte die Wahrheit des Gerüchts.

Die beiden waren völlig erschöpft, und als sie sich in Sicherheit wußten, warfen sie sich auf den Boden und schliefen an Ort und

Stelle ein. Sie erwachten gegen Mittag und hatten einen Bärenhunger.

»Das war knapp«, sagte Horsa zu Danela. »Mit diesem Überfall hatte ich nicht gerechnet.«

»Ja glaubtest du Tölpel denn, du könntest mich entführen, ohne daß meine Leute die Verfolgung aufnehmen? In Grünbergen ist der beste Spurenleser von ganz Rolos untergebracht. Ihm war es ein leichtes, uns zu folgen. In der Dunkelheit habt ihr dann auch noch große Feuer angezündet, damit wirklich jeder wußte, wo ihr seid. Ich habe euch zugesehen und mir gedacht, so viel Dummheit kann es doch einfach nicht geben. Ihr habt euch verhalten wie Kinder, die ein Räuberspiel spielen.«

»Warum hast du mich nicht gewarnt?«

»Warum sollte ich unseren Feind warnen?«

»Aber du bist doch freiwillig mit mir gekommen?«

»So, bin ich das? Mir scheint eher, du hast mich gezwungen. Schließlich hast du mir gedroht, mein Vater sei in deiner Gewalt.«

»Wenn es nur dein Plan war, uns zu vernichten, wenn du nur deine Leute auf unsere Spur hetzen wolltest, warum hast du mich dann gerettet?«

»Das weiß ich selber nicht.«

»Meine Männer sind tot. Sie sind völlig sinnlos gestorben. Nun habe ich keine Hoffnung mehr, das Heimland zu befreien. Ich könnte dich ohrfeigen, nein besser umbringen.«

»So tu's doch!«

Horsa war wütend und schwieg. Nach einer Weile begann er wieder: »Du bist nur mitgekommen, um uns zu vernichten. Du hast mir eine Falle gestellt und deine Leute auf unsere Spur gelenkt.«

»Du wolltest, daß ich dir folge oder etwa nicht? Von wem kam denn der Vorschlag? Gehen wir nun zu deinem Dorf und damit zu meinem Vater oder nicht?«

Bei diesen Worten erhellte sich das Gesicht des Markgrafen: »Jetzt erkenne ich deinen Plan. Ich soll dich zu unserem Versteck führen, damit du unsere letzte Zuflucht auch noch verraten kannst. Wir sind dann völlig vernichtet, und ihr könnt das Heimland ungestört ausplündern.«

»Du Trottel!« rief sie aus. »Wir haben euch doch längst besiegt. Ihr habt gegen uns überhaupt keine Chance. Deine Versuche, das Heer meines Vaters anzugreifen, sind lächerlich. Wann begreifst du das endlich? Wir aus Rolos brauchen keine List, um euch zu besiegen. Wir sind euch so haushoch überlegen, daß ich schon wieder Mitleid mit euch habe. Es tut mir sogar leid, daß deine Männer getötet wurden. Das wäre nicht nötig gewesen. Du hast aber auch alles getan, damit es zu diesem Massaker kommen mußte. Jetzt benutze endlich einmal deinen Kopf und führe mich zu meinem Vater. Vielleicht kann ich für dich und dein Volk noch etwas herausholen?«

Horsa sah die selbstbewußte junge Frau von der Seite an. Sie war wirklich schön und begehrenswert. Obwohl sie seine Feindin war, liebte er sie.

Busterberge

Das Gelände auf den Südhöhen war unwegsam, und sie ermüdeten rasch. Dennoch wollte keiner der beiden zugeben, daß er eine Pause benötigte. So kämpften sie sich voran, waren zum Umfallen müde, aber zu stolz um dies zu sagen. Sie machten erst Rast wenn es so dunkel wurde, daß sie keinen Weg mehr fanden.

Endlich nach zwei Tagen erreichten sie das Ende der Höhen und sahen vor sich den Erfstrom. Da, wo sie standen, machte er eine große Schleife. Danela atmete auf, aber Horsa konnte sich nicht freuen. Bei dem schweigsamen Marsch in den letzten Tagen war ihm erst richtig zu Bewußtsein gekommen, daß seine Getreuen getötet waren und er nun ohne Männer dastand. Von der Befreiung seines Heimlands war er weiter entfernt denn je. Nun, nachdem es keine Wölfe mehr gab, würden auch die übrigen Leute in Haferau von ihm abfallen und sich sogar gegen ihn wenden. Er fragte sich, ob er überhaupt nach Waldmar zurückkehren durfte. Er war nun ein Herrscher ohne Land und ohne Volk.

Beim Anblick des mächtigen Flusses keimte aber doch wieder ein wenig Hoffnung in seinem Herzen. Vielleicht hatten einige seiner Leute überlebt? Er erinnerte sich an die goldene Kugel, die er seit dem Abenteuer in der Höhle der Lichtlosen bei sich trug, und holte den Rapulio hervor. Das Werk des alten Zauberers Rapuliopus glänzte in der Sonne, und Danela sah verwundert zu, wie ihr Begleiter die Kugel dicht vor die Augen hob und ganz konzentriert auf sie starrte. Horsa überlegte, wen von seinen Getreuen er sich vorstellen sollte, um ihn zu rufen. Es fiel ihm kein anderer ein als Til, der Sohn des toten Mog.

Es dauerte nicht lange, und unten am Flußufer war Bewegung zu erkennen. Kleine Gestalten krochen aus den Büschen und bewegten sich nach Westen auf Horsa zu. Der hätte beinahe einen Freudenschrei ausgestoßen, wollte sich aber vor seiner Begleiterin nicht verraten. Statt dessen lief er, so rasch er konnte, ins Tal, und das Mädchen folgte ihm. Dort traf er die Überlebenden der Wölfe. Allen voraus lief Til wie unter einem unsichtbaren Zwang.

Bald fielen sich die jungen Männer in die Arme. Überlebt hatten außer dem Sohn des toten Mog noch Rohl, der Junge, der mit dem Fuchs hatte kämpfen müssen, sowie Tim mit der Narbe im Gesicht, dessen Mutter als Magd auf dem Sturmhof gearbeitet hatte. Übriggeblieben waren auch der kleine Qwak, der Horsa so sehr verehrte und an ihm wie eine Klette hing, und Pul, der Wolf mit den heimtückischen und gemeinen Vorschlägen.

Zuerst erzählten sie sich alle Erlebnisse und betrauerten die Toten. Als die Männer Danela sahen, wurden ihre Gesichter hart. Was diese Hexe hier zu suchen habe, wurde der Graf gefragt.

Der antwortete streng, das Mädchen stehe unter seinem Schutz und werde sie begleiten.

Aber die Menschenfrau habe sie alle doch schon einmal ins Verderben gerissen, murrten die Männer. Man könne ihr nicht trauen.

Danela hatte belustigt zugehört und gab den Wölfen recht.

Horsa aber meinte, gerade diese Offenheit mache sie vertrauenswürdig.

Trotz der Niederlage besaß er noch immer das Vertrauen und den Respekt seiner Männer. So setzte er sich durch, und alle machten sich auf den Weg zur Brücke nach Waldmar. Sie wanderten den Fluß entlang, in der Hoffnung auf dieser Strecke niemandem zu begegnen. Aber sie täuschten sich. Als sie nämlich ein Schilffeld durchquert hatten, standen sie vor einem Soldaten, der sofort wieder verschwand, nachdem er sie gesehen hatte. Es war ein Späher gewesen, der nun seine Kameraden alarmieren würde.

Alle waren auf das höchste beunruhigt und suchten ein Versteck. Sie zählten ohne das Mädchen nur noch wenige Mann und waren kaum bewaffnet. Gegen einen Trupp Soldaten hatten sie keine Chance. Während sie noch beratschlagten, wie sie auch dieser Falle entkommen konnten, hörten sie eine donnernde Stimme: »Kommt heraus! Ihr seid umstellt!«

Zuerst verhielten sie sich ganz still. Aber die Stimme wiederholte ihre Aufforderung. Da faßte sich Horsa ein Herz und schob das Schilf ein wenig beiseite und spähte hinaus. Dort stand nicht weit entfernt ein großer Mann, dessen grimmiges Gesicht nichts Gutes verhieß. Doch Horsa ließ sich davon nicht schrecken. Er erhob sich und winkte. Dann lief er zu dem Mann und schüttelte ihm die Hände. Verwirrt folgten ihm seine Wölfe und auch Danela, bis sie erkannten, um wen es sich handelte. Aramis hatte sie aufgestöbert.

Der Hüter des Heimlands hatte treue Soldaten um sich gesammelt und war auf dem Weg nach Norden. Sie hatten Vulgor und Merwing bei sich. Aramis befürchtete nämlich einen Überfall auf Waldmar, solange sich die Geiseln dort befanden. Deshalb hatte er den Gefangenen die Augen verbinden lassen und sie weggeführt.

Sofort nachdem ihm die Nachricht vom Fehlschlagen des Feldzugs und der Vernichtung der Truppen des Markgrafen zugetragen worden war, hatte er sich nach Waldmar auf den Weg gemacht. Dort hatte er alle Männer zusammengerufen und die breite Brücke abreißen lassen. Nur noch ein schmaler Steg, den man rasch einziehen konnte, sollte jetzt noch über den Erfstrom führen.

Die Schreckensnachricht hatte Waldmar bis dahin noch nicht erreicht. Die Mütter wußten nicht, daß ihre Söhne tot waren. Alle rechneten mit einem neuen, überragenden Sieg des großen Feldherrn, ihres Markgrafen. Die Wahrheit, die Aramis mit stockender Stimme auf dem Versammlungsplatz verkündete, ließ allen das Blut in den Adern gefrieren. Zu all dem Leid und Schrecken der Vergangenheit kam nun auch noch diese tödliche Niederlage, die den verbliebenen jungen Männern das Leben gekostet hatte. Das Schlimmste aber war die Sinnlosigkeit dieses Gemetzels. Die Söhne hatten niemanden verteidigt und auch nicht für ein hohes Ziel ihr Leben gewagt. Sie waren lediglich Figuren im Kriegsspiel des Markgrafen gewesen. Die Augen der Frauen und Mütter blieben dennoch trocken, sie hatten einfach keine Tränen mehr.

Joanna hatte sich kurz nach dem Aufbruch ihres Freundes Til auf den weiten Weg nach Weststadt gemacht. Ev hatte sich darüber gefreut und konnte es kaum erwarten, ihre Tochter Almira wieder in die Arme zu schließen. Andererseits machte sie sich Sorgen um

Joanna. Die Reise nach Weststadt war in diesen Zeiten recht gefährlich.

Dies alles war rasch erzählt. Dann sagte Aramis zur Überraschung aller zu Horsa: »Ich bin froh, daß ich dich getroffen habe. Du übernimmst nun die Gefangenen. Ich will mit dieser Geiselnahme nichts zu tun haben. Sie ist töricht und gefährlich. Sieh zu, wie du damit zurechtkommst.«

Mit diesen Worten wandte er sich ab und gab den Erits, die mit ihm gekommen waren, einen Wink, ihm zu folgen. Da standen nun die Wölfe, ihr Anführer und das Mädchen mit den beiden Gefesselten. Danela eilte zu ihrem Vater und nahm ihm die Binde von den Augen. Dann küßte sie ihn zart auf die Wange und erkundigte sich besorgt, wie es ihm ging.

Der Fürst von Rolos war ein stolzer Mann. Die entwürdigende Gefangenschaft und die damit verbundenen Qualen ertrug er heroisch, ohne eine Spur von Schwäche zu zeigen. Vor diesem Gewürm im Heimland wollte er nicht kuschen. Mochten sie ihn umbringen, klein beigeben würde er nicht. So beantwortete er auch laut die Frage seiner Tochter, es gehe ihm gut und das Ende der Gefangenschaft sei absehbar. Dann aber wolle er nicht in der Haut dieser Erits stecken.

Horsa sah den großen Mann an und war ratlos. Wohin sollte er sich mit den Geiseln wenden? Der kleine Trupp, den er noch befehligte, war nicht einmal in der Lage, die beiden mächtigen Männer ohne Fesseln in Schach zu halten. Zudem waren sie miserabel bewaffnet und hatten weder Ausrüstung noch Proviant. Zurückkehren nach Haferau konnte er nicht. Seine Lage war aussichtslos.

Danela bemerkte seine Ratlosigkeit und Verwirrung. Sie trat zu ihm und sagte ruhig: »Laß meinen Vater frei! Ich werde dafür sorgen, daß deine Strafe milde ausfällt.«

Der Erit sah sie groß an, dann schüttelte er stumm den Kopf. Dabei hatte er eine Idee. Die Burg in den Busterbergen fiel ihm ein, wohin Montini sie damals nach dem Überfall der Taks geführt hatte. Damals war er in Begleitung von Werhan und Marga gewesen, und der Hüter der Berge hatte gesagt, er könne jederzeit wiederkommen, wenn er in Not sei. In Not war er jetzt und brauchte eine sichere Zuflucht. Die versteckte Burg war genau dieser Ort. Er informierte seine Männer, sie zogen los, und die Geiseln stolperten mit.

Zehn Tage schleppten sie den Fürsten von Rolos und den Gesandten des Zauberkönigs durch das Heimland. Meist folgten sie dem Erfstrom. Sie trafen wenig Erits, denn stets lief einer der Wölfe als Späher voraus und warnte vor Begegnungen. So konnten sie sich rechtzeitig verbergen. Am Abend, wenn sie endlich Rast machten, schickte Horsa zwei seiner Leute in nahe gelegene Dörfer. Dort mußten sie Lebensmittel besorgen, entweder durch gutes Zureden, oder wenn dies nicht half, mit Drohungen oder Diebstahl. In der Regel waren sie erfolgreich.

Wenn Danela dem Grafen Vorhaltungen machte, er beute seine Landsleute ebenso aus, wie die Invasionstruppen, wurde er wütend und schrie sie an. Seine Wut nahm überhaupt von Tag zu Tag zu, denn nun erlebte er aus der Nähe, wie sehr die Erits noch immer unterdrückt wurden. Grundlos schikanierte er seine Gefangenen mit Tritten, so lange, bis die Tochter des Fürsten einschritt und den Tobenden zurechtwies.

Für die gefesselten Geiseln war der Marsch sehr beschwerlich. Irgendwann konnten die beiden starken Männer nicht mehr. Selbst mit Fußtritten waren sie nicht zum Weitergehen zu bewegen. Horsa mußte sich etwas ausdenken, womit er sie transportieren konnte. Da hatte Til eine Idee. Er nahm zwei der Wölfe mit sich und kam nach etwa einer Stunde mit einem von zwei Ponys gezogenen Fuhrwerk zurück. Sie versteckten die Gefangenen unter einer Ladung Heu, und nun ging es erheblich flotter voran.

Danela lief neben dem Grafen und fragte nach einer Weile, ob der Verlust des Heuwagens für seinen Besitzer wohl zu verschmerzen sei.

»Wahrscheinlich nicht«, antwortete Horsa mit versteinertem Gesicht. »Eure Soldaten werden ihn, wenn er Pech hat, dafür strafen. Aber auch er muß für die Freiheit Opfer bringen!«

Doch die Sorgen rissen nicht ab. Am Abend waren die Wölfe wieder einmal auf Nahrungssuche in das nahe gelegene Dorf geschlichen. Sie brachten die Nachricht mit, daß die Anführer der Truppen aus Rolos Boten durch alle Dörfer des Heimlands schickten, und verkünden ließen, man werde jeden Tag ein Dorf anzünden, bis ihr Fürst wieder frei sei.

Als Horsa dies hörte, war er außer sich. Mit geballten Fäusten trat er vor Merwing und hätte ihn in seiner Wut wohl geschlagen, wenn ihm die Tochter des Fürsten nicht in den Arm gefallen wäre. Wie ein gefangenes Raubtier lief Horsa im Kreis und dachte über die Rettung seiner Landsleute nach. Und wieder war es Til, der einen Einfall hatte. Er schlich sich in der Dunkelheit mit zwei Kameraden davon und kam erst nach Stunden zurück. Sie brachten einen Gefangenen mit. Es war ein Soldat aus Rolos, dem die Augen verbunden worden waren.

Horsa trat vor Danelas Vater und herrschte ihn an: »Gib Befehl, deine Leute sollen mit der Verwüstung meines Landes aufhören.«

»Warum sollte ich dies tun?«

»Weil du in meiner Macht bist. Wenn dir dein Leben lieb ist, so folge meiner Anweisung.«

»Mein Leben ist mir aber nicht so lieb, daß ich vor dir Wurm kusche. Töte mich, und dein Land wird zerstört. Ich bin bereit zu sterben, aber bist du bereit, auf das Heimland zu verzichten?«

»Wenn du dein Leben wegwerfen willst, so ist dies deine Entscheidung. Aber bedenke, deine Tochter ist auch in meiner Gewalt.«

Da lachte der Fürst und sagte: »Mir scheint eher, du bist in der ihren.«

Danela oblag es wieder einmal zu vermitteln. Sie redete auf ihren Vater ein, und endlich gab er nach. Er ließ dem Soldaten die Augenbinde abnehmen und zeigte sich ihm. Dann erteilte er den ausdrücklichen Befehl, keine weiteren Dörfer mehr zu verbrennen und die Erits nicht über Gebühr zu drangsalieren.

Danach wurde der Mann in der Dunkelheit wieder weggebracht, damit er die Botschaft seines Fürsten an seine Vorgesetzten überbringen konnte.

Trotz dieses Erfolgs wurde Horsa immer launischer und die Reise zur Qual. Schließlich hatten sie Steinbruch erreicht. Das Dorf war verlassen, und das Fort der Garnison eingefallen. Als sie sich den Trümmern näherten, erschienen einige treue Soldaten, die sich dort verborgen gehalten hatten. Von ihnen erfuhren die Wanderer, daß sich schon lange niemand mehr hier hatte blicken lassen. Sie hatten das unbestimmte Gefühl, daß eine unheimliche Bedrohung über der Gegend lag, deren Ursache sie nicht genau ausmachen konnten. So hätten sich die Soldaten versteckt, denn das Fort könne man ohnehin nicht mehr verteidigen. Dies war eine schlimme Nachricht.

Vulgor, der zugehört hatte, mischte sich ein.

»Die Ahnung dieser Soldaten ist richtig. Wie ich dir schon gesagt habe, mein Herr nimmt deine Provokation nicht so einfach hin. Aber auch ich werde in diesem Leben keine Freude mehr haben.«

Vulgor sprach ruhig und gefaßt. Es war ihm anzumerken, daß er sich auf sein Ende vorbereitete.

Horsa fragte ihn: »Warum glaubst du, daß Ormor dich umbringen will?«

»Ormor duldet keine Niederlagen. Ich habe versagt, und dafür gibt es als Strafe nur den Tod.«

In Steinbruch forderte der junge Graf seine Soldaten auf, ihn zu begleiten. Der Heuwagen wurde zurückgelassen, und gemeinsam stiegen sie in die Busterberge. Dort suchten sie den Pfad, der nach Westen führte und folgten ihm. Endlich, nach vielen Tag in Sonne und Regen und Nächten auf harter Erde erreichten sie die verborgene Burg in den Bergen.

Die alte Burg

Die alte Burg war noch genauso, wie sie Horsa in Erinnerung hatte. Was sollte sich auch ändern, fragte er sich. Sie bestand doch nur noch aus Steinen. Er war froh und erleichtert, als er sie endlich sah. Nun waren die größten Gefahren überstanden. In dieser Burg konnte ihm selbst Ormor nichts anhaben. Sie war so gut wie uneinnehmbar.

Die heiße Mittagssonne brannte auf das Gemäuer. Einige Vögel kreisten in der Luft. Danela hielt sich bei ihrem Vater auf. Seit Tagen hatte sie nicht mit Horsa geredet. Dabei sehnte er sich nach einem freundlichen Wort von ihr. Doch sie zeigte ihm die kalte Schulter.

Horsa zeichnete die Linien des gemeißelten Labyrinths neben dem Eingang mit dem Finger nach, so wie es ihm einst Montini, der Hüter der Berge, gezeigt hatte. Doch es war nicht nötig. Das Tor war nicht verschlossen. Mißtrauisch öffnete er und schritt hindurch. Die anderen folgten mit den blanken Waffen in den Händen. Vorsichtig schritten sie die ausgetretenen und verwitterten Stufen der Treppe empor, die sich nach links wendelte. Jeden Moment befürchteten sie, von oben beschossen oder mit Steinen beworfen zu werden. Doch nichts geschah.

Die Gefangenen hatten sie zusammen mit Danela in die Mitte

genommen. Voraus stieg Horsa, gefolgt von Til. Der Sohn des alten Mog hatte sich bisher als recht brauchbar erwiesen, wie sich Horsa widerwillig eingestehen mußte. Ihm wurde klar, daß er Til von allen seinen Getreuen am meisten vertraute.

Sie erreichten den kleinen Burghof, nachdem sie ein zweites Tor durchquert hatten, und alle sahen sich neugierig um. Da waren die beiden geduckten Steinhäuser, der feste Turm, der Brunnen. Über ihnen ragten die hohen Gipfel der Berge auf. Wie ein riesiges Nest klebte diese Festung am Fels.

In der Mitte des Hofs stand ein alter Mann. Til erinnerte sich an die Erzählungen seines Vaters. So mußte der Zauberer Aramar aussehen: langer Bart, lange weiße Haare, langer Mantel, der bis zu den Stiefeln reichte. Der Alte stand völlig unbeweglich und sah den Ankommenden ausdruckslos entgegen.

Horsa eilte auf ihn zu und rief: »Montini! Woher wußtet Ihr, daß wir kommen?«

»Der Hüter der Berge weiß mehr, als du wahrhaben willst. Ich habe euch erwartet. Gut, daß du dich an meinen Rat erinnert hast und in der Not in diese Fluchtburg gekommen bist!«

Nun endlich fühlte sich der Markgraf mit seinen Leuten und seinen Geiseln in Sicherheit. Die übergroße Anspannung, die ihn bisher beherrscht hatte, lockerte sich. Voller Erleichterung umarmte er den Hüter und erinnerte sich dabei, daß er diese Burg in den Bergen schon einmal als eine Art Insel der Geborgenheit in allen Gefahren erlebt hatte.

»Wie bin ich froh hier zu sein«, sagte er mit überraschender Ehrlichkeit, und die überstandenen Ängste schwangen in seiner Stimme mit.

Dann befahl er, die Gefangenen in das Verlies der Burg zu bringen. Es war in den Fels unter der Burg gehauen. Durch ein kleines Loch im Burghof ließ man die Gefangenen an einem Seil dort hinab. Unten würden sie in ihrem eigenen Kot und Urin liegen und unfähig sein, aus eigener Kraft dieses Gefängnis je wieder zu verlassen.

Als Vulgor sah, wohin er gebracht werden sollte, schrie er: »Jetzt ist es genug! Da hinunter gehe ich nicht. Das könnt ihr mit mir nicht machen!«

Doch sein Schreien half ihm nicht, die Wölfe zerrten ihn zu dem Loch.

Da erfaßte ihn eine so große Wut, daß er trotz seiner Handfesseln um sich schlug. Die kleineren Erits waren gegen ihn machtlos. Bei dem Gerangel waren sie immer näher an die Burgmauer gekommen, deren Zinnen das Niveau des Burghofs hatten. Plötzlich gab Vulgor Rohl einen Stoß, und der Junge stürzte schreiend in die Tiefe. Rohl, der sich so sehr bemüht hatte, in den Kreis der Wölfe aufgenommen zu werden, war tot. Die Gefolgschaft zu seinem Markgrafen hatte ihm kein Glück gebracht.

Schon packte Vulgor den nächsten, es war Tim, als Horsa hinzusprang, um ihm zu helfen. Er konnte zwar verhindern, daß Vulgor auch ihn in den Abgrund schleuderte, wurde aber von dem Vertrauten Ormors an der Kehle gefaßt und gewürgt. Bevor er sein Leben aushauchte, eilte Montini herbei und schlug dem mächtigen Krieger mit dem Knauf seines Schwertes über den Kopf. Der taumelte, verlor aber das Bewußtsein nicht. Statt dessen rannte er wie von Sinnen im Kreis und sprang schließlich mit einem gewaltigen Satz selbst über die Mauer.

Erschüttert rannten alle hinzu und blickten hinunter. In der Tiefe lagen zwei zerschmetterte Leiber.

Danela trat neben den Markgrafen und fragte leise: »Wann gibst du endlich auf?«

»Nie!« antwortete der fest. »Ich habe eine Aufgabe, und ich muß sie ausführen. Es bleibt mir keine Wahl. Wie es weitergeht, ist nicht meine Entscheidung.«

»Dann sieh dich doch einmal um«, ihre Stimme war noch immer warm.

Er tat es, und da waren nur noch die Wölfe Til, Tim, Qwak und Pul sowie die wenigen Soldaten aus Steinbruch. Da sah selbst der Markgraf des Heimlands ein, daß er diesen Kampf nicht gewinnen konnte.

»Laß uns ziehen«, sagte Danela. »Ich verspreche dir, unsere Leute werden diese Burg als einen neutralen Ort ansehen und niemals angreifen. Wir werden auch den Männern des Zauberkönigs die Lage dieser Burg nicht verraten. Gibst du aber nicht nach, so werden unsere Leute uns hier finden. Ihr könnt selbst diese Burg nicht gegen eine erdrückende Übermacht halten. Das ist ein gerechtes Angebot!«

»Ich kann mit euch keinen Waffenstillstand schließen, denn ich muß euch bekämpfen und aus meinem Land vertreiben.«

»Dies ist kein Waffenstillstand. Unsere Leute würden auch niemals vor euch Erits kapitulieren. Wenn du den Kampf willst, so sollst du ihn haben. Ich biete dir lediglich eine Fluchtburg, einen Hort der Ruhe, wo ihr vor Verfolgung sicher seid.«

»Wer sagt mir, daß ihr euch an diese Vereinbarung haltet?«

»Du hast mein Wort!«

»Also gut!«

Danela ging zu ihrem Vater und redete lange mit ihm. Er schüttelte mehrmals unwillig den Kopf. Man sah, daß er mit den Vorschlägen seiner Tochter nicht einverstanden war.

Endlich kam sie zurück und sagte: »Er wird dich hier nicht verfolgen.«

Merwing wurde freigelassen und die Abmachung mit Handschlag besiegelt. Sowohl den Fürsten aus Rolos als auch Horsa kostete es Überwindung, dem verhaßten Gegner die Hand zu reichen. Es fielen auch keine freundlichen Worte, und der Abschied war sehr kurz. Als der Fürst und seine Tochter im Tor standen, wandte sich der Mann um und rief: »Du hast mein Wort erzwungen. Doch laß dich nie außerhalb dieser Mauern sehen! Meine Männer werden auf dich warten!«

»Sprich nicht so, Vater!« bat daraufhin seine Tochter.

Doch der murmelte: »Diesen Wurm werde ich zertreten.«

Dann stiegen das Mädchen und ihr Vater die steinerne Treppe hinab in die Freiheit.

Ormor

Der Turm ragte hoch über die übrigen Gebäude hinaus. Von ihm aus konnte man weit in die Ebene sehen. Ihm zu Füßen lagen die ausgedehnten Gärten mit ihren Wasserspielen, blühende Wunder in der Einöde. Um das prachtvolle Schloß herum war ein Zeltlager aufgebaut. Dort warteten seine Truppen auf den Einsatzbefehl. Sie sehnten sich nach Kampf.

Das Geschehen in der Welt wurde aus der Perspektive des Turms klein und unbedeutend. Reiter und Wanderer waren kleine Punkte in der Ebene, die man kaum erkennen konnte und auch die fernen Berge sahen von hier nicht hoch und bedrohlich aus. Es schien dem Betrachter vielmehr ein leichtes, sie zu überwinden oder gar von Gipfel zu Gipfel zu springen.

Was kümmerten den einsamen Beobachter die schwarzen Horden, die quer über die Straßen und das Brachland zogen und schließlich in den Bergen verschwanden? Hatte er sie nicht selbst losgeschickt? Wartete er nicht sehnsüchtig darauf, daß einer von ihnen zu ihm kam und Erfolg vermeldete?

Ormor hielt sich seit Tagen auf dem Turm auf und blickte in die Ferne. Er wurde langsam ungeduldig. Jetzt erinnerte er sich an einen Mann, der für ihn das Unmögliche möglich machen sollte, und schickte nach Willmar. Im stillen fragte sich der Zauberkönig, was den mächtigen Alten veranlaßte, ihm zu dienen. Der Haß auf Aramar allein konnte diese Willfährigkeit sicher nicht bewirken. Aber was war es dann?

Wenn er jemanden nicht einschätzen konnte, so wurde Ormor ärgerlich, es beunruhigte ihn. Seine Macht beruhte nicht zuletzt darauf, daß er mehr über andere, über ihre Motive, Wünsche, Sehnsüchte, ihren Haß und ihre Wut wußte, als diese selbst. Mit diesem Wissen spielte er, setzte es ein, um Menschen zu seinen Werkzeugen zu machen. Auch Willmar der Buddler war sein Werkzeug, doch bei ihm wußte er nicht, warum er sich benutzen ließ.

Der Zauberer stieg die vielen Stufen des hohen Turms hinauf und gelangte auf die Plattform. Er stellte sich grußlos neben Ormor, und gemeinsam sahen sie schweigend auf die Ebene und hinüber zum Thaurgebirge.

»Du fragst dich, warum deine Orokòr keinen Erfolg haben«, begann Willmar endlich. »Du hast deine ganze Macht eingesetzt, um ein paar Leute zu fangen. Aber sie sind wie vom Erdboden verschwunden.«

Ormor knirschte mit den Zähnen.

»Deinen Krieg im Süden, den Angriff auf Cantrel, hast du verschoben. Und nun haben sich die Heere, die du dir treu ergeben wähntest, auf den Weg gemacht. Sie greifen ohne deinen Befehl in Whyten an.

Ormor, du gefährdest deine Macht! Wenn Wersch und seine Truppen in Darken erst einmal gemerkt haben, daß sie auch ohne dich siegen können, dann fragen sie sich schließlich, warum sie überhaupt auf dich hören sollen.«

»Wir wissen Bescheid, über alles was in Centratur vor sich geht. Wir haben unsere Boten.«

»Und deine Vespucci«, fiel ihm Willmar ins Wort.

»Du bist ja gut informiert. Woher hast du deine Botschaft?«

»Seit du mich aus meinen Bergen gerufen und von meiner Arbeit weggeholt hast, kümmere ich mich wieder um Centratur. Ich weiß alles, was auf diesem Kontinent geschieht.

Selbst deinen Gesandten Vulgor und den Fürsten von Rolos, Merwing, hat man im Heimland gefangengesetzt. Man bietet dir überall die Stirn, während du dem nördlichen und südlichen Custo hinterherjagst.«

Ormor schaute Willmar gedankenverloren an. Der Alte hatte zwar recht, aber dennoch ärgerte er sich über dessen Worte. Die Entwicklung im Süden war tatsächlich für seine Macht und seinen Einfluß bedrohlich. Für die Unverschämtheiten im Heimland hatte er sich hingegen längst etwas ausgedacht.

Er hatte schon vor Tagen seinen Feldherrn, den mächtigen Kan, zu sich gerufen. Kan, gefürchtet von Freund und Feind, hatte die Schlacht um Hispoltai verloren und danach mit der schlimmsten Strafe seines Königs gerechnet. Doch Ormor war ihm gnädig geblieben. Dafür hatte er nun einen getreuen Gefolgsmann, der sich für ihn in Stücke hauen ließ.

Der Kan hatte sich vor dem Zauberkönig auf den Boden geworfen und in dieser demütigen Stellung gewartet, bis sein Herr ihm das Aufstehen erlaubte. Er hatte ohne zu Zögern die gleiche Haltung eingenommen, mit der man sich ihm selbst gewöhnlich näherte.

Der Dunkle König hatte ihm in dieser Lage seine Befehle erteilt: »Nimm dir fünfhundert Orokòr und ziehe ins Heimland. Bring dem Gewürm dort Respekt vor Uns bei. Ich will, daß diese Erits schon allein bei der Nennung Unseres Namens vor Furcht sterben. Züchtige dieses Volk, das Uns schon so viel Ärger bereitet hat, mit harter Hand und verschone keinen. Befreie meinen Gesandten Vulgor und Merwing, den Fürsten von Rolos. Dann aber strafe diese Feiglinge mit dem Tod. Sie haben sich von den Würmern als Geiseln nehmen lassen, und damit Unseren Namen besudelt. Übernimm in Unserem Namen die Macht im Heimland und stell die Ordnung wieder her. Zwei Vespucci werden dich begleiten. Höre auf sie! Sie sind klug. Sie werden dir sagen, wie das Land zu regieren ist.«

Der Gebieter über viele tausend Soldaten, der Mann, vor dem die mächtigsten Fürsten der Welt ihre Knie beugten, der in ganz Centratur gehaßte und gefürchtete Kan, hatte unterwürfig gemurmelt: »Wie Ihr befehlt, mein Gebieter.«

Aber der Gedanke, daß er die Befehle der glatzköpfigen Gnome ausführen sollte, hatte seinen Stolz verletzt und ihn tief in seinem Herzen wütend gemacht.

Daran erinnerte sich Ormor nun, aber er teilte dem Besucher nichts von den getroffenen Maßnahmen mit.

Statt dessen sagte er unvermittelt: »Buddler, gib Uns einen Rat! Was sollen Wir tun? Wir müssen diese verdammten Custos in die Hände bekommen.«

»Und wie soll ich dir helfen?«

»Spüre ihre Hüter auf!«

»Ich werde darüber nachdenken«, sagte Willmar und ließ den verblüfften Ormor in seinem Turm allein.

Am nächsten Tag trafen sie sich wieder. Erwartungsvoll fragte der Zauberkönig: »Wie lautet deine Entscheidung?«

»Ich habe es mir überlegt und will dir einen Rat geben: Laß ab von deiner Hoffnung, Centratur mit Zaubergewalt zu erobern. Kümmere dich um deine Orokòr und gebrauche deinen Verstand. Du solltest dich auch nicht auf mich verlassen. Du weißt nicht, ob ich wirklich auf deiner Seite stehe. Vielleicht hole ich mir die Custos inzwischen für mich selbst, vielleicht aber liefere ich dir das Netz irgendwann aus. Das ist nicht vorherzusehen.«

Diese frechen Worte machten Ormor für eine Weile sprachlos. Zorn erfüllte ihn und das Verlangen zu töten. Aber er beherrschte sich mühsam.

Dann sagte er: »Du willst die Custos für dich selbst? Was willst du damit? Dir sind sie nicht nützlich, aber Wir können Unsere Macht mit ihnen absichern. Wünsch dir, was immer du willst, aber schlag dir die Custos aus dem Kopf.«

»Du hast mich nicht verstanden. Dies ist kein Wunsch, sondern eine Möglichkeit. Ich wünsche mir nichts, denn ich brauche nichts.«

»Dem König widerspricht man nicht ungestraft.«

Da lachte Willmar. »Wie willst du mich strafen? Du redest törichtes Zeug. Kümmere dich um deine Probleme, sie sind groß genug. Wenn du nicht bald handelst und noch länger nach den Custos gierst, wirst du deinen Einfluß über Centratur ganz verlieren.«

So hatte noch niemand mit ihm gesprochen. Ormor war so wütend, daß der Turm bebte. Unbeeindruckt davon wandte sich Willmar grußlos ab.

Ormor sah ihm lange nach, wie er über die Ebene schritt. Ein bitteres Lächeln lag auf seinen Lippen. Er würde noch einen Weg finden, wie er diesem überheblichen Burschen seine Frechheiten heimzahlen konnte. Aber dazu mußte erst einmal er die Herrschaft über ganz Centratur haben.

Süden

Der Blick des Chronisten wendet sich nun wieder in den Süden. Während Aramar zu den südlichen Städten Arminia und Rachis eilt, um Hilfe gegen die Invasion aus Darken zu holen, verlassen gleichzeitig seine Vertrauten Quantam und brechen in nördliche Richtung auf. Sie sollen das feindliche Darken bis zur Oststraße im Norden durchqueren und dann nach Westen bis zum Golf von Orex reisen. Dort wartet der Achajerfürst Heliodor auf eine Botschaft von Aramar. Aber die Zeit drängt, denn der Achajer wird nur zu einem bestimmten Zeitpunkt in der Landebucht sein und nicht warten.

Die Hirten

Zwar war das Wetter unfreundlich und naß, und sie froren, aber Galowyn, Smyrna und Fallsta durchquerten ungehindert die Teufelsberge und kamen in die Ebene von Boldo. Dort erwarteten sie riesige Grasflächen und Schafherden. Ihre vordringliche Aufgabe war es nun, sich Pferde zu beschaffen, denn zu Fuß würden sie niemals rechtzeitig das westliche Meer erreichen.

Sie waren Boten für Aramar, und all seine Hoffnungen ruhten auf ihnen. Er hatte ihnen drei gleiche Briefe mitgegeben und sie mit seinem geheimen Zeichen versehen, daß nur er und die Achajer kannten. Der Zauberer wollte sichergehen, daß auf jeden Fall einer der Briefe sein Ziel erreichte, und so hatte jeder von ihnen eine Abschrift erhalten. Sie verwahrten die Briefe an völlig unterschiedlichen Stellen ihres Körpers. Obwohl es ausreichen würde, wenn nur einer von ihnen das Ziel erreichte, hatten sie sich fest vorgenommen, gemeinsam anzukommen.

Vor ihnen lag Darken, ein gefährliches Land. Seine Bewohner

hatten die Niederlage im Großen Krieg noch nicht verwunden. Unter dem als unbesiegbar geltenden Malomar hatten sie sich schon als Herren der Welt gesehen und waren dann als Verlierer gedemütigt worden. Nun trachteten sie nach Rache, waren mißtrauisch und sahen überall Feinde, Verräter und Spione, die erneut ihren Sieg verhindern wollten. Der Zauberkönig benutzte die Leute aus Darken dabei nur als seine Werkzeuge. Dies war ihnen natürlich nicht klar, so wenig, wie sich Ormor eingestand, daß er von den Vespucci gelenkt wurde. Auf keinen Fall aber durften die Reisenden auffallen. Ihr Leben war bei der Durchquerung von Darken ständig in Gefahr.

Dabei waren die Völker von Darken ursprünglich einfache Schafzüchter gewesen, bevor Malomar sie in grausame Krieger verwandelt hatte. Doch noch immer gab es viele Schafherden im Land, und noch immer gab es auch Hirten, die sich um Kriege nicht scherten und denen ein wiedergefundenes Schaf wichtiger war als eine gewonnene Schlacht. Sie hatten Schaffellmützen auf den Köpfen und waren schweigsam. Worüber hätten sie auch reden sollen? Das Nötige war rasch gesagt, und wenn man viel allein ist, verlernt man das Reden. Auch kümmerten sich die Hirten wenig um Fremde. Sie mochten sie nicht, achteten aber auch nicht besonders auf sie.

Den ersten Tag wanderten Fallsta und die Frauen durch hohes Gras. Es war naß vom Regen, und bald waren ihre Kleider und Schuhe durchweicht. Sie sahen zwar Schafe und Hirten, aber Pferde, die sie so dringend benötigten, kreuzten nicht ihren Weg. Die Mönche in Quantam hatten sie gut mit Lebensmitteln und mit Geld ausgestattet. So mußten sie zwar keinen Hunger leiden, kamen aber nur langsam voran. Am Abend gelang es ihnen nicht, ein Feuer zu machen. So saßen sie mit klammen Kleidern frierend unter einem niederen, windzerzausten Baum und aßen Käse und trockene Fladenbrote. Später lagen sie noch lange wach. Westomirs Kissen hatten sie nicht ausgepackt, damit es nicht naß wurde. Galowyn hegte es wie eine Ikone.

Während sie auf der harten Erde lagen, dachte die Sängerin nach und sagte mehr zu sich: »Fallsta, du bist ein seltsamer Mann. Nun sind wir schon so lange zusammen, und du hast noch nie einen Annäherungsversuch bei mir oder Smyrna gemacht. Alle Männer, die ich bisher kennengelernt habe, wären längst über mich hergefallen oder hätten mich auf den Knien um Entgegenkommen angefleht. Was ist los mit dir?«

»Ach, Galowyn«, antwortete der Mann ohne sich zu bewegen, »du bist wie immer von einer verblüffenden Direktheit, an die ich mich wohl nie gewöhnen werde. Nein, ich habe bei euch keinen Annäherungsversuch gemacht, und ich wäre wohl auch nicht zum Zug gekommen.«

»Mag sein oder mag nicht sein!«

»Im übrigen hatten wir auch recht wenig Zeit, um über diese Dinge nachzudenken. Du bist bisher schließlich auch nicht auf deine Kosten gekommen.«

»Du hast recht. In diesem Krieg werde ich noch keusch. Aber du bist scheinbar doch nicht so kalt, wie ich dachte. Erzähl von deiner ersten Liebe. Nach solchen Geschichten schläft man rasch ein und träumt etwas Schönes.«

»Ich habe nichts Bemerkenswertes zu berichten. Aber von mir aus kannst du alles erfahren.

Es ist nun schon viele Jahre her. Die Zeit ist schnell vergangen, und es bleibt nur die Erinnerung.

Warum mich meine Eltern aus den Bergen weggeschickt haben, wißt ihr jetzt. So war ich unterwegs, ein junger Mann auf der Suche nach dem Glück. Eines Tages kam ich auf meiner Wanderung in ein kleines Dorf. Ihr kennt diese Dörfer, ein paar Häuser, Felder, Schweine und Hühner auf der Straße, ein Dorfbrunnen. Einer der Bauernhöfe war gleichzeitig das Gasthaus. Er hatte nur einen einzigen, großen Raum, und die Reisenden bekamen als Nachtquartier einen Platz auf der Bank zugewiesen. Dies war nicht gerade komfortabel, aber dafür billig. Am nächsten Morgen reichte mir der Wirt eine alte Holzschüssel. Die stellte ich vor das Haus auf einen Hackstock, holte Wasser vom Brunnen und wusch mich. Natürlich hatte ich mich dazu ausgezogen und stand dort beinahe nackt. Als ich mich umdrehte, bemerkte ich hinter mir ein junges Mädchen, das mir ungeniert zusah.

Ich fragte sie, ob sie noch nie einen Mann gesehen habe, und sie antwortete, noch keinen wie mich.

Das schmeichelte mir natürlich. Ich zog mich an, und wir kamen ins Gespräch. Das Mädchen war nicht aus dem Dorf. Es war mit Vater und Mutter unterwegs gewesen, die in irgendein gelobtes Land wollten. Es ist die immer gleiche Geschichte von den armen Leuten auf der Suche nach dem großen Glück, das sie leider nie finden. Sie sind bereit, hart zu arbeiten, und glauben, daß sie dadurch einst zu Wohlstand kommen werden. Aber sie werden ausgenutzt, machen jede Arbeit für einen Hungerlohn, weil sie stets glauben, es sei doch nur vorübergehend. Ich will die armen Hunde nicht weiter beschreiben. Auch ihr kennt sie.

Die Eltern des Mädchens schafften es noch, bis in die Nähe dieses Dorfes zu kommen, dann wurden sie krank. Den Dorfbewohnern waren die Fremden nicht geheuer und sie machten einen Bogen um das Lager. Sie hatten Angst vor ihrer Krankheit und wollten nicht angesteckt werden. Als die Fremden endlich starben, tauchte plötzlich ein kleines Mädchen auf, das man nicht verhungern lassen konnte. Obwohl es allen widerstrebte, mußten sie sich um die Kleine kümmern. Aber wußte man, ob sie nicht auch die schlimme Krankheit in sich trug? Man fürchtete, sie könne das ganze Dorf anstecken. Also entschloß man sich zu einem Kompromiß. Um das Lager der Fremden wurde ein Zaun gezogen, den die Waise nicht verlassen durfte. Das Essen reichte man der Kleinen mit langen Stöcken.

Ihr könnt euch vorstellen, wie sich das Mädchen gefühlt haben mußte. Es war in einem fremden Land, und da lagen seine toten Eltern und begannen zu verwesen.

Irgendwann merkten die Leute, daß das Kind nicht krank war. Sie begruben seine Eltern, und die Kleine durfte ins Dorf. Sie wurde Kuhmagd im Stall eines Bauern, wo sie für ihr Essen hart arbeiten mußte. Sie blieb immer eine Außenseiterin. Die anderen Kinder spielten nicht mit ihr, sondern vertrieben sie mit Steinwürfen. Von den Erwachsenen wurde sie verlacht und geschlagen.

Als ich nach Jahren kam und mich mit ihr anfreundete, hielt sie nichts zurück. Obwohl ich sie nicht aufgefordert hatte, folgte sie mir, als ich aufbrach. Plötzlich hatte ich eine Frau, ohne daß man mich gefragt hatte. Noch am gleichen Abend schliefen wir miteinander unter einem Busch am Weg. Am nächsten Morgen machten wir es wieder, und zwischendurch unterbrachen wir unsere Wanderung, um uns die Kleider vom Leib zu reißen und uns ineinander zu verkriechen. Zwei einsame Menschen hatten sich gefunden.

So wanderten wir durch das Land. Es wurden die glücklichsten Wochen meines Lebens. Manchmal schliefen wir in einem Dorf, oft aber auch nur unter freiem Himmel. Beides war uns recht. Wir hatten nur Augen füreinander und unsere Leiber eine unbändige Sehnsucht. Wenn ich Marike nicht in den Armen halten konnte, dann wollte ich sie zumindest mit der Hand berühren, und ihr ging es ebenso. Was scherte uns die Welt, was unsere Armut? Wir hatten uns, und das war mehr als genug.

Doch wie es so ist, solch ein Glück währt nicht lange. Marike wurde schwanger. In diesem Zustand war das Leben auf der Landstraße nicht mehr schön. Nun wurde unsere Armut drückend. Ich will es kurz machen. Eines Nachts, wir waren in einem Wald, und es regnete, setzten die Wehen ein. Marike und das Kind haben nicht überlebt, und ich mußte beide begraben. Da schwor ich mir, daß ich reich werden und immer ein Dach über dem Kopf haben würde.

Bis jetzt ist mir das nicht gelungen, aber ich war schon zweimal nahe dran.«

»Nun weiß ich erst, welch ein Opfer du gebracht hast«, sagte Smyrna. »Aber du wirst dein Gold wiederbekommen. Das verspreche ich dir.«

»Und wo willst du arme Dienerin das Gold hernehmen?« fragte der Mann bitter.

»Ich kann es dir nicht geben. Aber du wirst es bekommen, denn ich weiß, es gibt Gerechtigkeit.«

Am nächsten Tag hörte der Regen auf, und am Abend machten sie ein kleines Feuer. Doch auch diesmal kamen sie nicht zum Schlafen, denn ein böses Knurren schreckte sie auf. Fallsta griff nach seinem Schwert, und die beiden Frauen langten nach ihren Stöcken. Im schwachen Mondlicht sahen sie sich von kleinen, gelb funkelnden Lichtern eingekreist.

»Das sind irgendwelche Tiere«, rief der Mann. »Ich muß mehr Feuer machen, damit wir sie sehen.«

Er legte das Schwert neben sich, schob Holz nach und blies in die Glut. Aber das Knurren kam bedenklich näher, und die Frauen wirbelten mit ihren Stöcken wild in der Luft und trieben dadurch die Tiere zurück. Endlich schlugen hohe Flammen aus dem Holz und erleuchteten die Umgebung. Jetzt sahen sie die Gefahr. Die Tiere waren so groß wie Hunde und sehr häßlich. Ihr Fell war gelb, und ihre Kruppe fiel nach hinten ab. Sie fletschten ihre Zähne und knurrten bedrohlich. Jeden Moment konnten sie angreifen.

»Solche Biester habe ich doch auf den Schlachtfeldern um Hispoltai gesehen«, meinte Galowyn ängstlich.

»Kann schon sein«, antwortete Fallsta hastig, »aber sie gehören in diese Gegend. Ich habe von ihnen gehört. Es sind Hyas, eine blutgierige, unbarmherzige Rasse. Sie reißen Schafe, verschmähen aber auch Menschen nicht. Es heißt, Malomar habe sie als Geißel für die Menschen gezüchtet. Hoffentlich überleben wir diesen Angriff.«

Da sprang das erste Tier, aber der Goldgräber war achtsam. Sein scharfes Schwert fuhr der Hya über den Kopf. Sie brach zusammen und schleppte sich jaulend weg. Dies hielt das Rudel zwar für kurze Zeit ab, steigerte aber noch seine Wut und Mordlust. Die drei Menschen hatten sich Rücken an Rücken gestellt und warteten auf den nächsten Angriff. Diesmal war es nicht ein einzelnes Tier, das sich vorwagte, sondern alle fielen zugleich über ihre Opfer her.

Die drei hätten diese Attacke nicht überlebt, wenn nicht im gleichen Augenblick Pfeile aus der Dunkelheit die Bestien niedergestreckt hätten. Jaulend brachen die Hyas zusammen. Noch ein paar Pfeile zischten durch die Luft, bis auch das letzte Tier erlegt war. Dann war Ruhe. Die Reisenden standen zu Tode erschrocken inmitten der noch zuckenden gelben Leiber. Endlich zeigten sich ihre Retter. Es waren Hirten, die der Spur dieses Hyasrudels schon lange gefolgt waren. In dieser Nacht hatten sie die Biester endlich eingeholt. Ihre Gesichter glühten vor Jagdeifer. Sie waren stolz auf sich.

»Das war Rettung in höchster Not«, sagte Fallsta dankbar. »Wir schulden Euch unser Leben.«

»Was interessiert uns Euer Leben?« war die schroffe Antwort. »Meidet dieses Land, dann kommt Ihr nicht in Gefahr.«

Damit wandte sich der Mann ab und ging zurück ins Dunkel. In diesem Moment ergriff Galowyn mit beiden Händen das Schwert, das Fallsta erleichtert in den Boden gerammt hatte. Sie riß es heraus und schwang es über dem Kopf. Dann rannte sie hinter dem Mann her und schlug zu. Seine Gefährten sahen den Angriff und erhoben ihre Waffen. In diesem Augenblick jaulte ein Tier auf, und ein schwerer Körper krachte auf den Boden. Die Sängerin hieb noch einmal zu so fest sie konnte, dann waren die anderen Hirten da und halfen ihr. Ihre Dolche und Knüppel fuhren zwischen die gelben Leiber. Dann war der Kampf vorüber.

Ein Teil des Hyasrudels war im Dunkel versteckt geblieben. Nachdem die Menschen achtlos geworden waren, griffen die Tiere an. Sie hätten den Hirten ohne das Eingreifen Galowyns gewiß getötet.

Der sagte erstaunt und ein wenig betroffen: »Nun verdanke ich Euch mein Leben. Wie schnell sich das Blatt doch wenden kann! Warum habt Ihr mich gerettet?«

»Weil wir Menschen zusammenhalten müssen.«

Nach diesem Zwischenfall hatten es die Hirten nicht mehr eilig. Ihnen saß noch immer der Schreck in den Gliedern, und sie mußten sich erst einmal erholen. Fallsta legte neues Holz auf das Feuer, und alle setzten sich nieder. Dann ließen die Hirten eine Lederflasche kreisen. Sie enthielt scharf gebrannten Schnaps.

Der Mann, den die Sängerin gerettet hatte, saß neben ihr. Er nannte sich Avaccu und rühmte die Schönheit der Frau. Er war ganz forsch, und Galowyn ging belustigt auf die Komplimente dieses einfachen Mannes ein. Schon lange hatte ihr niemand mehr so schöne Dinge gesagt. Nur hin und wieder antwortete sie ein wenig kokett: »Ihr übertreibt!«

Die Kameraden von Avaccu wurden mit der Zeit aufmerksam, stießen sich mit den Ellenbogen an und grinsten. Dann erklärten sie lachend, so hätten sie ihren zurückhaltenden Freund noch nie erlebt.

Der wurde rot und erklärte, eine solche Frau habe er in seinem Leben auch noch nicht getroffen, und schließlich sei sie seine Lebensretterin.

Wohin die Fremden unterwegs seien, fragte ein anderer Hirte.

Sie hätten einen weiten Weg vor sich, antwortete Fallsta, über Blutschah und Mintel in die Schwarzen Berge.

In welchen Geschäften sie unterwegs seien, wurde weiter gefragt.

Fallsta wandte seine inzwischen mehrfach bewährte Taktik an, tat geheimnisvoll und murmelte etwas von Schätzen im Gebirge und geheimen Plänen. Er tat dies so glaubwürdig, daß sich die Hirten wissend ansahen und nicht weiter fragten.

Spät in der Nacht beschlossen die Hirten aufzubrechen. Sie hatten sich mit den Fremden ein wenig angefreundet und wünschten ihnen viel Glück für ihren langen Weg.

Schon hatten alle ihre Bündel geschultert und ihre Bogen gepackt, da sagte Avaccu mit fester Stimme: »Ich gehe nicht mit euch zurück. Ich reise mit den Fremden.«

Alle waren wie vom Donner gerührt.

»Das ist eine unsinnige Idee«, sagte einer der Männer, der anscheinend sein Freund war. »Was soll aus deiner Herde werden? Auch meine Schwester wäre über eine solche Entscheidung nicht glücklich.«

»Um meine Herde kannst du dich kümmern. Groß ist sie ja nicht.

Und deine Schwester wird auch einen anderen finden. Schließlich seid ihr eine vermögende Familie.«

»Sie will keinen andern. Sie will dich.«

»Und ich empfange dafür mein Leben lang euer Gnadenbrot? Das hat mir noch nie geschmeckt.«

»Was du sagst, ist gemein! Das habe ich nicht verdient. Wir beide waren wie zwei Brüder.«

»Wobei der eine die Arbeit machte, und der andere es gnädig zuließ.«

»Was ist nur in dich gefahren? So hast du noch nie geredet. Haben die Fremden dich verhext? Weißt du überhaupt, ob sie dich dabeihaben wollen?«

Die beiden Frauen und der Goldgräber hatten die Entwicklung sprachlos verfolgt. Bei ihrem wichtigen Auftrag konnten sie keinen Hirten aus der Ebene von Boldo in ihrem Gefolge brauchen.

Galowyn schaltete sich in den Disput ein und sagte zu Avaccu: »Er hat recht. Überlegt es Euch besser noch einmal. Wir sind auf einer weiten, gefährlichen Reise. Was habt Ihr davon, wenn Ihr uns begleitet?«

»Vor Gefahren habe ich keine Angst, und Ihr könnt einen starken Arm durchaus gebrauchen. Und wenn Ihr Glück habt und Schätze findet, dann bin auch ich ein gemachter Mann und muß nicht weiterhin für die Almosen einer reichen Familie dankbar sein.«

»Aber das geht doch nicht«, rief jetzt Smyrna. »Wir haben keine Zeit und müssen schnell reisen.«

Da sagte Fallsta leise zu den beiden Frauen: »Gebt auf! Er kann nicht mehr zurück. Er ist zu weit gegangen. Wir müssen ihn mitnehmen.«

So nahm der Mann einen frostigen Abschied von seinen Gefährten und von seinem bisherigen Leben.

Er hatte außer seinen Waffen keine Ausrüstung bei sich. Sie gaben ihm eine ihrer Ersatzdecken, damit er sich ein Nachtlager bereiten konnte und schliefen unruhig noch ein paar Stunden bis zum Morgengrauen.

Am nächsten Morgen machte Avaccu ganz selbstverständlich Feuer und holte Wasser. Während er weg war, sagte Fallsta hastig: »Seid vorsichtig. Er könnte ein Spion sein und das Ganze eine inszenierte Falle.«

»Aber er ist angenehm«, entgegnete Galowyn, »und so höflich.«

Avaccu war hochgewachsen und hatte wulstige Augenbrauen. Seine Lippen waren weich und sein Lächeln von kindlicher Freundlichkeit. Er kümmerte sich besonders um die Sängerin, reichte ihr heißen Tee, schnitt ihr Speck in kleine Würfel und machte ihre Fladenbrote besonders knusprig. Galowyn genoß die Aufmerksamkeit des Mannes.

Als sie aufbrachen, sprachen sie noch einmal über ihr Problem, an Pferde zu kommen. Der Hirte hörte dies und bot sofort eine Lösung an. Er wußte nicht weit entfernt ein Lager von Pferdehirten. Dorthin liefen sie und erstanden Rösser für angemessenes Geld. Sogar Ersatzgäule überließ man ihnen. Und natürlich hatte sich Avaccu, ohne lange zu fragen, auch ein Reittier ausgesucht.

Als alle im Sattel saßen, wurde nicht mehr viel geredet. Die Reiter gaben ihren Tieren die Sporen und ritten mit kurzen Pausen bis in die Dunkelheit. Ihre Richtung war Nordwesten. Am nächsten Tag kreuzten sie die Straße von Wist nach Blutschah, ohne auf sie abzubiegen. Statt dessen ritten sie quer durchs Gelände. Ihr neuer Begleiter zeigte kein Erstaunen und fragte auch nicht nach dem Grund, warum sie die Straße mieden.

Doch auch abseits der Straße trafen sie auf Soldaten. Alle waren auf dem Weg in den Süden. Man sah, daß das ganze Land in Aufruhr war. Avaccu rief ihnen Grußworte zu, die Soldaten grüßten zurück, und niemand schöpfte Verdacht oder fragte gar nach Herkunft und Ziel der Fremden.

Galowyn ritt meist neben dem Hirten. Er wußte nicht viel zu reden, aber er verschlang sie mit Blicken und las ihr jeden Wunsch von den Augen ab.

Während einer Rast sagte sie zu Smyrna: »Ich habe wirklich viele Männer gekannt und war auch nie ein Kind von Traurigkeit. Aber dieser Hirte ist etwas besonderes. Er gefällt mir.«

»Du spielst wie schon so oft mit dem Feuer!« war die trockene Antwort ihrer Dienerin. »Wir müssen sehen, daß wir ihn loswerden.«

Die Erasmen

Bald wurde es sehr heiß, und sie wünschten den Regen zurück. Die Ebene war ausgedörrt, und die Pferde zogen Staubwolken hinter sich her. Eines Tages sahen sie plötzlich vor sich große rote und gelbe Flächen. Als sie näher kamen, tat sich vor ihnen ein Blumenmeer auf. So weit das Auge reichte, erstreckte sich ein duftender Teppich aus bunten Blüten. Es war wunderbar! Die Hitze schien diesen Blumen nichts auszumachen. Im Gegenteil, sie gediehen in ihr besonders gut.

»Ist das nicht eine Pracht!« rief Galowyn verzückt.

»Nein«, antwortete Avaccu ernst, »keine Pracht, sondern ein Fluch! Diese Blumen heißen Erasmen und sind das Schlimmste, was man sich vorstellen kann. Sie breiten sich unaufhaltsam aus und töten alles, was sich ihnen in den Weg stellt. Keine andere Pflanze kann ihnen standhalten. Bäume sterben durch sie ebenso wie Gras und Sträucher. Sie vernichten aber auch Menschen und Tiere. Die Erasmen strömen einen Duft aus, der benommen macht. Alle Lebewesen werden dadurch ohnmächtig, fallen in das Blütenmeer und verenden kläglich. Unsere Schafe fressen zwar das Zeug, aber es ist ohne Nährwert und verfärbt die Wolle. Für uns Hirten ist diese Weide zudem gefährlich. Wenn wir nicht aufpassen, erliegen wir dem Duft der Blumen. Wir können diesen Blütenteppich nicht durchqueren. Es wäre unser Tod.«

»Das ist entsetzlich, was Ihr da berichtet«, sagte Galowyn. »Wie kann etwas so Schönes so heimtückisch und gefährlich sein?«

»Malomar hat vor Zeiten diese Blumen gezüchtet. Er wollte mit ihnen dem Feind im fremden Land schaden. Doch die Blumen kamen nicht mehr zum Einsatz. Nach dem Tod unseres Führers haben irgendwelche Leute nicht aufgepaßt, und die gefährlichen Blumen samten sich hier ein, und wir werden ihrer nicht mehr Herr.«

»Ihr wißt recht gut Bescheid«, sagte Fallsta.

Avaccu hörte den mißtrauischen Unterton in der Stimme und lächelte.

»Wir Hirten bekämpfen diese Blumen seitdem ich auf der Welt bin. Sie gehörten bisher zu meinem Alltag.«

»So«, sagte der Goldgräber, aber die Skepsis verschwand nicht aus seinen Augen.

Weil das Umgehen des Blumenfelds so viele Tage kosten würde, beschlossen sie, den Pferden die Sporen zu geben und im wilden Galopp hindurchzupreschen. Fallsta erklärte, wenn sie nicht anhielten, würde ihnen schon nichts geschehen. Der Hirte warnte vergeblich. Er schilderte noch einmal die Gefahren und protestierte. Doch man achtete nicht auf ihn. Am nächsten Tag sollte die gefährliche Durchquerung gewagt werden.

Als dann der Morgen graute, war Avaccu verschwunden und mit ihm sein Pferd. Galowyn war enttäuscht. Sie hatte den jungen Hirten gemocht. Auch ärgerte sie sich über sich selbst, weil sie dem Fremden vertraut hatte. Ihre Menschenkenntnis mußte doch sehr gelitten haben, sagte sie sich.

Am meisten waren sie aber darüber erschrocken, daß ihnen der Feind schon jetzt in Gestalt dieses Hirten auf den Fersen war. Wahrscheinlich waren auch die Berichte über die Gefährlichkeit der Blumen erlogen und sollten nur dazu dienen, sie durch Umwege aufzuhalten.

Galowyn versuchte ihren Ärger durch hektische Aktivität auszugleichen. Sie trieb die beiden anderen zu größter Eile an. Rasch wurden die Taschen gepackt und die Pferde gesattelt. Dann jagten die Reiter im Galopp auf den Blütenteppich zu. Die donnernden Hufe zertraten die zarten Pflanzen und zerfetzten ihre Blätter. Immer weiter drangen die drei in das Blumenmeer vor, bis sie ganz davon umgeben waren. Die Pferde liefen schnell und gleichmäßig, und Galowyn dachte an den Bären, den ihnen Avaccu aufgebunden hatte. Sie schmunzelte sogar ein wenig, als sie an ihn dachte. Er war doch sehr überzeugend gewesen, und beinahe hätten sie sogar auf ihn gehört. Der junge Mann hatte Talent zum Lügen. Der Feind hatte gute Leute und setzte stets die Besten ein. Aber er hatte nicht mit ihrem Pflichteifer gerechnet.

Ihr Pferd jagte mit weit ausgreifenden Sprüngen dahin. Es schien schneller zu laufen als sonst. Wie im Rausch genoß sie den Ritt durch die prächtige Blumenlandschaft. Es war ihr, als würde sie fliegen. Immer schneller raste die blühende Pracht unter ihr hinweg. Nun begann sich die Landschaft vor ihr zu heben und wieder zu senken. Berge aus Blumen türmten sich auf und verschwanden wieder. Plötzlich aber stellte sich eine Wand aus rosa Blumen vor ihr auf, durch die sie nicht hindurchreiten, und die sie auch nicht überwinden konnte. Ihr Pferd brach in die Knie, sie stürzte kopfüber über seinen Hals und blieb besinnungslos liegen.

Smyrna und Fallsta erging es nicht besser. Das Letzte, was sie alle noch sahen, war das Blumenmeer, das über ihren Köpfen zusammenschlug.

Als die Sängerin wieder erwachte, hämmerte ihr Kopf vor Schmerzen. Farbige Ringe tanzten vor ihren Augen. In den Ohren dröhnte ein Geräusch, das wie das Blöken von Schafen klang. Alle Glieder taten ihr weh. Schon wollte sie sich wieder der Ohnmacht hingeben, da wurde sie an den Schultern gerüttelt, und eine Stimme sagte eindringlich: »Schöne Frau, wacht auf!«

Sie wollte aber schlafen und die Schmerzen hinter sich lassen, zurückkehren in die Bewußtlosigkeit.

Doch die Stimme gab nicht nach: »Ihr müßt die Augen öffnen! Wenn Ihr wieder ohnmächtig werdet, kann ich Euch vielleicht nicht mehr zurückholen. Kommt zu Euch! Laßt Euch nicht hängen! Es geht um Euer Leben.«

Die Stimme war quälend, und Galowyn konnte sie nicht verscheuchen. Endlich gab sie nach und ließ das Licht in ihren Kopf. Ihre Augen sahen als erstes das Gesicht des jungen Hirten dicht über ihr. Sie sah den Mund, der eindringlich auf sie einredete. Dann wanderte ihr Blick zu seinen großen, braunen Augen und zurück zum Mund, der sich öffnete und schloß, ohne daß sie verstand, was er sagte. Sie sah, wie sich die braunen Nasenflügel bewegten. Da fiel ihr ein, was sie zuletzt beim Ritt durch das Blumenfeld erlebt hatte. Mit einem Ruck richtete sie sich auf.

Vor ihr kniete Avaccu, und um sie herum waren Schafe. Sie blökten und suchten nach Nahrung, aber der Boden war völlig kahl. Nur noch ein paar Stengel von den Blumen waren zu sehen. Die Tiere hatten alles abgeweidet.

»Steht auf«, hörte sie jetzt den Hirten sagen. »Die Schafe haben zwar einen freien Platz geschaffen, aber noch immer sind die Erasmen mit ihren Ausdünstungen nah. Ihr braucht dringend frische Luft.«

Mühsam rappelte sich die Sängerin auf. Da sah sie ihre Gefährten, die taumelnd inmitten der Schafe standen. Sie hielten sich gegenseitig aufrecht. Dann wankten sie alle gemeinsam den Weg zurück, den sie auf ihren Pferden galoppiert waren. Dabei merkten sie, daß sie gar nicht weit gekommen waren. Der wilde Ritt hatte nur in ihrer Einbildung stattgefunden. Die Pferde waren schon nach kurzer Strecke unter ihnen zusammengebrochen. Als Galowyn zurückblickte, sah sie die massigen Körper der Tiere auf der Erde liegen.

Avaccu hatte ihren Blick bemerkt und sagte: »Um die Pferde werde ich mich anschließend kümmern. Zuerst müßt Ihr aus der Gefahrenzone.«

Erst am Abend ging es den drei Reisenden wieder besser, und die rasenden Kopfschmerzen hatten nachgelassen. Nun fanden sie auch die Kraft, ihrem Retter, der inzwischen auch die Pferde geholt hatte, zu danken und danach zu fragen, wie er dies bewerkstelligt habe. Der winkte bescheiden ab und wollte erst nicht so recht mit der Sprache heraus. Doch dann ergab sich folgende Geschichte.

Nachdem Avaccu erkannt hatte, daß sich seine neuen Gefährten nicht umstimmen ließen und den tödlichen Weg durch die Blumen wählen würden, beschloß er zu handeln. Er kannte die Erasmen und wollte nicht warten, bis alle von ihrem Duft getötet worden waren. Deshalb sattelte er heimlich nachts sein Pferd und machte sich auf den Weg. Er wußte, daß sich Hirten mit ihren Schafen in der Gegend aufhielten. Er fand sie auch und weckte sie. Er erzählte von der Gefahr, in der sich seine Freunde befanden, doch er erntete nur Kopfschütteln und Unwillen.

Doch Avaccu gab nicht auf, und nach langem Hin und Her wurden sie handelseinig. Die Hirten überließen Avaccu ihre Herde, und er gab ihnen dafür sein Pferd. Die Schafe mußte er natürlich wieder zurückbringen, er haftete mit seinem Leben dafür, daß keinem der Tiere etwas zustieß. Die ganze Nacht hindurch, erzählte der Mann weiter, habe er dann die Schafe zu den Blumen getrieben.

Am Morgen hatte er den Lagerplatz erreicht, aber Galowyn und ihre Begleiter waren schon aufgebrochen. Er folgte ihrer Spur. Da er die Gefahr kannte, konnte er sich wappnen. Er trieb die Schafe vor sich her und ließ ihnen Zeit, die Blumen abzufressen. Stets hielt er die Herde zwischen sich und den Blumen. Dies war natürlich schwierig, denn er mußte darauf achten, daß ihm keines der Schafe zur Seite hin ausbrach. Aber es gelang ihm, den Blumenteppich so weit abweiden zu lassen, bis er die Verunglückten gefunden hatte.

Er sei keinen Moment zu früh gekommen, sagte der Hirte. Ein wenig später und sie wären aus der Bewußtlosigkeit nicht mehr aufgewacht.

Die Erzählung des einfachen Hirten hatte sie betroffen gemacht. Er hatte ihre Rettung bereits eingeleitet, bevor sie überhaupt in

Gefahr waren. Natürlich hätte er sie auch in ihr Verderben reiten lassen und sie so für ihren Hochmut bestrafen können. Sie standen tief in seiner Schuld.

Leider war an eine sofortige Weiterreise nun nicht mehr zu denken. Sie mußten sich erholen und Avaccu mußte die Herde zurückbringen. Außerdem brauchte der Hirte ein neues Pferd. Er war nun ein wichtiges Mitglied ihrer Gemeinschaft, und sie wollten auf ihn nicht mehr verzichten. Doch weitere Verzögerungen der Reise konnten sie sich nicht leisten. Deshalb beschlossen Smyrna und Fallsta weiterzureiten, während Avaccu und Galowyn die Schafherde zurückbringen sollten. Später würde man sich wieder treffen.

Avaccu und Galowyn

Als der Goldgräber und die Dienerin fortgeritten waren, bat der Hirte die Sängerin, die Herde zu führen. Er wollte hinten darauf achten, daß kein Tier zurückblieb. Obgleich er ihr den Leithammel gezeigt hatte, stand sie hilflos zwischen den Tieren. Einige der Schafe drängten sich sogar so dicht an ihr vorbei, daß sie beinahe umgefallen wäre. Galowyn war wütend und den Tränen nahe. Warum hatte sie außer Singen nichts Vernünftiges gelernt? Nicht einmal Schafehüten konnte sie. Verzweifelt rief sie den Mann zur Hilfe, der ihr geduldig den Umgang mit den Tieren zeigte.

Bald aber besann sich der Hirte und ließ sich das Pferd geben. Reitend konnte er erheblich leichter die vielen Tiere zusammenhalten. Sie mochten vielleicht zwei Stunden so gezogen sein, als vor ihnen Männer auftauchten. Es waren die Besitzer der Herde, die nach ihren Tieren Ausschau hielten. Das eingehandelte Pferd hatten sie in ihrem Lager gelassen. Sie waren Schafhirten und keine Reiter. Bei Gelegenheit würden sie es weiterverkaufen.

Erstaunt betrachteten sie die Frau und fragten Avaccu, um wen es sich handelte. Es entspann sich ein schneller Wortwechsel, dem Galowyn nicht zu folgen vermochte. Dann schrien sich die Männer an, und Avaccu schüttelte unwillig mit dem Kopf. Nun wollte die Sängerin energisch wissen, worum es ging.

Den Hirten sei zugetragen worden, erklärte Avaccu, daß er seinen Stamm verlassen habe. Nun sei auch er für sie ein Fremder. Von einem Fremden hätten sie aber für das Überlassen der Herde mehr Entlohnung verlangen können. Sie seien nun gekommen, um Nachforderungen zu stellen. Sie wollten entweder ein zweites Pferd oder die Frau.

»Aber wir benötigen das Pferd, um unsere Gefährten wieder einzuholen«, wandte Galowyn ein.

»Das habe ich ihnen gesagt.«

»Das ist uns ganz egal«, mischte sich der Anführer barsch ein. »Es gibt nichts zu verhandeln. Wir sind in der Übermacht, und ihr müßt uns geben, was wir verlangen.«

»Warum kündigst du mir die Freundschaft?« fragte Avaccu.

»Weil du nicht mehr zu uns gehörst. Du bist jetzt ein Fremder, und wir mögen keine Fremden. Als du gestern bei uns warst, hast du uns getäuscht. Du hast uns in dem Glauben gelassen, du seist einer von uns. Zum Glück haben wir einen aus deinem alten Stamm getroffen, der uns aufgeklärt hat. Schon allein für diesen Betrug müßtest du uns das Pferd und die Frau geben.«

»Ich habe euch nicht betrogen. Wir kennen uns schon lange und sind immer gut miteinander ausgekommen, wenn sich unsere Herden trafen.«

»Das war, als du noch zu uns Hirten gehörtest. Aber du hast einen anderen Weg gewählt! Und nun Schluß! Gib uns, was wir wollen!«

»Hier wird nichts gegeben«, rief Galowyn und zog unter ihrem Rock ein Messer hervor, das sie immer am Oberschenkel trug. Sie war wütend und stach jetzt schnell und wahllos auf die Hirten, die sie umringt hatten, ein. Diese sprangen völlig überrascht zurück. Drei von ihnen bluteten. Avaccu hatte sich inzwischen aufs Pferd geschwungen und zog die Sängerin mit einem kräftigen Ruck hinter sich. Bevor die Hirten sich's versahen, waren beide davongaloppiert.

Sie ritten so lange, bis das Pferd eine Pause brauchte, schließlich trug es die doppelte Last.

»Nun bin ich heimatlos«, sagte Avaccu traurig. »Damit hatte ich nicht gerechnet.«

»Du gehörst ab jetzt zu uns und wirst die Welt sehen. Du wirst ein anderes Leben führen, und du wirst glücklich sein.«

»Diese Frage stelle ich mir nun schon seit Tagen. Werde ich wirklich glücklich sein? Seid Ihr vornehmen Leute glücklicher als wir Hirten? Ich weiß nicht mehr, ob ich richtig gewählt habe, als ich Euch folgte.«

»Du hast doch jetzt mich«, sagte sie mit warmer Stimme, nahm sein Gesicht in ihre beiden Hände und küßte ihn sanft auf den Mund.

Während sie weiter nach Westen ritten, hielt das schöne Wetter an. Sie umgingen jede Siedlung, um Soldaten auszuweichen, die nach Süden zogen. Noch immer saß Galowyn hinter dem Hirten. Unter ihnen lief das Pferd mit gleichmäßigen Bewegungen, und Avaccu paßte sich dem Rhythmus geschmeidig an. Galowyn preßte sich an ihn und schlang ihre Arme um seine Hüften. Dabei spürte sie mit großer Intensität den warmen Körper des jungen Mannes. Sein dunkles Haar strich ihr über das Gesicht, und ihre Brüste drückten sich gegen seinen Rücken.

Die Sängerin hatte ihre Jugend schon überschritten. Sie hatte in ihrem Leben viele Erfahrungen mit Männern gemacht, aber noch nie war sie von solchen Gefühlen erfaßt worden, wie jetzt bei diesem Ritt hinter dem jungen Hirten. Selbst wenn sie rasteten, weil das Pferd Erholung brauchte, wollte sie diesen Körper nicht missen. Wie zufällig legte sie eine Hand auf seine Schulter oder gar auf seine Schenkel. Aber noch hatten sie nicht zusammen geschlafen, und außer flüchtigen Liebkosungen war nichts geschehen. An den Abenden sanken beide todmüde auf ihr Lager, und am nächsten Morgen ging es bei Sonnenaufgang weiter. Zwar sehnte sich Galowyn nach einer richtigen Umarmung, aber sie war erfahren genug, um zu warten, bis Avaccu von sich aus kam.

Sie ritten schon seit Tagen, aber trotz aller Eile gelang es ihnen auf dem einen Pferd nicht, die Gefährten einzuholen. Smyrna und Fallsta mußten ein enormes Tempo vorgelegt haben. Am vierten Tag trieb sie der Hunger gegen Abend zu einem großen Anwesen. Es war hufeisenförmig angelegt und zweistöckig. Auf dem Hof standen Wagen und einige Pferde. Hier mußte ein reicher Gutsbesitzer wohnen.

Man wunderte sich nicht über die Fremden, die auf einem Pferd angetrabt kamen. Der Gutshof hatte sogar Räume für Gäste. Dorthin schickte man die müden Reiter. Es waren zwei große Säle mit Strohsäcken auf dem Boden. Alles war sauber, und in dem Stroh hausten nicht einmal Wanzen oder Flöhe.

Von Avaccu erfuhr die Sängerin, daß diese Art der Gastfreundschaft auf großen Gütern in Darken üblich war. Man gewährte Reisenden Quartier, und am nächsten Tag mußte entweder bezahlt oder die Übernachtung abgearbeitet werden. Mit diesem Brauch hatte man alle Reisenden unter Kontrolle, war geschützt vor Landstreichern, verdiente zusätzlich Geld oder bekam billige Arbeitskräfte für unangenehme Arbeiten. Diese Gastfreundschaft war nicht mildtätig, sondern genau kalkuliert.

Ohne daß man nach ihrem Woher und Wohin fragte, gab man Galowyn und Avaccu ein einfaches, aber nahrhaftes Abendessen. In dem Schlafraum waren sie nicht allein. Außer ihnen hatten sich dort noch drei Händler zur Ruhe gelegt und zwei Handwerksburschen auf Wanderschaft. In einer dunklen Ecke bemerkte Galowyn zwei Frauen und schlenderte zu ihnen.

Die Kleider der beiden jungen Mädchen waren zerrissen und fadenscheinig. Sie machten einen recht verängstigten Eindruck und wagten Galowyn kaum anzublicken. Mit gesenktem Kopf saßen sie auf ihrem Strohsack und beantworteten ihre Fragen zögernd und mit leiser Stimme.

Sie seien allein unterwegs, erklärten sie.

Und auf die Frage nach ihrem Reiseziel antworteten sie vage: »Irgendwohin in den Norden.«

Zwei der Händler waren aufmerksam geworden und kamen nun herbei. Sie sahen die Mädchen prüfend an, und einer von ihnen fuhr sich mit der Zunge langsam über die Lippen. Galowyn hatte das gesehen und sprach: »Macht Euch bloß keine Hoffnungen. Die beiden stehen unter meinem Schutz!«

Da lachten die beiden Männer laut auf und kehrten zu ihren Lagern zurück. Von dort riefen sie: »Wie wollt Ihr uns hindern, die beiden Häschen heute nacht zu besuchen?«

Avaccu erhob sich und sagte ruhig: »Vielleicht kann ich diese Aufgabe übernehmen?«

Doch auch sein Anblick brachte die Männer nicht aus der Fassung. Sie begannen sich laut darüber zu unterhalten, daß man in der Gegend nach einem Mann und einer Frau suche. Die beiden sollten auf einem Pferd zusammen reiten. Dieses Pferd hätten sie gestohlen, und Hirten hätten als Belohnung drei Schafe ausgesetzt, wenn man sie zusammen mit dem Pferd zu ihnen zurückbrächte. Als Pferdediebe sollten die beiden gehängt werden. Bisher wollte man sich nicht die Mühe machen und sich an der Suche beteiligen.

Drei Schafe lohnten den Aufwand nicht. Aber man könne die Meinung rasch ändern.

Die Stimmen in dem dämmrigen Raum waren drohend geworden. Galowyn und der Hirte sahen sich an, und ihnen war mulmig zumute. Dennoch stand die Sängerin noch einmal auf und ging zu den jungen Frauen. Die hatten inzwischen mitbekommen, daß sich die Fremde für sie eingesetzt hatte und faßten ein wenig Vertrauen.

Sie waren zwei Schwestern, wie Galowyn nun erfuhr. Ihre leibliche Mutter war vor ein paar Jahren gestorben, und der Vater hatte sie allein großgezogen. Die Arbeit als Färber und der Haushalt mit den beiden Kindern hatten ihn hart gemacht. Da setzte es schon manchmal Schläge bei nur kleinen Verfehlungen. Dies alles hatten die Schwestern hingenommen. Doch nun wollte der Vater die Ältere an einen Mann verheiraten, der mindestens doppelt so alt war wie sie, und den sie kaum kannte. Alles Bitten und Flehen hatte nicht geholfen. Dies hatte das Faß zum Überlaufen gebracht und sie waren von zu Hause weggelaufen. Ein Ziel hatten sie nicht, nur den festen Willen, nie mehr zum Vater zurückzukehren.

Die Sängerin nickte. Sie verstand, was in den Frauen vor sich ging. Wahrscheinlich hätte sie nicht anders gehandelt, sagte sie sich.

Laut aber meinte sie zur Älteren, und ihre Stimme klang dabei hart: »Du hast die Wahl umzukehren und zu heiraten und das Beste daraus zu machen. Dann wirst du von deinem eigenen Mann geschwängert und kannst Ansprüche stellen. Oder ihr reist beide weiter durch dieses wilde Land. Dann werdet ihr von irgendwelchen Männern geschwängert und habt keine Ansprüche.«

Bei diesen Worten brachen die Mädchen in Tränen aus. Die Fremde hatte nämlich das ausgesprochen, was sie sich selbst schon gedacht, aber nicht einzugestehen gewagt hatten.

»In dieser Nacht kann ich euch noch schützen«, fuhr die Sängerin fort, »aber morgen müßt ihr verschwinden!«

Dann stand sie auf und kehrte mit ihrem Gepäck zurück. Avaccu folgte ihr. Sie bereiteten ihr Lager neben dem der Mädchen.

Die Nacht verlief ohne Zwischenfälle und am nächsten Morgen zahlten die Mädchen die Unterkunft von ihren Ersparnissen, die sie von zu Hause mitgebracht hatten, und brachen auf. Sie verabschiedeten sich von Galowyn auf ihre schüchterne Art. Sie wollten zurück in die heimatliche Stadt, wie es ihnen Galowyn geraten hatte.

Sie waren schon ein paar Schritte entfernt, als die Jüngere umkehrte und der Sängerin ins Ohr flüsterte: »Wir werden beide umbringen, den Ehemann und den Vater!«

Diese sah ihnen nach und wußte, daß die Frauen diese Drohung wahrmachen würden. Auch Avaccu entrichtete den geforderten Obolus an den Verwalter. Dann zahlte einer der Händler, während die Handwerksburschen zur Arbeit eingeteilt wurden, was sie zähneknirschend mit sich geschehen ließen.

Die beiden Männer, die am gestrigen Abend Streit wegen der Mädchen gesucht hatten, mußten auch arbeiten. Sie besaßen zwar Geld, aber es reichte nicht. Die Preise seien wegen des Krieges gestiegen, meinte der Verwalter lakonisch. Nun waren sie wütend und riefen Galowyn und Avaccu nach, auch sie würde man noch zu fassen kriegen und als Pferdediebe hängen. Ihnen würde das gleiche Los beschieden sein, wie den beiden Spionen, die am Tag zuvor von Soldaten abtransportiert worden waren.

Avaccu fragte, welche Spione sie meinten.

Der ausländische Mann und die Frau, war die Antwort. Soldaten hätten sie nach Westen geführt.

Dann spuckten beide aus und ließen sich in die Scheune führen, wo die Arbeit auf sie wartete.

Das Kriegsfest

Galowyn war bleich geworden und zitterte.

»Dabei kann es sich nur um unsere Freunde handeln«, stöhnte sie, als sie einige Meilen vom Hof entfernt waren. »Wir müssen sie befreien.«

»Das solltest du dir genau überlegen«, meinte Avaccu. »Ich bin nicht taub und nicht blind, und habe natürlich gemerkt, daß ihr nicht zum Goldsuchen unterwegs seid. Ihr sollt einen Auftrag erfüllen. Wenn wir den beiden folgen, kann es sein, daß man auch uns fängt. Dann kann niemand die Mission zu Ende bringen. Bedenke, meine Leute haben uns zu Pferdedieben erklärt. Damit sind wir vogelfrei. Das bedeutet, auch wir werden gejagt. Wie sollen wir unsere Freunde befreien, wenn wir selbst ständig in Gefahr sind?«

»Freundschaft ist wichtiger als alle anderen Aufträge. Wenn es keine Freundschaft in Centratur mehr gibt, muß Centratur auch nicht gerettet werden. Wir werden Smyrna und Fallsta befreien.«

Galowyn hatte so bestimmt gesprochen, daß Avaccu nichts mehr einwandte. Statt dessen sagte er: »Sie suchen ein Paar auf einem Pferd. Entweder wir finden ein zweites Reittier, oder wir müssen das Pferd loswerden.«

Als sie fernab aller Straßen über Feldwege ritten, fragte Galowyn: »Wenn man uns überall als Pferdediebe sucht, warum hat uns dann der Gutsverwalter nicht gefangengenommen oder zumindest verraten?«

»Ob er uns noch verraten wird, weiß ich nicht. Wir waren für ihn jedoch so uninteressant, daß er sich nicht weiter um uns gekümmert hat. Zur Zeit ist auf dem Gut viel zu tun, und da hat er andere Sorgen als Fremde, die gesucht werden. Wären wir zu einer anderen Jahreszeit aufgekreuzt, hätte es vielleicht anders ausgesehen.«

Unterwegs begegnete ihnen ein Bauer mit einem Esel. Er hatte dem Tier zwei Säcke über den Rücken gelegt und trieb es mit einer Gerte an. Bei ihm zügelte Avaccu das Roß und stieg ab.

Ob der Bauer seinen Esel gegen das Pferd tauschen wolle, fragte er den verdutzten Mann.

Der antwortete nicht, sondern starrte den Fremden nur an.

Avaccu wiederholte seine Frage.

»Warum sollte ich das tun?« fragte der Bauer.

»Nun, das Pferd ist mehr wert als der Esel.«

»Es kann beileibe nicht solche Lasten tragen wie mein Esel, und es ist so groß, daß ich ihm die Säcke nur schwer aufladen kann.«

»Aber du kannst auf ihm reiten.«

»Das kann ich auf meinem Esel auch. Wobei Reiten für mich nicht so wichtig ist wie das Säcketragen.«

»Du kannst das Pferd verkaufen und erhältst zwei Esel dafür.«

»Warum willst du es dann für nur einen Esel hergeben?«

Der Disput ging noch eine Weile so weiter. Endlich stieg Avaccu unverrichteter Dinge wieder auf das Roß, und sie ritten weiter. Der Bauer aber pfiff eine Melodie, als er den Esel wieder antrieb.

Nach ein paar Meilen stieg Avaccu wieder ab, und Galowyn tat es ihm nach. Sie sattelten das Pferd ab, gaben ihm einen Schlag auf die Kruppe und jagten es davon. Dann versteckten sie den Sattel und schulterten den Rest des Gepäcks. So bepackt zogen sie nach Westen.

»Ich fühle mich sicherer, wenn wir das verräterische Pferd los sind«, hatte der Hirte bemerkt, ohne daß die Sängerin widersprach.

Nach fünf Tagen und Nächten, in denen sie unter freiem Himmel campieren mußten, erreichten sie ein dichter besiedeltes Gebiet. Sie durchquerten drei Dörfer und kamen schließlich in eine größere Stadt. Sie war von Mauern umgeben und ihre Tore bewacht. Aber auf dem freien Feld vor der Stadt drängte sich viel Volk. Zelte und Bretterbuden waren aufgestellt.

Auf langen Bänken wurde gezecht. Sie sahen große Feuer, über denen auf Bratspießen Schweine und Schafe gedreht wurden. Für diese Aufgabe waren Kinder eingeteilt. Unentwegt drehten sie an den Kurbeln. Zum Schutz gegen die Hitze des Feuers hatte man für sie an den Kurbeln Räder aus geflochtenem Stroh angebracht. Hin und wieder kam einer der Wirte und schnitt ein Stück Fleisch ab, das dann auf einem Holzteller serviert wurde. Aus großen Fässern zapfte man Bier. Eine stämmige Frau balancierte ein Brett mit vielen Schüsseln dampfenden Breis.

Gaukler zeigten zwischen den Bankreihen ihre Kunst und zogen ehrerbietig die Kappe, wenn man ihnen ein paar kleine Geldstücke hinwarf. In manchen der Buden arbeiteten Wahrsager und Handleserinnen. In anderen gingen Bader ihrer Arbeit nach, zogen Zähne und kurierten so manche Leiden. Es gab auch Stände, wo man seine Treffsicherheit beim Werfen beweisen konnte. Es galt mit Lederbällen den Kopf eines Sklaven zu treffen, der sich nicht bewegen durfte. Einige der Unglücklichen bluteten schon aus dem Mund, andere hatten zugeschwollene Augen. Die Leute von Bumaru, so hieß die Stadt, waren eben geübte Werfer.

Avaccu kaufte etwas zu essen, und auf beiden Backen kauend schritten sie weiter durch das muntere Treiben. Sie hatten keine Angst entdeckt zu werden, denn zu diesem Fest waren Leute aus allen Richtungen zusammengeströmt. Als sie wieder einmal einem Akrobaten bei seinen Kunststücken zusahen, fragte er den neben ihm stehenden Mann: »Was wird hier eigentlich gefeiert?«

»Dies ist ein Kriegsfest«, war die Antwort. »Wir feiern den Ausbruch der Kämpfe und damit die Vernichtung aller Feinde.«

»Aber der Krieg ist noch nicht gewonnen«, wandte Galowyn ein.

»Wir können nicht verlieren! Oder zweifelt Ihr etwa am Sieg?« war die mißtrauische Antwort.

Der Mann blickte auf einmal so grimmig, daß sich die Sängerin beeilte und sagte: »Nein! Gewiß nicht! Unsere ruhmreichen Soldaten können nur siegen!«

Das Gesicht des anderen hellte sich wieder auf.

»Seht Ihr«, sagte er, »und darum feiern wir.«

Nun erhoben sich die Zecher, und alles Volk strömte auf einen freien Platz in dessen Mitte ein Podium aufgeschlagen war. Dicht gedrängt standen die Menschen darum herum. Die Sonne brannte auf ihre Köpfe, ihre Füße hatten viel Staub aufgewirbelt, und überall stank es nach Schweiß, Bier und Fett. Galowyn mußte an sich halten, damit sie nicht in Ohnmacht fiel. Schließlich kletterte ein dicker Mann in einer bunten Uniform auf die Plattform. Er hob die Hände, und langsam stellte sich Ruhe ein. Es war klar, daß er eine Rede halten wollte.

»Leute von Bumaru«, brüllte er, »Gäste von überall! Dieses ist ein Freudentag und ein Freudenfest. Unsere Soldaten haben endlich ihr Zögern aufgegeben, sich auf den Mut ihrer Väter und Vorväter besonnen und sind in den Kampf gezogen. Es gilt eine Schlappe auszumerzen, mit der wir nur allzulange leben mußten. Nun wird endlich wieder der Ruhm des tapferen Volks aus Darken in ganz Centratur gesungen werden. Reich beladen mit Beute werden unsere Männer nach Hause zurückkehren, und wir werden alle einer sorglosen Zukunft entgegensehen. Wir werden so viel Gold und Silber haben, daß wir es unseren Kindern zum Spielen geben. So viele Sklaven werden um uns sein, daß wir keine Hand mehr rühren müssen. Selbst zur Jagd werden wir uns tragen lassen. Alle Männer werden von jungen Frauen verwöhnt werden, und auch für unsere Frauen wird gesorgt sein.«

Bei diesen Worten kamen vereinzelte Proteste der weiblichen Zuhörer. Der Mann aber ließ sich nicht beirren und fuhr fort: »Doch der Feind hat noch nicht aufgegeben. Nein, er stellt sich den Unseren nicht zum heldenhaften Kampf auf dem Schlachtfeld. Er versucht vielmehr heimtückisch unseren tapferen Soldaten in den Rücken zu fallen. Zu diesem Zweck schickt er Spione und Saboteure in unser Land. Aber unsere Krieger können sich auf uns verlassen. Die Heimat wacht! Uns täuscht man nicht! Dank unserer Aufmerksamkeit haben wir zwei Spione gefaßt, die ich euch nun zeigen will.«

Auf seinen Wink wurden zwei Gestalten auf das Podium gezerrt, in denen Galowyn zu ihrem Schrecken ihre Dienerin Smyrna und den Goldgräber Fallsta erkannte. Sie waren gefesselt und sahen fürchterlich aus. Ihre Gesichter waren verquollen. Man hatte sie geschlagen. Smyrna taumelte und konnte sich kaum auf den Beinen halten.

Aber Fallsta reckte sich, so gut es seine Fesseln zuließen und rief: »Glaubt ihm nicht! Wir sind keine Spione, sondern Freunde des Volkes von Darken. Wir sind gekommen, um Frieden anzubieten. Frieden ist das höchste Gut der Menschen. Nur im Frieden gedeihen Wohlstand und Glück. Kinder brauchen Frieden, um zu tüchtigen Erwachsenen zu werden, und der Bauer braucht Frieden, um sein Land zu bestellen.«

Da trat der Dicke auf ihn zu, schlug ihm die Faust ins Gesicht und rief: »Er faselt Unsinn. Dies ist die List des Feindes. Er will unseren Mut und unsere Kampfkraft schwächen. Wir wollen den absoluten Krieg!«

Und alle, die auf dem Platz standen, riefen nun gemeinsam: »Krieg! Wir wollen Krieg! Krieg! Wir wollen Krieg!«

Endlich beruhigte sich die Meute wieder. Als Ruhe eingekehrt war, machte Fallsta noch einen Versuch.

»Leute aus Darken«, rief er. »Hört nicht auf die Kriegstreiber! Sie benutzen euch nur. Ihr sollt euren Kopf hinhalten für ihre wahnsinnigen Ideen!«

Weiter kam er nicht, denn nun trat ein einzelner Mann vor und schrie: »Wir wollen diese Beleidigungen nicht länger hören. Knebelt diese Spione, damit sie unser Hirn nicht weiter vergiften! Dann zieht ihnen einen Sack über, damit wir ihren Anblick nicht länger ertragen müssen!«

Lauter Jubel von allen Seiten stimmte ihm zu. Galowyn aber blieb vor Schreck der Mund offen. Der Mann, der dies gefordert hatte, war Avaccu.

Man schritt sofort zur Tat und knebelte die heftig protestierenden Gefangenen. Dann zog man ihnen alte Säcke über den Kopf. Sie waren so groß, daß sie bis zu ihren Hüften reichten. Bald standen auf der Bühne nur noch zwei große, heftig zuckende Säcke.

Galowyn flüsterte entsetzt zu ihrem Begleiter: »Was ist in dich gefahren? Bist du verrückt geworden?«

Der beruhigte sie: »Ich weiß genau, was ich tue. Nimm dich zusammen und verrate uns nicht!«

Er nahm die noch immer verwirrte Frau bei der Hand und zog sie aus dem Gedränge. Er ließ sich aus einem Faß zwei Krüge Bier einschenken, und sie setzten sich auf eine der nun leeren Bänke. Während sie in kleinen Schlucken das süße, lauwarme Gebräu trank, gewann Galowyn ihre Fassung wieder. Dann erklärte ihr Avaccu seinen Plan. Sie schüttelte skeptisch den Kopf, gab dann aber zu, daß dies vielleicht eine Möglichkeit zur Befreiung der Freunde sein könnte.

Bald darauf strömten die Leute zurück und nahmen wieder Platz, um das Gelage fortzusetzen. Die Zurschaustellung der Spione und die Urteilsverkündung waren beendet. Neben Avaccu hatte sich ein beleibter Mann mit einer ledernen Hose niedergelassen. Während er mit der linken Hand einen gebratenen Hühnerschenkel zum Mund führte, hielt er in der rechten den Bierkrug, um das Fleisch hinunterzuspülen. Ihn fragte der Hirte, wie das Urteil gelautet habe.

Man habe sich etwas Einfallsreiches ausgedacht, war die Antwort. Man wolle einen Wettbewerb veranstalten. Die Frauen dürften auf den Mann und die Männer auf die Frau mit Pfeilen schießen. Der Schütze oder die Schützin, bei deren Schuß die Spione ihr Leben aushauchten, werde zum König und der Königin des Kriegsfestes. Man verspreche sich von der Schießerei viel Spaß, denn es sei unwahrscheinlich, daß die Fremden auf Anhieb tödlich getroffen würden.

Als Galowyn dies hörte, wurde ihr übel. Sie sprang auf und lief beiseite, um sich zu übergeben. Alle, die es sahen lachten, da sie glaubten, die Sängerin habe zu viel getrunken.

Als sie sich wieder gefaßt hatte, mußten Galowyn und Avaccu zunächst ihre eigene Haut in Sicherheit bringen. Es waren Reiter aufgetaucht, die ein herrenloses Pferd mit sich führten. Wie ein Lauffeuer sprach sich herum, daß Hirten gekommen waren, die einen Pferdedieb und seine ausländische Geliebte suchten. Das Pferd, das sie gefunden hätten, deute auf einen Aufenthalt der beiden auf diesem Fest hin. Die fremden Reiter gingen nun von Tisch zu Tisch und von Bude zu Bude und sahen allen Leuten genau ins Gesicht. Avaccu und Galowyn standen unauffällig auf und versuchten, sich im Gedränge zu verstecken. Sie wußten aber, daß ihnen nicht viel Zeit blieb. Früher oder später würde man sie entdecken.

Deshalb zögerten sie nicht länger und schlenderten wie zufällig dorthin, wo die Spione untergebracht waren. Im Schatten einer kleinen Baumgruppe hatten die reichen Gutsbesitzer aus der Umgebung ihre Zelte aufgeschlagen. Sie waren aus teuren Stoffen und sehr farbenprächtig. Jeder von ihnen wollte seinen Reichtum zur Schau stellen. Vor den Zelten standen zusammenklappbare, mit Samt und Leder bezogene Stühle. Dort würden die Herren und ihre Damen am Abend sitzen und fernab vom Pöbel trinken. Doch nun war dieser Ort verlassen, denn auch die Gutsbesitzer und ihre Familien wollten an dem Spaß des Volkes teilhaben.

Nur in einem der hinteren Zelte sah der Hirte einen Mann in prächtigen Kleidern verschwinden. An der Hand zog er ein junges Mädchen mit sich.

Galowyn und Avaccu ließen die Zelte rechts liegen und gelangten zu den Bäumen. Zwischen drei Stämmen waren Seile gespannt. In ihrer Mitte saßen Smyrna und Fallsta auf dem nackten Boden. Sie waren ganz von den schmutzigen Säcken verborgen, die man ihnen übergestülpt hatte. Um die beiden herum lagen Essensreste, verfaulte Früchte und auch der eine oder andere Stein. Die Leute hatten zum Spaß ein Zielwerfen auf die Gefangenen veranstaltet. An zwei Bäumen lehnten Wachen. Sie hielten ihre Spieße nur locker in der Hand und dösten vor sich hin.

Während Galowyn auf ihre unglückliche Dienerin blickte, sagte einer der Wächter vorwurfsvoll: »Alle haben ihren Spaß, nur wir dürfen hier herumstehen. Dabei ist diese Wache völlig sinnlos, denn selbst wenn die Spione zu fliehen versuchten, kämen sie nicht weit. Im Nu wären sie wieder eingefangen und würden ihren Ausflug bereuen. Wenn man in dieser Hitze wenigstens einen Krug Bier hätte!«

»Hör auf von Bier zu reden«, antwortete ihm der andere. »Meine Kehle ist schon ganz zugeschwollen.«

»Wollt ihr euch Bier holen«, mischte sich nun Avaccu ein. »Ich passe solange auf die beiden Schweine hier auf!«

Einer der Wächter nickte zustimmend. Dieser Gedanke gefiel ihm. Aber der andere fragte mißtrauisch: »Wer bist du? Ich kenne dich nicht.«

»Ach, laß ihn doch«, sagte der erste ungeduldig. »Was kann er schon falsch machen. Du hast doch eben gesagt, daß die Gafangenen nicht weit kommen, selbst wenn sie fliehen würden.«

Beide lehnten ihren Spieß an die Bäume und machten sich ohne noch viel zu reden auf den Weg.

»Was willst du damit erreichen?« fragte Galowyn aufgeregt. »Sie sind bald zurück. Und wenn wir unsere Freunde befreien, hat man sie tatsächlich gleich wieder gefaßt, und uns mit ihnen.«

»Komm mit!« befahl der Hirte nur.

Dann rannte er, ohne sich weiter um die Gefährtin zu kümmern, zu den Unterkünften der Gutsbesitzer. Die Sängerin folgte ihm mühsam. Avaccu stürmte ohne irgendwelche Rücksicht in das Zelt, in das er eben den Mann mit dem Mädchen hatte gehen sehen. Er fand die beiden halb entkleidet und miteinander beschäftigt vor. Doch darum kümmerte er sich nicht. Er hielt dem fetten Galan ein Messer unter die Nase. Der war zuerst sprachlos, dann ließ er einen Schwall Schimpfworte los. Der Hirte kümmerte sich nicht darum, sondern schlug dem Kerl seine Faust in den Magen. Als der zusammenklappte, band er ihm die Hände auf den Rücken. Dann stopfte er ihm einen Knebel in den Mund. Das Mädchen, dessen Kleider verstreut lagen, hatte sich nicht gerührt, sondern nur mit großen Augen den Überfall beobachtet. Erst als sie gefesselt wurde, stieß sie einen spitzen Schrei aus, den gleich darauf ein Knebel erstickte. Dann trieben Avaccu und Galowyn die beiden mit der Spitze ihrer Dolche aus dem Zelt und bis zur Baumgruppe.

Galowyn hatte inzwischen erkannt, was ihr Begleiter beabsichtigte. Sie riß den Gefangenen die Säcke von den Köpfen und schnitt ihre Fesseln auf. Smyrna blinzelte, als sie wieder Licht sah und schnappte nach Luft. Sie war ganz bleich. Weder sie noch Fallsta konnten sich auf den Beinen halten. Sie stellten auch keine Fragen, sondern waren nur damit beschäftigt, wieder zu sich zu kommen. Nun wurden der Dicke und das Mädchen auf den Boden geworfen und ihnen die Säcke übergestülpt. Sie zuckten und versuchten sich vergeblich dagegen zu wehren.

Auf einen Wink von Avaccu zog die Sängerin ihre Freunde mit sich. Sie verbargen sich auf der anderen Seite der Bäume. Dies geschah keinen Moment zu früh, denn nun kamen die beiden Wächter zurück. Sie trugen jeder einen Humpen Bier in der Hand und machten einen zufriedenen Eindruck.

»Ihr habt wirklich eine idiotische Aufgabe«, empfing sie Avaccu. »Es ist heiß hier und langweilig. Meiner Freundin war es schon nach kurzer Zeit zuviel, und sie ist gegangen.«

»Da siehst du, was man uns abverlangt«, beklagte sich der erste.

»Wenigstens sind die Gefangenen noch da«, fügte der zweite nach einem prüfenden Blick hinzu.

Der Hirte tippte zum Gruß gegen die Stirn und entfernte sich dann langsam und pfiff dabei ein Lied. Kaum war er außer Sicht, rannte er um die Bäume herum zu den Gefährten. Fallstas Gesicht sah furchtbar aus. Es war verschwollen und blutverkrustet, aber er stand schon wieder auf den Beinen. Smyrna ging es schlecht. Sie würgte und rang noch immer nach Luft. Doch Avaccu zeigte kein Erbarmen. Er riß sie hoch und stieß sie vor sich her. Taumelnd versuchte sie zu laufen. Galowyn stützte sie unter den Achseln. So schlugen sie sich querfeldein.

»Wir haben etwa zwei Stunden Zeit bis zum Zeitpunkt eurer Hinrichtung. Dann werden sie euer Verschwinden bemerken«, stellte Avaccu bei einer der kurzen Pausen fest. »Danach wird eine wilde Jagd beginnen. Wenn wir eine Chance haben wollen, müssen wir uns bis dahin schon weit aus dem Staub gemacht haben.«

Nachdem sie drei Stunden mit letzten Kräften weitergehastet waren, hörten sie in der Ferne Hundegebell, und Galowyn keuchte erschrocken: »Nun setzen sie auch noch Bluthunde ein.«

Der Fluß

Sie folgten mehreren Bächen, die ihren Weg kreuzten, um die Hunde zu täuschen. Dennoch hörten sie das Gekläffe immer näher. Die Angst trieb sie vorwärts, aber mit einem Mal fiel Smyrna um. Sie war am Ende. Blut quoll ihr aus dem Mund.

»Laßt mich zurück«, stöhnte sie. »Ich kann nicht mehr. Ohne mich habt ihr vielleicht eine Chance!«

Avaccu lud sich die Frau auf die Schulter, und sie rannten weiter. Außer dem wütenden Bellen konnten sie nun schon wilde Schreie von Männern hören, die sich Befehle zuriefen. Es war nur noch eine Frage der Zeit, bis man sie fangen und zu Tode foltern würde.

Dann erreichten sie die Wälder. Aber sie waren licht und ohne viel Unterholz, so daß sie keinen Schutz boten. Es begann schon zu dämmern, und Avaccu hoffte bei sich, daß sie vielleicht in der Dunkelheit entkommen könnten, obgleich die Nasen der Hunde nicht vom Licht abhängig waren. Doch selbst dieser winzige Hoffnungsschimmer wurde plötzlich zunichte. Sie standen vor einem breiten Fluß, den sie nicht durchschwimmen konnten. Es war der mächtige Aganga.

Hier war ihre Flucht endgültig zu Ende. Nun konnten sie sich entweder selbst töten oder auf die Verfolger warten. Enttäuscht, verzweifelt und am Ende ihrer Kräfte warfen sich alle auf den Boden. Galowyn schluchzte vor Wut, und Smyrna, der inzwischen alles gleichgültig war, stöhnte vor Schmerzen. Die Männer berieten sich leise, fanden aber keinen Ausweg aus der verzweifelten Lage.

Die Geräusche der Verfolger kamen immer näher. Da hörten sie ganz leise ein Plätschern im Fluß, und um eine Schilfinsel schob sich ein Kahn. Er war flach, und in seinem Heck stand ein Mann mit einem langen Ruder. Er hatte langes weißes Haar und hielt direkt auf sie zu, legte aber nicht an, sondern hielt Abstand zum Ufer, als er rief: »Wer seid ihr? Wollt Ihr hinüber?«

Aufgeregt sprang Avaccu auf die Beine und winkte mit den Armen.

»Wir brauchen Hilfe«, rief er. »Wir haben zwei Verwundete und müssen dringend ans andere Ufer.«

»Bis dorthin ist es weit«, antwortete der Mann. »Könnt Ihr auch bezahlen?«

»Natürlich! Doch zögert nicht! Laßt uns endlich ins Boot!«

»In diesen Zeiten kann man so leicht niemandem trauen. Welche Garantie gebt Ihr mir, daß Ihr mich nicht einfach ins Wasser werft und meinen Kahn wegnehmt?«

»Unser Ehrenwort!«

»Seid Ihr Leute von Ehre?«

Der Hirte wurde langsam ungeduldig, denn das Bellen kam immer näher. Nun hörte es auch der Mann auf dem Fluß und rief: »Werdet Ihr verfolgt?«

Nun ist alles aus, dachte Galowyn. Dabei war die Rettung schon so nah!

Avaccu antwortete schlicht mit: »Ja!«

Zu ihrem Erstaunen hörten sie den Mann auf dem Fluß rufen: »Warum sagt Ihr das nicht gleich?«

Der Kahn stieß ans Ufer, und die Freunde sprangen auf seine Planken. Mit aller Kraft stieß der Mann das schwere Gefährt mit dem Ruder ab und glitt zurück in den Fluß. Sie waren vielleicht einen Bogenschuß vom Ufer entfernt, da tauchten zwischen den Schilfhalmen die ersten Köpfe von Hunden auf. Bald darauf zeichneten sich in der hereinbrechenden Dunkelheit auch die dunklen Umrisse von

Männern vom Himmel ab. Inzwischen war das Boot schon weit draußen auf dem Wasser und trieb flußab. Geschickt steuerte es der Mann durch die reißende Flut. Sie saßen zwischen Netzen, einer Lanze, die eine eiserne Spitze mit Widerhaken hatte, und einem Knüppel. Es war eng, unbequem und naß. Etwa eine halbe Stunde später tauchte vor ihnen ein großer Schatten auf. Darauf steuerte der Mann zu. Es war eine Insel mitten im Fluß. Sie hatte einen Landungssteg, an dem das Boot schließlich festgemacht wurde.

Müde, zerschlagen und dennoch glücklich kletterten sie aus dem Kahn und trugen Smyrna die Uferböschung hinauf. In der Dunkelheit konnten sie nichts mehr erkennen und folgten dem Mann blindlings. Der führte sie zu einem Haus. Sie konnten den Rauch von verbranntem Holz riechen. Neben dem Haus standen Schuppen, die ihnen der Fährmann als Quartier anwies. Sie fragten nicht viel und waren dankbar, als er später mit Wasser und Brot kam. Dann fielen sie alle in einen tiefen, erquickenden Schlaf.

Galowyn war die erste, die am nächsten Morgen erwachte. Sie erhob sich leise und trat aus der Hütte. Die schwachen Strahlen der Sonne erleuchteten einen Hof, den Bäume umgaben. Auf der einen Seite stand ein Blockhaus und daneben Schuppen und Unterstände, in denen Brennholz und verschiedene Gerätschaften untergebracht waren. In einer dieser Hütten hatten sie die Nacht verbracht. Auch einen großen Gemüsegarten und mehrere Gestelle, auf denen Fische zum Trocknen hingen, sowie ein Backhaus gab es hier. Alles machte einen sauberen und gepflegten Eindruck.

Eine Frau mit einem Korb Wäsche lief über den Hof und grüßte freundlich, als sie die Sängerin sah. Wie der Mann in dem Boot hatte sie weißes Haar, das ihr bis zur Hüfte reichte. Das seltsamste an ihr aber waren die Augen, die in der Sonne silbrig glänzten.

»Habt Ihr gut geschlafen?« fragte sie und fügte hinzu, »ich hoffe, wir haben euch nicht gestört. Wir stehen hier früh auf. Die Kinder lassen uns nicht lange liegen.«

Wie zur Bestätigung ihrer Worte erschien ein Junge. Er hatte einen Kanten Brot in der Hand. Als er die fremde Frau erblickte, lief er zur Mutter und versteckte sich hinter ihren Röcken. Die Mutter strich ihm liebevoll über den weißen Wuschelkopf und erklärte, er brauche keine Angst zu haben.

Zu der Sängerin sagte sie: »Wir haben selten Gäste. Er ist nicht an fremde Leute gewöhnt.«

Nun tauchte auch ihr Retter auf. Er hatte ein gutmütiges Gesicht, und auch seine Augen glänzten silbrig.

Galowyn trat auf ihn zu, streckte ihm die Hand entgegen und dankte ihm. Er habe sie aus Todesnot gerettet, sagte sie, und sie würden stets in seiner Schuld bleiben.

Er möge keine Treibjagden, war die Antwort. Wer in diesen Zeiten in Darken verfolgt werde, bedürfe der Hilfe. Auch er habe einst etwas Ähnliches erlebt, bis er sich auf diese Insel habe zurückziehen können. Er wisse, wie man sich als Verfolgter fühle. Hier, weitab von allen Dörfern und Städten habe er jedoch zusammen mit seiner Familie, dabei lächelte er seine Frau liebevoll an, seinen Frieden gefunden. Daß er geholfen habe, sei nur allzu selbstverständlich gewesen und bedürfe keiner weiteren Worte. Dann lud er sie alle zum Frühstück in sein Haus ein.

Galowyn kehrte nach dieser Unterredung beschwingt zu den Freunden zurück. Die waren inzwischen auch erwacht und reckten sich. Aber Smyrna ging es noch immer schlecht. Sie fieberte und hatte große Schmerzen. Fallsta untersuchte sie und stellte fest, daß zwei ihrer Rippen gebrochen waren. Ihr ganzer Körper wies blaue Flecken auf, und einer ihrer Arme war verrenkt. Sie war in der Gefangenschaft schwer mißhandelt worden. Avaccu und Fallsta bandagierten ihren Oberkörper so gut es ging, renkten den Arm wieder ein und betteten sie dann zur Ruhe. Sie lächelte sie hilflos und dankbar an, und schloß dann wieder die Augen. Alle andern gingen nach draußen, um den Retter und seine Familie zu begrüßen.

Unter einer hohen Linde waren Pfähle mit Brettern in den Boden gerammt, die als Tisch und Hocker dienten. Es gab Brot, Ziegenkäse, gedörrten Fisch und frisches Gemüse. Drei Kinder aßen mit; es waren zwei ältere Mädchen und der kleine Junge, den Galowyn schon kannte. Ihnen wurde das Gespräch der Erwachsenen aber bald langweilig, und sie machten sich davon.

Die Gäste berichteten von der Hetzjagd, die man auf sie veranstaltet hatte, und dankten noch einmal für ihre Rettung. Dann erzählten sie in Andeutungen, woher sie kamen und wohin sie unterwegs waren. Zwar machten Fallsta und die Sängerin viele Worte, versuchten aber gleichzeitig möglichst viel zu verschweigen. Der Mann und die Frau fragten nicht nach, sondern gaben sich höflich mit dem Gehörten zufrieden. Galowyn wurde dabei bewußt, daß sie bisher nicht einmal Avaccu reinen Wein eingeschenkt hatte.

Die Betschenen

Dann waren die Gastgeber an der Reihe, und sie erzählten freimütig. Der Mann war Fischer und lebte zusammen mit der Frau und den drei Kindern allein auf der Insel. Sie gehörten zum Volk der Betschenen. Ein kleiner Stamm, der einst aus dem hohen Norden gekommen war, einem Land ›jenseits von Eis und Schnee‹, wie der Fischer sich ausdrückte.

Der Fluß versorgte sie reichlich mit Nahrung, und die Frau bestellte dazu noch einen großen Garten und ein paar Felder mit Getreide für Brot. Die Familie war völlig unabhängig. Der Mann nannte sich Bruko und seine Frau Lagrem.

Galowyn erinnerte sich, daß Bruko seine eigene Verfolgung erwähnt hatte und wollte Näheres wissen. Da erzählten die beiden die Geschichte ihres Volkes.

Die Betschenen waren vor vielen Generationen in Darken eingewandert. Ihre Ursprünge lagen für sie selbst im dunkeln. Klar war nur, daß sie nicht aus Centratur stammten. Ihre Gestalt war sehr auffällig: hochgewachsen, mit langen weißen Haaren und silbernen Augen. Sie zogen deshalb rasch die Aufmerksamkeit der Darkener auf sich. Doch damit begann das Verhängnis. Jeder Vornehme im Land wollte einen Betschenen als Diener haben. Der mußte bei Festen neben dem Hausherrn stehen und ihn ganz allein bedienen. Zu Beginn machten die Betschenen mit, da sie dadurch im fremden Land gute Verdienstmöglichkeiten hatten. Aber mit der Zeit war dieser Dienst nicht mehr freiwillig, sondern wurde erzwungen. Die Einwanderer wurden zu Sklaven.

Doch die Betschenen waren ein stolzes Volk und wollten sich nicht unterwerfen. Unter der Führung von Rarak dem Helden, der später in vielen Liedern besungen wurde, begann ein langer Befreiungskampf. Er war grausam und blutig, und beide Seiten kannten kein Erbarmen. Die Betschenen waren natürlich unterlegen und konnten sich keiner offenen Auseinandersetzung stellen. Deshalb griffen sie aus dem Hinterhalt an. Sie überfielen Gehöfte und brannten sie nieder. Die Leute aus Darken erklärten wiederum jeden Betschenen für vogelfrei, brachten Männer, Frauen und Kinder willkürlich um und zwangen die Überlebenden zu den niedrigsten Arbeiten. Die Wende kam, als Rarak in einen Hinterhalt geriet und gefangengenommen wurde. Man folterte ihn öffentlich zu Tode, und er mußte mehr Schmerzen ertragen, als je ein Betschene zuvor. Nicht einmal die blutige Masse, die von ihm noch übriggeblieben war, durfte sein Volk bestatten. Die Sieger aus Darken ließen ihn einfach verschwinden. Dies war jedoch ihr größter Fehler. Denn nun entstand das Gerücht, Rarak sei gar nicht tot, sondern habe die Tortur überlebt. Er sei nicht nur ein Held, sondern ein Gott und habe fliehen können. Aus dem Verborgenen heraus lenke er den Widerstandskampf, und wo immer sein Volk Hilfe brauche, sei er zur Stelle.

Der Widerstand der Betschenen war nicht nur nicht gebrochen, sondern wurde durch diese Legende auch noch gestärkt. Sie stürzten sich todesmutig in jede Auseinandersetzung, rechneten sie doch damit, daß ihnen Rarak in der Not zur Hilfe kommen werde. Durch diesen Glauben wurden sie in der Tat unbezwinglich. Sie kämpften mit so wilder Entschlossenheit, daß die Leute in Darken schließlich einlenken mußten. Es kam zu langen Verhandlungen zwischen den ungleichen Völkern, die von stets neu aufflackernden Kämpfen unterbrochen wurden. Endlich einigte man sich auf einen Kompromiß. Die Betschenen bekamen die Erlaubnis, die Inseln im Aganga zu besiedeln. Die Eilande sollten für immer zu ihrer Heimat werden und nur ihnen gehören. Die Darkener verpflichteten sich, diese Inseln als fremdes Land zu respektieren.

Der Jubel unter den Betschenen war nach dieser Einigung groß. Sie setzten über und besiedelten die unbewohnten Inseln. Doch bald kam die Enttäuschung, denn nur Dornen und Wildnis erwarteten sie. Zudem wurde regelmäßig ein Teil der Inseln vom Hochwasser überschwemmt. Es gab also viel zu tun, um das neue, ihnen zugewiesene Land urbar zu machen. Doch sie nahmen die Herausforderung an und mit der gleichen Verbissenheit, mit der sie ihren Befreiungskampf geführt hatten, bearbeiteten sie die Inseln. Da wurde gerodet, wurden Dämme gebaut und Hügel aufgeschüttet, Felder angelegt und Häuser gebaut. Auf den größeren Inseln entstanden Dörfer, und die kleineren nahmen einzelne Familien in Besitz.

Doch als die Mühen endlich Früchte zeigten und aus den wilden Eilanden blühende Landschaften wurden, bereuten die Darkener ihre Entscheidung. Sie wollten die Inseln zurück oder zumindest für sie Tribut eintreiben. Dem widersetzten sich die Betschenen. Es kam zu neuen Kämpfen. Wenn die Darkener eine Insel überfielen und alle Bewohner niedermachten, gingen die Betschenen auf Rachefeldzug und zündeten wieder Gehöfte an. Der alte Krieg entflammte grausamer denn je.

Sein Vater, so erzählte Bruko, sei in diesem Krieg gefallen. Er selbst sei noch in seiner Jugend in die Kämpfe verstrickt gewesen. Daher wisse er auch, wie es sei, wenn man gejagt werde. Nach dem Großen Krieg sei es jedoch besser geworden. Das Interesse der Darkener habe sich von der kleinen Minderheit in ihrem Land auf die Nachbarländer verlagert. Seit etwa zwanzig Jahren ließe man sie in Frieden und respektiere die Unabhängigkeit ihrer Inseln. Zwar seien noch immer auf jedem Eiland Holzstöße aufgeschichtet, die man bei einem Überfall entzünden wolle, um Hilfe herbeizurufen. Aber schon lange sei nichts mehr vorgekommen.

Dies war eine lange Geschichte gewesen, und Lagrem hatte ihren Mann ergänzt, wo sein Gedächtnis Lücken aufwies.

Nun erkundigten sich die beiden gastfreundlichen Leute nach dem vierten Gast, und als sie erfuhren, daß es Smyrna schlechtging, eilten sie zu ihr, flößten ihr heiße Suppe ein und gaben ihr ein Elixier. Danach bestanden sie darauf, die Dienerin zu ihnen ins warme Haus zu bringen. Dort bereiteten sie ihr ein Lager.

Nachdem Smyrna versorgt war, stellten Bruko und Lagrem fest, daß an eine Weiterreise nicht zu denken sei und die Fremden vorerst bei ihnen bleiben müßten. Obgleich die Zeit drängte, willigten diese ein.

Nun begannen glückliche Tage. Das Wetter war warm und freundlich und der Krieg und alle Verfolgung weit entfernt. Diese Insel war ein Hort des Friedens und der Ruhe. Es gab ausreichend zu essen, und nachts konnte man schlafen, ohne Wachen aufstellen und ständig in Angst leben zu müssen. Galowyn und Fallsta hatten in den letzten Monaten beinahe schon vergessen, was es hieß tief und fest zu schlafen. Auch hier schreckten sie noch manchmal aus dem Schlaf empor und fragten sich, ob sie nicht doch ein verdächtiges Geräusch gehört hätten.

Am Tag bummelten sie über die Insel oder schwammen im Fluß, und Galowyn sang ständig das Lied »Sonnenschein auf allen Wegen«. Darin kamen Verse vor wie »Herz und Himmel, die sind frei« und »Glück und Liebe sind dabei«. Auch Smyrna ging es von Tag zu Tag besser. Die Wunden verheilten, und die Rippen wuchsen wieder zusammen.

An den Abenden saßen alle unter den Bäumen und tranken Ziegenmilch. Smyrna wurde aus dem Haus getragen und auf Stroh und weiche Decken gebettet. Dann redeten sie lange miteinander. Ein Thema, das sie sehr beschäftigte und bei dem sie geteilter Meinung waren, war der Krieg.

»Krieg ist wichtig«, sagte Galowyn. »Ich finde es gut, wenn sich Leute, die gerne kämpfen, gegenseitig umbringen. Dann sind sie aus der Welt, und es wird Platz für die Friedfertigen. Man soll den Wolf nicht hindern, den Wolf zu reißen!«

Dem widersprach Smyrna energisch.

»Im Krieg müssen stets die Unschuldigen die Opfer bringen«, erklärte sie.

»Deshalb bin ich so froh, daß wir so weit von diesem Wahnsinn entfernt sind«, stimmte Bruko zu.

»Seid euch dessen nicht so sicher«, wandte Avaccu ein. »Die Gewalt holt euch überall ein. Gewalt ist ein Teil dieser Welt. Ohne Gewalt gäbe es keine Weiterentwicklung. Die Gewalt und der Krieg merzen die Schwachen aus, denn nur die Starken können überleben. Dadurch wird das Menschengeschlecht härter und tüchtiger. Jeder Krieg treibt die Entwicklung der Menschheit ein Stück voran.«

»Grausamkeit und Unterdrückung kann man doch nicht Weiterentwicklung nennen! Darauf kann ich gern verzichten. Wenn du recht hättest, wäre es doch seltsam, daß die Menschheit bei all den Kriegen noch nicht weiter entwickelt ist!« nahm nun auch Lagrem Stellung.

Bei diesem Disput wurden die Stimmen schärfer und die Augen blitzten hart. Es war, als erzeuge allein das Gespräch über Gewalt schon Gewalt und Haß, als sei schon das Reden darüber ansteckend.

Da mischte sich der schweigsame Fallsta ein und stellte fest: »Aus dem Streit der Welt kann man sich nicht heraushalten. Man muß die Welt so nehmen wie sie ist. Es ist ein Unding, für den Frieden kämpfen zu wollen. Ich habe es oft erlebt, daß gerade diejenigen, die am brutalsten und unbarmherzigsten vorgegangen waren, schließlich für den Frieden eintraten.«

»Aber wir kämpfen doch für den Frieden. Unsere Mission hat doch keinen anderen Zweck. Warum bist du mitgekommen, wenn du nicht an den Frieden glaubst?« fragte Galowyn empört.

»Ich glaube daran«, antwortete der Goldgräber. »Ich lehne auch den Kampf nicht ab. Wenn der Wolf dich angreift, mußt du ihm den Schädel einschlagen. Aber der Kampf dient dann der Verteidigung und nicht dem Frieden. Jeder Kampf stört den Frieden, das muß man sich klarmachen.«

»Dann willst du dich also ohne Gegenwehr fressen lassen?« fragte Avaccu.

»Nein, ganz im Gegenteil! Aber ich bezeichne die Wahrung meiner Interessen nicht als Kampf für den Frieden. Den Frieden, den wir ersehnen, wird es wohl nie geben. Aber wir können etwas dafür tun, den Kampf ein wenig einzudämmen. Nur macht euch bewußt, daß Gewalt wieder Gewalt erzeugt. Und wer für den Frieden kämpft, erzeugt natürlich Unfrieden.«

Bei diesen Worten stand Galowyn auf und sagte erregt: »Das sind doch alles Haarspaltereien! Diese ganze sinnlose Auseinandersetzung können wir nur deshalb führen, weil wir zur Zeit auf einer Insel des Friedens leben. Und wie ist diese Insel entstanden? Durch den Kampf der Betschenen!«

Sie stand auf und ging hocherhobenen Hauptes zu ihrem Lager und legte sich schlafen.

Die anderen disputierten noch lange weiter, bis sie von den Kindern unterbrochen wurden. Sie waren von dem lauten Reden aufgewacht und wankten schlaftrunken aus dem Haus. Lagrem nahm den Jungen auf den Schoß und streichelte den beiden Mädchen über das Haar. Nachdem sie ihnen ein Lied gesungen hatte, brachte sie alle drei wieder ins Bett.

Die beiden Mädchen mußten der Mutter schon ordentlich zur Hand gehen, während der jüngere Bruder, das Nesthäkchen, noch alle Freiheiten hatte und machen durfte, was er wollte. Nur hin und wieder nahm ihn der Vater mit hinaus auf den Fluß, um ihm sein Handwerk zu zeigen.

Das ältere Mädchen schloß sich Galowyn an. Aus Gründen, die keinem so richtig einleuchteten, verehrte es die Sängerin. Wo immer sich Galowyn aufhielt, war auch Eranda. Was Galowyn auch sagte, Eranda hing an ihren Lippen. Dies war der Sängerin gar nicht recht. Sie wollte lieber mit Avaccu allein sein. Ihr war inzwischen klargeworden, daß sie den Hirten liebte. Avaccu bemühte sich weiterhin um sie, machte ein Kompliment nach dem anderen und erklärte, sie sei die schönste Frau, die er kenne. Beim Frühstück bediente er sie und war ängstlich den Tag über auf ihren Schutz bedacht. Dennoch unternahm er keinen Annäherungsversuch. Natürlich gab ihm Galowyn zu verstehen, wo ihre Wünsche lagen, aber er ging nicht darauf ein.

Avaccu hatte die Führung der kleinen Gruppe übernommen. Das hatten inzwischen alle erkannt. Ohne ihn wären sie schon mehrfach umgekommen, und ihr Auftrag wäre schon zu Beginn gescheitert. Trotz seiner Zurückhaltung wollte die Sängerin auf dieser friedlichen Insel endlich den Mann von den Weiden Brocors verführen.

Doch die kleine Eranda ließ sich nicht abschütteln. Sie machte der verehrten Frau kleine Geschenke aus Blumenkränzen und selbstgebastelten Körben. Galowyn gab ihr dafür Gesangsstunden. Sie mochte das Mädchen, obwohl es ihr manchmal auf die Nerven ging. Während sie sich mit der Kleinen beschäftigte, besserte Avaccu Kleider aus und fertigte nützliche Dinge für die Weiterreise. Als besondere Gabe schnitzte er sechsundneunzig Holzperlen und nähte sie an einen ledernen Gürtel. Den überreichte er der Sängerin. Die hatte ihn nämlich inzwischen in ihre Mission eingeweiht.

Jede Perle sei ein Tag, den sie noch Zeit hätten, erklärte er. Die Freundin solle jeden Tag eine Perle vom Gürtel abschneiden. Das messe die Zeit und bringe Glück.

Oft saß er auch am Krankenbett von Smyrna und ließ sich erzählen, wie sie in die Gefangenschaft geraten waren. In einer der Herbergen hatten Soldaten aus Darken den Goldgräber zu einem Würfelspiel aufgefordert und als dieser gewann, ihn als Spion beschimpft.

»Diese Falle hätte er doch merken können«, sagte Avaccu. »Das ist in Darken ein bekannter Trick, wenn man jemanden ausnehmen will.«

Dann machten sie alle eine Bestandsaufnahme und stellten fest, daß Smyrna und Fallsta ihre Briefe von Aramar in der Gefangenschaft verloren hatten. Nur noch Galowyn verfügte über ein Dokument, das sie nun ängstlich hütete.

Die Schlange

Fallsta genas von den Verletzungen rascher als Smyrna. Einmal begleitete er den Fischer. Sie fuhren hinaus auf den großen Agangafluß. Bruko ruderte gegen den Strom, und der Goldgräber saß im Bug des Bootes. Der breite Fluß, bei dem man kaum von einem Ufer zum anderen sehen konnte, floß rasch im Sonnenlicht dahin. Unbeirrt von Wellen und Wasserstrudeln zog das Boot seine Bahn. Bald war die Insel nur noch ein grauer Schatten im Süden. Das Wasser glitt unter ihnen dahin, und der Goldgräber fühlte sich wohl wie lange nicht mehr.

Großer Aganga, dachte Fallsta, wie viele Jahrtausende fließt du nun schon in deinem Bett. Ein Menschenleben ist für dich, was für uns ein Atemzug ist. Ich würde zu gerne wissen, ob du an uns Menschen Anteil nimmst. Ob es dir etwas ausmacht, wenn sich deine Wasser in Ufernähe rot von unserem Blut färben, weil wir wieder einmal glauben, mit Mord und Totschlag unser Glück zu machen? Möchtest du uns manchmal zur Ordnung rufen und uns Menschen menschlicher machen?

Mächtiger Aganga, was können wir von dir lernen? Du bist friedfertig und gibst allen Lebewesen Raum. Aber du bist nicht gutmütig. Wenn du willst, kannst du für Mensch und Tier zu einer tödlichen Bedrohung werden. Doch selbst in deiner Wut tust du Gutes. Obgleich du alles vernichtest, so weit dein Arm reicht, düngst du unsere Felder und schaffst die Grundlage für neues Leben. Du bist nicht berechenbar. Jetzt fahren wir auf deiner Oberfläche und genießen deine Ruhe. Bald aber wirst du aufgewühlt sein und jeden, der sich auf dich hinauswagt, in die Tiefe ziehen. Du kannst brutal sein, Aganga! Wir Menschen müssen auch lernen, beides zu sein, friedfertig und verteidigungsbereit.

Großer, unergründlicher Aganga! Du entstehst durch viele kleine Flüsse, die ihr Wasser zu dir tragen. Du bist das Ergebnis von vielen. Sind die einzelnen Teile, aus denen du entstanden bist, in deiner Einheit noch erkennbar? Wissen die Wasser um ihren jeweiligen Ursprung?

Warum beschützt du deine Kinder, die Fische, nicht? Du läßt es zu, daß wir kommen, sie fangen und töten. Heißt das, daß du uns magst? Großer Aganga, gibt mir ein Zeichen!

Während Fallsta diese Gedanken durch den Kopf gingen, löste sich aus dem Uferschilf ein seltsames Wesen und schwamm auf das kleine Boot zu. Es war so dick wie zwei Oberschenkel von starken Männern und doppelt so lang wie der Kahn. Es schlängelte sich durch die Wellen und hob auf einmal den Kopf. Fallsta schrie auf, als er in zwei kalte Augen sah. Ein großes Maul öffnete sich, und eine gespaltene Zunge zuckte hervor.

»Das ist eine Wasserschlange«, meinte Bruko ruhig. »Sie ist meine Freundin und besucht mich immer, wenn ich hier vorbeirudere. Es gibt sicher viele Wasserschlangen im Aganga, aber sie ist die einzige, die ich bisher gesehen habe. Ich bringe ihr stets ein paar Leckereien mit.«

Mit diesen Worten erhob er sich, und das Boot schwankte dabei bedenklich, griff nach ein paar getrockneten Fischen und warf sie der Schlange ins Maul. Das Tier schnellte in einer hohen Schleife aus dem Wasser und tauchte dann unter dem Boot hindurch.

»Diese Schlange kann unseren Kahn doch mit Leichtigkeit umstürzen«, rief der Goldgräber entsetzt.

»Wird sie aber nicht tun«, beruhigte ihn der Fischer. »Sie mag mich.«

Fallsta sah ihn zweifelnd an und klammerte sich am Bootsrand fest. Tatsächlich verschwand das Ungeheuer bald darauf und ward nicht mehr gesehen. Die Männer warfen den ganzen Tag das Netz mit Erfolg aus. Mit der Zeit füllten sich Eimer und Kisten, die Bruko mitgenommen hatte, mit zappelnden Leibern. Der Goldgräber griff kräftig zu, und am Nachmittag meinte Bruko lachend, er nähme Fallsta gern wieder mit. So einen Gehilfen habe er sich schon immer gewünscht. Zu zweit sei es viel leichter, das schwere Netz auszuwerfen und wieder einzuziehen. Dann griff er unter die Ruderbank und holte zwei Angeln hervor. Zum Abschluß sollten noch ein paar große Fische gefangen werden.

Der Fischer befestigte an den Haken jeweils einen von den gefangenen Fischen und dann warfen sie die Köder über Bord.

Fallsta dürfe auf keinen Fall mit Haken und Köder zu tief in den Fluß eintauchen, warnte Bruko. Dort unten hielten sich Warse auf, und sie dürfe man besser nicht stören.

Mit dem Netz hatten sie Glück gehabt, aber an die Haken wollte kein Fisch anbeißen. Sie unterhielten sich fröhlich, und der Goldgräber achtete bald nicht mehr auf die Angel. Die Schnur glitt ihm immer weiter durch die Hand, und plötzlich gab es einen Ruck;

irgend etwas hatte den Köder genommen. Fallsta zog dagegen und rammte dem Fisch den Haken ins Maul. Dann wollte er ihn einholen, konnte aber nicht einen Zoll gewinnen. Es war, als hinge ein großer Stein an der Schnur. Bruko sah zu und wurde bleich im Gesicht.

Nach einer Weile wurde die straffe Schnur ganz schlapp, dann begann die Oberfläche des Flusses zu kochen, ein riesiges Maul erschien und dann der ganze Fisch. Er war doppelt so groß wie der Kahn mit den Fischern.

»Du hast einen Wars gefangen«, rief Bruko entsetzt. »Ich habe dir doch gesagt, du darfst nicht bis zum Grund des Flusses kommen. Dort lauern diese Bestien auf Beute.«

»Am besten wir schneiden die Leine ab und machen uns davon«, entgegnete Fallsta hastig und zückte sein Messer.

»Auf keinen Fall, das wäre unser Tod. Solange er Haken und Leine spürt, versucht der Wars zu entkommen. Ist der Druck nicht mehr vorhanden, greift er an und verschlingt uns mitsamt dem Boot. Diese mächtigen Fische verlassen die Tiefe von sich aus nie. Aber wenn man sie nach oben holt, werden sie zu Bestien, die man nicht bändigen kann.«

Der Wars schwamm nun gegen den Strom und zog den Kahn hinter sich her. Fallsta hielt die Angel mit beiden Händen, und Bruko zog an der Schnur. Das Wasser spritzte ihnen ins Gesicht, und das rauhe Seil riß Wunden in die Hände des Fischers. Er achtete nicht darauf, sondern murmelte immer wieder vor sich hin: »Wenn das nur gutgeht! Wenn das nur gutgeht!«

»Es tut mir leid«, rief der Goldgräber. »Ich hätte besser aufpassen sollen.«

»Es war mein Fehler! Wir hätten hier nicht angeln sollen. Ich hätte es wissen müssen.«

Alle Vorwürfe halfen nichts. Der große Fisch zog und zog, und den Männern blieb nichts übrig, als abzuwarten.

Der Abend näherte sich, und es wurde kühler. Damit kamen aber auch Wellen auf, die das Boot packten und zurückhielten. Unermüdlich aber zog der Wars, und die Schnur, die ihn mit den Männern verband, war gespannt wie die Saite eines Instruments. Eine besonders große Woge hob den Kahn in die Höhe, es gab einen Ruck und dann einen Knall, und die Angelschnur war gerissen.

Sogleich setzte sich Bruko an die Ruder, die er tief eintauchte und weit durchzog. Er wollte so rasch wie möglich ans Ufer. Doch der Fisch war, von der Last befreit, zuerst weggetaucht und umkreiste nun seine Peiniger. Er sah aus wie ein mächtiger Felsen im Wasser, der sich bewegte. Seine Schwanzflosse ragte höher aus dem Wasser als die sitzenden Männer in ihrem Boot. Mit dieser Flosse gab er dem Kahn nun beinahe spielerisch einen Stoß. Das Boot begann wie wild zu schaukeln, nahm Wasser auf, und seine Insassen mußten sich mit aller Kraft festhalten, um nicht in den Fluß zu fallen.

Noch zweimal schlug der Fisch zu, dann war er des Spiels müde. Er öffnete das Maul, und zwei Kränze scharfer Zähne wurden sichtbar. Bruko und Fallsta packten ein Ruder und machten sich zum aussichtslosen Kampf bereit. Als der Wars näher kam, schlugen sie nach ihm, und Bruko schrie: »Versuche die Augen zu treffen!«

Es gelang ihnen in der Tat, das Untier für kurze Zeit zurückzutreiben, aber dadurch wurde es noch wütender. Wieder riß es sein Maul auf, und als Fallsta zuschlug, biß es einfach das schwere Ruder ab. Die nächsten Sekunden würden das Ende bringen.

Da geschah etwas Seltsames. Eine Gischtfontäne schoß herbei, direkt auf den riesigen Fisch zu, das Wasser teilte sich, und die Wasserschlange, die sie am Morgen gesehen hatten, schnellte empor.

»Jetzt streiten sie sich, wer uns zuerst fressen darf«, stöhnte Fallsta.

Tatsächlich griff die große Schlange den Fisch an. Fassungslos sahen die Männer dem Schauspiel zu. Die Schlange hatte sich um den Fisch geschlungen und versuchte ihn zu erdrücken. Der wiederum schnellte sich aus dem Wasser, warf sich auf den Rücken, tauchte und versuchte, ein Stück der Gegnerin zwischen seine Zähne zu bekommen. Die Schlange glitt von den glitschigen Schuppen immer wieder ab und kam dabei mit dem Ende ihres Körpers dem schnappenden Maul gefährlich nahe. Der Kampf war ausgeglichen, und die sprachlosen Männer konnten schwer abschätzen, wer als Sieger daraus hervorgehen würde. Es war für sie auch gleichgültig, ob sie im Magen des Fisches oder der Wasserschlange landen würden.

Der Kampf tobte hin und her, und die Sonne versank weit im Westen. Schließlich bekam der Fisch doch das Ende der Schlange zu fassen, diese bäumte sich gequält auf, verdoppelte in Todesnot ihre Kräfte und würgte den Wars, bis er sich nicht mehr rührte. Dann löste sie sich von dem massigen Leib, der jetzt in der Tiefe verschwand. Die Schlange schnellte triumphierend aus den Wellen und krümmte ihren Körper zu einem großen Rad. Dann tauchte sie weg und kam schließlich auf den Kahn zu. Ihr riesiger Kopf fuhr aus dem Wasser, und ihre lidlosen Augen starrten die Menschen an.

Eine schmale Zunge, so lang wie ein Arm, schnellte hervor. Sie fuhr über den Bootsrand und berührte die Männer, einen nach dem anderen. Fallsta zuckte zurück, als die kalte Zunge ihm über die nackten Arme und das Gesicht fuhr, aber Bruko hielt tapfer aus und regte sich nicht. Auf ihm verweilte die Zunge besonders lang. Dann verschwand sie im Schlangenmaul, der mächtige Körper fiel zurück und versank schließlich in den dunklen Wogen. Dann sahen sie die Schlange nicht mehr.

Sie brauchten eine Zeit, bis sich ihre zitternden Hände beruhigt hatten, und ihr Atem wieder gleichmäßig ging. Endlich ergriff Bruko das verbliebene Ruder und steuerte damit den Kahn mit dem Strom nach Süden.

Unterwegs sagte er: »Ich wußte, daß die Schlange meine Freundin ist. Und ich hatte recht. Sie hat uns das Leben gerettet. Wir haben zwei Tiere aus der Urzeit erlebt, und ich weiß nicht, ob Menschenaugen schon jemals einen solchen Kampf gesehen haben. Aber ich weiß nun, daß wir nicht allein auf dieser Welt sind und daß es Tiere gibt, die für uns Gefühle empfinden und sogar ihr Leben für uns einsetzen. Immer wenn ich ein Tier töten muß, werde ich von nun an der Schlange gedenken, und meine Hand wird beim Töten ein wenig zögern.«

Sie erreichten mit dem leckgeschlagenen und mit Wasser gefüllten Boot nur noch mit Mühe die rettende Insel. Dort luden sie ihren Fang des Tages aus und trugen die Fische zum Haus. Sie erzählten, ohne sich abgesprochen zu haben, nichts von ihrem Abenteuer und waren recht einsilbig. An diesem Abend gingen sie bald schlafen, und alle glaubten, die Männer seien müde von der harten Arbeit des Tages.

Weiterreise

Bald konnte Smyrna vor dem Haus in der Sonne sitzen, und eines Tages sagte sie, es gehe ihr wieder gut, und sie könnten weiterreisen. Dies war zwar eine gute Nachricht, aber so richtig froh war niemand darüber. Weder die Gastgeber, die sich an die muntere Gesellschaft gewöhnt hatten, noch die Reisenden, die sich nun wieder neuen Gefahren und Strapazen aussetzen mußten. Es war eine schöne Pause gewesen, und sie hatten den Aufenthalt auf der Insel genossen.

Am nächsten Tag wollten sie aufbrechen. Am Abschiedsabend saßen sie noch einmal zusammen, doch diesmal war allen das Herz schwer. Besonders Eranda war traurig, weil ihr großes Vorbild, die Sängerin, sie verlassen mußte. Sie saß still am Feuer, das sie entzündet hatten, nippte an ihrer Ziegenmilch und schien den Tränen nahe, bis sich Galowyn neben sie setzte. Da brach aller Kummer aus dem Mädchen heraus.

Wie einsam sie hier auf der Insel lebten, weit entfernt von allen anderen jungen Leuten ihres Volkes. Daß das Leben an ihr vorbeiginge, und sie keinen Freund finden würde. Daß sie immer nur mit ihren Eltern oder kleineren Geschwistern zusammen sein müsse, während alle anderen jungen Leute zusammen feiern könnten. Die besten Jahre ihres Lebens versäume sie hier in der Abgeschiedenheit. Das sei kein Leben und lieber wäre sie tot. Ihre Eltern schirmten sie so sehr ab, daß sie niemanden kennenlernen könne. Sie sei inzwischen schon ganz schüchtern geworden, und allein der Gedanke, sie müsse mit einem fremden Jungen sprechen, mache sie verlegen. Sie sei jetzt schon sehr alt und bereits zur Frau herangereift, aber sie müsse noch immer leben wie ein Kind. Selbst ins Bett müsse sie mit ihren kleinen Geschwistern gehen. Galowyn redete lange mit Eranda, bis das Mädchen schließlich die Tränen trocknete und ins Haus ging.

Es war ein schöner Abend, die Luft war mild, und während die einen zu Bett gingen, schlenderten die anderen noch über die Insel. Die anderen, das waren Galowyn und Avaccu. Schweigend gingen sie unten am Flußufer entlang. Über ihnen leuchtete die Sichel des aufgehenden Mondes und rechts von ihnen rauschten die Wellen des Stromes ihr monotones Lied. Als sie stehenblieben, um auf das glitzernde Wasser hinauszusehen, lehnte sich die Frau an den

Mann, und der legte seine Arme um sie. Dann küßten sie sich lange und innig. Wie sehr hatte Galowyn auf diesen Augenblick gewartet. Doch trotz des langen Wartens hatten sie es nicht eilig. Und fürsorglich bereitete Avaccu ein Lager, auf das er seine Kleider legte. Darauf ließen sie sich nieder. Doch dann streiften sie alle Hemmungen ab, gaben ihrem Hunger nach und versanken ineinander. Die Kraft des Mannes paarte sich mit der Erfahrung der Frau. Erst spät in der Nacht ließen sie verschwitzt, müde und glücklich voneinander ab.

Sie lag auf seiner nackten Brust, ihr langes Haar war über ihm ausgebreitet, und sie schaute gedankenverloren in den dunklen Himmel.

»Wie du weißt, ist es eine sehr gefährliche Reise, die noch vor uns liegt«, meinte die Sängerin endlich. »Noch kannst du dich in Sicherheit bringen.«

»Du bist meine Sicherheit«, antwortete der Hirte. »Und ich bin die deine. Wenn wir zusammen sind, werden wir alle Gefahren bestehen.«

Sie kehrten zu ihrer Unterkunft zurück und schliefen traumlos die wenigen Stunden bis zum Morgen.

In der Dämmerung versammelten sich alle beim Boot, das längst ausgebessert worden war. Es war kühl und über dem Fluß hingen dichte Nebelschwaden. Das betschenische Paar hatte ihnen viele Vorräte eingepackt und ihre Ausrüstung ergänzt. Nun umarmten sich alle, man sagte Dank, und Gastgebern wie Reisenden standen Tränen in den Augen. Als alle bereits ins Boot steigen wollten, kam Eranda herbeigeeilt. Sie trug ein Bündel über der Schulter und winkte mit den Armen.

»Ich komme mit«, rief sie schon von weitem.

Erstaunt sahen ihre Eltern sie an.

»Ich muß einmal etwas anderes sehen, als diese öde Insel hier«, sagte das Mädchen mit einer Stimme, die keinen Widerspruch duldete. »Ich werde unsere Freunde begleiten.«

Lagram und Bruko waren nicht einverstanden, doch Eranda hatte sich gute Argumente zurechtgelegt.

Die von Betschenen bewohnten Inseln zogen sich im Aganga wie eine Perlenkette nach Norden. Dieser Kette wollten die Reisenden folgen. Damit sie aber aufgenommen würden und Hilfe bekämen, müsse jemand vom eigenen Volk sie begleiten, erklärte

Eranda. Diese Aufgabe wolle sie übernehmen. Auf der letzten Insel wohne die Schwester ihres Vaters. Bei ihr wolle sie eine Weile bleiben, um nun, wo sie doch erwachsen werde, auch einmal etwas anderes zu sehen und zu erleben, als nur ihre Insel und die eigene Familie.

Als ihre Eltern noch immer zögerten, bettelte sie so heftig und inständig, daß auch die Gäste sie unterstützten, und Mutter und Vater schließlich nachgaben. Zufrieden nahm Eranda im Boot Platz, versuchte aber, so wenig wie möglich aufzufallen.

Der Kahn war mit den sechs Leuten überladen und lag tief im Wasser. Die weite Strecke stromauf konnte Bruko deshalb nicht allein rudern, so lösten sich die Männer in regelmäßigen Abständen ab. Der Tag wurde heiß, und sie schwitzten in der prallen Sonne. Fallsta hielt den ganzen Tag über Ausschau nach der Wasserschlange, aber sie ließ sich nicht blicken. Inzwischen stand die Sonne schon tief, und Dunst hatte sich wieder über dem Wasser angesammelt, als vor ihnen eine Insel auftauchte. Sie wurden von Wachen angerufen, gaben sich zu erkennen und zogen das Schiff weit hinauf ans Ufer. Diese Insel war größer und beherbergte ein kleines Dorf. Es bestand aus kleinen, aber festen Häusern. Dorthin führte man sie und gab ihnen Quartier für die Nacht. Alle schliefen entspannt und tief. Noch waren sie in Sicherheit.

Am nächsten Morgen kehrte Bruko zu seinem Boot zurück, nachdem er seiner Tochter viele Ratschläge und Ermahnungen erteilt hatte. Es war offensichtlich, daß er sie nur ungern zurückließ und sich große Sorgen machte. Aber auch Eranda war es nun unwohl in ihrer Haut und sie kämpfte mit sich, bei ihrem Entschluß zu bleiben.

Die Reisenden luden ihr Gepäck auf die Schultern, wobei Avaccu unbemerkt noch ein Bündel von Galowyn mit übernahm. Den Vormittag liefen sie quer über die große Insel und erreichten gegen Mittag, ohne anderen Betschenen begegnet zu sein, die nördlichste Spitze und den dort gelegenen kleinen Hafen. Hier trafen sie wieder auf einige Häuser und Fischer, die ihre Netze ausbesserten. Durch das Mädchen mit den silbernen Augen wurden die Fremden freundlich aufgenommen und bewirtet. Als die Betschenen erfuhren, welche Reise die vier Männer und Frauen planten, machten sie große Augen und rieten dann heftig ab. Die Route flußaufwärts sei lang und schwierig. Wolle man sich von Insel zu Insel fortbewegen, müsse man viel Zeit haben.

Verzweifelt fragte Fallsta, zu welchem Weg man ihnen rate.

Ein hochgewachsener Mann mit von Wind und Sonne gegerbter Haut deutete mit seiner schwieligen Hand nach Westen. Dort drüben am Ufer, so erklärte er, siedelten auch noch Leute seines Volkes. Auch sie lebten zum Teil vom Fischfang. Sein Schwager aber habe eine Pferdezucht. Zu ihm wolle er die Fremden bringen. Sie könnten dann Pferde erstehen und auf geheimen Wegen nach Norden reiten.

Dieser Plan erschien allen ausgezeichnet. Deshalb ließen sie sich von dem Fischer auf das westliche Ufer übersetzen. Dort bekamen sie die Rösser zu einem vernünftigen Preis. Lediglich Eranda war verzweifelt. Sie konnte nicht reiten und wäre für die Gruppe ein großes Hindernis geworden. Deshalb mußte sie zurückbleiben. Als man es ihr schonend mitteilte, brach das Mädchen in Tränen aus.

Galowyn nahm die Kleine beiseite, und als die beiden Frauen zur Gruppe zurückkehrten, wischte Eranda tapfer die Tränen aus den Augen und stieg ohne viel Umstände und ohne langen Abschied in das Fischerboot, das sie auf die Insel zurückbringen sollte. Doch als der Kahn vom Ufer abstieß, sahen die Reisenden ein junges Mädchen, das im Heck saß und verloren zurückblickte, während ihm die Tränen über die Wangen liefen.

»Was hast du ihr gesagt?« fragte Smyrna die Freundin.

»Ich habe Eranda das Versprechen gegeben, daß ich eines Tages wiederkommen, sie abholen und mit ihr in alle großen Städte Centraturs reisen werde. Wenn sie dann noch will, bilde ich sie zur Sängerin aus.«

»Wirst du dein Versprechen halten?«

»Ja«, antwortete Galowyn schlicht.

»Dein Versprechen ist für dich ungefährlich«, sagte die Dienerin. »Denn wahrscheinlich werden ihre Eltern bis dahin einen Mann für sie gefunden haben, der am Tag auf den Fluß hinausrudern und ihr nachts Kinder machen wird. Da bleibt keine Zeit mehr für Träume von Singen und Reisen.«

Sie bestiegen die Pferde und machten sich auf den Weg nach Westen. Von den Betschenen hatten sie eine Schnur mit seltsamen Knoten bekommen. Sie war eine Art Erkennungszeichen. In den versteckten Dörfern, in denen Angehörige des Volkes mit den silbernen Augen wohnten, wiesen sie die Schnur vor und erhielten sogleich Nachtquartier und Hilfe. Auch zeigte man ihnen den weiteren Verlauf der verborgenen Wege. So kamen sie gut voran. Dann endlich standen sie eines Tages unter Bäumen am Rand der Alten Oststraße. Trotz aller Eile war die Zeit nun knapp geworden. Auf dem weiteren Weg nach Westen zum Meer durfte nun keine Verzögerung mehr eintreten.

Die Alte Oststraße

Die Wagen, Fuhrwerke und Karren standen verlassen auf der Wiese. Die Pferde und Maultiere hatte man ausgespannt, und die Deichseln ragten senkrecht in die Luft oder schleiften am Boden.

Alle Gefährte waren verkauft. Doch ihre ehemaligen Besitzer hatten keinen angemessenen Erlös erzielt. Die Leute aus Mintel wußten, daß die Reisenden verkaufen mußten und hatten den Preis erheblich gedrückt. Statt der Wagen wurden nun Reittiere nötig. Der Weg über das Gebirge war weit und beschwerlich und konnte nicht befahren werden. An manchen Stellen mußten selbst die Tiere am Zügel geführt werden, und jeder falsche Schritt konnte den Sturz in unergründliche Tiefen bedeuten. Aber die Berge des Thaurgebirges waren noch viele Tagereisen entfernt, und die Reisenden hatten sich anfangs gefragt, warum sie schon jetzt auf die unbequemen Reittiere umsteigen sollten. Dann hatte man ihnen erklärt, daß bereits hinter Mintel die Straße so unwegsam werde, daß man schon froh sein durfte, wenn man reiten konnte und nicht laufen mußte.

Es war wichtig, die richtigen Tiere zu haben. Von ihnen konnte das Leben der Reisenden abhängen. Die bisherigen Zugtiere kamen kaum in Frage. Die schwerblütigen Pferde, die ihr Leben lang nur im Geschirr gegangen waren, hätten die andere Seite der Berge nicht lebend erreicht. Gefragt waren nun Esel, die mit gesenkten Köpfen schicksalsergeben dastanden, kleine struppige Ponys und Maultiere mit ihrer geduldigen, ausdauernden Art.

So unterschiedlich wie die Tiere waren auch die Reisenden, die sich zu einer Karawane zusammengefunden hatten. Da sah man Menschen und Zwerge und einige seltsame Gestalten aus dem fernen Osten. Es war eine gemischte Gesellschaft aus Männern und Frauen, und sogar das eine oder andere Kind war darunter.

Vier Vespucci mit ihren Dienern saßen etwas abseits auf weichen Kissen und sahen abfällig auf die Leute aus Centratur. Die goldenen Fingernagelschoner hatten sie überkreuz auf ihre Schöße gelegt. Auf ihren kahlen Köpfen spiegelte sich die Sonne.

Die Männer aus Mintel verkauften nicht nur Reittiere. Sie boten noch andere Waren an und wußten sich in einer starken Position. Wenn die Fremden schon durch ihre Gegend ziehen wollten, so sollten sie gefälligst für ihre Ausrüstung auch den Preis bezahlen, den man ihnen abverlangte. Sicher konnte man ihn als Wucher bezeichnen, aber wen scherte schon ein Schimpfwort, wenn man vernünftige Profite machen konnte. Die Leute waren schließlich freiwillig gekommen und zogen freiwillig weiter. Niemand zwang ihnen Waren auf. Diese Reisenden bettelten vielmehr darum, kaufen zu dürfen.

Vielleicht waren die Bewohner von Mintel auch ein wenig daran beteiligt, daß von ihrer Stadt keine gute Straße, sondern nur ein schwieriger Pfad in den Westen führte. Wäre es anders gewesen, hätten die Orte am Fuß des Gebirges das Geschäft gemacht. Die hatten schon mehrfach versucht, die Alte Oststraße auszubauen, aber irgendwie war es den Händlern in Mintel stets gelungen, dies unauffällig zu unterbinden.

Ein hochgewachsener Mann, der trotz der Hitze einen Pelzumhang trug, hob seine beiden Hände und gebot mit mächtiger Stimme Ruhe. Er war der Anführer, denn nun erstarb das Reden und Fluchen. Ein langer, brauner Bart verhüllte sein Gesicht, so daß man sein Alter schlecht einschätzen konnte. Aber er hatte Autorität, das war offensichtlich. Nun befahl er allen, sich zu einem Zug zu formieren und den Platz einzunehmen, der ihnen schon vor einiger Zeit zugewiesen worden war.

Bei diesen Worten kam Bewegung in die Reihen der Wartenden. Tiere wurden gesattelt und vorwärtsgetrieben, Gepäckstücke geschultert. Mütter nahmen ihre Kinder an die Hand, und Männer vergewisserten sich mit einem Griff, ob auch die Waffen locker saßen. Da wurde geschrien und geflucht, gestoßen und gezerrt, aber alle waren froh, daß es nun endlich losging.

Währenddessen rückte ein Häuflein Gestalten, die in einer Reihe geduldig gewartet hatten, zu dem Anführer vor. Die ersten, die sich ihm demütig näherten, waren zwei Zwerge. Sie hatten ihre großen Bündel von den Schultern genommen und neben sich gestellt. Der Anführer redete kurz mit ihnen und teilte ihnen den Preis mit, den sie ohne zu feilschen zahlten. Daraufhin wies er ihnen einen Platz im großen Zug zu. Hinter den Zwergen standen drei Soldaten, die ihre Beute in großen Truhen trugen. Auch sie zahlten anstandslos und durften sich einreihen.

Die Geschäfte wurden rasch und ohne Umschweife gemacht. Aber der Bärtige wies auch unbarmherzig ab, wenn den Bittstellern der Preis zu hoch war. Diese Ablehnung bedeutete, daß man an dem Treck in den Westen nicht teilnehmen durfte. Natürlich hätte man auch allein losziehen können, aber in den Wäldern, die sich bis zum Gebirge erstreckten, und auch in den Bergen selbst lauerten Banden, die jeden Reisenden überfielen. Nur ein großer Zug, der von Bewaffneten begleitet wurde, hatte eine Chance durchzukommen. Im übrigen war das Hochgebirge ohne Führer nicht passierbar. Der Anführer wußte das und machte keine Kompromisse. Er hieß Folvet und kam aus Bajar. Vier- bis fünfmal im Jahr trat er zusammen mit seinen Leuten die anstrengende und gefährliche Reise an. Den Rest der Zeit lebte er in großem Wohlstand in einem Anwesen außerhalb der Stadt am Fuß der Berge.

Ganz zuletzt traten zwei Frauen und zwei Männer vor. Auch sie hatten genügend Geld, um den Tribut zu entrichten. Nach einem scharfen Blick aus den grauen Augen des Mannes durften sie sich einreihen. Für Galowyn, Smyrna und die Männer bedeutete dies zwar ein langsames, dafür aber sicheres Fortkommen. Sie durften kein Risiko mehr eingehen. Der Gürtel von Galowyn hatte nur noch zweiundachtzig Perlen.

Es dauerte noch lange, bis sich der Zug endlich in Bewegung setzte. An der Spitze, gleich hinter dem Führer, schwankten die Sänften der Vespucci. Sie hatten sich in ihre Kissen zurückgelehnt, die Vorhänge zugezogen und die Augen geschlossen. Auf diese Art versuchten sie, so wenig wie möglich von der ekelerregenden Natur in sich aufzunehmen. Man hatte sie zwar, bevor man sie ins Ausland schickte, trainiert und abgehärtet, aber noch immer hatten sie sich nicht an die allgegenwärtige, alles beherrschende Natur von Centratur gewöhnt. Nie würden sie sich auf eines der Ponys setzen oder sie auch nur berühren. Schon allein der Gedanke an das schweißige Fell und den Geruch der Tiere bereitete ihnen Übelkeit. Nachts schliefen sie in quadratischen Zelten aus einem hellen, glänzenden Material. Sie hatten ihre eigene Nahrung bei sich und sahen voller Ekel und Verachtung auf das, was von den Leuten der Karawane über Lagerfeuern gebraten und gekocht wurde.

Am zweiten Tag kam der Überfall. Plötzlich brachen aus den Büschen am Rand der Straße Gestalten hervor, die Messer und Schwerter über dem Kopf schwangen und sofort angriffen. Bevor die Wachen etwas unternehmen konnten, lagen schon mehrere Reisende blutend im Staub.

Doch Folvets Männer mußten nicht eingreifen. Die Vespucci hatten die Vorhänge zurückgeschoben und sich in ihren Sänften ein wenig erhoben. Dann sahen sie mit ihren seltsamen Augen die Angreifer an. Die begannen zu schreien und wanden sich vor Schmerzen, bis sie tot liegenblieben. Wer von den Wegelagerern noch konnte, suchte entsetzt das Weite.

Folvet trat zu den Vespucci und dankte ihnen. Dann aber sagte er stolz: »Der Schutz dieses Zuges ist mir übertragen. Ich wäre Euch dankbar, wenn Ihr Euch nicht in meine Arbeit einmischen würdet.«

Die Vespucci lächelten nicht einmal, sondern wandten sich einfach ab, ohne den Mann zu beachten.

Die nächsten Tage verliefen ohne Zwischenfälle. Das Wetter blieb warm, und alle waren dankbar für den Schatten der Bäume am Rand des Weges. Erst als sie die Grindel erreichten, bezog sich der Himmel. Dann ging es nach Süden. Regenschauer peitschten ihnen nun ins Gesicht. Nur die Vespucci in den Sänften blieben davon verschont.

Die Leute hatten sich auf dem langen Marsch gegenseitig eingeschätzt und wußten inzwischen, mit wem sie es zu tun hatten. Wer über ein Reittier verfügte, sah im wahrsten Sinn des Wortes auf die Wanderer herab. Auch am Abend und bei der Rast blieb man unter sich. Die Leute zu Fuß wiederum schlossen sich zusammen und mieden die Reiter.

Zusammen mit Galowyn, Smyrna und den Männern liefen zwei junge Burschen. Der eine hatte rote Haare und ein Gesicht voller Sommersprossen. Er hieß Balm. Der andere war schwarzhaarig und wurde Cum gerufen. Beide behaupteten Brüder zu sein. Obwohl man es eher von dem hellhäutigen Balm erwartet hätte, war Cum der Aufgeschlossenere und Lustigere.

Sie waren in einem reichen Haus in Blutschah aufgewachsen. Der Vater war ein wohlhabender Händler gewesen und konnte sogar Dienstboten bezahlen. Doch die sorglose Jugend der beiden hatte vor ein paar Jahren ein jähes Ende gefunden. Damals waren Uniformierte gekommen und hatten sie aus dem Haus vertrieben. Vielleicht waren die Geschäfte des Vaters schlecht gegangen und er hatte sich verschulden müssen, vielleicht hatte er auch gespielt. Die Brüder wußten es nicht genau. Sie konnten sich nur noch erinnern, wie all ihr Hab und Gut davongetragen wurde und Vater und Mutter in die Schuldsklaverei verkauft worden waren. Keiner der freundlichen Nachbarn kümmerte sich mehr um sie. Man wies den beiden Jungen die Tür und mied ihre Blicke auf der Straße. Hilflos mußten sie zulassen, daß man sie in ein Waisenhaus sperrte, in dem sie für Brot und Unterkunft hart arbeiten mußten.

Als sie beide den Kinderschuhen entwachsen waren, durften sie endlich gehen, wohin sie wollten. Nun waren sie auf dem Weg in den Westen, um dort ihr Glück zu machen. Sie hatten den beschwerlichen Weg über die Berge gewählt und waren nicht in den Süden gegangen, weil die Länder dort ihrer Meinung nach über kurz oder lang doch zu Darken gehören würden. Das Geld, das ihnen Folvet abverlangte, hatten sie sich im Lauf eines Jahres verdient.

Trotz all des Unglücks, das ihnen widerfahren war, hatte der Jüngere seine gute Laune nicht verloren. Er sang den ganzen Tag und kommentierte jeden Vorfall mit einer witzigen Bemerkung. Die beiden Frauen mochten die Burschen und verwöhnten sie, so gut es ging.

Bajar

Bajar war keine richtige Stadt, sondern eine kleine Siedlung am Fuß der großen Berge. Die Häuser waren bescheiden und duckten sich in eine Senke, als hätten sie Angst vor dem Gebirge. Man lebte vom Vieh, das den Sommer über hoch in den Bergen auf Weiden gehalten wurde, und von Durchreisenden. Vor der Ansiedlung hatte man einen großen Platz angelegt, auf dem die Karawanen Rast machten.

Dort ließ auch Folvet seine Leute einen Tag lang ausruhen. Galowyn und ihre Begleiter mußten ihre Ungeduld bezwingen. Bisher waren sie in dieser Karawane unbemerkt gereist und hatten

Darken sicher durchquert. Niemand war ihnen mehr auf den Fersen und jagte sie. Diese Sicherheit durften sie nicht gefährden.

Am Abend vor dem endgültigen Aufbruch ins Thaurgebirge gab es ein Fest. Auf dem Rastplatz wurden große Feuer angezündet, Wirte brachten Fässer mit Wein, Schweine und Ochsen wurden auf mächtigen Spießen gebraten. Sogar zwei Musiker waren erschienen, die zum Tanz aufspielten. Folvet hatte alles organisiert und natürlich alle, die an diesem Abend verdienen konnten, kräftig zur Kasse gebeten.

Die beiden Burschen forderten Galowyn und Smyrna höflich zum Tanzen auf, und auch Avaccu wirbelte die Sängerin ausgelassen herum. Nur Fallsta weigerte sich zu tanzen. Er habe es nie gelernt, sagte er, und wollte sich nicht blamieren. Alle waren unbeschwert und sprachen dem Wein zu. Irgendwann waren dann die Brüder verschwunden. Längst war es dunkel geworden, und man war sich beim Feiern näher gekommen, als auf dem langen Marsch. Ein paar der Reisenden krochen zusammen hinter die Büsche. Lediglich die Vespucci waren nicht zu sehen. Sie wollten mit diesen animalischen Vergnügen nichts zu tun haben.

Kurz vor Mitternacht, die beiden Frauen wollten sich schon zurückziehen, erschien zuerst der Rothaarige und etwas später sein Bruder. Beide führten junge Mädchen an der Hand. Sie boten ein seltsames Bild. Balm mit seiner hellen Haut hatte sich eine Frau ausgesucht, deren Haut so schwarz wie ihre Haare war. Die Freundin von Cum hingegen war blond und weißhäutig.

Gegensätze ziehen sich an, dachte Smyrna.

»Ihr müßt uns helfen«, sagte Cum. »Wir haben Mädchen kennengelernt und wollen von nun an zusammen mit ihnen reisen. Aber sie sind noch jung, und ihre Eltern sind damit nicht einverstanden. Gleich werden sie kommen, um ihre Töchter zurückzuholen.«

»Könnt ihr das Problem nicht ohne uns lösen?« fragte Fallsta, der das Aufsehen fürchtete.

»Ihr seid die einzigen Leute, die wir kennen«, flehte Cum. »Redet mit den Eltern und überzeugt sie!«

»Ich glaube, du überschätzt uns«, sträubte sich der Goldgräber noch immer. Er ahnte, es würde einen Auflauf geben, der sie in den Mittelpunkt des Interesses zerrte.

Aber es war schon zu spät. Drei Leute eilten vom großen Festplatz herbei. Galowyn, die erkannt hatte, daß sie sich aus der Affäre nicht heraushalten konnten, wandte sich an die Mädchen: »Warum bleibt ihr nicht bei euren Eltern? Ihr könnt am Tag mit Cum und Balm wandern und am Abend zu Vater und Mutter zurückkehren.«

»Das würden wir ja gerne«, sagte die Dunkle. »Aber unsere Eltern müssen hierbleiben und können erst mit dem nächsten Treck weiterreisen. Vater hat sich nämlich den Fuß verstaucht. Doch ich habe heute abend meine Liebe gefunden und will sie nicht wieder verlieren.«

»Na ja«, murmelte die Sängerin, »mit der Liebe und ihrer Dauer ist das so eine Sache.« Dann aber erinnerte sie sich an ihre Gefühle für Avaccu und sagte laut: »Habt ihr denn schon mit Vater und Mutter gesprochen?«

»Ja, aber sie wurden sehr böse«, meinte nun die Helle.

»Das kann ich mir denken«, bemerkte Fallsta.

Zu weiteren Gesprächen blieb keine Zeit. Ein hochgewachsener Mann gefolgt von zwei Frauen hatte die Gruppe erreicht. Wortlos ergriff der Vater die Hand seiner Tochter, es war die dunkelhaarige Schönheit, und wollte sie mit sich zerren. Doch die klammerte sich an Balm, der tapfer standhielt. Die Mutter des zweiten Mädchens fackelte nicht lange. Sie ohrfeigte ihre Tochter und befahl mit barscher Stimme: »Komm mit!«

Als sie nicht sofort gehorchte, hob sie erneut die Hand. Aber Balm trat mutig dazwischen und rief: »Schlagt nicht sie, sondern mich!«

Das ließ sich die Frau nicht zweimal sagen. Sie verpaßte dem Jungen einen heftigen Schlag.

Beide Mädchen schrien laut auf, und die Blonde begann zu weinen. Die Mütter keiften und zeterten mit schriller Stimme, und auch Galowyn hatte sich hinreißen lassen und lautstark Partei ergriffen. Die jungen Männer und der Vater waren bereits in eine Schlägerei verstrickt, und Fallsta und Avaccu machten sich bereit, die Streithähne zu trennen.

Aber bevor sie in die Handgreiflichkeiten hineingezogen wurden, gebot eine mächtige Stimme Ruhe, und Männer mit langen Stecken schlugen auf die Streitenden ein. Folvet war erschienen, um den Frieden wiederherzustellen. Dabei waren es weniger seine Worte, die den Erfolg bewirkten, als die Schläge, die seine Männer austeilten. Endlich kehrte Ruhe ein.

Folvet dirigierte die zerstrittenen Parteien zum nächsten Feuer.

Auf seinen Befehl setzten sich die Beteiligten nieder, umringt von den übrigen Reisenden der Karawane. Natürlich waren inzwischen alle herbeigeeilt, um nichts zu versäumen. Eine Auseinandersetzung mit anschließender Schlichtung war schließlich der krönende Abschluß eines abwechslungsreichen Festes.

Folvet ließ sich den Fall in allen Einzelheiten schildern, wobei er sowohl die Argumente der Alten als auch der Jungen mit großer Ruhe anhörte.

Endlich wandte sich der Führer an die Eltern, auch der verletzte Vater war inzwischen herbeigehumpelt: »Warum sollen die Mädchen nicht mit uns weiterreisen?«

»Weil sie noch zu jung sind. Sie können noch nicht allein für sich sorgen.«

»Die beiden Burschen wollen doch diese Aufgabe übernehmen.«

»Die suchen doch nur eine Abwechslung für die langen Nächte und werden unsere Kinder irgendwann zum Teufel schicken. Sie werden sie spätestens verlassen, wenn die Mädchen schwanger sind«, antwortete eine der Mütter, und aus dem Kreis der Zuhörer kam beifälliges Gemurmel.

»Ihr habt keine gute Meinung von den Männern. Habt Ihr selbst schlechte Erfahrungen gemacht?«

»Bewahre! Mein Mann ist treusorgend und gut!«

»Wie kommt Ihr dann zu der Annahme, daß es Eurer Tochter übel ergehen werde?«

»Das weiß man doch!«

»Woher weiß man es?«

»Die Welt ist voll derartig trauriger Schicksale«, mischte sich nun ihr Mann ein.

»Kennt Ihr Frauen, denen es so ergangen ist?«

»Natürlich nicht! Mit derartigen Leuten wollen wir nichts zu tun haben. Aber man hört so viel! Meiner Tochter soll es auf jeden Fall nicht so ergehen!«

Die beiden Mütter stimmten ihm lautstark zu.

Nun wandte sich Folvet an die Burschen: »Ihr habt die Anschuldigungen gehört. Was habt Ihr dazu zu sagen? Wollt ihr die Mädchen später sitzenlassen?«

»Natürlich nicht«, sagte Cum. »Wir lieben sie doch.«

»Woher wißt Ihr, daß Ihr sie liebt?«

»Das fühlt man.«

»Seit wann fühlt Ihr es?«

Diese Frage ließ den jungen Mann stocken. Dann antwortete er: »Ich habe es gleich gespürt, als ich Lilio gesehen habe.«

»Habt Ihr dieses Gefühl schon früher einmal gehabt?«

»Nein, natürlich nicht.«

»Woher kennt Ihr es dann und wißt, daß es Liebe ist?«

Darauf wußte der junge Mann nichts zu antworten.

»Nun gut«, sagte Folvet und fragte die Eltern: »Wie stellt Ihr Euch die Zukunft Eurer Töchter vor?«

»Sie werden eines Tages tüchtige Männer heiraten und Kinder bekommen und ihr Glück machen.«

»Sind diese beiden Burschen keine tüchtigen Männer?«

»Das wissen wir nicht.«

»Woran erkennt man tüchtige Männer?«

»Sie haben es zumindest schon zu etwas gebracht und sind keine Habenichtse wie die beiden da«, der Vater wies verächtlich auf Cum und Balm.

»Ich will es mit Balm gemeinsam zu etwas bringen«, warf nun seine Tochter ein.

»Sei ruhig, davon verstehst du nichts«, zischte sie ihr Vater an, und Folvet ließ es durchgehen.

Dann setzte er die Befragung fort: »Haben Männer, die es zu etwas gebracht haben, Frauen noch nicht sitzenlassen?«

»Doch natürlich, das kommt immer wieder vor«, sagte eine Mutter.

»Wieso ist dann die Gefahr für Eure Kinder größer, wenn sie mit den beiden Burschen hier gehen, als wenn sie auf Männer warten, die keine Habenichtse sind?«

»Was soll das Gerede?« mischte sich nun der Vater ein, der bisher geschwiegen hatte. »Meine Tochter ist zu jung und unerfahren, um allein durch die Welt zu ziehen. Die Zeiten sind gefährlich und sie erkennt Gefahren noch nicht rechtzeitig. Meinetwegen kann sie sich mit diesem Landstreicher da einlassen. Frau und Mann müssen schließlich ihre Erfahrungen sammeln, auch wenn sie schmerzen. Ich fürchte vielmehr um Leib und Leben meines Kindes, wenn ich sie nicht mehr beschützen kann.«

»Ihr müßt Euch keine Sorgen machen! Ich werde mich um sie kümmern«, sagte Cum.

»Du kannst doch nicht einmal auf dich aufpassen«, fuhr ihn der Mann wütend an. »Du bist doch selbst noch feucht hinter den Ohren!«

»Wir müssen zum Ende kommen!« Folvet hatte von der Auseinandersetzung genug. »Eure Bekanntschaft«, er wandte sich an die jungen Leute, »ist zu kurz, als daß ihr von Liebe sprechen könntet. Andererseits kann man nicht wissen, ob nicht Liebe daraus erwächst. Normalerweise würde ich sagen, Ihr wartet noch ein wenig, bevor Ihr Euch zu eng aneinander bindet. Doch dazu habt Ihr jetzt keine Zeit. Es muß heute abend eine Entscheidung gefällt werden, sonst seht Ihr euch nicht wieder.

Die Eltern haben aber mit ihren Bedenken recht. Als Vater würde ich meine Tochter auch nicht so einfach ziehen lassen. Doch wer gibt andererseits die Garantie, daß die Kinder später weniger Gefahren ausgesetzt sind und glücklicher werden?

Jede Entscheidung, die ich nun fälle, ist richtig und auch falsch. Da ich aber die Führung habe, muß ich auch sagen, wie es weitergeht. Deshalb hört mein Urteil: Die jungen Leute werden mit meiner Karawane in den Westen ziehen. Bei dem schwierigen Weg durch das Gebirge können sie sich näher kennenlernen und erproben, ob sie beieinander bleiben wollen. Anstelle ihrer Eltern werde ich ein Auge auf sie haben und sie vor Gefahren bewahren. Auf der anderen Seite des Gebirges sollen die Mädchen dann auf ihre Eltern warten. Entweder mit den Burschen oder ohne. Ich werde für eine Bleibe sorgen.

Wenn die Eltern sie eingeholt haben, können alle gemeinsam beraten, wie es weitergehen soll.«

Alle Zuhörer waren angetan von diesen klugen Worten und lobten den Führer. Nur die Eltern waren unzufrieden, mußten sich aber beugen. Die beiden Mädchen und die Burschen jubelten anfangs. Dann aber verstummten die Mädchen, denn ihnen wurde bewußt, daß sie nun einer ungewissen Zukunft mit zwei jungen Männern entgegengingen, die sie kaum kannten. Da wurde ihnen mulmig, und sie wurden ganz kleinlaut, konnten aber nicht mehr zurück.

Galowyn, die merkte, was in den jungen Frauen vor sich ging, tröstete sie und sagte: »Haltet euch an uns! In uns habt ihr Freunde!«

Das Erdbeben

Sie waren schon viele Tage im Gebirge und hatten den höchsten Paß bereits überquert. Folvet hatte sie mit großer Umsicht geführt und gezeigt, daß er sein Geld wert war. Die Vespucci hatten an manchen Stellen ihre Sänften verlassen und laufen müssen, was sie nur mit größtem Widerwillen taten. In diesem Fall mußten alle anderen zurückbleiben und warten, bis die Gnome die jeweilige Stelle passiert und sich wieder hinter ihre Vorhänge zurückgezogen hatten. Niemand sollte zusehen, wie sie auf ihren kurzen Beinen über Steine stiegen und durch ausgetrocknete Bachbetten watschelten. Dabei mußten ihnen die Diener die Fingernagelschoner halten. Alle Reisenden fügten sich stumm in die Spielregeln, die von den Vespucci vorgegeben wurden. Keiner wollte sich mit den unheimlichen Gestalten anlegen.

Die vier jungen Leute waren unzertrennlich. Zwar verbrachten die Mädchen, wie es vereinbart worden war, die Nächte am Feuer des Führers, doch die Tage über hielten sie ihre Freunde an den Händen, lachten und sangen. Die beschwerliche Reise fiel ihnen am leichtesten.

Die Gipfel des Thaurgebirges türmten sich ehrfurchtgebietend um sie herum auf. Ganz oben glänzte im Sonnenlicht der ewige Schnee. Sie kamen an mächtigen Wasserfällen vorbei und wanderten durch tiefe Schluchten, in die nie ein Sonnenstrahl fiel. Inzwischen war auch die Baumgrenze wieder erreicht, und sie hatten wenigstens Holz, um am Abend Feuer zu machen.

Alle atmeten auf, und glaubten schon, sie hätten das Schlimmste hinter sich. Da begann eines Nachts die Erde zu beben. Mächtige Felsen krachten in die Tiefe, und die Reisenden schrien vor Angst und Entsetzen auf. Dieses Naturereignis brachte selbst den Führer aus der Fassung. Folvet gestand ein, daß er ein Erdbeben bisher selbst noch nicht erlebt hatte. Man beriet, was zu tun sei, und kam zu dem Schluß, daß Umkehren gefährlicher war als Weiterwandern. Es gab kein Zurück mehr, und so machten sie sich auf den Weg. Es ging tatsächlich ein paar Tage gut, bis dann der nächste Erdstoß kam. Er war bei weitem nicht so stark wie der erste, und niemand war wirklich beunruhigt. Scherze wurden laut, daß der Berg ihnen zwar grolle, aber gegen mutige Leute nicht ankomme. Sie feierten ihren Marsch als einen Sieg über die gewalttätige Natur. Der Weg wurde nun auch breiter und bequemer. Bald war absehbar, wann sie auf das flache Land im Westen blicken konnten.

Der Gürtel Galowyns hatte nur noch dreiundsechzig Perlen. Jeden Morgen sah sie nach dem Dokument von Aramar, das sie gegenüber dem Achajerfürsten ausweisen sollte. Dann nahm sie ihren Gürtel ab und zog das Messer. Nachdem sie die Perlen noch einmal gezählt hatte, schnitt sie eine ab, betrachtete sie lange und warf sie schließlich hinter sich. Dort lag dann die kleine hölzerne Kugel, mit der sich Avaccu vor Zeiten so große Mühe gegeben hatte, und niemand beachtete sie mehr.

Sie durchquerten gerade eine Schlucht, als die Berge ringsum in Bewegung gerieten. Ihre Gipfel erzitterten und der Grund, auf dem die Reisegruppe stand, wurde so sehr geschüttelt, daß viele das Gleichgewicht verloren und stürzten. Die Tiere schrien angstvoll auf, und die Ponys rannten in wilder Panik davon. Einige der Reisenden streckten die Hände zum Himmel und flehten um Gnade. Andere warfen sich platt auf die Erde und deckten ihre Arme über den Kopf, oder bargen ihr Gesicht in den Händen, um nicht sehen zu müssen, welches Grauen um sie herum vor sich ging. Folvet schrie irgendwelche Befehle, aber niemand hörte auf ihn. Das Rütteln und Schütteln wollte nicht aufhören. Plötzlich zerriß ein ohrenbetäubendes Krachen die Luft, und donnernd lösten sich mächtige Steinlawinen von den Berghängen und stürzten in die Schlucht. Auch in der Ferne hörte man gleich einem Echo Geröll in die Tiefe donnern. Staubwolken stiegen auf und ließen die Leute husten. Und noch immer bebte die Erde.

Dann war plötzlich schlagartig Ruhe. Der Lärm war verschwunden, und die Erde war so starr und unbeweglich wie immer. Der Staub legte sich, und die meisten Leute erhoben sich hustend. Doch manche flehten noch immer zum Himmel und erwarteten den nächsten Erdstoß. Erst als Mitreisende zu ihnen traten und ihnen hilfreich unter die Arme griffen, wagten sie aufzustehen.

Das Verhältnis der Leute zueinander hatte sich mit einem Mal geändert. Nun spielte es keine Rolle mehr, wer reich war und wer arm, wer ein Reittier hatte und wer laufen mußte. Vor dieser Urgewalt, die sie eben erlebt hatten, waren sie alle gleich. Fremde fielen sich um den Hals, weinten zusammen und lachten. Zwerge kümmerten sich um Menschen, und Menschen um Zwerge. Nur die Vespucci standen unbeteiligt da, als berühre sie das Geschehen nicht.

Endlich hatte sich die Aufregung etwas gelegt, und man untersuchte die Umgebung, um herauszufinden, ob noch irgendwelche Gefahren drohten. Da kam der nächste Schock. Vor ihnen war der Boden eingebrochen, und eine tiefe Schlucht zog sich quer über den Weg und hinter ihnen hatte eine Geröllawine den Weg versperrt. Sie waren gefangen. Weder der Steinschlag noch der Abgrund waren schnell zu überwinden. Und selbst auf Dauer würden nur wenige der Männer, die geübte Kletterer waren, sich retten können.

Die Sängerin, Smyrna und die Männer liefen unruhig wie Raubtiere im Käfig im Kreis. Dieses Unglück konnte das Scheitern ihrer Mission bedeuten und ganz Centratur endgültig ins Verderben reißen.

Folvet stand währenddessen am Abgrund und überlegte. Da hörte er hinter sich eine schnarrende Stimme: »Ihr solltet Euch rasch etwas einfallen lassen. Wir wollen weiter. Wir treffen in zehn Tagen den Zauberkönig, und Ormor mag es nicht, wenn seine Gäste säumig sind.«

Wütend drehte sich der Führer um und sagte zu dem Vespucci hinter ihm: »Ihr habt doch selbst miterlebt, was geschehen ist. Für die Natur könnt Ihr mich nicht verantwortlich machen!«

»Ihr habt unser Geld genommen und uns zugesagt, uns unbeschadet nach Westen zu bringen. Wir haben uns auf Euch verlassen, und nun fordern wir, daß Ihr Eure Pflicht tut. Wir können sehr ungemütlich werden.«

»Was erwartet Ihr? Soll ich Euch Flügel besorgen, damit Ihr hinüberfliegen könnt?«

»Warum nicht? Dies wäre eine Lösung.«

Der Vespucci hatte ernst gesprochen und kehrte nun zu seinen Landsleuten zurück. Folvet aber schüttelte unwillig den Kopf und dachte aufs neue über die Rettung nach. Diesen verrückten Gnom hatte er gleich wieder vergessen.

Zwei seltsame Wanderer

Es dunkelte schon, als der Vespucci wieder neben Folvet auftauchte.

»Welche Lösung habt Ihr gefunden?« fragte er.

»Noch keine«, antwortete der Führer gereizt.

»Ich habe Euch gewarnt. Unsere Geduld ist nicht sehr groß. Nun muß ich Euch bestrafen, damit Ihr Euch etwas mehr anstrengt.«

Kaum hatte der Gnom die Worte ausgesprochen, da schrie Folvet auf und krümmte sich vor Schmerzen auf dem Boden. Dreimal schlug der Vespucci zu, dann ließ er von seinem Opfer ab. Folvet war schweißgebadet, sein Kopf dröhnte, und sein Herz schlug wie rasend. Taumelnd erhob er sich.

»Ihr habt bis morgen früh Zeit«, sagte der Vespucci. »Dann werdet Ihr die Stunde Eurer Geburt verfluchen.«

In dieser Nacht schlief der Bergführer nicht. Er hatte ein langes Seil um einen Felsblock gebunden und kletterte beim Mondlicht in den vom Erdbeben aufgerissenen Spalt. Zwar wäre er dabei beinahe abgestürzt, eine rettende Idee hatte er aber nicht. Als das Morgenlicht dämmerte, überfiel ihn die Angst. Er wußte, einen zweiten Angriff des Vespucci würde er nicht überleben.

Die Reisenden hatten es sich in dieser Nacht nach dem furchtbaren Erdbeben so bequem wie möglich gemacht. Zuvor hatten sie die letzten Reste aus ihren Wasserflaschen getrunken und von den kalten Vorräten gegessen. Am nächsten Tag, so wußten sie, mußte etwas geschehen, sonst würden sie in dieser rauhen Bergwelt verdursten. Als der Morgen graute, erhoben sich alle zerschlagen und müde. Dieses Gefängnis, so befürchteten die meisten, würde ihr Grab unter freiem Himmel werden.

Die Tiere standen mit zitternden Flanken im Schatten der Felswand. Nur die Esel waren nicht aus ihrer stoischen Ruhe zu bringen. Die Männer von Folvet sammelten alle Seile und legten sie zurecht. Damit wollte man einen Versuch machen, den Abgrund zu überqueren. Aber keiner hegte große Hoffnungen.

Niemand hatte gesehen, woher sie gekommen waren. Auf einmal standen sie da und sahen erstaunt herüber. Auf der anderen Seite des Abgrundes waren zwei kleine Gestalten aufgetaucht.

Folvet, der sie zuerst entdeckt hatte, rief: »Wer seid Ihr?«

»Wir sind Wanderer«, war die Antwort. »Braucht Ihr Hilfe?«

»Ja, wir sind hier gefangen. Es gab ein Erdbeben.«

»Das wissen wir. Wir haben es auch erlebt.«

»Könnt Ihr uns helfen?«

»Was sollen wir tun?«

»Wir werfen Euch ein Seil hinüber. Bindet es fest.«

Zuerst rollten die Männer des Bergführers ein Seil auf und warfen es mehrmals erfolglos hinüber. Erst als sie einen Stein an das Ende banden, hatten sie nach dreißig oder vierzig Versuchen Erfolg.

Die beiden Gestalten hatten das Seil gefangen und fest vertäut. Nachdem dies auch auf der anderen Seite des Abgrunds geschehen war, hing sich einer von Folvets Männern rücklings an das Seil und begann sich langsam über den Abgrund zu schieben. Es war ein gewagtes Unterfangen, und alle hielten den Atem an. Es dauerte eine Ewigkeit, bis der Mann wieder sicheren Boden erreicht hatte und sich erst einmal auf die Erde warf, um sich auszuruhen.

Inzwischen war der Vespucci wie immer völlig lautlos zu Folvet getreten. Der schreckte zusammen, als er neben sich die schnarrende Stimme hörte: »Nun, Eure Zeit ist um. Wie wollt Ihr unsere Rettung bewerkstelligen?«

Da schrie der Bergführer: »Könnt Ihr denn keine Ruhe geben. Ich kann keine Wunder vollbringen. Aber wir haben die ersten Erfolge. So seht doch selbst.«

Er zeigte auf das Seil über dem Abgrund und fiel im gleichen Moment zu Boden. Der schreckliche Schmerz bohrte wieder in seinem Gehirn. Doch diesmal war die Tortur rasch vorüber.

»Ich bin heute gnädig«, sagte der Vespucci. »Aber Ihr sollt dennoch wissen, daß man mit uns nicht spaßen kann. Vielleicht regt Euch der Schmerz zu größeren Leistungen an?«

Ein zweiter Mann überquerte den Abgrund und dann ein dritter. Inzwischen hatten sie mehrere Seile so verknüpft und über die Schlucht gespannt, daß man darüber balancieren konnte. Auch Folvet hatte sich schon jenseits des Abgrunds umgesehen. Die ersten mutigen Reisenden überquerten die Schlucht, und bald wurden auch Gepäckstücke hinübertransportiert. Cum wollte die Freundin nicht allein über den Abgrund gehen lassen. Deshalb stieg er hinter ihr auf die provisorische Brücke und hielt sie mit einer Hand unter der Schulter. Sie waren aber zusammen so schwer, daß die Seile weit durchhingen und sie deshalb beinahe abgestürzt wären. Irgendwann wagten sich sogar die Vespucci auf die Seile. Schließlich waren alle gerettet, nur die Tiere mußten sie zurücklassen.

Folvet bedankte sich bei den Wanderern für ihre Hilfe. Es waren ein Zwerg und eine Menschenfrau von kleiner Gestalt. Sie erzählten irgendeine Geschichte von Verirren und Wandern, aber keiner interessierte sich wirklich für das, was sie zu sagen hatten. So machten sich der Zwerg und die Frau zusammen mit dem langen Zug auf den Weg und folgten dem Bergführer.

Die Vespucci hatten ihre Sänfte verloren und mußten zähneknirschend laufen. Doch hielt der Rest der Karawane noch immer recht respektvoll Abstand, und ihre Diener bemühten sich, es ihnen so bequem wie möglich zu machen.

Wie zufällig hatten sich die Neuen bei Galowyn und Smyrna eingereiht. Die Sängerin und ihre Dienerin waren glücklich, den Zwerg zu sehen, schüttelten ihm aber nur verstohlen die Hand. Sie blieben ein wenig zurück, damit die anderen Reisenden nichts hören konnten. Auch Fallsta war hinzugetreten. Zuerst wurde Marga vorgestellt, und dann sagte Smyrna: »Es ist lange her, seit wir uns beim Loron getrennt haben, Glaxca. Wo kommt Ihr her, und wie ist es Euch inzwischen ergangen?«

Der erzählte, unterstützt von Marga, eine lange Geschichte.

Grauen in den Bergen

Glaxca berichtete von dem Ultimatum Heliodors und der Reise vom Heimland in den hohen Norden. Die beiden Frauen und der Goldgräber hatten zwar bereits in Quantam von den Abenteuern des Zwergs erfahren, hörten aber noch einmal gespannt zu.

Endlich fragte Fallsta: »Weshalb habt Ihr die schützende Alm verlassen? Ihr wart doch dort vor der Verfolgung durch die Orokòr sicher.«

»Die Schergen Ormors konnten uns zwar nichts anhaben«, mischte sich Marga ein. »Aber ein anderes Übel war aufgetaucht, und wir konnten nicht mehr bleiben.«

Marga und Glaxca hatten sich auf ihrer Flucht vor den Orokòr zu den beiden alten Leuten auf der einsamen Bergwiese aufgemacht. Dabei hatten sie einen Steinschlag ausgelöst und damit den Weg hinter sich versperrt. Sie konnten nun nicht mehr zurück, waren aber auch vor allen Verfolgern sicher.

Aus der Höhe der Berge sahen sie eines Tages unter sich den kleinen Bach und die Hütte. Aus dem Schornstein drang Rauch. Die Alm lag unverändert vor ihnen. Dennoch war alles anders. Als sie nämlich an die Tür der Hütte klopften, öffnete nur der Mann. Mit Bestürzung erfuhren sie, daß die gutmütige alte Frau in der Zwischenzeit gestorben war. Der Alte hatte sie begraben und trübselig sein bisheriges Leben fortgesetzt. Die Rückkehr der Fremden war ihm recht, aber er zeigte keine Freude. Zu sehr war er mit seiner Trauer beschäftigt.

Die Hütte war in großer Unordnung, und Marga machte sich daran, sie aufzuräumen. Glaxca kümmerte sich inzwischen um den Garten. Der Alte saß derweil stumm und teilnahmslos auf der Bank vor dem Eingang.

»Ihr könnt hierbleiben und alles haben«, sagte er eines Abends. »Ich werde nicht mehr lange leben.«

Marga widersprach ihm, aber er hörte nicht auf sie. In dieser Nacht wurden die Alm und die sie umgebenden Berge von einem mächtigen Erdstoß erschüttert. Die morsche Behausung bebte und wankte. Staub und Dreck fielen aus dem Dach auf die drei Schläfer. Doch weiter geschah nichts. Gegen Morgen wurden sie noch einmal durchgeschüttelt, erschraken zwar noch einmal, aber nahmen das Ganze nicht weiter ernst. Sie gingen den Tag über ihren Beschäftigungen nach, in Erwartung des nächsten Bebens. Beim Essen unterhielten sie sich darüber, ob die Erscheinungen eine Laune der Natur seien oder vom Zauberkönig geschickt worden wären.

Als Marga am nächsten Morgen die Tür der Hütte öffnete, sah sie eine Spinne von der Größe zweier Handteller über den Weg kriechen. Sie rief den Zwerg, und zusammen eilten sie nach draußen. Als sie zurückblickten, entdeckten sie drei Spinnen auf dem Dach. Erschreckt riefen sie dem alten Mann zu, er solle die Hütte verrammeln. Dann machten sie sich auf, um zu erkunden, von woher die Spinnen kamen. Dieses Geheimnis hatten sie bald gelüftet.

Etwa fünfhundert Fuß von der Behausung entfernt fanden sie einen großen Riß im Boden. Wahrscheinlich war er durch das Erdbeben entstanden. Aus dieser Spalte quoll ein Strom schwarzbehaarter Spinnen. Die Tiere schwärmten nach allen Richtungen aus und krabbelten bald auch auf das Mädchen und den Zwerg zu. Nun blieb ihnen nichts als die Flucht.

Sie rannten zum Haus zurück. Jedoch war es, als ob diese krabbelnden Ungeheuer planen und denken konnten, denn eine größere Gruppe von ihnen versuchte, den beiden den Weg abzuschneiden. Mit knapper Müh und Not erreichten sie die Hütte und schlugen die Tür hinter sich zu. Nun waren sie fürs erste in Sicherheit, aber auch gefangen.

»Hier können wir nicht bleiben«, keuchte Glaxca. »Irgendwo tief im Fels muß es ein Nest von diesen Teufeln gegeben haben. Ein Mißgeschick hat sie nun ans Tageslicht gespien. Kein lebendes Wesen ist hier mehr sicher. Diese Biester sind giftig und wachsen ständig. Irgendwann sind sie so groß wie ein Hund oder noch größer. Aber das werden wir nicht erleben. Entweder fliehen wir, oder diese Spinnen erlegen uns. Hier drin verhungern und verdursten wir. Wir haben keine Zeit. Nicht einmal zwei Tage halten wir es hier aus. Doch wohin können wir uns wenden? Wir sind auf dieser Alm gefangen.«

Der Alte, der bisher dem ganzen unbeteiligt zugesehen hatte, sagte: »Das alles gehört zu meiner Strafe. Schon der Tod meiner geliebten Frau war kein Zufall. Sie mußte sterben für meine Schuld. Und nun kommen die Spinnen wieder. Das ist die Fortsetzung der Strafe.«

»Was habt Ihr denn getan?« fragte Marga erstaunt.

»Ich habe mich nicht mehr um das Wasser des Königs gekümmert. Ich habe meine Aufgabe vernachlässigt. Der König hat mir persönlich aufgetragen, für sein Wasser zu sorgen. Das habe ich viele Jahre getan, und es ging uns gut. Wir haben die schlimmsten Winter überstanden und Hunger und Krankheit besiegt. Doch dann bin ich nachlässig geworden. Was kümmert mich der König, habe ich gedacht. Soll er doch sehen, woher er sein Wasser bekommt. Der großmütige Herrscher hat mich eine Weile gewähren lassen. Dann aber war seine Geduld am Ende. Zuerst hat er mein armes Weib gehen heißen, und nun hat er diese Geißel geschickt.«

»Aber Ormor hat doch sicher längst vergessen, daß es Euch überhaupt noch gibt«, wandte Glaxca ein.

»Der König vergißt nichts.«

»Ormor ist mächtig«, unterstützte Marga den Zwerg. »Aber sein Einfluß reicht nicht bis hierher in die Berge.«

»Unterschätzt den König nicht!«

»Heißt das, Ihr wollt Euch wieder um den Bach kümmern?«

»Nein, dazu ist es zu spät. Aber ich bin bereit, meine Strafe entgegenzunehmen. Doch Ihr seid ohne Schuld, deshalb solltet Ihr gehen, solange es noch Zeit ist.«

Dann erklärte er ihnen, daß er vor ein paar Jahren im Norden der Alm einen geheimen Weg gefunden hatte. Er stammte noch aus alten Zeiten und hatte wohl einmal den Zwergen oder irgendwelchen Spähern dazu gedient, rasch die Berge zu durchqueren. Auf diesem Weg würden sie entkommen. Er aber wolle hierbleiben und sein Schicksal auf sich nehmen. Er sei zu schwach zu einer Flucht. Auch sei er zu alt, um seine Heimat und das Grab seiner Frau zu verlassen. Aber der wirkliche Grund für sein Bleiben sei ein anderer: Seine Frau sei für ihn gestorben, und er sei es ihr schuldig, daß er sich dem Tod nicht entziehe.

Marga und Glaxca redeten die ganze Nacht hindurch auf ihn ein, hatten aber keinen Erfolg. Dann dämmerte der Morgen, und das Licht schlich sich durch die Ritzen in die Hütte. Sie sammelten ihr Gepäck ein und machten sich für den Aufbruch bereit. Der Abschied von dem Alten war kurz und ohne Herzlichkeit. Der Mann war mit seinen Gedanken ganz woanders.

Sie mußten nun gehen, hatten aber Angst, die Türe zu öffnen. Doch je länger sie warteten, desto mehr Spinnen würden sich um die Hütte versammeln. Deshalb holten sie tief Luft, rissen die Tür auf und flüchteten ins Freie. Voraus rannte Glaxca, und dann folgte Marga.

Marga spürte etwas ihren Rücken streifen und blickte erschreckt über die Schulter. Eine Spinne hatte sich vom Dach fallen lassen und sie nur knapp verfehlt. Doch ihr Schrecken wuchs, als sie sich umsah. Überall um das Haus krabbelten die schwarzen Ungeheuer. Die arme Ziege lag tot auf der Seite, ganz bedeckt mit Spinnen, die sich an ihr gütlich taten. Mit weiten Sprüngen setzten sie durch das Spinnenmeer, so schnell, daß keines der Tiere sie packen konnte. Einmal trat Marga auf einen der behaarten Körper und zerquetschte ihn. Beinahe wäre sie ausgerutscht und gefallen. Doch sie fand das Gleichgewicht wieder und eilte weiter.

Dann hatten sie den Belagerungsring durchbrochen und blickten zurück. Rund um die Hütte hatten sich Tausende und Abertausende der Bestien versammelt. Sie krabbelten über das Dach und durch den Garten, den die alte Frau vor so vielen Jahren mit Mühe und Liebe angelegt hatte. Die Tür des Hauses war nun verschlossen. Wie lange würde der Alte dem Ansturm standhalten können? Er tat ihnen leid, und sie machten sich Vorwürfe, daß sie ihn zurückgelassen hatten. Aber hätte er überhaupt die Kraft für diesen Ausbruch gehabt?

Während sie noch mit Abscheu und Entsetzen auf die Szene starrten und sich von dem Grauen nicht losreißen konnten, schlugen plötzlich Flammen aus dem Dach der Hütte, und kurz darauf brannte das ganze Haus. Der alte Mann hatte dem grausamen Spiel ein Ende gemacht. An ihm würden sich die gierigen Tiere nicht gütlich tun. Er hatte sich ihnen entzogen und noch viele von ihnen mit in den Tod genommen. Das Wasser des Zauberkönigs wurde nun endgültig nicht mehr gehütet.

Epaminado

Marga und Glaxca eilten nach Norden und fanden dort tatsächlich nach den Weisungen des Alten eine kleine Schlucht in der Felswand. Sie war mehr ein Riß, in den sie sich hineinzwängten, aber er führte sie auf einen Weg, der mit großer Sorgfalt angelegt worden war. An manchen Stellen hatte man sogar Tunnel in den Fels geschlagen.

»Das ist Zwergenwerk«, stellte Glaxca fest. »In unseren Geschichten wird oft von solchen geheimen Wegen erzählt, die es den Zwergen ermöglicht haben, rasch und bequem das Thaurgebirge zu durchqueren. Sie waren ein Teil unserer Stärke und unserer Macht. Ich wußte nicht, daß auch hier im hohen Norden solch ein Weg existiert.«

Sie folgten dem Pfad und hatten nach einigen Stunden eine Zmànuksai erreicht und sich zufrieden in die Felsenkammer zurückgezogen. Aber noch bevor sie ihre kärglichen Vorräte auspacken konnten, öffnete sich erneut die schwere steinerne Tür. Von draußen drang die kalte Nachtluft herein. Erschrocken sprangen beide auf. In der Tür stand eine seltsame Gestalt. Es war ein Mann von hohem Alter. Nicht nur sein Bart war lang und weiß, sondern auch sein Haar. Er war einst groß gewesen, ging nun aber gebückt und stützte sich auf einen Stock. Das Gesicht war voller Runzeln und Falten.

»Was sucht Ihr hier?« fragte der Eindringling ohne weiteren Gruß.

»Das könnten wir Euch fragen«, antwortete Glaxca. »Ich hätte dazu mehr Recht als Ihr. Das hier ist eine Zwergenunterkunft, und ich bin ein Zwerg.«

»Und ich bin der Hüter der Berge und muß sehen, daß hier Ordnung herrscht. Es ist schon schlimm genug, daß die Orokòr in der letzten Zeit hier überall herumtrampeln, ohne daß ich etwas dagegen unternehmen kann. Also, wer seid Ihr?«

Sowohl die Stimme des Zwerges als auch die des Fremden war scharf. Beide standen sich gegenüber, als wollten sie jeden Moment aufeinander losgehen. Aber Marga ging dazwischen. Sie reichte dem Hüter die Hand und begrüßte den verwirrten Alten.

»Ich habe schon einmal einen Hüter von Bergen getroffen. Er hieß Montini. Kennt Ihr ihn?«

»Und ob ich ihn kenne! Er war mein Schüler. Aber er hat eine große Schuld zu tragen.«

»Ich weiß«, stimmte Marga zu, »aber er meistert sein Schicksal.«

»Wovon redet ihr?« fragte nun Glaxca unwillig.

Da erzählte das Mädchen, wie sie Montini zusammen mit Horsa getroffen und was sie zusammen erlebt hatten. Als die Rede auf ihren Bruder Werhan kam, mußte sie innehalten. Verstohlen wischte sie sich über die Augen.

Glaxca lenkte von ihr ab und sagte: »Ich heiße Glaxca und stamme unübersehbar aus dem Volk der Zwerge. Mein Vater war Krak, und man nannte seinen Namen mit Respekt.«

Nun stellte sich auch der alte Mann vor. Er heiße Epaminado und hüte das Thaurgebirge. Für diese schwierige Aufgabe habe er einen unentbehrlichen Gehilfen, den sie bereits kennengelernt hätten.

Als er die verständnislosen Gesichter der Besucher sah, mußte er lachen. Quoxlakapatu sei der große Vogel, der ihnen vor einiger Zeit beigestanden hätte. Es sei ein Azúmon.

Nachdem sie nun wußten, mit wem sie es zu tun hatten, wollte Glaxca die Vorräte auspacken. Doch Epaminado drängte zum Aufbruch. Man erwarte einen neuen Erdstoß sagte er, und dann wolle er in seinem Heim sein. Wenn die Fremden wollten, so könnten sie mitkommen.

Rasch wurden die Habseligkeiten gepackt, und sie machten sich auf den Weg. Etwa eine Stunde folgten sie dem Zmànuk. Epaminado ging in der Dunkelheit voraus, und die beiden folgten ihm tastend. Dann bog er nach rechts in ein Tal ab. Bald darauf schritten sie durch ein Felsentor und gelangten in eine Höhle, deren Größe sie mehr erahnten als sahen. Tief in ihrem Innern schimmerte ein Licht, das sich beim Näherkommen als Fackelschein erwies.

»Ihr lernt jetzt Gaiamanada, die Seherin kennen«, flüsterte Epaminado. »Sie ist sehr weise und sehr mächtig. Behandelt sie mit ausgesuchter Höflichkeit.«

»Wir sind immer höflich«, entgegnete der Zwerg unwillig.

Die Seherin saß in einer kleinen Kammer auf einem in den Fels gehauenen Sitz. Neben ihr brannte ein kleines Öllämpchen. Als der Zwerg und das Mädchen eintraten, erhob sie sich und hieß die Fremden willkommen. Sie ging so gebückt wie der Hüter und war noch älter als er.

Ohne weitere Umschweife wandte sie sich an Marga: »Sei gegrüßt, Trägerin des Custo. Heil und dank dir, daß du die Last auf dich genommen hast.«

»Woher wißt Ihr…?« stammelte das Mädchen.

»Manches ist mir bewußt, und doch entzieht sich noch zuviel meiner Kenntnis.«

Bevor die Alte fortfahren konnte, begann die Erde wieder einmal zu beben. Der Steinboden vibrierte und sie wurden durchgeschüttelt. Der Berg hatte seine Ruhe verloren.

»Habt keine Angst«, beruhigte sie die Seherin, als die Erschütterungen andauerten. »Ihr seid hier in Sicherheit.«

So plötzlich, wie sie gekommen war, verebbte die Naturerscheinung.

»Ormor bebt vor Ungeduld«, sagte die Alte, nachdem sie sich wieder gesetzt hatte. »Schon seit Tagen sucht er das Gebirge mit diesen Erdstößen heim. Zum einen ist es sein Bestreben, euch aufzustören, was ihm auch gelungen ist. Zum anderen richtet er sein Bemühen darauf, seine Orokòr zu ermahnen und zu mehr Eifer anzustacheln. Aber es treibt ihn auch, seine Wut über das vergebliche Warten abzureagieren.«

»Wie kann Ormor die Berge erschüttern?«

»Oh, dies ist das Schwierigste nicht. Schon ein etwas stärkerer Erdzauber bewirkt dies Ungemach. Ihr könnt euch nicht vorstellen, wozu er in der Lage wäre, wenn es den Schutz des Schirms nicht gäbe. Wäre sein Streben von Erfolg gekrönt, und nur ein Custo fiele ihm in die Hand, so wäre ihm ganz Centratur ausgeliefert. Überhaupt sind die Zeiten düster. In seinem Dunklen Schloß wartet der Zauberkönig auf den entscheidenden Schlag, und überall im Land säen die Vespucci Unruhe und verführen die Geister der Leute. Der Frieden in ganz Centratur schmilzt dahin wie Schnee in der Sonne.«

»Was können wir dagegen tun?« fragte Glaxca verzweifelt.

»Seid standhaft und hütet den Custo!«

»Ich werde ihn nicht mehr lange schützen können«, bekannte Marga. »Kann ich ihn denn nicht bei Euch lassen? Hier ist er doch am sichersten.«

»Stehe zu der Aufgabe, die dir anvertraut ist. Du bist zur Hüterin auserkoren. Wie könnte ich altes Weib den Frieden von Centratur auf meine Schultern laden?«

»Euch stehen Kräfte zu Verfügung«, entgegnete das Mädchen schlicht, »von deren Existenz ich nicht einmal etwas ahne.«

»Mein Wissen um die Welt ist keine Kraft. Deine Jugend und dein Mut bewirken in der Gefahr mehr, als mein aus dem Verstehen kommendes Zaudern. Wir Alten kennen die Geschicke der Welt, aber wir können sie nicht mehr regeln. Ihr Jungen gestaltet, ohne zu wissen. Ob dies sinnvoll so eingerichtet ist, vermag ich nicht zu entscheiden. Es ist also nicht an mir, zur Tat zu schreiten, sondern du mußt damit fortfahren.«

Da brach Marga vor Verzweiflung in Tränen aus, fiel vor der Alten auf die Knie und barg ihr Gesicht in ihrem Schoß. Als das Beben ihrer Schultern endlich nachließ, hob sie den Kopf und stammelte: »So lehrt mich und helft mir mit Eurem Wissen!«

»Dieser Aufgabe will ich mich gern unterziehen!«

In den nächsten Tagen saßen sie viele Stunden zusammen und hielten Rat. Jeder trug Ideen bei, und viele Pläne wurden geschmiedet und wieder verworfen. Epaminado war der Vorwärtstreibende, der auch Risiken nicht ausschloß. Gaiamanada bremste, mahnte zu Umsicht und nährte die Zweifel. Glaxca und Marga brachten ihre schlichte Lebenserfahrung ein. Aus all dem aber entwickelte sich eine Strategie, die darin mündete, daß sich der Zwerg und das Mädchen auf den Weg machten, um wie zufällig eine Karawane aus dem Osten zu treffen.

Der Plan

So weit waren der Zwerg und die Menschenfrau mit ihrer Erzählung gekommen, als die Karawane anhielt. Sie war gerade über eine weite Hochebene gezogen, und ein scharfer Wind blies allen ins Gesicht. Da tauchten hinter Büschen und Felsen dunkle Gestalten auf und kreisten den Zug ein. Scharfe Kommandos wurden gebrüllt, Waffen blitzten im Tageslicht. Kinder weinten und Frauen und Männer, die noch nie Orokòr gesehen hatten, fielen auf die Knie und flehten um Gnade.

»Jetzt ist es soweit«, murmelter Marga.

Galowyn, Smyrna, Fallsta, Avaccu und Glaxca nahmen das Mädchen in ihre Mitte und verbargen sie vor den Blicken der Soldaten mit den Reißzähnen. Sie waren übereingekommen, gemeinsam bis zum Tod zu kämpfen. Lebend wollten sie nicht in die Hände dieser Bestien fallen und freiwillig den Custo schon gar nicht herausrücken.

»Vielleicht gelingt es uns, in einem günstigen Moment zu fliehen?« Fallsta überlegte einen Ausweg.

»Ich glaube nicht, daß sie uns eine Chance lassen«, antwortete Glaxca. »Im übrigen würden wir in diesem offenen Gelände nicht weit kommen.«

Folvet und seine Leute hatten ihre Waffen gezogen, um den Zug zu schützen. Doch es war klar, daß sie gegen die Übermacht keine Chancen hatten. Wie um dies zu bestätigen, trat ein Orokòr zu einem seiner Männer und stieß ihm sein langes Messer in den Leib. Der Begleiter brach zusammen. Die Tat war so grausam und sinnlos, daß selbst Folvet erbleichte und seine Waffe ein wenig senkte.

Der Anführer der Orokòr rief nun: »Wir wissen, daß das Ding hier ist. Tretet vor und gebt es freiwillig heraus. Wenn dies nicht nach zwanzig Herzschlägen geschieht, werden wir jeden von euch durchsuchen, und ihr werdet wünschen, uns niemals begegnet zu sein.«

Ein Aufschrei und Stöhnen drang aus der Karawane. Da fragte eine fremde Stimme, die sich schwertat mit der gemeinsamen Sprache: »Wer seid ihr?«

Die Orokòr lachten, und ihr Anführer schrie: »Wir sind die Truppen des mächtigsten Herrn der Welt. Uns befiehlt der große

Ormor, der Schrecken von Centratur. Der Zauberkönig will, daß ihr alle Staub freßt, und sein Wille ist unser Befehl.«

»Es gibt noch mächtigere Herren als deinen König«, antwortete die Stimme mit dem fremden Akzent. »Geht uns aus dem Weg! Dieser Marsch ist beschwerlich genug, und wir haben schon zu viel Zeit verloren!«

»Noch ein Wort«, grölte einer aus der Orokòrmeute, »und ihr alle werdet keine Zeit mehr brauchen.«

Zustimmendes Gelächter begleitete diese Drohung. Doch nun ließ sich eine weitere Stimme vernehmen, auch sie war wegen des fremden Tonfalls kaum zu verstehen: »Behandelt man so die Gäste eures Herrn?«

»Dieses Lumpenpack bezeichnet sich als Gäste des Großen Ormor!« wieherten die Orokòr. »Schon für diese Anmaßung gebührt ihnen Strafe.«

Da traten vier kleine glatzköpfige Gestalten aus dem Zug. Ihren Gesichtern war anzusehen, wie unwillig und gereizt sie waren. Einer von ihnen trat direkt zu dem Anführer der Soldaten und sagte nur ein Wort: »Verschwinde!«

Der sah sie groß an, erinnerte sich wohl, daß sich sein Herr seit einiger Zeit mit solchen Leuten umgab, und fragte schon etwas eingeschüchtert: »Habt Ihr Beweise, daß der Zauberkönig Euch eingeladen hat?«

»Wir brauchen keine Beweise.«

Und als sei ihm der Disput überdrüssig, hob der Gnom die Hand, und der Orokòr begann zu schreien und sich im Staub zu winden, bis er sein Leben aushauchte. Seine Männer suchten entsetzt das Weite, und der Vespucci rief ihnen nach: »Genügt dies als Beweis?«

Dann kehrte er zu seinen Leuten zurück und befahl ungeduldig den Weitermarsch. Folvet gab ein Zeichen, und alle setzten sich wieder in Bewegung.

»Das war knapp«, atmete Marga auf. »Aber Epaminado hatte recht. Die Vespucci sind unser bester Schutz. Der Plan war gefährlich, aber er ist aufgegangen.«

In den Gärten von Montsal ließ Folvet rasten. Aus dem Brunnen des Anwesens konnte frisches Wasser geschöpft werden, aber niemand betrat die Häuser. Dieser Ort, der einst als der schönste Fleck ganz Centraturs galt und in dem blühendes Leben geherrscht hatte, bot jetzt ein Bild der Trostlosigkeit und Zerstörung. Die Dächer waren eingefallen, durch Fensterhöhlen pfiff der Wind. Ein kleiner Sommerpavillon am Rande des Anwesens war nur noch ein Haufen verfaulter Bretter. Nichts kündete mehr von dem Frohsinn, der hier einst herrschte, als noch Arùmedo aus dem Volk der Achajer in Montsal wohnte.

Traurig betrachtete Glaxca, der Montsal vor Jahren schon einmal besucht hatte, das verwahrloste Gut.

»Warum nur haben die Achajer unser Land verlassen?« klagte er. »Wo sind die guten Zeiten geblieben?«

»Gab es denn je gute Zeiten?« wandte Fallsta ein. »Ich bin schließlich schon einige Jahre auf der Welt und kann mich an keine erinnern.«

»Mit den guten Zeiten ist es wie mit dem Glück. Man weiß immer erst hinterher, daß es da war. Wir sind so töricht, immer auf eine bessere Zukunft zu hoffen und die gute Gegenwart zu ignorieren.« Smyrna hatte dies mehr zu sich selbst gesagt, aber die anderen stimmten ihr sofort zu.

»Wie sollten wir dies ändern?« fragte Avaccu. »Leben ist Bewegung, Vorwärtsschreiten, also Zukunft. Hier auf Erden gibt es kein Ausruhen. Erst später einmal, wenn die Zeit nicht mehr ist, wird es Stillstand geben. Jeden Tag aber, wenn du die Augen öffnest, mußt du zum Kampf bereit sein, und den Kampf zu gewinnen, das ist das Glück.«

»Ist Liebe etwa kein Glück?« fragte Cum, der im Gras saß und den blonden Schopf seiner Freundin streichelte, die in seinem Schoß lag und verträumt in den blauen Himmel blickte.

»Meistens ist sie mehr Leid als Glück«, entgegnete Smyrna bitter. »Liebe ohne Leid gibt es nicht, heißt es in einem alten Lied. Das kann ich nur bestätigen.«

»Was hat dich so enttäuscht, daß du nicht mehr an die Liebe glaubst?« fragte der dunkelhäutige Junge. »Sieh doch wie stark meine Liebe ist. Sie hat sogar im Streit mit unseren Eltern zum Sieg verholfen. Man muß nur an sie glauben.«

»Liebe«, entgegnete Smyrna ernsthaft, »ist am stärksten, wenn sie gefordert wird. Und sie ist am meisten bedroht, wenn sie freien Lauf nehmen kann. Du willst stets das, was du nicht hast. Deshalb achtest du leider allzuoft den gering, von dem du wirklich geliebt wirst. Die unerfüllte Liebe ist die stärkste. So wie auch das Vorgefühl auf den nahen Erfolg schöner ist und glücklicher macht als der Erfolg selbst.«

»Alles strebt eben über sich hinaus. Es gibt kein Verweilen«, warf Avaccu ein. »Auch Liebe ist Kampf, Bangen und Zagen. Wer liebt, kann sich nicht ausruhen, sondern muß sich um seine Liebe bemühen, sonst ist sie schnell weggeflogen, wie ein Vogel, dem man die Käfigtür öffnet.«

»Der Vogel kommt aber manchmal auch zurück«, murmelte die Sängerin.

Am nächsten Morgen vor dem Abmarsch traten Cum, Balm und ihre Freundinnen vor Galowyn und die anderen.

»Wir haben uns entschlossen hierzubleiben. Folvet ist einverstanden. Dies ist ein schöner Ort und gegen den Verfall kann man etwas tun. Wir sind uns klar darüber, daß uns eine schwere Zeit bevorsteht. Aber wir wollen Montsal wieder zum Blühen bringen. Dieses Gut soll ein Symbol für unsere Liebe werden.«

»Wir wollen der Vergänglichkeit trotzen«, fügte der sonst so schweigsame Balm hinzu. »Irgend jemand muß schließlich einmal den Anfang machen.«

»Diesen Anfang haben schon viele gewagt«, wandte Smyrna ein.

»Vielleicht haben sie es nicht richtig angestellt oder nicht von ganzem Herzen gewollt? Uns wird es gelingen!« sprach das dunkelhäutige Mädchen.

»Wir wünschen euch viel Glück«, sagte Galowyn schließlich.

Und sie trennten sich mit dem Versprechen, daß alle in spätestens einem Jahr nach Montsal zurückkehren und die jungen Leute besuchen würden.

»Wenn dies alles vorbei ist und wir den Krieg überleben, werden wir wohl eine Reise durch ganz Centratur machen müssen«, stellte Fallsta fest. »Wir haben vielen Leuten zugesagt, sie zu besuchen.«

»Wenn alles gut ausgeht, will ich diese Reise gerne auf mich nehmen. Ich freue mich, wenn ich die Gefährten schwieriger Tage und Wochen wiedersehe. Werdet ihr etwa nicht mitkommen?«

»Wie kannst du nur so etwas fragen?« war die einhellige Antwort.

Als die Karawane endlich die Berge verließ und in den Kohlewald eintauchte, färbten sich die Blätter bereits herbstlich. Aber noch immer war das Wetter schön und warm. Nun löste sich der Zug auf. Die einen schlugen den Weg nach Norden, nach Strawen ein, die anderen wollten weiter in den Westen.

Folvet hatte seine Aufgabe erfüllt und die ihm Anvertrauten gut durch die Berge gebracht. Er war ein teurer, aber guter Führer gewesen. Nachdem man so viele Mühen und Gefahren gemeinsam bestanden hatte, war man traurig sich trennen zu müssen. Nur die Vespucci kümmerte dies nicht. Sie schickten ihre Diener mit dem Auftrag los, Wagen und Pferde zu besorgen. Da Geld vieles möglich macht, kamen diese bald mit dem Gewünschten zurück. Die vier Glatzköpfe stiegen auf die holpernden Gefährte und gaben den Befehl zur Weiterreise.

»Wir dürfen sie nicht verlieren«, sagte Marga hastig und eilte hinter ihnen her.

Die anderen hatten keine andere Wahl als ihr zu folgen. So blieb keine Zeit mehr für lange Abschiede.

Zum Glück hatten die Bediensteten der Vespucci nur einfache Leiterwagen gefunden, wie sie die Bauern für die Arbeit auf den Feldern brauchen, und auch die Pferde waren träge Ackergäule. So kamen die Glatzköpfe nur langsam voran, und die Wanderer konnten mühelos Schritt halten.

Die Vespucci kümmerten sich nicht um die Verfolger. Wie überhaupt ihr Interesse an diesem Kontinent nur mäßig war. Sie verachteten die Leute hier und die wild wuchernde Natur. Centratur verkörperte für sie all das, was sie ablehnten. Aber bald würden sie die Macht hier ergriffen haben und alles ändern.

Hin und wieder begegneten sie Patrouillen von Orokòrsoldaten. Doch niemand wagte noch, die mächtigen Gnome anzuhalten. Die Vorfälle in den Bergen hatten sich in Windeseile herumgesprochen. Da nicht klar war, ob die Wanderer zu den Fremden gehörten, ließ man auch sie ungeschoren.

»Es sind viele Orokòr unterwegs«, sagte Fallsta. »Irgendwann werden sie uns doch noch anhalten.«

»Sie spüren den Custo«, vermutete Glaxca. »Nur die Angst vor den Vespucci hält sie zurück.«

Doch Marga beruhigte sie: »Bald sind wir in Weiler. Dort sind wir fürs erste sicher. Weiler ist in der Hand von Freunden.«

Eine seltsame Begegnung

Im Gefolge der Vespucci waren sie wohlbehalten in die Nähe von Weiler gekommen und freuten sich auf eine sichere Unterkunft und ein weiches Bett im Blauen Krug. Doch je näher der Ort heranrückte, desto häufiger trafen sie auf Orokòr. Weiler selbst war von einem riesigen Heerlager umgeben. Zeltstadt reihte sich an Zeltstadt. Überall brannten Feuer, und die schwarzen Horden bereiteten ihr fürchterliches Essen. Ormor hatte sein ganzes Heer aufgeboten, und war dabei, in den Süden in die Schlacht zu ziehen. Es waren Tausende und Abertausende von Soldaten, die hier warteten.

Mitten hinein in diese Schlangenbrut ließen sich die vier Vespucci fahren, und die Gefährten mußten folgen, wollten sie ihren Schutz nicht verlieren. Wären sie allein gewesen, alle Orokòr wären wohl gemeinsam über sie hergefallen.

Die Orokòr mußten gespürt haben, daß der Custo, wegen dem ihr Herr sie so unbarmherzig durch die Berge gehetzt hatte, ganz nahe war. Sie wurden unruhig und richteten ihr Interesse auf die Fremden auf der Straße. Doch nach einer Weile wendeten sie sich wieder dem Essen zu. Der Herr hatte die Suche schließlich abgeblasen. Weshalb sollten sie sich noch Gedanken über einen Befehl von gestern machen.

Auch Ormor spürte den Custo, konnte sich aber keinen Reim auf seine Gefühle machen. Der Zauberkönig wohnte im Blauen Krug. Aber keiner der Erits aus dem Ort durfte ihn bedienen. Alle hatten den Gasthof verlassen müssen. Nur noch die versierten Diener des Herrn und ein Teil der Hofschranzen hielten sich dort auf. Alle Einwohner von Weiler hatten den strengen Befehl, ihre Häuser nicht zu verlassen. Der König wollte niemanden sehen.

Vor Tagen hatte der Zauberkönig im Dunklen Schloß seine obersten Führer zu sich befohlen. Er war seiner Ungeduld nicht mehr Herr geworden. Besonders die Nachrichten aus Darken hatten ihm gezeigt, daß er handeln mußte.

Zuerst waren die Hauptleute der Orokòr gekommen. Die großen Gestalten mit den Reißzähnen hatten sich vor ihrem Herrn niedergeworfen und mit dem Gesicht auf dem staubigen Boden seinen Willen erfahren: »Zieht alle Orokòr von der Suche im Thaurgebirge ab. Wir brechen morgen früh auf und reisen in den Süden. Die Suche ist fürs erste abgeblasen. Im Süden gilt es, Schlachten zu schlagen und Kriege zu gewinnen. Wir selbst werden den Oberbefehl übernehmen. Ruhm und Ehre warten auf euch und eure Männer. Zuvor aber sucht fünfzig Soldaten aus und tötet sie. Wir wollen, daß ihr Tod langsam und schmerzhaft ist. Wir haben verlangt, daß man Uns etwas bringt. Dieser Wunsch wurde nicht erfüllt. Die fünfzig erleiden die Strafe stellvertretend für alle. Es muß allen Orokòr klarwerden, daß Unsere Befehle zu befolgen sind. Die Erfolglosigkeit eurer Heere hat Uns Kummer zugefügt. Diesmal geben Wir Uns noch mit fünfzig Soldaten zufrieden. Das nächste Mal seid ihr selbst an der Reihe.«

Nach dieser Rede hatten sich die Orokòrführer entfernen dürfen und waren rückwärts aus dem Raum gekrochen.

Danach hatte er mit den anderen Generälen gesprochen, und zuletzt waren die persönlichen Diener des Herrn erschienen. Er hatte ihnen aufgetragen, alles für die Reise vorzubereiten. Eine Vorhut sollte sogleich nach Weiler reisen und dort Quartier bereiten. Dort wollte der Zauberkönig eine Karawane mit vier Vespucci aus Darken treffen.

Nach diesen Gesprächen waren hinter einem Wandschirm zwei kleine Gestalten hervorgetreten. Sie hatten keine Haare und trugen goldene Fingernagelschoner.

»Ihr habt klug gehandelt, o König!« hatten sie gesagt. »Wir werden Euch in den Süden begleiten. In Weiler werdet Ihr die besten Generäle unseres Volkes treffen. Sie wurden geschickt, damit Ihr endlich die Herrschaft über diesen Kontinent antreten könnt. Mit uns an Eurer Seite gewinnt Ihr jeden Krieg!«

Dann war Ormor in Weiler aufgetaucht, und alle hielten dort von nun an den Atem an. Die Erits hockten in ihren Häusern und wagten kaum, von einem Zimmer ins andere zu gehen. Sie erinnerten sich noch, wie ganz überraschend die Vorhut des Zauberkönigs in den Ort eingeritten war und befohlen hatte, die Straßen zu räumen.

Sofort hatten die Erits gedacht, nun käme das große Strafgericht über sie, weil sie die Herrschaft von Durnil dem Peitscher abgeschüttelt hatten. Doch wahrscheinlich wußte Ormor nicht einmal, daß es einen Durnil je gegeben hatte.

Doch deshalb war dieser Besuch des Herrschers nicht weniger gefährlich. Als er auf seinem schwarzen Roß in den Ort geritten war, hatte ein Erit neugierig aus der Tür gespäht. Es war Flatt, der Sohn des alten Schlüsselblume gewesen. Er hatte seine Neugierde einfach nicht beherrschen können und den geheimnisvollen König unbedingt ansehen müssen. Noch seinen Enkelkindern hatte er davon erzählen und natürlich, wenn alles vorüber war, am Stammtisch davon berichten wollen. Seine Frau hatte vergeblich versucht, ihn zurückzuhalten. Auf Zehenspitzen war er zur Haustür geschlichen und hatte sie nur einen Spalt weit geöffnet. Doch dies war dem Blick des Mächtigen nicht entgangen. Auf einen Wink von ihm hatte die Leibwache Flatt auf die Straße gezerrt und vor aller Augen umgebracht.

Den Vespucci, die in einem Wagen hinter Ormor fuhren, hatte der Vorfall so gut gefallen, daß sie Anweisungen gaben, weitere Erits aus den Häusern zu holen und sie zum Vergnügen aller umzubringen. Von nun an war den Erits von Weiler die Neugierde ausgetrieben, und das wollte bei Erits etwas heißen.

Ormor residierte im Blauen Krug und wartete zusammen mit seinen Vespuccifreunden auf die vier Glatzköpfe, die Folvet über das Gebirge gebracht hatte. Er befand sich gerade in der großen Gaststube. Die Wände hatte man mit kostbaren Teppichen behängt. Auch die grobgezimmerten Tische und Stühle waren entfernt worden. Statt dessen sah man blitzende Karaffen und Gläser auf Ebenholztischchen. Gepolsterte Sitze standen auf dicken kostbaren Teppichen.

Nur dort wo Gracchu auf dem Gesicht lag, war noch ein Fleckchen Steinboden frei. Der Mann war bleich und zitterte am ganzen Körper. Sein Herrscher hatte ihn zu sich gerufen, nachdem ihm berichtet worden war, daß der Mann aus der Leibwache auf eigene Rechnung Raubzüge in dem besetzten Land durchgeführt hatte. Ormor hatte Gracchu streng befragt. Der hatte alles geleugnet. Er fühlte sich unschuldig, denn er hatte lediglich einen Bauernhof angezündet und ein wenig Vieh konfisziert, was durchaus üblich sei, wie er fand.

Dagegen sei auch nichts einzuwenden, stimmte der König zu. Doch wenn Beute gemacht werde, müsse an ihn ein Teil abgeführt werden. Er gehe davon aus, Gracchu habe mehr genommen als nur Vieh, und versäumt, seinen Herrn am Gewinn zu beteiligen. Dies sei Diebstahl am König, und darauf stehe der Tod. Der Gefolgsmann aus der Leibwache möge sich nun selbst den Dolch in die Brust stoßen.

Gehorsam und mit niedergeschlagenen Augen erhob sich Gracchu und zog sein Messer. Aber gerade als er es sich in den Leib rammen wollte, ging eine Verwandlung mit seinem Herrn vor sich. Zuerst wurde es dunkel im Raum, dann begann Ormor zu glühen. Er war von einer leuchtenden, blauen Schicht umgeben, die ihn von Kopf bis Fuß einhüllte. Aus seinen ausgestreckten Fingern fuhren kleine Blitze, und seine Augen strahlten rot.

Was war geschehen? Die vier Vespucci hatten die Oststraße verlassen und waren nach Weiler abgebogen. Dorthin wollten und konnten ihnen Galowyn, Marga und die anderen nicht mehr folgen. Deshalb blieben sie auf der Oststraße und hielten sich tapfer weiter nach Westen. Da sie aber durch die Vespucci nicht mehr geschützt waren, erregten sie erneut die Aufmerksamkeit der Orokòr. Die schwarzen Gestalten verließen ihre Feuer und kreisten sie ein.

»Verdammt«, murmelte Fallsta, »das ist nun das Ende. Wir waren so dämlich und sind mitten in die Höhle des Löwen marschiert.«

Die schwarzen Gestalten ließen bereits ihre Reißzähne sehen und streckten die krallenbewehrten Klauen aus, da tauchte ein alter Mann in einem grauen Überwurf auf. Vor ihm wichen alle zurück. Mit einer Handbewegung scheuchte Willmar die Orokòr an ihre Feuer.

Dann baute er sich vor Marga auf und sagte: »Gib mir den Custo!«

Das Mädchen erstarrte vor Schrecken.

Willmar wiederholte mit ruhiger Stimme: »Gib mir den Custo!«

Da geschah etwas Unerwartetes. Eine Stimme sagte: »Im Namen des Weißen Rates befehle ich dir, laß ab von dem Mädchen!«

»Des Weißen Rates?« fragte Willmar höhnisch. »Wer ist hier ein Mitglied dieses Rates?«

»Der Weiße Rat hat mich mit dem Schutz dieser Leute hier beauftragt«, sprach Avaccu und trat vor. »Du erhältst den Custo nur, wenn du mich besiegst.«

Galowyn starrte ihn bei diesen Worten mit offenem Mund an.

»Geh mir aus dem Weg«, sagte Willmar verächtlich. »Du bist kein Gegner für mich. Ich will dich nicht töten.«

»Du wirst es tun müssen!«

»Der Weiße Rat schickt noch immer Narren zu wichtigen Aufgaben in die Welt. Dies tat er vor vielen Zeitaltern, als er Aramar auswählte, und bis heute hat er keine Lehren aus seinen Fehlern gezogen.«

»Ich mag ein Narr sein, aber ich erfülle meinen Auftrag und schütze die mir Anvertrauten.«

Da erhob sich ein mächtiger Schatten und wuchs über die gebückte Gestalt des Alten hinaus. Der Arm des Schattens holte aus und schlug Avaccu, der zur Seite geschleudert wurde und im Staub der Straße liegenblieb.

»Gibst du mir nun den Custo?« wandte sich der Zauberer wieder an Marga.

Die schüttelte in fassungslosem Entsetzen den Kopf und wich ein paar Schritte zurück. Dann begann sie wie wild zu pfeifen.

Doch Willmar machte eine Handbewegung und kein Ton kam mehr aus ihrem Mund, so sehr sie sich auch anstrengte.

»Die Vögel können dir nicht helfen. Warum läßt du sie nicht in Ruhe? Aber dein Starrsinn gefällt mir. Meister Fraam hat eine würdige Trägerin für den Custo ausgesucht. Ich habe schon immer gesagt, daß die einfachen Mitglieder des Ordens mehr Klugheit aufbringen, als die hochgelehrten Zauberer. Er mag nicht viel gewußt haben, der Fraam, und sicher war er einem guten Tropfen nicht abhold, aber er besaß Instinkt. Eine bessere Wahl als dich hätte er nicht treffen können. Und mich selbst muß ich loben, daß ich dich in den Norden geschickt habe, damit Fraam dich auswählt, und du den Custo vor Ormors gierigen Händen rettest. Meine Entscheidung für dich war richtig gewesen. Und nun genug des Geredes, gib mir den Custo.«

Marga war leichenblaß, sie zitterte am ganzen Körper. Mit vor Angst weit aufgerissenen Augen schüttelte sie den Kopf.

»Dann muß ich ihn mir selbst holen.«

Willmar trat auf das Mädchen zu, faßte in ihr Kleid und zog das in Lumpen gewickelte Päckchen heraus. Sorgfältig schlug er die Fetzen beiseite und hob die rotglänzende Platte gegen das Licht der Sonne. Dabei sahen alle, daß zwei Finger an seiner rechten Hand fehlten.

In diesem Augenblick brach der Schirm über Centratur zusammen, und Ormor begann zu glühen und verfügte plötzlich über ungeheure Macht.

Der alte Zauberer drehte die glänzende Platte herum und untersuchte sie genau. Besonders eine Inschrift hatte es ihm angetan. Er las sie sich mehrmals vor:

Die Macht der Ewigkeit
in dieses Gold gewirkt
schützt das Land,
bis der Erwählte kommt
und die Aufgabe übernimmt.

»Hätte man mir diese Inschrift freiwillig gezeigt, dann wäre die Vernichtung des Loron nicht nötig gewesen«, murmelte er noch und reichte den Custo mit einem Achselzucken an Marga zurück.

»Dieses Ding will Ormor unbedingt haben, paß gut darauf auf!« sagte er dabei laut.

Das Mädchen stand noch immer starr, diesmal vor Erstaunen. Sie begriff nicht sofort, daß sie wieder im Besitz des Custo war. Endlich fing sie sich und nahm mit zitternden Händen die rote Platte an sich und verbarg sie sogleich unter ihrem Kleid. In diesem Augenblick baute sich der Schirm über Centratur wieder auf, und alles war wie zuvor.

»Dann steht Ihr nicht auf der Seite des Zauberkönigs?« stammelte Glaxca.

»Ich stehe auf niemandes Seite. Schon gar nicht auf der von Ormor. Nur manchmal sind seine und meine Ziele die gleichen.«

Das Glühen verschwand, und Ormor kam wieder zu sich. Er war noch ganz in Gedanken. Da sah er Gracchu mit dem Messer an der Brust.

Er herrschte ihn an: »Steck das Messer weg und verschwinde!«

Dann ging er nachdenklich auf und ab, bis sein Diener meldete: »Die erwarteten Vespucci sind angekommen und wollen Euch ihre Aufwartung machen. Ich soll Eurer Majestät ausrichten, sie können es kaum erwarten, Euch in Eurem Kampf zu unterstützen.«

Kurz darauf watschelten vier glatzköpfige Generäle noch bedeckt vom Staub der weiten Reise in die Schankstube.

Langsam erholten sich auch die Sängerin, ihre Dienerin und der Goldgräber von ihrem Schrecken. Avaccu kam zu sich und quälte sich auf die Knie. Glaxca bemühte sich um Marga. Willmar ließ der Gruppe Zeit. Dann sagte er: »Ich werde euch ein wenig geleiten, sonst betrachten euch die Orokòr als Beute, und das wäre doch schade.«

Er ging voran, und die andern folgten ihm. Dabei verdeckte er die Ausstrahlung des Custo, so daß die schwarzen Krieger nicht mehr von ihm angezogen wurden. Galowyn aber hielt sich von Avaccu fern. Sie sah ihn nur dann und wann mit traurigen Augen an.

Nach zwei weiteren Stunden hatten sie das Kriegslager hinter sich gelassen. Die Oststraße führte sie lange durch einsame Wälder. Gesprochen wurde nichts. An der Grenze zum Heimland verabschiedete sich Willmar. Er wünschte ihnen kein Glück, sondern verschwand so unauffällig wie er gekommen war im Gebüsch und ward nicht mehr gesehen.

Osten

Die Reisegruppe um die Sängerin Galowyn erreicht endlich das Heimland, und zwei Wanderer aus dieser Region Centraturs sind inzwischen am Ziel ihrer Reise angekommen. Die Erits befinden sich nun zusammen mit ihrer Führerin Qumara und den geheimnisvollen Kindern in Rutan. Jetzt gilt es, den König zu finden und ihm die fesselnde Zauberkette abzunehmen. Sie wissen nichts von all den Geschehnissen in Centratur. Ihnen ist nur klar, daß die Zeit drängt und es auf sie ankommt.

Der Urwald

Der Tiger saß auf einer breiten Astgabel und sah verächtlich auf die Leute herab, die am Fuß des Baumes standen. Er war riesig. In sein Maul hätte mit Leichtigkeit ein Eritkopf gepaßt und seine Zähne waren so lang wie der Mittelfinger eines großen Mannes. Die Augen funkelten grün, als er sich langsam erhob und die mächtigen Muskelpakete unter dem seidigen Fell anschwollen. Nun fuhren auch die Krallen an den Pranken heraus. Ganz leicht knickte er in den Gelenken ein, doch er sprang nicht. Kein Fauchen kam aus seiner Kehle und auch kein Schrei. Er hatte Qumara, die Hohepriesterin des Landes, entdeckt, und ihr war er, wie alles Leben in Rutan, untertan.

Akandra beobachtete Qumara. Die Zauberin hatte sich seit der Landung am Strand von Rutan verändert. Das Mädchen spürte zwar die Wandlung, konnte aber nicht sagen, worin sie bestand. Sie wurde von ihren Überlegungen abgelenkt, denn Qumara sagte gerade: »In Rutan können Fremde nicht überleben. Ihr müßt Rutaner werden, damit die Natur euch als Einheimische akzeptiert.«

Diese Aussicht gefiel den Erits. Sie nickten begeistert und fragten, wie dies vor sich gehe.

»Indem wir zuerst alle Kleider ablegen. In meiner Heimat ist alles Künstliche verhaßt. Man muß sich davon trennen. Was gibt es Überflüssigeres als Kleidung in einem warmen Land wie Rutan?«

Die Vorstellung, nackt durch die Gegend zu laufen, ließ sowohl Akandra als auch Marc schaudern. Sie protestierten, und der Junge wurde rot im Gesicht. Doch Qumara ließ sich nicht erweichen und ging mit gutem Beispiel voran. Langsam legte sie die unförmigen Kleider ab, die sie in Centratur so lange getragen hatte.

Nachdem sie auch die letzten Hüllen abgestreift hatte, fiel ihr langes dunkles Haar über braune Schultern bis zur Brust. Ihr Körper war schlank und sehnig und die Brüste straff und rund. Sie wippten leicht, wenn sie schritt. Völlig ungeniert bewegte sich die Frau und zeigte ohne Scheu die geheimsten Seiten ihres Leibes.

Fasziniert starrten sie die beiden Erits an und konnten den Blick nicht von ihr wenden. Qumara war wunderschön. Obwohl sie die Zauberin nun schon so lange kannten und mit ihr durch dick und dünn gegangen waren, hatten sie nie über ihr Aussehen nachgedacht. Vor ihnen stand keine alte Frau, wie sie erwartet hatten. Die Hohepriesterin war trotz ihres hohen Alters begehrenswert und von jugendlichem Aussehen. Ihr Geist war gereift, aber ihr Körper nicht gewelkt.

Qumara sah das Erstaunen ihrer Begleiter und schmunzelte: »In Rutan kann man die Wahrheit über sich selbst vor den anderen nicht verbergen. Körper und Geist sind für alle offen. Wir Rutaner wollen einander nichts vormachen. Wenn man sich einmal damit abgefunden hat, ist dies sehr befreiend.«

Die Erits waren allerdings noch lange nicht zur Nacktheit bereit. Und nur weil Qumara darauf bestand, schlüpften zuerst Akandra und dann Marc zögernd aus ihren Kleidern, behielten aber die Unterwäsche an. Die Kinder hingegen hatten an dem neuen Spiel großen Spaß. Bald tollten sie nackt herum und ließen voller Übermut ihre Kleider in Flammen aufgehen. Dabei stellte sich heraus, daß Bim ein Mädchen war.

Hatte Qumara bis dahin den Kindern wohlwollend zugesehen, so ermahnte sie sie jetzt, daß in Rutan Flammen verboten seien, weil sie das Lebende vernichten. Lediglich den Blitzen könnte man keinen Einhalt gebieten. Die Rutaner kochten ihre Nahrung nicht und wärmten sie auch nicht auf Flammen auf. Feuer sei in diesem Land geradezu ein Symbol für das Böse.

Dann wandte sie sich den Erits zu und hieß sie barsch, auch die Unterkleider abzustreifen. Diese Stimme duldete keinen Widerspruch, deshalb kamen der Junge und das Mädchen widerwillig dem Befehl nach. Besonders Marc genierte sich noch immer und wandte sich schamhaft ab.

Akandra hatte an ihren Oberschenkel ein Messer gebunden. Als es Qumara sah, lachte sie und sagte: »Das ist also die Waffe, mit der du so schnell bei der Hand bist. Du wirst in Rutan auf sie verzichten müssen.«

Das Mädchen protestierte. Doch auch in dieser Frage blieb die Führerin unnachgiebig. Das Messer sei künstlich und stelle eine Bedrohung für die Natur dar, sagte sie. Wolle man von der Natur beschützt werden, so müsse man sich an sie ausliefern und zu ihr Vertrauen haben.

Als sie sich schon auf den Weg machen wollten, hielt sie die Zauberin noch einmal zurück: »Bis jetzt habt ihr euch nur den Gepflogenheiten dieses Landes angepaßt. Aber ihr seid noch nicht Teil von ihm geworden. Deshalb seid ihr auch noch nicht geschützt und anerkannt. Aber ihr habt Glück. Als Hohepriesterin habe ich das Recht und die Macht, eure Aufnahme zu vollziehen.«

Verständnislos beobachteten alle, wie Qumara aus trockenen Zweigen einen Kreis auf dem Boden auslegte. Später mußten sie dort hineintreten. Dann trat die Zauberin zurück, breitete die Arme aus und rief Worte in einer Sprache, die sie nicht verstanden. Nach einer Weile vermeinten sie, gleichsam wie ein Echo ein verstärktes Rauschen in den Wipfeln der hohen Bäume zu hören, und eine Bewegung der Blätter in den Sträuchern wahrzunehmen, so als ob ein Windstoß über sie gefahren sei. Dann schritt Qumara in den Kreis. Sie hatte einen langen Dorn in der Hand, ergriff Marcs Arm und stieß zu. Sie mußte dabei wohl eine Ader getroffen haben, denn er blutete stark. Während der Junge aufschrie und noch erschreckt auf seinen Arm starrte, wiederholte sie die Prozedur bei Akandra und den Kindern. Der Boden unter ihren Füßen färbte sich rot. Schließlich verließ die Zauberin wieder den Kreis und wiederholte die Beschwörung in der fremden Sprache. Als nun der Wald wieder antwortete, klangen seine Geräusche freundlich und vertraut.

Als die Erits endlich den Kreis verlassen durften, erklärte ihnen

Qumara, sie sei als Hohepriesterin in Rutan neben dem König das mächtigste Geschöpf im Land. Sie habe ein Recht, das nicht einmal dem König zustand, nämlich zu binden und zu lösen. Nur sie dürfe Fremde in die Gemeinschaft der Rutaner aufnehmen oder aus ihr verbannen.

»Ihr seid nun mit eurem Blut diesem Land verbunden. Rutan wird für euch eintreten und erwartet das gleiche von euch.«

Akandra und Marc gewöhnten sich noch lange nicht an ihre Nacktheit. Sie verdeckten den ganzen Tag ihre Blöße, so gut es ging, und zeigten sich den anderen Gefährten möglichst nicht von vorn. Auch scheuten sie sich, mit bloßen Füßen durch den Wald zu laufen. Überall wuchsen schließlich Dornenranken, und Tiere und sogar Schlangen huschten durch das Unterholz.

»Warum dürfen wir nicht wenigstens die Schuhe anbehalten?« jammerte Marc.

»Ihr braucht sie nicht«, war die barsche Antwort.

Die Zauberin hatte recht. Dornenranken und Zweige zogen sich von selbst vor den nackten Füßen zurück, nichts verletzte die ungeschützten Beine der Wanderer. Selbst wenn sie sich durch dichtes Unterholz zwängen mußten, glich die Berührung der Zweige einem sanften Streicheln. Die Durchquerung des Waldes war zu einem Vergnügen geworden.

Irgendwann hatten die Erits dann doch ihre Schamhaftigkeit abgelegt, und bei der nächsten Rast auf einer Lichtung sagte Akandra lächelnd zu Marc: »Auf der Treppe zu den Älteren habe ich dir versprochen, für dich nackt im Sonnenlicht zu tanzen. Dieses Versprechen will ich nun einlösen.«

Sie erhob sich im blendenden Licht des Tages und wirbelte herum, daß ihre Haare flogen. Marc starrte seine Freundin fasziniert an. Sie war wunderschön, und er liebte sie.

Die Kinder beobachteten ihn und kicherten, und auch Qumara lachte. Der Junge aber merkte es nicht, denn er konnte den Blick nicht von Akandra wenden. Der Flaum zwischen ihren Beinen, dieses Gesicht mit den strahlenden Augen und die kleinen Brüste waren das Schönste, was er je gesehen hatte.

Als sie wieder aufbrachen, fragte das Mädchen: »Wohin gehen wir eigentlich?«

»Nach Nordosten zum See des Mondes.«

»Und warum benutzen wir keine Wege?«

»Die gibt es in Rutan nicht. Jeder Weg ist etwas Künstliches und verändert die Natur.«

Manchmal glaubten die Erits, Pfade zwischen den Bäumen zu erkennen. Aber Qumara widersprach heftig und erklärte die vermeintlichen Wege als Sinnestäuschungen. Rutaner würden nämlich sehr darauf achten, daß nicht einmal ungewollt Pfade entstünden. Deshalb benutzten sie niemals die gleiche Strecke durch den Wald.

Ein andermal sagte Akandra: »Qumara, du hast uns gelehrt, auf das Wesen der Bäume und ihre Persönlichkeit zu achten. Ich kann die Bäume jetzt tatsächlich spüren. Soviel Harmonie und Frieden ist mir bisher noch nicht begegnet. Warum kann nicht die ganze Welt wie Rutan sein?«

Darauf antwortete Marc ein wenig spöttisch: »Wenn du die Natur so liebst und ganz im Einklang mit ihr leben willst, mußt du aber deine Ansprüche ändern. Denke nur, wie begeistert du von dem schönen Geschirr und all der Pracht in Ormors Palast gewesen bist! Das Leben in Rutan muß deiner Vorstellung von Adel und Lebensart doch widersprechen. Wenn du hier leben würdest, müßtest du auf all das verzichten.«

»Meine adlige Gesinnung bleibt mir bis ans Lebensende. Alles andere aber will ich gern für die Eintracht in Rutan eintauschen.«

Bald erreichten sie erneut eine Lichtung. Dort graste eine Herde Gnumus. Es waren Geschöpfe, die Rehen sehr ähnlich sahen. Marc entdeckte die Tiere als erster und flüsterte: »Still, damit wir sie nicht verscheuchen.«

Doch Qumara lachte und rief laut in ihrer eigenen Sprache. Ein Tier löste sich aus der Herde und sprang ohne Scheu zu ihnen. Es war so zutraulich, daß es sich sogar streicheln ließ. Sein Fell war weich und warm, die schwarzen Nüstern feucht und kühl. Es stupste Marc ins Gesicht, der ein wenig erschrocken zurückwich.

Während sie noch mit dem Tier schmusten, gab die Herde plötzlich das friedliche Grasen auf und rannte in wilder Flucht davon. Auch das zutrauliche Gnumu wollte fliehen, aber für das arme Tier war es zu spät. Zwischen den Bäumen tauchte eine große Katze auf, wie sie die Erits noch nie gesehen hatten. Mit mächtigen Sprüngen holte das Raubtier das fliehende Gnumu ein, sprang ihm auf den Rücken und riß es zu Boden. Die Beine des sanften Wesens

zappelten hilflos in der Luft, während der Räuber seine Reißzähne in seinen Hals schlug. Blut spritzte, und die Bewegungen des Gnumu wurden matt. Dann war das Tier tot. Die Katze riß den Leichnam auf und begann zu fressen. Von den Zuschauern ließ sie sich dabei nicht stören.
Die Kinder hatten dem Vorfall interessiert zugesehen, verloren nun aber das Interesse und widmeten sich neuen Spielen. Marc hingegen war entsetzt und verzweifelt. Die ganze Zeit hatte er die Zauberin angefleht, sie möge doch eingreifen. Doch Qumara hatte gelangweilt dem Vorfall zugesehen und griff nun, als wäre nichts geschehen, nach dem Gepäck, um den Marsch fortzusetzen.
Marc war empört, doch die Hohepriesterin antwortete ungeduldig, sie hätte weder eingreifen dürfen noch wollen. Die Gesetze Rutans befahlen, daß die Natur unberührt bleiben müsse. Dies bedeutete auch, die Beutetiere nicht vor ihren Feinden zu schützen.
»Was hätte es schon gebracht, wenn das Gnumu von mir gerettet worden wäre?« fragte sie schließlich. »Der Leru, so heißt übrigens der Jäger, wäre hungrig geblieben und hätte sich ein anderes Beutetier gesucht. In der Natur gilt eben das Gesetz, fressen und gefressen werden. Dem können auch wir Rutaner uns nicht entgegenstellen. Wenn wir die Gnumus gegen die Lerus schützten, würden wir die Natur verändern und auf sie einen Einfluß nehmen, dessen Folgen wir nicht abschätzen können. Ich frage mich, ob wir überhaupt das Recht haben zu bestimmen, ob ein Raubtier verhungern muß und das Gnumu überleben darf? Welches Tier ist wertvoller? Wer entscheidet über Leben und Tod? Es ist ein Akt der geistigen Reife, die Natur in ihrer Größe und Grausamkeit zu akzeptieren.«
Akandra stimmte der Zauberin zögernd zu, aber Marc war noch lange nicht überzeugt. Er rief voller Zorn, die Rutaner lebten gar nicht im Einklang mit der Natur. Sie hätten sich vielmehr die Natur untertan gemacht. Nun kusche sie vor ihnen und erkenne sie als Meister an. Ihm sei nun aber klargeworden, daß auch die Rutaner die Welt zu ihrem Nutzen und für ihre Interessen veränderten. Mit dem Gerede von der Unberührtheit der Natur versuchten sie sich nur vor ihrer Verantwortung zu drücken.
»Doch«, so endete er, »es ist unsere Aufgabe, die Welt zu verändern, sie ein wenig friedlicher und freundlicher zu machen und zwar für alle Lebewesen, nicht nur für uns selbst. Die oberste Tugend, die denkende Wesen entwickeln sollten, ist das Mitleid. Auch

wenn das Raubtier anschließend ein anderes Tier schlägt, hätten wir dem Gnumu helfen müssen.«

Statt Qumara antwortete ihm Akandra: »Du langweilst uns schon wieder mit deinem Gewäsch. Auf unserer langen Reise hast du nichts gelernt. Den gleichen Unsinn hast du vor langer Zeit schon einmal ROM erzählt. Du bist eben nicht reif, tapfer und stark genug, um der Wahrheit ins Auge zu sehen und mit ihr zu leben. Wenn deine Verbesserung der Welt darin besteht, daß du die Greueltaten des Lebens ins Verborgene verbannen willst, damit du dir als guter Mensch vorkommen kannst, so verachte ich dich. Der Starke sieht die Wahrheit und lernt mit ihr zu leben.«

Qumara griff in den Streit der beiden Erits nicht ein, und auch die Kinder kümmerten sich nicht darum. Sie waren inzwischen auf einen Baum geklettert und hielten nach der geflohenen Gnumuherde Ausschau.

Seit ihrer Ankunft am Strand waren sie noch keinen Rutanern begegnet. Darüber wunderte sich Marc. Qumara hingegen veränderte sich immer mehr. Sie wurde noch stiller und in sich gekehrt. Ihr Gesicht aber wurde mit jedem Tag noch schöner und harmonischer. Ihre Augen leuchteten, und ihr Mund erblühte voll und rot.

Irgendwann sagte sie und ihre Stimme klang sehr glücklich: »Ich habe wieder Kontakt zu meinem Volk. Endlich bin ich nicht mehr allein.«

»Dein Volk?« fragte Marc. »Aber wir haben doch noch niemanden getroffen.«

»Du irrst dich. Die Rutaner wissen seit unserer Landung von unserer Anwesenheit. Wir haben inzwischen viele Erfahrungen ausgetauscht. Alle freuen sich, daß ich wieder da bin.«

Die Zauberin blieb auch weiterhin freundlich und hilfsbereit zu ihren Gefährten, doch sie wurde ihnen fremder. Marc war es, als würde sie ihnen entgleiten, und das machte ihn sehr traurig. Es war ein Gefühl, als verlöre er einen geliebten Menschen. Qumara war zwar noch anwesend, aber sie gehörte nicht mehr zu ihnen. Ihre eigene Welt hatte sie wieder.

Die Patrouille

Am nächsten Tag flüsterte Qumara aufgeregt: »Hier brennt etwas. Ich rieche Rauch!«

Bald darauf rochen es auch die anderen, und dann hörten sie sogar Flammen knistern.

»Der Wald leidet! Ich spüre die Schmerzen der Pflanzen, und auch Tiere sterben«, erklärte die Hohepriesterin. »Wir müssen nachsehen!«

Vorsichtig schlichen sie durch die Büsche. Der Qualm nahm mehr und mehr zu, und bald tränten ihre Augen. Nun konnten sie auch den Schein von Flammen zwischen den Stämmen wahrnehmen. Endlich versperrten nur noch verkohlte Äste den Blick. Sie sahen auf eine Schneise mit verbranntem Boden, auf dem noch rauchende Holzstücke lagen. Ihre nackten Füße schmerzten, als sie auf die heiße Asche traten.

Die Flammen hatten nicht auf den übrigen Wald übergegriffen, weil er lebendig und voller Saft war.

»Das sieht nach Vespucci aus«, stellte Qumara fest.

»Du hast recht, Schwester«, antwortete eine Stimme.

Alle fuhren herum. Hinter ihnen stand eine Frau. Sie war so nackt wie sie selbst und ebenso braun wie die Zauberin und hatte langes Haar, das ihr bis zu den Hüften reichte und ihre Brüste verdeckte. Auch diese Frau war schön, aber sie konnte sich nicht mit Qumara messen.

Die beiden Frauen redeten erregt miteinander und benutzten dabei die Sprache der Rutaner. Endlich bemerkte die Zauberin die fragenden Blicke ihrer Weggefährten und wechselte zurück in die gemeinsame Sprache.

»Diese Verwüstung haben Vespuccipatrouillen angerichtet«, erklärte sie. »Sie streifen kreuz und quer durch unser Land, um alles unter Kontrolle zu halten. Da sie sich aber vor der Natur ekeln, brennen sie sich mit seltsamen Apparaten einen breiten Gang. Ihnen ist es gleichgültig, ob Pflanzen und Tiere leiden. Sie tragen seltsame Kleider, deshalb stört sie die Hitze nicht. Die Vespucci sind rücksichtslos, aber wir können uns gegen sie nicht zur Wehr setzen, solange es unser König nicht gestattet.«

»Kann man sie nicht aufhalten?« fragte Akandra.

»Aufhalten könnte man sie ganz leicht. Wir bräuchten nur unsere Freunde auf sie loszulassen. Aber der König, der sich in den Fängen dieser Pareira befindet, hat es verboten.« Die Zauberin stutzte bei ihren eigenen Worten. Dann fuhr sie nachdenklich fort: »Das Verbot des Königs bindet zwar das Volk der Rutaner, denn er ist ihr Herz und ihre Seele, aber mit einer Ausnahme. Die Hohepriesterin darf selbständig entscheiden, und die Hohepriesterin bin ich!«

Energisch trat sie hinaus auf die Brandschneise, und die anderen folgten ihr. Sie achteten nicht auf den heißen Boden, sondern rannten gemeinsam in die Richtung, in die die Vespucci gezogen waren. Dabei rief die Zauberin seltsame Worte. Je näher sie der Patrouille kamen, desto aufgeregter wurde der Wald. Die Wipfel der Bäume schwangen hin und her, die Blätter der Büsche rauschten, und nun wurden auch Tiere sichtbar, die von überall zusammenströmten. Raubtiere und Weidetiere erschienen vereint. Es gab nur noch einen gemeinsamen Feind, und das waren die Vespucci.

Als sie die Glatzköpfe eingeholt hatten, sahen sie auch die Flammenwand. Es waren fünf Gnome und drei Sklaven. Letztere liefen mit seltsamen Rohren voraus und zündeten den Wald an. Alle waren in glänzende Kleider gehüllt und stapften durch die heiße Asche wie durch grünes Gras, dabei beobachteten sie aufmerksam den Wald nach verdächtigen Vorgängen.

Marc und Akandra waren in ihren Herzen schon so sehr zu Rutanern geworden, daß sie dieser Frevel erschauern ließ. Ein unbändiger Haß auf diese Eindringlinge erfüllte sie. Vorbei waren alle Meinungsverschiedenheiten. Sie wollten nur noch die rücksichtslosen Eindringlinge vertreiben, die den Frieden und die Harmonie dieses Landes störten.

Ohne Vorwarnung stürzten sich plötzlich die Tiere auf die Feinde, um sie zu zerfleischen. Doch die Vespucci hatten den Lärm noch rechtzeitig gehört und sich umgedreht. Sogleich richteten sie ihre Querks, diese teuflischen Zauberwaffen auf die Angreifer und mähten sie nieder. Erschrocken wichen die Tiere zurück. Nun griffen die Pflanzen ein. Bäume ließen schwere Äste heruntersausen, ein Glatzkopf wurde getroffen, die anderen konnten ausweichen. Der Kampf entwickelte sich zu Gunsten der Vespucci. Entsetzt erkannte Qumara die drohende Niederlage und rief verzweifelt noch einmal den Wald um Hilfe.

Zunächst geschah nichts Auffälliges, denn den Gegner, der heranmarschierte, konnten die Vespucci nicht sehen. Die Erits aber erblickten plötzlich ein Heer von Wanderameisen, das über den verbrannten Boden strömte. Viele Insekten verendeten in der Hitze, aber die anderen kletterten über die toten Artgenossen. Bald war die Erde von einem schwarzen Teppich bedeckt, der sich zu den Füßen der Gnome vorschob und an den Gestalten emporkletterte. Die scharfen Scheren der Ameisenkiefer schnitten sich durch das glänzende Material der Vespuccikleidung und gruben sich in das Fleisch. Wie wahnsinnig sprangen die Glatzköpfe herum und versuchten die Angreifer abzustreifen. Doch alle Gegenwehr war vergeblich. Die gemarterten Gnome schrien, und zwei ihrer Sklaven rannten in blinder Flucht den Weg der Verwüstung zurück, wo sie als Beute der zornigen Raubtiere endeten. Schon waren zwei Vespucci zusammengebrochen und lagen zuckend in der Asche. Endlich starb der letzte, und alle Feinde waren besiegt.

Qumara rief nun Worte, die von den Erits zwar nicht verstanden wurden, deren Macht und Intensität sie aber spürten. Eine Welle des Stolzes und des Glücks brach über alle Lebewesen herein, und es hätte nicht viel gefehlt, daß sich Raub- und Beutetiere gegenseitig in Freundschaft beleckt hätten. Auch die Erits hatten sich noch nie so geborgen und angenommen gefühlt.

Doch dieser Zustand hielt nicht lange an. Bald wurden sich die Gnumus bewußt, daß neben ihnen Lerus standen und machten sich vorsichtshalber davon. Nach und nach zogen sich die Geschöpfe aus der großen Gemeinschaft wieder zurück und kümmerten sich um ihre eigenen Interessen. Auch der schwarze Ameisenteppich verschwand und hinterließ lediglich die Skelette der Vespucci. Dann war alles wie zuvor. Die letzten Flammen erloschen, die Asche auf dem Boden rauchte noch, und Qumara war mit ihren Begleitern wieder allein.

Schlechte Nachrichten

Es sind keine guten Nachrichten, die ich erfahre«, wandte sich Qumara an die Erits. Sie hatte lange mit der Frau aus ihrem Volk gesprochen. »Seit wir in Rutan sind, ist mir aufgefallen, daß wir Rutaner keine Einheit mehr bilden. Ich spüre meine Leute als Einzelwesen, aber nicht mehr als Gemeinschaft. Nun weiß ich auch warum. Er ist nicht mehr hier.«

»Wer ist Er?« fragte Marc.

»Der König! Wir nennen ihn nur den König. Er hat keinen eigenen Namen. König bedeutet bei uns, der erste unter Gleichen, in dem wir uns alle wiedererkennen, das Herz der Gemeinschaft. Ihn, unseren König, haben die Glatzköpfe nach Vespucci entführt, um ihn umzuerziehen.

Ihr seid hier hergekommen, um den König zu befreien, denn er wird von den Fesseln der Liebe gefangengehalten, und das sind die stärksten. Wenn er sich aber nicht mehr in Rutan aufhält, so liegt euer Ziel in einem andern Land. Ihr müßt nach Vespucci gehen. Ich hatte immer gehofft, dies ließe sich vermeiden. Nun sind die schlimmsten Befürchtungen wahr geworden. Aber der Zeitenwanderer hat es vorausgeahnt und hat euch deshalb auf das Land der Gnome vorbereitet. Die Vespucci sind sehr mißtrauisch und wollen kein Risiko eingehen. Eure Aufgabe ist noch schwieriger, als ich gedacht habe. Das Schlimmste aber ist, daß ihr allein die Grenze ins feindliche Land überschreiten müßt. Weder die Kinder noch ich können euch begleiten.«

»Dieser Plan kann niemals gelingen. Der erste Vespucci, der uns sieht, bringt uns um.«

»Ihr seid für diese Aufgabe ausgewählt worden, weil ihr von eurem Aussehen her den Vespucci gleicht. Wenn wir euch die Haare rasieren und euch verkleiden, könnt ihr vielleicht für Glatzköpfe gehalten werden. Darin liegt eure Chance.«

Diese Eröffnung machte die Erits sprachlos. Voller Schrecken liefen sie stumm neben ihrer Führerin her. Sie hatte ihnen stets aus aller Not geholfen, sie hatten sich blind auf sie verlassen. Solange Qumara bei ihnen war, hatten sich in den größten Gefahren sicher gefühlt. Und nun sollten sie allein ins Feindesland gehen? Allein der Gedanke daran machte sie zittern.

Unvermittelt sagte Marc: »Ich habe Angst! Es ist eine ganz furchtbare Angst, wie ich sie noch nie empfunden habe, nicht einmal als wir vor den Orokòr fliehen mußten. Ich bin wie gelähmt und zu keinem vernünftigen Gedanken fähig. Wenn ich in diesem Zustand die Grenze überquere, bin ich nur ein Schlachtopfer. Das können selbst die Rutaner nicht von mir verlangen. Was hast du davon, Qumara, wenn die Vespucci uns umbringen? Wir sprechen doch nicht einmal ihre Sprache. Dein Plan ist nicht gut. Wir sollten einen neuen entwerfen.«

»Es gibt keinen anderen Plan«, antwortete die Zauberin.

Nun wandte sich Akandra mit kämpferischem Ton an ihren Begleiter: »Wieder einmal führst du uns deine Feigheit vor, Marc. Du ziehst damit das Ansehen der Erits in der Welt in den Dreck. Du bist ein erbärmlicher Vertreter unseres Volkes. Hier in Rutan, weit weg von unserem Heimatland, soll man mit Achtung von Erits sprechen. Wir sind kein Haufen Feiglinge. Natürlich gehen wir nach Vespucci, und wir werden den König befreien. Wir werden diese Gnome das Fürchten lehren. Sie sollen die Erits für immer in schlechter Erinnerung behalten und noch ihre Kinder vor uns warnen.«

Ihre Stimme war bei dieser Rede immer lauter geworden, und ihre Wangen hatten sich vor Erregung gerötet. Sie hätte sicher noch länger wilde Drohungen ausgestoßen, wenn sich Qumara nicht eingemischt hätte: »Ich kann Marc verstehen. Ich hätte auch Angst. Angst ist ein wichtiger Schutz, besonders bei einer so schwierigen Mission. Doch wenn es die Situation erfordert, Marc, so wirst du ganz ruhig und überlegt sein. Auch wegen der Sprache brauchst du dir keine Gedanken zu machen. Der Zeitenwanderer hat euch so viel beigebracht, daß ihr die Vespucci verstehen könnt.«

»Ich werde trotzdem nicht gehen«, antwortete Marc fest.

»Du wirst! Und wenn ich dich an deinen verfilzten Haaren über die Grenze ziehe«, zeterte das Mädchen.

Den Rest des Tages waren die Erits gedrückter Stimmung, und auch die Späße der Kinder konnten sie nicht aufheitern. Doch trotz ihrer Sorgen bewunderten die Erits den Wald, durch den sie liefen. Er war wunderbar. Das Grün der Bäume war kräftig und glänzte in allen möglichen Schattierungen. Dazwischen blühten unbekannte, wundersame Blumen in allen Farben. Bunte Vögel glitten schwerelos zwischen den Stämmen umher und ließen sich auf den Ästen nieder. Kleine Geschöpfe mit langen Schwänzen und dichten Pelzen huschten die Bäume hoch und sprangen von Ast zu Ast. Keines der Tiere zeigte auch nur die geringste Scheu vor den Zweibeinern auf der Erde.

Am Abend rasteten sie unter einem mächtigen Baumriesen und schliefen auf dem nackten Moos. Obgleich sie nichts zum Zudecken hatten, froren sie nicht. Aber als Akandra erwachte, begann sie zu schreien. Qumara eilte sofort herbei, lachte aber, als sie die Situation überblickte. In der Armbeuge des Mädchens hatte es sich eine kleine Schlange bequem gemacht. Zusammengeringelt hatte sie mit dem Mädchen geschlafen und huschte jetzt ins Unterholz, als ob sie beleidigt wäre wegen des Aufhebens, das ihre Wirtin machte.

»Das war eine Groave«, erklärte die Zauberin. »Sie ist eigentlich eine höchst giftige Schlange, aber hier in Rutan völlig ungefährlich. Niemals würde ein Tier einer Rutanerin etwas zuleide tun. Und ihr gehört jetzt zu Rutan, also seid unbesorgt.«

Es fiel Akandra schwer, diese beruhigenden Worte zu glauben.

Marc, der bei diesem Zwischenfall auch gelacht hatte, war als nächster an der Reihe. Als sie gegen Mittag Rast machten, kam eine große Schlange zu ihm gekrochen. Sie war etwa zehn Fuß lang und so dick wie zwei Oberschenkel. Es sei ein männlicher Python, erfuhren sie von ihrer Führerin. Er sei ein wenig verschmust und habe sich Marc zum Liebhaben ausgesucht. Der war über diese Auszeichnung nicht begeistert und versuchte, das mächtige Tier, das sich immer wieder um ihn wand, loszuwerden. Doch der Python blieb hartnäckig. Bis sich der Junge schließlich seinem Schicksal ergab und verlegen den schuppigen Leib streichelte.

Die beiden Kinder hatten mit dem seltsamen Verhalten der Tiere weniger Probleme. Sie spielten mit ihnen, machten Jagd auf sie und ließen sich jagen. Sie stellten allerlei seltsame Dinge mit den Geschöpfen Rutans an, und Akandra wunderte sich, was diese sich alles von Sim und Bim gefallen ließen.

Natürlich aß in dieser Welt niemand Fleisch von Tieren. Dies war auch nicht nötig, denn der Wald bot Nahrung im Überfluß. Die Bäume hingen voller Früchte, die Büsche voller Beeren und auf dem Boden sah man Pilze und zarte Sprossen. Der Tisch war für die Rutaner, wo immer sie sich auch aufhielten, reich gedeckt. Wenn sie hungrig waren, stellten sich Qumara und Gamari, die andere Rutanerin, unter die Bäume und hoben die Hände, bis ihnen das leckere Mahl in die Hände fiel.

»Wir wollen die Pflanzen nicht schädigen und vergewaltigen«, sagte Qumara. »Sie geben freiwillig, wenn wir sie darum bitten.«

Der See des Mondes

Endlich erreichten sie einen großen See. Er war von einem breiten Wiesengürtel umgeben und so ausgedehnt, daß man das gegenüberliegende Ufer kaum sehen konnte. Das Wasser war klar und tief, und weder Schilf noch Seegras durchbrachen seine Oberfläche. Viel Volk lagerte am Ufer, aber weit und breit war kein Boot zu sehen. Am nördlichen Ende erhob sich ein Hügel zu einer natürlichen Plattform.

Dies sei der Platz, auf dem die Hohepriesterin die jährliche Geschichte erzählt, erklärte Qumara.

Je näher sie dem See gekommen waren, desto mehr Frauen und Männer hatten sie getroffen. Sie alle waren vor der Zauberin auf die Knie gefallen und hatten sich von ihr an der Stirn berühren lassen. Dabei hatte sich Qumara noch mehr verändert. Sie war hoheitsvoller und unnahbarer geworden, obgleich sie sich noch immer fürsorglich um ihre Schützlinge kümmerte.

Jetzt am Mondsee mußte sie ihre ganze Aufmerksamkeit ihrem Volk zuwenden. Abordnungen kamen zu ihr, und sie beriet sich mit ihnen in der Sprache der Rutaner, von der die Erits kein Wort verstanden. Leute wollten geheilt werden oder suchten Trost. So waren die Erits und die Kinder ganz auf sich selbst gestellt. Sie streiften zusammen durch den Wald, badeten im See und tollten auf den Wiesen. Von den Rutanern wurden sie kaum beachtet.

Irgendwann verkündete ihnen die Zauberin, daß zwar nun in Rutan die Zeit des Einigungsfestes gekommen sei. Aber Trauer liege über dem Land, denn ohne ihren König könnten die Rutaner diese höchste und schönste Feier des Jahres nicht begehen. Beim Einigungsfest erzähle die Hohepriesterin nämlich eine Geschichte, die sie aber zuvor nicht kenne, die ihr vielmehr im Augenblick des Erzählens in den Sinn komme. Das Volk sitze währenddessen rund um den See und höre, was sie sage. Jeder verstehe sie, auch wenn er sich noch so weit entfernt aufhielte. Leider dringe in Abwesenheit des Königs keine Geschichte in den Geist der Hohenpriesterin, die sie weitergeben könnte. Dies sei schlimm, denn die Jahre der Rutaner würden in Geschichten gezählt, wie bei den Erits im Heimland die Geburtstage. Auch diesmal müßten deshalb wie schon im Vorjahr alle Geburtstage sozusagen ausfallen.

»Dann feiert doch wenigstens das Fest selbst«, sagte Akandra treuherzig. »Vielleicht ergibt sich daraus eine Geschichte!«

Qumara starrte das Mädchen entgeistert an und meinte dann: »Du hast recht. Dies ist vielleicht eine Lösung. So wollen wir es halten.«

Die Kunde, daß das Einigungsfest nun doch gefeiert werde, verbreitete sich wie ein Lauffeuer im ganzen Land. Noch mehr Rutaner strömten von überall herbei und ließen sich rings um den See nieder. Dort saßen sie und warteten geduldig, bis Qumara zu ihren Begleitern sagte: »Es ist soweit, das Fest beginnt. Ihr seid die ersten Fremden, die unserer geheimsten Zeremonie beiwohnen dürfen.«

Zusammen bestiegen sie die Hügel im Norden, und während die Zauberin nach vorn trat, hielten sich die Kinder und die Erits im Hintergrund. Dennoch hatten sie von dort oben einen wunderbaren Überblick.

Obgleich schon seit Tagen Männer und Frauen zum Mondsee gewandert waren, hörte der Zustrom noch immer nicht auf. Aus allen Landesteilen waren die Leute herbeigeeilt. Keiner wollte die Zeremonie versäumen. Auch die Kinder hatte man mitgebracht und die Alten, die nicht mehr gehen konnten, wurden herbeigetragen. Trotzdem ging alles ganz lautlos vor sich. Der riesige See war nun gesäumt von nackten, braunen Leibern.

Als die Sonne ihren höchsten Stand erreicht hatte, trat die Hohepriesterin stolz mit erhobenem Haupt noch ein paar Schritte weiter nach vorn, dorthin wo das Plateau zum See steil abfiel. Sie breitete die Arme aus und sprach seltsame Worte. Obwohl sie ihre Stimme nicht erhoben hatte, dröhnte ihre Rede in allen Köpfen. Mit einem Mal verstanden auch die Gäste, was sie sagte: »Leute von Rutan! Wir sind allein gelassen. Wir alle spüren, daß uns das Wichtigste fehlt. Unser König ist in den Händen der Feinde. Er wurde uns geraubt, und ohne ihn sind wir hilflos und schwach. Wir sind nur noch Rutaner, aber nicht mehr ein Volk. Die Feinde haben uns in der Hand. Dies alles wäre schon schlimm genug, denn wir erleben ein Jahr der Trauer, des Verlustes und des Schmerzes. Das Furchtbarste aber ist, daß jedem von uns ein Teil seines Lebens genommen wird, denn ohne den König kann ich keine Geschichte erzählen. Zwar werden wir heute versuchen, auch ohne den König zur Großen Einigung zu kommen, und wir werden Kinder zeugen. Aber auf die Alleinheit müssen wir verzichten. Denn selbst bei der Zeugung werden wir in den Zweisamkeiten sehr einsam sein. So werdet ihr euch allein und verlassen fühlen, obgleich wir alle zusammen sind.

Nun aber wollen wir unser Fest feiern, so gut es eben geht. Das Wasser möge über uns kommen!«

Obgleich niemand den Mund auftat, jubelten alle. Dann erhoben sich alle und wandten sich dem See zu. Männer und Frauen, Kinder und Greise starrten hinaus auf die weite Wasserfläche. Eine ganze Weile tat sich nichts, und Marc fragte sich schon, was denn an diesem See so interessant sei. Endlich begann sich die Oberfläche des Sees in seiner Mitte zu wölben. Es formte sich eine Halbkugel, und schließlich erhob sich eine Kugel aus Wasser in die Luft. Sie schwoll weiter und weiter an, wurde riesig und verdunkelte den Himmel, bis sie die Oberfläche des gesamten Sees einnahm. Der Wasserspiegel senkte sich um viele Fuß, und noch immer wuchs die Wasserkugel. Sie war nicht völlig rund, und an manchen Stellen liefen aus ihr Sturzbäche in den See zurück. Die Kugel hob sich immer höher in die Luft. Ein kalter, nasser Hauch ging von ihr aus, der sogar die Erits auf dem Hügel erfaßte und frösteln ließ.

Plötzlich ging ein Raunen durch die Menge, einige der Rutaner fielen wie von einem Schwächeanfall überrascht auf die Knie, andere hielten sich aneinander fest. Die Priesterin stieß einen schrecklichen Schrei aus, der aus Tausenden von Kehlen beantwortet wurde. Selbst Marc und Akandra und auch die Kinder konnten sich dem Zwang, lauthals loszuschreien nicht entziehen. Und während alle entsetzt von den Ufern zurückwichen, stürzte die Kugel aus Wasser zurück in ihr Element, aus dem sie sich erhoben hatte. Die ungeheuren Wassermassen erzeugten eine gewaltige Flut, deren Wellen gegen die Ufer brandeten und das umliegende Land überschwemmten. Die hohen Wogen rissen die Rutaner zu Boden und zogen sie mit sich, und selbst die wenigen, die sich in die Wälder geflüchtet hatten, wurden erfaßt. Dann flossen die Wassermassen zurück und nahmen so manchen mit in den See. Männer hielten Frauen fest, Mütter umklammerten ihre Kinder, um sie zu retten. Schwache und Alte starben auf der Stelle. Der Tod hielt eine reiche Ernte.

Qumara stand über dem Geschehen und war starr vor Schrecken.

»Ich hätte es wissen müssen«, murmelte sie immer wieder. »Ohne Ihn sind wir zu schwach. Es war vermessen, die Unterwerfung der Elemente ohne seine Kraft zu versuchen. Ich bin schuld am Tod der Rutaner.«

»Was ist passiert?« fragte Akandra erregt. »Hätte die Kugel wieder sanft im Wasser landen sollen?«

Die Zauberin nickte.

»Sie heißt Arakanduru und bedeutet in eurer Sprache so etwas wie ›Kraft des Volkes‹. In all den Jahrhunderten ist sie jedes Jahr wieder sanft in den See zurückgeglitten. Heute haben wir die Herrschaft über sie verloren. Wir hätten die Probe ohne Ihn nicht wagen sollen.«

»Du konntest nicht im voraus wissen, was geschehen würde«, versuchte sie das Mädchen zu trösten.

»Wer hätte es wissen sollen, wenn nicht die Hohepriesterin«, war die verzweifelte Antwort.

Alle Wasser waren inzwischen zurückgeflossen, und der See spülte nur noch schwache Wellen ans Ufer. Nun kam Leben in die schreckensstarre Menge. Ohnmächtige wurden zwischen die Bäume geschleppt, man unternahm Wiederbelebungsversuche, und versuchte zu helfen wo man konnte. Bis zum Sonnenuntergang waren die Rutaner beschäftigt, dann senkte sich eine freudlose Nacht über das unglückliche Volk.

In dieser Nacht schlief Qumara nicht. Unruhig und von Schuldgefühlen gequält lief sie am Seeufer auf und ab. In den Morgenstunden gesellte sich Akandra zu ihr. Nach langem Schweigen fragte das Mädchen: »Was wird der heutige Tag bringen?«

»Wenn der König bei uns wäre, würde die Hohepriesterin heute ihre Geschichte erzählen. Danach würden sich alle vereinigen. Nur einmal im Jahr werden in Rutan Kinder gezeugt, und heute wäre der Tag dafür.

Doch leider können wir mit den Zeremonien nicht fortfahren. Der gestrige Tag hat mich gelehrt, was geschieht, wenn wir ohne ihn die Alleinheit feiern. Ich habe schwere Schuld auf mich geladen und will sie nicht noch vergrößern. Wie könnten wir uns auch nach all den Toten der Zeugungszeremonie hingeben?«

»Wenn ihr heute nicht wie gewohnt fortfahrt, waren alle Opfer des gestrigen Tages sinnlos«, antwortete das Mädchen ruhig. »Die Rutaner müssen zeigen, daß die Vespucci zwar ihren König fangen können, aber nicht ihr Wesen verändern. Gestatte deinem Volk heute die Vereinigung.«

»Vielleicht hast du recht«, erwiderte Qumara und ließ Akandra stehen.

Im hellen Tageslicht kamen die Rutaner aus den Wäldern zurück, wohin sie sich nach dem Unglück gerettet hatten. Die Verwundeten waren versorgt und die Toten bestattet worden. Dabei hatte es sich herausgestellt, daß nur wenige als Opfer der Fluten zu beklagen waren. Die Folgen des Unglücks hatten in der hereinbrechenden Dämmerung des Vortags schlimmer ausgesehen, als sie tatsächlich gewesen waren.

Die Hohepriesterin stand wieder auf der Plattform hoch über dem See. Die Köpfe waren zu ihr erhoben. Ernst lag auf den Gesichtern.

»Die Unterwerfung der Elemente ist uns gestern mißlungen«, rief die Zauberin. »Ohne unseren König sind wir dazu zu schwach. Wir wurden hart gestraft dafür, daß wir es dennoch versucht haben. Ich hätte es wissen müssen und bitte euch um Verzeihung.

Heute begehen wir den zweiten Mondseetag, den Höhepunkt in unserem Jahreslauf. Es ist der Tag der Geschichte und der Vereinigung. Aber kann unser Vorhaben ohne den König gelingen? Obwohl ich die Hohepriesterin bin, kann ich diese Frage nicht beantworten und will es auch nach dem gestrigen Unglück nicht. Nicht ich soll die Entscheidung fällen, ob wir mit unserem Dienst an der Natur fortfahren, sondern ich frage euch: Soll der heutige Tag zum Vereinigungstag werden, obgleich unser König nicht bei uns ist?«

Einen kurzen Moment lang war es rund um den Mondsee ganz still, dann brandete ein Wort empor und stieg in den blauen Himmel. Ein jeder rief es, und es gellte in allen Ohren, dieses Wort fegte alle Angst und das Entsetzen, das die Flutwelle ausgelöst hatte, aus den Köpfen, es säte Hoffnung in die Herzen, Freude und Erwartung. Niemand entzog sich ihm, und auch die Erits und sogar die Kinder stimmten ein. Dieses Wort war: »Ja!«

Die Flutwelle war nur kurz über das Land hinweggegangen und hatte den Boden nicht aufgeweicht. Inzwischen hatte die warme Sonne die feuchten Wiesen getrocknet, und Männer wie Frauen ließen sich gemeinsam ins Gras sinken. Die Kinder waren nun nicht mehr bei ihren Eltern, sondern saßen am Waldrand. Dort konnten sie Zeugen des ganzen Geschehens werden, ohne selbst beteiligt zu sein. Erwartungsvolle Spannung lag über dem Mondsee.

Qumara hatte auf einem flachen Stein oben auf der Höhe Platz genommen und ihre Augen fest in das Blau gerichtet. Sie sah durch den Himmel hindurch und erblickte die Dunkelheit dahinter. Dann begann sie zu erzählen. Und während ihre Augen geöffnet waren, schlossen die Zuhörer die Lider. Sanft wiegten alle im Rhythmus der Erzählung die Oberkörper hin und her. Es war, als habe sich eine Trance über sie gelegt, und auch die Erits wurden mit hineingezogen. Die Hohepriesterin erzählte keine neue Geschichte. Dennoch überließen sich die Rutaner, die das alles schon einmal gehört hatten, dem Strom ihrer Gefühle, die mit der Erzählung einhergingen.

Die Zauberin berichtete von dem Mädchen Alaruna, das durch den Himmel streifte und dabei viel über die Erde erfuhr, von Werden und Vergehen, Geburt und Tod. Schuld und Vergebung, Hingabe und Selbstbeherrschung. Die Zuhörer wurden durch die Geschichte in ihrem Innersten aufgewühlt und lernten zugleich viel über sich selbst. Noch nie hatte Akandra die sichtbare und die unsichtbare Welt so innig begriffen, wie durch diese Erzählung. Von ihr aus hätte Qumara ewig weiterreden können. Deshalb war sie enttäuscht, als die Zauberin verstummte und fragte sich, warum die Hohepriesterin so rasch geendet hatte. Als die Grafentochter jedoch die Augen öffnete, bemerkte sie zu ihrem Erstaunen, daß die Sonne bereits im Sinken begriffen war. Qumara hatte den ganzen Tag über gesprochen. Eine tiefe Liebe zu allen Geschöpfen dieser Welt erfüllte das Herz des Mädchens, und ohne nachzudenken umarmte Akandra ihren Freund Marc, der neben ihr saß. Der hatte Tränen in den Augen und drückte die Begleiterin fest an sich.

Überall um den See versanken die Paare ineinander und liebten sich. Lust und Erregung mischten sich mit Liebe und Hingabe. Dies war die Stunde, auf die alle so lange gewartet hatten. Und doch war es nicht so, wie in all den Zeiten davor. Zwar fühlten die Männer die Frauen und die Frauen die Männer und die Geschlechter versanken ineinander. Aber sie blieben in ihrer Zweisamkeit allein. Wenn der König anwesend gewesen wäre, hätte jeder im Volk jeden gefühlt und an seiner Ekstase teilgenommen.

So blieb ihnen nur der Rausch der Verzweiflung und die Hingabe des einen an den anderen.

Der Überfall

Ein gewaltiges Krachen im nördlichen Wald ließ alle auseinanderfahren. Es klang, als würden die Bäume gefällt. Tatsächlich schob sich bald darauf ein mächtiges Ungetüm auf die Seewiesen. Es rollte auf eisernen Rädern und hatte die Größe eines Hauses. Die Bäume des Waldes hatte die Maschine wie dünne Stangen geknickt oder zur Seite geschoben. Das Monstrum wurde weder geschoben noch gezogen, sondern fuhr von allein. Oben auf einer Plattform standen Vespucci. Sie trugen ihre Zauberwaffen in den Händen, mit denen sie sogleich auf die wehrlosen Rutaner zielten und einige von ihnen töteten. Hinter dem Gefährt liefen ihre Hilfstruppen.

Entsetzt rief Marc: »Ein Hanolik. Wir sind verloren!«

Auf dem Hanolik standen neben den Vespucci auch ein Mann und eine Frau. Die Frau war wunderschön, hatte langes blondes Haar, ein puppenähnliches Gesicht und einen roten Mund. Auffallend war ihr schöner Körper, schlank und hochgewachsen. Sie trug prächtige Kleider und viel Gold- und Silberschmuck. Die Frau lächelte freundlich, aber ihre Augen strahlten kalt.

Der Mann war dunkelhäutig und unter einem Umhang, der seine Blöße verdeckte, nackt. Sein Alter war schwer zu schätzen. Um seinen Hals trug er eine unscheinbare Kette. Diese alterslose Erscheinung, das ahnte Akandra sofort, war der König der Rutaner, zusammen mit Pareira, von der die Älteren erzählt hatten. Jetzt sah sie auch die Zauberkette. Mit ihr war Er gefangen und zusammen mit seinem ganzen Volk den Vespucci ausgeliefert. Um sie ihm abzunehmen, hatte man die Erits auf die lange Reise geschickt. Der König gefiel der Grafentochter auf Anhieb.

Pareira gab dem König einen Stoß und zischte ihm einen Befehl zu. Er stolperte täppisch, hielt sich am Geländer fest und rief weinerlich: »Mein Volk! Wie konntet ihr euch gegen mich erheben und die Vereinigungszeremonie ohne mich feiern? Warum frevelt ihr gegen eure eigene Seele?«

»Wir freveln nicht«, antwortete ihm Qumara mit sanfter, mitleidiger Stimme. »Wir vermissen dich, aber wir können auf dich nicht rechnen.«

Der König wollte etwas sagen, aber an seiner Stelle entgegnete Pareira. Mit hoher, scharfer Stimme schrie sie: »Bringt diese Hexe zum Schweigen! Macht sie kalt! Sie ist eine Gefahr für Vespucci!«

Auf diesen Befehl hin richteten die Glatzköpfe ihre Waffen auf die Hohepriesterin, und auch die Sklaven der Hilfstruppen schossen mit Pfeilen. Doch Qumara wankte nicht. Mit einem mächtigen Gegenzauber hatte sie sich vor den Angriffen geschützt.

»König, kannst du zusehen, wie dein Volk geknechtet und getötet wird?« rief sie. »Die Liebe verblendet dich!«

Dessen Gestalt straffte sich. Plötzlich schien er etwas zu erkennen, und tiefe Sorge glitt über sein Gesicht. Es war klar, daß er die Situation nun begriffen hatte und etwas sagen wollte. Aber Pareira hatte die Veränderung bemerkt. Sie umarmte ihn, küßte ihn und schmeichelte: »Laß dich nicht beeinflussen. Unsere Liebe ist stärker als das Gift, das diese Hexe versprüht.«

Auf ihre Worte lächelte der König nun wieder innig und küßte die schöne Frau. Er hatte erneut einen blöden Ausdruck im Gesicht, verlor das Interesse an der Szene, wandte sich ab und schenkte Qumara keinen Blick mehr. Qumara war entsetzt, hatte sich aber bald wieder in der Gewalt.

»Was wollt ihr?« rief sie den Angreifern zu. »Warum stört ihr unsere heiligste Zeremonie?«

»Weil sie verboten ist«, schnarrte einer der Gnome auf dem Hanolik.

»Wie können Vespucci uns Rutanern unsere Vereinigung verbieten?«

»Euer König hat das Verbot ausgesprochen und uns um Hilfe gebeten, damit wir seinen Willen durchsetzen.«

»Warum sollte unser König den heiligen Akt verhindern wollen?«

»Das wissen wir nicht. Das ist allein seine Sache. Wir helfen ihm nur, weil wir uns ihm und den Rutanern als unseren Nachbarn freundschaftlich verbunden fühlen. Hier in diesem Land ist eine Rebellion im Gange, die den Frieden stört. Wir unterstützen den rechtmäßigen König, um Ruhe und Ordnung wiederherzustellen.«

»Diese Verdrehung der Tatsachen ist infam!«

»Du kannst es bezeichnen wie du willst. Die Macht ist auf unserer Seite, und wer die Macht hat, der hat auch das Recht.«

»Wir werden eure Macht brechen!«

Da lachten alle Vespucci auf dem Hanolik. Es klang meckernd und böse.

Doch das Lachen verging ihnen, als eine starke Windböe vom See sie auf dem Hanolik erfaßte und hin und her schleuderte. Zwei der Fremden fielen sogar von dem Gefährt herunter und blieben im zerwühlten Gras liegen. Die anderen klammerten sich an dem Geländer fest. Pareira kreischte: »Sie zaubert! Die Hexe zaubert! Macht sie endlich kalt!«

Verwirrung breitete sich unter den Angreifern aus, die sich noch steigerte, als ein Blitz den Hanolik traf und alle blendete. Diese kurze Ablenkung der Feinde machte sich Qumara zunutze. Sie gab ihren Schützlingen einen scharfen Befehl und rannte los, die Erits und die Kinder folgten ihr. Unbehelligt rannten sie den Hang hinunter, überquerten die Wiese und tauchten in den Urwald ein. Dann endlich hatten sich die Feinde wieder in der Gewalt, und ihre Augen waren nicht mehr blind. Der Hanolik setzte sich in Bewegung und fuhr rücksichtslos durch die Leiber der auseinanderstiebenden Rutaner. Wer sich nicht rechtzeitig in Sicherheit bringen konnte, wurde niedergemäht.

Der Hanolik hatte inzwischen den Waldsaum erreicht und bahnte sich mit seiner fürchterlichen Gewalt eine Schneise durch das Unterholz. Seine mächtigen Eisenräder gruben sich in den Boden ein und walzten alles nieder. Die Vespucci schossen mit ihren Querks wahllos in der Gegend herum, in der Hoffnung, die Zauberin und ihre Schützlinge zu treffen.

Man hätte die Fliehenden auch eingeholt, wenn sie sich nicht in Rutan aufgehalten hätten. Hier aber waren alle Geschöpfe auf ihrer Seite. Tiere griffen die Hilfstruppen an und dezimierten sie, die

Bäume warfen sich dem Hanolik in den Weg und bremsten seine Fahrt. Durch diese Opfer der Natur erhielt Qumara den nötigen Vorsprung. Sie schlug einen Weg nach Nordosten ein, und hoffte, daß die Vespucci die Verfolgung bald aufgeben würden. Doch dem war nicht so. Die Gnome wußten um die Gefahr, die ihnen von dieser Frau und ihren Freunden drohte, und hetzten sie weiter. Tag und Nacht brach sich der Hanolik unermüdlich eine Schneise durch die Vegetation. So gejagt, konnte die Zauberin nur kurze Pausen einlegen, und bald waren alle zu Tode erschöpft.

»Warum hast du die Vespucci mit deinem Zauber angegriffen, Qumara?« keuchte Marc. »Wäre es nicht besser gewesen mit einer List vorzugehen?«

»Ich war es nicht, die gezaubert hat. Ich glaube, es waren die Kinder.«

Sim und Bim, die das Verfolgungsspiel durch den Wald genossen und niemals müde wurden, lachten und nickten eifrig.

»Die dämlichen Gesichter der Gnome waren zu schön«, rief der kleine Junge. »Schade, daß wir sie nicht länger beobachten konnten.«

In der dritten Nacht versteckten sie sich zwischen den Wurzeln eines mächtigen Baumes. Die Erits konnten einfach nicht mehr. Bei jedem Schritt wurde es ihnen schwarz vor den Augen. Sie hatten nur ein paar Früchte gegessen und den Saft einer Pflanze getrunken. Kaum hatten sie sich auf dem Laub ausgestreckt, da fielen ihnen auch schon die Augen zu, und sie schliefen ein. Deshalb spürten sie das Vibrieren des Bodens und das Dröhnen des sich nähernden Hanoliks nicht, denn die Vespucci fuhren trotz der Dunkelheit weiter. Allerdings waren die Hilfstruppen zurückgeblieben, die bisher in breiter Kette den Wald durchkämmt hatten. Qumara und die Kinder hielten den Atem an, als der Hanolik nur wenige Fuß von ihnen entfernt durch das Gebüsch brach.

Als der Lärm abebbte, sagte die Zauberin zu sich selbst: »Nun haben wir die Glatzköpfe vor uns und hinter uns ihre Truppen. Es wird immer schwieriger.«

Lange durften die Erits nicht schlafen. Schon nach wenigen Stunden weckte sie Qumara, gab ihnen zu essen und brach mit ihnen auf. Sie änderte nun die Richtung und lief direkt nach Osten. Dort an der Grenze zum Feindesland würden die Vespucci sie am wenigsten vermuten. Sie kamen den ganzen Tag über auch ungestört vorwärts. Erst gegen Abend hörten sie am Krachen und Dröhnen, daß ihnen der Hanolik wieder auf der Spur war.

»Wie haben sie uns nur gefunden?« fragte Akandra verzweifelt.

»Der König, der bei ihnen ist, spürt mich und führt sie gegen seinen Willen.«

»Warum verrät er dich?«

»Er ist verliebt und weiß deshalb nicht, was er tut. Über kurz oder lang werden sie uns fangen. Es ist ein Wettlauf mit der Zeit. Ich habe ein Ziel. Wenn wir es erreichen, sind wir in Sicherheit.«

»Kann es für uns überhaupt irgendwo in dieser Welt Sicherheit geben?« Diese letzte Frage hatte Marc gestellt.

Der Wald lichtete sich nun und ging in die große Ebene über. Dort erhob sich in der Ferne ein Berg. Auf ihn deutete Qumara und sagte: »Wenn wir dorthin gelangen, sind wir in Sicherheit. Aber die Durchquerung dieser Ebene ist der schwierigste und gefährlichste Teil unserer Flucht.«

Es galt keine Zeit zu verlieren. Zögern hätte ihre Lage auch nicht verbessert, deshalb liefen sie sogleich los und rannten, so schnell sie konnten. Ohne das Laub des Waldes brannte ihnen die Sonne auf die Köpfe, und sie gerieten ins Schwitzen. Die Erits keuchten, und selbst die Kinder zeigten nun, daß sie müde waren.

»Laß uns ein paar Minuten ausruhen«, flehte Marc.

Doch die Zauberin rannte einfach weiter, ohne auf sie zu achten. Ihre Eile war berechtigt. Als sie noch nicht einmal die Hälfte der Strecke zurückgelegt hatten, tauchte auch schon der Hanolik am Waldrand auf, gefolgt von den Hilfstruppen die sogleich ausschwärmten. Das Gefährt folgte Qumara und ihren Freunden mit rasender Geschwindigkeit und ihr Vorsprung verringerte sich mehr und mehr. In diesem Moment brach Marc zusammen. Er fiel zu Boden und stöhnte: »Ich kann nicht mehr.«

Qumara befahl den anderen weiterzurennen und beugte sich über ihn. Der Erit konnte nur noch flüstern: »Lauft ohne mich weiter! Ich bin am Ende.«

Dann verlor er das Bewußtsein. Die Zauberin packte ihn und lud ihn sich auf den Rücken. Trotz dieser Last holte sie Akandra und die Kinder bald wieder ein und hatte sogar noch die Kraft, sie anzutreiben. Doch das Gefährt der Vespucci war bald direkt hinter ihnen, und die Vespucci zielten schon mit ihren Querks auf sie. Es war nur noch eine Frage von Minuten, bis die Feinde ihr Ziel erreicht und sie vernichtet hatten.

Da flog plötzlich ein großer Stein durch die Luft und krachte neben dem Hanolik in den staubigen Boden. Ein weiterer Stein folgte. Die Vespucci erkannten die Gefahr und wendeten. In rasender Eile lenkten sie das Ungetüm aus der Gefahrenzone. Die Felsbrocken waren so groß wie ein Erit und hätten den Hanolik sicher zerschmettert. Akandra erkannte nun, woher die Geschosse kamen. Man hatte sie von dem Berg vor ihnen abgefeuert. Und nun sah sie noch andere derartige Felsbrocken über die Ebene verstreut liegen. Auf diese Weise waren scheinbar schon viele Angriffe der Vespucci abgeschmettert worden.

Unbehelligt erreichten die Erits, die Kinder und die Zauberin mit letzten Kräften den Berg. An seinem Hang ließen sie sich taumelnd zu Boden gleiten und waren fürs erste gerettet.

Die Illux

Der Berg Gor lag genau in dem Dreieck, das die Grenzen von Rutan und Vespucci bildeten. Er ragte in beide Länder hinein. Schon von ferne sah man ihn hoch aufragen. Wenn man näher kam, wurde das Auge von einer hohen Felswand angezogen, die nach Osten hin steil abfiel. In diese Felswand waren Höhlen geschlagen und als dunkle Löcher sichtbar. In diesen Höhlen wohnten die Illux. Ihren Namen leiteten sie von ihrem Urvater Illux ab. Sie waren einst ein Fischervolk gewesen und hatten an den Ufern des östlichsten Teils des Kontinents gesiedelt. Von dort waren sie durch die Vespucci vertrieben worden. Auf ihrer Flucht nach Westen hatten sie auf dem Berg Gor Zuflucht gefunden und ihn zu einer Festung ausgebaut. Die Höhlen waren nur über hohe Leitern zu erreichen, und tief im Fels befand sich ein großer See, dessen Wasser die Illux bei Belagerungen unabhängig machte.

Die Vespucci hatten schon oft versucht, die Illux von ihrem Berg zu vertreiben und Gor zu erobern, aber sie waren stets abgeschlagen worden. Nicht einmal die Hanoliks nutzen den Angreifern etwas, denn die Bergbewohner hatten auf dem Gipfel Katapulte aufgestellt und es zu großer Treffsicherheit gebracht. So mußten die Vespucci eine Art Waffenstillstand mit den Illux eingehen. Die Gnome machten einen Bogen um den Berg Gor, und die ehemaligen Fischer blieben zu einem Leben in der staubigen und trockenen Einöde verdammt.

In den übereinanderliegenden Höhlen wohnte jeweils eine Sippe. Immer wenn ein Mitglied heiratete, wurde eine neue Höhle in den Fels getrieben. Der Berg war inzwischen schon ziemlich durchlöchert, und die Illux machten sich Sorgen, wo ihre Nachkommen noch Raum zum Siedeln finden würden.

Das Volk lebte vom Vogelfang. Mit großen Netzen stellten sie auf dem Berg allem nach, was flog. Jetzt fischten sie in der Luft. Die gefangenen Vögel aßen sie und fertigten aus ihrem Gefieder wundersamen Schmuck, Fächer in allen Größen, Kopfbedeckungen und Kleider. Diese Gefiederkunst war in allen Ländern bis weit nach Centratur hinein begehrt. Die Illux handelten damit und wurden mit der Zeit sogar recht wohlhabend. Es mangelte ihnen nicht an Nahrung und Werkzeugen, und sogar Gold horteten sie in ihren Höhlen.

Mit den Rutanern lebten sie in Frieden. Der gemeinsame Feind einigte die beiden Völker. Eine Hoffnung hielt sich aber in den Herzen der meisten Illux: Sobald die Macht der Vespucci gebrochen war, so versicherten sie sich gegenseitig immer wieder, würden sie in ihre alte Heimat ans Meer zurückkehren und den früheren Lebenswandel wieder aufnehmen. Sie würden dann zwar keine Gefiederkunst mehr verkaufen können und nicht mehr reich sein, dafür aber an der See wohnen und wieder glücklich sein.

Die Zauberin und ihre Begleiter wurden von den Illux freundlich empfangen. Die Leute hatten vom Berg aus die Hetzjagd verfolgt und gehofft, daß die fünf Gestalten es bis zur Reichweite des Katapultes schaffen würden. Wären sie nämlich zuvor gefangen worden, so hätten ihnen die Illux nicht helfen können. Als Marc zusammengebrochen war, hatten alle aufgeschrien. Um so größer war die Bewunderung für die Zauberin, die ihren Gefährten nicht geopfert, sondern mitgeschleppt hatte. Die Freude war noch größer, als sich Qumara als die Hohepriesterin der Rutaner zu erkennen gab. Man erwies ihr sogleich alle Ehren.

Die Fremden wurden von Leff und Runa, zwei alten Leuten, aufgenommen. In den Steinkammern standen einfach gezimmerte Tische und Stühle. Man schlief auf dem Steinboden. Das Klima war in Rutan warm, so daß nur dünne, geflochtene Decken benötigt wurden. Ihre Gastgeber waren freundlich und häßlich. Leff besaß noch je einen Zahn im Ober- und im Unterkiefer. Seine Frau hatte noch drei Zähne. Beide waren sehr geschickt in der Gefiederkunst und sprachen sogar ein paar Brocken der gemeinsamen Sprache, so daß sie sich mit den Erits verständigen konnten. Sie hatten schon viele Enkel. Die Frauen, die über ihnen in den Höhlen hausten und zu ihrer Familie gehörten, hießen Muna, Buna und Luna. An diesen Namen konnte man erkennen, daß die Frauen bei der Heirat ihren Namen dem der Sippe ihres Mannes anpaßten.

Jede Frau mußte bei der Heirat ein Gebot aufsagen, das lautete: Du sollst deinem Mann das Bett wärmen, ihm den Magen füllen, Kinder gebären und ihm nie Ärger machen.

Doch so ganz schienen sich die Frauen an ihr Gelöbnis nicht zu halten. Denn Runa bestimmte stets, was Leff tun sollte und sagte ihm, wie seine Entscheidungen auszufallen hatten. Er war gehorsam und dabei ganz zufrieden.

Die nächsten Tage schliefen die Gäste viel und ruhten sich von den Strapazen der Verfolgung aus. Sie trugen nun auch wieder Kleider. Qumara war unruhig. Sie machte sich Sorgen um ihr Volk. Der König, dies war ihr steter Gedanke, mußte unbedingt und so schnell wie möglich befreit werden.

Lattlavia

Am Tag darauf kam Buna, die Tochter der Alten, in die Höhle, um einen neugierigen Blick auf die Gäste ihrer Eltern zu werfen. Buna war wunderschön.

»Wie kann es sein, daß diese häßlichen Alten ein so schönes Kind haben?« flüsterte Akandra zu Marc.

Der antwortete: »Sie wird einst so häßlich wie ihre Eltern sein. Und auch du wirst deine Schönheit nicht behalten. Mach dir da keine Illusionen. Deshalb sollte man sich rechtzeitig mit jemanden zusammentun, der hinter der Fassade deines Alters auch später noch deine heutige Schönheit sieht.«

»Und dieser jemand würdest du gerne sein?« fragte sie spöttisch.
»Ja«, entgegnete er schlicht.

Runa und Leff hatten auch eine Enkelin. Sie hieß Lattlavia und war ein hübsches Mädchen, noch schöner als ihre Mutter Buna. Sie mochte ein wenig jünger sein als Marc. Der junge Erit konnte sie nicht fragen, denn sie sprach nicht seine Sprache und er nicht die ihre. Lattlavia hielt sich täglich, sehr zur Verwunderung der Alten, in der Höhle der Großeltern auf. Wenn sie da war, hatte der junge Erit nur Augen für sie. Auch das Mädchen betrachtete ihn unverwandt. Die Zuneigung der beiden fiel allen auf, und man schmunzelte. Nur Akandra mißbilligte diese »Kindereien«, wie sie es nannte.

Es war ein schöner Sonnentag, und die Strapazen und Gefahren der vergangenen Tage verblaßten zur Erinnerung. Da gab Lattlavia dem fremden Mann ein Zeichen, er möge ihr folgen. Zuerst verstand Marc nicht, was sie wollte. Erst als die Großmutter ihm übersetzte, die Enkelin wollte ihm die Fanggründe zeigen, erhob er sich und folgte dem schönen Mädchen verlegen. Lattlavia hatte wie alle Illux bernsteinbraune Haut und große dunkle Augen. Sie trug einen kurzen, weißen Leinenüberhang, der an den Oberschenkeln endete und die langen Beine gut zur Geltung brachte. Die kleinen Brüste zeichneten sich unter dem dünnen Stoff deutlich ab.

Sie nahm Marc bei der Hand und führte ihn auf schmalen, verschlungenen Pfaden zur Spitze des Berges. Dabei kamen sie an dem großen Katapult vorbei und erreichten schließlich einen langgestreckten Kamm, der völlig mit Netzen bespannt war. Sie waren versetzt und in Staffeln angeordnet, hatten kleine und große Maschen und hingen zwischen dünnen Baumstämmen, die wiederum fest in Löchern im Fels verkantet waren. Dieser riesigen Falle konnte kein fliegendes Wesen entgehen. In den Netzen zappelten viele Vögel, und die Luft war erfüllt von einem ohrenbetäubendem Krächzen, Trillern, Flöten und Fiepen. Als Marc dies sah, schlug sein mitleidiges Herz, und er überlegte nach einer Möglichkeit, die Vögel freizulassen. Doch er konnte diese Gedanken nicht weiterspinnen, denn noch immer hielt ihn das Mädchen an der Hand und zog ihn weiter. Den Fanggründen schenkte sie keine Beachtung.

Sie wollte mir doch die Netze zeigen, dachte Marc. Nun läuft sie einfach vorbei. Warum hat sie mich dann hier heraufgeführt?

Dies sollte er sogleich erfahren. Hinter einem großen Felsblock machte Lattlavia halt. Es war ein windstiller Platz, und weiches Steinmoos bedeckte den Fels. Sie ließ sich nieder und zog an Marcs Hand, um ihm zu bedeuten, er möge sich auch setzen. Willig, aber verwirrt rutschte er neben sie. Da nahm sie sein Gesicht in beide Hände, sah ihm tief in die Augen und küßte ihn schließlich lange auf den Mund. Ein Schauer durchrieselte den Erit. Der Körper, der sich an ihn schmiegte, war weich und warm. Er liebte dieses Mädchen. Tausend Gedanken schossen ihm durch den Kopf. Sie war die schönste Frau, die er jemals gesehen hatte. Er hätte bei den Illux und mit ihr zusammenbleiben mögen. Ganz allein mit diesem wunderschönen Geschöpf in der Sonne gab es für Marc keine Steigerung des Glücks mehr. So sollte es bleiben, dachte er. Nun mochte die Ewigkeit beginnen.

Weiter kam er nicht mit seinen Überlegungen. Denn nun ließ sich Lattlavia zurücksinken und zog ihn mit sich. Sie ergriff seine Hand und schob sie unter ihr Kleid, bis sie auf ihrer Brust ruhte. Dabei sah sie ihn weiter unverwandt mit ihren großen Augen an. Ungeschickt begann er sie zu streicheln. Nun strich auch sie mit ihren Händen über seinen Körper, öffnete schließlich seinen Gürtel und Erregung erfaßte ihn. Er wollte nichts anderes mehr, als ganz eins mit ihr zu sein, in ihr aufgehen und alles vergessen.

Aber als er sich gerade der Lust ganz hingeben wollte, kam ihm Akandra in den Sinn. Sie war seine Gefährtin, seine Freundin. Sie würde er heiraten, wenn diese Mission glücklich vollbracht war. Noch wies sie ihn ab, aber dies würde sich später ändern. Sie waren schließlich von Kindheit an füreinander bestimmt gewesen. Lattlavia gefiel ihm viel besser als die Grafentochter. Sie war das Mädchen, von dem er immer geträumt hatte. Und doch durfte er Akandra nicht betrügen, sondern mußte dieser wunderbaren Versuchung widerstehen.

Erschrocken zog er seine Hand zurück. Sie sah ihn erstaunt an, fuhr aber fort, seinen Körper zu streicheln. Da umfaßte er sanft ihr Handgelenk und unterbrach die Zärtlichkeit. Dann richtete er sich auf und schloß seinen Gürtel wieder. Auf ihrem Gesicht breitete sich Enttäuschung und Verwirrung aus. Marc wußte, daß er nun etwas sagen mußte, daß sie eine Erklärung erwartete. Doch er beherrschte ihre Sprache nicht, und so stammelte er nur immer wieder: »Verzeih mir, aber ich bin schon vergeben!«

Lattlavia starrte ihn verständnislos an, und ihre Augen füllten sich mit Tränen. Dann sprang sie auf und rannte den Weg zurück, den sie gemeinsam gekommen waren. Traurig und voller Schuldgefühle folgte ihr Marc. Während ihres ganzen Aufenthaltes bekam er das Mädchen nicht mehr zu Gesicht.

Nun durfte nicht mehr länger gezögert werden. Akandra und Qumara setzten sich über die Bedenken von Marc hinweg, und die letzten Vorbereitungen begannen.

Zuerst wurden beiden Erits die Köpfe geschoren. Als die Grafentochter ihre schönen Haare in den Staub fallen sah, wurde sie sehr traurig. Doch sie schluckte ihren Kummer tapfer hinunter, fuhr sich mit der Hand über das kahle Haupt und versuchte einen müden Scherz: »Nun wird endlich meine Weisheit nicht mehr von meinen Haaren verborgen.«

Auch am restlichen Körper wurden alle Haare entfernt, und man steckte sie in Vespuccikleider. Die Illux hatten sie bei ihren Kämpfen mit den Gnomen erbeutet. Nun tat dieses Beutegut ausgezeichnete Dienste.

Tatsächlich sahen die beiden Erits in dieser Verkleidung den Glatzköpfen zum Verwechseln ähnlich, und Qumara betrachtete zufrieden das gemeinsame Werk. Dann führte sie die beiden hinaus ins Licht und zeichnete mit einem Stock die Lage von Vespucci in den Sand. Sie erklärte den Freunden die Position der Städte in dem fremden Land und wo sie den König vermutete.

Das Eindringen nach Vespucci dürfte kein Problem sein, meinte sie. Zwar würden die Grenzen des Landes streng bewacht, schon damit die Sklaven der Gnome nicht fliehen könnten, doch hier in dieser Grenzregion gebe es nur einige seltene Patrouillen. Wie sie sich im Feindesland zu verhalten hätten, könne sie nicht sagen. Es fehle ihr selbst jegliche Erfahrung. Sie sollten auf ihre Instinkte vertrauen. Das Schicksal habe sie ausgesucht und es werde ihnen auch beistehen. Die wichtigste Vorbereitung habe der Zeitenwanderer in der Pyramide geleistet.

Dies war eine wenig ermutigende und eher lapidare Unterweisung. Marc sah auf Qumara und die Kinder, die neugierig dabeistanden, und dachte: Es ist ungerecht, daß ausgerechnet wir, die Schwächsten von allen, diesen schweren und gefährlichen Gang gehen müssen. Wir sind doch noch schwächer und hilfloser als die Kinder.

Akandra aber fragte: »Wenn wir Erfolg haben, wie werdet ihr

in Rutan wissen, daß wir dem König die Kette abgenommen haben?«

»Wir spüren es, weil wir dann wieder eine Einheit sind«, entgegnete Qumara.

Dann kam der schwere Abschied. Zuerst umarmte die alte Runa liebevoll das Mädchen und den Jungen. Die Hände der Frau waren lang und knochig und fühlten sich wie die Beine von großen Spinnen an. Akandra schauderte. Auch der Mann grapschte nach dem Mädchen. Er hatte seinen zahnlosen Mund zu einem Lächeln verzogen, aber auch vor ihm wich das Mädchen aus Waldmar zurück.

Qumara drückte ihnen nur die Hand. Sie wünschte ihnen viel Glück und dankte ihnen für ihren Opfermut. Dann sagte sie etwas, was aus dem Mund der stets beherrschten Zauberin wie eine Auszeichnung klang: »Die Reise mit euch war schön. Ich habe euch liebgewonnen und werde euch sehr vermissen. Als Hohepriesterin habe ich keine Kinder und sie auch nie vermißt. Seit dieser Reise aber weiß ich, was mir entgangen ist. Ich werde jede Sekunde um euch bangen und werde erst wieder glücklich sein, wenn ich euch heil zurück weiß.«

Dann zogen die Erits die ungewohnten Fingernagelschoner an und machten sich auf ihren schweren Weg. Alle sahen ihnen lange nach. Als sich Marc noch einmal umdrehte und zurückschaute, sah er Lattlavia in ihrem weißen Kleid oben auf dem Berg stehen. Er hob die Hand und winkte, und sie winkte zurück.

Ein seltsames Land

Wenn ich doch wenigstens einen Hasen sehen würde, einen ganz normalen Hasen, dann wäre ich, glaube ich, glücklich.

Immer wieder ging Marc der gleiche Gedanke durch den Kopf, und der Wunsch, ein Feldhase möge ihm über den Weg laufen, wurde in dem Erit so übermächtig, daß er irgendwann in der flimmernden Sonne tatsächlich solch ein Tier zu sehen glaubte.

Er stieß Akandra mit dem Ellbogen an und deutete aufgeregt nach vorn. »Ein Hase« schrie er, »da ist ein Hase.«

Aber das Mädchen winkte ab: »Das ist schon das sechste Tier, das du zu sehen glaubst, und das nicht existiert. Wann begreifst du endlich, daß hier in diesem Land keine Lebewesen wild herumlaufen?«

»Aber ich habe den Hasen ganz deutlich gesehen«, sagte Marc trotzig.

Akandra antwortete nicht. Auch sie war müde und haßte die Welt, durch die sie liefen. Eine weite Ebene umgab sie, und der Boden war bedeckt mit einer Masse aus Stein. Kein Baum, kein Grashalm, kein Strauch wuchsen hier. Statt dessen tauchten immer wieder in der Landschaft schlanke Türme auf, die von Stangen mit Rädern an der Spitze gekrönt waren und deren Zweck sie nicht erkennen konnten. In der Ferne sahen sie die Dächer von Städten, und ab und zu eilten Vespucci an ihnen vorüber.

Keiner betrachtete sie oder sprach sie an. Unter den Vespucci, das hatten sie rasch festgestellt, war man nicht sehr gesprächig. Dies war ihr Glück, denn die Sprache dieses Landes beherrschten sie nur unvollkommen. Im Aussehen hingegen unterschieden sie sich kaum von den Glatzköpfen. Nicht einmal die eigenen Eltern hätten Akandra und Marc jetzt noch als Erits erkannt.

Vor Tagen hatten sie die Grenze nach Vespucci problemlos überschritten und den schwersten Teil ihrer langen Reise begonnen. Bisher war die Wanderung durch das Feindesland ganz ungefährlich gewesen. Selbst an das Essen in Form von Quadern und Kugeln hatten sie sich gewöhnt. Nur diese leblose Landschaft, die so künstlich war, trieb Marc zum Wahnsinn.

Übernachtet hatten sie in Schlafzellen, die sie mit dem Mut der Verzweiflung einfach betraten. Dies waren Gebäude, die zwischen den Städten standen und die man am Abend aufsuchte. Es gab keine Wirtsleute, die nach dem Woher und Wohin fragten. Man streckte sich einfach auf einer Pritsche zum Schlafen aus. Alles war blitzsauber. In einem Schrank in der Ecke fand man jeweils Nahrung, die man nicht einmal zu bezahlen brauchte. Wer hätte das Geld auch kassieren sollen? Lange fragten sich die beiden Erits, wer dies alles wohl unterhielt. Auf jeden Fall aber hatten sie sich, was ihre Grundbedürfnisse zum Überleben betraf, rasch zurechtgefunden.

Nur einmal wäre beinahe die gesamte Mission gescheitert. Am Rand der Straße war ein Standbild gestanden, und als Marc es bewundernd ansah, war er in eine Verzückungsstarre verfallen, aus der er sich nicht wieder befreien konnte. Akandra wollte ihm helfen und hatte dabei unvorsichtig auch einen Blick auf das Standbild geworfen. Noch nie hatte sie so etwas Schönes gesehen, sie konnte sich nicht sattsehen und war wie ihr Begleiter dem Bann des Kunstwerkes verfallen.

So waren die beiden Erits Stunde um Stunde gestanden. Ihr Herz jauchzte, und die Schönheit, die sie sahen, hatte sie bis in die letzte Faser ihres Wesens erfüllt. Sie wären wohl für immer dort erstarrt geblieben und wahrscheinlich sogar verhungert, wenn ein Vespucci sie nicht gerettet hätte.

Er kam auf der Straße auf einem niederen Karren vorüber, so einem, wie die meisten Vespucci benutzten. Er wurde mit einem Fuß angeschoben und rollte dann eine Weile leicht über die flachen Straßen. Dieser Vespucci hielt an, setzte den Mechanismus gegen Verzückungsstarre in Gang, den jeder Vespucci auf seinem Kopf trug, und näherte sich den Erits. Zuerst hielt er Akandra die Augen zu, bis sie wieder zu sich kam, und dann Marc. Schließlich ermahnte er sie mit seiner gutturalen Stimme, das nächste Mal vorsichtiger zu sein, und fuhr weiter, ohne auf Dank oder Anerkennung zu warten. Von nun an waren die Erits gewarnt und mieden jegliche Skulptur. Schon wenn sie von weitem ein Standbild sahen, gingen sie ihm aus dem Weg.

In der Ferne tauchte die erste Stadt auf. Der schnurgerade Weg, dem sie bisher gefolgt waren, führte genau dahin, und es gab keine Möglichkeit, die Stadt zu umgehen. So faßten sie sich ein Herz und marschierten in die Siedlung hinein. Der Begriff ›Stadt‹ war wohl der falsche Ausdruck für das, was sich ihren Blicken darbot. So etwas hatten sie in ganz Centratur nicht gesehen und staunend tasteten sie sich zwischen den Häusern hindurch.

Häuser konnte man die seltsamen Bauwerke eigentlich nicht nennen. Sie waren kreisrund und ebenerdig unter einem flachen Dach. Fenster gab es nicht, nur jeweils eine Tür, und auf den meisten Dächern ragten Stangen mit Rädern empor.

Natürlich fehlten Gärten, nicht eine einzige Pflanze oder ein Krümel Erdreich war in dieser künstlichen Stadt zu sehen. In diesem Ort gab es keinen Marktplatz, keine Kaufläden und natürlich auch keine Gaststätten.

Hilflos und verwirrt irrten die Erits zwischen den seltsamen Zylindern herum. Schon nach kurzer Zeit hatten sie sich verirrt und fanden aus dem Ort nicht mehr heraus. Nun bekamen sie es mit der Angst zu tun. Um welches der Häuser sie auch bogen, dahinter stand ein neues rundes Haus. Diese Siedlung entpuppte sich als ein perfekter Irrgarten.

Bis dahin hatten sich die Vespucci, die durch die Straßen liefen, nicht um die Fremden gekümmert. Doch als Akandra und Marc zum dritten und vierten Mal durch die gleiche Gasse kamen, drehten sich kahle Köpfe nach ihnen um. Sie standen kurz vor der Entdeckung und wurden immer nervöser. Am liebsten hätten sie sich irgendwo auf die Erde gesetzt und nachgedacht, doch dies verbot sich natürlich von selbst, denn so etwas tat man in Vespucci nicht. Sie konnten nur so unbefangen wie möglich weiterschlendern. Marc wollte schon ein kleines Lied pfeifen, aber Akandra stieß ihm noch rechtzeitig bei den ersten Tönen den Ellbogen in die Rippen.

Nun tauchte ein alter Vespucci auf. Seine Haut war runzelig, und auf seinem Glatzkopf hatte er Flecken. Sein Anblick verwunderte die Erits. Bisher hatten sie angenommen, alle Vespucci seien im gleichen Alter. Nun wurde ihnen klar, daß man nach Centratur natürlich keine Greise geschickt hatte. Doch hier im Kernland mußte es auch alte Leute und Kinder geben. Der Mann stellte sich ihnen in den Weg und fragte sie mit barscher Stimme etwas, was sie nicht verstanden. Dabei bemerkten sie, wozu die Nagelschoner gut waren. Sie dienten auch dazu, sich andere Leute vom Leib zu halten. Der Gnom streckte ihnen seine Schoner entgegen, und sie berührten mit den ihren die seinen. Es war ein Gruß und markierte den Abstand, den alle einzuhalten hatten.

Der Vespucci redete noch immer auf sie ein. Marc verstand zwar ein paar Brocken, aber so richtig klar wurde ihm nicht, was der andere von ihm wollte. Nach kurzer Zeit erfaßte ihn Panik, und er drängte sich wortlos an dem Mann vorbei. Akandra folgte ihm. Der Alte wurde wütend und schlug mit seinen Fingernagelschonern nach ihnen. Dabei schimpfte er und schrie so laut, daß andere Vespucci herbeieilten.

Die beiden Erits rannten so schnell sie konnten. Ihr einziger Gedanke war, diese Stadt zu verlassen. Doch je kopfloser sie liefen, desto weniger fanden sie einen Ausgang aus diesem Irrgarten. Einige Bewohner verfolgten sie jetzt, und bald waren Akandra und Marc eingekreist. Sie standen mit den Rücken gegen eine runde Hauswand und starrten den Glatzköpfen entgegen, die ihre spitzen Fingernagelschoner drohend gegen sie gerichtet hatten.

Gleich werden sie versuchen, mit ihren Gedanken auf uns einzuschlagen, überlegte Marc.

Aber nichts dergleichen geschah. Deshalb wagten sie mit dem Mut der Verzweiflung die Flucht nach vorn. Sie rannten einfach auf die Vespucci zu und durchbrachen ihre Linie. Die Glatzköpfe leisteten kaum Widerstand, und die Erits merkten, daß sie selbst bedeutend stärker waren, als die Einheimischen.

Nun hofften sie auf die baldige Dunkelheit. In ihrem Schutz wollten sie aus der Stadt entkommen. Doch die Hoffnung trog. Denn als es zu dämmern begann, wurde die Stadt von einem hellen Licht hoch über den Dächern erleuchtet, dessen Quelle sie nicht feststellen konnten. Doch sie hatten Glück, denn als sie wieder einmal zwischen zwei runden Häusern hindurchliefen, dehnte sich vor ihnen die weite Ebene mit ihren Türmen und den Rädern auf Stangen aus. Erleichtert drückte Marc seiner Freundin die Hand.

Doch die Freude war zu früh gewesen, denn im gleichen Moment hörten sie hinter sich barsche Stimmen. Sie ahnten, daß man sie zum Stillstehen aufforderte. Vier gleich gekleidete Vespucci standen hinter ihnen und blickten sie starr an. Dies mußten irgendwelche Wächter sein, dachte sich Marc. Doch bevor er weiter überlegen konnte, schlugen die Gedanken der Vespucci auf sie ein, und ohne die Übung in der Pyramide wären sie nun verloren gewesen.

Marc und Akandra hatten unterschiedliche Methoden, um sich gegen den Angriff zur Wehr zu setzen. Der Junge ließ die Gedanken der Glatzköpfe ganz einfach durch seinen Kopf gehen. Es war, als wenn der Wind durch die Blätter eines Baumes fährt. Er schüttelt die Blätter und die Äste, kann ihnen aber nichts anhaben, und muß ihn unverrichteter Dinge wieder verlassen. Das Mädchen hingegen dachte an einen roten Ball. Nur dieser rote Ball blieb noch in Akandras Geist und erfüllte alle Gedanken. An diesem roten Ball glitten die mentalen Kräfte der Vespucci ab.

Der Angriff dauerte einige Minuten, dann zogen sich die Wächter aus den Köpfen der beiden Fremden zurück. Sie verloren keine weiteren Worte und wandten sich ab. Die Erits hatten die erste Probe dank der Vorbereitung durch den Zeitenwanderer bestanden.

Sie wollten gerade auf die im Mondlicht glänzende Ebene hinaustreten und die leuchtende Stadt verlassen, da hörten sie erneut eine Stimme. Ein Kahlköpfiger war auf sie zugetreten und redete in der Sprache der Vespucci auf sie ein. Er sprach langsam, und Marc konnte verstehen was er meinte. Er warnte sie. Es sei verdächtig, wenn sie bei Nacht die Stadt verließen. Ein Vespucci tue so etwas nicht.

Den Jungen durchfuhr es heiß und kalt. Er fühlte sich entdeckt und fragte stockend, die wenigen Worte in der fremden Sprache zusammensuchend, die er kannte, was der Fremde meine.

Da antwortete der andere in der gemeinsamen Sprache: »Nun, es ist offensichtlich, daß ihr nicht hierher gehört. Ihr seid keine Vespucci. Die Patrouille der Wächter konntet ihr täuschen, weil die Gnome in ihrer Arroganz sich nicht vorstellen können, daß ein Fremder bis hierher vordringt. Also was seid ihr? Spione? Entlaufene Sklaven? Wer auch immer ihr sein mögt, ihr stellt euch so ungeschickt an, daß selbst die eingebildeten Gnome bald Verdacht schöpfen werden. Den morgigen Tag werdet ihr nicht heil überstehen.«

Marc wollte noch einmal in der Sprache der Vespucci antworten, alles leugnen, eine letzte Lüge versuchen, aber Akandra fiel ihm ins Wort.

»Du hast recht«, sagte sie schlicht. »Kannst du uns helfen?«

»Kommt erst einmal mit, bevor wir weiterreden. Hier ist es zu gefährlich.«

Sie folgten ihm zu einem der runden Häuser, das er ohne Zögern betrat. In seiner Mitte waren vier Betten im Quadrat angeordnet. An der gewölbten Wand standen ein runder Tisch und einfache Stühle. Dort ließen sie sich nieder, nachdem der Helfer ein seltsames Licht in einem Glaszylinder entzündet hatte. Von irgendwo schaffte er Becher mit einer unbekannten Flüssigkeit herbei. Auf seinen Befehl tranken die Erits. Das Getränk brannte in der Kehle, wärmte aber den Körper und half ihnen, das Zittern in ihren Händen zu unterdrücken.

»So, und nun erzählt«, forderte der Mann sie auf, und Marc bemerkte erst jetzt, daß er keine Fingernagelschoner trug. Zwar sah er aus wie ein Vespucci, war jedoch größer als die Gnome.

Als er keine Antwort erhielt, lächelte der Fremde: »Ihr seid mißtrauisch. Das ist gut so. Dann will ich beginnen. Mein Name ist Slato, und ich bin ein Sklave. Dieses hier ist ein Sklavenhaus. Die Vespucci lassen sich in allen Dingen bedienen, sie könnten mit ihren Fingernagelschonern auch kaum einen Handgriff machen. Die Sklaven sehen aus wie ihre Herren, tragen aber im Unterschied zu ihnen keine Fingernagelschoner, die hier übrigens kurz Folbos heißen. So, nun bin ich euch entgegengekommen, jetzt will ich etwas hören.«

Marc war noch immer mißtrauisch und sagte mit Argwohn in der Stimme: »Woher wissen wir, daß wir dir trauen dürfen? Vielleicht ist gerade dies eine besonders raffinierte Art des Verhörs?«

»Dein Verdacht ist sicher nicht unbegründet, zeigt mir aber, daß du die Gnome nicht kennst. Sie würden sich niemals zu so einer List herablassen, denn sie fühlen sich allen Geschöpfen überlegen und gehen deshalb direkt auf ihr Ziel zu. Sie würden euch mit Gewalt eure Geheimnisse entreißen. Mißtrauen ist in diesem Land sicher angebracht, aber wenn ihr mir nicht vertraut, so werdet ihr nicht überleben.«

Der junge Erit zögerte noch immer, aber Akandra ergriff nun die Initiative.

»Du hast recht«, sagte sie, »wir sind Fremde und in einer geheimen Mission unterwegs. Wir kommen aus dem weit entfernten Heimland und heißen Akandra und Marc. Wir brauchen deine Hilfe!«

»Die sollt ihr haben, denn ich liebe die Gnome nicht. Laßt euch jedoch warnen. Nicht jedem Sklaven könnt ihr vertrauen. Die meisten von uns haben ihren Frieden mit ihren Herren gemacht und sind nicht unzufrieden mit ihrem Los. Wollt ihr mir etwas über eure Mission erzählen?«

Marc schüttelte den Kopf, doch das Mädchen antwortete: »Wir suchen den König der Rutaner. Weißt du, wo er gefangengehalten wird?«

Bei diesen Worten pfiff Slato durch die Zähne.

»Dann seid ihr in höchsten Staatsangelegenheiten unterwegs. Mir scheint, in mein Leben kommt etwas Abwechslung. Nein, ich kenne den Aufenthaltsort dieses Königs nicht, habe aber Gerüchte gehört. Ich vermute, er befindet sich in Nummer eins.«

Als er die verständnislosen Gesichter der Erits sah, fuhr er fort:

»Ich muß euch wohl viel erklären. Ihr wißt, wie mir scheint, über dieses Land so gut wie gar nichts.«

Dann begann er zu reden und zu erklären, und dies dauerte die halbe Nacht.

Die Städte der Vespucci trugen keine Namen, sondern Nummern. Nummer eins war die verbotene Stadt. Dorthin durften nur ausgesuchte Sklaven und auch nicht alle Gnome. Slato gehörte nicht zum Kreis der Auserwählten, deshalb wußte er auch nicht, was dort vor sich ging. Obgleich er die meiste Zeit seines Lebens in Vespucci verbracht hatte, konnte er den Erits nichts über die Regierungsform des Landes sagen. Wer bestimmte die Staatsgeschäfte? Hatten die Vespucci einen König? Einen Ältestenrat?

In Vespucci gab es keinen eigenen Besitz. Man zog von einer Stadt in die andere, suchte sich dort ein leerstehendes Haus und ließ sich einfach nieder. Nach einiger Zeit nahm man in einer anderen Stadt Quartier. Dieses Verhalten war nicht weiter verwunderlich, denn die Häuser und die Ortschaften waren austauschbar. Alle waren gleich aufgebaut und sahen gleich aus. Ohne die Farbe der Räder auf den Dächern hätte man nicht gewußt, wo man sich gerade aufhielt. Die Vespucci lebten nicht in Familien zusammen, sie verabscheuten feste Bindungen. Trafen sich ein Mann und eine Frau und wollten eine Weile zusammenbleiben, so zogen sie gemeinsam in ein Haus. Irgendwann aber, früher oder später, trennten sie sich wieder und zogen in verschiedene Richtungen. Die Kinder wurden in zentrale Aufzuchtanstalten gebracht und dort von Sklaven betreut. Zwar war die Erziehung durch die leiblichen Eltern nicht verboten, aber wenn ein Vespucci auf Dauer sein Kind bei sich behielt, wurde er auf Geisteskrankheit oder mangelnde soziale Fähigkeiten untersucht.

Auch die Sklaven waren niemandem zugeordnet. Benötigte ein Gnom Hilfe, so rief er einen Sklaven, der gerade vorüberkam und gab ihm Befehle. War die Arbeit getan, konnten die Diener ziehen, wohin sie wollten. Die Vespucci interessierten sich viel zu wenig für andere Wesen, als daß sie Sklaven auf Dauer beaufsichtigt und beschäftigt hätten. Sklaven waren an den fehlenden Folbos zu erkennen und durften von jedem Gnom nach Belieben gestraft und gar getötet werden. Wurden die Sklaven nicht gebraucht, so waren sie frei in ihren Entscheidungen. Wurde ein Sklave in eine andere

Stadt geschickt, so blieb er dort in einem der Sklavenhäuser, bis man ihn in eine andere Stadt sandte.

An dieser Stelle fragte Marc, warum die Sklaven nicht flohen. Warum sie überhaupt in diesem Land blieben?

Der Hauptgrund, so erklärte Slato, waren die Hanoliks, mit denen die Grenzen bewacht wurden. Es führte nur eine Straße aus dem Land und die durchquerte besetzte Gebiete. Nach Rutan traute sich kein Sklave, denn die Leute dort galten als grausam und blutrünstig. Doch warum sollten Sklaven auch fliehen? Es ging ihnen gut in Vespucci. Sie wurden versorgt, und ihre Arbeit war nicht schwer.

Nun wollte Akandra wissen, wo die Sklaven herkämen und in welchen Ländern sie gefangen würden.

Auf Sklavenjagd gingen die Gnome nur noch selten, erläuterte Slato. Die meisten Gamscho, wie sie genannt wurden, seien speziell für ihren Dienst gezüchtet worden. Man habe die Neugeborenen den gefangenen Eltern weggenommen und auf das Leben in Vespucci vorbereitet. Dabei wurden zwei Klassen unterschieden. Die Gamscho für Vespucci wurden streng ausgewählt. Man behandelte sie besonders gut, und sie erhielten nur wenig Schläge. Sklaven, die in den besetzten Gebieten auf den Plantagen eingesetzt werden sollten, hatten hingegen ein hartes Los, und viele von ihnen starben.

Weil die Vespucci nicht auf ihre Mitbürger achteten und weil überall Sklaven unterwegs waren, die man wie Gnome herausgeputzt hatte, hatten die beiden Erits bisher unerkannt durch das Land wandern können. Schließlich kannte kein Vespucci auf Dauer seinen Nachbarn, und wußte auch nicht, ob ein Fremder in das Land gehörte oder nicht. Obgleich sich zur Zeit über ein Viertel aller Männer im Ausland aufhielt, wußten die meisten Vespucci nichts von den Ländern außerhalb der Grenzen. Sie interessierten sich nicht dafür und selbst der Invasionskrieg in Centratur war den meisten gleichgültig. Sie kümmerten sich nur um ihr Wohlleben am jeweiligen Tag.

Schließlich empfahl Slato den Erits, daß immer nur einer von ihnen Fingernagelschoner tragen solle. So könnten sie sich als Herr und Sklave ausgeben und wären weniger auffällig. In der nächsten Zeit aber wolle er sie als Sklave und Dolmetscher begleiten, denn mit seiner Hilfe kämen sie leichter an ihr Ziel.

Akandra und Marc brummte der Kopf, als sie auf die glänzenden Überzüge der Betten sanken und in einen erholsamen, tiefen Schlaf fielen. Durch Slatos Gegenwart fühlten sie sich zum ersten Mal seit Tagen wieder sicher.

Sklavenleben

Obgleich sie wenig geschlafen hatten, denn der Sklave weckte sie schon sehr früh, fühlten sich die Erits frisch und wohl. Selbst die viereckigen Brocken mit einem undefinierbaren Geschmack, die es zum Frühstück gab, konnten ihnen die Laune nicht verderben. Draußen schickte gerade die Sonne die ersten Strahlen, und der Stein, der überall den Erdboden überzog, glänzte. Sie hatten sich sorgfältig die Köpfe rasiert, denn schon der geringste Flaum würde sie verraten. Nun waren sie bereit zum Aufbruch, und Slato führte sie rasch aus der Stadt.

Ob denn die Sonne in Vespucci immer scheine, wollte Akandra dabei wissen.

Meistens, war die knappe Antwort. Man lebe hier in einer sehr warmen Gegend.

Marc warf ein, daß das Wasser nicht versickern könne, sollte es doch einmal regnen.

»In dem Belag befinden sich Gitter und Spalten, um den Regen abzuleiten«, antwortete Slato und fügte hinzu: »Seid versichert, daß die Gnome wahre Meister in allem sind, wenn es um die Beherrschung der Natur geht. Sie würden niemals so etwas Wichtiges wie die Regulierung des Regenwassers übersehen, auch wenn es hier so gut wie niemals regnet.«

Das Trinkwasser, so erfuhren die Erits, werde aus tiefen Brunnen geholt und dann in Röhren durchs ganze Land geleitet.

Während sie so sprachen, erreichten sie die Straße. Sie verlief kerzengerade und verjüngte sich, bis sie sich schließlich als Strich am Horizont verlor. Marc hatte so etwas zum ersten Mal in seinem Leben in Vespucci gesehen. Er war fasziniert, und seine Augen wurden immer wieder in weite Fernen gezogen.

»Gibt es denn hier keine Hügel oder Berge?« fragte er.

»Früher hat es so etwas schon gegeben«, antwortete Slato.

»Aber den Gnomen war jede Bodenerhebung zu natürlich, deshalb haben sie alles abgetragen und das Land flach wie ein Brett gemacht.«

Sie schritten kräftig aus, und bald wurden die Häuser der Stadt, es war Nummer vier, in ihrem Rücken klein und verschmolzen mit dem Belag. Sie näherten sich einer Skulptur am Straßenrand, und die Erits bemühten sich krampfhaft von ihr wegzusehen. Als der Sklave das bemerkte, lachte er.

»Mir scheint, ihr habt schon unangenehme Erfahrungen mit den Kunstwerken dieses Landes gemacht und habt Angst vor der Verzückungsstarre. Das kann ich verstehen, schließlich tragt ihr keine Weckvorrichtung. Aber es gibt einen Trick, wie man der Wirkung dieser Werke entgeht. Ihr könnt sie ruhig ansehen, aber ihr dürft euch ihnen nicht hingeben. Sucht vielmehr nach Fehlern, die ihre Schöpfer gemacht haben, denn nichts ist vollkommen. Dann könnt ihr euch dem Einfluß entziehen.«

»Wer hat all diese wunderbare Kunst geschaffen?« fragte Akandra.

»Die Gnome verfertigen sie zum Zeitvertreib. Da sie nicht arbeiten, müssen sie sich eine andere Beschäftigung suchen. Deshalb machen sie Kunstwerke. Und weil sie kein Zuhause haben, stellen sie die Skulpturen irgendwo in der Landschaft auf und vergessen sie.«

»Wie ist es möglich, daß Geschöpfe, die so wunderschöne Dinge schaffen, so kaltherzig und böse sind?«

»Gab es nicht zu allen Zeiten selbst bei den grausamsten Fürsten und Königen wunderbare Kunstwerke? Haben nicht gerade Tyrannen viele Künstler an ihre Höfe geholt und sie dort verwöhnt? Könnt ihr euch nicht vorstellen, daß Leute jemand umbringen, um sich anschließend einer wunderbaren Musik oder eben einem Standbild hinzugeben? Der Sinn für Kunst ist sicher kein Zeichen für eine edle Gesinnung.

Ich glaube auch nicht, daß die Gnome böse sind. Das Wort ›kaltherzig‹ trifft schon eher zu. Auch kümmern sie sich nur um die eigenen Interessen und fühlen sich allen Wesen auf dieser Welt überlegen. In ihren Augen sind sie die Herren der Welt, und man hat ihnen und ihren Wünschen untertan zu sein. Da sie der Meinung sind, daß ihre Lebensweise die beste ist, wollen sie, daß man überall so lebt wie sie. Sie fühlen sich nicht böse, denn sie tun schließlich etwas für ihre Bestimmung, die Erde zu verändern. Es ist schwer, die Vespucci richtig zu beurteilen.«

»Wenn du gar keine so schlechte Meinung von deinen Herren hast, warum hilfst du uns dann?« wollte Marc nun wissen.

»Man muß den Gegner verstehen, wenn man ihn besiegen will. Ihn nur abzuwerten und zu verurteilen, wäre eine Schwäche, die man sich bei so gefährlichen Geschöpfen wie den Vespucci nicht leisten darf.

Dazu muß ich euch meine Geschichte erzählen. Ich bin einer der wenigen Sklaven im Herzen von Vespucci, die nicht gezüchtet, sondern noch, wie die Gnome sagen würden, in freier Wildbahn gefangen wurden.

Aber es ist für das Verständnis besser, wenn ich von Anfang an beginne. Ich stamme aus dem Süden. Meine Heimat ist eine kleine Insel vor der Küste im Loffrumeer. Meine Vorfahren und auch noch meine Eltern lebten genügsam. Sie fuhren zum Fischen aufs Meer, bestellten ein paar Felder und waren zufrieden. Man wurde nicht alt auf unserer Insel, denn das harte Leben ließ die Menschen früh sterben. So blieb ihnen das Dahinwelken und das Siechtum erspart, und die Insel konnte alle ernähren, ohne daß einer darben mußte. Sie wußten nichts von Ländern namens Vespucci und Rutan. Die Grenzen ihrer Insel waren die Grenzen ihrer Welt.

Eines Tages, ich war noch ein kleiner Junge, aber ich erinnere mich genau, bekamen wir Besuch. Eines Morgens lag ein großes Schiff mit drei Masten vor Anker. Die Männer fuhren sogleich mit ihren Fischerbooten hinaus, um die fremden Besucher zu begrüßen und zu bestaunen. Die winkten ihnen freundlich zu und kamen schließlich mit dem großen Beiboot an Land. Mein Volk schmückte sie mit Kränzen und kredenzte ihnen gegorene Ziegenmilch und den besten getrockneten Fisch. Huldvoll nahmen sie alles entgegen, lächelten freundlich und ließen sich dann die ganze Insel zeigen. Währenddessen begann einer von ihnen damit, uns zu zählen.

Am Abend vor ihrer Abreise hatten wir noch ein Fest für sie veranstaltet und ihnen gezeigt, wo die Nachbarinsel zu finden sei. Sie hatten nämlich erklärt, sie seien auf Kundschaft und müßten alle Inseln an dieser Küste besuchen.

Noch lange wurde bei uns von den fremden Besuchern geredet, wie stattlich sie gewesen waren und welch seltsame Kleider sie getragen hatten. Das wunderbare Schiff sahen wir nach etwa einem

Jahr wieder. Aber es kam nicht allein, sondern in Begleitung von vier anderen Schiffen. Die kreisten unsere Insel ein, Männer kamen an Land und begannen, uns wie reife Früchte einzusammeln. Es waren Sklavenjäger, die ihr Geschäft nüchtern und sorgfältig betrieben.

Sie wollten uns möglichst unversehrt in den Bäuchen ihrer Schiffe verstauen, und deshalb bedauerten sie es auch, daß sie meinen Vater, der mich und meine Mutter heldenhaft verteidigte, töten mußten. Wir fanden uns schließlich im dunklen, stickigen Rumpf des großen Schiffes wieder. An Händen und Füßen trugen wir Eisen, aber ansonsten wurden wir gut behandelt. Schließlich waren wir wertvolle Handelsware, der nichts geschehen durfte.

In Lowamon wurden wir an Land gebracht. Der Sklavenmarkt blieb uns erspart; wir wurden alle zusammen an einen Händler verkauft. Bei ihm kamen wir mit anderen Sklaven zusammen und erfuhren mit Erstaunen von der großen Welt. Dort lernte ich auch die gemeinsame Sprache. Der Händler behandelte uns nicht so gut wie die Jäger. Er war ein reicher Mann mit Niederlassungen in verschiedenen Ländern, so daß auf Handelsware keine so große Rücksicht genommen werden konnte. Meine Mutter starb.

Ich war nun ganz allein und hatte große Angst vor der Zukunft. Unter den Gefangenen erzählte man sich schreckliche Schauermärchen über das Schicksal von Sklaven. Einer wollte von einem menschenfressenden Volk wissen, das Sklaven in Käfige sperrt, um sie schließlich zu verspeisen. Andere hatten davon gehört, daß die Unglücklichen Raubtieren lebend zum Fraß vorgeworfen wurden. Auch von Auspeitschen und Vergewaltigungen war die Rede, von täglich zwanzig Stunden Arbeit und anderen Mißständen.

Ihr könnt euch vorstellen, wie froh ich war, als mein Leben anders verlief. In einem der Aufzuchtlager der Vespucci war eine Seuche ausgebrochen, und die Produktion des Sklavennachwuchses kam ins Stocken. Deshalb orderten sie bei dem Händler eine größere Menge beste Ware, womit nur junge Sklaven gemeint waren. Zu dieser Güteklasse gehörte ich, und so wurde ich ein Sklave der Vespucci. Die Gnome prüften die Lieferung genau und entschieden, wer auf die Felder in den besetzten Gebieten mußte, und wer ins Kernland als Meistersklave durfte. Ich war einer der Auserwählten.

So müßte ich eigentlich den Gnomen dankbar sein, denn sie hatten mich vor einem schlimmen Schicksal bewahrt und mir eine ordentliche, ich möchte beinahe sagen, zufriedenstellende Zukunft beschert. Und doch haben sie etwas getan, wofür ich sie immer hassen werde.

Im Vorbereitungslager habe ich eine Frau getroffen, die ebenso wie ich frisch gefangen war. Sie hatte mindestens ebensoviel Angst wie ich, und wir hielten uns aneinander fest. Deshalb wurde die Zeit im Lager die schönste in meinem ganzen Leben. Lolltria, so hieß sie, war auch für den Dienst im Kernland bestimmt, und wir beschlossen, dort unser Leben gemeinsam zu verbringen. Wir waren bereit, hart zu arbeiten. Aber eine alte Frau warnte uns. Die Vespucci, so sagte sie, duldeten keine dauerhaften Verbindungen unter ihren Sklaven. Wenn sich zwei zusammentun, so bildeten sie eine Macht, und das sei den Gnomen zu gefährlich.

Von da an trafen wir uns nur noch heimlich. Wir wurden auch tatsächlich gemeinsam nach Vespucci transportiert und konnten es so einrichten, daß wir auch hier zusammenblieben. Doch ihr könnt euch denken, was geschah. Lolltria wurde schwanger. Wir versuchten dies natürlich zu verbergen. Da Gamscho hier nicht überwacht werden, konnte sich meine Frau in den Sklavenhäusern verstecken. Die einzige Gefahr war der Verrat durch andere Sklaven. Dann kam unser Kind auf die Welt. Lolltria gebar einen gesunden Jungen. Unsere Freude war groß, und wir planten schon eine glückliche Zukunft hier in diesem fremden Land. Bis dann unsere Verbindung aufflog.

Ein Mann, eine Frau und ein Säugling mußten selbst den gleichgültigen Gnomen auffallen. Wir wurden vor die Wächter gebracht, und die regelten das Problem nüchtern und sachlich, so wie es ihre Art ist. Lolltria wurde auf eine der Plantagen zurückgeschickt, und unser Kind kam in eine Aufzuchtanstalt. Ich wollte meine Frau begleiten, war bereit zu jeder Arbeit auf den Feldern. Ich fiel vor ihnen auf die Knie, flehte sie an, aber sie lachten mich nicht einmal aus. Sie bestraften uns mit geistigen Schlägen, dann wurden wir auseinandergerissen. Ich habe von Lolltria und dem Kind nie mehr etwas gehört. Diese Barbarei verzeihe ich den Gnomen nicht. Ich habe Rache geschworen, und ihr werdet die Werkzeuge meiner Rache sein. Diese hochmütigen Gnome glauben, ein Sklave könne ihnen nichts anhaben. Sie werden sich täuschen!«

Schweigend liefen sie eine Weile durch die bizarre Welt. Von Sklaverei hatten die Erits, seit sie in die Einflußsphäre der Vespucci geraten waren, so viel gehört und gesehen, daß allein das Wort sie schon anekelte. Es war immer wieder die gleiche Geschichte mit geringfügigen Abwandlungen, die sie hörten. Menschen wurden zu Dingen, die man benutzte und mit denen man Handel trieb. Glück und Wohlergehen des einzelnen spielten keine Rolle mehr, und so sollte es in Zukunft überall sein? Marc und Akandra preßten die Lippen fest aufeinander. Sie waren hier, um dies zu verhindern. Auch für Marc stand nun fest, daß er sogar sein Leben opfern würde, um diese Aufgabe zu erfüllen.

Auf der Suche nach dem König

»Was sind das für seltsame Räder, die sich auf den hohen Stangen drehen?« fragte Marc am Nachmittag und deutete auf die seltsamen Gebilde.

»Das weiß ich nicht, ich bin kein Maschinengamscho. Ich nehme an, sie stehen mit irgendwelchen Maschinen unter der Erde in Verbindung.«

Weiter kam Slato mit seiner Erklärung nicht, denn nun tauchte eine Gruppe Wächter auf, die ein Dutzend Sklaven anführten, und die drei nun anhielten. Den Erits stockte das Herz, aber Slato übernahm das Reden.

Dies sei ein Kontrollgang, wurde mitgeteilt. Man sei auf der Suche nach unerwünschter Natur, wie zum Beispiel Gras und Blumen. Immer wieder gelangte Samen über die Grenzen des Landes und fand eine Stelle, wo er anwachsen konnte. Besonders das nahe gelegene Rutan war eine Quelle für solche Verunreinigungen. Man brauche noch Sklaven, und Slato solle sich in die Patrouille einreihen.

Der wies auf seine vermeintlichen Herren hin, gestikulierte wild und protestierte mit Erfolg. Mit einer müden Handbewegung forderten ihn die Glatzköpfe zum Weitergehen auf. Die Erits grüßten sie nicht einmal.

Nicht weit vom Ort dieser Begegnung entfernt, sahen sie auf einmal weitab vom Weg inmitten des steinüberzogenen Feldes ein großes Loch. Es war eingerahmt von fünf Masten mit Rädern. Ohne auf die Warnrufe ihrer Gefährten zu achten, eilte Akandra dorthin. Die Männer folgten ihr zögernd und vorsichtig. Das Loch war wie der Zugang zur Unterwelt. Eine breite Treppe führte in die Tiefe, beleuchtet von einem diffusen Licht. Die Grafentochter stieg ohne zu zögern hinab. Obgleich die Männer ihr immer unwilliger nachkamen und Marc schimpfte, die Freundin werde den ganzen Auftrag gefährden, drang Akandra weiter vor. Endlich stand sie in einer Halle vor einer riesigen Maschine, die aus Hunderten von Zahnrädern bestand. Die Räder waren unterschiedlich groß und griffen nach einem nicht durchschaubaren Prinzip lautlos ineinander. Ergriffen starrten die drei auf das Wunderwerk.

Noch bevor sich aber die Männer von ihrem Staunen erholt hatten, faßte das Mädchen nach einer schweren Eisenstange, und ohne daß es Marc oder Slato verhindern konnten, hatte Akandra die Stange zwischen zwei der drehenden Zahnräder gerammt. Zunächst geschah nichts. Die Stange wurde angehoben, verkeilte sich, und jede Bewegung geriet ins Stocken. Dann gab es einen ohrenbetäubenden Lärm. Es knirschte und krachte, und einige der Räder verbogen sich, andere brachen auseinander. Bald war die Halle ein Chaos aus herumfliegenden Eisenteilen.

»Nichts wie weg hier«, rief Slato und rannte zur Treppe. Die anderen folgten ihm.

Sie keuchten zurück ins Tageslicht und sahen sich ängstlich um. Zum Glück entdeckten sie niemand, während sie zur Straße zurückeilten. Nun galt es, sich unauffällig aus dem Staub zu machen, denn bald würden Vespucci mit Maschinensklaven eintreffen. In der Nähe war eine Nachtunterkunft, zu der eilten sie.

Bis zum Einbruch der Dunkelheit blieb alles ruhig. Trotzdem hatte Slato, um weniger aufzufallen, darauf bestanden, in dem Teil Quartier zu nehmen, der Sklaven vorbehalten war.

In dieser Nacht schliefen alle schlecht, und Akandra machte sich Vorwürfe. Gegenüber ihren Gefährten hatte sie zwar den Sabotageakt verteidigt, schließlich seien sie hier, um die Vespucci zu schädigen. Insgeheim aber gestand sie sich den Fehler ein und hoffte, daß er keine schlimmen Folgen haben möge.

Kurz vor Morgengrauen hörten sie Schritte auf der Straße. Slatos Vorsicht erwies sich nun als richtig, denn kurz darauf wurde das Haus durchsucht, aber die Sklavenräume blieben unbeachtet.

Sobald die Luft wieder rein war, brachen sie hastig auf. Sie hatten nicht einmal zu frühstücken gewagt. Doch wohin sollten sie sich nun wenden? Dieses Land bot keinerlei Deckung, und die nächste Stadt war weit. Auf der blanken Steinfläche näherte sich die Kolonne der Grünwächter, die sie am Vortag getroffen hatten. Ihr wollten die Erits und Slato nicht noch einmal begegnen, und so eilten sie, so rasch es ging, in die Richtung der Stadt Nummer fünf.

Doch sie sollten nicht weit kommen. Im Norden und Süden erschienen Gestalten, in deren Händen Querks blitzten. Sie saßen in einer Falle, aus der es keinen Ausweg gab. Slato überblickte die Lage, und während die Erits noch jammerten, und Marc seiner Freundin Vorwürfe machte, verließ er den Weg und steuerte auf die Grünwächter zu, deren Sklaven abseits der Straße in gebückter Haltung über die Ebene schritten. Mit einem kurzen Befehl wies er seine Schützlinge an, die Fingernagelschoner abzunehmen und unter ihren Kleidern zu verbergen.

Während die Patrouillen immer näher kamen, erklärte der Sklave: »Ihr seid von nun an Gamscho. Verhaltet euch entsprechend. Das Reden überlaßt mir.«

Marc, der den Plan ahnte, gab zu bedenken, daß sie sich gestern noch als Vespucchiherren ausgegeben hätten. Wie könne man ihnen heute die Stellung als Sklaven durchgehen lassen?

Er erhielt zur Antwort, daß die Gnome nur an sich selbst interessiert wären und die Zusammenkunft vom Vortag längst vergessen hätten. Keiner von ihnen würde sich an Gamschogesichter erinnern.

Tatsächlich wunderte sich niemand, als die vermeintlichen Sklaven auftauchten und sich einreihten. Auf die barsche Frage des Anführers, warum die drei erst so spät kämen, hatte Slato eine unverfängliche Antwort. Dann blieb keine Zeit mehr zum Reden, denn der Boden mußte penibel untersucht werden. Die Häscher aber zogen auf der entfernten Straße vorbei, wie Akandra befriedigt aus den Augenwinkeln feststellte.

Die Erits hatten auf ihrer Reise so viel von Sklaven gehört und mit ihnen erlebt, und nun waren sie selbst in dieser Lage. Allerdings hofften sie, diese Tarnung so schnell wie möglich wieder aufgeben zu können. Zuerst einmal aber mußten sie arbeiten. Ein Entfernen aus dieser Gruppe hätte schwere Strafen nach sich gezogen. Stunden um Stunden liefen die Sklaven auf Armlänge nebeneinander, die Oberkörper gebückt, die Augen auf den Boden gerichtet. Bald taten allen die Glieder weh. Wenn sie unaufmerksam wurden oder sich aufrichteten, hörten sie einen scharfen Befehl und senkten den Kopf sofort wieder.

Akandra sah den Belag von Vespucci nun aus der Nähe. Er war nicht so glatt, wie er aus der Ferne aussah. Risse durchzogen den Stein, er bröckelte und hatte an manchen Stellen schon Löcher. In den Spalten aber zeigte sich Leben, wuchsen Moose und keimten kleine Pflanzen. Auf einmal sah Akandra sogar Ameisen, die über den Stein huschten. Die Natur verschaffte sich in Vespucci ihr Recht. Diese riesige Steinfläche war nicht zu kontrollieren, wenn es auch die Gnome nicht wahrhaben wollten. Mit dem keimenden Grün wankte auch die Ideologie der Vespucci.

Während der Pausen, die den Gamscho zugestanden wurden, setzte sich ein hochgewachsener Sklave neben das Mädchen. In seinem hageren Gesicht lagen die Augen tief in den Höhlen. Er sagte etwas, was Akandra nicht verstand, weshalb sie so tat, als habe sie nichts gehört. Da wurde er wütend, empfand das Verhalten der Mitsklavin als Hochmut und Mißachtung. Slato bemerkte zu spät das sich anbahnende Unheil und griff ein. Aber der Sklave ließ sich nicht mehr bremsen, er schimpfte und zeterte, bis sich ein Vespucci einmischte und Ruhe befahl. Als der Hochgewachsene noch immer nicht still wurde, schlug der Gnom geistig zu, und der Mann krümmte sich. Zwar war er nun ruhig, aber seine Augen sprühten vor Zorn. Er machte Akandra für die Schmerzen verantwortlich.

Drei Tage lief die Gruppe über die Steinfläche und suchte nach verbotenem Grün. In den Nächten schliefen die Sklaven in den für sie vorgesehenen Räumen und die Herren auf ihrer Seite der Häuser. Dann war man vor der Stadt Nummer sechs, und die Gruppe wurde aufgelöst. Slato und die Erits wollten sich gerade davonmachen, als sie einen Befehl hörten. Zwei der Sklaven wurden nicht entlassen, sondern sollten einen der Gnome begleiten. Es waren der Hochgewachsene und Akandra.

Sicher benötigte der Gnom Arbeitskräfte, aber die beiden Streithähne hatte er sich aus Bosheit ausgesucht.

Slato und Marc tauschten entsetzte Blicke und überlegten fieberhaft, was zu tun sei. Akandra schien sich in ihr Schicksal zu fügen und folgte zusammen mit ihrem Feind dem Vespucci. Die beiden Männer schlichen in einiger Entfernung hinterher. Gesprochen wurde zwischen den Sklaven kein Wort. Der Gnom führte sie zu einem Haus am Rande der Stadt und wies den Hageren an, ein Gefährt zu besorgen. Der kam auch bald mit einem dieser seltsamen Karren zurück, auf denen man kniete und sich mit einem Fuß abstieß. Gemeinsam betraten er und das Mädchen die runde Behausung.

Slato wollte mit dem Erit näherschleichen, wurde aber angerufen. Ein Bekannter hatte ihn gesehen und lief freudig auf ihn zu. Der Gamscho mußte gute Miene machen, um keinen Verdacht zu erregen. Er umarmte lachend den Mitsklaven und tauschte mit ihm einige Neuigkeiten aus. Währenddessen versuchte sich Marc so unauffällig wie möglich zu verhalten. Endlich wurde Slato den anderen los und wandte sich wieder dem Vespuccihaus zu. Sie wollten gerade eindringen, um die Freundin mit Gewalt zu befreien, als sich die Tür öffnete und Akandra heraustrat. Ihre Hände waren blutig.

Der Gamscho warf einen raschen Blick in den runden Raum und erstarrte. Der Vespucci lag auf dem Boden, und aus einer Wunde neben dem Herzen floß Blut. Im gegenüber kniete der Hochgewachsene mit dem besudelten Messer in der Hand. Akandra hatte wieder einmal den Dolch von ihrem Oberschenkel benutzt, ihn diesmal aber zur Tarnung zurückgelassen. Nun galt es keine Zeit zu verlieren. In Vespucci gab es kein größeres Verbrechen, als einen Gnom zu töten, und wenn man sie nun erwischte, würde man sie nicht einfach töten, sondern qualvoll hinrichten.

Sie nahmen den Karren, die Erits sprangen auf und Slato steuerte ihn geschickt durch die Häuser hindurch. Endlich waren sie vor der Stadt. Dort erklärte er, daß sein Bekannter ihm als letzte Neuigkeit verraten hätte, daß zwei Saboteure gesucht würden. Patrouillen seien unterwegs und durchkämmten die Städte. Jeder müsse seinen Geist öffnen. Nun hatten die drei keine andere Wahl mehr. Sie mußten alles auf eine Karte setzen und konnten den König nicht länger im ganzen Land suchen. Es gab nur noch ein Ziel, die Stadt Nummer eins, auch die Verbotene Stadt genannt.

Die Straßen waren zu unsicher. In Vespucci gab es keine Möglichkeiten, sich zu verbergen. Deshalb tat Slato etwas, was auch verboten war, er fuhr mit dem Gefährt quer über die Steinfläche, die ehemals ein Feld gewesen war.

In den nächsten Tagen kamen sie an gewaltigen unterirdischen

Maschinenräumen vorbei, an riesigen Vorratsspeichern und an Gewölben, deren Sinn sie nicht zu erkennen vermochten. Ganz Vespucci war unterhöhlt wie ein Kaninchenbau. Unter der steinernen Oberfläche verbargen sich Gänge, Kammern und Säle. Hier war die Versorgungsbasis der Gnome. Die Erits und der Sklave schliefen auf dem nackten Boden und erwachten jeden Morgen mit blauen Flecken am ganzen Leib. Zum Glück war das Klima im Land warm, so daß sie nicht froren. Nahrung und Wasser besorgten sie sich in den unterirdischen Speichern, die nicht abgeschlossen waren, denn kein Gnom rechnete damit, daß sich ein Sklave den Befehlen widersetzen und die Straßen verlassen könnte.

In den Nächten leuchtete dort, wo die Verbotene Stadt lag, ein blauer Lichtschein und wies ihnen den Weg. Endlich tauchte in der Ferne das Ziel auf. Im Gegensatz zu den anderen Vespuccistädten war die Nummer eins von einer Mauer umgeben, die weiß in der Sonne blinkte. Um die Stadt gruppierten sich Gebäude in den verschiedensten geometrischen Formen. »Dies müssen die Zuchtanstalten sein«, erklärte Slato, »und die Vorbereitungshäuser für den Dienst im Ausland.«

Nun wurde es Zeit, den Wagen stehenzulassen. Slato lieh sich ein Paar Fingernagelschoner aus und spielte nun den Herrn mit zwei Sklaven. Sie erreichten in dieser Verkleidung auch das Tor in die Stadt. Doch es war streng bewacht von Vespucci, die Querks trugen und jeden, der hinein wollte, scharf kontrollierten. Ein Eindringen in die Verbotene Stadt war auf diesem Weg nicht möglich.

Ratlos sahen sich die Gefährten an, bis der ideenreiche Slato wieder einmal einen Einfall hatte. Eine Stadt wie diese, so meinte er, müsse schließlich versorgt werden. Und da man Sklaven und Lieferanten sicher nicht durch die Prunktore ließ, müsse es so eine Art Dienstboteneingang geben.

Sie umrundeten mit großem Abstand die Mauern und fanden tatsächlich eine Pforte, durch die Wagen voller Waren in die Stadt fuhren und Bündel hineingetragen wurden. Hier herrschte ein ständiges Kommen und Gehen. Man drängelte sich, und jeder hatte es eilig und schimpfte. Diese Pforte wurde nur mäßig kontrolliert.

Auf Slatos Wink hin überfielen die drei einen Sklaven auf einem beladenen Gefährt. Der Mann war rasch niedergeschlagen, und die Gefährten wuchteten sich ein paar Bündel auf die Schultern. So unbefangen wie möglich passierten sie die Pforte. Sie waren kaum in der Stadt, da geschah das Unglück. Der niedergeschlagene Sklave war zu Bewußtsein gekommen und zum Tor gelaufen. Schreiend alarmierte er die Wache und deutete wild gestikulierend auf die drei Eindringlinge. Der Vespucci hob ohne nachzudenken seinen Querk und zielte auf Akandra. Slato, der die Gefahr erkannte, stieß das Mädchen beiseite, warf sich dazwischen und brach, von der Zauberwaffe tödlich getroffen, zusammen.

Die beiden Erits knieten schreckensstarr bei ihm. Da keuchte er: »Ihr Narren, verschwindet und taucht unter. Ich habe euch, wie versprochen, hierher gebracht. Nun seid ihr an der Reihe. Erfüllt mein Gelöbnis, bringt diesen Staat zum Wanken und rächt mich und meine Familie!«

Mit diesen Worten schloß er die Augen und starb, während Akandra und Marc in wilder Panik flohen.

Ziellos streiften sie zwischen runden und eckigen Häusern hindurch, stets fürchtend, hinter der nächsten Biegung auf Bewaffnete zu treffen, die ihrem Leben ein rasches Ende machen würden. Auf einmal öffnete sich die Gasse. Vor ihnen lag eine runde Arena. Alle Bänke waren von Vespucci besetzt. In der Mitte aber saß ein Mann, von dem blaue Strahlen auszugehen schienen. Er redete mit den Händen, dem Mund und dem Geist. Alle Zuhörer starrten ihn fasziniert an und wandten den Blick nicht von ihm. Deshalb bemerkte auch keiner die Erits. Der Geist des blauen Mannes schien sich in weiter Ferne zu befinden, und er teilte mit, was er dort sah. Auch schien er über große Entfernungen hinweg Befehle zu geben.

Marc starrte auf das seltsame Bild. Er konnte sich von dem Anblick nicht losreißen. Dann stammelte er flüsternd zu Akandra: »Das ist ein Zeitenwanderer. Er also steuert die Vespucci und alle Vorgänge in Centratur. Die Gnome wiederum manipulieren Ormor. Wir sind hier an der Quelle, von der alle Übel ausgehen.«

Die Grafentochter nickte erschrocken.

Süden

Die Erits sind nun beinahe am Ziel, von der Erfüllung ihres Auftrages jedoch noch weit entfernt. Inzwischen hat sich die Situation in Centratur zugespitzt. Die Custos wurden zwar noch einmal gerettet, aber der Zauberkönig läßt weiter nach ihnen fahnden. Galowyn ist mit ihrer Dienerin, Fallsta und Avaccu unterwegs zur Landebucht, um dort die Achajer zu treffen. Sie müssen jedoch das besetzte Heimland durchqueren, und das Ultimatum des Achajerfürsten läuft ab. Auch im Süden steht es nicht zum besten. Die Soldaten aus Darken sind unter ihrem Führer Wersch in Whyten eingefallen. In Cantrel ist die Lage, nachdem Königin Lunete Aramar und seine Gefährten des Landes verwiesen hat, kaum noch zu durchschauen. Eine besonders undurchsichtige Rolle spielt der Edle Rankohr. Schon gegen die Invasion aus Darken kann sich das gebeutelte Volk des Hochkönigs kaum zur Wehr setzen. Wenn aber erst Omor mit seinen Orokòr eintrifft, ist alles verloren. Deshalb will Aramar in den Süden, um die Küstenstädte um Hilfe zu bitten.

Der Bote

Das Pferd war durch einen weißen Fleck in der Form eines Ovals auf der Stirn gezeichnet. Seine Ohren standen hoch aufgerichtet. Haare aus der dunklen Mähne fielen ihm über die großen, braunen Augen. Sie blickten freundlich, und die großen Lippen fuhren zärtlich über das Gesicht des jungen Mannes, der seine Zügel hielt, und knabberten ab und an sanft an dessen Ohr. Hin und wieder lief ein Zucken durch das glänzende Fell, um Fliegen zu verjagen. Sonst stand das Pferd ruhig und wartete geduldig. Manchmal tätschelte der junge Mann liebevoll den langen Schädel und streichelte die geblähten Nüstern. Auch er hatte keine Eile, und sein Interesse war mehr auf das schöne Roß gerichtet, als auf die Geschehnisse um ihn herum. Mensch und Tier hielten sich unter einem weitausladenden Baum auf, der in der sommerlichen Hitze des Südens kühlen Schatten spendete.

Es war gut, daß sich das Pferd nicht bewegte. In seinem Sattel saß nämlich eine Gestalt, deren kurze Beine nicht bis zu den Steigbügeln reichten. Sie hatte lange Haare, und der Schweiß rann trotz des kühlen Schattens über den großen Kopf. Der Zwerg stammelte immer wieder: »Ich weiß doch nichts! Ich weiß doch nichts!«

Aber dies wollte ihm niemand glauben, und die Schlinge, die um seinen Hals geknüpft war, zog sich immer enger zu. Gleich würde der Befehl kommen, der freundliche junge Mann würde das Pferd wegführen und der Zwerg am untersten Ast des Baumes baumeln. Etwa ein Dutzend Männer standen um das Pferd herum und starrten den Zwerg böse an. Sie trugen Rüstungen und waren gut bewaffnet.

Ihr Anführer fragte immer wieder nach dem Aufenthaltsort eines bestimmten Mannes.

Der Zwerg hatte Todesangst, aber es war nicht zu erkennen, ob er leugnete, um der Strafe zu entgehen, oder ob er wirklich nichts wußte.

Etwas abseits grasten die übrigen Pferde der Männer mit der Geduld von Reittieren, die dankbar jede Pause genießen gelernt hatten. Die Szene bot ein friedliches Bild. Und doch sollte dort ein Mann in Kürze vom Leben in den Tod befördert werden.

Die Bewaffneten waren so mit der Befragung des Delinquenten beschäftigt, daß sie den Reiter nicht bemerkten, der nicht weit entfernt unter einem Baum hielt und sie beobachtete. Sein langes Haar und sein Bart waren weiß und seine Gesichtszüge hart. Als er genug gesehen hatte, trieb er seinen grauen Gaul mit den Schenkeln aus dem Schatten. Langsam ritt er auf die Männer und ihren Gefangenen zu. Ihm folgte gemächlich ein großer Wolf.

»Was hat er euch getan?« fragte der Alte die Bewaffneten, die erst jetzt den Fremden bemerkten.

»Das geht dich nichts an«, knurrte der Anführer. »Verschwinde!«

»So sehe ich das nicht! Vielleicht ist der Zwerg ein Freund von mir.«

»Dann werden wir uns mit dir beschäftigen, wenn wir mit ihm fertig sind.«

Nun wandte sich auch der Gefangene an den Alten und stöhnte voller Angst: »Bitte helft mir, wenn Ihr könnt. Diese Männer haben mich überfallen, als ich friedlich meiner Wege ging.«

»Überfallen?« lachte einer der Bewaffneten. »Wir haben dich nicht überfallen. Wir haben dir lediglich eine Frage gestellt, die du uns bisher nicht beantwortet hast.«

»Wie lautet die Frage?« mischte sich nun der Alte wieder ein.

»Du hast recht, wir sollten sie auch dir stellen«, bemerkte der Anführer. »Was weißt du über den Verbleib von Orasnika?«

»Wer ist dieser Orasnika?«

»Ich will ihn dir beschreiben. Er ist rundlich, vielleicht sogar ein wenig füllig, trägt teure Kleider und ist immer gut gelaunt.«

»Was wollt ihr von ihm?«

»Man hat uns geschickt, ihn zu suchen, und wir werden ihn finden.«

»Wer hat euch geschickt?«

Da wurde der Anführer ärgerlich: »Die Fragen stellen wir! Nun pack aus, was du weißt.«

»Antwort gegen Antwort! Ihr sagt mir, in wessen Auftrag ihr handelt, und ich berichte vom Schicksal dieses Orasnika.«

Da zischte der Anführer seine Leute wütend an: »Faßt ihn und bindet ihn!«

Doch der Alte ließ sich nicht aus der Ruhe bringen. Er stützte sich auf seinen Sattelknauf und blinzelte die Bewaffneten listig an. Auch als sich ihm der erste näherte, bewegte er sich nicht. Stattdessen erhob sich der Wolf und machte sich sprungbereit. Ängstlich wichen die Männer zurück. Da griff einer von ihnen nach seinem Bogen, legte einen Pfeil auf die Sehne und zielte auf den Wolf. Doch er hatte nicht mit dem Alten gerechnet. Der trieb unvermittelt sein Pferd an und hieb dem Schützen mit einer flinken Bewegung seinen langen, schweren Stab über den Schädel. Lautlos brach der Mann zusammen.

Die Meute heulte voller Wut auf und griff nach ihren Schwertern. In diesem Moment sprang der Wolf. Der vorderste Angreifer stürzte zu Boden, der Wolf hatte ihn tief in die Schulter gebissen. Schon wandte sich das mächtige Tier dem nächsten zu. Währenddessen ließ der Reiter seinen Stock kreisen, und zwei weitere Männer brachen zusammen. In dem Durcheinander setzte sich das Pferd mit dem unglücklichen Zwerg in Bewegung, und er wäre wohl erhängt worden, hätte er nicht geschrien und den Alten auf seine mißliche Lage aufmerksam gemacht. Der bekam im letzten Moment die Zügel des Pferdes zu fassen und rettete den Zwerg. Während er ihm die Schlinge abstreifte und die Handfesseln löste, jagte der Wolf die restliche Meute in die Flucht.

Auch die Niedergeschlagenen kamen wieder zu Bewußtsein und wollten das Weite suchen. Doch der Alte stieg rasch vom Pferd und packte einen von ihnen am Kragen. Er schüttelte ihn, und nun wurde klar, daß in dem Greis größere Kräfte steckten, als sie vermutet hatten.

»Wer hat euch beauftragt?« fragte er drohend.

»Die Königin von Whyten«, war die winselnde Antwort.

»Hast du mit Lunete gesprochen?«

»Nein, der Auftrag kam vom Edlen Rankohr. Aber er sagte, es sei der Wunsch der Königin.«

Nachdenklich gab der Alte den Mann frei, der davonlief, so schnell er konnte. Die Pferde hatten die Männer zurückgelassen. Die Tiere grasten noch immer friedlich zwischen den Bäumen.

Der Zwerg rieb sich den Hals und sagte: »Ich danke Euch für mein Leben. Wer seid Ihr?«

»Man nennt mich Aramar. Ich bin bekannt als Freund der Zwerge.«

»Das trifft sich gut. Euch gilt auch meine Botschaft. Ich war auf dem Weg, Euch zu suchen, als mich die Burschen überfielen.«

»Na, dann berichte!«

Ächzend ließ sich der Zwerg nieder und rieb sich noch immer sein Genick, das durch den Strick wundgescheuert war. Auch Aramar setzte sich ins Gras, und der Wolf legte sich neben ihn.

»Ich wußte nicht, daß Ihr von einem Wolf begleitet werdet.«

»Das Tier ist erst seit ein paar Tagen bei mir. Eines Abends kam es zu mir ans Feuer. Ich warf ihm ein paar Brocken von meinem Essen zu, die fraß es, und dann legte es sich neben mich, geradeso wie jetzt. Am nächsten Morgen schloß sich der Wolf mir an. Ich weiß nicht, was ihn dazu trieb, aber er ist ein guter Gefährte. Natürlich frage ich mich, ob ihn jemand geschickt hat und ob durch ihn irgendeine Teufelei bewirkt werden soll. Ich bin jedenfalls auf der Hut. Aber bisher habe ich nichts bemerkt, was zu Befürchtungen

Anlaß gegeben hätte, und ich muß gestehen, die Gesellschaft des Tieres gefällt mir.«

»Habt ihr ihm einen Namen gegeben?«

»Ich nenne ihn Warp, und er hört auf diesen Namen. Er versteht eigentlich alles, was ich zu ihm sage. Doch nun laß die Botschaft hören!«

»Ich komme aus dem südlichen Thaurgebirge. Wir Zwerge haben dort eine Stadt wieder besiedelt, die einst von unseren Vorfahren gegründet worden war. Sie heißt Xoriak. Wir üben dort die alten Handwerkskünste aus und sind tief im Berg geschützt vor dem Krieg in Centratur. Vor einiger Zeit haben allerdings drei Menschen bei uns Zuflucht gesucht.«

»Ich weiß«, unterbrach ihn der Zauberer, »Axylia, Feltina und Urial. Sie hüten einen Schatz.«

»Um diesen Schatz geht es. Axylia hat mich beauftragt, Euch auszurichten, daß mit ihm eine seltsame Veränderung vor sich geht. ›Das Glühen wird schwächer‹, sagte sie.«

Da erbleichte der Zauberer: »Die Macht der Alten schwindet aus dem Custo. Er ist nicht gemacht, um durch die Gegend getragen zu werden. Er und der Loron bildeten eine Einheit. Wie soll ich nun Centratur vor Ormor schützen? Das ist keine gute Nachricht, die du mir bringst. Noch ist das Netz stabil, aber die Zeit drängt nun noch mehr.«

Der Zwerg, der nicht so recht wußte, wovon der Zauberer redete, wechselte das Thema und fragte: »Wißt Ihr etwas von diesem Orasnika, wegen dem ich beinahe gestorben wäre?«

»Oh, er war ein heiterer Mann. Stets gutgelaunt und allen Genüssen des Lebens zugetan. Sein Geld machte er mit der Lieferung von Waffen, wobei ihm völlig gleichgültig war, wer sie ihm abkaufte.«

»Ihr sprecht in der Vergangenheit?« meinte der Zwerg fragend. »Lebt er denn nicht mehr?«

»Ich glaube nicht. Er wollte mich vergiften. Doch ich wollte ihm seinen eigenen köstlichen Trank nicht vorenthalten und bat ihn, mit mir mitzuhalten. Ich glaube, dieses kleine Gelage ist ihm nicht bekommen.«

Die beiden redeten noch das eine und andere, doch bald darauf verabschiedeten sie sich. Der eine kehrte in die Berge zurück, und der andere machte sich auf nach Cantrel, in die Weiße Stadt.

Ein seltsamer Magier

Schon waren die weißen Mauern in der Ferne zu sehen, da begegnete Aramar alten Bekannten. Gemächlich rollte eine Wagenkarawane zur Stadt. Manche der Gefährte sahen aus wie Häuser mit Fenstern und Türen; auf die einfachen Karren hatte man Käfige mit allerlei Tieren gebunden, Hunde und Kinder liefen daneben her. Ziegen wurden mitgeschleift und meckerten laut. In ihr Geschrei mischte sich das der Esel und Kinder und das Fluchen der Männer. Frauen sangen, irgendwo klimperte jemand auf einer Laute. Die Karawane war von einem Höllenlärm umgeben. Es waren die Gaukler, die der Zauberer schon einmal getroffen hatte. Damals als Orasnika seinen eigenen Giftbecher hatte trinken müssen.

Er überholte den Zug und sah ein altes Männchen. Der Alte erkannte ihn sogleich wieder und winkte ihm freundlich zu.

»Habt ihr den dicken Wanst auch ordentlich begraben?« fragte der Zauberer, und der Gaukler nickte schmunzelnd. »Er wird gesucht. Achtet darauf, daß ihr euch nicht verratet!«

»Gaukler streiten sich zwar ständig untereinander und können keine Geheimnisse bewahren, weil sie so schwatzhaft sind«, antwortete der Mann mit seiner dünnen Stimme. »Aber gegenüber all jenen, die nicht zum fahrenden Volk gehören, halten sie zusammen wie Pech und Schwefel und sind verschwiegen wie ein Grab. Macht Euch um uns keine Sorgen. Denkt lieber an Euch. Vor uns liegt Cantrel, und ich habe gehört, daß Ihr dort nicht willkommen seid.«

»Von wem weißt du das?«

»Boten reiten durchs Land und verkünden, die Königin habe Euch für vogelfrei erklärt.« Bei dieser Nachricht pfiff Aramar durch die Zähne. »Ich muß ungesehen in die Stadt. Könnt ihr mir helfen?«

»Wenn Ihr euch verkleidet, ist dies kein Problem.«

»Wie wollt ihr nach Cantrel hineinkommen?«

»Man hat uns eingeladen. In den nächsten Tagen wird dort ein großes Fest gefeiert, bei dem wir die Unterhaltung liefern sollen.«

»Ein Fest?« fragte Aramar verwundert. »Das Land ist ausgeblutet, und viele Leute hungern. Die Vorräte reichen nicht einmal für den Rest des Jahres. Auch gilt es, Cantrel zu befestigen und verteidigungsbereit zu machen. Wie können die Bürger da ein Fest feiern?«

»Das wissen wir nicht. Man hat uns lediglich gerufen, und wir kommen.«

»Dann macht mich zu einem der euren!«

Die Tore der Stadt waren geschlossen, als die Gaukler ankamen. Man befahl ihnen vor der Stadt zu lagern. Am nächsten Tag würde man sie einlassen. Gleichmütig fuhr das fahrende Volk seine Wagen in einen Kreis, entzündete in seiner Mitte ein Feuer und schlug das Lager auf.

Am nächsten Tag öffneten sich gegen Mittag die Tore, und die Gaukler wurden eingelassen. Menschen säumten die Straßen, als die Gaukler hüpfend und tanzend Einzug hielten. Ihr Ziel war der Platz vor dem Palast. Dort sollten die Festlichkeiten stattfinden.

Vor der hohen Treppe stand ein großes Faß, aus dem kostenlos Wein ausgeschenkt wurde. Einige der Zecher waren trotz der frühen Tageszeit schon betrunken, und auf dem weißen Marmorboden breiteten sich rote Weinlachen aus. Das Verbot, niemand dürfe sich dem Palast nähern, war aufgehoben worden. Selbst auf dem Vorplatz zum Palast hoch über der Stadt tummelten sich Bürger. Dort oben hin schickte man auch die Gaukler, die sofort mit ihrer Arbeit begannen. Sie machten Handstände und jonglierten mit Keulen und Bällen, während sie die Treppe hinaufstiegen. Dressierte Hunde stellten sich auf die Hinterbeine und hüpften von Stufe zu Stufe.

Den größten Eindruck aber machte ein Magier. Er mußte schon alt sein, aber sein Gesicht war glatt rasiert und sein Haar kurz geschnitten. Er war in einen roten Mantel mit aufgestickten blauen Sternen gehüllt. Auf dem Kopf trug er eine hohe spitze Kappe. Der Magier führte die seltsamsten Kunststücke vor, und keiner der Zuschauer durchschaute seine Tricks. Das, was alle sahen, konnte nicht mit rechten Dingen zugehen. Begeistert klatschten die Leute aus Cantrel und konnten nicht genug bekommen. Schließlich erhob der Magier die Arme, und aus seinen Handflächen stieg Nebel, der bald die Treppe einhüllte. Als sich der Dunst verzogen hatte, war der Mann verschwunden. Dieser Höhepunkt der Vorführung fand den größten Beifall. Man verlangte Zugaben, doch der wundersame Alte tauchte nicht wieder auf. Die anderen Gaukler setzten ihre Darbietungen fort, so daß man ihn rasch vergaß.

Der Magier hatte inzwischen die Treppe verlassen, seinen auffälligen Mantel abgelegt und streifte nun unerkannt durch die Stadt. Genau besah er sich die leeren Lagerhäuser und die anderen öffentlichen Einrichtungen. Er stieg sogar über die Absperrung und durchforstete den Bereich unter dem Palast. Dort fand er Hinweise darauf, daß wieder Leute hier hausten. Voller Sorgen kehrte er zur Palasttreppe zurück und mischte sich unter die Zuschauer.

Das fahrende Volk war inzwischen mit seinen Darbietungen am Ende. Nun trat Stille ein. Oben auf der Plattform erschien ein Mann. Getuschel ging durch die Reihen der Zuschauer. Der Edle Rankohr, so hieß es, der Sprecher der Königin, habe etwas zu verkünden. Zusammen mit ihm waren fünf Vespucci aufmarschiert, die sich neben den Edlen stellten und kalt auf die Menge hinunterblickten.

»Leute«, rief Rankohr mit seiner hohen Stimme, »die Königin schickt mich und wünscht euch bei diesem Fest große Freude. Nun kommen fröhliche Tage, läßt sie sagen, und die düstere Vergangenheit kann endlich vergessen werden. Ertränkt die schlimmen Erinnerungen im Wein, den die Königin euch freigebig zur Verfügung stellt. Wer sich heute nicht vergnügt, ist selbst schuld. Vorbei sind Not und alle Gefahren.

Es gibt aber noch jemanden, der nicht will, daß es euch gutgeht. Erinnert ihr euch an den verrückten Zauberer, der ständig versucht hat, euch mit Drohungen und Schauergeschichten die neugewonnene Freiheit zu vermiesen? Die Königin hat ihn zwar des Landes verwiesen, aber er ist wieder hier. Nun stiftet er nicht mehr mit wirren Reden Unruhe, sondern mit Mord und Totschlag. Er hat einen Freund der Königin hinterhältig getötet und die Männer angegriffen, die dessen Tod untersuchen sollten. Nur mit viel Glück sind sie seinem heimtückischen Anschlag mit heiler Haut entgangen. Diesen Zauberer Aramar hat die Königin zum Staatsfeind erklärt. Alle sind aufgerufen, ihn zu suchen und seinen Aufenthalt zu melden. Reiche Belohnung winkt denen, durch deren Hinweise er unschädlich gemacht werden kann.

Trotzdem gehen wir einer freudigen Zukunft entgegen. Dafür sorgen unsere Freunde aus dem fernen Osten, die Vespucci, deren Freundschaftsdelegation ich euch vorstellen darf. Sie haben nur ein Ziel, uns alle glücklich zu machen.«

Er wies mit einer weitausholenden Handbewegung auf die fünf Vespucci und begann so lange zu applaudieren, bis die Leute auf dem Platz in sein Händeklatschen einfielen. Nun erklangen auch vereinzelte Hochrufe, und endlich hatte Begeisterung alle Anwesenden erfaßt.

Rankohr wartete geduldig ab. Erst als sich wieder Ruhe eingestellt hatte, fuhr er fort: »Dieser Aramar hat euch mit seinen Drohungen und seinem Geschwätz bange machen wollen. Er beschwor den Angriff feindlicher Mächte und meinte, daß wir dafür nicht gerüstet seien. Das ist Unsinn, denn niemand will uns angreifen, und keine Macht würde es wagen, unser schönes Whyten zu erobern.

Doch den letzten Zweiflern kann ich verkünden, daß wir seit heute unter einem starken Schutz stehen. Ihr müßt euer Land nicht einmal selbst verteidigen. Legt eure Freiheit in die Hände Mächtiger, die das Kämpfen gewohnt sind. Sie haben die Wache über Whyten und unsere prächtige Hauptstadt Cantrel übernommen. Begrüßt mit Jubel und Freude unseren Beschützer Wersch, den Führer von Darken. Er ist mit seinen mächtigen Heeren gekommen, um uns gegen jeden Angriff zu verteidigen.«

Der Redner trat beiseite, und nun hörte man das Klirren von Sporen, und aus dem Palast trat in schimmernder Rüstung der Feldherr aus dem Nachbarland. Er wurde von vier Soldaten eskortiert.

Wersch trat auf die oberste Stufe, hob die Hand und rief: »Ich gelobe, dieses Land unter meine Obhut zu nehmen. Ich werde es gegen jeden Angriff verteidigen. Jeder Krieg, der gegen Whyten geführt wird, ist auch ein Krieg gegen Darken. Meine kampferprobten Männer werden jeden Angreifer das Fürchten lehren. In den nächsten Wochen und Monaten sollen überall im Land Bastionen für meine Soldaten erbaut werden. Auch zum Schutz dieser Stadt werde ich eine Garnison abordnen. Euer Land ist jetzt mit dem mächtigen Darken verbunden.«

Unter dem Jubel der Menge schloß er seine Rede, warf die Arme in die Luft und rief: »Freundschaft, Friede, Freiheit!«

Die Bürger auf dem Platz fielen sich in die Arme und begannen voller Übermut zu tanzen. Dann gab man den Gauklern ein Zeichen, und sie begannen erneut mit ihren Kunststücken. Wein wurde wieder ausgeschenkt und süße Kuchen auf dem Platz verteilt. Das große Fest schritt seinem Höhepunkt entgegen.

Aramar wandte sich angewidert ab. Tiefe Sorgenfalten gruben sich in sein bartloses Gesicht. Nur sehr widerstrebend hatte er sich alle Haare schneiden lassen, aber es war nötig gewesen, um unbemerkt die Stadt betreten zu können.

Er war zutiefst verunsichert und ratlos, während er mit hängenden Schultern und gesenktem Kopf zu den Stadttoren schritt. Wenn kein Wunder geschah, war Whyten verloren. Es hatte sich kampflos an seine Feinde aus dem Norden ausgeliefert. Doch er durfte die Kapitulation nicht zulassen. Es konnte nicht mehr lange dauern, und die Truppen des Zauberkönigs würden eintreffen. Dann würden die Orokòr zusammen mit den Soldaten aus Darken das Land des Hochkönigs ausbeuten und die Menschen versklaven. Wo war nur Lunete? Warum billigte sie diese hinterhältige Okkupation? Was hatten die Vespucci schon wieder hier zu suchen? Welche Rolle spielte dieser Edle Rankohr?

Als ihm vor Fragen bereits der Kopf schwirrte, sah Aramar zwei Leute, die er kannte, und eilte zu ihnen.

Brana und Grunema starrten den fremden Mann verwundert an, der sich ihnen in den Weg stellte und sie vertraulich mit ihren Namen anredete. Erst als Aramar sich zu erkennen gab, hellten sich die fragenden Gesichter auf. Rasch faßten sie ihn unter dem Arm und zogen ihn in das nahe gelegene Haus von Grunema. Dort überfiel der Zauberer sie mit Fragen.

Wo die Königin sei, wollte er wissen. Was sich in der Zwischenzeit in der Stadt ereignet hatte, und vieles mehr. Er stellte so viele Fragen, daß seine Freunde erst gar nicht zum Antworten kamen. Endlich erfuhr Aramar, daß sich Lunete immer mehr mit Rankohr eingelassen habe. Der Edle sei jeden Tag im Palast ein und aus gegangen. Schließlich sei er als Sprecher der Königin aufgetreten, und am Ende habe man Lunete gar nicht mehr zu Gesicht bekommen. Dann seien eines Tages die Vespucci aufgetaucht, und nun hätten sogar noch die Feinde aus Darken die Stadt besetzt. Wie zu Zeiten der Freier würden die Menschen wieder angeklagt, mit Hilfe falscher Zeugenaussagen verurteilt und in den Untergrund unter den Palast getrieben.

Aramar war entsetzt. »Es geht um euer Leben«, ermahnte er die Freunde schließlich. »Wenn die Truppen aus Darken erst einmal die Stadt besetzt haben, ist alles zu spät. Ich hoffe, daß ich im Süden Hilfe auftreiben kann und werde nun dorthin eilen. Verhaltet euch ruhig und wartet meine Rückkehr ab!«

Dann ließ er sich zum Tor bringen und nahm Abschied.

Auf dem Weg nach Süden

Sein Pferd, das er an einen Wagen der Gaukler angebunden hatte, wartete geduldig auf seine Rückkehr. Als es seine Witterung bekam, hob es den Kopf und wieherte freudig. Neben dem Roß, halb unter dem Wagen versteckt, lag der Wolf und erhob sich nun. Aramar sah den neuen Begleiter lange an und sagte dann zu ihm: »Wolf, wer bist du? Welche Absichten verfolgst du? Ich möchte zu gern wissen, was ist dieses Wolfes Kern?«

Es galt nun keine Zeit mehr zu verlieren, und deshalb machte sich der Alte sogleich auf den Weg. Er ritt den Tessenfluß entlang nach Süden, denn sein Ziel war Arminia, die große Hafenstadt am Worameer.

Das Land, durch das er ritt, war noch immer von den Plünderungen der Freier gezeichnet. Hunger und Angst hatte die Gesichter der wenigen Menschen geprägt, denen er begegnete. Wütend krampfte der Reiter die Fäuste um die Zügel. Der Wolf folgte zwei Pferdelängen hinter ihm. Manchmal verschwand der mächtige Räuber, um zu jagen und seinen Hunger zu stillen. Stets fand er sich aber wieder bei dem Reiter ein und folgte ihm getreulich. Von Tag zu Tag betrachtete Aramar ihn mit größerer Sympathie.

Dort, wo der Graue Wald begann, machte der Tessenfluß eine große Schleife. Es war eine idyllische Gegend. Am westlichen Ufer säumten Bäume das Wasser und im Osten breiteten sich saftige Wiesen aus. In dieser vom Fluß umspülten Landzunge, weit genug entfernt von den Fluten des Hochwassers, hatte vor vielen Jahrzehnten eine Familie aus Cantrel einen Hof gebaut. Die Leute waren wohlhabend gewesen und des Stadtlebens überdrüssig. Sie hatten ein weitläufiges Gelände urbar gemacht und viele kleine Häuser und Ställe gebaut. Grüne Hecken säumten die Gärten und Anwesen, hohe Pappeln die Wege und Straßen.

Als immer mehr Reisende auf diesen herrlichen Höfen ein Quartier für die Nacht begehrt hatten, war ein eigenes Areal für ein Gästehaus abgetrennt worden. Dieses Gebäude war zweistöckig, hatte grüne Fensterläden und war bald so überlaufen, daß ein zweites Gästehaus gebaut werden mußte. Das Essen dort schmeckte ausgezeichnet, und bald reisten sogar Leute aus Cantrel an, um sich hier auf dem Land zu erholen. Der Gastbetrieb wurde mit den Jahren immer umfangreicher, so daß die Familie die Landwirtschaft hintan und schließlich ganz einstellte. Wohlnatur, wie sich die Anlage nannte, wurde zu einem Erholungsparadies für Städter. Die Familie, die dies alles gegründet hatte, war dabei zwar reich geworden, aber ihr Traum vom einfachen Leben hatte sich nicht erfüllt. Irgendwann war das Anwesen dann in andere Hände übergegangen und schließlich im Großen Krieg zerstört worden.

Als Aramar dort Rast machte, waren statt der einstigen Pracht nur noch Ruinen mit eingefallenen Dächern und ausgebrannte Gemäuer zu sehen. Die Hecken gab es zwar noch, waren aber inzwischen so hoch gewuchert, daß sich das Anwesen in ein Labyrinth verwandelt hatte.

Der Zauberer versorgte sich aus einem Brunnen, an dessen Kurbel noch ein brauchbarer Holzeimer an einer Kette hing, mit sauberem Wasser und richtete sich ein Lager für die Nacht. Er hatte gegessen und wollte gerade unter die Decke schlüpfen, als der Wolf sich erhob und unruhig hin und her lief. Das Tier gab keinen Laut von sich. Aber Aramar wußte, daß Wölfe im Gegensatz zu Hunden bei Gefahr nicht bellen. Deshalb richtete er sich vorsichtig auf und tastete nach seinem Schwert.

In diesem Moment zischte ein Pfeil heran und bohrte sich dort in die Erde, wo der Zauberer eben noch gelegen hatte. Der sprang nun eilends auf die Beine und nahm Deckung hinter einem Baum. Der Wolf duckte sich und wollte den heimtückischen Schützen angreifen. In diesem Augenblick traf das Tier ein Pfeil in die Schulter. Es knickte ein und fiel zu Boden.

Aramar huschte hinter dem Baum hervor, um den Schützen zu fangen, aber ein weiterer Pfeil ließ ihn aufs neue Deckung suchen. Eine Weile war alles still. Jeder belauerte den anderen. Inzwischen versuchte Warp, wieder auf die Beine zu kommen. Doch der Pfeil verursachte ihm unerträgliche Schmerzen. Des Wartens müde tastete der Zauberer vorsichtig nach seinem Dolch, und als er eine Bewegung in der gegenüberliegenden Hecke zu sehen glaubte, warf er die Waffe. Kein Laut verriet ihm, ob er getroffen hatte. Als sich nach einer Weile noch immer nichts rührte, wagte sich Aramar hervor. Der Angreifer war verschwunden.

Zuerst kümmerte sich der Mann um den Wolf. Als er seinem Begleiter den Pfeil aus der Schulter zog, ging ein Zucken durch den mächtigen Körper, und ein leises Winseln entfuhr dem Maul. Doch der Wolf wehrte sich nicht und ließ willig alles mit sich geschehen.

Nachdem die Wunde verbunden war, legte sich Warp gehorsam auf die Seite und schloß die Augen. Auch der Zauberer legte sich schlafen.

Die Nacht verging ohne weitere Zwischenfälle, und am nächsten Morgen ging es Warp bereits besser. Während er an dem getrockneten Fleisch kaute, das ihm Aramar gereicht hatte, untersuchte der Zauberer nun bei Tageslicht die Stelle, von der aus der Angriff geführt worden war. Als er eingetrocknetes Blut am Boden sah, pfiff er durch die Zähne.

Der Wolf hinkte anfangs noch beim Laufen. Der Reiter nahm darauf Rücksicht und ließ das Pferd langsam gehen. Die Natur setzte jedoch ihre großen Heilkräfte ein, und bald folgte Warp geschmeidig, ausdauernd und unermüdlich wie eh und je dem Roß. Die Reise ging zügig voran.

Dann erreichten sie die Kreuzung, wo die Straße in westliche Richtung nach Hispoltai abzweigte. An wichtigen Knotenpunkten dieser Art stand in Centratur, wenn nicht gleich eine Ortschaft entstanden war, oder ein Rasthaus auf Reisende wartete, zumindest ein Denkmal. Hier war jedoch nichts dergleichen vorhanden, nicht einmal ein Wegweiser. Es kreuzten sich lediglich zwei Straßen.

Aramars Richtung war weiterhin der Süden, und er hatte sein Pferd schon auf den Weg gelenkt, als er bemerkte, daß der Wolf plötzlich nach Westen trabte.

Er verläßt mich so unvermittelt, wie er sich mir angeschlossen hat, dachte der Zauberer. Schade, ich hatte mich an ihn gewöhnt.

Das graue Tier blickte nicht zurück, sondern folgte unbeirrt seinem Weg. Aramar sah ihm traurig nach. Er hatte gelernt, daß man eine Gemeinschaft nicht erzwingen konnte und die Freundschaft eines Tieres stets nur geschenkt war. So ließ er den Wolf wehmütig ziehen. Doch kaum war er eine kurze Strecke geritten, lenkte er ohne lange nachzudenken das Pferd auf die Fährte seines bisherigen Begleiters. Er schalt sich dabei selbst als töricht. Ich werde alt, wenn ich mich von einem Wolf von meinem Weg abbringen lasse. Ich darf doch keine Zeit mit Umwegen und anderen Eskapaden verlieren.

Dennoch folgte er Warp immer weiter. Und plötzlich wurde ihm bewußt, welche Absicht der Wolf verfolgte. Das Tier hatte noch eine Rechnung zu begleichen. Der Bogenschütze war von Aramars

Dolch getroffen worden und hatte auf dem Weg Blut verloren. Dieser feinen Witterung war Warp gefolgt, und die Spur führte nach Westen.

Der König

Ohne zu zögern tauchten Reiter und Wolf in den Grauen Wald ein. Die Bäume waren dort so hoch und das Laub so dicht, daß sie den Weg stets in Dämmerlicht tauchten. Aufmerksam um sich spähend folgte Aramar dem vorauseilenden Wolf. Nach etwa einer Stunde verließ dieser die Straße und wandte sich nach rechts ins Unterholz. Der Zauberer band sein Pferd an einen Busch und nahm das Schwert in die Hand.

Sie waren schon eine Weile leise zwischen Büschen und jungen Bäumen hindurchgeschlichen, als Warp plötzlich stehenblieb. Er beschnüffelte den Laubboden und umging dann einen mit dürren Blättern bedeckten Platz in weitem Bogen. Der Zauberer untersuchte die Stelle, neugierig was Warp wohl gewittert haben mochte, und entdeckte eine Fallgrube mit angespitzten Stöcken. Wer da hineinfiel, kam mit dem Leben nicht davon.

Alle Sinne Aramars waren nun auf das höchste angespannt. Ihm war klar, daß er es nicht mit gewöhnlichen Wegelagerern zu tun hatte. Leute, die solche Fallen bauten, kannten sich in der Wildnis aus. Sie wußten sich zu tarnen und die Vorteile des Geländes zu nutzen. Die Vorsicht machte sich bezahlt, denn bald entdeckte er die nächste Falle. Es war ein junger Baum, den man zurückgebogen und mit angespitzten Stöcken versehen hatte. Eine unachtsame Bewegung, der Baum würde vorschnellen und den Eindringling mit großer Wucht durchbohren. Sie mußten noch einige solcher Fallen umgehen, aber schließlich roch Aramar Rauch. Sie waren nahe am Ziel.

In diesem Augenblick traten von links und von rechts zwei Männer hinter den Bäumen hervor. Sie waren in Felle und Lumpen gekleidet, ihre Haare und Bärte hingen lang und struppig herunter. Beide waren hochgewachsen und kräftig. So heruntergekommen ihr Äußeres auch war, ihre Waffen hätten Königen zur Ehre gereicht. Zu blitzenden Schwertern trugen sie schwere Schilde. Aramar war ihnen deutlich unterlegen. Sie hatten ihm aufgelauert und ihn in die Zange genommen.

Sogleich schlug der Mann zu, der links vom Zauberer stand. Der konnte den Streich gerade noch mit seinem Schwert abwehren und mußte zurückspringen, weil nun der andere zustieß. Schon nach wenigen Attacken erkannte Aramar, daß er es mit gewaltigen Kämpfern zu tun hatte. Er stand mit dem Rücken an einen Baum gelehnt und konnte nicht weiter zurückweichen. Die beiden Angreifer drangen mit wilden Hieben auf ihn ein. Schon blutete der Zauberer aus einer Wunde am Arm, da flog ein großer Schatten durch die Luft und warf einen der Angreifer zu Boden.

Der Wolf hatte seinen Feind wiedererkannt und ihn angesprungen. Die scharfen Zähne des wilden Tieres fuhren ihm in die Kehle, und noch bevor der Kämpfer einen Schrei ausstoßen konnte, sank er tot in sich zusammen.

Als der andere sah, was seinem Kameraden widerfuhr, wich er erschrocken zurück. Dabei ließ er den Schild so weit sinken, daß sein Gesicht zu sehen war. Aber er hatte sich im Nu wieder gefaßt und ging erneut zum Angriff über. Aramar parierte dessen Streiche, dann stieß er sein Schwert in den Boden und rief: »Erkennst du einen Freund nicht mehr, Meliodas?«

Der hölzerne Becher, aus dem Aramar heißen Tee schlürfte, war grob und unbeholfen gefertigt. Die Hand von König Meliodas konnte mit dem Schwert erheblich besser umgehen, als mit dem Schnitzmesser. Seine Unterkunft hier im Wald hatte mit dem prächtigen Palast in Cantrel nicht die entfernteste Ähnlichkeit. Sie war halb in die Erde gegraben und mit Zweigen und Tierfellen gegen die Unbilden des Wetters geschützt. Ein kleines Feuer, dessen Rauch sich einen eigenen Abzug suchen mußte, erwärmte selbst jetzt im Sommer die dunkle Behausung.

Aramar hatte den totgeglaubten Hochkönig von Whyten gefunden. Die beiden Männer saßen auf aufgeschichteten Kiefernwedeln, die mit Fellen bedeckt waren. Draußen, ein paar Meter entfernt, lag die Leiche von Kuri, dem Vorsteher der Wache in Cantrel.

»Er war dir treu ergeben«, sagte der Zauberer. »Er hat für dich sein Leben geopfert. Wußtest du, daß er vor ein paar Tagen nach

Norden geritten war, um die Leute zu töten, die nach dir suchten? Daß er dabei auf mich traf, war sein Unglück.«

»Ich wußte um seinen Plan und war ihm dankbar. Aber natürlich sollte er nicht ausgerechnet auf dich einen Anschlag verüben.«

»Er hat mir übrigens damals in Cantrel verraten, daß du noch lebst. Aber ich habe lange dazu gebraucht, um das aus ihm herauszuholen.«

»Nachdem er aus Cantrel geflohen und zu mir gestoßen war, hat er mir diesen Verrat gestanden. Er schämte sich sehr. Doch ich war ihm nicht böse. Ich war so froh, als ich hörte, daß du wieder in Centratur bist.«

»Warum hast du die Komödie mit deinem Tod inszeniert?«

»Ich hatte das Leben als König satt und fühlte mich wie im Gefängnis. Alle waren gegen mich. Die Hofschranzen suchten für sich möglichst viele Vorteile, und die Leute in Cantrel hielten mich für einen Tyrannen, dem man auf die Finger sehen mußte. Ganz gleich, was ich tat und was ich sagte, es wurde zu meinen Ungunsten ausgelegt. Dazu mußte ich in diesem scheußlichen Palast wohnen, inmitten dieser häßlichen Steinwüste, die sie Stadt nennen. Mein Leben lang war der Wald mein Zuhause gewesen, und dann sollte ich mich in diesen Marmormonumenten wohl fühlen!«

»Aber du bist der König!«

»Das ist richtig. Ein Menschenalter hatte ich auf den Thron gewartet und schon gar nicht mehr damit gerechnet, ihn je zu besteigen. Dann begann der Große Krieg, und alles wurde anders. Zuerst war ich so mit dem Kampf ums Überleben beschäftigt, später mit dem Wiederaufbau des Landes, daß ich gar keine Zeit zum Nachdenken hatte. Eines Morgens aber wachte ich auf, und mir wurde auf einmal klar, daß ich Hochkönig über Centratur war. Zuerst war ich stolz und freute mich. Ich hatte das Erbe meiner Väter angetreten, hatte die Aufgabe, zu der ich bestimmt war, erfüllt. Dann aber merkte ich, daß ich keine Freunde mehr hatte. Ich war sehr allein. Immer häufiger fragte ich mich, warum ich dies alles für die Königswürde auf mich nahm. Warum wollte ich unbedingt König sein? Warum kehrte ich nicht in meine geliebten Wälder zurück?

Dann kam der Ausflug nach Hispoltai. Unterwegs wollte jeder meiner Hofschranzen etwas von mir. Ich wußte, daß sie mich nur begleiteten, um mir ihre Anliegen vorzutragen. Als wir schließlich auch noch überfallen wurden, als man es wagte, mich, den Hochkönig, in meinem eigenen Land anzugreifen, da war meine Geduld erschöpft. Ich beschloß, dem allen ein Ende zu machen und auszubrechen.«

»Wer war der Tote, den sie statt deiner aus dem Tessenfluß gefischt und später begraben haben?«

»Einer von den Wegelagerern. Die Nachhut hatte ihn erledigt. Als mir von seinem Tod berichtet wurde, kam mir spontan der Gedanke zur Flucht. Ich weihte Kuri ein, und wir inszenierten meinen Tod. Ich bin ein guter Schwimmer, deshalb gelang es mir trotz der reißenden Strömung wegzutauchen und mich irgendwo am Ufer zu verstecken. Dorthin brachte mir Kuri Kleider und Ausrüstung.«

»Wußte Lunete von deinem Plan?«

»Nein! Ich glaube, sie ahnt bis heute nicht, daß ich noch am Leben bin. Wir hatten uns auseinandergelebt. Insgeheim warf sie mir vor, daß sie ihr Volk meinetwegen verlassen hatte. Ich bin sicher, sie verachtete mich. Schließlich war ich nur ein Mensch, wenn auch aus dem Geschlecht der Habbas, der alten Könige. Sie aber war eine Achajerin und hatte sich gnädig mit mir zusammengetan.«

»Du bist ungerecht. Ihr kanntet euch doch schon eine sehr lange Zeit und hattet beide ungeduldig auf die Gelegenheit zur Heirat gewartet.«

»Das ist richtig. Wir liebten uns viele Jahre wirklich. Aber sie hatte nicht damit gerechnet, daß ihr ganzes Volk zu den Glücklichen Inseln zurückkehren würde. Sie mußte sich entscheiden und wählte mich. Später hat sie es jedoch bereut.«

»Was läßt dich so hart urteilen?«

»So etwas spürt man. Zwar hat sie sich nie beklagt, denn sie ist eine Fürstentochter und zur Selbstdisziplin erzogen. Nie würde sie ihre innersten Gefühle preisgeben. Doch der Partner, der das Lager mit jemandem teilt, kann das Innerste erkennen.«

»Du sprichst nicht gut von deiner Frau?«

»Ich achte sie und wünsche ihr, daß sie doch noch glücklich wird. Aber zwischen ihr und mir liegen Welten. Sie liebte zum Beispiel den Palast in Cantrel, den ich so sehr verabscheute. Ihr machten die Abneigung und das Mißtrauen der Bevölkerung, unter der ich litt, nichts aus. Sie ist die geborene Königin, und ich bin nur ein einfacher Jäger.«

»Hast du die Geschehnisse in Centratur verfolgt? Wußtest du, was mit deinem Land und deiner Hauptstadt geschah?«

»Ich habe davon gehört, aber mich nicht weiter darum gekümmert. Wenn man einmal Abschied genommen hat, so muß man sich mit der Trennung vollständig abfinden. Ich habe die Welt der Steine mit der Welt der Bäume vertauscht. Man kann nicht in zwei Welten leben.«

»Aber jetzt wird es Zeit, daß du zurückkehrst. Du wirst wieder gebraucht, und ich mahne dich an deine Pflicht.«

»Niemand in ganz Centratur will mich wiedersehen. Die Inhalte meines Lebens sind andere geworden. Mich beschäftigen einfache Fragen: Wie überstehe ich die Kälte des Winters und was esse ich morgen. Ich bin für alle Paläste dieser Welt verdorben. Laß mich hier in Ruhe leben, besuche mich ab und zu und begrabe irgendwann meine Knochen. Mehr wünsche ich mir nicht von einem alten Freund.«

»Wir sind nicht auf der Welt um glücklich zu sein, sondern um unsere Pflicht zu erfüllen. Einmal habe ich dich aus Gedankenlosigkeit in einer schwierigen Lage allein gelassen. Du solltest nun nicht das gleiche tun.«

»Warum bist du damals nicht zurückgekehrt, als ich dich darum bat? Ich hatte dir einen Boten nachgeschickt.«

»Wenn ich das gewußt hätte, wäre ich sofort umgekehrt, aber dein Bote hat mich nicht erreicht. Er geriet in einen Hinterhalt. Erst nach meiner Rückkehr, in Hispoltai bei der Siegesfeier, habe ich von ihm erfahren.«

Betroffen schwieg der König, und es war zu erkennen, daß er dem Freund lange Jahre stille Vorwürfe gemacht hatte. Endlich zuckte er hilflos die Schultern und fragte mit schwacher Stimme: »Was könnte es nutzen, wenn ich mich in die bevorstehenden Kämpfe einmischte?«

»Dein Land ist in Todesnot. Nur der König kann Whyten vereinen und die Macht der Vespucci zurückdrängen.«

»Mein Land? Ich habe kein Land mehr. Ich habe auf die Königswürde verzichtet. Ich besitze nicht einmal eine Rüstung oder vernünftige Kleider, um mich als König auszuweisen. Niemand würde in diesem abgerissenem Waldbewohner, der ich nun einmal bin, den Hochkönig vermuten.«

»Dann werden wir dir eine Rüstung besorgen.«

»Warum kann nicht Lunete den Widerstand anführen?«

»Weil ich nicht einmal weiß, wo sie sich zur Zeit aufhält.«

»Du willst wirklich, daß ich meinen Frieden hier unter Bäumen gegen den Krieg in der Welt eintausche?«

»Du mußt!«

»Wenn denn mein Leben so enden soll, so laßt uns aufbrechen und keine Zeit verlieren.«

Der Wehrturm

Die Abendsonne schien auf ein dunkles Gemäuer, das einen langen Schatten warf. Es war ein mächtiger Turm, umgeben von einer hohen Mauer. Nur ein schmales Tor bot Einlaß. Kleine Schießscharten erlaubten den Blick nach draußen und verbargen gleichzeitig die Bewohner. Die Steine des Gemäuers waren verwittert, Moos und Gras wuchsen in den Mauerfugen. Alte, schwarze Schindeln bedeckten das Dach des Turmes. Es war keine einladende Herberge, vor der ein Reiter, ein Wanderer und ein Wolf haltmachten.

Aber auch die Ankömmlinge machten keinen besonders vertrauenerweckenden Eindruck. Das Gesicht des Reiters, einst glattrasiert, war nun von weißen Stoppeln übersät, und der Jäger hatte sich Tierfelle mit Riemen um die Waden gebunden. Er trug einen Umhang aus schlecht gegerbtem Leder und ein paar Lumpen. Nur die Waffen der beiden waren gepflegt und glänzten.

Ein kühler Wind kam auf und ließ die Fremden frösteln, während sie mit einem Stein an das dunkle Tor pochten. Lange tat sich nichts. Endlich hörte man eine rauhe Stimme, die zornbebend aus einer der Luken in der Mauer schrie: »Wer wagt es, die Ruhe eines Edlen zu stören?«

Die Antwort: »Dein König«, rief heftiges Gelächter hervor, das abrupt abbrach und in einen Schwall von Schimpfworten und heftigen Drohungen überging.

Doch wenn der Mann in der Burg geglaubt hatte, die Fremden damit vertreiben zu können, so sah er sich getäuscht. Die pochten nämlich schon wieder mit einem Stein gegen das Holz und begehrten noch immer Einlaß.

»Mir scheint, ihr wißt nicht, mit wem ihr es zu tun habt«, brüllte der Edle empört von der Mauer. »Dieses ist die luxuriöse Wohnstatt und das Heim von Graukan, dem Grafen von Pflog. Fremde sind hier unerwünscht und riskieren ihr Leben, wenn sie an diese Pforte klopfen. Verschwindet endlich!«

»Es ist gut, Graukan«, sagte der Reiter endlich. »Nun haben wir genügend Theater gespielt. Laß uns herein! Hier draußen stehen Aramar, der Zauberer, und dein Herr, der König.«

Erneut war dröhnendes Gelächter die Antwort. Dann rief der Alte höhnisch: »Ihr müßt lange außer Landes gewesen sein, sonst würdet ihr es nicht wagen, solch einen Unsinn zu erzählen. Laßt euch etwas Besseres einfallen, als diese Lügen. Damit ihr es nur wißt, Aramar ist nicht mehr in Centratur, und mein König ist tot. Und nun stehlt mir nicht länger meine Zeit.«

Mit diesen Worten wurde der Laden vor der Luke zugeschlagen, und Ruhe kehrte ein.

»Hab ich dir nicht gesagt, es würde schwierig werden«, sagte Meliodas ärgerlich. »Niemand glaubt mir, daß ich der König bin!«

»Graukan wird dir glauben«, war die beruhigende Antwort.

Der Zauberer ließ eine Flamme in den Himmel steigen. Sie war hoch wie der Turm und schimmerte in allen Farben. Graukan mußte durch die Ritzen des Fensterladens gelugt haben, denn er öffnete ihn sogleich wieder, um das Schauspiel zu betrachten. Als die Flamme endlich erstorben war, murmelte er: »Taschenspielertricks! Das fahrende Volk wird heute immer anmaßender.«

»Wenn du nicht gleich öffnest«, drohte Aramar, der nun langsam die Geduld verlor, »dann lasse ich dein verdammtes Tor in Flammen aufgehen.«

»Das klingt tatsächlich nach dem verrückten Zauberer«, gab Graukan verwundert zu. »Solltet Ihr es tatsächlich sein?«

»Das wirst du sehen, wenn du geöffnet hast.«

Der kalte Wind hatte an Stärke zugenommen und biß die beiden Männer durch ihre Kleidung in die Haut. Aramar wurde immer ungeduldiger. Der Starrsinn des Alten reizte ihn mehr und mehr.

»Wenn du uns nicht sogleich einläßt«, knirschte er, »setze ich dir den roten Hahn aufs Dach. Mir ist kalt, und ich bin hungrig, und das alles mindert meine Lust beträchtlich, mich mit schwachsinnigen alten Männern auseinanderzusetzen.«

»Ho, ho, schwachsinnig nennt der Tölpel mich. Und mit solchen Beleidigungen hofft er, ich werde ihm Unterschlupf gewähren ...« Weiter kam der Burgherr nicht, denn in diesem Moment ging das alte Tor in Flammen auf. Das Feuer loderte hell, und nach wenigen Minuten waren nur noch die eisernen Angeln übrig.

»Na also«, knurrte der Zauberer und stieg über die rauchenden Trümmer. Meliodas folgte ihm schweigend.

Auf dem kleinen Hof kamen ihnen der Hausherr und sein Knecht entgegen. Beide waren bleich im Gesicht. Graukan war ein untersetzter Mann mit einem weit vorgewölbten Bauch, dem man ansah, daß sein Träger gutes Essen liebte. Sein Haar bildete einen spärlichen Kranz um seinen blanken Schädel. Er trug einen langen verschlissenen Kittel, und man roch, daß er sich schon geraume Zeit nicht mehr gewaschen hatte. Nun war er ganz aufgeregt und rang die Hände.

»Ihr seid es wirklich, meine Herren«, rief er mit sich überschlagender Stimme. »Wenn ich das gewußt hätte, so hätte ich Euch natürlich sogleich eingelassen.«

»Haben wir es dir nicht immer wieder gesagt, du Tölpel«, schimpfte der Zauberer.

»Aber woher hätte ich wissen sollen, daß dies auch tatsächlich der Wahrheit entspricht? Es treibt sich viel Volk in dieser Gegend herum, und bei anbrechender Dunkelheit ist es geboten, keine Fremden mehr einzulassen. Im übrigen war ich gerade dabei, ein herzhaftes Mahl einzunehmen, und wer läßt sich schon gern bei einer derartig wichtigen Beschäftigung unterbrechen!«

»Was hältst du davon, wenn du uns zu diesem Abendessen einlädst?« Meliodas hatte endlich auch das Wort ergriffen.

»O Herr, Ihr seid es wirklich! Mein König ist zurückgekehrt«, jauchzte Graukan.

Er rannte zu Meliodas und fiel vor ihm auf die Knie. Dann ergriff er die Hand seines Herrn und küßte sie. Dabei rannen dem alten Krieger vor Freude Tränen über die Wangen.

»Es ist schon gut, mein Alter«, sagte der König betroffen und half ihm beim Aufstehen.

Dann erwachte Graukan zum Leben und brüllte Befehle, als ob ihm eine ganze Schar von Bediensteten zur Verfügung gestanden hätte. Der alte Knecht wußte gar nicht, was er zuerst tun sollte. Deshalb unterließ er alles, blieb verwirrt stehen und glotzte betroffen auf das Geschehen. Die späten Besucher lachten und versorgten das Pferd selbst. Der Hausherr befahl währenddessen, das zerstörte Tor irgendwie zu ersetzen und die Burg zu verrammeln, dann konnte er es kaum erwarten, seine Gäste in den Wohnturm zu geleiten.

Dort bot sich ein Bild der Verwüstung. Schmutz, Staub und Spinnweben hatten den Raum in Besitz genommen. Zerbrochene Möbel lagen herum, und das hölzerne Geschirr war schon lange nicht mehr gespült worden. In einer Ecke stand eine rostige Rüstung.

Mehr Aufmerksamkeit als all dieses Durcheinander erregten jedoch die Wände. Sie waren völlig mit Spiegeln bedeckt. Die Spiegel hingen neben- und übereinander, sie waren groß und klein, hatten breite und schmale Rahmen. Einige von ihnen bestanden nur aus Glas, andere aus Kristall. Manche schimmerten fleckig, andere waren schon völlig erblindet. Aber durch den seltsamen Wandbehang wurde der Raum weit, und sowohl Einrichtung als auch Gäste erschienen verzerrt oder klar in vielfältigen Variationen.

»Spiegel sind, soviel ich weiß, recht teuer«, meinte Aramar, als er eine Weile auf diese Pracht gestarrt hatte. »Du leistest dir ein kostspieliges Vergnügen.«

»Jeder hat nun einmal seine kleine Leidenschaft«, erklärte Graukan etwas verlegen. »Ich sammle Spiegel, die ich von meinen Reisen mitgebracht habe. Da ich mir bisher von keiner Frau meinen Sold habe wegnehmen lassen, hatte ich Geld für das eine oder andere Spiegelchen.«

Dann breitete er rasch die Arme aus und lud sie mit weit ausladender Geste zum Platznehmen ein. Die Unordnung schien ihm nichts auszumachen. Er deutete nur mit einer wegwerfenden Handbewegung darauf und sagte: »Ich hoffe, Ihr habt Verständnis. Hier sieht es nicht so schön aus, wie im Königspalast.« Nach einer Pause fügte er noch listig zu Meliodas gewandt hinzu: »Aber Ihr seht auch nicht aus wie ein König!«

Damit war der Bann gebrochen, Wein wurde eingeschenkt, und alle ließen sich das Fleisch, das auf den Tellern dampfte, schmecken.

Während sich eine einsame Kerze tausendfach an den Wänden widerspiegelte, berichtete Aramar von den Geschehnissen in Centratur, von der Gefahr, die Cantrel und damit ganz Whyten drohte, und von dem Verrat in der Hauptstadt.

Längst war die dritte Kerze angezündet und der Weinkrug mehrmals nachgefüllt worden. Die gute Laune war verflogen, und die Männer saßen niedergeschlagen und bleich auf der Bank.

»Was sollen wir nur tun?« fragte Meliodas zaghaft. »Wir drei alten Männer können das Land nicht retten.«

Aber Aramar entgegnete mit fester Stimme: »Noch nie habe ich mich von der Größe einer Aufgabe einschüchtern lassen. Wir werden unser Möglichstes tun. Mein Weg führt in den Süden, und du solltest dich um Cantrel kümmern. Zunächst muß dir Graukan eine Rüstung besorgen, damit du dich sehen lassen kannst und auch als der König anerkannt wirst. Sonst weist man dich wie hier als Landstreicher ab, und dann bin ich mit meinen Zaubertricks nicht zur Stelle. Graf Graukan wird dich begleiten. Sobald ich kann, kehre ich aus Arminia zurück und eile euch zu Hilfe.«

Von der Gefahr, die drohte, weil die Custos an Wirkung verloren, wagte er nichts zu sagen.

Graukan hielt den Plan für vernünftig, sagte jedoch mit leiser Stimme: »Ihr werdet es in Arminia nicht leicht haben, Aramar.«

»Woher weißt du das?«

»Ich habe dort in der Palastwache gedient.«

»Was hattest du in der Palastwache zu suchen?«

»Von irgend etwas mußte ich doch leben nach dem Großen Krieg. Dieses kümmerliche Stück Land, das mir mein König damals überließ, reichte nicht zum Leben und auch nicht zum Sterben.« Die Stimme des alten Mannes hatte einen bitteren Unterton bekommen. »Im übrigen bin ich kein Bauer, sondern ein Krieger. Ich suchte mir also neue Aufgaben auf einem Feld, das ich beherrsche. In Arminia fand ich Aufnahme. Ihr müßt wissen, daß die Fürsten dort ihren eigenen Leuten nicht so recht trauen und deshalb zu ihrem Schutz stets Fremde beschäftigen.«

Aramar hatte aufmerksam zugehört und überfiel Graukan nun mit vielen Fragen. Meliodas hingegen war noch stiller geworden. Sein Gesicht war düster, und auf einmal murmelte er mehr zu sich als zu den andern: »Ich glaube, ich habe vieles falsch gemacht. Dabei hatte ich stets die besten Absichten.«

Niemand ging auf ihn ein, statt dessen ließ sich der Zauberer alles berichten, was der alte Mann von der südlichsten Stadt des Landes Whyten wußte.

Das Leben der Fischer am Worameer war vor Zeiten recht kärglich gewesen. Weiter landeinwärts dagegen siedelten reiche Großgrundbesitzer, die ihren Besitz mit kleinen Privatarmeen verteidigten. Für die armen Leute an der Küste hatten sie nur Verachtung übrig, auch wenn sie dort Fische zu geringen Preisen kauften und auch einige andere Güter von kleinen Händlern bezogen, die diese mit winzigen Booten unter Lebensgefahr aus fernen Landen heranschafften. Die Großgrundbesitzer übten hier eine eigene Gerichtsbarkeit aus, deren oberstes Prinzip die Ungerechtigkeit war. Gehörte man zu ihrem Stand, so blieb man auch bei schweren Verbrechen wie Totschlag und Vergewaltigung straffrei. Das übrige Volk aber wurde schon bei den geringsten Vergehen schwer gezüchtigt.

Doch nichts bleibt wie es ist. Der Handel gewann in Centratur verstärkt an Bedeutung. Die Schiffe der Kaufleute wurden immer größer, die Länder, aus denen die Handelswaren kamen, immer ferner und die Händler immer reicher. Auch die Großgrundbesitzer wollten an der neuen Zeit teilhaben und kauften an der Küste all die wundersamen und kostbaren Waren der Kaufleute. Als Gegenleistung hatten sie jedoch nichts anzubieten, als Teile ihres Grundbesitzes, und so mußte der Landadel ein Stück Land nach dem anderen verkaufen, um seine Gier nach exotischen Gütern zu befriedigen. Sie wurden immer ärmer und die Kaufleute immer reicher.

Bei dieser Umverteilung blieben jedoch die Ärmsten der Armen gänzlich auf der Strecke. Es waren die Landarbeiter und Fischer, die bald von ihrer Hände Arbeit nicht mehr leben konnten. Sie mußten sich in Leibeigenschaft und Sklaverei verkaufen und wurden noch mehr ausgebeutet und gedemütigt. Endlich kam es zu den Sklavenaufständen, die über einhundert Jahre dauern sollten.

Die Kämpfe wurden von beiden Seiten gnadenlos geführt. Wer den Gegnern in die Hände fiel, wurde gefoltert, verstümmelt oder hingerichtet. Mit der Zeit aber setzten sich die Schwachen und Unterdrückten durch. Sie hatten nichts zu verlieren als ihr Leben, und selbst das achteten sie gering. Aber was sollten die Fischer und Leibeigenen beginnen, nachdem sie das Joch ihrer Herrn unter Blut und Tränen losgeworden waren? Da war keiner mehr, der ihnen Brot gab, und das von Kriegen verwüstete Land ernährte niemanden mehr. So begann die Seeräuberzeit von Arminia. In großen Flotten, die anfangs nur aus einfachen Fischerkähnen, später aber aus stolzen Schiffen bestanden, überfielen die Männer, was immer sich in die Nähe ihrer Küste wagte. Je größer ihre Schiffe wurden, desto weiter wagten sie sich aufs offene Meer hinaus und plünderten an anderen Küsten. Dabei wurden sie reich.

Das Worameer konnte bald nur noch mit starkem Geleitschutz befahren werden. Kaufleute gingen dazu über, den Piraten von Arminia Schutzgelder zu zahlen. Die Herrschaft über die Stadt und das umgebende Land übte nun ein Seeräuberkapitän aus, der nicht mehr selbst zur See fuhr, sondern dies seinen Unterkapitänen überließ. Mit der Zeit siedelten auch wieder Kaufleute in den Mauern von Arminia und machten dort gute Geschäfte. Händler schafften von nun an Köstlichkeiten aus aller Welt herbei, und für ihr geraubtes Geld erhielten die Seeräuber alles, was sie begehrten. Die Handelsschiffe reisten mit besonderen Schutzbriefen der Piraten, und niemand wagte Hand an sie zu legen. Wenn dies aber doch einmal geschah, so war die Rache der Seeräuber furchtbar.

Doch wieder einmal wendete sich das Blatt. Mit den Jahren begannen die fremden Handelsschiffe, das Worameer zu meiden. Sie nahmen lieber weite Umwege in Kauf, als ihre Güter den gierigen Seeräubern von Arminia auszuliefern. Andere schlossen sich zu großen Flotten zusammen, die von mächtigen Kriegsschiffen geschützt wurden. Diese Geleitzüge zu überfallen, kostete die Piraten so viele Opfer, daß sie es bald unterließen.

Während die Händler ihren Wohlstand weiter ausbauten, ging die Beute der Seeräuber von Jahr zu Jahr mehr zurück. Diese Entwicklung erkannte der damalige Kapitän von Arminia. Es war der Schwarze Bond, und er zog die Konsequenzen. Er heiratete die Tochter eines reichen Kaufmanns. Seine Piratenschiffe jagten von nun an keine Kaufleute mehr, sondern transportierten die Güter seines Schwiegervaters. Nach einiger Zeit schickte er Boten nach Cantrel, um sich und seine Stadt dem Hochkönig zu unterstellen. Er war nun ehrbar geworden und brauchte Sicherheit für seine Kinder. Eine Dynastie kann man nicht auf wildes Piratenleben gründen. Der Schwarze Bond nannte sich von da an Bardir und wurde zum Urvater des derzeitigen Fürstenhauses.

Die Piraten, die nicht in Arminia ihren Stützpunkt hatten, die ehemaligen Gefährten und Genossen, wurden nun zu Feinden. Der

Haß zwischen den Leuten aus Arminia und den verbliebenen Seeräubern wuchs mit den Jahren. Zuerst vertrug man sich und duldete einander, war doch die führende Schicht von Arminia, selbst der Piraterie nachgegangen.

Dieses stumme Einverständnis aber änderte sich eines Tages durch ein an sich unbedeutendes Ereignis. Danach brach offene Feindschaft aus, und wieder begann ein unerbittlicher Krieg, in dem viel Blut floß, Schiffe versenkt wurden, Leid, Schmerz und Qual über die Menschen hereinbrachen. Diktiert wurde das Handeln von Haß. Ursprung dieses Hasses aber war wieder einmal die Liebe.

Die Tochter des Fürsten nämlich brannte mit einem jungen Piraten durch. Der Vater, auf Ehrbarkeit und Reputation bedacht, hatte den beiden verboten, sich zu treffen. Die Tochter war dagegen eigenwillig und gewohnt, ihren Kopf durchzusetzen. Bisher hatte der Vater ihren Launen auch stets nachgegeben, wenn sie nur standhaft genug geblieben war. Natürlich hatte sie nicht wirklich vor, die schönen Räume im Fürstenschloß auf Dauer mit den Planken eines alten Schiffes zu vertauschen, aber das Abenteuer reizte sie. Der junge Vogel wollte den goldenen Käfig zumindest für einige Zeit verlassen und etwas von der Welt erleben. Und da war dann schließlich auch noch die Liebe. Wer konnte schon dieser Herzensmacht widerstehen? Diese Urgewalt, so dachte sie, mußte auch der Vater verstehen.

Der zeigte jedoch keine Nachsicht und verhielt sich ganz anders, als es die Tochter und ihr stürmischer Freund gedacht hatten. Er ließ die beiden gefangensetzen und den jungen Piraten schließlich hinrichten. Die Tochter söhnte sich später mit dem Vater aus, aber das Band mit den Piraten des Worameeres war durch diese Tat zerschnitten.

Endlich nach langen Jahren normalisierten sich auch diese Verhältnisse wieder. Die Piraten erkannten den Vorteil einer sicheren Stadt und brachten ihre Familien in Arminia unter. Da lebten nun die Frauen und Kinder, während die Männer ihren Geschäften nachgingen. Oft wußten die Nachbarn nicht, ob neben ihnen ein Pirat oder ein weitgereister Kaufmann wohnte.

Der Zauberer hatte aufmerksam zugehört. Die Kerze war so weit heruntergebrannt, daß man den glimmenden Docht in all den Spiegeln nur noch als dunkelroten Funken sah. Der alte Knecht schlief längst, deshalb war der Krug nicht mehr nachgefüllt worden. Nun

unterbrach Aramar die Erzählung und fragte mit schwerer Stimme: »Wer herrscht zur Zeit in dieser Stadt?«
»Die Fürstin ist eine junge Frau aus dem Hause Fel mit Namen Valsipia.«

Unter den Spiegeln zog sich rund um die Wand eine breite Holzbank. Dort machten es sich die Männer schließlich bequem, deckten sich mit ihren Mänteln und alten Decken zu und legten ihre Reisebeutel unter den Kopf. Bevor sie einschliefen, sagte Graukan noch: »Ich habe ganz vergessen, von Bolido zu berichten. Er ist ein Mann in mittleren Jahren und aus gutem Haus. Bolido verehrt die Fürstin Valsipia innig. Es heißt, sie schläft manchmal mit ihm. Keiner weiß aber, welche Gefühle sie tatsächlich für ihn empfindet.

Ihr werdet es schwer haben, Aramar. Valsipia fühlt sich dem Norden von Whyten nicht mehr zugehörig. Der Kontakt zu Cantrel und dem Hochkönig ist schon vor langer Zeit abgerissen. Bereits ihre Mutter sah in Arminia ein eigenes Reich und war nicht bereit, die gewonnene Selbständigkeit wieder aufzugeben.

Vor etwa einem Jahr sind Vespucci in der Stadt aufgetaucht. Sie wurden rasch Berater der jungen Fürstin und fördern die Tendenz zur Abspaltung vom Norden. Valsipia erhielt von ihnen eine seltsame Arznei, von der sie abhängig sein soll. Auch dies hat sich inzwischen herumgesprochen, denn am Fürstenhof läßt sich nichts geheimhalten.«

Als er von den Vespucci hörte, wußte der Zauberer, warum die Mönche in Quantam keinen Einblick in Arminia bekommen hatten. Die Vespucci schirmten alles ab. Auch von dieser wundersamen Arznei hatte er schon häufig gehört. Mit ihr waren die Frauen am Königshof in Hispoltai und auch Lunete gefügig gemacht worden. Unruhig wälzte er sich auf die Seite, und trotz der späten Stunde und seiner großen Müdigkeit dauerte es eine Weile, bis die Sorgen ihn schlafen ließen.

Die Morgennebel hatten sich bereits verzogen und die Männer den Schlaf der kurzen Nacht aus den Augen gewaschen. Sie saßen nun beim Frühstück, tranken Tee und aßen Käse und Brot. Da kam der Knecht gerannt und schrie, draußen stünden fremde Soldaten aus Darken und begehrten Einlaß. Neugierig lief Graukan über den Hof, und seine Freunde folgten ihm. Sie stiegen auf die Brustwehr der Mauer und sahen durch die Schießscharten. Dort warteten etwa dreißig Berittene. Sie trugen die Kleidung und die runden Fellmützen der Krieger aus Darken.

Graukan brüllte herunter und fragte, was sie wollten.

Die Königin habe das Land an sie übergeben, war die Antwort. Sie seien hier, um die Steuer für ihren Schutz einzutreiben.

Er wolle ihren Schutz nicht, antwortete der Hausherr.

Da lachten sie und schrien, wenn er seine Abgaben an sie nicht entrichte, so würden sie ihm schon zeigen, daß er Schutz bedürfe.

»Können wir sie vertreiben?« flüsterte Meliodas zu Aramar.

»Ich glaube nicht. Sie sind zu stark. Doch werden wir diese Festung hier eine Weile verteidigen können.«

Die drei Männer berieten sich kurz und verteilten sich dann auf der Mauer, um gegen Angriffe aus jeder Richtung gewappnet zu sein. Die Feinde machten aber keinerlei Anstalten, die alte Burg zu stürmen, obwohl ihnen nicht einmal mehr ein stabiles Tor den Einlaß verwehrte. Sie waren hier, um zu kassieren, nicht um ihr Leben zu riskieren. Statt dessen entzündeten sie in Bogenschußweite ein Feuer. Als Graukan erkannte, was sie vorhatten, war es schon zu spät. Sie schossen gemächlich mit Brandpfeilen auf das morsche Gebälk, das bald Feuer fing. Als die ersten Flammen züngelten, saßen sie auf und ritten weiter, ohne einen Blick zurückzuwerfen.

Die alte Festung brannte bald lichterloh. Es blieb kaum noch Zeit, die Tiere ins Freie zu treiben und das Nötigste zu retten. Als sie noch einmal in den Turm wollten, trieb sie die Hitze zurück, und sie hörten die kostbaren Spiegel einen nach dem anderen klirrend zerspringen.

Dann standen sie vor den rauchenden, schwarzen Trümmern, und Graukan sagte bitter: »Jetzt ist es also mit meinem geruhsamen Lebensabend vorbei. Dies war alles, was ich in all den Jahren zusammentragen konnte. Ich bin wieder so arm wie in meiner Jugend. Aber die Kraft ist aus meinen Armen gewichen. Mit meinem Schwert kann ich mich bei niemandem mehr verdingen. Von nun an bin ich auf Almosen angewiesen.«

»Keine Almosen!« antwortete Meliodas. »Du wirst den gerechten Lohn erhalten für die treuen Dienste, die du deinem König in all den Jahren geleistet hast.«

Die drei Männer waren sich klar, daß Whyten in Flammen stand und keine Zeit mehr zu verlieren war. So ritten zwei von ihnen nach Norden und einer in den Süden.

Im tiefen Süden

Die Gegend im Süden war dichter besiedelt als der Norden. Die Anwesen standen enger beieinander, die Gehöfte waren groß und die Felder gut bestellt. Viehherden weideten auf saftigen Wiesen. Hier im Süden herrschte noch Wohlstand.

Das Wetter hatte es in den letzten Wochen gut mit dem Zauberer gemeint, und er war rasch vorwärtsgekommen. Er hatte nur kurze Pausen eingelegt und so wenig wie möglich geschlafen. Der Gedanke an das Heer aus Darken und was geschehen würde, wenn die Zauberkraft von Ormor durch die drei Custos nicht mehr in Schach gehalten wurde, ließ Aramar nicht zur Ruhe kommen und trieb ihn unerbittlich an. Irgendwann bezog sich aber der Himmel, und Regenschauer ließen die Straßen morastig werden. Das graue Pferd ermüdete auf solchen Wegen rasch, und auch der Wolf rannte nicht mehr so munter hinter dem Reiter her. Die Reise wurde freudlos und schwierig.

Es war an einem späten Nachmittag, sein Mantel war vom Nieselregen durchweicht, und das Wasser tropfte von der Krempe seines Hutes, als Aramar unter den weit ausladenden Ästen eines Baumes Gestalten bemerkte. Sie hockten auf großen Bündeln und waren unschwer als Zwerge zu erkennen. Einer von ihnen bemühte sich, ein Feuer in Gang zu bringen, aber es gelang ihm nicht. Der Zauberer grüßte und stieg ab. Dann machte er sich wortlos daran, beim Feuermachen zu helfen. Bald loderten Flammen, und nicht lange darauf kochte Wasser in einem kleinen Kessel. Alle wärmten ihre klammen Hände an den heißen Bechern, und man kam ins Reden.

Aramar gab sich als Zwergenfreund zu erkennen, und die Händler bekannten, daß sie seinen Namen schon häufig vernommen hätten. Man beschloß gemeinsam weiterzureisen, denn alle wollten nach Arminia. Vor dem Wolf hatten die Zwerge zwar anfangs Angst, als sie aber feststellten, wie folgsam und treu er war, fanden sie sich mit dem seltsamen Reisegefährten ab.

Wie um die neu gegründete Reisegesellschaft zu belohnen, ließ am nächsten Tag der Regen nach, und das Vorwärtskommen wurde einfacher. Man vertrieb sich mit Gesprächen die Zeit, während die Luft wärmer und wärmer wurde, bis sie alle schließlich unter der Hitze stöhnten. Langsam näherten sie sich der Küste. An den

Hügeln, die sie säumten, klebten geduckt weiße Häuser mit flachen Dächern und dicken Mauern, die gegen die unerbittliche Sonne schützten. Auf den schmalen Gassen der Ortschaften, durch die sie zogen, drängten sich Esel und Schafe. Am eindrucksvollsten war der Duft des Südens, der Aramar an seine letzten Besuche erinnerte und den er schon lange vergessen hatte.

Endlich erreichten sie Arminia. Die Stadt zog sich weit am Meer entlang und war von einer hohen Mauer mit fünf Toren umgeben. Der Einzug der Gruppe war unauffällig, denn der Wolf hatte sich bereits beim Anblick der Mauern aus dem Staub gemacht. Aramar fragte sich traurig, ob er ihn je wiedersehen würde. Der Zauberer nahm Quartier in einem einfachen, aber sauberen Gasthof, und die Zwerge zogen weiter zum Zwergenhof. Auch in dieser Hafenstadt gab es eine eigene Zwergensiedlung mit Kontoren und Lagerhäusern, wie in Ribbelhof im Heimland.

In Aramars Herberge mit ihren dicken weißen Wänden war es kühl. Hier konnte man die schwülen Nächte gut überstehen. An der Ecke der Straße befand sich eine kleine Weinstube und zwei Häuser weiter eine Garküche. Der Zauberer hätte den Aufenthalt hier im tiefen Süden genießen können, wenn die Gedanken an den drohenden Krieg im Norden und die schwindende Macht der Custos ihn nicht ununterbrochen beschäftigt und zur Eile gemahnt hätten.

Wenige Stunden nach seiner Ankunft schickte Aramar eine Botschaft an den Fürstenhof, in der er Auskünfte über seine Person gab und um eine Audienz bat. Er wurde noch am gleichen Abend zur Fürstin gebeten.

Der Palast war ins Meer gebaut und glänzte golden in der Abendsonne. Das flache Dach war mit Zinnen bewehrt. Türmchen und Erker schmückten das Bauwerk. Das Gemäuer lag etwa dreihundert Fuß vom Ufer entfernt und ruhte wie der Palast in Cantrel auf Stützen, nur daß sie hier tief in den Meeresboden eingelassen waren.

Ein Boot mit vier Ruderern wartete bereits auf ihn, und Aramar ließ sich übersetzen. Das Innere des Palastes stand an Pracht dem Äußeren nicht nach. Man hatte an Teppichen nicht gespart und Schmuck und Kunst aus aller Welt hier versammelt. Überall war die ordnende Hand von Frauen zu spüren. Bei der Ausstattung hatte man auch auf Kleinigkeiten viel Wert gelegt, und herrliche Blumensträuße und grüne Pflanzen gaben den Räumen ein lebendiges Aussehen.

Die Fürstin empfing den Gast auf einem Thron, der mit rotem Samt bezogen war. Ihr zur Seite standen die Ratgeber, zwei Vespucci und ein Mann in mittleren Jahren.

Das muß Bolido sein, dachte der Zauberer.

Die Herrscherin, eine schöne junge Frau mit dichtem schwarzem Haar, begrüßte Aramar kühl, und er verneigte sich tief und voller Respekt. Mit klarer, angenehmer Stimme äußerte Valsipia, sie wisse die Ehre zu schätzen, daß ein so berühmter Zauberer den Weg in ihr Reich gefunden habe und sie wünsche dem Gast einen angenehmen Aufenthalt. Man werde bestrebt sein, es ihm in Arminia so bequem wie möglich zu machen. Der Fremde könne sich ungehindert überall bewegen. Ein Boot mit Ruderern stehe Tag und Nacht zu seiner Verfügung. Wann immer er einen Wunsch habe, möge er sich direkt an die Fürstin wenden.

Nach dieser Rede war Aramar entlassen. Er verbeugte sich und ging auf das Spiel ein. Gerade als er sich umdrehte und Anstalten machte, den Saal zu verlassen, fragte die Fürstin wie beiläufig: »Welche Geschäfte führen einen berühmten und sicher beschäftigten Mann in Unser Fürstentum?«

Aramar verbarg ein Schmunzeln und antwortete: »Ich wollte Euch die Nachricht bringen, daß der Hochkönig lebt und seinen Thron wieder eingenommen hat.«

Er sah Valsipia und ihre Berater bei diesen Worten scharf an. Sie hatten sich alle gut in der Hand. Die Gesichter zeigten leichtes Erstaunen, blieben aber im übrigen ausdruckslos.

»Wir nehmen dies zur Kenntnis«, antwortete die Fürstin hoheitsvoll. »Wenn es seine Zeit erlaubt, möge Uns der König des Nordens einen Besuch abstatten. Er soll Uns willkommen sein.«

»Ich werde dem König die Einladung ausrichten. Doch dürfte er vorerst keine Zeit haben, sie anzunehmen. Die Welt steht nämlich in Flammen, und dieser Brand wird bald auf das friedliche Fürstentum Arminia übergreifen.«

»Welch schreckliche Kunde verbirgt sich hinter Euren Worten?« fragte die Frau auf dem Thron nach einer kurzen Atempause gestelzt.

»Sind die Nachrichten über die Ereignisse in Centratur nicht bis zu Euch gedrungen?«

»Wir führen an der Küste unser eigenes Leben und werden nicht von Neugierde geplagt. Doch da Ihr nun einmal hier seid, mögt Ihr erzählen, was sich in der Welt so zuträgt.«

Es klang beiläufig, und doch glaubte Aramar, einen Unterton zu hören, den er nicht einordnen konnte. Ohne Umschweife berichtete er nun von Ormor und seinen wilden Orokòr, von den Kämpfen um Hispoltai und von der Not, in der sich Cantrel befand.

»Glaubt Euch nicht in Sicherheit«, endete er mahnend. »Zuerst fällt Cantrel, die Stadt des Hochkönigs, dann wird das ganze Land Whyten in Besitz genommen und schließlich auch Arminia überfallen. Wenn der Krieg erst auf Euer Gebiet übergreift, ist es zu spät. Der Feind muß im Norden aufgehalten werden. Doch dazu ist der König zu schwach. Schickt Truppen! Helft Cantrel und rettet damit Arminia!«

Die Fürstin sah den Boten mit großen Augen an. Die Nachricht hatte sie aufgewühlt.

Dann sagte sie: »Wir haben die Botschaft vernommen und danken Euch, daß Ihr den weiten Weg gemacht habt, um Uns diese Neuigkeit mitzuteilen. Wir werden alles bedenken und Uns beraten. Wir lassen nach Euch senden, wenn Wir eine Entscheidung getroffen haben.«

Der Zauberer kehrte in sein Quartier zurück und hatte sich gerade eine einfache Mahlzeit auf sein Zimmer bringen lassen, als es an der Tür klopfte. Herein trat Bolido, der Berater der Fürstin. Sein Haar war schon etwas gelichtet, und Falten in seinem schönen Gesicht zeigten, daß er in seinem Leben mit so manchen Schwierigkeiten zu kämpfen gehabt hatte. Doch sein Körper war immer noch jugendlich schlank und kräftig.

Er blieb in der Tür stehen und entschuldigte sich für den späten Besuch. Doch sei die Botschaft des Zauberers so alarmierend gewesen, daß er noch in der gleichen Nacht weitere Einzelheiten hören wollte. Unter vier Augen könne man besser reden, als bei einer Audienz im Thronsaal.

Aramar vergewisserte sich, daß die Fürstin von dem Besuch ihres Beraters wußte, und lud den Gast zum Sitzen ein. Er ließ einen weiteren Becher bringen und versorgte Bolido mit Wein.

Ohne Umschweife weihte der Zauberer nun den Besucher in Einzelheiten ein, die er im Thronsaal hatte verschweigen müssen. Besonders hob er die Rolle der Vespucci hervor. Bolido nickte mit ernstem Gesicht.

»Ich habe den Glatzköpfen nie getraut«, bekannte er.

Das Gespräch zog sich bis spät in die Nacht hinein, und beim Abschied verabredeten sie, sich am nächsten Morgen zu treffen. Aramar wollte die Stadt und den Hafen besichtigen.

Nach einem kräftigen Frühstück traf der Zauberer den Besucher der vergangenen Nacht am Hafen. Trotz der frühen Morgenstunde herrschte schon reges Treiben. Große Galeeren, Handelsschiffe, Fischerboote und kleine Schaluppen lagen im Hafenbecken, das von mächtigen Lagerhäusern und Häusern für die Galeerensklaven gesäumt war. Sonst aber, das fiel dem Zauberer auf, waren in der Stadt kaum Sklaven zu sehen. Er fragte seinen Begleiter danach, und der antwortete: »Die Herrin mag keine Sklaven. Sie sagt, man könne Menschen nicht einfach kaufen und verkaufen wie Vieh. Wer Diener haben will, der solle sie entsprechend entlohnen. Jeder Bedienstete müsse das Recht haben, seinen Herrn auch wieder zu verlassen.«

In der Mitte des Hafens war eine Mole gebaut, die weit ins Wasser hinausreichte. Dort belud man Schiffe und löschte ihre Ladung. Felle und gegerbtes Leder, Amphoren mit Öl und Wein wurden hin- und hergeschleppt. Fischer versuchten am Kai den Fang der Nacht zu verkaufen, und fliegende Händler priesen ihre Waren an.

Männer und Frauen aus aller Herren Länder waren zu sehen. Besonders Zwerge, die wichtigsten Händler in Centratur, fielen Aramar immer wieder auf. Im Ostteil des Hafens lagen die Werften. Dort wurden zehn Schiffe gleichzeitig gebaut, die sich beim Näherkommen alle als Kriegsschiffe entpuppten. Draußen auf See lag schon eine ganze Flotte vor Anker.

»Was will die Fürstin mit diesen Schiffen?« fragte Aramar verwundert.

»Zu ihrem Bau haben die Glatzköpfe geraten«, erklärte Bolido. »Wir müssen uns vor einem Angriff der Seeräuber schützen und wollen nun endlich das Meer von diesem Gesindel säubern und die Seefahrt sicher machen. Deshalb zieht die Herrin aus dem ganzen Land Truppen zusammen, um diese Schiffe zu bemannen.«

Der Zauberer sah den Begleiter scharf an und glaubte ihm nicht. Zwar dürfte der Bau dieser Schiffe tatsächlich auf einen Rat der Vespucci zurückgehen, aber nicht mit dem Ziel der Verteidigung. Hier wurde vielmehr ein Angriff geplant. Valsipia wollte die Herrschaft über die anderen Hafenstädte. Ihr erstes Ziel, so vermutete

Aramar, war Rachis. Danach strebte sie die Kontrolle über das ganze Worameer an. Der Einfluß der Glatzköpfe war unübersehbar.

Nach dem Rundgang kehrten die Männer in einer der kleinen Trinkstuben ein, wo Bolido als Mann vom Hofe erkannt wurde und der Wirt sie mit Unterwürfigkeit bediente. Er wollte den Wein nicht bezahlt haben, und sie mußten ihm die Münzen aufdrängen.

Als sie wieder im Sonnenschein auf der Straße standen, war das Gedränge in den Gassen so groß, daß sie kaum mehr weiterkamen. Durch die Menge wurden zudem Esel getrieben, die schwere Lasten trugen. Menschen mit großen Bündeln auf den Köpfen schoben sich vorwärts, und Kinder schlüpften zwischen den Beinen hindurch. Das Durcheinander war so groß, daß die beiden Männer voneinander getrennt wurden. Auf einmal hatte der Zauberer Bolido aus den Augen verloren. Der Berater der Fürstin war verschwunden.

Aramar war zunächst nicht weiter beunruhigt, doch der neue Freund tauchte in all dem Gedränge nicht wieder auf. Nach einer halben Stunde machte sich der Zauberer auf die Suche, und eine unheilvolle Ahnung erfaßte sein Herz. Er suchte alle Läden und Garküchen links und rechts der Gasse ab und drängte sich kreuz und quer durch die schreiende Menge, aber er fand Bolido nicht.

In tiefer Sorge alarmierte er die nächste Wache, schickte einen Boten in den Palast und suchte selbst weiter. Während er den ganzen Tag erregt und ziellos durch die Straßen streifte und vergeblich nach einer Spur von Bolido Ausschau hielt, wurde ihm zu seiner Verwunderung bewußt, daß die Fürstin keine Suchaktion in die Wege geleitet hatte. Deshalb ließ er sich gegen Abend zum Palast übersetzen und bat um ein Gespräch mit Valsipia. Sie empfing ihn diesmal zwar in ihren Privatgemächern, blieb aber so kühl wie am Vortag.

Zwar sei ihr nicht bekannt, wo sich ihr Berater aufhalte, erklärte sie dem Fremden, aber man habe es mit einem erwachsenen Mann zu tun, der auf sich selbst aufpassen könne. Bolido habe das Recht zu gehen, wohin er wolle. Es gebe keinen Grund zur Besorgnis. Im übrigen sei der Verschwundene Mitglied des Fürstenhofes. Deshalb würde es niemand wagen, Hand an ihn zu legen. Sobald sie, die Fürstin, ihren Berater sehe, werde sie ihm ausrichten, daß der Fremde ihn zu sehen wünsche.

Damit beendete Valsipia das Gespräch, und Aramar entfernte sich wütend und sorgenvoll. Er fühlte, daß in dieser Stadt einiges nicht in Ordnung war. Deshalb griff er sich einen der Straßenjungen, gab ihm ein paar Münzen und ließ sich von ihm zur Zwergensiedlung bringen. Die Stile lag am Rand von Arminia und war von einer mannshohen Mauer umgeben. Am Tor stand eine Wache, die den Fremden erst passieren ließ, als er die Namen seiner Reisegefährten nannte.

Über der Stadt brannte am Tag die heiße Sonne von einem wolkenlosen Himmel, doch hier in der Stile wuchsen Palmen und spendeten kühlen Schatten. Blumen und Sträucher sprossen überall, Brunnen waren angelegt und kleine Bäche flossen in einem künstlichen Bett. Kam man von draußen aus der drückenden Hitze der Straßen, so erschien diese Enklave wie ein Paradies.

Aramar wurde zu seinen Reisegefährten geführt, die gerade unter einem Baum saßen und mit Geschäftsfreunden über den Preis für die Waren verhandelten, die sie mitgebracht hatten. Sie freuten sich über das rasche Wiedersehen und fragten nach seinem Begehr.

Aramar erzählte ihnen, was vorgefallen war, äußerte seine Besorgnis und bat um Hilfe. »Auch Zwerge brauchen Frieden«, erklärte er, »und wenn in Arminia feindliche Kräfte die Oberhand gewinnen, so geht es auch mit dieser schönen Oase bald zu Ende.«

Er mußte die Zwerge nicht lange überzeugen. Sie brachen ihre Verhandlungen ab und erhoben sich.

Kurz darauf wurde eine Versammlung einberufen. Die Zwerge stellten Aramar vor; dann erteilten sie ihm das Wort, und er erläuterte ausführlich, warum er hierher in den Süden gereist war, und welche Gefahren Centratur drohten. Dann schilderte er die Geschehnisse des Tages und bat um Hilfe bei der Suche nach Bolido.

Die Zwerge hörten ihm aufmerksam zu und nickten hin und wieder bedächtig, wenn sein Bericht mit den Meldungen ihrer Kundschafter übereinstimmte. Schließlich hatte das Volk der Zwerge das beste Informationssystem in ganz Centratur. Ihre Boten und Späher durchquerten ständig das Land. Natürlich waren sie informiert über den bevorstehenden Krieg und beobachteten mit großer Sorge die Absichten Ormors.

Als der Zauberer geendet hatte, erhob sich der Vorsteher der Stile und sagte bedächtig, man teile die Sorge des Fremden und wolle ihn auch unterstützen. Allerdings könne man ihm keine Versprechungen machen. Die Angelegenheit sei äußerst schwierig, da es am Hofe Verflechtungen gebe, die berücksichtigt werden müßten. Auch sei es das oberste Gebot der Zwerge, sich nicht in die inneren Angelegenheiten der Länder zu mischen, in denen sie wohnten und Handel trieben. Diese Neutralität habe sich bewährt und ihnen bisher ungestörte Geschäfte garantiert. Man wolle von diesen Prinzipien nicht abweichen. Allerdings werde man im Rahmen der Möglichkeiten helfen, so gut man könne.

Mehr war für Aramar nicht zu erreichen. Deshalb erhob er sich, bedankte sich und ging zurück in die Stadt. In seinem Quartier legte er sich schlafen. Am nächsten Morgen, die Sonne brannte schon wieder vom Himmel und geißelte die Geschöpfe, die sich nicht in kühle Häuser zurückziehen konnten, ließen sich zwei Zwerge bei Aramar melden. Sie erklärten, daß sie wider Erwarten raschen Erfolg erzielt und in der Nacht die Spur von Bolido gefunden hätten. Er sei tatsächlich entführt worden.

Der Zauberer lud die Zwerge zum Sitzen ein. Dann erfuhr er eine Geschichte, die ihn entsetzte.

In der vorletzten Nacht waren Vespucci in Spelunken der Stadt aufgetaucht. Sie hatten Gold und das Rauschgift Schöntod bei sich gehabt. So ausgerüstet hatten sie nicht lange suchen müssen, um willige Handlanger zu finden. Es gab in Arminia seit einiger Zeit viele Süchtige, die für das Gift zu allem bereit waren. Schöntod hatte in der Hafenstadt bereits viele Opfer gefordert und fand immer größere Verbreitung. Es wurde zu horrenden Preisen gehandelt.

Der Zauberer nickte wissend. Wo immer Vespucci auftauchten, da war auch dieses Gift nicht weit.

Die Entführung von Bolido war von gedungenen Süchtigen durchgeführt worden. Man hatte den Berater der Fürstin zum Hafen gebracht, wo sich seine Spur verlor. Es war durchgesickert, daß Bolido mit Schöntod süchtig gemacht werden solle. Und noch etwas hatten die Zwerge herausgefunden: Eine Verschwörung war im Gang. Ein Teil der Kriegskapitäne hatte die Absicht, die Fürstin abzusetzen und einen der ihren an die Macht zu bringen. Sie wollten endlich losschlagen und die ganze Küste des Worameeres in ihre Gewalt bringen. Valsipia zögerte ihnen zu lange. Auch hätten sie gern wieder einen Mann als Herrn und nicht eine schwache, unberechenbare Frau. Die Gnome aus der Fremde spielten dabei ein doppeltes Spiel. Sie gaben sich der Fürstin gegenüber als loyale Vertraute aus und unterstützten heimlich die Verschwörung der Kapitäne gegen sie.

Aramar sprang auf, dankte für die rasche Hilfe und machte sich auf in den Palast. Er mußte dringend mit der Fürstin sprechen.

Die Verschwörung

Der marmorne Kai lag einsam und verlassen da, kein Ruderboot wartete wie versprochen auf den fremden Gast. Auch im Palast konnte Aramar über das Wasser hinweg keine Bewegung erkennen. Die Läden des großen Gebäudes waren geschlossen, und er fragte sich, ob es wegen der Sonne war oder andere Gründe hatte. Zur offenen See hin lagen zwei Kriegsschiffe in Palastnähe vor Anker. All das machte einen bedrohlichen Eindruck, und die Unruhe des Zauberers stieg.

Er eilte am Ufer entlang und suchte nach einem Kahn, der ihn zur Fürstin übersetzen sollte. Doch die wenigen Fischer, die er traf, schüttelten den Kopf, auch als er ihnen eine Handvoll Münzen bot. Zögernd machte er sich auf den Rückweg zu seiner Herberge. Dort empfing ihn der Wirt mit der Mütze in der Hand, die er verlegen hin und her drehte.

Er müsse den Gast bitten, das Zimmer zu räumen. Es werde überraschend für andere Zwecke benötigt, erklärte er.

Verwirrt fragte Aramar nach diesen Zwecken, bekam aber keine Antwort.

Als er die hilflosen, ängstlichen Augen des Wirtes sah, wußte er, daß dieser bedroht worden war.

Er werde morgen abreisen, räumte er ein, heute sei er zu beschäftigt.

Mit diesen Worten ließ er den Wirt stehen und stieg zu seinem Zimmer empor. Bald darauf klopfte es an der Tür. Ein kleiner Junge mit schmutzigen, nackten Füßen hielt ihm einen Zettel entgegen. Er wartete auf ein paar kleine Münzen und zog dann befriedigt ab.

Der Zettel war an Aramar adressiert, aber nicht unterschrieben. Doch der Zauberer wußte sofort, daß er von den Zwergen kam. Die

Botschaft war kurz und eindringlich: »Man sucht Euch, um Euch zu verhaften. Taucht unter!«

Diese Warnung war ernst, und der Zauberer folgte ihr augenblicklich. Er packte rasch seine Habseligkeiten und war bereits auf der Treppe, als ihm ein Trupp Soldaten entgegenkam. Sie versperrten ihm den Weg und nahmen ihn im Namen der Fürstin gefangen. Seine Frage, was man ihm vorwerfe, wurde nicht beantwortet. So blieb ihm nichts anderes übrig, als sich in sein Schicksal zu fügen. Er wehrte sich nicht einmal, als er gefesselt und durch die Straßen zum Hafen gezerrt wurde. Dort stieß man ihn in ein großes Ruderboot. Auf der Seeseite des Palastes legten die Ruderer an und schleppten den Gefangenen durch eine enge Pforte.

In den langen Gängen, durch die man ihn dann führte, war es so kalt, daß er fröstelte. Endlich stießen sie ihn durch eine Tür in den Thronsaal. Dort waren wie bei seinem ersten Besuch die Vespucci und die anderen Ratgeber versammelt. Nur Bolido fehlte, und der Empfang fiel diesmal nicht nur kühl, sondern frostig aus.

Valsipia saß in dem hohen, sonnendurchfluteten Saal im Schatten der Palmen auf dem Thron. Bevor Aramar den Mund öffnen konnte, herrschte ihn die Fürstin an: »So mißbraucht Ihr Unsere Gastfreundschaft! Ihr wiegelt die Leute dieses Landes gegen ihre Herrscherin auf! Wir sind zwar nur eine Frau, aber dennoch nicht gewillt, dies zu dulden. Nach all dem, was wir gehört haben, sind Wir zu der Annahme gekommen, daß Ihr selbst es gewesen seid, der Unseren treuen Diener Bolido aus dem Weg schaffen ließ. Wir hoffen, er lebt noch, sonst müßt Ihr es uns büßen.«

Der Zauberer war verwirrt und fragte, wie sie zu diesen Vermutungen komme.

»Wir haben Unsere Leute, die Uns alles berichten«, antwortete sie. »Besonders Unsere Freunde aus dem Land Vespucci, die Uns treu ergeben sind, halten Uns auf dem laufenden. Versucht Euch nicht herauszureden. Leugnen ist zwecklos. Wir wollen Eure Lügen nicht hören. Wir werden Euch unschädlich machen. Deshalb seid Ihr von nun an Unser Gefangener.«

Sie rief die Wache, und bevor der Zauberer abgeführt wurde, sah er noch das hämische Grinsen auf den Gesichtern der Vespucci.

Das Gefängnis dieses Palastes war kein finsteres Loch. Die Zellen waren geräumig und hell, und man brachte dem Gefangenen einen Krug mit frischem Wasser.

Trotzdem überwältigten Aramar die Sorgen. Bolido war als Geisel gefangen, eine Verschwörung in Vorbereitung und die Fürstin stand unter dem Einfluß der Glatzköpfe. Cantrel brauchte dringend Hilfe, und die Custos verloren täglich an Macht. Er wiederum war in diesem prachtvollen Käfig gefangen und konnte in der nächsten Zeit nichts unternehmen. Zwar hätte er ausbrechen können, aber dann bräche er alle Brücken zu Arminia ab, und das südliche Fürstentum würde niemals Hilfe in den Norden senden. Der Zauberer war ratlos, und weil ihm keine bessere Lösung einfiel, legte er sich erst einmal schlafen.

Gegen Abend erhielt er noch einmal frisches Wasser und eine karge Mahlzeit. Dann brach die Nacht herein. Aramar hatte sich wieder schlafen gelegt, bis das böse Erwachen kam. Vier Mann von der Wache stürmten seine Zelle und legten ihm eiserne Hand- und Fußfesseln an. Danach erschien eine furchterregende Gestalt. Sie trug über ihrem blutrotem Gewand eine schwarze Kapuze, in die lediglich Schlitze für die Augen geschnitten waren. Man hatte ihm einen Henker und Folterknecht geschickt.

»Die Herrin wünscht Aussagen von Euch«, sagte die Gestalt mit dumpfer Stimme. »Ich bin gekommen, um ihr diese Aussagen zu bringen.«

Aramar überlegte fieberhaft, ob er sich nun zur Wehr setzen oder noch abwarten sollte. Eines war ihm klar, die Tortur würde er nicht über sich ergehen lassen. Er beschloß, die Geschehnisse noch eine Weile zu beobachten.

Der Folterknecht packte die Ketten des Gefangenen und zerrte ihn aus der Zelle. Als sie den Gang hinunter schlurften, sahen ihnen die Wachen nach. Sie wußten, welches Los ihn erwartete. Aramar wurde unsanft durch mehrere Gänge geführt, durch Türen gestoßen und landete schließlich in einem runden Raum.

Dort wartete die Fürstin auf ihn. Sie trug ein langes blaues Kleid und lief erregt auf und ab. Aramar blickte sich um, konnte aber nirgends Folterwerkzeuge sehen. Statt dessen standen an den Wänden bequeme Sessel, und auf einem kleinen, runden Tisch eine silberne Kanne mit einem dampfend heißen Getränk. Der Folterknecht ließ den Gefangenen stehen und füllte zwei Tassen.

Valsipia schritt über den weichen Teppich zu Aramar, baute sich vor ihm auf und rief: »Wißt Ihr, wo sich Bolido befindet?«

»Nein Fürstin!«

»Dann sagt mir, was Ihr wißt!«

»Das hätte ich schon heute nachmittag getan, wenn ich zu Wort gekommen wäre. Um Informationen von mir zu erhalten, benötigt Ihr keinen Henkersknecht.«

»Im Thronsaal mußte ich verhindern, daß Ihr den Mund aufmachtet.«

Verwundert sah sie Aramar an. Er verstand die Welt nicht mehr.

Die Frau bemerkte sein Erstaunen und herrschte den Folterknecht ungeduldig an: »Nimm endlich diese alberne Kapuze und unserem Gast die Fesseln ab.«

Dieser tat wie ihm geheißen, und zum Vorschein kam ein älterer Mann mit friedlichem Gesicht.

»Dies ist Baruch, mein treuer Kammerdiener. Ich hoffe, er hat Euch nicht schlecht behandelt. Er ist eine treue Seele und völlig friedfertig. Doch wir müssen vorsichtig sein. Die Spione sind überall.«

Trotz des Ernstes der Lage mußte der Zauberer schallend lachen. Er ließ sich in einen der Sessel fallen und trank von dem heißen Getränk, das bitter und süß zugleich schmeckte. Währenddessen schritt Valsipia wieder aufgeregt auf und ab. Sie war nun nicht mehr die überlegene Herrscherin, sondern eine junge Frau, die voller Sorge um einen Mann war, den sie liebte.

»Ihr müßt mir helfen, Bolido zu befreien. Es darf ihm kein Leid geschehen. Er ist unschuldig und weiß nicht einmal etwas von all den Intrigen. Ich habe Vertrauen zu Euch, deshalb vertraue ich Euch an, daß ich ihn liebe.«

Nach diesem Geständnis begann sie zu weinen. Der Zauberer erhob sich, ging zu ihr und legte seinen Arm um ihre Schultern.

»Wir werden gemeinsam alles in Ordnung bringen«, sagte er tröstend. »Aber zuerst solltet Ihr mir besser erzählen, was Ihr wißt.«

Sie schluchzte noch ein wenig, fing sich dann aber rasch wieder. Ihr Körper straffte sich, das Gesicht wurde hart und die Stimme fest, dann begann sie zu berichten: »Von der Verschwörung meiner Kapitäne ahne ich schon seit geraumer Zeit. Ich bin in ihren Augen zu schwach. Sie wollen mich nicht direkt absetzen, aber mir einen Regenten an die Seite stellen, der ihre Wünsche erfüllt. Der Krieg und damit die Unterwerfung des ganzen Worameeres soll endlich vorangetrieben werden.

Bolido ist ihnen schon lange ein Dorn im Auge. Er rät zur Mäßigung und ergreift stets Partei für den Frieden. Schon lange wollen die Kapitäne Bolido aus meiner Gegenwart entfernen, aber sie wagten bisher keine offene Rebellion. Dann tauchten die Vespucci auf und unterstützten die Revolte. Ich konnte zwar nichts dagegen unternehmen, aber zumindest den Ausbruch hinauszögern. Und dann seid auch noch Ihr aufgetaucht, so daß man mir seit heute offen die Gefolgschaft aufgekündigt hat. Ich bekam sogar Besuch. Einer der Gnome erschien in meinen Privatgemächern und sagte schon in der Tür: ›Herrin, ich bringe Euch ein Fläschchen mit Medizin und einen guten Rat.‹

Ich sah ihn erstaunt an. Was sollten diese seltsamen Worte? Medizin hatte mir der Gnom schon häufig gebracht. Ich habe sie ihm stets dankend abgenommen, aber natürlich nicht getrunken.«

»Ihr habt diese gefährliche Medizin nicht eingenommen?« fragte der Zauberer erstaunt.

»Ich bin doch jung und gesund, wozu brauche ich Medizin? Aber eine Ahnung riet mir, das Spiel mitzuspielen und Abhängigkeit vorzutäuschen.«

Die Achtung des Gastes vor dieser jungen Frau stieg beträchtlich. Mit stockender Stimme fuhr sie fort: »Wie immer nahm ich die Flasche und fragte ihn dann nach seinem Rat.

›Wir wissen‹, so sagte er, ›daß Euch dieser Mann namens Bolido sehr am Herzen liegt. Auch wir mögen ihn sehr. Daher wollen wir nicht, daß ihm oder Euch etwas geschieht. Zur Zeit ist Bolido in guten Händen und in Sicherheit. Doch dieser Zustand kann sich ändern. Ein Feind ist in Euer Land gekommen und will Unfrieden säen. In Eurem eigenen Interesse muß dies verhindert werden. Dieser Feind ist der Zauberer Aramar, den Ihr bereits kennengelernt habt. Wir raten Euch, beseitigt diesen Fremden, und Ihr könnt Bolido bald wieder in Eure Arme schließen.‹

Bei den letzten Worten grinste der Gnom in einer unverschämten Weise, schwenkte seine Fingernagelschoner durch die Luft und verließ das Zimmer. Ich habe lange nachgedacht, wie ich mich verhalten sollte und kam dann auf die Idee, diese Komödie mit Euch zu spielen. Nun wiegen sich die Glatzköpfe in Sicherheit, und wir können gemeinsam einen Plan schmieden. Die einzige Schwierigkeit war, meinen braven Kammerdiener soweit zu bringen, daß er den Henker spielte.«

Aramar schaute die Fürstin bewundernd an. Sie hatte sich überaus klug und weitsichtig verhalten und in der schwierigen Lage die Nerven und den Überblick behalten.

»Im Augenblick sehe ich mehrere Probleme mit denen wir fertig werden müssen«, begann er schließlich. »Zuerst müssen wir Bolido befreien. Er ist in Lebensgefahr. Man will ihm Schöntod geben.«

Bei dieser Nachricht schrie die Fürstin leise auf, aber sie unterbrach Aramar nicht.

»Dann sollten wir uns der Vespucci entledigen. Dies wird nicht einfach werden, denn sie verfügen über geistige Kräfte, gegen die Eure Wachen wehrlos sind. Zum dritten müßt Ihr die revoltierenden Kapitäne wieder unter Eure Befehlsgewalt bekommen. Dann aber solltet Ihr Euer ganzes Heer zusammenrufen und in den Norden eilen. Cantrel braucht dringend Hilfe.«

Valsipia saß eine Weile schweigend da und schien zu überlegen. Schließlich frage sie den Zauberer: »Habt Ihr eine Idee, wie wir die Probleme angehen können?«

»Leider nicht. Die einzigen Bundesgenossen, auf die ich in dieser Stadt zählen kann, sind die Zwerge, und sie werden nicht offen Partei ergreifen.«

»Auch ich bin mir nicht mehr sicher, auf wen ich noch zählen kann«, sagte Valsipia. »Ich glaube aber, zur Zeit stehen nicht besonders viele Leute in Arminia auf meiner Seite. Das bedeutet, wir müssen vorsichtig sein und dürfen es auf keine offene Machtprobe ankommen lassen.«

»Wir brauchen also einen Plan, mit dem niemand rechnet.«

Dem stimmte die Fürstin zu, und als der Morgen graute, hatten sie gemeinsam eine Strategie entwickelt, die sie ein wenig hoffen ließ. Zwar war das Vorhaben mit einem hohen Risiko verbunden, und Aramar bezeichnete es sogar als ›verrückt‹, aber sie hatten keine andere Wahl.

Während Aramar vom Kammerdiener, der sich widerstrebend wieder als Henker verkleidet hatte, laut ächzend in seinen Kerker zurückgebracht wurde, entwickelte die Fürstin hektische Aktivität. Sie ließ für den Abend des nächsten Tages ein großes Fest vorbereiten und sandte Boten mit Einladungen an alle Noblen. Auch die Vespucci wurden eingeladen.

Das Fest

Die Wellenkämme trugen Schaumkronen, die von scharfen Ruderblättern durchschnitten wurden. Eine steife Brise blies vom offenen Meer und erhöhte die Geschwindigkeit des Schiffes. Sein Bug teilte das aufgewühlte Wasser und erzeugte zwei hohe Wogen, die sich erst weit hinter dem Boot verloren, ebenso wie der Schwarm Möwen, der ihm in der Luft hartnäckig folgte.

Das Schiff kam von weit draußen, wo das Flaggschiff der fürstlichen Flotte vor Anker lag, und war auf jeder Seite mit einem goldenen Seeadler verziert. Die Matrosen, die mit kräftigen Armen die breiten Ruder durchs Wasser zogen und sich genau nach dem Tempo des Schlagmanns richteten, waren in blendendes Weiß gekleidet, das selbst jetzt in der Abenddämmerung noch hell leuchtete. Hinten saßen auf bequemen Polstersitzen ein Mann und eine Frau.

Lurex, der Oberbefehlshaber der Flotte, und seine Gattin Fronsipe waren auf dem Weg zum Fest der Fürstin. Auch er trug eine strahlend weiße Uniform mit breiten goldenen Litzen und hielt die Admiralsmütze in der Hand, um das spärliche, aber sorgsam drapierte Haar nicht zu zerdrücken. Sie war in ein langes blauweißes Kleid gewandet, das mit teurem Pelz abgesetzt war, und hatte Schmuck aus Gold und Edelsteinen angelegt. Man wußte, was man seinem Ansehen schuldig war.

Lurex war ein mächtiger Mann. Doch hatte er diese Stellung noch nicht lange inne. Erst in späten Jahren war er zu seinem jetzigen Rang aufgestiegen. Über ein Jahrzehnt hatte er als Stellvertreter gedient, der zwar die Arbeit machte, den Ruhm aber einem anderen überlassen mußte. Dann endlich war sein Vorgänger gestorben, und die Flotte unterstand ihm allein.

Schon in all den Jahren zuvor war er als harter Mann bekannt gewesen, und diesen Ruf bestätigte er nun täglich. Ordnung und Disziplin waren für ihn die höchsten Tugenden. Bei den geringsten Vergehen wurden Matrosen ausgepeitscht. Hatte es eine Prügelei gegeben, so fragte er als oberster Richter nicht nach den Schuldigen, sondern ließ alle Beteiligten bestrafen. Schuld, so sagte er stets, sei nur eine Frage des Zeitpunktes. Früher oder später werde jeder irgendwann schuldig. Die Strafe des scheinbar Unschuldigen sei deshalb nur vorgezogen.

Lurex wollte nicht die Regierungsgewalt, aber die Politik seiner Fürstin betrachtete er mit kritischen Augen. Diese Frau war ihm nicht entschieden genug, was sich auch bei ihrer zögerlichen Zurückhaltung gegenüber einem Angriff auf Rachis zeigte. In seiner Einschätzung war er durch zwei Vespucci, die ihn vor Monaten auf seinem Schiff besucht hatten, bestärkt worden. Danach hatte er sich entschlossen, das Opfer zu bringen und die Herrschaft in Arminia zu übernehmen. Er hatte eine Verpflichtung gegenüber seinem Land, und die nahm Lurex sehr ernst. Er wußte, wer jetzt bereit war, konsequent zu handeln, der würde in die Geschichte des Fürstentums eingehen.

Seine Frau hatte den Zenit ihres Lebens schon überschritten. Früher war sie eine Schönheit gewesen, doch das Alter und drei Kinder hatten sie füllig werden lassen, und ihr Haar hatte schon einen grauen Schimmer. Doch noch immer strahlten ihre Augen. Die Falten im Gesicht gaben ihr ein gütiges Aussehen. Sie war eine Frau, die wußte, was sie wollte, aber auch gelernt hatte, Nachsicht zu zeigen. Ihre Kinder lagen ihr sehr am Herzen, und wenn ihr Mann allzu barsch und unbarmherzig war, so wirkte sie mäßigend auf ihn ein.

Auf diesen Abend hatte sie sich sehr gefreut. Das Leben auf dem Schiff war doch allzu abgeschieden. Heute, so hatte sie sich vorgenommen, wollte sie viel hören und erleben, worüber sie in den nächsten Wochen nachdenken konnte.

Der Anlegesteg vor dem Palast und das große Portal waren hell erleuchtet. Livrierte Diener hielten fünfarmige Kerzenleuchter, deren Flämmchen im Abendwind flackerten, andere halfen den Gästen aus den Booten. Ein Majordomus stieß im Eingang zum großen Festsaal mit seinem Stab auf den Boden und verkündete laut die Namen der Gäste: »Admiral Lurex mit seiner Gattin Fronsipe!«

Die Fürstin trat beiden mit einem strahlenden Lächeln entgegen, ergriff die dargebotenen Hände und erwiderte die leichte Verbeugung ihres Oberbefehlshabers.

In der Mitte des Saales stand eine festlich gedeckte Tafel, und Hunderte von Kerzen spiegelten sich in kostbarem Geschirr. Das Essen war ausgezeichnet und der Wein von ausgesuchter Güte. Die Konversation ging munter voran. Valsipia war ausgezeichneter Laune. Sie lachte viel und bedachte jeden ihrer Gäste mit einem freundlichen Wort. Dann wurde die Tafel aufgehoben. Diener trugen Tische mit Glücksspielen herein und reichten scharfe Getränke. Die Zeit brach an, in der die Männer ihren Vergnügungen nachgingen und sich die Frauen zurückzogen.

Ein behaglicher Nebenraum war für die Damen hergerichtet worden. Auch einer der Vespucci hatte sich, ohne lange zu fragen, zu den Frauen begeben. Nun, nachdem der offizielle Teil beendet war, legten die Damen auch die letzte Förmlichkeit ab. Man kannte sich schließlich schon seit vielen Jahren und hatte sich viel zu erzählen.

Valsipia ließ allen erst einmal Zeit, um den wichtigsten Klatsch auszutauschen, dann trat sie zu dem Glatzkopf, der in einem Sessel saß und gelangweilt seine Nagelschoner auf seinem Schoß gekreuzt hatte. Sie fragte ihn, ob er weiblichen Geschlechtes sei.

Er sah sie verwundert an und verneinte.

Was er dann hier unter all den Frauen zu suchen habe?

Er käme aus einem fernen Land und wolle die Sitten der Frauen in Arminia studieren, antwortete er mit seinem fremdartigen Akzent, der kaum zu verstehen war.

In diesem Augenblick öffnete sich eine verborgene Tür, und herein trat Aramar. Verwundert starrten ihn die Frauen an, und der Vespucci sprang auf. Abwehrend hob er die Hände und streckte dem Zauberer seine goldenen Nagelschoner entgegen. Doch der lachte und sagte: »Gib es auf, Gnom! Du kannst mich mit deinem Geist nicht bezwingen. Aber ich kann dich vernichten.«

Da verzerrte sich das Gesicht des Vespucci. Er sank langsam auf die Knie und blieb schließlich leblos liegen.

Die Frauen hatten bei diesem Schauspiel aufgeschrien und waren verängstigt an die Wände des Zimmers zurückgewichen. Einige hatten ihre Tassen vor Schreck fallen lassen. Ohne daß man sie gerufen hatte, erschienen zwei Diener und trugen die leblose Gestalt des Glatzköpfigen hinaus.

Währenddessen stammelte Fronsipe: »Wer ist dieser Mann?«

Mit beruhigender Stimme antwortete die Fürstin: »Es ist ein Freund! Er heißt Aramar und kommt aus dem Norden.«

»Er ist ein Mörder«, kreischte eine junge Frau. »Wie kann ein Mörder des Vespucci unser Freund sein?«

»Habt keine Angst! Aramar ist auf unserer Seite.«

»Wir brauchen keinen Mörder auf unserer Seite. Dazu besteht keine Notwendigkeit.« Die junge Frau schrie noch immer.

Aramar zog sich zurück, und Valsipia redete beruhigend auf die

Frauen ein. Als wieder Stille eingekehrt war, erhob sie die Stimme und fuhr fort. »Und nun will ich euch allen eine kleine Rede halten, und ihr sollt mir zuhören.«

Das Murmeln und Flüstern erstarb im Raum. Die Fürstin stellte sich in die Mitte, und während sie sprach, sah sie eine der Frauen nach der anderen an. Manche ihrer Gäste senkten den Blick, andere hielten ihm stand, aber alle hörten aufmerksam zu.

»Meine Damen, wer bekommt eigentlich die Kinder? Die Männer oder wir Frauen?«

Gelächter war die Antwort auf diese Frage, und dabei schwang so etwas wie Befreiung mit, denn die seltsamen Vorfälle im fürstlichen Palast hatten alle doch recht beunruhigt und verängstigt.

Valsipia erwartete natürlich keine Antwort und fuhr befriedigt fort: »Wenn dies aber so ist, daß wir Frauen unter Schmerzen und Lebensgefahr die Kinder in die Welt setzen, so frage ich mich, warum dann die Männer unsere Kinder ungestraft in Kriegen umbringen dürfen?«

»Weil irgend jemand uns Frauen gegen Feinde verteidigen muß. Wenn wir uns nicht zur Wehr setzen, werden wir zu Sklaven oder erleiden ein noch schlimmeres Schicksal. Unsere Männer wären auch gern friedfertig, aber sie müssen uns schützen.«

Fronsipe hatte ruhig und bedächtig gesprochen.

»Dem stimme ich zu«, ergriff Valsipia nun wieder das Wort. »Doch manchmal greifen auch wir an, und die anderen müssen sich gegen uns verteidigen.«

Die Unterredung im Damenzimmer dauerte noch lange. Die Männer hatten längst die Lust am Spielen verloren und wollten nach Hause. Allerdings hielt die Autorität der Fürstin sie davon ab, ihre Frauen zum Aufbruch zu drängen. Und doch machten sie sich so ihre Gedanken, was diese wohl so lange miteinander zu bereden hatten. Sie sollten es bald erfahren. Spät in der Nacht stießen die Boote vom Palast ab. Die Frauen waren dabei recht nachdenklich.

Spurlos verschwunden

Die Vespucci waren mit Hilfe des Zauberers noch in der Nacht des Festes gefangengenommen worden, nachdem sich die Gäste verabschiedet hatten. Die Diener und Wachen hatten sie auf Befehl der Fürstin eingekerkert. Dies war ein Fehler gewesen, wie Aramar am Morgen wütend feststellen mußte. Die Gnome hatten mit ihren Geisteskräften die Wachen überwältigt und waren ausgebrochen.

Nun lagen die Männer der Fürstin mit noch schreckensweit geöffneten Augen leblos vor den Zellen. Die Glatzköpfe hatten das Öffnen der Tür erzwungen und die Wachen dann grausam vernichtet.

Als nächstes fiel ihnen die Bootsbesatzung zum Opfer. Auch diese Männer hatten der geistigen Kraft der Ausbrecher nichts entgegensetzen können. Man hatte sie gezwungen, die Gnome ans Ufer zu rudern. Dort wurden sie dann auf den Ruderbänken umgebracht. Von diesem Anlegesteg aus zog sich eine entsetzliche Spur von Toten quer durch Arminia. Sogar die Torwächter lagen ermordet auf der Straße.

»Wir dürfen die Mörder nicht entkommen lassen!« rief Valsipia aufgebracht, als ihr die Vorfälle berichtet wurden.

Doch Aramar riet ab: »Ich selbst habe keine Zeit für eine Verfolgung und die Vespucci werden jeden anderen unbarmherzig niedermachen. Doch«, ein leichtes Schmunzeln stahl sich trotz der ernsten Lage auf seine Lippen, ich bin sicher, daß sie nicht weit kommen. Dort draußen lauert nämlich etwas, dem sie mit den Waffen ihres Geistes nichts anhaben können.«

In der Tat setzte sich ein Wesen auf ihre Spur, mit dem sie nicht gerechnet hatten. Es war Warp, der Wolf und Gefährte von Aramar. Dieses Tier war gegen die gewalttätigen Gedanken gefeit. Zwar irrten die Vespucci noch eine Weile durch das Fürstentum und töteten wahllos jeden, dem sie begegneten. Doch schließlich rannten die Gnome von Furcht gehetzt durch das für sie so fremde Land, bis sie einer nach dem anderen dem wütenden Biß des grauen Wolfes zum Opfer fielen.

Am Tag nach dem Fest brach auch der Zauberer auf und reiste unerkannt und mit unbekanntem Ziel ab. Auch noch andere verschwanden, ohne eine Spur zu hinterlassen. Am Nachmittag verließen alle Frauen, die am Abend vorher bei Hof gewesen waren, Ehemann und Familie. Die einen von ihnen hatten sich von den Kriegsschiffen, auf denen sie mit ihren Gatten wohnten, in die Stadt rudern lassen, um Besorgungen zu machen. Die anderen brachen ohne Diener aus ihren Häusern in der Stadt auf. Keine wurde mehr gesehen. Aber dies bemerkte man erst sehr viel später.

Der Tag verlief ohne Zwischenfälle. Die Männer gingen ihren Beschäftigungen nach. Dabei hatten einige von ihnen noch einen schweren Kopf, weil sie dem Wein und den scharfen Getränken im Palast zu sehr zugesprochen hatten. Der Admiral saß wieder einmal zu Gericht und verhängte strenge Strafen. Die Unterführer der Kapitäne ließen die Schiffe schrubben und die Mannschaften exerzieren. Andere erledigten Geschäfte in der Stadt. Erst gegen Abend begann man die Frauen zu vermissen.

Diener und Matrosen wurden losgeschickt, um die jeweilige Gattin zu suchen. Erst sehr viel später wurde klar, daß alle Frauen weg waren, und nun breitete sich Panik aus. Ein großes Aufgebot von Soldaten durchkämmte die ganze Stadt, und selbst die Zwergenstadt entging der Durchsuchung nicht. Doch alle Mühe war vergeblich. In dieser Nacht schliefen die Männer nur wenig.

Die Suche ging am nächsten Tag weiter. Nun durchstreiften Suchmannschaften die Umgebung der Stadt, schauten in jeden Bauernhof und untersuchten jedes Landgut. Die verschwundenen Vespucci wurden verantwortlich gemacht, und so mancher der Kapitäne erklärte nun in tiefster Überzeugung, er habe den Glatzköpfen noch niemals getraut. Lurex verschob die für diesen Tag angesetzte Besprechung, auf der die Absetzung der Fürstin hatte beschlossen werden sollen. Auf allen Schiffen und in ganz Arminia herrschte hellste Aufregung. Nur die Fürstin ließ sich in der ganzen Zeit nicht sehen und nichts von sich hören.

Am späten Nachmittag des zweiten Tages nach dem Verschwinden der Frauen verhängte Lurex über Arminia den Ausnahmezustand. Die Tore blieben geschlossen. Niemand durfte die Stadt mehr betreten oder verlassen. Vor der Küste kreuzten schwerbewaffnete Schiffe, und in den Trinkstuben am Hafen drängten sich die Männer, die das seltsame Geschehen in allen Einzelheiten besprachen. Dabei wurden viele angebliche Feinde entdeckt und nach sofortiger Vergeltung gerufen. Aber etwas Genaueres wußte man nicht.

Bei Sonnenuntergang fand man die Botschaft. Ein herrenloses

Boot schaukelte im Hafen auf den Wellen, und als man es barg, entdeckte man darin Kleidungsstücke und einen Brief. Zum Entsetzen aller stellte sich heraus, daß die Spangen, Kleider und Schuhe den verschwundenen Frauen gehörten. Der Admiral starrte lange auf den Schal seiner Frau und war ganz bleich im Gesicht. Noch nie hatten seine engsten Vertrauten soviel Verwirrung und Hilflosigkeit in seinen strengen Zügen gesehen. Dann las er den Brief. Die Rückkehr der Frauen war an Forderungen gebunden. Zuerst sollte Bolido unversehrt freigelassen werden, danach würden neue Anweisungen erteilt.

Lurex war nun klar, daß man die Verschwörung aufgedeckt hatte. Ihm blieben nur noch zwei Möglichkeiten. Entweder er setzte den Staatsstreich sofort in Szene und gefährdete das Leben seiner Frau oder er gab seine hochfliegenden Pläne auf, um sie zu retten. Nachdem Lurex lange schweigend und verschlossen in der Messe des Admiralsschiffes auf und ab gegangen war, gab er den Befehl, diesen Narren Bolido, wie er sagte, zu suchen. Danach wolle man weitersehen.

Nun wurde die Stadt aufs neue durchkämmt. Doch diesmal suchte man nicht die Frauen, sondern blickte statt dessen in Unterkünfte, um die wohlsituierte Bürger in der Regel einen Bogen machten. Es waren die Behausungen der Schöntodopfer. Die Soldaten wühlten sich durch Schmutz und Unrat und fanden Dinge, die selbst die Hartgesottensten unter ihnen würgen ließen. Die ganze Nacht hindurch drangen die Männer beim Schein von vielen Fackeln in Verschläge und Löcher. Dort lagen die Süchtigen in ihrem eigenen Dreck, die Augen verdreht und die Gesichter zu Grimassen verzerrt. Das Rauschgift kannte keine Gnade. Viele bemerkten die nächtlichen Besucher nicht einmal, andere, die noch nicht das Geld für die nötige Ration zusammen hatten, winselten um ein Almosen oder machten üble Angebote. Angewidert, aber befehlsgemäß inspizierten die Soldaten alles, fanden aber Bolido nicht.

Lurex, der die Aktion selbst leitete, gab nun den Befehl, alle Rauschgiftsüchtigen zusammenzutreiben, derer man habhaft werden konnte. Männer und Frauen wurden auf den Marktplatz von Arminia geführt und dort von einer dichten Soldatenkette umstellt. Wer nicht gehen konnte, wurde dorthin getragen. Dann wartete man. Im grellen Schein der Mittagssonne war das Klagen und Stöhnen kaum noch auszuhalten. Manche, die unbedingt Schöntod brauchten, rannten gegen die Soldatenkette an und wurden zusammengeschlagen. Die Hitze und der Durst taten ein Übriges.

Lurex verkündete in knappen Worten, niemand werde freigelassen, bis Bolido nicht wieder aufgetaucht sei, und ließ sich auf keine Diskussionen ein.

Endlich hielten es einige nicht mehr aus und willigten ein, den Gesuchten auszuliefern. Sie erklärten jedoch, daß die Vespucci bei Verrat die Schöntodlieferungen für alle Zeiten einstellen wollten, und verlangten daher sofortige Freilassung, eine Ration Schöntod für alle und die Garantie, auch in Zukunft mit dem Rauschgift versorgt zu werden. Sonst werde Bolido in den nächsten Stunden von Freunden der Süchtigen auf grausame Weise umgebracht.

Der Admiral hörte sich dies regungslos an und gab seinen Soldaten einen Wink, die sich daranmachten, auf dem Platz ein Gestell aufzubauen, dessen Zweck jeder sogleich erkannte. Es diente zum Auspeitschen. Wahllos ergriffen die Uniformierten einen der Gefangenen und banden ihn auf den Bock. Er schrie wie am Spieß. Eine lange Peitsche wurde ausgerollt, und der Vollstrecker entblößte seinen Oberkörper. Dann wurde ein blutiges Ritual vollzogen. Endlich wurde der ohnmächtige Delinquent zurückgeschleift und nach dem nächsten Opfer gegriffen. Der Mann wimmerte, flehte um Gnade und bot schließlich an, alles zu verraten.

Bolido fand man nach seinen Angaben in einer Höhle in der Kaimauer dicht über dem Wasserspiegel. Man hatte dort Steine herausgebrochen und eine Höhlung gegraben. In dieses Loch hatte man den Vertrauten der Fürstin gesteckt, ihm Schöntod eingeflößt und bis auf eine schmale Öffnung alles wieder zugemauert. Dort wäre der Unglückliche ohne einen Hinweis nie entdeckt worden. Als man Bolido befreite, war er halb tot und mußte getragen werden. Behutsam bettete man ihn in ein Boot und brachte ihn in den Palast. Die erste Forderung des Briefes war erfüllt worden. Nun begann das Warten erneut.

Am vierten Tag schaukelte wieder ein leeres Boot auf den Wellen. Man fand erneut Kleidungsstücke der Frauen und einen Brief, diesmal mit dem Befehl, die Rädelsführer der Verschwörung auszuliefern.

Auf dem Schiff des Admirals herrschten Hektik und Aufregung. Es ging nun um den Kopf des Kommandierenden selbst. Immer und immer wieder wurden in der Messe des Schiffes alle Möglichkeiten durchgesprochen. Man fand keine Lösung. Lurex beteiligte sich nicht an der Beratung. Er war schweigsam und hörte nur zu. Schließlich wurde die Sitzung ohne eine Entscheidung vertagt.

In dieser Nacht fand der Admiral keine Ruhe. Stunde um Stunde lief er auf dem Deck umher und starrte hinaus auf das dunkle Meer. Er sehnte sich nach Fronsipe und wußte erst jetzt, daß er diese Frau liebte. Er wollte mir ihr zusammen alt werden. Die Einsamkeit krampfte sich um sein Herz. Als er endlich die grauen Nebel über dem Wasser sehen konnte, war sein Entschluß gefaßt.

Das Gericht

Die Männer trugen schlichte Kleidung und nicht ihre gewohnten prunkvollen Uniformen. Sie standen am Kai und warteten darauf, zum Palast hinüber gerudert zu werden. Diesmal allerdings wartete kein Fest wie noch vor wenigen Tagen auf sie, vielmehr rechneten sie mit einem schmachvollen Tod. Sie hatten Hochverrat begangen und dafür gab es nur eine einzige Strafe. Ein Zurück war nicht mehr möglich. Was hätte ein Rückzug auch bringen sollen? Sie hatten sich zu erkennen gegeben, ihr Komplott war aufgeflogen. Ein kleines Ruderboot legte am Kai an. Nur drei der Büßer konnten einsteigen. Die anderen mußten warten. Viele Male fuhr der Kahn hin und her, dann waren alle Verschwörer im Palast verschwunden.

Dort wurden sie auf verschiedene Zimmer verteilt und warteten mit bangen Herzen. Schließlich bekamen sie Besuch, und zwar jeweils von den Gattinnen der anderen Männer. Die Frauen führten mit ihnen lange und ernste Gespräche. Als die Führer der Flotte den Plan durchschaut hatten, waren sie zuerst zwar froh, daß ihren Frauen nichts zugestoßen war. Dann aber überkam sie Wut über die Demütigung und den Verrat ihrer Gattinnen. Man hatte sie, verantwortungsvolle Männer des Landes, hintergangen. Man hatte sie vorgeführt und der Lächerlichkeit preisgegeben. Ihre eigenen Frauen hatten sie in eine Falle gelockt. Wie konnten sie ihnen jemals wieder vertrauen? Das Schlimmste aber war, daß es bei all dem um ernste Staatsangelegenheiten ging, und dies war ein Bereich, der den Männern vorbehalten war. Hier ging es um Krieg oder Frieden. Mit diesen Fragen machte man keine Scherze. Wie konnten sich Frauen anmaßen, in Fragen der inneren und äußeren Sicherheit selbst Weichen zu stellen?

Bevor die Offiziere ihre Wut an den Frauen auslassen konnten, brachte man sie in den Thronsaal. Da saß die Fürstin, angetan mit der Krone, die sie nur zu den höchsten Festtagen trug. Ihr Gesicht war ernst. Rechts neben dem Thron lag Bolido auf einer Liege. Sein Gesicht war ausgezehrt, und seine Augen glänzten im Fieber. Valsipia demonstrierte mit seiner Anwesenheit, wie wichtig seine Rolle am Hof war, und daß er zu ihr gehörte. Auf der linken Seite des Throns aber stand zur Verwunderung aller Fronsipe, die Gemahlin des Admirals. Zudem waren alle verschwunden geglaubten Frauen anwesend und verfolgten neugierig die Vorgänge.

»Wir heißen Euch willkommen, meine Herren«, sagte Valsipia würdevoll. »Unsere Berater sind Euch bekannt.«

Dabei deutete sie mit der Hand nach links und nach rechts. Nun starrten alle auf den Admiral. Jeder wollte sehen, wie er den Verrat seiner Frau hinnehmen würde. Auf Lurex' Gesicht zeigte sich keine Regung, aber die anderen Befehlshaber begannen zu schimpfen. Es fielen Worte wie »Verrat!«, »törichter Spaß von närrischen Frauen«, »mit diesem unsinnigen Spiel hat Valsipia erst recht gezeigt, daß sie abgelöst werden muß«.

Die Fürstin hörte eine Zeitlang schweigend zu, dann sagte sie kalt: »Ruhe, meine Herren! Euch ist scheinbar nicht klar, in welcher Lage Ihr Euch befindet!«

Erstaunt und etwas betreten verstummten die Männer und sahen sie an.

Valsipia fuhr fort: »Ihr steht vor Eurer Fürstin, der Ihr Euch auf Gnade und Ungnade ausgeliefert habt. Wir sind Eure Richterin. Und zu richten haben Wir das schwerste aller Vergehen: die Untreue! Wir stellen Euch jetzt vor die Entscheidung: Entweder Ihr gelobt Uns aufs neue Treue und haltet diesmal Euren Schwur oder Ihr verlaßt Unsere Stadt. Wir geben Euch nur wenige Minuten zum Überlegen. Aber entscheidet richtig, denn später werden Wir keine Nachsicht mehr zeigen.«

Ein Murmeln ging durch die Reihen der Frauen, während die Männer sich gegenseitig ratlos anblickten.

Dann fragte Valsipia: »Nun, habt Ihr eine Entscheidung getroffen? Wer den neuen Treueid ablegen will, der trete vor.«

Bis auf zwei der Befehlshaber machten alle einen Schritt nach vorn zum Thron. Stehengeblieben waren der Admiral und Choran, ein Mann von kleiner Statur, der durch seinen Eigensinn bekannt war. Die Fürstin sah beide lange an und sagte dann: »Ihr könnt gehen!«

Ohne zu zögern drehte sich Choran um und schritt hocherhobenen Hauptes aus dem Saal. Seine Frau löste sich aus den Reihen der anderen und folgte ihm mit schleppenden Schritten.

Nun hob die Fürstin die Stimme und rief: »Sprecht Uns nach: Wir geloben Valsipia der Fürstin von Arminia die Treue bis in den Tod. Wir geloben allen Nachkommen der Fürstin Valsipia die gleiche Treue. Wir werden unser Leben für das Fürstenhaus und die Fürstin geben. Wir werden widerspruchslos jeden ihrer Befehle ausführen. Wir werden niemals mehr gegen diesen Schwur verstoßen. Sollten wir diesen Schwur nicht einhalten, so ist unser Leben verwirkt.«

Mit dumpfer Stimme wiederholten die Männer die harten Worte. Dann drängten sie auf einen Wink ihrer Herrin hinaus.

Zurück blieben die Frauen, Bolido und der Admiral. Dieser hatte an der Vereidigung nicht teilgenommen und schien nun wie aus einer Totenstarre zu erwachen. Sein Körper straffte sich, und er fragte seine Fürstin: »Welche Strafe habt Ihr für mich vorgesehen?«

Da mischte sich seine Frau ein, die noch immer links vom Thron stand: »Lieber, für dich ist keine Strafe vorgesehen. Ich würde nie zulassen, daß man dir etwas zuleide tut. Wäre diese Verschwörung geglückt, hätte sie dein Leben zerstört. Ich wollte dich nur vor dir selbst bewahren. Du bist im Innern deines Herzens kein Verräter, das weiß ich. Deshalb habe ich verhindert, daß du es wirst, ohne es wirklich zu wollen.«

Lurex hörte nicht auf sie, sondern sah die Fürstin noch immer unverwandt an und wiederholte die Worte: »Welche Strafe?«

»Wir werden Euch nicht strafen«, antwortete Valsipia. »Ihr habt Uns treu gedient, und die Größe eines Herrschers besteht im Verzeihen. Ihr bleibt weiterhin Unser Admiral.«

Der Mann starrte sie mit glanzlosen Augen an und wiederholte noch einmal die Worte: »Welche Strafe?«

»Keine«, war die Antwort.

Da sagte er: »Für so hart und ungnädig hätte ich Euch nicht gehalten.«

Er zog ein Messer hervor, das er unter seinen Kleidern versteckt hatte, und stieß es sich in den Bauch. Dann brach er mit schmerzverzerrtem Gesicht zusammen. Seine Frau schrie auf, eilte zu ihm und fiel neben seinem gekrümmten Körper auf die Knie. Tränen liefen ihr über die Wangen. Immer wieder rief sie: »Wir brauchen dich! Verlaß uns nicht!«

Da öffnete er mühsam den Mund und flüsterte: »Verschwinde Weib! Erspare mir wenigstens im Augenblick des Todes deinen Anblick!«

Sie fuhr zurück, als habe sie einen Faustschlag erhalten und brach ohnmächtig zusammen.

Die belagerte Stadt

Wenige Tage später kehrte Aramar von seiner Reise nach Rachis zurück. Es war ihm gelungen, diese und die anderen Küstenstädte zur Unterstützung der Mission in den Norden zu gewinnen.

»Ihr wißt«, sagte er, nachdem er der Fürstin die erfreuliche Botschaft mitgeteilt hatte, »daß nur durch den Heereszug nach Cantrel Euer Volk wieder vereint wird. Bliebt Ihr in Arminia und alles ginge seinen gewohnten Gang, so käme es früher oder später zu einem Aufstand mit Mord und Totschlag. Die Wut über Euer Meisterstück und den Verrat ihrer Frauen würde in den Herzen der Männer nagen, bis sie Euch getötet hätten. Die Hilfe für den Großkönig ist auch Eure Rettung.«

Die Fürstin nickte. Darüber war sie sich von Anfang an klargewesen.

Dann war endlich alles geregelt. Kriegsschiffe waren dem Befehl des Stadtvorstehers von Arminia unterstellt worden, um den Ort vor Piraten zu schützen. Boten hatten aus dem ganzen Fürstentum alle wehrfähigen Männer zusammengerufen. Selbst die Zwerge stellten eine Delegation mit gut bewaffneten jungen Kriegern. Schiffe mit geringem Tiefgang waren ausgerüstet worden. Mit ihnen wollte man zuerst den Aganga und dann den Tessenfluß hinaufsegeln und, wo es notwendig war, rudern. Die Reise auf dem

Wasser war weniger beschwerlich als über Land. Diesen Weg wählte die Fürstin. Aramar hingegen würde die Reiterei nach Cantrel führen.

Bolido war noch immer sehr schwach und krank. Er kämpfte gegen die Sucht, mit der man ihn gegen seinen Willen infiziert hatte. Seine Haut war bleich, obgleich sein Herz raste, doch zumindest hatte die ständige Übelkeit inzwischen nachgelassen. Trotz seines Zustandes schloß er sich dem Heer an.

Die Reiter hatten mit großen Schwierigkeiten zu kämpfen. Als sie nämlich den Grauen Wald erreichten, begann es zu regnen und hörte nicht mehr auf. Die Pferde versanken bis über die Hufe im Morast und selbst die hochrädrigen Proviantwagen kamen oft nicht weiter. Die Männer mußten sich dann mit ihrem ganzen Gewicht in die Speichen stemmen, um die Karren wieder flottzubekommen.

Am meisten aber machte den Leuten aus dem Süden die ungewohnte Kälte zu schaffen. Sie waren flirrende Hitze gewohnt und hatten gelernt, sich gegen eine erbarmungslose Sonne zu schirmen. Nun war die Sonne hinter dunklen Wolken verschwunden, und die Männer hätten viel für ihre warmen Strahlen gegeben. Auch die Leute auf den Schiffen froren, und so war es kein Wunder, daß bald Murren zu hören war. Was man in diesem unheilvollen Norden verloren hätte, wurde gefragt. Man solle sich um seine eigenen Angelegenheiten im Süden kümmern und den Norden mit seinen Problemen allein lassen. Aber solche Bemerkungen wurden nur hinter vorgehaltener Hand geäußert. Der Respekt vor der Herrscherin verbot offene Proteste, und die Kapitäne hielten sich auffällig zurück.

Bei der Reiterei war man noch vorsichtiger. Schließlich konnte man diesem Aramar nicht trauen. Nachdem sie Arminia verlassen hatte, war zur Verwunderung und zum Entsetzen der Reiter ein Wolf aufgetaucht. Aber nachdem der Zauberer sie beruhigt hatte, gesellte sich das mächtige Tier wie ein Schoßhund an seine Seite. Die einen bewunderten daraufhin die Macht des Mannes über das Tier, die anderen aber sprachen von einem schlechten Omen.

Trotz aller Beschwernisse genossen Valsipia und Bolido die Reise auf dem Schiff. Der Mann hatte die Wirkung des Rauschgiftes langsam überwunden und kam auch wieder zu Kräften. Die Fürstin, die nun zu ihrer Liebe stand, ließ ihn nicht aus den Augen.

Wenn sie sich unbeobachtet fühlte, betrachtete sie unverwandt den Geliebten und die strengen Züge in ihrem Gesicht wurden weich. Beide waren stets gutgelaunt und hatten ein freundliches Wort da und ein Lächeln dort. Sie munterten die Ruderer immer wieder auf und hielten die Moral auf den Schiffen aufrecht. Alle Mühen und Entbehrungen, so versprachen sie, sollten durch den Empfang in Cantrel belohnt werden. Wie groß würde für die Landsleute im Norden die Freude über Hilfe und Rettung aus dem Süden sein. Mit Jubel würde man das Heer begrüßen und alte Freundschaften erneuern.

Die Reiter hatten unterdessen ein Scharmützel mit Soldaten aus Darken zu bestehen. Die Steuereintreiber begegneten dem Heer dort, wo der Tessenfluß eine große Schleife machte. Tage zuvor war man an der niedergebrannten Burg von Graukan vorbeigekommen. Nun rauchte und brannte nichts mehr. Nur noch ein paar schwarze Mauern ragten gespenstisch und trostlos in den Himmel. Aramar war vorsichtig über die Trümmer in die Umfriedung gestiegen. Da lagen all die Scherben der vielen Spiegel, die der Gefolgsmann des Königs in den Jahren zusammengetragen hatte. Wut über die brutalen Männer aus Darken und ihr sinnloses Zerstörungswerk hatte ihn erfaßt. Als das Heer dann noch an mehreren niedergebrannten Höfen und Gebäuden vorbeigekommen war, kannte sein Zorn keine Grenzen mehr, und er hatte die Jagd auf die Reiter mit den runden Fellmützen freigegeben.

Entgegen den Versprechungen der Fürstin gab es keinen glanzvollen Einzug des Heeres in Cantrel. Als die Weiße Stadt in der Ferne auftauchte, ritt Aramar selbst als Bote voraus, um die gute Nachricht von der Ankunft der Retter zu verkünden und alles für die baldige Landung der Schiffe vorzubereiten. Die Männer auf den Pferden ließ er in bester Stimmung zurück. Nun, nachdem das Ende der weiten und beschwerlichen Reise absehbar war, hatte der Heerzug sogar sein Tempo noch beschleunigt. Viele der Leute hatten zu singen begonnen, und auch der Regen machte niemandem mehr etwas aus.

Doch beim Näherkommen sah der Zauberer schon von weitem, daß die Tore der Stadt geschlossen waren. Vor den weißen Mauern breitete sich ein Meer von roten Zelten aus, die sich kontrastreich vom leuchtenden Weiß abhoben. Große Wurfmaschinen schleuderten Steine auf das schöne Cantrel. Der über der Stadt thronende Palast wies bereits so große Schäden auf, daß man sie selbst aus dieser Entfernung erkennen konnte. Reiter eilten geschäftig hin und her und umrundeten die Mauern. Soldaten standen in Trauben um die Katapulte. Von einer Unzahl von Feuern stieg Rauch in die Luft. Die Feinde aus Darken hatten mit der Belagerung der Stadt begonnen.

Der Zauberer hatte genug gesehen. Er riß sein Pferd herum und hetzte zu dem wartenden Heer zurück. Er mußte die Freunde warnen.

Ein großes Heer läßt sich schwer verbergen, und Aramar wunderte sich, weshalb seine Reiter nicht schon längst von Spähern aus Darken entdeckt worden waren. Doch es sollte ihm recht sein, denn er erhielt durch die Unachtsamkeit der Darkener Gelegenheit, eine sichere Stellung zu suchen und zu beziehen. Deshalb führte er seine Männer in weitem Bogen zu den Gorahöhen im Süden von Cantrel. Von dieser mit niedrigen Bäumen bewachsenen Hügelkette konnte man Cantrel und die ganze Ebene überblicken. Dort gab er die Anweisung, Verteidigungsgräben auszuheben und Palisaden zu errichten. Dann ritt er selbst zum Fluß, um die Fürstin zu empfangen.

Tags darauf tauchte die Flotte auf. Ein einsamer Reiter stand am Ufer, in dem unschwer der Zauberer zu erkennen war, und bedeutete mit Gesten den Schiffen hier im Fluß noch außerhalb der Sichtweite von Cantrel zu ankern. Valsipia ließ sich ans Ufer rudern. Ihre Leute schenkten dem Geschehen wenig Aufmerksamkeit. Sie waren müde, denn sie hatten die Schiffe in den vergangenen Tagen mehrfach über seichte Furten ziehen müssen.

»Nun«, sagte die Fürstin, nachdem sie den Freund umarmt hatte, »da sind wir. Ich habe Euren Wunsch erfüllt und bin in den Norden gekommen. Vielleicht verhindert allein unsere Anwesenheit, daß der Feind die Stadt angreift.«

»Ich fürchte, dazu ist es zu spät«, antwortete der rasch. »Cantrel wird bereits belagert. Ich habe mit Euren Reitern inzwischen in den Gorahöhen Stellung bezogen. Dorthin solltet Ihr, so rasch es geht, mit all Euren Leuten folgen. Danach rate ich, die Schiffe aus dem Kampfgebiet zu entfernen.«

Valsipia fragte nicht weiter nach Einzelheiten und zögerte nicht. Sie gab entsprechende Anweisungen und folgte dem Zauberer, der für sie ein Pferd mitgebracht hatte. Sie war, obgleich Fürstin eines Reiches von Seefahrern, eine gute Reiterin. Hoch aufgerichtet saß sie auf der braunen Stute und galoppierte hinter Aramar auf die nahen Bäume zu. Ihr langes, schwarzes Haar flatterte im Wind. Als sie den Wald durchquert hatten und aus seinem Schatten heraus auf Cantrel blickten, breitete sich vor ihnen das Meer von roten Zelten aus. Erschrocken streckte Valsipia den Arm aus und umklammerte die Hand des Zauberers. Alle Freude über das Ende der langen Reise war verschwunden. Sie wußte nun, daß Kämpfe unvermeidlich waren.

Aramar erklärte ihr die Lage der Stadt und betonte, daß er schon froh sei, daß Ormor mit seinen Orokòr noch nicht angekommen war. Dann ritten sie zum Feldlager in den Hügeln. Die Männer dort waren in gedrückter Stimmung, die große Zahl der Feinde bestürzte alle. Nur noch wenige prahlten mit ihrer Tapferkeit und wie sehr sie sich darauf freuten, die Schweine aus Darken das Fürchten zu lehren.

Noch vor Dunkelheit erschien Bolido, der die Landemanöver befehligt hatte, mit dem übrigen Heer. Er und seine Fürstin verschwanden in dem gemeinsamen Zelt. Auf ein Abendbrot verzichteten sie.

Am nächsten Morgen waren alle schon kurz nach Sonnenaufgang auf den Beinen. Spähtrupps wurden ausgesandt und alle Kapitäne und Heerführer in das große Beratungszelt gerufen. Die Herrscherin trug nun schlichte graue Kleidung und ein Kettenhemd. Das schöne schwarze Haar hatte sie sich kurz schneiden lassen. Sie hatte sich zu einer Kriegsfrau gewandelt.

»Männer«, sagte sie zu den versammelten Führern, »ihr alle habt die Übermacht der Feinde gesehen. Ich hatte im stillen gehofft, daß ich euch den Krieg ersparen könnte. Aber nun müssen wir doch zu dem Zweck antreten, zu dem wir die lange Reise gemacht haben. Viele von uns werden die Heimat nicht wiedersehen. Aber wir sind hierher gekommen, damit es auch in Zukunft noch so etwas wie Heimat für uns gibt. Wir sind hier in der Fremde, weil wir die Daheimgebliebenen lieben. Wir sind hier, um die Freiheit von Cantrel und damit unsere eigene Freiheit zu verteidigen. Viele von uns werden sterben. Aber ich verspreche euch, daß ich nichts von euch und euren Männern verlangen werde, was ich nicht selbst zu leisten bereit bin. Nur wenn wir alle zusammenhalten, wenn wir uns gegenseitig aufeinander verlassen können, wenn ihr in der gleichen unverbrüchlichen Treue zu mir steht, wie ich zu euch, haben wir eine Chance, wohlbehalten und lebend nach Arminia zurückzukehren. Heute schließe ich mit euch allen ein neues Bündnis mit dem Ziel, gemeinsam zu überleben und zu siegen.«

Dann ging sie von einem zum anderen in dem großen Zelt und reichte einem jeden die Hand. Die Augen mancher Männer waren naß geworden und die Hände feucht. Sie erwiderten den festen Händedruck ihrer Fürstin und wären in diesem Augenblick für sie in das dichteste und wildeste Kampfgetümmel gegangen.

Danach verabschiedete sich Aramar. Er wollte in die Stadt und dort nach dem Rechten sehen.

»Wie gedenkt Ihr die Reihen der Belagerer zu durchqueren?« fragte Valsipia erstaunt.

»Ihr vergeßt, daß ich ein Zauberer bin«, lachte er. »Jetzt ist eine gute Gelegenheit, von meinen Fähigkeiten Gebrauch zu machen.«

Sie sah ihm nach, wie er die Hügel hinunter und über die Ebene ritt. Er versuchte nicht einmal, sich zu verbergen oder gar einen Umweg zu machen. Schnurstracks galoppierte er auf die Stadt zu, und der Wolf rannte neben ihm her. Dann verschwand der Freund zwischen den roten Zelten.

Mit der Ankunft der Schiffe hatte auch der Regen aufgehört, und die weißen Mauern der Stadt glänzten nun in der frühherbstlichen Sonne. Der Boden im Lager der Feinde war aufgeweicht und von den vielen Stiefeln tief zerwühlt. Die Darkener wateten im Dreck. Das Treiben in der Zeltstadt war geschäftig, und keiner der Männer achtete auf den Reiter mit dem seltsamen Tier in seiner Begleitung. Es schien, als wäre er unsichtbar. So erreichte der Zauberer das Stadttor.

Für die Wachen auf den Mauern wurde er wieder sichtbar. Es war schwierig für Aramar, das Öffnen des Stadttores zu erreichen. Erst ein scharfer Befehl, der keinen Widerspruch duldete, brachte die Verteidiger hinter den Zinnen so weit, den befehlshabenden Offizier zu holen. Aber auch der war nicht leicht zu überzeugen. Endlich, die Soldaten aus Darken hatten den Reiter inzwischen auch entdeckt und eilten im Galopp herbei, öffnete sich das schwere Tor einen Spalt und ließ Aramar und den Wolf ein.

Auf den Straßen der Stadt drängten sich viele Menschen und Tiere, aber der Zauberer achtete nicht darauf. Seine Gedanken eilten ihm voraus zum Palast. Er fragte sich, wen er dort zu sehen bekäme, Meliodas oder Rankohr? Auf dem langen Ritt hatte er immer wieder überlegt, was inzwischen wohl dort geschehen war. Bei seinem letzten Besuch in der Stadt hatte man ihn für vogelfrei erklärt. In der Zwischenzeit war dort hoffentlich Meliodas, der alte König, wieder eingezogen. Hatte er die Macht übernehmen und die Ordnung wieder herstellen können? Oder hatte der Edle Rankohr die Oberhand behalten? Das Schicksal Centraturs hing von dieser Frage ab.

Aramar riß sich aus seinen Gedanken und betrachtete das Treiben um ihn herum. Da wurden Körbe mit Pfeilen auf die Mauern getragen, dort große Kessel mit flüssigem Pech auf Wagen zum befestigten Stadttor gerollt. Auf einem großen Platz war ein Katapult aufgestellt. Man hörte Seile schwirren, dann krachte der Hebelarm mit dumpfem Dröhnen auf das Prellkissen. Alle Leute waren so beschäftigt, daß sie dem Fremden keine Aufmerksamkeit zollten.

Die teilweise Zerstörung der Stadt war nicht zu übersehen. Fensterläden hingen schief in den Angeln, auf dem Weg lagen große Steine. Marmorplatten waren aus dem Pflaster gerissen und zerbrochen. Unrat verschmutzte die Plätze. Ausgebrannte Häuser ragten in den Himmel, von denen nur noch die Außenmauern standen. Aramar starrte erschüttert auf die Zerstörung, da schlug neben ihm ein Felsbrocken mit so großer Wucht ein, daß sein Pferd zur Seite gerissen wurde. Wie durch ein Wunder war er nicht getroffen worden. Hastig gab er dem Tier die Sporen und erreichte bald den Palast, dessen Stufen er erklomm.

Auch der einst so stolze Palast war nur noch ein Trümmerhaufen. Hoch über der Stadt und deren Mauern thronend, bot er ein vorzügliches Ziel für die Wurfgeschosse der Belagerer, die ihn völlig zerschmettert hatten. In diesem Gewirr aus Balken, Steinen und Schutt konnte niemand mehr wohnen. Und doch wurde eine Marmorplatte zur Seite geschoben, und eine Gestalt in glänzender Rüstung erschien. Es war der König, und kurze Zeit später lagen sich die Freunde in den Armen.

»Es ist ungemütlich in deiner Stadt«, scherzte der Zauberer.

»Inzwischen ist es beinahe schon wieder friedlich hier. Du hättest die letzten Wochen erleben sollen. Da tobte hier ein schonungsloser Bürgerkrieg. Ich habe selten einen Kampf erlebt, der so grausam und von Haß diktiert war. Doch bevor ich dir davon erzähle, muß ich wissen, ob du im Süden Erfolg hattest? Kommt Verstärkung? Ohne fremde Hilfe ist Cantrel nicht zu halten.«

»Ich habe gute Nachrichten. Ein großes Heer hat auf den Gorahöhen Stellung bezogen. Doch auch ich bin neugierig. Was ist hier geschehen? Wie bist du empfangen worden?«

Die Rückkehr des Königs

Es war ein trüber Tag im frühen Herbst, als zwei Reiter vor dem Stadttor hielten. Ihre Pferde hatten struppiges Fell, und die Rüstungen der Männer waren abgewetzt und verbeult. Doch sie trugen wertvolle Waffen, denen man die sorgfältige Pflege ansah. Trotz der vom Alter gebeugten Schultern war die Größe der Männer unverkennbar. Aber auch die zerfurchten und narbigen Gesichter flößten Respekt ein. Hier waren zwei Kämpen unterwegs, die in ihrem Leben so manche Kämpfe siegreich bestanden hatten. Sie waren es gewohnt, daß man ihnen den Weg freimachte.

Dies forderten sie nun auch vom Torwächter. Doch der sah sie nur verächtlich an und schüttelte den Kopf. Der vordere Reiter, der mit den strahlenden Augen, rief nun barsch und unwirsch einen Befehl und nannte einen Namen. Die Wache entgegnete jedoch trotzig: Für Pferde sei die Stadt verboten.

Da erhob der große Mann seine Stimme und rief: »Der König betritt seine Stadt, auf welche Art er auch immer will. Niemand verweigert ihm und seinem Pferd den Zugang. Geh aus dem Weg, oder du wirst Unseren Zorn zu spüren bekommen.«

Er wartete auf keine Antwort, sondern trieb sein Roß an und hätte den Wächter niedergeritten, wenn dieser nicht beiseite gesprungen wäre. So kehrte König Meliodas nach vielen Jahren der Abwesenheit in seine Hauptstadt zurück. Die Hufe seines Pferdes klapperten über die Marmorplatten der Straßen, während sein Begleiter vorausritt und rief: »Platz dem König! Platz dem König!«

Zuerst schenkten die Bewohner der Stadt den beiden seltsamen Alten nur wenig Beachtung. Als aber ein Trupp Wachleute auftauchte, um die Anmaßenden zu verhaften, regte sich Neugierde.

Sechs Soldaten stellten sich den Reitern in den Weg und forderten sie auf, sofort abzusteigen. Meliodas ritt sie einfach um und bestand auch diese Machtprobe. Der Vorfall sprach sich wie ein Lauffeuer herum. Alle Bürger rannten auf die Straße, um Augenzeugen des unerwarteten Geschehens zu werden. Bald folgte ein langer Zug den Reitern, und selbst die Alten und Kranken hinkten hinterher.

Auf der Palasttreppe wartete der Edle Rankohr zusammen mit den Vespucci und den Vertretern aus Darken. Rankohr war bleich, aber gefaßt.

Als Meliodas am Fuß der Treppe vom Pferd stieg, rief der Höfling: »Halt! Welcher Frevler maßt es sich an, sich König dieses Landes zu nennen? Die rechtmäßige Königin schickt mich, um dieses Vergehen zu ahnden.«

»Rankohr, du bist ein Speichellecker! Wessen Füße küßt du nun, nachdem du die Unseren nicht mehr leckst? Wer muß jetzt deinen Verrat fürchten, nachdem du deinen König verraten hast?« Die Stimme von Meliodas klang kalt.

In diesem Augenblick versuchten die Vespucci, mit ihrem Geist auf den König einzuschlagen. Sie bedachten nicht, daß der Hochkönig von Centratur Fähigkeiten besaß, die weit über die eines Vespucci hinausgingen. Meliodas schüttelte nur unwillig den Kopf und machte sich daran, langsam die Treppe emporzuschreiten. Rankohr kreischte voller Empörung nach der Wache. Die trat zwar ein paar Schritte vor, machte aber keine Anstalten, Hand an den Mann zu legen, der sich König nannte.

»Ihr beleidigt die Königin, deren Vertreter ich bin!« rief der Edle Rankohr.

»Du vertrittst nur deine eigenen Interessen und die deiner verbrecherischen Freunde. Ihr habt diese Stadt an die Feinde verkauft. Schämt ihr euch nicht?« antwortete der König.

Von diesen Worten mußten sich viele Bürger der Stadt getroffen fühlen, denn man hörte nun aufgebrachte Schreie aus der Menge: »Was wollen die verrückten Alten?« »Es ist eine Zumutung!« »Treibt sie vor die Tore!« »Werft sie aus der Stadt!« »Hängt sie auf!«

Die Menschen in der Menge feuerten sich in ihrem Zorn gegenseitig an. Einige machten sich sogar daran, drohend die Treppe hinaufzusteigen, um Hand an die Fremden zu legen. Rankohr rückte mit den Wachen vor. Die Vespucci hatten ihre Fingernagelschoner drohend erhoben, und die Gesandten aus Darken ihre Waffen gezogen. Gegen diese Übermacht wären der König und sein getreuer Graukan hilflos gewesen. Man hätte sie überrannt, gefangengenommen und gelyncht. Doch da geschah etwas Unerwartetes.

Unter dem Palast krochen auf einmal Gestalten hervor. Sie waren zerlumpt und bleich, denn ihre Gesichter hatten die Sonne lange nicht mehr gesehen. Aber sie trugen Waffen in ihren Händen, Messer und Äxte. Die Zahl dieser erbärmlichen Wesen war groß, und sie kletterten über den Zaun, der den Palast abschirmte. Man sah ihnen an, daß sie zum Äußersten entschlossen waren. Immer mehr von ihnen kamen ans Tageslicht und hoben drohend die Fäuste. Es waren Männer und Frauen und sogar Kinder. Die Verfemten hatten den Untergrund verlassen und wollten endlich wieder ans Licht. Nun nachdem der rechtmäßige König zurückgekommen war, hatten sie Hoffnung geschöpft und hätten sogar ihr Leben hergegeben, um nicht wieder zurück in die Dunkelheit zu müssen. Allen voran rannten Brana und Grunema.

Erschrocken wich die Menge vor den Ausgestoßenen zurück, deren Zahl man unterschätzt hatte. Was wollten diese Menschen? Warum hatten sie die Stadt noch nicht verlassen? Rankohr war zuerst wie erstarrt, dann aber rief er, man möge die Verbrecher, die alle rechtmäßig verurteilt seien, gefangennehmen. Doch keiner wagte es, gegen diese zu allem Entschlossenen die Hand zu erheben. Von den Städtern wollte keiner sein Leben riskieren.

Als Rankohr erkannte, daß ihm die Wachen nicht gehorchten, war er zum Einlenken bereit. So laut er konnte, rief er: »Und wenn Ihr tatsächlich Meliodas, der ehemalige König dieses Landes wäret, so hättet Ihr dennoch Eure Königswürde verwirkt. Durch Eure Abwesenheit habt Ihr gezeigt, daß Euch dieses Land und seine Leute gleichgültig sind. Ihr habt uns in der Not allein gelassen! Wo wart Ihr, als die Fremden, die sich als Freier ausgaben, dieses Land plünderten? Wo wart Ihr, als wir sie endlich in blutigem Kampf verdrängen konnten? Wo wart Ihr, als es galt, die Grenzen zu sichern? Nun, da die Verhältnisse wieder geordnet sind, nun, da Friede eingekehrt ist, nun, da aus den ehemaligen Feinden Freunde wurden, da kommt Ihr zurück. Ihr wollt Euch in ein Nest setzen, das andere gemacht haben.

Meliodas, wenn Ihr es denn wirklich seid, ich sage Euch vor dem ganzen Volk: Wir brauchen Euch nicht! Verlaßt diese Stadt! Kehrt zurück in das Loch, in dem Ihr bisher vor Angst schlotternd Euer Leben gefristet habt!«

Der König hatte dieser wütenden Tirade ruhig zugehört. Nun erhob auch er seine Stimme und antwortete: »Es ist wahr, ich konnte in der Not nicht bei Euch sein und Euch beistehen. Diese Schuld drückt mich. Doch ich habe die Not nicht verschuldet. Du aber Rankohr, der du hier auftrumpfst und zu Unrecht im Namen meiner Gemahlin sprichst, du hast mit den Freiern paktiert. Vom ersten Tag an hast du diese Stadt verraten. Rankohr, du bist ein Betrüger und ein Verräter. Ich gebe dir den guten Rat, verschwinde so schnell du kannst aus dieser Stadt. Hier herrscht nun wieder ein König, und es wird Gerechtigkeit geben. Gerechtigkeit aber ist für dich das Verderben.«

»Wer zu solchen Beschimpfungen greifen muß«, fiel ihm der Edle Rankohr ins Wort, »der weiß, daß er im Unrecht ist.«

»Wer im Recht oder im Unrecht ist, das sollen die Waffen entscheiden«, rief der König. »Ich fordere dich hier vor allen Bürgern zu einem Zweikampf!«

»Mit roher Gewalt kann niemand etwas beweisen. Ich weigere mich, Euer Spiel mitzuspielen. Den rechtmäßigen Herrscher dieses Landes wollen wir nicht durch einen Zufall ermitteln, und der Ausgang eines jeden Kampfes hat etwas mit Zufall zu tun«, die Stimme Rankohrs zitterte ein wenig bei diesen Worten. »Statt dessen fordere ich, daß die Untertanen entscheiden, wer sie regieren soll. Alle Bürger dieser Stadt sollen sogleich und hier darüber abstimmen, ob dieser dahergelaufene Meliodas oder ich, der Edle Rankohr, der Regent ist.«

Bei diesen Worten verstummte die Menge, die den Streit bisher mit Zurufen und Beifall begleitet hatte. Hier wurde etwas Ungeheuerliches gefordert. Die Königswürde sollte nicht länger vererbt werden, sondern die Untertanen sollten selbst über ihren König entscheiden. Meliodas schüttelte auch sogleich empört den Kopf.

Über die Königswürde, so erklärte er, könne nicht abgestimmt werden. König sei man von Geburt an. Eine höhere Macht wähle den König aus.

»Wo kämen wir hin«, rief der alte Mann empört, »wenn sich die Untertanen ihre Herrscher selbst erwählen könnten? Was wäre, wenn sich Soldaten ihre Vorgesetzten selbst aussuchten? Sie würden den wählen, der ihnen am meisten verspricht, gleichgültig, ob er etwas taugt oder nicht. Es würde derjenige Offizier, der die geringsten Anforderungen an seine Männer zu stellen bereit wäre. Ein Herrscher, der von der Gnade des Volkes abhängt, könnte nicht mehr frei entscheiden, was das Gute, das Richtige und das Gerechte ist. Er wäre seinen Wählern verpflichtet und müßte befürchten, daß sie ihn eines Tages auch wieder abwählen, wenn er ihre Wünsche nicht mehr erfüllt. Der König aber herrscht mit der Gnade derer, die über den Sternen wohnen. Da er von seinem Volk unabhängig ist, kann er Gnade und Gerechtigkeit walten lassen, ohne Rücksicht nehmen zu müssen. Niemals werde ich zulassen, daß man das Königtum durch eine Wahl verrät!«

»Wir sollen uns also jemandem ausliefern«, brüllte Rankohr voller Wut, »der sich selbst die Herrschaft anmaßt. Da kommt einfach jemand daher und sagt, ich bin der König. Wählen lasse ich mich nicht. Eine höhere Macht hat mich bestimmt. Und auf sein Wort hin sollen wir ihm untertan sein. Für wie töricht hält uns dieser Mann da eigentlich? Demnächst werden noch viele kommen und uns erklären, sie wären zum König auserwählt!«

Meliodas wußte darauf keine Antwort.

Da meldete sich eine schwache Stimme aus der Menge. Alle drehten sich verwundert um. Sie gehörte einem alten Mann. Er trug einen unförmigen, sackähnlichen Überwurf, der zudem noch zerrissen und fleckig war. Sein Mund war zahnlos, und seine Haare hingen strähnig herunter. Er stank. Wenn ihm Leute auf der Straße begegneten, so gingen sie ihm voller Ekel aus dem Weg. Diese traurige Gestalt hieß Beláchion und war der alte Priester der Stadt. Schon lange hörte niemand mehr auf ihn, und er lebte unbeachtet von allen in irgendeinem Winkel und verbrachte den Rest seines Lebens mit Meditation.

Dieser Beláchion drängte sich nun nach vorne und erklomm eifrig die Treppe. Seine gebückte Gestalt hatte sich gestrafft, und alle konnten sehen, wie stolz er war, daß sein Wissen nun gebraucht wurde. Mit zitternden Händen und geiferndem Mund wandte er sich an seine Landsleute.

»Es gibt einen Weg, den richtigen Herrscher zu finden«, keuchte er. »Und zwar durch die Königsprobe.«

»Die Königsprobe?« ein erstauntes Murmeln ging durch die Menge.

»Ja, die Königsprobe. In alten Zeiten mußte sich jeder Herrscher ihr unterziehen. Aber die guten alten Zeiten sind vergangen, und alles ist inzwischen verlottert. Niemand hält sich mehr an Sitte und Anstand, und Herrscher werden ohne die Probe gekrönt. Wo soll das alles noch enden?

»Hör auf zu jammern!« sagte Meliodas barsch. »Was ist nun mit dieser Königsprobe, von der du faselst? Woher weißt du solch einen Unsinn?«

»Ja, was ist mit dieser Probe?« hörte man nun neugierige Stimmen aus der Menge. »Erzähl uns von der Königsprobe, Alter!«

Der antwortete mit einem Spruch. Und weil er sich seiner Wichtigkeit bewußt war, betonte er jedes Wort:

Der König geht durchs Feuer,
er trotzt den Schwertern und öffnet Türen,
Er findet im Dunkeln den Weg
und macht das Unmögliche möglich.

Der König hört jeden,
der König spricht zu jedem.
Der König weint um jeden,
und er straft jeden.

Bei diesen Worten erinnerte sich Meliodas wieder und wurde bleich. Von seinem Vater hatte er von diesem grausamen Brauch gehört. Doch nun gab es für ihn kein Zurück mehr, und er ergänzte die Worte des Alten:

Der König ist gerecht und mitleidig.
Er herrscht um zu dienen,
er dient um zu herrschen.

Der König hat alle Rechte, damit er die Last tragen kann.
Er hat die Macht zum Wohle des Volkes.
Und das Volk sichert ihm die Macht.

Der König ist anders als alle, und er ist gleicher als alle.
Der König flößt Angst ein, weil die Macht stets Angst einflößt.
Dem König mißtraut man, weil man der Macht mißtraut.

Der König ist gnädig, wo andere gerecht sind.
Das Blut und das Opfer des Königs machen das Unmögliche möglich!

Meliodas schwieg und erinnerte sich an die Erzählung seines Vaters, als sie zusammen auf dem Brunnenrand gesessen hatten. Er war damals noch ein kleiner Junge gewesen und hatte nicht verstanden, was ihm der alte König hatte mitteilen wollen. Damals war es undenkbar gewesen, daß die Königswürde jemals in Frage gestellt würde, und niemand hätte es gewagt, nach einer Wahl zu rufen. Für den jungen Meliodas war ein König über alles erhaben, er hatte immer recht und konnte kein Unrecht tun.

Der Vater aber hatte damals mahnend hinzugefügt: »Willst du Freiheit, dann unterwirf dich scharfen Regeln! Der König ist der Stärkste im Land, damit das Recht der Stärkeren keinen Einzug halten kann. Ein König, den alle lieben, ist ein schlechter König. Tut er nämlich dem einen etwas Gutes, so ist er, ohne es zu wollen, gleichzeitig hart zu zwei anderen. Lieben ihn alle, so handelt er nicht. Ein König, der das Gemeinwohl vor Augen hat, darf auf den einzelnen Bürger keine Rücksicht nehmen. Ein König aber, der auf seine Untertanen keine Rücksicht nehmen kann, darf sich selbst am wenigsten schonen.«

Nun wußte Meliodas, was er zu tun hatte.

Rankohr glaubte eine Chance zu sehen und rief fordernd: »Wir haben gehört, daß es einen Weg gibt, den rechtmäßigen König herauszufinden. Meliodas, seid Ihr bereit, Euch der Königsprobe zu unterwerfen?«

Da straffte sich der Körper des alten Hochkönigs. Er überragte nun alle anderen Leute in Cantrel. Sein schönes Gesicht begann zu strahlen, und seine Augen leuchteten. Auch ohne die Probe konnte man sehen, daß hier ein Herrscher stand, ein stolzer König aus einem alten Geschlecht. Dieser Mann wußte, worauf er sich einließ, als er rief: »Ich bin bereit. Alles soll seinen Gang gehen wie in alten Zeiten.«

Noch am gleichen Tag wurde alles nach Beláchions Anweisungen vorbereitet. Dessen Stimme überschlug sich vor Wichtigkeit, als er seine Befehle brüllte. Der vergessene Alte war plötzlich zum Mittelpunkt der Stadt geworden. Cantrel war in heller Aufregung, und alle fieberten der Königsprobe entgegen. Rankohr lief durch die Straßen und redete mit den Leuten. Er wollte sich seiner Anhänger versichern. Meliodas hatte sich zurückgezogen, um sich auf die schwere Prüfung vorzubereiten. Von den Vespucci und den Gesandten aus Darken war nichts zu sehen.

Am nächsten Morgen beim ersten Strahl der Sonne war es soweit. Meliodas erschien nur mit einem Lendenschurz bekleidet. Seine Augen lagen in tiefen Höhlen. Er hatte in dieser Nacht nicht geschlafen. Um den freien Platz zu Füßen der Treppe warteten die Bürger der Stadt. Beláchion stand mitten auf der Treppe und trat von einem Bein auf das andere. Er war so erregt, daß aus seinem Mund ein Speichelfaden lief. Ständig fuchtelte er mit seinen Armen in der Luft und rief irgendwelche Anweisungen. Ganz oben auf der Treppe beobachtete Rankohr zusammen mit den Vespucci und den Männern aus Darken das Geschehen.

Als alles bereit war, rief der alte Priester mit Grabesstimme: »Der König geht durchs Feuer!«

Auf dem Platz hatte man einen Weg aus glühenden Holzkohlen aufgeschüttet. Meliodas betrat ihn, ohne zu zögern und ging ihn langsam und gemessenen Schrittes bis an sein Ende. Ein Stöhnen und Raunen ging dabei durch die Menge, die nicht glauben konnte, was ihre Augen sahen. Beláchion erklärte die erste Probe für bestanden.

Dann verkündete er: »Er trotzt den Schwertern!«

Zwanzig Mann aus der Wache hatten mit gezogener Waffe Aufstellung genommen. Sie bildeten eine Gasse und hoben die Schwerter, bereit zuzuschlagen. Vor diese Gasse trat der König. Er hob die Arme und schritt ohne Hast hindurch. Kein Hieb traf ihn. Erst nachdem er an den einzelnen Soldaten vorübergegangen war, schlugen diese zu und trafen ins Leere.

Die Zuschauer schüttelten sprachlos den Kopf. Aber Rankohr rief: »Das ist Betrug! Hier wird ein abgekartetes Spiel gespielt. Die Soldaten schonen diesen Mann.«

So schnell er konnte, sprang er die Treppe hinunter und eilte zum Geschehen. Meliodas war inzwischen beim vorletzten Soldaten angekommen. Dem entriß Rankohr die Waffe und erhob sie zum Schlag. Als der König bei ihm angelangt war, sah er ihm tief in die Augen, und auch der Edle vermochte ihn nicht zu treffen. Erschüttert ließ der Verräter das Schwert sinken und kehrte mit gebeugtem Kopf zur Treppe zurück.

Beláchion rief: »Auch die zweite der Proben ist bestanden!«

Am Rande der Stadt befand sich ein Bauwerk, das dort schon vor dem Großen Krieg gestanden hatte und dessen Sinn nun niemand mehr kannte. Es war ein großer Klotz aus Stein, um den man einen Bogen machte, ohne den Grund dafür zu wissen. Dorthin schritt nun der alte Priester, ihm folgte Meliodas und dann das übrige Volk. Der Alte deutete auf das steinerne Monument und sagte: „Der König öffnet Türen!«

Was keiner für möglich gehalten hätte geschah. Meliodas trat zielstrebig an ein bestimmtes Stück der Mauer und schlug mit der flachen Hand dagegen. Ein Spalt bildete sich, und gleich darauf schwang eine steinerne Tür auf. Sie war fünf Handbreit dick und drehte sich in steinernen Angeln. Hinter dieser Tür tat sich Schwärze auf. Niemand konnte einen Blick in das Innere des Bauwerks werfen. Alle schauderten, als sie die dunkle Höhlung sahen. Dort wäre keiner für Geld und gute Worte eingetreten.

Nun stellte Beláchion wieder fest, daß die Probe bestanden sei und erklärte: »Der König findet im Dunkeln den Weg!«

Festen Schrittes betrat Meliodas das unheimliche Dunkel, und der alte Priester schlug mit all seiner Kraft die schwere Tür hinter ihm zu.

Eine Stunde verging, in der sich die Menge nicht rührte. Kein Wort fiel, während alle warteten. Nicht einmal die Kinder, die man mitgebracht hatte, damit sie einst von diesem großen Ereignis berichten konnten, bewegten sich oder sagten etwas. Eine Art Starre hatte sich über die Leute gelegt. Das, was von einem König verlangt wurde, war furchtbar.

Auf einmal erschien Meliodas auf dem flachen Quader. Sein Körper war staubig und seine Haare noch silberner als zuvor. Mit hängenden Schultern und eingefallenen Zügen kletterte er die hölzerne Leiter hinunter, die man vorsorglich bereitgestellt hatte. In seinen Händen trug er eine goldene Kugel und einen Reif aus dem gleichen Metall. Der Reif war sichtbar kleiner als die Kugel.

Der alte Priester war selbst sprachlos und vergaß, die Probe für bestanden zu erklären. Endlich kam er wieder zu sich und murmelte, so daß ihn nur die Umstehenden verstanden: »Der König macht das Unmögliche möglich!«

Meliodas sammelte nun seine letzten Kräfte. Er hob Kugel und Reif und zeigte sie seinem Volk. Jeder, der die beiden Gegenstände sah, hielt es für unmöglich, daß die Kugel durch den Reif passen sollte. Doch als Meliodas das goldene Band über die Kugel führte, glitt sie mühelos hindurch.

Als dies geschehen war, erhob sich ein unbeschreiblicher Jubel, in dem die Bestätigung des alten Priesters unterging: »Er hat alle Proben bestanden!«

Die Menge schrie: »Wir haben wieder einen König!« »Hoch lebe der König!« »Lang lebe der König!«

Einige aber wollten sich mit diesem Ausgang der Königsprobe nicht abfinden. Zu ihnen gehörte der Edle Rankohr. Er und seine Getreuen zogen ihre Waffen, um die Stadt doch noch unter ihre Gewalt zu bringen. Graukan, der mit diesem Verrat gerechnet hatte, war vorbereitet. Er trat ihnen mit den Ausgestoßenen entgegen, und ein heftiger Kampf entbrannte. Dies war der Anfang eines mehrere Tage währenden Bürgerkrieges. Jedes Haus wurde umkämpft, bis schließlich die Leute des Königs gewannen. Im Verlauf der Kämpfe wurden die Gesandten aus Darken getötet, während den Vespucci die Flucht gelang. Als letzter verließ der Edle Rankohr Cantrel und rettete sich zu Wersch, dem Feind aus dem Norden.

Die Hauptstadt von Whyten war nun wieder in der Hand des rechtmäßigen Königs, der sich sofort daran machte, ihre Verteidigung vorzubereiten. Die Rückkehr des Königs aber hatte viel Blut und Opfer gekostet.

Meliodas zog in den Palast ein. Er erfuhr, daß seine Frau Lunete wieder nach Irilith geflohen war. Sie hatte sich gegen den Edlen Rankohr nicht behaupten können. Er hatte ganz einfach die Macht in Cantrel übernommen, indem er den Bürgern große Versprechungen machte. Wer sich nicht beugte, wurde mit üblen Beschuldigungen und falschen Zeugen vor sein Gericht gezerrt und verurteilt. So war Lunetes Anhängern nichts übriggeblieben, als sich in den Untergrund unter den Palast zurückzuziehen. Diese Art mit Gegnern umzugehen, hatte sich schließlich schon in der Vergangenheit gut bewährt. Rankohr hatte wieder Verhandlungen mit dem Feind aus Darken aufgenommen, und Wersch hatte ihm – gegen die kampflose Übergabe des übrigen Whyten – Frieden und Herrschaft über die Stadt Cantrel zugesagt.

Die beiden Herrscher

»Was hast du in dem alten Gemäuer erlebt?« fragte Aramar den Freund, als dieser geendet hatte.

»Es war furchtbar. Ich will nicht darüber reden.«

»Wie kommt es, daß du all diese Proben bestanden hast?«

»Zum Glück hatte mich mein Vater vor sehr langer Zeit auf die sagenhafte Königsprobe vorbereitet und mir damals erklärt, wie sie zu bestehen ist.«

Die beiden Männer saßen auf zwei Felsbrocken in dem zerstörten Palast und tranken roten Wein. Nichts von der ehemaligen Pracht war geblieben. Die Wände waren eingebrochen, und die Quader der Decke hatten sich ineinander verkeilt, so daß sie zum Teil im spitzen Winkel zueinander standen und dadurch fester und stabiler waren als ehedem. Das gesamte Mobiliar war zerbrochen.

»Wer ist eigentlich dieser Rankohr?« fragte der Zauberer nun. »Ich habe nicht den Eindruck, als sei er ein einfacher Anführer und Verräter.«

»Du hast recht«, erwiderte Meliodas. »Leider habe ich viel zu spät die ganze Wahrheit über ihn erfahren. Es ist eine unheilvolle Geschichte, die bereits lange vor meiner Geburt beginnt. Rankohr stammt auch aus einem alten Geschlecht, und er hätte wahrscheinlich die Königsprobe ebenso bestanden wie ich. Doch für diese letzte Herausforderung, für diese Prüfung fehlte ihm schließlich der Mut.«

Der Zauberer sah den Freund voller Staunen an. Er konnte sich auf diese geheimnisvollen Worte keinen Reim machen. Da begann Meliodas zu erzählen: »Vor langer Zeit lebten in Centratur zwei Freunde namens Burumei und Resto. Burumei gehörte zum Geschlecht der Klars und Restos Geschlecht nannte sich Plaka.

Die Plaka siedelten in Whyten, die Klars hingegen kamen aus dem Norden. Centratur war damals in viele kleine Königreiche aufgeteilt, die sich untereinander befehdeten. Die Zeiten waren wüst, die Bauern wurden hingeschlachtet, die Felder sinnlos verwüstet, Krieg und Hunger herrschten im Land. Einem König allein war es unmöglich, diese Übel zu beenden. Nur wenn sich zwei mächtige Geschlechter vereinten, konnten alle diese kleinen Fürsten in ihre Schranken verwiesen werden. So verbündeten sich die Plaka und Klars, und zusammen mit den Achajern einten sie Centratur.

Als endlich Frieden eingekehrt war, stellte sich die Frage, wer Hochkönig werden sollte. Keiner der beiden Freunde, wollte sich über den anderen erheben. Nach langem Hin und Her einigte man sich auf eine wechselnde Herrschaft im Zweijahresrhythmus. Das Land blühte unter Restos und Brumeis Regierung, und die Doppelregentschaft brachte Wohlstand und Glück.

Dies hielt noch zwei Generationen lang an. Dann geschah das Unglück. Der König aus dem Geschlecht der Plaka starb bei einem Jagdunfall und hinterließ einen Sohn im Säuglingsalter. So blieb der Klar allein an der Macht. Auch wenn er die Herrschaft hätte teilen wollen, wäre es ihm nicht möglich gewesen, bis der Sohn herangewachsen war. Doch bis der endlich alt genug war, hatte auch den Herrscher aus dem Geschlecht der Klars der Tod ereilt, und die Königswürde war inzwischen auf dessen Sohn übergegangen. Dieser war König über ganz Centratur und sah keine Notwendigkeit, die Herrschaft mit einem anderen Geschlecht zu teilen und die alten Schwüre einzuhalten. So wurde die betrogene Familie der Plaka, aus der Rankohr stammt, zwar zu Edlen, aber nicht mehr zu Königen.

Die Plaka fanden sich scheinbar mit der Entwicklung ab und arrangierten sich mit den Königen, obgleich sie betrogen worden waren. Sie hielten auch dann noch still, als die Klars ausstarben und die Habbas, mein Geschlecht, die Macht übernahmen. Doch die Geschichte um die verlorene Königswürde vergaßen die Plaka nie und der jeweilige Sippenälteste gab sie an seinen erbenden Sohn weiter. Dieser mußte stets am Sterbebett seines Vaters schwören, die Ansprüche auf das Königtum nicht zu vergessen und sie eines Tages durchzusetzen.

Als ich auf dem Ritt nach Hispoltai im Fluß verschwand, sah Rankohr seine Chance gekommen. Er ist ein kluger Mann, aber verbissen und eitel. Seine Kinder sollten endlich die ihnen rechtmäßig zustehende und durch Betrug vereitelte Position im Land einnehmen. Er schmeichelte sich bei Lunete ein, und sie überließ ihm die Planung meiner Totenfeier. So erhielt der Edle die Möglichkeit, die Besetzung der Stadt durch die Freier zu organisieren. Auf diese Weise erhoffte er sich die Beseitigung der Mitbürger, die sich gegen seinen Machtanspruch stellten. Irgendwann, so hatte er geglaubt, würde er die Fremden dann verjagen und seine Würde als Hochkönig offiziell verkünden. Beinahe wäre seine Rechnung auch aufgegangen, wenn du und deine Gefährten nicht aufgetaucht wären.«

»Ich glaube nicht, daß dieser Plan von Rankohr alleine stammt. Dies klingt mir zu sehr nach Gedankengängen der Vespucci. Sie haben ihn zumindest dabei unterstützt«, warf Aramar an dieser Stelle ein.

»Wahrscheinlich. Rankohr war ständig von den Glatzköpfen umgeben und im übrigen klug genug, seine wahren Absichten niemandem preiszugeben. Er hielt sich bei öffentlichen Auftritten zurück und nahm sogar an den Treffen der Königstreuen teil. Er verstellte sich so sehr, daß er selbst Lunete täuschte. Es wird dich interessieren, daß Rankohr eine Tochter hat, die ganz und gar nicht auf der Seite ihres Vaters steht. Sie ist nicht mit ihm geflohen, sondern steht mir nun mit Rat und Tat bei der Verteidigung der Stadt zur Seite.«

»Was ist geschehen, nachdem Rankohr verjagt worden war?«

»Bald nach diesen Vorfällen rückten die Truppen aus Darken an, und ich mußte mich Tag und Nacht um die Verteidigung von Cantrel kümmern. Wir holten aus den Zeughäusern alle noch vorhandenen Katapulte und Waffen. Boten wurden nach Hispoltai geschickt, mit der Bitte um Hilfe. Die Bewohner der umliegenden Dörfer flohen in die Mauern der Stadt. Zwei lange Tage strömte ein Zug ausgemergelter Frauen und Kinder nach Cantrel. Vorräte wurden zusammengesucht. Zwar war die Gegend um Cantrel herum ausgeplündert, aber im Norden fanden wir noch Vieh und Getreide. Unsere Vorbereitungen waren kaum abgeschlossen, da stand die Vorhut des Feindes schon vor den Toren.

Wersch ließ die Stadt völlig einschließen. Von einem Tag auf den anderen umgab uns ein Meer von dunkelroten Zelten. Bevor er mit der Beschießung begann, forderte er uns zur Übergabe auf. Er komme als Befreier, ließ er seine Boten rufen. Er erklärte mich für abgesetzt und forderte ebenso wie Rankohr Wahlen in der Stadt. Als ich ablehnte, bezeichnete mich Wersch als Tyrann.

Ich antwortete, daß über die Rechtmäßigkeit meines Königtums erst entschieden werden könne, wenn sich die Truppen aus Darken zurückgezogen hätten. Dann begann der Krieg.«

Nachdem sie so lange miteinander geredet hatten, machten sich die beiden Freunde auf, um die Lage der belagerten Stadt zu untersuchen. Gemeinsam wanderten sie zu den Mauern und stiegen auch auf den höchsten Turm. Graukan hatte sich ihnen angeschlossen. Er hatte begonnen, Gefallen an dem Kampf zu finden. Dies war sein Metier, darin kannte er sich aus. Es war besser, als in dem trostlosen Gemäuer seiner Burg unter all den Spiegeln zu sitzen und sich zu betrinken. Seine Schultern waren wieder straff, und sein Gesicht glänzte. Noch jemand war zu ihnen gestoßen und hatte sich wortlos angeschlossen. Eine Frau in der Mitte ihres Lebens, mit aufrechter, stolzer Haltung, einem schönen Gesicht und traurigen Augen. Es war Verissa, die Tochter Rankohrs.

Vom Turm aus hatte man einen guten Überblick über das Heer aus Darken. Die Angreifer rannten immer wieder gegen die Stadtmauern und wurden zurückgeschlagen. Wohin man auch blickte, sah man runde Pelzmützen. In allen vier Himmelsrichtungen waren Katapulte aufgestellt, die ihre verderbenbringende Fracht in die Stadt schleuderten. Da und dort brachen Brände aus, die aber von den Bewohnern sogleich gelöscht wurden.

»Diese Belagerungsmaschinen sind schrecklich. Sie werden die Stadt vernichten. Warum macht ihr keine Ausfälle und zerstört sie?« fragte Aramar.

»Wir sind dazu zu schwach. Das Risiko können wir nicht eingehen.«

»Wie lange könnt ihr noch standhalten?«

»Eine Weile können wir uns noch verteidigen. Aber unsere Nahrungsmittel gehen langsam zu Ende. Cantrel war auf eine Belagerung nicht vorbereitet.«

»Hast du einen Plan?«

»Nein, ich habe auf dich und die Verstärkung gehofft, die du besorgen wolltest. Wo sind die Truppen aus Arminia?«

Aramar lächelte, dann wies er mit der Hand nach Süden. Er zog unter seinem Mantel einen Spiegel hervor und hielt ihn in die Sonne. Kurz darauf blitzte es in den fernen Hügeln auf. Die Signale wurden erwidert.

»Wir müssen mit dem Heer aus Darken fertig sein, bevor Ormor kommt. Gegen beide Armeen zugleich sind wir verloren«, stellte er fest.

In diesem Augenblick tat sich etwas bei den Belagerern. Die Angriffe kamen zum Erliegen, den Reitern wurde etwas zugerufen, sie wendeten ihre Pferde. Auch die Katapulte feuerten auf einmal nicht mehr. Späher mit runden Mützen hielten auf die Hügel zu.

»Sie haben Valsipia und ihre Leute entdeckt«, murmelte der Zauberer.

Die Geisel

Es vergingen nur wenige Stunden, da tauchte eine Delegation des Herrschers aus Darken vor dem östlichen Stadttor auf. Neben Meliodas und Aramar standen schußbereit Bogenschützen, als die drei Reiter haltmachten. Sie warteten geduldig, bis man sie von oben anrief, und hatten offensichtlich keine Angst erschossen zu werden, obgleich sie in den protzigen bunten Überwürfen, die sie über ihre Kettenhemden gezogen hatten, ein gutes Ziel boten.

»Was wollt ihr?« schrie Meliodas.

»Uns schickt der Große Wersch, Feldherr und Regent von Darken. Der Große Wersch ist der rechtmäßige Herrscher dieses Landes, deshalb fordert er euch auf, sofort die Tore der Stadt zu öffnen und euch seinem gerechten Urteil zu unterwerfen. Solltet ihr euch ergeben, wird er euch ein gerechter und gnädiger Richter sein.«

Einen Moment schwiegen alle, verblüfft über diese Frechheit. Dann antwortete Meliodas ruhig: »Sagt Eurem Herrn, wir lassen ihm noch zwei Tage, um sich mit seinem Heer hinter die Grenzen von Darken zurückzuziehen. Sollte er sich dann immer noch in Whyten aufhalten, so wird sein Heer bis auf den letzten Mann aufgerieben und er selbst vor unser Gericht gestellt.«

Die Reiter lachten so provozierend, daß einer der Wachen den Bogen spannte und geschossen hätte, wäre ihm Aramar nicht in den Arm gefallen. Dann fuhr der Bote fort: »Der Große Wersch hat mit eurem Starrsinn gerechnet und sich etwas einfallen lassen, was euch helfen soll, Vernunft anzunehmen.«

»Da sind wir aber gespannt.«

»Der Große Wersch ist euch nicht nur an Kampfkraft überlegen. Er verfügt auch über mehr Geist als ihr. Deshalb hat er etwas in seinen Besitz gebracht, mit dem er euch zum Aufgeben überreden wird.«

Diese Worte waren geheimnisvoll, und Aramar und Meliodas sahen sich verwundert an.

Einer der Unterhändler riß sein Pferd herum und galoppierte zurück. Weiter hinten warteten bereits sechs weitere Reiter, die nun nach vorne preschten. Zwischen sich führten sie ein Pferd, auf dem eine weiße Gestalt saß. Beim Näherkommen entdeckten die Männer auf der Mauer, daß sie gefesselt war. Plötzlich wurde Meliodas kreidebleich.

»Es ist Lunete«, murmelte er mehr zu sich selbst. »Diese Schurken haben die Königin als Geisel.«

Da tönte es schon von unten: »Erkennt ihr diese edle Frau, die unserem Herrn seit gestern Gesellschaft leistet? Sie ist die Königin dieser Stadt, und der Große Wersch wäre zu Tode betrübt, wenn er ihr etwas zuleide tun müßte, um euren Starrsinn zu brechen. Unser Regent verabscheut Grausamkeit aus ganzem Herzen. Aber er ist bereit, das Notwendige zu tun, um dem Krieg und dem Morden ein Ende zu machen.

Ihr habt bis morgen mittag Zeit, euch zu ergeben. Bis dahin ruhen die Waffen. Teilt dies auch den Verbrechern mit, die sich auf den Gorahöhen wie Memmen verbergen. Sie sollen sich hüten, uns anzugreifen. Solltet ihr bis morgen nicht zur Vernunft gekommen sein, wird diese wunderschöne Frau in Sichtweite der Stadt an einen Pfahl gebunden. Wersch wird sich dann persönlich mit ihr beschäftigen. Er hat eigene Methoden, mit der er ihre liebliche Stimme zum Erklingen bringen wird. Deshalb haben wir euch den Rat zu geben, erspart der edlen Königin die Qualen und gebt gleich auf.«

»Nehmt mich als Geisel und laßt die Königin frei«, rief Meliodas, ohne lange zu überlegen.

»Mit diesem Angebot hat Wersch gerechnet. Er lehnt ab!« tönte es zurück.

Dann rissen die Reiter ihre Pferde herum und stoben davon. Auch Lunete wurde wieder weggeführt.

Meliodas sah den Zauberer an und fragte: »Was sollen wir tun?«

Der antwortete knapp: »Ich werde mich darum kümmern«, und verließ die Stadt.

Der Kessel war aus Eisen und so groß, daß sich ein ausgewachsener Mann in ihm hätte verbergen können. Unter ihm brannte ein Feuer. Es war kein gewöhnliches Feuer, sondern man hatte Holz in drei Lagen aufgeschichtet und eine geschickte Luftzufuhr bewerkstelligt, damit große Hitze entstand. Anders hätte man die Suppe in dem mächtigen Topf wohl nicht zum Kochen gebracht. Eine Handvoll Männer war damit beschäftigt Holz nachzulegen, Gemüse zu schneiden und andere Vorbereitungen zu treffen. Es galt, eine große Anzahl von Menschen zu verköstigen.

Plötzlich, ohne daß sie es bemerkt hätten, woher sie kamen, waren die Köche von vielen Gestalten umgeben. Es waren kleinwüchsige Menschen mit kurzen krummen Beinen und langen

Oberkörpern. Sie sprangen herum, machten Späße, bauten eine Pyramide, bei der einer auf den Schultern des anderen stand, oder schlugen Purzelbäume. Ihnen folgten Männer in buntgestreiften Kleidern, mit Lauten in den Händen, die Lieder sangen. Nach ihnen kamen Jongleure und andere Artisten.

Gaukler waren im Lager, und alle lachten über die seltsamen Gestalten und sahen ihnen mit Vergnügen zu. Die Köche vergaßen ihre Suppe, und die Soldaten strömten aus ihren Zelten herbei, dankbar für die Abwechslung in dem langweiligen Lagerleben. Die Kunde von den spaßigen Gästen war selbst bis zu Wersch gedrungen, der persönlich herbeikam, um das Treiben des fahrenden Volkes zu beobachten. Er lachte schon nach kurzer Zeit so sehr, daß er sich den Bauch halten mußte. Großzügig gab er schließlich einem seiner Begleiter einen Wink, und der warf den Gauklern einen prall gefüllten Beutel zu.

Nun kamen die kleinen Leute erst richtig in Fahrt. Sie tobten zwischen den Zelten hindurch und verteilten sich im Nu im ganzen Zeltlager. Überall machten sie ihre Kunststücke, zauberten, sangen und tanzten. Die Soldaten aus Darken waren begeistert. Sie schlugen sich auf die Schenkel, rissen Witze über die seltsamen Gesellen, und wenn sich die Gelegenheit ergab, stellten sie einem der Gaukler auch schon mal ein Bein und lachten herzlich, wenn er in den Dreck der Lagerstraße fiel. Die Artisten nahmen es hin. Sie hatten es eben mit Männern zu tun, die ein grobes Handwerk ausübten und sich deshalb auch über grobe Späße amüsierten.

In der Mitte des Heerlagers stand ein scharf bewachtes Zelt. Doch auch die schwerbewaffneten Wachen davor waren dankbar für die Abwechslung und sahen, auf ihre Spieße gestützt, dem munteren Treiben zu. Offenbar wollten die Gaukler gerade sie besonders erfreuen, denn vor ihnen überboten sie sich gegenseitig mit ihren Künsten. Da wurde einer der kleinen Leute in die Höhe geworfen und überschlug sich dreimal, bis ihn seine Kameraden wieder auffingen. Ein anderer hatte einen Stock in der Hand, auf dem er einen Handstand machte. Wieder andere hechteten mutig durch brennende Reifen. So etwas hatten die Soldaten aus dem Norden noch nicht gesehen. Zwar gab es auch in Darken fahrendes Volk, aber es besaß nicht diese Kunstfertigkeit. Hier waren wahre Meister am Werk, und man würde noch nach Jahren von dieser wunderbaren Vorführung berichten.

Doch so plötzlich wie der Spuk gekommen war, war er auch wieder vorüber. Die Gaukler zerstreuten sich. Nur noch der Sänger mit der Laute blieb und schmetterte mit durchdringender Stimme ein Abschiedslied, bevor auch er singend und pfeifend das Lager verließ.

Die Artisten waren zwar einzeln abgetreten, hatten sich aber außerhalb des Lagers wieder getroffen. Eilig rannten sie von dort nach Westen zu einem kleinen Wäldchen, wo sie ein hochgewachsener weißhaariger Mann erwartete. Er trug einen blauen Mantel und ein mächtiges Schwert an der Seite. Als die bunte Meute herankam, lief er ihnen ein paar Schritte entgegen.

»Hat es geklappt?« rief er mit Furcht in der Stimme.

»Was wir in die Hand nehmen, klappt immer«, antwortete ihm einer der Kurzbeinigen stolz und wies auf einen seiner Begleiter. Der war hochgewachsen und hatte einen bunten Umhang mit einer ebensolchen Kapuze übergeworfen. Das Gesicht konnte man nicht erkennen.

Die Gaukler bildeten um den Weißhaarigen und die Gestalt in dem Umhang einen Kreis. Ihr Wortführer machte eine tiefe Verbeugung und zog seinen großen Hut mit der Feder: »Darf ich bekanntmachen: Lunete, die Königin von Whyten, und Aramar, der Zauberer.«

Nun stolzierte auch Warp der Wolf aus dem Gebüsch und ließ sich ganz selbstverständlich neben seinem selbsterwählten Herrn nieder. Alle lachten befreit, Lunete und Aramar warfen ihre Mäntel ab und fielen sich in die Arme.

»Wie habt ihr das geschafft?« fragte Aramar endlich und drückte den Gauklern dankbar die Hände.

»Das fahrende Volk ist eben überall gern gesehen«, war die Antwort. »Nur mit Unterhaltung kann man das Leben ertragen. Leute, die wirklich unterhalten können, und das sind nicht viele, werden verehrt. Selbst Könige verneigen sich vor ihnen. Sie genießen Narrenfreiheit.«

»Freunde«, sagte Aramar, »ihr habt diesem Land einen großen Dienst erwiesen.«

»Wenn dieser Krieg vorüber ist, und Whyten dann noch existiert«, fügte Lunete hinzu, »werdet ihr hier stets willkommen sein. Ihr mögt kommen, wann immer ihr wollt und bleiben, solange ihr wollt. Wenn ihr ein Zuhause sucht, Whyten wird euch als seine Kinder aufnehmen.«

Hier unterbrach sie der Zauberer. »Eilt nun! Geht nach Hispoltai und richtet der Königin Einada einen Gruß aus! Sie wird euch mit offenen Armen empfangen. Verliert aber keine Zeit. Wenn die Soldaten merken, daß ihr die Königin befreit habt, so werden sie euch unerbittlich jagen.«

»Das ist uns klar. Deshalb haben wir unsere Familien schon nach Equan vorausgeschickt. Unsere Spur wird sich bald verloren haben.«

Der Zauberer und Lunete drückten jedem von ihnen die Hand. Zum Abschluß wollte Aramar dem Anführer noch einen Beutel mit Münzen geben. Doch der wies die Gabe lachend zurück.

»Das ist nicht nötig«, sagte er. »Einer schönen Frau helfen wir gern. Im übrigen hat uns dieser Wersch schon reichlich entlohnt.«

Bei diesen Worten warf er den Beutel in die Luft, der ihm im Lager überreicht worden war. Sie lachten noch einmal, und gleich darauf war die Gesellschaft zwischen den Bäumen verschwunden.

Nun wandte sich die Königin an den alten Freund.

»So sehen wir uns wieder«, sagte sie. »Du hast mir wieder einmal geholfen, obgleich du mir gram sein müßtest. Ich habe dich vor Zeiten nicht gut behandelt. Aber ich glaube noch immer, daß ich recht hatte und nicht anders handeln konnte.«

»Darüber reden wir ein andermal«, antwortete Aramar rasch. »Auch wir sollten jetzt das Weite suchen. Bald wird es hier von Soldaten nur so wimmeln.«

Er hatte zwei Pferde im Gebüsch versteckt. Die zog er an den Halftern hervor und half Lunete beim Aufsitzen.

»Wohin wirst du mich bringen?« fragte sie. »In die Stadt können wir uns nicht retten, und andere Orte sind nicht sicher.«

»Wir reiten zu den Gorahöhen. Dort hat ein Heer aus dem Süden sein Lager aufgeschlagen. Vorläufig bist du dort in Sicherheit.«

»Dann laß uns nicht lange zögern. Ich möchte nicht noch einmal in die Hände dieses Scheusals fallen. Dieser Wersch hat mir ausführlich beschrieben, was er mit mir anzustellen gedenkt, wenn Cantrel nicht kapituliert.«

»Wersch ist eben ein Schwein«, bemerkte Aramar knapp und drängte zur Eile.

Doch die Königin zögerte noch.

»Ist es wahr«, fragte sie, »daß Meliodas wieder aufgetaucht ist?«

»Ja. Aber auch darüber reden wir später. Wenn wir uns jetzt nicht sputen, war alles umsonst.«

Ein Wiedersehen

Aramar hatte recht. Kurz nachdem sie losgaloppiert waren, wimmelte es überall von Soldaten, die mit gezogenen Waffen und grimmigen Gesichtern die Gegend absuchten. Wersch war über alle Maßen wütend und hatte seinen Leuten schlimme Strafen angedroht, wenn sie die Gefangene nicht zurückbrächten. Er gab den Männern die Schuld, obgleich er sich doch selbst an den Gauklern erfreut hatte. In alle Richtungen jagten nun Reiter und Männer zu Fuß und untersuchten jedes Gebüsch. Dabei kamen sie drei Leuten immer näher.

Es waren zwei Männer und eine Frau, die sich in einer Erdhöhle versteckt hatten. Mit Schrecken hatten sie beobachtet, wie die Soldaten aus dem Lager ausgeschwärmt waren. Für eine Flucht war es schon zu spät gewesen, und so hatten sie sich nur noch rasch verbergen können. Die Frau war alt und trug etwas Kostbares unter ihren Kleidern, auf das sie sehr achtete; der eine Begleiter war noch jung, der andere in mittleren Jahren. Nun kauerten sie im Dickicht auf der nackten Erde. Kleine Tiere krabbelten ihnen über Beine und Hände. Sie achteten nicht darauf. Still lauschten sie auf das Rascheln der welken Blätter und das Krachen des dürren Holzes, durch das sich die näher kommenden Soldaten verrieten.

»Was werden wir tun, wenn sie uns finden?« fragte der ältere der Männer.

»Ich weiß es nicht«, antwortete die Frau. »Noch habe ich Hoffnung.«

Doch die Suchtrupps kamen unaufhaltsam näher. Die Männer zogen leise, um das Unheil nicht durch ein Geräusch zu beschleunigen, ihre Waffen. Sie waren bereit, für die Frau und den Schatz, den sie hütete, ihr Leben zu lassen. Sie hörten, wie die Vögel vor den Soldaten das Weite suchten und kleine Tiere raschelnd davoneilten. Obgleich es ein warmer Tag war, froren sie, als sie einen Plan für das letzte Gefecht flüsternd absprachen.

Dann war es soweit. Einer der Soldaten entdeckte das Versteck und rief die anderen zur Hilfe. Die beiden Männer sprangen auf und stellten sich ihnen entgegen. Die Frau blieb liegen, in der Hoffnung nicht gesehen zu werden. Wütend drangen die Soldaten auf die Fremden ein, die ihr Leben teuer verkauften. Es gelang ihnen mit erbitterter Gegenwehr drei von den Angreifern niederzustrecken. Schon hofften sie auf ein Entkommen, als ein neuer Trupp hinzustieß. Ihr Ende war besiegelt.

Da trat der jüngere der Männer, ohne auf die Waffen der Feinde zu achten, einen Schritt vor und hob die Hand. Ein helles Strahlen umgab ihn, das alle blendete. Feuer schoß aus seiner Hand und entzündete die Büsche um ihn. Entsetzt wichen die Soldaten zurück. Das Feuer kroch die dürren Rinden der Bäume empor und entflammte trockene Äste. Unerträgliche Hitze breitete sich aus, so daß die Soldaten Reißaus nahmen. Mitten im brennenden Wald blieben die Männer und die Frau zurück. Ihr Leben war nun nicht mehr von Soldaten, sondern vom Feuer bedroht.

Aramar war zusammen mit Lunete schon eine halbe Meile entfernt, als er einem Gefühl folgend sein Pferd zügelte. Aus der Richtung, aus der sie gekommen waren, leuchtete ein heller Lichtschein, und bald darauf schlugen Flammen über die Baumwipfel.

»Dort wurde gezaubert«, sagte er hastig zu Lunete. »Ich muß zurück. Du bleibst hier und wartest!«

»Ich werde nicht bleiben, sondern dich begleiten. Eine Königin empfängt keine Befehle. Nicht einmal von einem Zauberer«, fügte sie lächelnd hinzu.

Da keine Zeit für einen Streit blieb, wendete Aramar ohne weiteren Widerspruch sein Pferd und galoppierte den Weg zurück. Er hatte eine Ahnung von dem, was vorgefallen sein könnte, und Angst umkrampfte sein Herz. Das Pferd lief ihm zu langsam, am liebsten hätte er es noch mehr angetrieben. Doch das Tier gab schon sein Bestes. Lunete und der Wolf vermochten ihm kaum zu folgen. Als sie dem Unglücksort näher kamen, drang der Schein von Feuer durch das Laub und sie rochen den Brand. Der Weg machte eine Biegung, und plötzlich standen sie vor einer Flammenwand. Da sahen sie drei Gestalten. Ihre Gesichter waren rußverschmiert, Haar und Kleider versengt. Hilflos und mit schreckgeweiteten Augen blickten sie dem sicheren Flammentod entgegen.

Aramar steuerte sogleich auf die alte Frau zu und zog sie vor sich in den Sattel. Lunete reichte dem älteren der Männer die Hand. Er sprang hinter ihr aufs Pferd. Nun war nur noch der junge Mann übrig. Er kletterte hinter dem Zauberer auf das Pferd, und das graue Roß, nun mit drei Personen beladen, versuchte einen Galopp, um den Flammen zu entkommen. Es wurde nur ein leichter Trab, und doch hatten sie die Feuerhölle bald so weit hinter sich gelassen, daß die Hitze erträglich wurde. Sie waren in Sicherheit.

»Was macht ihr hier mitten im Krieg, Axylia?« fragte der Zauberer besorgt. »Ich glaubte euch alle in der Zwergenburg in Sicherheit. Wo ist der Custo?«

»Ich trage ihn bei mir. Wegen des Custo haben wir die Zwerge verlassen. Sein Leuchten wird schwächer, und ich fürchte, daß er seine Macht bald verliert. Wir wollten dich warnen und fragen, was wir tun sollen.

Den weiten Weg vom Thaurgebirge hierher hatten wir gefahrlos bewältigt. Als wir den Tessenfluß überquerten, atmeten wir schon auf und wähnten uns in Sicherheit. Doch dann sahen wir die Belagerung der Stadt und all die Feinde. Bevor wir noch eine Entscheidung treffen konnten, schwärmten plötzlich Reiter und Soldaten aus und kamen genau auf uns zu. Wir versteckten uns rasch, wurden aber doch entdeckt.«

Aramar sagte lächelnd: »Und unser Meisterheiler hat wieder einmal einen seiner berühmten Zauber angewandt, mit denen er stets soviel Unheil anrichtet.«

»Er hat uns mit seinem Zauber gerettet«, nahm die alte Frau den jungen Begleiter in Schutz. »Wir waren von den Soldaten aus Darken umzingelt. Sie waren dabei, uns gefangenzunehmen und niederzumetzeln. Urial blieb keine andere Wahl, als einen Zauber einzusetzen.«

»Ich habe meine Lektion gelernt. Deshalb solltet Ihr mich nicht rügen«, verteidigte sich auch Urial in seiner gewählten Ausdrucksweise. »Der Zauber kann nur das letzte Mittel sein. Doch hier war er angebracht. Wir hatten keine andere Wahl.«

»Es ist ja noch einmal gutgegangen«, antwortete Aramar begütigend. Dann blickte er zurück und sah den Wald in Flammen stehen, die hoch in den Himmel loderten. »Aber es hätte auch anders ausgehen können.«

Sie umgingen den Belagerungsring der Feinde weiträumig und gelangten spät in der Nacht ins Lager der Truppen aus dem Süden.

Als der Fürstin die Ankunft gemeldet worden war, bat sie alle unverzüglich in ihr Zelt zur Beratung. Auch die Kapitäne und Bolido stießen dazu. Einige Kerzen und zwei rußende Fackeln in eisernen Ständern spendeten das nötige Licht. Die Fürstin trat den

Neuangekommenen entgegen. Mit einem kurzen Blick musterte sie die Königin und die anderen, ihr unbekannten Gäste. Höflich senkte sie leicht den Kopf vor Lunete. Aber sie beachtete die Königin nicht weiter, sondern sagte hastig zu Aramar: »Ihr kommt gerade recht. Wir müssen Kriegsrat halten. Es ist uns heute gelungen, einen der Unterführer von Wersch zu fangen. Wir haben ihn zum Sprechen gebracht. Wersch hat Rankohr getötet. Aus den Aussagen des Gefangenen ergab sich folgendes Bild:

Wersch' Stellung ist von Tag zu Tag umstrittener geworden. Seine Unterführer und auch die gemeinen Soldaten hatten sich den Feldzug gegen Whyten anders vorgestellt. Sie sind gekommen, um zu plündern und Sklaven zu fangen. Statt dessen sind sie nun in eine langwierige Belagerung verstrickt. Als schließlich auch noch wir unerwartet erschienen, sank die Stimmung bei den Darkenern völlig. Außerdem ist vor ein paar Tagen eine Delegation des Zauberkönigs eingetroffen. Die Boten berichteten, daß Ormor schäumt, weil seine Verbündeten nicht auf ihn und die Orokòr gewartet haben. Für die vereinten Heere, so der Dunkle Herrscher, wäre es ein leichtes gewesen, das Land des Hochkönigs von Centratur einzunehmen. Wersch habe ohne Not die Kräfte zersplittert.

Die Unterführer aus Darken sind auf Ormors Seite und machen ihrem Feldherrn Vorwürfe. Sie haben Angst vor der Rache des unberechenbaren Zauberkönigs und suchen einen Grund, sich aus der Verantwortung zu stehlen.

Dann folgte die Blamage des heutigen Tages. Der Stolz der Männer wurde durch die Befreiung so sehr verletzt, daß sie ein Opfer suchten. Ihrem Führer lasteten sie alle Mißgeschicke an. Deshalb stellten sie Wersch ein Ultimatum. In spätestens drei Tagen müsse die Stadt eingenommen sein, oder die Belagerung werde abgebrochen und Wersch abgesetzt. Dann wollten sie sich daranmachen, das Land zu plündern. Dies sei gefahrloser, als die Stadt zu erstürmen.

Wersch war also in großen Schwierigkeiten. Um von sich abzulenken, suchte er einen Sündenbock und fand ihn in seinem Verbündeten Rankohr. Er ließ ihn zu sich bringen und forderte ihn auf, unverzüglich einen Plan zur Eroberung der Stadt zu entwerfen.

Der Edle Rankohr, so meinte unser Gefangener, war zwar vor König Meliodas zu den Feinden geflohen, aber er hatte der Belagerung stets mit gemischten Gefühlen zugesehen. Er hatte sogar versucht, das Zerstörungswerk der Belagerungsmaschinen einzudämmen. Was hätte ihm schließlich die angestrebte Königswürde genutzt, wenn seine Hauptstadt ein Trümmerhaufen und sein Land in den Händen von Feinden war? Mit dem Auftauchen von Meliodas war sein Spiel verloren, und das wußte er auch. Als nun der endgültige Verrat von ihm gefordert wurde, kam es zu einem letzten Aufbäumen seiner Ehre. Er faßte all seinen Mut zusammen und verweigerte den Befehl, Cantrel durch geheime Informationen preiszugeben.

Wersch reagierte auf den Widerstand des Verräters rasch und grausam. Er ließ ihn vor den Augen seiner Soldaten pfählen. Der Edle Rankohr starb einen schrecklichen Tod.«

»Er war ein unglücklicher Mann«, murmelte Aramar mehr zu sich selbst, »der vielleicht sogar ein Recht auf den Königsthron gehabt hätte. Ich habe Mitleid mit ihm, obgleich ich seine Taten nicht entschuldige. Nun gilt es, seiner getreuen Tochter die Ehre zu erweisen, die wir ihm versagen mußten.«

»Ein ereignisreicher Tag«, faßte Valsipia zusammen. »Rankohr ist hingerichtet, das feindliche Heer zerstritten und die Königin gerettet.«

»Und meine Freunde sind wieder mit mir vereint«, fügte der Zauberer hinzu.

Lunete hatte dem Bericht gespannt zugehört. Nun sagte sie verächtlich: »Dem Verräter geschieht sein Schicksal recht. Ich habe ihm vertraut, aber er und die Glatzköpfe haben mich schmählich hintergangen. Er hat die Freier ins Land geholt und zugelassen, daß Cantrel durch sie ausblutete. Er hat mich überredet, nach Irilith zurückzukehren, damit er in Cantrel herrschen konnte. Rankohr schließlich war es, der mich in Irilith aufgesucht hat und den ich vertrauensvoll in die Burg einließ, um verraten und gefangengenommen zu werden. Von dem Verräter stammte die Idee, mich als Geisel zu nehmen. So wollte er seine Stadt, wie er sagte, vor weiterer Zerstörung bewahren. Er war ein Schuft, und ich weine ihm keine Träne nach. Sein Tod konnte nicht grausam genug sein.«

Die Stimme der schönen Frau klang hart und verbittert. Das wohlgeformte Gesicht, dem man nun das Alter ansah, verzog sich zu einer faltigen Grimasse.

»Wir werden in einigen Tagen angreifen«, erklärte Valsipia. »Das feindliche Heer ist in Unordnung und Auflösung. Sein Führer hat keine Autorität mehr. Eine so günstige Gelegenheit kommt so schnell nicht wieder.«

»So lange können wir nicht warten«, widersprach Aramar. »Wir dürfen keine Zeit verlieren.«

Er erklärte, daß Darken ein sehr kriegerisches Land sei. Dort gebe es nicht einmal ein Wort für Frieden. Wenn die Leute in Darken Frieden meinten, so sprachen sie von der ›Zeit ohne Krieg‹. Für die Darkener sei der Krieg das Normale und der Friede das Außergewöhnliche.

Er endete: »Die Männer aus Darken müssen besiegt sein, bis Ormor mit seinen Orokòr eintrifft. Laßt uns übermorgen nach Sonnenaufgang zuschlagen.«

»Wir können diesen Kampf nicht gewinnen«, wandte nun einer der Kapitäne ein. »Wir sind ein Seefahrervolk und haben gegen die Horden aus den Steppen des Nordens keine Chance. Sie reiten wie die Teufel und schießen beim Reiten. Unsere Gefechtsbasis war bisher nicht der Rücken von Pferden, sondern die Planken unserer Schiffe. Dort besiegt uns so leicht keiner. Weshalb sollen wir in einen aussichtslosen Kampf ziehen? Es geht nicht einmal um unsere Heimat, sondern um ein fremdes, weit entferntes Land.«

»Es geht um Eure eigene Heimat«, antwortete ihm die Fürstin scharf. »Wenn wir den Krieg nicht hier austragen, so wird er unsere Heimat verwüsten. Diesen Horden da draußen entgehen wir nicht. Entweder wir setzen uns hier mit ihnen auseinander oder wir müssen es in Arminia tun. Nur sind dort auch unsere Frauen und Kinder bedroht. Wollt Ihr sie in den Krieg hineinziehen oder hier kämpfen?«

Die Kapitäne nickten widerwillig.

»Dies wäre also geklärt«, stellte Valsipia befriedigt fest. »Nun will ich euch allen etwas zu bedenken geben. Wir haben auf unseren Schiffen kämpfen gelernt und haben eigene Waffen entwickelt. Diese Waffen sollen die feindlichen Reiter nun zu spüren bekommen.«

Dann entwarf sie einen Plan, den die Männer anfangs zwar skeptisch mißbilligten, dann aber zugaben, daß er gelingen könnte.

Noch in der gleichen Nacht entfaltete sich beim Schein der Fackeln im Lager emsige Geschäftigkeit, die den ganzen nächsten Tag und die nächste Nacht anhielt. Reiter machten sich mit geheimnisvollen Paketen an ihren Sätteln auf, und die belagerte Stadt wurde benachrichtigt, wo man ebenfalls hektisch aktiv wurde. Doch trotz all der Geschäftigkeit durfte der Feind nichts erfahren. Wenn Wersch den geringsten Hinweis bekäme, scheiterte der Plan.

»Haben wir wirklich eine Chance in diesem Krieg?« fragte Axylia ihren Freund, als sie einmal allein waren.

»Nein«, antwortete der Zauberer. »Aber Hoffnung gibt es immer.«

Der ungleiche Kampf

Dann war es soweit. Am nächsten Morgen wollte das Heer aus dem Süden angreifen. Es war in drei Teile gegliedert worden und hatte sich im Schutz der Nacht über die Ebene verteilt. Der Zauberer hielt sich zusammen mit seinen Freunden noch immer im Lager auf. Sie alle wollten so lange wie möglich bei Axylia und dem Custo bleiben, um ihn keiner Gefahr auszusetzen. Als Aramar eine letzte Runde um die Zelte machte, sah er Feltina, der etwas abseits vom Lager allein in der Dunkelheit stand und zum Mond hinaufblickte.

»Morgen kommt es zu einem schweren Kampf. Die Feinde sind uns zahlenmäßig weit überlegen und auch besser bewaffnet. Viele werden ihr Leben lassen«, begann der Zauberer ein Gespräch.

Der Edle ging nicht darauf ein, sondern antwortete: »Man weiß immer erst, wenn es vorbei ist, daß man glücklich war. Deshalb kann man das Glück auch nie voll auskosten. Das letzte halbe Jahr in meinem Leben war wirklich aufregend und voller Gefahren. Wir wurden ständig gejagt und mußten auf alle Annehmlichkeiten verzichten. In der Nacht habe ich auf hartem Boden geschlafen, und bei Tag war ich froh, wenn zumindest keine Feinde in der Nähe waren. Dennoch, ich glaube, das weiß ich jetzt, ich bin glücklich gewesen, glücklich wie nie zuvor in meinem Leben.«

Und dann erzählte der sonst so schweigsame Feltina seine Geschichte.

Sein Vater war ein Edelmann gewesen mit einer eigenen Burg am südlichen Fuß der Ruburhöhen. In Whyten war es Gesetz, daß sich nur der Edler nennen durfte, dessen Familie irgendwann eine Burg ihr eigen nannte. Aber die Familie des Vaters verarmte. Die Zukunft in Centratur lag damals nicht mehr bei den Edlen, deren Grundbesitz viel zuwenig Gewinn abwarf. Die Kaufleute waren nun wohlhabend und gaben den Ton an. Mit Handel und Handwerk wurde das Geld verdient. Die Edlen mußten sich bald von den Händlern Geld borgen und dafür ihren Besitz verpfänden. So war es auch mit Feltinas Vater, als dieser noch jung und unverheiratet war. Sein Gläubiger war ein reicher Kaufmann in Cantrel. Irgendwann war der junge Edle so verschuldet, daß es kein Zurück mehr gab. Der Kaufmann ließ Feltinas Vater keine Wahl. Entweder der Familienbesitz wurde verkauft, oder der Edle heiratete die Tochter des Kaufmanns und erhob sie so in den Adelsstand.

Die beiden jungen Leute, um die es ging, waren über die Entscheidung des Schwiegervaters nicht glücklich. Die reiche Tochter verachtete den ungeliebten Mann und er die erzwungene Ehefrau. Bald trieb sich die Frau mit anderen Männern herum, und Feltina vermutete später, daß einer von ihnen sein wirklicher Vater war. Der Edle aber ergab sich dem Glücksspiel und brachte die Mitgift durch. So wurde Feltina von den Hausangestellten großgezogen. Er bekam alles, was sein Herz begehrte und war der Augapfel seines Großvaters. Der alte Mann wollte bis zu seinem Tod nicht einsehen, daß die erzwungene Heirat ein Fehler gewesen war. Er hatte seine Tochter adlig gemacht und seine Familie mit einer der angesehensten Familien des Landes verbunden. Er sah sich selbst in jeder Hinsicht als erfolgreich.

Die Geschichte endete, wie sie enden mußte. Der Edle brachte das Vermögen des Kaufmanns durch. Das bißchen, was noch übrig war, verpraßte der Enkel.

Feltina schlug sich dann mit kleinen Gaunereien, Geschäften und Hilfsdiensten durchs Leben. Frauen ging er aus dem Weg. Er fühlte sich mehr zu jungen Männern hingezogen. Schließlich traf er auf Qumara, die Erits und die Kinder. Von diesem Zeitpunkt an änderte sich sein Leben.

»Die Reise ist wichtiger als das Ankommen«, sagte Aramar endlich, als der andere geendet hatte.

»Und schöner«, fügte Feltina hinzu. »Man wartet immer sehnsüchtig darauf, ans Ziel zu gelangen. Man nimmt Entbehrungen auf sich und hofft, daß das Glück dann endlich eintritt. Ist es aber soweit, so fragt man sich, ob das schon alles war.

Danach setzt man sich ein neues Ziel, und so erleben wir Glück nur als Vorfreude. Glück gibt es nicht. Es existiert nur als Erwartung oder als Erinnerung.

Wenn wir lernen könnten, nicht mehr nach dem Glück zu streben, sondern die Leiden des Lebens, so gut es eben geht, zu vermindern, so wären wir alle zufriedener und auch ein wenig glücklicher. Ich habe es im vergangenen halben Jahr erlebt. Als mein Leben gefährdet war und ich nicht wußte, was ich am nächsten Tag essen konnte, hatte ich weniger Probleme mit dem Glück. Ich dachte einfach nicht darüber nach. Aber im Wohlstand, da beginnt man zu grübeln, wird unzufrieden und will immer mehr vom Leben haben.«

Dann dämmerte der Morgen. Dichter Nebel lag über der ganzen Ebene. Die Schwaden waberten über dem Gras und zogen die Hügel hinauf. Der Nebel gaukelte Geister vor und verbarg dabei die Zelte und die sich formierenden Heere. Die Hauptleute aus Darken hatten mit einem Angriff gerechnet und deshalb die Wachen verdoppelt. Als nun im Morgengrauen Reiter aus dem Nebel auftauchten, waren sie nicht überrascht. Mehrere Trupps tollkühner Männer sprangen sogleich auf ihre Rösser und machten sich an die Verfolgung der Feinde. Im Dunst sahen sie nicht, daß die Verfolgten auf einmal in einer Linie hintereinander ritten, sondern schwärmten aus, um die leichte Beute zu fangen. Dies wurde ihnen zum Verhängnis. In der Nacht waren nämlich Gräben ausgehoben und mit spitzen Pfählen gespickt worden. Nur einen schmalen Durchgang, den die Reiter aus dem Süden benutzten, hatte man offengelassen. Die Darkener trieben ihre Pferde in die Falle, stürzten und wurden bis auf den letzten Mann niedergemacht. Derartige Fallen waren rings um die Stadt errichtet worden und erfüllten überall ihren Zweck. Damit waren die Gefechte eröffnet.

Auf die Männer aus Darken wartete noch so mancher Hinterhalt, und sie waren töricht genug, sich dorthin locken zu lassen. So hingen in den Ästen einer kleinen Baumgruppe ölgetränkte Fellbeutel. Als sich eine große Truppe von Reitern aus dem feindlichen Norden zwischen den Stämmen befand, schossen Bogenschützen

Brandpfeile in die Beutel und entzündeten das Öl. Die brennende Flüssigkeit tropfte auf die Reiter herunter und verwandelte sie in lebende Fackeln, die schreiend über das Gras der Ebene liefen.

Als die Truppen aus Darken erkannten, mit welch brutalen Fallen man ihre Kameraden vernichtet hatte, erfaßte sie großer Zorn. Von nun an gingen sie systematisch gegen die Angreifer aus dem Süden vor. Ihre Heerführer verhinderten eine weitere Zersplitterung der Kräfte, statt dessen setzte sich ein großer Pulk Reiter in Trab, der nach allen Seiten hin abgesichert war. Diese eiskalten und zu allem entschlossenen Männer ritten vorsichtig auf die Hügel zu. Ihren Waffen und ihrer Geschicklichkeit auf den Pferden waren die Leute aus Arminia nicht gewachsen.

Doch auch damit hatte Valsipia gerechnet. Als sich die Feinde den Gorahöhen näherten, hörten sie über ihren Köpfen ein mächtiges Zischen, und plötzlich schlugen große Steine zwischen ihnen ein und zermalmten Pferde und Reiter. Als sie auseinanderstoben, um kein leichtes Ziel mehr zu bieten, wechselten die Katapultbesatzungen die Geschosse. Nun flogen brennende Fellsäcke heran, die beim Aufprall zerplatzten und mit sprühenden Feuertropfen die Kleider der Männer mit den Fellmützen entzündeten.

Die Fürstin stand nicht weit vom Geschehen entfernt und lenkte mit Umsicht die Schlacht. Ihr zur Seite stand Bolido, der nüchtern die sich stets verändernde Lage analysierte und Ratschläge gab.

»Ich wußte doch«, sagte Valsipia, »daß Seefahrer diesen Landratten überlegen sind. Unser spezielles Feuer vernichtet nicht nur Schiffsplanken, sondern auch Reiter. Und wer von einem schwankenden Schiff aus mit Katapulten treffen kann, der hat auf festem Boden noch weniger Mühe.«

Die Reiter aus Darken waren bestürzt. Diese Ebene war ihr Terrain, hier kannten sie sich aus. Keiner konnte sich mit ihnen in den Reitkünsten messen, außer vielleicht die Equaner, und die waren weit. Sie waren zahlenmäßig überlegen, und dennoch verloren sie ein Gefecht nach dem anderen. Gegen diese Teufel aus dem Süden und ihre seltsamen Waffen war kein Kraut gewachsen. Angst breitete sich aus, und die ersten wendeten ihre Pferde und flohen.

Als die Sonne ihren höchsten Stand erreicht hatte und ihr blendendes Licht über das blutige Feld ergoß, waren die Soldaten aus Darken bereit, den Kampf verloren zu geben und zu fliehen. Die Truppen der Fürstin jubelten schon über den leichten Sieg. Da aber zeigte Wersch, was ihn zum Herrscher von Darken gemacht hatte. In voller Rüstung bestieg er nun sein Pferd. Sein Fahnenträger hatte neben ihm Aufstellung genommen. So für alle sichtbar, ritt der Feldherr vor die vorderste Front, als sei er gegen Pfeile und andere Geschosse gefeit. Sein Vorbild und sein Befehl einte die versprengten Truppen, die nun wieder Schlachtaufstellung nahmen und zum Gegenangriff ansetzten. Diese entschlossene Meute ritt in keine Falle mehr und ließ sich auch nicht mehr ablenken. Die Krieger verteilten sich, um den Geschossen der Katapulte kein Ziel mehr zu bieten und rückten gegen die Hügel vor. Sie hielten ihre Waffen fest umklammert, und aus ihren Gesichtern sprach der Wunsch nach Rache, und noch immer war das Heer aus Darken zahlenmäßig überlegen.

Diese wildentschlossenen Truppen kreisten die Gegner, die sich in der Ebene aufhielten, ein und machten sie nieder. Nun wendete sich das Blatt, und bald hatten Valsipias Leute einen hohen Blutzoll gezahlt.

Am Ende nahmen die Männer von Wersch sogar die Gorahöhen ein und kreisten Valsipia und ihren Stab ein. Ihre Leibgarde erkannte die Gefahr und war bereit, die Herrin bis zum letzten Mann zu verteidigen. An der Spitze der Angreifer rannte ein hochgewachsener Mann die Hügel empor. Es war Rocco, der Aufseher der Steuereintreiber von Mallan. Seine Frau hatte einst Qumara zusammen mit den Erits und den Kindern in ihrem Haus aufgenommen. Rocco hatte damals erklärt, daß das Volk von Darken die Herrschaft über die Welt antreten müsse. Nun trug er eine rote Rüstung und stürmte der kleinen Truppe voran, die er aufgestellt und selbst in die Schlacht geführt hatte. Sein Gesicht war erhitzt. Blutrausch hatte ihn gepackt, so daß er nicht mehr auf seine Sicherheit achtete und seine Männer weit hinter sich ließ, als er quer durch die Lagerbefestigungen rannte.

Dem Mann aus Mallan trat Smolna, einer der Unterführer der Fürstin entgegen. Doch gegen den wilden Steuereintreiber aus den Weiten Darkens hatte der Seemann keine Chance. Ein harter Schwerthieb traf ihn in die Seite, und als er vor Schmerz seine Waffen sinken ließ, durchbohrte ihn das Eisen. Rocco stürmte weiter. Noch drei weitere Männer wurden seine Opfer. Doch dann tauchte ein Wesen auf, mit dem er nicht gerechnet hatte. Aramar hatte seinen Wolf geschickt. Der sprang ihn von der Seite an und biß sich in seiner Kehle fest, bis der Krieger verblutet war.

Doch trotz dieses kleinen Sieges hatte sich das wetterwendische Kriegsglück auf die Seite der Darkener geschlagen. Die Verteidigungslinien des Heeres aus dem Süden waren zusammengebrochen, und die Männer der Fürstin starben zuhauf. Von allen Seiten wurde der Hügel mit ihrem Lager angegriffen, schon waren die vordersten Gräben und Palisaden überwunden. Nun war das Leben von Valsipia, Bolido und ihrer Kapitäne selbst bedroht. Die Leibgarde hatte der Raserei der Feinde nur wenig entgegenzusetzen. Auch Axylia und der kostbare Schatz waren nun in höchster Gefahr. Urial und Feltina stellten sich mit gezogenen Waffen vor sie und Lunete, bereit ihr Leben zu opfern. Aramar, der zusammen mit dem Wolf überall im Lager nach dem Rechten sah und da und dort helfend eingriff, befürchtete schon das Schlimmste.

Da plötzlich geriet der Angriff ins Stocken. Schreiend und gestikulierend machten sich die Angreifer gegenseitig auf eine Gefahr in ihrem Rücken aufmerksam. Die Stadttore hatten sich geöffnet, und Reiter griffen die Darkener in breiter Front an. Allen voran ritt der alte König. Er trug eine blitzende Rüstung, und ihm folgten der getreue Graukan, die Palastwache und die wehrfähigen Männer der Stadt. Nun quoll auch ein Strom Fußvolk aus den Toren. Es waren geflohene Bauern, die sich kurzerhand mit Knüppeln, Messern und Wurfschleudern bewaffnet hatten.

Während die Reiter über die Ebene jagten und zusammen mit den Soldaten aus Arminia das Heer von Wersch in die Zange nahmen, begannen die Bauern, die wenigen zurückgebliebenen Wachen der Darkener niederzumachen und deren Lager zu plündern. Alle eßbaren Vorräte, derer sie habhaft werden konnten, schleppten sie zu den Stadttoren und übergaben sie den dort wartenden Frauen. Dann zündeten sie die Zelte an und verbrannten die Kriegsbeute der Invasoren. Bald zog sich um die Weiße Stadt ein flammender Ring.

Die Soldaten aus Darken heulten auf, als sie die Zerstörung ihrer Habseligkeiten sahen und eilten zurück, um noch etwas zu retten. Natürlich war die kleine Streitmacht von König Meliodas ihnen noch immer hoffnungslos unterlegen, aber sie stellte sich auch nicht in breiter Front zum Kampf. Als die Krieger mit den runden Fellmützen endlich bei ihren brennenden Zelten ankamen, waren die Angreifer längst hinter den sicheren Mauern verschwunden. Doch das Heer aus dem Süden hatte Luft bekommen, und der Angriff auf die Gorahöhen war zum Erliegen gekommen.

Zusätzlich begannen Katapulte in der Stadt ihr mörderisches Werk. Auf die unvorsichtig herumirrenden Darkener wurden große Mengen Steine geschleudert und viele von ihnen erschlagen. Dies schaffte zusätzliche Verwirrung und Unordnung. Als nun die Südländer wieder angriffen, war die Übermacht der Feinde gebrochen. Es kam zu vielen Kämpfen von Mann gegen Mann, als Valsipia die Nachricht erhielt, daß die geheimnisvollen Fahrzeuge, an denen ihre Männer bis jetzt fieberhaft gearbeitet hatten, fertiggestellt seien. Sie gab den Befehl zu ihrem Einsatz.

Seltsame Wagen tauchten nun in der Ebene auf. Sie sahen aus wie große Kisten auf Rädern, waren aber mit Schießscharten versehen. In ihnen verbargen sich Bogenschützen, die erbarmungslos auf jeden Feind feuerten. Diese Wagen wurden von jeweils vier Pferden gezogen und fuhren mitten in die feindliche Reiterei hinein. Wurden die Zugpferde niedergestreckt, so blieben die rollenden Festungen dennoch uneinnehmbar und eine Gefahr für jeden Darkener, der in ihre Nähe kam.

»Seeleute haben gelernt, von bewegtem Grund aus bewegte Ziele zu treffen. Das soll ihnen erst einmal jemand nachmachen«, sagte die Fürstin zufrieden, die von den Hügeln aus das Geschehen verfolgte, und umarmte voller Freude Bolido.

Als sich die Sonne zum Horizont hin senkte, war die Schlacht gewonnen und das Heer aus Darken geschlagen. Die Soldaten mit den Fellmützen suchten ihr Heil in wilder Flucht nach Westen. Sie wollten so rasch wie möglich zurück über die Grenze in ihr eigenes Land. Dieser Überfall auf das benachbarte Whyten, der so leicht und problemlos hatte sein sollen, hatte sich zum Alptraum entwickelt und viele Leben gekostet.

In der Stadt beobachtete Meliodas auf dem höchsten Turm die letzten Gefechte. Seine Reiter unter Graukans Führung verfolgten die Fliehenden. Die Autorität des Königs war nun unangefochten. Jeder seiner Befehle wurde auf das genaueste befolgt. Alle Einwohner waren inzwischen froh, daß er zurückgekommen war. Vergessen schienen die Befürchtungen, er könnte eine totale Herrschaft anstreben. Neben ihm stand Verissa, die Tochter Rankohrs. Sie beriet ihn, und er folgte ihrem Rat. Die junge Frau war schön, weitsichtig und klug, und Meliodas erkannte, daß sie die Fähigkeit zum Herrschen hatte.

In dieser Nacht wurden viele Wunden verbunden, und Männer stöhnten unter ihren Schmerzen. So mancher erlag auch seinen Verletzungen, andere beklagten den Tod ihrer Freunde. Trotz des Sieges wollte keine rechte Freude aufkommen. Er hatte zu viele Opfer gefordert. Alle schliefen nur wenig in dieser Nacht und erhoben sich bei den ersten Strahlen der Sonne. Dann formierte sich das Heer aus dem Süden, um in der befreiten Stadt Einzug zu halten.

Die Wachen und Bolido hatten schon die Pferde bestiegen, nur Valsipia stand noch mit Aramar, seinen Gefährten und Lunete im Gespräch. In diesem Augenblick tauchten Männer zwischen den Zelten auf und stürzten sich mit Wutgeheul auf die Fürstin. Ihre Gesichter waren zu schrecklichen Grimassen verzerrt, ihre Kleider zerrissen und blutig. Es waren Wersch und einige seiner Getreuen, die in der Nacht alle Wachen umgangen und die Hügel im Süden erklommen hatten. Wersch wußte, daß ihm sein Volk diese schmähliche Niederlage niemals verzeihen würde. Er konnte nicht nach Darken zurückkehren. Sein Leben war zerstört und verwirkt. Nun wollte er vor seinem Tod wenigstens an der Frau Rache nehmen, die ihm diese Niederlage bereitet hatte. Schon hatte er die Fürstin erreicht, als Feltina geistesgegenwärtig sein Schwert aus der Scheide riß und ihm entgegentrat. Der Edle war für den kampferprobten Wersch und seine Krieger kein Gegner und wurde auch sogleich niedergestreckt. Aber das Opfer von Feltina verschaffte den anderen Zeit, um ihrerseits zu den Waffen zu greifen und die Angreifer zu töten.

Der grausame Führer aus Darken hatte seinen letzten, heimtückischen Angriff nicht überlebt, aber auch Feltina lag in seinem Blut auf dem steinigen Boden. Noch war Leben in ihm, als Aramar bei ihm niederkniete. Er schlug die Augen auf und versuchte zu lächeln. Dann flüsterte er mühsam: »Wir haben uns vor der Schlacht unterhalten und festgestellt, daß das Reisen wichtiger und schöner ist, als das Ankommen. Ich glaube, meine Reise ist nun beendet, und ich bin angekommen. Nach dem Glück kann ich nun nicht länger streben. Glaubt Ihr, ich darf mir ein neues Ziel setzen?«

»Da bin ich ganz sicher«, antwortete der Zauberer und fuhr dem Mann durch das blutverkrustete Haar.

»Diesmal wird es das richtige Ziel sein …«, stöhnte der Verwundete, dann wurde sein Körper schlaff.

Der Edle Feltina, Sproß einer unglücklichen Ehe, Träger eines großen Namens, einsamer Wanderer durch ein feindliches Leben, war tot.

Aramar erhob sich mühsam und gab Anweisungen, den Leichnam würdig zu begraben. Axylia und Urial hatten mit Entsetzen den Tod ihres Freundes beobachtet. Viele Entbehrungen hatten sie mit ihm geteilt und viele Gefahren gemeinsam bestanden. Sie konnten es kaum fassen, daß er sie nun nicht mehr begleiten sollte. Trauer und Leid erfüllte ihre Herzen, als sie von dem Freund Abschied nahmen und der Fürstin in die Ebene folgten.

Das Land zwischen der Stadt und den Hügeln war aufgewühlt und übersät mit Toten und Verstümmelten. Aus den Leichen ragten Pfeile, Glieder und Köpfe hatten die Steine der Katapulte zerschmettert. Ein dumpfer Gestank nach Blut und Verwesung lag über dem Schlachtfeld. Ameisen huschten über die Leiber, und in der Luft kreisten Aasvögel. Da und dort kündete ein vereinzeltes Stöhnen und Schluchzen davon, daß das Sterben noch nicht beendet war. Einige Helfer verbanden Wunden und versuchten Leben zu retten. Der Zug der siegreichen Überlebenden bemühte sich, so rasch wie möglich diese Unglücksstätte zu durchqueren und zur Stadt zu gelangen.

Am Stadttor trat ihnen König Meliodas entgegen. Er schritt zur Fürstin und half ihr vom Pferd. Dann küßte er sie auf beide Wangen. Hinter ihm und auf den Mauern der Stadt drängten sich die Bürger von Cantrel. Sie jubelten und ließen die Retter aus dem Süden hochleben.

Nun erhob Meliodas seine Stimme und sprach: »In der Not seid ihr zu uns gekommen und habt euer Leben eingesetzt für unsere Freiheit. Unser Dank und der Dank unserer Kinder und Kindeskinder ist euch dafür gewiß. Wir sind von nun an verbunden durch gemeinsam vergossenes Blut.

Als der Hochkönig von Centratur und König von Whyten erkläre ich nun, daß die Südlande für alle Zeiten unabhängig sein sollen. In guten wie in schlechten Zeiten werden wir von nun an Verbündete sein, aber ihr seid uns nicht mehr untertan.«

Nun jubelten die Krieger aus dem Süden und durchschritten winkend die Stadttore.

Eine Frau war während dieser Zeremonie auf ihrem Pferd sitzengeblieben und hatte schweigend zugesehen. Ihr wendete sich nun Meliodas zu. Gemessenen Schrittes ging er zu dem weißen

Roß und sagte: »Willst du nicht absteigen, Lunete? Ich glaube, wir beide haben uns viel zu sagen.«

Dann griff er sie um die Hüfte und hob sie aus dem Sattel. Seine Arme waren trotz des Alters noch immer stark. Die Königin schlug die Augen nieder und legte scheu ihre Arme um seinen Hals. Sie hauchten sich einen Kuß auf die Lippen, und Meliodas führte seine Frau in den zerstörten Palast.

Die glimmenden Überreste des feindlichen Zeltlagers waren beiseite geschafft worden. An seiner Stelle hatte man Bänke aufgestellt. Es galt ein großes Freudenfest zu feiern.

Während die Bürger und Soldaten vor der Stadt schmausten, gaben der Hochkönig und seine Königin an diesem Abend ein Bankett für Valsipia und die anderen Gäste auf der Terrasse vor dem zerstörten Palast über der Stadt. In seiner Rede versprach Meliodas dem Edlen Graukan, seine Burg wieder aufzubauen. Überhaupt sollte die Stadt Cantrel schöner denn je wieder erstehen. Alle Folgen des Krieges sollten beseitigt werden. Schon einmal hätten die Whytener, so betonte er, große Aufbauarbeit geleistet. Dieses Werk ihrer Väter und Mütter würden sie nun wiederholen. Erneut dankte der König den Gästen aus dem Süden und schloß mit den Worten: »Wenn der Norden und der Süden Whytens zusammenstehen, so ist dieses Land unbesiegbar.«

Es gab auch Leute, die an dem Fest nicht teilnahmen. Es waren Aramar, Axylia, Urial, Brana und Grunema. Sie hatten sich zurückgezogen, tranken Wasser statt Wein und untersuchten besorgt den Custo, den Axylia ausgewickelt hatte. Das Glimmen war nur noch ganz schwach. Bald würde er seine Kraft völlig verloren haben.

Während sie noch darüber debattierten, wie lange die Custos das Land wohl noch schützen konnten, trat ein Bote zu ihnen. Aramar hatte am Aganga Späher aufgestellt. Von ihnen erhielt er die Nachricht, daß Ormor mit einer unüberschaubar großen Zahl von Orokòr den Fluß überschritten habe und geradewegs nach Cantrel ziehe.

Westen

Cantrel ist noch einmal gerettet worden, aber schon naht eine neue Gefahr, die noch schrecklicher ist, als alle bisherigen Feinde. Ormor selbst ist mit seinen Orokòr im Anmarsch. Und die Custos, die von Axylia und Marga gehütet werden, glühen nur noch schwach. Der Zauberkönig hat zuvor seinen dunklen Feldherrn, den Kan, zusammen mit zwei Vespucci und fünfhundert Orokòr ins Heimland geschickt, um die Erits für ihren Frevel zu bestrafen. Horsa, der junge Markgraf, hatte schließlich seinen Gesandten Vulgor und Merwing, den Fürsten von Rolos, als Geiseln genommen. Zusammen mit Danela, Merwings Tochter, und seinen überlebenden Wölfen haben sie bei Montini, dem Hüter der Berge, Zuflucht gefunden. Auf Bitten Danelas hat der Markgraf sie und ihren Vater freigelassen.

Zuflucht

Es war ein kalter Tag. Graue Wolken jagten über den Himmel. Manchmal riß die Wolkendecke auf, dann kam die Sonne warm und leuchtend hervor. Aber bald darauf war der Himmel wieder trüb und verhangen. Der Wind blies aus Norden, aus der Richtung der hohen Gipfel, deren weiße Kappen man in der Ferne blitzen sah. Er brachte kalte Luft mit, denn dort oben hatte es in der vergangenen Nacht geschneit. Ein großer Vogel zog hoch in den Lüften Kreise. Seine mächtigen Schwingen bewegten sich kaum. Auf einmal stürzte er pfeilschnell in die Tiefe und verschwand hinter einem Bergkamm. In der Ferne hörte man ein dumpfes Dröhnen und Grollen. War es eine Steinlawine oder die unheilvolle Ankündigung einer neuen Bedrohung?

Die Felswand, gegen die sich Horsa lehnte, war naß. Wasser rieselte aus irgendwelchen Quellen ins Tal. Als die Nässe durch seine Kleider drang, sprang er mit einem unterdrückten Fluch zur Seite, aber bald darauf war er wieder ganz in Gedanken versunken. Nach ihrer Flucht mit den Geiseln quer durch das Heimland waren sie vor Tagen in dieser Burg angekommen. Sie gehörte Montini, dem Hüter der Berge, und hatte ihnen schon einmal Zuflucht geboten. Damals war Horsa mit Marga, der Menschenfrau, und ihrem Bruder Werhan unterwegs gewesen. Wie lange waren diese Erlebnisse schon vergangen! Was war inzwischen alles geschehen! Das Leben des Grafensohnes hatte sich völlig verändert. Er war nun nicht mehr der Träumer, der in sich gekehrt durch die Heimat wanderte, sondern ein Führer, der den Widerstand gegen die Invasoren aus Rolos leitete.

Der Fürst von Rolos war sogar als Geisel in seiner Hand gewesen. Aber er hatte ihn freigelassen, weil es die Tochter des Feindes so wollte. Danela hatte mit ihrem Vater vor mehreren Tagen die Burg verlassen, und er vermißte sie. Zwar wußte Horsa nicht, was er von dem Mädchen halten sollte, ob er ihr vertrauen durfte oder nicht, aber er liebte sie. Dabei hatte er ihretwegen beinahe alle seine Leute verloren. Seine ihm so treuergebenen Wölfe waren von den Soldaten aus Rolos niedergemetzelt worden. Als er an das Massaker in der dunklen Nacht dachte, mußte er heftig schlucken. Noch immer war der Schmerz über den Verlust seiner Getreuen groß. Danela hatte gewußt, daß ihre Männer den Trupp des Grafen verfolgten und ihn nicht gewarnt. Andererseits hatte sie ihm in dieser Nacht das Leben gerettet. Sie war eine seltsame Frau, einmal unnahbar und hochmütig, das andere Mal wieder herzlich und liebenswert. Horsa sehnte sich nach ihr.

Ihren Vater aber, den Fürsten Merwing, haßte der Markgraf des Heimlands. Er war mit seinen Truppen in seine Heimat eingedrungen und hatte nach dem Abzug der Orokòr die Herrschaft übernommen. Alle Erits waren versklavt worden, und nur wenigen war es gelungen, sich den fremden Truppen zu entziehen. Und ausgerechnet in die Tochter des Mannes, der diesen gemeinen Überfall befehligte, mußte er sich verlieben.

Es war ein Geniestreich gewesen, und Horsa mußte bei dem Gedanken daran lächeln, wie er im Schloß seines Vaters diesen Merwing und den Gesandten Ormors, Vulgor, in seine Gewalt gebracht hatte. Zwar hatten ihn alle gewarnt, der Zauberkönig werde sich diese Brüskierung nicht gefallen lassen. Selbst Aramis, der Hüter des Heimlands, hatte sich deshalb gegen ihn, den Markgrafen, gestellt. Aber was konnte der ferne Ormor ihm schon anhaben? Endlich hatte er dann mit seinen beiden Gefangenen diese geheime Burg in den Bergen erreicht. Doch Vulgor hatte sich voller Verzweiflung in die Tiefe gestürzt und dabei noch Rohl, den Horsa von allen seinen Wölfen am meisten liebte, mit in den Tod genommen. Wenn er darüber nicht so erschüttert gewesen wäre, so hätte er wahrscheinlich dem Drängen von Danela nicht stattgegeben und sie und ihren Vater freigelassen.

In den vergangenen Tagen hatten sie schließlich die Burg verteidigungsbereit gemacht. Montini hatte für Horsa und seine Männer neue Schwerter ausgesucht. Die Vorräte waren nicht üppig, aber sie würden eine Weile reichen. Der Hüter der Berge hatte vor Zeiten vorausschauend immer wieder Säcke mit getrocknetem Fleisch und Getreide in die Burg geschleppt.

Der kleine Qwak, der den Markgrafen so sehr verehrte und stets an seiner Seite sein wollte, war als Wache eingeteilt. Er stand auf der Mauer verborgen hinter Zinnen und blickte angestrengt hinunter in die Schlucht. Nur auf diesem steinigen Weg konnten sich Feinde der Burg nähern. Es war nicht damit zu rechnen, daß sich irgendwelche Leute dort zeigen würden. Deshalb rieb sich Qwak erst einmal die Augen und sah zweimal hin, bevor er Alarm gab.

Horsa schreckte bei seinem Ruf aus seinen Gedanken auf, verließ den Windschatten der Felswand und eilte zur Mauer. Am Eingang zur Schlucht waren Gestalten aufgetaucht, die eilig zur Burg liefen. Der Markgraf zählte acht Köpfe. Die Leute hatten bereits die Hälfte des Weges hinter sich gebracht, als eine neue Schar auftauchte. Diese Gruppe war größer und umfaßte mindestens zwei Dutzend Personen. Waffen blitzten in der Sonne. Horsa erkannte, daß es sich um Verfolger und Verfolgte handelte. Sogleich erteilte er seine Befehle. Das große Eingangstor wurde geschlossen, Waffen zurechtgelegt und die Zinnen bemannt. Nun erschien auch Montini und sah besorgt ins Tal. Das erste Grüppchen kam nur quälend langsam vorwärts, und die Jäger holten schnell auf. Nun konnte man auch näher erkennen, wer da zur schützenden Burg rannte, es schienen vier Frauen und ebenso viele Männer zu sein. Einer von ihnen war ein Zwerg. Die Verfolger aber, und da stockte Horsa der Atem, entpuppten sich als Orokòr.

Endlich hörte man Pochen am Tor, und er eilte hinunter, um zu öffnen. Herein stürmten zu seiner Verwunderung Danela und ihr Vater. Die sechs Fremden folgten dichtauf. Alle waren außer Atem und standen keuchend und mit hochroten Köpfen vor ihm. Überrascht erkannte Horsa noch zwei bekannte Gesichter: Marga und Glaxca, der Zwerg, waren ebenfalls zurückgekommen. Erstaunt, aber ohne Fragen zu stellen, legte der Graf die schwere eiserne Stange wieder vor das Tor und ging voraus, die ausgetretenen Steinstufen nach oben. Dort wartete bereits Montini.

Doch zu langer Begrüßung blieb keine Zeit, denn nun hatten auch die Orokòr die alte Burg erreicht und pochten gegen den Eingang. Horsa achtete nicht darauf, sondern sagte statt dessen spöttisch zu Danela und ihrem Vater: »Ich hätte nicht geglaubt, Euch so schnell wiederzusehen. Ich dachte, Ihr wolltet dieses Tal bewachen und mich jagen lassen. Nun seid Ihr vom Jäger zum Gejagten geworden.«

»Spott ist jetzt wohl nicht angebracht«, entgegnete ihm das Mädchen wütend. Sie wandte sich an Montini: »Wollt Ihr uns Schutz gewähren?«

»Das habe nur ich zu entscheiden«, mischte sich Horsa rasch ein. »Ich bin der Markgraf des Heimlands.«

Doch dem widersprach Montini energisch: »Dies ist meine Burg, und es sind meine Berge. Hier bestimme ich, und natürlich gewähre ich allen Verfolgten Unterschlupf.«

Noch immer pochten die Orokòr gegen das Tor und schrien: »Öffnet im Namen des Großen Kan.«

Als sie keine Antwort erhielten, verloren sie die Geduld. Ein Baumstamm, der als Rammbock hätte dienen können, war nicht erreichbar. Deshalb wuchteten sie einen großen Felsbrocken hoch und warfen ihn mit aller Kraft gegen das Tor. Das alte Holz knirschte und ächzte.

Montini sah eine Weile zu, dann sagte er: »Die Festung ist vielleicht doch nicht mehr stabil genug für solch einen Angriff. Wir dürfen sie nicht länger gewähren lassen, und wir müssen verhindern, daß ihr Herr von dieser Zufluchtsstätte erfährt.«

»Was können wir tun?« fragte Til verwirrt, der neben ihm stand. »Wir sind zu schwach, um gegen sie anzutreten.«

»Laß mich nur machen«, sagte der alte Mann und rief nach Horsa.

Der hatte sich wütend auf den Turm zurückgezogen und von

dort die Angriffe der Orokòr beobachtet. Nun stieg er widerwillig hinunter in den Burghof. Er baute sich vor Montini auf und fragte: »Was gedenkt Ihr gegen diese Schurken zu unternehmen? Das Tor wird bald nachgeben.«

»So leicht kann man diese Festung nicht einnehmen«, lachte der Alte. »Aber ich habe tatsächlich vor, diesen Angriff abzuschlagen. Dazu brauche ich aber etwas von dir.«

»Was könnte ich Euch schon geben? Ihr habt mehr Waffen, als ich tragen kann.«

»Mit Waffen können wir diesen wilden Kriegern nicht beikommen. Gib mir den Rapulio!«

Jetzt erinnerte sich der Markgraf, daß er noch immer die kleine goldene Kugel bei sich trug, die ihnen schon einmal das Leben gerettet hatte. Dieses Meisterwerk des Zauberers Rapuliopus* hatte die Fähigkeit, jedes Wesen, das man sich vorstellte, herbeizurufen. Einst, als er zusammen mit Marga und ihrem Bruder Werhan im Gebirge von den gefährlichen Taks in die Enge getrieben worden war, hatte er mit diesem Rapulio den Hüter der Berge geholt. Doch wie sollte ihnen nun die wundersame Kugel von Nutzen sein? Er kramte in seinen Taschen, und seine Hände schlossen sich um das kleine Ding an der goldenen Kette. Er zog es heraus. Da trat plötzlich die Sonne hinter den Wolken hervor, und der Rapulio blitzte im Licht. Er war so vollkommen, daß ihn alle mit Staunen betrachteten.

»Gib ihn mir«, wiederholte der Alte.

»Warum sollte ich ihn Euch geben? Der Rapulio gehört mir, und ich werde ihn auch einsetzen. Sagt mir, was ich damit anfangen soll.«

»Nun ist keine Zeit für kindische Auseinandersetzungen. Du bekommst den Rapulio wieder. Gibt ihn her!«

Montinis Stimme klang barsch. Horsa zog zuerst erschreckt seine Hand zurück, überreichte schließlich aber doch zögernd seinen Schatz. Der Alte nahm ihn und verschloß ihn in seiner Hand. Dann trat er auf die Mauer und sah hinunter. Keiner wagte ihn zu stören, denn es war klar, daß er konzentriert an etwas dachte. Lange Zeit geschah nichts, man hörte nur die dumpfen Schläge gegen das Tor. Plötzlich schrie einer der Orokòr auf. Dann brüllte ein zweiter und ein dritter, und schließlich stob die ganze Meute in wilder Flucht auseinander.

* Vgl. Bd. I, S. 296 ff

Anfangs war nicht zu erkennen, wovor sie flohen. Doch bald darauf sahen die Zuschauer die tödliche Bedrohung. Eine Meute Wölfe war aufgetaucht und hatte sich auf die Orokòr gestürzt. Es waren Bergwölfe, doppelt so groß wie ihre Artgenossen, und ihre heruntergezogenen Lefzen ließen mächtige Reißzähne sehen. Die schwarzen Krieger hatten sich verzweifelt mit dem Rücken gegen eine Felswand gestellt und ihre Waffen gezogen. Aber die klugen Tiere kreisten sie ein und vermieden es, in den Bereich der Schwerter zu kommen. Der Kampf stand unentschieden und hätte sich wohl noch eine Weile hingezogen, wenn nicht drei Berglöwen erschienen wären. Sie setzten mit großen Sprüngen über die Wölfe und rissen die schreckensstarren Orokòr zu Boden. Danach vollendeten die Tiere zusammen das blutige Werk. Erschüttert wandten sich die Zuschauer ab.

»Wie ist Euch das gelungen?« fragte Horsa den Hüter der Berge. »Ich wußte nicht, daß solch eine große Macht in meiner kleinen Kugel steckt.«

»In diesem Zauberding steckt soviel und sowenig Macht, wie sich dein Kopf ausdenkt. Nicht die Kugel ist mächtig, sondern die Gedanken sind es. Es kommt darauf an, wie du den Rapulio benutzt.«

Horsa war wieder einmal beleidigt. Dieser Montini nahm ihn, den Markgrafen, einfach nicht ernst.

Mit einer wegwerfenden Handbewegung gab der Hüter der Berge die Zauberkugel an ihren Eigentümer zurück, der sie sogleich in seiner Tasche verschwinden ließ. Dann mußte sich Horsa noch eine Warnung anhören. Montini empfahl ihm dringend, von sich aus keine Tiere zu rufen. Die Bestien, so erklärte er, könnten den Rufer selbst anfallen. Der Rapulio hole zwar die Geschöpfe, aber verleihe keine Macht über sie.

Auch die Fremden hatten dem Geschehen und dem Untergang der Orokòr mit Erstaunen zugesehen. Nun stellten sie sich vor. Es waren die Sängerin Galowyn zusammen mit ihrer Dienerin, Fallsta und Avaccu. Die Reisegesellschaft hatte den Fürsten von Rolos und seine Tochter auf der Steinbruchstraße getroffen. Galowyn setzte an, um zu erklären, welchen großen Ruhm sie als Sängerin habe und wo sie schon überall aufgetreten sei. Doch Montini unterbrach sie und wollte wissen, was sich auf der Straße zugetragen und was es mit der Verfolgung durch die Orokòr auf sich habe.

Danela gab für alle die Antwort. Nachdem sie mit ihrem Vater die Burg verlassen habe, erzählte sie, seien ihnen auf der Steinbruchstraße Männer des Fürsten begegnet. Die hätten sich sonderbar verhalten. Statt Freude zu zeigen, daß ihr Führer wieder in Freiheit war, wären sie merkwürdig zurückhaltend gewesen. Erst auf eindringliches Befragen wären sie mit der Sprache herausgerückt.

»Was wir erfuhren, war mehr als unerfreulich«, fuhr die Fürstentochter fort. »Unter der Führung des Großen Kan sind Orokòr im Heimland einmarschiert. Ormor will die Erits züchtigen, weil sie es gewagt haben, seinen Gesandten gefangenzunehmen. Der Kan hat alle Soldaten aus Rolos in ihre Garnisonen zurückgeschickt. Das Schlimmste aber ist, mein Vater und Vulgor werden überall gesucht. Der Kan will sie vor ein Gericht stellen und dafür bestrafen, daß sie sich von Erits haben fangen lassen.«

»Wieso ist dies das Schlimmste?« mischte sich Horsa ein. »Das Heimland ist besetzt, und mein Volk wird geknechtet. Das ist schrecklicher als das Schicksal irgendeines Fürsten und eines großmäuligen Abgesandten, der übrigens schon tot ist und keine Rache mehr fürchten muß.«

»Du Narr«, antwortete das Mädchen kalt. »Es geht nicht um irgendeinen Fürsten, sondern um meinen Vater, den du in diese Lage gebracht hast. Du bist an allem schuld. Mein Vater hätte den Druck nach und nach von deinem Volk genommen und alles hätte sich zum Guten gewendet. Du aber mußtest den Helden spielen und Geiseln nehmen. Jetzt hat der Dunkle Herrscher zugeschlagen, und mit dem Kan kannst du dich nicht arrangieren. Nun beginnen die Leiden deines Volkes erst richtig. Und warum sprichst du fortwährend von ›deinem Volk‹? Bist du überhaupt der rechtmäßige Regent dieses Landes?«

„Ich hätte wohl darauf vertrauen sollen, daß ihr Eindringlinge freiwillig wieder abzieht? Wir Erits sollen immer gute Miene zum bösen Spiel machen. Wir sollen Wohlverhalten zeigen und hoffen, daß sich unsere Feinde dann ein wenig erbarmen. Aber nicht mit mir, ich habe noch Stolz und Verantwortungsgefühl! Ich winsle nicht um Gnade und warte nicht darauf, daß man mit meinen Erits irgendwann einmal vernünftig umgeht. Ich nehme das Schicksal selbst in die Hand und kämpfe.«

»Siehst du denn nicht, wohin du mit deinem Kämpfen gekommen bist? Alles ist schlimmer als zuvor, und die Zahl der toten Erits steigt. Nun ist auch noch das Leben meines Vaters bedroht. Wirst du denn niemals lernen?«

»Doch, ich werde lernen, und zwar noch weniger Fehler zu machen. Ich werde lernen, noch unbarmherziger und konsequenter zu sein. Ich werde lernen, niemandem mehr zu vertrauen und in keine Falle zu tappen. Das alles werde ich lernen, und dann werde ich mein Vaterland befreien.«

»Du wirst es in den völligen Untergang führen, du selbsternannter, größenwahnsinniger Herrscher!«

Nun mischte sich Montini ungeduldig ein: »Euren Streit könnt ihr ein andermal fortsetzen. Wir wollen ihn nicht hören. Wir müssen endlich wissen, was geschehen ist.«

Da ergriff der Fürst das Wort und berichtete: »Ich wußte nun, daß ich gesucht wurde und mein Leben bedroht ist. Doch ich wollte nicht einfach aufgeben und weglaufen. Wohin hätte ich auch gehen sollen? Deshalb schlug ich mich mit meiner Tochter zu unserem nördlichen Hauptquartier in Nordhausen durch. Dort residiert mein Stellvertreter, Graf Archonet. Seine Familie hat mir viel zu verdanken, und ich habe ihm bisher bedingungslos vertraut.

Er empfing uns freundlich, ließ uns sogleich Speisen und Getränke bringen, denn wir waren müde und ausgehungert. Danach ging er mit mir ein wenig abseits. Er teilte mir mit, daß er mich ausliefern müsse. Er versprach aber alles zu tun, was in seiner Macht stünde, damit meiner Tochter nichts geschehe. Er wollte sie nach Rolos zurückbringen lassen und dort für ihr Wohlergehen sorgen.

Ich erinnerte ihn daran, daß ich sein Fürst sei und erwähnte die Dankesschuld seiner Familie.

Er antwortete, daß er sich dessen bewußt sei, sich aber in einer tragischen Situation befände. Er trage Verantwortung für all die Soldaten auf diesem Feldzug und sogar für das ganze Fürstentum Rolos. Deshalb könne er nicht anders handeln.

Da fragte ich ihn, ob diese Verantwortung höher stünde als Treue und Dankbarkeit. Er bejahte schlicht und erklärte, er wolle nur das Beste und müsse nun zwischen zwei Übeln abwägen. Schuldig werde er so oder so, deshalb habe er sich für das Wohlergehen der größeren Zahl entschieden.

Da wurde ich böse und schrie ihn an, ich könne mir schon denken, was seine Entscheidung beeinflußt habe. Er gedenke mein Nachfolger zu werden.

Auch diese Last sei er bereit auf sich zu nehmen, wenn es notwendig würde, sagte er ruhig.

Da wußte ich, daß jedes weitere Reden sinnlos war. Ich erkundigte mich nur noch, ob ich mich als seinen Gefangenen betrachten müsse.

Er nickte, fügte aber hinzu, er werde keine Wachen aufstellen.

Nun wußte ich Bescheid und floh mit Danela bei der nächsten Gelegenheit aus dem Lager. Danach hatten wir keine andere Wahl, als hierherzukommen. Der einzig sichere Ort für uns, so seltsam dies auch klingen mag, ist diese Burg hier.«

»Nun wissen wir aber immer noch nicht«, fragte der Hüter der Berge weiter, »wie ihr diese Reisegesellschaft getroffen habt?«

»Laßt mich berichten«, ergriff nun Galowyn das Wort.

Dann erzählte sie von ihrer Reise, und daß sie unbedingt an die Küste des Golfs von Orex müßten. Sie beschrieb das Lager des Zauberkönigs in Weiler und das ungeheure Orokòrheer, das dort versammelt war.

»Er wird ganz Centratur mit Krieg überziehen«, bemerkte Glaxca düster. »Er wird den Kontinent erobern, und uns wird nur die Wahl bleiben zwischen dem Tod und einem Sklavendasein.«

»Die entscheidende Schlacht wird nicht hier im Heimland, sondern im Süden in den großen Königreichen ausgetragen«, sagte Fallsta, der bisher geschwiegen hatte.

Dann berichteten die Fremden, die vom Süden bis in den Norden ganz Centratur durchwandert hatten, von ihrer langen Reise, ihren Erlebnissen, Abenteuern und Gefahren. Sie erzählten von dem Erdbeben in den Bergen und den Vespucci, unter deren Schutz sie bis hierher gekommen waren. Sie schilderten aber auch den Kampf um Hispoltai, den Einmarsch der Truppen aus Darken in Whyten und die Bedrohung von Cantrel. Nicht nur das Heimland, sondern ganz Centratur sei in Not.

»Wer soll jetzt noch Rettung bringen?« fragte Danela erschüttert.

»Die Achajer«, war die schlichte Antwort.

Die Erwähnung dieses geheimnisvollen Inselvolkes, das nach dem Großen Krieg spurlos vom Kontinent verschwunden war, ließ alle zusammenzucken. Als dann Glaxca von dem Untergang des Achajerschiffes und dem Ultimatum des Inselfürsten berichtete, wurden die Zuhörer ganz still. Sie wußten nun, daß ihr eigenes Schicksal mit dem des ganzen Kontinents verwoben war. Dann kam Galowyn, die noch immer die Wortführerin war, zum Ende. Alle feindlichen Länder hätten sie unbeschadet durchquert. Doch hier im friedlichen Heimland, wo sie sich in Sicherheit wähnten, habe ihnen eine Patrouille der grausamen Orokòr aufgelauert. Sie seien von den wilden Kriegern überrascht worden, gerade als sie den Fürsten von Rolos und seine Tochter auf der Steinbruchstraße getroffen hätten. Danach sei ihnen nur noch die Flucht geblieben, und ohne diese rettende Burg wären sie nicht mehr am Leben.

»Ich vermute, daß uns Archonet die Orokòr auf den Hals geschickt hat«, bemerkte der Fürst. »Er wollte mich und meine Tochter nicht wirklich entkommen lassen. Solange ich lebe, bin ich eine Bedrohung für seinen Machtanspruch.«

Bei diesen Worten erinnerte sich Horsa an seine Erlebnisse damals in Steinbruch. Der alte General Weißbart hatte zwar die Tür zu ihrem Kerker unverschlossen gelassen und die Wachen abgezogen, dann aber seine Reiter hinter ihnen hergehetzt.

Marga aber, die den Custo an ihrer Brust glühen fühlte, vermutete, daß das Zauberding die Orokòr angezogen habe. Ihre Gedanken kreisten ständig um den Custo, seit sie vom Abt in Nowogoro die Last übernommen hatte. Jeden Abend untersuchte sie ihn vor dem Schlafengehen. Dabei hatte sie festgestellt, daß sein Glühen schwächer wurde, und machte sich Sorgen.

Nachdem das Notwendigste besprochen worden war, führte Montini die Gäste in das steinerne Haus und gab ihnen erst einmal zu essen und zu trinken. Danach schlenderte Marga hinaus auf den Burghof und sah von den Mauerzinnen in die Schlucht. Da gesellte sich Til zu ihr. Der Sohn von Ev und dem toten Mog wollte wissen, was mit Pet geschehen war.

»Er ist tot«, sagte Marga kurz.

»Du mußt mir schon ein wenig mehr erzählen. Schließlich war er mein Bruder.«

»Den du verraten hast«, antwortete das Mädchen bitter. »Und auch meinen Bruder Werhan hast du auf dem Gewissen. Ich wundere mich, daß du es wagst, mich anzusprechen.«

»Ich habe ein Recht darauf, mehr über das Schicksal von Pet zu erfahren.«

»Du hast überhaupt kein Recht! Du hast durch deinen Verrat alle Rechte verwirkt. Du hast nicht einmal das Recht zu leben.«

»Du bist ganz schön bitter«, antwortete er und lachte kurz auf. »Dabei müßten gerade wir uns vertragen. Wir kommen beide von unten und können bei der Wahl unserer Mittel nicht zimperlich sein, wenn wir nach oben wollen.«

»Was bedeutet schon ›oben‹ oder ›unten‹? Aber um dich endlich loszuwerden, will ich dir sagen, er ist sinnlos gestorben, aber er wurde gerächt.«

»Sieh an, die junge Dame spricht von Rache. Sie leistet sich so etwas wie Ehre. Es ist schon seltsam, dieses Wort aus dem Mund einer Landstreicherin zu hören, einer Soldatenhure.«

Da antwortete ihm Marga kalt: »Ich werde dich umbringen!«

Til nahm die Worte nicht ernst, sondern ließ das Mädchen laut lachend stehend und kehrte zurück zu den anderen Wölfen.

Währenddessen drängte die Sängerin zum Aufbruch. Man habe schon zu viel Zeit verloren und der Weg zum Golf von Orex sei noch weit.

»Ihr könnt jetzt nicht gehen«, warnte Montini. »Es wird bald Nacht, und in der Dunkelheit seid ihr in diesen Bergen verloren. Bleibt bis morgen und ich werde euch auf sicheren Wegen durch das Gebirge führen.«

Bündnisse und Pläne

Es dunkelte schon und leichter Nieselregen hatte eingesetzt, als Avaccu auf den Hof hinaustrat. Auf der kleinen Burg konnte man sich nur schwer aus dem Weg gehen. Der Fürst Merwing und seine Tochter hatten sich diskret zurückgezogen und standen beim Brunnen. Dort unterhielten sie sich flüsternd. In einer anderen Ecke des Hofes hielten sich die Wölfe mit ihrem Anführer auf und lachten über Scherze, die der Markgraf machte.

Auch Galowyn war nach draußen gegangen, und Avaccu folgte ihr besorgt. Seit dem Zwischenfall mit Willmar dem Buddler war die Sängerin schweigsam und in sich gekehrt. Sie mied die Gegenwart des Hirten und versuchte, nicht mit ihm allein zu sein. Nun saß sie auf der Burgmauer und sah gedankenverloren auf die dunklen Berge. Leise trat Avaccu zu ihr, und sie erschrak, als sie seine Anwesenheit bemerkte.

»Warum gehst du mir aus dem Weg?« fragte er.

»Damit du nicht länger über die alberne Gans lachen kannst, die sich in dich verliebt hat. Es muß ein großer Spaß für dich sein. Ausgerechnet ich habe mich wie ein junges Ding aufgeführt, das zum ersten Mal einem Mann begegnet. Dabei sollte ich doch wahrlich genug Erfahrung mit Männern haben.«

»Ich habe nicht gelacht, sondern mich über deine Zuneigung gefreut.«

»Sicher, meine Liebe war für dich wertvoll. Dadurch wurde deine Tarnung verbessert. Du hast mir nicht ungeschickt den Hof gemacht.« Ihre Stimme klang bitter.

»Alles, was ich dir gesagt habe, war auch so gemeint. Ich habe keinen Moment gelogen.«

Sie ging auf seine Rechtfertigung nicht ein, sondern fuhr fort: »Warum hast du ausgerechnet mich ausgesucht und zum Narren gemacht? Hättest du dir nicht Smyrna auswählen können?« Als sie das ausgesprochen hatte, wurde ihr bewußt, wie gemein sie war, und sie biß sich auf die Lippen.

Avaccu überhörte die Bemerkung und sagte: »Du hast mir gefallen und keine andere.«

Die Stimme der Sängerin wurde scharf, als sie fragte: »Wer bist du eigentlich?«

»Ich bin zwar ein Zauberer, aber keiner von den großen, und mit meiner Zauberei ist es auch nicht weit her. Mit der Kraft meiner Arme erreiche ich in der Regel mehr, als mit irgendwelchen Zaubersprüchen. Aber ich bin ein Mitglied des Weißen Rates. Nicht alle Eingeweihten haben sich in Klöster zurückgezogen, um von dort die Geschicke der Welt zu beobachten und sie für die Nachwelt in ein Blaues Buch zu schreiben. Ich bin für so ein Leben nicht geschaffen, ich muß handeln und tätig werden. Mein großes Vorbild ist der Zauberer Aramar. So führe ich ein normales Leben und helfe da, wo ich kann. Kurz bevor ihr in der Ebene von Boldo aufgetaucht seid, haben mir meine Oberen eine Botschaft geschickt. Mir wurde eure Ankunft und euer Auftrag mitgeteilt. Ich wurde angewiesen, euch zu beschützen. Wie nötig dieser Schutz war, hast du ja selbst erlebt. Die Oberen haben mir aber verboten, mich zu erkennen zu geben.«

»Hat man dich auch angewiesen, daß du zur Tarnung mit mir schlafen sollst?«

»Nicht ich habe dich verführt, sondern du mich. Aber ich habe es gern getan, denn du gefällst mir.«

»So, ich gefalle dir? Wie großzügig! Ich aber habe dich geliebt.«

»Warum solltest du mich jetzt nicht mehr lieben?«

»Weil du meine Liebe nicht erwiderst. Weil du mich benutzt, sei es zu einem guten oder schlechten Zweck. Weil ich für dich ein Mittel bin und keine geliebte Frau.«

»Woher willst du das wissen?«

»Weil ich das fühle. Weil du mich betrogen hast. Weil du mich zum Gespött meiner eigenen Dienerin gemacht hast. Weil du ein Schwein bist!«

Galowyn war immer lauter geworden, und die letzten Worte hatte sie sogar geschrien. Er machte eine beschwichtigende Handbewegung, aber sie wollte sich nicht beruhigen. Ihren ganzen Ärger, all ihre Enttäuschung, ihr Verletztsein schleuderte sie ihm mit diesen Worten ins Gesicht.

Sicher wäre sie noch lauter geworden, wenn nicht plötzlich eine Stimme aus dem dunklen Abgrund gedrungen wäre. »Hallo, ist da jemand? Macht uns das Tor auf.«

Sofort verstummte die Frau und lief zu den anderen, um Alarm zu geben.

Inzwischen antwortete Avaccu vorsichtig: »Wer ist da?«

»Freunde! Macht das Tor auf!«

»Freunde sind in diesen Zeiten selten. Nennt eure Namen!«

»Namen ruft man in diesen Zeiten nicht durch die Nacht. Der Herr der Burg kennt mich.«

In diesem Augenblick erschien Montini mit Fackeln. Er eilte die steinernen Stufen hinunter zum Tor, während Avaccu weiter verhandelte. Nach einer Weile kreischten die eisernen Angeln des Tores, dann hörte man Schritte auf der Treppe. Schließlich tauchten im Schein der Fackeln fünfzehn fremde Männer auf, die von Montini, Horsa und den Wölfen eskortiert wurden. Alle strebten ins Haupthaus. Nur die Wölfe blieben draußen in der Nacht und hielten Wache. Im Haus aber fand sogleich eine Versammlung statt.

Die Stimmung in dem alten Burgsaal war düster. Fünf Kerzen warfen große Schatten an die rohen Wände und in eisernen Ringen glommen zwei Fackeln in der Dunkelheit. Der Anführer der Fremden war hochgewachsen und hatte auffallend weiße Haut und eine flammend rote Narbe quer über dem Gesicht. Marga und den Leuten aus dem Heimland war er bekannt. Sie schienen mit ihm sogar befreundet zu sein. Er hatte seinen schweren Umhang einfach neben sich auf den Boden geworfen und sich auf einen der Stühle gesetzt. Seine Begleiter waren Erits, die müde auf dem Boden hockten. Montini lief in die Vorratskammer, um ihnen ein spätes Mahl zu bereiten.

Marga hatte sich zu dem großen Mann gesetzt und fragte Aramis, wie es Ev gehe. Nun erfuhr sie zu ihrem Entsetzen, daß der alte Mog tot war. Das Mädchen brach in Tränen aus, berichtete dann aber dem Hüter des Heimlands das tragische Ende von Pet. Und wieder fügte sie ihrem Bericht stolz hinzu, daß der Freund gerächt sei.

Der Heimlandhüter war über diese Nachricht sichtlich betroffen, fragte aber nicht nach den näheren Umständen. Statt dessen sagte er nach einer Pause: »Die Familie des alten Mog wird immer kleiner. Nur noch wenige sind übrig. Pet ist tot, Mog ist tot, Marc ist verschwunden. Ich kann mich noch erinnern, wie glücklich sie alle einst in Gutruh, ihrem Haus, gewesen waren. Mit welcher Freude hatte Mog das Anwesen von seinem alten Freund Til übernommen, als dieser zu den Glücklichen Inseln aufbrechen durfte. Mit welcher Liebe hatte er den Garten gepflegt. Dies alles ist nun vorbei und wird nie wiederkommen. Das Schlimme am Tod ist das Unwiederbringliche. Der Tod läßt keine Hoffnung.«

»Vielleicht ist der Tod doch nicht das Ende«, flüsterte Marga beinahe tonlos. »Er ist nur ein vorübergehendes Abschiednehmen. Ich werde sie beide wiedersehen, Pet und Werhan. Nein, der Tod ist nicht das Ende der Hoffnung.«

»Eine erfreuliche Nachricht habe ich wenigstens zu vermelden«, wechselte Aramis das Thema. »Almira, die älteste und einzige Tochter von Mog und Ev hat es geschafft, nach Waldmar zu kommen. Joanna, die Freundin von Til, brachte sie unter großen Gefahren zu ihrer Mutter. Dort in Waldmar wird sie bald niederkommen. Alle freuen sich schon auf das Kind. Ihren Mann aber haben die Soldaten aus Rolos verschleppt. Niemand weiß, wo er sich aufhält, und ob er noch lebt.«

»Meine Leute verschleppen niemanden«, fuhr der Fürst, der zugehört hatte, scharf dazwischen. »Nur wenn sich jemand etwas zuschulden kommen läßt, bekommt er mit uns Ärger.«

»Mir scheint, Ihr wißt nicht, was im Heimland seit dem Einmarsch Eurer Truppen vor sich gegangen ist«, widersprach Aramis. »Willkür und Gewalt waren an der Tagesordnung. Erits wurden bestraft und verschwanden spurlos und ohne Grund. Ihr habt eine Schreckensherrschaft errichtet.«

»Das ist eine Verleumdung. Meine Männer sind hart, aber gerecht. Natürlich ist Krieg, und im Krieg kann man nicht zimperlich sein. Wir kämpfen, aber wir begehen keine Verbrechen.«

Horsa rief nun: »Entweder Ihr seid geistig verwirrt oder ein Lügner. Die Erits des Heimlands sind von Euren Leuten auf grausame Weise geschunden und versklavt worden.«

»Ihr dürft uns nicht die Untaten der Orokòr zuschieben.«

»O nein! Die Soldaten aus Rolos haben alle Untaten der Orokòr willig fortgesetzt.«

»Davon weiß ich nichts.«

»Dann seid Ihr ein Verbrecher und Mörder aus Unwissenheit!« Die letzten Worte schrie der Markgraf.

Danela, die Tochter des Fürsten, hatte sich an dem Disput nicht beteiligt. Nun wollte auch sie etwas sagen, aber Aramis schaltete sich ein und wechselte erneut das Thema.

In das alte zerfallene Golwinschloß sei ein Bewohner eingezogen, erzählte er. Nur durch Zufall habe man ihn entdeckt. Er sei sehr scheu und gehe allen Erits aus dem Weg. Inzwischen habe man auch herausgefunden, um wen es sich handle. Es sei Marrham, der Graf von Waldmar, der Vater von Akandra. Er sei lange Zeit verschollen gewesen und nun wieder aufgetaucht. Sein Anblick sei zum Fürchten. Er wasche sich nicht, und seine Kleider seien zerfetzt. Läuse, Flöhe und sogar Maden seien seine einzige Gesellschaft. Mit ihnen spreche er ständig. Ununterbrochen erkläre er ihnen etwas und betrachte sie als seine Untertanen. Er bilde sich ein, daß sie ihn Graf nennen und entgegne ihnen huldvoll. Marrham ernähre sich von irgendwelchen Abfällen, die er finde und von Pflanzen, die wild im Garten des Schlosses wüchsen. In den Nächten irre er durch die zerfallenen Gänge und steige über das zerbrochene Mobiliar. Machmal stehe er auf dem verbrannten Dach und schreie seinen Schmerz in die Nacht. Dann glaubten die Leute, die ihn von weitem hörten, Wölfe seien wieder einmal ins Land eingedrungen. Durch seine Schreie sei er auch entdeckt worden. Ein paar Männer hätten sich aufgemacht, um die Raubtiere zu vertreiben und hätten den alten Grafen dabei gefunden.

Da bei dieser Versammlung auch Fremde anwesend waren, die mit den Verhältnissen im Heimland nicht vertraut waren, berichtete der Heimlandhüter von der Freundschaft der drei Männer, Mog, Pet und Marrham, genannt Marc. Sie waren gemeinsam aus einer Laune heraus in den Großen Krieg gezogen, und Mog hatte entscheidend zum Sieg des Hochkönigs beigetragen. Doch er blieb bescheiden und trat wieder in den Hintergrund. Seine Kameraden aber ernannte der König zu Grafen und unterstellte ihnen das Heimland und das benachbarte Waldmar. Als die Kunde von Meliodas' Tod eingetroffen war, hatten sich beide Grafen auf den Weg in den Süden gemacht, um an den Beerdigungsfeierlichkeiten ihres Gönners teilzunehmen. Was damals niemand wußte, war, daß Marrham längst einen Pakt mit den Orokòr geschlossen hatte und seinen Freund in eine Falle führte. Dieser starb in dem Hinterhalt, und der Graf von Waldmar kam mit dem Leben davon. Aber er konnte die Früchte seines Verrats nicht mehr ernten. Seine Verbündeten, die Orokòr, hatten nämlich ausgerechnet Waldmar überfallen, niedergebrannt und alle Bewohner einschließlich der gräflichen Familie ermordet. Nur die Tochter Akandra konnte sich mit Hilfe von Marc, dem Sohn des alten Mog, retten. Marrham hatte aufs falsche Pferd gesetzt und seine Ehre für Freunde hingegeben, die keine Dankbarkeit kannten und denen man niemals trauen konnte.

Nachdem Aramis die Geschichte noch einmal ausgebreitet hatte, herrschte zuerst betroffenes Schweigen. Dann aber folgten heftige Auseinandersetzungen. Horsa vertrat die Meinung, daß der Verräter bestraft werden müsse, weil er für den Tod des alten Markgrafen, seines Vaters, verantwortlich sei.

Dem entgegnete Aramis, Marrham sei gestraft genug. Sein Leben sei zerstört, das Weiterleben für ihn schlimmer als der Tod.

»Einen einfachen Tod wird er auch nicht bekommen«, mischte sich nun Pul ein. Der Gefolgsmann von Horsa grinste tückisch und fügte hinzu: »Wenn wir mit ihm fertig sind, wird er sich den Tod wünschen, er wird ihn als Gnade erflehen.«

»Zum Glück hast du nichts zu entscheiden«, antwortete Bauer Buschgrün, einer von den Revolutionären, die Aramis begleiteten, und beachtete Pul nicht weiter.

»Und das ist ein Glück«, fügte einer der markgrafentreuen Soldaten hinzu, die sich auch dem Heimlandhüter angeschlossen hatten.

Wieder einmal hatten sich die Verfemten den Bitten des Heimlandhüters nicht verschlossen und ihr sicheres Versteck in den Südhöhen verlassen, um für das Land der Erits ihr Leben zu wagen. Diese Hilfsbereitschaft hatte sie erneut mit dem Markgrafen zusammengeführt, dessen Herrschaft sie ablehnten. Aber diesmal kam es zu keinem Streit. Die aufrührerischen Bauern ignorierten Horsa einfach. Aber sie hatten erkannt, daß die treuen Soldaten ihre Verbündeten und nicht ihre Feinde waren.

Die Fortführung der Beratung wurde auf den nächsten Mittag angesetzt. Im Morgengrauen wollte Montini erst einmal Galowyn und ihre Gruppe durch die Berge geleiten. Marga hatte sich entschlossen, die Reisegruppe zu verlassen und mit ihrem kostbaren Schatz in der Burg zu bleiben. Der Custo schien ihr dort am sichersten. Sie wußte, daß sie nun von Glaxca, ihrem Begleiter durch so viele Abenteuer, Abschied nehmen mußte. Er hatte das Ultimatum ausgehandelt und fühlte sich verpflichtet, mit zur Landebucht zu wandern. Marga konnte dem nicht widersprechen, war aber sehr traurig. Sie würde den stillen, hilfsbereiten Zwerg sehr vermissen.

Jeder suchte sich nun ein Plätzchen, und bald schliefen alle bis auf die Wachen, die im Mondlicht auf der Mauer auf und ab gingen. Doch Galowyn lag noch lange wach und dachte über vieles nach. Auch der Fürst Merwing konnte nicht schlafen. Aus dem gefürchteten Eroberer war ein Gejagter geworden. Daran mußte er sich erst einmal gewöhnen.

Beim Morgengrauen verabschiedete sich die Reisegruppe. Marga und der Zwerg konnten sich kaum voneinander trennen, doch sein Pflichtgefühl ließ ihn schließlich aufbrechen. An Galowyns Gürtel waren nur noch wenige Perlen, und alle zweifelten, ob sie rechtzeitig das Meer erreichen würden. Montini begleitete die Fremden ein Stück auf ihrer gefährlichen Reise und zeigte ihnen, wie sie das Heimland über die Berge umgehen konnten.

Gegen Mittag war dann der Hüter der Busterberge zurückgekommen, und die Beratung der vergangenen Nacht nahm ihren Fortgang. Nun wurde berichtet, daß der Kan die Heimlandbewohner wie Vieh zusammentreiben und unter freiem Himmel in eingezäunte Gebiete sperren ließ. Jede Unbotmäßigkeit wurde von den schwarzen Gestalten sogleich bestraft. In diesen Gefängnissen mußten die geschundenen Erits sinnlose Arbeiten verrichten. Außerdem wurden sie planmäßig im Heimland umgesiedelt. Sie mußten in langen Reihen in irgendwelche anderen Teile ihrer Heimat marschieren. Frauen wurden von ihren Männern getrennt, Kinder von ihren Müttern. Wer sich wiedersetzte, wurde getötet oder ausgepeitscht. Diesem Gewürm werde er die Aufsässigkeit schon austreiben, sollte der Kan knirschend zu seinen Rottenführern gesagt haben.

Am schlimmsten aber wüteten die beiden Vespucci, die den Kan begleiteten. Die Glatzköpfe waren auf der Suche nach etwas Bestimmtem, denn immer wieder stellten sie die gleiche Frage: »Wo ist Maeg oder Mög? Sag mir, wo Mög ist.«

Wer ihnen keine Antwort geben konnte, wurde von ihrem Geist geschlagen, und die unglücklichen Erits krümmten sich in Schmerzen, bis der Tod sie erlöste. Aber trotz aller Brutalität verstand niemand die Frage. Ein paar Heimlandbewohner erinnerten sich zwar an den alten Mog und nickten eifrig. Aber die zweite Frage: »Wo ist das Rote Buch?« konnten auch sie nicht beantworten und mußten deshalb sterben.

Die Vespucci waren hinter dem Roten Buch her, soviel war klar. Das Rote Buch war zuerst von Til, dem väterlichen Freund Mogs, nach dem er auch seinen Sohn benannt hatte, und dann von ihm selbst geschrieben worden. Es berichtete von den Ereignissen im Großen Krieg. Was das Buch für die Fremden so interessant machte, waren Informationen über die Achajer. Von diesem mächtigen, geheimnisvollen Volk war nicht viel bekannt. Die Einzelheiten, die Mog und Til aufgeschrieben hatten, konnten recht nützlich sein, wenn man die Achajer vernichten wollte. Dieses Buch war verschwunden, denn Ev hütete es als Vermächtnis ihres Mannes wie einen Schatz. Aber die Gnome ließen nicht locker, und langsam, so als spürten sie die Existenz des Buches, näherten sie sich bei ihren Erkundungen Waldmar. Die Zeit drängte!

»Es ist furchtbar, was mein Volk erleiden muß«, stöhnte Horsa bei diesem Bericht. »Die Leidensfähigkeit der Erits ist bald erschöpft.«

»Das ist doch alles dein Werk«, mischte sich Danela giftig ein. »Du hast doch mit dieser unsinnigen Geiselnahme den Zauberkönig gereizt. Aber nicht du mußt für deine Fehler bezahlen, sondern die anderen Heimlandbewohner.«

»So ist es immer«, pflichtete ihr Marga bei. »Die da oben denken sich etwas aus, und die kleinen Leute müssen dafür büßen.«

»Dafür sitzt unser Held sicher und wohlbehalten in einer Burg. Da kann er sich leicht Sorgen um seine Landsleute machen.«

Die Stimmen der beiden Frauen wurden immer böser.

Marga erklärte kalt: »Im letzten Winter sah die Lage in diesem Land schon trüb und aussichtslos aus. Doch nun ist sie hoffnungslos. Wie viele Erits mußten inzwischen ihr Leben lassen! Horsa, du hast wirklich ganze Arbeit geleistet.«

Empört sprang der Graf auf und rief: »Ich habe nur das Beste gewollt und mein Möglichstes getan.«

»Und dabei sind Erits eben gestorben«, sagte Danela sarkastisch. »Ihr Tod ist aber nicht wichtig. Ausschlaggebend ist nur, daß du das Beste gewollt hast.«

»Meine Landsleute wurden von euren Soldaten umgebracht. Was sucht ihr eigentlich hier in meinem Land? Wieso machst ausgerechnet du mir Vorwürfe, du die Fürstentochter aus Rolos? Im übrigen seid ihr beiden Frauen keine Erits und habt euch nicht einzumischen. Mein Volk liebt mich trotz aller Niederlagen, und ich werde es in die Freiheit führen!«

»Du hast gar kein Volk«, sagte Danela. »Und bisher hast du die Leute nur in den Tod geführt.«

»Laßt ihn in Ruhe«, unterbrach Montini den Streit. »Eure Anklagen führen zu nichts. Horsa versteht nicht, was ihr meint.«

Horsa starrte die Frauen, von denen er sich geliebt wähnte, verwundert und beleidigt an und fragte sich, was das für ein Spiel sei. Die Lage im Heimland war zu ernst, um Spaß mit ihm zu treiben.

Aramis fuhr fort, das Heer des Kan sei zwar klein, aber mächtig. Die wenigen freien Erits könnten es nicht besiegen. Dann sah er Merwing ins Gesicht und fragte ihn ohne Umschweife, auf wessen Seite er denn nun stehe. Ob man mit seinen Männern im Kampf gegen die Orokòr rechnen könne.

Die Frage stand im Raum, und das Schweigen wurde drückend. Aber der Fürst aus Rolos antwortete nicht. Da stand seine Tochter auf und ging zu ihrem Vater. Sie flüsterte ihm etwas ins Ohr, und gemeinsam verließen sie den Raum. Man sah ihnen schweigend nach und wartete. Bis der Fürst eine Entscheidung gefällt hatte, war keine weitere Beratung möglich. Es dauert sehr lange, bis die beiden zurückkamen. Ihre Gesichter waren ernst. Merwing setzte sich wieder auf seinen Platz. Aramis sah ihn fragend an, und der Fürst nickte.

»Gebt Ihr uns Euer Wort?« fragte Horsa.

Der Fürst nickte wieder.

»Welche Garantie haben wir, daß Ihr uns nicht verratet?«

Merwing schwieg, aber Aramis antwortete: »Ich bürge für ihn.«

Nun erhob der Fürst seine Stimme und sprach langsam und schwer: »Die Entscheidung liegt nicht mehr in meiner Hand. Was immer ich von nun an auch tue, es ist falsch und führt zum Untergang. Schließe ich mich euch an, so wird mir der Zauberkönig den Verrat niemals verzeihen. Er wird mich verfolgen und töten. Betrachte ich euch weiterhin als Feinde, so muß ich diese Burg verlassen. Dann werden meine Tochter und ich auch getötet. So oder so ist mein Leben verwirkt, und ich verliere mein Land. Das alles habe ich Horsa, diesem unreifen Narren zu verdanken.« Seine Stimme bebte vor Zorn. Doch er hatte sich sogleich wieder in der Gewalt. »Meine Tochter hat recht. Wenn es für mich noch eine Chance gibt, dann liegt sie im Bündnis mit euch.«

»Ihr habt eine kluge Tochter«, sagte Aramis.

»Du bist doch ein erfahrener Geiselnehmer«, wandte sich Danela nun an Horsa. »Warum nimmst du nicht zur Abwechslung die richtigen Geiseln und zwingst damit den Kan aus deinem Land?«

Die Wölfe im Hintergrund lachten bei diesem Scherz. Aber der Fürstentochter war nicht zum Spaßen zumute.

»Ich meine es ernst«, sagte sie. »Einen offenen Kampf gegen die Orokòr können wir nicht führen. Wir sind zu wenige und zu schwach. Deshalb müssen wir zu anderen Mitteln greifen.«

»An wen denkst du als Geisel?« mischte sich Aramis ein.

»An den Kan selbst.«

Zuerst herrschte verblüfftes Schweigen über diesen unerhörten Plan. Dann gab der Fürst zu bedenken: »Seine Leibwache ist zu stark. An den Großen Feldherrn kommt niemand heran.«

»Warum dann nicht die Vespucci?« Danela gefiel ihr Einfall immer besser.

»Dieser Gedanke ist nicht schlecht. Die Glatzköpfe reisen ständig in geheimnisvollen Geschäften durch das Land und werden nur von ihren Dienern begleitet. Sie könnten wir in unsere Gewalt bringen.«

»Sie reisen deshalb allein«, mischte sich Til ein, »weil sie sich sicher fühlen. Und das sind sie auch. Mit ihren geistigen Waffen können sie jeden in die Knie zwingen. Vespucci sind mit Schwertern nicht zu besiegen.«

»Das mag für normale Sterbliche gelten«, Montinis Stimme klang stolz. »Aber unter euch sind zwei Hüter. Wir können der geistigen Kraft der Vespucci standhalten.«

»Er hat recht«, stimmte Aramis zu. »Ich fürchte mich nicht vor den Gnomen. Wir werden sie unschädlich machen, so daß sie auch euch nichts anhaben können.«

»Glaubt Ihr, wir könnten mit den Glatzköpfen den Großen Kan in die Knie zwingen?« fragte Horsa, und so etwas wie Jagdeifer schwang in seiner Stimme mit.

»Er wird nachgeben, schon aus Furcht vor seinem Herrn. Ormor würde es ihm nie verzeihen, wenn seinen Verbündeten etwas zustieße. Die Gefangennahme der Vespucci durch die verachteten Erits verletzt den Stolz des Zauberkönigs. Der Kan weiß das und wird alles daransetzen, die Gnome heil wieder freizubekommen.«

Damit war der Plan geboren, und nur noch die Einzelheiten, wie er auszuführen war, mußten besprochen werden. Schon am nächsten Tag sollte die Aktion beginnen.

Der Feigling

Viel Holz war in der Burg nicht vorhanden, nur ein wenig Reisig und ein paar dürre Stecken. Aber es reichte, um ein kleines Feuer zu schüren und das Wasser in dem eisernen Topf zu erhitzen. Marga und Danela saßen auf zwei Steinen und unterhielten sich. Hoch in der Luft kreiste ein Raubvogel und hielt nach Beute Ausschau. Über die Felswand huschte dann und wann eine kleine Eidechse. Auch eine Schlange wand sich quer über den Burghof. Doch die Frauen achteten nicht auf die Tiere. Sie waren nun ganz allein in dem alten Gemäuer. Dennoch fürchteten sie sich nicht, und Marga nahm nicht einmal Verbindung mit den Vögeln auf. Statt dessen machten sie sich Sorgen um das Leben der Männer, und ob der waghalsige Plan wohl gelingen würde. Vor ein paar Tagen waren alle aufgebrochen, und seitdem hatten sie keine Kunde mehr über die Vorgänge im Heimland erhalten. Sie rechneten in nächster Zeit nicht mit Besuch. Deshalb waren sie erstaunt und erschrocken, als auf einmal eine Stimme am Fuß der Burgmauer zu ihnen heraufdrang und um Einlaß bat. Danela sah über die Zinnen und erspähte Til, den Gefolgsmann von Horsa. Beunruhigt rannte sie nach unten und ließ das Mitglied der Wölfe ein.

Der Sohn von Mog war erschöpft und hungrig und mußte sich erst einmal verschnaufen. Die Frauen versorgten ihn, und als er wieder zu Kräften gekommen war, begann er zu erzählen.

Sie hatten einen Hinterhalt auf der Steinbruchstraße gelegt, und tatsächlich waren schon nach ein paar Stunden die Kutschen der Vespucci aufgetaucht. In der vorderen fuhren die Glatzköpfe selbst und in der hinteren ihre Diener. Montini hatte sich einfach an den Straßenrand gesetzt und gewartet. Zwar hatten die Gnome ihm keine Beachtung geschenkt, sondern waren einfach an ihm vorübergefahren, aber er war aufgesprungen und ihren Pferden in die Zügel gefallen, so daß der Wagen zum Stehen kam. Dann war alles ganz schnell gegangen. Während Horsa und seine Leute die Diener unschädlich machten, nahmen sich die beiden Hüter je einen der Vespucci vor. Die Glatzköpfe hatten mit ihren geistigen Waffen keinen Erfolg. Man fesselte sie und schleppte sie querfeldein. Es war die gleiche Strecke, die vor langer Zeit Horsa und der Flüchtlingstreck benutzt hatten, als sie vor den Soldaten des General Weißbart fliehen mußten. Damals waren sich der Grafensohn und Marga zusammen mit ihrem Bruder Werhan zum ersten Mal begegnet. Auch diesmal war das Ziel die kleine Insel im Erfstrom gewesen, die ihnen schon damals als Versteck gedient hatte.

»Wie geht es meinem Vater?« unterbrach Danela an dieser Stelle hastig.

»Das weiß ich nicht.«

Nun fragte Marga verwundert: »Warum bist du nicht bei den Kämpfern? Was suchst du denn hier?«

»Das ist leicht zu erklären. Man hat mich auf Kundschaft geschickt, und ich habe mich abgesetzt.«

»Was meinst du damit?«

»Das bedeutet, daß ich nicht mehr mitmache. Daß mir mein Leben lieb ist. Dieser wahnwitzige Plan wird niemals gelingen, und alle werden im besten Fall sterben, wahrscheinlich aber zu Tode gefoltert. Das lasse ich nicht mit mir machen. Sollen sich doch die Mächtigen dieser Welt um die Herrschaft streiten, aber bitte nicht auf meinen Knochen. Was geht mich dieser wahnsinnige Graf an, der glaubt, er müsse unbedingt das Heimland befreien? Ich habe keine Verpflichtung gegenüber irgendeinem Land oder einem Volk.

Der einzige, dem ich verpflichtet bin, das bin ich selbst, und diese Verpflichtung will ich gern einlösen.

Dieses Heimland ist verbranntes Land. Da ist nichts mehr zu retten. Die Orokòr werden es dem Erdboden gleichmachen. Ich kann das Feuer und den Tod schon riechen. Meine Klugheit gebietet mir, aus diesem aussichtslosen Kampf auszusteigen und das verdammte Heimland zu verlassen.«

»Aber es ist das Land deiner Eltern. Deine Mutter lebt noch hier und deine Schwester«, wandte Marga ein.

»Was kümmert mich meine Schwester! Und meine Mutter würde nicht wollen, daß ihrem Lieblingssohn etwas zustößt. Ganz im Gegenteil, sie wäre stolz auf mich. Ich habe nämlich noch Großes vor. Das Leben schuldet mir noch eine Menge. Deshalb werde ich mich jetzt, solange es noch Zeit ist, nach Norden absetzen.«

»Da wirst du sehr allein sein«, sagte Danela ein wenig mitleidig. »Man wird dich, wohin du auch kommst, verachten.«

»O nein, ich werde nicht allein gehen. Ich werde als Gefährtinnen zwei Frauen mitnehmen. Frauen, die von meinem Fürsten geliebt werden. Mein neues Leben werde ich standesgemäß beginnen mit einem Grafenliebchen und einer Grafenhure. So etwas habe ich mir schon immer gewünscht.«

Die Frauen sahen ihn bei diesen Worten fassungslos an. Er sah die Blicke und lächelte: »Einen Vorgeschmack auf mein künftiges Leben in Wohlstand und Glück werde ich mir aber jetzt schon nehmen und gleich hier an Ort und Stelle ausprobieren, wie es mit einem Grafenliebchen so ist.«

»Du bist ein mieser Hund«, schrie Danela. »Dort unten in der Ebene kämpfen unsere Freunde einen schier aussichtslosen Kampf, und du verdrückst dich. Du wirst dich in keinem Spiegel mehr ansehen können.«

»Und ob ich das kann. Wann immer ich in einen Spiegel blicke, werde ich einen schönen jungen Mann sehen, der sein Glück gemacht hat und der die Frauen besitzt, die sein ehemaliger, inzwischen wahrscheinlich toter Markgraf so begehrt hat. Und nun genug geredet. Laßt uns zu Taten übergehen.«

Die letzten Worte stieß er drohend aus, stand auf und ging auf Danela zu.

»Du stehst zur Zeit bei Horsa höher im Kurs als diese Marga«, sagte er. »Deshalb werde ich mit dir beginnen.«

Er packte die Fürstentochter und warf sie auf den Boden des

Burghofes. Er wollte sich gerade über sie beugen, als er einen rasenden Schmerz in seinem Rücken spürte. Ihm wurde schwarz vor den Augen, und er brach über der Frau zusammen. Die wälzte ihn mühsam von sich herunter und erhob sich. Im Rücken des Verräters steckte ein Messer. Marga hatte unbarmherzig zugestoßen.

Nun sagte sie mit tonloser Stimme: »Laß uns den Kadaver über die Burgmauer werfen. Er verpestet sonst hier die Luft.«

Doch als sie den Mann, den sie für tot hielten, zur Burgmauer schleifen wollten, kam Til wieder zu sich. Der starke Schmied richtete sich auf und bekam Marga zu fassen. Er zog sie zu sich herunter und drückte ihr die Kehle zu. Dabei schlug er ihren Kopf immer wieder auf den harten Stein. Bald begann das Mädchen zu bluten, während Danela vergeblich den Mann von ihr wegzuzerren suchte. Aber ihre Kräfte reichten nicht aus. Sie schlug mit ihren Fäusten auf die massige Gestalt ein, doch die Schläge prallten wirkungslos ab. Da endlich bemerkte die Fürstentochter das Messer, das zwar noch immer im Rücken des Angreifers steckte, ihn aber nicht getötet hatte. Sie ergriff den Dolch, zog ihn heraus und stieß mit beiden Händen wieder zu. Ein dutzendmal rammte sie die Klinge in das Fleisch, so lange, bis der Mann endgültig zusammenbrach. Dann endlich war Til tot.

Aber auch Marga hatte nicht mehr lange zu leben. Sie kam zwar noch einmal zu sich und hatte gerade noch so viel Kraft, um Danela den Custo anzuvertrauen, dann schloß auch sie für immer die Augen. Vielleicht ging nun ihr Wunsch in Erfüllung, und sie würde ihren Bruder Werhan und den geliebten Pet wiedersehen?

Danela aber weinte bitterlich und bahrte Margas Leichnam auf einer der alten Truhen im Haupthaus auf. Dann untersuchte sie das ihr anvertraute Bündel und sah mit staunenden Augen auf den Custo, der ganz schwach glühte. Als sie wieder hinaus auf den Hof trat, war der Himmel schwarz von Vögeln. Von überall kamen sie zusammen. Tauben und Meisen, Amseln und Krähen und auch Falken und sogar Adler kreisten einträchtig über der Burg. Dann ließen sich alle nieder auf den Dächern und der Mauer, dem Brunnen und dem Tor. Es gab keinen Platz, auf dem nicht ein Vogel saß. All dies ging lautlos vor sich. Kein Tier zwitscherte, krähte oder schrie. Still saßen die Vögel eine Zeitlang, dann erhoben sich alle wie auf einen gemeinsamen Befehl in die Luft und flogen davon. Die Tiere hatten Abschied von ihrer Freundin genommen.

Der Handel

Der Bote, der dem Kan die Nachricht von der Geiselnahme und die Bedingungen der Entführer überbrachte, wurde gefangengenommen und gefoltert. Es war ein Erit aus Moordorf, der sich für diese Aufgabe freiwillig gemeldet hatte. Dann ließ der Schwarze Feldherr die Erits von fünf Dörfern zusammentreiben und schickte den Boten, der kaum noch laufen konnte, zurück. Er sollte seinen Auftraggebern mitteilen, daß ab dem nächsten Tag zu jeder vollen Stunde ein Erit grausam zu Tode gefoltert würde. Dieses Gemetzel werde so lange fortgeführt, bis die Vespucci freigelassen wären und sich die Entführer freiwillig gestellt hätten.

Horsa wiederum überwältigte mit seinen Wölfen einen Orokòr und ließ durch ihn dem Kan ausrichten, er möge mit seinem Gemetzel beginnen. Jeden Abend bei Sonnenuntergang werde zum Ausgleich einer der Vespucci verstümmelt und hingerichtet.

Nun war der Kan ratlos. Ihm war klar, daß es inzwischen um seinen eigenen Kopf ging. Was immer er tat, wie immer er entschied, er mußte mit der Rache seines Herrn, des Zauberkönigs, rechnen. Wenn er diesmal versagte, würde Ormor keine Nachsicht walten lassen. Während er ruhelos in seinem Hauptquartier umherlief, über dem die furchtbare schwarzblaue Fahne flatterte, und ihm jeder ängstlich aus dem Weg ging, hatte er eine Idee. Er rief Boten zusammen und befahl ihnen, im ganzen Heimland folgende Botschaft öffentlich zu verkünden: »Wir, der Große Kan, Feldherr des Zauberkönigs, fordern den Wurm, der es wagt, uns Widerstand zu leisten, zu einem Zweikampf heraus. Möge dieser Niemand seinen Mut beweisen und sich Uns wie ein Mann stellen und sich nicht länger wie eine Memme verkriechen. Der Verlierer unterwirft sich dem Sieger.«

Als die Verschwörer auf ihrer Insel von dieser Botschaft erfuhren, waren sie zuerst einmal sprachlos. Dann sagte Montini: »Das ist eine Falle.«

Dem stimmte sogleich Bauer Langnas aus der Gruppe der Verfemten zu. »Man kann Mächtigen nie trauen«, sagte er bedächtig. »Sie haben stets eine Heimtücke parat und halten ihr Wort nicht, wenn sie verlieren.«

»Das glaube ich nicht«, widersprach Merwing. »Der Kan ist grausam und schlau, er ist skrupellos und unbarmherzig, aber er ist ein

Mann von Ehre. Deshalb hat er auch seine Männer so gut im Griff. Sie fürchten ihn, aber sie vertrauen ihm blind. Ich glaube, er wird sein Wort halten. Wenn er besiegt werden sollte, zieht er ab. Allerdings glaube ich nicht, daß jemand von uns in der Lage ist, ihn zu bezwingen.«

Sie besprachen noch lange das Angebot des Schwarzen Feldherrn und kamen schließlich zu dem Schluß, daß sie es trotz aller Gefahren annehmen mußten. Ein Sieg im Zweikampf war ihre einzige Chance. Aber es stellte sich die Frage, wer von ihnen gegen den Kan kämpfen sollte.

»Diese Aufgabe wird wohl mir zufallen«, sagte Aramis. »Ich bin von uns allen der Stärkste und Erfahrenste.«

»Das ist sicher richtig«, antwortete ihm eine junge Stimme. »Aber dennoch kommt nur einer für dieses Duell in Frage, das ist der Markgraf des Heimlands selbst. Ich, Horsa, der Sohn des Helden Pet von Hagen, werde die Herausforderung annehmen.«

»Sei nicht töricht. Er wird dich zermalmen. Es ist sogar ungewiß, ob ich ihn bezwingen kann«, meinte Aramis.

»Der Kan will mit dem Führer seiner Gegner kämpfen, und der Anführer bin ich.«

Da lachte der Fürst von Rolos schallend. »Du kleiner Junge willst gegen einen der mächtigsten Krieger Centraturs antreten? Du würdest die ersten zwei Minuten des Kampfes nicht überleben. Das wäre mir an sich gleichgültig, und ich würde dir die Niederlage sogar gönnen. Aber wenn du als unser Vertreter verlierst, müssen wir uns alle unterwerfen, und das wäre unser Ende. Schlag dir diesen Unsinn aus dem Kopf!«

»Du gefährdest unser aller Leben und das ganze Heimland«, erklärte nun auch Montini. »Es geht nicht nur um dein eigenes Schicksal. Der Kan fordert uns zu einem sogenannten Führerkampf heraus. Er knüpft damit an eine schon längst vergessene Tradition an. In alten Zeiten ritten die beiden Anführer vor ihre wartenden Heere und fochten stellvertretend für ihre Männer. Das Heer des Verlierers mußte sich unterwerfen. Das schonte damals zwar viele Leben, schuf aber auch Sklaven und ließ stolze Völker, die lediglich einen schwachen Häuptling hatten, kampflos untergehen. Hier geht es um mehr als deine Eitelkeit.«

»Horsa ist im Recht«, sagte nun der Heimlandhüter. »Ich glaube nicht, daß er gegen den Kan eine Chance hat. Aber er ist nun einmal der rechtmäßige Markgraf, und deshalb steht ihm die Entscheidung zu. Gerade weil der Kan eine sehr alte Tradition wieder aufleben läßt, müssen wir sie akzeptieren.«

»Dann werde ich kämpfen«, erklärte Horsa bestimmt. »Teilt dies meinem Gegner mit und überlegt euch, wie wir einem Verrat vorbeugen können.«

Mit diesen Worten erhob er sich und schlenderte allein am Flußufer entlang.

Am nächsten Tag trafen sich die Unterhändler und handelten die Bedingungen aus. Dabei wurde festgelegt, daß die Orokòr noch vor dem Kampf aus dem Heimland abziehen und im Osten jenseits der Brücke über den Erfstrom Aufstellung nehmen sollten. Der Kan würde ihnen den Befehl erteilen, in den Süden zu ihren Brüdern zu marschieren, falls er nicht überlebte, um seine Anweisungen zu widerrufen. Im Gegenzug würden die Vespucci auf die Brücke gebracht, auf der auch der Zweikampf stattfinden sollte. Beide Gegner sollten vor dem Streit einen feierlichen Schwur ablegen, daß sie sich an ihr Wort halten und keinen Betrug begehen wollten.

Der Kampf wurde für den kommenden Morgen festgesetzt. Bis dahin versuchte Aramis, den jungen Grafen auf die schwere Auseinandersetzung vorzubereiten.

»Sei wie der Wind und das Wasser«, sagte er. »Beiden kann kein Eisen etwas anhaben. Du kannst sie zerschneiden, ohne daß sie verletzt werden. Ganze Armeen können sie nicht töten, aber sie können die Armeen vernichten. Nichts kann ihnen widerstehen. Sie selbst aber sind unverwundbar. Berühre keinen Gegner, aber laß dich nicht berühren. Wenn er dich zu fassen bekommt, bist du tot.«

»Und doch werden wir mit Waffen kämpfen, die wir in unseren Händen halten«, wandte Horsa ein.

»Du mußt lernen, anders zu denken. Es kommt nun nicht mehr auf Übung und Stärke an. Du mußt richtig denken, das ist das Wichtigste. Du kannst den mächtigen Kan nur mit deinem Kopf besiegen, nicht mit deinen Händen.«

»Und doch wird die Stärke meiner Arme ausschlaggebend sein!«

»Du kannst nur gewinnen, wenn deine Arme die Verlängerung deines Kopfes sind.«

Mit zwei großen Stöcken traten sie später gegeneinander an, denn Aramis wollte den jungen Freund das Ausweichen lehren. Aber der wich nicht, sondern stellte sich und griff trotzig den Stärkeren an. Die Stirn des Hüters wurde immer sorgenvoller.

Dann kam die Nacht, und alle legten sich schlafen. Wieder ging der junge Graf abseits. Doch in der Dunkelheit hörte Aramis ein Schluchzen. Er folgte dem Geräusch und fand Horsa am Ufer sitzend. Er hatte Schuhe und Strümpfe abgestreift und die bloßen Füße in die Wogen des großen Stromes gestreckt. Durch die Blätter der Bäume hoch über ihm fiel blasses Mondlicht auf ein von Tränen nasses Gesicht. Hier saß ein kleiner Junge, der nur noch Angst vor dem kommenden Tag hatte.

Der Hüter setzte sich neben ihn und legte ihm seinen Arm um die Schultern.

»Es ist nur allzu natürlich, daß du Angst hast«, sagte er beruhigend. »So würde es jedem ergehen, auch mir!«

»Keiner würde sich so erbärmlich fühlen wie ich. Ich weiß, daß ich diesen Kampf nicht gewinnen kann und habe so furchtbare Angst. Ich bin ein verdammter Feigling. Das war ich schon immer. Nie wollte ich kämpfen. Doch dann starb mein Vater. Er war ein Held gewesen, und ich durfte ihn nicht blamieren. Also mußte ich werden wie er. Doch es ist so unendlich schwer, in die Fußstapfen eines großen Mannes zu treten. Die Verantwortung lastete die ganze Zeit wie ein Mühlstein auf mir. Ich kann sie nicht länger tragen. Wahrscheinlich habe ich mich deshalb auch zu diesem Kampf gemeldet, bei dem ich sterben werde. Ich wollte nie Markgraf werden, und ich will es auch nicht länger sein. Ausgerechnet ich, der Versager, mußte in den schwierigsten Zeiten seiner Geschichte die Geschicke des Heimlandes lenken. Ich will nicht mehr! Ich hasse meine Aufgabe! Ich hasse mich selbst!«

Aramis hörte sich diesen Ausbruch ruhig an. Dann sagte er: »Dein Vater war übrigens auch kein Held. Das hast du nur immer geglaubt. Aber man kann nur siegen, wenn man seinen Hochmut ablegt und seine Schwäche eingesteht. Nun bin ich beruhigter. Jetzt hast du eine Chance, in diesem Kampf zu gewinnen. Und denke daran, sei wie der Wind und das Wasser.«

Er klopfte dem jungen Mann auf die Schultern, erhob sich und ging zu seiner Schlafstatt. Dort fiel er sogleich in einen tiefen und erholsamen Schlummer, während Horsa erst in den frühen Morgenstunden etwas Ruhe fand.

Der Zweikampf

Schon in der Nacht war viel Bewegung auf den Straßen des Heimlandes gewesen. Die Orokòr waren von überall aufgebrochen und zur großen Brücke über den Erfstrom marschiert. Dort im Osten hatten sie Aufstellung bezogen. Sie freuten sich auf den Kampf und stritten sich um die besten Plätze. Jeder wollte sehen, wie ihr großer Fürst mit diesem größenwahnsinnigen Erit verfuhr.

Auch auf der anderen Seite der Brücke erschienen Zuschauer. Es waren Erits, die ihre Köpfe gesenkt hielten, so als erwarteten sie jeden Moment neue Schläge. Die Körper und Gesichter von vielen waren von Peitschenhieben gezeichnet. Sie waren mutlos und erwarteten keine Rettung. Sie wollten lediglich ihrem endgültigen Untergang ins Auge sehen.

Dann traten die beiden Kämpfer auf. Zuerst schritt der Kan auf die Brücke. Er war ganz in Schwarz gekleidet, mit einem goldenen Helm auf dem Kopf und einem Schwert in einer goldenen Scheide an seiner Seite. In seiner Hand aber trug er eine mächtige zweischneidige Streitaxt. Mit ihr hätte er mühelos einem großen Mann den Kopf abhacken können. Als sich der Feldherr mitten auf der Brücke aufbaute, klatschten seine Männer Beifall.

Dann kam Horsa mit seiner kleinen Begleitung. Montini und Aramis führten die beiden Vespucci gefesselt mit sich. Den Gnomen waren die Augen verbunden, und man stieß sie roh vor sich her. Auf der Brücke ließen sich die Fremden erschöpft zu Boden sinken.

Da erspähte der Kan den Fürsten von Rolos und lachte provozierend: »Schöne Verbündete habt Ihr Euch zugelegt«, rief er. »Aber wahrscheinlich seid Ihr genauso feige wie dieses kleine Ungeziefer. Ihr paßt zusammen. Eigentlich hatten Wir gehofft, Ihr würdet gegen Uns antreten, aber Ihr legt Euer Schicksal lieber in die Hände von einer dieser Ratten. Nun, wenn Wir mit dem Wicht fertig sind, werden Wir Uns mit Euch beschäftigen.«

Horsa trug keine glänzende Rüstung. Er trug überhaupt keinen Panzer, sondern nur eine weite Leinenhose. An seiner Seite hatte er ein Schwert aus der alten Burg in den Bergen, und in den Händen hielt er einen Dolch. Sein langes Haar war zusammengebunden. Sein Gesicht und auch seinen Oberkörper hatte man eingeölt. Gegen den prächtigen Kan machte er eine erbärmliche Figur.

Nun traten sich die beiden Kämpfer gegenüber und leisteten den vereinbarten Schwur. Danach warf Horsa noch rasch sehnsüchtig und hilfesuchend einen Blick über die Schulter zurück. Da erblickte er zu seiner Verwunderung ein liebes Gesicht. Danela hatte die Burg in den Bergen verlassen und sich unter die Zuschauer gemischt. Ihr Anblick gab dem Markgrafen auf wundersame Weise Kraft. Doch Zeit zum weiteren Nachdenken blieb ihm nicht, denn der Kan griff ohne Vorwarnung an. Mit seiner Streitaxt holte er aus und hätte den Erit der Länge nach gespalten, wenn dieser nicht rasch ausgewichen wäre. Der große Mann wurde vom Schwung seines eigenen Hiebes mitgerissen und taumelte. Einem Instinkt folgend nutzte Horsa diese Schwäche und stieß mit seinem Dolch zu. Er verletzte den Kan am Arm, und Blut floß.

Der Schwarze Feldherr knurrte wütend und wurde sogleich vorsichtiger. Nun kam seine Stärke und seine lange Erfahrung in erbarmungslosen Kämpfen zum Tragen. Er ging langsam gegen den kleinen Gegner vor, die Streitaxt drohend erhoben. Seine dunklen Augen beobachteten den Erit genau und lauerten auf die geringste Schwäche. Als Horsa für einen Moment nicht aufpaßte, fuhr die scharfe Schneide so rasch herunter, daß er nicht mehr völlig ausweichen konnte und eine blutige Schramme an der Schulter hinnehmen mußte. Ein stechender Schmerz fuhr ihm durch den Körper und trieb ihm Tränen in die Augen.

Bisher hatte Horsa nur seinen Dolch in der Hand, der gegen Schwert und Streitaxt seines Gegenübers wie ein Spielzeug wirkte. Doch endlich gelang es ihm, zurückzuspringen und sein eigenes Schwert zu ziehen. Er wartete so konzentriert auf den nächsten Angriff, daß ihm das Lächeln entging, das kurz über die Lippen des Kans huschte. Dieser trat einen Schritt vor und holte mit der Axt aus. Der Graf riß gerade noch das Schwert zur Abwehr hoch, da fuhr auch schon die scharfe Schneide nieder. Sie durchschlug die Klinge ohne Mühe, und Horsa hielt plötzlich nur noch einen Schwertstummel in der Hand. Doch damit nicht genug. Die Axt vollführte einen Bogen in der Luft und wandte sich erneut gegen den Gegner, der sich gerade noch ducken konnte. Und doch streifte ihn der Schlag am Kopf und riß ein Stückchen Kopfhaut und ein Büschel Haare heraus. Zum Glück wurde der Knochen des Schädels nicht verletzt. Die Orokòr jubelten Beifall und feuerten ihren Führer an. Doch durch die Reihen der Erits ging ein Aufstöhnen. Die beiden Hüter und der Fürst von Rolos zeigten keine Regung. Nur ihre Gesichter wurden immer finsterer.

Horsa sah mit Verwunderung auf das abgebrochene Schwert. Nun hatte er nichts mehr, womit er dem furchterregenden Krieger hätte entgegentreten können. Sein Ende war absehbar und damit der Untergang des Heimlands. Schlagartig wurde ihm bewußt, daß er nur noch wenige Augenblicke zu leben hatte. Diese Erkenntnis lähmte seinen Geist und seinen Körper. Er war unfähig, den Angriffen des Kan länger auszuweichen. Der sah auf sein hilfloses Opfer und hielt inne.

»Na, du Gernegroß«, rief er, »nun bekommst du die Strafe für deine Frechheit. Wie konntest du es wagen, die Hand gegen Uns, den Großen Kan zu erheben? Dafür werden Wir dir keinen gnädigen, schnellen Tod gewähren. Deine Qualen werden sich hinziehen, bis du um den Todesstoß flehst.«

Und wieder fuhr die blitzende Axt durch die Luft und streifte die andere Schulter des Erits, der vor Schmerzen aufschrie. Da hörte er einen Ruf. Er war sich nicht sicher, ob Aramis wirklich geschrien hatte, oder ob er sich lediglich an seine Worte erinnerte: »Sei wie der Wind und das Wasser!«

Mit einemmal ging ihm die Bedeutung dieser Worte auf. Etwas in ihm ließ ihn plötzlich handeln und reagieren, ohne daß er sich bewußt war, was er tat. Er machte einen Hechtsprung auf den Kan zu und rollte sich ab, die Streitaxt fuhr über ihn hinweg, ohne ihn zu treffen. Aber sein Messer bohrte sich in die Wade des Gegners. Einen Moment später stand Horsa wieder auf den Beinen. Der Fuß des Schwarzen Feldherrn war eingeknickt, und er hatte die zweischneidige Waffe fallen lassen. Mit der linken Hand tastete der Kan nach der schmerzenden Wunde. Doch der erfahrene Krieger hatte sich sogleich wieder in der Gewalt. Er richtete sich auf und zog das Schwert.

»Das sollst du Uns büßen. Dein Ende wird noch schrecklicher, als Wir es geplant hatten«, zischte er und war nun wirklich wütend.

Doch Horsa hörte ihn gar nicht. Er hechtete schon wieder, gleichsam als wolle er tauchen, auf den Gegner zu und verletzte ihn erneut mit dem Messer. Dann war er neben dem Kan und unter ihm und irgendwann, als der große Mann zusammenbrach, über ihm. Der Feldherr schrie vor Wut und Schmerz, schlug mit dem Schwert und stieß nach dem verhaßten Gegner, aber er traf ihn nicht. Der junge Graf war um ihn und überall und doch gleichzeitig nirgends. Er war so schnell, daß der Kan immer unbeholfener gegen ihn wirkte. Bei jeder neuen Wunde, die ihrem Führer zugefügt wurde, heulten die Orokòr auf, und die gekrümmten Körper der Erits auf der anderen Seite der Brücke strafften sich. Ein wenig Hoffnung spiegelte sich in ihren Gesichtern, und die eine oder andere Hand ballte sich zur Faust.

Der Große Kan lag inzwischen geschwächt von den vielen Stichen auf Knien und Händen und machte nur noch schwache Versuche sich zu wehren. Schon schien der Sieg des jungen Erits sicher, als er sich scheinbar grundlos mit beiden Händen an den Kopf faßte und aufstöhnte. Alle schauten sich verwundert an. Der Schwarze Feldherr hatte ihren Kämpfer nicht mehr verwundet. Was hinderte Horsa, zu siegen und das Land zu befreien? Aramis gab Montini ein Zeichen, und beide nickten. Die Hüter wußten Bescheid. Sie hatten die gefangenen Vespucci vergessen.

Der Graf wälzte sich inzwischen unter Schmerzen am Boden und schrie, während der Kan langsam wieder zu Kräften kam, sich aufrichtete und nach seinem Schwert tastete. Die Waffe hinter sich her schleifend, kroch er auf den hilflosen Horsa zu, bereit, ihn mit seinen letzten Kräften zu erschlagen. Die beiden Hüter bemühten sich vergebens, den geistigen Einfluß der Gnome zu verhindern. Auf die Entfernung gelang es ihnen nicht, und die Regeln des Zweikampfes verboten es ihnen, die Brücke zu betreten.

Da drängte sich eine schmale Gestalt auf der westlichen Seite des Schauplatzes durch die Menge und schritt furchtlos auf die Brücke zu. Alle starrten sie an, doch niemand hielt sie zurück. Obwohl hier ein Verstoß gegen die Regeln des Häuptlingskampfes begangen wurde, protestierten die Orokòr nicht. Niemand war klar, ob das Verbot des Eingreifens auch für Frauen galt.

Zügig und mit erhobenem Kopf schritt Danela, die Fürstentochter aus Rolos, auf die Kampfstätte. Ohne auf den blutenden Kan und den sich windenden Horsa zu achten, ergriff sie die Streitaxt, die im Staub lag, und schlug mit aller Kraft auf die Vespucci ein. Dann ließ sie angewidert die Waffe fallen und kehrte zu den Erits zurück.

Im gleichen Moment, als die Vespucci starben, ließ der Druck auf Horsas Geist nach. Er kam wieder zu sich, sah die Gefahr auf sich zukriechen, erhob sich und ergriff die Axt, die Danela eben noch für ihr grausames Werk benutzt hatte. Der schwerverwundete Kan war zu schwach, um sich zu wehren, und das Ende des Kampfes gekommen. Mit einem verwunderten Ausdruck im Gesicht lag der Schwarze Feldherr im Staub der Straße und hauchte sein Leben aus. Der Schwache hatte überraschend den Starken besiegt. Die Orokòr waren ohne Führer.

Während die wilden Krieger noch fassungslos auf den Kampfplatz starrten, taumelte der Sieger zu seinen Leuten. Er war blutüberströmt und konnte sich kaum noch auf den Beinen halten. Danela eilte auf ihn zu und stützte ihn unter der Schulter. Dann schleppte sie ihn mehr, als daß sie ihn führte, zu einer Wiese und bettete ihn ins Gras. Dort untersuchte und verband sie die Wunden. Nun erschienen die beiden Hüter und gratulierten ihrem Schützling. Ganz zuletzt tauchte auch der Fürst auf. Ein wenig wider willig erklärte er, daß Horsa gut gekämpft habe. Er wollte sich gerade abwenden, da rief Danela ihrem Vater zu, daß sie Horsa heiraten werde. Der sah seine Tochter groß an, sagte aber nichts und ging.

Der junge Markgraf hatte die Worte gehört, und das Glück verlieh ihm neue Kräfte. Er richtete sich auf und ließ alle Erits, die den Kampf beobachtet hatten, zu sich rufen. Als sie im Halbkreis um ihn standen, begann er eine seiner Reden: »Landsleute! Männer und Frauen des Heimlands! Freunde aus der Fremde! Mit vereinten Kräften ist es erreicht worden. Das Heimland ist frei. Zwar hat es große Opfer gekostet, aber die Freiheit sind sie wert.«

Er hätte noch lange so weitergeredet, wenn ihn Danela nicht am Arm gezupft und zugeflüstert hätte: »Es reicht!«

Horsa sah sie verwundert an, meinte dann aber, er müsse noch etwas Wichtiges sagen und wandte sich wieder an die Leute: »Wir werden heute noch viel zu feiern haben, deshalb will ich mich kurz fassen. Ich bin, ich glaube das ist nun unumstritten, der rechtmäßige Markgraf des Heimlands. Als solcher verkünde ich: Alle, die an der Rebellion gegen das Haus des Grafen teilgenommen haben, werden ohne Strafe bleiben. Sie können sich wieder frei im Heimland bewegen und sind überall gern gesehen. Es gibt im Heimland keine Verfemten mehr. Die Rebellen werde ich bald in ihren Bergen besuchen und ihre Anführer zu meinen persönlichen Beratern ernennen. Mein Dank ist allen gewiß, die diesen Kampf für die Freiheit unterstützt haben. Auch den abtrünnigen Eritsoldaten will ich vergeben, wenngleich sie aus dem Dienst des Markgrafen entlassen werden. Aber alle Soldaten, die dem markgräflichen Haus treu geblieben und nicht zum Feind übergelaufen sind, will ich reich belohnen. Mit vereinten Kräften werden wir die Wunden heilen, die diesem Land geschlagen worden sind. Und nun erzählt im ganzen Heimland, daß die Not ein Ende hat, geht alle in eure Dörfer und Häuser und in eine glückliche Zukunft!«

Die Orokòr hatten sich bisher nicht gerührt. Sie waren erschüttert über das, was sie gesehen hatten. Einige ihrer Führer überlegten, ob sie zurückkehren und diesem aufmüpfigen Gewürm nun endlich Gehorsam beibringen sollten. Aber die Befehle des besiegten Kan waren eindeutig. Die schwarzen Krieger machten sich noch am gleichen Tag in den Süden auf, um sich mit dem Heer des Zauberkönigs zu vereinen.

Überall im Heimland aber brach, nachdem sich die Kunde von dem Kampf der Führer herumgesprochen hatte, großer Jubel aus. An allen Orten wurde der Name des Helden genannt, der den Großen Feldherrn besiegt hatte. Aber die meisten Heimlandbewohner konnten es noch lange nicht glauben, daß sie nun wirklich frei waren. Auch die Soldaten aus Rolos wurden zusammengezogen und machten sich bereit, um in ihre Heimat abzuziehen. Graf Archonet fiel in Ungnade bei seinem Fürsten, und Horsa kehrte zusammen mit den Hütern auf die einsame Burg in den Bergen zurück. Dort verabschiedeten sich Aramis und Montini.

»Die Zeit der Hüter ist vorbei«, erklärte Aramis. »Ihr braucht uns nicht mehr, und das ist gut so, denn auch wir Hüter konnten das Böse, Gewalt und Ungerechtigkeit nicht verhindern.«

Die Trennung fiel allen schwer, doch schließlich verschwanden die beiden Männer in den Bergen.

Ormor

Das Zelt war groß genug, um Tische und Bänke für fünfzig Personen aufzunehmen. Lediglich die Zeltstangen verhinderten, daß man von allen Plätzen gleich gut auf die Stirnseite blicken konnte. Dort saß der Zauberkönig Ormor umgeben von seinen Feldherren. Wie jeden Abend tafelte er und war in bester Stimmung. Ständig sang er Lieder aus alter Zeit und zwang die Anwesenden in die Kehrreime mit einzustimmen, obgleich keiner die Lieder kannte. Und wehe dem, der dabei keine Freude zeigte.

In dem Zelt war es düster, denn die rußenden Fackeln warfen mehr Schatten, als daß sie das Dunkel erhellten. Wo sich Ormor aufhielt, da waren auch Frauen. Man hatte sie unterwegs aufgegabelt oder aus der Heimat im Norden mitgebracht. Manche waren freiwillig da, andere dazu gezwungen worden. Nun saßen sie zwischen den Männern, hatten getrunken, wurden umarmt und geküßt. Auch Ormor selbst hatte sich zwei schöne Gesellschafterinnen ausgesucht, denen er lachend Wein in Mund und Ausschnitt goß. Er kannte keine Hemmungen. Was er haben wollte, das nahm er sich. Jetzt wollte er ganz Centratur haben und war auf dem besten Weg, es zu bekommen.

Seit einer Woche belagerte sein Heer Cantrel, die Hauptstadt von Whyten. Aber von kleinen Scharmützeln abgesehen, hatte es noch keine großen Kämpfe gegeben. Ormor spürte, wie die Kraft der Custos nachließ und damit seine Zaubermacht von Tag zu Tag wuchs. Deshalb hielt er seine schwarzen Soldaten zurück. Es war nicht nötig, sie zu opfern. Cantrel würde ihm ohne Kampf wie eine reife Frucht in den Schoß fallen.

Bei seiner Ankunft in Whyten waren ihm die fliehenden Truppen aus Darken entgegengeströmt. Sie waren in Panik gewesen, und es hatte ihn große Mühe und viele Auspeitschungen gekostet, um sie wieder in den Griff zu bekommen und für neue Angriffe zu motivieren. Schließlich war es ihm doch noch gelungen, die Männer von Wersch in sein eigenes Heer einzureihen. Dann endlich hatte die Weiße Stadt vor ihm gelegen. Das Heer aus dem Süden und alle Leute im Umkreis hatten hinter ihren verschlossenen Toren Schutz gesucht. Zwar mangelte es der Stadt an Nahrungsmitteln für eine längere Belagerung, aber die Mauern waren so gut besetzt, daß vorläufig Angriffe jeglicher Art ohne große Mühe abgewehrt werden konnten.

»Wartet ab«, dachte sich Ormor gerade. »Meiner Zauberkraft, wenn sie denn entfesselt ist, werdet ihr nicht lange widerstehen.«

In diesem Augenblick wurde die Zeltplane am Eingang zurückgeschlagen, und eine gebückte Gestalt trat ein. Sie schritt furchtlos durch die Zecher vor den Zauberkönig. Es war Willmar der Buddler.

»Du kommst zur rechten Zeit, um uns zu helfen«, rief der König. »Morgen wirst du deine Zauberkräfte an den Mauern dieser widerspenstigen Stadt erproben.«

Doch der Alte schüttelte den Kopf: »Ich vertrete nicht deine Interessen, Ormor, sondern die meinen. Ist dir das noch immer nicht aufgefallen?«

»Soll das heißen, du widersetzt dich Uns schon wieder?«

»Ich habe dir noch nie gehorcht und werde es nie tun.«

»Nehmt ihn gefangen!«

Drei Männer der Wache traten mit gezogenen Waffen auf den schmächtigen Besucher zu. Der drehte sich nicht einmal nach ihnen um. Nur sein Schatten wuchs ein wenig, und die Angreifer sanken tot zu Boden. Graccu aus der Leibwache, der weiter hinten saß und den Buddler kannte, nickte wissend. Dieses Schauspiel hatte er schon häufiger erlebt und wußte, daß der Fremde mit Waffengewalt nicht zu besiegen war.

Ormor hatte dem Schauspiel zugesehen und lachte nun schallend auf. »Du bist gekommen, um uns zu unterhalten, wie ich sehe«, rief er vergnügt. »Deine Macht ist in der Tat beeindruckend, aber nun sollst du einen wirklichen Meister erleben.«

Er erhob sich, und eine Aura von Licht umgab ihn. Doch es war kein helles, freundliches Licht, sondern ein schwarzes, wie es sonst nirgends zu sehen war, und wie es keine Kerze und auch keine Fackel hervorrufen konnte. Dieses Licht nahm an Leuchtkraft zu, so daß die Zecher ängstlich ihre Augen schlossen.

Doch Willmar sah den Zauberkönig nur verächtlich an. »Dein schwaches Licht ist doch nur Angeberei. Jeder in die Zauberkunst Eingeweihte könnte es zustande bringen. Ich will dir wirkliches Licht in die Düsternis deiner Unterkunft bringen.«

Kurz darauf begann Willmar zu leuchten. Er strahlte mit einem hellen, weißen Licht, in das keiner blicken konnte, ohne zu erblinden. Die Anwesenden bedeckten ihre Augen mit den Händen und stöhnten unter Schmerzen auf. So schnell wie dieses Licht erschienen war, erlosch es auch wieder, und der alte Mann stand unscheinbar inmitten des Zeltes, als sei nichts geschehen.

Ormor hatte dem Schauspiel erstaunt zugesehen. Dann sagte er bewundernd: »Du Narr! Du könntest mit mir zusammen die Welt beherrschen.«

Darauf antwortete Willmar: »So bescheiden bin ich nicht. Ich will mehr!«

Süden

Das Heimland ist scheinbar gerettet, aber nur, wenn Ormor am Ende nicht doch noch die Herrschaft über Centratur gewinnt. Noch nie war er seinem Ziel so nahe wie jetzt. Cantrel, die Hauptstadt des Hochkönigs, ist belagert, die Custos verlieren ihre Kraft, und Hilfe ist nicht in Sicht.

Das Erlöschen der Custos

Nebel lag über Cantrel. Obwohl es schon auf Mittag zuging, gelang es der Sonne nicht, den dichten Schleier zu durchdringen. Der feuchte Dunst war in der Nacht aus dem Tessenfluß gekrochen und hatte das Land um die Stadtmauern in milchiges Weiß gehüllt. Man sah die Hand vor den Augen nicht. In diesem Nebel konnten sich Feinde unbemerkt der Stadt nähern und die Mauern überklettern. Schließlich wurde Cantrel seit Tagen belagert. Deshalb hatte Meliodas angeordnet, die Wachen auf den Zinnen zu vervierfachen. Dort standen die Männer auf Speere gestützt und versuchten, die graue Wand mit ihren Augen zu durchdringen. Ihre Ohren achteten auf jedes Geräusch. Doch außer dem gleichmäßigen Murmeln und Gurgeln des Flusses, der in seinem engen, steinernen Bett unter der Stadtmauer hindurchglitt, war nichts zu hören. Irgendwo in der Ferne wieherte ein Pferd, und eine rauhe Männerstimme schrie etwas Unverständliches. Obgleich die Feinde in großer Zahl die Weiße Stadt umzingelt hatten, war ein gezielter Angriff bisher ausgeblieben.

Die marmornen Platten der Straßen waren feucht und glitschig, so daß Unachtsame leicht ausglitten. Die Kühe ließen sich davon jedoch nicht beirren. Bedachtsam weideten sie die Grasbüschel, die zwischen den Platten herauslugten ab. Das spärliche Grün in der

Weißen Stadt reichte nicht, um all das Vieh zu füttern, das in die schützenden Mauern getrieben worden war. Die Tiere wurden immer magerer, so daß man sich entschlossen hatte, sie in den nächsten Tagen zu schlachten, bevor sie an Auszehrung starben.

Aber nicht nur Pferde, Kühe, Schafe und Gänse beanspruchten die Straßen. Auch Männer, Frauen und Kinder kampierten dort. Es herrschte drangvolle Enge in der Stadt. Da wurde auf offenen Feuern gekocht, und der weiße Marmor färbte sich braun und schwarz von den rußenden Flammen. Verwundete lagen stöhnend auf Decken, und Frauen fertigten vorsorglich Pfeile. Die Eingeschlossenen ertrugen die Belagerung mit Gleichmut. Die Schrecken des Krieges hatten sie abgestumpft.

Während ein neuer, quälender Belagerungstag anbrach, hatte sich Aramar zusammen mit dem König, der Königin, Axylia und Urial in der Palastruine versammelt. Sie kümmerten sich nicht um den Nebel, sondern starrten furchtsam auf den Custo, den die alte Frau in beiden Händen hielt. Nur noch ein schwaches Glimmen ging von ihm aus, und allen war klar, daß es bald erlöschen würde, und dann brach Arare zusammen. Ohne dieses Zaubernetz aus alter Zeit war Centratur den Zauberkräften Ormors hilflos ausgeliefert.

Auf einmal verschwand der letzte Funke aus dem Custo. Er war plötzlich und ohne Vorwarnung erloschen, und die Welt veränderte sich nicht. Lediglich die rote Platte, die Axylia in ihren Händen hielt, war nun tot und ohne Wirkung. Doch Augenblicke später hörten sie einen Schrei. Er hallte über die weite Ebene und drang in jedes Haus. Dieser Schrei war voller Triumph und so abgrundtief böse, daß allen das Blut in den Adern stockte. Ormor hatte seine neue Kraft gespürt und wußte, daß ihm nun der Sieg gehörte.

Sie eilten hinaus und auf die Mauern und sahen hinunter auf die Belagerer. Der Zauberkönig stand allein auf dem weiten Feld. Selbst seine Soldaten waren vor ihm zurückgewichen. Sie hielten scheu und ängstlich Abstand zu ihrem Führer. Ormor aber glühte von innen heraus, so als sei das Licht der Custos auf ihn übergegangen. Er spürte, daß Aramar ihn beobachtete, und rief: »Zauberlein, nun hast du doch noch verloren, obgleich du uns so erbittert Widerstand geleistet hast. Aber merke dir, Ormor der Zauberkönig bleibt am Ende immer Sieger, und es gibt nichts auf dieser Welt, das ihm auf Dauer widerstehen könnte. Du Aramar, warst für Unsere Verbannung in den Berg verantwortlich. Jetzt werden Wir an dir Rache nehmen und mit dir wird diese ganze Sippschaft aus Memmen und Verrätern untergehen. Tretet heraus aus der Stadt, tut Buße und huldigt Uns, so werden Wir Uns vielleicht in Unserer Rache mäßigen.«

»Du feierst schon wieder einen Sieg, den du noch nicht errungen hast. Erinnere dich nur an deine Siegesfeier, als deine Truppen vor Hispoltai vernichtend geschlagen wurden. Damals hast du dich auch zu früh gefreut«, antwortete Aramar, und auch ihn hörte man über die ganze Ebene. »Arare, die Kunst der Alten, hält dich nun nicht mehr zurück. Das ist wahr! Aber erobert hast du diese Stadt noch lange nicht.«

Da lachte der Zauberkönig und hob seine Arme. Sogleich begann sich der Boden zu bewegen, als sei er lebendig geworden. Aus dem Erdreich, aus allen Löchern und Spalten krochen Insekten. Es waren so viele, daß man sie nicht zählen konnte. Dieser Teppich aus Spinnen, Käfern, Würmern, Ameisen und Skorpionen kroch von allen Seiten auf die Stadt zu. Er schob sich die weißen Mauern hinauf und überschwemmte wie eine klebrige Masse Zinnen und Türme. Bald war die Weiße Stadt schwarz.

Die Verteidiger schlugen mit Brettern und Schaufeln auf die Tiere ein, aber sogleich drängten neue Insekten nach. Die Tiere hüllten bald auch die Menschen ein, krochen ihnen in Ohren, Nasen und Münder und erstickten sie schließlich. Die Überlebenden hetzten in Todesfurcht durch die Straßen. Panik breitete sich aus, alle schrien durcheinander, jeder suchte nach Rettung, aber es gab keinen Ort, an den das Ungeziefer nicht vorgedrungen wäre.

Ormor stand noch immer an derselben Stelle und lachte. Seine Orokòr starrten auf das Wunder vor ihren Augen und fürchteten sich selbst vor dieser Plage, die ihr Meister hervorgerufen hatte. Und noch immer erschienen Myriaden von Tieren und krochen auf Cantrel zu. Was immer ihnen in die Quere kam, wurde gefressen. Auch Hasen und Erdhörnchen, die sich nicht rasch genug in Sicherheit bringen konnten, wurden erstickt und in Windeseile abgenagt. Die schwarze, krauchende Masse hinterließ eine Spur der Verwüstung und des Todes.

Doch plötzlich stockte dieser unheimliche Angriff. Die Insekten hielten inne und begannen sich in die Erde, aus der sie gekommen waren, zurückzuziehen. Obgleich Ormor neue Zaubersprüche in die Luft schleuderte, gehorchten seine krabbelnden Legionen nicht mehr. Der furchtbare Teppich riß, löste sich zuerst in einzelne

Flecken auf und verschwand schließlich ganz. Männer in Rüstungen erschienen auf den Zinnen, und auch die Mauern der Stadt erstrahlten wieder in Weiß. Diese Teufelei des Zauberkönigs war abgewehrt worden.

Freund und Feind hielten nach den Rettern Ausschau. Welcher Macht war es möglich gewesen, dem übermächtigen Ormor in die Arme zu fallen? Doch weit und breit war niemand zu sehen, bis im Norden plötzlich drei Gestalten auftauchten. Die Männer waren in lange, weiße Umhänge gekleidet und trugen ledernde Sandalen an den Füßen. Sie hatten kahle Köpfe und lange Bärte. Langsam näherten sie sich der Stadt. Niemand, nicht einmal die todesmutigen Orokòr, wagten es, sie aufzuhalten oder gar Hand an sie zu legen. Aber als Aramar sie erspähte, ließ er das Tor öffnen und eilte ihnen entgegen. Auf dem staubigen Feld, im Angesicht der Feinde umarmten sich die Zauberer aus Quantam. Alle waren gekommen: Abramawar, Gronolor und sogar der alte Westomir.

»Wir haben mit Schrecken das Erlöschen der Custos verfolgt!« erklärte Abramawar. »Deshalb haben wir uns entschlossen, zum erstenmal in unserem Leben Quantam zu verlassen. Nur einige Novizen sind zurückgeblieben und schreiben weiter in das Blaue Buch. Wir aber greifen nun in das Schicksal der Welt ein.«

»Wird auch Zeit!« kicherte Westomir. »Wir haben schon viel zu lange gewartet. Ich bin des Zusehens müde.«

»Ich danke euch«, sagte Aramar, »denn ich weiß, welch ein Opfer es für euch bedeutet, eure Exerzitien zu verlassen und euch dieser Welt auszusetzen. Ich werde euch unterstützen, und zusammen wird es uns gelingen, Ormors Macht zu lähmen.«

Der Zauberkönig stand noch immer auf seinem Platz und betrachtete die so unerwartet aufgetauchten Zauberer wie Geister. Endlich hatte er sich wieder gefangen und rief voller Wut einen neuen Zauberspruch. Diesmal erschienen auf seinen Befehl keine Insekten, sondern Ratten, Mäuse und andere Nagetiere. Von überallher kamen die kleinen, pelzigen Geschöpfe und rannten schon die Mauern empor.

Auch diese zweite Plage, die Ormor losgeschickt hatte, wäre der Stadt zum Verhängnis geworden, wenn sich nicht die Zauberer aus Quantam auf dem nächsten Turm versammelt hätten. Dort saßen sie auf dem steinernen Boden, hielten sich an den Händen, und als sie ihren Geist vereint hatten, ließen die Nager ab und kehrten in die Ebene zurück. Aramar hatte sich seinen Brüdern angeschlossen. Sie brauchten ihn, damit ihr geistiger Kreis die nötige Stärke erhielt. Zuvor hatte er sich von Meliodas verabschiedet.

»Ich werde nun kein Kämpfer mit dem Schwert mehr sein, sondern nur noch ein Zauberer, der seine geistigen Kräfte einsetzt. Ihr werdet alle kommenden Gefechte und Gefahren ohne mich bestehen müssen«, hatte er gesagt und war auf dem Turm verschwunden.

Ormor erkannte, daß seine neue Macht nicht ausreichte, um sich gegen die alten Zauberer durchzusetzen. Voller Wut befahl er deshalb seinen Soldaten, die Stadt zu stürmen. Aus allen vier Himmelsrichtungen begann der Angriff auf Cantrel. Wie zuvor die Insekten und dann die Nager strömten nun die Orokòr gegen die Mauern und drohten sie zu überfluten. Sie trugen Leitern und Rammböcke mit sich, und Katapulte schossen, was das Zeug hielt. In der Weißen Stadt eilte jeder, der eine Waffe tragen konnte, auf die Zinnen. Jetzt ging es um Leben oder Tod. Die Leute aus dem Süden, die gekommen waren, um den Landsleuten im Norden zu helfen, kämpften nur noch um das eigene Überleben. Erst das Dunkel der Nacht sorgte für einen vorübergehenden Waffenstillstand. Valsipia und Bolido waren den ganzen Tag unterwegs gewesen, hatten ihren Leuten Mut zugesprochen und sie angefeuert. Als gute Geister waren auch Brana und Grunema unterwegs, um dort, wo es notwendig war, helfend einzugreifen. In dieser Nacht waren alle erschöpft und viele verwundet. Die Eingeschlossenen von Cantrel fielen in einen tiefen Schlaf, der nur den Schmerzgepeinigten und den Wachen nicht vergönnt war.

Aber auch der König, die Fürstin und ihre Berater fanden noch lange keine Ruhe. Sie hatten sich im zerstörten Palast zur Beratung versammelt. Die Bestandsaufnahme war trostlos. Dieser Tag hatte hohe Opfer gefordert. Weitere derartige Angriffe würde die Stadt ohne neue Hilfe nicht überstehen. Inzwischen waren die Waffen schartig, für die Katapulte fehlten Steine, und der Vorrat an Pfeilen ging zur Neige. Das letzte Pech zur Verteidigung der Stadttore hatte man in den Abendstunden erhitzt.

»Wir müssen den Feind schon im Vorfeld abfangen«, gab Grunema zu bedenken.

»Vor den Toren können wir nicht angreifen und kämpfen, dazu sind wir zu schwach. Wir können uns nur innerhalb der Mauern verteidigen«, erwiderte Meliodas unwirsch.

»Soll das bedeuten, daß wir nur noch auf unser Ende warten können?« fragte Verissa, die Tochter des toten Rankohr.

»Das Handeln liegt ganz allein bei Ormor. Wir können nur reagieren. Deshalb habe ich wenig Hoffnung. Irgendwann werden wir aufgerieben sein, und die Stadt wird fallen. Wir können den Untergang lediglich noch etwas hinauszögern.«

Alle stimmten ihm zu.

»Hast du Hoffnung auf Hilfe?« fragte die Königin.

»Nein!«

»Dann ist das Ende nur eine Frage der Zeit!«

Die Sklaven waren schon vor Tagen auf Befehl des Königs freigelassen worden, und kein Bürger hatte gegen diese Verfügung protestiert. Die befreiten Männer und Frauen hatten sich sogleich unter die Verteidiger eingereiht. Ein Sklave war es auch, der auf dem Turm bei den reglos sitzenden Zauberern Wache hielt und bei Tagesanbruch mit seinem Horn Alarm gab. Die Horden des Zauberkönigs griffen schon wieder an.

Noch schlaftrunken rannten die Männer auf die Mauern und wurden dort sogleich in Zweikämpfe mit den Orokòr verwickelt. Nur mit Mühe gelang es, die eingedrungenen Angreifer zurückzudrängen. Die Kämpfe zogen sich ohne Unterbrechung den ganzen Vormittag hin und forderten immer höhere Verluste. Die Widerstandskraft der Verteidiger begann zu erlahmen, als eine Staubwolke am Horizont erschien, die rasch näher kam. Bald sah man einen großen Trupp Reiter, der heranpreschte und sogleich den Orokòr in den Rücken fiel. Reiter aus Equan waren unter der Führung von Königin Einada gekommen, um in höchster Not dem Nachbarland Hilfe zu bringen. Sie und Rodjan hatten ihre Hauptstadt Hispoltai verlassen und sich mit allen Kräften, die sie aufbieten konnten, auf den Weg gemacht.

In den Jubel auf den Mauern mischten sich Befehle. Auch in der Stadt wurden Pferde gesattelt und die Tore geöffnet. Wer noch reiten konnte, eilte aufs Schlachtfeld. Dort aber fochten die Orokòr und die Krieger aus Darken mit einer solchen Verbissenheit, die nur mit ihrer Furcht vor dem Strafen Ormors zu erklären war, so daß sich die Krieger des Hochkönigs trotz der neuen Kräfte aus Equan bald wieder zurückziehen mußten. Auch Einadas Heer hatte viele Tote zu beklagen und konnte nur noch in der überfüllten Stadt Schutz suchen, um nicht aufgerieben zu werden. Im letzten

Moment wurden die Stadttore zugeschlagen und verrammelt, dann brandeten auch schon die blutgierigen Horden des Zauberkönigs wieder heran.

In der Stadt begrüßte der Hochkönig die Reiter aus Equan. Die Mutter von Einada, Königin Mayda, war ihm in vergangenen Zeiten eine treue Freundin gewesen. Nun freute er sich trotz der widrigen Umstände, deren Tochter zu treffen. Aus Hispoltai waren auch Großkorl und Rimo mitgekommen, die bereits Aramar und die Reisegesellschaft um Galowyn von Equan nach Whyten begleitet hatten. Ihr Wiedersehen mit der Weißen Stadt war freudlos. Rimo hatte einen Hieb in die Seite bekommen und viel Blut verloren. Großkorl, der sein Hispoltai so ungern verließ, hatte drei Finger eingebüßt. Die scharfe Axt eines Orokòr hatte seine Schwerthand verstümmelt.

Als sich an diesem Abend das Beratergremium beim König traf, war die Stimmung trotz der Hilfen aus Equan niedergeschlagen und düster.

»Das Ende des morgigen Tages werden wir wohl nicht erleben«, sprach Verissa. »Wir sollten Abschied nehmen und in Würde untergehen.«

»Solange wir leben, ist noch Hoffnung«, widersprach Brana. »In all den finsteren Zeiten, die wir durchgemacht haben, ist dies stets mein Wahlspruch gewesen. Laßt uns unser Bestes geben und dies mit gutem Mut!«

Einada und Rodjan stimmten zu. Sie hätten den weiten Ritt nicht gemacht, um hier zu sterben, verkündeten sie.

Es wurden keine weiteren Pläne geschmiedet. Was hätte man sich auch vornehmen sollen? Alle legten sich schlafen und nur ein paar Zecher, die ihre Angst mit Wein betäubten, waren noch eine Weile auf den Straßen zu hören. Die Zauberer saßen noch immer auf dem Hohen Turm, hielten sich an den Händen und bildeten einen Ring der Macht, mit dem sie die Zauberkräfte Ormors blockierten. Sie schienen niemals zu schlafen.

Wankelmütiges Glück

Beim ersten Morgengrauen hetzten die Hauptleute des Zauberkönigs wieder ihre Männer gegen Cantrel. Ormor, der noch immer von innen heraus glühte, sah dem Angriff zu, und sein dunkles Gesicht glänzte vor Freude. Er wußte, dieser Tag würde die Entscheidung bringen. Cantrel mußte fallen. Dann aber gehörte ihm ganz Centratur. Ohne Mitleid beobachtete er, wie seine Männer ihre Leitern an die hohen Mauern lehnten und von oben mit heißem Wasser übergossen, von Pfeilen getroffen oder einfach in die Tiefe gestürzt wurden. Bei jedem Ansturm starben viele aus seinem Heer, aber einigen gelang es doch, die Mauerkronen zu erreichen und Verteidiger niederzumetzeln.

Gerade wollte der Dunkle Herrscher in sein Zelt zurückkehren, als er Lärm vom Fluß her hörte. Bevor er fragen konnte, was dort vor sich ging, kam auch schon ein Bote angekeucht und brachte die Nachricht, Schiffe seien aufgetaucht. Von diesen Schiffen strömten Bewaffnete, große Gestalten mit stolzen Gesichtern und sechs Fingern an jeder Hand. Sie seien furchtbare Kämpfer, denen niemand standhalten könne. Ihre Waffen seien hervorragend und sie verstünden mit ihnen vorzüglich umzugehen. Da wußte Ormor, mit wem er es zu tun hatte. Die Achajer waren eingetroffen.

Auch auf den Mauern der Stadt sah man die vielen Masten auf dem Fluß und konnte die Kämpfe beobachten, die am Ufer entbrannt waren. Die Verteidiger jubelten, und Meliodas stellte fest: »Nun gibt es wieder Hoffnung. Die Achajer greifen noch einmal in die Geschicke Centraturs ein. Diesem Volk können die Orokòr nicht standhalten.«

Mit neuem Mut ließ der Hochkönig Pferde satteln und ritt selbst mit einer Schar Bewaffneter vor die Tore. Ihm folgten die Equaner und die Leute der Fürstin Valsipia. Ormors Heer wurde so in die Zange genommen. Dieser Macht waren nicht einmal die Geschöpfe des Zauberkönigs gewachsen, und schon bald flohen die Soldaten aus Darken. Sosehr Ormor auch tobte, das Kriegsglück war gegen ihn. Diese Schlacht, das mußte auch er erkennen, ging für ihn verloren. Seine Zauberkraft konnte er auch nicht einsetzen, denn die Mönche aus Quantam ersetzten noch immer die erloschenen Custos mit der Kraft des Geistes.

Es war nun allen klar, wer den Sieg davontragen würde. Das dunkle Heer befand sich in Auflösung, die Soldaten flohen oder wurden niedergemacht. Jubel brandete in der Stadt auf. Männer und Frauen lagen sich in den Armen, verfeindete Familien schüttelten sich die Hände. Die Bürger von Cantrel waren noch einmal mit dem Leben davongekommen.

Die Tore wurden nun nicht mehr geschlossen, denn kein Feind gelangte mehr in die Nähe der Stadt. Immer mehr Leute wagten sich nach draußen. Inzwischen wurden regelrechte Hetzjagden auf fliehende Orokòr veranstaltet, an denen auch weniger kampferprobte Bürger teilnahmen. All die Ängste der vergangenen Wochen schlugen nun in Grausamkeit und Verachtung um. Die gefürchteten Angreifer, die man als Sieger gewähnt hatte, waren nun nur noch Wild, das es zu erlegen galt. Und die mächtigen Krieger mit den Reißzähnen machten es ihren Jägern leicht. Sie verteidigten sich nicht, sondern rannten in blinder Panik davon. Kein Befehl ihrer Hauptleute ließ sie mehr innehalten, und so wurden sie von hinten erschlagen.

Doch das Glück ist wankelmütig und blieb den Feinden des Zauberkönigs nicht hold. Plötzlich nämlich wälzten sich Achajer, Equaner und die Leute aus Arminia und Whyten gepeinigt von rasenden Schmerzen auf dem Boden. Als die Orokòr bemerkten, daß man sie nicht mehr verfolgte, hielten sie inne und sahen sich um. Doch da waren keine stolzen Achajer, die sie mit Waffen bedroht hätten. Reihenweise waren die Krieger des schönen Volkes zur Erde gesunken und umklammerten ihre Köpfe. Sie konnten sich nicht verteidigen, als die dunkle Meute über sie herfiel und sie reihenweise niedermetzelte. Ihre Bereitschaft, Centratur noch einmal Hilfe zu bringen, kostete sie nun einen hohen Blutzoll, und das Schlachten und Morden nahm kein Ende.

Voller Entsetzen ritten die Leute aus Cantrel in ihre schützenden Mauern zurück. Aus den Jägern waren wieder Gejagte geworden, aus dem vermeintlichen Sieg ein Bangen ums Überleben. Gerade als sie die Tore wieder zuwarfen, waren auch schon die ersten Orokòr angelangt und schlugen die Nachzügler nieder.

Meliodas hatte sich zusammen mit Einada und der Fürstin retten können. Nun blickten sie alle mit entsetzten Mienen auf das Schlachtfeld. Der Sieg war zum Greifen nahe gewesen und hatte sich in eine furchtbare Niederlage verwandelt. Lunete, die neben dem Hochkönig stand, mußte hilflos mit ansehen, wie die Männer ihres Volkes starben, und niemand wußte, wie dem Morden Einhalt zu gebieten war.

Ein langer Zug von kleinen Gestalten mit haarlosen Köpfen war aus dem Norden heranmarschiert. Die Gnome hatten mit der lähmenden Kraft ihrer Gedanken zugeschlagen. Den Rest des Vernichtungswerkes übernahmen dann die Truppen des Zauberkönigs. Die hilfreichen Inselbewohner wurden erschlagen und niedergestochen oder wälzen sich vor Schmerzen schreiend auf dem Boden. Die Vespucci waren in großer Zahl in den vergangenen Jahren in Centratur eingesickert, hatten intrigiert und ihre Fäden gezogen. Nun aber war ihre Stunde endgültig gekommen. Auf einen geheimen Befehl hin waren sie zusammengeströmt, bereit zum Endkampf um Centratur. Noch fühlten sie sich als Verbündete Ormors, aber wenn aller Widerstand auf diesem Kontinent gebrochen war, würden sie auch ihn und seine Helfer vernichten. Dann war ihnen die Herrschaft sicher, und sie konnten auch diesen Teil der Welt nach ihren Vorstellungen formen. Sie würden viele Sklaven gewinnen und die wild wuchernde Natur in diesem Land zähmen. Ohne Mitleid würden sie diese Umgestaltung vornehmen und endlich zu dem werden, was ihnen gebührte, zu den Herren der Welt.

Die Leute in der Stadt sahen den Vorgängen auf dem Schlachtfeld mit fassungslosem Entsetzen zu. Noch aber war das sechsfingrige Volk nicht gänzlich geschlagen. Die Achajer, mit größeren Geistesgaben ausgestattet, als alle Völker Centraturs, lernten rasch, sich gegen die Gedankenschläge der Vespucci zu wappnen, und gingen wieder zum Angriff über. Die brutale Gewalt, der sie hilflos ausgeliefert gewesen waren, hatte sie wütend gemacht und ließ sie nun erbarmungslos zurückschlagen. Jetzt aber setzten die Gnome die furchtbaren Querks ein, die alles niedermachten. Niemand, nicht einmal Meliodas, wagte sich mehr vor die Tore. Das Schreckensarsenal der Vespucci war aber noch nicht erschöpft, und wie um die schlimmsten Befürchtungen noch zu übertreffen, rumpelten bald darauf riesige Wagen von Nordosten herbei. Sie fuhren auf der Straße, die von Wist kam, und kein Tier und kein Mensch zogen sie. Dennoch bewegten sich die Umgetüme rasch und zielstrebig. So etwas hatte man in Whyten bisher noch nicht gesehen.

»Das sind Hanoliks«, erklärte Aramar, der unbemerkt zu Meliodas getreten war. »Gegen sie gibt es keine Waffe und keinen Schutz!

Sie werden alles Leben niederwalzen und Cantrel dem Erdboden gleichmachen.«

Die Zauberer hatten ihren Kreis der Macht aufgelöst. Er war nicht mehr nötig, denn Ormor bedurfte seiner Zauberkräfte nicht mehr.

»Wir haben alle unsere Kräfte aufgeboten und werden dennoch unterliegen«, fuhr Aramar fort. »Die Erits, die wir ausgesandt haben, konnten ihre Aufgabe nicht erfüllen. Laßt uns in Würde untergehen. Mit unserem Tod wollen wir ein Vorbild abgeben, auch wenn wir im Leben viele Fehler gemacht haben. Die Feinde können über uns siegen, aber sie sollen nicht über uns triumphieren.«

Osten

In Whyten scheint alles verloren, weil die Vespucci nun offen in die Kämpfe eingreifen und sogar die mächtigen Achajer vernichten. Indessen haben Marc und Akandra die Hauptstadt von Vespucci, Nummer eins, erreicht. Hier, so vermuten sie, soll sich der König der Rutaner mit seiner Bezwingerin Pereira aufhalten. Die Reise hierher war mühsam gewesen und zuletzt hatte sich der Sklave Slato für sie geopfert. Doch wie es aussieht, kommen die Erits zu spät. Während sie noch nach dem König suchen, fällt die letzte Bastion in Centratur, und Aramar muß erkennen, daß die kleinen Boten ihre Aufgabe nicht erfüllt haben.

Die Kette

Die Fremdartigkeit der Stadt Nummer eins machte den Erits angst. Sie war das seltsamste, was sie im Land Vespucci gesehen hatten. Hier war alles noch gradliniger und geometrischer, als sie es bisher gewohnt waren, hier gab es noch mehr Gebäude, deren Zweck sie nicht einmal ahnten. Hohe Mauern aus einem glänzenden Material teilten quadratische Bezirke ab, und sie konnten nur rätseln, was sich dahinter verbarg. Wie sollten sie hier den König der Rutaner finden? Sie waren weit durch die Welt gewandert und hatten sich sogar bis ins Herz von Vespucci durchgeschlagen, aber nun wußten sie nicht mehr weiter. Verzweifelt ließ sich Marc auf die Erde fallen und barg sein Gesicht in den Händen.

Deshalb bemerkte er die Gefahr erst, als Akandra aufschrie. Beim Aufblicken sah er Glatzköpfe mit Querks in den Händen, die aus allen Richtungen auf sie zukamen. Das Schlimmste aber war eine scharfgeschliffene Scheibe, die wie von Geisterhand auf sie zurollte, um sie zu zerschneiden. Blind vor Angst rannten sie los, aber alle Gassen waren von Vespucci versperrt. Die messerscharfe Scheibe kam unaufhaltsam näher. Akandra strauchelte und verlor dadurch ihren kleinen Vorsprung. In größter Not drückte sie sich, so flach sie konnte, gegen die glänzende, glatte Mauer und schloß die Augen. Doch statt des furchtbaren Schmerzes verspürte sie nur einen Luftzug, dann war die Scheibe an ihr vorüber. Die grausame Maschine hatte es auf Marc abgesehen. Der rannte wie von Sinnen um sein Leben, bis ihm schwarz vor Augen wurde. Da auf einmal begann er zu schweben.

Leicht wie eine Feder wurde er emporgehoben, glitt über die Krone der Mauer und sah vor sich so etwas wie einen Garten. Allerdings wuchsen dort keine Büsche und Blumen. Aber zwischen grauen Dreiecken, Vierecken und Kugeln saß auf einer steinernen Bank der König der Rutaner. Marc erkannte ihn sofort. Der Erit schwebte zu Boden und rannte auf den Mann zu. Aus den Augenwinkeln sah er, daß eine weitere Person aufgetaucht war und ihn abfangen wollte. Pereira hatte sogleich die Gefahr erfaßt, und ein Wettlauf zum König begann. Der beobachtete dieses Rennen, das über Leben und Tod einer ganzen Welt entscheiden sollte, mit blöden Augen. Er verstand nicht, was vor sich ging.

Die schöne Frau, deren Anblick die Augen der Männer so blendete, war ebenso schnell wie Marc. Sie erreichte den König zusammen mit dem Jungen und riß ihn zurück. In dem zierlichen Körper steckten große Kräfte, die Frau war dem Erit überlegen. Wie mit eisernen Klammern hielten ihre Hände den Eindringling fest. Marc sah ein, daß er die Kette des Königs nicht einmal würde berühren können. Er war so nah an seinem Ziel und ihm gleichzeitig so fern. Nie wieder würde er solch eine Chance erhalten. Wenn ihm jetzt nichts Rettendes einfiel, war die Mission der Erits gescheitert.

Tränen der Verzweiflung traten Marc in die Augen. Aber in diesem Moment der Hoffnungslosigkeit wurde sein Kopf ganz klar, und er erinnerte sich an den Rat des Zeitenwanderers in der Pyramide. So laut er konnte, rief er dem König etwas zu. Der reagierte nicht, und erst als der Junge noch etwas schrie, kam ein wenig Glanz in die Augen des Königs. Verwunderung überzog sein Gesicht, und wie im Traum nahm der Mann die Kette ab, während sich Marc noch heftig gegen Pereira wehrte. Als er aber der Kette ledig war, ging mit dem Rutaner ein Wandel vor sich. Seine stumpfen Augen füllten sich mit Leben und blitzten nun vor Wut und Abscheu, und er richtete sich zu seiner wahren Größe auf.

Pereira sah voller Bestürzung die Verwandlung, ließ den Erit los und wandte sich dem König zu. Ihr haßerfülltes Gesicht wurde weich, sie lächelte, umschmeichelte den Mann und wollte ihn an sich ziehen. Doch er stieß sie voller Ekel zurück. Als sie noch einen Versuch machte, ihn zu umarmen und an ihre gemeinsame Liebe erinnerte, schrie er gequält und voller Widerwillen auf. Die Frau aber gab nicht auf. Sie klammerte sich erneut an den Rutaner, der nun wütend auf sie einschlug. Immer stärker hämmerten die mächtigen Fäuste des Königs auf sie ein, bis sie in sich zusammensank und leblos liegenblieb.

Inzwischen hatten die Wachen das Tor aufgebrochen, und eine Horde Vespucci stürmte in den Garten. Hinter ihnen kam Akandra, die aber niemand beachtete. Die Gnome gingen auf den König los, doch gegen den Rutaner hatten sie keine Chance. Er fiel mit Urgewalt über sie her, und bald lagen alle mit gebrochenem Genick auf dem glatten Boden. Während des Getümmels hatte die Grafentochter die Kette erspäht, die achtlos auf der Erde lag. Akandra hob sie auf und verbarg sie unter ihren Kleidern.

Da er seiner Fessel ledig war, gelang es dem König sogleich, die geistige Verbindung zu seinem Volk herzustellen. Qumara, die nur darauf gewartet und fest auf die Erits vertraut hatte, führte ihr Volk ohne zu zögern über die Grenzen. Dort griffen die Rutaner die Vespucci mit Ungestüm an. All die Demütigungen, die ihnen zugefügt worden waren, hatten ihren Zorn aufs äußerste angestachelt. Der Kampf wurde unbarmherzig und brutal ausgetragen und erfaßte in Windeseile das ganze Land Vespucci. Die Sklaven schlossen sich den Rutanern an und rächten sich an ihren ehemaligen Herren. Da ein großer Teil ihrer wehrfähigen Männer im Ausland auf Eroberungszug war, konnten sich die Vespucci nur schlecht verteidigen und waren der Macht des Ansturms hoffnungslos unterlegen. Bald war ganz Vespucci in der Hand der Rutaner. Die Hanoliks des Landes wurden zerstört und Truppen an den Grenzen stationiert, welche die zurückkehrenden Glatzköpfe abfingen und festsetzten. Schon nach wenigen Wochen regte sich im Land der Gnome kein Widerstand mehr, die Rutaner hatten zum erstenmal in der langen Geschichte der beiden Völker gesiegt.

Als der Krieg beendet war, sahen die Erits auch Qumara wieder. Die harte und zurückhaltende Priesterin umarmte ihre Schützlinge stürmisch und voller Rührung. Sie hatten eine schier unlösbare Aufgabe erfüllt, und die Augen ihrer Führerin leuchteten vor Stolz und Dankbarkeit. Die Erits erkundigten sich sogleich nach den Kindern, aber Qumara wußte nichts über ihren Verbleib. Die beiden waren wieder einmal verschwunden.

Das ganze Volk der Rutaner feierte seine Retter und machte sich dann an die Arbeit, die Wunden zu heilen, die der Natur im Nachbarland geschlagen worden waren. Vespucci wurde begrünt, der Steinbelag aufgerissen und überall Samen ausgestreut. Zuerst bildeten sich grüne Inseln, dann wurde das Land von einem grünen Flaum überzogen, und schließlich wuchsen Gras, Bäume und Sträucher. Auch die Vespucci selbst veränderten sich. Bis sie aber zu einem normalen Volk und friedlichen Nachbarn wurden, und nicht mehr glaubten, die Herren der Welt zu sein, vergingen noch Generationen, und die Rutaner und die ehemaligen Sklaven mußten mit strengen Augen den Prozeß überwachen.

Sehr viel später, als alles geregelt und geordnet war, fand in Rutan am Ufer des Mondsees ein großes Fest statt. Akandra saß neben dem König und sah ihn liebevoll an, und auch er hatte nur Blicke für sie. Die Grafentochter hatte ihre Hände mit der Zauberkette verbunden. Zwischen dem Mädchen und Qumara hatte Marc seinen Platz gefunden.

Irgendwann während der Feierlichkeiten riß sich Akandra für eine Weile vom Anblick des Königs los und beugte sich zu ihrem alten Gefährten.

»Was hast du dem König zugerufen?« fragte sie neugierig. »Wie hast du ihn veranlaßt, sich die Kette abzunehmen? Er sagt, er könne sich nicht mehr erinnern.«

»Oh, ich habe ihn nur etwas gefragt«, antwortete Marc bescheiden.

»Du willst mir das Geheimnis nicht sagen. Du hattest doch nur wenige Augenblicke und konntest höchstens einen Satz aussprechen oder eine Frage stellen. Ich kann mir nicht vorstellen, daß der König durch eine einzige Frage befreit werden konnte.«

»Ich hatte damals keine Zeit zum Nachdenken oder gar für komplizierte Fragen. Ich mußte mich auf das Wichtigste konzentrieren, also reichte ein Satz aus.« Marc war verlegen.

»Und wie lautete dieser Satz?«

»Das weiß ich nicht mehr. Es ist auch nicht wichtig. Es war auf jeden Fall die richtige Frage.«

»Dann kennst du also selbst nicht einmal die Antwort auf deine Frage?«

»Auf wirklich gute Fragen gibt es keine Antworten. Eine Frage, die beantwortet wird, ist keine Frage mehr. Die gute Frage aber bleibt eine Frage.«

Marc blieb noch lange in Rutan und wurde vom Volk hoch geehrt. Die Zuneigung zwischen Akandra und dem König wuchs, und irgendwann zelebrierte Qumara für sie die Zeremonie der Vereinigung. Eines Tages verließ Marc das Volk der Rutaner. Es zog ihn nach Hause ins Heimland. Er wollte wissen, wie es Vater und Mutter ging und die Geschwister wiedersehen. Mit vielen Geschenken beladen brach er auf und machte sich ganz allein auf den langen Weg nach Westen.

Süden

Die Erits haben ihre Mission erfüllt und den König der Rutaner befreit. In den Kämpfen vor Cantrel aber haben die Vespucci noch immer die Oberhand. Das Schicksal des Kontinents Centratur steht auf Messers Schneide.

Alte Freunde

Das Chaos und die Verzweiflung bei den Verbündeten des Hochkönigs waren auf dem Höhepunkt angelangt. Dieser Kampf war verloren. Gegen die zahlenmäßig überlegenen Horden des Zauberkönigs und die ungeheure Macht der Vespucci waren sie hilflos.

Die Führer der Verteidiger hatten sich zu einer letzten Beratung zusammengefunden und die Lage besprochen. Verzweiflung spiegelte sich in allen Gesichtern. Da straffte sich die Gestalt des Hochkönigs.

»Wir werden nicht wie die Memmen hinter unseren Mauern auf das Ende warten«, erklärte Meliodas, »sondern hinaus in den Kampf ziehen und die getreuen Achajer nicht allein lassen. Wenn wir schon sterben müssen, dann aufrecht und mit dem Schwert in der Hand. In späteren Zeiten soll man uns nicht der Feigheit bezichtigen.«

Die Fürstin von Arminia, die Königin von Equan, ihre Berater und Aramar erhoben sich und stimmten ihm zu. Sie gingen zu ihren Leuten, und bald legten alle, auch die Kranken und Verwundeten, ihre Rüstungen an. Die Pferde wurden gesattelt und bestiegen, und wer kein Roß hatte, der ging zu Fuß. An der Seite des Zauberers hatte sich der Wolf wieder eingefunden und stürmte hinaus, als alle vier Tore gleichzeitig geöffnet wurden. Aus der Stadt quoll nun das letzte Aufgebot, um kämpfend zu sterben.

Die Vespucci sahen die neuen Gegner und ließen von den Achajern ab. Die Glatzköpfe mit den Querks in den Händen, die Heere Ormors und selbst die Hanoliks wendeten sich dem Hochkönig und seinen Truppen zu, bereit, mit einem neuen Gemetzel zu beginnen.

Doch dazu kam es nicht mehr, denn die Hanoliks hielten plötzlich inne, wendeten und fuhren zurück nach Nordosten. Die Vespucci ließen die Querks sinken, kümmerten sich nicht mehr um die Kämpfe, sondern eilten den Fuhrwerken nach. In kurzer Zeit war kein Glatzkopf mehr zu sehen, und die Truppen des Zauberkönigs standen allein zwischen den Achajern und vereinten Kriegern der Stadt. Deren Verzweiflung wandelte sich nach dem Abzug der Vespucci in Zorn, und wie im Blutrausch fielen sie über Orokòr und Soldaten aus Darken her, die sich nur noch matt verteidigten. Wem die Flucht nicht gelang, der starb an diesem Tag auf dem Schlachtfeld.

»Was war geschehen?« fragte Lunete später, als alles vorüber war, verwundert über die Wandlung der Dinge.

»Unsere Abgesandten sind doch noch an ihr Ziel gekommen«, antwortete Aramar. »Sie haben dem König die Kette abgenommen und ihn befreit. Daraufhin griffen die Rutaner an, und alle Vespucci wurden zurückgerufen, weil man sie in ihrem Land dringender brauchte, als zur Eroberung der Welt.«

Ormors Heere waren vernichtet, der Zauberkönig geschlagen. Es war ein siegreicher Tag für die friedliebenden Völker Centraturs. Alle lagen sich in den Armen, und selbst die härtesten Krieger vergossen Tränen der Freude und Rührung. Am Ufer des Tessenflusses trafen auch Aramar und Heliodor aufeinander. Die Freunde schüttelten sich stumm die Hand. Dann sagte der Zauberer: »Du und dein Volk, ihr habt zuletzt noch ein großes Opfer für diesen Kontinent gebracht. Auf den Inseln wird Trauer herrschen und der Beiname ›die Glücklichen‹ entspricht nun nicht mehr der Wahrheit. Kein Dank kann eure Toten wieder zum Leben erwecken und kein Andenken an eure Ruhmestaten die Tränen der Frauen und Mütter stillen. Ich weiß, daß du dieses Verderben geahnt hast und dennoch mit deinen Leuten gekommen bist. Ich verneige mich vor dir als meinem Freund durch viele Menschenalter, als einem Freund dieses Landes, einem Freund allen Lebens.«

Meliodas, der hinzugetreten war und die letzten Worte gehört hatte, sprach: »Die Achajer waren in Centratur schon eine Legende. Nun werden sie zu einer Verheißung. Zukünftige Generationen werden diesen Namen mit selbstloser Hilfe und Aufopferung gleichsetzen.«

Während sie noch am Ufer zusammen redeten, entstand Bewegung auf einem der Schiffe. Eine breite Planke wurde über die Reling geschoben, und vier Leute balancierten über das Wasser auf festen Boden. Voran schritt eine hochgewachsene Frau, dann folgten zwei Männer, und den Schluß bildete eine kleinere, rundliche Person. Als der Zauberer die Gruppe erblickte, rief er strahlend: »Da sind auch meine Boten, die das Unmögliche möglich gemacht haben. Sie haben trotz des Krieges in Windeseile ganz Centratur durchquert und sind rechtzeitig zum Golf von Orex gekommen. Ich bin sicher, Galowyn, du wirst viel zu erzählen haben.«

Königin Lunete, die bisher ein wenig abseits gestanden hatte, trat verlegen lächelnd hinzu.

»Ich habe Euch zwar einmal des Landes verwiesen und verboten, je wieder zurückzukehren«, sagte sie. »Aber in Zeiten wie diesen begehe ich sicher kein Unrecht, wenn ich meine Ausweisung rückgängig mache.«

Dann schüttelte sie den beiden Frauen und den Männern herzlich die Hand. Die Boten schilderten nur kurz ihre Reise, berichteten, wie sie unbeschadet das Heimland durchquert hatten und zur Landebucht gekommen waren. Dort hatte bereits Fürst Heliodor auf sie gewartet. Sein Schiff war gerade dabei gewesen abzulegen, denn die vorgegebene Frist war bereits um zwei Tage überschritten. Doch als der Achajer den Zwerg Glaxca am Ufer winken sah, hatte er noch einmal ein Boot aussetzen lassen und war selbst zum Strand zurückgerudert. Dort hatte ihm Galowyn den letzten noch verbliebenen Brief von Aramar überreicht. Der Fürst der Achajer hatte die Botschaft genau studiert und endlich befriedigt genickt. Erst dann durften die Gefährten in das Schiff der Achajer klettern, während Glaxca zurückblieb. Er wollte zu Marga zurück, um ihr weiter zur Seite zu stehen. Der alte Zwerg hatte die junge Menschenfrau liebgewonnen.

Auf hoher See hatte bereits die Flotte der Achajer gewartet. Die Leute von den Inseln waren von Anfang an bereit gewesen, noch einmal in die Geschicke von Centratur einzugreifen. Ohne Zögern setzten sie Segel nach Süden. Ein günstiger Wind ließ die Flotte rasch vorankommen, und bald umrundete sie die südwestliche Spitze des Kontinents. In Arminia erhielten sie Auskunft über den Fortgang der Dinge und segelten nun so rasch es ging flußaufwärts nach Cantrel.

Es gab noch viel zu berichten, und besonders Galowyn hätte noch so manche Geschichte zu erzählen gehabt, aber dazu blieb keine Zeit. Es galt Verwundete zu verbinden und Tote zu begraben. Die drei Heere mußten versorgt und Unterkünfte gebaut werden. So blieb die Sängerin mit ihren Freunden allein zurück, bis plötzlich zwei weitere Männer auftauchten, die sie kannten. Es waren Grosskorl und Rimo, ihre Begleiter auf der Reise von Hispoltai nach Cantrel. Zu ihnen gesellten sich später auch noch Axylia und Urial. Nun fanden die Erzählungen bis in die späte Nacht hinein kein Ende.

Vor der Stadt wurden Zelte aufgeschlagen und Feuer entzündet. Es herrschte so viel Geschäftigkeit, daß niemand über den Zauberkönig Ormor nachdachte, der verschwunden war. Nur Aramar machte sich so seine Gedanken, wollte aber die Freude der anderen nicht trüben. Die Zauberer aus Quantam mischten sich nicht unter die fröhlichen Leute. Sie wollten so schnell wie möglich zurück in ihr Kloster und zogen es vor, in den Räumen der Geschichten am Leben draußen teilzuhaben. Aramar hatte sich von ihnen verabschiedet und sah ihnen ein wenig wehmütig nach. Westomir war traurig. Er wäre noch gern geblieben. Ihm gefiel es inmitten des Trubels. Wütend brummelnd und vor sich hin schimpfend folgte er seinen Brüdern.

Ormors Tod

Die Zauberer waren schon ein Stück Weges entfernt und Aramar sah ihnen noch immer gedankenverloren nach. Plötzlich schrak er zusammen, und alle, die vor der Stadt beschäftigt waren, schlossen geblendet die Augen. Ein helles Licht hatte sich unerwartet unter ihnen ausgebreitet, aus dem jetzt eine Gestalt heraustrat. Es war ein Mann, dessen Alter niemand schätzen konnte, kahlköpfig und so ehrfurchtgebietend, daß viele unwillkürlich ihre Knie beugten. Stumm sah er sich um. Unversehens, keiner konnte erkennen, woher er gekommen war, tauchte nun auch Ormor wieder auf. Er leuchtete nicht mehr, schritt aber mitten durch seine Feinde und stellte sich an die Seite des geheimnisvollen Mannes.

»Ihr habt euch zu früh gefreut«, rief er triumphierend. »Heere vergehen, Wir aber bleiben, und selbst in der Niederlage ist der Sieg Unser. Doch nun ist die Stunde des Gerichtes gekommen. Zittert vor Unserem Urteil!«

Der Mann sah ihn mit Verachtung an und sagte abfällig: »Von allen Maulhelden dieses Zeitalters bist du wohl der größte. Doch das will ich dir nachsehen. Wofür ich aber kein Verständnis habe, ist dein Versagen. In diesem Kampf hatte ich dir alle Trümpfe in die Hand gespielt, aber du warst wieder einmal nicht in der Lage, mit ihnen das Spiel zu gewinnen. Schon einmal im Großen Krieg hast du meine Erwartungen nicht erfüllt. Dennoch hatte ich ein Einsehen und ließ dich aus dem Berg befreien. Du solltest für mich die Herrschaft über Centratur gewinnen. Diesmal sandte ich dir zur Unterstützung sogar die Vespucci. Und obwohl ich aus der Hauptstadt von Vespucci, der Nummer eins, steuernd eingriff und dich unterstützte, hast du deine Aufgabe wieder nicht erfüllt. Du bist und bleibst ein Versager. Ich verachte dich und zähle dich nicht mehr zu meinen Gefolgsleuten.«

Diese Worte trafen Ormor wie Peitschenhiebe. Der stolze Zauberkönig, vor dem ein ganzer Kontinent gezittert hatte, zuckte unter ihnen zusammen wie ein getretener Hund.

Doch trotzig entgegnete er: »So kannst du nicht mit mir umgehen! Wir sind Verbündete!«

»Ich bin mit niemandem verbündet«, erwiderte der Mann. »Du warst lediglich eine Figur auf meinem Spielbrett. Doch deine Selbstüberschätzung und Dummheit haben beinahe zum Verlust der Partie geführt. Nun muß ich selbst eingreifen und die entscheidenden Züge tun.«

»Was wird aus mir?« fragte da Ormor kläglich.

»Geh mir aus den Augen!«

Eine Weile stand der Zauberkönig geistesabwesend da. Dann ging ein Ruck durch seine Gestalt. Sie straffte sich, und der demütig gesenkte Kopf hob sich. Voller Wut griff er sich einen auf dem Schlachtfeld liegengebliebenen Speer und schleuderte ihn auf sein Gegenüber. Obwohl der nur einen leichten Überwurf trug, prallte die Waffe wirkungslos von ihm ab. Langsam, mit dem Ausdruck grenzenloser Verachtung im Gesicht drehte sich der geheimnisvolle Fremde nach dem Angreifer um und legte ihm die Hand auf die Schulter. Er drückte zu, und Ormor, der Zauberkönig, starb wie ein beiläufig zerquetschtes Insekt.

»Wer seid Ihr?« fragte Aramar erstaunt. »Wie kommt es, daß ich von Euch nichts weiß?«

»Du weißt vieles nicht«, sagte da eine Stimme hinter ihm. »Und dennoch hast du dir stets angemaßt, die Geschicke in Centratur zu bestimmen. Du bist ein Narr, Aramar. Ein Leben lang hast du über mich triumphiert. Doch nun ist meine Stunde gekommen.« Willmar der Buddler war aufgetaucht und erklärte nun: »Vor euch steht der größte aller Zeitenwanderer. Er nennt sich selbst Nummer eins und residierte bisher in Vespucci in der Stadt Nummer eins. Er hat die Glatzköpfe zu dem gemacht, was sie sind und nach seinen Wünschen geformt. Ihr Haß auf die Natur ist sein Haß. Ihre geistigen Kräfte sind seine Geschenke.

Wie alle Zeitenwanderer ist auch Nummer eins unsterblich. Aber im Gegensatz zu anderen Zeitenwanderern verachtet er alles Lebende. Leben, so seine Meinung, ist nur dazu geschaffen, um von ihm beherrscht zu werden. Doch er ist viel zu hochmütig, um selbst die Herrschaft auszuüben. Dazu sucht er sich Gehilfen, Werkzeuge. Ihnen gaukelt er etwas vor, verführt sie. Ihr alle habt euch verhalten wie Mäuse in einem Labyrinth. Ihr seid gelaufen und gelaufen, ohne vorwärts zu kommen, und er hat euch zugesehen und gelacht. Aus dem Käfig, den Nummer eins gebaut hatte, konntet ihr nicht entkommen. Alle eure Kriege und Siege waren stets nur vorläufig. Es war vorherbestimmt, daß euch der Zeitenwanderer am Ende zerschmettern wird.«

Der fremde Mann lachte schallend und begann intensiv zu strahlen. »Wohl getönt, Wurm!« rief er. »Wer bist du, der du mich so genau kennst?«

»Mein Name ist Willmar, und mein Leben habe ich damit verbracht, Euch auf die Spur zu kommen. Sogar die Erde habe ich durchwühlt, um Überreste Eures Wirkens in früheren Zeiteninseln zu finden. Wie Ihr eben gehört habt, war ich erfolgreich. Ich kenne Euch und Eure Pläne.«

»So«, sagte Nummer eins, und an seiner Stimme war zu hören, daß er das Interesse an Willmar schon wieder verloren hatte. »Aber nun wird es Zeit, diesem Spiel ein Ende zu machen.«

Er winkte nachlässig mit der Hand, und die Mauern der Stadt, die so lange den schwersten Katapulten und Rammböcken getrotzt hatten, stürzten ein. Die Männer und Frauen, die sich auf ihren Zinnen befanden, wurden in einer Wolke von Staub in die Tiefe gerissen. Dann hob der unheimliche Mann aufs neue die Hand, und die marmorne Palastruine löste sich vor aller Augen in nichts auf. Nummer eins hätte sein Zerstörungswerk fortgesetzt, bis die Ebene von Cantrel zur völligen Öde geworden wäre, doch plötzlich hielt er inne.

Die Zauberer von Quantam waren zurückgekehrt und hatten sich und Aramar wieder an den Händen gefaßt. So zu einem mächtigen geistigen Block vereinigt, stellten sie sich dem Zeitenwanderer entgegen. Der knurrte wütend und schlug mit seinem Geist auf sie ein. Unter diesen Schlägen wankten die vier, aber sie gaben nicht auf. Doch war ihr Untergang nur eine Frage der Zeit. Schon stöhnte Westomir und brach in die Knie, dann verdrehte er die Augen und starb. Seine Brüder mußten ihn loslassen und waren nun schwächer als zuvor. Unbarmherzig griff Nummer eins weiter an. Auch Abramawar sank tot zu Boden.

Gerade als auch Gronolor in sich zusammensackte, ertönte eine unbekannte Stimme: »Willst du die Demonstration deiner Macht nicht endlich beenden? Du bist diesen Irdischen überlegen, das weißt du doch. Weshalb suchst du ständig neue Beweise dafür?«

Aramar und Willmar riefen wie aus einem Mund: »Simonarum, der Alte vom Berg!«

Nummer eins aber höhnte: »Bist du gekommen, um deinen ehemaligen Schülern beizustehen? Willst du dich etwa auch mit mir messen?«

„Du weißt, daß ich das nicht darf. Es ist uns Zeitenwanderern verboten, uns gegenseitig anzugreifen und zu behindern. Sonst hätte ich deinem unsäglichen Treiben schon lange ein Ende bereitet. Ich bin gekommen, um an deine Vernunft und an dein Mitgefühl für die Wesen dieses Zeitalters zu appellieren.«

»Warum machst du dir diese Mühe? Warum bittest du für diesen Abschaum? Kannst du nicht sehen, wie sich diese kleinen Würmer selbst mit Lust und Leidenschaft umbringen? Wie sie nach schnödem Reichtum gieren? Sich gegenseitig verraten und verkaufen? Die Wesen dieses Zeitalters verdienen nur versklavt oder ausgerottet zu werden.«

»Vielleicht. Aber dies sind Gründe, ihnen zu helfen, nicht sie zu verurteilen. Doch du bist ein Heuchler, denn du selbst verführst sie und hetzt sie aufeinander. Du beklagst das Böse, das du selbst erzeugst. Viele Vespucci haben bei dem Versuch, den Kontinent Centratur zu unterwerfen, ihr Leben gelassen. Sie starben fern der Heimat für ein Ziel, dessen Sinn ihnen selbst nicht klar war. Sie waren Verführer und Verführte, Täter und Opfer zugleich. Das alles ist dein Werk!«

»Du irrst! Ich rufe das Böse nicht hervor, ich führe es vor. Durch mich werden Abgründe nur sichtbar.« Die Stimme klang unwirsch. »Halte dich an das Gesetz und mische dich nicht ein. Ich will meine Arbeit zu Ende bringen.«

Gerade als Gronolor starb, und Aramar unter den Schlägen des Zeitenwanderers erneut aufstöhnte, trat Willmar vor. Furchtlos ging er auf Nummer eins zu, tippte ihm auf die Schulter und fragte respektlos: »Nehmt Ihr mich mit?«

Der ließ sich ablenken und lachte: »Kommst du Wurm, damit ich auch dich zerquetsche? Wohin soll ich dich mitnehmen?«

»Auf Eure Wanderung durch die Zeit.«

»Wir Zeitenwanderer sind für euch Sterbliche unerreichbar. Wie kannst du es wagen, deinen Stand verlassen zu wollen? Wie kannst du es wagen, das Überirdische zu begehren?«

»Ich habe mich mein Leben lang mit den Zeitenwanderern beschäftigt. Ich weiß mehr als alle Sterblichen über Euch. So habe ich auch erfahren, daß es in jedem Zeitalter einen gibt, der in Euren Kreis aufgenommen wird.«

»Du weißt in der Tat eine Menge. Doch glaubst du wirklich, es ist ein erstrebenswertes Ziel, ein Zeitenwanderer zu werden?« Die Stimme von Nummer eins war auf einmal von tiefem Ernst gezeichnet, als er fortfuhr: »Ich sage dir, es ist eine Strafe. Glaubst du, ich würde nach der absoluten Herrschaft über diese Welt streben, wenn ich glücklich wäre? Glaubst du, ich würde mir die Mühe machen, diese wahnsinnigen Vespucci zu leiten und ihnen Haß auf alles Natürliche einzureden, wenn mir nach all den Jahrtausenden nicht alles überdrüssig wäre? Ich habe keine Gefühle mehr. Die habe ich schon vor hunderttausend Menschenaltern verbraucht. Ich bin so einsam, daß mir inzwischen schon die Nähe eines Tieres unerträglich ist.« Nun wurde die Stimme, die einen Moment lang um Verständnis heischte, wieder hart: »Doch eines kann ich dir sagen. Du bist nicht zum Zeitenwanderer bestimmt, und du wirst nie einer werden. Deine Gier nach der Unsterblichkeit hat dich in die Irre geführt.«

»Es geht mir nicht um die Unsterblichkeit«, antwortete Willmar stolz. »Ich will einzig und allein der Beste sein. Und die Zeitenwanderer sind die Besten.«

Und wieder lachte der Mann höhnisch auf: »Der Beste willst du sein? Nicht mehr und nicht weniger? Unter den Zeitenwanderern bin ich der Beste. Keiner würde es wagen, sich mir in den Weg zu stellen. Wenn wir dich in unseren Kreis aufnehmen würden, und du wolltest noch immer der Beste sein, müßtest du irgendwann gegen mich antreten. Du Nichts, welche Gedanken wagst du zu denken!«

»Wenn ich keine Chance habe, ein Zeitenwanderer zu werden, nur damit Ihr für immer der Beste bleiben könnt, dann trete ich eben schon jetzt und hier gegen Euch an.«

»Heißt das, du forderst mich zu einem Zweikampf heraus?«

Nun krümmte sich Nummer eins in schallendem Gelächter. Er war so erheitert, daß er sein Gegenüber nicht länger beachtete. Der wuchs plötzlich und verwandelte sich in einen großen Schatten. Dieser Schatten umklammerte den Zeitenwanderer, der nun auch zu einem Schatten wuchs. Die beiden Schatten verschmolzen zu einem, und als sie eine Weile gerungen hatten, stürzten sie auf die Erde. Staub wirbelte auf, und ein Krater entstand, der angefüllt war mit völliger Schwärze, in die nicht einmal die helle Sonne vordringen konnte. In seinem Trichter rang das Dunkle mit dem Dunklen. Man wußte es und sah es doch nicht. Dann verschluckte das Dunkle das Dunkle, und das Dunkle löste das Dunkle auf, und endlich drang die Sonne wieder bis zum Grund des Kraters.

An dieser Stelle entstand später eine Kultstätte. Über dem Krater wurde eine gläserne Kuppel errichtet, und ein eigener Orden gegründet, der dafür sorgte, daß der Trichter Tag und Nacht beleuchtet war. In der Nacht und bei bedecktem Himmel durch Feuer und sonst durch den Schein der Sonne. So sollte es sein, bis ans Ende des Zeitalters. Nie mehr durfte sich in diesem Loch Dunkelheit ansammeln.

Der Abschied der Zeitenwanderer

Alle hatten diesem Kampf mit Entsetzen zugesehen. Endlich sagte eine weise Stimme: »Er war tatsächlich der Beste!« Der Alte vom Berg fuhr fort: »Noch nie hat sich ein Sterblicher, und auch die Zauberer gehören dazu, aus eigener Kraft so weit entwickelt, wie Willmar der Buddler. Er ist so tief in das Wesen der Zeitenwanderer eingedrungen, daß er sich einen Teil ihrer Macht aneignen konnte. Und dennoch wäre ihm niemals erlaubt worden, mit uns zu gehen. Er ist nicht der Erwählte dieses Zeitalters. Dazu fehlen ihm wichtige Eigenschaften, Mitleid und Liebe. Eine Nummer eins unter uns Zeitenwanderern hätte genügt. Wir brauchten keinen zweiten.«

»Wen aber werdet Ihr auswählen?« fragte Meliodas.

»das ist schon lange entschieden«, antwortete eine Frauenstimme. Sie gehörte Ma, dem Zeitenwanderer aus der Pyramide. »wir wählen jemanden, der viele fehler gemacht hat und kein ganz großer zauberer ist, wie willmar einer war. aber er hat das größte herz dieses zeitalters, und er hat sich immer bemüht, die verhältnisse in centratur zu verbessern. sein wirken war bestimmt von mitleid und liebe. und nur durch die liebe wird man unsterblich, denn sie allein ist ewig. wir haben aramar auserwählt, mit uns zu gehen, und wir werden jetzt und hier aufbrechen. dieses zeitalter geht zu ende, und damit endet auch die zeit der zauberer und zeitenwanderer in centratur.«

»Centratur wird von nun an ein Kontinent sein wie alle anderen«, fuhr Simonarum erklärend fort. »Es wird auch in Zukunft noch Kriege geben, seine Bewohner werden glücklich und unglücklich sein. Vor langer Zeit haben wir Zeitenwanderer auf die Zauberer gesetzt. Mit ihnen wollten wir diesem Kontinent Glück und Frieden bringen. Damit sind wir gescheitert. Ihr müßt nun ohne Zauberer leben.«

»wir ewigen ziehen uns zurück und werden erst wieder in einem der nächsten zeitalter in erscheinung treten«, sagte Ma zum Abschluß.

Dann umarmten sie Aramar und nahmen ihn damit in ihren Kreis auf. Auch die anderen Zeitenwanderer tauchten auf. Unter ihnen war ein Paar, ein Mann und eine Frau. Die Frau lächelte, und diesem Lächeln konnte sich niemand entziehen. An ihrer Seite liefen zwei Kinder. Die Frau rief sie Sim und Bim. Die Kinder hielt es nicht lange bei ihrer Mutter, und sie untersuchten bald das Kampfloch.

»Wir gehen nun«, sagte Simonarum zu Aramar, der die ganze Zeit geschwiegen hatte. »Nimm Abschied, so wie du es von nun an bis in Ewigkeit wirst tun müssen. Dann folge uns nach, wir warten auf dich.«

Dem Zauberer fiel es schwer, seine Freunde zu verlassen. Und als er endlich Heliodor und Meliodas und Lunete, Axylia und Smyrna und Galowyn und Fallsta und all den anderen die Hände gedrückt hatte, da war sein Gesicht ernst und traurig. Zuletzt strich er noch seinem grauen Pferd über die Nüstern, das ihn so weit und so geduldig durch all die Gefahren und Abenteuer getragen hatte. Dann wandte er sich mit einem Seufzer ab und folgte den Zeitenwanderern nach Norden. Warp, der Wolf, schloß sich ihm ganz selbstverständlich an, und Axylia, die wie alle anderen dem Freund noch lange nachsah, bemerkte: »Es gibt also auch Tiere, die zu den Zeitenwanderern gehören.«

»Warum hat er nicht abgelehnt«, fragte Fallsta, »wenn er nicht gehen wollte?«

»Sowenig, wie man die Aufnahme bei den Zeitenwanderern erzwingen kann, sowenig kann man sie ablehnen«, antwortete ihm die alte Frau.

Aramar war es schwer ums Herz. Er ging einem Schicksal entgegen, das er nicht begehrt hatte. Doch als sich zwei kleine Hände in die seinen schoben, und Sim und Bim munter plappernd neben ihm herliefen, da wurde auch er vergnügt.

Irgendwann waren die Gestalten der Zeitenwanderer in der Ferne kaum noch zu erkennen. Den Zurückgebliebenen war nun nicht mehr zum Feiern zumute. Zwar waren alle Gefahren überwunden und die Freiheit gerettet, aber sie waren nun in Centratur allein. Etwas war unwiederbringlich zu Ende gegangen.

Doch zum Trauern blieb nicht viel Zeit. Es galt die Folgen des Krieges zu beseitigen und das Zerstörte wieder aufzubauen. Das Angedenken an die Zeitenwanderer verschwand im Lauf der Generationen. Nur noch eine Ahnung erhielt sich und wurde in Mythen weitergegeben. In Centratur nahm das Leben seinen Lauf.

Centratur

Das Blaue Buch berichtet noch, wie es in Centratur weitergegangen ist. Denn noch lange lebten in Quantam Mönche, die in den Räumen der Geschichten die Geschehnisse aufzeichneten. Erst als der letzte von ihnen starb, erlosch auch die Kunde von dem Kontinent.
Da aber im Grunde die Geschichte Centraturs mit dem Abschied der Zeitenwanderer endet, soll hier das Folgende nur noch kurz zusammengefaßt werden.

Ausblick auf den Kontinent

Der Kampf um Cantrel wurde gewonnen und gleichzeitig verloren. Dem Zauberkönig war es nicht gelungen, die Stadt einzunehmen, und dennoch war sie nun zerstört und unbewohnbar. Sie wurde später aufgebaut, doch ohne den prunkvollen Palast des Königs. In den Zeiten des Friedens begann die Hauptstadt des Landes Whyten wieder zu blühen. Viele Händler errichteten dort Niederlassungen und machten Cantrel reich.

König Meliodas, der sich schon einmal aus seinen Herrscherpflichten zurückgezogen hatte, dankte bald darauf ab. Er war es müde, Verantwortung zu tragen und dafür angefeindet zu werden. Über seine Nachfolge gab es in Whyten lange Diskussionen, denn auch Lunete legte die Königswürde nieder. Beide segelten zusammen mit den Achajern zu den Glücklichen Inseln. Meliodas hatte erkannt, daß er Lunete noch immer liebte, und begleitete sie nun in ihre Heimat. Beide nahmen leicht Abschied von Centratur.

Obwohl Meliodas jede Wahl des Königs abgelehnt hatte, entschlossen sich die Bürger von Cantrel nun doch dazu, auf diese Weise ihren Herrscher zu bestimmen. Unter der Aufsicht von Valsipia wurde Verissa, die Tochter Rankohrs, zur Vorsteherin der Stadt gewählt. Die beiden Frauen verstanden sich gut. Keine wollte der anderen vorgesetzt sein. Sie waren Freunde und keine Vasallen. Das Hochkönigtum war damit abgeschafft. Sie gelobten, sich stets in allen Gefahren beizustehen. Diesen Schwur hielten die Frauen bis an ihr Lebensende. Nach langem Warten, hatte Rankohrs Familie nun doch noch die Herrschaft, um die sie so lange betrogen worden war, übernommen.

In Equan, in Whyten, in Arminia und sogar im Heimland herrschten nun Frauen mit klugen und tapferen Männern an ihrer Seite, und überall stellte man sich die Frage, wie Friede und Freiheit auf dem geplagten Kontinent herzustellen und zu halten seien.

Nach reiflichen Überlegungen entschloß man sich, den Herrscherinnen einen gemeinsamen Rat für ganz Centratur an die Seite zu stellen. Er sollte die Gesetze beschließen, die für alle Länder und Völker verbindlich sein würden. Ihm wurde eine Armee zugeteilt, um die Einhaltung dieser Gesetze zu überwachen. Dieser Rat bekam seinen Sitz im Kloster Quantam, und alle Völker waren in ihm vertreten. Selbst die Orokòr durften einen Gesandten schicken.

Das Land Darken wurde besetzt und eine Weile von Fremden verwaltet. Grunema und Brana hatte man für diese schwere Aufgabe ausgewählt. Sie gaben sich redlich Mühe, diesem kriegslüsternen Volk die Vorteile des Friedens klarzumachen. Doch es dauerte noch drei Generationen, bis Darken ein angesehenes Mitglied der Völkergemeinschaft wurde.

Alle, die zum Sieg der guten Sache unter großen persönlichen Opfern beigetragen hatten, brauchten eine Weile, bis sie begriffen, daß sie nicht mehr gejagt wurden, bis sie nachts nicht mehr voller Schrecken aufwachten und ängstlich auf verdächtige Geräusche achteten. Man ehrte sie noch kurze Zeit als Helden, doch überall gab es viel zu tun und aufzubauen, so daß man sie bald vergaß.

Axylia kehrte in ihre Stadt Galbad und das heruntergekommene Elternhaus zurück. Dort lebte sie noch wenige Jahre. An ihrer Beerdigung nahm nur der Totengräber teil.

Urial, der Meisterheiler, wanderte in das zerstörte Nowogoro, um bei seinem Aufbau zu helfen. Er wurde Abt im Kloster und eine Persönlichkeit mit so großer Ausstrahlung, daß sich viele junge Leute angezogen fühlten, und sich sein Kloster bald zu einem recht belebten Ort entwickelte. Vorbei waren die Zeiten, in denen ein paar alte Männer allein die Stellung hielten. Urial verzichtete bald auf seine Zauberei und widmete sich der Heilkunst. Darin brachte er es zu großer Fertigkeit. Von weither kamen die Kranken, um sich von ihm behandeln zu lassen. Er unterwies die Mönche seines Klosters in der Heilkunde und schickte sie dann in alle Länder Centraturs. Dort heilten sie, gründeten Krankenheime und bildeten wieder Heiler aus. Urial starb in Nowogoro hochbetagt und geehrt, und viele Krankenheime in Centratur trugen seinen Namen.

Glaxca war vom Golf von Orex so rasch er konnte zu der Burg in den Busterbergen zurückgeeilt. Er wollte zu Marga und ihr beistehen. Doch er kam zu spät und stand erschüttert an ihrem Grab. Dann machte er sich auf und wanderte nach Ribbelhof. Dort bat er bei seinem Volk in der Stile um Aufnahme. Lange führte er ein zurückgezogenes, eigenbrötlerisches Leben. Als jedoch bekannt wurde, wer er war, kamen immer häufiger Zwerge, die ihn um Rat baten. Irgendwann wurde er zum Vorsteher der Stile gewählt und übte dieses Amt bis an sein Lebensende aus. An Marga aber erinnerte sich außer ihm niemand mehr.

Galowyn und Smyrna hatten auf ihren Reisen vielen Leuten versprochen, nach dem Krieg wiederzukommen. Dieses Versprechen lösten sie nun ein. Avaccu, mit dem sich Galowyn wieder ausgesöhnt hatte, begleitete sie auf der weiten Reise quer durch Centratur. Überall wurden sie wie Helden empfangen und gefeiert. Man nötigte sie, länger zu bleiben, als sie vorgehabt hatten, und so waren sie Jahre unterwegs.

Besonders wohl fühlten sie sich beim Fischer Bruko und seiner Frau Lagrem, den Betschenen auf der Insel im Aganga. Sie hatten bei der Abreise der Tochter Eranda versprochen, sie mitzunehmen und zur Sängerin auszubilden. Eranda aber wollte nun nicht mehr reisen. Sie war mit einem jungen Fischer glücklich und erwartete ein Kind.

Die letzte Station der Reise war Warek. Dorthin begleitete sie Königin Einada. Doch als sie ankamen, war Tante Xara bereits tot. Sie war an einer schweren Krankheit gestorben. Einada konnte den Verlust kaum fassen und weinte lange. Aber Xara hatte sich an die Versprechen erinnert und als Letzten Willen hinterlassen, die Gäste zusammen mit der Königin in hohen Ehren zu empfangen. Man sollte ihnen einen so schönen Aufenthalt bereiten, daß sie gar nicht mehr abreisen wollten. Diesen Wunsch erfüllte man ihr. Zwar bot die Königin den dreien an, an ihrem Hof zu leben, doch Galowyn, Smyrna und Avaccu lehnten ab. Sie blieben auf Warek und wurden von dem Königspaar oft besucht.

Fallsta, der vierte im Bunde, ging einen anderen Weg. Lunete machte vor ihrer Abreise zu den Glücklichen Inseln ihr Versprechen wahr und gab ihm sein Gold zurück. Nun war er ein reicher Mann. Aber auch der Alte vom Berg hatte eine Überraschung für ihn gehabt. Er hatte den Goldgräber beiseite genommen und zu ihm gesagt: »Ich weiß, wie du mit dem Reichtum, den ich dir überlassen habe, umgegangen bist. Freigebigkeit muß freigebig belohnt werden. Wer nimmt, soll auch geben, aber wer gibt, soll auch empfangen.«

Dann hatte er ihm mitgeteilt, wo Fallsta die größten Goldvorräte Centraturs finden konnte.

Später sagte Fallsta zu Symrna: »Nun erlebe ich schon zum zweiten Mal den Traum und den Alptraum aller Goldgräber zugleich. Ich habe so viel Gold bekommen, wie ich es in meinem ganzen Leben niemals allein hätte finden können. Das ist der Traum. Nun der Alptraum: Es bleibt mir nichts mehr zu tun. Ich habe so viel Gold, daß es töricht wäre, selbst noch danach zu schürfen. Welcher Beschäftigung sollte ich aber sonst nachgehen? Ich kann nichts anderes als nach Gold suchen. Nun bin ich glücklich und traurig zugleich.«

»Fang mit dem Gold etwas an, was deinem Leben einen Sinn gibt. Du bist nun reich und mächtig. Setze diesen Reichtum und diese Macht ein, um die Welt ein wenig freundlicher zu machen«, hatte die Dienerin geantwortet, und Fallstra war ihrem Rat gefolgt.

Er baute in den Busterbergen ein großes Anwesen und schuf einen Hort für all die Kinder, die durch den Krieg gelitten und ihre Eltern verloren hatten. Und in den folgenden Jahren wurde es zu einem geflügelten Wort, wenn Kinder ganz verzweifelt waren: ›Ich gehe in die Busterberge.‹

Das Heimland

Im Nordwesten Centraturs lag ein kleines Land, das Heimland. Es hatte eine schwere Zeit hinter sich, und seine Bewohner sehnten sich nach Frieden. Sie wollten sich wieder über die Ernte und den Regen und die Sonne aufregen. Sie wollten über ihre Nachbarn herziehen und darüber tuscheln, wer wen heiratet. Diese Wünsche gingen in Erfüllung. Zunächst wurde die Hochzeit ihres Markgrafen gefeiert. Es wurde ein riesiges und fröhliches Fest, an dem Erits aus dem ganzen Heimland teilnahmen. Man war stolz auf den Grafen des Heimlands, der sogar eine Fürstentochter aus dem Ausland heiratete. Schon sein Vater, so sagte man, sei von ganz besonderer Tapferkeit gewesen und habe den Großen Krieg gewonnen. Sein Sohn aber habe es noch weiter gebracht als der Vater.

Merwing, der Fürst von Rolos, hatte freiwillig abgedankt und die Herrschaft an seine Tochter übergeben. Nun übernahmen die jungen Leute die Regentschaft über beide Länder. Die eine Hälfte des Jahres lebten sie von nun an im Heimland im wiederaufgebauten Schloß in den Windbergen, die andere im Fürstenpalast in Rolos.

Horsa hatte sich sehr verändert. Er war bescheiden geworden und überließ das Regieren meistens seiner Frau. Nun, da er kein Held mehr sein mußte, entwickelte er wieder Mitleid mit den Kreaturen. Wenn man ihn in seinen alten, abgetragenen Kleidern sah, so hätte niemand geglaubt, daß er der Herrscher über zwei Länder und der Held vergangener Schlachten war. Oft wanderte er viele Tage allein durch das Land, aß unerkannt mit den Bauern ihre einfachen Mahlzeiten und freute sich über die Schönheit der Natur. Bis zu seinem Tod faßte er keine Waffe mehr an. Den Custo, den ihr die sterbende Marga anvertraut hatte, hielt Danela in Ehren. Er wurde zum Symbol des Herrscherhauses von Rolos und dem Heimland.

Auch in Waldmar war Frieden und Ruhe eingekehrt. Niemand hatte der alten Ev gesagt, wie ihr Sohn Til gestorben war, und welchen Verrat er zuvor noch begangen hatte. Joanna hatte die Leitung der Familie übernommen. Sie bestimmte die Geschicke, und alle fanden es gut so. Almira, die Tochter von Ev und Mog, war mit einem Sohn niedergekommen, der rasch zu einem munteren Burschen heranwuchs. Irgendwann kehrten alle zusammen nach

Heckendorf zurück, richteten Gutruh wieder her und lebten dort zufrieden.

Oft erinnerte sich Ev an Mog und sagte dann versonnen zu ihrem Enkel: »Das hätte dein Großvater noch erleben sollen!«

Das Rote Buch, das Lebenswerk ihres Mannes, nach dem die Feinde so eifrig gesucht hatten, versteckte sie so gut, daß es in diesem Zeitalter nicht mehr gefunden wurde. Es sollte nie in unbefugte Hände fallen und eine Bedrohung für Centratur werden. Dann legte sie sich zum Sterben nieder mit den Worten: »Jetzt will ich meinem Mog endlich von allem berichten.«

Irgendwann kam Horsa auch nach Heckendorf und sah, daß man Gutruh wieder aufgebaut hatte. Der Garten um das Haus herum blühte in üppiger Pracht. Der Graf klopfte an die Tür. Es öffnete ihm ein Erit mit jungen Gesichtszügen und grauen Haaren. Es war Marc, der am weitesten gereiste Erit in der Geschichte des Heimlands.

Wie sein Vater hatte er den Gärtnerberuf ergriffen und sorgte für seine Schwester, Joanna und seinen Neffen. Wie einst zu Mog kamen jetzt die Leute zu ihm und fragten ihn um Rat, wenn die Kartoffelkäfer überhandnahmen und die Milben den Pflanzen den Lebenssaft aussaugten. Er lebte bescheiden, zwar geehrt und angesehen, aber niemand wußte um seine Heldentaten. Eine Frau hatte er nicht gefunden, was er sehr bedauerte, doch niemals offen zugab. Wenn er allein war, so fragte er sich, ob er Akandra wirklich geliebt hatte. Seine Träume aber galten einem Mädchen mit Namen Lattlavia auf dem fernen Berg Gor, dessen Liebe er ausgeschlagen hatte.

Der Graf wurde von allen freundlich empfangen. Sie nötigten ihn, zum Abendessen zu bleiben und machten ihm in einer kleinen Kammer ein Bett. Beim Schein einer Kerze saßen sie noch lange zusammen. Sie sprachen von dem legendären Zweikampf zwischen Horsa und dem Kan. Alle lobten die Tapferkeit des Grafen. Doch der wehrte ab.

»Ich weiß jetzt«, sagte er, »daß Mog der eigentliche Held im Großen Krieg gewesen ist. Und der Held des vergangenen Krieges bist du, Marc.«

»Ach nein«, erwiderte der bescheiden, »ich habe nur das getan, was ich mußte. Und ich war oft allzu kleinmütig und feige. Wirkliche Helden sind tapfer, so wie du.«

»Vielleicht hätte ich viel früher feige sein sollen«, war die versonnene Antwort des Gastes. Dann fragte er Marc: »Willst du keine Belohnung für all die Opfer, die du auf dieser weiten Reise gebracht hast?«

»Ich bin belohnt genug«, meinte dieser und wollte nicht weiter darüber reden.

Niemand sollte wissen, daß er nämlich in seinen Träumen fliegen konnte und in der Wirklichkeit zumindest schweben. Wirklich tapfere Menschen, und das sind meist solche, die nicht unbedingt mit Waffen kämpfen, so hatte ihm Qumara zum Abschied erklärt, können sich mit ihrem Geist über die Erde erheben.

Nachwort des Übersetzers

Die vor alters tüchtig waren als Meister
waren im Verborgenen eins mit den unsichtbaren Kräften.
Tief waren sie, so daß man sie nicht kennen kann.
Weil man sie nicht kennen kann,
darum kann man nur mit Mühe ihr Äußeres beschreiben.
Zögernd, wie wer im Winter einen Fluß durchschreitet,
vorsichtig, wie wer von allen Seiten Nachbarn fürchtet,
zurückhaltend wie Gäste,
vergehend wie Eis, das am Schmelzen ist,
einfach, wie unbearbeiteter Stoff,
weit waren sie wie das Tal,
undurchsichtig waren sie, wie das Trübe.

Laotse
(Vielleicht einer der ersten Zeitenwanderer,
der sich als solcher zu erkennen gegeben hat.)

Nach der Veröffentlichung des ersten Bands dieser alten Geschichte, die ich aus dem Blauen Buch übersetzt habe, erreichten mich viele Briefe. Leser haben mich sogar persönlich aufgesucht. Es ging dabei immer wieder um die Authentizität des Manuskriptes. Ich bekam viele Ratschläge, wie man das geheimnisvolle Buch noch zusätzlich wissenschaftlich untersuchen könne. Manche der Anregungen habe ich dankbar aufgegriffen.

Um die Problematik auch für Leser deutlich zu machen, die den ersten Band nicht kennen, will ich die Geschichte, wie das Blaue Buch in meine Hände kam, noch einmal kurz wiederholen. Von einer Familie in der Ukraine erhielt ich vor ein paar Jahren die Nachricht, daß mein Vater im vergangenen Krieg in ihrem Haus gestorben sei und sie seinen Nachlaß für mich aufbewahrt hätten. Zusammen mit einer alten Freundin besuchte ich die freundlichen Leute, und sie überreichten mir einen alten Tornister. Neben einigen persönlichen Gegenständen meines Vaters enthielt er sein Tagebuch und ein geheimnisvolles Buch mit blauem Einband. Es bestand aus einem unbekannten Material und war in einer fremden Schrift geschrieben. Aus dem Tagebuch ging hervor, daß es mein Vater aus einer brennenden Kirche gerettet hatte.

Da ich für die unbekannte Sprache keinen Sachverständigen fand, und mir die Wissenschaftler bei der Analyse der Buchseiten ihre Unterstützung verweigerten, mußte ich mich selbst an das schwierige Werk der Übersetzung machen. Nach vielen Mühen gelang es, die fremde Sprache zu rekonstruieren und schließlich zu übertragen. So entstand die Geschichte von Centratur, deren zweiter Teil in diesem Band niedergelegt ist.

Man hat mir in der Zwischenzeit mit Hypothesen und Hinweisen auf die Entstehungsgeschichte des Blauen Buches geholfen. Am ergiebigsten aber erwies sich der Brief von Frau Elsa Köttlawesch, der ich großen Dank schulde. Sie überließ mir die Aufzeichnungen ihres verstorbenen Gatten. Auch er war wie viele andere Soldaten in Rußland gewesen und hatte dort einen Ort entdeckt, der dem Eingang zur Treppe, die im Blauen Buch zu den Älteren führt, sehr ähnelt. Zusammen mit meiner alten Freundin reiste ich zu dem von Herrn Köttlawesch beschriebenen Ort. Die geographische Lage möchte ich hier nicht verraten, um nicht Amateurarchäologen auf den Plan zu rufen, die vielleicht das Relikt aus längst vergangener Zeit mit ihrem Eifer zerstören. Auf jeden Fall fanden wir nach Auseinandersetzungen mit der Mafia, nach Schmier- und Schutzgeldzahlungen und tagelanger Fahrt durch unwegsames Gelände in alten Militärjeeps ein Bauwerk, das der Beschreibung aus dem ersten Band (S. 131) genau entspricht. Es ist mir auch gelungen, das glänzende Tor zu öffnen, schließlich kannte ich aus dem Blauen Buch das Geheimnis der Tür. Dahinter war tatsächlich eine Treppe, die in vollständiger Finsternis in eine unendliche Tiefe führte.

Meine Begleiterin und ich hatten vorsichtshalber einige Ausrüstungsgegenstände mitgebracht. So zum Beispiel starke Lampen, Proviant, Medikamente, Ersatzakkus und Wasserkanister. Sogar Sauerstoffflaschen hatten wir im Gepäck. Ohne zu zögern drangen wir an einem Nachmittag in die Dunkelheit ein. Unsere Scheinwerfer konnten nur einen Teil der Treppe ausleuchten. Beinahe aber wären wir eingesperrt worden, denn als wir ein paar Meter in die Tiefe gestiegen waren, begann sich die mächtige Tür hinter uns lautlos zu schließen. Nur der Geistesgegenwart meiner Freundin ist es zu verdanken, daß wir das Tageslicht wieder erblickt haben. Sie rannte die Stufen empor und warf im letzten Augenblick ihre Sauerstoffflasche in die Tür. Die Stahlflasche wurde völlig verbeult, aber das Tor blieb offen. Wir untersuchten es später, konnten aber keine Mechanik entdecken, die für das Schließen verantwortlich gewesen war.

Nach diesem Zwischenfall berieten wir lange, was zu tun sei. Sollten wir uns auf das Abenteuer einlassen und uns in die Tiefe vorwagen? Wenn die Geschichte von Marc und Akandra der Wahrheit entspricht, dann hätten wir einen sehr, sehr langen und äußerst gefährlichen Marsch vor uns gehabt und diese Unterwelt vielleicht lebend nicht wieder verlassen. Auch war unsere Ausrüstung dafür nicht umfangreich genug. Ohne meine Begleiterin zu beleidigen, will ich aber die Wahrheit gestehen: Wir waren wahrscheinlich einfach zu feige. Feigheit ist häufig ein Zeichen von Klugheit, und ich glaube immer noch, daß wir vernünftig gehandelt haben, als wir zurückkehrten, das Tor wieder verschlossen und mit Zweigen abdeckten, um eine rasche Entdeckung zu verhindern.

Wir wissen nun, wo sich der Eingang zur Unterwelt befindet und werden vielleicht schon im nächsten Jahr in die unergründliche Tiefe vordringen, zumal ich vor einiger Zeit einen Globetrotter kennengelernt habe, der bereits auf eigene Faust eine vergessene unterirdische Stadt in den Anden entdeckt und untersucht hat. Er brennt darauf, mit uns die Treppe zu bezwingen. Sein Elan und sein Enthusiasmus werden uns, so will mir scheinen, mitreißen.

Häufig wurde ich gefragt, wie es sein kann, daß eine hochstehende Zivilisation existierte, von der wir keine Kunde haben. Warum haben unsere Archäologen keine Spuren gefunden? Ich kann darauf keine Antwort geben. Allerdings bin ich bei der Beantwortung dieser Fragen auf Phänomene gestoßen, die mich sehr nachdenklich gemacht haben. So glaube ich mit Recht bezweifeln zu dürfen, daß wir die ersten intelligenten Wesen auf dieser Erde sind. Nach all dem, was ich jetzt weiß, glaube ich auch, daß Hochkulturen lange vor unserer Steinzeit existiert haben. Im Zweistromland zwischen Euphrat und Tigris beginnt eben nicht die Menschheitsgeschichte. Warum aber sollte dann nicht in grauer Vorzeit der Kontinent Centratur bewohnt gewesen sein? Warum sollte es sich bei den Ereignissen, die das Blaue Buch beschreibt, nicht um Tatsachen handeln?

In der Chronik von Centratur geht es recht kriegerisch zu. Mord und Totschlag sind an der Tagesordnung, ein Leben gilt wenig. Die Geschichte des Buches scheint deshalb grausam, doch das was uns die Medien von den Kriegsschauplätzen in aller Welt berichten, übertrifft die Grausamkeiten in Centratur bei weitem. Konflikte werden eben auch heute selbst in und von hochzivilisierten Staaten mit Gewalt gelöst, und wenn es um die scheinbar gute Sache geht, spielen Menschenleben keine Rolle mehr.

Als Übersetzer hätte ich gerne eine Geschichte vorgelegt, die sich von den Übeln der Gegenwart unterscheidet. Doch das Blaue Buch beschreibt nun einmal eine Epoche des Krieges in Centratur, und deshalb können der Tod und all die Unmenschlichkeiten nicht ausgespart werden. Jede Beschönigung wäre verlogen.

Eine Thematik muß ich als Übersetzer, der den Text mit ziemlich neutralen Augen betrachtet, noch ansprechen: die Zeitenwanderer. Sie haben keine Verbindung und auch keine Analogie zu den Highlanders aus den berühmten Filmen. Von Menschen, die durch die Geschichte geistern, wird immer wieder berichtet. Sie sind ein Topos in Menschheitsgeschichte und Literatur. Natürlich haben sich auch immer wieder Betrüger und Hochstapler als Zeitenwanderer ausgegeben. Aber weil so oft Betrug im Spiel ist, kann man doch nicht ausschließen, daß es sie gibt. Wo sind die Beweise für ihre Nichtexistenz? Wer versteht schon die Spielregeln, nach denen die Geschicke dieser Welt gelenkt werden? Könnten nicht doch Zeitenwanderer dahinterstecken?

Der Gedanke, daß Aramar noch immer lebt und sich auch heute noch im verborgenen um diese Welt kümmert, hat mich während der ganzen Übersetzungsarbeit fasziniert. Vielleicht hat er inzwischen dieses Buch gelesen und erinnert sich an sein Wirken in fernen Zeiten? Ich würde Aramar gerne danach fragen und möchte wissen, wie er sich heute nennt. Vielleicht aber haben sich die Zeitenwanderer Ma und Simonarum und auch Aramar, längst aus unserem Zeitalter wieder zurückgezogen und sind weitergewandert? Warum sonst wäre diese Welt so grausam und taumelte von einem

Krieg in den nächsten? Wenn aber die Zeitenwanderer nicht mehr ordnend in unsere Welt eingreifen, so müssen wir ohne sie auskommen. Wir müssen Aramars Forderung endlich ernst nehmen und lernen, unsere Geschicke selbst vernünftig zu regeln.

Vielleicht sitzt der alte Zauberer irgendwo in einer Klause, schreibt Bücher, wie er schon immer wollte, schmunzelt hin und wieder über uns oder ärgert sich über die törichten Menschen? Und wenn er merkt, daß wir uns endlich mit unserer Welt Mühe geben, so wird er uns auch unter die Arme greifen, da bin ich mir sicher. Denn nur zusehen, das kann Aramar nicht.

H. N. anno 1997 p. Chr. n.

Namen

Abramawar	Mönch aus dem Kloster Quantam
Akandra	Tochter des Grafen Marrham
Al	junger Seemann
Almira	Tochter von Ev und Mog
Aramar	Zauberer, ehemals Vorsitzender im Weißen Rat
Aramarandu	Diener der Zeitenwanderer aus dem Volk der Quonomodo
Aramis	Habbas, Hüter des Heimlands
Avaccu	Hirte aus Darken
Axylia	Trägerin des Custo
Beláchion	Priester in Cantrel
Bolido	Berater der Fürstin von Arminia
Brana	Bürgerin von Cantrel
Bruko	Fischer aus dem Stamm der Betschenen
Buschgrün	Bauer im Heimland
Danela	Merwings Tochter
Durnil	Eroberer von Weiler
Einada	Königin von Equan
Emmira	Horsas Schwester
Epaminado	Hüter des Thaurgebirges
Eranda	Tochter von Lagrem und Bruko
Ev	Frau von Mog
Fallsta	Goldgräber
Feltina	Edler aus Irilith
Folvet	Bergführer aus Bajar
Fraam	Abt des Klosters Nowogoro
Fronsipe	Gemahlin von Lurex
Gaiamanada	Seherin
Galowyn	Sängerin
Glaxca	Zwerg, Kraks Sohn
Gracchu	Ormors Bote
Graukan	Veteran aus dem Großen Krieg
Gronolor	Mönch aus dem Kloster Quantam

Grosskorl	Soldat aus Hispoltai
Grunema	Bürger von Cantrel
Gunter	Freund von Mog
Heliodor	Fürst der Achajer
Horsa	Markgraf des Heimlands
Joanna	Freundin von Til
Kan	Feldherr von Ormor
Kuri	Vorsteher der Garde von Cantrel
Lagrem	Frau von Bruko
Lattlavia	Mädchen vom Stamm der Illux
Lunete	Achajerin, Frau von Meliodas
Lurex	Oberbefehlshaber der Flotte von Arminia
Ma	Zeitenwanderer
Malomar	Zauberer und König aus Darken
Marc	Sohn von Ev und Mog
Marga	Trägerin des Custo
Meliodas	Hochkönig von Centratur
Merwing	Fürst von Rolos
Mispelbier	Gardehauptmann des Markgrafen im Heimland
Mog	Erit, Held im Großen Krieg
Montini	Hüter der Busterberge
Muro	Handwerksgeselle
Nummer eins	Zeitenwanderer
Orasnika	Waffenhändler
Ormor	Zauberkönig aus Trawen
Pereira	Beherrscherin des Königs von Rutan
Pet	Sohn von Ev und Mog
Qumara	Zauberin und Hohepriesterin aus Rutan
Rankohr	Edler aus Whyten
Rimo	Soldat aus Hispoltai
Rodjan	Hauptmann der Wache aus Hispoltai
Rohl	Erit, Mitglied der Wölfe
Simonarum	alter Zaubermeister
Slato	Sklave in Vespucci, Gamscho
Smyrna	Dienerin und Freundin Galowyns
Til	Sohn von Ev und Mog
Til	väterlicher Freund von Mog
Urial	junger Zauberer
Valsipia	Fürstin von Arminia

Verissa	Rankohrs Tochter
Vulgor	Abgesandter Ormors
Warp	ein Wolf
Wersch	Anführer der Heere aus Darken
Westomir	Mönch aus dem Kloster Quantam
Wibe	Hure in Arandiel
Willmar	Zauberer und Jugendfreund Aramars
Wollarum	Wibes Sohn

Oststraße
Mintel
Blutschah
Anbaugebiet der Vespucci
Werst
DARKEN
VESPUCCILAND
Quantam
WÜSTE SOLTAI
Karawanserei
Wüstenweg
Irilith
Cantrel
Tessenfluß
Noss
Gruschastraße
Matsumahügel
WHYTEN
Wunsiel
Sir
Mid
Roor
Meerwingstraße
Arminia
Rachis
Mad
Mod
BROKQUA
Piradenstraße
Arandiel
Lowamon
WORAMEER
Pramos